中国古代文体学

附卷三

清代文体资料集成（一）

"十二五"国家重点图书出版规划项目
国家出版基金项目

全国高等院校古籍整理研究工作委员会规划项目
上海文化发展基金资助项目

四川师范大学文理学院重点科研项目

国家出版基金项目
NATIONAL PUBLICATION FOUNDATION

中国古代文体学

曾枣庄 著

附卷三

清代文体资料集成（一）

上海人民出版社
SHANGHAI BOOKSTORE PUBLISHING HOUSE

上海书店 出版社

目　録

30

清

先　著

　　先著(生卒年不詳)字渭求,號蠋齋。清瀘州(今屬四川)人。明季遺老,學極博洽,善畫花卉、人物,極有法度。書得晉人遺意。尤工詩詞。順治二年(1645)流寓金陵,自號遷夫,又號盉旦子,偕諸名士往來酬唱無虛日。著有《之溪老人集》、《勸影堂詞》、《詞潔》等。其《詞潔》爲詞選評,將詞與社稷之憂、身世之感聯繫起來,强調了詞的社會教化作用,並漸尊詞體,列於"文章",即詩文之雅正。《詞潔輯評》(先著、程洪撰。程洪,字丹問)乃輯《詞潔》一書評語,多論述詞之風格、特點、價值和意義,其評詞主旨見於其《序》與《發凡》。

　　本書資料據中華書局1986年唐圭璋《詞話叢編》本《詞潔輯評》。

《詞潔》序

　　詩之道廣,而詞之體輕。道廣則窮天際地,體物狀變,歷古今作者而猶未窮。體輕則轉喉應拍,傾耳賞心而足矣。詩自三言、四言,多至九字、十二字,一韻而止,未有數不齊、體不純者。詞則字數長短參錯,比合而成之。唐以前之樂府,則詩載其詞,猶與詩依類也。至宋人之詞,遂能與其一代之文,同工而獨絶,出於詩之餘,始判然別於詩矣。故論詞於宋人,亦猶語書法、清言於魏晉間,是後之無可加者也。雖然,精英之代變,風氣之密移,生其時者,亦不能自禁其不工。而或湮其源,則往者遂以孤;或導其流,則來者有可繼。此則好尚、不好尚之分也。明一代,治詞者寥寥,近日則長短句獨盛,無不取途涉津於南、北宋。雖歌詩亦尚宋人。予嘗取宋人之詩與詞反覆觀之,有若相反然者。詞則窮巧極妍,而趨於新;詩則神槁物隔,而終於敝。宋人之詩,不詞若也。閩方之果曰荔枝,中州之花曰木芍藥,非其土地則不榮、不實,是草木之珍麗,天地之私產也。有咀其味者,喻之以醴酪;有驚其色者,擬之以冶容,亦得其似而已。

宋之詞猶是也，予素好此。往者亡友嚴克宏，能別識其源流、體製之所以然。予聞克宏之論久，因亦能稍知其雅俗。頃來廣陵，程子丹問，尤與予有同嗜。暇日，發其所藏諸家詞集，參以近人之選，次爲六卷，相與評論而録之，名曰《詞潔》。《詞潔》云者，恐詞之或即於淫鄙穢雜，而因以見宋人之所爲，固自有真耳。夫果出於閩方，花出於中州至矣，執是以例其餘，爲花木者，不幾窮乎！雖則柤梨皆可於口，苟非蔶蒙皆悦於目，摶土塗丹以爲實，剪綵刻楮以爲花，非不能爲肖也，而實之真質，花之生氣，不與俱焉。懸古人以爲之歸，而不徒爲摶土剪綵者之所爲，雖微詞而已，他又何能限之。是則所爲《詞潔》之意也。壬申四月，瀘州先著序。

《詞潔·發凡》（節録）

　　詞源於五代，體備於宋人，極盛於宋之末，元沿其流，猶能嗣響。五代十國之詞，略具《花間》，惜乎他本不存，僅有名見。唐人之作，有可指爲詞者，有不可執爲詞者，若張志和之《漁歌子》、韓君平之《章臺柳》，雖語句聲響居然詞令，仍是風人之別體，後人因其制以加之名耳。夫詞之託始，未嘗不如此。但其間亦微有分別，苟流傳已盛，遂成一體，即不得不謂之詞。其或古人偶爲之，而後無繼者，則莫若各仍其故之爲得矣。倘追原不已，是太白“落葉聚還散”之詩，不免被以《秋風清》之名爲一調。最後若倪元鎮之《江南春》，本非詞也，祇當依其韻，同其體，而時賢擬之，併入倚聲。此皆求多喜新之過也。

　　詞無長調、中調之名，不過曰“令”、曰“慢”而已。（以上卷首）

《詞潔》（節録）

　　詞之初起，事不出於閨帷、時序。其後有贈送、有寫懷、有詠物，其途遂寬。即宋人亦各競所長，不主一轍。而今之治詞者，惟以鄙穢褻媟爲極，抑何謬與。（卷二）

馮　班

　　馮班（1602—1671）字定遠，晚號鈍吟老人。清常熟（今江蘇）人。明末諸生，少時與兄馮舒齊名，人稱“海虞二馮”。入清未仕。馮班爲錢謙益弟子，被稱爲“虞山詩派”的傳人之一。論詩反對宋代嚴羽《滄浪詩話》的“妙悟”説，以爲“似是而非，惑人爲最”（《嚴氏糾謬》）。其論詩主張對反神韻説的趙執信很有影響。作詩宗法晚唐，於李商隱用力尤深,力求錘煉藻麗。部分詩作傷離念亂,寄寓了故國之思,有一定深度。著有《鈍吟全集》《鈍吟雜録》,另有《常熟二馮先生集》,是與其兄馮舒的合集。其《鈍吟雜録》十卷,凡《家戒》二卷,《正俗》一卷,《讀古淺説》一卷,《嚴氏糾謬》一卷,《日記》一卷,《誡子帖》一卷,《遺言》一卷,《通鑑綱目糾謬》一卷,《將死之鳴》一卷。《四庫全書總目》云:"《嚴氏糾謬》辨嚴羽《滄浪詩話》之非……大抵明季諸儒守正者多迂,鶩名者多詐,明季詩文沿王、李、鍾、譚之餘波,僞體競出,故班諸書之中詆斥或傷之激。然班學有本原,論事多達物情,論文皆究古法。雖間有偏駁,要所得者爲多也。"這裏既肯定其"所得者爲多",又指出有"過激"、"偏駁"之處。

本書資料據四庫全書本《鈍吟雜録》、上海古籍出版社 1963 年《清詩話》本《鈍吟雜録》(二本多有不同)。

《鈍吟雜録》(節録)

詩之興也,殆與生民俱矣。民生而有喜怒哀樂之情,情動乎中,形乎言;言之不足而長言之,詠歌之。古猶今也,凡物有聲,皆中宮商清濁高下,雜而成文,斯協於鐘石。古之有詩久矣,仲尼删詩,上自文王《關雎》之事,下迄陳靈《株林》之刺,《三百五篇》王道浹人事備矣。於商惟有《頌》,虞、夏僅存於《尚書》。《語》云:"吾説夏禮,杞不足徵;吾學殷禮,宋不足徵。"準是而言,直恐當時虞、夏、殷之文,不如周詩之備,非略而不取也。梁昭明太子撰《文選》,辭賦始於屈、宋,歌詩起於荆卿《易水之歌》,權輿於姬孔已後,於理爲得。近代詩選必自上古,年祀綿邈,真贗相雜,或不雅馴。又《書》、《傳》引逸詩多不過三數句,皆非全篇。《三百五篇》既是仲尼所定,又不應掇其所棄。昔嘗與程孟陽言詩,譬之犬之拾骨,非徒戲言也。鍾伯敬掊擊王、李,不遺餘力,獨於此處不知矯正。《詩歸》之作,較之《詩删》,殆有甚焉。今按:詩人之文至屈、宋變爲詞賦。《漢書·經籍志》不載五言。五言正盛於建安,陳思爲文士之冠冕。潘、陸已降,迨於唐之中葉,無有踰之者。至杜子美始自言"詩看子建親"。蘇子瞻云:"詩至子美一變也。"自元和、長慶以後,元、白、韓、孟並出,杜詩始大行,自後文亦無能出杜之範圍者。今之論文者,但可祖述子建,憲章少陵,古今之變於斯盡矣。《詩》、《騷》已前,不論可也。

古人文章自有阡陌。《禮》有湯之《盤銘》,孔子之《誄》,其體古矣。乃《三百五篇》都無銘、誄之文,故知孔子當時不以爲詩也。近世馮惟訥撰《詩紀》,首紀古逸,盡載銘、誄、箴、誡、祝、讚、繇詞,殆失之矣。《元微之集》云:詩之流爲賦、頌、銘、讚,大抵有韻之文,體自相涉,若直謂之詩,則不可矣。銘、讚、箴、誄、祝、誡,皆文之有韻者也。

詩人以來，皆不云是詩；詩人已後，有騷詞、賦頌，皆出於詩也。自楚人以來，亦與詩畫界，此又後人所分也。

《書》曰："詩言志。"《詩序》曰："變風發乎情。"如《易林》之作，止論陰陽，非言志緣情之文。王司寇欲以《易林》爲詩，直是不解詩，非但不解《易林》也。王、李論詩多求之詞句，而不問其理，故有此失。少年有不然余此論者，余諭之曰：夫鏡圓也，餅亦圓，餅可謂鏡乎？《易林》之不爲詩亦猶此耳。若四言韻語便是詩，詩亦多矣，何止焦氏乎！

《春秋左氏傳》、《國語》所載歌謠皆詩也，但不協於弦奏，不施於禮，詩人所不收。後人撰詩集，乃并取之，然未爲失也。南北朝以有韻爲文，無韻爲筆。至於唐季，凡文章皆謂文，與詩對言。今人不知古稱筆語是何物矣。

古人之詩皆樂也。文人或不嫻音律，所作篇什不協於絲管，故但謂之詩，詩與樂府從此分區。又樂府須伶人知音增損，然後合調。陳王、士衡多有佳篇。劉彥和以爲無詔伶人事，謝絲管則於時樂府已有不歌者矣。後代擬樂府以代古詞，亦同此例也。文人賦樂府古題，或不與本詞相應，吳兢譏之，此不足以爲嫌，唐人歌行皆如此。蓋詩人寓興，文無定例，率隨所感。吳兢史才，長於考證，昧於文外比興之旨。其言若此，有似鼓瑟者之記其柱也；必如所云，則樂府之文，所謂"牀上安牀，屋上架屋"，古人已具，何煩贅牘耶！又樂府採詩以配聲律，出於伶人增損併合，剪截改竄亦多，自不應題目，豈可以爲例也？杜子美創爲新題樂府，至元、白而盛，指論時事，頌美刺惡，合於詩人之旨，忠志遠謀，方爲百代鑒戒，誠傑作絶思也。李長吉歌詩，雲詔工人皆取以協金石，杜陵詩史，不知當時何不採取杜？《文苑英華》又分歌行與樂府爲二，歌行之名不知始於何時。晉、魏所奏樂府，如《豔歌行》、《長歌行》、《短歌行》之類，大略是漢時歌謠，謂之曰行，本不知何解。宋人云體如行書，真可掩口也。既謂之歌行，則自然出於樂府，但指事詠物之文，或無古題。《英華》分別，亦有旨也。

伶工所奏樂也，詩人所造詩也。詩乃樂之詞耳，本無定體。唐人律詩，亦是樂府也。今人不解，往往求詩與樂府之別。鍾伯敬至云"某詩似樂府，某樂府似詩"，不知何以判之？秪如西漢人爲五言者二家，班倢伃《怨詩》亦樂府也。吾亦不知李陵之詞可歌與否？如《文選注》引古詩多云"枚乘樂府詩"，知《十九首》亦是樂府也。漢世歌謠，當騷人之後，文多道古。魏祖慷慨悲涼，自是此公文體如斯，非樂府應爾。文、明二祖，仰而不逮，大略古直。樂工採歌謠以配聲，文多不可通。《鐃歌》聲詞混填，不可復解是也。李于鱗之流，便謂樂府當如此作。今之詞人，多造詭異不可通之語，題爲樂府。集中無此輩語，則以爲闕。《樂志》所載五言、四言，自有雅則可誦者，豈未之讀耶？

沈約、謝朓、王融創爲聲病，於時文體不可增減，謂之齊梁體，異乎漢、魏、晉、宋之古體也。雖略避雙聲疊韻，然文不粘綴，取韻不論雙隻，首句不破題，平側亦不相儷。沈佺期、宋之問因之，變爲律詩，自二韻至百韻，率以四句一絕，不用五韻、七韻、九韻、十一韻、十三韻。唐人集中，或不拘此説，見李贊皇（德裕）《窮愁志》首聯先破題目，謂之破題；第二字相粘，平側側平爲偏格，側平平側爲正格。見沈存中《筆談》，平側宫商，體勢穩協，視齊梁體爲優矣。近體多是四韻，古無明説，僕嘗推測而論之，似亦得其理也。聯絶粘綴至於八句，雖百韻亦止如此矣。如正格二聯平平相粘也，中二絶側側相粘也，音韻輕重，一絶四句，自然悉異。至於二轉變有所窮，於文首尾胸腹已具足，得成篇矣。律賦亦八韻，《文苑》注中已備記之，兹不具論。詩家常言有聯有絶，二句一聯，四句一絶。宋孝武言吳邁遠聯絶之外無所解是也。古人多有是語，四句之詩，故謂之絶句。宋人不知，乃云是絶律詩首尾。目不識丁之人妄爲詩話，以誤後學，可恨之極。如此議論，亦非一事也。《玉臺新詠》有古絶句，古詩也。唐人絶句有聲病者，是二韻律詩也，元、白集，杜牧之集，韓昌黎集可證。唐人集分體者少，今所傳分體集皆是近日妄庸人所更定，不足據。宋人集，所幸近人不肯讀，古本多存，中亦有分律詩、絶句者，如《王臨川集》首題云七言律詩，下注云“絶句”，甚分明。唐人惟有元、白、韓、杜等是舊次，今武定侯刻白集，坊本杜牧集，亦皆分體，如今人矣。幸二集尚有宋板，新本亦有翻宋板可據耳。高棅《唐詩品彙》出，今人不知絶句是律矣。高棅又創排律之名，雖古人有排比聲律之言，然未聞呼作排律，此一字大有害於詩。吾友朱雲子撰《詩評》，直云“七排”、“五排”，並去律字，可慨也。

齊、梁聲病之體，自昔已來，不聞謂之古詩。諸書言齊梁體，不止一處。唐自沈、宋已前，有齊梁詩，無古詩也，氣格亦有差古者，然其文皆有聲病。沈、宋既裁新體，陳子昂崛起於數百年後，直追阮公，創辟古詩，唐詩遂有兩體。開元已往，好聲律者則師景雲、龍紀；矜氣格者則追建安、黄初，而永明文格微矣。然白樂天、李義山、温飛卿、陸龜蒙皆有齊梁格詩，白、李詩在集中，温見《才調集》，陸見《松陵集》，題注甚明，但差少耳。既有正律破題之詩，此格自應廢矣。皎然作《詩式》，叙置極爲詳盡允當，今人弗考，聵聵已久。古詩二字牢入人心，今之論者，雖子美稱庾開府，太白服謝玄暉，必欲降而下之，云古詩當如此論也。至於唐人，雖服膺鮑、謝，體效徐、庾，仰而不逮者，猶以爲無上妙品，云“律詩當如此論”。吁，可慨已！

阮逸注《文中子》不解八病，知宋時聲韻之學已微。有一惡書，名曰《金鍼詩格》，托之梅堯臣，言八病絶可笑，王弇州《卮言》不能知其謬也。古書多亡，余所見書又少。沈休文《謝靈運傳讃》、劉彦和《文心雕龍》統論梗概，牽於文勢，不得分别詳言。諸書所言，時有可徵，今略記於此，後有博學之士爲吾詳之。郭忠恕《佩觿》云：雕弓之爲敦弓，則又依乎旁紐。按徵音四字端透定泥，敦字屬元韻端母，雕字屬蕭韻端母，則是旁紐者，雙聲字也。《九經字樣》云：紐以四聲是正紐者，四聲相紐，東董凍督是也。劉知幾《史通》言梁武云得既自我，失亦自我爲犯上尾，兩我字相犯也。平頭未詳。蜂腰、鶴膝見宋人一詩話，偶忘其書名，乃雙聲之變也。上下二字俱清，中一字濁，爲鶴膝；上下二字俱濁，中一字清，爲蜂腰。大韻、小韻似論取韻之病，大小之義所未詳也。沈侯云一簡之內音韻盡殊，兩韻之中輕重各異。詳此，則八病俱去，亦不在曲折分其名目也。

今本《玉篇》前有紐弄之圖，列旁紐、正紐甚明。序引《聲譜》，恐是沈隱侯《四聲譜》，聞世間尚有是書，應論八病事，恨求之不得耳。今人律詩，但作偶對，於此處全不詳，何以稱律？

唐人律詩有八句全不對者，亦有用仄韻者。

律詩始於沈、宋，於時文體不以用事爲嫌。今人有言五言律不可用事者，大謬。

七言歌行盛於梁末，梁元帝爲《燕歌行》，羣下和之，今書目有《燕歌行集》。北朝盧思道《從軍行》，全類唐人歌行矣。至唐開元中漸變其體，王摩詰尚有全篇作偶句者。高常侍多胸臆語，盡改古格。至李太白遠憲《詩》、《騷》，割截三祖；近法鮑明遠，而恢廓變化過之。雲蒸霞鬱，奇中又奇，千古以來，莫能逮矣。詞多風刺，《小雅》、《離騷》之流，老杜創爲新題，直指時事，如挐鯨魚於碧海，一言一句，皆關世教。後有作者，皆本此二家，遂爲歌行之祖，非直變體而已也。

太白雖奇，然詞句多本古人；杜多直用當時語，然古人皆言杜詩字字有出處，不可不知也。

古詩之視律體，非直聲律相詭，筋骨、氣格、文字、作用迥然不同矣。然亦人人自有法，無定體也。陳子昂上效阮公，《感興》之文，千古絶唱，格調不用沈、宋新法，謂之古詩。唐人自此，詩有古、律二體，云古者對近體而言也。《古詩十九首》，或云枚叔，或有傅毅，詞有《東都》、《宛洛》，鍾參軍疑爲陳王，劉彥和以爲漢人。既人代未定，但以古人之作題曰古詩耳，非以此定古詩之體式，謂必當如此也。李于鱗云“唐無五言古詩，陳子昂以其古詩爲古詩”，立論甚高；細詳之，全是不可通。祇如律詩，始於沈、宋，開元、天寶已變矣，又可云盛唐無律詩，杜子美以其律詩爲律詩乎？子昂法阮公，尚不謂古；則于鱗之古，當以何時爲斷？若云未能似阮公，則于鱗之五言古，視古人定何如耶？有目者共鑒之。

古詩法漢、魏，近體學開元、天寶，譬如儒者願學周、孔，有志者諒當如此矣。近之惡王、李者，并此言而排之，則過矣，顧學之何如耳。近代只學王、李而自許漢、魏、盛唐，我不取也，恐爲輪扁所笑耳。

《古詩十九首》機杼甚密，文外重旨隱躍，不可把捉。李都尉詩皆直叙無作用，尤爲古朴，江淹所擬《從軍》一首最合。嚴滄浪於此處不解也。

陸士衡《擬古》詩、江淹《擬古三十首》，如搏猛虎、捉生龍，急與之較力不暇，氣格悉敵今人。儗詩如牀上安牀，但覺怯處，種種不逮耳。然前人擬詩往往只取其大意，亦不盡如江、陸也。

韻書定於陸法言，廣於孫勔。法言序云："與儀同劉臻等夜集，論南北取韻不同曰：我輩數人定則定矣。遂把筆記之。"按洛下爲天下之中，南北音詞於此取正。永嘉南渡，洛中君子多在金陵，故音詞之正，天下惟有洛下、金陵也。然金陵雜吳語，其音輕；洛下染北音，其音濁。當法言定韻之夕，如薛道衡北人也，顏之推南人也，當時已自參合南北而後定之，故韻非南音也。今人但知沈休文是吳興人耳。

音韻真自難知，如南北曲子，北詞用韻極切，南多借音。吳江沈璟作《南詞韻選》，嚴於取韻，今人宗之，不知北人聲切，開口便見字韻，不得不嚴；南人聲浮，一字或數轉，故韻可借。沈君全不解也，惟見程孟陽頗知此意耳。周德清《中州韻》所據者，止是當時語音，自云嘗於都會之所聞人間通濟之語也。自沈、謝至元時已數百年，語音謳變，豈可以今時俗間語追定古人聲律耶！千載之下知古人音詞，正賴於韻書耳。既不準信，則流俗方言日謳日改，何以正之？止如《詩》云"思齊太任，文王之母；思媚周姜，京室之婦。"母、婦二字，自應讀如韻書矣。德清尚不知不學如此，而譏沈休文，豈不可歎！或難曰：周德清誠不知古音矣，陸法言輩亦應是當時語言，隨時可矣，何必古人？應之曰：古人經學相傳皆有韻讀，漢末已有翻語，觀陸德明《經典釋文》可知也。休文多學，定四聲時，自應有本。顏之推小學甚深，《家訓》有《音詞》之篇，與法言共定韻書，其裁之審矣，不如德清直以意突也。侏儒問天於長人，以爲猶近之；若問於僬僥，則無此理矣。德清之論陰陽是也。然字音乃有可陰可陽者，亦不別出，今製詞者都不知，誠齋又有《瓊林雅韻》，全用北音，又與周韻不同。詩賦古人之業，自當以沈韻爲主，詞曲用周德清可矣。

吳才老《韻補》，余初時不伏，以爲秦、漢古書多韻語，不應多據唐人也。後自爲之，三十年不成，乃知才老此書最得其宜。古人不可妄議如此。

安陽姚逸老，不知是何人，其書迹似元人，寫一韻書，凡古字律詩不便用者盡去之，前列韓文公一律賦、杜少陵五七言各一首，皆詳注宮商輕重，題云"詩賦式此"，甚有意。嘗見此書於友人處，其人已亡，不知存否。有暇當更爲之，初學者所宜用功也。

鍾伯敬創革，弘正嘉隆之體，自以爲得真性情也，人皆病其不學。余以爲此君天資太俗，雖學亦無益。所謂性情，乃鄙夫鄙婦市井猥媟之談耳，君子之性情不如此也。

（以上四庫全書本《鈍吟雜録》卷三《正俗》）

庾子山詩，太白得其清新，老杜却得他縱橫處。

敖陶孫器之評詩，如村農看市，都不知物價貴賤，論曹子建云"如三河少年，風流自賞"，只此一語，知其未嘗讀書也。

宋人詩，逐字逐句講不得，須另具一副心眼，方知他好處。大約唐人詩工夫細，宋人不如也。看明人詩，却須一字一句推敲，方知他不好處。

南北朝人以有韻者爲文，無韻者爲筆，亦通謂之文。唐自中葉已後，多以詩與文對言。愚按：有韻無韻，皆可曰文。緣情之作則曰詩。詩者，思也，情動於中形乎言，言不足故長言之，長言之不足故咏歌之，有美焉，有刺焉。所謂詩也，不如此則非詩，其有韻之文耳，《禮》有湯之《盤銘》、孔子《誄》，《春秋左氏傳》有《卜筮》、《繇詞》，皆有韻。《三百篇》中無此等文字，知古人自有阡陌，不以爲詩也。

漢人墓碑多云誄詞，末多有"亂曰"。蔡卞刻《曹娥碑》，改爲"銘曰"，此公不學，可笑，今世傳《昇平帖》可考。然陝西所刻，亦改之矣。漢人碑銘亦云是詩，其體相涉也。然古人文字自有阡陌，終是碑文，非詩也。唐人亦多言銘詩，祖漢人也。

賦出於詩，故曰古詩之流也。《漢書》云："屈原賦二十五篇。"《史記》云："作《懷沙》之賦。"騷亦賦也，宋玉、荀卿皆有賦，荀賦便是體物之祖。賦、頌本詩也，後人始分。屈原有《橘頌》。陸士衡云："詩緣情而綺靡，賦體物而瀏亮。"詩賦不同也。宋人作著題詩不如唐人，詠物多寓意，尚有比興之體。梁末始盛爲七言詩賦，今諸集不傳，類書所載可見。王子安《春思賦》，駱賓王《蕩子從軍賦》，皆徐、庾文體。王司寇、楊狀元不知，概以爲歌行。弇州云"以爲賦則醜"，此公誤耳。

古人七言歌行，止有《東飛伯勞歌》、《河中之水歌》。魏文帝有《燕歌行》，至宋、齊多有雜言詩。梁元帝作《燕歌行》，一時文士爭和。鄭漁仲《通志·藝文志》有《燕歌行集》，今其書不存，《庾信集》有一篇可見。北人盧思道有《從軍行》，皆唐人歌行之權輿也。七言歌行，唐人相襲，雖少變於開元、天寶，然其體至今見行。楊狀元、王司寇輩不以爲異，至賦則不習，遂以爲醜語云，少所見，多所怪，豈不然歟！

近有一人言沈休文《八詠》，以爲似賦，不知詩、賦體相涉也。晉人又有五言之賦，幸此輩不見，見則不勝其譏笑矣。

詩文《雅》、《頌》多艱深，《國風》則通易。《風》或出於里俗，《雅》、《頌》大文多朝廷作者爲之，雖有如寺人孟子之類，然得列於《雅》，亦必是當時能文者。《尚書》是朝廷文字,語多難解,非特古今言語不同,蓋古之文人鍛鍊文字,其體如此,不以平易者爲美也。《孔叢子》中已有明說。

宋儒多不解詩。朱紫陽,詩人也,然所得頗淺。比、興乃詩中第一要事,二字本出《大序》,《大序》出於《毛詩》,齊、魯、韓皆無此序。朱子既不信序文,却不應取此二字;既用二字,又不應不用毛解。毛止有興也,本是意興之興,非興起之興;又比、興是詩中作用,詩人不以比、興分章。朱子謬甚。如朱說,則興者乃是說了又說,重複可厭又如此。解興字亦鄙而拙。(以上四庫全書本《鈍吟雜錄》卷四《讀古淺說》)

滄浪一生學問最得意處,是分諸體製。觀其《詩體》一篇,於諸家體製渾然不知。今列之於後:

滄浪云以時而論,則有建安體云云。按:此一段,雖無大謬,然憒憒無所發明,多有疎贅。

建安體云漢末年號,魏曹子建父子及鄴中七子詩。按:一代文章,惟須舉其宗匠爲後人慕效者足矣,泛及則爲贅也。子建、公幹,文章之聖;仲宣、休璉,多有名作。仲宣《七哀》、《從軍》,休璉《百一》,皆後人之師也。若元瑜、孔璋,書記翩翩,不以詞賦爲稱。子建有孔璋不閑詞賦之言,建安詩體似不在此人,不當兼言七子也。又五言雖始於漢武之代,盛於建安,故古來論者止言建安風格。至黃初之年,諸子凋謝不存,止有子建兄弟,不必更贅言又有黃初體也。

永明體、齊梁體:永明之代,王元長、沈休文、謝朓三公皆有盛名於一時,始創聲病之論,以爲前人未知。一時文體驟變,文字皆避八病,一簡之内音韻不同,二韻之間輕重悉異。其文二句一聯,四句一絕,聲韻相避,文字不可增減。自永明至唐初,皆齊梁體也。至沈佺期、宋之問,變爲新體,聲律益嚴,謂之律詩。陳子昂學阮公爲古詩,後代文人始爲古體詩。唐詩有古、律二體,始變齊梁之格矣。今叙永明體,但云齊諸公之詩,不云自齊至唐初,不云沈、謝,知其胸中憒憒也。齊時如江文通詩,不用聲病,梁武不知平上去入,其詩仍是太康、元嘉舊體。若直言齊梁諸公則混然矣。齊代短祚,王元長、謝玄暉皆殁於當代,不終天年。沈休文、何仲言、吳叔庠、劉孝綽,皆一時名人,並入梁朝。故聲病之格,通言齊梁。若以詩體言,則直至唐初皆齊梁體也。白太傅尚有格詩,李義山、温飛卿皆有齊梁格詩。但律詩已盛,齊梁體遂微。後人不知,或以爲古詩。若明辨詩體,當云齊梁體創於沈謝,南北相仍,以至唐景雲、龍紀始變爲律體,如此方明。此非滄浪所知。

元和體:東坡云:詩至杜子美一變。按大曆之時,李、杜詩格未行,至元和、長慶始變,此亦文字一大關也。然當時以和韻長篇爲元和體,若以時代言,則韓、孟、劉、柳、韋左司、李長吉、盧玉川,皆詩人之赫赫者也,云元白諸公亦偏枯。大略滄浪胸中不了了,每言諸公,不指名何人爲宗師,參學之功少也。

以人而論至云云。按:此一段漏略疎淺之甚,標星宿而遺羲娥,知此人胸中不通一竅,不識一字,東牽西扯而已。

建安以後詩莫美於阮公《詠懷》,陳子昂因之以創古體,何以不言阮嗣宗體?

潘、張、左、陸,文章之祖,前言太康體似矣。以人言則何以缺此四君?

文章之變,潘、張、左、陸以後,清言既盛於時,詩人所作皆老、莊之讚頌。自顏、謝、鮑始革其製。元嘉之詩,千古文章於此一大變,請具論之:漢人作賦頗有模山範水之文,五言則未有,後代詩人言山水始於謝康樂也。陸士衡對偶已繁,用事之密始於顏延之,後代對偶之祖也。《三百篇》言飲酒,雖云“不醉無歸”,然以成禮合歡而已。“彼醉不臧”則有沈湎之刺。詩人言飲酒不以爲諱,陶公始之也。國風好色而不淫,楚詞美人以喻君子,五言既興,義同詩騷,雖男女歡娛幽怨之作,未極淫放。《玉臺新詠》所載可見。至於休、鮑,文體傾側,宮體滔滔,作俑於此。永明天監之際,鮑體獨行,延之、康樂微矣。今謝康樂之後不言顏延之,則梁人之又不言沈、謝,則齊、梁聲病之體不知所始;不言鮑明遠,則宮體紅紫之文不知所法矣。雖言徐、庾,是忘祖也。於時詩人灼然自名一體者,有吳叔庠,邊塞之文所祖也。又如柳吳興、劉孝綽、何仲言,皆唐人所法,何以都不及? 子美頗學陰、何,又云“李侯有佳句,往往似陰鏗”,則子堅之體不可缺。齊梁已來,南北文章頗爲不同,北多骨氣而文不及南,鄴下才人盧思道、薛道衡皆有盛譽,自隋煬有非傾側之論,徐、庾之文少變於時,文多正雅。薛道衡氣格清拔,與楊處道酬唱之作,李義山極道之。唐初文字兼學南北,以人言之道衡亦不可缺。

又有所謂選體云云。此一段叙論駁雜譌亂,不可盡正。

云玉臺體,滄浪注云:“《玉臺》,徐陵所集,漢魏六朝之詩皆有之。或者但謂纖艷者爲玉臺體,其實不然。”案:梁簡文在東宮,命徐孝穆撰《玉臺集》,其序云:“撰録豔歌凡爲十卷。”則專取艷詩明矣,又其文止於梁朝,今云六朝,皆有謬矣。觀此則於此書殆是未讀也。

云西崑體,注云:“即李義山體,然兼溫飛卿及楊劉諸公而名之。”按:《西崑酬唱集》是楊、劉、錢三君倡和之作,和之者數人,其體法溫、李,一時慕效,號爲西崑體。其不在此集者尚多,至歐公始變,江西已後絶矣。及元人爲綺麗之文,亦皆附崑體。李義山在唐與溫飛卿、段少卿,號三十六體,三人皆行第十六也。於時無西崑之名,按:此則滄浪未見《西崑集序》也。

云有一句之歌,注云:“《漢書》‘枹鼓不鳴董少年’,又漢童謡‘千乘萬騎上北邙’。”

按：《漢書》董少平，不作少年；"鳴"、"平"是韻，二句之歌也。又云"侯非侯，王非王，千乘萬騎上北邙"，是三句，不是一句。滄浪讀誤本《漢書》，又健忘，所言童謠失却二句，可笑。

云有八病，注云："作詩正不必拘此，敕法不足據也。"按：八病出於沈隱侯，古人亦有非之者，然齊梁體正以聲病爲體，律詩則益嚴矣。滄浪既云有近體，有律詩，又云不必拘，不知律詩"律"字如何解？蓋聲病之學至宋而譌，故阮逸注《文中子》云：八病未詳也。如今《金鍼詩格》及周密所言皆以意妄測，誤也。已經考證，此不具。今人則但以對偶爲律矣。

云"有古詩，全不押韻者，古《採蓮曲》是也。"按云："江南可採蓮，蓮葉何田田。魚戲蓮葉間。"田、蓮是韻，間字古韻通，何言全無韻也？

云有後章字接前章者，注云："曹子建《贈白馬王彪詩》。"按：《三百篇》已有此體。

云有絕句折腰者，有八句折腰者。按：律詩有粘，不知所起。《河岳英靈集序》云"雖不粘綴"是也。又韓致光有聯綴體，沈存中《夢溪筆談》有偏格、正格之論，是其説也。今云折腰而不言何謂折腰，亦漏略也。折腰者如絕句平仄平仄，或仄平仄平，不用粘者是也。

云："詩之是非不必爭，試以己詩置之古人集中，識者觀之不能辨，則真古人矣。"滄浪之論，惟此一節最爲誤人。滄浪云："於古今體製，若辨蒼素。"又云"作詩正須辨盡諸家體製。"滄浪言古人不同非止一處。由此論之，古之詩人既以不同可辨者爲詩，今人作詩乃欲爲其不可辨者，此矛盾之説也。（以上四庫全書本《鈍吟雜錄》卷五《嚴氏糾謬》）

有古詩不妨有律詩，有古文不妨有四六。歐陽公作《尹師魯墓誌》，不言楊、鎦之失，達識也。

文章無定例，只在合宜。王荊公論仲尼不應作《世家》，只是不知變例；以死板法爲例，文章便無意，只是不曾學《春秋》。

沈存中《筆談》論律詩偏正格甚詳，但不知所本，蓋相傳如此。唐人絕句不粘者爲折腰體，《河岳英靈集序》中有"粘綴"字，韓偓《香奩》云"聯綴體"，蓋唐人之法，疑始沈、宋也。（以上四庫全書本《鈍吟雜錄》卷六《日記》）

詩至貞元、長慶，古今一大變。李、杜始重，元、白，學杜者也。元相時有學太白處，韓門諸君兼學李、杜。韋左司自是古詩，與一時文體迥異。大略六朝舊格，至此盡

矣。李玉溪全法杜,文字、血脉却與齊、梁人相接。温全學太白,五言律多名句,亦李法也。(與瞿隣兒)

杜子美云:"讀書破萬卷,下筆如有神。"涉覽既多,才識自倍,資於吟詠,亦不專在用事。今之律詩,始於永明,成於景龍,既以儷偶爲文,又安得以用事爲諱?況邇世墳籍不全,師匠曠絶,假令力學,猶懼未到古人。凡我同人,縱使嗜好不同,慎勿自隱短薄,憎人學問,便謂詩人不課書史也。(以上四庫全書本《鈍吟雜録》卷七《誡子帖》)

《詩》之亡也,《離騷》繼之。至於漢,而麗淫之賦興矣。然蘇、李五言之作,謂之麗以則可也。五言謁於晉、宋之際,自魏末苦清言,以老、莊爲學問。名士恣情酒色以爲達。文人承流而作,謝靈運肆覽《莊》、《易》,放意山水;陶淵明詩篇篇有酒,鮑明遠創傾側紅紫之文,詩人美刺之義漸遠矣。儒者不解詩,多以緣情之作爲無益,然亦敬杜少陵,至匹之郭子儀。朱晦菴亦學陶公,夫山水之文使人蕭遠無鄙悋,仁者樂山,智者樂水,爲之可也。陶公言飲酒即七賢之志也,彼皆有爲而爲之。君子不可無陶公之志,苟非其時,則沈湎亦可戒也。(以上四庫全書本《鈍吟雜録》卷八《遺言》)

古今樂府論

古詩皆樂也,文士爲之辭曰詩,樂工協之于鐘吕爲樂。自後世文士或不閑樂律,言志之文,乃有不可施于樂者,故詩與樂畫境。文士所造樂府,如陳思王、陸士衡,於時謂之"乖調"。劉彦和以爲"無詔伶人,故事謝絲管",則是文人樂府,亦有不諧鐘吕,直自爲詩者矣。樂府題目,有可以賦詠者,文士爲之詞,如《鐃歌》諸篇是矣。樂府之詞,有詞體可愛,文士儗之,如"東飛伯勞"、《相逢行》、"青青河畔草"之類,皆樂府之別支也。七言創於漢代,魏文帝有《燕歌行》,古詩有"東飛伯勞",至梁末而七言盛於時,詩賦多有七言,或有雜五、七言者,唐人歌行之祖也。聲成文謂之歌。曰"行"者,字不可解,見於《宋書·樂志》所載魏、晉樂府,蓋始於漢人也。至唐有七言長歌,不用樂題,直自作七言,亦謂之歌行。故《文苑英華》歌行與樂府又分兩類。今人歌行題曰古風,不知始於何時。唐人殊不然,故宋人有七言無古詩之論。予按:齊、梁已前,七言古詩有"東飛伯勞"、"盧家少婦"二篇,不知其人、代,故題曰古詩也。或以爲梁武,蓋誤也。如唐初盧、駱諸篇,有聲病者,自是"齊梁體"。若李、杜歌行不用聲病者,自是古調。如沈佺期"盧家少婦",今人以爲律詩。唐樂府亦用律詩。唐人李義山有轉韻律詩。白樂天、杜牧之集中所載律詩,多與今人不同。《瀛奎律髓》有仄韻律詩。嚴滄浪云:"有古律詩。"則古、律之分,今人亦不能全别矣。《才調集》卷前題云:"古律雜歌詩一百首。"古者,五言古也;律者,五、七言律也;雜者,雜體也;歌者,歌行也。此是五代時書,故所題如此,最得之,今亦鮮知者矣。大略歌行出於樂府,曰"行"者,猶仍樂府之名也。杜子美作新題樂府,此是樂府之變。蓋漢人歌謠,後樂工采以入樂府,其詞多歌當時事,如《上留田》《霍家奴》《羅敷行》之類是也。子美自詠唐時事,以俟采詩者,異於古人,而深得古人之理。元、白以後,此體紛紛而作。總而言之:製詩以協於樂,一也;采詩入樂,二也;古有此曲,倚其聲爲詩,三也;自製新曲,四也;擬古,五也;詠古題,六也;並杜陵之新題樂府,七也。古樂府無出此七者矣。唐末有長短句,宋有詞,金有北曲,元有南曲,今則有北人之小曲,南人之吳歌,皆樂府之餘也。樂府本易知,如李西涯、鍾伯敬輩都不解。請具言之:李太白之歌行,祖述《騷》《雅》,下迄梁、陳七言,無所不包,奇中又奇,而字字有本,諷刺沈切,自古未有也。後之擬古樂府,如是焉可已。近代李于鱗取晉、宋、齊、隋《樂志》所載,章截而句摘之,生吞活剝,曰"擬樂府"。至於宗子相之樂府,全不可通。今松江陳子龍輩效之,使人讀之笑來。王司寇《卮言》論歌行云:"有奇句奪人魄者。"直以爲歌行,而不言此即是擬古樂府。夫樂府本詞多平典,晉、魏、宋、齊樂府取奏,多聲牙不可通。蓋樂人采詩合樂,不合宮商者,增損其文,或有聲無文,聲詞混塡,至有不可通者,皆樂工所爲,非本詩如此也。漢代歌謠,承《離騷》之後,故多奇語。魏武文體,悲凉慷慨,與詩人不同。然史志所稱,自有平美者,其體亦不一。如班婕好"團扇",樂府也。"青青河畔草",樂府也。《文選注》引古詩多云枚乘樂府,則《十九首》亦樂府也。伯敬承于鱗之後,遂謂奇詭聲牙者爲樂府,平美者爲詩。其評詩至云:某篇某句似樂府,樂府某篇某句似詩,謬之極矣。樂府之名本於漢。至《三百篇》用之鄉人,用之邦國。樂之大者,正以郊祀爲本。伯敬乃曰:樂府之有郊祀,猶詩之有應制。何耶? 又李西涯作詩三卷,次第詠古,自謂樂府。此文既不諧於金石,則非樂也;又不取古題,則不應附於樂府也;又不詠時事,如漢人歌謠及杜陵新題樂府,直是有韻史論,自可題曰史贊,或曰詠史詩,則可矣,不應曰樂府也。詩之爲文,一出一入,有切言者,有微言者,輕重無準,唯在達其志耳。故孟子曰:"不以文害詞,不以詞害志。以意逆志,是爲得之。"西涯之詞,引繩切墨,議論太重,文無比興,非詩之體也。乃其叙語議太白用古體,謬矣。西涯筆端高,其集中詩多可觀。惜哉,無是可也。古書叙樂府,唯《宋書》最詳整,其次則《隋書》及《南齊書》,《晉書・樂志》皆不如也。郭茂倩《樂府詩集》爲詩而作,刪諸家樂志作序,甚明而無遺誤,作歌行樂府者,不可不讀。左克明樂府,只取堪作詩料者,可便童蒙學詩者讀之。楊鐵老作樂府,其源出於二李、杜陵,有古題者,有新題者,其文字自是"鐵體",頗傷於怪。然篤而論之,自是近代高手,太白之後,亦是一家,在作者擇之。今太常樂府,其文用詩。黃心甫作《扶輪集》序云:"今不用詩。"非也。余尚及聞前輩有歌絶句者,三十年來亦絶矣。宋人長短句,今亦不能歌。然嘉靖中善胡琴者,猶能彈宋詞。至於今,則元人北詞亦不知矣,而詞亦漸失本調矣。樂其亡乎! 詩之不合於古人,余能正之也;樂之亡,如之何哉?

論樂府與錢頤仲

"詩言志,歌永言。""言之不足,故詠歌之。"然後協之金石絲管,詩莫非樂也。樂府之名,始于漢惠,至武帝立樂府之官,以李延年爲協律都尉,采詩夜誦,有趙、代、齊、魏之歌;又使司馬長卿等造十九章之歌,此樂府之始也。迨魏有三調歌詩,多取漢代歌謠,協之鐘律,其辭多經樂工增損,故有本辭與所奏不同,《宋書·樂志》所載是也。陳王、陸機所制,時稱"乖調"。劉彦和以爲"無詔伶人,故事謝絲管",則疑當時樂府,有不能歌者,然不能明也。漢時有蘇、李五言,枚乘諸作,然吳兢《樂録》有古詩,而李善注《文選》,多引枚乘樂府,詩文皆在古詩中,疑五言諸作,皆可歌也。大略歌詩分界,疑在漢、魏之間。伶倫所奏,謂之樂府;文人所制,不妨有不合樂之詩。樂之所用,在郊廟宴享諸大體,或有民間私造,用之宴飲者。唐之五七言律、長短句,以及今之南北詞,皆樂也,其體亦何常之有? 樂府中又有灼然不可歌者,如後人賦《横吹》諸題,及用古題而自出新意,或直賦題事,及杜甫、元、白新樂府是也。歌行之名,本之樂章,其文句長短不同,或有擬古樂府爲之,今所見如鮑明遠集中有之,至唐天寶以後而大盛,如李太白其尤也。太白多效三祖及鮑明遠,其語尤近古耳。酷擬之風,起於近代。李于鱗取魏、晉樂府古異難通者,句摘而字效之,學者始以艱澀遒壯者爲樂府,而以平典者爲詩。吠聲譁然,殆不可止。但取《樂府詩集》中所載讀之,了然可見。蓋魏、晉樂章,既由伶人協律,聲有短長損益,以文就之,往往合二爲一,首尾都不貫,文亦有不盡可通者,如《鐃歌》聲詞混填,豈可更擬耶? 樂工務配其聲,文士宜正其文:今日作文,止效三祖,已爲古而難行矣;若更爲其不可解者,既不入樂,何取於伶人語耶? 亦古人所不爲也。漢詩之無疑者,唯《文選》班姬一章,亦樂府也。興深文典,與蘇、李諸作何異? 總之,今日作樂府:賦古題,一也;自出新題,二也。捨此而曰某篇似樂府語,某篇似詩語,皆于鱗、仲默之敝法也。選詩者至汲取其難通以爲古妙,此又伯敬、友夏之謬也。所知止此而已。

論歌行與葉祖德

晉、宋時所奏樂府,多是漢時歌謠,其名有《放歌行》、《豔歌行》之屬,又有單題某歌、某行，則歌行者，樂府之名也。魏文帝作《燕歌行》，以七字斷句，七言歌行之濫觴也。沿至於梁元帝，有《燕歌行集》，其書不傳，今可見者，猶有三數篇。於時南北詩集，盧思道有《從軍行》，江總持有《雜曲文》，皆純七言，似唐人歌行之體矣。徐、庾諸賦，其體亦大略相近。詩賦七言，自此盛也。迨及唐初，盧、駱、王、楊大篇詩賦，其文視陳、隋有加矣。迤於天寶，其體漸變。然王摩詰諸作，或通篇麗偶，猶古體也。李太白崛起，奄古人而有之，根於《離騷》，雜以魏三祖樂府，近法鮑明遠，梁、陳流麗，亦時時間出，譎辭雲構，奇文鬱起，後世作者，無以加矣。歌行變格，自此定也。子美獨構新格，自製題目，元、白輩祖述之，後人遂爲新例，陳、隋、初唐諸家，漸漸滅矣。今之歌行，凡有四例：詠古題，一也；自造新題，二也；賦一物、詠一事，三也；用古題而別出新意，四也。太白、子美二家之外，後人蔑以加矣。（以上上海古籍出版社 1963 年《清詩話》本《鈍吟雜録》）

賀貽孫

賀貽孫（1605—1688）字子翼。清永新（今屬江西）人。明末諸生。九歲能文，稱爲神童。時江右社事方盛，與陳宏緒、徐世溥等結社豫章。明亡後，隱居不出。順治七年（1650），學使慕其名，特列貢榜，不就。晚年，家益落，布衣蔬食，無慍色，惟日以著作自娛。著有《水田居文集》、《激書》、《存詩》、《詩筏》、《騷筏》、《詩經觸義》、《易經觸義》、《浮玉館藏稿》、《甘露山房制藝》、《水田居掌録》、《水田居典故》等。其《詩筏》與多數詩話兼紀事不同，爲評詩論詩專著。其論詩受竟陵詩說很大影響，如作詩應求古人之真精神等，均來自鐘惺、譚元春的詩說。賀氏在《詩筏》中還對時人討伐公安、竟陵予以辯護，顯示出其詩學傾向。但與公安、竟陵不同的是，賀氏喜歡的作家爲李、杜，推崇境界闊大、雄奇俊放的詩風。其《騷筏》主要評論屈原及宋玉的作品，與《詩筏》相互發明，是研究賀氏文學理念與晚明文學批評的重要資料。

本書資料據水田居叢刊本《騷筏》、上海古籍出版社 1983 年《清詩話續編》本《詩筏》。

《騷筏》（節録）

自《離騷經》至《大招》，皆楚辭也。楚詩不列於《國風》，今觀楚辭，則楚之爲風大矣。學者分詩與騷、賦爲三，不知詩有比、興、賦，則賦乃詩中一體。若騷則本風人悱惻之意，而沈痛言之耳。騷，憂也；離（麗也），罹也。《離騷》，猶言罹於憂也，即《招魂》所謂舍君之樂而離此不祥也。屈、宋當日，未常分爲兩種名目。騷即宋子作賦之心，賦即屈子作騷之事。意其與風人之詩，雖有異名，其本於至性，可歌可詠，則一也。後人尊《離騷》爲經，或疑爲過。經者，常也；騷者，變也。變固未可爲經，然《離騷》爲古今第一篇忠愛至文。忠愛者，臣子之常。屈於履變而不失其常，變風變雅皆列於經，則尊《離騷》爲經，雖聖人復起，寧有異辭？

《詩筏》（節録）

五言古以不盡爲妙，七言古則不嫌於盡。若夫盡而不盡，非天下之至神，孰能與於斯？

唐人五言律之妙，或有近於五言古者，然欲增二字作七言律則不可。七言律之奇，或有近於七言古者，然欲減二字作五言律則不能。其近古者，神與氣也。作詩文者，以氣以神，一涉增減，神與氣索然矣。

七言絶所以難於七言律者，以四句中起承轉結如八句，而一氣渾成又如一句耳。若只作四句詩，易耳易耳。五言絶尤難於七言絶，蓋字句愈少，則巧力愈有所不及，此千里馬所以難於盤蟻封也。

長篇難矣，短篇尤難。長篇易冗，短篇易盡，此其所以尤難也。數句之中，已具數十句不了之勢；數十句之後，尚留數十句不了之味。他人以數十句難了者，我能以數句便了；他人以數句易了者，我能以數十句不了。固由才情，亦關學力。

詩律對偶，圓如連珠，渾如合璧。連珠互映，自然走盤；合璧雙關，一色無痕。八句一氣而氣逾老，一句三折而句逾遒。逾老逾沉，逾道逾宕。首貴聳拔，意已趨下；結須流連，旨則收上。七言固爾，五字亦然。神而化之，存乎其人，非筆舌所能宣也。

枚乘《七發》，東方朔《客難》，創體也。後人雖沿襲其體，然丰神氣韻，終不能及。張平子《四愁詩》，亦創體也。擬之者不獨沿其體，并沿其調，一擬便肖矣。夫使人一擬便肖者，非詩之至；擬而必期於肖者，亦非擬之至者也。杜子美《同谷歌》，雖略倣《四愁》，然而出脫變化，勝平子遠矣。

漢人樂府，不獨其短篇質奧，長篇龐厚，非後人力量所及，即其音韻節目，輕重疾徐，所以調絲肉而詠宮徵者，今皆不傳。所傳《郊廟》、《鐃歌》諸篇，皆無其器而僅有其辭者。李太白自寫己意，既與古調不合，後人字句比擬，亦於工歌無當。近日李東陽復取漢、唐故事，自創樂府。余謂此特東陽詠史耳！若以爲樂府，則今之樂，非古之樂矣。吾不知東陽之辭，古耶？今耶？以爲古，則漢樂既不可聞；以爲今，則何不爲南北調，而創此不可譜之曲。此豈無聲之樂，無絃之琴哉！伯敬云：“樂府可學，古詩不可學。”余謂古詩可擬，樂府不可擬，請以質之知音者。

　　漢以前無應酬詩，魏、晉以來間有之，亦絕無佳者。惟盧諶、劉琨相贈二首，頌美中頗有感恩知己、好善不倦之意，應酬體中差爲錚錚耳。

　　五言詩爲澹穆易，爲奇峭難。四言詩爲奇峭易，爲澹穆難。陶公四言詩如其五言詩，所以獨妙。七言詩作澹穆尤難，惟摩詰能之，然而稍加深秀矣。

　　沈休文《別范安成詩》，雖風骨遒上，爲齊、梁間僅見，然已漸似李太白、孟襄陽、高達夫、岑嘉州近體矣。自休文外，務工對偶，又在李、孟、高、岑近體之下矣。高、岑以前，近體每似古詩；休文以後，古詩反似近體，其中蓋有默操其升降者。

　　南朝齊、梁以後，帝王務以新詞相競，而梁氏一家，不減曹家父子兄弟，所恨體氣卑弱耳。武帝以文學，與謝朓、沈約輩，爲齊竟陵王八友，著作宏富，固自天授。而簡文豔情麗藻，在明遠、玄暉之間，沈約、任昉諸臣，皆所不及，武帝以東阿擬之，信不虛也。梁元帝及昭明統、武陵紀、邵陵綸，亦自奕奕，獨昭明小劣耳。宮體一出，從風而靡，蓋秀才天子也，又降爲浪子皇帝矣。陳後主、隋煬帝才思豔發，曾何救於敗亡也。傷哉！

　　自玄暉後，如沈約、江淹、王筠、任昉諸君，皆慕玄暉之風，而皆不能及。休文復倡爲聲病之説，音韻稍促，遂開古詩、近體分途之漸。蓋江東顏、謝之體，至玄暉而暢，至沈約輩而弱，至陳、隋而蕩矣。愈變愈新，因而愈衰，是六朝之詩，亦自爲初、盛、中、晚也。

　　徐凝"一條界破青山色"，子瞻以爲惡詩。然入填詞中，尚是本色語。若梁昭明《擬古》詩云"窺紅對鏡歛雙眉，含愁拭淚坐相思，念人一去幾多時"三句，竟是一半《浣溪沙》矣。至"眼語笑靨近來情，心懷心想甚分明。憶人不忍語，含恨獨吞聲"，又是《臨江仙》換頭也。然則齊、梁以後，不獨浸淫近體，亦已濫觴填詞矣。或謂唐人近體盛而古詩元氣遂薄，不知唐人一副元氣，流浹在近體中，能使三百餘年不落宋、元詞曲一派者，非古詩存之，而近體存之也。

　　詩語可入填詞，如詩中"楓落吳江冷"，"思發在花前"，"天若有情天亦老"等句，填詞屢用之，愈覺其新。獨填詞語無一字可入詩料，雖用意稍同，而造語迥異。如梁邵陵王綸《見姬人》詩"却扇承枝影，舒衫受落花"，與秦少游詞"照水有情聊整鬢，倚欄無緒更兜鞋"，同一意致。然邵陵語可入填詞，少游語決不可入詩，賞鑒家自知之。

　　嚴儀卿謂"律詩難於古詩"。彼以律詩歛才就法爲難耳，而不知古詩中無法之法更難。且律詩工者能之，古詩非工者所能，所謂"其中非爾力"，則古詩難於律詩也。又謂"七言律難於五言律"，彼謂七言律格調易弱耳，而不知五言律音韻易促也。五字之中，鏗然悠然，無懈可擊，有味可尋，一氣渾成，波瀾獨老，名爲堅城，實則化境，則五言律難於七言律也。若"絕句難於八句，五言絕難於七言絕"，二語甚當。惜未言五言古難於七言古耳。

前輩有禁人用啞韻者，謂押韻要官樣，勿用啞韻，如四支與十四鹽皆啞韻，不可用也。而不知詩家妙處，全在押韻；押韻妙處，決不在官樣。果禁啞韻，則孔子訂詩，當預作四韻删正，"燕婉"、"戚施"之句，必不列於《風》，而"昭假遲遲"、"式於九圍"，不列於《頌》矣。可爲噴飯。

杜子美詩云"熟精《文選》理"，而子瞻獨不喜《文選》。蓋子瞻文人也，其源出於《國策》、《莊》、《孟》，而助以晁、賈諸公之波瀾，所浸灌於古者深矣。《文選》之文，自秦、漢諸篇外，其餘皆不脱六朝浮靡，其爲子瞻唾棄，無足怪者。若子美則詩人也，詩以《騷》爲祖，以賦爲禰，以漢魏諸古詩，蘇、李、《十九首》，陶、謝、庾、鮑諸人爲嫡裔。子美詩中沉鬱頓挫，皆出於屈、宋，而助以漢、魏、六朝詩賦之波瀾。《文選》諸體悉備，縱選未盡善，而大略具矣。子美少年時，嫻熟此書，而以清矯之才、雄邁之氣鞭策之，漸老漸熟，範我馳驅，遂爾獨成一體。雖未嘗襲《文選》語句，然其出脱變化，無非《文選》者。生平苦心在此一書，不忍棄其所自，故言之有味耳。今人以子美譽《文選》而亦譽之，以子瞻毁《文選》而亦毁之，毁譽皆在子美、子瞻，與己何與？又與《文選》何與哉？

李易安云："王介甫、曾子固文章似西漢，若作一小歌詞，則人必絶倒，不可讀。而歐陽永叔、蘇子瞻詞，乃句讀不葺之詩耳。"又嘗記宋人有云："昌黎以文爲詩，東坡以詩爲詞。"甚矣，詞家之難也！余謂易安所譏介甫、子固、永叔三人甚當，但東坡詞氣豪邁，自是別調，差不如秦七、黄九之到家耳。東坡自言平日不喜唱曲，故不中音律，是亦一短。以詩爲詞，難爲東坡解嘲，若以爲"句讀不葺之詩"，抑又甚矣！至於昌黎文章，元氣深渾，獨其詩篇刻露，稍傷元氣，然天地間自少此一派不得。彼蓋別具手腕，不獨與他家詩不相似，并自與其文章樂府絶不相似。伯敬云："唐文奇碎，而退之春融，志在挽回；唐詩淹雅，而退之艱奧，意專出脱。"此數語真昌黎知己。彼謂"昌黎以文爲詩"者，是不知昌黎者也。大率宋人以詞自負，故所言類此。然遂却以此評詩，不免隔靴搔癢。

微之稱少陵詩"鋪陳始終，排比聲韻，大或千言，次猶數百，太白不能歷其藩翰，況堂奧乎？"而樂天亦謂子美"貫穿古今，覼縷格律，盡工盡善，過於李白"。夫李以天分獨勝，而杜則天工人巧俱絶，却推杜於李上，寧患無説，乃獨推其"排比聲韻"、"覼縷格律"，何耶？以聲韻格律論詩，已近於學究矣，況"排比"、"覼縷"，俗學所病。苟無雄渾豪邁之氣行於其間，雖千言數百，何益於短長？以此壓太白，恐太白不服也。大凡讀子美洋洋大篇，當知他人能短者不能長，能少者不能多，能人者不能天，惟子美能短能長，能少能多，能人能天，亦復愈長愈短，愈多愈少，愈人愈天。如韓信用兵，多多益善，百萬人如一人。漢高雖以神武定天下，然所將不過十萬而已。然則子美能長能多，而非"排比"、"顢縷"之謂。"排比"、"顢縷",亦子美用長用多之一斑,然不足以盡子美也。韓信多多益善,然其奇在以萬人作背水陣,破趙兵二十萬。蓋韓信之能在用多,而其奇在用少。子美亦然。故於五言長篇,雖見能事,然其短篇,尤爲神奇。三韻詩短極矣,然短而愈妙。蓋未有不能用少而能用多者。若太白短篇佳矣,乃其《蜀道難》、《鳴皋歌》、《夢遊天姥吟》諸篇,亦何遽不如子美長歌。讀二家詩者,勿隨人看場可也。

七言古須具轟雷掣電之才,排山倒海之氣,乃克爲之。張司業籍以樂府古風合爲一體,深秀古質,獨成一家,自是中唐七言古別調,但可惜邊幅稍狹耳。若元、白二公,才情有餘,邊幅甚賒,然時有拖沓之累。蓋司業所病者節短,而元、白所病者氣緩,截長補短,庶幾可與李、杜諸人方駕耳。

自元、白及皮、陸諸人以和韻爲能事,至宋而始盛,至今踵之。而皮日休、陸龜蒙更有《藥名》、《古人名》、《縣名》諸詩。又有離合體,謂以字相拆合成文也。有反覆體,謂反覆讀之,皆成文也。有疊韻體,如皮詩所謂"穿煙泉潺湲,觸竹犢觳觫"是也。有雙聲體,皮詩所謂"疏杉低通灘"之類是也。有風人體,皮詩所謂"江上秋風起,從來浪得名。送風猶挂席,苦不會帆情"是也。夫《離合詩》起於孔文舉"漁父屈節"之詩,然文舉詩以骨氣奇逸傳,不以離合傳也。疊韻起於梁武帝、沈休文之"後牖有朽柳"、"偏眠船舷邊",然武帝、休文詩以詞采風流傳,非以疊韻傳也。迴文、反覆起於竇滔妻,然婦人語耳。雙聲體,據皮襲美云起於"蟪蛄在東"、"鴛鴦在梁",然皆無心自合,非有意爲之也。至於藥名起於梁武帝,縣名起於齊竟陵王,彼亦偶爲之,豈以此見長哉?皮、陸二子,清才絕倫,其所爲詩,自有可傳,必欲炫才鬭巧,以駭俗人,則亦過矣!鮑明遠有《建除詩》,又有《數名詩》,然明遠所謂俊逸者,終在彼不在此也。然則學皮、陸者,亦學其可傳者而已,無炫聰明以爭一時伎倆,自失千秋也。

朱鶴齡

朱鶴齡(1606—1683)字長孺,號愚庵。清吳江(今屬江蘇)人。明諸生。穎敏嗜學,嘗箋注杜甫、李商隱詩,盛行於世。明亡後,屏居著述。晨夕一編,行不識途路,坐不知寒暑。人或謂之愚,遂自號愚菴。與顧炎武同爲驚隱詩社(又名逃社)成員。有《愚庵小集》。

本書資料據上海古籍出版社 1979 年影印本《愚庵小集》。

《汪周士詩稿》序(節録)

唐人論詩,每云工於五言,蓋以五言工則不必問其餘,是五言古爲諸體之根柢,而五言古之根柢安在乎？亦曰求之《三百篇》、《離騷》以及昭明之《選》而已矣。自近體盛行，便於應酬干謁，而世之辭人率以之代羔雁、充筐篚，於是五言古幾廢，即披英散馥，排比極王，不過儷青妃白、流連景光已爾，於六義之道安取乎？（卷十）

劉子壯

劉子壯（1609—1652）字克猷，一字稚川。清黃州（今湖北黄岡）人。少時聰明好學，刻苦攻讀二十年。順治六年（1649）大魁天下。其《殿試策》主張民族和睦、省刑薄賦，爲士林傳誦，深得順治帝賞識。授國史院編修。九年二月，充會試同考官。試畢，告病還鄉，旋卒。爲文通貫羣書，氣勢磅礴，以豪邁聞名，在清初影響甚大。著有《屺思堂文集》、《屺思堂詩集》、《劉稚川先生稿》。

本書資料據清刻本《文體明辨》。

《文體明辨》序

文之有體也，如天之不可使下，地之不可使上，男女之不可使易其内外，而君臣、貴賤、賢愚、尊卑不可一日而少倒置者也。置之不當，則大亂於是而起，而遂不可以爲人。如使文而首尾衡決，倫脊頹放，雖復繁言詭義，累牘積几；如下堂之周，服冕之唐，黨偶學之漢、宋，亦復成何世界乎？此文之不可以無體，體不可以不辯也。

李　漁

李漁（1610—1680）初名仙侣，後改名漁，字謫凡，號笠翁。生於雉皋（今江蘇如皋）。在明代中過秀才，入清後無意仕進，從事著述和指導戲劇演出。後居南京，把居所命名爲"芥子園"，並開設書鋪，編刻圖籍，廣交達官貴人、文壇名流。著述甚豐，詩文雜著有《笠翁一家言全集》，《閒情偶寄》就是其中的一部分。戲曲創作有《十種曲》，短篇小説集有《無場戲》（別名《連城璧》）、《十二樓》，長篇小説《合錦回文傳》等。李漁的戲曲創作並不突出，但他的白話小説，可與《三言》、《二拍》並列，爲清代説部之上乘。編輯書籍很多，有《酆齡集》、《古今尺牘大全》、《尺牘初徵》、《尺牘二徵》、《名詞選勝》、《四六初徵》、《新四六初徵》等等。其《閒情偶寄》，則是李漁所有論著中最有價值的部分，它是我國第一部把戲曲作爲綜合藝術來加以研究的戲劇理論著作，在我國戲劇理論發展史上佔有重要地位。《閒情偶寄》中的"詞曲部"和"演習部"，專門記載了他在戲曲藝術方面的心得。他一掃明代在戲曲上重詞采或重音律的偏見,提出了寫劇首先"立主腦",把劇作的主題思想和佈局結構擺到至高無上的地位,其次才考慮詞采和音律;在戲曲人物性格、情節結構、曲韻音律、戲劇語言、科諢動作等方面,都提出了一些精湛的見解。如對人物刻畫的"求肖似",情節結構的"脫窠臼",戲曲語言上的"貴淺顯",科諢動作上的"貴自然"等,在今天看來,仍然有指導意義。《窺詞管見》原刊於李漁《耐歌詞》(即《笠翁詞集》)卷首,是李漁相當重要的一部詞學理論著作,對詞的特點作了精闢的論述,特別是將詞與詩、曲加以比較對照,鮮明突出,發前人所未見。

本書資料據中華書局 1986 年唐圭璋《詞話叢編》本《窺詞管見》、中國戲劇出版社 1959 年《中國古典戲曲論著集成》本《閒情偶寄》。

《窺詞管見》(節錄)

詞立于詩曲二者之間

作詞之難,難於上不似詩,下不類曲,不淄不磷,立於二者之中。大約空疏者作詞,無意肖曲,而不覺彷彿乎曲。有學問人作詞,盡力避詩,而究竟不離於詩。一則苦於習久難變,一則迫於舍此實無也。欲爲天下詞人去此二弊,當令淺者深之,高者下之,一俛一仰,而處於才不才之間,詞之三昧得矣。

詞與詩有別

詞之關鍵,首在有別於詩固已。但有名則爲詞,而考其體段,按其聲律,則又儼然一詩,覓相去之垠而不得者。如《生查子》前後二段,與兩首五言絕句何異?《竹枝》第二體,《柳枝》第一體,《小秦王》、《清平調》、《八拍蠻》、《阿那曲》,與一首七言絕句何異?《玉樓春》、《採蓮子》,與兩首七言絕句何異?字字雙亦與七言絕同,只有每句疊一字之別。《瑞鷓鴣》即七言律,《鷓鴣天》亦即七言律,惟減第五句之一字。凡作此等詞,更難下筆,肖詩既不可,欲不肖詩又不能,則將何自而可?曰:不難,有摹腔煉吻之法在。詩有詩之腔調,曲有曲之腔調。詩之腔調宜古雅,曲之腔調宜近俗,詞之腔調,則在雅俗相和之間。如畏摹腔煉吻之法難,請從字句入手。取曲中常用之字,習見之句,去其甚俗,而存其稍雅,又不數見於詩者,入於諸調之中,則是儼然一詞,而非詩矣。是詞皆然,不獨以上諸調。人問以上諸調,明明是詩,必欲強命爲詞者,何故?予曰:此中根據,未嘗深考,然以意逆之,當有不出範圍者。昔日詩變爲詞,定由此數調始,取詩之協律便歌者,被諸管弦,得此數首,因其可詞而詞之,則今日之詞名,仍是昔

22

日之詩題耳。

詞與曲有別

詞既求別於詩，又務肖曲中腔調，是曲不招我，而我自往就，求爲不類，其可得乎？曰：不然，當其摹腔煉吻之時，原未嘗撇却詞字，求其相似，又防其太似，所謂存稍雅，而去甚俗，正謂此也。有同一字義，而可詞可曲者。有止宜在曲，斷斷不可混用於詞者。試舉一二言之，如閨人口中之自呼爲妾，呼壻爲郎，此可詞可曲之稱也。若稍異其文，而自呼爲奴家，呼壻爲夫君，則止宜在曲，斷斷不可混用於詞矣。如稱彼此二處爲這廂、那廂，此可詞可曲之文也。若略換一字，爲這裏、那裏，亦止宜在曲，斷斷不可混用於詞矣。大率如爾我之稱者，奴字、你字不宜多用。呼物之名者，貓兒、狗兒諸兒字不宜多用。用作尾句者，罷了、來了諸了字不宜多用。諸如此類，實難枚舉，僅可舉一概百。近見名人詞刻中，犯此等微疵者不少，皆以未經提破耳。一字一句之微，即是詞曲分歧之界，此就淺者而言。至論神情氣度，則紙上之憂樂笑啼，與場上之悲歡離合，亦有似同而實別，可意會而不可言詮者。慧業之人，自能默探其秘。

《閒情偶寄·結構第一》（節録）

填詞一道，文人之末技也。然能抑而爲此，猶覺愈于馳馬試劍，縱酒呼盧。孔子有言："不有博弈者乎？爲之猶賢乎已。"博弈雖戲具，猶賢于"飽食終日，無所用心"；填詞雖小道，不又賢于博弈乎？吾謂技無大小，貴在能精；才乏纖洪，利于善用。能精善用，雖寸長尺短，亦可成名。否則才誇八斗，胸號五車，爲文僅稱點鬼之談，著書惟洪覆瓿之用，雖多亦奚以爲？填詞一道，非特文人工此者足以成名，即前代帝王，亦有以本朝詞曲擅長，遂能不泯其國事者。請歷言之：高則誠、王實甫諸人，元之名士也，舍填詞一無表見。使兩人不撰《琵琶》、《西廂》，則沿至今日，誰復知其姓字？是則誠、實甫之傳，《琵琶》、《西廂》傳之也。湯若士，明之才人也，詩文尺牘，盡有可觀，而其膾炙人口者，不在尺牘詩文，而在《還魂》一劇。使若士不草《還魂》，則當日之若士，已雖有而若無，況後代乎？是若士之傳，《還魂》傳之也，此人以填詞而得名者也。歷朝文字之盛，其名各有所歸，"漢史"、"唐詩"、"宋文"、"元曲"，此世人口頭語也。《漢書》、《史記》，千古不磨，尚矣。唐則詩人濟濟，宋有文士蹌蹌，宜其鼎足文壇，爲三代後之三代也。元有天下，非特政刑禮樂一無可宗，即語言文學之末，圖書翰墨之微，亦少概見。使非崇尚詞曲，得《琵琶》、《西廂》以及《元人百種》諸書傳于後代，則當日之元，亦與五代、金、遼同其泯滅，焉能附三朝驥尾，而掛學士文人之齒頰哉？此帝王國事以填詞而得名者也。由是觀之，填詞非末技，乃與史傳詩文同源而異派者也。近日雅慕此道，刻欲追蹤元人，配饗若士者盡多，而究意作者寥寥，未聞絕唱。其故維何？止因詞曲一道，但有前書堪讀，並無成法可宗。暗室無燈，有眼皆同瞽目，無怪乎覓途不得、問津無人、半途而廢者居多，差毫釐而謬千里者，亦復不少也。嘗怪天地之間有一種文字，即有一種文字之法脈準繩，載之于書者，不異耳提面命，獨于填詞製曲之事，非但略而未詳，亦且置之不道。揣摩其故，殆有三焉：一則爲此理甚難，非可言傳，止堪意會。想入雲霄之際，作者神魂飛越，如在夢中，不至終篇，不能返魂收魄。談真則易，說夢爲難，非不欲傳，不能傳也。若是，則誠異誠難，誠爲不可道矣。吾謂此等至理，皆言最上一乘，非填詞之學節節皆如是也，豈可爲精者難言，而粗者亦置弗道乎？一則爲填詞之理變幻不常，言當如是，又有不當如是者。如填生旦之詞，貴于莊雅，製淨丑之曲，務帶詼諧，此理之常也。乃忽遇風流放佚之生旦，反覺莊雅爲非，作迂腐不情之淨丑，轉以詼諧爲忌。諸如此類者，悉難膠柱。恐以一定之陳言，誤泥古拘方之作者，是以寧爲闕疑，不生蛇足。若是，則此種變幻之理，不獨詞曲爲然，帖括持文皆若是也。豈有執死法爲文，而能見賞於人，相傳於後者乎？一則爲從來名士以詩賦見重者十之九，以詞曲相傳者猶不及什一，蓋千百人一見者也。凡有能此者，悉皆剖腹藏珠，務求自秘，謂此法無人授我，我豈獨肯傳人。使家家製曲，戶戶填詞，則無論《白雪》盈車，《陽春》遍世，淘金選玉者未必不使後來居上，而覺糠秕在前。且使周郎漸出，顧曲者多攻出瑕疵，令前人無可藏拙，是自爲后羿而教出無數逢蒙，環執干戈而害我也，不如仍仿前人，緘口不提之爲是。吾揣摩不傳之故，雖三者並列，竊恐此意居多。以我論之：文章者，天下之公器，非我之所能私；是非者，千古之定評，豈人之所能倒？不若出我所有，公之于人，收天下後世之名賢，悉爲同調。勝我者，我師之，仍不失爲起予之高足；類我者，我友之，亦不愧爲攻玉之他山。持此爲心，遂不覺以生平底裏，和盤托出，並前人已傳之書，亦爲取長棄短，別出瑕瑜，使人知所從違，而不爲誦讀所誤。知我，罪我，憐我，殺我，悉聽世人，不復能顧其後矣。但恐我所言者，自以爲是而未必果是；人所趨者，我以爲非而未必盡非。但矢一字之公，可謝千秋之罰。噫，元人可作，當必賞予。

　　填詞首重音律，而予獨先結構者，以音律有書可考，其理彰明較著。自《中原音韻》一出，則陰陽平仄畫有塍區，如舟行水中，車推岸上，稍知率由者，雖欲故犯而不能矣。《嘯餘》、《九宮》二譜一出，則葫蘆有樣，粉本昭然。前人呼製曲爲填詞，填者，布也，猶棋枰之中畫有定格，見一格，布一子，止有黑白之分，從無出入之弊，彼用韻而我叶之，彼不用韻而我縱橫流蕩之。至於引商刻羽，戛玉敲金，雖曰神而明之，匪可言喻，亦由勉強而臻自然，蓋遵守成法之化境也。至於結構二字，則在引商刻羽之先，拈韻抽毫之始。如造物之賦形，當其精血初凝，胞胎未就，先爲制定全形，使點血而具五官百骸之勢。倘先無成局，而由頂及踵，逐段滋生，則人之一身，當有無數斷續之痕，而血氣爲之中阻矣。工師之建宅亦然。基址初平，間架未立，先籌何處建廳，何方開戶，棟需何木，梁用何材，必俟成局了然，始可揮斤運斧。倘造成一架而後再籌一架，則便於前者，不便於後，勢必改而就之，未成先毀，猶之築舍道旁，兼數宅之匠資，不足供一廳一堂之用矣。故作傳奇者，不宜卒急拈毫，袖手於前，始能疾書於後。有奇事，方有奇文，未有命題不佳，而能出其錦心，揚爲繡口者也。嘗讀時髦所撰，惜其慘澹經營，用心良苦，而不得被管弦、副優孟者，非審音協律之難，而結構全部規模之未善也。

詞采似屬可緩，而亦置音律之前者，以有才技之分也。文詞稍勝者，即號才人；音律極精者，終爲藝士。師曠止能審樂，不能作樂；龜年但能度詞，不能製詞。使與作樂製詞者同堂，吾知必居末席矣。事有極細而亦不可不嚴者，此類是也。

《閒情偶寄·詞采第二》（節錄）

曲與詩餘，同是一種文字。古今刻本中，詩餘能佳而曲不能盡佳者，詩餘可選而曲不可選也。詩餘最短，每篇不過數十字，作者雖多，入選者不多，棄短取長，是以但見其美。曲文最長，每折必須數曲，每部必須數十折，非八斗長才，不能始終如一。微疵偶見者有之，瑕瑜並陳者有之，尚有踴躍於前、懈弛於後，不得已而爲狗尾貂續者亦有之。演者、觀者既存此曲，只得取其所長，恕其所短，首尾並錄。無一部而刪去數折，止存數折，一齣而抹去數曲，止存數曲之理。此戲曲不能盡佳，有爲數折可取而挈帶全篇，一曲可取而挈帶全折，使瓦缶與金石齊鳴者，職是故也。予謂既工此道，當如畫士之傳真，閨女之刺繡，一筆稍差，便慮神情不似；一針偶缺，即防花鳥變形。使全部傳奇之曲，得似詩餘選本如《花間》、《草堂》諸集，首首有可珍之句，句句有可寶之字，則不愧填詞之名，無論必傳，即傳之千萬年，亦非僥倖而得者矣。吾於古曲之中，取其全本不懈、多瑜鮮瑕者，惟《西廂》能之。《琵琶》則如漢高用兵，勝敗不一，其得一勝而王者，命也，非戰之力也。《荆》、《劉》、《拜》、《殺》之傳，則全賴音律。文章一道，置之不論可矣。（以上卷一）

《閒情偶寄·音律第三》

作文之最樂者，莫如填詞，其最苦者，亦莫如填詞。填詞之樂，詳後《賓白》之第二幅，上天入地，作佛成仙，無一不隨意到，較之南面百城，洵有過焉者矣。至說其苦，亦有千態萬狀,擬之悲傷疾痛、桎梏幽囚諸逆境,殆有甚焉者。請詳言之。他種文字,隨人長短,聽我張弛,總無限定之資格。今置散體弗論,而論其分股、限字與調聲與叶律者。分股,則帖括時文是已。先破後承,始開終結,内分八股,股股相對,繩墨不爲不嚴矣。然其股法、句法,長短由人,未嘗限之以數,雖嚴而不謂之嚴也。限字,則四六排偶之文是已。語有一定之字,字有一定之聲,對必同心,意難合掌,矩度不爲不肅矣。然止限以數,未定以位;止限以聲,未拘以格。上四下六可,上六下四亦未嘗不可。仄平平仄可,平仄仄平亦未嘗不可。雖肅而實未嘗肅也。調聲叶調,又兼分股、限字之文,則詩中之近體是已。起句五言,是句句五言;起句七言,則句句七言;起句用某韻,則以下俱用某韻;起句第二字用平聲,則下句第二字定用仄聲,第三、第四又復顛倒用之。前人立法,亦云苟且密矣。然起句五言,句句五言;起句七言,句句七言,便有成法可守。想入五言一路,則七言之句不來矣;起句用某韻,以下俱用某韻;起句第二字用平聲,下句第二字定用仄聲,則拈得平聲之韻,上、去、入三聲之韻,皆可置之不問矣。守定平仄、仄平二語,再無變更,自一首以至千百首,皆出一轍,保無朝更夕改之令阻人適從矣,是其苟猶未甚,密猶未至也。至於填詞一道,則句之長短,字之多寡,聲之平上去入,韻之清濁陰陽,皆有一定不移之格。長者短一綫不能,少者增一字不得,又復忽長忽短,時少時多,令人把握不定。當平者平,用一仄字不得;當陰者陰,換一陽字不能。調得平仄成文,又慮陰陽反復;分得陰陽清楚,又與聲韻乖張。令人攪斷肺腸,煩苦欲絶。此等苛法,盡勾磨人。作者處此,但能布置得宜,安頓極妥,便是千幸成幸之事,尚能計其詞品之低昂,文情之工拙乎?予襁褓識字,總角成篇,於詩、書、六藝之文,雖未精窮其義,然皆淺涉一過。總諸體百家而論之,覺文字之難,未有過於填詞者。予童而習之,於今老矣,尚未窺見一斑。只以管窺蛙見之識,謬語同心;虛赤幟於詞壇,以待將來。作者能於此種艱難文字顯出奇能,字字在聲音律法之中,言言無資格拘攣之苦,如蓮花生在火上,仙叟弈於橘中,始爲盤根錯節之才,八面玲瓏之筆,壽名千古,衾影何慚!而千古上下之題品文藝者,看到傳奇一種,當易心換眼,別置典刑。要知此種文字作之可憐,出之不易,其楮墨筆硯非同己物,有如假自他人,耳目心思效用不能,到處爲人掣肘,非若詩賦古文,容其得意疾書,不受神牽鬼制者。七分佳處,便可許作十分;若到十分,即可敵他種文字之二十分矣。予非左袒詞家,實欲主持公道。如其不信,但請作者同拈一題,先作文一篇或詩一首,再作填詞一曲,試其孰難孰易,誰拙誰工,即知予言之不謬矣。然難易自知,工拙必須人辨。

　　詞曲中音律之壞,壞於《南西廂》。凡有作者,當以之爲戒,不當取之爲法。非止音律,文藝亦然。請詳言之。填詞除雜劇不論,止論全本,其文字之佳,音律之妙,未有過於《北西廂》者。自南本一出,遂變極佳者爲極不佳,極妙者爲極不妙。推其初意,亦有可原,不過因北本爲詞曲之豪,人人賛羨,但可被之管弦,不便奏諸場上,但宜於弋陽、四平等俗優,不便强施於昆調,以係北曲而非南曲也。兹請先言其故。北曲一折,止隸一人,雖有數人在場,其曲止出一口,從無互歌迭詠之事。弋陽、四平等腔,字多音少,一泄而盡,又有一人啟口,數人接腔者,名爲一人,實出衆口,故演《北西廂》甚易。昆調悠長,一字可抵數字,每唱一曲,又必一人始之,一人終之,無可助一臂者,以長江、大河之全曲,而專責一人,即有銅喉鐵齒,其能勝此重任乎? 此北本雖佳,吳音不能奏也。作《南西廂》者,意在補此缺陷,遂割裂其詞,增添其白,易北爲南,撰成此劇,亦可謂善用古人,喜傳佳事者矣。然自予論之,此人之於作者,可謂功之首而罪之魁矣。所謂功之首者,非得此人,則俗優競演,雅調無聞,作者苦心,雖傳實没。所謂罪之魁者,千金狐腋,剪作鴻毛,一片精金,點成頑鐵。若是者,何以其有用古之心而無其具也。今之觀演此劇者,但知關目動人,詞曲悦耳,亦曾細嘗其味,深繹其詞乎? 使讀書作古之人,取《西廂》南本一閱,句櫛字比,未有不廢卷掩鼻而怪穢氣熏人者也。若曰詞曲情文不浹,以其就北本增删,割彼湊此,自難帖合,雖有才力無所施也。然則賓白之文,皆由己作,並未依傍原本,何以有才不用,有力不施,而爲俗口鄙惡之談以穢聽者之耳乎? 且曲文之中,盡有不就原本增删,或自填一折以補原本之缺略,自撰一曲以作諸曲之過文者,此則束縛無人,操縱由我,何以有才不用,有力不施,亦作勉强支吾之句,以混觀者之目乎? 使王實甫復生,看演此劇,非狂叫怒罵,索改本而付之祝融,即痛哭流涕,對原本而悲其不幸矣。嘻! 續《西廂》者之才,去作《西廂》者止爭一間,觀者羣加非議,謂《驚夢》以後諸曲,有如狗尾續貂。以彼之才,較之作《南西廂》者,豈特奴婢之於郎主,直帝王之視乞丐! 乃今之觀者,彼施責備,而此獨包容,已不可解;且令家尸户祝,居然配饗《琵琶》,非特實甫呼冤,且使則誠號屈矣! 予生平最惡弋陽、四平等劇,見則趨而避之,但聞其搬演《西廂》,則樂觀恐後。何也? 以其腔調雖惡,而曲文未改,仍是完全不破之《西廂》,非改頭換面、折手跛足之《西廂》也。南本則聾瞽、喑啞、駝背、折腰諸惡狀,無一不備於身矣。非但責其文詞,未究音律。從來詞曲之旨,首嚴宮調,次及聲音,次及字格。九宮十三調,南曲之門户也。小齣可以不拘其成套,大曲則分門别户,各有依歸,非但彼此不可通融,次第亦難紊亂。此劇只因改北成南,遂變盡詞場格局:或因前曲與前曲字句相同,後曲與後曲體段不合,遂向别宮别調隨取一曲以聯絡之,此宮調之不能盡合也;或彼曲與此曲牌名巧湊,其中但有一二句字數不符,如其可增可减,即增减就之,否則任其多寡,以解補湊不來之厄,此字格之不能盡符也;至於平仄陰陽,與逐句所叶之韻,較此二者其難十倍,誅之將不勝誅,此聲音之不能盡叶也。詞家所重在此三者,而三者之弊,未嘗缺一,能使天下相傳,久而不廢,豈非咄咄怪事乎? 更可異者,近日詞人因其熟於梨園之口,習於觀者之目，謂此曲第一當行，可以取法，用作曲譜。所填之詞，凡有不合成律者，他人執而訊之，則曰：“我用《南西廂》某折作對子，如何得錯！”噫，玷《西廂》名目者此人，壞詞場矩度者此人，誤天下後世之蒼生者亦此人也。此等情弊，予不急爲拈出，則《南西廂》之流毒，當至何年何代而已乎！

向在都門，魏貞庵相國取崔、鄭合葬墓誌銘示予，命予作《北西廂》翻本，以正從前之謬。予謝不敏，謂天下已傳之書，無論是非可否，悉宜聽之，不當奮其死力與較短長。較之而非，舉世起而非我；即較之而是，舉世亦起而非我。何也？貴遠賤近，慕古薄今，天下之通情也。誰肯以千古不朽之名人，抑之使出時流下？彼文足以傳世，業有明徵；我力足以降人，尚無實據。以無據敵有徵，其敗可立見也。時龔芝麓先生亦在座，與貞庵相國均以予言爲然。向有一人欲改《北西廂》，又有一人欲續《水滸傳》，同商於予。予曰：“《西廂》非不可改，《水滸》非不可續，然無奈二書已傳，萬口交贊，其高踞詞壇之座位，業如泰山之穩，磐石之固，欲遽叱之使起而讓席於余，此萬不可得之數也。無論所改之《西廂》、所續之《水滸》未必可繼後塵，即使高出前人數倍，吾知舉世之人不約而同，皆以‘續貂蛇足’四字，爲新作之定評矣。”二人唯唯而去。此予由衷之言，向以誠人，而今不以之繩己，動數前人之過者，其意何居？曰：“存其是也。放鄭聲音，非讐鄭聲，存雅樂也；辟異端者，非讐異端，存正道也。予之力斥《南西廂》，非讐《南西廂》，欲存《北西廂》之本來面目也。若謂前人盡不可議，前書盡不可毀，則楊朱、墨翟亦是前人，鄭聲未必無底本，有之亦是前書，何以古聖賢放之辟之，不遺餘力哉？”予又謂《北西廂》不可改，《南西廂》則不可翻。何也？世人喜觀此劇，非故嗜痂，因此劇之外別無善本，欲睹崔、張舊事，舍此無由。地乏朱砂，赤土爲佳，《南西廂》之得以浪傳，職是故也。使得一人焉，起而痛反其失，別出新裁，創爲南本，師實甫之意，而不必更襲其詞；祖漢卿之心，而不獨僅續其後。若與《北西廂》角勝爭雄，則可謂難之又難；若止與《南西廂》賭長較短，則猶恐屑而不屑。予雖乏才，請當斯任，救饑有暇，當即拈毫。

《南西廂》翻本既不可無，予又因此及彼，而有志於《北琵琶》一劇。蔡中郎夫婦之傳，既以《琵琶》得名，則“琵琶”二字乃一篇之主，而當年作者何以僅標其名，不見拈弄真實？使趙五娘描容之後，果然身背琵琶，往別張大公，彈出北曲哀聲一大套，使觀者聽者涕泗橫流，豈非《琵琶記》中一大暢事？而當年見不及此者，豈元人各有所長，工南詞者不善製北曲耶？使王實甫作《琵琶》，吾知與千載後之李笠翁必有同心矣。予雖乏才，亦不敢不當斯任。向填一折付優人，補則誠原本之不逮，茲已附入四卷之末，尚思擴爲全本，以備詞人采擇，如其可用，譜爲弦索新聲。若是，則《南西廂》、《北琵琶》二書可以並行。雖不敢望追蹤前哲，並轢時賢，但能保與自手所填諸曲，如已經行世之前後八種，及已填未刻之內外八種，合而較之，必有淺深疎密之分矣。然著此二書，必須杜門累月，竊恐饑來驅人，勢不由我。安得雨珠雨粟之天，爲數十口家人籌生計乎？傷哉貧也。

恪守詞韻

一齣用一韻到底，半字不容出入，此爲定格。舊曲韻雜，出入無常者，因其法制未備，原無成格可守，不足怪也。既有《中原音韻》一書，則猶畛域畫定，寸步不容越矣。常見文人製曲，一折之中，定有一二出韻之字，非曰明知故犯，以偶得好句不在韻中，而又不肯割愛，故勉強入之，以快一時之目者也。杭有才人沈孚中者，所製《緺春園》、《息宰河》二劇，不施浮采，純用白描，大是元人後勁。予初閱時，不忍釋卷，及考其聲韻，則一無定軌，不惟偶犯數字，竟以寒山、桓歡二韻合爲一處用之，又有以支思、齊微、魚模三韻並用者，甚至以真文、庚青、侵尋三韻不論開口、閉口，同作一韻用者。長於用才而短於擇術，致使佳調不傳，殊可痛惜！夫作詩填詞，同一理也。未有沈休文詩韻以前，大同小異之韻，或可叶入詩中。既有此書，即三百篇之風人復作，亦當俯就範圍。李白詩仙，杜甫詩聖，其才豈出沈約下，未聞以才思縱橫而躍出韻外，況其他乎？設有一詩於此，言言中的，字字驚人，而以一東、二冬並叶，或三江、七陽互施，吾知司選政者，必加擯黜，豈有以才高句美而破格收之者乎？詞家繩墨，只在《譜》、《韻》二書。合譜合韻，方可言才，不則八斗難克升合，五車不敵片紙，雖多雖富，亦奚以爲？

凜遵曲譜

曲譜者，填詞之粉本，猶婦人刺繡之花樣也。描一朵，刺一朵，畫一葉，繡一葉，拙者不可稍減，巧者亦不能略增。然花樣無定式，盡可日異月新，曲譜則愈舊愈佳，稍稍趨新，則以毫釐之差而成千里之謬。情事新奇百出，文章變化無窮，總不出譜內刊成之定格。是束縛文人而使有才不得自展者，曲譜是也；私厚詞人而使有才得以獨展者，亦曲譜是也。使曲無定譜，亦可日異月新，則凡屬淹通文藝者，皆可填詞，何元人、我輩之足重哉？“依樣畫葫蘆”一語，竟似爲填詞而發。妙在依樣之中，別出好歹，稍有一綫之出入，則葫蘆體樣不圓，非近於方，則類乎扁矣。葫蘆豈易畫者哉！明朝三百年，善畫葫蘆者，止有湯臨川一人，而猶有病其聲韻偶乖、字句多寡之不合者。甚矣，畫葫蘆之難，而一定之成樣不可擅改也。

曲譜無新，曲牌名有新。蓋詞人好奇嗜巧，而又不得展其伎倆，無可奈何，故以二曲三曲合爲一曲，熔鑄成名，如《金索掛梧桐》、《傾杯賞芙蓉》、《倚馬待風雲》之類是也。此皆老於詞學、文人善歌者能之，不則上調不接下調，徒受歌者揶揄。然音調雖協，亦須文理貫通，始可串離使合。如《金絡索》、《梧桐樹》是兩曲，串爲一曲，而名曰《金索掛梧桐》，以金索掛樹，是情理所有之事也。《傾杯序》、《玉芙蓉》是兩曲，串爲一曲，而名曰《傾杯賞芙蓉》，傾杯酒而賞芙蓉，雖係捏成，猶口頭語也。《駐馬聽》、《一江風》、《駐雲飛》是三曲，串爲一曲，而名曰《倚馬待風雲》，倚馬而待風雲之會，此語即入詩文中，亦自成句。凡此皆係有倫有脊之言，雖巧而不厭其巧。竟有只顧串合，不詢文義之通塞，事理之有無，生扭數字作曲名者，殊失顧名思義之體，反不若前人不列名目，只以"犯"字加之。如本曲《江兒水》而串入二別曲，則曰《二犯江兒水》；本曲《集賢賓》而串入三別曲，則曰《三犯集賢賓》。又有以"攤破"二字概之者，如本曲《簇御林》、本曲《地錦花》而串入別曲，則曰《攤破簇御林》、《攤破地錦花》之類，何等渾然，何等藏拙。更有以十數曲串爲一曲而標以總名，如《六犯清音》、《七賢過關》、《九回腸》、《十二峯》之類，更覺渾雅。予謂串舊作新，終是填詞末著。只求文字好，音律正，即牌名舊殺，終覺新奇可喜。如以極新極美之名，而填以庸腐乖張之曲，誰其好之？善惡在實，不在名也。

魚模當分

詞曲韻書，止靠《中原音韻》一種，此係北韻，非南韻也。十年之前，武林陳次升先生欲補此缺陷，作《南詞音韻》一書，工垂成而復綴，殊爲可惜。予謂南韻深渺，卒難成書。填詞之家即將《中原音韻》一書，就平、上、去三音之中，抽出入聲字，另爲一聲，私置案頭，亦可暫備南詞之用。然此猶可緩。更有急於此者，則魚模一韻，斷宜分別爲二。魚之與模，相去甚遠，不知周德清當日何故比而同之，豈仿沈休文詩韻之例，以元、繁、孫三韻合爲十三元之一韻，必欲於純中示雜，以存大音希聲之一綫耶？無論一曲數音，聽到歇脚處，覺其散漫無歸，即我非置之案頭，自作文字讀，亦覺字句聱牙，聲韻逆耳。倘有詞學專家，欲其文字與聲音媲美者，當令魚自魚而模自模，兩不相混，斯爲極妥。即不能全齣皆分，或每曲各爲一韻，如前曲用魚，則用魚韻到底，後曲用模，則用模韻到底，猶之一詩一韻，後不同前，亦簡使可行之法也。自愚見推之，作詩用韻，亦當仿此。另鈔元字一韻，區別爲三，拈得十三元者，首句用元，則用元韻到底，凡涉繁、孫二韻者勿用；拈得繁、孫者亦然。出韻則犯詩家之忌，未有以用韻太嚴而反來指謫者也。

廉監宜避

侵尋、監咸、廉纖三韻，同屬閉口之音，而侵尋一韻，較之監咸、廉纖，獨覺稍異。每至收音處，侵尋閉口，而其音猶帶清亮，至監咸、廉纖二韻，則微有不同。此二韻者，以作急板小曲則可，若填悠揚大套之詞，則宜避之。《西廂》"不念《法華經》，不理《梁王懺》"一折用之者，以出惠明口中，聲口恰相合耳。此二韻宜避者，不止單爲聲音，以其一韻之中，可用者不過數位，餘皆險僻艱生，備而不用者也。若惠明曲中之"揢"字、"攙"字、"燀"字、"臁"字、"餡"字、"蘸"字、"颭"字，惟惠明可用，亦惟才大如天之王實甫能用，以第二人作《西廂》，即不敢用此險韻矣。初學填詞者不知，每於一折開手處誤用此韻，致累全篇無好句；又有作不終篇，棄去此韻而另作者，失計妨時。故用韻不可不擇。

拗句難好

音律之難，不難於鏗鏘順口之文，而難於佶屈聱牙之句。鏗鏘順口者，如此字聲韻不合，隨取一字換之，縱橫順逆，皆可成文，何難一時數曲。至於佶屈聱牙之句，即不拘音律，任意揮寫，尚難見才，況有清濁、陰陽及明用韻、暗用韻，又斷斷不宜用韻之成格，死死限在其中乎？詞名之最易填者，如《皂羅袍》、《醉扶歸》、《解三酲》、《步步嬌》、《園林好》、《江兒水》等曲。韻腳雖多，字句雖有長短，然讀者順口，作者自能隨筆，即有一二句宜作拗體，亦如詩內之古風，無才者處此，亦能勉力見才。至如《小桃紅》、《下山虎》等曲，則有最難下筆之句矣。《幽閨記·小桃紅》之中段云："輕輕將袖兒掀，露春纖，盞兒拈，低嬌面也。"每句只三字，末字叶韻，而每句之第二字，又斷該用平，不可犯仄。此等處似難，而尚未盡難。其《下山虎》云："大人家體面，委實多般，有眼何曾見！懶能向前，弄盞傳杯，恁般腼腆。這裏新人忒殺虔，待推怎地展？主婚人不見憐，配合夫妻，事事非偶然。好惡姻緣總在天。"只須"懶能向前"、"待推怎地展"、"事非偶然"之三句，便能攪斷詞腸。"懶能向前"、"事非偶然"二句，每句四字，兩平兩仄，末字叶韻。"待推怎地展"一句五字，末字叶韻；五字之中，平居其一，仄居其四。此等拗句，如何措手？南曲中此類極多，其難有十倍於此者，若逐個牌名援引，則不勝其繁，而觀者厭矣；不引一二處定其難易，人又未必盡曉。茲只隨拈舊詩一句，顛倒聲韻以喻之。如"雲淡風輕近午天"，此等句法，自然容易見好，若變爲"風輕雲淡近午天"，則雖有好句，不奪目矣。況"風輕雲淡近午天"七字之中，未必言言合律，或是陰陽相左，或是平仄尚乖，必須再易數位，始能合拍。或改爲"風輕雲淡午近天"，或又改爲"風輕午近雲淡天"，此等句法，揆之音律則或諧矣；若以文理繩之，尚得名爲詞曲乎？海內觀者肯以此句爲音律所限，自難求工，姑爲體貼人情之善念而恕之乎？曰：不能也。既曰不能，則作者將刪去此句而不作乎？抑自創一格而暢我所欲言乎？曰：亦不能也。然則攻此道者，亦甚難矣！變難成易，其道何居？曰：有一方便法門，詞人或有行之者，未必盡有知之者。行之者偶然合拍，如路逢故人，出之不意，非我知其在路而往投之也。凡作佶屈聱牙之句，不合自造新言，只當引用成語。成語在人口頭，即稍更數位，略變聲音，念來亦覺順口。新造之句，一字聱牙，非止念不順口，且令人不解其意。今亦隨拈一二句試之。如"柴米油鹽醬醋茶"，口頭語也，試變爲"油鹽柴米醬醋茶"，或再變爲"醬醋油鹽柴米茶"，未有不明其義，不辨其聲者。"東邊日出西邊雨，道是無情却有情"，口頭語也，試將上句變爲"日出東邊西邊雨"，下句變爲"道是有情却無情"，亦未有不明其義，不辨其聲音。若使新造之言而作此等拗句，則幾與海外方言無別，必經重譯而後知之矣。即取前引《幽閨》之二句，定其工拙。"懶能向前"、"事非偶然"二句，皆拗體也。"懶能向前"一句，係作者新構，此句便覺生澀，讀不順口。"事非偶然"一句，係家常俗語，此句便覺自然，讀之溜亮，豈非用成語易工，作新句難好之驗乎？予作傳奇數十種，所謂"三折肱爲良醫"，此折肱語也。因覓知音，盡傾肝膈。孔子云："益者三友：友直，友諒，友多聞。"多聞，吾不敢居，謹自呼爲直諒。

合韻易重

句末一字之當叶者，名爲韻脚。一曲之中，有幾韻脚，前後各別，不可犯重。此理誰不知之？誰其犯之？所不盡知而易犯者，惟有"合前"數句。茲請先言"合前"之故。同一牌名而爲數曲者，止於首隻列名其後。在南曲則曰"前腔"，在北曲則曰"么篇"，猶詩題之有其二、其三、其四也。末後數語，在前後各別者，有前後相同，不復另作，名爲"合前"者。此雖詞人躲懶法，然付之優人，實有二便：初學之時，少讀數句新詞，省費幾番記憶，一便也；登場之際，前曲各人分唱，"合前"之曲必通場合唱，既省精神，又不寂寞，二便也。然"合前"之韻脚最易犯重。何也？大凡做首曲，則知查韻，用過之字，不肯復用，迨做到第二、三曲，則止圖省力，但做前詞，不顧後語，置"合前"數句於度外，謂前曲已有，不必費心，而烏知此數句之韻脚在前曲則語語各別，湊入此曲，焉知不有偶合者乎？故作前腔之曲，而有"合前"之句者，必將末後數句之韻脚緊記在心，不可復用；作完之後，又必再查，始能不犯此病。此就韻脚而言也。韻脚犯重，猶是小病，更有大於此者，則在詞意與人不相合。何也？"合前"之曲既使同唱，則此數句之詞意必有同情。如生、旦、淨、丑四人在場，生、旦之意如是，淨、丑之意亦如是，即可謂之同情，即可使之同唱。若生、旦如是，淨、丑未盡如是，則兩情不一，已無同唱之理；況有生、旦如是，淨、丑必不如是，則豈有相反之曲而同唱者乎？此等關竅，若不經人道破，則填詞之家既顧陰陽平仄，又調角徵宮商，心緒萬端，豈能復籌及此？予作是編，其於詞學之精微，則萬不得一，如此等粗淺之論，則可謂知無不言，言無不盡者矣。後來作者，當錫予一字，命曰"詞奴"，以其爲千古詞人，嘗效紀綱奔走之力也。

慎用上聲

平、上、去、入四聲，惟上聲一音最别。用之詞曲，較他音獨低；用之賓白，又較他音獨高。填詞者每用此聲，最宜斟酌。此聲利於幽靜之詞，不利於發揚之曲；即幽靜之詞，亦宜偶用、間用，切忌一句之中連用二、三、四字。蓋曲到上聲，字不求低而自低；不低，則此字唱不出口。如十數字高，而忽有一字之低，亦覺抑揚有致。若重復數字皆低，則不特無音，且無曲矣。至於發揚之曲，每到吃緊關頭，即當用陰字而易以陽字，尚不發調，況爲上聲之極細者乎？予嘗謂物有雌雄，字亦有雌雄。平、去、入三聲以及陰字，乃字與聲之雄飛者也；上聲與陽字，乃字與聲之雌伏者也。此理不明，難於製曲。初學填詞者，每犯抑揚倒置之病，其故何居？正爲上聲之字入曲低，而入白反高耳。詞人之能度曲者，世間頗少。其握管撚髭之際，大約口呐吟哦，皆同説話。每逢此字，即作高聲；且上聲之字出口最亮，入耳極清，因其高而且清，清而且亮，自然得意疾書。孰知唱曲之道與此相反，念來高者，唱出反氏，此文人妙曲利於案頭而不利於場上之通病也。非笠翁爲千古癡人，不分一毫人、我，不留一點渣滓者，孰肯盡出家私底蘊，以博慷慨好義之虚名乎？

少填入韻

入聲韻脚，宜於北而不宜於南。以韻脚一字之音，較他字更須明亮，北曲止有三聲，有平、上、去而無入，用入聲字作韻脚，與用他聲無異也。南曲四聲俱備，遇入聲之字，定宜唱作入聲，稍類三音，即同北調矣。以北音唱南曲，可乎？予每以入韻作南詞，隨口念來，皆似北調，是以知之。若填北曲，則莫妙於此，一用入聲，即是天然北調。然入聲韻脚，最易見才而又最難藏拙。工於入韻，即是詞壇祭酒。以入韻之字，雅馴自然者少，粗俗倔强者多。填詞老手，用慣此等字樣，始能點鐵成金。淺乎此者，運用不來，熔鑄不出，非失之太生，則失之太鄙。但以《西廂》、《琵琶》二劇較其短長。作《西廂》者，工於北調，用入韻是其所長。如《鬧會》曲中“二月春雷響殿角”，“早成就幽期密約”，“内性兒聰明，冠世才學。扭捏着身子百般做作。”“角”字、“約”字、“學”字、“作”字，何等雅馴！何等自然！《琵琶》工於南曲，用入韻是其所短。如《描容》曲中“兩處堪悲，萬愁怎摸？”愁是何物，而可摸乎？入聲韻脚宜北不宜南之論，蓋爲初學者設，久於經道而得三昧者，則左之右之，無不宜之矣。

别解務頭

填詞者必講“務頭”，然“務頭”二字，千古難明。《嘯餘譜》中載《務頭》一卷，前後臚列，豈止萬言，究竟"務頭"二字，未經說明，不知何物。止於卷尾開列諸舊曲，以爲體樣，言"某曲中第幾句是'務頭'，其間陰陽不可混用，去上、上去等字不可混施"。若跡此求之，則除却此句之外，其平仄陰陽，皆可混用混施而不論矣。又云"某句是'務頭'，可施俊語於其上"。若是，則一曲之中，止該用一俊語，其餘字句皆可潦草塗鴉，而不必計其工拙矣。予謂立言之人，與當權秉軸者無異。政令之出，關乎從違，斷斷可從，而後使民從之，稍背於此者，即在當違之列。鑿鑿能信，始可發令。措詞又須言之極明，論之極暢，使人一目了然。今單提某句爲"務頭"，謂陰陽、平仄斷宜加嚴，俊語可施於上，此言未嘗不是，其如舉一廢百，當從者寡，當違者衆，是我欲加嚴，而天下之法律反從此而寬矣。況又囁嚅其詞，吞多吐少，何所取義而稱爲"務頭"，絕無一字之詮釋。然則"葫蘆提"三字，何以服天下？吾恐狐疑者讀之愈重其狐疑，明了者觀之頓喪其明了，非立言之善策也。予謂"務頭"二字，既然不得其解，只當以不解解之。曲中有務頭，猶棋中有眼，有此則活，無此則死。進不可戰，退不可守者，無眼之棋，死棋也；看不動情，唱不發調者，無務頭之曲，死曲也。一曲有一曲之務頭，一句有一句之務頭。字不聱牙，音不泛調，一曲中得此一句，即使全曲皆靈；一句中得此一二字，即使全句皆健者，務頭也。由此推之，則不特曲有務頭，詩詞歌賦以及舉子業，無一不有務頭矣。人亦照譜按格，發舒性靈，求爲一代之傳書而已矣，豈得爲謎語欺人者所惑，而阻塞詞源，使不得順流而下乎？（以上卷二）

《閒情偶寄·賓白第四》（節錄）

自來作傳奇者，止重填詞，視賓白爲末著，常有《白雪》、《陽春》其調，而巴人下里其言者，予竊怪之。原其所以輕此之故，殆有說焉。元以填詞擅長，名人所作，北曲多而南曲少。北曲之介白者，每折不過數言，即抹去賓白而止閱填詞，亦皆一氣呵成，無有斷續，似並此數言亦可略而不備者。由是觀之，則初時止有填詞，其介白之文，未必不係後來添設。在元人，則以當時所重不在於此，是以輕之。後來之人，又謂元人尚在不重，我輩工此何爲？遂不覺日輕一日，而竟置此道於不講也。予則不然。嘗謂曲之有白，就文字論之，則猶經文之於傳注；就物理論之，則如棟梁之於榱桷；就人身論之，則如肢體之於血脉。非但不可相輕，且覺稍有不稱，即因此賤彼，竟作無用觀者。故知賓白一道，當與曲文等視。有最得意之曲文，即當有最得意之賓白，但使筆酣墨飽，其勢自能相生。常有因得一句好白，而引起無限曲情；又有因填一首好詞，而生出無窮話柄者。是文與文自相觸發，我止樂觀厥成，無所容其思議。此係作文恒情，不得幽渺其說而作化境觀也。

《閑情偶寄·科諢第五》（節録）

插科打諢，填詞之末技也。然欲雅俗同歡，智愚共賞，則當全在此處留神。文字佳，情節佳，而科諢不佳，非特俗人怕看，即雅人韻士，亦有瞌睡之時。作傳奇者，全要善驅睡魔。睡魔一至，則後乎此者雖有《鈞天》之樂，《霓裳羽衣》之舞，皆付之不見不聞，如對泥人作揖、土佛談經矣。予嘗以此告優人，謂戲文好處，全在下半本。只消三兩個瞌睡，便隔斷一部神情。瞌睡醒時，上文下文已不接續，即使抖起精神再看，只好斷章取義，作零齣觀。若是，則科諢非科諢，乃看戲之人參湯也。養精益神，使人不倦，全在於此，可作小道觀乎？

《閑情偶寄·格局第六》（節録）

傳奇格局，有一定而不可移者，有可仍可改，聽人自爲政者。開場用末，衝場用生；開場數語，包括通篇；衝場一出，醖釀全部，此一定不可移者。開手宜靜不宜喧，終場忌冷不忌熱，生、旦合爲夫婦，外與老旦非充父母，即作翁姑，此常格也。然遇情事變更，勢難仍舊，不得不通融兌換而用之，諸如此類，皆其可仍可改，聽人爲政者也。近日傳奇，一味趨新，無論可變者變，即斷斷當仍者，亦如改竄，以示新奇。予謂文字之新奇，在中藏不在外貌，在精液不在渣滓，猶之詩賦古文以及時藝，其中人才輩也，一人勝似一人，一作奇於一作，然止別其詞華，未聞異其資格。有以古風之局而爲近律者乎？有以時藝之體而作古文者乎？繩墨不改，斧斤自若，而工師之奇巧出焉。行文之道，亦若是焉。

《閑情偶寄·填詞餘論》

讀金聖歎所評《西廂記》，能令千古才人心死。夫人作文傳世，欲天下後代知之也，且欲天下後代稱許而讚歎之也。殆其文成矣，其書傳矣，天下後代既羣然知之，復羣然稱許而讚歎之矣，作者之苦心，不幾大慰乎哉？予曰：未甚慰也。譽人而不得其實，其去毁也幾希。但云千古傳奇當推《西廂》第一，而不明言其所以爲第一之故，是西施之美，不特有目者贊之，盲人亦能贊之矣。自有《西廂》以迄於今，四百餘載，推《西廂》爲填詞第一者，不知幾千萬人，而能歷指其所以爲第一之故者，獨出一金聖歎。是作《西廂》者之心，四百餘年未死，而今死矣。不特作《西廂》者心死，凡千古上下操觚立言者之心，無不死矣。人患不爲王實甫耳，焉知數百年後，不復有金聖歎其人哉！

聖歎之評《西廂》，可謂晰毛辨髮，窮幽極微，無復有遺議於其間矣。然以予論文，聖歎所評，乃文人把玩之《西廂》，非優人搬弄之《西廂》也。文字之三昧，聖歎已得之；優人搬弄之三昧，聖歎猶有待焉。如其至今不死，自撰新詞幾部，由淺及深，自生而熟，則又當自火其書，而別出一番詮解。甚矣，此道之難言也。

聖歎之評《西廂》，其長在密，其短在拘，拘即密之已甚者也。無一句一字不逆溯其源，而求命意之所在，是則密矣，然亦知作者於此，有出於有心，有不必盡出於有心者乎？心之所至，筆亦至焉，是人之所能爲也；若夫筆之所至，心亦至焉，則人不能盡主之矣。且有心不欲然，而筆使之然，若有鬼物主持其間者，此等文字，尚可謂之有意乎哉？文章一道，實實通神，非欺人語。千古奇文，非人爲之，神爲之、鬼爲之也，人則鬼神所附者耳。（以上卷三）

黃宗羲

黃宗羲（1610—1695）字太冲，號南雷，晚年自稱梨洲老人，學者稱梨洲先生。清餘姚（今屬浙江）人。清軍入關後，黃宗羲召集里中子弟數百人組成“世忠營”，參加反清戰鬥，達數年之久。失敗後返鄉閉門著述，清廷屢次詔徵，皆辭免。黃宗羲學問極博，思想深邃，著作宏富，與顧炎武、王夫之並稱明末清初三大思想家；與弟黃宗炎、黃宗會號稱“浙東三黃”；與顧炎武、方以智、王夫之、朱舜水並稱爲“五大師”，有“中國思想啟蒙之父”之譽。他在經學、史學、天文、地理、曆算等方面成就都很大。一生著述多至五十餘種，三百多卷，其中最爲重要的有《明儒學案》、《宋元學案》、《明夷待訪錄》、《孟子師說》、《葬制或問》、《破邪論》、《思舊錄》、《易學象數論》、《明文海》、《行朝錄》、《今水經》、《大統曆推法》、《四明山志》等。生前曾自己整理編定《南雷文案》，又刪訂爲《南雷文定》、《文約》。其《明儒學案》以及其後開始草創，並由後人和學生共同合作完成的《宋元學案》兩部著作，在中國史學史上有非常重要的地位，開創了中國史學上所謂“學案體”。學案體以學派分類的方式介紹一定時代的學術史，這種體裁被清人採用，成爲編寫中國古代學術史的主要方式。其《金石要例》一卷，《四庫全書·金石要例》提要云：“是書臚括古人金石之例，凡三十六則，後附論文管見九則。自序謂‘潘蒼崖有《金石例》，大段以昌黎爲例，顧未嘗著爲例之義與壞例之始，亦有不必例而例之者，如上代、兄弟、宗族、姻黨，有書有不書，不過以著名不著名，初無定例，故摘其要領,稍爲辨正,所以補蒼崖之缺,云云。蒼崖者,元潘昂霄之號,此書蓋補其《金石例》之所遺者也。所收如比干《銅槃銘》,出王球《嘯堂集古録》,乃宋人僞作;夏侯嬰《石槨銘》,出吴均《西京雜記》,亦齊梁人影撰,引爲證佐,未免失考。又據孫何《碑解論》,碑非文章之名,不知劉勰《文心雕龍》已列此目。如樂府本官署之名,而相沿既久,無不稱歌詞爲樂府者,宗羲必繩以古義,亦未免太拘。然宗羲於文律本嫻,其所考證,實較昂霄原書爲精密,講金石之文者固不能不取裁於斯焉。"

本書資料據四庫全書本《金石要例》。

《金石要例》自序（擬題）

碑版之體,至宋末元初而壞;逮至今日,作者既張、王、李、趙之流,子孫得之以答賻奠,與紙錢寓馬相爲出入,使人知其子、姓、婚姻而已,其壞又甚於元時。似世系而非世系,似履歷而非履歷。市聲俗軌相沿,不覺其非。元潘蒼崖有《金石例》,大段以昌黎爲例,顧未嘗著爲例之義與壞例之始,亦有不必例而例之者,如上代、兄弟、宗族、姻黨,有書有不書,不過以著名不著名,初無定例,乃一一以例言之。余故摘其要領,稍爲辯正,所以補蒼崖之缺也。

書合葬例

婦人從夫,故誌合葬者,其題只書"某官某公墓誌銘"或"墓表",未有書"暨配某氏"也。張説爲《蕭灌神道碑》云:"南城侯之夫人同刻碑銘。"其題《贈吏部尚書蕭公神道碑》,其妻韋氏書事實於内,題則不列。楊烱爲《王義童神道碑》,其子師本陪葬,亦不别爲標題。自唐至元,皆無夫婦同列者。此當起於近世。王慎中集中如《處士陳東莊公暨配黎氏墓表》,蓋不一而足也。

婦女誌例

婦女之誌,以夫爵冠之,如"某官夫人某氏",或"某官某人妻某氏",庾信、陳子昂、張説、獨孤及皆然。若子著名,則以子爵冠之。如柳子厚爲《王叔文母誌》,書"户部侍郎王公先太夫人河間劉氏"。婦人後夫而死者,其葬書"祔葬"。權德輿集中"宏農楊氏"、"河東縣君柳氏"、"博陵縣君崔氏",皆如此例。

書名例

碑誌之作，當直書其名字。而東漢諸銘載其先代，多只書官。唐宋名人文集所志，往往只稱"君諱某，字某"，使其後至於無考爲可惜。

稱呼例

名位著者稱公。名位雖著，同輩以下稱君，耆舊則稱府君。《昌黎集》中有"董府君"、"獨孤府君"、"張府君"、"衛府君"、"盧府君"、"韓府君"。有文名者稱先生，如昌黎之稱"施先生"、"貞曜先生"，皇甫湜之稱"昌黎韓先生"。友人則稱字，如昌黎之于李元賓、樊紹述、張孝權。元姚牧菴稱趙提刑夫人爲"楊君"，則變例也。

墓誌無銘例

墓誌而無銘者，蓋叙事即銘也。昌黎《張圓之誌》云："叙次其族世、名字、事始終，而銘曰云云"，蓋所謂誌銘者，通一篇而言之，非以叙事屬誌，韻語屬銘。猶如作賦者，末有"重曰"、"亂曰"，總之是賦，不可謂"重"是"重"，"亂"是"亂"也。故無銘者，猶賦之無重、無亂者也。正考甫之《鼎銘》云："一命而僂，再命而傴，三命而俯，循墻而走，亦莫敢余侮。饘於是，粥於是，以餬余口。"《比干銅盤》曰："右林左泉，後岡前道。萬世之寧，兹焉是保。"《漢滕公石銘》曰："佳城鬱鬱，三千年見白日，吁嗟滕公居此室。"此有韻之銘也。季札之喪，孔子銘其墓曰："嗚呼！有吳延陵季子之墓。"衛孔悝《鼎銘》曰："六月丁亥，公假於太廟。公曰：叔舅！乃祖莊叔，左右成公。成公乃命莊叔隨難於漢陽，即宫於宗周，奔走無射，啓右獻公。獻公乃命成叔：纂乃祖服。乃考文叔，興舊耆欲，作率慶士，躬恤衛國，其勤公家，夙夜不懈。民咸曰休哉！公曰：叔舅，予女銘，若纂乃考服。悝拜稽首曰：對揚以辭之，勤大命，施於烝彝鼎。"此無韻之銘也。古來原有此兩樣，墓表、神道碑，俱有銘，有不銘。

單銘例

叙事即在韻語中。昌黎《房使君鄭夫人殯表》、《大理評事胡君墓銘》、《盧渾墓誌銘》。

墓表例

墓表，表其人之大略可以傳世者，不必細詳行事。如唐文通先生《宋明道之表》是也。

歐文胡瑗、石曼卿墓表皆不書子姓。今制：三品以上神道碑，四品以下墓表，銘藏於幽室，人不可見。碑、表施於墓上，以之示人。雖碑、表之名不同，其實一也。故墓表之書子姓，墓表之有銘，不可謂非也。自有墓表，更無墓碣，則墓表之製方趺圓首，可知矣。故與碑分品級，柳州稱神道表，神道與墓無品級之可分也。

神道碑例

柳州《葬令》曰："凡五品以上爲碑，龜趺螭首；降五品爲碣，方趺圓首。"此碑、碣之分。是凡言碑者，即神道碑也。後世則碣亦謂之碑矣，豈以"神道"二字重於墓乎？地理家以東南爲神道，蘇瓌碑建於塋北一十五里，亦曰神道碑。宋孫何《碑解》云："班固有《泗亭長碑文》，蔡邕有《郭有道》、《陳太丘碑文》，其文皆有序冠篇，末則亂之以銘，未嘗以碑爲文章之名也。迨李翱爲《高愍女碑》，羅隱爲《三叔碑》、《梅先生碑》，則所謂序與銘皆混而不分。集列其目，亦不復曰文，戾孰甚焉！今當如班、蔡之作，存序與銘，通謂之文可也。"

楊炯爲《成知禮神道碑》，其碑銘之後有"系曰"，若楚詞，別自一體。

婦人妃、主，亦稱神道碑，如張說《和麗妃》、《息國長公主》，李華《東光縣主》，楊綰《郭汾陽夫人》是也。

行狀例

行狀爲議諡而作，與求志而作者，其體稍異。爲諡者，須將諡法配之，可不書婚娶子姓。柳州狀段太尉、狀柳渾是也。爲求文者，昌黎之狀馬韓，柳州之狀陳京，白香山之狀祖父是也。

婦女行狀例

王魯齋曰："衛公叔文子卒，其子請諡於君，曰：'日月有時，將葬矣，請所以易其名者。'請諡之詞，意者今世行狀之始也。自唐以來，有官不應諡，亦爲行狀者，將求名世之士爲之誌銘,而行狀之本意始反矣。觀昌黎、廬陵、東坡三集,銘人之墓最多,而行狀共不過五篇,而婦人不爲也。又知婦人之不爲行狀之意,亦明矣。"按:江淹爲《宋建太妃周氏行狀》,任昉、裴野皆有婦人行狀,非婦人不爲行狀也。

行述例

歐陽玄銘曾秀才云:"行述,似翁所作。"字術魯翀作《姚天樞神道碑》云:"其子侃以公行實徵録。"歐陽發作《事跡》。此皆與行狀名異而實同也。今既有行實,又有行狀,無乃重出乎?

誄　例

誄亦納於壙中,故柳州《虞崔鳴誄》云:"追列遺懿,求諸后土。"誌、銘亦可謂之誄。元鄭師山爲《洪頤墓誌銘》云:"其門人俞溥,狀其言行,俾爲之誄,以識其葬。"

子孫爲祖父行狀例

今人爲其父行狀,稱父之父爲王父,王父之父稱爲曾王父,曾王父之父稱爲高王父,非也。稱謂當以父爲主,故穆員狀父云:"高祖宏遠,曾祖固禮,祖思恭,考元休。"未嘗以員之自稱易之。孫逖《父銘》,陳子昂《父志》皆如之。

碑誌煩簡例

誌銘藏於壙中,宜簡;神道碑立於墓上,宜詳。然范仲淹爲《种世衡志》數千餘言,韓維志程明道亦數千言,東坡《范蜀公志》五千餘言,唯昌黎煩簡得當。

先廟碑例

先廟碑見於昌黎集中者,皆叙立廟之由,本其得姓之始,祖功宗德而已。至元,則侈大其子孫,於祖宗反略焉。先塋、先德、昭先等碑,名雖不同,其義一也。宋景濂爲《單氏先塋碑銘》云:"公之勳業不附先德之後,何以白前人積累之深? 雖昧於造文之體,不暇邮也。"當知碑先德而後子孫者,非文之正體矣。

書祖父例

蔡邕《祖攜碑》云："攜字叔業，曾祖父勳。攜生稜，稜生邕。邕至勳，連身六世。"故《後漢·邕傳》稱勳爲"六世祖"。而唐穆員爲其父誌，高祖上一世則稱"五代祖"。陳子昂志父墓："五世祖太樂生高祖方慶，方慶生曾祖湯，湯生祖通，通生皇考辯。"柳州《父神道表》："六代祖慶"，"五代祖旦"，"高祖楷"。蘇子美《父誌》亦然。此當從後。

范育《吕和叔墓表》稱曾祖爲"皇考"，祖爲"王考"。庾承宣爲《田布碑》，稱曾祖爲"王大父"。柳州《柳府君墳前石表辭》稱"高祖王父"、"曾祖王父"、"祖王父"。

不書子婦例

女子重所歸，故壻多書，子婦例不書。楊炯爲《曹通神道碑》，載子婦一人，以其陪窆於塋内也。裴抗爲《田承嗣神道碑》，載子婦二人，以其爲公主也。而宋之黄裳誌夫人黄氏："男三，長曰淳，娶孫氏；次曰昱，娶楊氏；少曰延，娶張氏。"楊慈湖誌舒元質云："生子五人：曰鈃，叔晦壻；曰鉦，娶袁氏；曰銑，簡女女焉；曰錯，娶趙氏；曰鐩，叔和之壻也。"方大琮誌其父云："大輿娶温陵趙奉直不劭之女，大瑈娶福唐林簡肅栗之孫女，大鏞娶薛左史元昇之孫女。"誌林景説云："男榮公，聘王氏。"誌徐母趙氏云："子庭蘭，娶俞料院某之孫女。"此外諸家文集亦不多見。至元而古法蕩然。閻復《廣平王碑》、元明善《淇陽王碑》，無不書子婦矣。

子女不分書所出例

子女皆統于父，雖異母，而不分書所出。在唐，如權德輿誌李巽"三夫人，四子"，不言某屬某氏。楊綰作《郭汾陽夫人神道碑》，"六子八女"，俱書夫人下。在宋，歐公誌蘇子美，"先娶鄭氏，後娶杜氏，三子"。誌梅舜俞，"初娶謝氏，再娶刁氏，子男五人，女二人"。温公誌吕獻可，"始娶張氏，後娶時氏，四子六女"。荆公誌葛源，"元配孫氏，繼配盧氏，三子一女"。誌蘇安世，"娶葉氏，又娶某氏，子四人，女子五人"。誌李宗辯，"男十五人，女十九人"，俱書夫人季氏下。是皆以父爲主，不必分屬之母，此定例也。然婦無別誌，即附見夫誌之内者，前後夫人不妨分屬子女。如昌黎碑楊燕奇，"夫人李氏有男四人，女二人；後夫人雍氏有男一人，女二人"。誌昭武李公，"三娶：元配韋氏，生子紘，女賁；次配崔氏，生綽、紹、縉。今夫人無子"。白樂天之誌元微之，穆員之誌鄭叔則，皆用此例。迨元姚牧菴碑姚樞書，“子女某出，某出”。虞伯生誌牟應龍，亦書“某出”。張起岩狀張宏，“夫人趙氏、姜氏。二子：元節，趙出；元里，姜出”。此非古法之所有也。

婦人誌書子女例

婦人之誌，非其所生者不書。臨川誌曾易占：“子男六人：曄、鞏、牟、宰、布、肇；女九人。”其誌夫人吳氏：“子男三：鞏、牟、宰。女一。”

妾不書例

婢妾所生之子，書其子，不書其母。如昌黎誌李郱云：“夫人博陵崔氏，七男三女。郱爲澄城主簿；其嫡激，鄌城令；放，芮城尉；漢，監察御史；漄、洸、潘，皆進士。”是崔氏所生只激一人，其六人皆不書其母。誌李惟簡云：“夫人崔氏有四子：長曰元孫，次曰元質、元立、元本。元立、元本皆崔氏出。”其二子皆不書其母。誌鄭君云：“初娶韋肇女，生二女一男。後娶李則女，生一女二男。其餘男二人，女四人。”其餘者，蓋婢妾所生，故不書其母。李定母，仇氏。王文公爲李閜誌，書定於正室浩氏之下，不書仇氏。古例皆然。至元而壞之。劉敏中《忠獻碑》書妾，李謙爲《張文謙神道碑》書側室，姚牧菴《阿力海涯碑》書如夫人。《潘澤碑》：“子希永，他室李出。”蘇天爵《高文貞碑銘》：“子男三人：履、恒，麻夫人出；益，側室王氏出。”《耶律有尚碑》：“子男五人：長楷，次樸，次權，皆伯德夫人出也；次栝，次檢，庶也。”宋景濂《方愚菴墓版文》稱妾爲少房。

不書子姓及妻例

周、隋碑誌多不書子姓，并不書配。其時夫婦各自爲志，故不書。至於合葬者，夫人必書。如庾子山之《段永》、《司馬裔》、《柳霞》、《侯莫陳道生》、《宇文顯和》諸碑是也。後來歐陽爲《石守道誌》，不書妻某氏，子某名，尹師魯亦不書子名。有書子不書妻，周、隋閒多有之。至唐，如孫逖誌李暠，獨孤及誌姚子彥，皆然。

單書嗣子例

周、隋之碑，單書嗣子，未嘗人人而書也。觀庾子山諸碑，《司馬裔》但書世子侃，

《長孫儉》但書墩等兄弟，《紇干宏》但書世子恭等，《崔詵》但書世子洪度，《辛威》但書世子永達，《段永》但書世子炭。唐權文公爲《伊慎神道碑》，但書冢嗣，餘書息男十六人。

書孫曾例

昌黎碑誌只書子女，更無書孫者。孫逖爲《杜義寬碑》，書孫，以表其墓。權文公爲《王端碑》，書孫，以其葬王父。白樂天碑崔孚，書孫，以其求文。張曲江爲《呂處真》，書其孫女；爲《李仁瞻》，書其孫；李迥秀爲《裴希惇》，書其孫：皆以立碑故，其他皆不書也。至宋，則皆書孫矣，不特孫也，且及於曾孫矣。廬陵《蘇明允誌》，書孫。曾子固誌錢純老，書孫。東坡狀溫公，書孫。子固誌沈率府，“子三人，某某；孫八人，某某；曾孫三人，某某”。東坡《范蜀公誌》，書曾孫女。虞伯生碑張宏範，書“孫六人，某官某；曾孫十一人，某官某。”

書孫壻例

葉水心《臧氏誌》，書孫壻。虞伯生狀董文用，“孫女十人，長適某，次適某某”。馬石田銘劉百户，“孫女四人，一適某，一適某”。唐時，孫壻不敢入碑誌，或列之碑陰，與先友一例。權文公之碑王光謙是也。

書外甥例

王文公《仁壽縣太君徐氏誌》書“外孫四十七人”。

孫不宜分屬例

今世書孫，又各於孫下，係以某子所出。《爾雅》曰：“男子謂姊妹之子爲出。”《公羊傳》曰：“蓋舅出。”以鄪世子巫與魯襄公俱是莒外孫，同所自出。故凡言出者，因母姓而云也。今以“出”屬之於父，不通甚矣。且父在，則孫俱屬之父，子不私爲一己之有也。

不書壻祖父例

女之所適，但書壻之姓氏，不當及壻之祖父也。元明善誌袁夫人史氏，書“女，長適宋相史莊肅公嵩之之孫似伯,次適工部尚書余天任之孫昌期,次適宋資政殿大學士史岩之之孫益伯"。以顯宦著名故,變例書之。蘇天爵誌袁文清:"女四人。"其二人書"適故觀文殿大學士趙某孫田錫,適故相史忠定王玄孫公佾"。其二人書"適同知袁州路總管府事趙孟貫,適處州儒學錄余應榘"。二書祖父,二不書者,以著名不著名也。然已爲濫惡。今世不論馬醫夏畦,一概書某某之子若孫某,不知何謂也。

書生卒年月日例

凡書生卒,止書某年某月某日,不書某時。

書國號例

凡書出仕於前代,稱其國號;當代,稱皇。柳州《柳渾》、《陳京狀》是也。

書妻變例

張景妻唐氏再適,宋祁載之。

書女變例

韓文公三女,其長女初適李漢,改適樊宗懿。《誌》書"塈左拾遺李漢,聟集賢校理樊宗懿。次女許嫁陳氏。三女未笄。"聟即塈之別名。此皇甫持正變例也。

塔銘例

柳州云:"凡葬大浮圖,無竁穴,其於用碑不宜。"然柳州之爲浮圖碑多矣。今釋氏之葬,不曰碑銘,而曰塔銘者,猶存不宜用碑之義也。

書僧臘例

今之爲塔銘者,於其終也,書"僧臘若干,世壽若干。"《因話錄》云:"釋氏結夏,隨其身之輕重,以蠟爲其人。解夏之後,以本身驗於蠟人。輕則爲妄想耗其氣血矣。今作伏臘之臘,失其義矣。"柳州書:"爲僧凡若干年,其壽若干。"或"凡年若干,爲僧若干期"。

僧稱公例

凡僧稱某公,皆以其名,宋景濂《塔銘》可案也。今乃以其字稱公,此村野驅烏所爲,奈何文章家因之!

寺碑例

《宋景文筆記》云:"碑者,施於墓則下棺,施於廟則繫牲。古人因刻文其上。今佛氏揭大石鏤文,士大夫皆題曰碑銘,何耶?"案:《儀禮》,碑在堂下,三分庭之一,當碑揖。宗廟、路寢、庠序皆有碑,所以識日景,是不特繫牲而用也。碑於釋氏無礙名義,如王簡栖《頭陀寺碑文》,其來已久矣。

銘法例

《祭統》:"銘之義,稱美而不稱惡,此孝子孝孫之心也。"故昌黎云"應銘法,若不應銘法,則不銘之矣。"以此寓褒貶於其間。然昌黎之於子厚,言:"少年勇於爲人,不自貴重。"誌李干,單書服秘藥一事,"以爲世戒"。誌李虛中,亦書其"以水銀爲黄金服之,冀不死"。誌王適,書其謾侯高事。誌李道古,言其"薦妄人柳泌"。皆不掩所短,非截然諛墓者也。

(附)論文管見(節録)

作文雖不貴模倣,然要使古今體式無不備於胸中,始不爲大題目所壓倒。有如女紅之花樣,成都之錦,自與三村之越異其機軸。今人見歐、曾一二轉折,自詫能文。余嘗見小兒搏泥爲炕,擊之石上,鏗然有聲,泥多者聲宏,若以一丸爲之,縱使能響,其聲幾何,此古人所以讀萬卷也。

盧陵誌楊次公云"其子不以銘屬他人,而以屬修者,以修言爲可信也。然則銘之其可不信。"表薛宗道云"後世立言者自疑於不信,又惟恐不爲世之信也。"今之爲碑版者其有能信者乎？而不信先自其子孫始，子孫之不信先自其官爵贈諡始。

所謂文者，未有不寫其心之所明者也，心苟未明，劬勞憔悴於章句之間，不過枝葉耳，無所附之而生。故古今來不必文人始有至文，凡九流百家，以其所明者沛然隨地湧出，便是至文。故使子美而談劍器，必不能如公孫之波瀾；柳州而叙宮室，必不能如梓人之曲盡，此豈可强者哉？

陸世儀

陸世儀(1611—1672)字道威，號剛齋、桴亭。太倉(今屬江蘇)人。明末清初著名理學家、文學家。明亡，隱居講學。通曉諸子百家學說，精研程朱理學，時人尊爲"江南大儒"。其主要貢獻在理學方面，提出了"居敬窮理"、"格物知之"、"盡人倫合天理"、"求實用合聖意"的治學路徑；力主實學與内心修養，不尚虚談，影響明清之際一代學人，是中國思想史上有重大影響的思想家之一。曾編輯《儒家理要》一書，著有《思辨録》、《學酬》、《復社紀略》、《春秋考》、《詩鑒》、《書鑒》等。其《思辨録》爲顧炎武所折服，曾致書陸世儀云："知當吾世而有真儒也。"

本書資料據四庫全書本《思辨録輯要》。

《思辨録輯要》(節録)

古文詩歌，人不可不學，然亦不可太費心力。古文取其暢達，詩歌通聲律，辨體裁，取其足以寫懷而已。若泛作無益論記小文及研窮詩句，不過一文人而已。吾人責大任重，心力幾何，乃爾浪擲。善乎，吾友郁子儀臣之言曰，使先知覺後知，乃是聖賢立言本意，今人乃以做古文詩歌爲立言，失其旨矣。

凡人自二十四五以前，古文不可不學，至二十四五以後，則學道爲主，無暇及矣。須於少年時一氣趕過陽明未遇湛甘泉講道時，先與同輩學作詩文。故講道之後，其往來論學書及奏疏，皆明白遠快，吐言成章，動合古文體格。雖識見之高，學力之到，然其得力未始不在少年時一番簡練揣摩也。學道之儒不重作古文辭，只恐人溺於詞章之習。若藉以發揮道妙，則此一段工夫亦不可少。

學古文須學大家大學者，韓、柳、歐、蘇、曾、王是也。韓筆力高，歐度好，蘇氣好，柳小文佳，王識力最妙，大文字尤不可及，雖老蘇父子亦退三舍。曾少鈍，然亦醇正，總名爲大家，以其得孔子"辭達而已"之旨也。

古文中《左》、《國》、班、馬，筆力非不更高，然古今稍遠，辭旨簡古。若有意學之，恐反涉艱深。然亦各有體裁，如碑記，自當學韓；書序，自當學歐王；論策，自當學蘇；叙事、議論，自當學班、馬、《左》、《國》；至於詔誥、册命，則又當上法典、謨，未可一例論也。

凡古文皆有體式，如詔誥、册命、書疏、啓檄、露布之類，各有規矩，各有家數。學作古文，須要曉此各項，方是有用文人。不然，則亦無用之辭章而已矣。吳江徐師曾輯《文體明辨》，甚得此意，然其意主於博收，翦裁頗欠識力。愚意欲節去其無用而煩冗者，細爲批評，指出中間異同，及中竅不中竅處，病未能也。

人斷不可學子書。子書是不上行面，不入體裁文字，一學便入小家數。

四六文竟不必作。唐文所以爲四六者，束於功令耳。今則未嘗有功令，何苦取青儷白？即使能工，亦記室之才耳。

四六文不必作，亦不可不知。蓋四六中長短相接俱有法，聲韻平仄俱有粘，熟讀古人四六自見。今人動誇四六，而粘法俱未之知，可爲一哂。

古文濫觴於魏、晉，如《七啓》、《七發》、《連珠》之類，俱是天地間無用文字。如《文選》者，即不讀亦不妨。

詩不當從沈約韻。約韻皆吳音，人知之而卒從之者，人好學唐詩，則韻亦從唐韻矣。洪武中，既有《正韻》禮部頒行，經數大儒訂正較讐甚精，奈何不從耶？

古人不重聲韻，故曰“書同文”，不曰“書同聲”，以聲有五方，不可強同也。觀《詩》三百篇，大都用叶，則知聲苟可通即用之矣，不必拘拘某韻、某韻也。必欲用韻，亦當以中州爲主。

詩家最低惡品，如唐伯虎《花月吟》及迴文、五平、五仄之類，次則香奩體、李長吉體，皆不入格者也。今之學詩者，往往喜效諸家。夫詩以導性情，《花月》、迴文性情何在？喜效香奩、長吉，則其性情不入於淫，必入於鬼矣。學之何益！如溺而不改，則其人亦不足重。

詩家限韻、步韻亦是惡套。古人賦詩相答，只是誦古詩以見志耳。後人以詩相酬答，亦是常事，然必限韻、步韻，便專尚才思，有妨性情。

詩餘、曲子，其辭愈濫，其調愈淫，愈趨愈下矣。然宋以詩餘著，元以曲子著，其間亦儘有可當諷刺，可勵風俗者。但學者既有志於道，則詩文且爲末技，況詞曲乎！且一入其中，則喜爲淫靡者什之九，能爲正律者什之一矣。不作可也。

制義體裁甚妙，然尚有可議者，必拘口氣一也。聖人之言，惟聖人能言之，後學之士以我証聖，當使其自言所得，求合乎聖人之道，而觀其不悖與否。不宜徒使效顰，概爲揣摩之語。必主排比二也。排比之體，近於聲偶。文束聲偶，則難以暢論。往往拘忌體格，不能發揮旁通。此俱制義之弊。愚謂制義當作論體，凡古今上下百家諸子，俱得旁引曲喻，縱言無忌，庶可窺見胸中所學。

凡制義出題，亦當爲論體，如顏子所好何學？論是也。如此，方可見人本領、學問。

或以制科文爲不傳者。非也。唐之詩賦，即唐之制科文，然俱傳矣。況今之制科文，又皆闡發聖賢道理者乎！傳至後日，即爲古文矣。吾知其必傳。

文章學墨卷則易於中式，然全注意體格則不能發揮胸申所得，亦須行以大家氣。（以上卷五）

凡作史志書須詳于紀，如天文、地理、輿服、兵制之類，不但志要詳，圖亦要詳，後人方有憑據也。今之作史不惟于志書太略，如南北史之類，并其志而無之。使一時之典章事實俱無所考，又何以爲史乎？《文中子》曰："史之失也其于遷、固乎，記繁而志寡。"此言真千古確論，亦千古絕識。

史家志與紀傳是兩項，志以紀一代之法，紀傳以紀一代之人物與事，此不可偏輕重者也。然志之一事，較紀傳爲更難。蓋紀傳不過即其人之行事，紀其善惡；志則如天文、地理、禮樂、兵刑之類，非學問淹博者，不能歷觀全史。大約皆詳於紀傳，而略於志。即如《史記》之八《書》，《前漢》之十《志》，《後漢》之八《志》，皆繁簡失倫。去取任意，莫大於兵政、賦役，而三史俱不載，莫無益於封禪。

作史之體，記宜簡，志宜備。（以上卷三十四）

《雅》、《頌》、《登歌》，音貴疏越，語尚肅雍。漢郊廟歌如《練時日》、《天馬》、《華煜煜》之類，創爲三言，長短參差，則音節煩促，非所謂希聲矣；辭句幽僻險怪，則如梵唄巫覡，非所謂肅雝大雅矣。乃後世反以爲高古，轉相倣傚，至今不改，辭人之無識如此！

正樂乃聖人之事。秦廢先王之禮樂，漢高又不事《詩》、《書》，魯兩生不肯應召，而漢武乃以宦者李延年爲協律都尉。協律，豈宦者之事乎？官匪其人，而以製樂，乃創爲新聲詭調，艱深隱語，雜以教坊方言，演爲樂府，聲辭相雜，殊無意義。且險僻幽怪，竟如梵呪楚些，豈特巴人下里？至今耳食者詫爲高奇，仿其音，借其目，謂爲古樂府體，真堪噴飯！

詩以聲爲主，而聲又倚于辭。辭簡則音希，然太簡則反促；辭舒則音緩，然太舒則又靡曼。《風》、《雅》諸什皆四言，聲辭得中，不疾不徐，所以爲雅。《三百篇》後，惟五言古爲近。漢始爲三言，比于促矣。七言絶句，其亦辭之舒者乎？故唐樂府多取之。律則聲調爲複，歌行則已放，長短句詩餘則入于靡曼，變而爲曲調，則靡曼之極矣！總由辭句之長短中來也。故聲辭之雅，當以四言、五言爲主。

《三百篇》中，亦有三言者，如《風》之《江有汜》“之子歸”，《周頌》之“於緝熙，單厥心”，《魯頌》之“振振鷺，鷺于飛”是也。其五七言句亦偶一二見，然非其本然體格。其本然體格，只是四言。

詩言志，何以曰歌永言？蓋詩者，有韻之言。有韻便可咏歌，咏歌則其聲長，故曰歌永言，聲依永。然人聲無一定之準，或高或下，或清或濁，無法以齊一之則不和。故聖人又製六律以爲之節，而被之金石，此詩樂之原本也。凡有韻者，無不可歌；凡可歌者，無不可入樂。故聖人删詩正樂，只是正其詩之辭，辭即所謂志也。《論語》“思無邪”是言其辭，“樂而不淫”亦是言其辭；“興、觀、羣、怨”亦是言其辭。辭在則聲在矣。乃鄭康成謂《三百篇》皆得聲而得詩，其餘則得詩而不得聲，真是説夢。

漢、魏人以情境爲詩。六朝人以辭彩爲詩。唐人以名利筌蹄爲詩。限聲偶，襲套格，如今之八股時文。時文不離經傳，而無裨于名理；近體不離歌咏，而無關于性情。

漢《郊祀》等歌，大抵彷《楚辭·九歌》而變其體。然《九歌》清遠流麗，漢歌煩促結澁；《九歌》志在慕君，而寓意于神，故纏綿悽楚，彌覺可誦；漢歌專媚鬼神，措辭恍忽，讀之意興索然。

漢樂府出于唐山夫人及李延年之流，故全不足法。晉樂府出于傅玄、曹毗、張華、王珣、荀勖諸人，多用四言，故其詩儘有典則，可追風雅者。然祖宗本無功德可述，更不如漢辭，雖典則，亦何足云。

詩、樂本非二，自漢制《鼓吹》、《鐃歌》等曲，而樂與詩遂分。豈知凡有韻之言可歌者，無不可入樂乎？唐李白《蜀道難》、杜甫《無家別》等作歌行也，而謂之樂府。李白《清平調》、王昌齡《塞上吟》，七言絕也，而亦謂之樂府。則知凡詩皆可歌，凡可歌者無不可入樂矣。後人分詩、樂爲二，作詩者又分樂府與詩爲二，不惟不知樂，又豈足爲知詩者乎！

鄭樵論樂府曰：“得詩而得聲者，列之《三百篇》，謂之《風》、《雅》、《頌》；得詩而不得聲者，則置之，謂之逸詩。今之樂府，章句雖存，聲樂無用。”此欺人之論，不通之甚者也。夫聲詩原自相合，如今之詞曲皆然，未有曲淫而聲正，亦未有曲正而聲淫者。今以聲詞判而爲二，而歸重于聲，此欺人于不可知，而謬爲要渺精微之説也。昔宋時陳體仁亦有此論，朱子非之，有云：“詩之作本以言志而已。方其詩也，未有歌也；及其歌也，未有樂也。以聲依永，以律和聲，則樂乃爲詩而作，非詩爲樂而作。”其言最爲原本。

詩人自唐五百年至邵康節，康節至今又五百年，敢道無一人是豪傑，只爲個個被沈約詩韻縛定。沈約韻是吳韻，本不合中原之聲，一時作詩之家崇尚唐詩，遂并其韻而崇尚之。至《洪武正韻》出，已經釐正，而猶不悟，則甚矣，詩人之無識無胆也！康節起，直任天機，縱橫無礙，不但韻不得而拘，即從來詩體亦不得而拘，謂之風流人豪，豈不信然！（以上卷三十五）

黄周星

黄周星（1611—1680）字九煙，又字景明，改字景虞，號圃庵、而庵，別署笑倉子、笑蒼道人、汰沃主人、將就主人等。晚年變名黄人，字略似，別署半非道人。明清之際金陵（今江蘇南京）人。少育於湖南湘潭周氏。崇禎六年（1633）舉人，十三年進士。十六年授户部主事。入清後不仕，往來吳越間，以授徒爲生。工詩文，通音律，擅作戲曲。年七十，自撰《墓誌銘》及《解脱吟》、《絕命詞》，三赴清流欲自盡，皆遇救，遂絕食而亡。著有《夏爲堂集》、《製曲枝語》。所撰傳奇《人天樂》，雜劇《惜花報》、《試官述懷》，今存。《製曲枝語》共十條，原附刊於其所撰傳奇《人天樂》卷首，指出作曲必須“多發天然”、“雅俗共賞”、“能感人”；認爲曲是“詩之流派”，製曲之訣可以概括爲一個“趣”字。

本書資料據中國戲劇出版社1959年《中國古典戲曲論著集成》本《製曲枝語》。

《製曲枝語》（節録）

詩降而詞，詞降而曲，名爲愈趨愈下，實則愈趨愈難。何也？詩律寬而詞律嚴，若曲，則倍嚴矣。按格填詞，通身束縛，蓋無一字不由湊泊，無一語不由扭捏而能成者。故愚謂曲之難有三：叶律一也，合調二也，字句天然三也。嘗爲之語曰："三仄更須分上去，兩平還要辨陰陽。"詩與詞曾有是乎？

詞壇之推服魁奇者，必曰神童、才子。夫神童之奇，奇在出口成章；才子之奇，奇在立掃千言也。然僅可施之於詩文耳，設或命之製曲，出口可以成章乎？千言可以立掃乎？故才者至此無所騁其才，學者至此無所用其學，此所謂最下之文字，實最上之工力也。以此思難，難可知矣。

愚謂：曲有三難，亦有三易。三易者：可用襯字襯語，一也；一折之中，韻可重押，二也；方言、俚語，皆可驅使，三也。是三者，皆詩文所無，而曲所有也。然亦顧其用之何如，未可草草。即如賓白，何嘗不易？亦須順理成章，方可動聽，豈皆市井游談乎？

有一老友語余云："製曲之難，無才學者不能爲，然才學却又用不着。"旨哉斯言！余見新舊傳奇中，多有填砌彙書，堆垛典故，及琢煉四六句，以示博麗精工者，望之如餖飣牲筵，觸目可憎。夫文各有體，曲雖小技，亦復有曲之體。若典彙、四六，原自各成一家，何必活剥生吞，強施之於曲乎？若此者，余甚不取。

顧炎武

顧炎武（1613—1682）原名絳，明亡後改名炎武，字寧人，亦自署蔣山傭。人稱亭林先生。蘇州府昆山縣（今江蘇昆山）人。明末清初著名思想家、史學家、語言學家。一生律己很嚴，操行卓越，身處逆境而終無頹唐之想，表現出堅定的民族氣節和不屈精神。曾參加抗清鬭爭，清廷曾多次逼迫他參加纂修《明史》，均遭其嚴詞拒絕。後來致力於學術研究。爲文多探索國家治亂之源、生民根本之計，提倡利民富民，表達要求進行社會改革的思想願望。其書信筆鋒銳利，議論文則簡明宏偉。其詩歌現實性和政治性十分強烈，帶有明顯的史詩特色，沉鬱蒼涼、剛健古樸，精神骨力接近杜甫，在清初詩人中成就很高。在學術上，他一反宋明理學的唯心主義傾向，強調客觀的調查研究，宣導博學於文、行己有恥的爲學宗旨，開一代新風。他對宋明理學的批判，是以總結明亡的歷史教訓爲出發點的，認爲明朝覆亡乃是王陽明心學空談誤國的結果。晚年側重經學考證，考訂古音，是清代古音韻學的開山祖師。他用離析"唐韻"（實際是《廣韻》）的方法研究古韻，分古韻爲十部，其中有四部（歌部、陽部、耕部、蒸部）成爲定論，其餘幾部也粗具規模，後來各家古韻分部，都是在顧氏分部的基礎上加細加詳。宋人也曾研究古韻，但把《唐韻》的每一個韻部看成一個整體，沒有想到把它們拆開，因此，儘管把韻部定得很寬，仍然不免出韻。宋人的另一個極端是遇字逐個解決，沒有注意到語音的系統性。顧炎武則把某些韻分成幾個部分，然後重新與其他韻部合併，有分有合，既照顧了語音的系統性，又照顧了語音的歷史發展。著有《日知錄》、《音學五書》等。其《日知錄》三十二卷，内容宏富，貫通古今，涉及經義、政事、世風、禮制、科舉、藝文、名義、古事真妄、史法、注書、雜事、兵事、外國事、天象術數、地理、雜考證等，既有經世致用的價值，又精於考據，開乾嘉考據學先河。其《音學五書》纂輯了顧炎武三十餘年研究音韻學的成果，共三十八卷。其中《音論》三卷，"審音學之源流"，是全書的總綱；《詩本音》十卷、《易音》三卷，考訂《詩經》和《周易》中的音韻；《唐韻正》二十卷，考察從春秋戰國至唐宋以來的音韻變遷；《古音表》二卷，析古音爲十部，列表加以説明。顧炎武在同李因篤論音韻流變的書信中説："愚以爲讀九經自考文始，考文自知音始。以至諸子百家之書，亦莫不然。"這一觀點開啟了清代乾嘉學派注重音韻訓詁學的先河。

本書資料據四庫全書本《日知錄》。

詩有入樂不入樂之分

《鼓鐘》之詩曰："以雅以南。"子曰："《雅》、《頌》各得其所。"夫二南也，豳之《七月》也，《小雅》正十六篇，《大雅》正十八篇。頌也：詩之入樂者也。邶以下十二國之附於二南之後，而謂之《風》；《鴟鴞》以下六篇之附於豳，而亦謂之《豳》；《六月》以下五十八篇之附於《小雅》，《民勞》以下十三篇之附於《大雅》，而謂之變雅：《詩》之不入樂者也。《樂記》："子夏對魏文侯曰：'鄭音好濫淫志，宋音燕女溺志，衛音趨數煩志，齊音敖辟喬志：此四者，皆淫於色而害於德，是以祭祀弗用也。'"朱子曰："二南正風，房中之樂也，鄉樂也。二雅之正雅，朝廷之樂也。商、周之頌，宗廟之樂也。至變雅則衰，周卿士之作，以言時政之得失。而邶、庸以下，則太師所陳，以觀民風者耳，非宗廟、燕享之所用也。"但據程大昌之辯，則二南自謂之南，而別立正風之目者非。

四　詩

《周南》、《召南》，南也，非風也。豳謂之豳詩，亦謂之雅，亦謂之頌，而非風也。

南、豳、雅、頌爲四詩，而列國之風附焉，此《詩》之本序也。（以上卷三）

樂章（節録）

《詩》三百篇，皆可以被之音而爲樂。自漢以下，乃以其所賦五言之屬爲徒詩，而其協於音者則謂之樂府。宋以下，則其所謂樂府者，亦但擬其辭，而與徒詩無別。於是乎詩之與樂判然爲二，不特樂亡，而詩亦亡。古人以樂從詩，今人以詩從樂。古人必先有詩，而後以樂和之。舜命夔教冑子，"詩言志，歌永言，聲依永，律和聲"，是以登歌在上，而堂上堂下之器應之，是之謂以樂從詩。古之詩，大抵出於中原諸國，其人有先王之風，諷誦之教。其心和，其辭不侈，而音節之間，往往合於自然之律。《楚辭》以下，即已不必盡諧。降及魏、晉，羌戎雜擾，方音遞變，南北各殊，故文人之作多不可以協之音，而名爲樂府，無以異於徒詩者矣。人有不純，而五音十二律之傳於古者至今不變，於是不得不以五音正人聲，而謂之以詩從樂。以詩從樂，非古也。後世之失，不得已而爲之也。

《漢書》："武帝舉司馬相如等數十人，造爲詩賦，略論律呂，以合八音之調，作十九章之歌。"夫曰"略論律呂，以合八音之調"，是以詩從樂也。後代樂章皆然。

《安世房中歌》十七章，《郊祀歌》十九章，皆郊廟之正樂，如《三百篇》之《頌》。其他諸詩，所謂趙、代、秦、楚之謳，如列國之風。

十九章，司馬相如等所作，略論律呂，以合八音者也。趙、代、秦、楚之謳，則有協有否。以李延年爲協律都尉，采其可協者以被之音也。

樂府中如清商、清角之類，以聲名其詩也。如《小垂手》、《大垂手》之類，以舞名其詩也。以聲名者，必合於聲；以舞名者，必合於舞。至唐而舞亡矣，至宋而聲亡矣。於是乎文章之傳盛，而聲音之用微，然後徒詩興而樂廢矣。

歌者爲詩，擊者拊者吹者爲器，合而言之謂之樂。對詩而言，則所謂樂者，"八音興於詩，立於禮，成於樂"是也，分詩與樂言之也。專舉樂則詩在其中，"吾自衛反魯，然後樂正，雅、頌各得其所"是也，合詩與樂言之也。

《鄉飲酒》："禮工四人，二瑟。"注："二瑟，二人鼓瑟，則二人歌也。"古人琴瑟之用，皆與歌並奏，故有一人歌，一人鼓瑟者。漢文帝使慎夫人鼓瑟，上自倚瑟而歌是也。亦有自鼓而自歌，孔子之取瑟而歌是也。若乃衛靈公聽新聲於濮水之上，而使師延寫之，則但有曲而無歌，此後世徒琴之所由興也。

言詩者，大率以聲音爲末藝，不知古人入學自六藝始，孔子以游藝爲學之成。後人之學好高，以此爲瞽師樂工之事，遂使三代之音不存於兩京，兩京之音不存於六代，

而聲音之學遂爲當今之絕藝。（以上卷五）

經義論策

今之經義論策，其名雖正，而最便於空疏不學之人。唐宋用詩賦，雖曰雕蟲小技，而非通知古今之人不能作。今之經義，始於宋熙寧中王安石所立之法，命呂惠卿、王雱等爲之。

試文格式

經義之文，流俗謂之八股，蓋始於成化以後。股者，對偶之名也。天順以前，經義之文不過敷演傳註，或對或散，初無定式，其單句題亦甚少。成化二十三年，會試《樂天者保天下》文，起講先提三句，即講樂天，四股；中間過接四句，復講保天下，四股；復收四句，再作大結。弘治九年，會試《責難於君謂之恭》文，起講先提三句，即講責難於君，四股；中間過接二句，復講謂之恭，四股；復收二句，再作大結。每四股之中，一反一正，一虛一實，一淺一深。其兩扇立格，則每扇之中各有四股，其次第之法亦復如之。故今人相傳謂之八股。若長題則不拘此。嘉靖以後，文體日變，而問之儒生，皆不知八股之何謂矣。孟子曰：“大匠誨人，必以規矩。”今之爲時文者，豈必裂規偭矩矣乎？

發端二句，或三四句，謂之破題。大抵對句爲多，此宋人相傳之格。下申其意，作四五句，謂之承題。然後提出夫子爲何而發此言，謂之原起。至萬曆中，破止二句，承止三句，不用原起。篇末敷演聖人言畢，自攄所見，或數十字，或百餘字，謂之大結。明初之制，可及本朝時事。以後功令益密，恐有藉以自衒者，但許言前代，不及本朝。至萬曆中，大結止三四句。於是國家之事罔始罔終，在位之臣畏首畏尾，其象已見於應舉之文矣。

試錄文字之體，首行曰“第一塲”，頂格寫。次行曰“《四書》”，下一格。次行題目，又下一格。《五經》及二、三塲皆然。至試文則不能再下，仍提起頂格。此題目所以下二格也。若歲考之卷，則首行曰“《四書》”，頂格寫；次行題目，止下一格，經論亦然。後來學政苟且成風，士子試卷省却《四書》各經字，竟從題目寫起，依大塲之式概下二格。聖經反下，自作反高，於理爲不通。然日用而不知，亦已久矣。又其異者，沿此之例不論古今，詩文概以下二格爲題。萬曆以後，坊刻盛行，每題之文必注其人之名於下，而刻古書者亦化而同之。如題曰《周鄭交質》，下二格，其行末書“左丘明”；題曰

《伯夷列傳》，下二格，其行末書"司馬遷"。變歷代相傳之古書，以肖時文之面貌，使古人見之，當爲絕倒。

程　文

自宋以來，以取中士子所作之文，謂之程文。《金史》："承安五年，詔考試詞賦官各作程文一道，示爲舉人之式。試後赴省藏之。"至明朝，先亦用士子程文刻錄。後多主司所作，遂又分士子所作之文，別謂之墨卷。

文章無定格，立一格而後爲文，其文不足言矣。唐之取士以賦，而賦之末流最爲冗濫。宋之取士以論策，而論策之弊亦復如之。明之取士以經義，而經義之不成文又有甚於前代者。皆以程文格式爲之，故日趨而下。鼂、董、公孫之對，所以獨出千古者，以其無程文格式也。欲振今日之文，在毋拘之以格式，而俊異之才出矣。

判

舉子第二場作判五條，猶用唐時銓試之遺意。至於近年，士不讀律，止抄錄舊本。入場時每人止記一律，或吏或户。記得五條，場中即可互換。中式之卷大半雷同，最爲可笑。《通典·選人條例》："其倩人暗判，人間謂之判羅，此最無恥，請牓示以懲之。"後唐明宗天成三年，中書奏："吏部南曹關，今年及第進士內《三禮》劉瑩等五人，所試判語皆同。勘狀稱'晚逼試期，偶拾得判草寫淨，實不知判語不合一般者。'"敕："貢院擢科，考詳所業，南曹試判，激勸爲官。劉瑩等既不攻文，只合直書其事，豈得相傳稿草，侮瀆公場。宜令所司落下放罪。"夫以五代偏安喪亂之餘，尚令科罪，明以堂堂一統作人之盛，而士子公然互換，至一二百年，目爲通蔽，不行覺察。傳之後代，其不爲笑談乎？

試判起於唐高宗時。初吏部選才，將親其人，覆其吏事。始取州縣案牘疑議，試其斷割，而觀其能否。後日月寖久，選人猥多，案牘淺近，不足爲難。乃采經籍古義，假設甲乙，令其判斷。既而來者益衆，而通經正籍又不足以爲問，乃徵僻書曲學隱伏之義問之，惟懼人之能知也。佳者登於科第，謂之入等；其甚拙者，謂之藍縷，各有升降。選人有格限未至而能試文三篇，謂之宏詞。試判三條，謂之拔萃，亦曰超絕。詞美者得不拘限而授職。至明朝之制，以吏部選人之法而施之貢舉，欲使一經之士皆通吏事，其意甚美，又不用假設甲乙，止據律文，尤爲正大得體。但以五尺之童能強記者，旬日之力便可盡答而無難，亦何以定人才之高下哉？蓋此法止可施於選人引試俄頃之間，而不可行之通場廣衆竟日之久。宜乎各記一曹，互相倒換。朝廷之制，有名行而實廢者，此類是矣。必不得已而用此制，其如《通典》所云"問以時事疑獄，令約律文斷決，不乖經義"者乎？（以上卷十六）

貼　黃

章奏之冗濫，至萬曆、天啓之間而極至。一疏而薦數十人，累二三千言不止，皆枝蔓之辭。崇禎帝英年御宇，屬精圖治，省覽之勤，批答之速，近朝未有。乃數月之後，頗亦厭之。命內閣爲貼黃之式。即令本官自撮疏中大要，不過百字，黏附牘尾，以便省覽。此貼黃之所由起也。

宋葉夢得《石林燕語》曰："唐制，降敕有所更改，以紙貼之，謂之貼黃。蓋敕書用黃紙，則貼者亦黃紙也。今奏狀劄子皆白紙，有意所未盡，揭其要處，以黃紙別書於後，乃謂之貼黃，蓋失之矣。其表章略舉事目與日月道里，見於前及封皮者，又謂之引黃。"（以上卷十八）

書不當兩序（節録）

《會試録》、《鄉試録》，主考試官序其首，副主考序其後，職也。凡書亦猶是矣。且如明初時，府州縣志書成，必推其鄉先生之齒尊而有文者序之，不則官于其府州縣者也。請者必當其人，其人亦必自審其無可讓而後爲之。官于是者，其文優，其於是書也有功，則不讓于鄉矣。鄉之先生，其文優，其于是書也有功，則官不敢作矣。義取于獨斷，則有自爲之而不讓于鄉與官矣。凡此者，所謂職也。故其序止一篇，或別有發明，則爲後序。亦有但紀歲月而無序者。今則有兩序矣，有累三、四序而不止者矣。兩序非體也，不當其人非職也，世之君子不學而好多言也。

凡書有所發明，序可也；無所發明，但紀成書之歲月可也。人之患，在好爲人序。

唐杜牧《答莊克書》曰："自古序其文者，皆後世宗師其人而爲之。今吾與足下並生今世，欲序足下未已之文，固不可也。"讀此言，今之好爲人序者，可以止矣。

婁堅《重刻〈元氏長慶集〉序》曰："序者，叙所以作之指也。蓋始於子夏之序《詩》，其後劉向以校書爲職，每一編成，即有序，最爲雅馴矣。左思賦《三都》成，自以名不甚著，求序於皇甫謐。自是綴文之士，多有託於人以傳者，皆汲汲於名，而惟恐人之不吾知也。至於其傳既久，刻本之存者，或漫漶不可讀，有繕寫而重刻之，則人復序之，是宜叙所以刻之意可也。而今之述者，非追論昔賢，妄爲優劣之辨，即過稱好事，多設游揚之辭，皆我所不取也。"讀此言，今之好爲古人文集序者，可以止矣。

古人不爲人立傳

列傳之名始於太史公，蓋史體也。不當作史之職，無爲人立傳者。故有碑、有誌、有狀而無傳。梁任昉《文章緣起》言傳始於東方朔作《非有先生傳》，是以寓言而謂之傳。《韓文公集》中傳三篇：太學生何蕃、圬者王承福、毛穎。《柳子厚集》中傳六篇：宋清、郭橐駝、童區寄、梓人李赤、蝜蝂、何蕃。僅採其一事而謂之傳，王承福之輩皆微者而謂之傳，毛穎、李赤、蝜蝂則戲耳而謂之傳，蓋比於稗官之屬耳。若段太尉，則不曰傳，曰逸事狀。子厚之不敢傳段太尉，以不當史任也。自宋以後，乃有爲人立傳者，侵史官之職矣。

《太平御覽》書目列古人別傳數十種，謂之別傳，所以別於史家。

誌狀不可妄作

誌狀在文章家爲史之流，上之史官，傳之後人，爲史之本。史以記事，亦以載言，故不讀其人一生所著之文，不可以作。其人生而在公卿大臣之位者，不悉一朝之大事，不可以作。其人生而在曹署之位者，不悉一朝之掌故，不可以作。其人生而在監司守令之位者，不悉一方之地形土俗，因革利病，不可以作。今之人未通乎此，而妄爲人作誌，史家又不考而承用之，是以牴牾不合。子曰"蓋有不知而作之者"，其謂是與。

名臣碩德之子孫不必皆讀父書，讀父書者不必能通有司掌故。若夫爲人作誌者必一時文苑名士，乃不能詳究，而曰子孫之狀云爾，吾則因之。夫大臣家可有不識字之子孫，而文章家不可有不通今之宗匠。乃欲使籍談伯魯之流爲文人任其過，嗟乎，若是則盡天下而文人矣。（以上卷十九）

詩　題

《三百篇》之詩人，大率詩成，取其中一字、二字、三四字以名篇，故十五國並無一題，《雅》、《頌》中間一有之。若《常武》，美宣王也；若《勺》、若《賚》、若《般》，皆廟之樂也。其後人取以名之者一篇，曰《巷伯》。自此而外無有也。五言之興，始自漢、魏，而《十九首》並無題。郊祀歌、鐃歌曲各以篇首字爲題。又如王、曹皆有《七哀》，而不必同其情；六子皆有《雜詩》，而不必同其義，則亦猶之《十九首》也。唐人以詩取士，始有命題分韻之法，而詩學衰矣。

杜子美詩多取篇中字名之，如"不見李生久"，則以《不見》名篇；"近聞犬戎遠遁逃"，則以《近聞》名篇；"往在西京時"，則以《往在》名篇；"歷歷開元事"，則以《歷歷》名篇；"自平宮中呂太一"，則以《自平》名篇；"客從南溟來"，則以《客從》名篇：皆取首二字爲題，全無意義，頗得古人之體。

古人之詩，有詩而後有題；今人之詩，有題而後有詩。有詩而後有題者，其詩本乎情；有題而後有詩者，其詩狗乎物。

古人用韻無過十字

《三百篇》之詩，句多則必轉韻。魏、晉以上亦然，宋、齊以下，韻學漸興，人文趨巧，於是有强用一韻到底者，終不及古人之變化自然也。

古人用韻無過十字者，獨《閟宮》之四章乃用十二字，使就此一韻引而伸之，非不可以成章，而於義必有不達，故末四句轉一韻。是知以韻從我者，古人之詩也；以我從韻者，今人之詩也。自杜拾遺、韓吏部，未免此病也。

葉少蘊《石林詩話》曰："長篇最難。魏、晉以前詩無過十韻者，蓋使人以意逆志，初不以序事傾盡爲工。至老杜《述懷》、《北征》諸篇，窮極筆力，如太史公紀、傳，此固古今絶唱。然《八哀》八篇本非集中高作，而世多尊稱之，不敢議。如李邕、蘇源明詩中極多累句，余嘗痛刊去，僅各取其半，方爲盡善。然此不可爲不知者言也。"

詩主性情，不貴奇巧。唐以下人有强用一韻中字幾盡者，有用險韻者，有次人韻者，皆是立意以此見巧，便非詩之正格。

且如孔子作《易》象象傳，其用韻有多有少，未嘗一律，亦有無韻者。可知古人作文之法，一韻無字則及他韻，他韻不協則竟單行。聖人無必無固，於文見之矣。

詩有無韻之句

詩以義爲主，音從之。必盡一韻無可用之字，然後旁通他韻；又不得於他韻，則寧無韻。苟其義之至當，而不可以他字易，則無韻不害。漢以上往往有之。

"暮投石壕村，有吏夜捉人"，兩韻也，至當不可易。下句云"老翁踰墻走，老婦出門看"，則無韻矣，亦至當不可易。古辭《紫騮馬歌》中有"春穀持作飯，採葵持作羹"二句無韻。李太白《天馬歌》中有"白雲在青天，邱陵遠崔嵬"二句無韻。《野田黄雀行》首二句"遊莫逐炎洲翠，棲莫近吳宮燕"無韻。《行行且游獵篇》首二句"邊城兒生年，不讀一字書"無韻。

五經中多有用韻

古人之文化工也，自然而合於音，則雖無韻之文而往往有韻。苟其不然，則雖有韻之文，而時亦不用韻，終不以韻而害意也。《三百篇》之詩，有韻之文也，乃一章之中有二三句不用韻者，如"瞻彼洛矣，維水泱泱"之類是矣。一篇之中有全章不用韻者，如《思齊》之四章、五章，《召旻》之四章是矣。又有全篇無韻者，《周頌·清廟》、《維天之命》、《昊天有成命》、《時邁》、《武》諸篇是矣。說者以爲當有餘聲，然以餘聲相協而不入正文，此則所謂不以韻而害意者也。孔子贊《易》十篇，其《彖》、《象傳》、《雜卦》五篇用韻，然其中無韻者亦十之一。《文言》、《繫辭》、《說卦》、《序卦》五篇不用韻，然亦間有一二，如"鼓之以雷霆，潤之以風雨。日月運行，一寒一暑。乾道成男，坤道成女"；"君子知微知彰，知柔知剛，萬夫之望"，此所謂化工之文，自然而合者，固未嘗有心於用韻也。《尚書》之體本不用韻，而《大禹謨》："帝德廣運，乃聖乃神，乃武乃文，皇天眷命，奄有四海，爲天下君。"《伊訓》："聖謨洋洋，嘉言孔彰，惟上帝不常。作善，降之百祥；作不善，降之百殃。爾惟德罔小，萬邦惟慶；爾惟不德罔大，墜厥宗。"《太誓》："我武惟揚，侵于之疆。取彼凶殘，我伐用張，于湯有光。"《洪範》："無偏無陂，遵王之義；無有作好，遵王之道；無有作惡，遵王之路；無偏無黨，王道蕩蕩；無黨無偏，王道平平；無反無側，王道正直。"皆用韻。又如《曲禮》："行前朱鳥而後玄武，左青龍而右白虎，招搖在上，急繕其怒。"《禮運》："玄酒在室，醴酸在戶，粢醍在堂，澄酒在下。陳其犧牲，備其鼎俎，列其琴瑟，管磬鐘鼓。修其祝嘏，以降上神。與其先祖，以正君臣，以篤父子，以睦兄弟，以齊上下，夫婦有所，是謂承天之祜。"《樂記》："夫古者，天地順而四時當，民有德而五穀昌，疾疢不作而無妖祥，此之謂大當。然後聖人作，爲父子君臣，以爲紀綱。"《中庸》："故君子不可以不修身，思修身不可以不事親，思事親不可以不知人，思知人不可以不知天。"《孟子》："師行而糧食，饑者弗食，勞者弗息，睊睊胥讒，民乃作慝。方命虐民，飲食若流，流連荒亡，爲諸侯憂。"凡此之類，在秦漢以前諸子書並有之。太史公作贊，亦時一用韻，而漢人樂府詩反有不用韻者。

《易》韻

《易》之有韻，自文王始也，凡卦辭之繁者時用韻。《蒙》之瀆、告，《解》之復、夙，《震》之虩、啞，《艮》之身、人是也。至周公則辭愈繁，而愈多用韻。疑古卜辭當用韻，若《春秋傳》所載懿氏之鱗、姜、卿、京，驪姬之渝、瑜、猶、臭，伯姬之盉、覬、償、相、姬、旗、師、丘、孤、弧、姑、遆、家、虛，鄢陵之蹴、目，孫文子之陵、雄，衛侯之羊、亡、寶、踰。又如《國語》所載晉獻公之骨、猾、捽，《史記》所載漢文帝之庚、王、光，《漢書・元后傳》所載《晉史》之雄、乘、崩、興，皆韻也。故孔子作彖、象傳用韻，蓋本經有韻而傳亦韻，此見聖人述而不作，以古爲師而不苟也。

彖、象傳猶今之箋註者，析字分句以爲訓也；《繫辭》《文言》以下，猶今之箋註於字句明白之後，取一章一篇全書之義而通論之也，故其體不同。

古詩用韻之法

古詩用韻之法大約有三：首句、次句連用韻，隔第三句而於第四句用韻者，《關雎》之首章是也，凡漢以下詩及唐人律詩之首句用韻者源於此；一起即隔句用韻者，《卷耳》之首章是也，凡漢以下詩及唐人律詩之首句不用韻者源於此；自首至末，句句用韻者，若《考槃》《清人》《還》《著》《十畝之間》《月出》《素冠》諸篇，又如《卷耳》之二章、三章、四章，《車攻》之一章、二章、三章、七章，《長發》之一章、二章、三章、四章、五章是也，凡漢以下詩若魏文帝《燕歌行》之類源於此。自是而變，則轉韻矣。轉韻之始，亦有連用、隔用之別，而錯綜變化，不可以一體拘。於是有上下各自爲韻，若《兔罝》及《采薇》之首章，《魚麗》之前三章，《卷阿》之首章者；有首末自爲一韻，中間自爲一韻，若《車攻》之五章者；有隔半章自爲韻，若《生民》之卒章者；有首提二韻，而下分二節承之，若《有瞽》之篇者：此皆詩之變格，亦莫非出於自然，非有意爲之也。

古人不忌重韻

杜子美作《飲中八仙歌》，用三"前"、二"船"、二"眠"、二"天"，宋人疑古無此體，遂欲分爲八章，以爲必分爲八，而後可以重押韻無害也。不知《柏梁臺》詩三"之"、三"治"、二"哉"、二"時"、二"來"、二"材"已先之矣。"東川有杜鵑，西川無杜鵑。涪萬無杜鵑，雲安有杜鵑"，求其說而不得，則疑以爲題下注，不知古人未嘗忌重韻也。故有四韻成章而唯用二字者，"胡爲乎株林，從夏南；匪適株林，從夏南"是也。有二韻成章而惟用一字者，"大人占之，維熊維羆，男子之祥；維虺維蛇，女子之祥"是也。有三韻成章而惟用一字者，"苟日新，日日新，又日新"是也。如《采薇》首章連用二"玁狁之故"句，《正月》一章連用二"自口"字，《十月之交》首章連用二"而微"字，《車牽》三章連用二"庶幾"字，《文王有聲》首章連用二"有聲"字，《召旻》卒章連用二"百里"字。又如

《行露》首章起用"露"字，末用"露"字。又如《簡兮》卒章連用三"人"字，《那》連用三"聲"字。其重一字者，不可勝述。漢以下亦然。如《陌上桑》詩三"頭"字、二"隅"字、二"餘"字、二"夫"字、二"鬚"字。《焦仲卿妻作》三"語"字、三"言"字、二"由"字、二"母"字、二"取"字、二"子"字、二"歸"字、二"之"字、二"君"字、二"門"字，又二"言"字。蘇武《骨肉緣枝葉》一首二"人"字，《結髮爲夫婦》一首二"時"字。陳思王《棄婦詞》二"庭"字、二"靈"字、二"鳴"字、二"成"字、二"寧"字。阮籍《詠懷》詩"灼灼西隤日"一首，二"歸"字。張協《雜詩》"黑蜧躍重淵"一首，二"生"字。謝靈運《君子有所思行》二"歸"字。梁武帝《撰孔子正言竟述懷詩》二"反"字。任昉《哭范僕射詩》二"生"字、三"情"字。沈約《鍾山》詩二"足"字。然則重韻之有忌，其在隋、唐之代乎？

諸葛孔明《梁父吟》云："問是誰家墓，田疆古冶子。"又云："誰能爲此謀？國相齊晏子。"用二"子"字。古人但取文理明當而已，初不避重字也。今本或改作"田疆古冶氏"，失之矣。

潘岳《秋興賦》："宵耿介而不寐兮，獨展轉於華省。悟時歲之遒盡兮，慨俛首而自省。"用二"省"字。

初唐詩最爲嚴整，而盧照鄰《長安古意》："別有豪華稱將相，轉日回天不相讓。意氣由來排灌夫，專權判不容蕭相。"用二"相"字。今人謂必字同而義異者方可重用，若此詩之二"相"，固無異義也。且《詩》曰："王命南仲，往城于方。"其下文又曰："天子命我，城彼朔方。"有何異義哉？

李太白《高陽歌》二"杯"字，《廬山謠》二"長"字。杜子美《織女》詩二"中"字，《奉先縣詠懷》二"卒"字，《兩當縣吳十侍御江上宅》二"白"字，《八哀詩》張九齡一首二"省"字，二"境"字，《園人送瓜》二"草"字，《寄狄明府》二"濟"字，《宿鑿石浦》二"繫"字。韓退之《此日足可惜》詩二"光"字、二"鳴"字、二"更"字、二"城"字、二"狂"字、二"江"字。

詩有以意轉而韻須重者，如"今夕何夕，見此良人。子兮子兮，如此良人何！""嚶其鳴矣，求其友聲。相彼鳥兮，猶求友聲。""有杕之杜，其葉萋萋。王事靡盬，我心傷悲。卉木萋止，女心悲止。""於論鼓鐘，於樂辟廱，於論鼓鐘，於樂辟廱。"又若"公無渡河，公竟渡河！"此皆承上文而轉者，不容別換一字。

七言之始

昔人謂《招魂》、《大招》去其"些"、"只"，即是七言詩。余考七言之興，自漢以前，固多有之。如《靈樞經·刺節真邪》篇："凡刺小邪日以大，補其不足乃無害，視其所在迎之界。凡刺寒邪日以温，徐往徐來致其神，門户已閉氣不分，虛實得調其氣存。”宋玉《神女賦》：“穠纖綺縠盛文章，極服妙絲照萬方。”此皆七言之祖。

《素問·八正神明論》：“神乎神，耳不聞，目明心開而志先。慧然獨悟，口弗能言，傑視獨見適若昏。昭然獨明，若風吹雲，故曰神。三部九候爲之原，九鍼之論不必存。”其文絶似《荀子·成相》篇。

一　言

《緇衣》三章，章四句，非也。“敝”字一句，“還”字一句。若曰“敝予還予”，則言之不順矣，且何必一言之不可爲詩也？

《吴志》：“《歷陽山石文》：‘楚，九州渚。吴，九州都。’”“楚”字一句，“吴”字一句，亦是一言之詩。

古人未有之格

語助之外，止用四字成詩，而四字皆韻，古未之有也。始見於《莊子》“父邪母邪，天乎人乎”是也。三章，章各二句，而合爲一韻，古未之有也，始見於《孟嘗君傳》“長鋏歸來乎，食無魚；長鋏歸來乎，出無車；長鋏歸來乎，無以爲家”是也。

古人不用長句成篇

古詩有八言者，“胡瞻爾庭有縣貆兮”是也。有九言者，“凜乎若朽索之馭六馬”是也。然無用爲全章者，不特以其不便於歌也，長則意多冗，字多懈，其於文也亦難之矣。以是知古人之文可止則止，不肯以一意之冗、一字之懈而累吾作詩之本義也。知此義者不特句法也，章法可知矣。七言排律所以從來少作，作亦不工者，何也？意多冗也，字多懈也。爲七言者，必使其不可裁而後工也，此漢人所以難之也。

次　韻

今人作詩，動必次韻，以此爲難，以此爲巧，吾謂其易而拙也。且以律詩言之，平聲通用三十韻之中，任用一韻，而必無他韻可易；一韻數百字之中，任押五字，而必無他字可易。名爲易，其實難矣。先定五字，而以上文凑足之，文或未順，則曰牽於韻爾；意或未滿，則曰束於韻爾。用事遣辭，小見新巧，即可擅塲。名爲難，其實易矣。夫其巧於和人者，其胸中本無詩，而拙於自言者也。故難易巧拙之論破，而次韻之風可少衰也。

嚴滄浪《詩話》曰："和韻最害人詩，古人酬唱不次韻，此風始盛於元、白、皮、陸，本朝諸賢乃以此而鬬工，遂至往復有八九和者。"

按唐元稹《上令狐相公啓》曰："稹與同門生白居易友善。居易雅能爲詩，就中愛驅駕文字，窮極聲韻，或爲千言，或爲五百言律詩，以相投寄。小生自審不能有以過之，往往戲排舊韻，別創新詞，名爲次韻，蓋欲以難相挑耳。江湖間爲詩者或相倣傚，或力不足，則至於顛倒語言，重復首尾，韻同意等，不異前篇，亦目爲元和詩體。而司文者考變雅之由，往往歸咎於稹。"是知元、白作詩次韻之初，本自以爲戲，而當時即已取譏於人。今人乃爲之而不厭，又元、白之所鄙而不屑者矣。

歐陽公《集古錄》論唐薛苹倡和詩曰："其間，馮宿、馮定、李紳皆唐顯人，靈澈以詩名後世，然詩皆不及苹，蓋倡者得於自然，和者牽於强作。"可謂知言。

朱子《答謝成之書》謂："淵明詩所以爲高，正在不待安排，胸中自然流出。東坡乃篇篇句句依韻而和之，雖其高才，似不費力，然已失其自然之趣矣。"

凡詩不束於韻而能盡其意，勝於爲韻束而意不盡，且或無其意而牽入他意以足其韻者千萬也。故韻律之道，疏密適中爲上，不然，則寧疏無密。文能發意，則韻雖疎不害。

詩體代降

《三百篇》之不能不降而《楚辭》，《楚辭》之不能不降而漢魏，漢魏之不能不降而六朝，六朝之不能不降而唐也，勢也。用一代之體，則必似一代之文，而後爲合格。

詩文之所以代變，有不得不變者。一代之文，沿襲已久，不容人人皆道此語。今且千數百年矣，而猶取古人之陳言一一而摹倣之，以是爲詩，可乎？故不似則失其所以爲詩，似則失其所以爲我。李杜之詩，所以獨高於唐人者，以其未嘗不似，而未嘗似也。知此者，可與言詩也已矣。

書法詩格

南北朝以前，金石之文無不皆八分書者，是今之真書不足爲字也。姚鉉之《唐文粹》，呂祖謙之《皇朝文鑑》，真德秀之《文章正宗》，凡近體之詩皆不收，是今之律詩不足爲詩也。今人將緣眞書以窺八分，緣律詩以學古體，是從事於古人之所賤者，而求其所最工，豈不難哉！

鄞人薛千仞岡曰："自唐人之近體興，而詩一大變，後學之士，可兼爲而不可專攻者也。近日之弊，無人不詩，無詩不律，無律不七言。"又曰："七言律法度貴嚴，對偶貴整，音節貴響，不易作也。今初學後生無不爲七言律，似反以此爲入門之路，其終身不得窺此道藩籬無怪也。"（以上卷二十一）

作史不立表志

朱鶴齡曰："太史公《史記》帝紀之後，即有十表、八書。表以紀治亂興亡之大略，書以紀制度沿革之大端。班固改書爲志，而年表視《史記》加詳焉。蓋表所緣立，昉於周之譜牒，與紀傳相爲出入。凡列侯將相、王公九卿，其功名表著者既系之以傳，此外大臣無積勞亦無顯過，傳之不可勝書，而姓名爵里、存没盛衰之跡要不容以遽泯，則於表乎載之。又其功罪事實傳中有未悉備者，亦於表乎載之，年經月緯，一覽瞭如，作史體裁莫大於是。而范書闕焉，使後之學者無以考鏡二百年用人行政之節目，良可歎也。其失始於陳壽《三國志》，而范曄踵之。其後作者又援范書爲例，年表皆在所略。不知作史無表，則立傳不得不多。傳愈多，文愈繁，而事跡或反遺漏而不舉。歐陽公知之，故其譔《唐書》，有宰相表，有方鎮表，有宗室世系表，宰相世系表，始復班、馬之舊章云。

陳壽《三國志》、習鑿齒《漢晉春秋》無志，故沈約《宋書》諸志并前代所闕者補之。姚思廉《梁》、《陳》二書，李百藥《北齊書》，令狐德棻《周書》，皆無志。而于志寧、李淳風、韋安仁、李延壽別修《五代史志》，詔編第入《隋書》。古人紹聞述往之意，可謂弘矣。（以上卷二十六）

樂　府

樂府是官署之名。其官有令，有音監，有游徼。《漢書·張放傳》："使大奴駿等四十餘人，羣黨盛兵弩，白晝入樂府，攻射官寺。"《霍光傳》："奏昌邑王大行在前殿發樂府樂器。"《後漢書·律曆志》"元帝時，郎中京房知五聲之音，六十律之數，上使太子太傅韋玄成、諫議大夫章雜試問房於樂府"是也。後人乃以樂府所采之詩即名之曰"樂府"，誤矣。曰"古樂府"，尤誤。《後漢書·馬廖傳》言"哀帝去樂府"，註云："哀帝即位，詔罷鄭衛之音，減郊祭及武樂等人數。"是亦以樂府所肄之詩，即名之樂府也。（以

上卷二十八）

葉矯然

　　葉矯然（生卒年不詳）字子肅，號思庵。清閩縣（今屬福建）人。順治九年（1652）進士，官工部主事、樂亭知縣。著有《易史參録》、《龍性堂詩集》、《東溟集》、《鶴唳編》、《龍性堂詩話》。《龍性堂詩話》有初集、續集各二卷，論詩主博參古今而超然自得，在康熙朝宗宋之風未興之際，能留意宋詩，十分可貴。

　　本書資料據上海古籍出版社 1983 年《清詩話續編本》本《龍性堂詩話》。

《龍性堂詩話初集》（節録）

　　暇日嘗與客論樂府，客曰："樂府長短言不一，章無定句，句無定字，可任意而爲之歟？"予曰："是何言之易而規規字句之間也，請悉言之，可乎？昔者后夔典樂，曰：'詩言志，歌永言，聲依永，律和聲。'子曰：'吾自衛反魯，然後樂正，《雅》、《頌》各得其所。'《頌》奏於廟，《雅》賡於朝，太史采風獻於王，王命被之管弦，是詩與樂合，所由來矣。周東《詩》亡，《樂經》散失。漢孝武創爲樂府，命官掌之，於是始有《郊祀》、《房中》、《鐃歌》、《横吹》諸曲，燕享軍興兼用。一時興懷感觸，上好下甚，凡街陌謳謠，節奏鏗鏘，皆中宫羽焉。至如七言《柏梁》體，蘇、李、《十九首》等篇，或名爲古詩，古詩與樂府判然分矣。顧六代依仿，皆有樂府，文詞不刊，而節拍高下，律吕短長，自非專家，鮮合剗度。馬貴與所謂'義布方册，聲久易湮'。朱晦翁亦云：'聲音道微，不可得而傳也。'故崔豹、吳兢之徒，以事解目，以義説名。樂府之行於世者，或就題賦形，或斷題取義，或與題渺不相涉而各出臆解，或另造新題而點綴今事，種種不一，然猶未變其調也。至唐虞世南《從軍行》，高適《飛龍曲》，五言排也。楊炯《梅花落》，盧照鄰《隴頭水》，五言律也。沈佺期'盧家少婦'，王摩詰'居延城外'，七言律也。如此者不可悉數。是樂府也，直詩之而已，豈非詩與樂府分而仍合之驗與？高廷禮《品匯》，於樂府不另標目，概附之古今體詩，豈無見哉！要之，漢唐迄今，幾二千年，樂府與詩，其分也以聲而分，其合也以義而合，分合盛衰之際，正變源委具在，非深心此道者，鮮可與微言也。"

　　樂府，漢魏以質勝，齊梁以文勝，王仲初句質而實巧，李長吉文奇而調合，皆樂府妙手也。李于鱗點竄字句，以近而失之。李西涯讀史作樂府，仿退之《十操》體，不知者以爲創調耳。

《龍性堂詩話續集》（節録）

絶句體裁不一，或截半律，或截兩聯，或云關扼在第三句，信俱有之。但絶句亦有古今體，自漢已有，如“槀砧今何在”四首是也。六代甚夥，不可殫述。至唐絶則平仄鏗然，上下黏合，一如律體。李杜多失黏處，實仿古絶，非唐調也。

論者謂絶句當法盛唐，不可落中晚，以開寶興象玲瓏，語意渾婉，大曆後漸多雕刻故也。此論信然，然不可執。

吴景旭

吴景旭（1611—1695）字旦生，一號仁山。明末清初歸安（今浙江湖州）人。築堂名南山，有《南山堂自訂詩》。所著《歷代詩話》分爲十集，共八十卷，歷評《詩經》、《楚辭》、賦、古樂府、漢魏六朝詩、杜詩、唐詩、宋詩、金元詩及明詩。每條各立標題，先引舊説於前，後雜采諸書以相考證，或辨是非，或參異聞，或作引申，或加補綴；其自主新説時則列詩篇於前，而以己意作發揮。但主要解釋詞句，并無系統條貫的理論主張。此書取材宏富，兼能鈎貫衆説；但所引不盡采自原書，且貪多務得，失於檢擇，還有一些明顯的錯誤，如庚集二以庚肩吾爲唐人之類。

本書資料據四庫全書本《歷代詩話》。

隔句韻

“肅肅兔罝，椓之丁丁。赳赳武夫，公侯干城。”

吴旦生曰：《古音略例》云：“罝與夫叶，丁與城叶。此隔句用韻，叶音之變例也，與《魚麗》之詩‘罶與酒叶、鯊與多叶’例同。”朱晦翁云：“韓退之作《張徹墓銘》用此法。”因攷其銘曰：“嗚呼徹也！世顧慕以行，子揭揭也，噫喑以爲生，予獨割也。爲彼不清，作玉雪也。仁義以爲兵，用不缺折也。知死不失名，得猛厲也。自申於閽明，莫之奪也。我銘以貞之，不肖者之呭也。”方崧卿云：“此銘以徹、揭、割、雪、折、奪、呭爲韻，而行、生、清、兵、名、明、貞，自爲韻。”晚唐章碣好新，作一律云：“東南路盡吴江畔，正是窮愁暮雨天。鷗鷺不嫌斜雨岸，波濤欺得逆風船。偶逢島寺停帆看，深羨漁翁下釣眠。今古若論英達算，鴟夷高興固無邊。”此亦上下句仄、平各押韻，想亦戲效此法也。

（卷一）

句　始

《古今詩話》曰："三字句若'鼓咽咽,醉言歸'之類,四字句若'關關雎鳩,在河之洲'之類,五字句若'誰謂雀無角,何以穿我屋'之類,七字句若'交交黃鳥止于棘'之類。其句法皆起於《三百五篇》也。"

吴旦生曰:唐劉存以"交交黃鳥止于棘"爲七言之始,宋王得臣議其合兩句以言,誤也。余觀諸家論七言,當以始於《垓下》而《柏梁》祖之之説爲正,亦如四言之始韋孟,五言之始蘇李,是要其全體而言。其或推原經史,乃間出一二語耳。近文太青云:"《三百篇》往往有俳偶語,《葛覃》則'是刈是濩,爲絺爲綌',《草蟲》則'喓喓草蟲,趯趯阜螽',《柏舟》則'覯閔既多,受侮不少',《碩人》則'鱣鮪發發,葭菼揭揭',《氓》則'言笑晏晏,信誓旦旦',《黍離》則'行邁靡靡,中心搖搖',《吉日》則'發彼小豝,殪此大兕',後世律詩之祖。"余以風人何意,此乃後人意智所及,偶一拈示,要非有礙。若夫傅長虞之取而爲集句,王弇州之又取而爲摘句,難乎其爲風雅矣!(卷二)

諧　聲

《夢溪筆談》曰:"古人諧聲,有不可解者。如玖字、有字多與李字協用,慶字、正字多與章字、平字協用,如《詩》'或羣或友,以燕天子';'彼留之子,貽我佩玖';'投我以木李,報之以瓊玖';'終三十里,十千維耦';'自今以始歲其有,君子有穀詒孫子';'陟降左右,令聞不已';'膳夫左右,無不能止';'魚麗于罶鰋鯉,君子有酒旨且有'。如此極多。又如:'孝孫有慶,萬壽無疆';'黍稷稻粱,農夫之慶';'惟其有章矣,是以有慶矣';'則篤其慶,載錫之光';'我田既臧,農夫之慶';'萬舞洋洋,孝孫有慶'。《易》曰:'西南得朋,乃與類行;東北喪朋,乃終有慶';'積善之家,必有餘慶;積不善之家,必有餘殃'。班固《東都賦》:'彰皇德兮侔周成,永延長兮膺天慶。'如此亦多。今《廣韻》中,慶,一音卿。然如《詩》之'未見君子,憂心怲怲;既見君子,庶幾式臧';'誰秉國成,率勞百姓;我王不寧,覆怨其正'。亦是怲、正與寧、平協用,不止慶而已。"《野客叢書》曰:"古人諧聲,似此甚多。如野字音多與羽字音協,家字音多與居字音協,如《詩》曰:'吉日庚午,既差我馬。獸之所同,麀鹿麌麌。'曰:'鶴鳴于九皋,聲聞于野。魚潛在淵,或在于渚。'曰:'鴻雁于飛,肅肅其羽。之子于征,劬勞于野。'曰:'燕燕于飛,差池其羽。之子于歸,遠送于野。'是野字與羽字音協之例也。曰:'山有扶蘇,隰有荷華。不見子都,乃見狂且。'曰:'祈父,予王之爪牙,胡轉予于恤,靡所止居。'曰:'昏姻之故，言就爾居。爾不我育，復我邦家。’是家字與居字音叶之例也。”《蔡寬夫詩話》曰：“秦漢以來，字書未備，既多假借，而音無反切，平側皆通用，如慶雲卿雲、皋陶咎繇之類，大率如此。《詩》‘瞻彼日月，悠悠我思。道之云遠，曷云能來。’‘燕燕于飛，下上其音。之子于歸，遠送于南’，皆以爲協聲。”《野客叢書》曰：“來字協思字者，非來字，是釐字耳。如匡衡詩曰：‘莫學詩，匡鼎來。匡說詩，解人頤。’是亦以來字協詩字。今吳人呼來爲釐，猶有此音。南字協音字者非南字，是吟字耳。如《文選》賈謐詩曰‘昔與二三子，游息承華南。拊翼同枝條，翻然各異尋’是也。因考毛詩以下字協故字者是戶字耳，家字協蒲字者是孤字耳，慶字協陽字者是羌字與卿字耳。如《詩》‘爰有寒泉，在浚之下。有子七人，母氏勞苦’，曰‘予所蓄租，予口卒瘏’，曰‘予未有室家’，曰‘先祖是皇，神保是饗。孝孫有慶，萬壽無疆’之類是也。洪景伯《隸釋》曰：“《周官》注莪儀二字皆音俄。”《詩》以“實維我儀”協“在彼中河”，“樂且有儀”協“在彼中阿”，《太玄》亦以“各遵其儀”協“不偏不頗”，《左傳》音蛾作蟻，徐廣音檥，船作俄，《漢碑》凡“蓼莪”皆作“蓼儀”，而《司隸魯岐碑》又作“蓼義”，《野客叢書》曰，“此猶商之阿衡，或爲倚衡、猗衡之例也。蓋古者率多以阿、猗、莪、義等字同爲一音。”

吳旦生曰：觀沈存中、蔡寬夫、洪景伯三人之言，而王勉夫諄諄皆有以推衍之，可見古人協字，當時必有其音，自別有理，況《三百篇》爲詩祖，即爲韻祖乎！《詩家直說》云：“古之詩韻，如《三百篇》協用者，‘西北有高樓，上與浮雲齊’是也。如《洪武韻》互用者，‘灼灼園中葵，朝露待日晞’是也。如沈韻拘用者，‘有鳥西南飛，熠熠似蒼鷹’是也。漢人用韻參差，沈韻始爲嚴整。《早發定山》尚用山、先二韻。及唐取士，遂爲定式。”楊誠齋云：“今之《禮部韻》，乃是限制士子成文，不許出韻，因難以見工爾。至於吟咏性情，當以《國風》、《離騷》爲法，又奚《禮部韻》拘之哉？”（卷三）

雙聲疊韻

《升菴外集》載：“皮日休云：‘《毛詩》“鴛鴦在梁”，又“螮蝀在東”，即後人疊韻之始。’予謂此乃偶合之妙，詩人初無意也。若《文選》宋玉《風賦》‘炫煥燦爛’，張衡《西京賦》之‘睢盱蒩芥’，《上林賦》之‘玢豳文鱗’，左思《吳都賦》之‘檀欒嬋娟’，則詞人好奇之始耳。《南史》有‘積日失適’，亦疊韻。”

吳旦生曰：皮日休《雜體詩序》：“《詩》云‘螮蝀在東’，又曰‘鴛鴦在梁’，雙聲起於此也。”《潘子真詩話》亦載皮日休云：“‘螮蝀在東’、‘鴛鴦在梁’，雙聲興焉。”而升菴引爲疊韻之始，何也？雙聲與疊韻，蓋自有別，古人辨之詳矣。《蔡寬夫詩話》云：“聲韻之興，自謝莊、沈約以來，其變日多。四聲中，又別其清濁，以爲雙聲一韻者，以爲疊韻，蓋以輕重爲清濁耳。所謂前有浮聲，則後須切響是也。"《珊瑚鈎詩話》云："皮日休謂'疎杉低通灘，冷鷺立亂浪'，此雙聲也。陸龜蒙謂'膚愉吳都姝，眷戀便殿宴'，此疊韻也。《韻語陽秋》云："如王融所謂'園蘅炫紅蕖，湖荇燁黃華'，温庭筠所謂'棲息銷心象，簷楹溢艷陽'，皆效雙聲而爲之也。陸龜蒙所謂'瓊英輕明生，竹石滴瀝碧'，皮日休所謂'康莊傷荒凉，坐虜部伍苦'，皆效疊韻而爲之也。"《學林新編》云："《南史·謝莊傳》：王元謨問莊，'何者爲雙聲，何者爲疊韻'。答曰：'互護爲雙聲，碻磝爲疊韻。'"某按古人以四聲爲切韻，紐以雙聲疊韻，必以五音爲定。蓋謂東方喉聲爲木音，西方舌聲爲金音，南方齒聲爲火音，北方脣聲爲水音，中央牙聲爲土音也。雙聲者同音而不同韻也，疊韻者同音而又同韻也。互護同爲脣音，而二字不同韻，故謂之雙聲。碻磝同爲牙音，而二字又同韻，故謂之疊韻。若彷彿、熠燿、騏驥、慷慨、咿喔、霢霖，皆雙聲也。若侏儒、童蒙、崆峒、龍徙、螳螂、滴瀝，皆疊韻也，《廣韻》曰："章灼良略是雙聲，灼略章良是疊韻。"又曰："斤剔靈歷是雙聲，剔歷斤靈是疊韻。"舉此例則諸音皆依此而紐之，可以定矣。沈存中論詩之用字曰："'幾家村草裏，吹笛隔江聞。'幾家村草，吹笛隔江，皆雙聲也。"某按：村字是脣音，草字是齒音，吹字是脣音，笛字是齒音，此非同音字，不可謂之雙聲也。存中又曰："'月影侵簪冷，江光逼履清。'侵簪、逼履，皆疊韻也。"某按：侵字是脣音，簪字是齒音，逼字是脣音，履字是舌音，既非同音字，而逼履二字又不同韻，不可謂之疊韻也。某按：李羣玉詩曰："方穿詰曲崎嶇路，又聽鈎輈格磔聲。"詰曲、崎嶇乃雙聲也，鈎輈、格磔乃疊韻也。（卷四）

亂　曰

閔馬父曰："正考甫校商之名頌十二篇，於周大師以《那》爲首，其輯之。亂曰："自古在昔，先民有作。温恭朝夕，執事有恪。"

吳旦生曰：亂者樂之卒章，自此而《離騷》，而賦，而樂府，其後有亂曰云云，蓋昉此也。

洪興祖云：《離騷》有亂有重。亂者總理一賦之終，重者情志未申，更作賦也。（卷六）

評《騷》（節錄）

洪興祖曰：《藝文志》云屈原賦二十五篇，然則自《騷經》至《漁父》皆賦也，後之作者苟得其一體可，以名家矣。而梁蕭統作《文選》自《騷經》、《卜居》、《漁父》之外，《九歌》去其五，《九章》去其八。然司馬相如《大人賦》率用《遠遊》之語。《史記·屈原傳》

獨載《懷沙》之賦，揚雄作《伴牢愁》亦旁《惜誦》至《懷沙》，統所去取未必當也。自漢以來，靡麗之賦勸百而諷一，無復惻隱古詩之義，故子雲有曲終奏雅之譏。而統乃以屈子與後世詞人同日而論，其識如此，則其文可知矣。朱熹曰：《楚辭》寓情草木，託意男女，以極游觀之適者，變風之流也。其叙事陳情，感今懷古，以不忘乎君臣之義者，變雅之流也。至於語冥昏而越禮，攄怨憤而失中，則又風雅之再變矣。其語祀神歌舞之盛。則幾乎頌，而其變也又有甚焉。其爲賦則如《騷經》首章之云也，比則香草惡物之類也，興則託物興辭，初不取義，如《九歌》沅芷澧蘭以興思，公子而未敢言之屬也。然《詩》之興多而比賦少，《騷》則興少而比賦多，要必辨此而後詞義可尋，讀者不可以不察也。

祝堯曰：《騷》者《詩》之變也，《詩》無楚風，楚乃有《騷》，何耶？愚按屈原爲《騷》時江漢皆楚地，蓋自文王之化行乎南國，《漢廣》、《江有汜》諸詩已列於二南、十五國風之先。其民被先王之澤也深，風雅既變，而《楚狂》、《鳳兮》之歌，《滄浪》、《孺子》、清兮濁兮之歌，莫不發乎情止乎禮義，而猶有詩人之六義，故動吾夫子之聽。但其歌稍變於《詩》之本體，又以兮爲讀。楚聲萌蘗久矣，原最後出，本《詩》之義以爲《騷》。但世號《楚辭》，初不正名曰賦，然賦之義實居多焉。自漢以來，賦家體製大抵皆祖原意，故能賦者要當熟復於此，以求古詩所賦之本義，則情形於辭，而其意思高遠，辭合於理，而其旨趣深長，成周先王二南之遺風可以復見於今矣。

吳旦生曰：比於乾卦，《禹貢》方之南董，比興猶云似也。中壘尊之爲經，而世直稱《騷經》。謂招字以錫號，或作志以程篇，猶云始也。荊溪言昭明《文選》不併歸賦門，而別名爲《騷》，後人沿以《騷》稱，不知題義。以余論之，此正所謂揚之過實，抑之損真者矣。經之後，賦之先，天地間忽出此一種文字，自是別具一體，以《騷》命之可也。而牽文之見，必起而問曰：《史記》：離騷者，猶離憂也，言憂愁幽思，冀幸君之一悟也。王逸《序》：離，別也；騷，愁也。言已放逐離別，中心愁思，以諷諫君也。《說文》：騷，擾也。言憂煩擾也。解者紛更，奚以名篇？余以所釋雖殊，總覽斯文，風格鑿空，不經人道，自應別名一體，以《騷》命之可也。經者，常也；賦者，鋪也。夫既命之矣，即後之《擬騷》，騷也；《反騷》，亦騷也；皆以騷命之可也，一體也。（《困學紀聞》云："楚語，伍舉曰：德義不行，則邇者騷離，而遠者距違。注：騷，愁也，離，畔也，伍舉所謂騷離，屈平所謂離騷，皆楚語也。揚雄爲《畔牢愁》與楚語注合）（卷七）

度　　曲

張衡《西京賦》：度曲未終，雲起雪飛。

　　吴旦生曰：李善注引《漢書》元帝自度曲臣瓚云：歌終更授其次，謂之度曲。此音義引以注《西京賦》極確，而瓚以此注漢元帝贊則失之矣。按：度之音義有二：其一，度，徒故切，乃度次之度，謂歌曲也，如宋玉《笛賦》"度曲羊腸"，杜甫《泛江》詩"翠眉縈度曲"，與此度字同，故謂注《西京賦》極確。其一，度，大各切，乃隱度之度。非謂歌曲也。《漢元帝紀》贊云：自度曲被歌聲，應卲注：自隱度作新曲，因持曲以爲歌詩聲也。師古以應説爲是。如《唐書》段安節善樂律，能自度曲。又與此度字同，故謂瓚之注漢元帝贊則失。（卷十四）

雜體詩

　　《竹林詩評》曰：江淹清婉秀麗，才思有餘，雜擬之作，如季札聘魯，四代之樂並歌於庭，非天下之至聰，其孰能喻。

　　吴旦生曰：曾蒼山謂擬詩如學畫，當識家數，要先得其筆意，運規製於胸中，然後下筆乃可，若展畫臨貌，雖似亦下矣。又錢希白作擬唐詩百篇，備諸家之體，自序云：今之所擬不獨其詞，至於題目，豈欲拋離本集，或有事疏。斯亦見之本傳。余嘗愛此二條，爲擬古之家懸一標的。若文通《雜體》稱風人之極軌，比情洽吻，幾至亂真。審乃要歸，實臻斯旨。鍾伯敬以擬古面目嗤而不爲，只是怕他。余不敏，著有《擬古樂府》十卷，《廣雜體詩》百首，未知有當否也。故於《漫興》有云："新翻杜老千家註。廣擬江郎《雜體詩》。"聊以自志。

　　江郎擬陶，遂刊本集。東坡率爾和之，非工妙不至此，其擬班婕妤云："畫作秦王女，乘鸞向烟霧。"皎然稱其假使佳人酰之在手，乘鸞之意，飄然莫偕。雖蕩如夏姬，自忘情改節。其《擬休上人》云："日暮碧雲合，佳人殊未來。"王勉夫稱其大意即毛詩"君子于役"之意，又不止石林所引康樂圓景，玄暉春草之句矣。（卷三十三）

律　細

　　皇甫百泉曰：杜甫晚於律細，故林逋謂詩應細評，然又須玩理於趣中，逆志於言外。若謂諫草非獻君之物，鳴鐘豈夜半之時，則是明月不獨照乎巴川，而周民誠無遺種於雲漢矣。

　　吴旦生曰："晚節漸於詩律細"，蓋公自謂也。百泉之説，以之律人則可，蓋律己貴嚴，而律人尚通也。盧德水謂子美一生詩只受用一"細"字，不止晚節爲然。詩不細不清，詩不細不遠，詩不細不能變化，詩不細不敢縱橫也。余觀公又云："詩律羣公問。"

按:《海録碎事》云:"王仲宣流落荆南,多有名士,日問詩律,故公詩云爾。"《河嶽英靈集》論曰:"昔伶倫造律,蓋爲文章之本也。是以氣因律而生,節假律而明,才得律而清焉。寧預於詞場,不可不知音律焉。"東坡云:"敢將詩律鬬深嚴。"蓋未有不細而可言深嚴者也。(卷三十八)

賡　和

《劉貢父詩話》曰:"唐詩賡和有次韻先後無易,有依韻,同在一韻有用韻,用彼韻,不必次。今人多不曉。"

吳旦生曰:昔人言和之義有三:蓋依韻和之,謂之次韻;或用其題而韻字同出一韻,謂之和韻,如張文潛《離黃州詩》而和杜老《玉華宮》詩是也;用彼之韻不拘先後,謂之用韻,如退之《和皇甫湜陸渾山火》是也。然晉宋間何劭、張華、二陸、三謝答其来意而已,非若後人爲次韻所局也。唐不勝載,姑論老杜。如高適寄杜云:"草玄今已畢,此外更何求?"杜則云:"草玄吾豈敢,賦或似相如。"杜寄嚴武云:"何路出巴山,重巖細菊斑。"嚴則云:"卧向巴山落月時,籬外黄花菊對誰。"杜送韋迢云:"洞庭無過雁,書疏莫相忘。"迢則云:"相憶無南雁,何時有報章?"杜又云:"雖無南去雁,看取北来魚。"其往来反覆,不過如是也。惟元白矜尚次韻,至皮陸而盛。若宋蘇黄輩,唱一賡十,工拙見矣。

《洛陽伽藍記》:"王肅入魏,舍江南故妻謝氏,而娶元魏帝女。其故妻贈之詩云:'本爲箔上蠶,今爲機上絲。得路遂騰去,莫憶纏綿時。'"繼室代答,亦用絲、時兩韻,則次韻謂始於元白,誤也。《陳後主集》有《宣猷堂燕集》五言,曰披鈎賦韻,逐韻多少,次第而用。座有江總、陸瑜、孔範等,後主韻得迮、格、白、赫、易、夕、擲、斥、折、喑字,其詩用韻,與所得韻次前後正同,是先書韻爲鈎,坐客均探,各據所得,循序賦之,正後世次韻類也。但韻以鈎探,非誂和先唱者耳。(卷四十八)

用　韻

六一居士《詩話》曰:"退之工於用韻,蓋其得韻寬,則波瀾橫溢,泛入旁韻,乍還乍離,出入回合,殆不可拘以常格,如'此日足可惜'之類是也。得韻窄則不復旁出,而因難見巧,愈險愈奇,如《病中贈張十八》之類是也。嘗與聖俞論此,謂譬如善馭良馬者,通衢廣陌,縱橫馳逐,惟意所之。至於水曲蟻封,疾徐中節,而不少蹉跌,乃天下之至工也。"

吳旦生曰:《西清詩話》:"秦漢已前,字書未備,既多假借,而音無反切平仄,皆通用。自齊梁後,概拘以四聲,又限以音韻,故士率以偶儷聲病爲工,文氣安得不卑弱? 惟陶淵明、韓退之擺脱拘忌,皆取其傍韻用,蓋筆力自足以勝之。”《學林新編》又引此謂字有通作他聲押韻者,於古詩則可,若於律詩則謂之落耳。《餘冬序録》乃云:“秦漢已前,韻有平仄皆通用者,古韻應爾,豈爲字書未備? 淵明、退之集多用古韻,淵明《撰下田舍》與退之《元和聖德》‘此日足可惜’之類,於古俱是一韻,何傍之有? 六一所謂傍韻,就今韻而言,非謂其兼取於彼此也。

　　《緗素雜記》云:“世俗相傳古詩不必拘於用韻。予謂不然。如杜少陵《早發射洪縣南途中作》“及”字韻詩,皆用緝字一韻,未嘗及外韻也。及觀東坡《與陳季常》“汁”字韻,一篇詩而用六韻,殊與老杜異。其他側韻詩多如此。以其名重當世,無敢疵議。至荆公則無是弊矣,其《得子固書因寄》以“及”字韻詩,其一篇中押數韻,亦止用緝字一韻,他皆類此,正與老杜合。”《漁隱叢話》云:“黄朝英之言非也。老杜側韻詩何嘗不用外韻? 如《戲呈元二十一曹長》“未”字韻,一篇詩而用五韻;《南池》“谷”字韻,一篇詩而用四韻;《客堂》“蜀”字韻,一篇詩而用三韻。其他如此者甚衆。今若以一篇詩偶不用外韻遂爲定格,則老杜何以謂之能兼衆體也? 黄既不細考老杜諸詩,又且輕議東坡,尤爲可笑。六一謂韓退之得韻寬則不復傍出,退之用韻猶能如此,孰謂老杜反不能之? 是又非黄所能知也。

聯　句

　　《雲浪齋日記》曰:“退之聯句,古無此法,乃自退之開闢也。”

　　吳旦生曰:詩話皆言聯句自柏梁始,則漢時有之,何得以《石鼎聯句》便云退之開闢也? 然余攷《泊宅編》云:“聯句起於柏梁。”非也。《式微》詩曰:“胡爲乎中,露盖泥中。”中、露,衛之二邑名。劉向以爲此詩二人所作,則一在泥中,一在中露,其理或然。此則聯句所起也。(以上卷四十九)

進退韻

　　《緗素雜記》曰:“鄭谷與僧齊已、黄損共定今體詩格云:凡詩用韻有數格:一曰葫蘆,一曰轆轤,一曰進退。葫蘆韻者,先二後四;轆轤韻者,雙出雙入;進退韻者,一進一退。失此則謬矣。按:唐介爲臺官,廷疏文彦博,仁宗怒,謫英州别駕,朝中士大夫以詩送行,李師中詩曰:‘孤忠自許衆不與,獨立敢言人所難。去國一身輕似葉,高名千古重於山。並遊英俊顔何厚,未死姦諛骨已寒。天爲吾君扶社稷,肯教夫子不生還?'此正進退韻格也。難、寒二字在二十五寒韻,山、還二字在二十六刪韻,誠合體格,豈率爾而爲之哉? 近閱《冷齋夜話》,乃以此詩爲落韻詩,蓋渠不見鄭谷所定詩格有進退之説而妄爲云云也。”

吳旦生曰:李師中此律爲進退韻,余於《律格圖證》既載之矣,後見陸放翁《東山避暑詩》:“避暑穿林隨所之,一奴每負胡床隨。望秋槁葉有先隕,未暮赫日無餘暉。輪困離奇澗松古,鈎輈格磔蠻禽悲。北巖竹間最慘慄,清歡倚石真忘歸。”按:此隨、悲字在四支韻,暉、歸字在五微韻,正所謂進退韻也。而放翁題中自注云:“用轆轤體。”則又何耶? 又見韓子蒼五言詩:“盜賊猶如此,蒼生困未蘇。今年起安石,不用哭包胥。子去朝行在,人應問老夫。髭鬚衰白盡,瘦地日携鉬。”亦是蘇、夫字在七虞韻,胥、鉬字在六魚韻也。

《詩話類編》載葫蘆韻格,謂前少後多、前二後四。今録太白一首,未知然否? 其《獨酌清溪江石上》云:“我携一尊酒,獨上江左石。自從天地開,更長幾千尺。舉杯向天笑,天回日西照。永賴坐此石,長垂嚴陵釣。寄謝山中人,可與爾同調。”又轆轤韻格單轆轤者,單出單入,兩句換韻;雙轆轤者,雙出雙入,四句換韻。今亦録太白一首,未知然否? 其《妾薄命》云:“漢帝寵阿嬌,貯之黄金屋。咳唾落九天,隨風生珠玉。寵極愛還歇,妒深情却疎。長門一步地,不肯暫回車。雨落不上天,水覆難再收。君情與妾意,各自東西流。昔日芙蓉花,今成斷腸草。以色事他人,能得幾時好?”太白此詩,是四句兩變韻,恐未爲雙轆轤格。其法疑如前二韻在東字韻,次二韻入冬字韻,第三兩韻還入東字韻,第四兩韻却入冬字韻也。若爾,則又與進退韻無甚異,豈有律與古之辨乎? (卷五十六)

當句對

王禹玉詩:“舞急錦腰迎十八,酒酣玉醆照東西。”

吳旦生曰:樂府《六么曲》:“有花十八古,有玉東西杯。”而十與八、東與西乃當句對。蓋昔人作詩,有當句對而兩句更不須對者,如陸魯望詩“但説湫流同枕石,不辭蟬腹與龜腸”是也。如李義山詩“池光不定風光亂,日氣初涵露氣乾。但覺遊蜂饒舞蝶,豈知孤鳳憶離鸞”,則中二聯俱用此體,故其命題曰當句有對。(卷五十七)

無　題

《南濠詩話》曰:“楊孟載詩律精切,其追次李義山《無題》五首,詞意俱到,真義山之勍敵也。"

吳旦生曰：按孟載題下序云："嘗讀義山《無題》詩，愛其音調清婉，雖極其穠麗，然皆託於臣不忘君之意，而深惜乎才之不遇也。"余以孟載此語是未解其義體爾。詩話舊謂《無題》詩自唐李商隱，而後作者代有其人，然不傷於誕則傷於淫，且詞晦旨幽，使人讀之茫不知其意味所在。余以傷淫者，乃其本質使然，解其義體，斯得其意味矣。觀《香奩集》有《無題》詩，序云："辛酉歲戲作《無題》詩十四韻，奉常王公、内翰吳融、舍人令狐涣相次屬和。"《夢溪筆談》謂"《香奩》乃和凝所作，凝後貴，悔其少作，故嫁名於韓偓"，此亦自傷其淫艷故也。《老學庵筆記》云："唐人詩中有曰《無題》者，率盃酒狎邪之語，以其不可指言，故謂之《無題》，非真無題也。近呂居仁、陳去非亦有曰《無題》者，乃與唐人不類，或真亡其題，或有所避其實，失於不深考耳。（卷七十二）

宋徵璧

宋徵璧（約1620—1672）字尚木，原名存楠。清華亭（今屬上海）人。崇禎十六年（1643）進士，官中書舍人。入清，官潮州知府。有《含真堂詩稿》、《抱真堂詩稿》、《三秋詞》、《抱真堂詩話》等。《抱真堂詩話》一卷多論六朝、唐詩，偶及明代，出語簡短，有如格言。

本書資料據上海古籍出版社1983年《清詩話續編》本《抱真堂詩話》。

《抱真堂詩話》（節録）

七言初唐、盛唐雖各一體，然極七言之變，則元、白、溫、李皆在所不廢。元白體至卑，乃《琵琶行》、《連昌宮詞》、《長恨歌》未嘗不可讀。但子由所云"元白紀事，尺寸不遺"，所以拙耳。

聯句若昌黎《石鼎》，自佳。元白動必數百韻，有類乘舟泛溟海，星辰不辨，但覺身熱頭痛之煩。

詩之規格，巧行乎其間矣。夫千金良驥，馳驟康莊，又何取乎泛駕？

施閏章

施閏章（1618—1683）字尚白，一字屺雲，號愚山，又號蠖齋，晚號矩齋。清宣城（今屬安徽）人。順治六年（1649）進士。參與修《明史》。以詩名聞於清初。所著《蠖齋詩話》主張"詩有本"、"言有物",反對"入議論",推尊唐人,反對宋詩。王士禎論康熙時詩人,將他與宋琬合稱"南施北宋"。其古文學歐、蘇,以辨析理學及論修史之作最爲精緻,不過傳志序跋大多内容平庸,不能與他的詩歌相提並論。著有《學餘堂文集》。

本書資料據四庫全書本《學餘堂文集》、上海古籍出版社 1963 年《清詩話》本《蠖齋詩話》。

《詩原》序(節録)

有適燕而南轅,如粤而北指者,衆必笑之曰,若迷於方也。守溝瀆而忘海若,汎黄河之水而未溯乎崑崙,君子又笑之曰,是逐流而昧原也。今之爲詩者類是,不殖學而務塗,其辭不己出,而事剽賊,不尚論遠采,而一二近今是師,是詩盛而愈亡也。唐虞之賡歌,商周之雅頌,古之人未嘗學爲詩也。以聖賢之辭出爲聲律之言,藹然爛然,以通上下,而洽朋友,播之樂章,則天神降,地祇出,鳥獸以舞,風雨以時,故太史採詩以觀政治,辨貞淫。孟子曰:《詩》亡然後《春秋》作,然則《詩》不亡,《春秋》不作可也。詩之用宏而原遠如此,非不學無術之所能爲也。夫人之哀至而哭,樂至而嘻,智愚所同情也。今使庸夫牧豎,抵掌頓足,言悲喜之狀,終日無足聽者。賢士騷人筆爲史,作爲詩,雖累千百世人讀之,無不起舞長嘯,或烏烏然泣下霑衣,其言至而情出也。《三百篇》以下,屈、宋、蘇、李、曹、劉諸家之作,苟可傳者皆是類也。人各有情,而非賢士騷人不能道。何也? 沐浴芳澤者言馥郁於茞蘭,懷抱古今者聲流被於金石,自然之勢也,後漢魏而雄於詩者,莫如子美,其自叙曰"讀書破萬卷,下筆如有神",故樂府、五言諸體不爲。擬古之作,即事命篇,意主獨造,而學集其大成,以是爲不可及。夫古今之勢不同,風雅頌已不相襲而殊途同歸,自漢以來善作者大抵善述之流也。蘇子瞻嘗教人作詩,曰熟讀《毛詩》國風與《離騷》,曲折盡是矣。今吾友見山編輯《詩原》,首《毛詩》以正其始,次《楚辭》以綜其變,次《選》詩以峻其體,次《選》賦以博其材,次唐詩選以嚴其則,詩賦之選不盡於昭明、于鱗,而特從其本,志約也,且取《選》體詩賦編次,人代如列諸掌,顧子才富而學有本,其知所先後如此。(《學餘堂文集》卷三)

《江雁草》序(節録)

古未有以詩爲史者,有之,自杜工部始。史重褒譏,其言真而核;詩兼比興,其風婉以長。故詩人連類託物之篇,不及記言、記事之備。傳曰:溫柔敦厚,詩教也。然作史之難也,以孔子事筆削,其於知我罪我,蓋惴惴焉。昌黎爲唐文臣,起衰敝,至言史

76

官不有人禍，必有天刑，引左丘明、司馬遷及崔浩、魏收等爲戒。子厚深非之。往復辨難不相下，史之難如此。詩人則不然，散爲風謠，采之太師，田夫野婦可稱咏其王后卿大夫，微詞設諷，或泣或歌，憂憤之言寄之《葭楚》，故宮之感見乎《黍離》，吉甫以清風自稱，孟子以寺人表見，言者無罪，聞之者足以戒，其用有大於史者。風騷而降，流爲淫麗，詩教浸衰。杜子美轉徙亂離之間，凡天下人物事變無一不見於詩，故宋人目以詩史。雖有譏其學究者，要未可概非也。至於胸中鬱悒侘傺，卷舌不敢盡言，既言而不敢盡存，若以爲飄風驟雨之颯然，過而不留也，斯其志抑已苦矣。

《楚村詩集》序（節録）

孟子言誦詩讀書，不可不知其人。夫達者多懽詞，悲者饒苦調，俊邁者流逸而多風，靜深者高寒而孤寄，任真自得者淡泊而容與，窮高極遠、包舉衆家者渟涵怪幻，風雨鬼神雜出而萬變。陶、韋、王、孟、李、杜、韓退之、孟東野及蘇子瞻諸集，皆望而可辨其人者也。海石外無崖特之行，中懷礧砢之姿，其發之詩歌艱偏廉厲，使人隱然不可測者，何哉？詩爲性情之物，而近世以之徇人，雖復屬詞綴韻，類古作者，終與畫龍刻鵠等耳。（以上《學餘堂文集》卷四）

《定力堂詩》序（節録）

昌黎韓子之論文也，以爲與世浮沈，不自竪立，雖不爲當時所怪，亦必無後世之傳。予讀之憮然，信韓子之奇於文也。學者拘常襲陋，膚附而踵隨，求一語突出不可得，且謂君子之立言，固如是其坦白也。信如是説，則是麒麟鳳凰不必稱瑞於世，而黄茅白葦彌望無際，皆可目爲琪樹之林矣……自漢魏以來能言之家，別流同原，互相祖述，唐以之取士，千人一律，幾同帖括。於是李杜諸大家而外，昌黎之崛奥，長吉之詭奇，閬仙、東野之巉削幽寒，皆於唐人淹熟中另爲別調以孤行者也。夫惟充乎其內，不徒務異其詞，故其盤空鑿險，風雨鬼神，百出而不可殫究。久之漸老漸熟，漸歸平淡，如策騏驥於千仞之岡，蟻封百折而徐放乎康莊也。子其求爲後世之傳，而毋憚爲一時所怪，則韓子之説信矣。（《學餘堂文集》卷五）

吴非熊詩序（節録）

山人詩與縉紳自異，蓋其地使然。處巖穴而務爲富貴之言，謂之不衷，若翦削太甚,氣寒力薄,視一言一字之近於高華,若將浼焉。此特田夫村老之言,目爲山人。人之稱山人者,豈徒然哉?摩詰富貴人,下筆輒蕭然物外;浩然以布衣齊名,觀其詩,豈嘗有岑寂寒儉之態哉?故夫山人之詩未易言也。

《徐伯調五言律》序(節録)

夫近体莫難於七言,固已,然五言長城昔人蓋重言之。唐之初盛,稱沈、宋、高、岑、王、孟諸家,大約溫柔淹雅,典麗冲和,如靜女穠花,鏤金錯彩,要歸於自然。使人讀之,心恬意愜,一唱三嘆,斯爲極致。獨子美沈鬱怪幻,雄視百代,如風雨雷霆,猛獸奇鬼,驚魂動魄,咄咄不敢逼視。杜律在唐實爲變調,而所爲五言長城,亦拓地萬里矣。伯調之律以杜爲宗,以創獲爲奇,其于軟美輕俊,手滑調浮,及寒儉平易之作,視之如糠粃。雖貌似乎唐,不取也。故其爲詩熊熊渾渾,磅礴光怪,可喜可怖,雖或鑱刻險仄,不合時宜,亦杜之苗裔矣。即此一體足留伯調天地間,況其詩不盡此乎。(以上《學餘堂文集》卷六)

《歲星堂詩》序(節録)

文辭之卓然表見於世者有二焉:其一曰可喜,清詞麗句,目眩情移者是也;其一曰可畏,勁氣雄風,驚魂動魄,不可逼視者是也。人情好投以所喜,而避其所畏,故競爲軟美塗飾之辭,夸世衒名,譬猶燕趙之佳人,吳楚之艷質,粉白黛綠,爭妍取憐。忽有偉人高官佩劍,顧盼非常,不知所從來,袒臂大呼,衆皆潰散。其氣量之大小強弱,蓋若斯殊也。杜陵有云"或看翡翠蘭苕上,未掣鯨魚碧海中",此老跋扈已見乎辭矣。(《學餘堂文集》卷七)

《豫闈公約·正文體》(節録)

文風上應國運。國家全盛之時,當有光昌俊偉之文,大抵風氣須尚高明,理體要歸馴雅。夫文之八股,猶人之四肢也。今或起講,一直說盡,無復虛冒,是開口而臟腑具見,病一也。提比籠罩冠冕,方有氣象,今或強作掀翻,散行一段,頭目傾斜,病二也。虛比往往逕删,反從中股後出題,咽項不貫,病三也。中股宜寔而虛,宜正而反,宜全發而忽半截,無復起承轉合,心腹空虛,病四也。後幅忽作二大股,或又加二小股,股大於腰,指大於臂,病五也。夫耳目易位,西子無所逞其妍;榱棟倒施,輸般無所用其巧。讀書好古之士，範我馳驅，而蹊逕自別。至於全章一節，剪裁頓挫，自見古人手筆，願具眼者一振之。（《學餘堂文集》外集卷二）

《蠖齋詩話》（節録）

七言古歌

往見何大復《昔遊篇》五百五十五字，凡十轉，皆平。近時龔中丞孝升《老蕩子行》四百七十字，凡八轉，皆仄。古今相望，各自一體。然宋禮部員外裴悦《寄邊衣詩》二十句，凡五換，皆仄韻，情致凄緊。此體不自大復始矣。

五言排律

有謂排律無單韻，如老杜集中止有十韻、十二、十四、二十、二十四、三十、四十、五十韻之類，並無十一、十三、十五韻者。考之杜集，良然。按此體唐人以沈、宋爲宗，及考盛唐諸家，沈佺期諸君用五韻、七韻者頗多；駱丞"樓觀滄海日，門對浙江潮"亦七韻，不害爲名作。其餘九韻、十一、十三韻、二十五韻各有之，具摘於後。大抵以對仗精嚴、聲格流麗爲長，未嘗數韻限字，勒定雙韻。其雙韻者，十八、二十二、二十八、三十二皆有之，未嘗取盈於三十、四十也。初、盛惟沈佺期《答魑魅》四十八韻爲最長，中腹四韻殊少警句。杜審言排律皆雙韻，《和李大夫嗣真》四十韻，沈雄老健，開闔排蕩，壁壘與諸家不同；子美承之，遂爾旌旗整肅，開疆拓土，故是家法。然往往五十韻、百韻中，韻重意復，瑕瑜互見，似可稍省。鄭□□云："長篇沉著頓挫，指事陳情，有根節骨格，此老杜獨擅之長；宋人每每學之，遂以詩當文，冗濫不已，詩遂大壞，皆老杜啟之。"此言雖激，亦自有見。近見才人不百韻則以爲儉腹短才，不知沈、宋、王、孟大抵皆貴精不貴多也。吾讀方密之《述懷》二百韻，歎爲奇觀，已如讀《三都賦》；至關中李大青有三百韻詩，便當盡焚古今經史子集，單看此一篇排律矣。

排律單韻

五韻：宋之問《始安秋日》，楊炯《途中》，盧照鄰《至望喜矚目》，駱賓王《過張平子墓》、《海曲書情》、《和李明府》，王維《沈拾遺新竹》、《山中示弟》、《青龍寺送熊九》。七韻：沈佺期《登瀛州南樓》，宋之問《酬李丹徒》，盧照鄰《宿晉安寺》、《贈左丞》、《哭韋郎中》、《春晚從李長史》、《冬日野望》、《夏夜憶張二》、《靈隱寺》、《寒夜獨坐》，王維《田家》、《過盧員外》。九韻：駱賓王《四月八日題七級》，王維《贈焦煉師》。十一韻：沈佺期《扈從出長安》，宋之問《雲門寺》、《早入清遠峽》，盧照鄰《結客少年場》，駱賓王《詠懷》。十三韻：宋之問《入瀧洲江》。二十五韻：楊烱《和劉長史》。

尤 侗

　　尤侗（1618—1704）字同人、展成，號悔庵、艮齋，晚號西堂老人。清蘇州府長洲（今江蘇蘇州）人。詩人、戲曲家。曾被順治譽爲“真才子”，康熙譽爲“老名士”。康熙十八年（1679）舉博學鴻儒，授翰林院檢討，參與修《明史》，分撰列傳三百餘篇、《藝文志》五卷。天才富贍，詩文多新警之思，雜以諧謔，每一篇出，傳誦遍人口。亦能詞曲，匯入《西堂曲腋》，在當時流傳頗廣。所撰《西堂雜俎》盛行於世，但辭賦、銘贊、應俗、游戲之作，十之八九格調不高，乾隆時因“有乖體例，語多悖逆”，被列爲禁書，所以其集《四庫全書》不收。所撰《艮齋倦稿》在評文論學方面，有一定價值。著述頗豐，大都收入《西堂全集》。

　　本書資料據康熙十一年雅琴堂刻本《西堂雜俎》、四庫全書本孫默編《十五家詞》。

《西堂雜俎》（節録）

　　蓋詞之爲道，予嘗於《倚聲集》極論之。詩與詞合，詞與曲合，《詩》三百篇，皆可歌也。漢唐樂府，被之管弦，奏之宮廟。古風長短句，已爲詞之權輿。至《生查子》之爲五言古，《玉樓春》之爲七言古，《瑞鷓鴣》之爲律，《紇那曲》、《竹枝》、《柳枝》等之爲絶，皆以詞具詩之一體。故曰：詞者，詩之餘也。詞之近調，即爲曲之引子。慢詞即爲過曲。間有名同而調異者，後人增損，使合拍耳。偷聲減字，攤破哨令，不隱然爲犯曲之祖乎？太白之“簫聲咽”，樂天之“汴水流”，此以詩填詞者也。柳七之“曉風殘月”，坡公之“大江東去”，此以詞度曲者也。由詩入詞，由詞入曲，正如風起青蘋，必盛於土囊；水發濫觴，必極於覆舟，勢使然也。而説者斷欲剖而三之，不亦固乎！且今之人，往往高談詩而卑視曲，詞在季孟之間。予獨謂能爲曲者，方能爲詞；能爲詞者，方能爲詩。何者？音與韻，莫嚴於曲。陰陽開閉，一字不叶，則肉聲抗墜，絲竹隨之。詞雖稍寬於曲，然每見作者平側失銜，庚侵雜用，是徒綴其文，未諧其聲，猶然古風長短句耳。故以詩爲詞，合者十一；以曲爲詞，合者十九。若以詞曲之道，進而爲詩，則宮商相宣，金石相和，颯颯乎皆《三百篇》矣。

　　詩無古今，惟其真爾。有真性情，然後有真格律；有真格律，然後有真風調。勿問其似何代之詩也，自成其本朝之詩而已；勿問其似何人之詩也，自成其本人之詩而已。

晉人有云：我與我周旋久，寧作我也。

吳偉業《梅邨詞》序

詞者詩之餘也，乃詩人與詞人有不相兼者。如李杜皆詩人也，然太白《菩薩蠻》、《憶秦娥》爲詞開山，而子美無之也。温李皆詩人也，然飛卿《玉樓春》、《更漏子》爲詞擅場，而義山無之也。歐陽以文章大手降體爲詞，東坡《大江東去》卓絶千古，而六一婉麗，實妙於蘇。介甫偶然涉筆，而子固無之。眉山一家，老泉、子由無之也（編者按：蘇轍實有四首詞）。以辛幼安之豪氣，而人謂其不當以詩名而以詞名，豈詩與詞若有分，量不可得而踰者乎？有明才人莫過於楊用修、湯若士，用修親抱琵琶度北曲，而詞顧寥寥；若士《四夢》爲南曲野狐精，而填詞自賓白外無聞焉。即詞與曲亦有不相兼者，不可解也。近日學人號詩文宗匠者，蓋亦僅見，若推當代之儁，擅兼人之才，吾目中惟見梅邨先生耳。

先生文章仿佛班史，然猶謙讓未遑，嘗謂予曰："若文則吾豈敢，于詩或庶幾焉。"今讀其七言古律諸體，流連光景，哀樂纏綿，使人一唱三歎，有不堪爲懷者。及所製《通天臺》、《臨春閣》、《秣陵春》諸曲，亦於興亡盛衰之感三致意焉，蓋先生之遇爲之也。詞在季孟之間，雖所作無多，要皆合於國風好色，小雅怨誹之致。故予嘗謂先生之詩可爲詞，詞可爲曲，然而詩之格不墜詞曲之格，不抗者則下筆之妙，古人所不及也。休寧孫無言遍徵當代名家詞，將以梅邨編首，亡何而梅邨歿矣。孫子手卷不釋，仍寓予評次刻之，可謂篤好深思，而予于先生琴樽風月，未忘平生，故謬附知言，序其本末如此。予觀先生遺命於墓前立一圓石，題曰詞人吳某之墓，蓋先生退然以詞人自居矣。夫使先生終於詞人，則先生之遇爲之也，悲夫！吳門尤侗撰。（《十五家詞》卷一《吳偉業梅邨詞》卷首）

周　容

周容（1619—1679）字鄮山，一字茂三，又作茂山，號躄堂。清鄞縣（今浙江寧波）人。明代諸生，負才名，有俠氣。曾受知於戴殿臣御史，戴爲海盗所掠，他便以身爲質，代其受刑梏，致使跛一足，時人多有讚譽。明亡後，出家爲僧，後又因母親尚在，需盡孝道又返俗。康熙十八年（1679）清廷開設詞科，召周容入京，堅辭不就。周容於詩文書畫用工皆勤，時人謂之"畫勝於文，詩勝於畫，書勝於詩"。著有《春涵堂集》。其《春酒堂詩話》雜論古今詩，評唐人名作，自出手眼，不隨人短長。

本書資料據上海古籍出版社 1983 年《清詩話續編》本《春酒堂詩話》。

《春酒堂詩話》（節録）

家嚴常語容曰："文公叶《詩經》諸韻，似亦有不必拘者。如'六月食鬱及薁，七月烹葵及菽'，菽叶薁也。'八月剥棗，十月穫稻'，稻與棗叶，轉韻矣，何必强棗爲走，强稻爲'徒苟反'也？'爲此春酒，以介眉壽'，酒叶壽，又轉矣。又《鹿鳴》詩，何必叶鳴、苹、笙入七陽乎？一章兩韻，經中多有。"

又曰："《雅》、《頌》稱什，猶軍法以十人爲什也。此即是唐人律字之祖，律者亦猶軍之有律也。"

有以九言詩見示者，余曰："詩至七言極矣，漢《柏梁》原已等之諸談俗語；《黄庭經》語語歌行矣，晉人喜書之而未嘗爲之，豈當時亦鄙其體爲道流醮章之類而不足學歟？七言且然，況九言哉！"

須溪指《飲中八仙歌》，曰"古無此體"，非也。此歌自從《柏梁》脱胎。

友人曰："絶句以一句一意爲正格"。余曰："如而言，則'春遊芳草地'，何如'打起黄鶯兒'耶？"

吴　綺

吴綺（1619—1694）字豐南，號綺園，又號聽翁，别號紅豆詞人。清江都（今江蘇揚州）人。順治二年（1645）貢生。以多風力、尚風節、饒風雅，時人稱之爲"三風太守"。其詞小令多描寫風月艷情，筆調秀媚，調和音雅，情態亦濃；長調多壯浪語，但題材狹窄。能詩，摹仿徐陵、庾信，以清新爲尚。其駢文學李商隱，以秀逸勝。著有《林蕙堂集》，傳奇三種（《忠愍記》、《嘯秋風》、《繡平原》，當時多被管弦，今均無存）。

本書資料據四庫全書本《林蕙堂全集》。

何雲墅轉運《集字詩》序

鶴郡重來，夜月吹簫之路；龍門新陟，春風傾蓋之交。十載相思，人逢水部；三秋共對，曲聽山香。北海瑶樽，杯底隋堤柳色；西園金管，檻前空閣梅花。爰出集字一編，命爲弁言數語。夫詩緣至性，實本别才；聚腋成裘，裘合而寧知是腋；將花釀蜜，蜜成而無復爲花。此豈屬乎人能，良亦關乎天巧。若乃五音迭奏，并合宫商；雜綵相宣，自成機杼。相其體製，風華不讓齊梁；攬厥篇章，大雅無傷李杜。斯則王夷甫之玉立，自具神姿；寧獨謝安石之碎金，徒誇寶屑而已哉？置之笥内，應函雲母之封；付以筵前，可協雪兒之奏矣。

翁蒼牙《見山樓詩集》序（節録）

夫律吕之合先以氣機，華實所分由于識量。翁子留心當世，肆力古人。比賈誼之弘才，羞同絳、灌；如東方之博覽，兼讀孫、吳。既學劍而學書，亦能經而能史。予嘗與之盱衡往昔，籌畫近今，凡所指陳，皆當切要。信管敬仲稱天下之才，豈陸士龍擅雲間之譽？乃開卷獨得，閉户自甘。方予承乏于苕川，諸客咸依于荆土。翁子超然遠引，持正無阿。耻言毛遂之處囊，略似陶潜之度履。迨乎讒興解組，鬼見張弧。羅無雀而誰來，壁有蠅而空點。乃獨舉幡漢闕，慷慨而明司隸之冤；射矢聊城，宛轉而救齊人之困。此其品詣，自屬懸殊；更覽諸篇，悉稱名作。或悲凉對酒，抗如擊筑之奇；或綽約尋花，婉似鳴琴之奏。或奔騰迅烈，同萬馬之嘶風；或淡蕩凄清，若孤鴻之叫月。莫不含任吐謝，軼孟淩王。繚以繡絲，炫目蒲桃之錦；薰之艸木，移情蘭茞之香。詩之不易知固如是矣，人之未可量又何若耶？冰雪各天，烽烟四海，時乎不再，勉爲萬里之行；去矣毋忘，酌此二泉而别。（以上卷三）

《學易堂詩》序（節録）

十五國删于周，而其旨皆歸於温厚；廿一代斷于漢，而所著雜見乎風騷。然詩以言情，文如其品。若陶若謝而不一，覽之者似見其人；若杜若李而多殊，讀之者如瞻其貌。豈其聲歌之有異，良亦情性之不同耳？（卷四）

《彭爱琴詞》序（節録）

夫詞號詩餘，體原樂府。翰林三関，寫怨思于寒煙；博士八义，愴離情于夜雨。翠翹金雀，雖務極其綢繆；玉宇瓊樓，要本原于忠厚。夫何小巫日競，幾自類於倚門；遂至大雅云希，竟難求其入室。兹則法綜淮海，義倣屯田。端麗出于性成，穠秀原于自有。春風楊柳，是孝伯之清華；初日芙蕖，非顏延之雕繪。七襄成錦，支機得自天孫；三日留香，拂座都如荀令。傾城有笑，何須齲齒爲妍；照水堪憐，不待捧心作態。是以江郎虚已，嘗欲讓其風流；而宗子逢人，還共稱其雅令也。

范汝受《十山樓詞》序（節録）

夫詞者，詩之餘也。詩號三唐，極騷壇之變化；詞稱兩宋，盡樂府之源流。然風雅所傳，不能有王韋而無温李；豈聲音之道，乃可右周柳而左辛蘇？譬如五味之滋，並陳醯醬。若夫八音之奏，同具宮商，乃説者互有所持，而究之皆非通論也。

汪晉賢《桐叩詞》序（節録）

夫詞之爲道，始於李唐，而其體浸淫於五代，盛于趙宋。而其情原本于六朝，故體以靡麗而多風情，以芊綿而善入，雖有《花間》、《蘭畹》之目，實則美人、香草之遺也。

陳次山《香亭詞》序（節録）

夫詞出騷壇，實原樂府。非詩非曲，其妙在深淺之間；可樂可悲，其調以安和爲主。自説乖三易，都忘邦彦之章；而獨笑七分，但鬭劉幾之句。寢非古調，豈爲高言？而次山獨能出其清思，振兹麗藻。以秦柳之柔情，發辛蘇之逸氣。或芊綿而不絶，如囀曉之啼鶯；或奔放而難羈，如嘶秋之駿駬。左提仲舉，與太白而高吟；右挈堯章，聽小紅之低唱。吾不知其所際，又安量其所成乎？方諸其年，寧並驅而駕也；乃呼上若，相倚聲而歌之。（以上卷五）

《記紅集》序（節録）

竊謂詞雖小道，義在大晟。究其源流體製，實由于樂府，相爲表裏興觀，允助于騷壇。

巾箱《詩詞二韻》序（節録）

原夫律吕相宜，聲歸大雅；陰陽互協，義尚中和。故衆管克諧，而法先用損；諸經並列，而詩獨宜删。此東陽之四聲，傳西園于千載也。但高才領異，互矜揚子之奇；末學文疎，反失沈侯之妙。非樊紹述而專尚夫詰聱，豈劉知幾乃謬工于茁軋？斯則聲音之學，必須釐定爲先矣。（以上卷六）

宋牧仲《楓香詞》跋

近之詞家，互爲溢體。施于樂府，競號新聲。實有江河之憂，豈獨風雅之變哉！先生楷模八代，衣被九州，乃以大雅之才，間爲小山之製。具周秦之麗節而去其靡，寫辛蘇之壯懷而去其亢。所謂永嘉之末，復聞正始之音也。（卷十）

王夫之

王夫之（1619—1692）字而農，號薑齋，別號一瓢道人。清衡陽（今屬湖南）人。晚年居衡陽之石船山，世稱"船山先生"。明末清初傑出的思想家、哲學家，與方以智、顧炎武、黃宗羲同稱"明末四大學者"。明亡，在衡山舉兵起義，阻擊清軍南下，戰敗退肇慶，任南明桂王政府行人司行人，以反對王化澄，幾陷大獄。至桂林依瞿式耜，桂林陷没，式耜殉難，乃決心隱遁。輾轉湘西以及郴、永、漣、邵間，竄身瑶洞，伏處深山，刻苦研究，勤懇著述，垂四十年。學問淵博，對天文、曆法、數學、地理學等均有研究，尤精經學、史學、文學。哲學上總結並發展了中國傳統的唯物主義，認爲"盡天地之間，無不是氣，即無不是理也"（《讀四書大全説》卷十），以爲"氣"是物質實體，而"理"則爲客觀規律；又以"絪蘊生化"來説明"氣"變化日新的辯證性質，認爲"陰陽各成其象，則相爲對，剛柔、寒温、生殺，必相反而相爲仇"；强調"天下惟器而已矣"，"無其器則無其道"（《周易外傳》卷五）；由"道器"關係建立其歷史進化論，反對保守退化思想；又認爲"習成而性與成"，人性隨環境習俗而變化，所以"未成可成，已成可革"，而教育要"養其習於蒙童"。在知行關係上，强調行是知的基礎，反對陸、王"以知爲行"及禪學家"知有是事便休"的觀點。政治上反對豪强大地主，認爲"大賈富民"是"國之司命"，農工商業都能生產財富。文學上，善詩文，工詞曲。所作《詩繹》、《夕堂永日緒論》、《薑齋詩話》等，論詩多獨到見解。著述甚豐，經後人編爲《船山遺書》。其《薑齋詩話》是我國古代詩話發展中一部具有比較突出理論價值的著作。其《夕堂永日緒論》分内、外二編，内編主要品評歷代詩人及作品，外編主要討論文法，多獨到見解。

本書資料據上海古籍出版社 1963 年《清詩話》本《薑齋詩話》。

《薑齋詩話》（節録）

古詩無定體，似可信筆爲之，不知自有天然不可越之榘矱：故李于鱗謂：唐無五古

詩，言亦近是；無即不無，但百不得一二而已。所謂榘矱者，意不枝，詞不蕩，曲折而無
痕，戕削而不競之謂。若于鱗所云無古詩，又唯無其形埒字句與其粗豪之氣耳。不
爾，則“子房未虎嘯”及《玉華宮》二詩，乃李、杜集中霸氣滅盡，和平温厚之意者，何以
獨入其選中？

　　古詩及歌行换韻者，必須韻意不變轉。自《三百篇》以至庾、鮑七言，皆不待鈎鎖，
自然蟬連不絕。此法可通於時文，使股法相承，股中换氣。近有顧夢麟者，作《詩經塾
講》，以轉韻立界限，劃斷意旨。劣經生桎梏古人，可惡孰甚焉！ 晉《清商》、《三洲》曲
及唐人所作，有長篇拆開可作數絕句者，皆蠹蟲相續成一青蛇之陋習也。

　　《樂記》云：“凡音之起，從人心生也。”固當以穆耳協心爲音律之準。“一三五不
論，二四六分明”之説，不可恃爲典要。“昔聞洞庭水”，“聞”、“庭”二字俱平，正爾振
起。若“今上岳陽樓”易第三字爲平聲，云“今上巴陵樓”，則語塞而戾於聽矣。“八月
湖水平”，“月”、“水”二字皆仄，自可；若“涵虛混太清”易作“混虛涵太清”，爲泥磬土鼓
而已。又如“太清上初日”，音律自可；若云“太清初上日”，以求合於粘，則情文索然，
不復能成佳句。又如楊用修警句云：“誰起東山謝安石，爲君談笑淨烽煙？”若謂“安”
字失粘，更云“誰起東山謝太傅”，拖沓便不成響。足見凡言法者，皆非法也。釋氏有
言：“法尚應捨，何況非法？”藝文家知此，思過半矣。

　　建立門庭，自建安始。曹子建鋪排整飾，立階級以賺人升堂，用此致諸趨赴之客，
容易成名，伸紙揮毫，雷同一律。子桓精思逸韻，以絕人攀躋，故人不樂從，反爲所掩。
子建以是壓倒阿兄，奪其名譽。實則子桓天才駿發，豈子建所能壓倒耶？ 故嗣是而興
者，如郭景純、阮嗣宗、謝客、陶公，乃至左太冲、張景陽，皆不屑染指建安之羹鼎，視子
建蔑如矣。降而蕭梁宮體，降而王、楊、盧、駱，降而大曆十才子，降而温、李、楊、劉，降
而“江西宗派”，降而北地、信陽、琅邪、歷下，降而竟陵，所翕然從之者，皆一時以哄漢
耳。宮體盛時，即有庾子山之歌行，健筆縱橫，不屑煙花簇凑。唐初比偶，即有陳子
昂、張子壽扢揚大雅。繼以李杜代興，杯酒論文，雅稱同調；而李不襲杜，杜不謀李，未
嘗黨同伐異，畫疆默守。沿及宋人，始爭疆壘。歐陽永叔亟反楊億、劉筠之靡麗，而矯
枉已迫，還入於枉，遂使一代無詩，掇拾誇新，殆同觸令。胡元浮豔，又以矯宋爲工。
蠻觸之爭，要於興、觀、羣、怨，絲毫未有當也。伯温、季迪以和緩受之，不與元人競勝，
而自問風雅之津。故洪武間詩教中興，洗四百年三變之陋。是知立“才子”之目，標一
成之法，扇動庸才，且仿而夕肖者，原不足以羈絡驥騄；唯世無伯樂，則駕鹽車上太行
者，自鳴駿足耳。

近體，梁陳已有，至杜審言而始叶於度。歌行，鮑庾初製，至李太白而後極其致。蓋創作猶魚之初漾於洲渚，繼起者乃泳遊自恣，情舒而鱗鬐始展也。七言絶句，初盛唐既饒有之，稍以鄭重，故損其風神。至劉夢得而後宏放出於天然，於以揚扢性情，駆娑景物，無不宛爾成章，誠小詩之聖證矣。此體一以才情爲主。言簡者最忌局促，局促則必有滯累；苟無滯累，又蕭索無餘。非有紅鑪點雪之襟宇，則方欲馳騁，忽爾蹇躓；意在矜莊，祇成疲苶。以此求之，知率筆口占之難，倍於按律合轍也。夢得而後，唯天分高朗者能步其芳塵，白樂天、蘇子瞻皆有合作，近則湯義仍、徐文長、袁中郎往往能居勝地，無不以夢得爲活譜。才與無才，情與無情，唯此體可以驗之。不能作五言古詩，不足入風雅之室；不能作七言絶句，直是不當作詩。區區近體中覓好對語，一四六幕客而已。

五言絶句自五言古詩來，七言絶句自歌行來，此二體本在律詩之前，律詩從此出，演令充暢耳。有云絶句者，截取律詩一半，或絶前四句，或絶後四句，或絶首尾各二句，或絶中兩聯。審爾，斷頭刖足，爲刑人而已。不知誰作此説，戕人生理！自五言古詩來者，就一意中圓淨成章，字外含遠神，以使人思。自歌行來者，就一氣中駘宕靈通，句中有餘韻，以感人情。修短雖殊，而不可雜冗滯累則一也。五言絶句，有平鋪兩聯者，亦陰鏗、何遜古詩之支裔。七言絶句，有對偶如“故鄉今夜思千里，霜鬢明朝又一年”，亦流動不羈，終不可作“江間波浪兼天湧，塞上風雲接地陰”平實語。足知絶律四句之説，牙行賺客語，皮下有血人不受他和哄。

豔詩有述歡好者，有述怨情者，《三百篇》亦所不廢，顧皆流覽而達其定情，非沈迷不反，以身爲妖冶之媒也。嗣是作者，如“荷葉羅裙一色裁”，“昨夜風開露井桃”，皆豔極而有所止。至如太白《烏棲曲》諸篇，則又寓意高遠，尤爲雅奏。其述怨情者，在漢人則有“青青河畔草，鬱鬱園中柳”，唐人則“閨中少婦不知愁”、“西宮夜靜百花香”，婉變中自矜風軌。迨元白起，而後將身化作妖冶女子，備述衾裯中醜態；杜牧之惡其蠱人心，敗風俗，欲施以典刑，非已甚也。近則湯義仍屢爲泚筆，而固不失雅步。唯譚友夏渾作青樓淫咬，鬚眉盡喪；潘之恒輩又無論已。《清商曲》起自晉宋，蓋里巷淫哇，初非文人所作，猶今之《劈破玉》、《銀紐絲》耳。操觚者即不惜廉隅，亦何至作《懊儂歌》、《子夜》、《讀曲》？

詠物詩，齊梁始多有之。其標格高下，猶畫之有匠作，有士氣。徵故實，寫色澤，廣比譬，雖極鏤繪之工，皆匠氣也。又其卑者，餖湊成篇，謎也，非詩也。李嶠稱“大手筆”，詠物尤其屬意之作，裁剪整齊而生意索然，亦匠筆耳。至盛唐以後，始有即物達情之作，“自是寢園春薦後，非關御苑鳥銜殘”，貼切櫻桃，而句皆有意，所謂“正在阿堵中”也。“黃鶯弄不足，含入未央宮”，斷不可移詠梅、桃、李、杏，而超然玄遠，如九轉還丹，仙胎自孕矣。宋人於此茫然，愈工愈拙，非但“認桃無綠葉，辨杏有青枝”爲可姍笑已也。嗣是作者，益趨匠畫。里耳喧傳，非俗不賞。袁凱以《白燕》得名，而“月明漢水初無影，雪滿梁園尚未歸”，按字求之，總成窒礙。高季迪《梅花》，非無雅韻，世所傳誦者，偏在“雪滿山中”、“月明林下”之句。徐文長、袁中郎皆以此衒巧。要之，文心不屬，何巧之有哉？杜陵《白小》諸篇，踸踔自尋別路，雖風韻不足，而如黃大癡寫景，蒼莽不羣。作者去彼取此，不猶善乎？禪家有“三量”，唯“現量”發光，爲依佛性；“比量”稍有不審，便入“非量”；況直從“非量”中施朱而赤，施粉而白，勺水洗之，無鹽之色敗露無餘，明眼人豈爲所欺耶？（以上卷下）

魏際瑞

　　魏際瑞(1620—1677)原名祥，字善伯，號伯子。清寧都（今屬江西）人。明末諸生。性敏强記，於兵刑禮制律法，皆窮究其法。入清，爲歲貢生，客浙撫范承謨幕。不久，死於韓大任之難。際瑞篤治古文，喜《莊子》、《史記》。著有《魏伯子文集》等。

　　本書資料據道光十三年《昭代叢書》本《魏伯子文集》。

与子弟論文（節錄）

　　南曲如抽絲，北曲如輪鎗；南曲如南風，北曲如北風；南曲如酒，北曲如水；南曲如六朝，北曲如漢魏；南曲自然者，如美人淡妝素服，文士羽扇綸巾；北曲自然者，如老僧世情物價，老農晴雨桑麻；南曲情聯，北曲勢斷；南曲圓滑，北曲勁澀；南曲柳顫花搖，北曲水落石出；南曲如珠落玉盤，北曲如金戈鐵馬。若貴堅重，賤輕浮，尚精緊，卑流蕩，喜乾淨，厭煩碎，愛老成，黜柔弱，取大方，棄鄙巧，求蘊藉，忌粗率，則南北所同也。北曲步步撟高，南曲層層轉落；北曲枯折見媚，南曲宛轉歸正；北曲似粗而深厚，南曲似柔而筋節；北曲似生似呆，南曲貴溫貴雅。北白或過文，或眼目，或案斷，南白有穿插，有挑撥，有埋伏；北白冗則極冗，簡則極簡，南白停匀而已。作詩，題難於詩；作曲，白難於曲。

　　絕句本截律詩，然讀首一句，即知是絕是律。律詩首句，每有端凝浩瀚巍峨之意；絕詩首句，多帶輕利。文章各有胚胎，非加減舒緘可得而成也。（卷四）

毛先舒

毛先舒(1620—1688)原名骙，字驰黄。後改名先舒，字稚黄。仁和(今浙江杭州)人。"西泠十子"之一。明諸生。明亡，不求仕進。曾從事音韻學研究，亦能詩文。與毛奇齡、毛際可齊名，時稱"浙中三毛，文中三豪"。其論詩守唐人門户，揚七子而抑竟陵，於明代詩家，抨擊"唐六如之俚鄙，袁中郎之佻佚，竟陵鍾、譚之纖猥"。其詩音調瀏亮，音律規整，有建安七子餘風，以古學振興西泠，排列"西泠十子"首位，對音韻、訓詁學亦頗有研究。著述宏富，有《東苑文鈔》、《東苑詩鈔》、《思古堂集》、《匡林》、《聲韻叢説》、《韻問》、《南曲入聲客問》、《南唐拾遺記》、《常禮雜記》、《家人子語》、《喪禮雜説》、《語子》、《稚黄子》、《諺説》、《撰書》、《小匡文鈔》、《格物問答》、《詩辯坻》、《南曲正韻》等。其《南曲入聲客問》專門回答南曲演唱中的入聲字處理問題。北曲入聲字已分别派入平、上、去三聲，南曲仍有入聲字，並可以入聲押韻。但在實際歌唱時入聲字却仍按平、上、去三聲作腔，如何解釋這個矛盾，作者提出北曲入聲乃"音變腔不變"，而南曲入聲則"腔變音不變"的論點。因爲北方語音中無入聲字，已變爲平、上、去三聲，所以稱"音變"。而南方語音中仍有入聲字存在，歌唱時須出字即斷，不好作腔，而斷後仍須以三聲作腔，故稱"腔變"。這是南北曲相異之處，也是南曲不能"派入三聲"的原因。此外，由於入聲字没有閉口音，也無穿鼻、抵齶韻，演唱時只有吐字、作腔，而無收韻。作者從音韻學的角度，對當時歌壇上如何處理南曲入聲字的爭論，提出了頗有參考價值的看法。

本書資料據上海古籍出版社1983年《清詩話續編》本《詩辯坻》、中國戲劇出版社1959年《中國古典戲曲論著集成》本《南曲入聲客問》。

《詩辯坻》(節録)

詩學流派，各有顓家，要其鼻祖，歸源《風》、《雅》。《風》、《雅》所衍，流别已夥，舉其巨族，厥有三支：一曰詩，二曰騷辭，三曰樂府。《離騷》興于戰國，其聲純楚，哀誹淫泆，類出《小雅》；而詳其堂構，不近詩篇，雖瓜瓞于古經，蓋别子而稱祖者也。後遂寖變爲賦，又其流矣。樂府興于漢孝武皇帝，曲可弦歌，調諧笙磬，《練日》奏於郊裡，《鷺茄》詢於玉帳。蓋以商周《雅》、《頌》歌法失傳，故遣嚴、馬之徒維新厥制，已而才人辭士，下逮於閭巷閨襜，咸各有作，揚流濫焉。"昔有霍家奴"，雅留曲闥，"相逢狹路間"，燕女溺志，稟酌四詩，情亡不有。魏晉相承，體緒頗雜，而並隸樂府，莫之或變。然周秦歌謡及《鴻鵠》、《雛逝》諸作，並採入樂苑者，以類相景附云耳。至於唐世樂府，絶句爲多，而章句俳齊，稍同文侯恐臥之響，故填詞出焉。爾時但有小令，聽者苦盡，故宋人之慢調出焉。慢調者，長調也。金人欲易南腔爲北唱，故小變詞法，而弦索調出焉。然弦索調在填詞爲長，在曲又嫌其短，故元人之套數出焉。元曲偏北而不嫻南唱，故明興，則引信宋詞，拗旋元嗓，參伍二制，折衷九宮，而今南曲出焉。故漢初已彰樂府，六朝稍演絕句，唐世肇詞，宋時未亡而金已度北曲，元未亡而已見南曲。要皆萌芽，各入其昭代而始極盛耳。斯則樂府之統系，是《三百篇》之支庶也。若夫古詩，大約以五言爲準。何者？後代四言，率多窘縛，附庸三古，難起一宗。五言，西漢則《十九》、《河梁》，東京則伯喈、平子，建安則子建、仲宣，魏晉則阮、陸、陶、謝，六代翩翩僑儷之風，四唐英英律絕之製。又既趨近體，則七言兼著。故其物章比興，辭班麗則，調務淵雅，旨放清穆，蕩樂府之詼褻，閑騷人之怨亂者，其惟詩乎？若乃詩有變風雅，而端木氏又別小大正續傳。予謂騷辭樂府，大約得於變傳爲多，而詩人有作，必貴緣夫《二南》、《正雅》、《三頌》之遺風，無邪精義，美萃於斯。是則六義之冢嫡，元音之大宗也。《原係篇》

　　古今談詩家，其持論大有三弊，而世鮮覺悟，其失往往雷聲，余當辯之。其一則以作詩必有合於古之六義，斯言似已，然《風》、《雅》、《頌》固是分體，不必詳論。以賦、比、興言之，此三者是詩人之志。蓋即婦人童兒發口矢辭，非直陳事，即婉轉附物，或因感抒述，三者之內，必有攸當。是凡詩中，自有此三義，非謂具此三義而後爲詩成也。譬諸樂然，有五音耳，任舉陶瓦叩之，弦索彈之，亦必中宮羽之一音，豈謂不爲瑞器者便無音耶？自謂詩備六義，然後爲佳，而牽拘膠盭，不勝其敝，但有櫛比，無復神來。又或以莊辭爲備六義，殆又不然。夫古人作詩，取在興象，男女以寓忠愛，怨誹無妨貞正，故《國風》可錄，而《離騷經》辭乃稱不淫不亂。《詩》三百篇，大抵言情爲多，乃用《尚書》、《禮運》之義相繩，何其固耶？即以麗辭果流佚者，但可指爲靡音，目爲變聲，不可謂外於六義。何則？就其靡變，亦必固自有賦比興耳。自斯言出，而《楚辭》、樂府盡爲外篇，而傅玄《豔歌行》爲賢於《陌上桑》，李唐一代便當尸祝退之，然後晚唐衰宋之作，悉登高坐矣。此一弊也。漢變而魏，魏變而晉，調漸入俳，法猶抗古。六代靡靡，氣稍不振，矩度斯在。何者？俳者近拙，拙猶存古；藻者徵實，實猶存古。嗣是入唐，爲初爲盛，麟德、乾封間，氣魄已見，開元而後，奇肆跌宕，窮姿極情，譬猶篆隸流爲行草耳。穗跡雲書，永言告絕，懷古之士，猶增欷歔。然而談者方誇爲中興，謂足高掩六季，何邪？且近體是唐代所開，而研思構彩，皆滋潤六朝，十四大家，概乎沾沔，奈何愛唐棣之偏，反忘鄂跗之韡韡。至古體詩，居然酏水之別，益無論已。此二弊也。詩主風骨，不尚文彩，第設色欲稍增新變耳。自皎然以竊占白雲芳草詆劉、李諸賢，而近代亦詬白雪黃金，中原紫氣，是則誠然，然要非大疵也。初、盛唐之烏鵲、鳳凰，南山、北斗，龍闕、鳳城、橫汾、宴鎬，漢魏人之鳳凰、鴛鴦，雙鵠、鳴雁，驚風、白日，臚陳竹素，覽者初不訝之。

又如古詩,草蟲、楊柳,便屬相思;駃牡、鶬鶊,輒施行邁;萬年眉壽,以爲頌禱;於皇陟降,用格神明。若持卑辭相格,亦復可議。要期合律,雖遞襲而不妨乎高,苟乖大雅,則彌變彌墮。於是斯有彥伯澀體,長吉鬼才。近如唐六如之俚鄙,袁中郎之佻悅,竟陵鐘、譚之纖猥,亦俱自謂能超象跡之外,不知呵佛未易,直枉入諸趣耳。此三弊也。《三弊篇》

鄙人之論云:"詩以寫發性靈耳,值憂喜悲愉,宜縱懷吐辭,蘄快吾意,真詩乃見。若模擬標格,拘忌聲調,則爲古所域,性靈斯掩,幾亡詩矣。"予案是説非也。標格聲調,古人以寫性靈之具也。由之斯中隱畢達,廢之則辭理自乖。夫古人之傳者,精于立言爲多,取彼之精,以遇吾心,法由彼立,杼自我成,柯則不遠,彼我奚間? 此如唱歌,又如音樂,高下徐疾,豫有定律,案節而奏,自足怡神,聞其音者,歌哭抃舞,有不知其然者,政以聲律節奏之妙耳。倘啟唇縱恣,夏撃任手,砰磅伊亞,自爲起閣,奏之者無節,則聆之者不訢,欲寫性靈,豈復得耶! 離朱之察,不廢璣衡;夔、曠之聰,不斥瑉律。雖法度爲借資,實明聰之由人。藉物見智,神明逾新,標格聲調,何以異此! 鄙人之論又云:"夫詩必自辟門户,以成一家,倘蹈前轍,何由特立!"此又非也。上溯玄始,以迄近代,體既屢變,備極範圍,後來作者,予心我先,即有敏手,何由創發? 此如藻采錯炫,不出五色之正間;爻象遞變,不離八卦之奇偶。出此則入彼,遠吉則趨凶。借如萬曆以來,文凡幾變,詩復幾更,哆口高談,皆欲呵佛。然而文尚雋韻者,則黃蘇小品;談真率者,近施羅演義。詩之佻褻者,效《吳歌》之昵昵;齷齪者,拾學究之餘瀋。嗤笑軒冕,甘側輿臺,未餐霞露,已飫糞壤。旁蹊躑躅,曾何出奇;呫呫喋喋,伎倆頗見。豈若思古訓以自淑,求高曾之規矩耶? 若乃借旨釀蜜,取喻鎔金,因變成化,理自非誣。然採取炊冶,功必先之,自然之效,罕能坐獲。要亦始于稽古,終于日新而已。《鄙論篇》

詩有賦、比、興,然三義初無定例。如《關雎》,《毛傳》、《朱傳》俱以爲興。然取其摯而有別,即可謂比;取因所見感而作詩,即可爲賦。必持一義,殊乖通識。唯《小序》但唱大指,義無偏即,詞致該簡,斯得之矣。

何良俊云:"李斯從始皇巡遊諸山刻石,簡質典雅,如三句一韻,皆自立體裁,不事蹈襲。"豈元朗未讀"薄言采芑"之詩耶? 又云:"《雅》、《頌》之後,便有宣王《石鼓文》。"以爲偽作,則無足云信,謂宣王時詩,則變雅、《魯頌》多有出於石鼓之後矣。

樂府、古詩,相去不遠。然大抵古詩以和婉爲旨,以詳雅爲緒,以典則爲其辭。樂府以淫泆悽戾爲旨,以變亂爲緒,以俳諧詰屈爲其詞。古詩色尚清腴,其調尚優。樂府色尚穠,其調尚迅。古詩近于《三百篇》,樂府近于《楚騷》,所由蓋異矣。

然則樂府非德音邪? 呈新聲于《雅》、《頌》之外,乃有樂府;節變徵于《楚辭》之餘,乃有古詩,故古詩尚矣。

古樂府掉尾多用"今日樂相樂,延年萬歲期",又"延年壽千秋",又"別後莫相忘"等語,有與上意絕不相蒙者。此非作者本詞所有，蓋是歌工承襲爲祝頌好語，隨詞譜入，奏于曲終耳。觀《白頭吟》舊曲與晉樂所奏者可見。又若“置酒高殿上”，章句小差；“蒲生我池中”，魏晉悉異；“見君前日書”，正截篇首；“山川滿目淚沾衣”，但唱曲亂。猶今傳奇入伶人之手，亦多所竄削。蓋文士屬興操觚，叶律恐疵，故遞有增損云爾。（以上卷一）

《妾薄命》詞意亦自宋大夫《二招》來，在樂府中則創體也。

魏詩“雲散還城邑，清晨復來還”，唐詩“定是風光牽宿醉，本晨復得幸昆明”，宋填詞“明日重扶殘醉，來尋陌上花鈿”，意若相偷，而各用我格，俱敷情之秀句。

曹植《棄婦篇》起處迂緩，正於此見古法。中間莽莽寫去，無不極情妙筆，何減《長門》之賦。此詩三十四句，十七韻耳，中重二庭韻，二靈韻，二寧韻，二鳴韻，二成韻，亦古詩所少。

情語筆允，故原《三百》。大抵雍、岐篤貞，淇、洧煽淫，二者之中，仍判驚苦。《氓蚩》啟“唾井”之源，《綠衣》開宮詞之始，此哀之緒也。漢宮躃臂，徵于“芣苢”。楊方《同聲》，亦本“弋雁”，此愉之端也。就茲二情，復有二體。其一專模情至，不假粉澤，搖魂洞魄，句短情多，始于“束薪”、“芍藥”，衍于《九歌》，暢于《清商》，至填詞而極，此一派也。其一則鋪張衣被，刻畫眉頰，藻文雕句，寓志于辭，則始于《碩人》、《偕老》，靡于《二招》，流于《白紵》，至元曲而極，此一派也。李唐作者，不一其途，最者右丞聯會真之韻，協律奏《惱公》之曲，檢校開西崑之製，承旨發無題之詠。飆流符會，餘弄未湮，故格有穠纖，旨有正變。識乖揚榷，概云擯于大雅，則無乃拙目之嗤歟！《情語篇》

樂府題有《昔昔鹽》及他名鹽者甚多，“鹽”疑當讀作豔。《郊特牲》：“流示之禽，而鹽諸利。”“鹽”亦讀豔。蓋古歌多稱豔者，曹孟德樂府“雲行雨步”一章爲豔，蓋是歌名耳。《解頤新語》解鹽爲好，似未然。又樂府有名俞者，如《魏俞》、《吳俞》、《劍俞》、《矛俞》、《弩俞》。“俞”當與“歈”通。《解頤新語》亦解俞爲善，恐亦是誤。

何大復嘗稱：“文靡于隋，韓力振之，然古文之法亡于韓；詩弱于陶，謝力振之，然古詩之法亡于謝。”斯言世共推其鑒，予嘗疑之。夫文至魏氏，漸啟俳體，典午以後，遂爲定制；隋即增華，無關創始，徐、庾先鞭，波蕩已極，歸獄楊氏，議非平允。靖節清思遙屬，筋力頹然，“詩弱于陶”，則誠如何説；至謂“謝力振之”，而古法更亡于謝，則尤爲謬悠也。何者？漢魏以來，詩少偶句，龍躍雲津，駢仗大作，此鍾嶸所謂“陸機爲太康之英，安仁、景陽爲輔”是也。金行一代，蕭畫守之，元亮瀟脱爲工，此風於變；康樂同時分路，矯焉追古，觀其穎才通度，頗能跅弛，而每抑神□，降就駢整，潘、陸風流，賴以無墜；非如昌黎之文，既革隋唐之響，復桃《史》、《漢》之法者也。且何以建安爲古法，則亡其法者，責在士衡，無關靈運。倘以太康爲古法，則存其法者，功在靈運，豈得云亡！衡決之談，莫甚於此。又陸詩雄整，謝詩抑揚，何謂平原“語俳體不俳”，康樂“語

體俱俳"，考其名實，酷當易位。片言低昂，後來易感，遂令謝客受此長誣，此余不得不爲雪之也。《辯何篇》

大言小言，故屬詩派；了語危語，亦歸韻文。纖纖、雜組，詩謎肇端；離合、姓名，拆白緣起。又有五平、五仄、疊數、回文、藥名、集句，連類莫殫。近世復有牙籤湊字，八音限韻，正復巧同楮葉，戲類棘門。文章僞習，雅道所戒。獨有《子夜》，雙關不厭，當由語質情長，不失雅調故耶？（以上卷二）

七言歌行，雖主氣勢，然須間出秀語，不得全豪；叙述情事，勿太明直，當使參差，更附景物，乃佳耳。唐代盧駱組壯，沈宋軒華，高岑豪激而近質，李杜紆佚而好變，元白迤邐而詳盡，溫李朦朧而綺密。陳其格律，校其高下，各有崇詣，不容斑雜。唯張王樂府，最爲俚近，舉止衍露，不足效也。

詩至七言律，已底極變，既難空騁，又畏事累，大抵溫麗爲正，間令流逸，讀之表裏妍整，而風骨隱然。頗惡驅駕才勢，有心章彩；至于隸古事，寓評議，斯爲下風。唐初意盡句中，正用氣格爲高。盛唐境地稍流，而興溢章外，不妨媲美。作者取裁，舍是奚適？中葉翩翩，亦曲暢情興，必欲瓴覆大曆以下，似屬元美過差之談。至于李商隱而下，予不敢道之。

皇甫汸云："詩苟音律欠諧，終非妙境，故無取拗體。"斯言殆不盡然。又云："元白六韻，七言排律之始。"豈未睹崔融、杜甫諸公之作耶？

次韻非古，今人每好作之；重字不妨古，而今每酷忌。蓋次韻始於元白，微之《上令狐文公書》中自叙其故；而重字唐多有之，不止李藩之舉錢起也。沈存中云："唐人雖小詩，莫不揉挻極工而後已。崔護詩'去年今日此門中，人面桃花相映紅。人面不知何處去，桃花依舊笑春風。'後以語未工，故第三句云'人面祇今何處去'，雖有兩'今'字，不惜也。"斯言得之。

近體詠史自不能佳，胡曾百首，竟墜塵溷，《平城》、《望夫石》二詩，結句尤惡。茂秦顧獨稱之，何邪？又云"詠史宜明白斷案"，非徒不解近體法，是目未經見晉以前詠史者。

唐人文多似詩，不害爲佳；退之多以文法爲詩，則偕父矣。六朝人序記多似賦，不害爲佳；子瞻多以序記法爲賦，則委芥矣。（以上卷三）

《南曲入聲客問》（節録）

《南曲入聲客問》題辭（張潮）

往古之天下，偏於西北，故其爲音，有平、上、去而無入。後世之天下，既有東南，以補宇宙之全，則亦必多入聲之一部以補之，而後天地之母音，始無缺而不全之憾。

獨是南方之人，其於入聲也，不能如平、上、去之畫一。愚謂：欲調入聲，必先定其爲平聲何部之所隸。其無所隸者，亦不妨聽其孤行，而不必强讀之於平、上、去之餘；而平、上、去之無入聲者，亦不必以不相協之入聲强爲之配。而無如言人人殊，迄無一定之部位，如"役"之爲音，或讀爲"於"之入，或讀爲"衣"之入；如"菊"之爲音，或讀爲"鳩"之入，或讀爲"居"之入；如"合"之爲音，或讀爲"黑"，或讀爲"蒿"之入，或讀爲"呵"之入；如"綠"之爲音，或讀爲"羅"之入，或讀爲"盧"之入。姑舉數字，以例其餘，吾不知其將何音之從，乃爲得其正也。周德清以入聲派入三聲，爲北曲者，自應奉爲繩尺。今南方既有入聲，而編南曲者必欲廢之，何歟？毛君稚黄，以入聲單押，隨調之所宜而唱之，雖曰自我作古，然其論則極正當而可行也。歙縣張潮題。

《南曲入聲客問》(節録)

客問："子著《南曲正韻》，凡入聲俱單押，不雜平、上、去三聲韻中是已。然單押仍是作三聲唱之，如《畫眉序》單押入聲者，首句韻便應作平聲唱，末句韻便應作去聲唱，《絳都春序》單押入聲者，首句韻便應作上聲唱，豈非仍以入作平、上、去耶？則又何不仍隸入三聲中邪？"余曰："此論極妙，然却又有説：北曲之以入隸於三聲也，音變腔不變；南曲之以入唱作三聲也，腔變音不變。何謂音變腔不變？如元人張天師劇《一枝花》'老老實實'，實字《中原音韻》作平聲，繩知切，是變音也；《一枝花》第五句，譜原應用平聲，而此處恰填平字，平聲字以平聲腔唱，是不須變腔也。《東堂老》、《醉春風》'倘來之物'，物字《中原》作務，是變音也；《醉春風》末句韻，譜應去聲，而此處恰填去字，去聲字以去聲腔唱，是不須變腔者也。若南曲《畫眉序》，《明珠記》'金巵泛蒲緑'，緑字直作緑音，不必如北之作慮，此不變音也；《畫眉序》首句韻，應是平聲，歌者雖以入聲吐字，而仍須微以平聲作腔也，此變腔也。其《尾聲》云'可惜明朝又初六'，六字竟作六音，不必如北之作溜，此不變音也；然《畫眉序》《尾聲》末句韻，應是平聲，則歌者雖以入聲吐字，而仍須微以平聲作腔者也。此北之與南，雖均有入作三聲之法，而實殊者也。又北曲之以入隸三聲，派有定法，如某入聲字作平聲，某入作上，某入作去，一定而不移；若南之以入唱作三聲也，無一定法，凡入聲字俱可以作平、作上、作去，但隨譜耳。如用'縠'字，而此字譜當是平聲，則吐字唱'縠'，而作腔便可唱如'窩'；譜當上聲，則吐字唱'縠'，而作腔便可唱如'窩'之上聲；譜當去聲，則吐字唱'縠'，而作腔便可唱如'窩'之去聲；非如北曲'縠'字之定作'古'也，餘皆可推，此又與北曲殊者也。故混入三聲，則與北無别，且亦難於分派；如北曲法，竟廢却入聲，又四聲不完；所以别出單押之法，而隨譜變腔爲定論也。又南曲係本填詞而來，詞家原備有四聲，而平、上、去韻可以通用，入聲韻則獨用，不涸三聲，今南曲亦通三聲，而單押入聲，政與填詞家法脗合，益明源流之有自也已。"

客曰："子之《説韻》，微哉工已，抑何不更設一法，令歌者入作入唱，不變三聲，詎不善邪?"曰:"斯固事理之不得已者也。夫入之爲聲,訛然以止,一出口後,無復餘音,而歌必窈裊而作長聲,勢必流入於三聲而後始成腔,是固自然而然,不可遏也。今試口中念一入字,而稍遲其聲,則已非復入音矣,況歌者必爲曼聲也哉。"

客問:"北曲既可派入聲入三聲,南曲何故又難派入聲入三聲?"曰:"北之人作平、上、去也,方音也。北人口語無入聲,凡入聲皆作平、上、去呼之。即如'縠'字,北人云呼爲'古',北曲自應從北音,故《中原音韻》'縠'字當以入作上而音'古'。凡入聲皆然。此周挺齋氏之以入派歸於三聲,非任臆强造也。若南曲,自應從南音。南人呼'縠'與'穀'、'谷'等音同,原不呼'古',凡入聲皆然,原未嘗作平、上、去呼也,則南曲安得强派之入三聲也!既難强派,別無歸著,則自應更爲標部而單押矣。歌須曼聲,入便難唱,則自應隨譜之三聲作腔矣。客詳斯理,夫復何疑。"

客問:"南曲入聲,既可隨通三聲,則凡應用三聲者,皆可用入聲邪?"曰:"否。音有四聲,而大段尤重平仄。上、去、入,皆仄聲。凡用入聲,在曲頭、腹者,止可於通上、去二聲,若平聲則不可以入聲代之;若以入聲押韻尾者,方可以平、上、去隨叶耳。然亦須相牌名,不可浪施,亦仍須用入聲部單押,不可與三聲通押如北曲法。《幽閨記》'胸中書富五車'、'山徑路幽僻'、'拜新月'諸曲,皆入與三聲通押,是施君美作南曲,亦沿襲北曲之法,他家如此者亦多,然皆非也。君美'春風紫陌'齣,引子、過曲,俱單押入聲,此得之耳。且余謂南曲入可通三聲,亦謂作腔耳;若吐字,亦自須分明,豈可竟溷唱邪!"

客曰:"子著《南曲正韻譜》,以爲四聲咸備,今平、上、去皆有閉口音,而入聲獨無,何也?"余曰:"勢不可也。入之爲聲,訛然而止。凡曲出字之後,必須作腔,若入聲而又閉口,則竟無腔矣。故三聲可用閉口,而入聲無之也。即據詩韻,緝、合、葉、洽四部爲閉口入聲,而填詞則已雜通他韻,不尚於閉口中互通與獨用;至元周德清皆隸入支思、齊微、歌戈、家麻、車遮諸韻,而不隸於侵尋、監咸、廉纖三韻者,亦此意耳。"

客曰:"南曲入聲既可以唱作平、上、去,而此三聲原有閉口,則唱入聲者,又何不可依三聲而收閉口歟?"余曰:"覈哉斯駁!然又有兩截、三截之分焉。唱入聲不閉口,止是兩截;唱入聲閉口,便是三截。如'質'字,入之不閉口者也,唱者以入聲吐字,仍須照譜以三聲作腔,已是兩截。兩截猶可也。若'緝'字,是入之閉口者也,唱者以入聲吐字,而仍須以三聲作腔,作腔後又要收歸閉口,便是三截,唇舌既已遞難轉折,而亦甚不中於聽矣!則廢之誠是,而又符填詞與北曲之例,當何疑焉。"

客曰:"三聲之唱也,有吐字,有作腔,有收韻,亦是三截,而唱入聲者獨兩截;且三聲既可三截唱,而乃謂唱入聲者三截即不便,何也?"曰:"又覈哉!然凡入聲之唱也,無穿鼻、展輔、斂唇、抵齶、閉口,而止有直喉。直喉,不收韻者也。都無收韻,故止兩截也。三聲有穿鼻諸條,是收韻也。收韻,故三截也。有收韻而三截,所以曰便;無收韻而收韻,是強爲之也。強爲之,故不便也。且三聲作腔,止就其本聲,故自然相屬,而不費力;入聲之作腔,必轉而之三聲,則費力,若更收韻,則益以不便。"

客曰:"然子著《韻學通指》、《唐人韻四聲表》,何以但曰'入聲無穿鼻、抵齶韻',不曰'無展輔、斂脣、閉口'也?"曰:"詩與曲,不同也。"曰:"然則柴氏《古韻通》,何以標十四緝爲獨用,而合、葉、洽袥自相通,無別通邪?"曰:"余固云詩與曲不同。柴氏亦爲詩、辭言之,而余爲曲言之。蓋聲音之道,古與今自不無間殊云。"

歌席解紛偶記(附)

酒客或作《黃鶯兒》,首句云:"纖手白於綿。"即席善歌者歌之,謂"白"字不入調,却難上口。歌者頗精音韻,而作者又自負曲學,兩人辯之不已。余適入坐,叩知其故,笑謂歌者曰:"此字、譜當用仄聲,而'白'是仄聲字,作者非誤;但君守《中原音韻》太專,而不知通變於南曲耳。蓋南曲唱入聲,與北曲異。北曲'白'字定作平聲,巴埋切;南曲'白'字不定作平,唱時但以入聲吐字,而作腔則隨譜之平、上、去三聲可爾。據譜,《黃鶯兒》首句第三字當用上聲,則'白'字當以入聲之'白'音吐字,而以上聲作腔,不應如北曲之唱作平聲也。今君泥北韻以唱南曲,故柄鑿耳!"余語是已。又持《南曲入聲客問》共閱之,兩俱爽然云。

沈 謙

沈謙(1620—1670)字去矜,號東江。清仁和臨平(今浙江餘杭臨平鎮)人。崇禎十五年(1642)補縣學生。後家道中落,不談世務,也無意仕途,深居南樓二十年,與毛稚黄、張祖望賦詩爲樂,稱"南樓三子"。又與陸景宜、柴虎臣、吳錦雯、陳繼叔、孫宇台、丁飛濤、虞景銘等合稱"西泠十子"。後復葺屋數椽,名"東江草堂",集所著爲《東江集》,尚有《沈氏詞韻》、《南曲譜》、《古今詞選》、《沈氏祖譜》、《填詞雜説》等。所著《沈氏詞韻》,始創詞韻輪廓;詞論《填詞雜説》,簡要精當。

本書資料據中華書局1986年唐圭璋《詞話叢編》本《填詞雜説》。

詞承詩啟曲

承詩啟曲者,詞也,上不可似詩,下不可似曲。然詩、曲又俱可入詞,貴人自運。

李鄴嗣

李鄴嗣(1622—1680)原名文胤,也作文允,字鄴嗣,又字磊亭,以字行,號杲堂,自號東洲遺老。清鄞縣(今浙江寧波)人。十二歲能詩,十六歲補諸生,後受學黄宗羲。順治五年(1648),因其父參與四明山寨抗清被捕下獄,亦被驅至定海關押。此後體弱多病,然好義之心不減。七年,餘姚黄宗炎因抗清被捕,將受極刑,偕同鄉義士傾家財救出。康熙三年(1664),張煌言被執,清軍搜得縉紳與張往來書信,欲按籍而殺,他以計令其中止。張煌言就義杭州,與萬斯大等爲之營葬。十七年辭博學鴻詞科薦。晚年致力地方文獻搜集整理。卒後黄宗羲爲其作墓誌銘。詩文卓然成家,爲黄宗羲所稱道。著有《杲堂文鈔》、《杲堂詩鈔》、《詩文内集》、《漢語》、《續漢語》等,今有《杲棠詩文集》行世。

本書資料據天一閣藏清刻本《杲堂文鈔》。

《徐霜皋唱和詩》序(節録)

凡物之有聲,無不相和,而於人則爲詩。自《尚書》載君與臣相和,《詩》二《雅》述周中興諸將相相和,以至列國之風,陌夫巷婦,其聲俱若相和。然詩亡,屈大夫變爲騷經,宋玉諸人和之。漢初更立樂府,於是定爲《相和曲》。凡街陌謳謠,並得采被絲竹,最爲近古,人遂因其所立曲名和之。及永嘉之亂,中朝舊音散佚,至流爲俚歌,而樂府亡。唐興,於詩爲極盛,一時大家以相和齊名甚多,而余所重若秦山人結廬高士峯,與劉文房相和;甫里陸先生與皮逸少爲文會之友,風雨翳薈,兩人未嘗不作詩,此尤和之佳者。至宋人更善和詩,子瞻高懷軼世,獨追和淵明於千載之上,其詩遂並傳。由是知古今詩家,固未有單行者也。

萬季埜《新樂府》序(節録)

詩之教,以言志述事,陳美刺而驗時政得失,觀四方土俗異同,則雖言志之詩,無非述事也。《三百篇》而後,西漢尚爲近古,孝武皇帝時,始立樂府,命有司采詩夜誦,謂采取秦、楚、趙、代間百姓謳謠,以考政教得失;其言未可即宣露,故夜誦之,是則其所采之詩,多諷切時事可知矣;復極一時文士之選數十人,以司馬相如舉首,造爲詩賦,以饗天地宗廟,而班《志》所載,其篇可名者,惟《安世樂》十七章、《郊祀歌》十九章;其人可名者,惟唐山夫人、司馬長卿、匡丞相;其事可名者,惟獲宛馬、得鼎、芝生齋房、獲白麟赤雁,此俱侈揚功德,比於三頌,與風雅諷諫之義無與也。若他所載樂府,如鐃歌、奏愷之樂,而其詞翻云轉鬬野死,若招國殤,與本題不合,其餘名篇,亦多不端不倫,莫測其義,至所采夜誦一時諷切之詩,絶不得見。始知西京製作,遭新莽蕩廢,在東漢已闕然,誠可歎也!晉以後古意益亡,至唐杜工部以詩名世,於五言始有《出塞》、《留花門》、《垂老別》諸詩,七言始有記《麗人》、《王孫》、《悲陳陶》諸詩,其詞既工於古人諷切之義,復合獨出冠時,於是李公垂、元微之諸人,遂創爲新樂府,譏刺當時之事,而白太傅所撰五十篇最善,自七德舞、法曲至采詩官,俱以諷諭爲體,可播於樂章,以至近世楊廉夫、李西涯諸公,亦有所作,爛然可觀,要皆變風雅之遺也。(以上卷二)

黄　生

黄生(生卒年不詳)字扶孟。清江南歙縣(今屬安徽)人。明諸生,入清不仕。明末清初徽州學人的典型代表,爲後人留下了豐富的文化遺産,在文化學術思想史上影響深遠。所著《一木堂集》,乾隆間被銷毀,其餘所著輯各書亦多散佚,所存僅《字詁》、《義府》、《杜工部詩説》、《詩麈》等。

本書資料據黄山書社 1995 年《皖人詩話八種》本《詩麈》。

《詩麈》(節録)

絶句之起承轉合一如律詩,但絶八句爲四句而已。雖曰絶句,而律之性情規度自在,是故字句加少,含蘊倍深。其體或對起,或對收,或兩對,或兩不對,格局既殊,法度亦變。對起者,其意必盡後二句。結收者,其意必作流水呼應。不然,則是不完之律。亦有不作流水者,必前二句已盡題意,此特涵詠以足之。兩對者後亦用流水,或前暗對而押韻使之不覺。亦有板對四句者,此多是漫興寫景而已。兩不對者,大抵以一句爲骨,餘三句盡顧此句;或在第一,或在第二,或在第三、四。亦有以兩句爲骨者。又有兩呼兩應者,亦分應,或各應,或錯綜應。又有前後兩截者,有一意直叙者,有前二句開説、後二句綰合者,有以倒叙爲章法者,有以錯綜爲章法者:惟此體最多變局,在人消息而善用之。

嚴滄浪謂:"七律難於五律,五絶難於七絶。"近體四種,判若白黑,即唐人復起,不易其言。蓋七絶本七律而來,第主風神,不主氣格,故曰易。五絶則字句愈促,含蘊欲深,故曰難。然七絶主風神是矣,或風神太露,意中言外無復餘地,則又失盛唐家法。故此體中、晚人多有妙者,直是風神太露,得在此,失亦在此。至如五絶,人多以小詩目之,故不求致工。然作家於此,務從小中見大,納須彌於芥子,現國土於毫端,以少許勝人多多許。謂五絶難於七絶,豈欺我哉!

五言絶有兩種,有意盡而言止者,有言止而意不盡者。言止意不盡,深得味外之味。此從五言律而來，故爲五絕正格。意盡言止，則突然而起，斬然而住，中間更無委屈。此實樂府之遺音，故爲變調。

意盡言止，如："打起黃鶯兒，莫教枝上啼。啼時驚妾夢，不得到遼西。"（金昌緒）"那年離別日，只道往桐廬。桐廬人不見，今得廣州書。"（劉采春）"嫁得瞿唐賈，朝朝誤妾期。早知潮有信，嫁與弄潮兒。"（李益）此樂府之遺音也。言止意不盡，如："玉籠熏繡裳，着罷眠洞房。不能春風裏，吹却蘭麝香。"（崔國輔）如："十年勞遠別，一笑喜相逢。又上青山去，青山千萬重。"（楊衡）"流水何太急，深宮盡日閑。殷勤謝紅葉，好去到人間。"（韓氏）此五絕之正格也。

律詩有規矩可循，有門徑可指。古詩則無規矩也，無門徑也，不過直陳其意之所以欲言而已。是故古人未嘗含毫吮墨，學焉而後能之也。緣其中有如是躍躍欲吐之意，可歌可舞可泣可涕之懷，然後發之於詩，期於能達其意而止。且有言止而意不盡者，蓋言之所陳有限，意之所蓄無窮，以有限之詞，寫無窮之意，故其爲詩淵以深，幽然以渺，使人遇之言詞之外，而不得索解於文字之中。且古之作者，其源皆自《三百篇》而來。雖規制有殊，而興比賦之義則無或異，是故假物見端，依類托寓，言在此而義在彼。原夫詩之爲道，感人以聲不以辭，喻人以志不以事，是故婉約而多風，優游而不迫，非熟讀深思，固不能測其旨之所在也。漢魏尚已，江左以後，始事修辭，加之粉繪，以性情之事，爲文章之能，詩道所以日盛，即其所以日衰也歟！顏謝興而事排偶，休文出而談聲病。唐人律體，始此濫觴。於是有句可摘，有字可賞，而規矩門徑亦由此而生焉。獨陳拾遺深病偶麗，毅然以復古爲倡，於是王、孟、儲、常、王（昌齡）、李（頎）、韋、柳諸賢繼起，而李杜二公復大振厥聲。唐人復存古詩一派者，子昂之力也。

古辭不知作者，用以合樂，謂之樂府。詞人所制，名氏著聞，謂之古詩。其聲情規度，故爾不同。然自六朝以後，詞人多有擬古樂府之作，則已混而爲一，莫可致辨矣。又有所謂騷體者、琴操者，皆樂府之別派。今但總命古體，以別於律詩云。

五言古，詩之根本也。其餘諸體，詩之枝葉也。蓋溯所從來，自《風》、《騷》而漢魏，自漢魏而盛唐，唐雖創爲近體，實奄有前代之規。屈指當時，宗工巨匠，古有兼工，律無獨勝。惟唐之士，才力寡薄，棄古不務，始專以近體鳴。由此觀之，則其難易之數可知，其本末之辨亦可知。後人畏難就易，故多攻律體，少制古風，非所謂知本者也。

大約五言古，句法不宜尖巧，須平實穩重；音節不宜近律詩，須切而響。七言古，高者易涉粗豪，卑者易流纖弱；須斟酌骨肉勻停，聲調和暢，始稱合作。（以上卷一）

古詩如渾金璞玉，雕鏤無煩；律詩如美錦珍裘，裁制匪易。古詩如老莊之道貴自然，律詩如申韓之治尚名法。古詩如李將軍刁斗不擊，律詩如程衛尉斥堠必嚴。古詩如青綠銅器，款識模糊，土花繡蝕，辨之有奇理，嗅之有古香；律詩如螺甸合子，底蓋周正，采飾陸離，合之則均勻，捫之則無跡。

古詩不可使肉勝骨，肉多而無骨，則古詩亡，齊梁是也。律詩不可使骨勝肉，骨立而無肉，則律詩亡，宋是也。唐之古詩，反齊梁而干以風骨，故古詩復存。明之律詩，鑒宋而加以色澤，故律詩復振。

竊謂古詩之要在格，律詩之要在調，亦如遏雲社中所謂北力在弦，南力在板耳。弦可操縱於手，板不可遊移於腔。調可默運於手，格不能模範於古。唐人古詩，無有不從前代入者。子昂從阮入，王、孟、韋、柳從陶入，李頎、常建、王昌齡諸人從晉宋入，太白從齊梁入。獨老杜從漢魏入，取法乎上，所以卓絕衆家。中唐諸子，其變斯極。長吉學《楚騷》不得而趨於詭僻，退之追《風》、《雅》不及而逃於生峭。孟郊之苦吟，盧仝之狂囂，創不成創，因無所因。張王樂府，時有遺聲。元白唱酬，了無深致。要之皆彼善於此也。晚唐變無所復之，不得不專於近體，才力昕限，豈可强哉！

蓋詩之爲道，不論古今諸體，但能比興深微，寄託高遠，有得於性情，有禆於世教，即是《風》、《雅》遺音。其合者固在工字琢句之外，而不工字琢句亦未必能合也。若不講淵源，不諳體製，率意吟諷，而曰“吾以歌詠性情而已”，惡其雕繪粉飾，喪其天真爲？

近體如馬之駕車，必六轡在手，而後能不失其弛。古體如風之使帆，朝發白帝，暮到江陵矣。蓋近體主格，古體主氣故也。然善禦者，二十四蹄，投之所向，無不如意。舟憑風力，而水道之曲折，不致差錯，亦恃有舵。則主格而氣未嘗不存，主氣而格未嘗可廢也。

律詩貴立格局，古詩貴審音節。或疑二語似相反者。不知律詩有一定之矩，即屬對，小兒稍知平仄者，音節亦能强諧。獨古詩既無八句之限，又無四聲之拘，非熟讀古人之詩，默會其宮商消息之妙而出之，則一篇之中，俄而漢魏，俄而晉宋，俄而齊梁，且有非漢、非魏、非晉、非宋、非齊、非梁之音，雜厠其間，入口自能辨識。此學古詩者，不徒審其格局，而音節尤在所重也。

近體以琢對，故有句法。古體可以惟所欲言，然亦未嘗無句法也。古體句法，雖不用雕琢，然必揣摩其聲響，使呼應愜順。蓋謂不拘平仄，則多隨筆成句，句雖無病，調則有病。不知古詩雖無平仄，未嘗無聲響；聲響不應，則宜平而仄，宜仄而平，誦之自覺不合調矣。近體繩墨所拘，故病易見，亦易避。古詩反是，故病難見，非惟難見，亦難言，惟揣摩熟者自知之。今之爲古詩者，以爲不拘平仄，不用對偶，即古詩矣。雖云古詩，仍是近體聲口。此未嘗著意揣摩故也。

擬古樂府，當相其題之時代，而以意消息之。雖不可太摹，亦不宜太遠。優孟衣冠，故非俊物；張公李帽，亦豈當行！

嘗語時流，律詩之體，兼古文、時文而有之。蓋五言八句，猶之乎四股八比也。今秀才爲詩，易有時文氣，而反不知學時文之起承轉合，可發一笑。至其拘於聲律，不得不生倒叙、省文、縮脉、映帶諸法，並與古文通一關捩。是故不知時文者，不可與言詩；不知古文者，尤不可與言詩。（以上卷二）

毛奇齡

毛奇齡（1623—1716）原名甡，又名初晴，字大可，又字于一、齊于，號秋晴，又號初晴、晚晴。蕭山（今屬浙江）人。以郡望西河，學者稱"西河先生"。與兄萬齡有"江東二毛"之稱。清初經學家、文學家。生性倔强，恃才傲物，曾謂："元明以來無學人，學人之絶於斯三百年矣。"言詞過激，仇家羅織罪名，幾遭誣陷。康熙十八年（1679）舉博學鴻儒科第二，授翰林院檢討、國史館纂修等職，參與纂修《明史》。二十四年任會試同考官。毛奇齡學識淵博，遍治經、史；擅長駢文、散文、詩詞，均自成家數；精通音律，並從事詩詞理論批評；其書法骨力駿健、筆勢挺拔，儒雅清奇，頗見藝術功力。一生以辯定諸經爲己任，力主治經以原文爲主，不摻雜別家述説。學術成就頗著，其《四書改錯》《詩傳詩説駁議》等，條理明晰，考據細密，大膽否定、駁正宋明人訛誤。其詩博麗窈渺，初受知於陳子龍，反復變化，由三唐而上窺齊梁。論詩主張"涵蘊"，尊唐抑宋，甚至痛詆蘇軾。著述甚富，僅《四庫全書》著録者就達五十餘種，主要著作有《仲氏易》、《推易始末》、《河圖洛書原舛編》、《太極圖説遺議》、《春秋毛詩傳》、《春秋屬辭比事記》、《樂本解説》、《古今通韻》、《毛詩寫官記》、《詩札》、《西河合集》等，後由其學生編爲《西河全集》近五百卷，另有《詩話》八卷，《詞話》二卷。

本書資料據四庫全書本《西河詞話》、《西河集》、《詩札》。

《西河詞話》（節録）

詞本無韻，故宋人不製韻，任意取押，雖與詩韻相通不遠，然要是無限度者。予友沈子去矜創爲《詞韻》，而家稚黃取刻之，雖有功于詞甚明，然反失古意。假如三十韻中，惟尤是獨用，若東冬、江陽、魚虞、皆灰、支微齊、寒删先、蕭肴豪、覃鹽咸，則皆是通用，此雖不知詞者亦曉之，何也？獨用之外，無嫌韻；通韻之外，更無犯韻。則雖不分爲獨、爲通，而其爲獨、爲通者自了也。然嘗記舊詞，尚有無名氏《魚游春水》一詞"秦樓東風裏"、"輕拂黄金縷"，通紙于語。張仲宗之《漁家傲》："短夢今宵遠到否。荒村四望知何處。"通語于有者。若以平上去三聲通轉例之，則支通于魚，魚通于尤，必以支紙一韻、魚語一韻限之,未爲無漏也。至若真文元之相通,而不通于庚青蒸;庚青蒸之相通,而不通于侵。此在詩韻則然,若詞,則無不通者。他不具論,祗據《阮郎歸》一調,有洪叔嶼、王山樵二作中云:"晴光開五雲。""扶春來遠林。""相呼試看燈。""何曾一字真。""今朝第幾程。"則已該真文元庚青蒸侵有之。其在上去,則祗據朱希真詞:"人情薄似秋雲。""不須計較苦勞心。""萬事元來有命。""更逢一朵花新。""片時歡笑且相親。""明日陰晴未定。"其無不通轉可知。而謂真軫一韻,庚梗一韻,侵寢一韻,是各自爲説也。其他歌之與麻,未必不通。寒之與鹽,未必不轉。但爲發端,尚俟踵事。至如入韻,則信口揣合方音俚響,皆許入押。而限以屋沃一韻,覺藥一韻,質陌錫職緝一韻,物月曷黠屑葉一韻,合洽一韻,凡五韻。則試以舊詞考之,張安國《滿江紅》詞,有"高丘喬木。望京華、迷南北"句,則通屋于職。晏叔原《春情》有"飛絮遠香閣","意淺愁難答","韻險還慵押","月在庭花舊園角",則又通覺與藥與合與洽。孫光憲《謁金門》有云:"留不得。留得也應無益。揚州初去日。"又云:"却羨彩鴛三十六,孤鸞只一隻。"則又通質陌錫職于屋。若蘇長公《赤壁懷古》,是《念奴嬌》調,其云:"千古風流人物。""人道是三國周郎赤壁。""捲作千堆雪。""雄姿俊發。""一樽還酹江月。"鮮于伯機亦有是調云:"雙劍千年初合。""放出羣龍頭角。""極目春潮闊。""年年多病如削。"張于湖是調有云:"更無一點風色。""着我扁舟一葉。""妙處難與君説。""穩泛滄浪空闊。""萬象爲賓客。""不知今夕何夕。"則是既通物月與屑與錫,又通覺藥與曷與合,而又合通陌職與曷與屑與葉與緝,是一入聲而一十七韻展轉雜通,無有定紀。至于高賓王《霜天曉角》之通陌錫職緝,詹天游《霓裳中序第一》之通月曷職葉,王昭儀《滿江紅》之通月屑錫職,皆屬尋常,可無論已。且夫否之音俯,向僅見之陳琳賦中,凡《廣韻》、《切韻》、《集韻》諸書,俱無此音。若北之音卜,則不特從來韻書無是讀押,即從來字書,亦並無是轉切。此吳越間鄉音誤呼,而竟以入韻,此何謂也!且昔有稱閩人林外,題垂虹橋詞,不知誰氏,後流傳入宮禁,孝宗讀之笑曰:"鎖與老押,則鎖當讀掃,此閩音也。"及訪之,果然。向使宋有定韻,則此詞不宜流傳人間。而孝宗以同文之主,韻例不遵,亦安得反爲曲釋?且未聞韻書無此押,字書無此音,自上古迄今,偶一見之鄉音之林外,而公然讀押,嬗爲故事,則是詞韻之了無依據,而不足推求,亦可驗已。況詞盛於宋,盛時不作,則毋論今不必作,萬一作之,而與古未同,則揣度之胸,多所兀臬,從之者不安,而刺之者有間,亦何必然!至若北曲有韻,南曲無韻,皆以意出入,而近亦遂以北曲之例限之。至好爲臆撰如《西樓記》者,公然以《中原音韻》明註曲下,且引曲至尾,皆限一韻。而附和之徒,反以古曲之出入爲謬,而引曲、過曲、前腔、尾聲之換韻,反謂非體。何今人之好自用,而不好按古,一至是也!

白樂天《花非花》詩,唐人《醉公子》詞,長孫無忌《新曲》,楊太真《阿那曲》,自是詞格。他若《回鶻》、《石州》、《阿鞞迴》、《迴波樂》、《烏鹽角》、《鵁濫堆》、《水調歌頭》諸名，俱是樂府。然其語有近詞者，則亦可以詞名之。如隋帝《望江南》、徐陵《長相思》，初亦何嘗是詞，而句調可填，即爲填詞。由是推之，則梁武《江南弄》諸樂以及鮑照《梅花落》、陶弘景《寒夜怨》、徐勉《迎客》《送客》、王筠《楚妃吟》、梁簡文《春情》、隋煬《夜飲朝眠曲》，皆謂之古詞，何不可哉？

詞名多取詩句之佳者，如《夏雲峯》則取"夏雲多奇峯"句，《黃鶯兒》則取"打起黃鶯兒"句是也。獨《酹江月》、《大江東去》則因東坡《念奴嬌》詞内有"大江東去"、"一樽還酹江月"二句，遂易是名。夫以詞中句而反易詞名，則詞亦偉矣！今人不知詞，動訛《大江東去》，彼亦知其詞如是偉耶？（以上卷一）

古歌舞不相合，歌者不舞，舞者不歌，即舞曲中詞，亦不必與舞者搬演照應。自唐人作《柘枝詞》、《蓮花鍼歌》，則舞者所執，與歌者所措詞，稍稍相應，然無事實也。宋時有安定郡王趙令時者，始作商調《鼓子詞》，譜《西廂傳奇》，則純以事實譜詞曲間，然猶無演白也。至金章宗朝，董解元不知何人，實作《西廂搊彈詞》，則有白有曲，專以一人搊彈，並念唱之。嗣後金作清樂，仿遼時大樂之製，有所謂《連廂詞》者，則帶唱帶演。以司唱一人，琵琶一人，笙一人，笛一人，列坐唱詞。而復以男名末泥，女名旦兒者，並雜色人等入勾欄扮演，隨唱詞作舉止。如《參了菩薩》，則末泥祇揖。《只將花笑撚》，則旦兒撚花類。北人至今謂之連廂，曰打連廂、唱連廂。又曰連廂搬演。大抵連四廂舞人而演其曲，故云。然猶舞者不唱，唱者不舞，與古人舞法，無以異也。至元人造曲，則歌者舞者合作一人，使勾欄舞者自司歌唱，而第設笙笛琵琶，以和其曲。每入塲以四折爲度，謂之雜劇。其有連數雜劇而通譜一事，或一劇，或二劇，或三四五劇，名爲院本。《西廂》者，合五劇而譜一事者也。然其時司唱猶屬一人，仿連廂之法，不能遽變。往先司馬從寧庶人處，得連廂詞例，謂司唱一人，代勾欄舞人執唱。其曰代唱，即已逗勾欄舞人自唱之意。但唱者祇二人，末泥主男唱，旦兒主女唱。他若雜色入塲，第有白無唱，謂之賓白。賓與主對，以説白在賓，而唱者自有主也。至元末明初，改北曲爲南曲，則雜色人皆唱，不分賓主矣。少時觀《西廂記》，見每一劇末，必有絡絲娘煞尾一曲，於扮演人下塲後復唱。且復念正名四句。此是誰唱誰念，至末劇扮演人唱《清江引曲》。齊下塲後，復有隨煞一曲，正名四句，總目四句，俱不能解唱者念者之人。及得連廂詞例，則司唱者在坐間，不在塲上。故雖變雜劇，猶存坐間代唱之意。此種移蹤換跡，以漸轉變，雖詞曲小數，然亦考古家所當識者。故先教諭曰："世人不讀書，雖念詞曲亦不可，況其他也。"

古者以宫、商、角、徵、羽、變宫、變徵之七聲，乘十二律，得八十四調。後人以宫、商、羽、角之四聲，乘十二律，得四十八調。蓋去徵聲與二變不用焉。四十八調至宋人詩餘猶分隸之，其調不拘短長，有屬黃鍾宮者，有屬黃鍾商者，皆不相出入，非若今之譜詩餘者，僅以小令、中調、長調分班部也。其詳載《樂府渾成》一書。近人不解聲律，動造新曲，曰自度曲。試問其所自度者，曲隸何律？律隸何聲？聲隸何宮？何調？而乃攔然妄作有如是耶！方渭仁曰：四十八調亦非古律，但隋、唐以來相次沿革，必有所受之者。聲律微眇，宜以跡求，正謂此也。（以上卷二）

《倚玉詞》序（節錄）

詞成于宋，舍宋無所爲詞也。然而人好宋詩，不以宋之爲詞者爲詞，而以宋之爲詩者爲詞。而于是宋無詩，亦并無詞。夫詞雖宋體，然自唐後，樂府減四十八調爲二十四調，而後詩餘、曲子由大晟以迄金元，其所爲九宮十三調者，皆二十四調之遺，則上自齊梁，下逮金元，無不以是爲宮懸夐擊之端，原非北宋一代所得而限也。（《西河集》卷四十七）

《唐人試帖》序

當予出走時，從顧茂倫家得《唐人試帖》一本，攜之以隨。每旅悶輒效爲之，或邀人共爲之。今予詩卷中猶存試律及諸聯句，皆是也。暨歸田十年，日研經得失。桑榆迫矣，尚何暇及聲律事。客有以詩卷請教者，力却之。康熙庚辰，士子下第後相矜爲詩曰："吾獨不得于試事已矣，安見外此之無足以見吾志者。"必欲就聲律諮詢可否。不得已，出向所攜唐試帖一本，汰去其半，與同學相訂，而間以示人。夫詩有由始，今之詩非風雅頌也，非漢魏六朝所謂樂府、古詩也。律也律者，專爲試而設。唐以前詩，幾有所謂四韻六韻八韻者？而試始有之。唐以前詩何曾限以三聲、四聲、三十部、一百七部之官韻，而試始限之。是今之所謂詩律也，試詩也。乃人日爲律，日限官韻，而試問以唐之試詩，則茫然不曉。是詩且不知，何論聲律。且世亦知試文八比之何所昉乎？漢武以經義對策，而江都平津太子家令並起而應之，此試文所自始也。然而皆散文也，天下無散文而複其句，重其語，兩叠其話言作對待者。惟唐制試士，改漢魏散詩而限以比語，有破題，有承題，有頷比、頸比、腹比、後比，而然後以結收之。六韻之首尾即起結也，其中四韻即八比也。然則試文之八比視此矣，今日爲試文亦目爲八比。而試問八比之所自始，則茫然不曉。是試文且不知，何論爲詩？夫含齒戴髮而不知其爲生人不可也，知爲生人而不知生人之有心，尤不可也。夫爲詩爲文，亦何一非心所爲? 而乃有其心而不審所用。詩有性情,人實不解,而至于八比,則敷詞貼字而並不得有心思行乎其間。今毋論試詩緊嚴,有制題之法,有押韻之法,有起承開合、頷頸腹尾之法,而即以用心論,窮神于無何之鄉,措思窅渺,雖備極工幻,具冥搜之勝而見之,而頤解目觸,一若有會心之處,遇于當前。夫乃所謂詩也,則是一爲詩,而飽食終日,無事他求,即道路憂患猶將藉之以抒懷,況文心霏霏,又烏能已? 舊本雜列無倫次,且科年爵里多不可考。會先教諭兄有《唐人試題》寫本,略見次第,因依其所列而周臚之,并分其帖爲四卷而附。途次所擬者,綴諸詩後。(《西河集》卷五十二)

《丁茜園賦集》序(節錄)

賦者,古詩之流也。惟原本古詩,故在六義之中,與比興同列,而實則源遠流長,自爲一體。班生《藝文志》于歌詩之外載賦目千篇,而惜其文之不盡傳也。乃嗣是而降,孫卿以規,宋大夫以辨,王褒、揚雄之徒或以諷,或以頌,要不失六義之準。即六季佻悅,猶然以緣情體物之意行之。至隋唐取士,改詩爲律,亦改賦爲律,而賦亡矣。登高大夫,降之爲學僮摹律之具,算事比句,範聲而印字,襞其詞而畫其韻,既無忼慨獨往之能,而稱名取類,就言詞以達志氣,亦復掩卷殆盡。本之亡矣,流于何有……予嘆世之學者,畏難喜利,寧謝隆古,必守輓近。不惟詩不知古,舍格爲律,而即其爲律之中,猶且闚景開而習和慶,而況乎賦才,特上煒爍縱橫,誰則能上備援稽,下工攄寫者……吾故曰:賦者,古詩之流。世之見之,慎毋以詩律律詩,并毋以世之言賦者律是賦可也。(《西河集》卷五十五)

《詩札》(節錄)

謹奉教:雅者正也,雅字古文原作正字,亦即正旨,初無正雅之説。若既雅又正,是雅雅矣。後人不悟雅是正字,以爲是雅也,而文或以正,則此必正雅也。既有正雅,則必有變雅;既有正雅變雅,則必又有正風變風,正變之説此所由滋矣。要其始,由不識雅字耳。頌者容也,從頁。頁,首也,故作容,頌即容字。故先儒引《漢書》徐生善容,吳王濞傳他國郡吏來捕亡者,頌共禁,不與爲驗。假曰形容以頌之。頌其德,容仍是頌。頌也,且如孔疏引太師註云:誦今之德,廣以美之。鄭譜云:頌之言容,天子之德,光被四表,格于上下,無不持載,無不覆幬。此之謂容,則是以容爲有容之容,固屬別旨。至若以形爲容,亦宜云容,先王之功德容先王之情狀。而《大序》云:美盛德之形容。《正義》云:述祭祀之情狀,猶似不畢悟頌字者。主臣。

謹奉教：風雅無正變，立于文武之朝，不得不誦文武，時耳；生乎幽平之世，不能不刺幽平，勢耳。設以時升降便題正變，是並不判詩體，徒以文之頌美風刺作別識也，則必典謨爲正書，誓誥爲變書矣。或曰樂聲有正變，如《樂記》曰：正聲感人而和氣應之。又曰：聲相應故生變。此是正變。但變不與正對。變是清濁輕重不同耳。與姦聲犯正有辨，此如《子夜》有變歌，《歡聞》有變曲，特是變換無與升降，故但可曰詩有貞淫，樂有邪正，此爲得之。主臣。

謹奉教：《鹿鳴》燕嘉賓，羣臣謂四方之賓，本國之臣也。但燕有四等，一是諸侯無事，一是卿大夫有王事之勞，一是卿大夫聘而來還，一是四方來聘之客。凡燕禮不出四者。主臣。（以上卷一）

謹奉教：《載見篇》半前比，一句一用韻，即漢《柏梁》。《詩格》半後比，三句一用韻，即秦人功德碑格。主臣。

謹奉教：晉摯虞謂詩有九字，如"洞酌彼行潦挹彼注茲"等。顏延之非之，謂詩體本無九字，有則聲度闡緩，不合金石矣。此是耳。今更謂有十一字詩，如"不稼不穡胡取禾三百廛，不狩不獵胡瞻爾庭有懸貆"，以穡獵不韻而廛貆韻，以是爲十字、十一字，則七言詩比間句取韻也，亦應稱十四字詩矣。詩凡有可斷，雖其中無韻亦別是一句。如"參差荇菜，左右流之。窈窕淑女，寤寐求之。"雖菜、女無韻，不得稱爲七字也。有謂《小招》云"涉江採菱發陽阿些，美人既醉朱顏酡些"，是齊梁七言之始，則又寧云始于《詩》耳。主臣。（以上卷二）

王又華

王又華（生卒年不詳）字靜齋。清錢塘（今浙江杭州）人。餘不詳。其《古今詞論》雜錄論詞之語，雖以古今詞論爲名，而古人僅十之一，清人乃十之九。

本書資料據中華書局 1986 年唐圭璋《詞話叢編》本《古今詞論》。

《古今詞論》（節錄）

張世文詞論

張世文曰：詞體大略有二，一婉約，一豪放。蓋詞情蘊藉，氣象恢弘之謂耳。然亦在乎其人，如少游多婉約，東坡多豪放。東坡稱少游爲今之詞手，大抵以婉約爲正也。所以後山評東坡，如教坊雷大使舞，雖極天下之工，要非本色。

徐伯魯詞論

徐伯魯曰：自樂府亡而聲律乖，謫仙始作《清平調》、《憶秦娥》、《菩薩蠻》諸詞，時因效之。厥後行衛尉少卿趙崇祚輯爲《花間集》，凡五百闋，此近代倚聲填詞之祖也。放翁云：“詩至晚唐五季，氣格卑陋，千人一律，而長短句獨精巧高麗，後世莫及，此事之不可曉者。”蓋傷之也。然詩餘謂之填詞，則調有定格，字有定數，韻有定聲。至於句之長短，雖可損益，然亦不當率意爲之。譬如醫家加減古方，不過因其大局而稍更之，一或太過，則失製方之本意矣。

汪 琬

汪琬（1624—1691）字苕文，號鈍庵。清長洲（今江蘇蘇州）人。晚年隱居太湖堯峯山，學者稱“堯峯先生”。順治十二年（1655）進士。曾任户部主事、刑部郎中等。康熙十八年（1679），召試博學鴻詞科，授翰林院編修，預修《明史》。汪琬與侯方域、魏禧合稱清初散文“三大家”，文風受歐陽修影響，而近於南宋諸家。亦能詩，但成就不及文。著有《鈍翁類稿》，晚年自訂爲《堯峯文鈔》。

本書資料據四庫全書本《堯峯文鈔》。

風雅正變

問者曰：“風雅之分正變也，其孰昉乎？”曰：“此《大序》之言也，吾疑之。”“何疑乎爾？”曰：“一國之詩有正有變焉，一時之詩有正有變焉，吾疑其不可以國次、世次拘也。何以言之？《二南》正風也，然而《野有死麕》，可不謂之變乎？十三國變風也，然而《柏舟》之爲婦，《淇澳》、《緇衣》之爲君，《七月》之陳王業之艱難，可不謂之正乎？《鹿鳴》已下二十二篇，《文王》已下十八篇皆正雅，然而《常棣》之弔管、蔡，雖謂之變可也。《六月》以下五十八篇，《民勞》已下十三篇，皆變雅。然而《六月》、《車攻》、《崧高》、《烝民》、《常武》諸詩，皆以美宣王之中興。夫既從而美之矣，則異於《圻父》、《白駒》之屬審矣，雖謂之正亦可也。凡言正變者必當考求其詩，考求其詩然後能得其實。褒美之詩爲正，則刺譏之詩爲變也；和平德義之詩爲正，則哀傷滛佚之詩爲變也。故曰國次、世次不可拘也。必自懿夷訖於陳靈謂之變風變雅，毋亦膠滯而弗合矣乎？”問者曰：“然則詩之孰正而孰變也，不幾於溷與？”曰：“視夫善惡美刺而得之矣，奚其溷！”

正　雅

問者曰："或謂《雅》詩無正變者，何也？"曰："夫豈獨《雅》？ 太史公曰：'周道闕而《關雎》作。'薛君《章句》曰：'《茉苢》傷夫有惡疾，則是《二南》不得爲正風也。'太史公曰：'仁義陵遲，《鹿鳴》刺焉。'則是《鹿鳴》已下不得爲正雅也。言正變者，蓋自毛氏之學始。"問者曰："孰爲優？"曰："其毛氏乎！ 予嘗考之於《禮》矣，《鹿鳴》、《魚麗》諸詩，皆鄉飲酒燕禮之所歌也。《關雎》、《鵲巢》諸詩，皆所以合樂也。《騶虞》、《采蘋》、《采蘩》，皆大射所用以爲節也。使諸詩出於衰周之作，則當成康盛時，其施於鄉飲燕射者，果何詩也？ 豈皆有司失其傳與？ 抑鄉飲燕射之儀，至周衰而始備與？ 吾不信也。彼說詩而不協於《儀禮》射義者，臆説也。是故於毛氏有取焉爾。"

變風變雅之終

問者曰："變風、變雅之終也，其亦有義例乎？"曰："有之。王道陵夷，周公、召公不可復作。"《風》詩之終於《東山》、《破斧》諸篇也，所以見天下之思周公也；《雅》詩之終於《召旻》也，所以見天下之思召公也。

《楚　辭》

問者曰："《楚辭》，其詩之苗裔與？"曰："然。《詩》亡而後《春秋》作，《春秋》絶而後《楚辭》興，其諸所以憫世疾俗，勸善而懲惡者，蓋猶不失忠厚惻怛之意焉。是故與《三百篇》近者，莫善於《楚辭》。"（以上卷四）

傳是樓記

崑山徐健菴先生築樓於所居之後，凡七楹。間命工斲木爲櫥，貯書若干萬卷，區爲經、史、子、集四種。經則傳、注、義、疏之書附焉，史則日録、家乘、山經、壄史之書附焉，子則附以卜筮、醫藥之書，集則附以樂府、詩餘之書。凡爲櫥者七十有二，部居類彙，各以其次，素標緗帙，啓鑰爛然。（卷二十三）

《詩説》序

漢興，距孔子既遠，世之言經者恒各守其師説，異同離合，紛若聚訟，而莫能彙於一，蓋無甚於《詩》與《春秋》。顧《春秋》主事，凡事之是非曲直瞭然簡策之間，則三傳之得失，猶易辨也。《詩》獨主志，所爲"主文譎諫"與"言之無罪，聞之足戒"者，其詞則隱，其旨則微，有美有刺，有似美矣而實刺，往往從百世之下，涵泳抽繹，踰數十過，而未悉其所以然。至於諸家之説，如一《關雎》也，或以爲稱后妃之德，或以爲刺康后之晏起；一《芣苢》也，或以爲婦人樂有子，或以爲傷夫有惡疾；一《黍離》也，或以爲閔宗周，或又以爲衛公子壽閔其兄伋。羣言冗腫，大義乖反，視《春秋》則尤甚焉。然而《儒林》存之不廢者，欲以廣學者之見聞，俾不致若高叟之固也。自唐世盛行毛鄭，而齊魯韓三家遂亡。明世盛行朱注，而毛鄭雖存亦亡。今令甲所示，學宮所肄者，朱氏一家止耳。原其初非不合於先王一道德，同風俗之指，然而學者尋章摘句，保殘守陋，必自此始，此詩教之所由壞也。吾門惠子元龍好爲淹博之學，其於諸經也潛思泛覽者有年，怳若有悟。間出己意爲之疏通證明，無不悉有依據，非如專門之家守其師説而不變者也。其《詩説》先成，癉疑辨惑多所發明，雖未知於孔子刪詩之意果合與否，然博而不蕪，達而不詭，亦可謂毛鄭之功臣，紫陽氏之諍子矣。予固晚而有志經學，顧年及昏耄，見聞遺忘，輒撫卷歎息，以爲當讓斯人出一頭地也，故樂得而序之。

《唐詩正》序（節録）

《詩》風雅之有正變也，蓋自毛鄭之學始成，周之初雖以途歌巷謠而皆得列於正。幽厲以還，舉凡諸侯、夫人、公卿、大夫閔世病俗之所爲，而莫不以變名之。正變之云以其時，非以其人也。故曰志微噍殺之音作而民憂思，嘽諧慢易之音作而民康樂，順成和動之音作而民慈愛，流僻邪散狄成滌濫之音作而民滛亂，夫詩固樂之權輿也。觀乎詩之正變，而其時之廢興治亂，污隆得喪之數可得而鑒也。史家所志五行，恒取其變之甚者以爲詩妖詩孽，言之不從之徵，故聖人必用溫柔敦厚爲教，豈苟然哉？吾嘗由是説以讀唐詩，有唐三百年間能者相繼，貞觀、永徽諸詩，正之始也，然而琱刻組繢殆不免陳隋之遺焉。開元、天寶諸詩正之盛也，然而李杜兩家並起角立，或出於豪俊不羈，或趨於沈著感憤，正矣有變者存。降而大曆以訖元和、貞元之際，典型具在，猶不失承平故風，庶幾乎變而不失正者與。自是之後，其辭漸繁，其聲漸細，而唐遂陵夸，以底於亡。説者蓋比諸鄶、曹，無譏焉，凡此皆時爲之也。當其盛也，人主勵精於上，宰臣百執趨事盡言於下，政清刑簡，人氣和平，故其發之於詩率皆冲融而爾雅，讀者以爲正，作者不自知其正也；及其既衰，在朝則朋黨之相訐，在埜則戎馬之交訌，政煩刑苛，人氣愁苦，故其所發又皆哀思促節爲多，最下則浮且靡矣。中間雖有賢者，亦嘗博大其學，掀決其氣，以求篇什之昌，而訖不能驟復乎古。讀者以爲變，作者亦不自知其變也。是故正變之所形，國家之治亂繫焉，人才之消長，風俗之污隆繫焉，後之言詩者顧惟取一字一句之工以相夸尚，夫豈足與語此？（以上卷二十六）

《國朝詩選》序（節録）

古之爲詩者問學必有所據依，章法句法字法必有所師承，無唐宋，一也。今且區唐之初、盛、中、晚而四之，繼又區唐與宋而二之，何其與予所聞異也。且宋詩未有不出於唐者也，楊劉則學溫李也，歐陽永叔則學太白也，蘇黃則學子美也，子由、文潛則學樂天也，宋之與唐，夫固若壎箎之相倡和，而駏蛩之相周旋也，審矣。且吾子獨不見夫庖人乎？均之肉也，或切之爲截，或粉之爲虀爲菹，或捶而暴之爲脯，烹之爲羹，其若精若麤，若濡若乾之質不同也而味同。其若酒若醢，若糝若蓼，若醯醯若桂薑，所以佐之之味不同也，而其爲肉則又無不同。一旦薦諸几席，或嗜或否者何與？此非肉之果有異也，蓋羣一坐之口與其齒舌，爲庖人之工拙所易故也。詩道亦然，善於選者其猶吳人之善爲庖者也，於以易學詩者之耳目，導其心志而轉移其風氣，皆在是矣。洵如是也，雖專宗唐之開元、大曆可也。（卷二十七）

《王子底詩集》序（節録）

子讀風雅諸詩，未嘗不喟然而歎也，以謂當成周之隆，諸士大夫彬彬然習於文學，其能詩也固宜。至於田夫野叟、婦人豎子，知昏而質駑，是皆不足與於詩矣，而作者不絕，何也？蓋先王之教人以詩也，爲之國史以采之，爲之太師、瞽矇以掌之，爲之舞蹈之節以形容之，爲之鼗柷塤敔、簫管琴瑟之器以宣播之，自國學而訖於家塾，自飲射而訖於祈年、蜡臘，莫不有詩，故雖田野婦豎之衆，一有所得，舉能歌之成韻而述之成文，夫誠深入乎其中，日夜觀感激發而不自知其所以然也。後世間亦以詩取士，而其所爭不過聲調，所尚不過排偶，固已異於成周矣。迨科舉之業既改，而詩以益衰，於是其才且賢者亦嘗極精愚神以力求其工，然取而觀之，猶多出於陵厲蹈襲之爲，而不暇進及乎古，豈非所教不存焉故耶？然則士生其時，苟能自名一家以庶幾風雅之遺者，可謂難矣。嗟乎，詩之爲道自後世言之，此特文藝之一節耳。故上不以此爲教，下不以此爲習，然而先王之世往往采之國史，掌之太師、瞽矇，薦之極於宗廟明堂，而莫或敢廢。學者又從而尊之爲經，抑何視詩之重如此。與夫惟古之視詩甚重，則以田野之衆而舉皆能之；後之視詩漸輕，雖有士大夫之才且賢者，所以求之甚力，而終於有不及。此無他，繫乎其教之者而已。

吳道賢詩小序（節録）

毘陵吳生善畫而能詩，其畫山水宗北宋，而五言詩則出入中盛唐間。既以其豪示予，予告之曰：鄧氏有言，其爲人也多文，雖有不曉畫者寡矣；其爲人也無文，雖有曉畫者寡矣。予於是知詩道之通於畫也。試以繪山水者論之，李思訓、王摩詰猶詩之有正宗也；荊浩、關仝、董源、李成，猶李杜諸大家也；范寬、郭熙猶唐大曆以後諸接武者也；郭恕先、米元章之流，往往於繩墨之外，自出胸臆，是爲逸品，其在韋柳之間乎。唐詩之衰也自長慶始，北宋之畫之衰也自宣和始。長慶之言詩也率皆巧於命意，工於措辭，愈工愈巧，以趨一時之風尚，而詩於是乎始變矣。惟畫亦然，予雖不知生之畫。顧猶能知其詩。其立言也簡，其託興也長，澹泊雋永，庶幾乎韋柳之苗裔者也，微逸品殆不足以命之。

《綺里詩選》序

陳後山有言，詩欲其好則不能好，子美之於詩奇常新陳無不好者。後山可謂知子美矣。雖然，天下之物無奇而非常也，無新而非陳也，求新於新，求奇於奇，牛鬼蛇神未足與言奇也，裁雲鏤月未足與言新也。采目前之景而道其意中之所欲發，極流俗所刊落以爲陳者常者，一經子美出之，而臭腐皆神奇，平澹皆絢爛矣。此其所得，固宜超然絕出於新奇之上者也，而豈後人之欲好者所能髣髴而頡頏哉？虞升學詩，始則兢兢持擇，用清新爾雅爲宗。近乃雄邁縱恣，捭脫羈束，一惟子美之歸。夫寧沾沾求好者比與？吾故以此告之，雖然，學子美有道，方子美之獻賦而不遇也，栖殘炙冷而不懟，被褐跨驢，偃蹇公卿間而不悔，及其流離頓踣，徘回奔走於東西川也，采橡栗以代稻黍，種萵苣，摘蒼耳以當肥鮮，退與田夫野叟爲伍，而觴咏獻歌，怡然自適，雖有嚴鄭公、李梓州之屬爲之主，而不相夤緣附麗也。惟其自守如此，故其發諸詩者才力氣魄，老而彌健，舉世推爲大家。今虞升以盛年困於諸生，居平雅負高氣，絕不能從俗俛仰，由是才譽徧東南，而所遇日窮，生計亦日狼狽。舅氏侍郎公方負重望於朝，士大夫樂從虞升游者踵趾相錯也，顧虞升杜門自匿，若恐以關説造請累其舅者，其真子美之徒與。使益之年而更加學焉,雖欲自諱其詩之好不可得也。

《苑西集》序

昔者興王之致治也,莫不有左右心膂之臣仰備啟沃,而次之則以文章爲黼黻治平之具,如皋陶之賡歌於虞,周文公召康公、尹吉甫之屬作風雅頌諸詩於成康之世,皆是也。前明萬曆後,士習益陋,斯文寖以衰薾。自我世祖定鼎以來,文治聿興,於是聲教所被,作者不可勝計。時則若太倉吳祭酒偉業、宛平王文貞公崇簡、合肥龔端毅公鼎孳,以文學倡導於前,然後鴻儒碩士望風繼起。訖於今上在御,益加網羅,海内英儁,彬彬蔚蔚,鱗次鱟集於朝廷之上,大之發爲詔誥,小之散爲詩歌,繪繡錯施,韶濩並作,往往媲美前古。其間尤魁然傑出,亟爲天子所妯簡而稱賞者,則惟澹人先生一人而已。先生器識溫茂,才思敏捷,問學淹洽,既足以結主知,慰興望,蓋十餘年於此。(以上卷二十八)

《王敬哉先生集》序

敬哉王先生不遠三千餘里,示琬文集六卷。琬受而卒業,歎曰:富矣美矣,琬聞之文者貫道之器,故孔子有曰文不在兹乎。孔子之所謂文,蓋謂《易》、《詩》、《書》、《禮》、《樂》也,是豈後世辭賦章句,區區儷青妃白之謂與?孔子既歿,漢儒收拾暴秦爐燼之餘,修明講習,可謂勤矣。然而言《易》者不知天人貫通之旨,而溺於納甲卦氣之説。言《詩》者不知王國盛衰之原,而溺於四始五際之説。言《書》者不知二帝三王所以致治之大本大用,而所爭者文王改元,周公踐阼之説。至於《禮》、《樂》又往往有其義而不知習其儀,有其器而不知名其物,甚則溷以圖讖,雜以讛僞,而孔子所删述之文不晦即亂。夫日月星辰天之文也,山川草木地之文也,《易》、《詩》、《書》、《禮》、《樂》諸經人之文也。人之有文,所以經緯天地之道而成之者也。使其遂流於晦且亂,則人欲日熾,彝倫日斁,天地之道將何所託以傳哉?嗣後陵遲益甚,文統道統於是岐而爲二:韓、柳、歐陽、曾以文,周、張、二程以道,未有彙其源流而一之者也。其間釐剔義理之絲微,鑽研問學之根本,能以其所作進而繼孔子者,惟朱徽國文公一人止耳。儻微文公論説之詳,辨晰之力,則向之晦者幾何而不熄,向之亂者幾何而不漸滅蕩盡也?然則使孔子之文踰數十倍不墜,蓋文公之力居多。今距文公又五百年所矣,而繼之者無其人。或有其人矣,而琬僻處海陬,猶未有見焉。此所以日夜流連太息,不能無望於世之學者也。及觀先生所示,其辭質而贍,其義簡而明,求諸文公諸書無所不合,於以輔翼傳注，而疏通《易》、《詩》、《書》、《禮》、《樂》之文，庶幾由文公而遂溯孔子者，與吾然後知天之未喪斯文，殆自孔子以來訖於今如一日也。語云：賢者識其大者，不賢者識其小者。琬亦嘗好學深思，力期從事於此，固不敢自安於不賢，而氣昏質惰，雖欲勉進賢者之域，以求溯孔子之所謂文，而終不能逮也。故願附名先生文集之末，述其所見以求正於先生云。

《金正希先生遺稿》序（節錄）

自有明以來，國家令甲創設五經、四子、八股之業，以爲進退士子之具。當其盛也，舉凡魁人傑士與夫公卿將相，裁定禍亂，通達時務之流，胥從此出。而其文章亦皆昌明博碩，妙於語言，爲學者所宗。雖名爲時文，而求諸古人蓋未有不合者也。沿及神宗之末，文體日益以壞，而士習亦日益以變。廟堂之中門戶相角，人主孤立於上，士大夫朋比於下，曾不數紀，遂蠥社稷而覆之。嗚呼，國運之治亂，人材之賢不肖，吾固於時文驗之矣。

《喬石林賦草》序（節錄）

或謂賦家宜於侈靡，史家宜於簡直，二者之學不同，今使石林以賦才司纂修，得毋用違其長與？琬曰非也，登高能賦可以爲大夫，古之所謂大夫者，求諸《周官》如太史、小史、內史、外史之屬皆在焉，不必其無兼才也。劉向、揚雄之於漢也，蓋嘗茸天漢以後諸故實，訖於元、成、哀、平，以續《史記》矣。及考其騷賦之作，則又卓然有名，如向之《九歎》，雄之《長楊》、《校獵》、《反騷》諸文是也。世稱班固《漢書》文贍事詳，過於史遷，而《東》、《西都賦》則又叙述山川之險，都邑之雄，宮闕掖庭之麗，而究歸於靈臺、辟雍、明堂風化之盛，其辭閎深灝衍，雖後有作者研思十年，亦不能稍加焉。孰謂長於此者必不長於彼與？

《願息齋集》序（節錄）

義理之學一也，經術之學一也，史學一也，辭章之學又一也。學至於辭章，疑若稍易，而世之文士終其身，憊精竭神於中，卒未有造其全者。杜子美之詩舉世宗之，號爲集大成矣，而無韻之言輒不可讀。蘇明允、曾子固皆不長於詩，子瞻之於詩若文雄邁放逸，其天才殆未易幾及，而倚聲爲小詞，則不如周秦遠甚。儻猶輪人不能造弓，垏人不能操斧斤以斲櫨橡也,惟其慱精竭神於一藝,夫然後可以盡其變,而入於神且化,所謂藝之至者不兩能與。

《張青琱詩集》序(節録)

昔賢論文有二體,有臺閣之體,有山林之體。惟詩亦然,鋪揚德伐,磊落而華贍者,臺閣之詩也;徘回景光,雕琢而纖巧者,山林之詩也。春容翔翔,澤於大雅者,臺閣之詩也;悲嘑憤嘅,鄰於怨誹者,山林之詩也。是故王公大人之所賦,讀之如伐鼉鼓,如考鯨鏞,如撫琴瑟之和平,臺閣之詩也;騷人思婦之所吟,讀之如擊土壤,如叩瓦缶,如聞蝯歔蟲鳴之凄清,山林之詩也。有唐諸名家若燕、許之巨麗,李、王、錢、劉之新逸,皆臺閣之詩之屬也。至於盧仝之怪奇,李長吉之刻削,孟郊、賈島之寒瘦,則山林之詩之屬也。爲臺閣諸體者宜貴,宜壽考,宜大其設施於世;爲山林諸體者宜不偶,宜不永年,宜無所表見而自放廢於寂莫之瀕,浩蕩之野。以此相士,大率皆然。(以上卷二十九)

《姚氏長短句》序(節録)

詞與詩類乎?曰:不類。詩本於《三百篇》,以温柔敦厚爲教者也。其後雖不盡然,然上之可以徵治忽,次之可以示勸懲,猶有風雅頌之遺焉。若詞,則不足與於此矣。然則能詩與能詞者有異乎?曰:否。李太白,詩人之正宗也,而工於詞;歐陽永叔、蘇子瞻,數百年以來所推文章大家也,而工於詞;至於黃魯直、秦少游、周美成之屬,亦無不詩詞兼擅者。古之名公鉅卿,下訖騷人墨士,既以其遠且大者舒而見之於詩矣,顧又出其餘力,組織纖艷之文,流連閨房之境,倚聲而發之,用以侑杯酌,佐笙簫,號爲詩餘。未有能詩而不能其餘者也。

《拾瑤録》序(節録)

學之所尚不同,義理一也,經濟一也,詩歌、古文、詞又其一也。談義理者或涉於迂疏,談經濟者或流於雄放,於是咸薄詩歌、古文、詞爲小技而不屑,以爲自漢以來遂區《儒林》與《藝苑》爲二,至宋史又別立《道學》之目,卒區之爲三矣。予謂爲詩文者必有其原焉,苟得其原,雖信筆而書,稱心而出,未嘗不可傳而可咏也。不得其原則飣餖以爲富,組織以爲新,剽竊摸擬以爲合於古人。非不翕然見稱一時也,曾未幾何而冰解水落,悉歸於烏有矣。是故爲詩文者要以義理、經濟爲之原。朱徽公固理學之祖也,而其詩文最工,推南渡後一大家。唐之陸宣公、李衞公,宋之韓魏公、范文正公之流,其勳名在朝廷,其聲望在天下。後世宜乎不屑於詩文矣,然而議論之卓犖,詞采之壯麗,五七言小詩之雍容爾雅,至今讀其片言隻句,猶莫不想見其風采,而企慕其人。然則區《道學》、《儒林》、《藝苑》爲三,此史家之陋,未可謂之通論也。

《洞庭詩稿》序(節録)

釋氏之爲詩也,有詩人之詩焉,有禪人之詩焉。唐之皎然、靈徹,詩人之詩也;貫休、齊己,禪人之詩也。詩人之詩所長盡於詩,而其詩皆工;禪人之詩不必其皆工也,而所長亦不盡於詩。所長盡於詩者,以其詩傳;不盡於詩者,則以其道與其詩並傳。故皎然、靈徹、貫休、齊己之作,聲聞相頡頏於後世,莫之能優劣也。(以上卷三十)

答陳靄公論文書一(節録)

嘗聞儒者之言曰文者載道之器,又曰未有不深於道而能文者。僕竊謂此言亦少夸矣。古之載道之文,自六經、《語》、《孟》而下,惟周子之《通書》,張子之《東》、《西銘》,程朱二子之傳注,庶幾近之。雖《法言》、《中說》猶不免後人之議,而況他文乎。至於爲文之有寄託也,此則出於立言者之意也,非所謂道也。如屈原作《離騷》則託諸美人香草,登閬風至縣圃,以寄其佯狂。司馬遷作《史記》則託諸《游俠》、《貨殖》,聶政、荆卿輕生慕義之徒,以寄其感激憤懑者皆是也。今足下當浮靡之日,獨侃侃持論以爲文非明道不可,洵乎豪傑之士,超越流俗者也。而顧以寄託云云者當之,又謂惟道爲有力,則僕不能無疑。僕嘗徧讀諸子百氏、大家名流與夫神仙浮屠之書矣,其文或簡鍊而精麗,或疏暢而明白,或汪洋縱恣,逶迤曲折,沛然四出而不可禦,蓋莫不有才與氣者在焉。惟其才雄而氣厚。故其力之所注能令讀之者動心駭魄,改觀易聽,憂爲之解頤,泣爲之破涕,行坐爲之忘寢與食。斯已奇矣,而及其求之以道,則小者多支離破碎而不合,大者乃敢於披猖磔裂,盡決去聖人之畔岸,而剗拔其藩籬,雖小人無忌憚之言亦常雜見於中,有能如周張諸書者固僅僅矣。然後知讀者之驚駭改易,類皆震於其才,懾於其氣而然也,非爲其於道有得也。吾不識足下愛其文,將遂信其道乎,抑以其不合於道,遂并排黜其文而不之録乎? 夫文之所以有寄託者意爲之也,其所以有力者才與氣舉之也,於道果何與哉? 古人之爲文也,其中各有所主,有假文以明道者,有因文以求道者,有知文而不知道者。足下好古博文,孜孜肆志於詞章之學,積歲年於此。儻又能因之以闚見大道之端倪,則雖以僕之陋劣衰耗,且將欣然執鞭之不暇。如曰吾所寄託皆道也,僕未讀足下之文,不知其視周張諸書醇疵得失相距幾何,而立說云云則無乃近於如前之所述儒者之夸辭乎哉?故終不能無疑。僕之疑足下,亦猶足下之疑僕也。文雖小技,然而其原不深者其流不長,古人所以取喻於江海也。誠欲進求作者之指要,則上之六經三史具在,次之諸子百氏,下訖唐宋大家諸集亦具在。足下習之既久,而酖之既熟矣,其詳擇而審取焉可也,顧舍此不論,而區區惟嘉靖、隆慶諸君子是詢,溯流而忘原,非所仰望於足下也。

答陳靄公書二(節錄)

　　來書論文以明道立說,僕一讀再讀,歎爲知言。竊意足下於此必當上述孔孟,次陳濂洛關閩之書,最下亦當旁采前明薛文清、王文成、陳公甫、羅達夫諸賢之說,爲之折衷其異同,研晰其醇駁,而相與致辨於微芒疑似之間,庶乎於道無負矣。而不虞書末乃泛及於晚近諸君子也,然則足下之意固不在於道,亦止以其文而已。如以文言之,則大家之有法,猶奕師之有譜,曲工之有節,匠氏之有繩度,不可不講求而自得者也。後之作者惟其知字而不知句,知句而不知篇,於是有開而無闔,有呼而無應,有前後而無操縱頓挫,不散則亂,辟諸驅烏合之市人而思制勝於天下,其不立敗者幾希。古人之於文也,揚之欲其高,斂之欲其深,推而遠之欲其雄且駿。其高也如垂天之雲,其深也如行地之泉,其雄且駿也如波濤之洶湧,如萬騎千乘之奔馳,而及其變化離合一歸於自然也。又如神龍之蜿蜒而不露其首尾,蓋凡開闔、呼應、操縱、頓挫之法無不備焉。則今之所傳唐宋諸大家舉如此也,前明二百七十餘年,其文嘗屢變矣,而中間最卓卓知名者亦無不學於古人而得之。羅圭峯學退之者也,歸震川學永叔者也,王遵巖學子固者也,方正學、唐荊川學二蘇者也。其他楊文貞、李文正、王文恪,又學永叔、子瞻而未至者也。前賢之學於古人者非學其詞也,學其開闔、呼應、操縱、頓挫之法而加變化焉,以成一家者是也。後生小子不知其說,乃欲以剽竊模擬當之,而古文於是乎亡矣。今足下之言曰無寄託而專求之章法詞令,則亦木偶之形,支離之音,是見後生之剽竊模擬而故爲有激之言也。由僕觀之,非窮愁不能著書,古人之文安得有所謂無寄託者哉?要當論其工與否耳,工者傳,不工者不傳也。又必其尤工者然後能傳數千百年,而終於不可磨滅也。孔子曰:言之無文,行而不遠,夫有篇法,又有字句之法,此即其言而文者也,雖聖人猶取之,而足下顧得用支離木偶相鄙薄乎?噫,何其過論也。

與梁日緝論類稿書

今之讀某文者不曰祖盧陵，即曰禰震川也，其未讀某文者亦附和云云。悠悠耳食之論，某聞之未嘗心服而首肯也。何也？凡爲文者其始也必求其所從入，其既也必求其所從出，彼句剽字竊，步趨尺寸以言工者，皆能入而不能出者也。古今人雖不相及，然而學問本末莫不各有所會心與其所得力者，即父子兄弟猶不相假借，而況盧陵、震川乎？以某之文上視二君子，其氣力之厚薄，議論之醇疵，局法之工拙，固已大相區絶矣。至其得力會心之所在，可以自喻，不可以語人，亦豈能驅之使盡同古人耶？某嘗自評其文，蓋從盧陵入，非從盧陵出者也。假使拘拘步趨如一手模印，譬諸輿臺皁隸，且不堪爲古人臣妾，況敢與之揖讓進退乎？宜乎譽某而某不之許也。今蒙先生云云，實爲獎借過當，至謂原流派別出於南渡諸家，苟非知已，能深悉其本末，洞然如此也。彼耳食附和之輩，駢足林立，果有當於某否耶？又某初不解作詩，十年以來信口率筆，尤與唐人相濶，近以數詩示人。其人報之曰盛唐盛唐。某駭詢其故，則曰此某公之言也。士大夫往往類此，姑述之以助左右一笑。（以上卷三十二）

與參議施先生書（節録）

琬聞古之人有詩文以序重者，有序以詩文重者，有詩文與序交相重者。如子夏之序《詩》也，杜預、何休、范寧之序三傳也，此序以詩文重者也。韓退之之序《盛山十二詩》也，蘇子瞻之序《牡丹記》也，此詩文以序重者也。上而孔子之序《易》與《書》，降而訖於昭明太子之序《文選》也，此皆詩文與序交相重者也。今先生之詩沈鬱雄麗，其去古人不遠，蓋非待有序而後見重於時者無惑也。至於琬則又殷憂軫軻未老先衰，故其才識之譾劣，學殖之荒落，自分不齒於藝林久矣。顧欲以里俗不敏之辭，炫諸先生之前，亦決不能與先生交相爲重也。夫先生之詩既不以序重，而琬之序又不能與先生之詩相爲重，而先生屬諸學在惓惓不已，是猶欲薦其千金之璧而顧使以庫車羸馬先之，毋乃不可乎？然琬所以不敢固辭者，夫亦自量其譾劣如此荒落，如此幸而不見棄於有道長者，又幸而挂名卷端，得附沈鬱雄麗之作以行世而傳後，倘亦所謂序以詩文重者與。（卷三十三）

題《淵明集》

屈原、子胥皆孔子所謂殺身成仁者也，而揚子雲獨譏之。子雲方自詡以爲煌煌明哲。度其胸中，舍《劇秦美新》而外，所自得者無幾矣，宜乎於二子若冰炭水火之不相入也。溫文正公之爲人豈子雲比哉？《通鑑》不尚奇節之士，其於原之湛身略而不取可也。乃元嘉四年并不載淵明之卒，何也？淵明出處始末具詳本傳，至其爲詩也，哀夷、齊之固窮，感精衛之填海，大節炳然，微獨以甲子紀年而已。而《通鑑》不載，豈偶軼之耶，抑別有義例也？夫子雲曲學之士，本不足道也，而自溫公以訖王介甫、曾子固之徒，無不好其學者。同時能辭而闢之者，子瞻一人而止爾溫。公既好子雲，至謂荀孟殆不足比，遂作《太玄集注》，又作《潛虛》以擬之，噫，亦過矣。昔人譏司馬遷是非謬於聖人，予謂子雲亦然，抑殆有甚焉。若溫公之不取原與淵明也，得非平時之所好不免深中子雲之毒，故有時而發與。予三復淵明詩，不能不爲溫公太息也。

題《楊柳枝詞》後（節録）

楊柳枝詞，七言絶句體，雖權輿於白尚書樂天，而實原本風雅。後之人既相與師承其意，又從而變易其體，而推廣言之，是故有言離別者，即《詩》"昔我往矣，楊柳依依"之意也；有言閨房男女者，即《詩》"東門之楊，其葉牂牂"之意也；有感身世之恑儡，上借之以示諷刺，次借之以自鳴其不偶者，即《詩》"折柳樊圃，狂夫瞿瞿"，"菀彼柳斯，鳴蜩嘒嘒"，"有菀者柳，不尚息焉"之類之意也。其間或興或比，所以師承風雅，而寄意於楊柳者，其旨趣固顯然明白，讀者可以吟諷紬繹，而怳然遇之於不言之表者也。特其體與風雅異爾，若其意則未嘗異也。近世後生淺學不能詩者，往往敢爲大言，鄙此詞近於兒女之語，而傲睨以爲不屑爲。果如此也，則《三百篇》之内諸詩咏楊柳者具在，孔子何故不删？而自漢以來諸儒之傳箋訓詁者，亦何故尊之爲經，使得厠於風雅之列，而又相與師承之乎？（以上卷三十八）

沈　荃

　　沈荃（1624—1684）字貞蕤，號繹堂，別號充齋。清華亭（今上海松江）人。順治九年（1652）探花，授編修，累官至翰林院侍讀學士、禮部侍郎。卒，諡文恪。學行醇潔，書法尤有名。康熙皇帝招入内殿賜坐，論古今書法。凡製碑版及殿廷屏障、御座箴銘，輒命荃書之。每侍帝書，下筆即指其弊，兼析其由，帝深嘉其忠，所賜御寶不可勝記，名震天下。當時以能求到其書爲榮。書法學董其昌、米芾，書風雍容閒雅，運筆敦厚，端整有餘，勁健不足。

本書資料據清康熙刻本《四六纂組》。

《四六纂組》序（節錄）

四六之體，貴協調，貴諧聲，貴秉經據典，貴推舊易新，庶令觀者相悦以解。苟非素爲揣摩，一旦操觚，謾誇白戰，蹈襲於泛濫迂疏，調不協，聲不諧，語不經，事不典，陳陳相因，粟紅貫朽，而不適於用，則鄙甚矣。（卷首）

劉體仁

劉體仁（1618—1677）字公勇，一作公戲，號蒲庵。明末清初潁川衛（今安徽阜陽）人。因平生慕成連、陸賈、司馬徽、桓伊、沈驎士、王績、韋應物之爲人，故室名"七頌堂"。清順治十二年（1655）進士。曾官刑部主事、吏部郎中。能詩喜畫，善鼓琴，精鑒賞，與王士禎、汪琬齊名而相友善，被稱爲清初十才子之一。喜交遊，與清初諸多名人如孫奇峯、傅山、冒襄等都有很深的友情。著有《七頌堂集》，爲其晚年親手編定，共有詩集九卷（其中詞一卷）、別集《空中語》一卷、文集四卷、尺牘一卷。另有集外單行的詞話著作《七頌堂詞繹》和鑒賞著作《七頌堂識小録》等。其《七頌堂詞繹》論述詞體的特點及創作的經驗，頗爲深刻，體現了很高的藝術鑒賞水準。

本書資料據中華書局 1986 年唐圭璋《詞話叢編》本《七頌堂詞繹》。

《七頌堂詞繹》（節録）

詞與古詩同義

詞有與古詩同義者："瀟瀟雨歇"，《易水之歌》也；"同是天涯"，《麥蕲》之詩也；"又是羊車過也"，《團扇》之辭也；"夜夜岳陽樓中"，《日出當心》之志也；"已失了春風一半"，《鯢居》之諷也；"瓊樓玉宇"，《天問》之遺也。

詞與古詩同妙

詞有與古詩同妙者，如"問甚時同賦，三十六陂秋色"，即《灞岸》之興也。"關河冷落，殘照當樓"，即《敕勒之歌》也。"危樓雲雨上，其下水扶天"，即《明月積雪》之句也。"燕子樓空，佳人何在，空鎖樓中燕"，即《平生少年》之篇也。

詞有初盛中晚

詞亦有初盛中晚，不以代也。牛嶠、和凝、張泌、歐陽炯、韓偓、鹿虔扆輩，不離唐絕句，如唐之初未脫隋調也，然皆小令耳。至宋則極盛，周、張、柳、康，蔚然大家。至姜白石、史邦卿，則如唐之中。而明初比唐晚，蓋非不欲勝前人，而中實枵然，取給而已，於神味處，全未夢見。

詞境詩不能至

詞中境界，有非詩之所能至者，體限之也。大約自古詩"開我東閣門，坐我西間床"等句來。

杜詩具詞之神理

詩之不得不爲詞也，非獨《寒夜怨》之類，以句之長短擬也。老杜"風雨見舟前落花"一首，詞之神理備具，蓋氣運所至，杜老亦忍俊不禁耳。觀其標題曰新句，曰戲，爲其不敢偭背大雅如是。古人真自喜。

詩詞分疆

"夜闌更秉燭，相對如夢寐"，叔原則云："今宵賸把銀缸照，猶恐相逢是夢中。"此詩與詞之分疆也。

詞須不類詩與曲

詞須上脫香籢，下不落元曲，乃稱作手。

《竹枝》、《柳枝》非詞

《竹枝》、《柳枝》，不可徑律作詞，然亦須不似七言絕句，又不似《子夜歌》，又不可盡脫本意。"盤江門外是儂家"及"曾與美人橋上別"，俱不可及。

福唐獨木橋體

山谷全首用聲字爲韻，注云"效福唐獨木橋體"，不知何體也，然猶上句不用韻。至元美道場山，則句句皆用"山"字，謂之戲作可也。詞中如效醉翁"也"字，效《楚辭》"些"字、"兮"字，皆不可無一，不可有二。

隱括體不可作

隱括體不可作也,不獨醉翁如嚼蠟,即子瞻改琴詩,琵琶字不見,畢竟是全首說夢。

陳維崧

陳維崧(1625—1682)字其年,號迦陵。清宜興(今屬江蘇)人。少逢國變,應鄉試不中,中年落拓走南北。康熙十八年(1679)舉博學鴻詞,授翰林院檢討,參與修纂《明史》,不四年而卒。陳維崧性情豪邁,自負才情,詩、騈文皆工,尤擅填詞。在清初詞壇,陳、朱(彝尊)並列,稱爲"陽羨派"。著有《湖海樓詩文詞全集》五十四卷,其中詞占三十卷。其《四六金針》一卷是清代較早出現的探討騈文作法的理論著作,作者將四六作法分爲"唐人四六之故規"與"宋人四六之新規",並對所謂的"約事"、"分章"、"明意"、"屬辭"和"熟"、"剪"、"截"、"融"、"化"、"串"等進行了敘述;同時,對唐宋作家作了一個非常簡單的分類,而且還對各種騈文文體的作法進行了描述。一說《四六金針》乃割裂、抄襲元代陳繹曾《文筌・四六附説》而成,非陳維崧所作。

本書資料據四庫全書本《陳檢討四六》、學海類編本《四六金針》。

《陸懸圃文集》序(節録)

將使江蕭染翰,弁龍門紀事之文;潘左操觚,序鹿洞談經之作。則筵前授簡,請以屬之他人;座上揮毫,願以俟夫君子。何則? 燕函越鑄,遞有尚家;北轍南轅,要難並詣。一疎一密,既意隔而靡宣;或質或文,復情暌而罕儷。然而諸家立説,趣本同歸;百氏修辭,理惟一致。倘毫枯而腕劣,則散行徒增闒茸之譏;苟骨騰而肉飛,則麗體詎乏驚奇之譽? 原非涇渭,詎類元黄。

《方素伯集》序(節録)

粤自結繩而降,漸啟文明;書契以還,代傳謨誥。孤桐浮磬,律既審於后夔;黄竹白雲,韻復諧於穆滿。卯金當璧,並熾才華;典午膺圖,彌肰風藻。大同天監,益去兩京之遺;元和景龍,猶仍六季之習。凡兹鉛槧,悉稔吟謡;不預斯流,何名才子? 譬之枇杷盧橘,無非上苑所充;霧縠冰紈,皆是後宮所御。高陽殿内,小侯之玳瑁千重;金谷園中，都尉之珊瑚十丈。作昭明之學士，尚有高齋；入記室之詩評，已多上品。東南孔雀，句裏皆金；西北浮雲，行間盡玉。皖桐方素伯者，金龜壓紐，代有要人；黃雀投環，世留陰德。陸士衡之祖父，累躋台司；劉孝綽之高曾，夙登鼎鉉。若乃少即清通，幼而岐嶷，徐孝穆綺才第一；睛訝其青，王威明妙譽無雙。胞傳其紫，童年揖客，解對楊梅；暇日揮毫，能題芍藥。命不由人，生逢多難。楊家德祖，庾氏子山，一則丁炎祚之將傾，一則值蕭家之既殄。關東蛾賊，白馬如風；河北鴟兒，青袍似草。辰傾岳圮，宋微子有《麥秀》之歌；國破家亡，周大夫有《黍離》之嘆。（以上《陳檢討四六》卷三）

《吳天篆賦稿》序（節録）

四始以降，代嬗歌謠；六義而還，家沿雅頌。后夔堂下，擅搏拊者三千；孔子壇前，作縵絃者十九。列國大夫，灑灑登高之作；宗邦公子，洋洋博物之稱。楚疆善怨，屈原則景差、唐勒之師；梁苑工文，喬如亦枚乘、鄒陽之亞。莫不權輿比興，祖禰風騷。班固以爲古詩之流，揚雄亦曰詩人之賦。不歌而頌，曾聞玄晏之談；體物爲長，略見士衡之論。（以上《陳檢討四六》卷四）

《四六金針・式》（節録）

詔

多用散文，亦有四六者。今代四六詔文，赦書多作三段：一破題，二入事，三戒敕。或獎喻，或獎勸。

誥

多用散文，亦多用四六。今代詞頭宣命，多作三段：一破題，二褒獎，三戒敕，或獎喻，封贈則用慰喻。

表

諫表，論事表，請表，陳情表，陳乞表，薦表，皆用散文。賀表，謝表，進表，皆用四六。賀祥瑞表，四段：一破題，二解題，三頌聖，四述意。賀正旦、冬至、聖節、登極、冊后、建儲等表，皆三段：一破題，二頌聖，三述意。謝官、謝賜、雜謝表，皆四段：一破題，二自述，三頌聖，或頌聖後自述，四述意。進書表，一破題，二解題，或自述，三頌聖，四述意。進貢物表，一破題，二頌聖，三入事，或先入事，四述意。

牋

諫牋,論事牋,皆散文。賀牋皆三段,進書、進物牋皆四段,大略如表,而字樣不同,於皇太子用之。

露 布

出師勝捷播告之文:一冒頭,二頌聖,三聲罪,四叙事,五宣威,六慰諭。出帥諭衆之文:一冒頭,二聲罪,三頌聖,四論理,五宣慰,六招慰。

青 詞

方士懺過之辭:一吁天,二懺過,三祈禱。

朱 表

方士告天之辭:一吁天,二破題,三述意。

功德疏

釋氏禱佛之辭:一破題,二自述,三祈禱。

致 語

樂工開白之辭:一破題,二頌德,三入事,四陳詩。

上梁文

匠人上梁之辭:一破題,二頌德,三入事,四陳抛梁。東西南北,上不詩句各三句。

寶瓶文

圬者鏝棟脊之辭:一破題,二頌德,三入事,四陳詩。

啟

人間通問之辭。謝啟:一破題,二自叙,三頌德,四述意。通啟:一破題,二頌德,三自叙,四述意。陳獻啟:一破題,二入事,三頌德,四述意。定婚啟:一合姓,二入事,三述意。聘婚啟:一破題,二入事,三述意。賀啟:一破題,二入事,三頌德,或從入事,四述意。小賀啓:一破題,二頌德,三述意。

疏

請疏:一破題,二頌德,三述意。勸緣疏:一破題,二入事,三述意。

萬　樹

萬樹(約 1630—1688)字紅友、花農,號山翁。清宜興(今屬江蘇)人。國子監生,康熙時曾爲廣東幕僚。工詞善曲,所作曲共二十余種,今僅可考見其劇名者十六種。萬樹對詞的格律研究極深,他根據自己所見古人詞分類考訂,在糾正《嘯餘譜》錯訛的基礎上編寫《詞律》二十卷,收集詞牌六百六十個,計一千一百八十體。清康熙年間陳廷敬、王奕清等奉旨編寫《欽定詞譜》,基本上是以萬樹《詞律》爲基礎。《詞律》之《自叙》及其長篇《發凡》,堪稱詞體學通論,闡明了他的詞體學觀點。但《欽定詞譜》對《詞律》有所增補和訂正,爲省篇幅,本書詞牌只收《欽定詞譜》所列。

本書資料據上海古籍出版社 1984 年影印光緒二年本《詞律》。

《詞律》自序

嘅自曲調既興,詩餘遂廢。縱覽《草堂》之遺帙,誰知大晟之元音?然而時屆金元,人工聲律,跡其編著,尚有典型。明興之初,餘風未泯。青邱之體裁幽秀,文成之豐格高華。矩矱猶存,風流可想。既而斯道,愈遠愈離。即世所膾炙之婁東、新都兩家,擷芳則可佩,就軌則多岐。按律之學未精,自度之腔乃出。雖云自我作古,實則英雄欺人。蓋緣數百年來士大夫輩,帖括之外,惟事於詩。長短之音,多置弗論。即南曲盛行於代,作家多擅其名,而試付校讐,類皆齟齬。況乎詞句,不付歌喉,涉歷已號通材,摹仿莫求精審。故維揚張氏據詞而爲圖,錢唐謝氏廣之,吳江徐氏去圖而著譜,新安程氏輯之,於是《嘯餘譜》一書通行天壤,靡不駭稱博贍,奉作章程矣。百年以來,蒸嘗弗輟。近歲所見,剞劂載新,而未察其觸目瑕瓃,通身罅漏也。近復有《填詞圖譜》者,圖則葫蘆張本,譜則瞠捧《嘯餘》,持議或偏,參稽太略。蓋歷來造譜之意,原欲有便於人,但擬拗句難填,試易平辭易叶,故於每篇作註,逐字爲音。可平可仄,並正韻而皆移;五言七言,改詩句而後已。列調既謬,分句尤訛。云昭示於來,茲實大誤。夫後學不知詩餘乃劇本之先聲,昔日入伶工之歌板。如耆卿標明於分調,誠齋垂法於擇腔,堯章自註高指之聲,君持致辨煞尾之字。當時或隨宮造格,創製於前;或遵調填音,因仍於後。其腔之疾徐長短、字之平仄陰陽,守一定而不移,証諸家而皆合。茲雖

124

舊拍不復可考，而聲響猶有可推。乃今汎汎之流，別有超超之論：謂詞以琢辭見妙，煉句稱工，但求選艷而披華，可使驚新而賞異。奚必斤斤於口讀之末，瑣瑣於平仄之微。況世傳《嘯餘》一編，即爲鐵板；近更有《圖譜》數卷，尤是金科。凡調之稍有難諧，皆譜所已經駁正，但從順口，便可名家。於是篇牘汗牛，棗梨充棟。至今日而詞風愈盛，詞學愈衰矣。

僕本鄙人，生爲笨伯，覩兹迷謬，心竊惑焉。謂此際熙朝，世隆文運，翕然風會，家擅鴻篇，乃以鮑謝儁才，燕許大手，沉溺於學究兔園之冊，頹頓於村伶釘鉸之篇，不禁發其嗟吁，遂擬取而論訂。夫今之所疑拗句者，乃當日所爲諧音協律者也；今之所改順句者，乃當日所爲掞喉扭嗓者也。但觀《清真》一集，方氏和章，無一字而相違，更四聲之盡合。如可議改，則美成何其闇劣，而不能製爲婉順之腔？千里何其昏庸，而不能換一妥便之字？其他數百年間之才流韻士，何以識見皆出今人之下萬萬哉！且詞謂之填，如坑穴在焉，以物實之而恰滿。如字可以易，則枘鑿背矣，即强納之而不安。況乎髭斷數莖，惟貴在推敲之確，否則毫揮百幅，何難爲磅礴之雄？乃後人不思尋繹古詞，止曉遵循時譜，既信其分註爲盡善，又樂其改順爲易從。人或議其聱牙，彼則援以藉口。嗟乎！古音不作，大雅云亡，可勝悼哉！

或云："今日無復歌詞，斯世誰知協律？惟貴有文有采，博時譽于鏗鏘；何堪亦步亦趨，反貽譏於樸遫？"則何不自製新腔，殊名另號，安用襲稱古調，陽奉陰違？故愚謂信傳而不信經，有作不如無作。又或云："古人亦未必全合，如眉山之雄傑，詞嘗見誚於當年；失調亦原自可歌，如玉茗之離奇，曲反大行於斯世。"不知古人有云："取法乎上，擇善而從。"非謂舊詞必無誤填，然羅列在前，我自可加審勘；非謂今詞必無中節，然源流無本，我豈敢作依從？故肇於李唐者，本爲創始之音，即有詰屈難調，總當仍其舊貫；其行於趙宋者，自皆合律之作。然有比類太異，亦必摘其微瑕。除僻調之單行，未堪援証；凡襄篇之有據，自貴折衷。要當獺祭而定厥指歸，詎宜蠡測而狥其眇見？

用是發爲願力，加以校讐。戊申己酉之間，即與陳檢討論此志於金臺客邸。丙辰丁巳之際，因過侯鹽官防此事於蓉湖艸堂。乃未幾而同人，皆鵲起以乘車。賤子則鷫懸而彈鋏。北轅燕晉，南棹楚閩，興既敗於飢軀，力復屢於孤立。齎此悵惋，十稔於兹。颺館披函，燈帷搦管，未嘗不怒焉而抱疢也。戌夏自晉安蓮幕，從轊弝於軍中。丑春在端，署蕉窗，寄琴尊於閣上。因繙舊業，儗卒前編。時公子琇青方有志於聲律家之學。其小阮、雪舫復夙負乎長短句之名。聞述鄙懷，咸資鼓勸。但以官衙嚴謐，若新婦於深閨裏，秘置三年，載籍荒涼，如老衲之破篋中。殘經一卷，漂泊向天涯海角。既不比通都大市，有四庫之堪求；交游惟明月清風，又不遇騷客名流。無一鷗之可借，祇據賀囊之所挈，及搜鄴架之所存。惟《花菴》、《草堂》、《尊前》、《花間》，萬選、汲古刻諸家沈氏四集、《嘯餘譜》、《詞統》、《詞滙》、《詞綜》、《選聲》數種，聊用參較。考其調之異同，酌其句之分合，辨其字之平仄，序其篇之短長，務標準於名家，必酌中於各製。有調同名別者則刪而合之，有調別名同者則分而疏之，複者釐之，缺者補之。時則慎菴吳子相爲助閱於其初，蒼崖姜君更共編摩於其後。録之成帙，稍有可觀。計爲卷二十，爲調六百六十，爲體千一百八十有奇。其篇則取之唐宋，兼及金元，而不收明朝自度、本朝自度之腔；於字則論其平仄，兼分上去，而每詳以入作平，以上作平之説。此雖獨出乎一人之臆見，未必有符於四海之時流，然試注目而發深思，平心而持公論，或片言之微中，或一得之足收，亦有偶合於古人，未必無裨於末學。但志在明腔正格，自不免駁謬糾譌。而近來譜圖實多舛錯，作者雖皆守而弗考，論者烏可諱而弗詳？故諄語累辭，遂多繩正之議；攻瑕砭疾，不無譏彈之聲。每有指陳，或至過當，固開罪於曩哲，亦獲戾於今賢。雖或邀君子寬大之情，能見諒《春秋》責備之義，然自揣愚妄，多所懷懼。本以秘之帳中，豈敢懸諸市上。會制府有梓書之役，故琰青爲訂稿之謀。率付殺青，殊多曳白。因爲粗述鄙意，勉質方家；更縷義例之諸條，另作《發凡》于左幅。欲稽列調，請覽前篇。大言小言，恕妄人姑爲緒論；知我罪我，諒哲士定有公評爾。康熙二十六年歲在丁卯上元夕陽羨萬樹題。

《詞律》發凡

《嘯餘譜》分類爲題，意欲別於《草堂》諸刻。然題字參差，有難取義者，强爲分列，多至乖違。如《踏莎行》、《御街行》、《望遠行》，此"行步"之"行"，豈可入"歌行"之内？而《長相思》尤爲不倫。《醉公子》、《七娘子》等是人物，豈可與他"子"字爲類？通用題與三字題有何分別？《惜分飛》、《紗窗恨》又不入人事。思憶之《數天香》入聲色不入二字題，《白苧》入二字不入聲色題，《柳梢青》入三字而《小桃紅》又入聲色，《玉連環》不入珍寶：若此甚多，分列俱不確當。故列調自應從舊，以字少居前，字多居後，既有曩規，亦便檢閱。

自《草堂》有小令、中調、長調之目，後人因之，但亦約略云爾。《詞綜》所云："以臆見分之。"後遂相沿，殊屬牽率者也。錢唐毛氏云："五十八字以内爲小令，五十九字至九十字爲中調，九十一字以外爲長調，古人定例也。"愚謂此亦就《草堂》所分而拘執之，所謂定例，有何所據？若以少一字爲短，多一字爲長，必無是理。如《七娘子》有五十八字者，有六十字者，將名之曰小令乎，抑中調乎？如《雪獅兒》有八十九字者，有九十二字者，將名之曰中調乎，抑長調乎？故本譜但叙字數，不分小令、中、長之名。

舊譜之最無義理者，是第一體、第二體等排次。既不論作者之先後，又不拘字數之多寡，强作雁行，若不可踰越者。而所分之體，乖謬殊甚，尤不足取。因向來詞無善譜，俱以之爲高曾典型。學者每作一調，即自註其下云第幾體。夫某調則某調矣，何必表其爲第幾？自唐及五代十國、宋、金、元，時遠人多，誰爲之考其等第，而確不可移乎？更有繼《嘯餘》而作者，逸其全刻，撮其註語，尤爲糊突。若近日《圖譜》，如《歸自謠》止有第二而無第一，《山花子》、《鶴冲天》有一無二，《賀聖朝》有一、三無二，《女冠子》有一、二、四、五而無三，《臨江仙》有一、四、五、六、七而無二、三，至如《酒泉子》以五列六後。又八體四十四字，九、十、十一、十二體皆四十三字，故以八居十二之後。夫既以八體之字較多，則當改正爲十二，而以九升爲八，十升爲九矣。乃因舊定次序，不敢超越。故論字則以弟先兄，論行則少不踰長，得毋兩相背謬乎？此俱遵《嘯餘》而忘其爲無理者也。本譜但以調之字少者居前，後亦以字數列書又一體。又一體作者擇用何體，但名某調，又何行輩之註耶？且《圖譜》止叙字數，故同是一調，散分嵌列於諸調之間，殊覺割裂。今照舊彙之，以便簡尋。至沈天羽駁《嘯餘》云：“一調分爲數體，體緣何殊？《花間》諸詞未有定體，何以派入譜中？”愚謂此語謬矣。同是一調，字有多少，則調有短長，即爲分體。若不分，何以爲譜？觀沈所刻或註前段多幾字、少幾字，或註後段多幾字、少幾字，是本知此體與他體異矣。又或云“據譜應作幾字”，則知調體不同矣，何又以爲體不宜分耶？《花間詞》雖語句參差，亦各有所據，豈無規格而亂填者，何云不可派入體中耶？字之平仄，尚不可相混，況於通篇大段體裁耶？“未有定體”一語，爲淆亂詞格之本，大謬無理甚矣。故第一、第二必不可次序，而體則不可不分。

　　詞有調同名異者，如《木蘭花》與《玉樓春》之類，唐人即有此異名。至宋人則多取詞中字名篇，如《賀新郎》名《乳燕飛》，《水龍吟》名《小樓連苑》之類。張宗瑞《綺澤新語》一帙皆然，然其題下自註寓本調之名也。後人厭常喜新，更換轉多，至龐雜朦混，不可體認。所貴作譜者合而酌之，標其正名，削其巧飾，乃可遵守。而今之傳譜有二失焉，《嘯餘》則不知而誤複收，如《望江南》外又收《夢江南》，《蝶戀花》外又收《一籮金》，《金人捧露盤》外又收《上西平》之類，不可枚舉。甚至有一調收至四五者，更如《大江東》之誤作《大江乘》，《燕春臺》、《燕臺春》顛倒一字，而兩體共載一詞，訛謬極矣。《圖譜》則既襲舊傳之誤，而又狥時尚之偏，遂有明知是某調而故改新名者，如《搗練子》改《深院月》，《卜算子》改《百尺樓》，《生查子》改《美少年》之類尤多，不可枚舉。至若《臨江仙》不依舊列第三體，而換作《庭院深深》，復註云“即《臨江仙》三體”，是明知而故改也。又如《喜遷鶯》，因韋莊詞語又名《鶴冲天》，而後人並長調之《喜遷鶯》亦曰《鶴冲天》矣。《中興樂》因牛希濟詞語又名《淫羅衣》，而後人並字少之《中興樂》亦名《濕羅衣》，《圖譜》且倒作《羅衣濕》矣。總因好尚新奇，矜多炫博，遇一殊名，亟收入帙。如升菴以《念奴嬌》爲《賽天香》,《六醜》爲《箇儂》,《圖譜》皆複收之,而即以楊詞爲式。蓋其序所云宋調不可得,則取之唐及元明是也。夫唐、宋、元既不可得,是古無此調,則亦已矣,何必欲載之耶?且《念奴嬌》極爲眼前熟調,而讀《賽天香》竟不辨耶?《箇儂》即用《六醜》美成原韻,而兩調連刻,亦竟未辨耶?本譜於異名者皆識之題下,且明列於目錄中,使覽者易於檢覈。有志古學者切不可貪署新呼,故鐫舊號,徒貽大方之誚也。至於自昔傳訛,若《高陽臺》即《慶春澤》,《望梅》即《解連環》之類,相沿已久,莫爲釐正,今皆精研歸並。有註所不能詳者,則將原篇用小字載於其左,以便校勘。如《雨中花》即《夜行船》,《玉人歌》即《探芳信》之類,有大段相同而一二字稍異者,則不拘字數,即以附於本調之後,可一覽而揣其異同。是則仍以大字書之,如《探芳新》於《探春過》,《秦樓》於《惜餘春》之類,又如《紅情綠意》其名甚佳,而再四玩味即《暗香疏影》也,此等皆舊所未辨者。或曰石帚賦《湘月》詞自註即《念奴嬌》鬲指聲,則體同名異,或亦各有其故,子何概欲比而同之?余曰於今宮調失傳,作者但依腔填句,即如《湘月》有石帚之註,今亦不必另收,蓋人欲填《湘月》即仍是填《念奴嬌》,無庸立此名也。又如晁無咎《消息》一調,註云自過腔即《越調永遇樂》,是雖換宮調即可換名,而今人不知其理耳。況其他異名皆作者巧立,或後人摘字,又與《湘月》、《消息》不同聲音之道,必不終湮有。知音者出,能考定宮調,而曹分部署之,方可明辨其理於天下後世。此則余生平所憾於周、柳諸公無詳示之遺書,而時時望天之生子期、公瑾也。

詞有調異名同者,其辨有二,一則如《長相思》、《西江月》之類,篇之長短迥異,而名則相同,故即以相比載於一處。他若《甘州》後之附《甘州子》、《甘州遍》,《木蘭花》後之附《減字》、《偷聲》,亦俱以類相從,蓋彙爲一區,可以披卷瞭然,而無重名誤認前後翻檢之勞也。一則如《相見歡》、《錦堂春》俱別名《烏夜啼》、《浪淘沙》,《謝池春》俱別名《賣花聲》之類,則皆各仍正名而削去雷同者,俾歸畫一。又如《新雁》、《過粧樓》別名《八寶妝》而另有《八寶妝正調》,《菩薩蠻》別名《子夜歌》而另有《子夜歌正調》,《一落索》別名《上林春》而另有《上林春正調》,《眉嫵》別名《百宜嬌》而另有《百宜嬌正調》,《繡帶子》別名《好女兒》而另有《好女兒正調》之類,則另列其正調,而於前調兼名者,註明此不在前項。附載又一體之例,蓋又一體者其體雖全殊,而無他名可別,故合之。兼名者,其本調自可名,不得占彼調之名,故判之。

又如《憶故人》之化爲《燭影搖紅》,雖先後懸殊而源流有本,故必相從列於一處,然不得以《燭影》新名而廢其原題也。又如《江月》、《晁重山》、《江城》、《梅花引》之類,二調合成者則以附於前半所用《西江月》、《江城子》之後,至於《四犯》、《剪梅花》,則犯者四調,而所犯第一調之《解連環》便與本調不合,頗爲可疑,故另列於九十四字之次,而不隨各調。以上數項,皆另爲一例。

128

　　分調之誤，舊譜頗多，其最異者如《醜奴兒近》一調，稼軒本是全詞，後因失去半闋，乃以集中相聯之《洞仙歌》全闋誤補其後，遂謂另有此《醜奴兒長調》，註云一百四十六字九韻，反云辛詞是換韻，極爲可笑。《圖譜》等書皆仍其謬，今爲駁正。《圖譜》又載《揉碎花箋》一調，註云六十三字七韻，乃本是《祝英臺》而落去後起三句十四字耳。其他參差處不可枚舉，皆於各調後註明。

　　分段之誤不全因作譜之人，蓋自抄刻傳訛，久而相襲。但既欲作譜，宜加裁定耳。如虞山毛氏刻諸家詞，《詞綜》稱其有功於詞家固已。但未及精訂，如《片玉詞》有方千里可証，而不取一校對，間有附識，亦皆弗確。然毛氏非以作譜，不可深加非議。若譜圖照舊抄謄，實多草率，則責備有所難辭矣。各家惟柳詞最爲舛錯，而分段處往往以換頭句贅屬前尾，兹俱考証辨晰，總以斷歸於理爲主。如笛家以後起二字句連合前段，致前尾失去一叶韻字，且連上作八字讀，而作者遂分爲兩四字句矣，豈不誤哉？《長亭怨慢》亦然，今俱裁正。若詞隱三臺一調，從來分作兩段，愚獨斷爲三疊。如此類則大改舊觀，於體製不無微益，識者自有明鑑。

　　分句之誤，更僕難宣，既未審本文之理路語氣，又不校本調之前後短長，又不收他家對証，隨讀隨分，任意斷句，或因字訛而不覺，或因脫落而不疑，不惟律調全乖，兼致文理大謬。坡公《水龍吟》“細看來不是楊花，點點是離人淚”，原於“是”字、“點”字住句，昧昧者讀一七兩三，因疑兩體，且有照此填之者，極爲可笑。升菴謂淮海“念多情，但有當時皓月，照人依舊”，以詞調拍眼言，當以“但有當時”作一拍，“皓月照”作一拍，“人依舊”作一拍，蓋欲強同於前尾之三字二句也。其説乖謬，若竟未讀他篇者，正《詞綜》所云升菴強作解事，與樂章未諳者也。沈天羽謂太拘拘，此是誤處，豈得謂之拘拘而已。乃今時詞流尚有守楊説者，吾不知詞調拍眼今已無傳，升菴何從考定乎。時流又謂斷句皆有定數，詞人語意所到時有參差，如《瑞鶴仙》第四句“冰輪桂花滿溢”爲句。此論更奇，“滿”字是叶韻，自有此調，此句皆五字，豈伯可忽作六字乎？如此讀詞論詞，真爲怪絶。今遇此等俱加駁正，雖深獲罪於前譜，實欲辨示於將來，不知顧避之嫌，甘蹈穿鑿之謗。

　　詞中惟五言七言句最易淆亂，七言有上四下三如唐詩一句者，若《鷓鴣天》“小窗愁黛淡秋山”，《玉樓春》“棹沉雲去情千里”之類；有上三下四句者，若《唐多令》“燕辭歸客尚淹留”，《爪茉莉》“金風動冷清清地”之類，易於誤認。諸家所選明詞，往往失調，故今於上四下三者不註，其上三下四者皆註豆字於第三字旁，使人易曉無誤。整句爲句，半句爲讀，讀音豆，故借書豆字。其外有六字八字語氣折下者，亦用豆字註之。五言有上二下三如詩句者，若《一絡索》“暑氣昏池館”，《錦堂春》“腸斷欲棲鴉”之類。有一字領句而下則四字者，如《桂華明》“遇廣寒宮女”，《燕歸梁》“記一笑千金”之類，尤易誤填，而字旁又不便註豆，此則多辨於註中，作者須以類推之。蓋嘗見時賢有於《齊天樂》尾用“遇廣寒宮女”句法者，因總是五字句，不留心而率填之，不惟上一下四不合，而“廣”字仄，“宮”字平，遂誤同《好事近》尾矣。又四字句有中二字相連者，如《水龍吟》尾句之類，與上下各二者不同，此亦表於註中。向因譜圖皆概註幾字句，無所分辨，作者不覺，因而致誤。至沈選《天仙子》後起用上三下四，《解語花》後尾用上二下三等，將以爲人模範，而可載此失調之句乎？然沈氏全於此事茫然，觀其自作多打油語，至如《賀新郎》前結用“星逢五”之平平仄，後結用“夜未午”之三仄，真足絕倒。而他人之是非，又烏能辨察耶？

自沈吳興分四聲以來，凡用韻樂府無不調平仄者，至唐律以後浸淫而爲詞，尤以諧聲爲主，倘平仄失調，則不可入調。周、柳、万侯等之製腔造譜，皆按宮調，故協於歌喉，播諸絃管，以迄白石、夢窗輩各有所創，未有不悉音理而可造格律者。今雖音理失傳，而詞格具在，學者但宜依仿舊作，字字恪遵，庶不失其中矩矱。舊譜不知此理，將古詞逐字臆斷，平謂可仄，仄謂可平。夫一調之中，豈無數字可以互用，然必無通篇皆隨意通融之理。譜見略有拗處。即改順適，五七言句必成詩語，並於萬萬不可移動者，亦一例註改。如《摸魚兒》、《賀新郎》、《綺羅香》尾三字，欲改作平平仄，《蘭陵王》尾六字欲改入平聲之類。無調不加妄註，有一首而改其半者，有一句而全改者，於其原詞判然相反，尚得爲本調乎？學者不肯將古詞對填，而但將譜字爲據，信譜而不信詞，猶之信傳而不信經也。今所註可平可仄，皆取此調之他作較証有通用者，然後註之。或無他作而本調前後段相合者，則亦註之，否則不敢以私意擅爲議改。或曰改拗爲順，取其諧耳順口，君何必如此拘執？余曰苟取順便，則何必用譜，何必用舊名乎？故不作詞則已，既欲作詞必無杜撰之理。如美成造腔，其拗處乃其順處所用平仄，豈慢然爲之耶？倘是慢然爲之者，何其第二首亦復如前，豈亦皆慢然爲之，至再至三耶？方千里係美成同時，所和四聲無一字異者，豈方亦慢然爲之耶？後復有吳夢窗所作亦無一字異者，豈吳亦慢然爲之耶？更歷觀諸名家莫不繩尺森然者，其一二有所改變，或係另體，或係傳訛，或係敗筆，亦當取而折衷，歸於至當，烏可每首俱爲竄易乎？本譜因遵古之意甚嚴，救弊之心頗切，故於時行之譜痛加糾駁，言則不無過直，義則竊謂至公，幸覽者平心以酌之。其或見聞未廣，褒彈有錯，則望加以批削，垂爲模範。總之，前賢著譜之心與今日訂譜之心皆欲紹述古音，啟示來學，同此至公，大雅之一道。非有所私而創爲曲説，以恣譏詆也，諒之諒之。

平仄固有定律矣，然平止一途，仄兼上去入三種，不可遇仄而以三聲概填。蓋一調之中可概者十之六七，不可概者十之三四，須斟酌而後下字，方得無疵。此其故當於口中熟吟，自得其理。夫一調有一調之風度聲響，若上去互易，則調不振起，便成落腔。尾句尤爲喫緊，如《永遇樂》之“尚能飯否”，《瑞鶴仙》之“又成瘦損”，“尚”又必仄，“能”、“成”必平，“飯”、“瘦”必去，“否”、“損”必上，如此然後發。調末二字若用平上，或平去，或去去、上上、上去，皆爲不合。元人周德清論曲有煞句定格，夢窗論詞亦云某調用何音煞。雖其言未詳，而其理可悟。余嘗見有作南曲者於《千秋歲》第十二句五字語用去聲住句，使歌者激起，打不下三板，因知上去之分，判若黑白，其不可假借處關係一調，不得艸艸。古名詞之妙全在於此，若總置不顧，而順便填之，則作詞有何難處，而必推知音者哉？且照古詞填之，亦非甚苦難，但熟吟之久，則口吻間自有此調聲響，其拗字必格格不相入，而意中亦不想及此不入調之字矣。譬之南曲極熟爛，如《黃鶯兒》中兩四字句，用平平仄平，作者口中意中必無仄仄平平矣，安用費心耶？所謂上去亦然，蓋上聲舒徐和軟，其腔低；去聲激厲勁遠，其腔高。相配用之，方能抑揚有致。大抵兩上兩去在所當避，而篇中所載古人用字之法，務宜仿而從之，則自能應節即起，周郎聽之亦當蒙印可也。更有一要訣曰，名詞轉折跌蕩處多用去聲，何也？三聲之中上、入二者可以作平，去則獨異。故余嘗竊謂論聲雖以一平對三仄，歌論則當以去對平上入也。當用去者，非去則激不起，用入且不，可斷斷勿用平上也。

或曰入聲派入三聲，吾聞之中原韻務頭矣，上之作平何居？余曰中州韻不有者也，作平乎，上之爲音輕柔而退遜，故近于平。今言則難信，姑以曲喻之。北曲《清江引》末一字可平亦可上，如《西廂》之下場“頭那答兒發付我”，“我”字上聲，“香美娘處分破花木瓜”，“瓜”字平聲。《天下樂》“汎浮查到日月邊”，“邊”字平聲；“安排着憔悴死”，“死”字上聲。如此等甚多，用上皆可代平，却用不得去聲字。但試於口吻間諷誦，自覺上聲之和協，而去聲之突兀也。今旁註平之可仄者，因不便瑣細，止註可仄，高明之家自能審酌用之。至有本宜平聲而古詞偶用上者，似近於拗，此乃藉以代平，無害於腔，故註中多爲疏明。如何籀《宴清都》前結用“那更天遠山遠水遠人遠”，書舟亦效之，用四好字，蓋“遠”、“好”皆上聲，故可代平。其句字本宜如美成所作“庚信愁多，江淹恨極”，須賦“多”字、“淹”字，宜用平聲，此以二“遠”字代之，填入去聲，不得譜圖讀作上六下四，認“遠”字仄聲，總註可仄，是使人上去隨用，差極矣。此類尤夥，不能遍引，閱者著眼。

入之派入三聲，爲曲言之也。然詞曲一理，今詞中之作平者比比而是，比上作平者更多，難以條舉。作者不可因其用入是仄聲，而填作上去也。且有以入叶上者，不可用去；以入叶去者，不可用上，亦須知之。以上二項皆確然可據，故諄復言之，不厭婆舌，勿云穿鑿可也。

舊譜于可平可仄俱逐字分註，分句處亦然。詞章既遭割裂之病，覽觀亦有斷續之嫌。近日圖譜踵張世文之法，平用白圈，仄用黑圈，可通者則變其下半，一望茫茫，引人入暗。且有讐校不精處，應白而黑，應黑而白者。信譜者守之尤易迷惑，又有平用一，仄用丨，可平可仄用┤。選聲謂其淆亂，止于可平可仄用┤，於字旁而韻句叶，仍註行中。愚謂亦晦而未明，何如明白書之爲快也。蓋往者多取簡便，不知欲以此曉示於人，何妨多列幾字。《圖譜》云方界文旁者，總求簡約，以省刻資耳，此雖譏誚，亦或有然。然論其糢糊，圈之與竪亦猶魯衞。本譜則以小字明註於旁，在右者爲韻爲叶，爲換爲疊爲句爲豆，在左者爲可平，爲可仄，爲作平，爲某聲有字音易誤讀者，故爲註之，如"旋"字、"凝"字之類。句不破碎，聲可照填，開卷朗然，不致麗雜。其又一體句法，與本體同者概不複註可平仄。有句法長短者，則單註明此句，而他句不註。吳江沈氏《曲譜》例用丨卜厶入乍，今則全字書之，惟讀字借用豆。又以曲譜字字皆註，未免太繁，反爲眩目。愚謂可通用者當註，不可通者原不必註。且專標則字朗，不致徒費眼光。

更韻之體，唐詞爲多，有換至五六者。舊譜雖註更韻，而糢糊不明，如《酒泉子》顧夐詞"黛怨紅羞，掩映畫堂春欲暮。殘花微雨，隔青樓，思悠悠。芳菲時節看將度，寂寞其人還欲語（《花間詞》作"寂寞無人還獨語"），畫羅襦香，粉汗不勝愁"，是"樓"、"悠"、"愁"叶首句"羞"字，"度"、"語"、"汗"叶次句"暮"字，自當於暮字下註，更韻而後註叶平叶仄矣。將首、兩句俱註韻字，其下俱註叶字，豈不糢糊？今本譜於首韻註韻字，更韻則註，或換平，或換仄，第三更則註三換平，或三換仄，四五皆然。其後叶韻句，若通篇是平仄兩韻，則註叶平叶仄，有交錯者則註叶首平，或叶首仄，叶二平或叶二仄，三四五亦然。若平韻起而更韻亦平者，下註叶首平，二平正韻與更韻皆仄者，下註叶首仄。二仄其有平仄通用，如《西江月》等則註換仄叶，《哨遍》等則註換平叶，如此庶一覽可悉，無糢糊之病矣。

詞上承於詩，下沿爲曲，雖源流相紹，而界域判然。如《菩薩蠻》、《憶秦娥》、《憶江南》、《長相思》等本是唐人之詩，而風氣一開，遂有長短句之別。故以此數闋爲詞之鼻祖，不必言已若《清平調》、《小秦王》、《竹枝》、《柳枝》等，竟無異於七言絕句，與《菩薩蠻》等不同。如專論詞體，自當捨而弗錄，故諸家詞集不載此等調，而《花菴》、《艸堂》等選亦不收也。蓋等而上之。如樂府諸作爲長短句者頗多，何可勝收乎？後人則以此等調爲詞嚆矢，遂取入譜，今已盛傳，不便裁去。又唐人《送白樂天席上》，指物爲賦，一字起至七字止，後人名爲《一七令》，用以入詞，殊屬牽強，故不錄。若夫曲調更不可援以入詞，本譜因詞而設，不敢旁及也。或曰子以元人而置之，則《八犯》、《玉交》、《枝穆》、《護砂》等亦間收金元矣；以曲調而置之，則《搗練子》等亦已通于詞曲矣；以爲三聲並叶而置之，則《西江月》等亦多矣，何又於此致嚴耶？余曰：《西江月》等宋詞也，《玉交枝》等元詞也，《搗練子》等曲因乎詞者也，均非曲也。若元人之《後庭花》、

《乾荷葉》、《小桃紅》、《天淨沙》、《醉高歌》等俱爲曲調，與詞聲響不侔，倘欲採取，則元人小令最多，收之無盡矣。況北曲自有譜在，豈可闌入詞譜以相混乎？若《詞綜》所云仿升菴、萬選例，故采之，蓋選句不妨廣擷，訂譜則未便旁羅耳。

能深明詞理，方可製腔。若明人則於律呂無所授受，其所自度，竊恐未能協律。故如王太倉之《怨朱絃》、《小諾皋》，揚新都之《落燈風》、《欸殘紅》、《誤佳期》等，今俱不收。至近日顧梁汾《所犯》、《踏莎》、《美人》，非不諧婉，亦不敢收，蓋意在尊古輟新焉耳。又如湯臨川之《添字昭君怨》，古無其體，時譜亟收之。愚謂昔日千金小姐之語，止可在傳奇用，豈可列諸詞中？又如徐山陰之《鵲踏花翻》亦無可考，皆在所削，勿訝其不備也。

《情史》載東都柳富別王幼玉，作詞名《醉高春》，詞云："人間最苦，最苦是分離。伊愛我，我憐伊，青青岸頭人獨立，畫船歸去櫓聲遲。楚天低，回望處，兩依依。後會也知俱有願，未知何日是佳期。心下事，亂如絲，好天良夜還虛過，辜負我，兩心知。願伊家，衷腸在，一雙飛。"詞係雙調，但《情史》不載柳富何代人，毛氏云："其詞有盛宋風味。"然不確，不敢收入，此類亦正不少耳。至於搜羅博極，近日《詞綜》一書可云詳矣，而錫鬯猶以漏萬爲慮，茲更限於見聞，未能廣考，其遺漏訛錯尤爲萬萬，尚期從容續訂，惟冀高雅惠教德音，幸甚幸甚。

詞之用韻較寬於詩，而真侵互施，先鹽並叶，雖古有然，終屬不妥。沈氏去矜所輯可爲當行，近日俱遵用之，無煩更變。今將嗣此，有三韻合編之刻，故茲不具論云。（以上卷首）

周　召

周召（生卒年不詳）字公右，號拙菴。清衢州（今屬浙江）人。康熙初官陝西鳳縣知縣。餘不詳。著有《雙橋隨筆》十二卷。

本書資料據四庫全書本《雙橋隨筆》。

《雙橋隨筆》（節錄）

《太平清話》云："先秦兩漢，詩文具備。晉人清談書法，六朝人四六，唐人詩、小說，宋詩餘，元人畫與南北劇，皆是獨立一代。"余謂秦漢詩文、晉人書法、唐人詩、宋詞、元畫，尚矣。至於清談、四六、小說、南北劇，開人疎狂靡麗、荒誕淫哇之習，爲屬不淺，人有宜束於高閣，而文有當付之冷灰者。或但取其言與文，供人耳目之翫則可耳。

（卷一）

　　楊升庵曰：漢興，文章有數等，酈通、隋何、陸賈、酈生，游説之文，宗戰國；賈山、賈
誼，政事之文，宗管、晏、申、韓；司馬相如、東方朔，譎諫之文，宗《楚詞》；董仲舒、匡衡、
劉向、扬雄，説理之文，宗經傳；李尋、京房，術數之文，宗讖緯；司馬遷，記事之文，宗
《春秋》。（卷三）

葉　燮

　　葉燮（1627—1703）字星期，號己畦。清嘉興（今屬浙江）人。晚年定居江蘇吴江
之橫山，世稱“橫山先生”。清代詩論家。康熙九年（1670）進士，十四年任江蘇寶應知
縣。任上，參加鎮壓三藩之亂和治理境内被黄河冲决的運河。不久因耿直不附上官
意，被藉故落職，後繼游海内名勝，寓佛寺中誦經撰述。主要著作爲詩論專著《原詩》，
此外尚有講星土之學的《江南星野辨》和詩文集《己畦集》。其《原詩》以理論的創造性
和系統性居於清代衆多詩論專著之上，原附刊於《己畦集》中，分内外兩篇，每篇分上
下兩卷，共四卷。内篇爲詩歌原理，其中上卷論源流正變，即詩的發展；下卷論法度能
事，即詩的創作。外篇爲詩歌批評，主要論工拙美惡。《己畦集》中尚有《與友人論文
書》等文論，宗旨與《原詩》略同，内容亦不出以上三個方面。葉燮的詩論原爲糾正明
代前、後七子和公安派這兩種對立傾向而發，因此在破除正統觀念、促進文學質的革
新方面雖嫌不足，但在總結歷史經驗，幫助正統文學繼續延展方面却頗多可取見解，
尤以對前、後七子拘泥體格、聲調的批判最爲精彩。葉燮的詩論對沈德潛、薛雪有一
定影響。

　　本書資料據上海古籍出版社 1963 年《清詩話》本《原詩》。

《原詩》（節録）

　　詩始於《三百篇》，而規模體具於漢。自是而魏，而六朝、三唐，歷宋、元、明，以至
昭代，上下三千餘年間，詩之質文、體裁、格律、聲調、辭句，遞嬗升降不同，而要之詩有
源必有流，有本必達末；又有因流而溯源，循末以返本。其學無窮，其理日出。乃知詩
之爲道，未有一日不相續相禪而或息者也。

　　蓋自有天地以來，古今世運氣數，遞變遷以相禪。古云：“天道十年一變。”此理
也，亦勢也，無事無物不然；寧獨詩之一道，膠固而不變乎？今就《三百篇》言之，《風》
有正風，有變風；《雅》有正雅，有變雅。《風》、《雅》已不能不由正而變，吾夫子亦不能

存正而删變也；則後此爲風雅之流者，其不能伸正而詘變也明矣。漢蘇李始創爲五言，其時又有亡名氏之《十九首》，皆因乎《三百篇》者也；然不可謂即無異於《三百篇》，而實蘇李創之也。建安、黄初之詩，因於蘇李與《十九首》者也。然《十九首》止自言其情，建安、黄初之詩，乃有獻酬、紀行、頌德諸體，遂開後世種種應酬等類；則因而實爲創。此變之始也。《三百篇》一變而爲蘇李，再變而爲建安、黄初。建安、黄初之詩，大約敦厚而渾樸，中正而達情。一變而爲晉，如陸機之纏綿鋪麗，左思之卓犖磅礴，各不同也。其間屢變而爲鮑照之逸俊，謝靈運之警秀，陶潛之澹遠。又如顏延之之藻繢，謝朓之高華，江淹之韶嫵，庾信之清新。此數子者，各不相師，咸矯然自成一家。不肯沿襲前人以爲依傍，蓋自六朝而已然矣。其間健者，如何遜、如陰鏗、如沈炯、如薛道衡，差能自立。此外繁辭縟節，隨波日下，歷梁、陳、隋以迄唐之垂拱，踵其習而益甚，勢不能不變。小變於沈、宋、雲、龍之間，而大變於開元、天寶高、岑、王、孟、李。此數人者，雖各有所因，而實一一能爲創。而集大成如杜甫，傑出如韓愈，專家如柳宗元、如劉禹錫、如李賀、如李商隱、如杜枚、如陸龜蒙諸子，一一皆特立興起。其他弱者，則因循世運，隨乎波流，不能振拔，所謂唐人本色也。宋初，詩襲唐人之舊，如徐鉉、王禹偁輩，純是唐音。蘇舜卿、梅堯臣出，始一大變，歐陽修亟稱二人不置。自後諸大家迭興，所造各有至極。今人一概稱爲“宋詩”者也。自是南宋、金、元，作者不一，大家如陸游、范成大、元好問爲最，各能自見其才。有明之初，高啟爲冠，兼唐、宋、元人之長，初不於唐、宋、元人之詩有所爲軒輊也。自“不讀唐以後書”之論出，於是稱詩者必曰唐詩，苟稱其人之詩爲宋詩，無異於唾罵。謂“唐無古詩”，並謂“唐中、晚且無詩也”。噫！亦可怪矣！今之人豈無有能知其非者？然建安、盛唐之説，錮習沁入於中心，而時發於口吻，弊流而不可挽，則其説之爲害烈也。

　　或曰：“今之稱詩者，高言法矣。作詩者果有法乎哉？且無法乎哉？”余曰：法者，虛名也，非所論於有也；又法者，定位也，非所論於無也。子無以余言爲惝恍河漢，當細爲子晰之：自開闢以來，天地之大，古今之變，萬彙之賾，日星河嶽，賦物象形，兵刑禮樂，飲食男女，於以發爲文章，形爲詩賦，其道萬千。余得以三語蔽之：曰理、曰事、曰情，不出乎此而已。然則，詩文一道，豈有定法哉！先揆乎其理，揆之於理而不謬，則理得。次徵諸事，徵之於事而不悖，則事得。終絜諸情，絜之於情而可通，則情得。三者得而不可易，則自然之法立。故法者，當乎理，確乎事，酌乎情，爲三者之平準，而無所自爲法也。故謂之曰“虛名”。又法者，國家之所謂律也。自古之五刑宅就以至於今，法亦密矣，然豈無所憑而爲法哉！不過揆度於事、理、情三者之輕重大小上下，以爲五服五章，刑賞生殺之等威、差別，於是事、理、情當於法之中。人見法而適愜其事、理、情之用，故又謂之曰“定位”。乃稱詩者，不能言法所以然之故，而曉曉曰“法”，吾不知其離一切以爲法乎？將有所緣以爲法乎？離一切以爲法，則法不能憑虛而立。有所緣以爲法，則法仍託他物以見矣。吾不知統提法者之於何屬也？彼曰："凡事凡物皆有法，何獨於詩而不然？"是也。然法有死法，有活法。若以死法論，今譽一人之美，當問之曰："若固眉在眼上乎？鼻口居中乎？若固手操作而足循履乎？"夫妍媸萬態，而此數者必不渝，此死法也。彼美之絕世獨立，不在是也。又朝廟享燕以及士庶宴會，揖讓升降，叙坐獻酬，無不然者，此亦死法也。而格鬼神、通愛敬，不在是也。然則彼美之絕世獨立，果有法乎？不過即耳目口鼻之常而神明之，而神明之法，果可言乎？彼享宴之格鬼神、合愛敬，果有法乎？不過即揖讓獻酬而感通之。而感通之法，又可言乎？死法，則執塗之人能言之。若曰活法，法既活而不可執矣，又焉得泥於法！而所謂詩之法，得毋平平仄仄之拈乎？村塾曾讀《千家詩》者，亦不屑言之。若更有進，必將曰：律詩必首句如何起，三四如何承，五六如何接，末句如何結；古詩要照應，要起伏。析之爲句法，總之爲章法。此三家村詞伯相傳久矣，不可謂稱詩者獨得之秘也。若舍此兩端，而謂作詩另有法，法在神明之中，巧力之外，是謂變化生心。變化生心之法，又何若乎？則死法爲"定位"，活法爲"虛名"。"虛名"不可以爲有，"定位"不可以爲無。不可爲無者，初學能言之，不可爲有者，作者之匠心變化，不可言也。（以上《内篇》上）

五十年前，詩家羣宗嘉隆七子之學。其學五古必漢魏，七古及諸體必盛唐。於是以體裁、聲調、氣象、格力諸法，著爲定則。作詩者動以數者律之，勿許稍越乎此。又凡使事、用句、用字，亦皆有一成之規，不可以或出入。其所以繩詩者，可謂嚴矣。惟立説之嚴，則其途必歸於一，其取資之數，皆如有分量以限之，而不得不隘。是何也？以我所製之體，必期合裁於古人，稍不合，則傷於體，而爲體有數矣！我啟口之調，必期合響於古人；稍不合，則戾於調，而爲調有數矣！氣象、格力無不皆然，則亦俱爲有數矣！其使事也，唐以後之事戒勿用，而所使之事有數矣！其用字句也，唐以前未經用之字與句戒勿用，則所用之字與句亦有數矣！夫其説亦未始非也，然以此有數之則，而欲以限天地景物無盡之藏，並限人耳目心思無窮之取，即優於篇章者，使之連咏三日，其言未有不窮，而不至於重見疊出者寡矣！夫人之心思，本無涯涘可窮盡、可方體，每患於局而不能攄、局而不能發；乃故囿之而不使之攄，鍵之而不使之發，則萎然疲薾，安能見其長乎？故百年之間，守其高曾，不敢改物，熟調腐辭，陳陳相因，而求一軼羣之步，略所之材，蓋未易遇矣！於是楚風懲其弊，起而矯之。抹倒體裁、聲調、氣象、格力諸説，獨闢蹊徑，而栩栩然自是也，夫必主乎體裁諸説者或失，則固盡抹倒之，而入於瑣屑、滑稽、隱怪、荆棘之境，以矜其新異，其過殆又甚焉！故楚風倡於一時，究不能入人之深，旋趨而旋棄之者，以其説之益無本也。近今詩家，知懲七子之習弊，掃其陳熟餘派，是矣。然其過凡聲調字之句近乎唐者一切屏棄而不爲，務趨於奧僻，以險怪相尚，目爲生新，自負得宋人之髓，幾於句似秦碑，字如漢賦，新而近於俚，生而入於澀，真足大敗人意。夫厭陳熟者，必趨生新；而厭生新者，則又返趨陳熟。以愚論之：陳熟、生新，不可一偏；必二者相濟，於是陳中見新，生中得熟，方全其美。若主於一而彼此交譏，則二俱有過。然則，詩家工拙美惡之定評，不在乎此，亦在其人神而明之而已。

詩家之規則不一端，而曰體格，曰聲調，恒爲先務，論詩者所爲總持門也。詩家之能事不一端，而曰蒼老、曰波瀾，目爲到家，評詩者所謂造詣境也。以愚論之：體格、聲調與蒼老、波瀾，何嘗非詩家要言炫義？然而此數者，其實皆詩之文也，非詩之質也；所以相詩之皮也，非所以相詩之骨也。試一一論之：言乎體格，譬之於造器，體是其製，格是其形也。將造是器，得般、倕運斤，公輸揮削，器成而肖形合製，無毫髮遺憾，體格則至美矣。乃按其質，則枯木朽株也，可以爲美乎？此必不然者矣。夫枯木朽株之質，般、輸必且束手，而器亦烏能成？然則欲般、輸之得展其技，必先具有木蘭、文杏之材也；而器之體格，方有所託以見也。言乎聲調，聲則宮商叶韻，調則高下得宜，而中乎律吕，鏗鏘乎聽聞也。請以今時俗樂之度曲者譬之：度曲者之聲調，先研精於平仄陰陽。其吐音也，分唇鼻齒齶、開閉撮抵諸法，而曼以笙簫，嚴以鼙鼓，節以頭腰截板，所爭在渺忽之間。其於聲調，可謂至矣。然必須其人之發於喉、吐於口之音以爲之質，然後其聲繞梁，其調遏雲，乃爲美也。使其發於喉者啞然，出於口者颯然，高之則如蟬，抑之則如蚓，吞吐如振車之鐸，收納如鳴窌之牛；而按其律吕，則於平仄陰陽、唇鼻齒齶、開閉撮抵諸法，毫無一爽，曲終而無幾微愧色；其聲調是也，而聲調之所麗焉以爲傳者，則非也。則徒恃聲調以爲美，可乎……由是言之，之數者皆必有質焉以爲之先者也。彼詩家之體格、聲調、蒼老、波瀾，爲規則、爲能事，固然矣；然必其人具有詩之性情、詩之才調、詩之胸懷、詩之見解以爲其質，如賦形之有骨焉，而以諸法傅而出之，猶素之受繪，有所受之地，而後可一一增加焉。故體格、聲調、蒼老、波瀾，不可謂爲文也，有待於質焉，則不得不謂之文也。不可謂爲皮之相也，有待於骨焉，則不得不謂之皮相也。吾故告善學詩者，必先從事於格物，而以識充其才，則質具而骨立，而以諸家之論優游以文之，則無不得，而免於皮相之譏矣。（以上《外篇》上）

開宋詩一代之面目者，始于梅堯臣、蘇舜欽二人。自漢魏至晚唐，詩雖遞變，皆遞留不盡之意，即晚唐猶存餘地，讀罷掩卷，猶令人屬思久之。自梅蘇變盡"崑體"，獨創生新，必辭盡於言，言盡於意，發揮鋪寫，曲折層累以赴之，竭盡乃止。才人伎倆，騰踔六合之内，縱其所如，無不可者；然含蓄渟泓之意，亦少衰矣。歐陽修極服膺二子之詩，然歐詩頗異於是。以二子視歐陽，其有"狂"與"狷"之分乎！

　　從來論詩者，大約伸唐而絀宋。有謂"唐人以詩爲詩，主性情，於《三百篇》爲近；宋人以文爲詩，主議論，於《三百篇》爲遠"。何言之謬也！唐人詩有議論者，杜甫是也，杜五言古，議論尤多。長篇如《赴奉先縣詠懷》、《北征》及《八哀》等作，何首無議論！而以議論歸宋人，何歟？彼先不知何者是議論，何者爲非議論，而妄分時代邪！且《三百篇》中，《二雅》爲議論者，正自不少。彼先不知《三百篇》，安能知後人之詩也！如言宋人以文爲詩，則李白樂府長短句，何嘗非文！杜甫前、後《出塞》及《潼關吏》等篇，其中豈無似文之句！爲此言者，不但未見宋詩，並未見唐詩。村學究道聽耳食，竊一言以詫新奇，此等之論是也。

　　五古，漢魏無轉韻者，至晉以後漸多。唐時五古長篇，大都轉韻矣；惟杜甫五古，終集無轉韻者。畢竟以不轉韻者爲得。韓愈亦然。如杜《北征》等篇，若一轉韻，首尾便覺索然無味。且轉韻便似另爲一首，而氣不屬矣。五言樂府，或數句一轉韻，或四句一轉韻，此又不可泥。樂府被管弦，自有音節，於轉韻見宛轉相生層次之妙。若寫懷、投贈之作，自宜一韻，方見首尾聯屬。宋人五古不轉韻者多，爲得之。

　　七古終篇一韻，唐初絶少，盛唐間有之，杜則十有二三，韓則十居八九。逮於宋，七古不轉韻者益多。初唐四句一轉韻，轉必蟬聯雙承而下，此猶是古樂府體。何景明稱其"音韻可歌"，此言得之而實非。七古即景即物，正格也。盛唐七古，始能變化錯綜。蓋七古直敘，則無生動波瀾，如平蕪一望；縱橫則錯亂無條貫，如一屋散錢；有意作起伏照應，仍失之板；無意信手出之，又苦無章法矣。此七古之難，難尤在轉韻也。若終篇一韻，全在筆力能舉之，藏直敘於縱橫中，既不患錯亂，又不覺其平蕪，似較轉韻差易。韓之才無所不可，而爲此者，避虛而走實，任力而不任巧，實啟其易也。至如杜之《哀王孫》，終篇一韻，變化波瀾，層層掉換，竟似逐段換韻者。七古能事，至斯已極，非學者所易步趨耳。

　　《燕歌行》學"柏梁體"，七言句句叶韻不轉，此樂府體則可耳。俊人作七古，亦間用此體，節促而意短，通篇竟似湊句，毫無意味，可勿效也。二句一轉韻，亦覺局促。大約七古轉韻，多寡長短，須行所不得不行，轉所不得不轉，方是匠心經營處。若曰"柏梁體"並非樂府，何不可效爲之？"柏梁體"是衆手攢爲之耳，出於一手，豈亦如各人之自寫一句乎？必以爲古而效之，是以虞廷"喜起"之歌，律律今日詩也。

　　七言律詩，是第一棘手難入法門。融各體之法、各種之意，括而包之於八句，是八句者，詩家總持三昧之門也。乃初學者往往以之爲入門，而不知其難。三家村中稱詩人，出其稿，必有律詩數十首。故近來詩之亡也，先亡乎律；律之亡也，在易視之而不知其難。難易不知，安知是與非乎？故於一部大集中，信手拈其七言八句一首觀之，便可以知其詩之存與亡矣。

138

五言律句，裝上兩字即七言；七言律句，或截去頭上兩字，或抉去中間兩字，即五言；此近來詩人通行之妙法也！又七言一句，其辭壹算來只得六字，六字不可以句也，不拘於上下中間嵌入一字，而句成矣；句或而詩成，居然膾炙人口矣！又凡詩中活套，如"剩有"、"無那"、"試看"、"莫教"、"空使"、"還令"等救急字眼，不可屈指數，無處不可扯來，安頭找脚。無怪乎七言律詩漫天徧地也！夫"剩有"、"無那"等字眼，古人用之，未嘗不是玉尺金針；無如點金成鐵手用之，反不如牛溲馬勃之可奏效。噫，亦可歎已！

五言排律，近時作者動必數十韻，大約用之稱功頌德者居多。其稱頌處，必極冠冕闊大，多取之當事公卿大人先生高閣扁額上四字句，不拘上下中間，添足一字，便是五言彈丸佳句矣！排律如前半頌揚，後半自謙，杜集中亦有一二。今人守此法，而決不敢變。善於學杜者，其在斯乎？（以上《外篇》下）

姜宸英

姜宸英（1628—1699）字西溟，號湛園，又號葦間。清慈溪（今屬浙江）人。康熙三十六年（1697）進士。康熙十九年以布衣薦修《明史》。與朱彝尊、嚴繩孫合稱"江南三布衣"。書家，工書善畫，山水筆墨遒勁，氣味幽雅；楷法虞、褚、歐陽，以小楷爲第一，爲清代帖學的代表人物，名重一時。著有《西溟全集》、《湛園集》、《葦間詩集》、《湛園題跋》、《湛園札记》等。

本書資料據四庫全書本《湛園集》、《湛園札记》。

王阮亭《五七言詩選》序

文章之流弊，以漸而致。六經深厚，至於《左氏》内外傳而流爲衰世之文。戰國繼以短長之策，孟、荀、韓、莊之書奇橫恣肆雜出，而《左氏》之委靡繁絮之習，泯焉無餘矣。此一變也。自是先秦、兩漢文益奇偉，至兩漢之衰，體勢日趨於弱，下逮魏晉、六朝，而文章之敝極焉。唐興，諸賢病之而未能革也。迨貞元大儒出，始創爲古文，易排而散，去靡而樸，力芟六代浮華之習。此又一變也。

惟詩亦然。自春秋以迄戰國，《國風》之不作者百餘年。屈宋之徒，繼以騷賦；荀況和之，風雅稍興。此亦詩之一變也。漢初蘇李贈答，《古詩十九首》，以五言接《三百篇》之遺。建安七子更唱迭和，號爲極盛。餘波及於晉宋，頹靡於齊、梁、陳、隋，淫艷佻巧之辭劇，而詩之敝極焉。唐承其後，神龍、開寶之間，作者壘起，《大雅》復陳，此又詩之一變也。

夫敝極而變,變而復於古,誠不難矣。然變必復古,而所變之古非即古也。戰國之文不可以爲六經,貞元之文不可以爲兩漢明矣。今或者欲徇唐人之詩以爲即晉宋也,漢魏也,豈學古者之通論哉?余嘗譬之,富人之室,其子孫不能整理,日即於壞廢,後有富人者居之,閎閌崇如,墉垣翼如,非不霍然改觀也,然尋其途徑則非,問其主人而支派已不可復識矣。夫六朝之頽靡,固亦漢魏之支孤也;唐人之變而新之,其霍然改觀固然矣,無亦富人之代居而不可以復識者乎!故文敝則必變,變而後復於古,而古法之微猶有默寓於所變之中者,君子既防其漸,又憂其變也。

新城阮亭王先生五言詩之選,蓋其有見於此深矣。於漢取全,於魏晉以下遞嚴,而遞有所録,而猶不廢夫齊、梁、陳、隋之作者;於唐僅得五人,曰:陳子昂、張九齡、李白、韋應物、柳宗元。蓋以齊、梁、陳、隋雖遠於古,尚不失爲古詩之餘派;唐賢風氣自爲畛域,成其爲唐人之詩而已。而五人者,其力足以存古詩於唐詩之中,則以其類合之,明其變而不失於古云爾。先生之選七言體,七言雖濫觴於《柏梁》,然其去《三百篇》已遠,可以極作者之才思,義不主於一格,故所鈔及於宋元諸家,至明人則別有論次焉。學者合二集觀之,以辨古詩之源流,而斟酌於風會之間,庶乎其不爲異論所淆惑矣。集中分別部次,具有精意,已見先生自爲凡例中,不俻述。(《湛園集》卷一)

東漢文論

西京承戰國、先秦之後,故其文雄峭多奇氣,晁賈諸疏是也。承平既久,士氣薾弱,見之於文章者,爲嘽緩曼衍而不振,朱子所謂"衰世之文"也。東漢因之,雖以光武之講論經理,明章之崇儒重道,而文體日趨駢儷,遂濫觴晉魏六朝不能遏也。豈風氣使然,雖甚權力不能與之爭乎?昔司馬遷文尚矜奇,故《公孫宏》、《董仲舒傳》不録其對策,而班固收之。東漢之書成於蔚宗,其所授述時人書疏多更删潤。是三書者,遂各成一代之文,則著作之家,固風氣所從出也,可不慎與!然東漢人矜名節,師弟傳經,期作明理而已,與夫西漢大師相授受爲發策決科取青紫者不侔也。至魁壘耆碩正色立朝,封事屢上,讀之有使人歔欷驚涕者,其爲益於名教甚矣!豈異時杜谷輩淺儒所可望哉!而郭泰、黃憲、徐穉之倫,文辭不概見,何與夫人之信有得于已矣,則其於外宜有所不暇者,此又學者之不可不知也。

論詩樂

大司樂:"以樂語教國子興道諷誦言語。"註:背文曰諷,以聲節之曰誦。疏:文王世子春誦謂歌樂。歌樂即詩也，以配樂而歌，故云歌樂，亦是以聲節之詩。古者謂之樂語，又謂之歌樂。蓋樂主人聲，而文之以金石管絃八音之器。其實八音之器之聲，由人聲而準，故樂必以詩爲本，稱詩者亦必言樂，詩與樂一也。孔子曰："吾自衛反魯，然後樂正，雅頌各得其所。"解之者曰：孔子正樂，必先删詩。或言孔子無删詩之事，樂正，雅頌自然得所。此皆分詩、樂爲二物，不知孔子所言樂，即指雅頌；其曰"正"，即得所也，直上下相足成文耳，豈有二義哉？故教學者之詩必以誦，節其抑揚高下之聲，而配之金石管絃八音之奏。是故春誦則夏必絃。絃誦者，凡皆以習樂也，習樂而詩在其中矣，故學詩者必於成均。均者，樂之調也。蓋詩者，不可以理義求也。孔子曰："誦詩三百。"孟子亦曰："誦其詩。"誦之者，抑揚高下其聲，而後可以得其人之性情與其貞淫邪正憂樂之不同，然後聞之者亦以其聲之抑揚高下也而入于耳，而感于心。其精微之極，至於降鬼神，致百物，莫不由此，而樂之盛莫逾焉。當時教人誦詩，必各有其度數節奏，而今不傳矣。詩之度數節奏既失，則八音之器雖設，亦具文耳。於是後人之説《詩》者泛泛焉，無所主而專求之文字之間，其説支離畔散，理義多而性情少，此《詩》之所以益亡也。好古者猶欲追黃鐘之音而於六義既亡之後，截嶰谷之竹，纍中山之黍，布緹室之灰，法非不善也，而古樂終不可復作。故古之爲詩，征人、思婦、田野之農夫皆優爲之，而今非學士大夫則不能以爲。蓋古人於聲音之道，家習而户曉之，雖擊壤拊缶可諧律呂。采風者得之，又必稍節文之而播之於樂。後世人不知樂，言詩者第以其文字而已。文字非積學之久，則不能工。求其工於文字者，宜乎雖今之學士大夫，而于詩猶有所未暇也。（以上《湛園集》卷四）

《湛園札記》（節録）

劄之與札義雖通用，然劄子古人頗用以奏事，註疏家未嘗及之。兼劄記名書，古人多有，余欲少異其字以自别耳。（卷首）

《爾雅》曰：徒鼓瑟謂之步，蓋以其無章，曲如行者之舍車而步也。今人作詩，次人之韻亦曰步，於義爲反，而猶不失自謙之意，亦如無章曲者然。《爾雅》又曰：徒吹謂之和，亦與和歌之義相反。

《五代史》志後魏每攻戰克捷，欲天下聞知，乃書帛建於竿上，名曰露布。此露布所從始。太和中，韓顯宗戰勝，至新野，文帝謂顯宗曰"卿破賊斬將，殊益軍勢。朕方攻堅城，何爲不作露布"是也。魏主稱傅永上馬能擊賊，下馬作露板，唯傅修期耳。後元英破義陽使司馬陸希道，爲露板，嫌其不精，命傅永改之。永不增文采，直爲之陳列軍事,處置形要而已,英深賞之。以此觀之,則露板自有體要,亦當時所甚重也。

　　摯虞《文章流別集》三十卷,此選文之祖也。宋元嘉《宴集遊山詩》五卷,此宴會遊賞詩集之所祖也。顏峻《婦人詩集》二卷,此《玉臺新咏》之所祖也。干寶《百志詩集》五卷,崔光《百國集詩》二十九卷,此選諸家詩之祖也。(以上卷二)

　　《左傳》凡諸侯有命告則書,不然則否。杜注云:承其告辭。史乃書之於策,若所傳聞行言,非將君命,則記在簡牘而已,不得記於典策。此蓋《周禮》之舊制。按策書存國之大體,故宜略;簡牘載四方之傳聞,故宜詳。二者之史,缺一不可。後世實錄則策書之類也,而簡牘無聞焉。實錄所書又不實,然後野史以興,究其原亦簡牘之類與。

　　唐有天下幾二百載,而文章三變:初則廣漢陳子昂以風雅革浮侈,次則燕國張公說以宏茂廣波瀾,天寶以還則李員外、蕭功曹、賈常侍、獨孤常州,比肩而作,其道益熾,此補闕李翰集、梁蕭之序,韓退之,蕭所取士,是時韓柳之文未行,故以蕭李之徒當之,至韓柳文盛,而無三變之論矣。(以上卷三)

　　雷次宗被徵還山,何尚之設祖道,文義之士畢集,爲連句,懷文所作尤美,詞高一座。此連句非今聯句,蓋相連倡和爲詩也,不然,不當謂懷文所作尤美。

　　宋高宗中興孟太后詔:"獻公之子九人,惟重耳之尚在;漢家之厄十世,宜光武之中興。"時稱名句。梁王僧辨勸進湘東王表曰:"軒轅得姓,存者二人;高祖五王,代實居長。"亦典確不磨矣。此表純用長聯,開唐宋四六之祖。

　　東坡曰:"司空表聖自論其詩,以爲得味外味,如'棋聲花院閉,幡影石壇高'。吾獨遊五老峯,入白鶴觀,松陰滿地,不見一人,惟聞棋聲,然後知此詩之工也,但恨其寒儉有僧態。若杜子美云:'暗飛螢自照,水宿鳥相呼','四更山吐月,殘夜水明樓',則才力富健,去表聖之徒甚遠矣。"然朱晦庵以"暗飛螢自照"語自是巧,不如韋蘇州之"寒雨暗深更,流螢度高閣",此景爲可想。但則是自在説了,會此三説,可見詩家身分當作三層看,蘇與司空尚是就詩論詩,晦庵則於詩外別有見解也。(以上卷四)

趙維烈

　　趙維烈(生卒年不詳)。清康熙間上海學人。餘不詳。輯有《歷代賦鈔》。趙氏認爲,自有賦以來,鮮有專家。然而支分派別,茫無涯涘,故斷自宋玉而迄於有明,折衷諸家選

142

本而又旁搜名作，合爲此鈔，凡三十二卷，依時代先後，録宋玉《風賦》、《高唐賦》以下至明代趙東曦《西園桂屏賦》等歷代重要賦篇。輯者對所選賦，加以句讀圈斷，於斷落處略綴評語，難字釋音，並列賦家小傳介紹名字爵里。此書成於康熙二十四年(1685)，頗爲時人重視。

本書資料據清康熙二十五年刻本《歷代賦鈔》。

《历代赋钞·凡例》(節録)

詩有六義，其二曰賦。蓋古者列國諸侯卿大夫交接鄰國，必稱詩以喻意，皆以吟詠性情，各從義類。春秋後聘問不行，而賢士逸在布衣，失志之賦作焉。然《楚辭》用以爲諷，實本六義而出之，辭雖太麗，義尚可則，後此或長於叙事而昧於情，或長於説理而略於辭，使讀之者無興起之趣，由其不發乎情耳。故知音律諧協，對偶精工，要必有情以文其辭，斯賦之則也。

徐喈鳳

徐喈鳳(1622—?)字鳴岐，號竹逸。荆溪(今江蘇宜興)人。順治十五年(1658)進士。官永昌府推官。歸田後，自號荆南墨農。工詩詞，是陽羨詞派中比較重要的一位詞人。著有《滇遊詩集》、《願息齋詩文集》、《蔭緑軒詞初集》、《續集》、《秋泛詩餘》、《兩遊詩餘》、《詞證》，總名爲《荆南墨農集》。在徐喈鳳的《詞證》中，陽羨派詞學理論得到進一步闡發，尤其強調了主性情和豪放、婉約不偏頗兩個方面，並特別推崇豪放。

本書資料據清刻本《詞證》。

《詞證》(節録)

魏塘曹學士作《峽流詞序》云："詞之爲體如美人，而詩則壯士也；如春華，而詩則秋實也；如夭桃繁杏，而詩則勁松貞柏也。"罕譬最爲明快。然詞中亦有壯士，蘇、辛也；亦有秋實，黃、陸也；亦有勁松貞柏，岳鵬舉、文文山也。選詞者兼收並采，斯爲大觀。若專尚柔媚，豈勁松貞柏，反不如夭桃繁杏乎？

吴 喬

吴喬(1611—約1695)一名殳，字修齡。清初昆山(今屬江蘇)人。青年時師從陳

子龍,與復社諸詩人往來密切。入清後生活困厄,唯與徐乾學來往密切,可以説是其
"清客",並在其家結識黄宗羲弟子萬斯同。萬斯同(1638—1702)字季埜,號石園。清
鄞縣(今浙江寧波)人,與兄斯備俱有名於時。萬斯同與吴喬很默契,吴喬遂有《答萬
季埜詩問》一卷。吴喬推崇賀裳、馮班,稱賀裳的《載酒園詩話》、馮班的《鈍吟雜録》與
自己的《圍爐詩話》爲"談詩三絶"。《圍爐詩話》通過對唐、宋、元、明歷代詩歌的評論,
提倡"比興",反對宋人的淺直無味;强調"有意",反對明七子的"唯崇聲色",認爲"意
喻之米,飯與酒所同出;文喻之炊而爲飯,詩喻之釀而爲酒","詩之中須有人在"。書
中對皎然、嚴羽的詩論明確表示不滿,但也多有吸收。另有《西崑發微》三卷。

　　本書資料據上海古籍出版社 1983 年《清詩話續編》本《圍爐詩話》、上海古籍出版
社 1963 年《清詩話》本《答萬季埜詩問》。

《圍爐詩話》(節録)

　　漢魏之詩,正大高古。漢,謂自枚乘王中郎;枚詩十九首,其中亦有東漢人詩也。魏,謂
思王至阮公。正,謂不淫不傷;大,謂非嘆老嗟卑;高,謂無放言細語;古,謂不束于韻,
不束于粘綴,不束于聲病,不束于對偶。如是之謂雅,不如是之謂俗;而俗又有微甚之
辨。两晉之詩漸有偶句,至沈宋而極。齊梁始有聲病,至唐律而極。宫體始淫,至晚
唐而極。休文作韻,其時詩人亦不遵用,唐以立功令始用于詩,至步韻而極。五柳以
小言寓意,晚唐爲甚,至宋而極。餘則互有之。此詩道古今之大端也。詩道不出乎變
復。變,謂變古;復,謂復古。變乃能復,復乃能變,非二道也。漢魏詩甚高,變《三百
篇》之四言爲五言,而能復其淳正。盛唐詩亦甚高,變漢魏之古體爲唐體,而能復其高
雅;變六朝之綺麗爲渾成,而能復其挺秀。藝至此尚矣!晉宋至陳隋,大曆至唐末,變
多于復,不免于流,而猶不違于復,故多名篇。此後難言之矣!宋人惟變不復,唐人之
詩意盡亡;明人惟復不變,遂爲叔敖之優孟。二百年來非宋則明,非明則宋,而皆自以
爲唐詩。試讀金正希舉業文,不貌似先正而最得先正之神,以其無逢世之俗情,惟發
己意故也。詩可知矣。無智人前莫説,打你頭破額裂。

　　詩有魔鬼:宫體淫哇,齊梁至初唐之魔鬼也。打油釘鉸,晚唐、兩宋之魔鬼也。木
偶被文繡,弘、嘉之魔鬼也。今日兼有之。問曰:"丈既知俗病與魔鬼,詩宜盡脱之
矣。"答曰:"談何容易。弘、嘉之魔鬼,實能淨盡脱之,餘則五十餘年,全在其中行坐寢
食,近乃覺之,而衰病無可進矣。正大高古之詩,有來生在。言此,欲使英年有志節者
早自覺悟,毋若喬之憒憒一生,悔無所及耳!"

　　問曰:"詩在今日,以何者爲急務?"答曰:"有有詞無意之詩,二百年來,習以成風,

全不覺悟。無意則賦尚不成，何況比興?"葉文敏公論古文，余曰："以意求古人則近，以詞求古人則遠。"公深然之。詩不容有異也。唐詩有意，而託比興以雜出之，其詞婉而微，如人而衣冠。宋詩亦有意，惟賦而少比興，其詞徑以直，如人而赤體。明之瞎盛唐詩，字面焕然，無意無法，直是木偶被文繡耳。此病二高萌之，弘、嘉大盛，識者祗斥其措詞之不倫，而不言其無意之爲病。是以弘、嘉習氣，至今流注人心，隱伏不覺。習氣如乳母衣，縱經灰滌，終有乳氣也。人之惟求好句而不求詩意之所在者，即弘、嘉習氣也。若詩句中無"中原"、"吾黨"、"鳳凰臺"、"鳷鵲觀"，自以爲脱去弘、嘉惡道，不亦易乎! 此病之難於解免，更自有故。詩乃心聲，非關人事，如空谷幽蘭，不求賞識，乃足爲詩。六朝之詩雖綺靡，而此意不大失。自唐以詩取士，遂關人事，故省試詩有膚殼語，士子又有行卷，又有投贈，溢美獻佞之詩，自此多矣。美刺爲興觀之本，溢美獻佞，尚可謂之詩乎? 子美于哥舒翰，先美後刺，後人嫌之。如李頎之"秦地立春傳太史，漢宮題柱憶仙郎"，已宛然明之應酬詩矣。詩之泛濫，實始于唐人，言近體詩，不得不宗之耳。

以唐、明言之，唐詩爲雅，明詩爲俗。以古體、唐體言之，古體爲雅，唐體爲俗。以絕句、律詩言之，絕句爲雅，律詩爲俗。以五律、七律言之，五律猶雅，七律爲俗。以古律、唐律言之，古律猶雅，唐律爲俗。

晉宋人字蕭散簡遠，智永稍變，至顏柳而整齊，又至明而變爲姜立綱體，惡俗可厭矣! 詩之漢魏，晉宋之書也；謝鮑，智永之書也；唐體，顏柳之書也；弘、嘉瞎盛唐，姜立綱體也。

問曰："詩文之界如何?"答曰："意豈有二? 意同而所以用之者不同，是以詩文體製有異耳。文之詞達，詩之詞婉。書以道政事，故宜詞達；詩以道性情，故宜詞婉。意喻之米，飯與酒所同出。文喻之炊而爲飯，詩喻之釀而爲酒。文之措詞必副乎意，猶飯之不變米形，噉之則飽也。詩之措詞不必副乎意，猶酒之變盡米形，飲之則醉也。文爲人事之實用，詔敕、書疏、案牘、記載、辨解，皆實用也。實則安可措詞不達，如飯之實用以養生盡年，不可矯揉而爲糟也。詩爲人事之虛用，永言、播樂，皆虛用也。賦而爲《清廟》、《執競》稱先王之功德，奏之於廟則爲《頌》；賦而爲《文王》、《大明》稱先王之功德，奏之於朝則爲《雅》。二者必有光美之詞，與文之摭拾者不同也。賦而爲《桑柔》、《瞻卬》，刺時王之粃政，亦必有哀惻隱諱之詞，與文之直陳者不同也。以其爲歌爲奏，自不當與文同故也。賦爲直陳，猶不與文同，況比興乎? 詩若直陳，《凱風》、《小弁》大詬父母矣。”

李杜之文，終是詩人之文，非文人之文。歐蘇之詩，終是文人之詩，非詩人之詩。

梵偈四五七字爲句而無韻，殊不礙讀，子瞻雜文多效之。詩入歌喉，故須有韻，韻乃其末務也。故《三百篇》叶者居多，《菁菁者莪》篇叶“儀”以就“莪”、“阿”，固可，叶“莪”、“阿”以就“儀”，亦無不可，於意無傷故也。詩宗《三百篇》，自當遵其用韻之法。漢至六朝，此意未失。休文四聲韻，小學家言，本不爲詩，詩人亦不遵用。唐玄宗時，孫愐始就陸法言之《切韻》以爲《唐韻》。肅宗時以此爲取士之式，詩從此受桎梏。元白作步韻詩，直是薑醢。或曰古體可用古韻，唐體當用《唐韻》。夫然則唐體別自爲詩，不宗《三百》耶？古人多有韻，韻又皆叶用，毛晃誤以爲古人實有是讀而作《古韻》，何異於衰衣玉食之世，論茹毛飲血事耶？

古人作詩，不惟不拘韻，並不拘四聲，宜平則仄讀爲平，宜仄則平讀爲仄，觀“望”、“忘”二字可見。《三百》至晉宋皆然，故不言聲病。休文作四聲韻，而聲病之説起焉。可知聲病雖王元長等所立，而實因乎沈氏之四聲矣。梁武帝不許四聲，詩中高見。

詩本樂歌，定當有韻，猶今曲之有韻也。今之《曲韻》，“庚”、“青”、“真”、“文”等合用，初無礙乎歌喉。詩已不歌，而韻部反狹，奉《平水韻》如聖經國律，而置性情之道如弁髦，事之顧奴失主，莫甚於此！

《青箱雜記》載鄭谷、齊己、黃損等定今體詩格云：“用韻有數格，曰葫蘆，曰轆轤，曰進退。葫蘆韻者，先二後四；轆轤韻者，雙出雙入；進退韻者，一進一退。”引李師中《送唐介》詩云：“孤忠自許衆不與，獨立敢言人所難。去國一身輕似葉，高名千古重如山。並游英俊顏何厚？未死奸諛骨已寒。天爲吾皇扶社稷，肯教夫子不生還？”八句詩一“難”三“寒”同部，二“山”四“還”又一部，爲進退韻格之證。而葫蘆、轆轤未有引證。別本詩話引太白“我攜一尊酒”爲葫蘆韻之例，引“漢帝寵阿嬌”爲轆轤韻之例，乃古詩也。

《唐韻》視今之《平水韻》“冬”分“鐘”、“支”分“脂”，似乎狹矣，而有葫蘆韻用法，轆轤韻用法，進退韻用法，有嫌韻，有兼韻，有通用，有轉用，有叶用，作者猶得輾轉言情。《平水韻》似寬，而葫蘆等諸法俱廢，則實狹矣。

問曰：“二美大呵出韻詩，是否如何？”答曰：“出韻必是起句，起句可用仄聲字，出韻何妨。蓋律詩止言四韻，絕句止言二韻，王子安《滕王閣》詩八句六韻，而序曰‘四韻俱成’，以‘渚’與‘悠’不在韻數中也。出韻詩雖是晚唐變體，然非晚不及盛之關係處。如元美兄弟之説，但不出韻，即是盛唐耶？”

問曰：“用韻以何者爲準則？”答曰：“韻書自曹魏李登、梁沈約以來，其故甚繁，此難具述。唐之官韻今不可得，北宋《禮部韻》，余曾見二本，皆一東、二冬、三鐘者也。名《廣韻》者，因《唐韻》而廣之者也，即此可以知《唐韻》矣。今世通行之一東、二冬、三江、四支之韻，乃宋理宗時平水劉淵，並舊韻之二百六部，以爲一百七部而成之者也。舊韻一東獨用，二冬三鐘通用，淵則竟並通用者爲一部。古韻通轉者，東、冬、江、陽、庚、青、蒸七部爲一部，支、微、齊、佳、灰、魚、虞、歌、麻、尤十韻爲一部，真、文、元、寒、删、先六韻爲一部，侵、覃、鹽、咸四韻爲一部。韻之通轉，又分兩界，有入聲者十七部爲一界，無入聲者十三部爲一界，兩界不相通轉。通轉有部、有類、有界，平上去各自通轉爲部，東董送、真軫震通轉爲類，有入聲、無入聲通轉爲界。非此則謂之叶，叶乃通轉之窮也。自《平水韻》行，而北宋之《禮部韻》詩家名公俱未經目，界部通轉叶之法俱不講，唐人葫蘆、轆轤、進退之法，何所考哉！”

　　唐人有嫌韻、兼韻之法。嫌韻即出韻也。兼韻亦名干韻，謂兼取通用韻中一二字也。嫌韻與兼韻可通用，不可轉用。寒與删、先得相兼，以其通用故也。而轉用之真、文、元則不可。

　　唐人排律有兼韻者，東兼冬、庚兼青是也。叶，即協也。不用如字之聲者謂之轉，轉一二字而不全部通轉者謂之叶。通用乃劉淵並韻已前之法，今世所刻《平水韻》猶仍其名。呵呵！

　　《唐韻》久已絕傳，惟吳彩鸞韻，徐學士傳是樓有之，值二十萬錢，而紙故脆，不能細檢也。

　　子美《飲中八仙歌》押二“船”字，二“眠”字，二“天”字，三“前”字。説者謂此篇是八段，不妨重押。《學林新編》云：“觀詩題，則是一歌也。通篇在‘船’字中押，不移別韻，則非分八段。”蓋子美詩重韻者不少，因歷舉諸篇以及《十九首》、曹子建、謝康樂、陸士衡、阮嗣宗、江文通、王仲宣重韻之句，以見古有此體，子美因之。其言甚辨。余謂古人重詩而輕韻，故《十九首》以下多有重韻之詩；後人重韻而輕詩，見重押者駭爲異物耳。施愚山謂步韻者是做韻，非做詩。余謂自唐以來，以意凑韻，重韻輕詩者，皆是做韻。

　　嚴滄浪云：任昉《哭范雲》詩，重韻兩“生”字，三“情”字。《天廚禁臠》《禁臠》，洪覺範著。乃謂平韻可重押，或平或仄韻不可者。彼就子美《飲中八仙歌》立説，陋矣！《焦仲卿妻作》重二十許韻。

　　古人作詩，不以辭害志，不以韻害辭。今人奉韻以害辭，泥辭以害志。十二侵乃舌押上腭成聲，非閉口也，閉口則無聲矣。韻家別爲立部，非也。縱使侵等果是閉口字，亦爲小學審聲中事，與詩道何涉？此又詩人奉行之過也。

　　宋人詩餘，寒删先元、魚虞通用，實合於《三百篇》至六朝叶用之義。後人因此而立詞韻,則非也。

今有癬疥之疾而爲害甚大,本舉手可除,而人樂此美疢,固留不舍,習以成風,安然不覺者,是步韻和人詩。夫和詩之體非一,意如問答而韻不同部者,謂之和詩;同其部而不同其字者,謂之和韻;同其字而次第不同者,謂之用韻;次第皆同,謂之步韻。蕭衍、王筠《和太子懺悔》詩,始是步韻。步韻,乃趨承貴要之體也。

詩思與文思不同,文思如春氣之生萬物,有必然之道;詩思如醴泉朱草,在作者亦不知所自來,限以一韻,即束詩思。唐時試士限韻,主司因得易見高下耳。今日何可爲之耶? 若又步韻,同於桎梏,命意佈局,俱難如意。後人不及前人,而又困之以步韻,大失計矣! 施愚山曰:"今人祇是做韻,誰人做詩?"獅子一吼,百獸腦裂。做韻定五字,於《韻府羣玉》、《五車韻瑞》上覓得現成韻脚了,以字湊韻,以句湊篇,扭捏一上,全無意義章法,非做韻而何? 步至數人,並韻字亦覺可厭。古詩不對偶,無平仄,韻得叶用,唐詩悉反之,已是難事,若又步韻,李杜無以見長。

步韻,元白猶少,皮陸已多,今則非步韻無詩矣。陷溺之甚者,遂謂步韻詩思路易行,又或倡作而步古人詩之韻。

古人視詩甚高,視韻甚輕,隨意轉叶而已,以詩乃吾之心聲,韻以諧人口吻故也。唐人局於韻而詩自好,今人押韻不落即是詩。故古人有詩無韻,唐人有韻有詩,今人惟有韻無詩。得一題,詩思不知發何處,而先押一韻,何異置榻以待電光。

問曰:"先生不肯步韻,人以爲傲,信乎?"答曰:"敬也,非傲也。步韻何難,不過順口弄人耳。朱溫將諸客遊園,自語曰:'好大柳樹!'數客起應曰:'好大柳樹!'溫又曰:'可作車轂。'數客起應曰:'可作車轂。'溫厲聲曰:'車轂須用堅木,柳那可用? 書生好順口弄人,皆此類也。'悉撲殺之。溫雖凶人,然此事則不侮,邁俗遠矣! 詩人自相步韻猶可,步貴人韻,須慮撲殺。貴人倡作勿用'徘徊'、'潺湲'等字,使趨承者有所措手,亦仁者之居心也。"

晚唐章碣八句詩,平仄各押韻:一畔、二天、三岸、四船、五看、六眠、七算、八邊。無聊之思,亦將以爲格而步之乎?

問曰:"如《尚書》所言,則詩乃樂之根本也。後世樂用曲子,則詩不關樂事乎?"答曰:"古今之變,更僕難詳。聖人以《雅》、《頌》正樂,則知《三百篇》無一不歌。秦火之後,樂失而詩存,太常主聲歌,經生主意義,聖人之道離矣。而唐時律詩絕句,皆入歌喉;及變爲詩餘,則所歌者詩餘,而詩不可歌。故陳彭年《送申國長公主爲尼》七律,人以詩餘《鷓鴣天》之調歌之;子瞻《中秋》七絕,山谷以詩餘《小秦王》之調歌之,是其證也。元曲出而詩餘亦不入歌喉矣。《尚書》之言,難可通於今也。《三百篇》中,《清廟》、《文王》等專爲樂而作詩，《關雎》、《鹿鳴》等先有詩而後入于樂。"

唐梨園歌有"囉嗹"，以五七言整句，須有襯字，乃可歌也。疑古之"妃呼豨"、"伊何那"，亦即此意。如此，則不求宋詞元曲之順喉矣。然鄭世之言"古樂每一字必絲聲十六彈，或三十二彈"，則與後世唱曲先慢後緊者不同，須更考之。

問曰："詩之體格名目如何？"答曰："姜白石《詩說》云：'守法度曰詩，載始末曰引，體如行書曰行，放情曰歌，兼之曰歌行，悲如蛩螀曰吟，通乎俚俗曰謠，委曲盡情曰曲。'余憶《珊瑚鉤》之說不然，皆後人附會耳。"

《詩史》曰："古人文章自應律度，不主音韻。沈約遵崇韻學，而曰：'欲使宮羽相變，低昂殊節，若前有浮聲，後須切響。一篇之內，音韻盡殊；兩句之中，輕重悉異；妙達此旨，始可言文。'自後浮巧之語，體製漸多，如旁犯、蹉對、假對、雙聲、疊韻之類。又有正格、偏格，類例極多。故多三十四格、十九圖、四聲、八病之類。旁犯者，如徐陵文一篇中兩用'長樂'，其義不同者是也。蹉對者，如《九歌》之'蕙肴蒸兮蘭藉，奠桂酒兮椒漿'，以'蕙肴蒸'對'奠桂酒'是也。假對者，如'自朱耶之狼狽，致赤子之流離'，'朱'對'赤'，'耶'對'子'，'狼狽'獸名對'流離'鳥名。又如'庖人具雞黍，稚子摘楊梅'，以'雞'對'楊'是也。如'幾家村草裏，吹唱隔江聞'，'幾家'、'村草'爲雙聲。如'月影侵簪冷，江光逼屐清'，'侵簪'、'江光'爲疊韻。首句第二字仄聲，謂之正格，如'鳳曆軒轅紀'是也；平聲，謂之偏格，如'四更山吐月'是也。唐時名輩多用正格。謝莊謂'互護爲雙聲，磝碻爲疊韻。'余不謂然，以重翻爲雙聲，重切爲疊韻。"

《困學紀聞》云："《式微》乃二人詩，聯句之始也。《柏梁》及賈充與其婦李，亦是聯句。"

傅咸《毛詩》皆取經語，集句之始也。禹《玉牒詞》云"祝融司方發其英，沐日浴月百寶生"，七言之祖也。荀卿《成相篇》，亦多七言句。

宋末元初有九言律詩，大是蛇足，只可謂之詩餘耳。此體始于魏。

律詩所謂偷春格者，首聯對，次聯不對也。扇對格者，首句與第三句爲對，次句與第四句爲對也。

唐時有格詩之名，與律詩並舉，未得的據，疑是八句有聲病而不對偶者耶？

《南史》："王玄謨問謝莊雙聲疊韻。莊曰：'互護爲雙聲，磝碻爲疊韻。'"雙聲同音不同韻，疊韻音韻皆同。"互護"同是唇音而不同韻，"磝碻"同是牙音而又同韻也。"仿佛"、"熠燿"、"咿喔"皆雙聲，"侏儒"、"童蒙"、"空同"皆疊韻。喬謂"互護"紐聲同，"菟路"紐聲不同，而同在遇部。字聲韻書，古今改易多矣。

沈括《筆談》以次聯不對者爲蜂腰，引賈島《下第》詩爲證云："下第惟空囊，如何住帝鄉？杏園啼百舌，誰醉在花旁？淚落故山遠，病來春草長。知音逢豈易，孤棹負三湘。”

問曰：“唐體于何而始？”答曰：“凡事無始，有始乃邪説也，僅可如《春秋》之託始於隱公耳。唐體託始於古詩，古詩託始於《三百篇》，《三百篇》託始於《五子》、《喜起》，此前之記于緯書史子者，不敢據言也。五言始漢魏，鮮有偶句，晉宋以後，偶句日多，庾信竟是排律。七律託始于漢武、魏文等七言古詩，蕭子雲《燕歌行》始有偶句，自此漸有七言六句似律之詩。如梁簡文帝《和蕭子顯春別》云：‘蜘蛛結網滿帳中，芳草結葉當行路。紅臉脉脉一生啼，黃鳥翩翩有時度。故人雖故昔經新，新人雖新後應故。’梁元帝《春別》云：‘試看機上交龍錦，還瞻庭表合歡枝。映日通風影珠幔，飄花拂葉度金池。不聞離人當重合，惟恐合罷會成離。’陳後主《玉樹後庭花》云：‘麗字芳林對高閣，新妝豔質本傾城。映戶凝嬌乍不進，出帷含態笑相迎。妖姬臉似花含露，玉樹流光照後庭。’又有七言八句似律之詩，而末二句似五言者，如梁簡文帝《春情》云：‘蝶黃花紫燕相追，楊低柳合露塵飛。已見垂鈎掛綠樹，誠知淇水沾羅衣。兩童夾車問不已，五馬城南猶未歸。鶯啼春欲駛，無爲空掩扉。’梁元帝《聞箏》詩曰：‘文窗玳瑁影嬋娟，香帷翡翠出神仙。促柱朱弦鶯欲語，調弦系爪雁相連。秦聲本是楊家解，吳歈那知謝傅憐！祇愁芳柱促，蘭膏無那煎！’又有七言八句，前後散、中四語偶者，如梁簡文帝《烏夜啼曲》云：‘綠草庭中望明月，碧玉堂前對金鋪。鳴弦撥捩發初異，挑琴欲吹衆曲殊。不異三足朝含影，直言九子夜相呼。羞言獨眠花下淚，託道單棲城上烏。’隋煬帝《江都宮樂歌》云：‘揚州舊處可淹留，臺樹高明復可遊。風亭芳樹迎早夏，長皋麥隴送餘秋。綠潭桂檝浮青雀，果下金鞍躍紫騮。綠觴素蟻流霞飲，長袖清歌樂戲州。’《泛龍舟》詩云：‘舳艫千里泛歸舟，言旋舊鎮下揚州。借問揚州在何處？淮南江北海西頭。六轡暫停御百丈，暫罷開山歌棹謳。詎似江東掌間地，獨自稱言鑑裏遊。’又有七言十句似律詩者，如江總《閨怨》云：‘寂寂青樓大道邊，紛紛白雪綺窗前。池上鴛鴦不獨自，帳中蘇合還空然。屏風有意障明月，燈火無情照獨眠。遼西水凍春應少，薊北鴻來路幾千。願君關山及早度，念妾桃李片時妍。’大畧始於椎輪，諸詩皆七律之椎輪也。隋陳子良《塞北思歸》詩，竟是唐人七律矣。五絶七絶，即五古七古之短篇，楊升庵謂截律爲絶，非也。”

馮定遠云：“《文選》詞賦始于屈宋，歌詩起于荆軻《易水之歌》，權輿于姬、孔已後，於理爲得。近代詩選必自上古，年紀綿邈，真贋相雜，或不雅馴。又書傳引逸詩，多不過三四句，皆非全篇。《三百五篇》既是仲尼所定，又不應掇聖人之所棄者以炫人。余嘗與程孟陽言詩，謂其‘如狗之拾骨’，非戲言也。詩至屈宋，變爲詞賦。《漢書·經籍志》不載五言。五言盛于建安，陳思王爲之冠冕，潘陸以下，無能與並者。子美言'詩看子建親'，故蘇子瞻云：'詩至子美，一變也。'元和、長慶以後，元、白、韓、孟嗣出，杜詩始大行，後無出其範圍者矣。今之論詩者，但當祖述子建，憲章少陵，古今之變，於斯盡矣。《詩》、《騷》以前，可勿問也。"

又云："古人文章，自有阡陌。湯之盤銘，孔子之誄，其體古矣。而《三百五篇》都無銘誄之文，故知孔子不以爲詩也。元微之云：'賦、頌、銘、贊，有韻之文，體自相涉，謂之詩則不可。'近世馮惟訥撰《詩紀》，盡收古逸之銘誄等句何歟？詩，言志者也。《易林》止論陰陽，王司寇欲以《易林》爲詩，何歟？"

又云："沈約、謝朓、王融創爲聲病，于時文體不可增減，謂之齊梁體，異乎漢魏、晉宋之古體也。雖略變雙聲疊韻，然文不粘綴，取韻不論雙隻，首不破題，平仄亦不相儷。沈宋因之，變爲律詩，自二韻至百韻，率以四句一絕，不用五韻、七韻、九韻、十一、十三韻。唐人或不拘此説，見李贊皇《窮愁志》。首聯先破題目，謂之破題。第二字相粘，平仄仄平爲偏格，仄平平仄爲正格。見沈存中《筆談》。平仄宮商，體勢穩協，視齊梁體爲優矣。近體多是四韻，古無明説。嘗推而論之，似亦得其理也。聯絕粘綴至於八句，雖百韻止如此也。如正格二聯平平相粘也，中二聯仄仄相粘也。音韻輕重，一絕四句，自然悉異。至於二轉，變有所窮，于文之首尾胸腹已具足，得成篇矣。律賦亦八句，《文苑》注中已備記之，兹不具述。"

又云："詩家常言有聯有絕，二句一聯，四句一絕。宋孝武言'吳邁遠聯絕之外無所解'是也。四句之詩，謂之絕句，宋人不解，乃云是截律詩首尾，如此議論，非一事也。《玉臺新詠》有古絕句，古詩也。唐人絕句之有聲病者，是二韻律詩也。元、白、牧之、昌黎集可證。唐人集分體者少，今所傳分體者，皆近人所爲。古本多存有分律詩絕句者，如《王臨川集》首題云七言律詩，下注云絕句，甚分明。唐人惟有元、白、韓、杜等是舊次，今武定侯刻白集，坊本杜牧之集，亦皆分體如今人矣。幸二集尚有宋板，而新本亦有翻宋板者可據耳。自高棅《唐詩品彙》出，今人不知絕句是律矣。高棅又創排律之名，雖古人有排比聲律之言，然未聞謂之排律，此一字而有大害於詩。朱雲子作《詩評》，直云'五排七排'，並去律字，可慨也！"

又云："齊梁聲病之體，自古不謂之古詩，諸書言齊梁體者，不止一處。唐自沈宋以前，有齊梁詩，無古詩也，氣格亦有差古，而皆有聲病。沈宋既裁新體，陳子昂崛起，直追阮公，遂有兩體。開元以下，好聲律者則師景雲、龍朔，矜氣格者則追建安、黃初，而永明文格微矣。然白樂天、李義山、溫飛卿、陸魯望皆有齊、梁格詩，白、李詩在集中，溫見《才調集》，陸見《松陵集》，題注甚明，但不多耳。既有正律破題之詩，此格自應廢矣。皎然《詩式》叙置極詳盡允當，人自不能考耳。古詩二字，牢入人心，今人立論,雖子美所稱之庾開府,太白所稱之謝玄暉,必欲降而下之,云古詩當如此論也。至於唐人雖服膺鮑謝,體效徐庾,仰而不逮者,猶以爲無上妙品,云律詩當如此論也。吁!可慨已!"

又云:"阮逸注《文中子》不解八病,可見宋時聲韻之學已微。有一惡書,名曰《金針詩格》,託名梅堯臣,言八病絕可笑,王弇州《巵言》不知其謬也。沈休文《謝靈運傳贊》,劉彥和《文心雕龍》,統論梗概,不得詳説,而諸書所言,時有可徵。郭忠恕《佩觿》云:'雕弓之爲敦弓,依乎旁紐。'按字母徵音四字,端透定泥,'敦'字屬元韻端母,'雕'字屬蕭韻端母,則知旁紐者,雙聲字也。《九經字樣》云:'紐以四聲。'是正紐者,四聲相紐,東、董、凍、篤是也。劉知幾《史通》言梁武云'得既自我,失亦自我'爲犯上尾,兩'我'字爲相犯也。平頭未詳。蜂腰、鶴膝見宋人詩話,乃雙聲之變也。上下兩字俱清,中一字濁,爲鶴膝;上下兩字俱濁,中一字清,爲蜂腰。大韻、小韻,似論取韻之病,大小之義所未詳也。沈隱侯云:'一篇之内,音韻盡殊;兩句之中,輕重各異。'詳此則八病俱去,亦不在曲折分其名目也。"

又云:"今本《玉篇》前有紐韻之圖,列旁紐、正紐甚詳。序引《聲譜》,恐是沈隱侯《四聲譜》。聞世間尚有是書,應是論八病事,恨求之不得耳。今人律詩但作對偶,于此處全不知,何以稱律?"

又云:"唐人律詩有八句全不對者,亦有用仄韻者。"

又云:"律詩始于沈宋,爾時文體不以用事爲嫌,今人乃有謂五言律不可用事者,大謬。此説起于方回。"(以上卷一)

問曰:"五言古詩如何?"答曰:"此體之名,失實久矣!漢固有高澹、濃詭二種詩,皆入歌喉,皆在樂府。樂府乃武帝所立官署之名。《古詩十九首》,謂是古不知何人所作之詩,亦在樂府中。故樂府之'青青河畔草','驅車上東門',即《十九首》中之第二、第十三首。而《文選》注所引《十九首》,謂之枚乘樂府也。《十九首》皆是高澹之作,後人遂以此爲古詩,而以《羽林郎》、《董嬌饒》等濃詭者爲樂府。後人所見固謬,而此二種詩,終不可相雜也。"余友常熟馮定遠班有《古今樂府論》,考據精詳,而文多難盡載,舉其要義曰:古詩皆樂也,文士之詞曰詩,協之于律白樂。後世文士不嫻樂律,言志之文,有不可入於聲歌者,故詩與樂判。如陳思王、陸士衡所作樂府,其時謂之"乖調"。劉彥和以爲"無詔伶人,故事謝管弦"是也。樂府之題有可賦詠者,文士爲之詞,如《鐃歌》諸篇是矣。樂府之詞,文采可愛,文士擬之,如《相逢行》、"青青河畔草"是矣。二者乃樂府之别支也。七言創於漢代,魏文帝有《燕歌行》,古詩有"東飛伯勞",至梁末而大盛,亦有五七言雜用者,唐人歌行之祖也。聲成文謂之歌。《宋書・樂志》所載魏晉樂府有歌行。行之爲名不可解,仍其舊而已。亦有不用樂府而自作七言長篇,亦名歌行。故《文苑英華》又分歌行與樂府爲二也。今人謂歌行爲古風，不知所始。唐人不然，故宋人有七言無古詩之説。齊梁之前，七言古詩有"東飛伯勞"、"盧家少婦"二篇，不知其人代，故曰古詩。或以爲梁武帝，蓋誤也。唐初盧駱所作，有聲病者是齊梁體；李杜諸公不用聲病者，乃是古調。如沈佺期"盧家少婦"，體同律詩，則唐樂府亦用律詩也。《才調集》目録云"古律雜歌詩一百首"。古者，五言古也；律者，五七言律也；雜者，雜體也；歌者，歌行也。此是五代時書，故所題如此，最爲得之；今亦鮮知者矣！漢人歌謠之採入樂府者，如《上留田》、《霍家奴》、《羅敷行》之類，多言當時事。少陵所作新題樂府，題雖異于古人，而深得古人之理。元白以後，此體紛紛矣。總而言之：制詩以協于樂，一也；采詩入樂，二也；古有此曲，倚其聲爲詩，三也；自製新曲，四也；擬古，五也；詠古題，六也；並少陵之新題樂府而爲七，古樂府盡此矣。唐末有長短句，宋有詞，金有北曲，元有南曲，今有北人之小曲，南人之吳歌，皆樂府之餘也。樂府不難知，而後人都不解。請具言之：太白歌行祖述《騷》、《雅》，下迄齊梁七言，無所不包，奇中又奇，而字字有本，諷刺沉切，自古未有也。後人宜以爲法。樂府本詞多平美，晉、魏、宋、齊樂府取奏，多聱牙不可通，由樂人于不合宮商者增損其文，或有聲無文，聲詞混填，至有不可通者，非本詩如是也。李于鱗乃取晉、宋、齊、隋《樂志》所載者，章截而句摘之，生吞活剥，謂之"擬樂府"。而宗子相所作，全不可通。陳子龍輩效之，讀之令人笑來。王元美論歌行云"内有奇語奪人魄者"，直以爲歌行，而不知其爲擬古樂府也。樂府詞體不一，漢人承《離騷》之後，故歌謠多奇語。魏武悲涼慷慨，與詩人不同。而史志所載，亦有平美如班婕好《團扇》，"青青河畔草"，皆樂府也。《文選》注引古詩多云枚乘樂府，則《十九首》亦樂府也。伯敬承于鱗之説，遂謂奇詭聱牙者爲樂府，平美者爲詩。至謂古詩某篇某句似樂府，樂府某篇某句似古詩，謬之極矣！樂之大者惟郊祀，渠乃曰："樂府之有郊祀，猶詩之有應制。"何耶？李西涯之樂府，其文不諧金石，則非樂也；不取古題，則不應附於樂府；又不詠時事，則不合于漢人歌謠及杜陵新題樂府，當名爲詠史乃可。夫詩之爲文，一出一入，有切言者，有微言者，輕重無準，惟取達志。李氏之詞，引繩切墨，議論太重，文無比興，非詩之體也。此語歷六百年來，惟定遠言之耳。而序譏太白用古題，過矣！其集古詩多可觀，惜哉無是可也。古來言樂府者，惟《宋書》最詳整，其次則《南齊書》、《隋書》及《晉書》皆不及也。郭茂倩《樂府詩集》爲詩而作，删諸家《樂志》作序，甚明白而無遺誤，作歌行樂府者，不可不讀。左克明《樂府》只取堪作詩料者，童蒙所讀也。楊鐵厓樂府，其源出於二李、杜陵，有古題，有新題，文字自是創體，頗傷於怪。然篤而論之，不失爲近代高手，太白之後，亦是一家，在作者擇之。今之太常樂府用詩，黃心甫《扶輪集叙》云"今不用詩"，非也。《史概》所載乃元曲調。

唐樂府亦用律詩,而李義山又有轉韻律詩,杜牧之、白樂天集中律詩多與今人不同,《瀛奎律髓》有仄韻律詩,嚴滄浪云"有古律詩",今皆不能辨矣。

《焦仲卿妻詩》,於濃詭中又有別體,如元之董解元《西廂》,今之數落《山坡羊》,一人彈唱者也。

《選》體之名,最爲無識。西漢至宋、齊詩皆在《文選》中,以何者爲《選》體?

《詠懷》、《北征》,古無此體,後人亦不可作,讓子美一人爲之可也。

杜確云:"自古文體變易多矣。梁簡文帝及庾肩吾之屬,始爲輕蕩綺靡之詞,名曰'宮體'。厥後沿襲,務於妖豔,謂之'摛錦布繡'。其有欲尚風格頗有規正者,不復爲當時所重,諷諫由此廢闕。"

《詩法源流》云:"詩者,原於德性,發於才情,心聲不同,有如其面,故法度可學而神意不可學。是以太白自有太白之詩,子美自有子美之詩,昌黎自有昌黎之詩。其他如陳子昂、王摩詰、高、岑、賈、許、姚、鄭、張、許之徒,亦皆各自爲體,不可强而同出。"

又云:"唐人以詩爲詩,宋人以文爲詩。唐詩主於達性情,故於《三百篇》近;宋詩主於議論,故於《三百篇》遠。古詩於《三百篇》近,唐詩於《三百篇》遠。"

太白云:"梁陳以來,豔薄殊極,沈休文又尚聲律,將復古道,非我而誰?"梁陳,謂宮體以下,非謂陶謝諸公也。休文聲律,謂平仄也。

五言古詩,須去其有偶句者而論之,以自西漢至中唐爲全局,猶七言律詩以自初唐至晚唐爲全局也。漢魏五古之變而爲唐人五古,欲去陳言而趨清新,不得不然,亦猶七律初、盛之變而爲中、晚唐,不得不然也。

弘、嘉人惟見古人皮毛,元美仿《史》、《漢》字句以爲古文,于鱗仿《十九首》字句以爲詩,皆全體陳言而不自知覺,故仲默敢曰"古文亡于昌黎",于鱗敢曰"唐無古詩"也。此與七律之瞎盛唐而譏大曆以下者一轍。去有偶句者,以其爲唐體之履霜也。去晚唐者,晚唐已絶也。

馮定遠曰:"五言雖始于漢武之代,而盛于建安,故古來論者,止言建安風格。至黃初之年,則諸子凋謝,止有子桓、子建,不須贅言黃初體也。永明之代,王元長、沈休文、謝朓一時有盛名,始創聲病之論,以爲前人所未發。文體驟變,皆避八病,一簡之內,音韻不同;二韻之間,輕重悉異。其文兩句一聯,四句一絶,聲韻相避,文字不可增

减。自永明至唐初，皆齊梁體也。沈宋新體，聲律益嚴，謂之律詩。陳子昂始法阮公
爲古體詩，唐因有古、律二體，始變齊梁之格矣。齊時江文通詩不用聲病，梁武帝不知
四聲，其詩仍是太康、元嘉舊體，嚴滄浪何以混言‘齊梁諸公’？元長、玄暉没于齊朝，
沈休文、何仲言、吳叔庠、劉孝綽併入梁朝，故聲病之格通言齊梁，而其體直至唐初也。
白太傅尚有格詩，李義山、溫飛卿皆有齊梁格詩。律詩既盛，齊梁體遂微，後人不知，
咸以爲古詩。”

又云：“古詩之視律體，非直聲律相詭也，其筋骨氣格，文字作用，亦迥然不同。然
亦人人自有法，無定體也。陳子昂上效阮公，爲千古絶唱，不用沈宋格調，謂之古詩，
唐人自此有古、律二體。云古者，對近體而言也。《古詩十九首》，或云枚叔，或云傅
毅。詞有東都、宛、洛，鍾參軍以爲陳王，劉彦和以爲漢人。既人代未定，但以其是古
人之作，題曰古詩耳，非以此定古詩之式，必當如是也。李于鱗云：‘唐無古詩，陳子昂
以其詩爲古詩。’全不通理。如律詩始于沈宋，開元、天寶已變，可云盛唐無律詩，杜子
美以其律詩爲律詩乎？子昂法阮公，尚不許是古詩，則于鱗之古詩，當以何時爲斷？
若云未能似阮，則于鱗之五古，視古人定何如？”

又云：“潘、張、左、陸以後，清言既盛，詩人所作，皆老莊之讚頌，顏、謝、鮑出，始革
其制。元嘉之詩，千古文章於此一大變。請具論之：漢人作賦，頗有模山范水之文，五
言則未有。後代詩人之言山水，始於康樂。士衡對偶已繁；用事之密，始于顏延之，後
世對偶之祖也。《三百篇》言飲酒，雖曰‘不醉無歸’，然亦合歡成禮而已；‘彼醉不臧’，
則有沉湎之刺。詩人言飲酒不以爲諱，自陶公始之也。《國風》好色而不淫，朱子始以
鄭、衛爲男女相悦之詞，古實不然。《楚辭》美人以喻君子。五言既興，義同《詩》、《騷》，雖男
女歡娛幽怨之作，未極淫放，《玉臺新詠》所載可見。至於沈鮑，文體傾側，宮體滔滔，
作俑於此。永明、天監之際，鮑體獨行，延之、康樂微矣。嚴滄浪於康樂之後不言延
之，又不言沈謝，則齊梁聲病之體，不知所始矣；不言鮑明遠，則宮體紅紫之文，不知其
所法矣。雖言徐庾，亦忘祖也。于時詩人，灼然自名一體者，如吳叔庠，邊塞之文所祖
也。又如柳吳興、劉孝綽、何仲言，皆唐人所法，何以都不及？子美‘頗學陰、何’，又云
‘李侯有佳句，往往似陰鏗’，則子堅之體，亦不可缺。齊梁以來，南北文章頗爲不同。
北多骨氣，而文不及南。鄴下才人，盧思道、薛道衡皆有盛譽。自隋煬有非傾側之論，
徐庾之文少變，于時文多雅正。薛道衡氣格清拔，與楊素酬唱之作，義山極道之。唐
初文字，兼學南北，以人言之，道衡亦不可缺。”

又云：“嚴滄浪云：‘《玉臺》，徐陵所集，漢、魏、六朝詩皆有之。人謂纖麗者爲《玉
臺》體，其實不然。’班按：梁簡文在東宮，命徐孝穆撰《玉臺集》，其序云：‘撰録豔歌，凡

爲十卷。'則專取豔詞明矣。其文止于梁朝，非六朝也。"

又云："南北朝人以有韻者爲文，無韻者爲筆，亦通謂之文。唐自中葉以後，多以詩與文對言。愚按：有韻無韻皆可謂之文，緣情之作則曰詩。詩者，思也。情動乎中而形乎言，言之不足故長言之，長言之不足故詠歌之。有美有刺，所謂詩也。不如是則非詩，而爲有韻之文耳。《禮記》有湯之盤銘、孔子之誄，《左傳》有卜筮繇詞，皆有韻，而《三百篇》中無此等文字，可知古人自有阡陌，不以爲詩也。"

又云："漢人碑銘多謂之詩，體相涉耳，非詩也。"

又云："賦出於詩，故曰'古詩之流'也。《漢書》云'《屈原賦》二十五篇'，《史記》云'作《懷沙之賦》'，則《騷》亦賦也。宋玉、荀卿皆有賦，荀賦便是體物之祖。賦頌，本詩也，後人始分。屈原有《橘頌》。陸士衡云：'詩緣情而綺靡，賦體物而瀏亮。'詩賦不同也。"

五絕即五古之短篇，如嬰兒嚦笑，小小中原有無窮之意，解言語者定不能爲。

丁仙芝《採蓮曲》，五絕句也。《品匯》聯爲一篇，收之五古中，誤也。此詩落想最爲飄忽，如云："因從京口渡，使報邵陵王。"何處得來？

問曰："七言古詩如何？"答曰："盛唐人山奔海立，掩前絕後。此體忌圓美平衍，又不可槎枒猙獰。初唐圓美，白傅加以平衍，昌黎稍槎枒，劉叉猙獰，盧仝牛頭阿旁，杜默地獄餓鬼。"

喬知之《綠珠篇》，有作絕句三首者。觀其正意在末二句，是七古體，非必三絕句也。

馮定遠云："七言歌行盛于梁末，梁元帝爲《燕歌行》，羣下和之，有《燕歌行集》。其書不傳，名見鄭樵《通志》。"

北朝盧思道《從軍行》，全類唐人歌行矣。唐開元中，王摩詰之七古，尚有全篇偶句者。高常侍盡改古格。太白遠憲《詩》、《騷》，近法鮑明遠，而恢廓變化過之，雲蒸霞蔚，千載以來莫能逮矣。辭多風刺，《小雅》、《離騷》之流也。老杜創爲新題，直指時事，一言一句，皆關世道，遂爲歌行之祖，非直變體而已。

古人七言歌行止有《東飛伯勞歌》、《河中之水歌》。魏文帝有《燕歌行》，至梁元帝亦有《燕歌行》，盧思道有《從軍行》，皆唐人歌行之祖也。

梁末始盛爲七言詩賦，今諸集皆不傳，類書所載可見。王子安《春思賦》、駱賓王《蕩子從軍賦》，皆徐、庾文體。王弇州、楊升庵不知，皆以爲歌行。真州云："以爲賦則醜。"誤矣！

七絕是七古之短篇，以李杜之作，一往浩然，爲不失本體。

王龍標七絕，如八股之王濟之也。起承轉合之法，自此而定，是爲唐體，後人無不宗之。

五排，即五古之流弊也。至庾子山，其體已成，五律從此而出。排律之名，始於《品匯》。唐人名長律，宋人謂之長韻律。此體無聲病者不善，如唐太宗《正日臨朝》等，虞世南《慎刑》，蘇味道《在廣》，皆不發調。陳拾遺《白帝》、《峴山》二篇，古厚敦重，足稱模範。

五言律詩，若略其形跡而以神理聲調論之，則對偶而五聯六聯者，如楊炯之《送劉校書從軍》，不對偶而八句者，如沈約之《別范安成》，柳惲之《江南曲》，皆律詩也。

陳子昂之"故人洞庭去"，與岑參之《送衛憑》，文理何異，而可以一爲古一爲律乎？

《詩史》謂首句第二字仄聲者爲正格，平聲者爲偏格，而引"鳳曆軒轅紀"、"四更山吐月"以例之。當時論五律五排不及七律，五言偏格讀之不亮，七律不然故也。凡雄勁臺閣詩，必當用正格；幽閑沈寂詩，却是偏格有別致。

七律之法，起結散句，中二聯排偶。其體方，方則滯。叙景言情，遠不如古詩之曲折如意，以初唐古律相較可見矣。七律止宜於臺閣，餘處不稱。景龍既有此體，以其便於人事之用，日盛月滋，不問何處皆用七律，謂之近體，實詩道之一厄也。學初盛而端莊而不能快意，學中晚則流利而傷於淺薄。自宋以來，多傷淺薄。弘、正間人，矯語初盛，而淺心粗氣，不能詳求初盛命意遣詞之妙，遂流爲强梗膚殼，又唐體之一厄也。

馮定遠云："嚴滄浪言有古律詩，今不能辨。"余見七律有未離古詩氣脉者，如姜皎《龍池樂章》云："龍池初出此龍山，常經此地謁龍顏。日日芙蓉生夏水，年年楊柳變春灣。堯壇寶匣餘煙霧，舜海漁舟尚往還。願似飄飄五雲影，任從來去九天間。"又崔日用曰："龍興白水漢興符，聖主乘時運斗樞。岸上蒙茸五花樹，波中的皪千金珠。操環昔聞迎夏啟，發匣先來瑞有虞。風色雲光隨隱現，赤雲神化象江湖。"沈雲卿之"龍池躍龍龍已飛",其第四章也。獨孤及《早發龍沮館》云:"沙禽相呼曙色分,漁浦鳴榔十里聞。正當秋風度楚水,況值遠道傷離羣。津頭却望後湖岸,別處已隔東山雲。停艫目送北歸翼,惜無瑤草持寄君。"子美多有此體,疑即古律詩。恨定遠已成古人,不得相斟酌。嚴滄浪論古律詩,固云"陳子昂及盛唐諸公多此體",則余所舉不誤也。

學時文甚難,學成祇是俗體,七律亦然。問曰:"八比乃經義,何得目為俗體?"答曰:"自《六經》以至詩餘,皆是自說己意,未有代他人說話者也。元人就故事以作雜劇,始代他人說話。八比雖闡發聖經,而非注非疏,代他人說話。八比若是雅體,則《西廂》、《琵琶》不得擯之為俗,同是代他人說話故也。若謂八比代聖賢之言,與《西廂》、《琵琶》異,則契丹扮夾谷之會,與關壯繆之'大江東去',代聖賢之言者也,命為雅體,何詞拒之?"

嚴滄浪云:"八病敝法不必拘。"馮定遠云:"八病出於沈隱侯,古人已有非之者。然齊梁體正在聲病,律詩則益嚴矣。滄浪既云'有近體,有律詩',而又云'不必拘',不知律詩之'律'字作何解?"

嚴滄浪云:"有絕句折腰者,有八句折腰者。"馮定遠云:"律詩之有粘,不知所始,《河岳英靈集叙》云'雖不粘綴',是也。又韓致堯有聯綴體,《夢溪筆談》有偏格、正格之論,是其說也。嚴言折腰而不詳其故。蓋絕句第二字之平仄平仄及仄平仄平,不用粘者也。"

嚴滄浪云:"西崑即義山體,而兼溫飛卿及楊、劉諸公以名之。"馮定遠云:"《西崑酬唱》是楊、劉、錢三人之作,和者數人,取法溫李,一時慕效,號為西崑體。不在此集者尚多。永叔始變之,江西以後絕矣。元人為綺麗語,亦附西崑體。而義山詩實無此名。"余注義山《無題》詩,名曰《西崑發微》,正嫌滄浪之粗漏也。(以上卷二)

或問曰:"初盛中晚之界如何?"答曰:"商、周、魯之詩同在《頌》,文王、厲王之詩同在《大雅》,閔管、蔡之《常棣》與刺幽王之《旻》、《宛》同在《小雅》,述后稷、公劉之《豳風》與刺衛宣、鄭莊之篇同在《國風》,不分時世,惟夫意之無邪,詞之溫柔敦厚而已。如是以論唐詩,則初、盛、中、晚,宋人皮毛之見耳。不惟唐人選唐詩,不分人之前後,即宋元人所選,亦不定也。自《品匯》嚴作初、盛、中、晚之界限,又立正始、正宗以至旁流、餘響諸名目,但論聲調,不問神意,而唐詩因以大晦矣。《品匯》又多收景龍應制詩,立初唐高華典重之說。錢牧齋謂'其人介於兩間,不可截然劃斷',是矣,猶未窮源。蓋唐人作詩,隨題成體,非有一定之體。沈宋諸公七律之高華典重,以應制故,然非諸詩皆然,而可立為初唐之體也。如南宋兩宮游宴,張掄、康伯可輩小詞,多頌聖德、祝升平之語，豈可謂爲兩宋詞體耶？詩乃心聲，心由境起，境不一則心亦不一。言心之詞，豈能盡出於高華典重哉！是以宋之問《遇佳人》，則有‘妒女猶憐鏡中發，侍兒堪感路旁人’。徐安貞《聞箏》則有‘曲成虛憶青娥斂，調急遥憐玉指寒。銀鎖重關聽未辟，不知眠去夢中看’。杜審言《春日有懷》，則有‘寄語洛城風日道，明年春色倍還人’，《大酺》有‘梅花落處疑殘雪，柳葉開時任好風’。沈佺期《迎春》有‘林間覓草才生蕙，殿裏爭花並是梅’，又《應制》有‘山鳥初來猶怯囀，林花未發已偷新’，《過嶺》詩通篇流利。郭元振《寄劉校書》‘才微易向風塵老，身賤難酬知己恩’。張説《幽州新歲》詩，感慨淋漓，《邕湖山寺》詩，閒適自賞，又有云：‘繞殿流鶯凡幾樹，當蹊亂蝶許多叢。’蘇頲《扈從鄠杜間》詩有‘雲山一一看皆美，竹樹蕭蕭畫不成’。諸公七律不多，而清新穎脱之句，已有如此，使如中晚之多，更何如耶？《大酺》、《扈從》本是典重之題，而‘梅花落處’、‘雲山一一’等，猶自忍俊不禁，況他題而肯作‘伐鼓撞鐘驚海上’、‘城上平臨北斗懸’等語耶？劉得仁晚唐也，《禁署早春》詩，亦用沈宋應制之體。使大曆、開成人不作他詩，只作應制詩，吾保其無不高華典重者也。況景龍應制之詩雖多，而命意、佈局、使事無不相同，則多人只一人，多篇只一篇，安可以一人一篇而立一體？詩既雷同，則與今世應酬俗學無異，何足貴哉！盛唐博大沉雄亦然。孟浩然有‘坐時衣帶縈纖草，行即裙裾掃落梅’，張謂有‘櫻桃解結垂簷子，楊柳能低入户枝’，王灣有‘月華照杵空隨妾，風響傳砧不到君’，萬楚有‘眉黛奪將萱草色，紅裙妒殺石榴花。誰道五絲能續命，却令今日死君家’，子美之‘却繞井欄添個個，偶經花蕊弄輝輝’等，不可枚舉，皆是隨題成體，不作死套子語也。詩必隨題成體，而後臺閣、山林、閨房、邊塞、旅邸、道路、方外、青樓，處處有詩。子美備矣，太白已有所偏，餘人之偏更甚，絕無只走一路者也。弘、嘉瞎盛唐只走一路，學成空殼生硬套子，不問何題，一概用之，詩道遂成異物。七律，盛唐極高，而篇數不多，未得盡態極妍，猶《三百篇》之正風正雅也；大曆已多，開成後尤多，盡態極妍，猶變風變雅也。夫子存二變，而弘、嘉人嚴擯大曆、開成，識成高於聖人矣。”

　　詩乃一念所得，於一念中，唐宋體有相參處，何況初、盛、中、晚而能必無相似耶？如杜牧之《華清宮》詩：“《霓裳》一曲千峯上，舞破中原始下來。”語無含蓄，即同宋詩。又云：“一騎紅塵妃子笑，無人知是荔枝來。”語有含蓄，却是唐詩。宋人乃曰：“明皇常以十月幸驪山，至春還宫，未曾過夏。”此與譏薛王、壽王同席者，一等村夫子。宋元鉉曰：“欲眠未穩奈如何，秋盡更殘風雨多。且向夜窗憑檻望，幾聲寒蛩碧煙蘿。”並不透脱，此又與明詩相近矣。（以上卷三）

　　問曰：“杜詩亦有率直者，何以獨咎宋人？”答曰：“子美七律之一氣直下者，乃是以古風之體爲律詩，于唐體爲別調，宋人不察，謂爲詩道當然。然杜詩婉轉曲折者居多，不可屈古人以飾己非也。唐人率直之句，不獨子美，皆是少分如是。《三百篇》豈盡《相鼠》、'投畀'乎？終以優柔敦厚爲本旨。優柔敦厚，必不快心，快心必落宋調；故急做多，亦落宋調。"

西崑詩尚有仿佛唐人者，如晏殊之"油壁香車不再逢，峽雲無跡任西東。梨花院落溶溶月，柳絮池塘淡淡風。幾日寂寥傷酒後，一番蕭索禁煙中。魚書欲寄何由達？水遠山遙處處同"。題曰《寓意》，而詩全不說明，尚有義山《無題》之體。歐、梅變體而後，此種不失唐人意者遂絕。此詩第三聯云"寂寥"、"蕭索"，則知次聯乃是以麗景句出之，使不至於寒陋耳，非寫富貴氣象也。《吊蘇哥》詩是刺宋子京，語甚温厚，得唐人法。

子瞻之文，方可與子美之詩作匹，皆是匠心操筆，無所不可者也。子瞻作詩，亦用其作文之意，匠心縱筆而出之，却去子美遠矣。
子瞻《煎茶》詩"活水還須活火烹"，可謂之茶經，非詩也。

宋人學問，史也，文也，詞也，俱推盡善，字畫亦稱盡美，詩則未然，由其致精於詞，心無二用故也。大抵詩人，不惟李杜窮盡古人，而後自能成家，即長吉、義山，亦致力於杜詩者甚深，而後變體。某集具在，可考也。永叔詩學未深，輒欲變古。魯直視永叔稍進，亦但得杜之一鱗只爪，便欲自成一家，開淺直之門，貽誤於人。迨江西派立，胥淪以亡矣。
（黃公曰）"西崑楊億、錢惟演、劉筠詩，經營位置，備極苦心。大年有《梨》詩云：'九秋青女霜添味，五夜方諸月溜津。'思公《苦熱》云：'雪嶺却思回博望，風窗猶欲傲羲皇。'後人誰及得？諸公亦不專使事，子儀有'舊山鶴怨無錢買，新竹僧同借宅栽'，大年有'梅花繞檻驚春早，布水當簷覺夏寒'，思公有'雪意未成雲著地，秋聲不斷雁連天'，歐公詆之，謬也。"喬曰："詩文自有正道，著不得褊心。李獻吉怒賓之，故矯其詩，終不成造就。歐公怒惟演，既已誣貶其先世，詩亦從而詆之。今觀歐公詩，能勝楊、劉、錢三公否？祇自錮一世思路耳。"

"梅、歐、江、謝俱出於晏氏之門，然殊自作，實西崑體也。其《安昌侯》詩曰：'蓮勺移家近七遷，魯儒章句世相傳。關中沃壤通涇渭，堂上繁華逐管弦。身服儒衣同蔡義，日將巵酒對彭宣。高墳丈五陽陵外，千古朱雲氣凜然。'首尾勻稱。（喬謂此詩不稱殊之爲人，次句"儒"字易"齊"字，則有本領）《送人知洪州》云：'干斗氣沈龍已化，置笏人去榻猶懸。'誠警煉精切。"

"蔡君謨初學西崑，後溺于歐梅，始變其體，而五言古外，洗滌不淨。西崑人本不同，昌谷意奇，玉溪思奧，無不首尾貫徹；其外腴中枯，以瑰奇掩其錯雜者，惟溫氏長篇耳。宋人學之，惟襲其貌。如君謨之'庭院廉帷一齊下，紅蠟陰沈霜滿瓦'，又云'雞頭軟熟七月終，舉手分傳玉杯把'，無怪歐梅之詆斥也。其幽思藻句，亦不可掩。如'曉市人煙披霧旭，夜潭漁火鬥寒星'，'疊雲對日茜，斜雨著虹明'，'山樵斫晚日，野火著寒雲'，豈不勝於枯淡。其'龕明干像日'，却不韻，'波起一灘雷'，奇甚。絕句最妙，《憶從尹師魯宿香山石樓》云：'霜後丹楓照曲堤，酒闌明月下前溪。石樓夜半雲中嘯，驚起沙禽過水西。'《春日》云：'東風吹雨濕秋遷，紅點棠黎爛欲然。擬賣芳華贈年少，紫榆春淺未成錢。'風流旖旎。其《劃陽行》不滅元結《春陵行》。今人以'桃花盡日隨流水，洞在清溪何處邊'，'縱使晴明無雨色，入雲深處亦沾衣'，爲張旭自畫所作，不知是君謨也。"

又曰："歐梅惡西崑使事，力欲矯之。夫俗題不得雅事點染，何以成文？但不可排砌如類書耳。"（以上卷五）

《答萬季埜詩問》（節錄）

昨東海諸英俊問："出韻詩，唐人多有之，而王麟洲極以爲非，何也？"答曰："出韻必是起句，起句可用仄聲字，出韻何傷？蓋起句不在韻數中，故一絕止言二韻，一律止言四韻。如《滕王閣詩》，本是六韻，而序云：'四韻俱成。'以'渚'、'悠'不在韻數中故也。"

又問："和詩必步韻乎？"答曰："和詩之體不一：意如答問而不同韻者，謂之和詩；同其韻而不同其字者，謂之和韻；用其韻而次第不同者，謂之用韻；依其次第者，謂之步韻。步韻最困人，如相毆而自繫手足也。蓋心思爲韻所束，於命意佈局，最難照顧。今人不及古人，大半以此。嚴滄浪已深斥之。而施愚山侍讀嘗曰：'今人只解作韻，誰會作詩？'此言可畏。出韻必當嚴戒，而或謂步韻思路易行，則陷溺其心者然也。此體元白不多，皮陸多矣，至明人而極。"

又問："詩與文之辨？"答曰："二者意豈有異？唯是體製辭語不同耳。意喻之米，文喻之炊而爲飯，詩喻之釀而爲酒；飯不變米形，酒形質盡變；啖飯則飽，可以養生，可以盡年，爲人事之正道；飲酒則醉，憂者以樂，喜者以悲，有不知其所以然者。如《凱風》、《小弁》之意，斷不可以文章之道平直出之，詩其可已於世乎？"

又問云："人謂作詩須合於《三百篇》，其説如何？"答曰："未卯而求時夜，耳食者之言也。尚未識唐人命意遣辭之體，而輕言《三百篇》，可乎？且《三百篇·風》與《雅》、《頌》異，變與正異，宋注與漢注異，僕實寡學，不敢妄説。如少陵《玄元廟詩》，誰人做得？尚只是變雅耳。卑之無甚高論，嚴絶宋、元、明，而取法乎唐，亦足自立矣。如楊妃事，唐人云：'薛王沉醉壽王醒。'宋人云：'奉獻君王一玉環。'豈直金矢之界而已哉？使其作《凱風》、《小弁》，必大詬父母矣。余所見《三百篇》僅此，餘實不能測也。《苕溪漁隱》曰：'彼時薛王之死已久。'史學善矣，不必如是責酒以飽也。宋人長於文，而詩不及唐，三體不能辨。"

又問："丈丈何故舍盛唐而爲晚唐？"答曰："二十歲以前，鼻息拂雲，何屑作'中'、'晚'耶？二十歲以後，稍知唐、明之真僞，見'盛唐體'被明人弄壞，二李已不堪，學二李以爲盛唐者，更自畏人，深愧前非，故舍之耳。世人誰敢誇大步？士庶不敢作卿大夫事，卿大夫不敢作公侯事。自分稷、契自許，愛君憂國之心未是少陵，無其心而强爲其説，縱得遣辭逼肖，亦是優孟冠裳，與土偶蒙金者何異？無過奴才而已。寒士衣食不充，居室同於露處，可謂至貧且賤矣，而此身不屬於人。刁家奴侯服玉食，交遊卿相，然無奈其爲人奴也。二李，刁家奴，學二李者又重僕矣。"又問："學晚唐者，寧無此過？"答曰："人于詩文，寧無乳母？脱得攜抱，便成一人。二李與其徒，一生在乳母懷抱間，脚不立地，故足賤也。誰人少時無乳母耶？"

又問："唐詩亦有直遂者，何以獨咎宋人？"答曰："世間龍蛇混雜，誠是淆訛公案也。七律自沈宋以至溫李，皆在起承轉合規矩之中。唯少陵一氣直下，如古風然，乃是別調。白傳得其直遂，而失其氣。昭諫益甚。宋自永叔而後，竟以爲詩道當然，謬引少陵以爲據，而不知少陵婉折者甚多，不可屈古人以遂非也。且唐人直遂者亦不止少陵，皆少分如是，非詩道優柔敦厚之旨亦然，唯一嘆耳！"

又問："少陵七律異于諸家處，幸示之。"答曰："如'劍外忽傳收薊北'等詩，全非起承轉合之體，論者往往失之。于'吹笛關山'篇，則曰次聯應前首'風'字、'月'字，三聯歎美。有何關涉？不知此前六句皆興，末二句方是賦，意只在'故園愁'三字耳。論者謂'蓬萊宮闕'篇，首句刺土木，次句刺禱祠，次聯應首句，三聯應次句。有何關涉？不知此詩全篇皆賦，前六句追述昔日之繁華，末二句悲歎今日之流落耳。更有異體如'童稚情親'篇，只須前半首，詩意已完，後四句以興足之。去後四句，於義不缺；然不可以其無意而竟去之者，如畫之有空紙，不可以其無樹石人物而竟去之也。義山'人生何處不離羣'篇，前有後無，全似此篇，故題曰：《杜工部蜀中離席》，乃擬此篇而作也。義山初時亦學少陵，如《有感》五言二長韻可見矣，到後來力能自立，乃別走《楚辭》一路，如《重感》七律，亦爲'甘露之變'而作，而體格迥殊也。介甫謂義山深有得於少陵，而止贊'雪嶺未歸'一聯，是見其煉句，而未見其煉局也。又唐人七言絕句，大抵由於起承轉合之法，唯李杜不然，亦如古風浩然長往，不可捉摸。此體最難，宋明人學之，則如急流小棹，一瞬而過，無意味也。"

諸君又問曰："《三百篇》之意渺矣，請更詳言之。"答曰："'《國風》好色而不淫，《小雅》怨誹而不亂。'發乎情，止乎禮義。所謂性情也。興、賦、比、風、雅、頌，其體格也。優柔敦厚，其立言之法也。于六義中，姑置風、雅、頌而言興、賦、比，此三義者，今之村歌俚曲，無不暗合，矯語稱詩者自失之耳。如'月子灣灣照九州'，興也。'逢橋須下馬，有路莫登舟'，賦也。'南山頂上一盆油'，比也。行之而不著者也。明人多賦，興、比則少，故論唐詩亦不中竅。如薛能云：'當時諸葛成何事，只合終身作臥龍。'見唐室之不可扶而悔入仕途，興也。升庵誤以爲賦，謂其譏薄武侯。義山云：'侍臣最有相如渴，不賜金莖露一杯。'言雲表露未能治病，何況神仙？托漢事以刺憲、武，比也。于鱗以爲宮怨，評曰：'望幸之思悵然？'呂望何等人物？胡曾詩云：'當時未入非熊夢，幾向斜陽歎白頭。'非咏古人，乃自況耳。讀唐詩須識活句，莫墮死句也。"

又問："佈局如何？"答曰："古詩如古文，其佈局千變萬化。七律頗似八比：首聯如起講、起頭，次聯如中比，三聯如後比，末聯如束題。但八比前中後一定，詩可以錯綜出之，爲不同耳。七絕，偏師也，或鬭山上，或鬭地下，非必堂堂之陣，正正之旗者也。五律氣脉須從五古中來，初、盛皆然，中唐鮮矣。明人多以七律餘材成之，是以悉不足觀。五絕最易成篇，却難得好。五古須通篇無偶句，漢魏則然，晉宋漸有偶句，履霜堅冰，至唐人遂成律。明之選唐詩者，'中原還逐鹿'、'秋氣集南澗'皆置古詩中，盲矣。"

又問："施愚山所謂今人只解作韻者若何？"答曰："每得一題，守住五字，於《韻府羣玉》、《五車韻瑞》上，覓得現成韻脚子，以句韜韻，以意韜句，扭撚一上，自心自身，俱不照管，非做韻而何？陷溺之甚者，遂至本是倡作，亦覓古人詩之韻而步之，烏得不爲愚山所鄙哉？古詩不對偶，不論粘，不拘長短，韻法又寬。唐律悉反之，已是束縛事。若又步韻，陶謝李杜，無以措手。"

又曰："請將風、雅、頌，再詳細言之。"答曰："《離騷》出於變風、變雅。唐人大抵宗之,不可具述。如'明堂聖天子,月朔朝諸侯'、'得罪風霜苦,全生天地仁。青山數行淚,白首一窮鱗'、'身多疾病思田里,邑有流亡愧俸錢',盛唐人《早朝》諸篇,不可謂非《二雅》之遺音也。少陵《玄元廟詩》,極似《頌》體,而《頌》乃稱道老君功德於宗廟中,此詩多諷刺,體似《頌》而意非也。今世用於宗廟中者,皆是元曲宮調,難以詩言,此義置之可也。"

又問:"《尚書》云:'詩言志,歌永言,聲依永。'則詩乃樂之根本也。樂既變而爲元曲,則詩全不關樂事;不關樂事,何以爲詩?"答曰:"古今之變難言,夫子云:'《雅》、《頌》各得其所。'則《三百篇》莫不入於歌喉。漢人窮經,聲歌、意義,分爲二途。太常主聲歌,經學之士主意義,即失夫子《雅》、《頌》正樂之意。而唐人《陽關三疊》,猶未離於詩也。迨後變爲小詞,又變爲元曲,則聲歌與詩,絶不相關矣,尚可以《尚書》之意求之乎? 詩在今日,但可爲文人遣興寫懷之作而已。漢人五言古詩,平淡高遠,而樂府則濃謫吞吐;意者樂府入歌喉,而古詩已是遣興寫懷之作也。古今事變不能窮究矣。"

問:"《焦仲卿妻》在樂府中,又與餘篇不同,何也?"答曰:"意者此篇如董解元《西廂》,今之數落《山坡羊》,乃一人彈唱之詞,無可考矣。"

問:"六朝詩,多有本非詩人,偶然出句即絶佳者。唐人不然,何也?"答曰:"六朝體寬無粘,韻得叶用,粘綴但情真意切,得句即佳。故'城上草'一篇,止十三字,而意味無窮。唐詩法嚴,非老於此工能之至者不佳也。此實唐詩難於古詩處,耳食者是古非唐耳。"

問:"古詩如何?"答曰:"以文譬之,脱盡時文,方可入古文門庭。鄙人未嘗於此有苦心,焉敢妄對?"

朱彝尊

朱彝尊(1629—1709)字錫鬯,號竹垞,又號醧舫,晚號小長蘆釣魚師,又號金風亭長。先世江蘇吳江人,明景泰年間遷於浙江嘉興府秀水縣(今浙江嘉興),遂爲秀水人。康熙十八年(1679)舉博學鴻詞,以布衣授翰林院檢討,入直南書房,曾參加纂修《明史》。三十一年歸里,專事著述,長於考據,其詩工整雅健,與當時王士禛齊名,爲"浙西詞派"代表,與以陳維崧爲代表的陽羡派並峙稱雄。其詞風格清雅疏宕,陳廷焯《白雨齋詞話》稱其"疏中有密,獨出冠時"。但過分追求技巧,講究聲律,偏重詞句琢磨,作品雖多,題材不免狹窄。著有《曝書亭集》、《日下舊聞》、《經義考》;選有《明詩綜》、《詞綜》(汪森增補)。

164

本書資料據四庫全書本《曝書亭集》、《詞綜》。

與李武曾論文書（節録）

知進學之必有本，而文章不離乎經術也。西京之文惟董仲舒、劉向經術最純，故其文最爾雅，彼揚雄之徒，品行自詭於聖人，務掇奇字以自矜，尚安知所謂文哉？魏晉以降，學者不本經術，惟浮夸是務，文運之厄數百年。賴昌黎韓氏始倡聖賢之學，而歐陽氏、王氏、曾氏繼之，二劉氏、三蘇氏羽翼之，莫不原本經術，故能橫絶一世。蓋文章之壞，至唐始反其正，至宋而始醇。宋人之文亦猶唐人之詩，學者舍是不能得師也。北宋之文惟蘇明允雜出乎縱橫之説，故其文在諸家中爲最下。南宋之文惟朱元晦以窮理盡性之學出之，故其文在諸家中最醇。學者於此可以得其槩矣。以武曾之才正不必博搜元和以前之文，但取有宋諸家，合以元之郝氏經、虞氏集、揭氏傒斯、戴氏表元、陳氏旅、吳氏師道、黃氏溍、吳氏萊，明之寧海方氏孝孺、餘姚王氏守仁、晉江王氏慎中、武進唐氏順之、崑山歸氏有光諸家之文，游泳而紬繹之，而又稽之六經以正其源，考之史以正其事，本之性命之理，俾不惑於百家、二氏之説，以正其學，如是而文猶不工，有是理哉？

與高念祖論詩書（節録）

《書》曰詩言志，《記》曰志之所至，詩亦至焉。古之君子其歡愉悲憤之思，感於中發之爲詩，今所存《三百五篇》有美有刺，皆詩之不可已者也。夫惟出於不可已，故好色而不淫，怨悱而不亂，言之者無罪，聞之者足以戒。後之君子誦之，世治之汙隆，政事之得失，皆可考見。故不學者比之牆面，學者斯授之以政，使於四方，蓋《詩》之爲教如此。魏晉而下，指詩爲緣情之作，專以綺靡爲事，一出乎閨房兒女子之思，而無恭儉好禮、廉靜疏達之遺，惡在其爲詩也。唐之世二百年，詩稱極盛，然其間作者類多長於賦景，而略於言志。其狀草木鳥獸甚工，顧於事父事君之際或闕焉不講。惟杜子美之詩，其出之也有本，無一不關乎綱常倫紀之目，而寫時狀景之妙，自有不期工而工者。然則善學詩者，舍子美其誰師也歟？明詩之盛無過正德，而李獻吉、鄭繼之二子，深得子美之旨，論者或詆其時非天寶，事異唐代，而强效子美之憂時。嗟乎，武宗之時何哉？使二子安於耽樂，而不知憂患，則其詩雖不作可也。今世之爲詩者或漫無所感於中，惟用之往來酬酢之際，僕嘗病之，以爲有賦而無比興，有頌而無風雅，其長篇排律，聲愈高而曲愈下，辭未終而意已盡，四始六義闕焉。而猶謂之詩，此則僕之所不識也。

（以上《曝書亭集》卷三十一）

史館上總裁第一書（節録）

歷代之史，時事不齊，體例因之有異。班固書無世家而有后戚傳，已不同於司馬氏矣。范蔚宗書無表志，後人因取司馬彪《續漢書》志以爲志，又不同於班氏矣。蓋體例本乎時，宜不相沿襲，故漢之光武、唐之孝明、宋之真宗，皆嘗行封禪之禮，作史者不必效史遷而述《封禪》之書也。德星慶雲，醴泉甘露，器車龍馬，嘉禾瑞麥，一角之獸，連理之木，九莖之芝不絶於世，作史者不必效北魏、南齊而述《符瑞》之志也。此志之不相沿襲也。班史第《古今人表》，上及於皇初。歐陽子紀《宰相世系》，下逮於子姓。遼之游幸，金之交聘，他史無同焉者，此表之不相沿襲也。《史記》列傳有《滑稽》、《日者》，五代有《家人》、《義兒》、《伶官》，宋有《道學》，他史無之，此傳之不相沿襲也。至若皇后一也，尊之則附於帝紀，抑之則冠於臣傳。公主一也，或爲之傳，或爲之表。釋老一也，或爲之志，或爲之傳。餘如《天文》、《五行》，或分爲二；《職官》、《氏族》，或合爲一。然則史蓋因時而變其例矣……蓋作史者必先定其例，發其凡，而後一代之事可無紕謬。彝尊不敏，臚舉大綱，伏希閣下不遺葑菲之末而垂采焉，示之體例，俾秉筆者有典式。譬諸大匠作室，必先誨以規矩，然後引繩運斤，經營揆度，崇庳修廣，始可無失尺寸也矣。（《曝書亭集》卷三十二）

答胡司臬書（節録）

讀執事之文，其辭閎以達，其體變而不窮，迺來教惓惓，抑何其語之謙也。古文之學不講久矣，近時欲以此自鳴者，或摹倣司馬氏之形模，或拾歐陽子之餘唾，或局守歸熙甫之緒論，未得古人之百一，輒高自位置，標榜以爲大家。然終不足以眩天下之目而塞其口，集成而觗諆隨之矣。僕之於文不先立格，惟抒己之所欲言，辭苟足以達而止。恒自笑曰，平生無大過人處，惟詩詞不入名家，文不入大家，庶幾可以傳於後耳。雖然僕之爲此非名是務也，實也；其於文也非作僞也，誠也。來教謂法乎秦漢，不失爲唐；法乎唐，不失爲宋。於理誠然，若僕之所見，秦漢唐宋，雖代有升降，要文之流委而非其源也。顔之推曰文章者原出五經。而柳子厚論文亦曰本之《書》以求其質，本之《詩》以求其恒，本之《禮》以求其宜，本之《春秋》以求其斷，本之《易》以求其動。王禹偁曰爲文而舍六經，又何法焉。李塗曰經雖非爲作文設，而千萬代文章從是出。是則六經者，文之源也，足以盡天下之情、之辭、之政、之心，不入於虛僞而歸於有用。執事誠欲以古文名家,則取法者莫若經焉爾矣。經之爲教不一,六藝異科,衆説之郛,大道之管,得其機神而闡明之,則爲秦、爲漢、爲六朝、爲唐宋、爲元明,靡所不有,亦靡所不合,此謂取之左右而逢其原也。至於體製必極其潔,於題必擇其正,每見南宋而後士人文集,往往多頌德政上壽之言,覽之令人作惡,此固執事之所不屑爲,而僕恐有嬲執事爲之者,冀執事力爲淘汰,斯谷園之編足以不朽矣。

答刑部王尚書論明詩書(節録)

兩誦來書,論及明詩之流派。發蒙振滯,總時運之盛衰,備風雅之正變,語語解頤。至云選家通病,往往嚴於古人而寬於近世,詳於東南而略於西北,輒當紳書韋佩,力矯其弊。惟是自淮以北,私集之流傳江左者久而日希,賴中立王孫之《海岳靈秀集》,李伯承少卿之《明雋》,趙微生副使之《梁園風雅》,專録北音。然統計之,北祇十三而南有十七,終莫得而均也。明自萬曆後作者散而無紀,後之選者不加審擇,甄綜寥寥,當嘉靖七子後,朝野附和,萬古同聲。隆慶鉅公稍變而歸於和雅,定陵初禩,北有于無垢、馮用韞、于(王)念東公孝與暨季木先生,南有歐楨伯、黎惟敬、李伯遠、區用孺、徐惟和、鄭允升、歸季思、謝在杭、曹能始,是皆大雅不羣,即先文恪公不以詩名,而諸體悉合。竊謂正(德)、嘉(靖)而後,於斯爲盛。又若高景逸之恬雅,大類柴桑,且人倫規矩,乃選者槩爲抹殺,止推松圓一老,似非公論矣。故彝尊於公安、竟陵之前詮次稍詳,意在補當時選本之闕漏。若(天)啓、(崇)禎死事諸臣,復社文章之士,亦當力爲表揚之,非寬於近代也。(以上《曝書亭集》卷三十三)

《十家宫詞》序

宫詞不著録于隋唐《經籍》,唐宋《藝文志》,惟陳氏《書録解題》有《三家宫詞》三卷,唐陝州司馬王建、蜀花蕊夫人、宋丞相王珪作也。又《五家宫詞》五卷,石晉宰相和凝、宋學士宋白、中大夫張公庠、直秘閣周彦質及王珪之子仲修五人,詩各百首,馬氏《通考》取焉。上元倪檢討闇公得《十家宫詞》于肆中,益以宣和御製三卷,胡偉絶句一卷,蓋猶是宋時雕本,予見而亟録其副。會山東布政司參議胡君茨村,以轉運至潞河,屬其復鋟諸木,鋟未竟而闇公没于官。其仲子亦夭,求宋本不再得。藉胡君之力,而是書以存,誠厚幸也。鄱陽洪伋稱宫詞古無有,至唐人始爲之,不知《周南》十一篇,皆以寫宫壼之情,即謂之宫詞也,奚而不可?然則《雞鳴》齊之宫詞也,《柏舟》、《緑衣》、《燕燕》、《日月》、《終風》、《泉水》、《君子偕老》、《載馳》、《碩人》、《竹竿》、《河廣》,邶、郎、衛之宮詞也。下而秦之《壽人》,漢之《安世》,隋之《地厚天高》,皆房中之樂,凡此其宮詞所自始乎。闔公嘗言之矣,花蕊,春女之思也,可以怨;王建而下,詞人之賦也,可以觀至道。君以天子自爲之,風人之旨遠矣,可謂善言詩者也。闔公没已二年,胡君持母喪還京師,鏤板歸于予所,乃序其本末而印行之。(《曝書亭集》卷三十六)

葉指揮詩序(節録)

傳曰:"若以水濟水,誰能食之?琴瑟之專一,誰能聽之?"殆或所操類鄰國之音,所沿者前人體製,則言不由衷,膠固而不知變,變而不能成方,斯則可以無取。司馬遷謂古詩三千餘篇,孔子去其重復,取三百有五,其信矣。夫自後變而爲騷,爲樂府,爲五言,爲七言,爲六言,爲律,爲長律,爲絶句,降而爲詞,爲北曲,爲南曲,作之者恒慮其同則變,變而其體已窮,則不得不復趨于古。譬之治金者必異其齊,改煎而不耗,斯其爲器新而無窮,敝盡而無惡。故正考父奚斯之頌,不同乎周景差;宋玉之辭,不同乎屈平;孟郊、劉叉、盧仝、李賀詩,不必盡學退之;張、晁、秦、黄詞,不必盡師蘇氏。此其人皆以雷同勦説爲恥,視其力之所變,莫肯附和。不知者斤斤操葭黍圭臬以繩其非是,欲其派出于一,毋乃謬論歟。三十年來海内談詩者每過于規仿古人,又或隨聲逐影,趨當世之好,于是己之性情汨焉不出。惟吾里之詩影響雖合取而繹之,則人各一家,作者不期其同,論者不斥其異,不爲風會所移,附入四方之流派。惜夫工之者類多山澤憔悴之士,不汲汲于名譽,或不能盡傳。又或傳之不遠,則一人之言無以風天下。歲在丙辰遇葉君井叔于京師,誦其詩,清而婉,麗而不靡,戍削而無刻劃之迹。(《曝書亭集》卷三十七)

馮君詩序

吾于詩而無取乎人之言派也。吕伯恭曰詩者人之性情而已,吾言其性情,人乃引以爲流派,善詩者不樂居也。温李之作派流爲西崑,試取楊、劉諸詩誦之,未見其畢肖于温李也。黄陳之作派流爲江西,試取三洪、二謝、二林諸詩誦之,未見其悉合于黄陳也。譬諸水然,河出乎崑崙虚,本白也,所渠并千七百一川,斯黄矣。泉源于馬邑,本清也,流而爲桑乾,躍爲盧朐,斯濁矣。瀑懸乎廬山之北,本直也,導雙石,經三峽,迤邐入于宮亭之湖,斯曲矣。派之不同乎源,非可瓜區而芋疇之也。

桐鄉馮君好爲詩,直抒己意,見世之言派者輒笑之。查田、查浦昆弟,吾鄉之善詩者也,稱君詩不置。予因取而誦之,問其所學,曰吾何學,吾特言吾性情焉爾。噫,君其可與言詩也已。桐鄉爲縣雖小，其山有彶史，其壤有千金之圩。清江貝廷臣之所居，西溪鮑仲孚，會稽楊廉夫之所游衍，往往見于題咏。三百年來音塵歇矣，君起而嗣之，不惑于流派之說，進而不已，必有過于前賢之製述者。君縱不言派，焉知來者之不以君爲派？吾老矣，尚思見之。

沈明府《不羈集》序（節錄）

吾言吾志之謂詩。言之工，足以伸吾志；言之不工，亦不失吾志之所存。乃旁有人焉，必欲進之古人之域，曰"詩有格也，有式也"，于是別世代之升降，權聲律之高下，分體製之正變，範圍之，勿使逸出矩矱繩尺之外，于古人則合矣，是豈吾言志之初心哉？且詩亦何常格之有，豳之詩，不同乎《二南》；鄭衛之詩，不同乎唐魏；周頌簡，而魯頌繁；大雅多樂，而小雅多怨，亦各言其志焉而已。唐以賦詩取士，作者期見收于有司，若射之志于鵠，故于詩有格，有式，有例，有密旨，有秘術，有主客之圖，無異揣摹捭闔之學。今也不然，仕乎朝者，賡颺盛際；歸乎田者，歌咏太平。既無得失之患存于中，而何格式之限……今海内之士方以南宋楊、范、陸諸人爲師，流入纖縟滑利之習，君獨以澀體孤行其間，雖衆非之而不顧，可謂有志者也。

葉、李二使君合刻詩序（節錄）

詩自蘇李以後，班、傅、張、蔡、曹、王、陳、阮、應、繆以及潘、張、左、束、劉、郭、顏、謝、何、范、徐、庾之倫，甄綜者必並舉。迨唐以後，聯辭比響，益難悉數。屈平之言曰兩美其必有合，不信然歟……詩也者，發乎聲，成文而被之樂者也。樂之爲方其歌也，必有繼其音也，必有比其倡也，必有歎其爲用也，異文而合，愛于其異，則塤箎瑟簫一器也。有雅頌之別，及其合則堂上之樂均于笙堂下之樂。依于磬惟不出于專一，而後論倫無患焉。觀于兩先生之詩，不必盡同，而其可以善民心，感人易俗，若八風從律而迭相爲經也。今之言詩者，每厭棄唐音，轉入宋人之流派。高者師法蘇黃，下乃效及楊廷秀之體，叫躍以爲奇，俚鄙以爲正，譬之于樂，其變而不成方者與！（以上《曝書亭集》卷三十八）

《成周卜詩集》序（節錄）

吾于畿輔友雞澤殷伯子岳焉，伯子之論曰："詩言夫志也，自唐人以之取士，而格而律，抽黄儷白，專尚比偶之工，言志之旨微矣。”故伯子于詩不作近體，尤不喜作七言近體，人怪之，不顧也。予覽觀唐人，惟杜陵、香山多作七律，然集中所存終不及諸體之半。逮蘇子瞻、陸務觀、楊廷秀多以斯體見長，至郝天挺之《鼓吹》，許中麗之《光岳英華》專收七律，餘皆舍而不錄。其後瞿佑、朱紹、胡琰之徒，蹈其故智，各事采獲，古風漸衰，宜詩教之日下矣。予近錄明三百年詩，閱集不下四千部，集中凡古風多者其詩必工，開卷即七言律者其詩必下，蓋以此自信，并以信伯子之言雖矯枉而得其正焉。

《棟亭詩》序（節錄）

杜子美言詩“語不驚人死不休”，韓退之言詩“橫空盤硬語，妥帖力排奡”，而白傅期于老嫗都解，張子厚云“致心平易始知詩”，陸務觀云“詩到無人愛處工”。羣賢之論若枘鑿之不相入者，然其義兩是，亦就體製分殊爾。今之詩家空疎淺薄，皆由嚴儀卿“詩有別才匪關學”一語啓之，天下豈有舍學言詩之理？通政司使棟亭曹公吟稿，體必生澀，語必斬新，蓋欲抉破藩籬，直開古人竅奥。當其稱意，不顧時人之大怪也。公于學博綜，練習掌故，胸中具有武庫，瀏覽全唐詩派多師以爲師，宜其日進不已。（以上《曝書亭集》卷三十九）

宋院判詞序（節錄）

宋君牧仲倜儻好結客，其談論古今衮衮不倦，至爲長短句虛懷討論，一字未安，輒歷繙古人體製，按其聲之清濁，必盡善乃已。故其所作咸可上擬北宋，雖東南以詞名者或有遜焉。不觀夫函乎，必先爲容，乃以制革權其上下，旅衣之始可無齬。至于盧摩鋼矣。又置而搖之，使其無蛣炙諸牆以眂其橫之均；橫而搖之，以眂其勁，蓋專且審如是，然後謂之國工，則非燕秦夫人之所能善矣。君之詞殆類是與。

陳緯雲《紅鹽詞》序（節錄）

詞雖小技，昔之通儒鉅公往往爲之，蓋有詩所難言者，委曲倚之于聲，其辭愈微而其旨益遠。善言詞者假閨房兒女子之言，通之于《離騷》、變雅之義，此尤不得志于時者所宜寄情焉耳。緯雲之詞原本《花間》，一洗《草堂》之習，其于京師風土人物之勝咸載集中。而予餬口四方，多與筝人酒徒相狎，情見乎詞，後之覽者且以爲快意之作，而孰知短衣塵垢，栖栖北風雨雪之間，其羈愁潦倒未有甚于今日者邪。

《紫雲詞》序

詞者詩之餘，然其流既分，不可復合，有以樂章語入詩者，人交訕之矣。雖然良醫之主藥藏，金石草木燥濕寒熱之宜采營，各別而後處方，合散不亂，其部要其術則一而已。自唐以後工詩者每兼工于詞，宋之元老若韓、范、司馬，理學若朱仲晦、真希元亦皆爲之，由是樂章卷帙幾與詩爭富。昌黎子曰，懽愉之言難工，愁苦之言易好，斯亦善言詩矣。至于詞或不然，大都懽愉之辭工者十九，而言愁苦者十一焉耳。故詩際兵戈俶擾、流離瑣尾而作者愈工，詞則宜於宴嬉逸樂以歌咏太平。此學士大夫並存焉，而不廢也。晉江丁君雁水以按察司僉事分巡贛南道，構覽園于官廨，且于層波之閣，八景之臺，攜賓客，倚聲酬和，所成《紫雲詞》，流播南北，蓋兼宋元人之長，將與詩並傳無疑已。贛州控百粵三楚七閩之隘，曩時兵戈未息，士之棲于山澤者見之吟卷，每多幽憂悽戾之音，海内言詩者稱焉。今則兵戈盡偃，又得君撫循而煦育之，誦其樂章有歌咏太平之樂，孰謂詞之可偏廢與？于是其友朱彝尊審定焉，而書其言以爲序。

《水村琴趣》序（節錄）

《南風》之詩、《五子之歌》，此長短句之所由昉也。漢《鐃歌》、《郊祀》之章，其體尚質。迨晉、宋、齊、梁，《江南》、《采菱》諸調，去填詞一間爾。詩不即變爲詞，殆時未至焉。既而萌于唐，流演于十國，盛于宋，予嘗持論謂小令當法汴京以前，慢詞則取諸南渡。錫山顧典籍不以爲然也，魏塘魏孝廉獨信予説，頻與予唱和詞，成掩其名示人，見者或疑予所作。予既歸田，考經義存亡，著爲一書，不復倚聲按譜。而孝廉好之不倦，所填詞日多，里之人疲于傳寫，乃刊行之。"水村"者，孝廉之居，因以爲字，元趙子昂氏嘗爲錢處士，以水墨寫爲圖者也。"琴趣"者，取諸涪翁詞集名也。夫詞自宋元以後，明三百年無擅塲者，排之以硬語，每與調乖；竄之以新腔，難與譜合。至于崇禎之末，始具其體，今則家有其集，盖時至而風會使然。

《羣雅集》序

用長短句製樂府歌辭，由漢迄南北朝皆然，唐初以詩被樂，填詞入調，則自開元、天寶始，逮五代十國作者漸多，遺有《花間》、《尊前》、《家宴》等集。宋之初太宗洞曉音律，製大小曲及因舊曲造新聲，施之教坊舞隊曲，凡三百九十。又琵琶一器有八十四調。仁宗于禁中度曲，時則有若柳永。徽宗以大晟名樂，時則有若周邦彥、曹組、辛次膺、万俟雅言，皆明于宮調，無相奪倫者也。洎乎南渡，家各有詞，雖道學如朱仲晦、真希元，亦能倚聲中律呂，而姜夔審音尤精。終宋之世，樂章大備。四聲二十八調多至千餘曲，有引，有序，有令，有慢，有近，有犯，有賺，有歌頭，有促拍，有攤破，有摘遍，有大遍，有小遍，有轉踏，有轉調，有增減字，有偷聲，惟因劉昺所編《宴樂新書》失傳，而八十四調圖譜不見于世，雖有歌師板師，無從知當日之琴趣簫篴譜矣。

姚江樓上舍儼若工于詞，曩留京師，輯《詞鵠》一書，業開雕揭行，既而悔之，告于予曰："詩變而爲詞，詞變而爲曲，歷世久遠，聲律之分合，均奏之高下，音節之緩急過度，既不得盡知，至若作者才思之淺深，初不係文字之多寡。顧世之作譜者，類從《歸字謠》，銖累寸積，及于《鶯啼序》而止，中有調名則一，而字之長短分殊，安能各得其所？莫如論宮調之可知者敘于前，餘以時代先後爲次序，斯世運之升降可以觀焉。"予曰："旨哉，子之言詞乎。"上舍請易書名，予名之曰《羣雅集》，蓋昔賢論詞必出于雅正，是故曾慥錄《雅詞》，鮦陽居士輯《復雅》也。譜既成，以段安節《樂府雜錄》、王灼《碧雞漫志》及宋元、高麗諸史所載調，存詞佚者具載之，并以張炎、沈伯時《樂府指迷》冠于卷首，學者睹此何異過涉大水之獲舟梁焉，是爲序。（以上《曝書亭集》卷四十）

《格齋四六》跋

宋人駢語，其初率仿楊億、劉筠體，無逸出四字六字者。歐陽永叔厭薄之，一變而尚真率，蘇子瞻尤以流麗見長，於是汪彥章擅此名家，鎔鑄六經諸史以成對偶，可謂升堂入室之選矣。盧陵王子俊才臣爲周子充、楊廷秀賞識，嘗引以代草牋奏書記，其所撰《三松集》世罕流傳。予抄得宋本《格齋四六》計一百二首，愛其由中而發，漸近自然，無組織之迹，斯則彥章之亞也。（《曝書亭集》卷五十二）

《詞綜》發凡（節錄）

唐、宋以來作者長短句每別爲一編，不入集中，以是散佚最易。常熟吳氏訥彙有《宋元百家詞抄》，傳絕少，未見全書。近日毛氏晉刻有《汲古閣六十家》，宋詞頗有裨于學者。是編所錄半屬抄本，白門則借之周上舍雪客、黃徵士俞邰，京師則借之宋員外牧仲，成進士容若，吳下則借之徐太史健菴，里門則借之曹侍郎秋岳，餘則汪子晉賢購諸吳興藏書家，互爲參定。

172

藏書家編目録，詞集多不見收，惟莆田陳氏《書録解題》論其大略，鄱陽馬氏採入《通考》志中。

世人言詞必稱北宋，然詞至南宋始極其工至，宋季而始極其變，姜堯章氏最爲傑出，惜乎《白石樂府》五卷，今僅存二十餘闋也。《東澤綺語》傳亦寥寥，至施乘之孫季蕃盛以詞鳴，沈伯時《樂府指迷》亦爲矜響。今求其集不可復睹，周公謹、陳君衡、王聖與集雖抄傳，公謹賦西湖十景，當日屬和者甚衆，而今集無之。《花草粹編》載有君衡二詞，陸輔之《詞旨》載有聖與《霜天曉角》等調中語，均今集所無。至張叔夏詞集，晉賢所購，合之牧仲員外雪客上舍所抄，暨常熟吳氏《百家詞》本較對無異，以爲完書。頃吳門錢進士宮聲相遇都亭，謂家有藏本，乃陶南村手書，多至三百闋，則予所見猶未及半，漏萬之譏，殆不免矣。

古詞選本若《家宴集》、《謫仙集》、《蘭畹集》、《復雅歌辭》、《類分樂章》、《羣公詩餘後編》五十大曲、《萬曲類編》及草窗周氏選，皆軼不傳，獨《草堂詩餘》所收最下最傳，三百年來學者守爲兔園册，無惑乎詞之不振也。是集兼采趙弘基《花間集》、黃昇《花庵絶妙詞》、《中興以來絶妙詞》、陳景沂《全芳備祖樂府》、元好問《中州樂府》、彭致中《鳴鶴餘音》、鳳林書院《元詞樂府補題》、許有孚《圭塘款乃集》、顧梧芳《尊前集》、楊慎《詞林萬選》、陳耀文《花草粹編》、沈際飛《草堂詩餘廣集》、茅映《詞的》、卓人月《詞統》諸書，務去陳言，歸于正始。至如曾慥《樂府雅詞》、《天機餘錦》採入《花草粹編》，趙粹夫《陽春白雪集》見李開先《小山樂府後序》，則諸書嘉隆間猶未散軼，而《天機碎錦》、《片玉》、《珠璣》二集，聞江都藏書家有之。又如《百一選曲》、《太平樂府》、《詩酒餘音》、《仙音妙選》、《樂府新聲》、《樂府羣珠》、《樂府羣玉》、《曲海》之内，定有詞章可采，惜俱未之見也。

向客太原見晉祠石刻，多北宋人唱和詞，而平遥縣治西古寺廡下有金人所作小令，勒石嵌壁，令工人搨回，經十餘年，簡之故簏，則已爲鼠囓盡，是集成，未克採入，深以爲恨。計海内名山、苔龕石壁、宋元人留題長短句尚多，好事君子惠我片楮，無異雙金也。

詞有當時盛傳，久而翻逸者，《遺珠》、《片玉》往往見于稗官載紀，是編自《百川學海》、《古今小説》、唐宋叢書、曾氏《類説》、吳氏《能改齋漫録》、阮氏《詩話總龜》、胡氏《苕溪漁隱叢話》、陶氏《説郛》、商氏《裨海》、陸氏《説海》、陳氏《秘笈》外，繙閲小説又不下數十家。片詞足采，輒事筆疏，故多他選未見之作，庶幾一開生面。……

詞人姓氏爵里，選家書法不一，先系爵後書名者，《花間集》、《中州樂府》體也；書字於官爵下者，《絶妙詞選》體也；書名者，《全芳備祖》體也；書字者，《草堂》體也；冠別字於姓名之前者,鳳林書院體也;至楊氏《詞林萬選》、陳氏《花草粹編》,或書名,或書字,或書別字,或書官,或書集覽者,茫然莫究其世次,甚有別本以朱三十五《樵歌》爲秋娘作者,良可大噱。是集考之正史,參以地志、傳紀、小説,以集歸人,以字歸名,得十之八九。論世之功,柯子《寓疱》有焉。

周布衣青士隱於廛市,於書無所不闚,辨證古今,字句音韻之譌,輒極精當。是集藉其校讎,如史梅溪《綺羅香》後関"還被春潮晚急"原係六字爲句,《草堂》坊本脱去"晚"字,諸本因之。周晴川《十六字令》"眠,月影穿窗白玉錢"原係"眠"字爲句,選本譌作"明"字,遂以"明月影"爲句。歐陽永叔《越溪春》結語"沈麝不燒金鴨,玲瓏月照梨花"並係六字句,坊本譌"玲"爲"冷","瓏"爲"籠",遂以七字五字爲句。德祐太學生《祝英臺近》"那人何處,怎知道愁來不去",譌"不"爲"又",一字之乖,全旨皆失,今悉爲改正。他如蘇子瞻《念奴嬌》則從《容齋隨筆》,汪彥章《點絳唇》則從《能改齋漫録》,王晉卿《燭影搖紅》則從《漫録》,去其前関;李后主《臨江仙》則從《耆舊續聞》補其結語。其餘糾定難更僕數,坊間雖有《圖譜》,倚聲者宜考質焉。

四聲二十八調各有其倫,柳屯田《樂章集》有同一曲名,字數長短不齊,分入各調者。姜石帚《湘月》詞注云此《念奴嬌》之鬲指聲也,則曲同字數同,而《湘月》、《念奴嬌》調實不同,合之爲一非矣。詞固有一曲而各異其名者,是選悉依集本,不敢更易,審音者度無勿知,似不必比而同之也。

張子野弔林君復詩"烟雨詞亡草更青",蔡君謨寄李良定詩"多麗新詞到海邊",一篇之工,見之吟咏,"山抹微雲秦學士,露華倒影柳屯田。曉風殘月柳三變,滴粉搓酥左與言",一句之工,形諸口號,當日風尚所存,甄藻自爾不爽,故是集多綴宋元人評語,有明用修、元美諸家品騭,容有未當,或置不録焉。

宣政而後士大夫爭爲獻壽之詞,聯篇累牘,殊無意味。至魏華父則非此不作矣,是集于千百之中止存一二,雖華甫亦置不録也。

元人小曲如《乾荷葉》、《天淨沙》、《凭闌人》、《平湖樂》一名小桃紅等調,平上去三聲並用,往往編入詞集。然按之宋詞,如《戚氏》、《西江月》、《換巢鸞鳳》、《少年心》、《惜分釵》、《漁家傲》杜安世集中體,諸関已爲曲韻濫觴矣。是集間有采録,蓋倣楊氏《詞林萬選》之例,覽者幸勿以詞曲混一爲訕。

言情之作易流於穢,此宋人選詞多以雅爲目,法秀道人語涪翁曰"作艷詞當墮犁舌地獄",正指涪翁一等體製而言耳。填詞最雅,無過石帚《草堂詩餘》,不登其隻字,見胡浩《立春》吉席之作,蜜殊《咏桂》之章,亟收卷中,可謂無目者也。甚而易《靜兵要》寓聲于《望江南》,張用成《悟真篇》按調爲《西江月》詞,至此亦不幸極矣。是集於黃九之作去取特嚴,不敢曲徇後山之説。

宋人編集歌詞，長者曰慢，短者曰令，初無中調、長調之目。自顧從敬編《草堂詞》以臆見分之，後遂相沿，殊屬牽率。歲在癸丑，舍舘京師宣武門右，與葆礽舍人户庭相望。予輯是書，葆礽輯《詞頓辨》，晰體製以字數多寡爲先後，最爲精密。計一千調，編爲三十卷。比年聞更增益，予所見《鳴鳩餘音》、《洞玄金玉集》及他抄本，曲調異同，《詞頓》未經採入者，約又百餘。惜未遑郵寄，今葆礽逝矣，遺書在笥，雕刻無期，誠倚聲家之闕事也。

《花間》體製，調即是題，如《女冠子》則詠女道士，《河瀆神》則爲送迎神曲，《虞美人》則詠虞姬是也。宋人詞集大約無題，自《花庵草堂》增入閨情、閨思、四時景等題，深爲可憎，今俱準集本删去。

明初作手若楊孟載、高季廸、劉伯温輩皆温雅芊麗、咀宫含商。李昌祺、王達善、瞿宗吉之流，亦能接武。至錢唐馬浩瀾以詞名東南，陳言穢語，俗氣薰入骨髓，殆不可醫。周白川、夏公謹諸老間有硬語，楊用修、王元美則強作解事，均與樂章未諧。然三百年中豈無合作？當遍搜文集，發其幽光，編爲二集，繼是編之後。

《古今詞話》一書博訪未得，詞人瑣事散見各家詩話及傳記、小説中，捃拾需時，是集未能附綴。將仿孟棨《本事詩》、計敏夫《唐詩紀事》，別爲一集，以資談柄。近吳江徐徵士電發著《詞苑叢譚》一書，可云先獲我心，當讓其單行矣。（《詞綜》卷首）

陳玉璂

陳玉璂（1636—1700 後）字賡明，號椒峯。清武進（今屬江蘇）人。康熙六年（1667）進士。少有大志，凡天文、地志、河渠、兵刑、禮樂、賦役等等，皆研究明悉。授内閣中書。十八年，試博學鴻儒科，罷歸。平生篤志好學，反對學者作文摹擬唐宋八大家，做古人奴隸；認爲治學言經濟而不言理學則無本，言理學而不言經濟則迂而無用；對士子耗力於八股之習深爲痛恨。爲詩文下筆千言，旬日之間，動至盈尺，時稱俊才。著有《學文堂集》及史論數百卷。

本書資料據光緒二十三年常州先哲遺書本《學文堂集》。

顧脩遠《松鶴詩》序（節録）

古人詩之所以傳者，以其能創也。唐虞之世有《賡歌》，至商周始創爲《三百篇》之詩，漢則創樂府，又創五言詩，所傳蘇、李、枚乘諸詩是也。自是以至六朝，率相因而不敢變。至唐復創爲近體、排律、七言古歌行、絶句之屬，而詩之體大備。今雖有智者，不能更創一格，爭勝于古人，而有志之士往往窮研極思，必欲與之爭勝後已，即不能變乎古人之體，于古人體中，恒求所以小變之，以成一家之言。

《許九日詩集》序（節録）

今日詩之所以亡者，以未明于體也。若九日，可謂知體者乎！詩之有體，自《風》、《雅》、《頌》而已分，厥後漢、魏、晉、宋、齊、梁、陳、隋、唐，莫不各自爲體而不相襲。今人之爲詩，不審其體，或學漢魏，雜以唐；或學唐，雜以漢魏。是猶大布之衣綴以綺縠，不則同爲綺縠，而朱紫雜施，亦不成其爲衣矣。古人治詩，恒曰敦某代某體，故江淹擬詩皆識前人姓氏；迨其後，或擬陶、擬謝、擬長慶，紛紛以出。至明萬曆間，則有云濟南、太倉體，崇禎間則有云竟陵、雲間體，而體遂不足道。雖然，吾人作詩之道，必拘拘于體之弗失，將遂工乎哉？古人既往，以土木衣冠之，不可即謂古人；而優孟過焉，復謂不迨我之能顰笑歌哭，嗚呼，優孟亦豈遂得爲古人？（以上卷三）

彭孫遹

彭孫遹（1631—1700）字駿孫，號羨門，別號金粟山人。清海鹽（今屬浙江）人。順治十六年（1659）進士，官中書舍人，康熙十八年（1679）舉博學鴻詞，召試擢第一，文章聲價，紙貴一時。授編修，歷官吏部侍郎兼翰林院學士。彭氏才學富贍，詞采清華，館閣諸作，尤瑰瑋絕特，故能獨邀甄拔，領袖羣才。孫遹工詩詞，與王士禛齊名，時號“彭王”。著有《松桂堂全集》三十七卷、《延露詞》三卷、《香奩倡和集》及《金粟詞話》等。陳羣《松桂堂全集原序》云：“先生學問該洽，於書無不讀，所著詩賦莊雅典麗，又復春容流宕，而於館閣諸體尤爲瓌瑋，絕特一時，奉爲圭臬。在唐則如張燕公、蘇許公，在宋則如晏元獻、周必大、樓攻媿諸公。”

本書資料據四庫全書本《松桂堂全集》、學海類編本《詞統源流》、道光刊本《金粟詞話》。

《陸未菴先生詩集》序（節録）

詠歌之道與著述並垂不朽，古今作者或憑弔以興懷，或贈答以相樂，靡不往復纏綿，一唱三嘆。然其境趣各殊，風流迥別，妍嫵之奏觸境而生聲，凄緩之音緣情而發響，是猶吹萬於山林，殆有不可得而强者也。

176

《衍波集》序（節録）

昔楊用修先生有云，詩聖如子美而集内填詞無聞，秦少游、辛稼軒詞極工矣，而詩殊不强人意疑。填詞一道便爲獨藝，其説是矣。以觀于阮亭則容有未然者。阮亭天才超絶，下筆驚人，詩歌膾炙天下，爲當世宗匠。時于鉢吟燭唱之餘，發爲長短調，靡不含英咀華，引商刻羽，豈非同工兼美，度越今古者耶？然世但知阮亭詩詞能同工兼美如此，而不知單行阮亭之詞，又未嘗不吐納諸家，具有衆美也。試讀其《衍波》一集，體備唐宋，珍逾琳琅，美非一族，目不給賞。

《悔齋制藝》序

今之以古文詩歌知名于世者衆矣，求其無愧於古人而行之遠者，亦往往不乏其人也。獨至於制藝則勦説雷同，可傳之文蓋寡，豈束於有司之令，有才而不克自見歟？將成敗得失之故擾其中而使然歟？將有其人有其文而吾未之知歟？汪子舟次今之能爲古文詩歌者也，其所著《悔齋制藝》若干首，藏之箱篋，久而未出。近始得而卒讀之，理醇而旨遠，粹然一家之言，然後知汪子邃於經學，才之無所不宜如此也。嗚呼！余固知汪子者而得其一，幾失其一焉，則今兹讀其文而亟賞之，庸遂謂才之已盡於是乎？夫才之爲用無窮，而耳目之及有限，則余之知汪子也亦僅矣。

廣陵劉子闓選戎昱詩序

詩以唐人爲宗固也，然初、盛人詩如化人之塔，七寶莊嚴，乃至無階級可尋。至大曆以後則漸有神韻可以領會，谿徑可以尋求，清芬逸藻往往在文字之外，超然獨秀，令人一唱三嘆，流連而不能自已。近人未有晚唐片字，輒妄欲貶格錢劉，規隨李杜，此無異於見西子之容者不能學其天然之美，而僅僅比擬於折腰齲齒之間，見者有不以爲鬼物幾希矣。戎昱詩在中唐亦矯矯拔俗，"好去春風"之句見知於上官；"漢家青史"之什嘆賞於明主；他如《桂州臘夜》、《雲夢秋望》、《題招提寺》、《韋氏莊》諸篇，靡不深情遠致，清綺芊眠，方駕隨州，平睨補闕。廣陵劉子博雅之士也，將彙刻中唐諸家，因先以此集行世。予謂今人尚志於聲韻之學，不必窮深極高，即以此集手披口哦，朝夕肆其力，而不厭於以升堂入室，吾知其必有合也。若必以爲中唐也者而卑之不道，則事殊于刻鵠，情等于效顰，非予之所能知也已。

《曠庵詞》序

歷觀古今諸詞，其以景語勝者，必芊綿而溫麗者也；其以情語勝者，必淫艷而佻巧者也。情景合則婉約而不失之淫，情景離則僝淺而或流於蕩。如溫、韋、二李、少游、美成諸家，率皆以穠至之景，寫哀怨之情，稱美一時，流聲千載。黃九、柳七一涉僝薄，猶未免於淳樸變澆風之譏，他尚何論哉？

曠庵與僕交十年矣，晦明風雨，蹤跡雖疎，而窮愁略似。僕自難後鬱伊無聊，時浮沈於八十四調之中，淫思綺語不免爲秀禪師所訶遣。曠庵年來濩落不偶，亦復有香草美人之感，其所作長短調及和《漱玉詞》，若有所寄託而云然者。僕覽而心善之，以爲妍雅綿麗頗與晚唐、北宋諸家風致相似。夢窗、後村、白石以下雕繢過之，終無以尚其天然之美也。或謂語涉言情，不嫌刻畫，審爾則色飛魂艷之句，將不得擅美於詞壇耶？不知填詞之道以雅正爲宗，不以冶淫爲誨，譬猶聲之有雅正，色之有尹邢，雅俗頓殊，天人自別，政非徒於閨襜巾幗之餘，一味僝俏無賴，遂竊竊光草蘭苓之目也。昔揚子雲嘗有言矣，曰詩人之賦麗以則，僕於曠庵之詞亦云。（以上《松桂堂全集》卷三十七）

《詞統源流》（節錄）

小調換頭，長調多不換頭，間如《小梅花》、《江南春》諸調。凡換韻者，多非正體，不足取法。

詞之《紇那曲》、《長相思》，五言絕句也（俱載《尊前集》中）。《柳枝》、《竹枝》、《清平調引》、《小秦王》、《陽關曲》、《八拍蠻》、《浪淘沙》，七言絕句也；《雞叫子》，仄韻七言絕句也《花間集》多收諸體。《瑞鷓鴣》，七言律詩也載《草堂集》中。《欸殘紅》，五言古詩也楊用修體。體裁易混，徵選實繁，故當稍別之，以存詩、詞之辨。

詞有定名，即有定格。其字數多寡，平仄韻腳較然。中有參差不同者，一曰襯字，文義偶不聯暢，用一、二字襯之，密按其音節，虛實間正文自在。如南北劇“這”字、“那”字、“正”字、“個”字、“郐”字之類，從來詞本即無分別，不可不知。一曰宮調，所謂黃鍾宮、仙呂宮、無射宮、中呂宮、正宮、仙宮調、歇指調、高平調、大石調、小石調、正平調、越調、商調也。詞有同名而所入之宮調異，字數多寡亦因之異者。如北劇黃鍾《水仙子》與雙調《水仙子》異，南劇越調《過曲小桃紅》與正宮《過曲小桃紅》異之類。一曰體製，唐人長短句，皆小令耳。後演爲中調，爲長調。一名而有小令，復有中調，有長調，或係之以犯、以近、以慢別之，如南北劇名犯、名賺、名破之類。又有字數多寡同，

178

而所入之宫調異，名亦因之異者，如《玉樓春》與《木蘭花》同，而以《木蘭花》歌之，即入大石調之類。又有名異而字數多寡則同，如《蝶戀花》一名《鳳棲梧》、《鵲橋枝》，如《念奴嬌》一名《百字令》、《酹江月》、《大江東去》之類，不能殫述矣。

《金粟詞話》（節録）

詞體以豔麗爲本色

詞以豔麗爲本色，要是體製使然。如韓魏公、寇萊公、趙忠簡，非不冰心鐵骨，熏德才望，照映千古。而所作小詞，有"人遠波空翠"，"柔情不斷如春水"，"夢回鴛帳餘香嫩"等語，皆極有情致，盡態窮妍。乃知廣平梅花，政自無礙。豎儒輒以爲怪事耳。司馬溫公亦有《寶髻松》一闋，姜明叔力辨其非，此豈足以誣溫公，真贋要可不論也。

吴興祚

吴興祚（1632—1697）字伯成，號留邨。清山陰（今浙江紹興）人。爲官清正廉潔，持大體，除煩苛，仕官四十餘年，位一品，所得禄賜盡以養戰士，遠近戴之。平生工詩文，擅音律。著有《宋元詩聲律選》、《史遷句解》、《粤東輿圖》等。

本書資料據上海古籍出版社 1984 年影印光緒二年本《詞律》。

《詞律》序

有韻之文，肇自《賡歌》。降而曰詩，曰騷，曰賦，莫不以音節鏗鏘爲美。傳及後世，學詩、學騷、學賦者，溯源及流，皆可各遵所尚，蔚然自成厥章，不失古作者之體裁而已，未嘗必句櫛字比，域於本文而設爲章程以律之也。詩之變古而律，其法猶寬。至詩變而爲詞，其法不得不加密矣。何者？詞爲曲所濫觴，寄情歌詠，既取丰神之蘊藉，尤貴音調之協和。其倡爲名目，諸公皆才士，而又精於聲音節簇之微妙。故凡其篇幅短長、字句平仄，皆非無故決然爲一定不可移易焉者。世無知音，鮮識其奥，而作者又不自言其所以然以告於後人。於是世之自命爲才人宿學，遂不問古作者製詞之所以然，而竊謂裁割字句、交互平仄之間，無事拘泥，可任情率意更改增減。詎知古調盡失，詞之名存而音亡矣！嘻，設詞可不拘成格，惟憑臆是逞，則何不以詩、以騷、以賦不必句櫛字比者爲之，而必詞之爲耶？夫既刻意爲詞，復故失其音節之所在，不惑之甚耶！

陽羨萬子有憂之,謂古詞本來,自今泯滅,乃究其弊所從始,緣諸家刊本不詳考其真,而訛以承訛,或竄以己見,遂使流失莫底,非亟爲救正不可。然欲救其弊,更無他求,惟有句櫛字比於昔人原詞以爲章程已耳。因輯成此集,考究精嚴,無微不著,名曰《詞律》,義取乎刑名法制,若將禁防佻達不率之爲者,顧推尋本源,期於合轍而止,未嘗深刻以繩世之自命爲才人宿學者也。夫規矩立而後天下有良工,銜勒齊而後天下無泛駕。吾知嗣是海內詞家,必更無自軼於尺寸之外,而詞源大正矣。爰喜而授之梓。康熙丁卯上巳山陰吳興祚題。(卷首)

唐　彪

唐彪(生卒年不詳)字翼修。清金華(今屬浙江)人。在兩浙地區課徒講學,與毛奇齡、仇兆鼇交往。唐彪是清初教育家、語文教學法家、蒙學教育理論專家,是我國歷史上第一位研究蒙學教育的學者。歷任會稽、長興、仁和等地訓導。他根據自己的教學經驗,參照古今先賢論説,撰成《父師善誘法》和《讀書作文譜》(又名《家塾教學法》)兩部語文教學著作。其《讀書作文譜》中的《諸文體式》是文體論,論及記、志、記事、序、小序、説、原、議、辯、解、文、傳、碑文、行狀、墓誌銘、墓碑文、墓碣文、墓表、阡表、殯表、靈表、書、簡、狀、疏、啟、箋、銘、頌、贊、祭文、吊文、問對、題跋、書讀、引、雜著、公移、箋、制、誥、詔敕、敕牓、檄、露布、規、戒等各種文體;《諸體詩式》是詩體論,論及樂府、樂府歌行、近體歌行、五七言古詩、雜言古詩、近體律詩、排律、絶句、六言詩、聯句、詩余、南北曲等詩、詞、曲各體,皆博采先賢及同輩之言,時發己見,多爲經驗之談。毛奇齡《讀書作文譜序》(卷首)稱其"講求之切,擇取之精,一字一注,皆有繩檢,所謂哲匠稽器,非法不行者"。

本書資料據嘉慶十九年刊本《讀書作文譜》。

後場體式

策體　徐伯魯曰:"策體有三。曰制策,乃天子稱制以問而對者是也。曰試策,乃有司策試士而對者是也。曰進策,乃士庶著策而進上者是也。又曰對策出乎士人,而策問發于上人,尤必善爲疑難,方有神也。"

袁坤儀曰:"明制科取士以策爲則。國初未設督學使者,提調之權全在有司。孟月試經義,仲月論表,皆在黌宮。季月則專試策,有司主之。自此制一變,而策學幾廢矣。其體只許直陳所見,不許修辭説文云。策者,謀也。貴通達治體,敷陳確實,豈藉虛詞炫飾哉？宇宙間大學問，如天文地理、曆律兵刑之屬，杜氏《通典》以十八事盡之，《文獻通考》廣而爲廿四目。今試每事精考，熟於胸中，發之爲文，則爲命世之言。見之於用，則爲經世之學。然而非易也，欲精研學問，自有要法。韓愈云：'紀事必提其要。'士人各置空簿，將天文、地理、政事、刑名之目，分列其上，日間讀書，或聽人談論，則隨手劄記于各目之下，久久積成大帙，不覺貫串矣。今人讀書，不知記事之法，旋讀旋忘，是以釋卷茫然也。"

袁坤儀曰："策目中意旨輕重，體認既真，然後以己之意摘採區處。如目中有好話頭，不妨借作眼目。目中有所區別，不妨就意分爲賓主。或所問繁條，我可以斷歸一說。或所問有疵，我可以折歸正理。主張在我，不爲問目所困，而盡情闡發，方是高手。"

策問 袁坤儀曰："策問大概有二，不問時務，則問經史。然二者亦自相關，問時務者，必引經史爲証。問經史者，必以時務歸結。作者須辨認二體，然後詳考所問，何者爲綱，何者爲紀，何者爲正問實事，何者爲泛引餘情，何者爲血脉，何者爲眼目，一一分派已定，擒定一個主意做去，則下筆自有氣勢，結搆盡是經綸矣。"

唐彪曰：初學未知策問體式，入場見題長千餘字，俱是設疑問難，露一隱二，便茫然不知旨歸何在，於是略拈影響，勉强成篇。郢書燕説，其能免乎？平日須將舊策題集數十道彙爲一冊，詳細閱之，貼其發問之機竅。後日題到手時，胸有成見，不爲題所困縛。因問條對，自有確實議論出於其間矣。

經論體裁 唐彪曰：劉勰云："論者，綸也"，"彌綸羣言而精研一理者也"。釋經宜與証疏合體，辨史宜與評贊一機，詮文當與叙引共軌，陳政應與議説同科。因題立義而各出體裁者，論之用也。然論史、詮文、陳政之體，見於八家及明之諸名家者，體裁咸備，不必詳言。今惟言其"釋經之宜如註疏體裁"者，論有冒冒之體。或一段，或兩段，長短不拘也。然並無論破論承，偶有似破者，至於承則百無一肖。近有著論體者，易去論冒之名，以破承代之，而論冒之舊名不能没也。後學無知識者，見其書對之於破承而不似，仍謂之論冒而不敢。疑惑滿衷，莫知所適，因疑破承之外尚有論冒，如制藝之有起講者。噫！明明是一論冒，而故設一破承之名以害人，何爲者乎？論冒宜簡短穩括，發題之大概而止。縱筆暢言實發，必至與後幅雷同也。論冒之下即點題，本朝甲辰至丁未書論皆如此，想亦初設典制，士子猶未深造，不敢自異。若行之久，必有變化出焉。何也？制藝尚不點於一處，何况論乎？點題之下，皆有"請申論之"、"請申其旨"句。此套之最陋者，必宜棄去，以他語襯之可也。若能鎔化題面，不直述題，則襯貼語竟可以不必矣。點題之下，乃論之前半幅也。以一二句短題言之，體裁半虛半實，不必過於實發，惟推原題之來歷以闡發題前，順筆出之固佳，反筆振之尤美。若多句長題，或總挈題面，或截發上段。若題中有綱領句，則先挈綱領，以控全題之勢。大都前半用反筆,則文情多振動也。近有著論體者,點題之下忽立論項之名,就其比擬之意宜稱論項何足以名之? 且前既無論首論面,此處特出項名,於理終未協也。何若以前半幅稱之,或者以次段之名稱之始當矣。論之中幅,無論長短諸題,皆宜實發全意。義一二層者,以一二層還之。義三四層者,以三四層還之,不宜遺漏也。宋儒陳止齋云:"論之中幅,如四通八達之衢,無有繩墨,宜反覆鋪叙,盡情暢發,無容闕略。"確哉言也。論之後幅,不貴空言。或援引經書以証,或引史斷爲憑,或借鑒於古人,或取裁於往事。又宜推廣補闕,題言善以爲法者,此多補言不善以垂戒;題言不善以爲戒者,此多補言善事以爲法。罕譬不嫌於泛也,曲喻不厭其詳也。大都指陳條欵,令人實可見之施行耳。近有人以腰名後幅者,此更無稽之談。蓋腰在臍與命門之兩旁,臍與命門者,乃一身之中位也。古人謂之呼根吸蒂,又謂之黄庭上府,無非謂其中也。今腰處地位之中,豈可以擬論之下截乎? 據其比擬,宜稱論股。此真擬物不以其倫也。且據其所言,又平庸八股之後股耳。高手且不屑爲此,豈可移爲論式乎? 論之結尾,貴乎健也,欲其如神龍之掉尾。又貴乎有韻也,欲其如琴瑟之餘音,鏗然於弦指之外。此則論之至佳者矣。或曰:"今經書論點題,皆在論冒之下。子獨言不必拘於一處,何也?"曰:"東坡之文,以論爲最,人稱其爲千年絶調。今觀東坡之文,《禮以養人爲本論》點題在第四段之後。《勢論》點題在篇末之第四句。《物不可以苟合論》,則竟點於篇末。《大臣論》則點於論冒之第二句。《武王論》則點於論冒之第一句。觀此則知點題不當坐定於一處也。又時藝點題,不但不拘於一處,且有順點、反點、借點、補點、暗點諸法,況於論乎? 古人云:論貴圓轉變化,忌方板雷同。若篇篇一律,則方板雷同之至矣,圓通變化安在乎? 此所以謂不必點於一處也。"

諸論體總法 陳止齋云:"論貴有生發,譬如欲説人之子美,必言其祖、父之餘慶,又言其師教之有方,又推言性資之長善,與其交遊之琢習。則如此推廣,則圓轉不窮矣。故善作文者,能於無題目處生出文字來,或借古以証今,或因彼而例此,多方援據而不窮,如東坡論是也。至於章法,全在結搆精詳,虛實處貴分賓主,馳驟處貴有節制,鋪叙處貴有曲折,過接處貴無痕跡。或整齊,或疏放,或實或虛,或反或正,如神龍之出没,夭矯百變乃佳也。"

袁了凡曰:"凡論立意高,説理透,不爲玄言奇語而人自屈服者爲上。詞理兼脩,華實並茂者次之。"又云:"士子爲論,須依於忠厚,止於禮義,可翻駁羣彦,不可戲薄聖賢。可據理陳辭,不可强辭奪理。宜於有過中求無過,不可於無過中求有過。議論一出,關乎他人之人品,即關乎自己之人品,不可不慎也。"

表 或曰:"《字書》云:'表者,標也,明也。標著事績,使之明白以告於上也。'漢表皆用散文,至唐始用駢儷,而宋因之,然而對偶之中,實兼流利之體,初不專尚浮靡堆砌也。明初進書、讓官、謝恩、慶賀諸表，皆簡徑明通，法疏而語淡。其對但取現成，不取縝密，且未有種種定式。嘉隆以後，以富儷爲工，日加煩冗，於是有冒題，有援古，有頌聖，有人事，有自陳，有勉聖。起止皆有定式，鋪叙皆有成轍，然而文日陋矣。今作者雖不能盡復古初，亦不宜過狥時尚。棄非就是，端有望於豪傑之士也。對法有五，一曰正名對，如‘天地’、‘日月’是也。二曰同類對，如‘珠玉’、‘丹青’是也。三曰借字對，如‘伍相’、‘千軍’是也。‘伍’是姓，‘千’是數。四曰就句對，如‘一麾五部，餘十萬以臨民；白首丹心，歸彤庭而遇主。’是每聯各自爲對也。五曰流水對，如‘自有生民以來，未有孔子之盛’是也。冒後援古，一名解題，惟進表宜用之，謝表可少用，賀表則不宜用，何也？凡解題必説前朝不是，故賀表不宜用。今人不拘何題，無不將歷代事跡填塞滿紙，令人噴飯。又賀表頌聖宜詳，謝表自叙宜詳，各有定理，不可亂也。”

唐彪曰：余讀永叔、子瞻及明初之表，體裁簡徑，出入經史，未嘗不爲之手舞足蹈也。嘉隆以後，以至於今，拘於俗體，務爲冗長，詩曲裨（稗）史之辭，恣意堆積，蕪穢野俗，體裁愈變而文愈下矣。然此體裁，豈功令所頒乎？不過士人自爲增飾耳。增飾而適成其陋，何若反其簡貴之爲善乎？有識之士取嘉隆以前之表讀之，奉以爲式，不特文佳，作之更易，何必臨場取至陋之時務而讀之哉。

唐彪曰：作表惟句法奇偶、長短合宜，始能人妙。其最上一格，大抵偶聯、奇聯錯綜間用，自然變化飛舞，悦人心目。苟或不能，用二偶聯以一奇聯間之，亦稱合法。至於句法之長短，不拘是偶是奇，但見前句長，則後句必宜短；前句短，則後句必宜長。長短相間，句調參差，方得離奇變化。近時之表，多爲偶聯，而奇聯絶少，又句法長短多不合宜，所以堆塞板滯，不堪入目也。啓箋之法，亦當視此爲準矣。

判　徐伯魯曰：“《字書》云：‘判，斷也。折獄判斷之辭也。’唐制選士亦用之，但其弊堆積故事，不切於蔽罪，拈弄詞章，不協於律格，爲失其體耳。惟宋儒王回之作，脱去四六，純用古文，庶乎能起二代之衰。而後人不能用，爲甚可惜也。”

袁坤儀曰：“文士能工於表，鮮有不工判者。判取諸斷，引用貴典，措辭貴健，氣貴流利，調貴錯綜。蓋典則不浮，健則不委，流利則不涩滯，錯綜則不古板。能此四者，川流河決之勢矣。大認作法，自‘今某’以上，長短不過三聯。‘今某’以下，長短不過五聯，不必過馳騁也。所貴者，在能洞曉刑名，條斷合法，是謂讀書兼能讀律，既合體裁，又稱實學焉。”

諸文體式

記　記者，紀事之文也。有單叙事者，有純議論者，有半叙事半議論者。又有託物以寓意者。如王績《醉鄉記》是也。有首之以序,而以韻語爲記者。如昌黎《汴州東西木門記》是也。有篇末系以詩歌者。如范仲淹《嚴先生祠堂記》之類是也。皆爲別體,其題或曰某記,或曰記某,昌黎集有《記宜城驛》是也。命題雖不同,而體未嘗異也。論辨序題,可以類推。

唐彪曰:或言作記一着議論,即失體裁,此言非也。凡記名勝山水,點綴景物,便成妙觀,可以不着議論。若廳堂亭臺之記,不着議論,將以何説?撰成文字,豈棟若干,梁柱若干,瓦磚若干,便足以成文字乎?噫!不思之甚矣。

誌 伯魯曰:"《字書》云:'志者,記也。'字亦作'誌'。其名起於《漢書》十志而後人因之,大抵記事之作也。"

紀事 伯魯曰:"紀事者,記、志之別名,而野史之流也。古者史官掌記時事,耳目所不逮,往往遺焉。故文人學士遇有見聞,隨手紀録。或以備史官之採擇,或以補史籍之遺忘,故以'紀事'名之。"

序 小序 唐彪曰:《爾雅》云:"發其事理,次第有叙也。"有叙事多者,有議論多者,有末後綴以詩者,三者皆通用也。西山真氏則分無詩者爲正體,有詩者爲變體。小序者,序其篇章之所由作,對大叙而名之也。古人著書,每自爲之叙,然後己意瞭然,無有差誤。此小序之所由作也。

説 伯魯曰:"説,解説也。原本經史,而更住以己見,縱橫抑揚,以詳贍爲上,與論無大異也。"

原 伯魯曰:"原者,推其本原,究其委末,曲折抑揚,以明其理,亦論之流別也。"

議 伯魯曰:"議貴據經析理,審時度勢。以確切爲工,不以繁縟爲巧。以明颺爲美,不以深隱爲奇,乃得體之正也。"

辯 伯魯曰:"辯,判別也。大概祖述《孟子》,以至當不易之理,而以反覆曲折之詞發之是也。"

解 "釋"同 伯魯曰:"《字書》云:'解者,釋也。因人有疑而釋之也。'辨疑釋難,與論、説、原、議、辯蓋相通焉。其題曰'解某',曰'某解',無分別也。釋之體亦相同。"

文 伯魯曰:"凡篇章皆謂之文,而此獨以文名者,蓋文中之一體也。或以盟神,或以諷人,或爲韻語,或爲散文,或做楚詞,或爲四六,其體不同,其用亦異。"

傳 伯魯曰:"《字書》云:'傳者,傳也。記載事跡以傳於後世也。'自漢司馬遷作《史記》,創爲《列傳》以紀一人之始終,嗣是山林里巷,或有隱德弗彰,或有細行可法,則皆爲之作傳,以傳其事。或有寓意而馳騁文墨者,間以滑稽之術雜焉,皆傳體也。其間有史傳、有正體、變體。家傳、托傳、假傳四者之分焉。"

碑文 前輩云:"考之《婚禮》:'入門當碑揖。'註云:'古者宮室有碑以察日影,知

早晚也。'《祭義》曰：'牲入麗於碑。'"註云："古者宗廟立碑以繫犧牲。"後人因鼎彝漸
闕，無以紀其功德。故以石代金，紀於其上，以垂不朽也。故碑實銘類，銘實碑文。其
序則傳，其文則銘，此碑之體也。"

唐彪曰：碑文事實多者，止須叙事，若故意攙入議論，便成贅瘤。事實寡者，不少
參之以議論，必寂寞不成文字。此前輩又謂碑文一着議論，便非體裁。此言過矣，今
删去之。

行狀"行述"同　伯魯曰："行狀者，取死者生平、言語、行事、世系、名字、爵里、壽
年、後裔之詳，著爲行狀，亦名行述。或牒考功太常，使之議諡；或牒史舘，請爲編録；
或上作者，乞墓、誌、碑、表之類。以其有所請求，故謂之狀。其文多出於門生、故吏、
親舊之手，以謂非其人不能知也。其逸事狀，則但録其逸事，不詳其所已載，乃狀之變
體也。"

墓誌銘　唐彪曰：誌者，記也。銘者，名也。古之人有德善功烈可名於世，鑄器以
銘。故於葬時述其人世系、名字、爵里、行治、壽言、卒葬日月，與其子孫之大略，勒石
加蓋，埋於壙前三尺之地，以爲異時陵谷變遷之防也。迨夫末流，乃有假手文士以謂
可以信今傳後，而潤飾太過者，亦往往有之。然使正人秉筆，必不肯狥人以情也。其
體圓。事實多者專叙事，事實少者可參之以議論焉。其題曰"墓誌銘"者，有誌有銘者
也。"並序"者，有誌、有銘而又先有序者也。單曰"墓誌"，則無銘者也。曰"墓銘"，則
無誌者也。亦有單云"誌"而却有銘，單云"銘"而却有誌者。有純用"也"字爲節段者，
有虛作誌文而銘内始序事者，亦變體也。若夫銘之爲體，則有三言、四言、七言、雜言、
散文之異。有中用"兮"字者，有末用"兮"字者，有末用"也"字者。其用韻，有一句用
韻者，有兩句用韻者，有三句用韻者，有前用韻而末無韻者，有前無韻而末用韻者，有
篇中既用韻，而章内又各自用韻者，有隔句用韻者，有韻在語詞上者，有一字隔句重用
自爲韻者，有全不用韻者。其更韻，有兩句一更者，有四句一更者，有數句一更者，有
全篇不更者，不一體也。此外又有未葬而權厝者曰"權厝誌"，既殯之後，葬而再誌者
曰"續誌"，又曰"後誌"。柳河東有《故連州員外司馬陵君墓後誌》，是也。殁於他所而
歸葬者，曰"歸祔誌"。《河東集》有《先夫人河東縣太君歸祔誌》。葬於他所而後遷者，
曰"遷祔誌"。《河東集》有《叔妣陸夫人遷祔誌》。刻於蓋者曰"蓋石文"，刻於磚者曰
"墓磚記"，又曰"墓磚銘"。《河東集》有下殤女子、小姪女《墓磚記》、《墓磚銘》是也。
書於木版者曰"墳版文"，《唐文粹》有舒元與撰《陶母墳版文並序》。曰"墓版文"，又有
曰"葬誌"。河東集有《馬室女雷五葬誌》。曰誌文，有誌無銘者，則《江文通集》有《宋
故尚書左丞孫緬等墓誌文》是也。有誌有銘者，《河東集》載《故尚書户部侍郎王君先
太夫人河澗劉氏誌文》是也。曰"墳記"，《河東集》有《韋夫人墳記》。曰"墳誌"、曰"壙

銘”、曰“槨銘”、曰“埋銘”，《朱文公集》有《女埋銘》是也。在釋氏則有“塔銘”、“塔記”。《唐文粹》載劉禹錫撰《牛頭山第一祖融太師新塔記》。凡二十題，今備載之。

墓碑文　墓碣文　伯魯曰：“神道碑者，樹於墓之前，刻死者功業于其上。因堪輿家以東南爲神道，碑立其地，故以名焉。唐碑制，龜趺螭首，五品以上官用之，而近世高低廣狹各有等差，則制之密也。蓋葬者既爲誌以藏諸幽，又爲碑碣表以揭於外，皆孝子慈孫不忍蔽其先德之心也。其爲體，有文有銘又或有序。文與誌銘大略相似而稍加詳。而其銘，或謂之詞，或謂之係，或謂之頌，要之皆銘也。不能如誌銘之備，而大略亦相通焉。亦有正變二體，其或曰碑文，或曰墓碑，或曰神道碑，或曰神道碑文，或曰墓神道碑，或曰神道碑銘，或曰神道碑銘並序，或曰碑頌，皆別題也。碣制方趺圓首，五品以下官用之。而近世復有尺寸之限，則其制益密。古者碣之與碑本相通用，後世乃以官級之故而別其名，其實無大異也。其爲文與碑相類，而有銘無銘，惟人所爲。又或專言碣而復有銘，兼言銘而却無碣，亦猶誌銘之不一體也。其銘之韻，亦與誌銘同，其題有云‘碣’，有云‘碣銘’，有云‘碣頌並序’。”其文亦兼叙事議論二體也。

墓表附阡表、殯表、靈表　伯魯曰：“墓表文體與碑碣同，有官無官皆可用，非若碑碣之有等級限制也。以其樹於神道，故又稱神道表。其文有正變二體。外有阡表、殯表、靈表，亦其類也。阡者，墓道也。殯者，未葬之稱。靈者，始死之稱。自靈而殯，自殯而墓，自墓而阡也。近世用墓表，故以墓表括之。”

賦　伯魯曰：“賦者，富麗之詞也。莫盛於漢，賈誼、相如、揚雄皆以命世之才，俯就騷律，故情意俱工，可謂盛矣。如《上林》、《甘泉》極其鋪張，而終歸於諷諫，則有風之義。《兩都》等賦，極其炫耀，終折以法度，則有雅頌之義。《長門》、《自悼》等篇，緣情發意，托物興詞，極和平從容之槩，則有比興之義。此皆古賦之最佳者，學賦者當取法于此，自然得賦之正矣。”

書簡狀疏啓　伯魯曰：“書者，舒也，舒布其言而陳之簡牘也。有辭令、議論二體。簡者，略也，言陳其大略也。手簡、小簡、尺牘皆別名耳。狀，言陳也。疏，言布也。啓者，開陳其意也。以上五者多用於親知往來問答之間，而書、啓、狀、疏亦以進御。書簡多用散文，啓狀皆用儷語，疏則散文、儷語通用。世俗施於尊者多用儷語，所以表恭敬也。恭嘗論之，諸項體製本在盡言，故宜條暢以宣意，優柔以達情，乃心聲之獻酬也。若夫尊卑有序，親疏得宜，是又存乎節文之間。作者詳之。”

書　伯魯曰：“人臣進御之書爲上書，親朋上下往來之書爲書。二端之外，復有書者，乃別出議論以成書也。《史記》中有‘八書’，唐李翱有《復性》、《平賦》二書，此類是也。”

箴　伯魯曰：“按《説文》云：‘箴者，諴也。’蓋醫者以石刺病，故有所諷刺而救其失者謂之箴，喻箴石也。大抵箴者，箴君與己之得失，而規則規乎同僚之行誼也。其品有二，一曰官箴，二曰私箴，皆用韻語，而反覆古今興衰理亂之故，以垂警戒，使讀者惕然有不自寧之心焉。”

銘　伯魯曰：“其體有二：曰警戒，曰祝頌。陸機曰：‘銘貴博文而温潤。’斯言得之。”

頌　伯魯曰：“按《詩》有‘六義’，其六曰‘頌’。頌者，容也，‘美盛德之形容，以其成功，告神明者也。’若商之《那》，周之《清廟》諸式，皆以告神。後世所作，不盡告神，或止形容美善耳。其詞或用散文，或用韻語。劉勰云：‘頌之爲體，典雅清鑠，揄揚汪洋。敷寫似賦，而不入華侈之區；敬慎如銘，而異乎規戒之體。’詳哉作頌之法乎。”

贊　伯魯曰：“按《字書》云：‘贊，稱美也。’其體有三，一曰雜贊，意專褒美，若諸集所載人物、文章、書畫諸贊是也。二曰哀贊，哀人之歿而迷其德以贊之者是也。三曰史贊，詞兼褒貶，若《史記索隱》、《東漢》、《晉書》諸贊是也。劉勰有言：贊之爲體，‘促而不曠’，以抑揚感慨之致，或發爲有韻之詞，其頌家之細條乎？可謂知言矣。”

祭文　唐彪曰：祭文之體，有韻語，有儷語，有散文。其用有四，祈禱雨暘，驅逐邪魅，干求福澤。此三者，貴乎辭恭而意懇，不亢不浮爲得體。若祭奠之辭，貴乎哀切，寫其生平之行誼，而哀其死亡之過速，如此而已。

弔文　伯魯曰：“弔文者，弔死之辭也。古者弔生曰‘唁’，弔死曰‘吊’，或驕貴而殞身，或慣忿而乖道，或有志而無時，或美才而兼累。他人慰之惜之，並名爲弔。其有稱祭文者，實亦吊也。大抵弔文之體，髣髴楚騷，而切要惻愴似稍不同。否則華過韻緩，化而爲賦，其能逃乎奪倫之譏哉。”

問對　伯魯曰：“按問對者，文人假設之詞也。名實皆問者，屈平《天問》，江淹《邃古篇》是也。名問而實對者，柳宗元《晉問》之類是也。問對之文，反覆縱橫，可以舒憤鬱而通意慮，蓋亦文之不可缺者也。”

題跋書讀　伯魯曰：“按題跋者，簡編之後語也。凡經、傳、子、史、詩、文、圖、書之類，前有序引，後有後序，可謂盡矣。其後覽者，或因人之請求，或因感而有得，則復撰詞以綴於簡末。其名則有四焉，曰題，曰跋，曰書某，曰讀某。夫題者，諦也，審諦其意也。跋者，本也，因文而見本也。書者，書其語；讀者，因於讀也。其詞考古証今，釋疑訂謬，褒善貶惡，立法垂戒，各有所爲，而專以簡勁爲主。故與序、引不同。又有題詞，所以題號其書之本原與其文詞之佳也。若漢趙岐作《孟子題詞》，其文稍繁。而宋朱子倣之作《小學題詞》，更爲韻語，亦一體也。然題跋書於後，而題詞冠於前，此又其辨耳。”

引　唐以後始有此體，柳宗元有《霹靂琴贊引》，劉禹錫有《送元暠南遊詩引》。大約如序而稍爲簡短，蓋序之濫觴也。若其名"引"之義，難妄臆説，俟博聞者詳之。

雜著 伯魯曰："按雜著者，詞人所著之雜文也，以其隨事命名，不落體格，故謂之雜著。其本乎義理，發乎性情，則與他文無異焉。"

上書、奏、疏、議、封事、啓、劄子、狀、對、題本、奏本

或曰："古人敷奏諫説之詞，皆矢口陳言，未經筆札。劉勰謂'言筆未分'，此其時也。降及七國，言事于王皆稱'上書'。秦初改'書'爲'奏'。而漢文時，賈山陳治亂之道，名曰'至言'，其體即上書也。奏者，進詞也，亦名上疏。漢人用以彈劾，又名劾事。故曰'奏以按劾'，然奏事亦用之。明制陳私情曰奏，則非止於按劾，乃章疏之總名也。疏者，布列其情事也。漢奏事皆稱上疏，諸王之官屬，上於其君亦用之。唐之表狀亦稱書疏，乃章奏之總名也。議者，漢制。漢置密奏入議，用陰陽皂襄封板以防宣泄，謂之封事。故曰'議以執異'。又朝臣外補，天子使人欲其言事，及有事下議者，並以書對。則封事與上書又名議也。啓者，開道其君於善也。魏晉以下，啓獨盛行。其體有散文，有儷語。劄子者，宋之創制，蓋本唐人牓子、録子之類而更其名。其用最多，亦奏疏之名，無別義也。狀者，形容其是非也。唐宋皆用之。有散文、駢語二體。對者，因問而條對也。至於奏本、題本，又明世所獨設。其用之分別，以論政事曰題，陳私情曰奏，皆謂之本。"按：已上諸稱，皆奏疏之名，其體宜以明允篤誠爲本，以辨析疏通爲當。酌古準今，删繁舉要，乃爲得體也。

公移 伯魯曰："公移者，諸司相移之詞也。其名不一，故以'公移'括之。唐世凡下達上，其制有狀、有牒、有辭。百官於其長用狀，庶人呈於官府用辭，職官階級稍上者用牒，對職者亦用牒。至於諸司自相質問，其用有三，曰關，謂關通其事也；曰刺，謂刺舉之也；曰移，謂移其事于他司也。宋制宰執帶三省樞密院事出使者，移六部用劄。六部移宰執帶三省樞密院事出使者及從官任使副，移六部用申狀。六部相移用公牒。明時上達下者曰帖、曰照會、曰劄付、曰案驗、曰故牒。下達上者曰呈、曰申、曰案呈、曰咨呈、曰牒呈。諸司相移者曰咨、曰牒、曰關。上下通用者曰揭帖。大約因前代之制而損益之也。"

牋 伯魯曰："劉勰云：'牋者，表也，識表其情也。'始於東漢，其時上太子、諸王、大臣，皆得稱牋。後世專以上皇后、太子，而其他不得用。其詞有散文，有儷語。明制奏事，太子諸王稱啓，而慶賀皇后、太子，仍並稱牋云。"

制 伯魯曰："顏師古云：'天子之言，一曰制書。'唐宋用之，謂制度之命也。其謂宣讀於廷，皆用儷語，故有'敷告在廷'、'敷告在位'、'敷告萬邦'、'誕揚贊册'、'誕揚丕號'等語。唐世大賞罰、赦宥、慮囚及大除授，則用制書。其褒嘉贊勞，別有'慰勞制書'。餘皆用'敕'，中書省掌之。宋承唐制，用以拜三公、三省、門下、中書、尚書等官，

188

而罷免大臣亦用之。其餘庶職，則但用誥而已。而唐宋文體，則不一類。”

. 誥　伯魯曰：“《字書》云：‘誥者，告也。’《書》有《大誥》、《洛誥》、《仲虺之誥》。《周禮·卿誥》以會同諭衆。漢唐或用或廢，至宋始以命庶官，追贈大臣，贈封其祖父妻室及貶謫有罪，凡不宜於庭者皆用之，故其文甚多。然考歐、蘇、曾、王諸集，通謂之‘制’。蓋當時王言之司，謂之兩制，是制之名統諸詔命七者而言，故語亦稱制也。明制命官不用制誥，惟三載考績則用誥以褒美。五品以上官贈封其親，及賜大臣勳階贈謚皆用之。其詞有散文，有儷語。六品以下則用敕命，其詞亦兼二體，亦監前代而損益之也。”

詔　伯魯曰：“劉勰云：‘古者王言稱命、稱詔、稱誓。秦並天下，改命曰制。今曰詔，於是詔興焉。夫詔者，昭也，告也。’古詔溫厚之情典雅之致，每於散體文中見之。六朝而下，文尚偶儷，多用四六，亦稱莊貴。近代則二體恒兼用之。”

敕 敕牓附　伯魯曰：“《字書》云：‘敕，戒敕也，使之警飭不敢廢慢也。’劉勰云：‘戒敕爲文，實詔之切者。’漢之戒書即戒敕也。唐有發敕、敕旨、敕牒、論事敕書，則唐之用敕廣矣。其詞有散文，有四六。明制差遣諸臣多予敕行事，詳載職守，申以勉辭，而褒獎責讓亦用之。詞皆散文。又六品以下官贈封亦稱‘敕命’。始兼四六，亦可以見古文興復之漸矣。”

檄　伯魯曰：“《説文》云：‘以木簡爲書，長尺二寸，用以號召。若有急，則插鷄羽而遣之，故謂之羽檄。言如飛之疾也。’劉勰云：‘植義颺辭，務在剛健。或述其不明，或叙彼苟虐。指天時，審人事，筭强弱，角權勢。標著龜於前驗，懸盤銘於已然。插羽以示迅，不可使辭緩；露版以宣衆，不可使義隱也。’可謂盡之矣。其詞有散文，有儷語。儷語始於唐，蓋唐文多尚儷也。其他報、答、諭、告及邦州徵吏，亦有稱檄者，蓋取明速之義也。”

露布　伯魯曰：“露布者，軍中奏捷之詞也。書詞於帛，建諸漆竿之上。劉勰所謂‘露板不封，布諸視聽者’是也。又勰《移檄篇》云檄‘或稱露布’。豈露布之初，告伐告捷，與檄通用，而後始專以奏捷與？其體大槩多用儷語。”

規　伯魯曰：“規者，言規其闕失，使不敢越，若木之就規也。古者箴君之過曰箴，臣下自相規戒曰規，故《國語》曰：‘官師相規。’官師者，謂衆官也；相者，平等之謂。故知爲臣下自相規戒之辭也。古之規不及見，惟唐元結有《五規》，今可考焉。”

戒　伯魯曰：“《字書》云：‘戒者，警敕之辭。字本作誡。’《淮南子》載《堯戒》曰：‘戰戰慄慄，日謹一日，人莫躓於山而躓於垤。’漢杜篤亦有《女誡》，亦箴之類歟？其詞或用散文，或用韻語，各隨人意也。”（以上卷之十一）

諸詩體式

總論　費天承曰："《尚書》云'詩言志,歌永言,聲依永,律和聲。'而子夏《毛詩序》則曰:'詩者,志之所之也。在心爲志,發言爲詩。情動於中而形於言,言之不足,故嗟嘆之;嗟嘆之不足,故詠歌之;詠歌之不足,故不知手之舞之,足之蹈之。'嗚呼!詩之旨,寧有外於此乎?然而千古不易者,詩之旨;而不得不變者,詩之體。故漢魏之詩不同于商周,而唐宋之詩又不同于漢魏也。"

胡元瑞曰:"曰風,曰雅,曰頌,三代之音也。曰歌,曰行,曰吟,曰操,曰詞,曰曲,曰謠,曰諺,兩漢之音也。曰律,曰排律,曰絕句,唐人之音也。詩至於唐而格備,至於絕而體窮。故宋人不得不變而之詞,元人不得不變而之曲。"

樂府　徐伯魯曰:"樂府者,樂官肄習之樂章也。劉勰曰:'詩爲樂心,聲爲樂體。體在聲,瞽師務調其器;(樂)心在詩,君子宜正其文。'雖然,難言矣。工於詞者未必協於調,諧於律者未必佳於詞。安得律詞兼善者而使之作樂哉?唐虞三代不可及矣。漢興,高帝命叔孫通因秦樂人制《宗廟樂》。《房中之樂》,則命唐山夫人造辭。武帝時,以李延年爲協律都尉,多舉司馬相如等數十人造爲詩賦,較論律呂,以合八音之調,可謂當矣。然《桂華》雜曲,麗而不經;《赤雁》羣篇,靡而非典。逮及晉世,傅玄、張華曉暢音律,所作多有可觀。然荀勖改杜夔之調,聲節哀急不足多也。自梁陳以及唐宋,新聲日繁。然較之古詞,則相去遠矣。"胡元瑞曰:"《三百篇》薦郊廟,被絃歌。詩即樂府,樂府即詩。猶兵寓於農,未嘗二也。詩亡樂廢,屈宋代興。《九歌》等篇以侑樂,《九章》等作以抒情,而歧途兆矣。至漢《郊祀十九章》與《古詩十九首》不相爲用,詩與樂府門類始分。然厥體未甚相遠,如《青青園中葵》、《盈盈樓上女》,靡非樂府也?自魏文兄弟酬唱新什,更創五言,節奏格調迥與古異。自是有專工古詩者,有偏長樂府者。梁陳而下,樂府古詩變爲律、絕。唐人李、杜、高、岑,名爲樂府,實則歌行。下此益入卑庸怪麗矣。唐末五代復變詩餘。宋人之詞,元人之曲,製作紛紛,皆曰'樂府',不知古樂其亡久矣。"

樂府歌行　徐伯魯曰:"樂府命題,名稱不一。蓋自琴曲之外,其放情長言,雜而無方曰歌。步驟馳騁,疏而不滯曰行。兼之曰歌行。述事本末先後有序,以抽其意者曰引。高下短長,委曲盡情以道其微者曰曲。吁嗟慨嘆,悲憂深思以伸其鬱者曰吟。因其措辭之意曰詞。本其命篇之意曰篇。發歌曰唱。條理曰調。慎而不怒曰怨。感而發言曰歎。又有以詩名者,以弄名者,以章名者,以度名者,以樂名者,以思名者,以愁名者。唐庚云:'古樂府命題,皆有主意。後人用以爲題,宜當代其人措辭,有所分別。'而胡元瑞則又謂漢魏歌、行、吟、引,率可互換。唐人稍別體裁,然亦不甚相遠也。"

胡元瑞曰:"余考漢、魏、六朝、唐人詩,有三言、四言、五言、六言、七言、雜言、近體、排律、絕句諸體,樂府中皆備有之。《練時日》、《雷震震》等篇,三言也。《箜篌引》、《善哉行》等篇,四言也。《雞鳴》、《隴西》等篇,五言也。《烏生》、《鳩門》等篇,雜言也。《妾薄命》等篇,六言也。《燕歌行》等篇,七言也。《紫騮》、《枯魚》等篇,五言絕也。皆漢魏作也。《挾瑟歌》等篇,七言絕也。《折楊柳》、《梅花落》等篇,五言律也。皆齊梁作也。虞世南《從軍行》、耿湋《出塞曲》,五言排律也。沈佺期《盧家少婦》、王摩詰《居延城外》,七言律也。皆唐人作也。五言長篇,則《孔雀東南飛》也。七言長篇,則《木蘭歌》。是樂府於諸體無不備也。"

近體歌行　胡元瑞曰:"歌之名義,由來久矣。《南風》、《擊壤》,興於三代之前;《易水》、《越人》,作於七雄之世。如騷之《九歌》、《安世》、《房中》、《郊祀》、《鼓吹》,並登樂府。孝武以還,樂府始有'行'名。如《大演》、《隴西》、《豫章》、《長安》、《京洛》、《東西門》等作,皆是也。較之'歌'曲,名雖有異,體實相同。至於長、短、燕、鞠等篇,合而一之,不復分別,又總而目之曰'相和'等歌。則知歌者,曲調之總名,原於上古。行者,歌中之一體,創自漢人明矣。"

胡元瑞曰:"專以七言長短爲歌行,餘隸別體,自唐人始,漢魏殊不爾也。漢魏諸歌行,有三言者,《郊祀歌》、《董逃行》之類。四言者,《安世歌》、《善哉行》之類。五言者,《長歌行》之類。六言者,《上留田》、《妾薄命》之類皆是也。自唐人以七言長短爲歌行,餘體皆別類樂府矣。"

徐伯魯曰:"按歌行,有有聲有詞者,樂府所載諸歌是也。有有詞無聲者,後人所作諸歌是也。其名多與樂府同,而曰詠,曰謠,曰哀,曰別,則樂府所未有。蓋即事命篇,既不沿襲古題,而聲調亦復相遠,乃詩之三變也。故今不入樂府而以近體歌行括之,使學者知源之有自,而流之有別云。"

胡元瑞曰:"凡詩諸體皆有繩墨,惟歌行出自《離騷》、樂府,故極散漫縱橫。初學當擇易下手者。今略舉數篇:青蓮《搗衣曲》、《百囀歌》;杜陵《洗兵馬》、《哀江頭》;高適《燕歌行》;岑參《白雪歌》、《別獨孤漸》;李頎《緩歌行》、《送陳章甫》、《聽董大彈胡笳》;王維《老將行》、《桃源行》;崔灝《代閨人》、《行路難》、《渭城少年》,皆脉絡分明,句調緩暢,易於取法。"

五七言古詩　徐伯魯曰:"五言古詩,始於西漢蘇武、李陵。嗣是汪洋于漢魏,汙漫于晉宋,至於陳隋,而古調絕矣。唐初承前代之弊,幸有陳子昂起而振之,遏貞觀之微波,太宗年號。決開元之正孤,號稱中興。于時李、杜、王、孟,相繼而起。元和以下，憲宗。遺響復息。至論其體，則劉勰所云'五言流調，清麗居宗'者是也。他如《扶風歌》、《五君詠》、《夏日歎》等篇，雖云五言，實爲雜體，學者詳之。七言古詩，始于柏梁，聲長字縱，易以成文。其蘊氣琱詞，與五言略異。漢魏諸作，既多樂府。唐代名家，又多歌行，故此類佳者亦希。然樂府、歌行，貴抑揚頓挫，古詩貴優柔和平。循守法度，其體自不同也。"

雜言古詩　徐伯魯曰："按古詩自四、五、七言之外，又有雜言。大略與樂府歌行相似，而其名不同。故別爲一類，以繼七言古詩之後。庶學者知所辨焉。"

近體律詩　徐伯魯曰："按律詩者，梁陳已下，聲律對偶之詩也。詩至梁陳，儷句漸多。雖名古詩，已具律體。唐興，沈宋之流更加精練，號爲'律詩'，其後寖盛。雖不及古詩之高遠，然對偶音律，亦文章之不可缺者。其詩一二名起聯，又名發句。三四名領聯。五六名頸聯。七八名尾聯，又名落句。間有變體，各附注之。其三韻，五言律詩上六句者，則五言中之別體也。大抵律詩之作，或因情以寓景，或因景以見情。以格調爲主，意興經之，詞句緯之。以渾厚爲上，雅淡次之，穠豔又次之。若論其難易，則對句易工，結句難工，發句尤難工也。學者知此而各克其才，則盛唐可復見於今矣。"

排律五七言同　徐伯魯曰："按排律原於顏延之、謝瞻諸人。梁陳以還，儷句尤多。唐興始專此體，而有排律之名。大約其體不以煆鍊爲工，而以布置有序，首尾貫通爲上。"

絕句五七言同　徐伯魯曰："按絕句詩，原於樂府。五言如《白頭吟》、《出塞曲》、《桃葉歌》、《歡聞歌》、《長干曲》、《團扇郎》等篇。七言則如《挾瑟歌》、《烏棲曲》、《怨歌行》等篇。下及六代，述作漸繁。唐初穩順聲勢，定爲絕句。絕之爲言，截也，即律詩而截之也。故凡後兩句對者，是截前四句。前兩句對者，是截後四句。全篇皆對者，是截中四句。皆不對者，是截首尾四句。故唐人絕句皆稱律詩。觀李漢編《昌黎集》，絕句皆入律詩，蓋可見矣。大抵絕句詩以第三句爲主，能以實事寓意，則轉換有力，旨趣深長也。"

六言詩　按六言詩，昉于漢司農谷永。魏晉間曹植、陸機、雲兄弟間出，其後作者漸多，亦不過詩人賦詠之餘耳。然自陳梁以下，迄于中唐，多有其詩。不可謂非詩之一體也。

和韻詩　徐伯魯曰："按和韻詩有三體，一曰依韻，爲同在一韻中而不必用其字也。二曰次韻，謂和其原韻而先後次第皆用之也。三曰用韻，謂用其韻而先後不必次也。如《昌黎集》有《陸渾山火和皇甫湜用其韻》是也。古人賡和，答其來意而已，初不爲韻所縛。如高適贈杜甫云：'草玄今已畢，此外更何言？'甫和之則云：'草玄吾豈敢，賦或似相如。'又如杜迢《早發湘潭寄杜甫》云：'相憶無南雁，何時有報章？'甫和云：'雖無南過雁，看取北來魚。'又如高適《人日寄杜甫》云：'龍鍾遠屬二千石，愧爾東西南北人。'甫和云：'東西南北更堪論，白首扁舟病獨存。'又如杜甫《和裴迪逢梅相憶見寄》云：'幸不折來傷歲暮，若爲看去亂鄉愁。'是答迪詩中'折來不得同看之'語。古人止採其意見答，不聞和韻也。又如杜甫、王維、岑參和賈至《早朝大明宮詩》，各自成篇。甫第云'詩成珠玉在揮毫'，參云'陽春一曲和皆難'，並其意不用，況於韻乎？中唐以還，元、白、皮、陸，更相倡和，由是此體始盛，然皆不及他作。嚴羽所謂'和韻最害人詩'者，此也。又有因韻而增爲之者。如柳宗元《河東集》有《同劉二十八院長禹錫述舊言懷感時書事奉寄澧州張員外使君署五十二韻之作因其韻增至八十》是也。又有置其所用韻而惟取其餘韻者，如《河東集》載《酬韶州裴曹長使君寄道州呂八大使溫因以見示二十韻》，自序支'韶州幸以詩見及，往復奇麗，用韻尤爲高絕。余因拾其遺韻酬焉。凡爲韶州所用者置不取，其聲律言數如之'是也。此皆由依韻而廣推之，故附著於此。"

聯句詩 徐伯魯曰："按聯句詩起自柏梁，人各一句，集以成篇。至魏懸瓠方丈竹堂讌饗，則人各二句，稍變前體。自此之後，體遂不一。有人各四句者，如《陶靖節集》所載是也。有人各一聯者，如杜甫與李之芳及其甥宇文或所作是也。有先出一句，聯者對之。聯者就出一句，前人復對之者。如《昌黎集》載《城南詩》是也。然必其人意氣相投，筆力相稱，而後能爲之。否則狗尾之續，難免於譏矣。"

詩餘 徐伯魯曰："詩餘者，古樂府之流別，後世歌曲之所由起也。蓋自樂府散亡，聲律乖闋。唐李白始作《清平調》、《憶秦娥》、《菩薩蠻》諸詞，時因效之。厥後趙崇祚輯爲《花間集》，凡五伯（百）闋。宋柳永增至二百餘調。一時文士，復相擬作，富至六十餘種，可謂極盛。陸游云：'詩至晚唐五季，體格卑陋，千人一律，而長短句獨精工，後人莫及。'故秦少游之詞，傳播人間，雖遠方女子亦知膾炙，有僻好之至死者，然去樂府則遠矣。厥後詩餘之體復失，金元人又變而爲曲，有南北二體，九宮三調，其去樂府益加遠矣。何良俊云：'詩亡而後有樂府，樂府闋而後有詩餘，詩餘廢而後有歌曲。'真知言哉。夫樂府、詩餘同被管絃，特樂府以簡潔揚厲爲工，詩餘以婉麗流暢爲美，此其不同耳。其調有定格，字有定數，韻有定聲。至於句之長短，雖可損益，然亦不當率意爲之。譬如醫人加減古方，不過因其方而稍損益之，苟或太遠，則本方之意失矣。此《太和正音》及今《圖譜》之所由作也。其神情有婉約者，有豪放者。婉約者欲其詞情蘊藉，豪放者欲其氣量恢弘。雖各有所長，而詞貴感人，當以婉約爲正矣。"

（以上卷十二）

陸　菜

陸菜（1630—1699）字義山，號雅坪。清平湖（今屬浙江）人。康熙六年（1667）進士，授内閣典籍。十八年召試博學鴻詞，改翰林院編修，官至内閣學士，兼禮部侍郎。所編《歷朝賦格》十五卷"彙選歷代之賦，分爲三格：曰文賦，曰騷賦，曰駢賦。於三格之中，又各分爲五類：曰天文，曰地理，曰人事，曰帝治，曰物類。起自荀卿、宋玉，下迄元、明。每格前有小引，皆其婿沈季友所作。騷賦之引則爲騷賦一篇，駢賦之引則爲駢賦一篇，殊爲纖仄，古無是例也。"（《四庫全書總目提要》卷一百九十四集部四十七總集類存目四）

本書資料據清康熙二十八年刻本《歷朝賦格》。

《歷朝賦格》凡例（節録）

夫子刪詩而楚無風，後數百年屈子乃作《離騷》。《騷》者《詩》之變，賦之祖也。後人尊之曰經，而效其體者，又未嘗不以爲賦，更有不名賦而體相合者，説詳祝氏《外録》。余謂枚生《七發》，乃賦之最佳者，後人倣枚輒名曰"七"，無稽之言，每爲捧腹，然其體與騷似異，故不及載，而以擬騷爲一格焉。

《漢書》曰："不歌而誦謂之賦。"劉彦和曰："賦者，鋪也。鋪采摛文也。"故雖意主箴規而辭華不妨溢美。廟堂典則，義勝林泉，節物留連，情深慷慨，其有名涉瑣細，旨過悲凄，即膾炙由來，略焉弗録。若夫體孝懷忠，關乎邇事遠事以及戒盈躁、進恬貞，審乎立身經世之道，或微文刺譏不傷於激者，多有取焉。（卷首）

張星耀

張星耀，生平事迹不詳。康熙十七年（1678）張星耀與佟世南編成當代詞選《東白堂詞選初集》，《四庫全書·東白堂詞選初集》提要云："國朝佟世南編，世南字梅岑，遼陽人。以唐宋詩餘有《花間》、《草堂》諸集，而明詞選本向無善者，本朝詞家雖有《倚聲》、《今詞》二選，而蒐羅未富，因與陸進、張星耀商確去取，合前明昭代詞人所著彙爲一編，其曰初集者，以所見未廣，尚當續成二集也。卷首冠以張星耀《詞論》十三則，又總列作者爵里凡三百七十一人，採摭頗爲繁富，而甄録未精，不免良楛襍陳之病。"詞選雖"甄録未精"，而所附張星耀《詞論》却有不少精到之見。

本書資料據清康熙十七年刻本《東白堂詞選初集》。

《詞論》（節録）

凡作詞第一須論體裁。如調自十四字起，至二百三十餘字止。短調須取意，如一丘一壑，安置得宜。其間煙雲變幻，令人尋繹無窮。長調須取勢，如長江大河，安流千里，遇風生瀾，隨勢轉折，而不失自然之妙，斯得之矣。

一須論句。句自一字起，至九字止，其中有如四言詩句，五言詩句，六言詩句，七言詩句，九言詩句。四言有一三句，五言有一四句，六言有三三句，七言有一六句、三四句，八言有三五句，九言有三六句、六三句。凡此俱宜細辨，不得混用。有順句，有拗句。一調之中，通首皆拗者，遇順句必須精警；通首皆順者，過拗句必須極熟。此句法之要也。

詞必用對。起者如《滿庭芳》之“鳳老鶯雛，雨肥梅子”，《祝英臺近》之“寶釵分，桃葉渡”之類。中聯之必對者，如《鷓鴣天》之“山才好處行還倦，詩未成時雨早催”，《意難忘》之“低鬟蟬影動，私語口脂香”之類，斷不可參差失體。凡遇對句，必須斤兩悉稱，不可似對非對。

詞之押韻，日久日雜。晚唐五代無失韻者，北宋之失韻者不過十分之一，南宋十有二三，金元不相叶者半，至明而失韻者八九矣。不知詞韻自有一定，不可移易，前人偶爾一誤，後人即以藉口。近日名人悉究心詞學，漸將反正，然必以沈氏《詞韻》爲宗。

詞有重句，是其中最緊要處。如《憶秦娥》之“秦樓月”，《醉東風》之“悶，悶，悶”，是承上接下語，須一氣轉下，其中仍有留連之意。《如夢令》之“如夢，如夢”，《轉應曲》之“腸斷，腸斷”，是轉語，其語意必須重說爲佳。《釵頭鳳》之“莫，莫，莫”，《惜分釵》之“悠悠”之類，是結上語，結語要接得着，結得住；不然，或承上而不接下，有不必重說而重說。接不着，結不住，真嚼蠟矣。（卷首）

鈕琇

鈕琇（？—1704）字玉樵，一字書誠。清吳江縣（今屬江蘇）人。康熙十一年（1672）貢生。曾任河南項城、高明等縣知縣。項城地廣人稀，百姓爲免賦稅大都逃逸。鈕琇捐俸添置牛、種、耕具等，勸百姓復業。在高明縣時，招納强人，守禦城池以贖罪，對貧苦人計口授食，高明縣遂寧。卒於高明任上，高明縣百姓祀鈕於名宦祠。著有筆記《觚剩》、《觚剩續編》，記明末清初雜事，因内容多有“違悖”，乾隆間遭禁毁。另著有《臨野堂集》。

本書資料據上海古籍出版社 1986 年《觚剩》。

文章有本

　　傳奇演義，即詩歌紀傳之變而爲通俗者，哀豔奇恣，各有專家。其文章近於游戲，大約空中結撰，寄姓氏於有無之間，以征其詭幻，然博考之，皆有所本。如《水滸傳》三十六天罡，本于龔聖與之《三十六贊》，其贊首呼保義宋江，終撲天雕李應，《水滸》名號，悉與相符。惟易尺八腿劉唐爲赤髮鬼，易鐵天王晁蓋爲托塔天王，則與龔《贊》稍異耳。《琵琶記》所稱牛丞相即僧孺。僧孺子牛蔚，與同年友鄧敞相善，强以女弟妻之。而牛氏甚賢，鄧元配李氏，亦婉順有謙德。鄧攜牛氏歸，牛、李二人各以門第年齒相讓，結爲姊妹。其事本《玉泉子》，作者以歸伯喈，蓋憾其有愧於忠而以不盡孝譏之也。古以孝稱者，莫著于王氏，哀祥其首也。若夫萬里尋親，則《滇南慟哭記》，亦係王紳之事，故近時傳奇行世者，兩孝子皆姓王，豈無所本而命意乎！（卷一）

王之績

　　王之績（生卒年不詳）字懋功。清安徽宣城人。鐵立爲其齋名。一生以諸生終老，事跡不顯，雖著述等身，今僅見《評注才子古文》與《鐵立文起》。其《鐵立文起》二十二卷，綜論作文之法及文體，卷首曰文體統論，前編十二卷自論序至論七，論文體凡九十三種。其卷七爲《四六類》，分論啟、帳詞（引王懋功曰：“帳詞，全尚四六，多用於慶賀，亦啟類也。”）、上梁文、樂語；卷八爲《韻文類》，分論頌、箴、銘、贊、連珠、篇（引王懋功曰：“詩類有篇，而文亦有之，如楊升庵《無悶篇》是已。此雖用韻，而終不得目之爲詩，蓋與歌行自徑庭也。”）。後編十卷，自王言至論判，論文體凡四十八種，總計一百四十一體。大略采自《文章辨體》、《文體明辨》二書，而參以己意。其自序云：“乃發憤合采二書，於諸小序，片言不遺，删其重復，正誤補闕，以歸於允當。及觀他籍，有可以互相發明者，急爲手録，如獲異珍，喜不自勝。”《四庫全書總目》提要批評此書“持議多偏，不能窺見要領。甚至以屠隆《溟海波恬賦》爲勝於木華、郭璞，尤倒置矣”。

　　本書資料據康熙四十二年刻本《鐵立文起》。

文體統論

　　曹石倉曰：古文時文，無二理也。秦漢之文，無以異於今日之文也。古之文也簡而質，今之文也繁而無當。古之文也，序、記、傳、贊之類，各有根致。今之文也，不暇辨析，祇成一論體。古之文也，是是非非，義例甚嚴。今之刻薄者隱譏誹，闒茸者濫誇與而已矣。

倪正父曰：文章以體製爲先，精工次之。失其體製，雖浮聲切響，抽黃對白，極其精工，不可謂之文矣。

《金石例》曰：學力既到，體製亦不可不知，如記、贊、銘、頌、序、跋，各有其體。不知其體，則喻人無容儀，雖有實行，識者幾人哉！體製既熟，一篇之中，起頭結尾，繳換曲折，反覆難應，關鎖血脉，其妙不可以言盡，要須自得於古人。

《文心雕龍》曰：章、表、奏、議，則準的乎典雅；贊、頌、歌、詩，則羽儀乎清麗；符、檄、書、移，則楷式於明斷；史、論、序、記，則軌範於覈要；箴、銘、碑、誄，則體製於宏深；連珠、七辭，則從事於工艷：此修體而成勢，隨變而立功者。復契會相參，節文互雜，辟五色之錦，各以本采爲地矣。

王懋公曰：後漢劉熙成國氏著《逸雅》，中有釋言語、書契、曲藝三則。予甚喜其有功著述，而語又不繁，因合録之如左。○文者，會集衆綵以成錦繡，會集衆字以成辭義，如文繡然也。言，宣也，宣彼此之意也。語，叙也，叙己所欲説也。説，述也，序述之也。序，叙同，抒也，抒洩其實，宣見之也。演，延也，言蔓延而廣也。讚，録也，省録之也。○稱人之美曰讚。讚，纂也，纂述其美而叙之也。銘，名也，記名其功也。○述其功名，使可稱名也。記，紀也，紀識之也。○紀，記也，紀識之也。識，幟也，有章幟可按視也。盟，明也，告其事於神明也。誓，制也，以拘制之也。嗟，佐也，言之不足以盡意，故發此聲以自佐也。噫，憶也，憶念之，故發此聲憶之也。嗚，舒也，氣憤滿，故發此聲以舒寫之也。思，司也，凡有所司捕，必靜思，忖亦然也。策，書教令於上，所以驅策諸下也。漢制，約敕封侯曰册。册，賾也，敕使整賾，不犯之也。傳，傳也，以傳示後人也。詩，之也，志之所之也。興物而作謂之興，敷布其義謂之賦，事類相似謂之比，言王政事謂之雅，稱頌成功謂之頌，隨作者之志而別名之也。○頌，容也，序説其成功之形容也。詔書。詔，昭也，人暗不見事宜，則有所犯，以此示之，使昭然知所由也。論，倫也，有倫理也。誄，累也，累列其事而稱之也。謚，曳也，物在後爲曳，言名之於人亦然也。譜，布也，布列見其事也。爾雅。爾，昵也；昵，近也。雅，義也；義，正也。五方之言不同，皆以近正爲主也。觀此，則文旨皆了然於心矣，安得僅以詁字目之？

王懋公曰：《逸雅》既釋文矣，何獨於章而遺之？按《六書精蘊》云：“章，樂之一成也，字意從音從十，條理自始而終也。”章與文同。文也者，其輝光也；章也者，其節奏也。節訓止，奏訓進，取進止不越軌度之義。於此可悟行乎其所不得不行、止乎其所不得不止,正文家大章法也。章法具而後成文,亦猶條理全而後成樂。

宋張表臣《珊瑚鈎詩話》曰:帝王之言,出法度以制人者謂之制;絲綸之語,若日月之垂照者謂之詔;制與詔同,詔亦制也;道其常而作彝憲者謂之典;陳其謀而成嘉猷者謂之謨;順其理而廸之者謂之訓;屬其人而告之者謂之誥;即師衆而申之者謂之誓;因官使而命之者謂之命;出於上者謂之教;行於下者謂之令;時而戒之者敕也;言而喻之者宣也;諮而揚之者贊也;登而崇之者册也;言其倫而折之者論也;度其宜而撰之者議也;別嫌疑而明之者辨也;正是非而著之者説也;記者,記其事也;紀者,紀其實也;纂者,纘而述焉者也;策者,條而對焉者也;傳者,傳而信之也;序者,緒而陳之也;碑者,披列事功而載之金石也;碣者,揭示操行而立之墓隧也;誄者,累其素履而質之鬼神也;誌者,識其行藏而謹其終始也;檄者,激發人心而喻之禍福也;移者,自近移遠,使之周知也;表者,布臣子之心,致君父之前也;牋者,修儲后之間,伸宮闈之儀也;簡者,質言之而略也;啟者,文言之而詳也;狀者,言之於公上也;牒者,用之於官府也;捷書不緘,插羽而傳之者,露布也;尺牘無封,指事而陳之者,劄子也;青黄黼黻,經緯以相成者,總謂之文,此文之異名也。○刺美風化,緩而不迫謂之風;采摭事物,摛華布體謂之賦;推明政治,莊語得失謂之雅;形容盛德,揚厲休功謂之頌;幽憂憤悱,寓之比興謂之騷;感觸事物,託於文章謂之辭;程事較功,考實定名謂之銘;援古刺今,箴戒得失謂之箴;猗迂抑揚,永言謂之歌;非鼓非鐘,徒歌謂之謠;步驟馳騁,斐然成章謂之行;品秩先後,叙而推之謂之引;聲音雜比,高下短長謂之曲;吁嗟慨歎,悲憂深思謂之吟;吟詠情性,合而言志謂之詩;蘇李而上,高簡古澹謂之古;沈宋而下,法律精切謂之律:此詩之衆體也。漢蘇武、李陵,唐沈佺期、宋之問。

《事類賦》曰:詔者,照也,照人之暗,使見事宜也。誥者,告也,告諭使曉也。教者,效也,言上爲下效也。令者,領也,領之使不相干犯也。表者,思於内以表於外也。奏,進也。牋,表飾也。記之爲言志也。

或曰:約信曰誓,孚合曰符,序言如意曰書,書者,如也。喻令致然曰檄,舒其物理曰序,發難而答曰策,記其年代曰誌,摹其德行曰狀,喻美辭麗曰連珠。

曹子桓曰:夫文本同而末異,蓋奏議宜雅,書論宜理,銘誄尚實,詩賦欲麗。此四科不同,故能之者偏也;惟通才能備其體。

陸士衡曰:詩緣情詩以言志,故曰緣情。而綺靡,綺美華艷。賦體物賦以陳事,故曰體物。而瀏亮,瀏亮,爽朗。碑披文以相質,碑以叙德,故質爲主,而文相之。誄纏綿而悽愴,誄以陳哀,故纏綿悽愴。銘博約而温潤,事博文約。箴頓挫而清壯,箴以譏刺得失,故頓挫清壯。頌優游以彬蔚,頌褒述功美,以辭爲主,故優游彬蔚。論精微而朗暢,奏平徹以閑雅,和平其詞,通徹其意,雍容閒雅。説煒燁而譎誑。

198

王懋公曰：銘欲其奧，溫潤殊非所貴，說亦論類也，何取於譎誑？凡君子立言，雖微物瑣事，必引而歸之義理，以垂訓於天下後世。則彼詭誕之說，胡爲乎來哉！至於論詩而專尚綺靡，亦不能脫六朝人習氣。

蕭德施曰：詩有六義，一曰風，二曰賦，三曰比，四曰興，五曰雅，六曰頌。至於今之作者，異乎古昔，古詩之體，今則全取賦名。荀、宋表之於前，荀卿、宋玉。賈、馬繼之於後。賈誼、司馬相如。自茲以降，源流實繁。述邑居則有“憑虛”、“亡是”之作，戒畋遊則有《長楊》、《羽獵》之制。若其紀一事，詠一物，風雲草木之興，魚蟲禽獸之流，推而廣之，不可勝載矣。又楚人屈原，含忠履潔，君匪從流，臣進逆耳，深思遠慮，遂放湘南。耿介之意既傷，抑鬱之懷靡愬；臨淵有《懷沙》之志，吟澤有憔悴之容。騷人之文，自茲而作。詩者，情動於中而形於言。《關雎》、《麟趾》，正始之道著；“桑間”、“濮上”，亡國之音表。故風雅之道，粲然可觀。自炎漢中葉，厥塗漸異。退傅有“在鄒”之作，韋孟傅楚元王孫戊，作詩以諷王，四言自此始。降將著“河梁”之篇。李陵別蘇武於河梁，作詩，五言自此始。又少則三字，三字起夏侯湛。多則九言，九言出高貴鄉公。各體互興，分鑣並驅。頌者，所以遊揚德業，褒讚成功，吉甫有“穆若”之談，季子有“至矣”之歎。舒布爲詩，既言如彼，總成爲頌，又亦若此。次則：箴興於補闕，戒出於匡弼，論則析理精微，銘則序事清潤，美終則誄發，有功業而終者，累其功而記之。圖像則讚興。圖畫其形，因而美之。又：詔誥教令之流，表奏牋記之列，書誓符檄之品，符，孚也。檄者，皦也，辭意皦然明白。弔祭悲哀之作，弔，問也。悲，傷痛之文。哀，哀念之辭。答客指事之制，東方朔《答客難》、“指事”、《解嘲》之類。三言八字之文，三言，漢武《秋風辭》。八字，魏文帝《樂府詩》。篇辭引序，篇猶偏，偏述一章之事。辭猶思，寄辭遣思。序，舒也。碑碣誌狀，碑，披也，披載其功美。碣，傑也，亦碑類。衆制鋒起，源流間出。作者之致，蓋云備矣。

王懋公曰：詩、古文之體不一，皆範圍於五經。五經有文有詩，最爲完備。後世之子、史、集，詩、詞、曲，乃其雲仍耳。今學者當以經爲體，而以史爲用。有用無體，則文基不立；有體無用，則文境未窮。故韓昌黎嘗自謂“約六經之旨而成文”，而史亦稱“南豐文章本六經”，程子又有“觀史一字不輕放過”之語。雖不爲詩文說法，文事要莫外焉。誠能宗經而參以史氏之精華，古今是非得失成熟於胸，見之言語，自廣而有據，施之筆墨，亦俊而不纖，所謂大家，其在斯乎？至諸子集，則摠在經史之下，猶可緩也。鍾竟陵又曰：“取諸經以析理，取諸史以証事，取諸子以辨學，取諸集以敷文。”其言亦自周匝可從。

顏之推曰：文章者，原出五經：詔命策檄，生於《書》者也；序述論議，生於《易》者也；歌詠賦頌，生於《詩》者也；祭祀哀誄，生於《禮》者也；書奏箴銘，生於《春秋》者也。故凡朝廷憲章，軍旅誓誥，敷顯仁義，發明功德，牧民建國，皆不可無。

劉彥和曰:六經象天地,效鬼神,參物序,制人紀,洞性靈之奧區,極文章之骨髓者也。論、説、詞、序,則《易》統其旨;詔、策、章、奏,則《書》發其源;賦、頌、歌、贊,則《詩》立其本;銘、誄、箴、祝,則《禮》總其端;紀、傳、銘、檄,則《春秋》爲其根。百家騰躍,終入環內。故文能宗經,有六善焉:情深而不詭,一也;風清而不雜,二也;事信而不誕,三也;義直而不回,四也;體約而不蕪,五也;文麗而不淫,六也。〇建言修辭,鮮克宗經。是以楚艷漢侈,流弊不還,正末歸本,不其懿歟!

或曰:林肅翁云:萬象惟風難畫,《莊子》"地籟"一段,筆端能畫風,掩卷而坐,猶覺寥寥之在耳。然觀周公《七月》之餘,"觱發"二字,簡妙含蓄,又《莊子》畫風之祖也。如毛萇《詩註》云:"漣,風行水成文也。"蘇老泉衍之,作《文甫字説》一篇。古人謂六經爲詩文之祖,信哉!

王弇州曰:天地間無非史而已。三皇之世,若泯若没;五帝之世,若存若亡。噫!史其可以已耶?六經,史之言理者也;曰編年,曰本紀,曰志,曰表,曰書,曰世家,曰列傳,史之正文也;曰叙,曰記,曰碑,曰碣,曰銘,曰述,史之變文也;曰訓,曰誥,曰命,曰册,曰詔,曰令,曰教,曰劄,曰上書,曰封事,曰疏,曰表,曰啓,曰牋,曰彈事,曰奏記,曰檄,曰露布,曰移,曰駁,曰喻,曰尺牘,史之用也;曰論,曰辨,曰説,曰解,曰難,曰議,史之實也;曰贊,曰頌,曰箴,曰哀,曰誄,曰悲,史之華也。

吳文恪《文章辨體》曰:四六爲古文之變,律賦爲古賦之變,律詩、雜體爲古詩之變,詞曲詞曲,謂詩餘及《竹枝》、《楊柳枝》之類。爲古樂府之變。西山《文章正宗》,凡變體文辭,皆不收錄。東萊《文鑑》,則並載焉。

王懋公曰:論文之諸體,以正變古俗四言盡之。如體當叙事而用議論,則爲變體。體當議論而叙事,亦爲變。又正、變二體外,復有所謂別體。要之別體中亦有正變之異。至於文有散文、四六二體,則以散文爲古而以四六爲俗,非謂其文俗也,亦就其體言之耳。其他尚有不可以一言盡者,皆詳著各類之下。

王伯安曰:四六之工,工在裁剪。

王懋公曰:史稱隋文不喜辭華,詔天下文翰,並宜實錄。李諤亦上書曰:"魏之三祖,崇尚文辭。江左齊梁,其弊彌甚。競一韻之奇,爭一字之巧。連篇累牘,不出月露之形;積案盈箱,盡是風雲之狀。故文筆日煩,其政日亂。良由棄大聖之規模,搆無用以爲用也。"而明高帝亦嘗詔禁四六文辭。先是,命儒臣擇唐宋名儒表箋可爲法者,遂以韓愈《賀雨表》、柳宗元《代柳公綽謝表》進,因命中書省臣錄二表,頒爲天下式。諭羣臣曰:"唐虞三代,典、謨、訓、誥之辭,質實不華,誠可爲千萬世法。漢魏之間,猶爲近古。晉宋間,文體日衰,駢麗綺美,而古法蕩然矣。近時仍蹈舊習。朕嘗厭其彫琢,自今凡誥諭臣下之辭,務從簡古;凡表牋奏疏,毋用四六、對偶,悉從典雅。"嗚呼!今之以靡麗見長、聲偶爲美者，使能取此二詔而思之，當亦自知其無謂，而無復有文而不慚之弊矣。

王懋公曰：我嘗謂詩有律絶，文有四六，皆衰世事，漢以前無矣。故古學，駢儷非所重，而爲之亦甚易。獨疑司馬涑水嘗以不能爲四六而辭神宗翰林學士之命。帝曰："如兩漢制誥可也。"此一事足稱聖主。然予嘗見溫公《長公主制詞》云："帝妹中行，《周易》贊其元吉；王姬下嫁，《召南》美其肅雍。命服亞正后之尊，主禮用上公之貴。寵光之盛，誰昔而然？"然則非真不能爲四六，亦心厭俗體耳。世又有四六工，而散文則不古，故曰人各有能，有不能。

王懋公曰：四六爲今人所尚，略舉杜詩言之可乎。如曰："或看翡翠蘭苕上，未掣鯨魚碧海中。""幹惟畫肉不畫骨，忍使驊騮氣凋喪。"此當戒者也。如曰："豫章翻風白日動，鯨魚跋浪滄溟開。""江間波瀾兼天湧，塞上風雲接地陰。"此當爲者也。近見《潘木厓詩序》："少陵雄渾蒼深，體兼衆妙；香山排宕瀟灑，自爲一家。要皆不縛束於聲律、比偶之中，獨抒寫其性情，務爲極言竭論，窮變盡妍。香山之詩務於盡，少陵亦未嘗不務於盡，而不傷其涵蓄者，氣有餘也。香山務於盡而不傷其高淡者，韻有餘也。"又曰："才人握管，思以暢發其性情，類不樂爲初唐諸子，句鏤字琢，比儗屬對之功，而浩衍流暢，以務盡其才。"凡爲偶體，必有此意，乃稱方家。

歐陽文忠曰：往時作四六者，多用古人語，及廣引故事，以衒博學，而不思述事不暢。近時文章變體，如蘇氏父子，以四六述叙，委曲精盡，不減古人。

王懋公曰：文體以文論，又當以人論體，以補文體之所未盡。大率文以體立以神王，魚非水不生，川非珠不媚，我不同人，人不類我，特立獨行，自爲一體而已。所謂文章有神，蓋謂己之神明耳。何以有此神明？實學是也。李北海曰："學我者俗，似我者死。"如徒寄人籬下，則無體矣，尚何文之可言？"惟古於詞必己出，降而不能乃剽賊。"昌黎此言，足起衰矣。

沈君烈曰：造物範人，不曾以此面肖彼面，則學士立言，何苦以我舌隨人舌？試取秦漢以來前輩名章，一一較量，亦有臺閣之體，亦有山林之體，亦有長鯨、蒼虯不得伸之體，亦有閒鷗立海之體，亦有淩轢波濤、囚鑱怪異之體，亦有搏虎豹、鬭蛟龍、急與之角而力不暇之體，亦有飛書馳檄之體，亦有高文典册之體，亦有源泉萬斛隨地出之體，亦有碎金之體，亦有天才、人才、鬼才三絶之體，亦有夭韶女郎唱曉風殘月之體，亦有銅將軍（琵琶）鐵綽板唱大江東去之體，而均不害其爲自成一家之體。則知體者，皮毛也，有神焉鼓舞變化於其間，不可不察。刻木而爲人，眉目，人也；齒髮，人也；即肝腸支節，無不宛然人也。然而析之則與薪無異者，體具而神不具也。體具而神不具，雖謂之無體可也。廉頗、藺相如雖千載上人，恒懍懍有生氣者，神不死也；曹蜍、李志雖見在，厭厭如泉下人者，神不活也。知此可以縱論文章之體矣。○就尋常文之體，而能爲天下不尋常之文，是乃所謂奇文也，至文也。

鍾伯敬曰：士必平日博於讀書，深於觀理，厚於養氣，發而爲文，各有以見其才之所不相借、情之所不容已、神之所不可强、志之所不能奪者，而後可以言體，已乃隨其純疵、離合、偏全之數而損益焉，斯之謂正，非一日之積也。○吾願求乎文者，姑勿言其正與不正，而先論其體。體者何？讀書、觀理、養氣，得其才情神志所在而已，此不求正而自正之道也。

汪苕文《答陳藹公書》曰：嘗聞儒者之言曰：“文者載道之器。”又曰：“未有不深於道而能文者。”僕竊謂此言亦少誇矣。古之載道之文，自六經、《語》、《孟》而下，惟周子之《通書》、張子之《東西銘》、程朱二子之傳註，庶幾近之。雖《法言》、《中説》，猶不免後人之議，況他文乎？至於爲文之有寄託也，此則出於立言者之意也，非所謂道也。如屈原作《離騷》，則託諸美人香草，登閬風，至縣圃，以寄其佯狂；司馬遷作《史記》，則託諸遊俠、貨殖、聶政、荆卿、輕生慕義，以寄其感激憤懣者，皆是也。今先生當浮靡之日，獨侃侃持論，以爲文非明道不可，而顧以寄託云云者當之，又謂維道爲有力，則僕不能無疑。僕嘗徧讀諸子百氏、大家名流與夫神仙浮屠之書矣，其文或簡鍊而精麗，或疏暢而明白，或汪洋縱恣，四出而不可禦，蓋莫不有才與氣者在焉。惟其才雄而氣厚，故其力之所注，能令讀之者動心駭魄，改觀易聽，憂爲之解頤，泣爲之破涕，行坐爲之忘寢與食，斯已奇矣。而及其求之以道，則小者多支離破碎而不合，大者乃敢於披猖磔裂，盡決去聖人之畔岸，而剪拔其藩籬，雖小人無忌憚之言，亦嘗雜見於其中。有能如周、張諸書者，固僅僅矣。然後知讀者之驚駭改易，類皆震於其才、攝於其氣而然也，非爲其於道有得也。吾不識先生愛其文將遂信其道乎？抑以其不合於道，遂併排黜其文而不之録乎？夫文之所以有寄託者，意爲之也。其所以有力者，才與氣舉之也。於道果何與哉！先生孜孜肆志於詞章之學，倘又能因之以窺見大道之端倪，則雖以僕之陋劣衰耗，且將欣然執鞭之不暇。如曰吾所寄託皆道也，僕未讀先生之文，不知其視周、張諸書，醇疵得失，相距幾何，而立説云云，則毋乃近於如前之所述儒者之誇詞乎哉！

王懋公曰：予向辨別詩文，體製後有家數、世次、羣書、意匠四類。家數云何？如汪彥章謂：“左氏、屈原始以文章自爲一家，而稍與經分，所謂一代大作手是也。”又如昔人云：“神人之言微，聖人之言簡，賢人之言明，衆人之言多，小人之言妄。”古今文章家，能出此數語耶？世次云何？如昔人謂：“先秦兩漢，詩文具備，晉人清談、書法，六朝人四六，唐人詩、小説，宋人詩餘，元人畫與南北劇，皆是獨立一代。”又曰：“西漢自王褒以下，文字專事詞藻，不復簡古，而谷永等書，雜引經傳，無復己見，而古學遠矣。”

所以讀書不可不論世也。羣書云何？如漢人稱，楊雄工賦，王君大習兵，桓譚欲從二子學。子雲曰："能讀千賦則善賦。"君大曰："能觀千劍則曉劍。"嗟夫！學者既知文章體製，而又博極羣書，則多錢善賈，有必然者，猶患不能出人頭地哉！雖然，神而明之，存乎其人。如宋呂本中云："須令有所悟入，則自然度越諸子。悟入之理，正在工夫勤惰間耳。如張長史見公孫大娘舞劍器，頓悟筆法。如張者，專意此事，未嘗少忘胸中，故能遇事有得，遂造神妙；使他人觀舞，有何干涉？"故論文而終之以意匠。所謂運用之妙在一心，蓋兵法即文機也。（以上卷首）

序

王懋公曰：概論詩文，當先文而後詩。專以文論，又當先序而後及他文。今人多首稱賦，此梁蕭文孝《文選》陋例，不足法也。予最喜李弘度五經爲甲部、史記爲乙部、諸子爲丙部、詩賦爲丁部之說，而兩山《正宗》亦列詩、賦於叙事、議論後。誠以詩賦雖可喜，而其爲用則狹矣。今以賦作殿，爲其與詩詞相近，即與頌、贊、銘、箴諸用韻之文爲一類可耳。自古迄今，文章用世惟序爲大，更無先於此者，然其間亦不能無辨。宋陳騤氏謂自孔子爲《書》作《序》，文遂有序，不知《書序》多謬，非孔子所作。論序之名，其始於《易》之《序卦》乎。序之文則初見於子夏之《詩序》。我猶嫌後人訓詁氣已萌芽於此，非末學敢議先賢，蓋衡文自不得不嚴，欲以爲萬世式，無可諱也。或謂《詩序》衛宏撰，而托之卜氏。今且置此勿論。若司馬子長之十二"紀"以序帝王，十"年表"以貫歲月，八"書"以紀政事，三十"世家"以叙公侯，七十"列傳"以志士庶，詳矣，而各自有體，即其自叙非序也。彼自言列傳七十，今觀《伯夷傳》以下，凡六十九篇，乃知並自叙言之。此正其自爲之傳耳。而徐魯庵《文體明辨》顧援入序文内，誤矣。如以文章高下言，則昌黎韓氏之送召南、東野，其筆法，所謂周公制作，無容復議，今即嚴於辨文，又何間焉？

附陳騤《文則》：大抵文士題命篇章，悉有所本。自孔子爲《書》作序，文遂有序。自孔子爲《易·説卦》，文遂有説。自有《曾子問》、《哀公問》之類，文遂有問。自有《考工記》、《學記》之類，文遂有記。自有《經解》、《王言解》之類，文遂有解。自有《辨政》、《辨物》之類，文遂有辨。自有《樂論》、《禮論》之類，文遂有論。自有《大傳》、《間傳》之類，文遂有傳。

《辨體》曰：《爾雅》云："序，緒也。"序之體，始於《詩》之《大序》，首言六義，次言《風》、《雅》之變，又次言《二南》王化之自。其言次第有序，故謂之序也。東萊云："凡序文籍，當序作者之意；如贈送燕集等作，又當隨事以序其實。"大抵序事之文，以次第其語、善序事理爲上。近世應用,惟贈送爲盛。當須取法昌黎韓子諸作,庶有得古人贈言之義,而無枉己徇人之失也。

《明辨》曰:序,字亦作叙,其爲體有二:一曰議論,二曰叙事。祖真氏嘗分列於《正宗》之編,故今倣其例而辨之。其叙事又有正、變二體。至唐柳氏又有序略之名,則其題稍變,而其文益簡矣。今取以附焉。又有名序、字序,則別附於名字説。

王懋公曰:序之體,議論如周卜商《詩序》,叙事如漢孔安國《尚書序》,變體如韓愈《送李願歸盤谷序》。有謂序文,叙事者爲正體,議論者爲變體。此説亦可救《明辨》先議論後叙事之偏。

後　序

序引在前,後序在後。

萬貞一曰:吾觀自漢以來,儒之見用於時,如賈、晁、董、劉之輩,既發爲大篇,獻其所可,替其所否,於以上爲德而下爲民矣。其在野者,亦相與鑽研聖人之遺經,作爲訓故,授之其徒,以傳之於後,毛、伏而下,皆其人也。求所爲流連光景、抒寫性情,如後世村記、閒適等篇,未之前聞,蓋晉宋之間,始漸盛焉。彼其撫時觸事,非不可以各見所志,而於斯世之治亂、生人之休戚,竟漠然其無與,則雖積之至於充棟,終無當乎著書之數也。然而志乎大者,其爲力難;志乎小者,其爲力易,故一輩學人,其陋者固惟程文是殉,即稍知撰述者,不過鬭異於泉石之間,爭新於投贈之際,以自適己事而已。吾甚慨夫古立言之目,必非此輩足以當之,而思得有心者以一罄此懷也。

熊磻州曰:大凡爲浮屠作記序,最要占地步,措語有斟酌。

引

王懋公曰:引,序之類也,猶之弁言、題辭耳。近有援《典引》立説者,不知孟堅所作,與楊、馬《封禪》、《美新》一類,不得以引目之,《文選》以入“符命”體,良是。至引之文,吾甚愛蘇老泉《送石昌言爲北使》,其叙述情悃,與意氣之盛,千載下儼然如生,真不減史遷風韻。或謂引非前賢留意之章,謬矣。

《明辨》曰:按唐以前,文章未有名引者;漢班固雖作《典引》,然實爲符命之文,如雜著命題,各用己意耳,非以引爲文之一體也。唐以後始有此體,大略如序而稍爲短簡,蓋序之濫觴也。

题　辞

王懋公曰：题辞之文盛於明，而临川汤氏尤爲傑出，如《南柯夢》起句："天下忽然而有唐。"《牡丹亭》結云："理之所必無，安知非情之所必有。"語皆曠絶，應詠"穆如清風"之詩以贈之。

述

王懋公曰：文體有述，如近世祝枝山《愛梅述》之類，與序相去不遠。此外又有所謂述而爲行狀之别名者，與此絶異。

傳

王懋公曰：傳以《史記》爲祖。或謂《左氏書》，其傳之濫觴也。然皆隨人隨事散叙，故有其端而無其名。若合一人始終、本末而次之，則自司馬子長始。予近欲將内傳分國類編，略如《國語》，有可併者併之。顔曰："《左氏》紀傳。"又《史記》有本紀、世家、列傳三例，其實皆傳也。《漢書》不用世家，而以紀傳括之。紀亦人主之傳，特因其人不同而所稱亦小異，其爲傳信之義則一而已。至以行文言，必謂前叙事、後議論者亦太執，妙手以叙爲議，而使人但見其爲叙；以議爲叙，而使人並不覺其爲議。隨筆所之，神化萬變，尚何前後之拘拘耶？噫，能此者難其人矣！

《辨體》曰：太史公創《史記》列傳，蓋以載一人之事，而爲體亦多不同。迨前後兩《漢書》、三國、晉、唐諸史，則第相祖襲而已。厥後世之學士大夫，或值忠孝才德之事，慮其湮没弗白；或事跡雖微，而卓然可爲法戒者，因爲立傳，以垂於世：此小傳、家傳、外傳之例也。西山云："史遷作《孟荀傳》，不正言二子，而旁及諸子。此體之變，可以爲法。"《步里客談》又云："范史《黄憲傳》，蓋無事跡，直以語言模寫其形容體段，此爲最妙。"由是觀之，傳之行跡，固繫其人；至於辭之善否，則又繫之於作者也。若退之《毛穎傳》，迂齋謂以文滑稽，而又變體之變者乎！

《明辨》曰：按字書云："傳者，傳也。"自漢司馬遷作《史記》，創爲"列傳"，而後世史家卒莫能易。或有隱德而弗彰，或有細人而可法，則皆爲之作傳，寓其意；而馳騁文墨者，間以滑稽之術雜焉，皆傳體也。其品有四：一曰史傳，二曰家傳，三曰托傳，四曰假傳，使作者有考焉。

唐荆川曰：傳體前敘事，後議論，《伯夷傳》以議論敘事，傳之變體也。

澹寧居曰：敘事不帶議論，猶列頑山耳，文獨騰雲起霧，峯峯見奇。

《初學集》曰：吾聞之，古之人有史傳，無家傳，家傳非古也。用史家之法則隘，毀史家之法則濫。濫與隘，君子弗爲也。○瞿太僕之没也，請余爲家傳。余直舉其大節，無所遯避。

王懋公曰：史傳有正變二體。"正"如司馬遷《管仲傳》、《司馬穰苴傳》、《平原君傳》、《信陵君傳》、《蘇秦傳》、《張儀傳》、《范雎傳》，班固《兒寬傳》，范曄《王丹傳》，司馬遷《扁鵲傳》；"變"如司馬遷《伯夷傳》、《孟子傳》、《屈原傳》，范曄《黄憲傳》。家傳如歐陽修《桑懌傳》、曾鞏《徐復傳》。托傳如韓愈《圬者王承福傳》、柳宗元《梓人傳》。假傳如韓愈《毛穎傳》、秦觀《清和先生傳》。此四例亦既詳且悉矣，然猶未盡其變也。他若《黄帝内傳》、《漢武外傳》及李商隱《李長吉小傳》之類，皆文章中異觀；又有以別傳稱者：合之復得四焉。此亦不可遺也。傳後又有論贊並用體。"論曰"者，散文議論也。"贊曰"者，四字句贊語也。此亦不可不知。

沈鶴山曰：寄寓之文，《毛穎傳》是也。此等文點綴易，蒼雅難，非大家不辨。

袁石公曰：志已卒業，然諸傳非聞見真者，不敢濫入也。傳體倣班氏及《南北史》，多於小處見大，不欲以方體損韻致也。諸大老傳，他日國史所取以爲據者。邑僻地，誌狀多不傳，故不得不詳。

《太平清話》曰：作傳與墓誌行狀，正如寫照，雖一瘢一痣，皆爲摹寫，不然不類其人。（以上前編卷一）

紀

王懋公曰：《吕氏春秋》有八覽、六論、十二紀，則紀之名非始於司馬遷。今以《史記》之例言之，敘帝王則曰本紀，公侯傳國則曰世家，公卿特起則曰列傳，蓋以帝王之事爲本，而後表、書、世家、列傳咸有所屬，故曰本紀。紀之爲言記也，亦古者"左史記言、右史記事"之意云爾。然紀之體有二：以年月記者，紀之正也；亦有不記年月，而惟一滚敘去，如《項羽本紀》者，紀之變也。若其行文之佳，足冠一部《史記》，後之作者當以爲法。又《後漢書》有《皇后本紀》，予謂天子尊無二上，吕雉稱制，史臣不紀惠帝而紀娥姁，已屬大謬，何況後世宫闈？則皇后但作傳可也，不然外戚世家極矣。

陳白松曰：太史公作本紀，有二體：五帝、三王紀，編世也；秦、漢紀，編年也。

紀　事

《明辨》曰：按紀事者，記志之別名，而野史之流也。古者史官掌記時事，而耳目所不逮；文人學士，遇有見聞，隨手紀録，以備史官之採擇，以裨史籍之遺亡，故以紀事括之。嗚呼，史失而求諸野，其不以此也哉！

王懋公曰：紀事之文，如唐杜牧《燕將録》、羅隱《拾甲子年事》、孫樵《書何易于》是也。若近言之，如史忠獻之《致身録》、趙文潛之《建文年譜》、周文恪文簡之《遜國臣事鈔》，豈非有明一代之大事，紀之必不可湮没者乎？

表

王懋公曰：《史記》十表，子長之創體。《漢書》仍之，良以其例不可廢耳。其《古今人表》，雖啓衆論，要不可謂非稽古之一助，知有志於史學者猶無惡焉。近世譙城薛氏倣遷史遺法而爲《牡丹表》，又爲《牡丹八書》，少陵所謂“文采風流”，其此類歟？

志

王懋公曰：《周禮》：“小史掌邦國之志，外史掌四方之志。”志之名始於此。《史記》有八書，《索隱》云：“書者，經籍之摠名，此之八書，記國家大體。班氏謂之志，志亦記也。”今仍志之名而不復標書，以書之名同他載籍，而志獨不可移易，然均之爲記事則不異矣。初，孟堅著《漢書》，八表及《天文志》未竟而卒。和帝詔曹大家就東觀藏書閣踵而成之。夫以巾幗而有史學如此，今之文人往往卑陋自安，能無愧乎？唐李延壽作史一百八十篇，本宋永初元年，盡陳禎明二年，謂之《南史》；本魏登國元年，盡隋義寧元年，謂之《北史》，大有苦心。司馬君實恨其不作志，使數代制度沿革皆没不見，乃知志之所係者爲甚重也。近世如王鳳洲《錦衣》等志，殊詳悉可觀。古文大家中，柳子厚之《永州鐵爐步志》亦佳。

《明辨》曰：按字書：“志者，記也，字亦作誌。”其名起於《漢書》十志，而後人因之，大抵記事之作也。他如墓誌，別爲一類。

白石樵曰：披讀書函目録，條整軒辨，而考志尤詳。江淹有云：“修史之難，無出於志。”蓋紀則以年包事，傳則以事繫人。紀傳可以分授名手，志則必由自作，故范曄、陳壽能爲紀傳，而不能爲表志。今門下老於典故，而又擅劉、鄭《七略》、《二十略》之長，其貫串首尾,豈特如宗譜、家書而已哉!

或曰:《晉書・禮樂志》、《食貨志》、《刑律志》等書,即于準《河渠》之類,史之派也。顧野王《輿地志》、《南裔異物志》,即《湘中》、《廣州記》之類,《風俗通》之別號也。其體徵實以備文獻之考,撰異以逴筆墨之秀,非具子史之才者不能作也。

記

王懋公曰:記之名不自《戴記・學記》等篇始,蓋自黃帝設立史官,命左史記言、右史記事而已彰彰矣。其文奇古如《考工記》,三代而下,遂成絕響。或稱其聖於文,惜不知出誰氏,應首標之以爲則。

《辨體》曰:《金石例》云:"記者,紀事之文也。"西山曰:"記以善叙事爲主。《禹貢》、《顧命》,乃記之祖。後人作記,未免雜以議論。"後山亦曰:"退之作記,記其事耳;今之記乃論也。"竊嘗考之:記之名,始於《戴記・學記》等篇。記之文,《文選》弗載。後之作者,固以韓退之《畫記》、柳子厚遊山諸記爲體之正。然觀韓之《燕喜亭記》,亦微載議論於中。至柳之記新堂、鐵爐步,則議論之辭多矣。迨至歐蘇而後,始專有以議論爲記者。宜乎後山諸老以是爲言也。大抵記者,蓋所以備不忘。如記營建,當記日月之久近,工費之多少,主佐之姓名,叙事之後,略作議論以結之,此爲正體。至若范文正公之記嚴祠、歐陽文忠公之記晝錦堂、蘇東坡之記山房藏書、張文潛之記進學齋、晦翁之作《婺源書閣記》,雖專尚議論,然其言足以垂世而立教,弗害其爲體之變也。

《明辨》曰:楊雄作《蜀記》,而《文選》不列其類,劉勰不著其説,則知漢魏以前,作者尚少;其盛自唐始也。今采録諸記,而列以三品,曰正、變二體,曰變而不失其正體。又有托物以寓意者,有首之以序而以韻語爲記者,有篇末系以詩歌者,皆爲別體。又有墓磚記、墳記、塔記,則皆附於墓誌之條,兹不復列。

王懋公曰:記之體,正如韓愈《畫記》、變如范仲淹《岳陽樓記》,變不失正如柳宗元《監察使壁記》,別體正體如王績《醉鄉記》,托物以寓意。韓愈《汴州東西水門記》,首之以序而以韻語爲記。別體變不失正,如蘇洵《張益州畫像記》,篇末系以詩歌。秦少游嘗稱文公《畫記》善叙事,該而不煩,詳而有律,讀其文,恍然如即其畫。數語可爲作記法。

王懋公曰:文莫難於傳記,必令筆筆飛舞,方爲妙手。蘇穎濱謂白樂天詩詞甚工,拙於記事,寸步不遺,猶或失之。《大雅・綿》九章,事不接,文不屬,如連山斷嶺,相去絕遠,而氣象聯絡,此最爲文之高致。杜少陵《哀江頭》,詞氣如百金戰馬注坡驀澗,如履平地,得詩人遺法。使以此爲記事之文,雖昌黎何以復加。王摩詰有《藍田山石門精舍》五言古,鍾退菴以爲妙在説得變化,有步驟而無端倪;作記之法亦然。益可見詩文之道相通如此，惟在人能佳處領其要爾。

《讀書偶見》曰：作記之法，《禹貢》是祖。《漢官儀》載馬第伯《封禪記》，宜爲第一。其體勢雄渾莊雅，碎語如畫，不可及也。其次柳子厚山水記，法度似出《封禪儀》中，雖能曲折迴旋作碎語，然文字止於清峻峭刻，其體便覺卑薄。

王懋公曰：漢人文字，如光武《東封泰山記》，無論矣。諸葛武侯，實有兼才，如《出師表》之正大，《黃陵廟記》之奇古，儼然兩手，何其異也！其中寫景之工，“亂石排空，驚濤拍岸”，東坡赤壁詞用之，豈非平日深愛其語耶？然因此亦可見坡公之嗜學到處留心矣。

王懋公曰：宋人題名記甚多，司馬涑水《諫院石》，“後人將歷指其名而議之”云云，真得題名意。文有能使人不寒而栗者，此種是也。

曹能始曰：作文惟遊山記最難。未落筆時，搜索傳誌，鋪叙程期，洋洋灑灑，堆故實於滿紙。但數別人財寶而已，於一種遊情，了不相關。即移之他處遊亦可，移之他人遊亦可。拘而寡韻，與泛而不切，病則均焉。紀遊如作畫，畫家必須摹古，間復出己意，着色生采，自然生動。及乎對境盤礴，往往難之，乃以爲畫不必似，蓋遠近位置，木石向背，逼真則礙理，兩不入耳。法既不傷於境，復肖，又何以似爲病也？《鼓山遊記》，予讀之，初若不汲汲於遊者，或爲嵐翠招之，或爲友朋動之，或自崖而返，或登頂者再，惟隨其興之所適，及乎境之所奏。故其爲記，亦不爲傳志故實之所窘縛，與夫年月里數之所役使。神情滿足，氣色生動，嘻笑戲謔，皆成文章。以如意之筆術，奪難肖之畫工，此所爲合作也。

或曰：遊者不必先結一記遊之想，以撓其登高臨深之天趣。

張秋紹曰：遊記着色點染，多失之太肥。第務爲落落數筆，即山水性情不出。于鱗《華山記》，奇絕一世，僅得文字高古。至中郎季重，時作慧語快筆，膾炙人口，非不瀟灑，殊少厚味。惟柳州嶺南諸篇，却是土石氣質，如左氏叙戰陣兵法，妙在簡括。呂寒木《遊衡山記》，亦如子長作《封禪書》、《項羽本紀》及傳荊、聶諸人，非千百長語，形容蕩曳，未見鱗甲離奇，神色飛動，要不落卑薄相，真千年繼響。

沈石夫曰：宗元文，以鍊字勝他人。廢“之乎者也”處，柳獨簡奧廉峭。

孫月峯曰：記即用列傳體起，近日槐野每如此。

顧迴瀾曰：記以簡重嚴整爲主，而忌堆疊窒塞；以清新華潤爲工，而忌浮靡纖麗。

書　奏記　啓又見後“四六”類簡　狀　疏

王懋公曰：書、記之用不一。書則有若時政、經學、論文、師友、規諫、遊説、投謁、陳情、辨賢，奏記則有若定策、規諫、辭免，啓則有若慶賀、辭免、陳情、投謁、通問、陳謝、報謝、戒賓、餽遺、婚聘，簡則有若規諫、請勸、通問、答報、稱頌，狀則有若慶賀、報謝，疏則有若迎迓之類。凡似此者皆不可悉數，今稍舉一二，以見文各有用而非多事。若引伸以盡變，則存乎其人。

《明辨》曰：按劉勰云：“書、記之用廣矣。”考其雜名，古今多品，是故有書、有奏記、有啓、有簡、有狀、有疏、有牋、有劄，而書、記則其摠稱也。夫書者，舒也，舒布其言而陳之簡牘也。記者，志也，謂進己志也。啓，開也，開陳其意也；一云跪也，跪而陳之也。簡者，略也，言陳其大略也，或曰手簡，或曰小簡，或曰尺牘，皆簡略之稱也。狀之爲言陳也，疏之爲言布也。以上六者，秦漢以來，皆用於親知往來問答之間；而書、啓、狀、疏，亦以進御。獨兩漢無啓，則以避景帝諱而置之也。又古者郡將奏牋，故黃香奏牋於江夏。厥後專用於皇后、太子、諸王，其下遂不敢稱。而劄獨行於宋，盛於元，有疊副、提頭、畫一之制，煩猥可鄙；然以呂祖謙之賢而亦爲之，則其習非一日矣。故牋者，今人所不得用；而劄者，吾儒所鄙而不屑也。今取六者列之，而辨其體：一曰書，書有辭命、議論二體。二曰奏記。二者並用散文。三曰啓，啓有古體，有俗體。四曰簡，簡用散文。五曰狀，狀用儷語。六曰疏，疏用散文。然狀與疏，諸集不多見；見者僅有此體，故姑著之，要未可爲定體也。世俗施於尊者，多用儷語以爲恭，則啓與狀、疏，大抵皆俗體也。蓋嘗摠而論之，書、記之體，本在盡言，故宜條暢以宣意，優柔以繹情，乃心聲之獻酬也。若夫尊卑有序，親疏得情，是又存乎節文之間，作者詳之。

王懋公曰：書辭命如鄭歸生《與趙宣子書》；啓古如梁任昉《上蕭太傅辭奪禮》，啓俗如柳宗元《謝李吉甫示手札啓》；簡即尺牘，如司馬遷《與摯伯陵》；狀如韓愈《皇帝即位降赦賀觀察使狀》；疏如王安石《遠迎宣徽太尉疏》。鍾退谷云：“書牘貴樸而有法。”此可謂一言居要矣。

《辨體》曰：按：昔臣僚敷奏，朋舊往復，皆總曰書。近世臣僚上言，名爲表奏；惟朋舊之間，則曰書而已。蓋論議知識，人豈能同？苟不具之於書，則安得盡其委曲之意哉？戰國、兩漢間，若樂生、若司馬子長、若劉歆諸書，敷陳明白，辨難懇到，誠可以爲修詞之助。至若唐之韓柳，宋之程、朱、張、呂，凡其所與知舊、門生答問之言，率多本乎進修之實。讀者誠能熟復，以反之於身，則其所得，又豈止乎文辭而已哉！

王懋公曰：或謂子產告范宣子輕幣，此古人通書之始。不知鄭子家已有《與趙宣子書》。蓋子家事在文公十七年，子產語乃襄公二十四年，其相去既甚遠，而子家語又佳絕，則以爲弁冕固宜。《辨體》論不及此，何也？至於今人書牘，多以致勝，不知此非極則，試取史遷之《答任安》、昌黎之《與時輩》及蘇、王之上人主與諸執政者而並觀之，真有書家龍跳天門、虎臥鳳閣之象，視彼落花依草、隙月窺人語，殆如婢子不堪作夫人覩。然亦不獨書牘爲然。以此推之，則古今文章家大小之分較若黑白矣。

王懋公曰：漢人之書有大文，司馬遷《答任安》是也。有致語，東方朔《與友書》云："不可使名網塵鞿拘瓌，怡然長笑，脱去十洲三島，相期拾瑶草，吞日月之光華共輕舉耳"是也。後世書皆不出此二種，故標之。

王懋公曰：予觀《文選》諸啓，或奉答人主，或以謝人，其賤或與人主及太子，或答侯王，或以勸進，或辭。奏記如阮籍《詣蔣公》，蓋不欲就濟之辟召，固皆書之類也。《辨體》、《明辨》亦云論之詳矣，然猶未能盡書之變。諸書記外，又有所謂擬書，謂擬古人而代爲之，如坡公《擬孫權答曹操》是也。或遺或復，亦各不同。而王弇州又有《遺亡友宗子相書》，晁道元至爲箋以與天則尤横甚。嗟夫！文人之鋒固無所不至也。往聞米襄陽以書抵蔡魯公，至言獨得一舟如許大，遂畫一艇於行間，此又書中之奇之奇者。時米方流落，而韻勝如此，古人胸次不凡，於此可見。徒以題目之，不知子都之姣，惜哉！

王懋公曰：丙吉奏記霍光，鄭朋奏記蕭望之，皆西漢人也。或謂記始於班固《奏記》，可謂大謬。且傳記之記，與奏記亦有天淵之異，又何得謂記從《奏記》出？既操選政，而並《漢書》、《文選》不知，何耶？

王懋公曰：尺牘莫盛於近世，別爲一書，以傳者不勝屈指。然予觀《史記》"緹縈通尺牘，父得以後寧"之語，則其名之立，亦已久矣。

毛稚黄曰：尺牘小技而難工。近代蘇黄，此道稱佳，能純乎本色質叙，無不臻妙。今如百穀、眉公，亦俱能撮勝。或嫌王太着色，陳太取致，斯固有之，然亦由人地耳。蘇黄二公，少壯立朝，雖流離悲憤，兒女故舊之情，皆關國是，故落落寫來，俱有動人而不可廢之處。王陳不過兩布衣，而言又不可出位，其所舒寫，本無大事，則不得不借資於色與致。才固不逮，亦地限之，此知人論世者自應得之。

王懋公曰：序記書之文，莫過昌黎。歸安以爲崛起門户，真不可易。此亦猶歐之碑誌，蘇之論策，所謂"自是君身有仙骨，世人那得知其故"也。（以上前編卷二）

議

王懋公曰：論、議、辨之名，似無甚異，我以爲皆分見於《南華》。如《齊物論》云："六合之外，聖人存而不論；六合之内，聖人論而不議。春秋經世先王之志，聖人議而不辨。"是也。注云：論是統説道理，議則細較短長，辨則彼此反覆，今文中亦有論、議、辨三體。予謂詩文殊途同歸，豈容瑣瑣分疆畫界哉！然其名既不一，則其義亦當明，毋以吕端糊塗自便可矣。奏議一類，歸之臣語，見後。其有無關國事而別議者，則列之於此。論見後"策論"類。

辨

《辨體》曰：昔孟子答公孫丑問好辨曰："予豈好辨哉，予不得已也。"中間歷叙古今治亂相尋之故，凡八節，所以深明聖人與己不能自己之意，終而又曰："豈好辨哉？予不得已也！"蓋非獨理明義精，而字法、句法、章法，亦足爲作文楷式。迨唐韓昌黎作《諱辨》，柳子厚辨桐葉封弟，識者謂其文敥《孟子》，信矣。大抵辨須有不得已而辨之意。苟非有關世教、有益後學，雖工，亦奚以爲？

《明辨》曰：按字書云："辨，判別也。"其字從言。近世魏校謂從刀，而古文不載。漢以前初無作者，至唐韓柳乃始作焉。然其源實出於孟莊。蓋本乎至當不易之理，而以反覆曲折之詞發之。其題目某辨，或曰辨某，則隨作者命之，實非有異義也。

説

王懋公曰：陳思《籍田説》頗佳。近有無名氏《曲城説》，殊縱橫可喜。若劉誠意《賣柑者言》，亦説類耳，而或遂立一"言"之名何居？他如韓非《説難》，其字音税，某選家引入"解説"類，盲人瞎馬，一至於此，悲夫！《明辨》列之"雜著"，斯得之矣。

《辨體》曰：按：説者，釋也，述也。解釋義理而以己意述之也。説之名，起自吾夫子之《説卦》，厥後漢許慎著《説文》，蓋亦祖遠其名而爲之辭也。魏晉六朝文載《文選》，而無其體。獨陸機《文賦》，備論作文之義，有曰"説煒燁而譎誑"，是豈知言者哉！至昌黎韓子，憫斯文日弊，作《師説》，抗顔爲學者師。迨柳子厚及宋室諸大老出，因各即事即理而爲之説，以曉當世，以開悟後學，由是六朝陋習，一洗而無餘矣。盧學士云："説須自出己意，橫説豎説，以抑揚詳瞻爲上。"若夫解者，亦以講釋解剥爲義，其與説亦無大相遠焉。

《明辨》曰：魏晉以來，作者絶少，但《曹植集》中有二首，而《文選》不載，故其體闕焉。要之與論無大異也。此外又有名説、字説，其名雖同，而所施則異，故別爲一類。

《明辨》曰：按《儀禮》，士冠三加三醮而申之以字辭。後人因之，遂有字説、字序、字解等作，皆字辭之濫觴也。雖其文去古甚遠，而丁寧訓誡之義無大異焉。若夫字辭、祝辭，則倣古辭而爲之者也。然近世多尚字説，故今以説爲主，而其他亦並列焉。至於名説、名序，則援此意而推廣之。而女子筓，亦得稱字，故宋人以女子名辭，其實亦字説也。

王懋公曰：字説，如蘇洵《仲兄文甫字説》；字序，如陳師道《少游字序》；名説，如蘇洵《名二子説》；女子名字説，如宋游九《言黄氏三女甥名説》。其文並佳。

解

王懋公曰：《禮記》有《經解》，此解之始也。或據楊雄《解嘲》，以"嘲"爲一類，我不知其何謂也。且云張協《七命》、晁補之《七術》，皆變嘲之局而成文，則尤謬。此乃效輶枚乘《七發》者，於嘲曷與焉？

《明辨》曰：按字書："解者，釋也。"楊雄始作《解嘲》，世遂傚之。與論、説、議、辨，蓋相通焉。此外又有字解，則別附"名字説"類。

釋

《明辨》曰：按字書："釋，解也。"解之別名也。蓋自蔡邕作《釋誨》，而邵正《釋譏》、皇甫謐《釋勸》、束皙《玄居釋》，相繼有作；然其詞旨不過遞相祖述而已。至唐韓愈作《釋言》，別出新意，乃能追配邕文，而免於蹈襲之陋。即此二篇，亦可以備一體矣。

戒

王懋公曰：儆戒之説，見於《尚書》，其由來久矣。德施謂箴興補闕，戒出匡弼，《文選》無其體，亦屬疏漏。昌黎《守戒》云："天下之禍，莫大於不足爲，材力不足者次之。"其爲戒甚深，可以爲法。若諸葛忠武之《戒子》，初非有意爲文，而其文亦未嘗不佳。此又德之見於言者也。

《辨體》曰：按韻書："誡者，警敕之辭。"《文章緣起》曰："漢杜篤作《女誡》。"辭已弗傳。《昭明文選》亦無其體。今特取先正誡子孫及警世之語可爲法戒者録之。

《明辨》曰：戒，字本作誡，箴之別名歟？《淮南子》載《堯戒》曰："戰戰慄慄，日謹一日，人莫躓於山，而躓於垤。"其詞或用散文，或用韻語，故分爲二體。

王懋公曰：散文如柳宗元《二戒》，韻語如柳宗元《敵戒》。後元人對帝師曰："我奉孔子戒。"一語絶正大而兼滑稽，足令彼妄自尊大者知警矣。

規

《明辨》曰：按字書云："規者，爲圓之器也。"《書》曰："官師相規。"今人以箴規並稱，而文章顧分爲二體者何也？箴者，箴上之闕；而規者，臣下之互相規者也。其用以自箴者，乃箴之濫觴耳。然規之爲名，雖見於《書》，而規之爲文，則漢以前絕無作者。至唐元結始作《五規》，豈其緣《書》之名而創爲此體歟？

訓

王懋公曰：《尚書》有六體，典、謨而下，今見于文者有四焉：命與誓、誥之外，訓其一也。先正庭訓之文有絕佳者。書如《顏氏家訓》，其中美談，已不勝收矣。

考

王懋公曰：考之爲言究也，欲究其始終巔末，而使後人有所據，或人物，或政事。此非有本之學，安能使之歷歷如目前事哉！書若《五代史考》、《文獻通考》，亦可謂無愧於其名矣。考之文，如近日左仲及之《塩政考》，亦其一也。

駁

王懋公曰：文體有駁，如蘇眉山之《續楚語》，其駁子厚處，柳州復生，莫能置對。今學者或翻古人已定之案，或正時輩未確之説，是文章之無盡藏也。其文必一字不可移易，有推倒一世之意，令人讀之，一字一叫絕始稱。然此非快人不能。若人臣論事之文，如駁復仇議，則歸之於議，而見“臣語”類。他如駁某讞議，與答某駁、某讞議，又入“讞議”而不在此例云。

評

王懋公曰：評者，平也。凡作評斷，須評得古今心悦誠服乃可。若使人覽之而不平，又何以評爲？

《明辨》曰：按字書云：“評，品論也，史家褒貶之辭。”蓋古者史官各有論著，以訂一時君臣言行之是非。然隨意命名，莫協於一，故司馬遷《史記》稱“太史公曰”，而班固《西漢書》則謂之“贊”，范曄《東漢書》又謂之“論”，其實皆評也。而評之名則始見於《三國志》。後世作者漸多，則不必手秉史筆而後爲之矣。故二評載諸《文粹》，而評史見於《蘇文忠公集》中。今以陳壽史評爲主，而其他作者，亦登列焉。分爲史評、雜評二品云。

王懋公曰：史評如陳壽《三國志·任城陳王傳評》，雜評如唐程宴《祀黃熊評》。他如袁昂《古今書評》，敖陶孫《詩評》亦佳。而涵虛子《元詞評》，只以四字盡其人，尤爲簡潔可喜。

謝疊山曰：凡作史評，斷古人是非得失、存亡成敗，如明官判斷大公案，須要説得人心服。若只能責人，亦非高手。須要思量我若生此人之時，居此人之位，遇此人之事，當如何應變，當如何全身，必有至當不易之説。如弈棋然，敗棋有勝着，勝棋有敗着，得失在一着之間。棋師旁觀，必能覆棋歷説，勝者亦可敗，敗者亦可勝，乃爲良工。

陳明卿曰：史臣慎於持論，則有闕文，彌簡彌真，鋪張譏彈，祇自塞陋。予閱廿一史率用此法。後附"雜評"。

陳白松曰：文字，山水也。評文，遊人也。夫文字之佳者，猶山水之得風而鳴、得雨而潤、得雲而鮮、得遊人閒懶之意而活者也，遊人有一種閒懶之意，則評文之一訣也。天公業案，惟胡亂評文字爲最。何也？山水遇得意之人固妙，遇失意之人亦妙，緣其人閒懶之意而山水活者，亦不必因其人憔悴之意而山水即死，摠於山水無損也。借他人唾餘，裝自己咳笑，而妄以咳笑乎山水，山水不大厭苦之乎？○評文必曹所可而我否，曹所否而我可，我所生平可而今否，非敢得罪於人，不敢得罪於天也。○凡以文章浪得名者，罪在竊國之上，故快評不惟懺閱文之悔，而亦爲海內懺作文之悔也。

品

王懋公曰：品亦評類。往見司空圖《二十四詩品》，甚愛之。有無名氏著《花品》一篇，雖其文俗韻未盡脱，而致語亦復佳。若夫文章有品當何如？噫，"胸有萬卷，筆無點塵"，八字盡之矣。

原

王懋公曰：原與論各一體，今稱韓文曰《原道論》，何也？論文必先正名，故不可以不辨。

《辨體》曰：原者，本也，一説推原也，義始《大易》"原始要終"之訓。若文體謂之"原"者，先儒謂始於昌黎之五《原》，蓋推其本原之義以示人也。山谷嘗曰："文章必謹布置。每見學者，多告以《原道》命意曲折。"石守道亦云："吏部《原道》、《原人》等作，諸子以來未有也。"後之作者，蓋亦取法於是云。

《明辨》曰：自唐韓愈作五《原》，而後人因之，雖非古體，然其遡原於本始，致用於當今，則誠有不可少者。至其曲折抑揚，亦與論說相爲表裏，無甚異也。

喻

王懋公曰：喻體之文，如唐盧碩《古之治》，以心喻君，百骸喻民，而又以目、以物、以醫、以疾、以材、以隄、以水，是也，亦原論之流亞。又蘇玉局有《日喻》，亦自快絕古今。（以上前編卷三）

碑　文

王懋公曰：唐陸龜蒙云："碑者，悲也。古者懸而窆，用木，後人書之以表其功德，因留之不忍去，碑之名由是而得。自秦漢以降，生而有功德政事者亦碑之，而又易之以石，失其稱矣。"又《宋景文筆記》："碑者施於墓則下棺，施於廟則繫牲。古人因刻文其上，今佛寺揭大石鏤文，士大夫皆題曰碑銘。何耶？吾所未曉。"予謂或言碑銘，或言碑文，猶可最所怪者，銘文皆不言，而獨謂其文爲碑，則無謂甚矣。宋鮑源力古嗜學，其友孫何嘗作《碑解》以貶之，文甚辨而確，學者不可不考。至於今人之僞德政碑，愈多愈賤，其亦文字中無恥之一端乎？

《辨體》曰：按《儀禮·士婚禮》："入門當碑揖。"又《禮記·祭義》云："牲入麗於碑。"賈氏注云："宮室皆有碑，以識日影，以知早晚。"《說文》注又云："古宗廟立碑繫牲，後人因於其上紀功德。"是則宮室之碑，所以識日影；而宗廟則以繫牲也。秦漢以來，始謂刻石曰碑，其蓋始於李斯嶧山之刻耳。蕭梁《文選》載郭有道等墓碑，而王簡棲《頭陀寺碑》亦廁其間。至於《唐文粹》、《宋文鑑》，則凡祠廟等碑與神道墓碑，各爲一類。今亦依其例云。

《明辨》曰：按劉勰云："碑者，埤也。上古帝王，始號封禪，樹石埤岳，故曰碑。周穆紀跡於弇山之石，秦始刻石於嶧山之巔，此碑之所從始也。"然考《士婚禮》與《祭義》及註云云，則碑之所從來遠矣。後漢以來，作者漸盛，故有山川、城池、宮室、橋道、壇井、神廟、家廟、古跡、土風、災祥、功德、墓道、寺觀、托物等碑，皆因庸器漸闕而後爲之，所謂"以石代金，同乎不朽"者也。故碑實銘器，銘實碑文，其序則傳，其文則銘，此碑之體也。又碑之體主於敘事，其後漸以議論雜之，則非矣。故今取諸大家之文，而以三品列之：其主於敘事者曰正體，主於議論者曰變體，敘事而參之以議論者曰變而不失其正。至於托物寓意之文，則又以別體列焉。其墓碑自爲一類，此不復列。

216

王懋公曰：正如秦《瑯邪臺石刻》，變如蘇軾《潮州韓文公廟碑》，變不失正如蘇軾《上清儲祥宫碑》。而泰山又有無字碑，意欲何爲，豈將以愚人耶？

《明辨》曰：《史記》載秦刻石辭凡八篇，《嶧山》、《泰山》、《之罘》、《東觀》、《碣石》、《會稽》各一篇，《瑯邪臺》二篇，其辭雖皆古雅，而稱頌太過。獨《瑯邪臺石刻》，但叙其兼併之烈，頗爲實録，有叙有銘，體復馴雅，故特取之。

王懋公曰：廟碑有終之以詩者，如陸魯望之《碑野廟》云"既而爲詩以紀其末"，蘇子瞻之碑昌黎，作詩以遺潮人，使歌以祀公者是也。此與叙後用銘之文，又爲一體，不可不知。

《明辨》曰：凡碑，面曰陽，背曰陰。碑陰文者，爲文而刻之碑背也，亦謂之記。古無此體，至唐始有之。或他人爲碑文而題其後，或自爲碑文而發其未盡之意，皆是也。

王懋公曰：柳宗元有《大明和尚碑陰文》，蘇長公《太白碑陰記》，則爲洗千古不白之冤，尤稱絶識，學者當法之。

廟　碣

王懋公曰：碑、碣不同。字書："方者謂之碑，圓者謂之碣。碣，特立之名，高舉之貌也。"墓有碣而廟亦有之，如楊植有《許由廟碣》，可以知其例矣。

疏

王懋公曰：疏之爲用不一，大抵募、薦二者居多。募或建刹，或儲經；薦或家人師友，或陣亡將士。薦多用四六，募或散文或四六。又有募疏，四六文後，係之以四偈語者，亦不可不知。若宋白玉蟾《募修精舍疏》，則又翩翩仙風道骨，不知人間世煙火爲何物，以斯知文家自有撮土成金法，題固不礙文也。若拙手，則佛頭亦未着穢。至如李衛公《獻西岳大王疏》，末云："三問不對，即斬大王頭，焚其廟，建縱橫之略未晚也。"殆欲飛而食肉矣，足稱人豪。然此又書記之類也。他若或請僧住刹，或斂金放生，種種不一，在學者以類推之。又疏有上進者，則歸之於"臣語"，而別自爲一類。

禱

王懋公曰：《周禮》禱辭，掌於太祝，其由來已遠。後世文如唐劉軻之《農夫禱》，則又不同。劉云："見老農輩，鳩其族，爲禱於神，其意誠而詞俚。因得其文以潤色之，亦以傲於百執事者。"此亦代作文獻神之意。然其文句法長短參差不一。又有別作小序。至於禱詞,全用四言,問句押韻以終其篇,亦一體也。

青　詞

王懋公曰:道曰青詞,猶之釋曰齋文云爾。元陸友仁《研北雜志》:"天寶四載,詔太清宮用事,停祝版用青詞。"蘇長公《鳳翔醮土火星青詞》,散體也。其行文儼然《尚書》聲口,佳絕,此亦未易棄之。而歐陽文忠《內制集序》乃云,"今學士所作文書多矣,至於青辭齋文,必用老子浮圖之說;祈禳秘祝,往往近于家人里巷之事",此又當別論矣。

約

王懋公曰:昔漢高初入關,告諭曰:"吾與諸侯約,先入關者王之。"又曰:"與父老約,法三章耳。"則約孰有大於此者,特其文已入"王言"類,此不復列。後如王褒《僮約》,論文者不當援以爲例。李習之嘗以其文與《劇秦美新》並論,譏其義不主於理,言不在於教勸,而徒詞句怪麗,可謂知言。近代茅順甫亦有《僮約》,蓋約其僕善事一客以終其身,亦可因文以見交道之不污矣。

《明辨》曰:按字書:"約,束也。"言語要結,戒令檢束皆是也。古無此體,漢王褒始作《僮約》,而後世未聞有繼者,豈非以其文無所施用而略之歟?愚謂後人如鄉約之類,亦當做此爲之,庶幾不失古意,故特列之以爲一體。

題　跋

《辨體》曰:按倉崖《金石例》云:"跋者,隨題以贊語於後,前有序引,當掇其有關大體者以表章之,須明白簡嚴,不可墮人窠臼。"予嘗即其言考之,漢晉諸集,題跋不載。至唐韓柳,始有讀某書及讀某文題其後之名。迨宋歐曾而後,始有跋語,然其辭意亦無大相遠也。故《文鑑》、《文類》總編之曰"題跋"而已。近世疏齋盧公又云:"跋,取古詩'狼跋其胡'之義,狼行則前躓其胡。故跋語不可太多,多則冗;尾語宜峭拔,使不可加。"若然,則跋比題與書,尤貴乎簡峭也。

《明辨》曰:按題跋者,簡編之後語也。凡經傳子史、詩文圖書之類,前有序引,後有後序,可謂盡矣。其後覽者,或因人之請求,或因感而有得,則復撰詞以綴於末簡,而總謂之題跋。至綜其實則有四焉：一曰題，二曰跋，三曰書某，四曰讀某。夫題者，締也，審締其義也。跋者，本也，因文而見本也。書者，書其語。讀者，因於讀也。題、讀始於唐，跋、書起于宋。曰題跋者，舉類以該之也。其詞考古證今，釋疑訂謬，專以簡勁爲主，故與序引不同。又有題辭，所以題號其書之本末，指義文辭之表也。然題跋書於後，而題辭冠於前，此又其辨也。

王懋公曰：凡論文而欲別立一類，必令其義確不可易。如李温陵論楊子之《反騷》，此亦讀《反騷》而自書所見，題跋類耳。文致題曰反，則亦將名《離騷》之文曰《離》可乎？雜亂人目，莫此爲甚，後人當以爲戒。

鍾伯敬曰：題跋之文，今人但以游戲小語了之，不知古人文章，無衆寡小大，其精神本領則一。故其一語可以爲一篇，其一篇可以爲一部。山谷諸種，最可誦法。以此推之，知題跋非文章家小道也。其胸中全副本領，全副精神，借一人、一事、一物發之，落筆極深、極厚、極廣，而於所題之一人、一事、一物，其意義未嘗不合，所以爲妙。○每讀蘇黃游戲翰墨中，忽出正語，使人肅然敬戒，凛然不可犯。

問　對

王懋公曰：問之名，始見於《戴記》之《哀公問》、《曾子問》。問對之文，其類不一，如張治道《雀鵒對》，謂鵒張喙瞪目，口不能言，而對之以意。斯又對之尤出人意表者已。

《辨體》曰：問對體者，載昔人一時問答之辭，或設客難以著其意者也。《文選》所録宋玉之於楚王、相如之於蜀父老，是所謂問對之辭。至若《答客難》、《解嘲》、《賓戲》等作，則皆設辭以自慰者焉。洪氏景盧云：“東方朔《答客難》，自是文中傑出。楊雄擬爲《解嘲》，尚有馳騁自得之妙。至於班固之《賓戲》、張衡之《應問》，則屋下架屋，章摹句寫，讀之令人可厭。迨韓退之《進學解》出，則所謂‘青出於藍而青於藍’矣。”

《明辨》曰：問、對不同。名實皆問者，屈平《天問》、江淹《邃古篇》之類是也；名問而實對者，柳宗元《晉問》之類是也；其他曰難、曰諭、曰答、曰應，又有不同：皆問對之類也。古者君臣朋友口相問對，其詞詳見于《左傳》、《史》、《漢》諸書。後人倣之，乃設詞以見志，於是有問對之文；而反覆縱橫，可以舒憤鬱而通意慮。若其詞雖有問對，而名實別體者，則各從其類云。

王懋公曰：古人詩文，可好而不可擬。江綠蘿謂：“古樂府、古詩題目，如《君馬黃》、《雉子班》、《艾如張》、《自君之出矣》等類，皆就其時事搆詞，因以名篇，自然妙絕。我朝詞人，乃取其題各擬一首，名曰復古。彼有其時，有其事，然後有其情，有其詞，我從而擬之，非其時矣，非其事矣，情安從生？強而命詞，縱使工緻，譬諸巧匠，塑泥刻木，儼然肖人，全無人氣，何足爲貴？彼不肖者又無論矣。且《君馬黃》、《雉子班》等，必一一擬作，則《關雎》、《螽斯》之類，何爲丟下不擬，豈樂府、古詩能古於《三百篇》耶？"而鍾退谷亦云："生平於樂府未着手，非不能爲，惡近世一副擬古面目耳。"予謂以文論，曼倩《客難》，已非極筆，楊班諸子，率相傚傚，陋哉！奈何至唐猶有擬之不已，如駱丞《應詰》者。夫以文人自命而至下同螟蠕類我之呼，靜言思之，不大慚乎？若屈子《天問》、柳州《天對》，合而言之，真千古問對之奇，即命《雪兒歌》可矣。

王懋公曰：凡爲文以難人，要難得人倒，此惟理明辭確者能之。長卿難蜀，不獨強辭，亦嫌帶賦，未爲純古。

王懋公曰：按字書，諭，譬也，曉也。俗作喻，非。知諭之義，則知所以爲文矣。若漢元帝之《諭單于》，則又"王言"、"諭告"類也。

王懋公曰：文體有問對，足矣。如難、如諭，名義稍別，曰答、曰應，獨非對乎？今姑以東方曼倩之《答客難》備一體可也。

王懋公曰：駱丞設爲人詰己而己應之，曰《應詰》，猶張衡之《應問》耳。文致以詰標額，謬甚，則又不如立一應之名矣。

<h3 style="text-align:center">文</h3>

《明辨》曰：按編內所載，鈞謂之文，而此類獨以文名者，蓋文中之一體也。其格有散文，有韻語，或倣《楚辭》，或爲四六。或以盟神，或以諷人，其體不同，其用亦異。

王懋公曰：文有詛，如秦惠王《詛楚懷王》之類；有招，如柳宗元《招海賈》之類；有乞，如《乞巧》之類；有送，如韓愈《送窮》之類；有逐，如孫樵《逐痁鬼》之類。要之隨人命名，不能以言盡也。

或曰：匡衡禱高祖、孝文、孝武廟文，倣《金縢》；漢光武即位大赦，倣《武成》，典謨之文也；第五倫《薦謝夷吾文》，章疏之體也；李華《弔古戰場文》，論斷之體也；韓愈《祭鱷魚文》，告諭之體也；李廌《悼蘇軾文》，悲頌之體也。典謨之文貴高古，章疏之文貴條暢，論斷之文貴英勁，告諭之文貴尊嚴，悲頌之文貴誠懇。其他各以意製，初無定體，約計之有此數例耳。

王懋公曰：或謂移文始於劉歆《讓博士書》，不知孟堅《漢書·薛宣傳》已有《移櫟陽令書》，然此散文也。齊孔德璋《北山移文》，則屬對用韻，後之爲移文者或宗之。觀其林慚澗愧及結束二語，何其嚴毅，幾與問罪之師相似，即以列之檄文露布後無不可。《明辨》編入文內，而今人或又另立爲移文體云。

220

雜　著

《辨體》曰：雜著者何？輯諸儒先所著之雜文也。文而謂之雜著者何？或評議古今，或詳論政教，隨所著立名，而無一定之體也。文之有體者，既各隨體裒集；其所録弗盡者，則總歸之雜著也。著雖雜，然必擇其理之弗雜者則録焉，蓋作文必以理爲之主也。

《明辨》曰：劉勰云："並歸體要之詞，各入討論之域。"正謂此也。

王懋公曰：劉青田《菜蔬略》，亦言其大略意也。行文全倣《易》之《序卦》，而皆出於天然，無强爲聯絡之跡，故佳。又坡公記與歐公語，自謂偶記一時談笑之語，聊復識之，選家以此標曰"記語"，無礙。若有感而自記，亦此類矣。文致又別名"感語"，徒亂人意而已。近又有以"禽言"入文類者，予謂此與偈當附詩，此不復列。（以上前編卷四）

祭　文

王懋公曰：人有寄必有歸，如秦始惡言死，言死者輒誅，豈非大愚？陶淵明有《自祭文》，白樂天自作生墓誌，大觀何所不可。及讀朱弁《奉送徽宗大行文》，則又泣數行下，君臣至性，情同父子矣。今特首標之以爲法。

《辨體》曰：古者祀享，史有册祝，載其所以祀之意，考之經可見。若《文選》所載謝惠連之《祭古塚》、王僧達之《祭顔延年》，則亦不過叙其所祭及悼惜之情而已。迨後韓柳歐蘇，與夫宋世道學諸君子，或因水旱而禱於神，或因喪葬而祭親舊，真情實意，溢出言辭之表，誠學者所當取法者也。大抵禱神以悔過遷善爲主，祭故舊以道達情意爲尚。若夫諛辭巧語，虛文蔓説，固弗足以動神，而亦君子之所厭聽也。

《明辨》曰：按祭文者，祭奠親友之辭也。古之祭祀，止於告饗而已。中世以還，兼讚言行，以寓哀傷之意，蓋祝文之變也。其辭有散文，有韻語，有儷語；而韻語之中，又有散文、四言、六言、雜言、騷體、儷體之不同。今各以類列之。劉勰云："祭奠之楷，宜恭且哀；若夫辭華而靡實，情鬱而不宣，皆非工於此者也。"

王懋公曰：散文如韓愈《祭十二郎文》，韻語散文如蘇軾《祭歐陽公文》，四言如陶潛《祭程氏妹文》，六言如韓愈《祭柳州李使君文》，雜言如歐陽修《祭蘇子美文》，騷體如柳宗元《祭崔氏外甥文》，儷體四六言如李白《爲寶氏小師祭璿和尚文》，儷語如歐陽修《英宗皇帝靈駕發引祭文》。此外又有祭戰馬文，非獨敝帷不棄之禮，試思與人一心成大功,則亦不容不傷心矣。

弔 文

王懋公曰:弔有二,並時而弔者不待言。有相去千百年而相弔,如柳宗元之於萇弘、賈誼之於屈原、陸機之於曹瞞是也。若昌黎之祭田横,其文亦能令人曠百世而相感,獨其人乎?

《明辨》曰:按弔文者,弔死之辭也。劉勰云:“弔者,至也。《詩》曰‘神之弔矣’,言神至也。賓之慰主,以至列爲言,故謂之弔。”古者弔生曰唁,弔死曰弔。“或驕貴而殞身,或狷忿而乖道,或有志而無時,或美才而兼累,後人追而慰之,並名爲弔。”若賈誼之弔屈原,則弔之祖也。然不稱文,故不列之。其文濫觴于唐,故有《弔戰場》、《弔鑄鐘》之作,今亦附焉。大抵弔文之體,髣髴《楚騷》,而切要惻愴,似稍不同;否則華過韻緩,化而爲賦,其能逃乎奪倫之譏哉!

行 狀

王懋公曰:宋吳曾《能改齋漫録》云:“自唐以來,未有墓誌銘,必先有行狀,蓋南朝以來已有之。按梁江淹爲《宋建太妃周氏行狀》,任昉、裴野皆有行狀。”此亦不知實自漢始。又行狀亦有人子自作者,非獨門生故舊也,而其爲史諡、誌銘張本則不異。然亦有後誌銘而作者。茅歸安評王半山《謝公行狀》云:“今人每先狀而後誌,謝希深之誌,歐公爲之久矣,而王公以補其狀如此。”此亦學者所當知。

《偃曝談餘》曰:王荆公爲《謝絳行狀》云:“其葬也,廬陵歐陽公銘其墓,尤歎其不壽,用不極其材。”乃知古人銘、狀各有所重,非若今人以狀謁銘也。其後又云:“公子景初等,以歷官行事來,曰願有述也,將獻之太史。”則行狀又若備國史採擇而作也。

《辨體》曰:按行狀者,門生故舊狀死者行業上于史官,或求銘誌于作者之辭也。《文章緣起》云,始自“漢丞相倉曹傳朝幹作《楊伯起行狀》”,然徒有其名而無其辭。蕭氏《文選》惟載任彦升所作《齊竟陵王行狀》一篇,而辭多矯誕,識者病之。今采韓柳所作,載爲楷式云。

《明辨》曰:按劉勰云:“狀者,貌也,禮貌本原,取其事實。先賢表諡,並有行狀,狀之大者也。”蓋具死者世系、名字、爵里、行治、壽年之詳,或牒考工太常使議諡,或牒史館請編録,或上作者乞墓誌碑表之類,皆用之。而其文多出於門生、故吏、親舊之手,以謂非此輩不能知也。其逸事狀,則但録其逸者,其所已載不必詳焉,乃狀之變體也。

222

王懋公曰：行状体有正变，正如韩愈《董公行状》，变如柳宗元《段太尉逸事状》。

曾弗人曰：唐宋四大家，苏既不长於叙事，传状志铭，独退之、永叔为多。宗元叙段太尉逸事，其刻画生动，无论永叔诸志，几欲追子长而掩退之。然而《梓人》、《橐驼》诸传，皆感事寓言，传志行状，不少概见，岂求之者少耶？

述

《明辨》曰：按字书：“述，譔也，纂譔其人之言行以俟考也。”其文与行状同，不曰状而曰述，亦别名也。

王懋公曰：如王安石有《先大夫述》，不用他人文字。

诔

王懋公曰：诔举生平之实行，定谥以称之，惟上可行於下，故《曾子问》：“贱不诔贵，幼不诔长，礼也。惟天子称天以诔之。诸侯相诔，非礼也。”而後世乃不复问何也。陈思有言：“扬雄，臣也，而诔汉后；班固，子也，而诔其父。皆以述扬景行，显行竹帛，岂所谓三代不同礼，随时而作者乎？”《文选》“诔”与“哀”并列，而哀文之中，潘岳、颜延之、谢朓三子文在焉。我嫌其混而不分也。今以哀策入册类，而存哀永逝文於哀辞中，始各得其所。然诔与哀亦自有辨，惟哀可以兼诔，而诔必不可兼哀，盖哀辞或四言、或骚体，若用四言，是哀体已兼诔矣。诔则惟有四言而已。然此亦就後世文体论之耳。观鲁哀公《仲尼诔》，则四言果诔之铁案否也。又鲁庄公尝诔县贲父，而班氏人表遗之。今论诔者亦多不及，岂皆未之思欤？

《辨体》曰：按《周礼》：“大祝作六辞，以通上下亲疏远近，六曰诔。”鲁哀公十六年四月，孔子卒，公诔之曰：“旻天不弔，不慭遗一老，俾屏予一人以在位，茕茕余在疚！呜呼哀哉，尼父！”此即所谓诔辞也。郑氏注云：“诔者，累也，累列生时行迹，读之以谥。此惟有辞而无谥，盖惟诔其美行，示己伤悼之情尔。”是则後世有诔辞而无谥者，盖本於此。又按《文章缘起》载汉武帝《公孙弘诔》，然无其辞。惟《文选》录曹子建之诔王仲宣、潘安仁之诔杨仲武，盖皆述其世系行业，而寓哀伤之意。厥後韩退之之於欧阳詹、柳子厚之於吕温，则或曰诔辞，或曰哀辞，而名不同。迨宋南丰、东坡诸老所作，则俱谓之哀辞焉。大抵诔则多叙世业，故今率傚魏晋，以四言为句；哀辞则寓伤悼之情，而有长短句、楚体不同。作者不可不知。

《明辨》曰：诔者，诔列其德行而称之也。《周礼》：“贱不诔贵，幼不诔长”，故天子崩，則稱天以誄之；卿大夫卒，則君誄之。魯哀誄孔子云云，古誄之可見者止此，然亦略矣。竊意周官讀誄以定謚，則其辭必詳；仲尼有誄而無謚，故其辭獨略。豈制誄之初意然歟？又按劉勰云："柳妻誄惠子，辭哀而韻長。"則今私誄之所由起也。蓋古之誄本爲定謚，而今之誄惟以寓哀，則不必問其謚之有無，而皆可以爲之。至於貴賤長幼之節，亦不復論矣。其體先述世系行業，而末寓哀傷之意，所謂"傳體而頌文、榮始而哀終"者也。

茅鹿門曰：魏晉以來，誄並藻麗。

哀　辭

王懋公曰：錢蒙叟謂哀辭宜爲，且曰："曾子固不云乎：'墓誌納之壙中，而哀辭刻之塚上。'然則文之有哀辭，不銘而名焉，不傳而傳焉。"是或一道也。

《明辨》曰：按哀辭者，哀死之文也，故或稱文。夫哀之爲言依也，悲依於心，故曰哀；以辭遣哀，故謂之哀辭也。昔漢班固初作《梁氏哀辭》，後人因之，或以有才而傷其不用，或以有德而痛其不壽。幼未成德，則譽止于察惠；弱不勝務，則悼加乎膚色。此哀辭之大略也。其文或用韻語，而四言騷體，惟意所之，則與誄體異矣。吳訥乃並而列之，殆不審之故歟？今取古辭，自爲一類云。

沈石夫曰：漢莊忌《哀時命》，後人哀辭之始也。而澹蕩多風，有騷人之遺焉。（以上前編卷五）

墓誌銘　碑　碣　表

王懋公曰：墓誌、表始於漢，碣始於晉，碑之由來遠矣。《逸雅》云："碑，被也。此本王莽時所設，施其轆轤，以繩被其上，以引棺也，臣子追述君父之功美以書其上，後人因焉。故無建於道陌之頭，顯見之處，名其文就謂之碑。"此說與諸家異，存以參觀。又墓碑、碣、表，或有銘，或無銘，誌與銘或兼有，或單行，此亦不可不知。

《辨體》曰：按《檀弓》曰："季康子之母死，公肩假曰：'公室視豐碑。'"註云："豐碑以木爲之，形如石碑，樹於槨前後，穿中爲轆轤，繞之縤，用以下棺。"《事祖廣記》曰："古者葬有豐碑以窆。秦漢以來，死者有功業，則刻於其上，稍改用石。晉宋間始有神道碑之稱，蓋地理家以東南爲神道，碑立其地而名云耳。"墓碣，近世五品以下所用，文與碑同。墓表，則有官無官皆可，其辭則多叙其學行德履。墓誌，則直述世系、歲月、名氏、爵里，用防陵谷谷遷改。埋銘、墓記，與墓誌同，而墓記則無銘辭耳。古今作者，惟昌黎最高，行文叙事，面目首尾，不再蹈襲。凡碑碣表於外者，文則稍詳；誌銘埋於壙者，文則嚴謹。其書法，則惟書其學行大節；小善寸長，則皆弗録。觀其所作可見。近世至有將墓誌亦刻墓前，斯失之矣。大抵碑銘所以論列德善功烈，雖銘之義稱美弗稱惡，以盡其孝子慈孫之心；然無其美而稱者謂之誣，有其美而弗稱者謂之蔽。誣與蔽，君子之所弗由也歟！

王懋公曰：吴文恪盛稱昌黎碑誌，亦猶世人之見。獨茅順甫謂碑誌當以歐陽永叔爲第一，最確。蓋六一叙事，得史遷法，而韓不然，固宜遜之。至論墓之有銘雖始於漢，我嘗以爲其義與古人鼎銘通。《祭統》云："夫鼎有銘，銘者自名也，自名以稱揚其先祖之美，而明著之後世者也。爲先祖者，莫不有美焉，莫不有惡焉；銘之義，稱美而不稱惡，此孝子慈孫之心也，惟賢者能之。"又曰："銘者，論譔其先祖之有德善、功烈、勳勞、慶賞、聲名，列於天下，而酌之祭器，自成其名焉，以祀其先祖者也。顯揚先祖，所以崇孝也，身比焉，順也；比，次也；己名次于先祖之下，無所違於禮，故曰順。明示後世，教也。"此在箴、銘、贊、頌之銘中，特其一端，然而墓銘之意已盡於此。所不同者，自銘人銘之别耳，其意之主於榮先，固無彼此也。觀此，則凡求銘於人，與爲人作銘者，皆宜鄭重其事，托之非人，書之非公與是，可乎？曾子固有言："銘誌之著於世，義近於史。善人喜於見傳，則勇於自立；惡人無有所紀，則以愧而懼。其有通材達識，義烈節士，嘉言善狀，皆見於篇，則足爲後法，故激勸之道與史近。而亦有與史異者。史於善惡無所不書，銘則古之人有善而懼後世之不知，必銘而見之，或納於廟，或存於墓，一也。然則子以墓銘之義，與古之銘彝鼎相通，其說誠不誣。"而若南豐之謝歐公爲其祖銘，與子瞻之謝張公方平爲其父銘，皆言之反覆，窺其中若有不容已者，豈徒然哉！後之人仁孝之心，亦可以油然而興矣。

《明辨》曰：按誌者，記也；銘者，名也。古之人有德善功烈可名於世，没則後人爲之鑄器以銘，而俾傳於無窮，若《蔡中郎集》所載《朱公叔鼎銘》是已。至漢，杜子夏始勒文埋墓側，遂有墓誌，後人因之。蓋於葬時述其人世系、名字、爵里、行治、壽年、卒葬日月，與其子孫之大略，勒石加蓋，埋於壙前三尺之地，以爲異時陵谷變遷之防，而謂之誌銘。其用意深遠，而于古意無害也。迨夫末流，乃有假手於文士，以謂可以信今傳後，而潤飾太過者，亦往往有之，則其文雖同，而意斯異矣。至論其題，則有曰"墓誌銘"，有誌有銘者是也。曰"墓誌銘並序"，有誌有銘而又先有序者是也。然云誌銘而或有誌無銘，或有銘無誌者，則别體也。曰墓誌，則有誌而無銘。曰墓銘，則有銘而無誌。然亦有單云誌而却有銘，單云銘而却有誌者，有題云誌而却是銘，題云銘而却是誌者，皆别體也。其未葬而權厝者曰權厝誌，曰誌某；殯後葬而再誌者曰續誌，曰後誌；没於他所而歸葬者曰歸祔誌；葬於他所而後遷者曰遷祔誌。刻於蓋者曰蓋石文；

刻於磚者曰墓磚誌，曰墓磚銘；書於木版者曰墳版文，曰墓版文；又有曰葬誌，曰誌文，曰墳記，曰壙誌，曰壙銘，曰梛銘，曰埋銘。其在釋氏，則有曰塔銘，曰塔記。凡二十題，或有誌無誌，或有銘無銘，皆誌銘之別題也。其爲文則有正、變二體，正體惟敘事實，變體則因敘事而加議論焉。又有純用"也"字爲節段者，有虛作誌文而銘內始敘事者，亦變體也。若夫銘之爲體，則有三言、四言、七言、雜言、散文；有中用"兮"字者，有末用"兮"字者，有末用"也"字者；其用韻有一句用韻者，有兩句用韻者，有三句用韻者，三句一韻。有前用韻而末無韻者，有前無韻而末用韻者，有篇中既用韻、而章內又各自用韻者，有隔句用韻者，有韻在語辭上者，有一字隔句重用自爲韻者，有全不用韻者；其更韻，有兩句一更者，有四句一更者，有數句一更者，有全篇不更者：皆雜出於各篇之中，難以例列。故今録文致辨，但從題類，仍分正、變，稍以職官、處士、婦人爲次，而銘體與韻，則略序之。

《明辨》曰：韓愈《清河張君墓銘》，以徹、揭、割、雪、折、厲、奪、咀爲韻，而行、生、清、兵、明、貞，復自爲韻，乃隔句用韻體，如徹行、揭生、割名、厲明、奪貞、咀是也。蓋法《兔罝》、《魚麗》等詩也。

王懋公曰：墓誌銘，正如韓愈《貞曜先生墓誌銘》、歐陽修《梅聖俞墓誌銘》，變如韓愈《樊紹述墓誌銘》。按唐之古文，始於紹述，亦一奇士，韓爲作誌，故非諛墓。

誌銘之類，權厝誌，有銘，續誌、後誌同。柳宗元《續榮澤尉周君墓誌》云："前誌，贈太傅崔公祐甫作。祐甫既卒，而君尚未葬，故復續誌以書其緩葬之故云。"墓誌蓋石文，既有墓誌，又有蓋石文也。柳宗元云："今之制，凡誌於墓者，琢密石加蓋於其上，用附碑陰之義，假茲石而書焉。"墓碑記、墓磚銘同，有記有銘，又有無記有銘者。墓版文、墳版文同。壙銘，有誌有銘。又銘中着問答，僅見，亦一變體也。

《辨體》曰：《劉先生夫人墓誌》，載《昭明文選》，有銘辭，無序，後昌黎亦有此體。

王懋公曰：昌黎有《女挐壙銘》，柳州有墓版無銘。又銘有雜言不用韻者，亦所當知。

凌約言曰：近世文士製碑，序終申以銘，猶大雄氏演法，義終宣以偈，多是隱括上文，不免床上疊床之病。獨韓柳作銘，超然以他語發揮之，不襲常格。

王懋公曰：近世之士，文而不慚。蔡邕云："吾爲人作銘，未嘗不有慚容，惟爲《郭有道碑頌》無愧耳。"夫求文者，使人不樂如此，過矣。然則將如之何？曰一切詩文，心所不欲，誓勿爲之而已。因附識於碑後。

《辨體》曰：韓退之《曹成王碑文》，不書卒葬年月，不書妻，略之也。蓋凡墓碑皆立在既葬之後，此碑之立，距王薨已二十五年，葬時已自有志，故此但書其大者耳。大者謂世系也，名字也，功業也，官位爵謚也，所宜詳焉。此墓碑之例也。

《辨體》曰：王介甫《梅侍讀神道碑》，序略銘詳，蓋效昌黎《劉統軍碑》例也。

《明辨》曰：唐碑制，龜趺螭首，五品以上官用之。而近世高廣各有等差，則制之密也。蓋葬者既爲誌以藏諸幽，又有碑碣表以揭於外。其爲體有文有銘，又或有序；而其銘或謂之辭，或謂之系，或謂之頌，要之皆銘也。文與誌大略相似，而稍加詳焉，故亦有正、變二體。其或曰碑，或曰碑文，或曰墓碑，或曰神道碑，或曰神道碑文，或曰墓神道碑，或曰神道碑銘，或曰神道碑銘並序，或曰碑頌，皆別題也。至於釋老之葬，亦得立碑以借擬乎品官，故或直曰碑，或曰碑銘，或曰塔碑銘並序，或碑銘並序，亦別體也。若夫銘之爲體，雖不能如誌銘之備，而大略亦相通焉，此不復著。

王懋公曰：碑，正如漢蔡邕《司空文烈侯楊公碑》、《陳太丘碑》，變如魏邯鄲淳《曹娥碑》。

《明辨》曰：按潘尼作《潘黃門碣》，則碣之作自晉始也。唐碣制，方趺圓首，五品以下官用之，而近世復有高廣之等，則其制益密矣。古者碑之與碣，本相通用，後世乃以官階之故，而別其名。其爲文與碑相類，而有銘無銘，惟人所爲，故其題有曰碣銘，有曰碣，有曰碣頌並序。至於專言碣而却有銘，或兼言銘而却無銘，則亦猶誌銘之不可爲典要也。其文有正、變二體，其銘與韻亦與誌同。

王懋公曰：正如《潘黃門碣》；若柳宗元《故御史周君碣》，則體之變也。

胡秋宇曰：近世史家修列傳，多據渠家墓誌，筆削成篇。然誌往往紀載溢美，擬類非倫，而史必因之，百世之下傳信不刊，誰則證者？是以論篤君子不敢阿所好，蓋慎之也。若柳子《故御史周君碣》，登之"太史氏"無忝矣。

《明辨》曰：按墓表自東漢始，安帝元初元年立《謁者景君墓表》。其文體與碑碣同，有官無官皆可用，非若碑碣之有等級限制也。以其樹於神道，故又稱神道表。其爲文有正有變，錄而辨之。又取阡表以附於篇，則遡流而窮源也。蓋阡，墓道也。

王懋公曰：表，正如歐陽修《石曼卿墓表》。又公有《瀧岡阡表》，路南北曰阡。

馮開之曰：表者，標也，標其行事尤卓卓者，使後之人共見之，宗仰無已也。

謚　議

王懋公曰：謚出於行，《樂記》曰："聞其謚，知其行也。"明制，三品以下無謚，則私謚勢不容已矣。謚法之書不一，《周公謚法》中多後人語，謂盡出於公不可。其後如蔡邕、蘇洵、楊侃之言亦多不確。今爲論文而及謚，則《辨體》謚法、謚議二條並存，非是。《明辨》獨存謚議，得之矣。

王懋公曰：謚法始于周而除于秦。始皇曰："太古有號無謚，中古有號，死而以行爲諡。如此,則子議父、臣議君,甚無謂也。自今以來除諡法。"嗟夫! 祖龍愚矣。去諡而以世稱,果能一世以至萬世否耶? 古者爲美諡以專顯其聲名,然善行雖多,惟節取其大者以專其善,故曰:"壹惠"。惠,善也。蓋諡號爲人所定,故曰名生於人。觀此,則可以自主者自有實行在,又何畏乎人言? 但後人定諡,亦必不虛美,不隱惡,乃可以爲礪世摩鈍之具。不然,諡亦有若無矣,雖除之,可也。至論私諡,其來已遠。隋王通没,門人私諡之曰"文中",猶其後者。春秋時,柳下惠卒,門人將誄之,此正欲定其諡耳。柳妻謂二三子不如其知之深,乃曰"夫子之諡宜爲惠",門人遂從之。而黔婁先生死,其妻亦謂當諡之以"康"。則是二老之諡,實定於内子,亦諡之一奇也。此即私諡議矣,又何論近世門人朋舊之紛紛哉! 徐伯魯以漢蔡邕有《朱公叔私諡議》,而謂其事起於東漢,不亦後乎?

《辨體》曰:《周禮》:"太史,喪事考焉,小喪賜諡。"疏云:"小喪,卿大夫也。卿大夫喪,君親制之,使太史往賜之。至遣之日,小史往爲讀之。"又按《禮記》曰:"幼名,冠字,五十以伯仲,死諡:周道也。"是則賜諡之制,實始于周焉。《崇文總目》載《周公諡法》一卷,又有《春秋諡法》《廣諡》等書,然皆漢魏以來儒者取古人諡號增輯而爲之也。宋仁宗朝,眉山蘇洵嘗奉詔編定,乃取世傳《周公諡法》以下諸書,定爲三卷,總一百六十八諡。至孝宗淳熙中,夾漈鄭樵復本蘇氏書增損,定爲上、中、下三等,通二百一十諡,爲書以進。大抵諡者,所以表其實行,故必由君上所賜,善惡莫之能掩。然在學者,亦不可不知其說。

《辨體》曰:按《諡法》云:"諡者,行之跡。大行受大名,細行受小名。"《白虎通》曰:"人行始終不能若一,故據其終始,明別善惡,所以勸人爲善而戒人爲惡也。"由是觀之,則諡之所繫,豈不重歟? 漢晉而下,凡公卿大夫賜諡,必下太常定議。博士乃詢察其善惡賢否,著爲諡議,以上於朝,若晉秦秀之議何曾、賈充,唐獨孤及之議苗俊卿,宋鄧忠臣之議歐陽永叔是也。當時雖或未能盡從其言,然千百載之下,讀其辭者,莫不油然興起其好惡之心。嗚呼,是其所繫豈不甚重乎哉! 至若近世名儒隱士之没,門人朋舊有私諡易名之議,蓋亦不可不知云。

《明辨》曰:按《禮記》曰:"先王諡以尊名,節以壹惠。"故行出於己,而名生於人,使夫善者勸而惡者懼也。天子崩則臣下制諡於南郊,明受之於天也。諸侯薨則太子赴告于天子,明受之於君也。蓋子不得議父,臣不得議君,故受之於天於君。若卿大夫,則有司議而諡之。故周制,太史掌小喪賜諡,小史掌卿大夫之喪賜諡。秦廢諡法,漢乃復之,然僅施于君侯,而公卿大夫皆不得與。唐制,太常博士掌王公以下議諡。宋制,擬諡定于太常,覆於考功,集議于尚書省,其法漸密。故歷代以來,有帝后諡議,臣僚美惡諡議。而其體有四:一曰諡議,二曰改議,三曰駁議,四曰答駁議。今制,雖設太常博士,然不掌諡議。大臣没,其家請諡,則禮部覆奏,或與或否,惟上所命。與則内閣擬四字以請而欽定之，皆得美名，初無惡諡以示懲戒，而諡議遂廢。至於名臣處士，法不得諡，則門生故吏相與作議而加私諡焉。其事起於東漢，至今相沿不絶，亦可見古法之不盡廢於今也，故五曰私諡云。

王懋公曰：諡議如唐獨孤及《苗晉卿諡議》，改議、駁議如唐李邕《駁韋巨源諡昭議》，答駁議如唐獨孤及《答嚴郢駁吕諲諡議》，私議如漢蔡邕《朱公叔私諡議》。然爲駁議者，文欲明白痛快，能如柳柳州之《駁復仇議》則善矣。

王懋公曰：《記》曰生名死諡，周道也。後人謂諡自周公始，當矣。或謂黄帝實作諡法，非是。至於諡欲勸懲天下，非美惡兼舉、以寓《春秋》褒貶之義不可。而諡至有明，有美無惡，何哉？若夫諡，當一字，二字非古，則唐人之重議吕諲諡甚確。但謂舜、禹等字皆諡，則又謬，觀《書》“格爾舜”與“咨禹之呼”便見。（以上前編卷六）

四六類 · 啓

王懋公曰：四六之體，始於連珠。至於啓，則書記之類，有大啓，有小啓。或謂自下達上之詞，不知平交用啓者甚衆，泥則非。漢避景帝諱而無啓，不待言矣。其後有散文，有四六，猶表之在漢晉，與唐宋絶異。自專尚偶儷，而其格卑矣，然亦未可概論。如宋《播芳大全 · 上史丞相啓》，則絶大手筆，不得作四六觀，彼小言詹詹者當望而却走矣。〇啓在近世特盛，甚至另爲一書單行，要惟有別才別趣乃可擅場。夫惟大雅，卓爾不羣，儷語中尤急須此振靡之手。

或曰：任昉《奉答敕示七夕詩啓》，述謙讓之懷，紹前後之轍；《爲卞彬謝修卞忠貞墓啓》，表忠靖之風，悲宿草之莽，固六朝之妙筆也，言簡意長。唐啓則工麗似賦矣。宋啓自歐蘇爲之，韻悠辭逸，筆墨間有行雲流水之趣，則又勝於前賢矣。其法先叙事，次入題，末陳所言焉。

帳詞

王懋公曰：帳詞全尚四六，多用之於慶賀，亦啓類也。《太上隱者詩》云：“城市多囂塵，還山弄明月。”此等題有此風致，應稱文中之仙。

上梁文

王懋公曰：宋葉《愛日齋叢抄》：吴氏《漫録》考其所始云：“後魏温子昇有《閶闔門

上梁祝文》，第不若今時有詩語也。"論此體者，多不能窮源，爰表之以見六朝餘韻。至於近代作法，文皆四六，起用"伏以"，中列六詩，詩後則用"伏願"起。其詩七言，隨東、南、西、北、上、下六字之韻而爲之，如上梁東，即用東韻；他皆倣此。詩三句，首句用韻，次句不用，末句用韻。其平仄，首末二句同，而中否。如首用平仄平，則中用仄平仄，而末又用平仄平；首用仄平仄亦然。如朝鮮女子許景樊《廣寒宮玉樓上梁文》，可謂非想非非想，而又八歲時作，奇乃一至於此，疑其前身爲月中人。

《明辨》曰：上梁文者，工師上梁之致語也。世俗營構宮室，必擇吉上梁，親賓裹麪雜他物稱慶，而因以犒匠人，於是匠人之長，以麪抛梁而誦此文以祝之。其文首尾皆用儷語，而中陳六詩。詩各三句，以按四方上下，蓋俗體也。今録之以備一體。

沈石夫曰：文以雅上，此直近於俚矣。然景靈宮修，蓋英宗神御殿，安石亦嘗有作，則此亦詞臣不免，非若樂語、口號、上碑諸體之可概刪也。若夫道場榜文、青詞、募緣疏，種種外道，雖工弗録。

樂語音岳

王懋公曰：《坡仙集》"樂語"數篇，皆四六致語也，似短表，似小啓，或以上進，或以平交，其《寒食宴提刑致語》，風致翩翩，差強人意。○樂語即坡公亦未極其致。文章一事，真不易言，奈何輕視之。（以上前編卷七）

韻文類·頌

王懋公曰：《禮·少儀》云："頌而無謅。"注。此作頌法也。至論後世之頌，源於《詩》之三《頌》，誰不知之？然而三《頌》正不容無辨。予觀史遷有言，宋襄公之時，修行仁義，欲爲盟主。其大夫正考父美之，故追道契湯高宗殷所以興，作《商頌》。而《孔子世家》又云："正考父佐戴武宣公。"及以宋譜系考之，則宣公之後，凡歷數君而後至於襄，子長不亦自相矛盾耶？有謂戴公時，正考父得《商頌》十一篇於周太師，歸以祀其先王。庶幾得之。必如襄公時云云，是周、魯之《頌》在前而《商頌》其後出矣。至於《周頌》三十一篇，多周公所定，而亦或有康王以後之詩。或謂成王以周公有大勳勞，因賜伯禽以天子禮樂，魯乃有頌以爲廟樂。其後又自作詩以美其啓，亦謂之頌。此頌體正變所由分也。漢宣帝時，王褒《頌聖主得賢臣》，雖爲散文，而已趨於排偶，不足法。惟元次山《大唐中興頌序》，簡潔可喜，而於德業二字又辨別不少假借，大有董狐筆意，亦可謂變體中之矯矯者矣。

王懋公曰：王元美謂頌即四詩之一，贊、箴、銘、哀、誄皆其餘音也，附之於文。吾有所未安。予謂推而言之，賦亦《詩》六義之一，今已入文類矣，何獨不安於頌？世既曰頌曰賦，則亦賦其文、頌其文而已。雖然，此意不可執，而其說亦不可不存也。

《辨體》曰：《詩大序》曰：“詩有六義，六曰頌。頌者，美盛德之形容，以其成功告於神明者也。”嘗考《莊子・天運篇》稱：“黃帝張《咸池》之樂，燄氏爲頌。”斯蓋寓言耳，故頌之名實出於《詩》。若商之《那》、周之《清廟》諸什，皆以告神，爲頌體之正。至如《魯頌》之《駉》、《駜》等篇，則當時用以祝頌僖公，爲頌之變。故先儒胡氏有曰：“後世文人獻頌，特效《魯頌》而已。”《文心雕龍》云，頌須鋪張揚厲，而以典雅豐縟爲貴，“敷寫似賦，而不入華侈之區；敬慎如銘，而異乎規諫之域。”諒哉！

《明辨》曰：後世所作頌，皆變體也。其詞或用散文，或用韻語。又有哀頌，則任昉所稱“漢張紘初作《陶侯哀頌》”者是已。劉勰云：“頌之爲體，典雅清鑠，揄揚汪洋。”詳味斯言，可以得作頌之法矣。

王懋公曰：散文如漢王褒《聖主得賢臣頌》，韻語如楊雄《趙充國頌》。

箴

《辨體》曰：按許氏《説文》：“箴，誡也。”《商書・盤庚》曰：“無或敢伏小人之攸箴。”蓋箴者，規誡之辭，若鍼之療疾，如醫者以鍼石刺病。故以爲名。古有夏商二箴，見于《尚書大傳解》、《吕氏春秋》，而殘缺不全。獨周太師辛甲命百官官箴王闕，而虞氏掌獵，故爲《虞箴》，其辭備載《左傳》。後之作者，蓋本於此。東萊云：“凡作箴，須用‘官箴王闕’之意。箴尾須依《虞箴》‘獸臣司原，敢告僕夫’之類。”大抵箴、銘、贊、頌，雖或均用韻語，而體不同。箴是規諷之文，須有儆戒切劘之意。有志于文辭者，不可不之考也。

《明辨》曰：有所諷刺而救其失者謂之箴。虞人一篇，備載于《左傳》，於是楊雄倣而爲之。其後作者相繼，而亦用以自箴。故其品有二，一曰官箴，二曰私箴。大抵皆用韻語，以垂警戒。

銘

《辨體》曰：按銘者，名也，名其器物以自警也。《漢・藝文志》稱道家有《黃帝銘》六篇，然亡其辭。獨《大學》所載成湯《盤銘》九字，發明“日新”之義甚切。迨周武王，則凡几席觴豆之屬，無不勒銘以致警戒。厥後又有稱述先人之德善勞烈爲銘者，如春秋時孔悝《鼎銘》是也。又有以山川、宮室、門關爲銘者,若漢班孟堅之《燕然山》,則旌征伐之功;晉張孟陽之《劍閣》,則戒殊俗之僭叛,其取義又各不同也。《傳》曰:"作器能銘,可以爲大夫。"陸士衡云:"銘貴博約而溫潤。"斯蓋得之矣。

《明辨》曰:劉勰云:"觀器而正名,故曰銘。"考諸夏商,鼎、彝、尊、卣、盤、匜之屬,莫不有銘,而文多殘缺,獨《湯盤》見於《大學》,而《大戴禮》備載武王諸銘。其後作者寖繁,蓋不但施之器物而已。然要其體不過有二,一曰警戒,二曰祝頌。又有碑銘、墓碑銘、墓誌銘,不並列於此云。

王懋公曰:武王器物銘十七首之外,周又有《金人銘》、《嘉量銘》,宋正考父有《鼎銘》,在孔悝前。漢有笥銘、漏刻銘、座右銘、轢銘,李尤有《井銘》,唐有甲銘、笏銘、石橋銘,宋有廟銘。近若徐文長《書牘銘》,亦佳,然予喜其痛快而憎其淺露,不能耐人思索。謬謂武王銘,有一二字稍似題者,有絕不與題相涉者,讀之愈覺其妙。即極切題者,亦自語意含蓄深遠,凡銘語似當如此。

贊

王懋公曰:贊之文,以四言爲句,常也;亦有三字句者;又有五言,始於六朝;又或用長短句,亦不可不知。至《史記》傳末,雖有評斷,猶《左氏》之"君子曰",並無論贊之名,後人妄以贊字加之,遂令至今相沿不改。

《辨體》曰:按贊者,贊美之辭。《文章緣起》曰:"漢司馬相如作《荆軻贊》。"世已不傳。厥後班孟堅《漢史》以論爲贊,至宋范曄更以韻語。唐建中中試進士,以箴、論、表、贊代詩賦,而無頌題。迨後復置博學宏詞科,則頌贊二題皆出矣。西山云:"贊、頌體式相似,貴乎贍麗宏肆,而有雍容、俯仰、頓挫、起伏之態,乃爲佳作。"大抵贊有二體:若作散文,當祖班氏史評;若作韻語,當宗《東方朔畫像贊》。《金樓子》有云:"班固碩學,尚云贊頌相似。"詎不信然?

《明辨》曰:贊,字本作讚。其體有三:一曰雜贊,意專褒美,若諸集所載人物、文章、書畫諸贊是也;二曰哀贊,哀人之没而述德以贊之者是也;三曰史贊,詞兼褒貶,若《史記索隱》、《東漢》、《晉書》諸贊是也。劉勰有言:"贊之爲體,促而不曠,結言於四字之句,盤桓於數韻之辭,其頌家之細條乎?"可謂得之矣。至其謂班固之贊與此同流,則餘未敢以爲然也。蓋嘗取而玩之,其述贊也,名雖爲贊,而實則評論之文;其叙傳也,詞雖似贊,而實則小序之語;安得概謂之贊而無辨乎?

王懋公曰:雜贊如魏王粲《正考父贊》,哀贊如漢蔡邕《議郎胡公夫人哀贊》,史贊如范曄《後漢書·光武紀贊》。

232

連珠

王懋公曰:連之爲言貫也,珠則有取於珠圓玉潤之意。凡論文只在顧名思義,知其義,則知所以爲文矣。

《辨體》曰:按晉傅玄云:"連珠興于漢章帝之世。班固、賈逵,亦嘗受詔作之。蔡邕、張華,又嘗廣焉。"考之《文選》,止載陸士衡五十首,而曰《演連珠》,言演舊義以廣之也。大抵連珠之文,穿貫事理,如珠在貫。其辭麗,其言約,不直指事情,必假物陳義以達其旨,有合古詩風興之義。其體則四六對偶而有韻。自士衡後,作者蓋鮮。洪武初,宋王二老有作,亦如士衡之數。今錄之以爲嗜古者之助,且以著四六對偶之所始云。

《明辨》曰:按連珠者,假物陳義以通諷諭之詞也。蓋楊雄綜述碎文,肇爲連珠,而班固、賈逵、傅毅之流,受詔繼作,傅玄乃云興于漢章之世,誤矣。其體展轉,或二或三,工於此者,必使義明而辭淨,事圓而音澤,否則惡能免於劉勰之嘲耶?

篇

王懋公曰:詩類有篇,而文亦有之,如楊升菴《無悶篇》是已。此雖用韻,而終不得目之爲詩,蓋與歌行自徑庭也。(以上前編卷八)

賦通論

王懋公曰:賦之爲物,非詩非文,體格大異,而人之好惡亦不能同。如漢宣帝謂辭賦,大者與詩同義,小者辨麗可嘉,譬如女工有綺縠,音樂有鄭衛。而宋胡安定,自慶曆中教學於蘇湖二十餘年,是時方尚辭賦。獨湖學以經義及時務,學中有經義齋、治事齋。經義齋,疏通有器局者居之;治事齋,人各治一事,又兼一事,如邊防水利之類。凡此皆黜賦之說也。若夫觀千劍則能劍,讀千賦則能賦,非深嗜篤好,何以至此?蘇玉局《遺陳傳道書》謂日課一詩甚善,此技雖高才,非甚習不能工,聖俞昔嘗如此。詩固有之,維賦亦然,知不得以浮慕而擅場明矣。爰爲從事此道者詳論列焉。

王懋公曰:昔人以賦爲古詩之流,然其體不一,而必以古爲歸,猶之文必以散文爲歸也。顧均之爲古賦,而正變分焉。大抵辭賦窮工,皆以《詩》之風、雅、頌、賦、比、興之義爲宗,此如山之祖崑崙,黃河之水天上來也。故論賦者亦必首律之以六義,如得風、雅、頌、賦、比、興之意則爲正，反是則爲變。若以古賦而間流於俳與文，亦變體也。八韻律賦，盛於開元之世，以其時詔以詩賦取士故也。此皆諸賦正變之所由分，不可以不辨。而晉皇甫玄晏乃僅以美麗爲言，則亦淺之乎其論賦矣。

王懋公曰：賦有古、俳、文、律、大、小諸體之分，固截然無容溷。至於古今作者之概，則合王袁二家之論足以括之：由瑯琊之説，則作賦甚難，然吾以其言難而又見其易；由公安之説，則作賦甚易，然吾以其言易而又見其難。《盧次楩賦略序》云：“予得盧柟古詩、歌行，讀而小異之。至讀諸賦，則未嘗不爽然自失也。三閭家言忠愛悱惻，怨而不怒，悠然《詩》之風哉！長卿務以靡麗宏博，旁引曲喻，其要歸卒澤於雅，子雲謂之從神化來耶。然自東京以下蔑如也。諸儒先生號名能文章家，奈何取其所論著而姑韻之以爲賦，若兹乎哉！即盧生所就《幽鞠放招》凡三十餘篇，其概不得離津筏而上之，然而大指可諷也。窮天地之紀，采人物之變，與夭喬走飛之態，經緯臚列，假二三能言之士如宋玉、景差者，蟬緩于左徒屈原爲楚懷王左徒。之門，豈其先栴而室哉？”《與江長洲書》云：“近日讀古今名人諸賦，始知蘇子瞻、歐陽永叔輩見識，真不可及。夫物始繁者終必簡，始晦者終必明，始亂者終必整，始艱者終必流麗痛快。其繁也、晦也、亂也、艱也，文之始也。如衣之繁複，禮之周折，樂之古質，封建井田之紛紛擾擾是也。古之不能爲今者，勢也。其簡也、明也、整也、流麗痛快也，文之變也。夫豈不能爲繁、爲亂、爲艱、爲晦，然已簡安用繁？已整安用亂？已明安用晦？已流麗痛快安用敖牙之語、艱深之辭？譬如《周書》《大誥》、《多方》等篇，古之告示也，今尚可作告示否？《毛詩》鄭、衛等風，古之淫詞蝶語也，今人所唱《銀柳絲》、《掛鍼兒》之類，可一字相襲否？世道既變，文亦因之，今之不必摹古者也，亦勢也。張、左之賦，稍異楊、馬，至江淹、庾信諸人，抑又甚矣。唐賦最明白簡易。至蘇子瞻直文耳。然賦體日變，賦心益工，古不可優，今不可劣。若使今日執筆，機軸尤爲不同。何也？人事物態，有時而更，鄉語方言，有時而易，事今日之事，則亦文今日之文而已矣。盧柟諸君不知賦爲何物，乃將經史《海篇》字眼，盡意抄謄，謬謂復古，不亦大可笑哉！”嗟夫！以一人之所爲文，而論旨或登之於天，或推之於淵，豈果文無定論乎？予謂著作者流，才不大不可，文不真不可，要未有無大才而能爲真文者。故賦非畏難就易者可假借。且賦心真可也，不工不可也。彼有俚韻未除而輕言風雅，是野狐禪亦真可以成佛作祖耶？

王鳳洲曰：作賦之法，大抵須包蓄千古之材，牢籠宇宙之態。其變幻之極，如滄溟開晦，絢爛之至；如霞錦炤灼，然後徐而約之，使指有所在。若汗漫縱橫，無首無尾，不知結束之妙。又或瑰偉宏富，而神氣不流動，如大海乍涸，萬寶雜厠，皆是瑕璧，有損連城。然此易耳。惟寒儉率易，十室之邑，借理自文，乃爲害也。賦家不患無意，患在無蓄；不患無蓄，患在無以運之。

王懋公曰：黄雲孫謂文筆易工，賦心難學。此亦一説。雖然，有長于文而短於賦者，司馬遷是也；有長于賦而短于文者，司馬相如是也。天下事何可以概論？

王懋公曰：賦有情與詞理之别，《毛詩》、屈賦，皆發於情，而理與辭自赴之，所以不可及。嚴氏論詩，謂有别趣，非關理也。東坡《前赤壁賦》，“自變者而觀之”，“自不變者而觀之”，李温陵塗抹，以爲正好發揮，可惜説理，而且謂俗氣甚。此雖無礙於蘇，而亦後之學賦者所當知。

《文章精義》曰：賦有辭到者，子瞻《灩澦堆》是也；有理到者，《天慶觀乳泉》是也。

楊子雲曰：或曰賦可以諷乎？曰諷則已。不已，吾恐不免於勸也。勸，相如作《大人賦》，武帝覽之，有飄飄淩雲之志。

都穆氏《南濠詩話》曰：六經如《詩》、《書》、《春秋》、《禮記》，所載無非實事。自騷賦之作，興託爲漁父卜者，及無是公、烏有先生之類，而文詞始多漫語，其言悉出於《莊子》。《莊子》一書，大抵皆寓言也。

《精義》曰：賦設問答，如西都責東都主人之類。至子瞻《後杞菊賦》起句云，“吁嗟先生，誰使汝坐堂上稱太守”，便自風采百倍。

王懋公曰：賦有以七言絶句起者，此須來得有迅不可遏之勢，如雷轟電掣方佳。賦後有詩，如班孟堅《西都賦》，後有《明堂》、《辟雍》、《靈臺》、《寶鼎》、《白雉》五詩是也。此亦一體，不可不知。

祝氏堯曰：古今作歌，莫非以騷爲祖，他有“誶曰”、“重曰”之類，即是亂辭。中間作歌，如《前赤壁》之類，用“倡曰”、“少歌曰”體。賦尾作歌，如齊梁以來諸人所作，用“漁父”體。

《辨體》曰：所謂少歌倡亂，皆是樂歌音節之名。○篇章之成，撮大要以爲亂辭。

或曰：賦有所謂“系曰”。系者，繫一賦之意也。

王懋公曰：凡作亂辭，必别有言語與前不同，得百尺竿頭更進之法，方爲盡善。若徒就前説而摠作數句，又何取於亂？

古　賦

《明辨》曰：《離騷》、《遠遊》、《招魂》及《九歌》、《九章》、《九辨》，實爲古賦之祖；《卜居》，文賦之祖也。

王懋公曰：我以屈原爲賦之聖。或以推司馬長卿，謬矣。

《辨體》曰：按賦者，古詩之流。《漢·藝文志》曰：“古者諸侯卿大夫交接鄰國，必稱《詩》以喻意。春秋之後，聘問歌詠，不行於列國，而賢人失志之賦作矣。大儒荀卿及楚臣屈原，離讒憂國，皆作賦以諷。其後宋玉、唐勒、枚乘、司馬相如，下及楊子雲，競爲侈麗閎衍之辭，而風諭之義没矣。”迨近世祝氏著《古賦辨體》，因本《漢志》之言而斷之曰：“屈子《離騷》，即古賦也。古詩之義，若荀卿《成相》、《佹詩》是也。”然其所載，則以《離騷》爲首，而《成相》等勿錄。尚論世次，屈在荀後，而《成相》、《佹詩》，亦非賦體。故今特附古歌謠後，而仍載《楚詞》于古賦之首。蓋欲學賦者必以是爲先也。宋景文公有言：“《離騷》爲辭賦祖，後人爲之，如至方不能加矩，至圓不能過規。”信哉！

《明辨》曰：按《詩》有六義，其二曰賦，所謂“賦者，敷陳其事而直言之”也。古者君臣交接鄰國，揖讓之時，必稱《詩》喻意，以别賢不肖，而觀盛衰。如晉公子重耳之秦，秦穆公饗之，賦《六月》；魯文公如晉，晉襄公饗公，賦《菁菁者莪》；鄭穆公與魯文公宴於棐，子家賦《鳴雁》；魯穆叔如晉，見中行獻子，賦《圻父》之類。皆以吟詠性情，各從義類。故情形於辭，則麗而可觀；辭合於理，則則而可法。楊雄所謂“詩人之賦麗以則”者是已。春秋之後，學《詩》之士逸在布衣，而賢士失志之賦作矣，屈原、宋玉《楚辭》是也。楊雄所謂“詞人之賦麗以淫”者，正指此也。然自今而觀，《楚辭》亦發乎情，而用以爲諷，實兼六義而時出之，辭雖太麗，而義尚可則。趙人荀況，遊宦于楚，考其時在屈原之前。所作五賦，工巧深刻，純用隱語，君子蓋無取焉。兩漢而下，賈生以命世之才，俯就騷律，非一時諸人所及。他如相如長於叙事，而或昧於情；楊雄長於説理，而或略於辭；至於班固，辭理俱失。若是者何？凡以不發乎情耳。然《上林》、《甘泉》，極其鋪張，終歸於諷諫，而風之義未泯；《兩都》等賦，極其眩曜，終折以法度，而雅頌之義未泯；《長門》、《自悼》等賦，緣情發義，托物興詞，咸有和平從容之意，而比興之義未泯。故君子猶有取焉，以其爲古賦之流也。三國、兩晉以及六朝，再變而爲俳，唐人又再變而爲律，宋人又再變而爲文。夫俳賦尚辭而失於情，故讀之者無興起之妙趣，不可以言則矣。文賦尚理而失於辭，故讀之者無詠歌之遺音，不可以言麗矣。至於律賦，其變愈下，始于沈約“四聲八病”之拘，中于徐庾“隔句作對”之陋，終于隋唐“取士限韻”之制，但以音律諧協、對偶精切爲至，而情與辭皆置弗論。故今分爲四體：一曰古賦，二曰俳賦，三曰文賦，四曰律賦。

王懋公曰：楊子“麗淫”之説，但指宋玉、景差、唐勒、枚乘輩，非並坐屈原也，《明辨》誤矣。觀楊子“或問”自知之。

蘇子瞻曰：楊雄好爲艱深之詞，以文淺易之説，若正言之，則人人知之矣，此正所謂彫蟲篆刻者。其《太玄》、《法言》皆是物也，而獨悔于賦，何哉？終身彫蟲，而獨變其音節，便謂之經，可乎？屈原作《離騷》，蓋風雅之再變者，雖與日月爭光可也。可以其似賦而謂之彫蟲乎？賈誼見孔子，升堂有餘矣，而乃以賦鄙之。雄之陋如此比者甚衆。

王懋公曰：古賦，如漢馬相如《長門》、班佽伎《自悼》《檮素》、張衡《思玄》、晉潘岳《秋興》、唐柳宗元《夢歸》、漢禰衡《鸚鵡》、魏王粲《登樓》、晉孫綽《遊天臺山》、漢楊雄《甘泉》，以上正體而俳體間出於其中；宋蘇軾《屈原廟》、漢司馬相如《子虛》《上林》、班固《兩都》、晉潘岳《籍田》，以上變體而流于文賦之漸。俳賦，如晉陸機《文賦》、宋鮑照《蕪城》、謝惠連《雪賦》、謝莊《月賦》、鮑照《野鵝》、顏延之《赭白馬》、鮑照《舞鶴》。文賦，如漢楊雄《長楊》、唐杜牧《阿房宮》、宋蘇軾《前赤壁》。律賦，如唐韓愈《明水》、宋王曾《有物混成》、秦觀《郭子儀單騎見虜》之類是也。

俳　賦

《明辨》曰：自《楚辭》有“製芰荷以爲衣，集芙蓉以爲裳”等句，已類俳語，然猶一句中自作對耳。及相如“左烏號之彫弓，右夏服之勁箭”等句，始分兩句作對，而俳遂甚焉。後人倣之，遂成此體。

王懋公曰：吳香爲云：“嚴子羽曰：‘學詩須先讀《楚辭》。’‘紉秋蘭以爲佩’，蘭可紉乎？‘駕飛龍以爲車’，龍可駕乎？”荷衣蓉裳，亦作如是觀。因附論於此。

文　賦

《明辨》曰：按《楚辭·卜居》、《漁父》二篇，已肇文體；而《子虛》、《上林》、《兩都》等作，則首尾是文。後人倣之，純用此體。蓋議論有韻之文也。

林氏希恩《詩文浪談》曰：騷之後有賦，賦之後有文賦，亦耻相襲也。

律　賦

《辨體》曰：律賦起於六朝，而盛於唐宋。凡取士以之命題，每篇限以八韻而成，要在音律諧協、對偶精切爲工。迨元氏場屋，更用古賦，由是學者棄而弗習。今錄一二以備其體云。

《明辨》曰：六朝沈約輩出，“四聲八病”之拘，而俳遂入於律。徐、庾繼起，又復隔句對聯，以爲四六，而律益細矣。隋進士科專用此體。

宋王林氏《燕翼貽謀錄》曰：國初進士，詞賦押韻不拘平仄次序。太平興國三年九月，始詔進士律賦，平仄次第用韻。而考官所出官韻，必用四平四仄，詞賦自此整齊，讀之鏗鏘可聽矣。

華無技曰：凡應試之賦，其體格便覺拘束，而少天然之韻致。故《文苑英華》中賦最多，不欲多録。

大　賦

王懋公曰：賦自古、俳、文、律之外，又有大小之名。從何始耶？昔宋玉《大言賦》云：“方地爲車，員天爲蓋。長劍耿介，倚乎天外。”《小言賦》云：“舘於蠅鬚，宴於毫端。烹蝨腦，切蟣肝。”此特其所言者有大小之分耳。後人分賦大小，蓋分之於其題也。或謂宋玉《對楚王問》爲小賦之始，謬甚。此乃問對之文，與賦何預？

或曰：大賦如《子虚》、《兩京》、《三都》、郭璞《江賦》、盧肇《海潮賦》等類是也。學者博極羣書，方得選材豪富；拓開萬古，方得標旨空曠；多設問難，方得變化開闔之法。

小　賦

或曰：小賦，如賈誼《弔屈原》《鵩賦》、庾敳《意賦》、束晳《風賦》、王褒《簫》《笛》諸賦、晉魏六朝後學即席就賦是也。機敏才捷，思巧文妍，擅譽席談矣。

王懋公曰：歐文忠有《鳴蟬賦》。王守溪云：“大凡作此小賦，略靠在人事上説道理，方説得有去處，且覺艶麗動人。不然，一蟬之微，有何可説？縱説亦無味了。”此論能開後來無限法門。又如陸龜蒙《零陵總記》：“張登長於小賦，氣宏而密，間不容髮，有織成隱起往往蹙金之狀。”數語尤令人歎絶。（以上前編卷九）

論歷朝賦

皇甫謐曰：古人稱“不歌而頌謂之賦”，然則賦也者，所以因物造端，敷弘體理，欲人不能加。引而申之，故文必極美；觸類而長之，故辭必盡麗。然則美麗之文，賦之作也。昔之爲文者，非苟尚辭而已，將以紐之王教、本乎勸戒也。自夏殷以前，其文隱没，靡得而詳焉。周監二代，文質之體，百世可知，故孔子采萬國之《風》，正《雅》、《頌》之名，集而謂之《詩》。詩人之作，雜有賦體。子夏序《詩》曰：“一曰風，二曰賦。”故知賦者古詩之流也。至於戰國，王道淩遲，風雅寢頓，於是賢人失志，詞賦作焉。是以孫卿、屈原之屬，遺文炳然，辭義可觀，存其所感，咸有古詩之意，皆因文以寄其心，託理以全其制，賦之首也。及宋玉之徒，淫文放發，言過於實，誇競之興，體失之漸，風雅之則，於是乎乖。逮漢賈誼，頗節之以禮。自時厥後，綴文之士，不率典言，並務恢張，其文博誕空類，恢、誕，皆大也，言不附實，但爲空大。大者罩天地之表，細者入毫纖之内，雖充車聯駟，不足以載；廣厦接楯，不容以居也。其中高者，至如相如《上林》、楊雄《甘泉》、班固《兩都》、張衡《二京》、馬融《廣成》、王生《靈光》，初極宏侈之辭，終以約簡之制，焕乎有文，蔚爾鮮集，皆近代辭賦之偉也。若夫土有常産，俗有舊風，方以類聚，物以羣分。而長卿之儔，過以非方之物，非方之物，謂所述非其地所出，長卿《上林》言盧橘夏熟，楊雄《甘泉》言玉樹青葱之類。寄以中域，虛張異類，託有於無；祖構之士，祖者，宗習之謂也。構，作也。雷同影附，流宕忘反，宕，過也。非一時也。

王懋公曰：統觀古今，賦有五失：有以艱深失之者，有以淺陋失之者，有以直説失之者，有以不能定宗失之者，有以不知詩教失之者。王元美論賦，"明白條易，便乖厥體"，又曰"勿令不讀書人易竟"。極其流弊，必至於艱難深晦而後已，不知古人非故示人以難也。葛稚川曰："古之著書者，才大思深，故其文隱而難曉；今人意淺力近，故其文露而易見。故水不發崑崙，則不能揚洪流以東漸；書不出英俊，則不能備致遠之弘韻焉。"然則古人雖有隱而難曉之文，一出於自然，猶之龍翔雲附，虎嘯風生，其勢然也。今人以艱深之詞，文淺近之意，尚得謂之文哉？朱晦菴嘗謂："《楚辭》平易，後人學倣者反艱深，都不可曉。"此其失之者一也。樂天爲詩，必老嫗能解而後存，所以白俗，譏並元輕。楊子雲曰："五百年後必有知者。"即不爲此，亦何至以婦人爲詩文之知己？有人問考亭，高適《焚舟決勝賦》甚淺陋。曰：《文選》齊梁間江總之徒，賦皆不好了。此其失之者一也。《記》曰："天地之道，一言而盡。"此談理之宗而非作文之法。"千里江陵一日還"，何若曲而有直體之爲勝乎？南軒張氏論作詩："不可直説破，須如詩人婉而成章。《楚辭》最得詩人之意，如言'沅有芷兮澧有蘭，思公子兮未敢言'，思是人也而不言，則思之之意深而不可以言語形容。若説破如何思、如何思，則意味淺矣。"此其失之者一也。或問紫陽，司馬相如賦似作之甚易。曰，然。又曰：林艾軒云："司馬相如賦之聖者，楊子雲、班孟堅只填得他腔子，如何得似他自在流出；左太冲、張平子竭盡氣力，又更不及。"予謂若以長卿爲賦之聖，則後之作賦者第宗長卿可矣。今觀其賦，惟有《長門》以意勝，他若《子虛》、《上林》，特靡麗無情之詞而已，聖於賦者顧如是乎？林之所謂聖者，待以其不勞而就，而餘子皆不能也，孰知稱聖亦別之於意已。必如所云，古賦須熟看屈、宋、韓、柳，所作乃有進步，然後得之，使人競趨於詞而賦之體壞矣。此其失之者一也。三百之《詩》，所以治性情，教忠孝，賦何獨不然？陸象山曰："詩之學尚矣。原於賡歌，委於《風》、《雅》。《風》、《雅》之變，壅而溢者也。湘纍之《騷》，又其流也。子雲《長揚》之賦作而《騷》幾亡矣。彭澤一源，來自天稷，與衆殊趣，而淡薄平彝，玩嗜者少。杜陵之出，愛君悼時，追躡騷雅，而才力宏厚，偉然足以鎮浮靡。予謂賦家有陶之性情、杜之忠愛，而後與詩教合。不然，直雕蟲耳，何以賦爲?"此其失之者一也。嗟夫！昔人稱山谷詩之孝，工部詩之忠。予亦謂睠顧楚國，係心懷王，靈均賦之心；長卿徒以包括宇宙、總覽人物當賦心，末矣。故無左徒之忠，而徒以賦鳴，君子所不許。

楚　賦

《辨體》曰：祝氏曰："按屈原爲《騷》時，江漢皆楚地。蓋自王化行於南國，《漢廣》、《江有汜》諸詩已列于《二南》十五國風之先。風雅既變，而楚狂《鳳兮》、滄浪孺子之歌，莫不發乎情，止乎禮義，猶有詩人之六義；但稍變詩之本體，以'兮'字爲讀，音豆遂爲楚聲之萌蘗也。原最後出，本《詩》之義以爲《騷》，《騷》蓋兼詩六義而賦之意居多但世號《楚辭》，不正名曰賦。然自漢以來，賦家體製，大抵皆祖於是焉。"又按晦菴曰："凡其寓情草木、託意男女、以極遊觀之適者，變《風》之流也；叙事陳情、感今懷古、不忘君臣之義者，變《雅》之類也；其語事神歌舞之盛，則幾乎《頌》矣。至其爲賦，則如《騷經》首章之云；比，則如香草惡物之類；興，則託物興詞，初不取義，如《九歌》沅芷澧蘭、以興思公子而未敢言之屬也。但《詩》之興多而比、賦少，《騷》則興少而比、賦多。賦者要當辨此，而後辭義不失古詩之義矣。"

馮開之評《離騷》曰：攬其菁華，如微雲染空，映手脱去；玩其瑶實，將青春無主，移人愈深。

《明辨》曰：按《楚辭》，《詩》之變也。厥後宋玉繼作，並號《楚辭》。自是辭賦家悉祖此體。故今列屈宋諸辭於篇，而自漢至宋凡做作者附焉。其他曰賦、曰操、曰文，則各見本類。

楊子雲曰：或問景差、唐勒、宋玉、枚乘之賦也益乎？曰必也淫。淫,誇誕過實之辭,無益於正淫則奈何？曰詩人之賦麗以則，辭人之賦麗以淫。

或曰：宋玉變《騷》而爲賦，婉約風流，上不乖諷諫之旨，下能善藏身之道。蓋深於道德功名之際者，而獨以文見，如《高唐》、《神女》諸篇是也。

漢　賦

《辨體》曰：祝氏曰："楊子雲云：'詩人之賦麗以則，詞人之賦麗以淫。'夫騷人之賦與詩人之賦雖異，然猶有古詩之義，辭雖麗而義可則；至詞人之賦，則辭極麗而過於淫蕩矣。蓋詩人之賦，以其吟詠性情也；騷人所賦，有古詩之義者，亦以其發於情也。其情不自知而形於辭，其辭不自知而合於理。情形於辭，故麗而可則；辭合於理，故則而可法。如或失于情，尚辭而不尚意，則無興起之妙，而於則也何有？又或失于辭，尚理而不尚辭，則無詠歌之遺，而於麗也何有？二十五篇屈原作之《騷》，無非發於情，故其辭也麗，其理也則，而有賦、比、興、風、雅、頌諸義。漢興，專取《詩》中賦之一義以爲賦，又取《騷》中贍麗之辭以爲辭；若情若理，有不暇及。故其爲麗也，異乎《風》、《騷》之麗，而則之與淫遂判矣。古今言賦，自《騷》之外，咸以兩漢爲古，蓋非魏晉以還所及。心乎古賦者，誠當祖《騷》而宗漢，去其所以淫而取其所以則，庶不失古賦之本義云。"

或曰：賈生弔屈，所謂通人豪士之筆，不窮辭極思，然亦自爽俊。○賈生用世才，所爲賦，自成一家。

蘇子瞻曰：列仙之隱居山澤间，形容甚臞，此殆四果人也。而相如鄙之，作《大人賦》，不過欲以侈言廣武帝意耳。夫所謂大人者，相如孺子，何足以知之？若賈生《鵩鳥賦》，真大人者也。

《辨體》曰：祝氏曰："《長門賦》，以賦體而雜出於風、比、興之義，其情思纏綿，敢言而不敢怨者，風之義。篇中如'天飄飄而疾風'及'孤雌跱於枯楊'之颟者，比之義。'上下蘭臺'、'遥望周步'、'援琴變調'、'視月精光'等語，興之義。蓋六義中，惟風興二義每發於情，最爲動人，而能發人之才思。長卿之賦甚多，而此篇最傑出者，有風興之義也。故晦翁稱此文古妙。嘗以長卿之《子虚》、《上林》，較之《長門》，如出二手。二賦尚辭，極其靡麗而不本於情，終無深遠意味；《長門》尚意，感動人心，所謂'情動於中而形於言'，雖不尚辭而辭亦在意之中。由此觀之，賦家果可尚辭而不尚意乎？尚意則古之六義可兼，是所謂詩人之賦，而非後世詞人之賦矣。"

沈鶴山曰：《長門賦》哀怨悲凉，開千古闺思之祖。

王懋公曰：《子虚》、《大人》，史遷譏其靡麗多誇。予謂即此四字已盡長卿生平之賦。王弇州稱爲賦之聖，造體極玄。使子長聞之，當掩口而笑矣。

王懋公曰：韓子論文，貴自樹立，可稱卓識。康德涵謂古人作文，皆有依傲，相如《大人賦》，全用屈平《遠遊》中語。予謂以此勝杜撰家則可，而必援以爲訓，獨不曰前無古人乎？噫，過矣！

王懋公曰：或謂《子虚》、《上林》材極富，辭極麗，而運筆極古雅，精神極流動，所以不可及。予獨喜倪正父謂賦無異，直誇多闘靡，如魚龍曼衍，欲不可極，使人動心駭目，最爲知言矣。

《辨體》曰：祝氏曰"《子虚》、《上林》，雖曰兩篇，實則一篇也。賦之問答體，其原自《卜居》、《漁父》來。厥後宋玉輩述之，至漢而此體遂盛。此二賦及《兩都》、《二京》、《三都》等作皆然。蓋又別爲一體，首尾是文，中間乃賦，世傳既久，變而又變。其中間之賦，以鋪張爲靡，而專於辭者，則流爲齊、梁、唐初之俳體。其首尾之文，以議論爲俊；而專於理者，則流爲唐末及宋之文體，性情益遠，六義漸盡。然此等鋪叙之文雖遠於情，猶是賦之本義。若施之臺閣，深爲得體。故必取天地百神之奇怪，使其辭誇；取風雲山川之形態，使其詞媚；取鳥獸草木之名物，使其詞贍；取金璧綵繪之容色，使其詞藻；取宮室城闕之制度，使其詞壯。則詞人之賦，吾既盡之。然後自賦之體而兼取他義，當諷刺則諷刺，而取之風；當援引則援引，而取諸比；當假託則假託，而取諸興；當正言則正言，而取諸雅；當歌詠則歌詠，而取諸頌。則詩人之賦，吾又兼之矣。”

鍾伯敬曰：文各有體，體各有宜。《子虛》，賦體也，其語音艱滯，字句繁複處，讀之俱不厭；而末章曲終奏雅，反覺索然黯然，所謂儒冠而胡服也。

《西京雜記》曰：司馬相如爲《上林》、《子虛賦》，意思蕭散，不復與外事相關，控引天地，錯綜古今，忽然而睡，煥然而興，幾百日而後成。其友人盛覽，字長通，牂柯名士，嘗問以作賦。相如曰：“合綦組以成文，列錦繡而爲質。一經一緯，一宮一商，此賦之跡也。賦家之心，苞括宇宙，總覽人物，斯乃得之於内，不可得而傳。”覽乃作《合組歌》、《列錦賦》而退，終身不復敢言作賦之心矣。

楊子雲曰：長卿賦不似從人間來，其神化所至耶？大諦能讀千賦則能爲之。諺曰：“伏習衆神。”巧者不過習者之門。

茅鹿門曰：長卿賦多爲硯礧奇崛，《騷》再變矣；特《檄蜀父老》、《諫獵書》絶佳。

王懋公曰：歸安盛稱《檄蜀》、《諫獵》，亦未確。弇州謂長卿以賦爲文，故《難蜀》、《封禪》，綿麗少骨。最爲得之。

《明辨》曰：宋朱熹曰：“晁補之以爲班倢伃《自悼賦》詞甚古而侵尋于楚人，非特婦人女子之能言者。是固然矣。至其情雖出於幽怨，而能引分以自安，援古以自慰，和平中正，終不過於慘傷。又其德性之美，學問之力，有過人者，則論者有不及也。”

王懋公曰：史稱楊雄嘗好辭賦，先是，司馬相如作賦，甚弘麗温雅，雄心壯之，每作賦，嘗擬之以爲式。又謂屈原文過相如。此一語殊確，今特表之。

《辨體》曰：楊雄雅好奇字，人或載酒從問，故賦中難字最多。厥後《靈光》、《江》、《海》等賦，皆以用此等字爲體。然賦之爲古，亦視六義所發何如耳，豈專尚奇難之字以爲古哉？至其辭，則全做司馬長卿，真所謂同工而異曲者。蓋自長卿諸人，就騷中分出侈麗之一體以爲賦，至子雲，此體遂盛。不因於情，不止於理，而惟事於詞而流於淫矣。先儒謂雄晚年亦自悔，噫！

《明辨》曰：宋祝堯曰：“《甘泉》全做相如之文，雖曰因宮室、田獵等事以起興，然務矜誇而非詠歌，則興之義變甚矣；雖曰取天地百神等物以爲比，然涉奇怪而傷博雅，比之義變甚矣；雖曰陳古昔帝王之跡以含諷，然近諛佞而非柔婉，風之義變甚矣；雖曰稱

242

朝廷功德等美以傚雅頌，然多文餙而非正大，雅頌之義又變甚矣。"

徐禎卿曰：昔桓譚學賦於楊雄，雄令讀千首賦。蓋所以廣其資，亦得以參其變也。

王懋公曰：《子虛》、《上林》，創見亦佳。後再蹈襲，則堆塞可厭矣。子雲《甘泉》，加以詭譎，更不足法。孟堅《兩都》，雖用鋪張，猶不甚貪。其自謂義正楊雄，事實相如，亦實録也。

《明辨》曰：宋祝堯曰："《西都》、《東都》兩篇，實亦一篇也。前篇極其眩曜，賦中之賦也；後篇折以法度，賦中之雅也；篇末五詩，則又賦中之頌也。"嗣是張衡作《兩京》、《南都》，左思作《三都賦》，大抵祖此。

沈石夫曰：《西都》麗而不靡，似傚相如諸篇，而骨法自具。《東京》大作手，《東都》意歸典則，不尚侈靡。相其體裁，直欲自成一家，不欲規模楊雄、彷彿相如也。

班孟堅曰：或曰："賦者，古詩之流也。"昔成康没而頌聲寢，王澤竭而詩不作。大漢初定，日不暇給。至於武、宣之世，乃崇禮官，考文章，内設金馬石渠之署，外興樂府協律之事，以興廢繼絶，潤色鴻業。是以衆庶悦豫，福應尤盛。《白麟》、《赤雁》、《芝房》、《寶鼎》之歌，薦於郊廟；神雀、五鳳、甘露、黄龍之瑞，以爲年紀。故言語侍從之臣，若司馬相如、虞丘壽王、東方朔、枚皋、王褒、劉向之屬，朝夕論思，日月獻納。而公卿大臣御使大夫倪寬、太常孔臧、太中大夫董仲舒、宗正劉德、太子太傅蕭望之等，時時間作。或以舒下情而通諷諭，或以宣上德而盡忠孝，雍容揄揚，著於後嗣，抑亦雅頌之亞也。故孝成之世，論而録之，蓋奏御者千有餘篇，而後大漢之文章，炳焉與三代同風。且夫道有洿隆，學有麁密，因時而建德者，不以遠近易則。故皋陶歌虞，奚斯頌魯，同見采于孔氏，列於《詩》、《書》，其義一也。稽之上古則如彼，考之漢室又如此，斯事雖細，然先臣之舊式，國家之遺美，不可闕也。故作《兩都賦》，以極衆人之所眩曜，折以今之法度。

王懋公曰：傳稱張衡少善屬文，時天下自王侯以下莫不踰侈，乃擬班固《兩都》，作《二京》以諷，所謂"平子研《京》十年，太冲練《都》一紀"是也。前此枚皋速而不工，相如工而不速，要未有若是用功之深者。後人猶謂《三都》、《兩京》，博而不奇。誰云文章小道而可易視之？（以上前編卷十）

三國六朝

《辨體》曰：祝氏四："嘗觀古之詩人，其賦古也，則于古有懷；其賦今也，則於今有感；其賦事也，則于事有觸；其賦物也，則于物有況。情之所在，索之而愈深，窮之而愈妙。彼其於辭，直寄焉而已矣。後之辭人，刊陳落腐，惟恐一話未新；搜奇摘艷，惟恐一字未巧；抽黄對白，惟恐一聯未偶；回聲揣病，惟恐一韻未協。辭之所爲，罄矣而愈求，妍矣而愈飾。彼其於情，直外焉而已矣。蓋西漢之賦，其辭工於楚《騷》；東漢之賦，其又工於西漢；以至三國六朝之賦，一代工於一代。辭愈工，則情愈短而味愈淺，味愈淺則體愈下。建安七子，獨王仲宣辭賦有古風。至晉陸士衡輩《文賦》等作，已作俳體。流至潘岳，首尾絶俳。追沈休文等出，四聲八病起，而俳體又入於律矣。徐、庾繼出，又復隔句對聯，以爲駢四儷六；簇事對偶，以爲博古洽聞；有辭無情，義亡體失。此六朝之賦所以益遠于古。然其中有安仁《秋興》、明遠《舞鶴》等篇，雖曰其辭不過後代之辭，乃若其情，則猶得古詩之情矣。於此益歎古今人情如此其不相遠；古詩賦義，其終不泯也。"

《辨體》曰：祝氏曰："禰正平《鸚鵡》，中含風興之義。蓋以物爲比，而寓其覊棲流落、無聊不平之情。凡詠物當以此爲法。"

或曰：《登樓賦》，樸茂勁質，魏文高手。

王懋公曰：曹子桓謂仲宣自善於詞賦，惜其體弱，不足起其文。吳才老稱陳琳《大荒賦》用韻極奇古，而陳思乃曰："以孔章之才，不间（嫻）於詞賦，而多自謂與長卿同風，譬畫虎不成者也。"似未免抑之太過矣。

王懋公曰：《左思傳》云："思先造《齊都賦》，復欲作《三都》，乃詣著作郎張載，訪岷邛之事，構思十年，門庭皆着紙筆，遇得一句，即便疏之。張華見而歎曰：'班張之流也。使讀之者盡而有餘，久而更新。'"其見推於時人如此。蓋緣留心此道，非一朝夕故也。譚友夏論文，精神大用則大垂，小用則小垂。信非無稽之言矣。

《辨體》曰：陸士衡叙作文之變態以爲賦，中曰："其爲物也多姿，其爲道也屢遷，其會意也尚巧，其遣言也貴妍。"蓋當時貴尚妍巧，以爲至文也。

王懋公曰：文貴高古而賤妍巧，桃李之穠艷，何如松柏之蒼鬱？即以辭賦論，如淮南之《招隱士》，此豈六朝才人所能措手？

《明辨》曰：潘岳《秋興賦》，其情尚覺春容，其詞不費斧鑿。漢魏風流，猶有存者。

歸玄恭《題秋懷詩》曰：詩雖以《秋懷》爲題，詩不獨賦秋也。潘安仁之賦秋興也，惟于歸燕吟蟬、流氛槁葉、清露流火、禽魚草木、物色之間，津津靡已，其所感者淺也。若杜陵之八詩，則宫闕山河之感，衣冠人物之悲，百年世變，一生行藏，皆在焉。而感時起興之意，不過"玉露"、"寒衣"數言而已。《楚辭》曰："皇天平分四時兮，竊獨悲此凜秋。"又曰："悲哉秋之爲氣也。"蓋氣至秋而肅殺，物至秋而悲傷，故凡當天道反覆、人事變亂之際，士君子有無窮悲憤鬱積於中而發之於言者，皆可以秋名之，不係乎其時之秋不秋也。此秋懷之作，所以踵武杜陵，而非安仁之比。乃其詩則志氣激昂，風骨遒峭，音調清越，皆稱乎其爲秋懷者也。

《辨體》曰：祝氏曰："楊馬之賦終以風，班潘之賦終以頌，非異也。田獵禱祠，涉於淫樂，故不可以不風；奠都籍田，國家大事，則不可以不頌。所施各有攸當。凡爲臺閣之賦，又當知此。繼榮緒《晉書》以《籍田》頌，而《文選》則以爲賦。要之篇末雖是頌，而篇中純是賦。"

或曰：《籍田》蒼雅醇穆，在岳賦中應推第一。

沈鸜山曰：孫綽《遊天臺山賦》，雋處微傷其樸。

《明辨》曰：宋祝堯曰："顏延之《赭白馬賦》，詞意皆出於漢《天馬歌》，極其精密。至唐李杜詠馬之作，則又出於此矣。"

王懋公曰：今人欲爲某文而專就某文學之者，非也。觀顏賦本於歌、李杜詩又本於賦，如此亦可以悟矣。

唐

王懋公曰：唐以詩賦取士，而詩賦竟不能復古。取二者而並論之，賦更降於詩矣。

《辨體》曰：祝氏曰："唐人之賦，大抵律多而古少。夫彫蟲道喪，頹波橫流，風騷不古，聲律大盛。句中拘對偶以趨時好，字中揣聲病以避時忌，孰有學古！或就有爲古賦者，率以徐庾爲宗，然亦不過少異於律耳。甚而或以五七言之詩、四六句之聯以爲古賦者。中唐李太白天才英卓，所作古賦，差強人意；但俳之蔓雖除，而律之根故在。雖下筆有光艷，時作奇語，然只是六朝賦耳。惟韓柳諸古賦一以《騷》爲宗，而超出俳律之外，唐賦之古，莫古於此。至杜牧之《阿房宮賦》，古今鱠炙；但大半是論體，不復可專目爲賦矣，毋亦惡俳律之過而特尚理以矯之乎？"吁！先正有言："文章先體製而後文辭。"學賦者其致思焉！

洪容齋曰：唐人作賦，多以造語爲奇。

王懋公曰：傳稱唐太宗時，李百藥工爲五言詩，而謝偃善作賦，稱爲"李詩謝賦"焉。蓋人之才性，各有不可强者類如此。

華無技曰：子安詞賦，如千錦飛光，萬花騰熠，篇篇結綠，語語連珠，胸無儉思，腕有餘藻，其于文章家，信九天之霞府、百川之谷王也。天才橫恣，浮音時亦間出，要之少年肆筆，何妨馳驟飛揚哉！

《辨體》曰：祝氏曰："李太白《大鵬賦》，蓋以鵬自比，而以稀有鳥比司馬子微。此題出於《莊子》寓言，本自宏闊。而太白又以豪氣雄文發之，事與辭稱，俊邁飄逸，去《騷》頗近，然但得騷人一體耳。若論騷人所賦全體，固當以優柔婉曲者爲有味，豈專爲宏衍鉅麗之一體哉？"

金氏鎮曰："杜工部文不多見，集中所載《太清宮》諸賦，郭景純所云'呵嗽掩鬱，曈睞無度’也，自屈宋以來爲獨有蘊崇之體。余嘗云班馬之賦如山，工部之賦如海。而天下後世，但知讀其詩，未有誦其賦度數行下者。則以詩之工易見，文之工難明也。”

華無技曰：獨孤及《夢遠遊賦》，託遠遊之夢，寄無窮之慨。當時世變物情，靡弗影借臚列，是必二京復後作也。意遠而中，事肆而隱，古賦名手，於茲再見。

沈鸛山曰：韓愈《明水》，氣樸詞典，唐賦之佳。

《辨體》曰：祝氏曰：“《阿房宮賦》，前半篇造句猶是賦，後半篇議論俊發，醒人心目，自是一段好文字。賦之本體恐不如是。以至宋朝諸家之賦，大抵皆用此格。”潘子真載曾南豐曰：“牧之之賦，宏壯巨麗，馳騁上下，累數百言。至‘楚人一炬，可憐焦土’，其論盛衰之變判於此。”蓋南豐亦只論其賦之文，而未及論賦之體。《後山叢談》云：“曾子固短於韻語。”則其以文論賦，毋怪焉。

宋

《辨體》曰：祝氏曰：“宋人作賦，其體有二：曰俳體，曰文體。後山謂歐公以文體爲四六。夫四六者，屬對之文也，可以文體爲之；至於賦，若以文體爲之，則是一片之文，押幾箇韻耳，而於《風》之優游，比興之假託，《雅》、《頌》之形容，皆不兼之矣。”晦翁云：“宋朝文明之盛，前世莫及。自歐陽文忠公、南豐曾公與眉山蘇公相繼起，各以其文擅名一世，傑然自爲一代之文；獨于楚人之賦，有未數數然者。”觀于此言，則宋賦可知矣。

王懋公曰：傳曰范文正督學，出題使諸生作賦，必先自爲之，欲知其難易，及所當用意，亦使學者準以爲法。於此乃見古人之自處、處人，皆非苟且以從事也。

《溫公瑣語》曰：夏竦字子喬。父，故錢氏臣，歸朝爲禁侍。竦幼學于姚鉉，使爲《水賦》，限以萬字，竦作三千字以示鉉。鉉怒不視，曰：“汝何不于水之前後左右廣言之？”竦又益之，得六千字，以示鉉，喜曰：“可以教矣。”

《辨體》曰：祝氏曰：“《秋聲》等賦，自《卜居》、《漁父》篇來。歐陽專以此爲宗，其賦專尚文體，以掃積代俳律之弊。然於《三百五篇》吟詠情性之流風遠矣。”

孫月峯曰：《秋聲》果是以文爲賦，稍嫌太切近，然說意透，亦自俊快可喜。《黃楊樹子》精工有腴味，彷彿《枯樹賦》意。

王懋公曰：宋人固多文賦，然如玉局《赤壁》，脫去凡胎，獨標仙骨，覺相如、楊雄未能免俗矣。讀此須放天眼，而論者尚呶呶不已，予竊歎人心不空如此。

謝疊山曰：《赤壁賦》學《莊》、《騷》，無一句相似，非超然之才、絕倫之識不能也。瀟灑神奇，出塵絕俗，如乘雲禦風，而立九霄之上；俯仰六合，何物茫茫。非惟不掛之齒牙，亦不足入其靈臺丹府也。

《精義》曰：學《楚辭》者多，未若黃魯直最得其妙。魯直諸賦，如《休亨賦》、《蘇季枯木畫道士賦》之類。他文愈小者愈工，如《跛奚移文》之類。但作長篇，苦於氣短，又且句句要用事，此其所以不能長江大河也。

元

《辨體》曰：元主中國百年，國初文字，不過循習金源之故步。迨至元世主年號。混一，士習丕變，於是完顏之粗獷既除，而宋末萎薾之氣亦去矣。延祐仁宗。設科，以古賦命題，律賦之體，由是而變。然多浮靡華巧，抑揚歸美。至末年而格調益弱矣。

《辨體》曰：以“太極”命題，斯實二氣五行之本、繼善成性之原，非若一事一物，可以鋪張形容、旁比曲喻以成賦也。故長於辭藻者，多悖理而害義；專於經訓者，率成有韻之文。黃晉卿作，理趣純熟，音節爽朗，下句命字，不失賦家調度。且如“太極”之義，自源徂流，發明殆無餘蘊。後之賦性理者不可不知。

明

《備考》曰：自《風》、《雅》變而賦作，去古未遠，梗概足述。道源性情，比興互用，六義彰矣。諄復貫珠，千言非贅，情理罄矣。規撫天地，聲象萬物，體無常式，變化殫矣。四聲不局，八病非瑕，宮商縱矣。賦也者，篇章之象箸，而歌謠之鐘呂也。靈均而降，作者代起，荀卿窮理立言，因物賦象，絳幃格論，麈尾清言也。宋玉以文緯情，雅奧婉至，多風而可繹，楚臣之堂奧也。枚乘、八公、長卿之流，披形錯貌，彫藻極妍，華而不浮，辭人之軌轍也。若忠憤激昂，直寫胸臆，篇不繪句，句不琢字，賈誼是也。比偶為工，新聲競爽，詞賦之漫衍，陸、謝、江、鮑之波漸也。大抵賦擅於楚，昌於西京，叢於東都，沿於魏晉，敝於五代，迨律賦興而斬然盡矣。此其概可舉者。自愚意論之，詩莫病於輕淺，賦莫病於艱深。學步可嗤，效顰增醜。有能肖心吐理，觸吻成文，變合風雲，自出機柚，斯足貴耳。三復《楚辭》，眷戀宗國，九死不忘。至於《天問》，曾無銓次，婉惻彌深，此豈有成轍可倣哉！後世諸君子，愛櫝忘珠，極意鏤畫，無疾而呻，人為掩耳。晚近尤甚，字取駭目，故必艱；文取矙靡，故必冗。險韻在几，類書充棟。一經繙閱，可就萬言，寧須厠溷置筆硯哉？蓋賦體弘奧，非可取帖括鉛槧語，比而韻之以塞白也。然吾欲以其宏且肆者盡吾才，而不欲借以文短；古奧《爾雅》，吾情附之以宣，而不因以晦塞。浮雲無心，賦形為象；吹萬成音，不假管弦。豈非天地間真賦哉！昭代此道，上掩唐宋，操觚輩出，採摭富麗，體式古雅，洵足繼漢晉而稱雄矣。然亦擬議合轍，沿波爲淪耳。盡抉蹊徑，嗣響靈均，尚俟君子。

《辨體》曰：聖明御統，一洗胡元陋習，以復中國先王之治。當時輔翊興運、以文章名世者，率推承旨宋公濂爲首。迨若太史胡公翰，則又宋公之所畏服者也。今並采其賦，以昭我國家文運之興，非若漢唐宋歷世之久而後盛也。

趙青巖曰：《兩京》、《三都》，窮極縟麗，徒彫琢於字句之間。李公時勉《北京賦》，洋洋纚纚，冠冕鉅麗，一代大手筆，後進當熟讀之。

王懋公曰：我於明文中，甚喜徐山陰。袁公安推爲三百年第一，不無太過。然其才最別，即如《牡丹賦》，奇思幻致，俱非舒元輿所能夢見。其賦《梅花》，即宋廣平亦以軟媚遜其冷峭。後一名士，純用其語，作《補孤山種梅序》，盛爲人所稱賞，豈亦相如之於《遠遊》歟？《破械》小賦，尤爲出色。我每置之案頭，以爲怪石供。○文長賦曲擅場，著《四聲猿》，快絕千古，無論近代名流，皆避一頭。即元人百種，應亦自謂不如。"所以尹婕妤，羞見邢夫人"，太白語殊可思也。

王懋公曰：屠赤水天才橫軼，無施不可，其於禪學□說家常，昔人千偈瀾翻何足道哉！雖以蘇之前身五戒，黃之宿世香嚴，遇緯真則讓其縱橫莫當矣。溟海波恬，偶然有賦，天馬行空，一息萬里，視木、郭《江》、《海》諸賦，皆三日新婦，何無丈夫氣也！

《名山業》曰：湯臨川於古文詞，可爲兼才，然終當以賦曲爲第一。

《名山業》曰：《三都》、《兩京》，博而不奇。必如文太青，方可稱賦才絕手。○讀太青《鳳凰臺》、《天闕山》諸賦，閎奇瑰麗，不減《長楊》、《子虛》，曾表亦先露其概矣。

《鏡林》曰：公亮賦才艷絕，出其緒餘以切聲韻，故凌顏轢謝，含庾吐鮑，無所不有。

《名山業》評張天如文曰：天球河圖，古麗絕世。博觀《文選》諸賦，盡罕其儔。彼以漢魏，此以三代也。

王懋公曰：《一家言》云："古文詞之最易倦人者，莫過於賦。惟拙稿不然，以其意淺而詞近耳。"此與《備考》"賦病艱深"之説足相表裏。

論賦韻

《明辨》曰：《子虛賦》，有一句用韻者，有二句用韻者，有三句用韻者，有五句用韻者，有二三句無韻、與上下不相叶者。豈古體若此歟？

沈鶴山曰：秦觀《郭子儀單騎賦》，用韻前後錯以成文，亦一體也。

《明辨》曰：蘇軾《屈原廟賦》甚得古體。但其用韻，以古今考之多不協，不知何謂。

張祖望曰：詩賦之韻不甚離異，其説未能該洽。聊舉"侵"韻一部言之。侵部係閉口音，惟"十三覃"中有數字，如南、男、潭、參之類，古人常通用，以"覃"部亦閉口音也。
或問用"楓"、"風"二字。楓、風俱叶孚金反，本於《詩經》、《離騷》。《柏舟》章："緝兮緕
兮，淒其以風。我思古人，實獲我心。"《哀郢》篇："登太墳以遠望兮，聊以舒吾憂心。
哀州土之平樂兮，悲江介之遺風。"俱"風"、"心"同叶。《涉江》篇："乘鄂渚而反顧兮，
欸秋冬之緒風。步余馬兮山皋，邸余車兮方林。""風"、"林"同叶。《招魂》篇："湛湛江
水兮上有楓，目極千里兮傷春心。"厥有源也。若"真"、"文"、"庚"、"青"、"蒸"、"侵"六
部，詩家絕不概通。真文通用，庚青通用，蒸侵各獨用，此五言古詩，昔人用韻法也。
至於作賦，雖體格不同，有能出於漢魏六朝之法者乎？今按其用"侵"韻，未嘗有異於
詩。反覆研覽，古人並無通用者，蓋以閉口與開口，聲音之道，此處斷斷不容混入者
也。即真、文與庚、青韻，古人賦中亦未嘗混用。或先用真文韻，後用庚青韻者有之；
或先用庚青韻，後用真文韻者有之；或先用庚青韻，後用真文韻，又用庚青韻者有之；
或先用真文韻，後用侵韻者有之；或先用庚青韻，後用侵韻者有之；或先用真文韻，後
用侵韻，又用蒸韻，又用庚青韻者有之。皆區分類別，條貫井井。此部既止，彼部方
叶。世人讀之，未能細心領會，明辨段落，徒見連篇接句，因之叶略上口，遂謂皆通，喉
舌不分，開閉莫辨。又未能詳閱古人獨用真文、獨用庚青、獨用蒸與侵韻之處。將六
部韻全無分別，雜出並叶，非獨古今詩中所未覩，即賦中索之，亦未有如此之淆亂者
也。或者有一字之偶差，亦係失檢點處，不足多效。其可通者，"東冬"與"江"通，"魚
虞"與"尤"通，"陽"與"庚"半通，"真文"與"元"半通。今人多不解知，而從前未通者，
反混而相叶，僕不知其何說也。仄韻未暇博採。

賦之用韻，與詩相近，固矣。而古今之韻書，又不可不辨，於是復詳列如左。

朱錫鬯《與魏善伯書》曰：聲韻之書，自魏晉已有之，李登之《聲類》、呂靜之《韻集》
是已。外此周研、張諒、段弘、王該、李概、夏侯詠等，各有成書，少者四三卷，多至四十
餘卷。惟沈約所撰《四聲譜》，見於《隋志》僅一卷，其非全韻可知。至唐四庫書目不
載，則已亡之。唐初奉爲章程者，陸法言《切韻》，其後孫愐刊正爲《唐韻》。宋陳彭年
再修《廣韻》，丁度定《集韻》。景祐仁宗年號。以還，行《禮部韻略》，《廣韻》漸廢，而毛
晃之《增韻》出。蓋《切韻》凡數更，已非法言之舊，然分韻二百有六部，未之有易也。
淳祐理宗年號。中，平水劉淵始並爲一百七韻，曰《壬子新刊禮部韻略》，足下所見今世
所行者，特劉氏之韻耳。顧目爲沈氏書，加以訛詆，其毋乃重誣古人矣乎？僕以爲韻
之失，不在分而在合。足下怪門、存、吞、恩，不應在"元"韻，而"文"韻內有勤、斤、殷、
欣等字，謂分之無所分。夫自二百六部未合，門、存歸於"魂"，吞、恩歸於"痕"，未嘗在
"元"韻，而勤、斤等字則自屬"殷"部。足下試取杜甫近體詩誦之，凡勤、斤字，寧與
"真"同用，無有與"文"同用者。然古人分韻雖嚴，通用甚廣，如"真"至"仙"爲部十四，

皆得相通。蓋嚴則於韻之本位，毫釐不紊；通則臨文不至拘泥，而乖其性情。亂之自劉氏始。〇且韻之作，自李登以下，南人蓋寡。沈氏書既無存，傳者陸氏《切韻》耳。法言家魏郡臨漳；同時《集韻》八人，惟蕭該家蘭陵，其餘或家范陽，盧思道。或家狄道，辛德源。或家河東，薛道衡。或家臨沂，顏之推。及沛，劉臻。皆北方之學者。黃公紹失考，以韻書始自江左、本是吳音者，謬也。至正韻之成，樂宋諸君子，則皆南人矣。足下詆北人之書，爲欵舌蠻音，既不足服其罪，意欲力崇正韻，而反訴屬南人，何哉！魏有《正韻竊取》一卷。

吳志伊曰：字學與韻學相表裏，而韻學尤必以等韻爲宗。蓋等韻三十六位，角音四，徵音八，商音十，羽音八，宮音四，半徵半宮各一，原出於自然之天籟，雖童子亦可與能。猶夫調四聲者，夫人而能習之。江左知有四聲而不知有七音，此韻學之所以不明也。但中間“疑”、“喻”二母之易溷，“孃”母押字之多淆；又或有“江”、“陽”不分，“東”、“冬”同讀，是在審音者析其微耳。

王懋公曰：沈約“四聲”，天竺“七音”，聲韻之道無遺矣。又有“六體”之說，亦不可不知。六體者，平仄、虛實、死生是也。今因論賦韻而並及之。（以上前編卷十一）

騷附論

王懋公曰：《離騷》，賦也。原不以“騷”名，蕭文孝摘取“騷”字，立爲一體，誤矣。《漢書·地理志》曰：“始楚賢臣屈原，被讒放流，作《離騷》諸賦，以自傷悼。”觀此足證以賦名，後人不當以騷名矣。李青蓮詩云，“屈平詞賦懸日月”，何不言騷哉？以太白之豪放無前，乃能斟酌盡善如此，良由其識卓耳。何今人文集中稱騷者之紛紛也？

宋吳氏《林下偶談》曰：太史公言“離騷者，遭憂也”，離訓遭，騷訓憂；屈原以此命名，其文則賦也，故班固《藝文志》有屈原賦二十五篇。梁昭明集《文選》，不併歸“賦門”，而別名之曰“騷”，後人沿襲，皆以騷稱，可謂無義題篇。吁！名義且不知，而況文乎？

《辨體》曰：《文選》先《兩都》而後《離騷》，編次無序。

或曰：伯夷《采薇歌》，騷之祖也。

王鳳洲曰：《三百篇》亡而後有騷賦，騷賦難入樂而後有古樂府，古樂府不入俗而後以唐絕句爲樂府，絕句少宛轉而後有詞，詞不快北耳而後有北曲，北曲不諧南耳而後有南曲。

王瑯琊曰：騷賦雖有韻之言，其於詩文，自是竹之與草木、魚之與禽獸，別爲一類，不可偏屬。騷辭所以總雜重複、興寄不一者，大抵忠臣怨夫惻怛深至，不暇致詮，亦故亂其叙，使同志者自尋、修郤者難摘耳。今若明白條易，便乖厥體。

王弇洲曰：擬騷賦勿令不讀書人便竟驟覽之，須令人裴回循咀，且感且疑，再反之；沈吟歔欷，又三復之；涕泗俱下，情事欲絕。覽賦之初，如張樂洞庭，褰帷錦宮，耳目搖眩。已徐閱之，如文錦千尺，絲理秩然。歌亂甫畢，肅然斂容。掩卷之餘，徬徨追賞。

或曰：《騷》非屈子不能撰。吾觀篇中兩言彭咸，殷忠臣投水死者。是屈子作《騷》本旨。其餘堯、桀、女嬃、巫咸之類，皆《三百》之興比、《莊子》之寓言也。反比之中，雜以正比。既賦之餘，忽而起興。潔己所以愛君也，嫉俗所以貞世也。邅恓我後，蜷局不行，情真而思苦矣。極愛之中，似夫怨君；無聊之至，反謂容與。文典而意迫矣。今之讀《離騷》而稱名士者，曾念及吾君父乎哉？古人文字，非忠孝人不能讀，《離騷》其一也。

王懋公曰：王子充嘗言宋玉、景差《大小招》，務爲譎怪之談，荒淫誇艷之語，今亦無取。予謂詩文詭麗，誠爲大雅所病。然如子充《招遊子辭》，平平無奇，亦易取厭。故才人光焰，予終不忍棄之。

《明辨》曰：宋祝堯曰："莊忌《哀時命》，出入比賦，蓋騷體之雅似者。"

沈石夫曰：淮南小山《招隱士》，此騷之正響，善摹屈子本經者，非宋玉以下所及。

陸雨侯曰：東方朔《初放》，悲憤無聊之中，怨而不怒，得屈宋之遺，而去其蹇澀。

沈鶴山曰：韓愈《訟風伯》，意憤而言誕，以次屈宋之騷，允稱同體。

王懋公曰：王摩詰之《山中人》，以淡遠勝；劉復愚之《哀湘竹》、《下清江》，以峭麗勝。即此亦可見文中天地儘寬，何所不有，作詩必此詩者殆泥矣。

辭

王懋公曰：《辨體》"古賦"，各朝後皆有附録，或歌，或樂府，或弔祭，或移文，或雜著，大爲失所。至於辭，實爲文之一體，亦置賦内，何哉？如漢武《秋風》、淵明《歸去》、龜蒙《戰秋》、楊萬里《延陵懷古》、袁伯長《垂綸亭》等辭，何得以一賦字概之？且古人書有專以辭名者，如《楚辭》實賦，而皆曰辭。則辭之名亦大矣。《明辨》以辭入詩，亦非是。《文選》離詩而入文，殊確，今仍之。

黃東發曰：《詩》變而爲《騷》，《騷》變而爲辭，皆可歌也。辭則兼《詩》、《騷》之聲而尤簡邃焉者。昔漢武帝作《秋風辭》，一章三易韻，其節短，其聲哀，此辭之權輿乎？陶淵明罷彭澤令，賦《歸去來》，而自命曰辭，殆令人歌之，頓挫抑揚，自協聲韻。蓋其辭高甚，晉宋而下欲追躅之不能。然《秋風辭》盡蹈襲《楚辭》，未甚敷暢；《歸去來》則自出機杼，謂洞庭鈞天而不澹，謂霓裳羽衣而不綺，此其所以超乎先秦之世而與之同範也。

王懋公曰：或謂淵明恥事二姓，其意亦不爲不悲矣。然其辭誇曠蕭散，雖托楚聲，而無其怨尤切蹙之病。李性學狀以野鶴任風、閒鷗立海，或者有以賦爲辭之義。此論甚合。又坡公詩餘有《歸去來辭》，其自序云：“淵明有其辭而無其聲，予乃取其辭，稍歸隱括，使就聲律，令人歌之。”於此又可見詞與聲之別矣。若元稹之《連昌宮辭》，詩也；遼后之《回心院詞》，詩餘也。此皆不得以辭名。

七附論

王懋公曰：枚乘《七發》，亦偶然作，原不可定爲一體，我欲列之雜著中。自東漢魏晉諸人爭擬之，儼若傳記詩賦之類，必不可缺，真堪爲之噴飯也。《昭明文選》竟標曰“七”，彼拙於文而陋於識，固不足怪。而《辨體》、《明辨》亦襲而莫知是正，何耶？李空同謂《七發》非必於七，文渙而成七。後人無七而必於七，皆俳語也。今人多擬杜少陵《秋興八首》，鍾退菴謂“胸中若有八首則無秋興矣”。此皆卓見快論也。我欲舉“七”之文盡付祖龍，而今猶存其說於後，所以使人共戒，不復效此陋耳。因思屈原有《九歌》、《九章》，宋玉《九辨》之後，王褒、劉向、王逸、皮日休、鮮于侁諸君，遂有《九懷》、《九歎》、《九思》、《九諷》、《九誦》，必不十不八，是亦不可以已乎？得毋藉口於《九辨》、《九歌》，天帝之樂，九者陽之數、道之綱紀歟？若然，則“七”之外又當立一“九”體以配之。予謂古人之文原不必酷擬，況又拘於其數而爲之，益可笑矣。然屈原《九歌》又有十一章，而後人乃不擬十一歌，何也？獨東方朔作《七諫》，尚不強滿九數，在《楚辭》中頗有鶴立之概。

《辨體》曰：昭明輯《文選》，其文體有曰“七”者，蓋載枚乘《七發》，繼以曹子建《七啓》、張景陽《七命》而已。《容齋隨筆》云：“枚生《七發》，創意造端，麗旨腴詞，固爲可喜。後之繼者，如傅毅《七激》、張衡《七辨》、崔駰《七依》、馬融《七廣》、曹植《七啓》、王粲《七釋》、張協《七命》、陸機《七徵》之類，規倣太切，了無新意。及唐柳子厚作《晉問》，雖用其體，而超然別立機杼，漢晉之間沿襲之弊一洗矣。”竊嘗考對偶句語，六經所不廢。七體雖專尚駢儷，然遣辭變化，與連珠全篇四六不同。自柳子後，作者鮮聞。迨元袁伯長之《七觀》，洪武宋、王宋景濂、王子充。二老之《志釋》、《文訓》，其富麗固固無讓於前人；至其論議，又豈《七發》之可比。

《明辨》曰：按七者，文章之一體。詞雖八首，而問對凡七，故謂之七；則七者，問對之別名也。

王懋公曰：《明辨》謂"七者，《楚辭》、《七諫》之流也"，此語甚謬。《七發》之文，與曼倩《七諫》自悲哀命、怨世沉江之説遠若天淵。而又枚乘在前，東方在後，豈可謂乘倣朔乎？凡論人論文，而不先論其世，終不足以定其人與文。徐魯庵顧不惜貽誤後人，何哉？（以上前編卷十二）

經世類·王言通論

王懋公曰：我觀《周書》，周公曰"王若曰"，知人臣代言，蓋自昔而已然矣。後惟炎漢諸君，皆自爲文，絶非書生聲口，亦一奇也。他若梁元、簡文、隋煬及唐太宗、明皇輩，亦多才藝，然予特嫌其有文士態。《書》曰"大哉王言"，則虞世南之不和宫體詩，不亦宜乎！至於後世重代言之人，乃別設官職，非不榮，談亦何易。故歐陽文忠《謝知制誥表》云："王者尊居萬民之上，而誠意能與下通；奄有四海之大，而惠澤得以徧及者，得非號令誥詔發揮而已哉？然其爲言也，質而不文，則不足以行遠而昭聖謀；麗而不典，則不足以示後而爲世法。"又曰："伏讀訓辭，則有必能復古之言，然後益知所責之重。"由是觀之，其事亦甚鉅矣，任此選者亦宜其難其慎矣。所以《内制集序》又云："錢思公嘗以爲朝廷之官，雖宰相之重，皆可雜以他才處之。惟翰林學士，非文章不可。今學士所作文嘗多矣，至於青詞齋文，必用老子浮圖之説；祈穰秘祝，往往近於家人里巷之事；而制詔誥，取便於宣讀，嘗拘以世俗所謂四六之文。其類多如此。然則果可謂之文章者歟？予直草，上自朝廷，内及宫禁，下及蠻夷海外，事無不載。而時政記、日曆與起居郎舍人，有所略而不記，未必不有取於斯焉。"其後觀坡公別集，有曰"誥敕盛於六朝，其原肇自舜命九官。羲仲和仲之詞，後君奭君牙之命，其遺制也"。此即口代天言。唐惟常、楊、元、白，宋陶穀遂有依樣畫葫蘆之誚。厥後王介甫最爲得體，而蘇子瞻尤號獨步，多訓飭戒勵之言，有訓誥之風，非如今之誥敕，所謂一箇八寸三頭巾，人人可戴者也。予謂後之詞臣，能以歐蘇爲式，則於王言庶不辱云。

《初學集·外制集序》曰：前代學士院掌内制，舍人院掌外制。國朝兩制，皆屬翰林，設中書科，就翰林承草登軸而已。太祖嘗言翰林鮮人，制誥多自作，今内閣尚有存者，詞意諄重，足以仰見聖祖審慎職司、儆勵臣工之至意。成祖始掄七人入内閣，備顧問，兼司兩制。孝宗弘治時，李文正公以侍郎入閣，專管誥敕。嗣是皆以尚書或侍郎兼閣學專管，可謂極重矣。然文正諸公文集，皆刊落制詞不載，或謂綸綍尊嚴，不當錯置別集；或謂舘閣隆重，無暇簡點文字。理或然也。正統以後，迄於正德，簡牘相沿，郎吏胥史，可以按籍繕寫。王言遂爲故紙，而代言之任日輕。嘉靖中，天子雅意右文，每與相臣言，祖宗任翰林，推舉翰林春坊官，入管誥敕。於是瞿文懿、高文襄之流，訓詞爾雅，彬彬可觀。久之而增華加麗，鋪張藻飾，予取予求，無復體要。代言之任重，而王言則未嘗不輕。萬曆初，江陵特疏駁正，以君詔其臣爲譏，申飭嚴屬，而迄未能止也。天啓元年，少師高陽公以宮庶領外制，創爲嚴切典重之文，援據職掌，諄復訓誡，闡潛德，章壼儀，鄉里婦孺，纖芥畢舉。於是制誥之體粲然一變。余以史官承乏，從公之後，大端皆取法於公，而參酌質文，規橅唐宋，則竊有微指焉。余謝事不及十年，而制誥之文又再變矣。常衮不云乎：“其文流則失正，其詞質則不麗。”夫質而不麗，非吾之所逮及也。近代之流而失正者有之，抽黃對白，肥皮厚肉，其失也靡；標新竪異，牛鬼蛇神，其失也纖。靡之與纖，其受病於卑俗則一也。然而世之病之者則寡矣。嗟夫！以余之老于史局，在著作之庭，又幸附通儒元老之後塵，不能洗心竭力，明綸旨之典要，定後作之章程；而所謂流而失正者，在後於余者乃滋甚，豈余之不肖，不能障狂瀾而東之，顧反爲之掘泥而揚其流乎？權載之曰：“使盛聖之文明，不登於典謨訓誥，罪在菲薄。”予誠無所逃罪也矣。歸田多暇，發向所作制草而閱之，顏面頳赤，愧汗交下，略述代言沿革升降之概，以叙於首，間一省視，庶可以知余之有罪，而長遺恨於斯文也。

穆廟隆慶初，高文襄當國，歸熙甫以僕丞管制敕，一時贈祭文爾雅可觀。厥後辦事者，多用乙科闒人，閣中亦視爲故事，不復簡括。制詞日陋，王言日輕，間與諸老言之，相視目笑而已，於乎亦可爲一慨也。

宋楊文公《談苑》論學士草文曰：學士之職，所草文辭，名目寝廣，拜免公王將相妃主曰制，賜恩宥曰赦書、曰德音，處公事曰敕榜文，號令曰御劄，賜五品官以上曰詔，六品以下曰敕書，批敕羣臣表奏曰批答，賜外曰蕃書，道曰青詞，釋問曰齋文，聞教坊宴會曰白語，土木興建曰上梁文，宣勞賜曰口宣。此外更有祝文、祭文，諸王布改榜號簿隊曰讚佛文疏語，復有別受詔旨作銘碑墓誌、樂章奏議之屬，此外章表歌頌應對之作。舊説，唐朝宮中，常於學士，取眼兒歌，僞學士作桃花文。孟昶學士辛寅遜題桃符云“新年納餘慶，佳節號長春”是也。

王懋公曰：《瑞桂堂暇抄》云：“漢高紀詔令雄健，孝文紀詔令溫潤，去先秦古書不遠，後世不能及。至孝武詔令始事文采，亦寝衰矣。其後明太祖亦每自作制誥，不用詞臣。其《祭泰山文》尤高古絕倫，又出漢諸帝之上。乃知英主自有雄文，所謂天授，亦於此可見一班。”

命

王懋公曰：秦始稱帝，改命爲制、令爲詔，天子自稱曰朕，此亦變古之一端。今存命之名而録其文，不予秦也。

《明辨》曰：按朱子云：“命猶令也。”字書：“大曰命，小曰令。”此命、令之別也。上古王言同稱爲命：或以命官，如《書·説命》、《冏命》是也；或以封爵，如《書·微子之命》、《蔡仲之命》是也；或以飭職，如《書·畢命》是也；或以錫賚，如《書·文侯之命》是也；或傳遺詔，如《書·顧命》是也。秦並天下，改命曰制。漢唐而下，則以策書封爵制誥命官，而“命”之名亡矣。然周文之見于《左傳》者猶存，故首録之以備一體。

王懋公曰：周靈王《賜齊侯環命》，《左氏》載之。齊侯即靈公。

諭　告

王懋公曰：漢高帝入關告諭，爲義帝發喪告諸侯，四百年天下實基於此。若元帝之諭單于，則又不必言矣。

《辨體》曰：按西山真氏云：“《周官》太祝作六辭以通上下親疏遠近，曰辭、曰命、曰誥、曰會、曰禱、曰誄，皆王言也。太祝以下掌爲之辭，則所謂代言者也。以《書》考之，若《湯誥》、《甘誓》、《微子之命》之類是也。此皆聖人筆之爲經，不當與後世文辭同録。今獨取《春秋内外傳》所載周天子諭告諸侯之辭及列國應對之語附焉。”又按東萊吕氏有曰：“文章從容委曲而意獨至，唯《左氏》所載當時君臣之言爲然。蓋由聖人餘澤未遠，涵養自別，故其辭氣不迫如此，非後世專學語言者所可得而比焉。”

《明辨》曰：按字書云：“諭，曉也。告，命也。以上敕下之辭。”商周之《書》，未有此體。至《春秋内外傳》，始載周天子諭告諸侯及列國往來相告之詞，然皆使人傳言，不假書翰，故今不録，而僅採漢人之作以爲式。

詔

王懋公曰：詔以正大光明爲得體。《文選》註云：“詔，照也，天子出言，如日之照於天下。”至論其用，則有尊立、分封、求才、寬恤、官禄、舉察、郊廟、刑法、修省、罷兵、答報、徵求、即位、册立、賜詔、陞貶、卹典諸類焉。

《辨體》曰：按三代王言，見於《書》者有三，曰誥、曰誓、曰命。至秦改之曰詔，歷代因之。然惟兩漢詔辭深厚爾雅，尚爲近古。至偶儷之作興，而去古遠矣。東萊吕氏云：“近代詔書，或用散文，或用四六。散文以深純温厚爲本，四六須下語渾然，不可尚新奇華巧而失大體。”今以漢詔居前，附以唐宋諸詔，庸備二體。西山有云：“王言之體,當以《書》之誥、誓、命爲祖,而參以兩漢詔册。"信哉!

《明辨》曰:按劉勰云:"古者王言,若軒轅、唐、虞同稱爲命。至三代始兼誥誓而稱之,今見於《書》者是也。秦併天下,改命曰制,令曰詔,於是詔興焉。漢初,定命四品,其三曰詔,後世因之。"夫詔者,昭也,告也。古之詔辭,皆用散文,故能深厚爾雅,感動乎人。六朝而下,文尚偶儷,而詔亦因之,然非獨用於詔也。後代漸復古文,而專以四六施之詔、誥、制、敕、表、箋、簡、啓等類,則失之矣。然亦有用散文者,不可謂古法盡廢也。今取漢以下諸作,分爲古、俗二體而列之。

沈石夫曰:漢詔皆簡約典厚。武帝《止田輪臺》等詔,獨繁密委悉,如傳如紀,殆詔之變體也。

王懋公曰:古如漢高《求賢詔》,俗如唐玄宗《贈賜張說詔》。說與蘇頲,時稱"燕許大手筆"云。

璽　書

《辨體》曰:璽,信也,古者尊卑共之。《左傳》:魯襄公在楚,季武子使公冶問璽書。至秦漢,臣下始避其稱。漢初有三璽,天子之書用璽以封,故曰璽書。文帝元年,嘗賜南越趙陀璽書;陀愧感,頓首稱臣納貢。至今讀史者,未嘗不三復書辭以欽仰帝德於無窮也。夫制、詔、璽書皆曰王言;然書之文,尤覺陳義委曲,命辭懇到者,蓋書中能盡褒勸警飭之意也。

《明辨》曰:按蔡邕曰:"璽者,印也,信也。又衛宏云:'秦以前,民皆以金玉爲印。'然則天子之印以玉獨稱璽,羣臣莫敢用,自秦始也。"漢又曰賜書。唐以後獨稱曰書,亦璽書之類也。其爲用,或以告諭,或以報答,或以獎勞,或以責讓。今制,朝廷與諸王亦用書,疑即璽書也。

王懋公曰:如漢武《賜嚴助書》,其英明之風,凛不可犯。

制　誥

王懋公曰:秦改命爲制,固非古法。然天子之言曰制,而婦人稱制,乃自吕雉始。《文選》註云:"制者,王之言必爲法制也。吕可爲法耶?下迨唐宋,制之文四六居多矣。至以誥論,李唐無其名而獨盛于宋,制有妃嬪、宗室、贈官諸類,誥有命官、貤封、貶官諸類,其用亦不一云。"

《辨體》曰:按《周官》大祝六辭,二曰"命",三曰"誥"。考之於《書》,"命"者以之命官,若《畢命》、《冏命》是也。"誥"則以之播告四方,若《大誥》、《洛誥》是也。漢承秦制,有曰"策書",以封拜諸侯王公;有曰"制書",用載制度之文。若其命官,則各賜印綬而無命書也。迨乎唐世,王言之體曰"制"者,大賞罰、大除授用之;曰"發敕"者,授六品以下官用之,即所謂"告身"也。宋承唐制,其曰"制"者,以拜三公三省三省,門下、中書、尚書。等職。辭必四六,以便宣讀於廷。"誥"則或用散文,以其直告某官也。西山云:"制誥皆王言,貴乎典雅温潤,用字不可深僻,造語不可尖新,文武宗室,各得其宜,斯爲善矣。"

《明辨》曰:按顔師古云:"天子之言,一曰制書,謂爲制度之命也。"蔡邕云:"其文曰制誥,三公赦令、贖令之屬是也。刺史太守相劾奏,申下土,遷書文亦如之。其徵爲九卿,若遷京師近官,則言官具言姓名;其免若得罪,無姓。"此漢之制也。唐世,大賞罰、赦宥、慮囚及大除授,則用制書,其褒嘉贊勞,别有慰勞制書,餘皆用敕,中書省掌之。宋承唐制,用以拜三公、三省等官,而罷免大臣亦因之。其詞宣讀於庭,皆用儷語,故有"敷告在庭"、"敷告在位"、"敷告萬邦"、"誕揚休命"、"誕揚贊册"、"誕揚丕號"等語。其餘庶職,則但用誥而已。是知以制命官,蓋唐宋之制也。今採二代制辭以爲式。

王懋公曰:文有名同而其用異者,如周,誥以正告天下,命以命百官。至明則以誥命、敕命合言之。而誥又以施之臣僚,非告天下者比也。且一品至五品皆誥,其六品以下用敕,則與李唐同,又與宋之告官皆用誥者稍異。論古所以必條分縷析而後可。

《明辨》曰:按字書云:"誥者,告也,告上曰告,發下曰誥。"古者上下有誥,故下告上,《仲虺之誥》是也;上以誥下,《大誥》、《洛誥》之類是也。考於《書》可見已。《周禮》:士師以五戒先後刑罰,其二曰誥,用之於會同,以諭衆也。秦廢古法,正稱制詔。漢武帝元狩六年,始復作之,然亦不以命官。唐世王言,亦不稱誥。至宋,始以命庶官,而追贈大臣,貶謫有罪、贈封其祖父妻室,凡不宜於庭者,皆用之。故所作尤多。然考歐、蘇、曾、王諸集,通謂之制,故稱内制、外制,而誥實雜於其中,不復識别。蓋當時王言之司,謂之兩制,是制之一名,統諸詔命七者而言。若細分之,則制與誥亦自有别,故《文鑑》分類甚明,不相混雜,足以辨二體之異。今倣其例而列之。惟唐無誥名,故仍稱制。其詞有散文、有儷語,則分爲古、俗二體云。今制:命官不用制誥,至三載考職,則用誥以褒美。五品以上官而贈封其親、及賜大臣勳階贈諡皆用之;六品以下則用敕命。其詞皆兼二體,亦監前代而損益之也。

王懋公曰:古如蘇軾《趙瞻誥》,俗如蘇軾《吕惠卿誥》。

王懋公曰:自有文章以來,當推蘇子瞻第一快人。如哲宗朝,吕惠卿有罪,草制云:"以聚斂爲仁義,以法律爲詩書。首建青苗,次行助役。均輸之政,自同於商賈;手實之禍,下及於雞豚。先皇帝始以帝堯之仁,姑試伯鯀;終焉孔子之聖,不信宰予。尚寬兩觀之誅,薄示三苗之竄。"真不愧作劊子手。其後言者誣以謗訕,而有惠州昌化之行。此亦何傷於坡仙?(以上後編卷之一)

敕敕牓附

王懋公曰:敕、勅二字有辨。宋宋敏求《春明退朝錄》:"或問今之敕起何時。按蔡邕《獨斷》曰:'天子下書有四,一曰策書,二曰制書,三曰詔書,四曰戒敕。'然自隋唐以來,除改百官,必有告敕,而從敕字。予家有景龍年敕。其制蓋須由中書門下省,故劉禕之云:'不經鳳閣鸞臺,何謂之敕?'唐時,政事堂在門下省,而除擬百官,必中書令宣,侍郎奉,舍人行進,入畫敕字,此所以爲敕也。然後政事堂出牒布於外,所以云'牒奉敕'云云也。慶曆中,予與蘇子美同在舘。子美嘗攜其遠祖珣唐時敕數本來觀,與予家者一同。字書不載敕字,而近世所用也。"元黃譜《筆記》云:"按《漢書·馮異傳》'以詔敕戰攻',《宣秉傳》'敕賜尚書禄',《董宣傳》'敕强項令出'。然則以詔令爲敕,自漢已然。"此兩家亦可謂遠稽近考矣。顧何不據郊父受敕而謂始于周?嘗因是而下求之。在漢,或稱敕書,或稱敕諭、手敕,如高祖之《手敕太子》,元帝之《敕東平王傅相》,《漢書》之《戒敕刺史太守》及《三邊營官》,敕文曰詔敕某官。在唐,則貞觀四年,太宗敕百司,"自今詔敕未便者,皆應執奏,毋得阿從,不盡己意"。至中宗公主之墨敕斜封,又無論矣。然《退朝錄》以勅字爲後人所用、字書不載,其言亦未分明。蓋勅音賚,敕音尺,字義絶不相同。《書》之"敕命",《易》之"敕法",皆作勅,並傳寫之譌,惜敏求當日辨不及此。

《明辨》曰:按字書云:"敕,戒敕也,亦作勅。"劉熙云:"敕,飭也,使之警飭不敢廢慢也。"劉勰云:"戒敕爲文,實詔之切者,周穆王命郊父受敕憲,此其事也。"漢制,天子命令有四,其四曰戒書,即戒敕也。唐制,王言有七,其四曰發敕,五曰敕旨,六曰論事敕書,七曰敕牒,則唐之用敕廣矣。宋亦有敕,或用之於獎諭,豈敕之初意哉?其詞有散文,有四六,故今分古、俗二體而列之。宋制,戒屬百官,曉諭軍民,別有敕牓,故以附焉。今制,諸臣差遣,多予敕行事,詳載職守,申以勉詞,而褒獎責讓亦用之,詞皆散文。又六品以下官贈封,亦稱敕命,始兼四六,亦可以見古文興復之漸云。

王懋公曰:古如漢章帝《敕侍御史司空》,俗如宋蘇頌《皇族出宫敕》。有明特用散文,最爲得體;惜於敕命,專尚儷語,猶未純乎古法。

批　答

《辨體》曰：按《玉海》："唐學士初入院試，制、詔、批答共三篇。"蓋批答與詔異：詔則宣達君上之意，批答則采臣下章疏之意而答之也。東萊《文鑑》輯批答、詔敕各爲一類，可見矣。唐史載太宗之答劉洎，謂出自手筆，今觀辭意，誠然。至若宋昭陵之答富弼等，則皆詞臣之撰進者也。

《明辨》曰：古者君臣都俞吁咈，皆口陳面命之詞，後世乃有書疏而答之者，遂用制詞，若漢人答報璽書是已。至唐始有批答之名，以謂天子手札而答之也。今列其散文、四六，仍分爲古、俗二體云。

王懋公曰：古如唐玄宗《批答張九齡賀誅奚賊可突于》，俗如唐太宗《批答劉洎》。然後世人主如太宗手書絶少，詞臣能免代大匠斲之譏者我見亦罕。

御　札

《明辨》曰：按字書："札，小簡也。"天子之札稱御札，尊之也。古無此體，至宋而後有之。其文出於詞臣之手，而體亦不同。大抵多用儷語，蓋敕之變體也。

王懋公曰：古如宋理宗《賜崔與之御札》，俗如宋王珪熙寧元年《南郊御札》。然用儷語而不誇多，猶可。

赦文德音文附

王懋公曰：赦文有二，或以開創，反彼舊政而施恩；或以守成，遇諸吉事而加惠。近有僅言受命之主，而曰"流大漢愷悌，蕩亡秦毒螫"云云，則失之偏矣。至若古人赦宥之事不一，有謂數赦反以啓奸，此亦大有深意在。

《明辨》曰：按字書云："赦者，舍也。"肆赦之語，始見《虞書》。而《周禮》司刺掌三赦之法，《呂刑》有疑赦之制，則或以其情之可矜，或以其事之可疑，或以其人在三赦、三宥、八議之列，是以赦之；非不問其情之淺深、罪之輕重，而概赦之也。後世乃有大赦之法，於是爲文以告四方，而赦文興焉。又謂之德音，蓋以赦爲天子布德之音也。然考之唐時，戒厲風俗，亦稱德音，則德音之與赦文，自是兩事，不當强而合之也。今各仍其稱，以附赦文之後。

王懋公：赦文有古、俗，德音亦然。古如唐德宗《春初大赦文》，俗如陸贄《奉天改元大赦文》。又如陸贄《蝗蟲避正殿降免囚徒德音文》,古也;元稹《戒厲風俗德音文》,俗也。

鐵券文

《明辨》曰:按字書云:"券,約也,契也。"劉熙云:"綣也,相約束繾綣以爲限也。"史稱漢高定天下,大封功臣,剖符作誓,丹書鐵券,金匱石室,藏之宗廟。其誓詞曰:"使黃河如帶,泰山如礪,國以永寧,爰及苗裔。"後世因此遂有鐵券文焉。

王懋公曰:史稱漢封,幾不容口,何足信哉!大功如韓如彭,卒皆俎醢以終,不啻朝予券而夕賜死,爲問誓辭安在?有明券制如瓦,外刻履歷恩數之詳以記其功,中鐫免罪減禄之數以防其過,美矣。亦聞勳臣中有不白者,若夫人臣恃功驕恣,此忤雷霆以速禍耳,其於君乎又何尤?

《聞見厄言》曰:自漢封功臣,用丹書鐵券,沿于唐宋。其制以鐵爲之,其形如瓦,高一尺,闊二尺,此爲上公。他侯、伯、子、男不同,制亦漸漸短狹,左右一式二塊,面鐫券文,背刻官爵、俸禄、免罪之數。初用朱書,故曰丹。後用金嵌,故曰金。明太祖即位二年,克定燕都,班賜功臣,欲稽古制。朝臣皆無諳其式者,爰求庫中,有唐昭宗十年賜錢鏐鐵券,遂倣而用之。

王懋公曰:如唐陸贄《賜西安管內黃姓毒官鐵券文》,可以爲式。因歎宣公奏議佳手,他文亦無篇不善如此。

國 書

《明辨》曰:按國書者,鄰國相遺之書也。春秋列國各有詞命,以通彼此之情,而其文務協典禮,從容委曲,高卑適宜,乃爲盡善。觀鄭人詞命,迭更四手,國賴以存,良有以也。漢唐而下,國統雖一,而外國內通,故其往來亦用之,乃有國之所不可廢者也。但《左傳》所載列國應對之詞,皆出口傳,例不得錄。獨呂相《絕秦》,豐贍閎闊,似非口說能悉,意必當時筆而授之,故錄其詞,並後代諸作列焉。

王懋公曰:如晉厲公使呂相告絕秦,漢文帝《賜尉佗書》,其文並佳。然《絕秦書》中多誣詞,不足服人,學者不分別觀之,則徒爲古人所愚。

誓

《明辨》曰:按誓者,誓衆之詞也。蔡沈云:"戒也。"軍旅曰誓,古有誓師之詞,如

《書》稱禹征有苗誓於師，以及《甘誓》、《湯誓》、《秦誓》、《牧誓》、《費誓》是也。又有誓告羣臣之詞，如《秦誓》是也。後世俱不多見。又約信亦稱誓，則別附於盟焉。

王懋公曰：如唐德宗《移京西戎兵備關東誓文》，知非宣公莫能措手。

令

王懋公曰：蕭齊時，梁王欲宣德皇后禪位，命任昉爲令，《文選》載之，是固然矣。予觀賈誼《上文帝書》，謂"天子之言曰令，諸侯之言曰令"，蓋傷其制度不定如此。可見令在漢世，無分於君臣，至文帝時猶然。而高帝有《赦天下令》。真西山乃云："是時方平項羽，尚未即位，故不言詔。"其亦未之詳考深思耳。天下之大，亦既可赦，非帝而何，猶不可稱詔乎？其不稱詔而稱令，正以令亦天子之言，而用此以號令於天下。又字書"大命小令"之説，亦甚拘泥。禪位，遜天下也。大赦，因即位也。天下之事，孰大於此？秦改令曰詔，徒爲多事。又令爲皇后太子所稱，特秦法而已，未可以之概古制也。《書》稱"令出惟行"，乃知令之名由來已遠。若論其用，如赦宥、求才、求言諸類，未可悉數。

《明辨》曰：按劉良云："令，即命也。七國之時並稱令。秦法，皇后太子稱令。"意其文與制詔無大異，特避天子而別其名耳。然考《文選》有梁任昉《宣德皇后令》一首，而其詞華靡，不可法式。今取載于史者，採而錄之。

册

王懋公曰：或謂册體始於《洛誥》，非也。觀《書·多士》："惟殷先人，有册有典，殷革夏命。"則册書由來已久，其不自周始可知。《明辨》謂古者止施之臣下，亦非。觀《顧命》："丁卯命作册度。"註云："命史爲册書法度，傳顧命于康王。"是且施於新主矣。《明辨》又謂後世祭享亦用之，則又非。觀《洛誥·丞祭歲》："王命作册，逸祝册。"古人祭祀告神，何嘗不用册書？又觀漢唐宋册文，或用之玉立，或用之封哀，或用之謚贈與祝祭。近人有謂漢唐宋册，惟頒制臣下，謬亦猶之《明辨》矣。至於潘勖《册魏公九錫文》，名雖代漢獻帝制，實則爲操賊作鷹犬耳。《文選》錄之，無識抑又甚矣。

《辨體》曰：按《漢書》，天子所下之書有四，一曰策書。注曰："策者，簡編也。其制長二尺，短者半之。一云，其次一長一短，兩編下附。篆書，起維年月日，以命諸侯王公。一云，不簡，命諸侯王公亦以誄謚。若三公以罪免，亦賜策，則用一尺木而隸書之。"一木兩行，隸書，面賜之，其長一尺。又按《唐·百官志》曰："王言有七，一曰册書，立皇后皇太子、封諸王則用之。”《説文》云：“册者，符命也。諸侯進受于王，象其札一長一短，中有二編之形。”當作册，古文作笧，蓋册、策二字通用。至唐宋後不用竹簡，以金玉爲册，故專謂之册也。若其文辭體製，則相祖述云。

《明辨》曰：册，字本作“策”。蔡邕云：“策者，簡也。漢制命令，其一曰策書。”當是之時，惟用木簡，故其字作“策”。至於唐人，逮下之制有六，其三曰册，字始作“册”，蓋以金玉爲之。又按古者册書施之臣下而已，後世則郊祀、祭享、稱尊、加謚、寓哀之屬，亦皆用之，故其文漸繁。今彙而辨之，其目凡十有一：一曰祝册，郊祀祭享用之。二曰玉册，上尊號用之。三曰立册，立帝、立后、立太子用之。四曰封册，封諸王用之。五曰哀册，遷梓宮及太子諸王大臣薨逝用之。六曰贈册，贈號、贈官用之。七曰謚册，上謚、賜謚用之。八曰贈謚册，贈官並賜謚用之。九曰祭册，賜大臣祭用之。十曰賜册，報賜臣下用之。十一曰免册，罷免大臣用之。今制，郊祀、立后、立儲、封王、封妃，亦皆用册；而金、玉、銀、銅之制，各有等差，蓋自古迄今，王言之所不可闕者也。今録古作以垂式云。

王懋公曰：册書，古如漢武帝《封三王策》，俗如漢順帝《詔祭楊震策》。武帝三王之封，史遷愛其文辭爛然可觀，是以録之。予嘗稱子長爲文章一大選手，非誣也。

沈石夫曰：唐册后文，自“上尊號”下即止，疑非全文。宋則“恭惟太后”以下，全以散行之，應非極則，存之以誌一種。

王懋公曰：唐劉餗《隋唐嘉話》：“崔融司業作《武后哀策文》，因發疾而卒，時人以爲三二百年無此文。”予謂題既可耻，文安得佳？惟駱丞《檄》乃武實録，爲可貴耳。何唐人之瞶瞶也？“罄南山之竹，書罪無窮；竭東海之波，流惡難盡。”請以此書于金輪哀册後。

《明辨》曰：宋真德秀曰：“漢免大臣有册，始見于宣帝之免蕭望之。其後成帝免薛宣、翟方進，哀帝免孔光、師丹、馬宮、傅喜，皆極其切貴，無復遷就爲諱之意。方進至於自殺，豈所以待臣下哉！惟《賜史丹策》，辭頗温厚，得進退大臣體。”

諭祭文

《明辨》曰：按諭祭文者，天子遣使下祭之詞也。或施諸宗室妃嬪，以明親親；或施諸勳臣大臣，以明賢賢，而示君臣始終之義。自古及今皆用之，蓋王言之一體也。

王懋公曰：如隋文帝《祭薛濬文》，亦諭祭之一，此君祭臣也。若臣之祭君，如宋朱弁《奉送徽宗大行文》：“歎馬角之未生，魂消雪窖；攀龍髯而莫逮，淚灑冰天。”令我今日放聲大哭。嗟夫！“事有曠百世而相感者，予亦不自知其何心。”非昌黎語耶？嗚

262

呼！（以上後編卷二）

臣語·論諫

王懋公曰：人臣進言，自有定體。昔韓文氏云："毋文，文弗省也；毋多，多弗竟也。"最爲要語。至於論諫，當合奏疏而爲一。觀《虞書》"敷奏以言"，是奏亦可以包論諫矣，何用別爲一體？今姑存文恪之説於左。

《辨體》曰：古者諫無專官，自公卿大夫以至百工技藝，皆得進諫。隆古盛時，君臣同德，其都俞吁咈，見於語言問答之際者，考之《書》可見。西山真氏以爲聖賢大訓不當與後之文辭同録。今謹取其所載《春秋内外傳》諫爭論説之言，著之於首。其兩漢以下諸臣進説，有可以爲法戒者，間亦採之，以附於後云。

上　書

《明辨》曰：按字書云："書者，舒也，舒布其言而陳之簡牘也。"古人敷奏諫説之辭，見於《春秋内外傳》者詳矣。然皆矢口陳言，不立篇目，故《伊訓》、《無逸》等篇，隨意命名，莫協於一；然亦出自史臣之手，劉勰所謂"言筆未分"，此其時也。降及七國，未變古式，言事於王，皆稱上書。秦漢而下，古制猶存。蕭統《文選》欲其別於臣下之書也，故自爲一類，而以"上書"稱之。今存其例，歷採前代諸臣上告天子之書以爲式，而列國之語上其君者，亦以類次雜於其中。其他章表奏疏之屬，則別以類列云。

王懋公曰：如楚李斯《上秦王逐客書》，燕樂毅《報燕王書》，皆先秦佳製。後如安石之《上仁宗》、東坡之《上神宗》，其亦洋洋哉大國之風乎！

奏　疏

《辨體》曰：按唐虞、禹皋陳謨之後，至商伊尹、周姬公，遂有《伊訓》、《無逸》等篇，此文辭告君之始也。漢高惠時，未聞有以書陳事者。迨乎孝文，開廣言路，於是賈山獻《至言》，賈誼上《政事疏》。自時厥後，進言者日衆。或曰上疏，或曰上書，或曰奏劄，或曰奏狀。慮有宣洩，則囊封以進，謂曰封事，考之于史可見矣。昔人有云："君臣相遇，雖一語有餘；上下未孚，雖千萬言奚補？爲臣子者，惟當罄其忠愛之誠而已爾。"信哉！

《明辨》曰：按奏疏者，羣臣論諫之總名也。奏御之文，其名不一。七國以前，皆稱上書。秦初,改書曰奏。漢定禮儀,則有四品:一曰章,以謝恩;二曰奏,以按劾;三曰表,以陳請;四曰議,以執異。然當時奏章,或上災異,則非專以謝恩。至於奏事亦稱上疏,則非專以按劾也。又按劾之奏,別稱彈事,尤可以徵彈劾爲奏之一端也。又置八儀,密奏、陰陽皂囊封板,以防宣泄,謂之封事。而朝臣補外,天子使人受所欲言,及有事下議者,並以書對。則漢之制,豈特四品而已哉?魏晉以下,啓獨盛行。唐用表狀,亦稱書疏。宋人則監前制而損益之,故有剳子,有狀,有書,有表,有封事,而剳子之用居多,蓋本唐人牓子、録子之制而更其名。上書、章、表已列,其他篇目,更有八品:一曰奏。奏者,進也。二曰疏。疏者,布也。漢時諸王官屬於其君,亦得稱疏,故以附焉。三曰對。四曰啓。啓者,開也。五曰狀。狀者,陳也。狀有二體,散文、儷語是也。六曰剳子。剳者,刺也。七曰封事。八曰彈事。各以類從,而以《至言》冠於篇,以其無可附也。至於疏、對、啓、狀、剳五者,又皆以“奏”字冠之,以別於臣下私相對答往來之辭。及論其文,則皆以明允篤誠爲本,辨析疏通爲要,酌古御今,治繁總要,此其大體也。奏啓入規而忌侈文,彈事明憲而戒善罵,此又學者所當知也。今制:論政事者曰題,陳私情者曰奏,皆謂之本,以及讓官謝恩之類,並用散文,間爲儷語,亦同奏格。至於慶賀,雖做表詞,而首尾亦與奏同;惟史館進書,全用表式。然則當今進呈之目,惟本與表二者而已。革百王之雜稱,減中世之儷語,此度越前代者也。

楊龜山曰:爲人要有溫柔敦厚之氣,對人主語言及章疏文字,蓋尤不可無也。

劉平國曰:奏疏不必繁多,爲文但取其明白,足以盡事理、感悟人主而已。

或曰:文章自三代而後,秦漢最稱簡古。惟《治安策》、《天人策》,纍纍凡數百萬言,漢人長文章,自賈誼、董仲舒作俑始。漢武帝束帛加璧,安車駟馬,迎申公。既至,問治亂之事。申公曰:“爲治不在多言,顧力行何如耳。”《太史公序》云:“上方好文辭,見申公對,默然。”申公此時八十餘,識見老成,此言不獨救武帝好文辭,且欲救董、賈文章之多也。辭尚體要,上之諭俗且然,況人臣之章奏乎?章奏至數百萬言,即儒生讀之,口燥舌沸而不能止;天子一日萬幾,其又肯競而讀之乎?故觀申公一言,覺董、賈文章尚有少年氣習。

王懋公曰:奏如賈山《至言》、魏相《明堂月令奏》,疏如賈誼《陳政事疏》,對如漢吾丘壽王《議禁民挾弓矢對》,啓如梁任昉《爲卞彬謝修卞忠貞墓啓》,狀,古如韓愈《爲宰相賀白龜狀》,俗如張九齡《觀御製喜雪篇陳情狀》也。

或曰:狀者,人臣條奏之明疏也。宣公屬第一手筆。其作法,先敘事之本末;次則進斷其是非,明晰精確,令人主易從;末則爲之區處停當,一見識高,一見忠至。有危聳處,有正大處,有紆曲處,有長辨處,要在因事大小利害,爲行文之波折而已。

王懋公曰:歐公《歸田録》云:“唐人奏事,非表非狀者謂之牓子,亦謂之録子,今謂之劄子。凡羣臣百司上殿奏事，兩制以上，非時有所奏陳，皆用劄子。中書樞密院，事有不降宣敕者，亦用劄子。與兩府自相來往亦然。若百司申中書，皆用狀。惟學士院用啓報，其實如劄子，亦不書一作出。名，但當直學士一人押字而已，今俗謂草書名，謂押字也。謂之咨報。此唐學士舊規也。唐世學士院故事，近時隳廢殆盡，惟此一事在爾。往觀陸宣公有《榜子集》，則亦可見文忠之言信而有徵。至於論文，如歐之《論修六塔河劄子》，可稱大手筆矣。

王懋公曰：漢置密奏之儀，則有封事已久。或謂始于劉向，非也。況即以文論，張敞《論霍氏封事》，在宣帝時；而劉向極諫外家，又爲成帝之二年，其相去亦甚遠矣。

或曰：封事，人臣封口之秘書也。夫既奮不顧死，直陳所懷，必能快暢淋漓。然激切之中，須寓處分之策，上不暴主之短，下不厄臣之生，所謂善處人父子間者，是萬全之計也。不沽直，不狂放，方見忠臣之用心。

王懋公曰：彈文，劾如漢王尊《劾丞相衡》等奏，奏彈如梁任昉《奏彈曹景宗》。又沈約有《修竹彈甘蕉文》，雖屬戲筆，而其意則嚴毅之甚也。

《辨體》曰：按《漢書》注云：“羣臣上奏，若罪法按劾，公府送御史臺，卿校送謁者臺。”是則按劾之名，其來久矣。梁昭明輯《文選》，特立其目，名曰彈事。若《唐文粹》、《宋文鑑》，則載奏疏之中而已。迨後王尚書應麟有曰：“奏以明允篤誠爲本。若彈文，則必理有典憲，辭有風軌，使氣流墨中，聲動簡外，斯稱絕席之雄也。”是則奏疏彈文，其辭氣亦各異焉。

王懋公曰：近日青巖趙氏論彈事，以爲要仗義執言，筆下掀雷揭電。“如言及乘輿，則天子改容；事關廊廟，則宰相待罪，非泛常章疏也”。此偶引子瞻語，而彈文之神貌已畢現。因亟表而出之。

議

王懋公曰：或謂秦廷焚書之議起，後世人臣爭事辨理則有議，是殆未取成王學古議事之言而一思之。遠如《明臺議》，又無論矣。至其文，有廟祀、公族、災異、外國諸例，則在人推廣以盡其類。

《辨體》曰：《周書》曰：“議事以制，政乃不迷。”眉山蘇氏釋之曰：“先王人法並任，而任人爲多，故臨事而議。”是則國之大事，合衆議而定之者尚矣。今采漢、唐、宋諸臣所上議狀，次於奏疏，以備一體。若儒先私議，其有關於政理者，間亦取之而附於中云。

《明辨》曰：按劉勰云：“議者，宜也，周爰諮謀，以審事宜也。”昔管仲稱軒轅有明臺之議，則議之來遠矣。至漢，始立駁議。駁者，雜也，雜議不純，故曰駁也。蓋古者國有大事，必集羣臣而廷議之，若罷鹽鐵、擊匈奴之類是已。厥後下公卿議，乃始撰詞書之簡牘以進，而學士偶有所見，又復私議於家。文以辨潔爲能，不以繁縟爲巧；事以明覈爲美，不以深隱爲奇。此外又有謚議，則別爲一體云。

王懋公曰：如漢劉歆《毀廟議》，唐柳宗元《駁復仇議》，即昌黎猶不能及。

章

《明辨》曰：按劉勰云：“章者，明也。”古人言事，皆稱上書。漢定禮儀，乃有四品，其一曰章，用以謝恩。及考後漢，論諫慶賀，間亦稱章，豈其流之寖廣歟？自唐而後，此制遂亡。

王懋公曰：如漢郎顗《上災異章》，曹植《封二子爲公謝恩章》，梁江淹《爲蕭領軍拜侍中刺史章》。按：東漢順帝二年，問以災異，故顗上章云。

説　書

《明辨》曰：按説書者，儒臣進講之詞也。人主好學，則觀覽經史，而儒臣因説其義以進之，謂之説書。惟《蘇文忠公集》有《邇英進讀》數條。而《文鑑》取以爲説書題。及觀《王十朋集》，似稍不同，然亦不能敷陳大義。今制：經筵進講，亦有講章，首列訓詁，次陳大義，而以規諷終焉。欲其易曉，故篇首多用俗語，與此類所載者夐異。

王懋公曰：如蘇軾《問大夫無遂事對》，又《問〈小雅・周之衰〉對》，謂季札文中皆得其偏而未備，亦確。

符　命

王懋公曰：符命，體見《文選》，若司馬長卿之《封禪》，漢武使人求遺書得之。觀李賀“惟留一簡書，金泥泰山頂”之詩，則此書似不可少。觀林逋“茂陵他日求遺草，猶喜曾無《封禪書》”之句，長卿不作可也。至楊子雲《劇秦美新》，無論其事可恥，而其文亦不能佳。或謂此另一楊雄，非草《太玄》、《法言》者。予謂必如是乃可。班固《典引》，或稱其絕勝千古。予謂漢人之文，佳者甚多，何數此乎？姑以備體而已。

《明辨》曰：按符命者，稱述帝王受命之符也。其文肇於相如。楊雄《美新》，班固《典引》，邯鄲淳魏人。《受命述》，相繼有作，而《文選》遂立“符命”一類以列之。今聊採馬班二首,庶俾馳騁文藝者不蹈劉勰"勞深勣寡"之誚云。

牋

王懋公曰:古人用牋,有請勸,有陳乞,有慶賀,有陳謝,非一端可盡。即以《文選》言之,已有或辭、或勸進之不同。近有論作牋,而專言惜別思聚,云何?且牋亦始於東漢,而謂始自三國,則尤非也。

《明辨》曰:按劉勰云:"牋者,表也,識表其情也。"字亦作"箋"。古者君臣同書,至東漢始用牋記,公府奏記,郡將奏牋。若班固之說東平,黃香之奏江夏,所稱郡將奏牋者也。是時太子諸王大臣皆得稱箋,後世專以上皇后太子,於是天子稱表,皇后太子稱牋,而其他不得用矣。其辭有散文,有儷語,分爲古、俗二體而列之。今制:奏事太子諸王稱啓,而慶賀則皇后太子仍並稱牋云。

王懋公曰:古如魏阮籍《爲鄭冲勸晉王牋》,吳質《在元城與魏太子牋》,晉陸機《至洛與成都王牋》,宋謝靈運《與廬陵王義真牋》;俗如宋汪藻《賀皇太子正位牋》。若繁欽《與魏文牋》,淫荒之譏難以免矣。

或曰:牋妙於晉魏,盛於六朝,妙音天度,雋味神腴,氣高體亮,辭惻情深,使人反覆淫泆。欲其不爲雅流,吾不信也。魏晉之文冲妙,六朝之文韻永,皆佳製之可師者。

教

王懋公曰:《文選》傅亮《爲宋公修張良廟教》、《修楚元王廟教》,皆爲劉裕也。時裕尚未簒位,故曰公。諸侯言曰教。

《明辨》曰:按劉勰云:"教者,效也,言出而民效也。"李周翰云:"教,示於人也。"秦法,王侯稱教;而漢時大臣亦得用之,若京兆尹王尊出教告屬縣是也。故陳繹曾以爲大臣告眾之辭。

王懋公曰:如諸葛武侯《與李豐教》、《與羣下教》,皆經國者所當知。

笏 記

王懋公曰:《釋名》:"笏,忽也,備忽忘也。《玉藻》:'史進象笏,史掌文史之事。書思對命。'思,謂思念告君之事;對,謂告君之辭;命,謂君令當奉行者。三者書於笏,恐遺忘也。"此笏記之所由來,其事遠矣。又曰:"凡有指畫於君前,用笏;因事有所指畫,用手則失容,故用笏。造詣君所。受命於君前，則書於笏。笏畢用也，此謂每事皆用耳。古者貴賤皆執笏，書君上政令，有事搢之於要帶中。"笏記之文始於宋，如蘇軾有《謝宣入院笏記》，可證。又人臣書笏以便奏，其故有二：一爲有緊要事，恐臨時或遺；一爲有難記事，恐一時説不出。聞往有召十三布政，問以民情風俗，皆縷縷能道其詳。及問錢穀數目，則默不能對，遂至罷職，惟一人細書笏上，一一言之，獨稱旨。亦可見笏之爲益大矣。又坡公《送歐陽推官》詩："臨分出苦語，願子書之笏。"此用以記私事，又當別論。

致　辭

王懋公曰：致辭當附表，並列臣語。以表亦學者所有事，不獨人臣，故與判相次爲一類。春秋時，越文種有《祝越王辭》二章，此致辭之始也。後如蘇軾《內中御侍已下賀皇帝冬至致辭》、《內中侍御已下賀皇太后冬至致辭》，其文皆可觀。

《明辨》曰：按致辭者，表之餘也。其原起於越臣祝其主，而後世因之。凡朝廷有大慶賀，臣下各撰表文，書之簡牘以進，而明廷之宣揚，宮壼之贊頌，又不可缺，故節略表語而爲之辭。觀《宋文鑑》以此雜於表中，蓋可知已。今之祝贊，即其制也。（以上後編卷三）

國事·盟誓附

《明辨》曰：按《禮記》："涖物曰盟。"劉勰云："盟者，明也，祝告於神明者也。"亦稱曰誓，謂約信之詞也。三代盛時，初無詛盟，雖有要誓，結言則退而已。周衰，人鮮忠信，於刑牲歃血，要質鬼神，而盟繁興，然俄而渝敗者多矣。以其爲文之一體也，故列之而以誓附焉。夫盟誓之文，"必序危機，獎忠孝，共存亡，戮心力，祈幽靈以取鑒，指九天以爲正，感激以立誠，切至以敷詞，此其所同也"。然義存則克終，道廢則渝始，亦存乎人焉耳。

王懋公曰：盟如周王子虎盟諸侯於踐土，晉鄭同盟於亳衛，寧俞盟衛人於宛濮，唐與吐蕃使盟；誓如晉郗鑒討祖約蘇峻誓，亦得誅亂侮亡之遺意。

符

《明辨》曰：按字書云："符，信也。"古無此體，晉以後始有之。唐世，凡上迨下，其制有六,其六曰符;尚書省下於州,州下於縣,縣下於鄉,皆用之。蓋亦沿晉制也。然唐文不少概見,姑採晉及南朝諸篇列之,所以備一體云。

王懋公曰:符如陳尚書《討陳寶符》,惜其名氏不傳,亦尚論之一闕。

檄

王懋公曰:檄者,激也,昔人所謂激發人心者是也。《辨體》、《明辨》尚少此義,故補著之。文如司馬長卿《檄蜀》,則爲武帝餙(飾)非文過。或謂諷諫,終涉强詞。而世又稱陳琳之檄,能愈老瞞頭風。予謂爲袁檄曹,殊快人心;又爲魏檄吳,不可謂名正言順,而文亦失之繁碎;皆不及駱檄武曌,辭嚴義正,兼有昂霄之意。至若吳筠《移檄江神》,想奇事奇,應稱絶類離倫矣。

《辨體》曰:按《釋文》:“檄,軍書也。”春秋時,祭公謀父稱文告之辭,即檄之本始。至戰國張儀爲檄告楚相,其名始著。劉勰云:“凡檄之大體,或述此休明,或叙彼苟虐。指天時,審人事,筭强弱,角權勢。故植義颺辭,務在剛健。插羽以示迅,不可使辭緩;露板以宣衆,不可使義隱。”大抵唐以前不用四六,故辭直義顯。昔人謂檄以散文爲得體,豈不信乎?

《明辨》曰:《説文》云:“以木簡爲書,長尺二寸,用以號召;若有急則插雞羽而遣之,故謂之羽檄,言如飛之疾也。”古者用兵,誓師而已。後人倣之,代有製作。而其詞有散文,有儷語。儷語始于唐人,蓋唐人之文皆然,不專爲檄也。今取數首以爲法式。其他,報答諭告,亦並稱檄,故取以附焉。又州郡徵吏,亦稱爲檄,蓋取明舉之義,而其詞不存。

露　布

王懋公曰:露布,檄之類也,豈有取於《春秋》“佐助期,武露布,文露沈”之義乎?非也。宋均云:甘露降其國,布散者人上武,文采者則甘露沈重,沈重者人内文。其意不過呈露於外、以佈告人而已,何庸以穿鑿立説爲?宋許觀《東齋記事》:“《隋·禮儀志》:‘後魏每攻戰克捷,欲天下知聞,乃書帛建於竿上,名爲露布。其後相因施行。’”《事物紀原》引《世説》:“袁虎倚馬爲桓温作北伐露布。”二者俱爲未得。漢賈逵爲馬超作《伐曹操露布》,自後漢已有之,豈書帛揭竿、實自後魏始耶?然露布之語,其來亦久矣。《漢官儀》:“凡制書皆璽封,惟赦贈令司徒印,露布。”要即此也。如此論露布,可謂欲窮千里、更上一樓,諸家皆不能及。

《辨體》曰：按《通典》云：“元魏攻戰克捷，欲天下聞知，乃書帛建於漆竿上，名爲露布。”此其始也。考諸《文章緣起》，則曰：“漢賈洪爲馬超伐曹操作露布。”及《世説》又載：“桓温北征，令袁宏倚馬撰露布。”是則魏晉以前亦有之矣。《文心雕龍》又云：“露布者，蓋露板不封，布諸視聽。”近世帥臣奏捷，蓋本於此。然今考之，魏晉之文，俱無傳本；唐宋雖有傳者，然其命辭，全用四六，蓋與當時表文無異。西山嘗云：“露布貴奮發雄壯，少麗無害。”觀者詳焉。取其一覽即審，故不嫌少麗。然文人以此見長，往往窮工。

《明辨》曰：按露布者，軍中奏捷之辭也。杜祐（佑）以爲自元魏始，誤矣。又按劉勰《檄移》篇云：“檄，或稱露布。”豈露布之初，告伐告捷，與檄通用，而後始專以奏捷歟？

王懋公曰：如晉前鋒都督《平兗青州露布》，又如唐于公異《破朱泚露布》。近有作《討蠹魚露布者》，亦足證告伐之説。若楊用修《平蚊露布》，則又愈出愈奇。

公　移

《明辨》曰：按公移者，諸司相移之詞也；其名不一，故以“公移”括之。唐世，凡下達上，其制有六，其二曰狀，百官於其長亦稱之。其五曰辭，庶人言爲辭。其六曰牒，有品以上公文皆稱牒。諸司自相質問，其義有三：一曰關，謂關通其事也；二曰刺，謂刺舉之也；三曰移，謂移其事于他司也。宋制：宰執帶三省樞密院事出使者，移六部用劄；六部移宰執帶三省樞密院事出使者，及從官任使副移六部，用申狀；六部相移用公牒。今皆不能悉存，姑取其著者列之。今制：上達下者曰劄會，曰劄付，曰案驗，曰帖，曰故牒；下達上者曰咨呈，曰案呈，曰呈，曰牒呈，曰申；諸司相移者曰咨，曰牒，曰關；上下通用者曰揭帖。大約因前代之制而損益之耳。

王懋公曰：狀如蘇洵《修禮書狀》，牒如柳宗元《爲裴中丞伐黃賊轉牒》，由此推類，以盡其餘可也。

榜

王懋公曰：宋黃震氏有《諭上户榜》，體則散文，言皆至性，雖與天地並壽可也。凡古今詩文，要未有不情至而能傳者，允堪爲此類之式。

祝　文

王懋公曰：祝辭，與祭一類。《禮·郊特牲》：“祭有祈焉，有報焉，有由辟焉。”

《解》云：“祈如《周禮·祈福》之類，報則獲福而報，辟謂用此以消弭之也。”而由此以推之，曰告，曰修，曰謁，亦無他奧義可知。

《明辨》曰：按祝文者，饗神之辭也，劉勰所謂“祝史陳信，資乎文辭”者是也。昔伊祈始蠟以祭神，其辭云：“土反其宅，水歸其壑，昆蟲毋作，草木歸其澤。”此祝文之祖也。厥後虞舜祠田，商湯告帝，《周禮》設太祝之職，掌六祝之辭。春秋以降，史辭寖繁，則祝文之來尚矣。考其大旨，實有六焉：一曰告，二曰修，三曰祈，四曰報，五曰辟，六曰謁，用以饗天地、山川、社稷、宗廟、五祀、羣神，而總謂之祝文。其詞亦有散文、儷語之别也。

王懋公曰：告如漢昭烈《祭告天地神祇文》，修如周迎《曰辭》、曾鞏《秋賽文》，祈如梁江淹《蕭大傅東耕咒文》、柳宗元《禜門文》、歐陽《求雨祭文》，報如周《祭天辭》、《祭地辭》、韓愈《祭城隍文》，辟解見前，謁如蘇軾《杭州謁文宣王廟祝文》，“昔自太史，通守是邦。今由禁林，出使浙右”云云。

叚　辭

《明辨》曰：按叚者，祝爲尸致福于主人之辭，《記》所謂“叚以慈告”者是也，辭見《儀禮》。其他文集不載，惟《蔡中郎集》有之。

王懋公曰：如周《祭禮叚辭》，漢蔡邕《九祝辭》。此祝與叚名雖異，而實未嘗不同也。

玉牒文

王懋公曰：玉牒之名，實始漢武。其制，封廣丈二尺，高九尺，其下則有玉牒書。書秘史遷作《封禪書》，所以致譏。唐則僅柳宗元非之。賢如韓愈，亦勸憲宗，其他可知。宋真宗時，天書紛紛。識者笑曰：“天何言哉！豈有書也？”乃欲以封禪誇大外國，愚已。此所以和靖有“求草喜無”之詩也。我於此類文欲竟削去，今姑存之以示戒。

《明辨》曰：按玉牒文者，封禪告天之文也。世傳禹《玉牒辭》曰：“祝融司方發其英，沐日浴月百寶生。”蓋後人附會之文耳。漢武帝時，司馬相如病且死，勸帝封禪，故有《玉牒》傳於今。然其事不經，明主所不爲也。今姑録其文以備一體。

王懋公曰：如宋真宗《封祀玉牒文》，其事書之于史，徒貽譏耳。噫！七十二君，未嘗立石，而秦碑漢禪，磨崖陰字，何爲乎？然有此而金泥玉檢之盛，岱史且侈之以爲美談矣。（以上後編卷四）

策論通論

王懋公曰：唐開元十二載，詔以詩賦取士，失之靡矣，何如策論有關名理實事之爲得哉？今略言之。《呂氏春秋》中有《六論》，則論之名不始於漢。若賈誼《過秦》入於《史記》，《治安》載於《漢書》，皆經濟文章，堪爲論策弁冕。武帝時，董江都之三對，視公孫弘殆如奴僕，曲學阿世，何益之有？進士置科始自隋煬，其試亦兼用策，獨惜未見有卓然可傳者。唐高宗時，劉思玄始奏進士加雜文，明經加帖括，他若試士以箴、頌、論、贊之類亦不一。而學士院試，又或以制、詔、批答。有明試士，大率倣宋。初亦兼詔誥，後乃專用策論判表。而其餘學者皆棄而不習矣。至言策論之佳，西漢而後，共推三蘇。予謂三蘇論不及策，而穎（頴）濱之《君術》、《臣事》、《民政》等篇，則又若神仙縹緲於九天之上，即老泉、東坡亦應遜之。明代後場，亦策勝表，表勝論，程勝墨，如王弇州、馮北海之策、論、表，可謂崛起一時，不讓古人。文太青以賦爲論，自是別調而非其至者。初，高祖嘗語劉三吾曰："唐虞詢事考言，今試策是其遺意。命廷試只用策一道。"其重策如此。嗚呼！後之不愧此制者晨星落落矣。

孫子齗曰：賢良文學之有制策也，自西漢始也。其變爲進士科也，自隋大業始也。明經詩賦，唐宋兼收，本欲驅學究而進士，卒至驅進士而學究。此王安石之所自欺也，而我朝之制科倣此矣。武舉起於天后，然所試者不過騎射翹關已耳。武舉而有策試也，亦自宋始也，而我朝之武舉倣此矣。

王懋公曰：策論，文中大觀，未易言也。立論之家，識欲其卓。劉元城謂後生未可遽立議論，以褒貶古今，蓋見聞未廣、涉世淺也。薛文清亦云，切不可隨衆議論前人長短，要當己有真見乃可。在古人之後，議古人之失則易；處古人之位，爲古人之事則難。況理之精微、事之盤錯，尤有不可苟者乎？故曰"識欲其卓"。對策之際，心欲其誠。張南軒嘗自謂：某每登對，必先自盟其心曰，切不可見上喜怒，隨便順去；恐一時隨順，後來收拾不得故也。昔平津之對，重一和字；董子之言，重一正字，而賢不肖之分具見於此，天下後世，誰可欺乎？故曰"心欲其誠"。論策之法，學欲其博。經史時事，我欲取朱胡二氏之言爲則以講明之。晦菴嘗議分《易》、《書》、《詩》爲一科，三禮爲一科，春秋三傳爲一科，使士以次而習夫經；《國語》、《史記》、《兩漢》爲一科，《三國志》、《晉書》、《南北史》、《唐書》爲一科，《通禮新義》爲一科，兵法、刑統、敕令爲一科，使士以次而習夫史。胡安定教授湖州，立經義治事齋，以敦實學；而於明經之外，凡邊防、水利、兵刑、錢穀、屯田、鹽法，皆一一精求。其後仁宗興太學，詔取其法，著爲定式。今之學者亦當奉以自習。不然，遇有大事，議論得失，蒙然張口，如坐雲霧，辱亦甚矣。以此見學之不可以不博也。

王懋公曰：宋以來有莫大之陋，半山《經義》已自悔矣。其後明高祖見臣僚以八比文字進，曰"何爲説過又説"。大哉王言！惜羣臣不悟而仍用之。夫文何以必對，對又何故必八，無論排體不古，而以筆代聲口，如優戲舜、俳聖孰甚？罷此而用策論，則足以吐士氣而觀經濟。但其學，今人多輕視之。噫！談何易耶？歐陽文忠與人書曰："丘舍人所示雜文，竊嘗覽之。然觀其用意在於策論，此古人之所難工，是以不能無少闕。其救弊之説甚詳，而革弊未之能至。見其弊而識其所以革之者，才識兼通，然後其文博辨而深切於中時弊，而不爲空言。蓋見其弊，必見其所以弊之因，若賈生論秦之失而推古養太子之禮，此可謂知其本矣。近世應科目文辭，求若此者蓋寡。必欲其極致，則宜少加意，然後焕乎其不可禦矣。"然則世之易言策論者，豈其才過古人歟？不然，悔不十年讀書之歎，似亦不可少也。即如蘇氏兄弟，少年並負盛名，然其試論竟未見有登峯造極之篇；而昌黎省試《不貳過》，亦不能大饜人意。觀此，然後知古人難工，良非虛語。

彭躬菴曰：詞章之學，其弊久矣。歐陽永叔、蘇子瞻既成進士，益慚恨其取科第之文，盡舍之，以求進于古，而其文章遂以名天下而傳後世。

李爾翼曰：論則直露作者本色，只就自家一段性靈，寫出天地一段自然道理，匠心信口，得大自在。除至聖先師語句外，有罅縫處，翻駁斡旋，淋漓滿志，自見手眼，全在此際。切不可落近體一種油滑惡道，使人之稍具肺腸者，過眼作數日惡。至如策學，經經緯緯，須如長沙黄州，肚皮中别具一副才識始得。要之遇合又全不關此。

《名山業》曰：世道之降，由於經濟之衰；文章之壞，本於學問之淺。今惟以可俾實用者爲最，其他勦襲辭章，剪花掇彩，均無貴焉。

文章本於氣骨而成於學力，真能古人自命，便可奴隸百家。若得其字句而遺其神理，陋矣。故今但以文章氣局爲主，拾千家之殘瀋，團百氏之敗絮，而以爲工，吾不信也。

《鏡林》曰：論必以先正爲醇奇，表則古今俱有長也。制策期於通達時務，如河漕之類，數十年間輒多變易；即曆律、屯馬、鹽法、錢鈔諸政，今日之弊，不越先輩名臣所料，然亦微有異同，故須多讀時策也。

或曰：學者束書不觀，因陋就簡，於時文之外，全不理會；而反笑苦心於策論者爲迂闊而失計，可悲也已。

策

《辨體》曰：按《説文》："策者，謀也。"凡録政化得失顯而問之，謂之對策。考之于史，實始漢之晁錯。錯遇文帝恭謙好問之主，不能明目張膽以答所問，惜哉！_{文帝親策}賢良能直言極諫者，錯言不直。惟董仲舒學識醇正，又遇孝武初政清明，策之再三，故克罄竭所蘊，帝因是罷黜百家，專崇孔氏，以表章六經，厥功茂焉。迨後，惟宋蘇氏之答仁宗制策，亦克輸忠陳義，婉切懇到，君子有取焉。

《明辨》曰：按古者選士，詢事考言而已，未有問之以策者也。漢文中年，始策賢良，其後有司亦以策試士，蓋欲觀其博古通今，與夫專劇解紛之識也。然對策存乎士子，而策問發于上人，尤必善爲疑難。今取古人策問之工者數首，分爲二類，一曰制策，二曰試策。

《明辨》曰：《漢書音義》曰："作簡策難問，例置案上，在試者意投射取而答之，謂之射策。"劉勰云："射策者，探事而獻說也，以甲科入仕。對策者，應詔而陳政也，以第一登庸。皆選賢之要術也。"又學士大夫，有私自議政而上進者。三者均謂之策，一曰制策，天子稱制以問而對者是也；二曰試策，有司以策試士而對者是也；三曰進策，著策而上進者是也。又宋曾鞏有《本朝政要策》，蓋當時進士帖括之類，故今不錄。夫策之體，練治爲上，工文次之。然人才不同，或練治而寡文，或工文而疏治，故入選者，劉勰稱爲通才。

王懋公曰：《明辨》於試策，專以有司試士言之。予謂古者人主自爲文以問士，如漢策賢良而謂之制，此不待言；若後世所謂殿試，既正其名曰試，不謂之試策可乎？故今定試策爲二，一試於大廷，一試於有司，而總稱曰試。則策亦止有試與進二者而已，何以多立名目爲？若天子與有司之所問，亦別之以問可也。

袁坤儀曰：一以策取士，自漢文始，亦古者詢事考言之遺意。至我朝取人，則尤以策爲急。國初未設督學使者，提調之權，全在有司。孟月試經義，仲月論表，皆在黌宮；季月則專試策，有司主之。自此制一變，而策學幾廢矣。

王懋公曰：進策如賈生之《陳治安》，蘇明允之《審勢》、《審敵》，子瞻之《策略》、《策別》，子由之《君術》、《臣事》、《民政》是也。必實有經濟如是，而後以進策名，庶幾無愧。

《指南錄》曰：今時既不重策，間有閱策者，亦止取其文采，而不取其練達。故爲今之士，作今之策，文詞亦不可略，但當以練治爲主，工文次之耳。

袁坤儀曰：國初之制曰：試策只許直陳所見，不許修詞。《說文》云："策者，謀也。"貴通達治體，敷陳確實。豈藉調脂弄粉、東塗西抹哉？宇宙間大學問，如天文、地理、曆律、兵刑之屬，杜氏《通典》以十八事盡之，《文獻通考》廣而爲二十四目。_{唐杜佑《通典》原目十九，如田賦、錢幣、戶口、職役、征榷、市糴、土貢、國用、選舉、學校、職官、郊社、宗廟、王禮、樂、兵刑、與輿地、四裔是也。宋馬端臨《通考》益以五事，曰經籍、帝系、封建、象緯、物異。凡二十四類。若節義、}

274

謚法、六書、道統、氏族、仙釋曰方外，則係《續考》所增。又《續考》於學校附書院，與杜、馬微異。此皆不可不知，故詳列之。今試每事精考熟於胸中，發之爲文，則爲名世之言；見之於用，則爲經世之學。彼以虛求，我以實應，何樂如之。欲精研學問，自有要法。韓愈云"紀事必提其要，纂言必鈎其玄"，士人各置空簿，將天文地理之目分列其上。日間讀書，或聽人談論，則隨手劄記於各目之下，久久積成大帖，不覺貫串矣。今人讀書，不知紀事纂言之法，旋讀旋忘，釋卷茫然，母惑也。

策問大概有二，不問時務，則問經史。然二者亦自相關。問時務者，必引經史爲證；問經史者，必以時務終。作者須辨認二體，然後詳考所問，何者爲綱，何者爲紀；何者爲正問實事，何者爲泛引餘情；何者爲血脉，何者爲眼目。一一分派已定，拿定一箇主意做去，則下筆自有氣勢，結搆盡是經綸矣。

策之文，欲典欲圓。但典易失之板實，圓易失之虛浮。太實則俗，太空則浮。策語最易犯，當戒。

策目中意向輕重，體認既真，然後立己之意，摘採區處，如目中有好話頭，拈作張目，謂之超出問意；如目中有區別，即分賓主，謂之就題答問。或所問繁難，斷以一説，謂之立説斷制；或所問有疵，折以正理，謂之淩駕策題。主張在題目外，題目在主張中。不爲問目所困，而能盡折問者，如此方是高手。

《指南錄》曰：策者，籌度之謂也。本於唐虞之稽衆，著於禹皋之陳謨，盛於漢廷之大對。嗣後上以此選，下以此應，而習日靡矣。蓋問者謀猷咨度，以審其計之是非；答者獻納開陳，以決其事之可否。科目設此，正謂識時務者在俊傑，欲以觀其明經而致用，非徒事乎無益之虛文。宋末專事套括，非策也。今之策，惟務直述，又非矢口白撰已也。正要見直是上下古今，疏陳利害，如排擊衆論，我之理勝而氣鋭；如指畫君前，我之情切而事明，自然聳聽。

策者，測也，所以測度當時之務，而不在於多述往事，而無所適從者也。但古今不可不通貫，如法制之沿革，人才之歷履，世道之盛衰，典籍之綱領。然亦不過識其大意，而掇其要領於前而已。惟在專意斷制，必吾策可用於今日，如此而已。才不貴華，貴古雅不浮，正當有法。聖制策，以規諷爲主。人材策，以抑揚爲主。典籍策，以折衷爲主。至於法制世道皆屬時務，此則固當通貫乎已往，尤在洞達乎當時。蓋策場所重者在時務，而策士所對，類皆究心已往，而不達當時。如籌邊一策，只以守戰爲言。至於九邊之彝情，渺無所識，有遼東不可施之薊州，宣大不可施之固原，守榆朴何如成籌於河套，制甘肅何如萬全於哈密，九邊：〇遼東鎮，明初廢郡縣，置衛所。〇北直，宣府鎮、薊州鎮。〇山西，大同鎮、三關鎮。〇陝西，榆林鎮、寧夏鎮、甘肅鎮、固原鎮。〇初設遼東、宣府、大同、延綏四鎮，延綏成化中徙鎮榆林。〇繼設寧夏、甘肅、薊州三鎮。〇又以山西鎮巡統馭偏頭三關，陝西鎮巡統馭固原，亦稱二鎮，遂為九邊。○並山西鎮為九。○河套，周迴三面阻黃河，土肥饒，可耕桑，切近陝西榆林堡。天順初，阿羅出，掠我邊人以為向導，因知河套所在，不時出没，遂為邊害。○哈密，古伊吾盧地，永樂初設衛。凡此皆當設身處地，不襲常套。至於六曹時務，各例不一。總當通達國體，方為識時。審如此而據事措詞，正大典雅。或駢頭直頭，或駢腹直腹，或駢尾直尾。味其意則忠愛有餘，覘其辭則古潤可度，其殆獨鳴祥鳳于高梧之上，而不與羣蛙共噪者歟？

如問漢，則羲皇之始與成周之盛，起處不可不叙。中間則惟説漢事成敗得失。叙漢事畢，則叙及本朝，制以己意斷之。至對問唐宋亦然。

陸象山曰：他人答策，隨問走答耳。我每對策，如身坐堂上部勒。堂下士卒，呼之則來，麾之則去，觀此策思過半矣。

趙運靈曰：快爽、縝密、整齊、鯁切、豪縱、波瀾、明白、簡健、純粹、剖決，此策之美者。若雷同、腐爛、冗長、緩弱、窘束、空疏、塵俗、貢諛、晦僻、套括，總策之病也。

《指南錄》曰：時策見有四體：有問學該洽，條答無遺者；有題雖不記，識見超卓，只憑己意斷制，全不著題者；有題問間記，上以一二所記，敷衍成章，而其餘悉置者；有題雖不記，而對不舍題，隨題抑揚，而藏頭見意者。四科皆經入選，而末體最為下乘也。

《名山業》曰：凡條陳事宜，須要出入經史，錯雜古今，實實可見諸行事。不可徒事漁獵，若象龍之致雨則幾矣。

作策者嗜古則不俗，從今則不戾，參伍以變，會通其觀，古可以通於今，今可以程乎古。皇王之略，天文、地理、人事之紀，禮、樂、兵、刑、邊陲、河渠、錢穀之數，無不備焉。故覽一策而一朝時事可稽也，覽羣策而累朝故實可考也。

讀書以經世為主。理亂得失之故，是非成敗之形，不預定於胸中，及臨事而卓然不眩者鮮矣。

作策時，須先有忠義之氣蓄於胸中。若立朝侃侃而談，不避權貴，言之者無罪，聞之者足以戒，斯足以見文章經濟之合矣。

汪苕文曰：元時《三衢文會》，諸策所答，周正一説，亦皆援據精核，敷陳詳贍，庶可以見其所存矣。

《名山業》曰：明策凡有數變。弘、正以前，渾噩簡樸，鬱而未宣。文成公為世大儒，所尚在眉山父子，明白典顯，膾炙士林，此一變也。王華州出，而刻意摹古，投胎子長，奪骨孟堅，令人始覩漢官威儀，又一變也。新鄭江陵，力猛才鷙，且身居宰輔，意在揮霍，語多綜核，又一變也。弇州雲杜，以文人之雄，信筆揮灑，無言不長袖善舞；婁東以經國之手，渝墨縱橫，有摭必伐山驚魂，又一變也。至馮臨朐、陸蘭陰，曉暢機務，燭數物情，似韓公子之洋洋纚纚，發言必當，又一變也。

《指南錄》曰：策欲博古通今，古惟宗《文獻通考》，今惟宗《大明會典》弘治時，上以累

276

朝典制未會於一，命徐溥等修之。足矣。如魯鈍之甚，不能徧閱二書，只將策目幾許各擬作一篇，亦勝拾殘膏剩馥以欺主司者。

《名山業》曰：策之雄者，無過《戰國》。然審事達勢，必推晁、賈，其議爲可久而其言爲可用也。我朝以八股取士，影響之論，既不可實見之施爲；至制策一途，又復勦襲陳説，塵飯土龍，安所用之？惟以通達國體、審合時勢爲宜。庶古今之得失，政治之存亡，可以指掌瞭然矣。○近日之制義漸長，策論漸短，亦一異事。

篇　法

《指南錄》曰：大抵起頭發策，樂作而金聲也；中間答策，樂陳而雅奏也；後面獻策，樂終而玉振也。○策冒無不對之句，而間有突然叙起不用對者，此方中之圓，善用圓者也。其起處則必用援引入題；繳處則或諷斷，或顯斷，或條列以爲之斷，或設譬以之斷，只看人筆力何如。

破題要看策題何如。問兵財則出兵財字，問刑獄則出刑獄字，觸類而長，莫不皆然。若只掇拾陳言，彫鏤巧語，可恥之甚。○承者所以發明破題之意，須要轉換曲折，使終篇主意盡見於數句之中，其語言尤不宜太多，恐失之泛。○叙策題畢，將入腹講，須作一小股，引入正答，亦如經義之講，然其爲體亦不一。又不可與策題重疊，或區處事宜，或評論是非，或辨析疑難。只要規模廣大，間架整齊，籌度詳明，辭語精采耳。○上已答盡策問，至尾又須自作一段，收拾題意，別有區處，則謂之獻策，惟縝密不漏始得。

或曰：作策要看策題中所重字眼，隱隱作破。承接處即當透露題旨，包括無遺。又有不用承破，直尋問目一大關節，開口徑自喚起者。又有以執事發策起者。要之精當，不拘定格。及至提掇，決不可直率做去，或援古人，或引經傳，或設譬喻，或假議折辨。然就問問答，循序鋪張，即其中有輕重是非。大段須用含蓄，爲答後斷獻張本。其斷獻處，或就題意覆辨，或推題外周詳，大抵宜練達縝密，不可遊詞影射。末後須要呼喚叫應，收拾有情。及到結果處，又必再振一番議論，令人有深長之思，方稱合作。

《名山業》曰：策有答問，有鋪張，有斷案，有繳束。中間提掇譬喻，及援古證今，俱要歷歷照應，言之無逸景，書之無墜詞。醇粹若《天人》，英逼若《治安》，沉簡若趙營平，刻覈若晁大夫輩，斯論事之極軌也。

周長康《鈕宗舒傳》曰：公研覽古今，丹黃滿架，左史而下，必取言有關性命、事有益經濟者，曰非是於吾身心無益，安事糜吾歲月乎？

《文徵》曰：後世科目策問，欲書生而兼習天文、地理、曆律、兵刑，無所不知，雖大賢亦有所不能，故取人之法謬矣。及仕入部曹、六官之中，挨年陞轉。一事未諳，又移一職，無怪乎居官者不熟練其務，一任猾胥越人顛倒滋弊耳。（以上後編卷五）

論

《辨體》曰：按韻書："論者，議也。"梁昭明《文選》所載，論有二體：一曰史論，乃史臣於傳末作論議，以斷其人之善惡，若司馬遷之論項籍、商鞅是也；二曰論，則學士大夫議論古今時世人物，或評經史之言，正其訛謬，如賈生之論過秦，江統之論徙戎，柳子厚之論守道、守官是也。唐宋取士，用以出題。然求其辭精義粹、卓然名世者，亦惟韓歐爲然。劉勰云："聖哲彝訓曰經，述經敘理曰論。"故凡"陳政則與議說合契；釋經則與傳註參體；辨史則與贊評齊行；銓文則與序引共紀"。信夫！

《明辨》曰：劉勰云："論者，倫也，彌綸羣言而研衆理者也。論之立名，始於《論語》；若《六韜》二論，乃後人之追題耳。其爲體則辨正然否，窮有數，追無形，跡堅求通，鈎深取極，乃百慮之筌蹄，萬事之權衡也。"而蕭統《文選》則分爲三：設論居首，史論次之，論又次之。較諸劉勰陳政、釋經、辨史、詮文四品之說，差爲未盡。惟設論則勰所未及，而乃取《答客難》、《答賓戲》、《解嘲》等作以實之。夫文有答有解，已各自爲一體，況不明言其體而概謂之論，豈不誤哉！愚謂析理亦與議說合契，諷寓則與箴解同科，設辭則與問對一致。今兼二子之說，例爲八品：一曰理論，二曰政論，三曰經論，四曰史論，五曰文論，六曰諷論，七曰寓論，八曰設論。其題或曰某論，或曰論某，則各隨作者命之，無異義也。

王懋公曰：論之立名，不始《論語》。《通考》吳氏程曰："論，撰也，次也，撰次聖賢之語也。"則論猶編書之編，非議論之論，《明辨》亦未深考。

王懋公曰：理論如蘇軾《韓非論》。政論如柳宗元《封建論》。經論如歐陽修《〈泰誓〉論》。史論有評議、述贊二體，如蘇洵《史論》、賈誼《過秦論》、蘇軾《始皇論》，皆評議；如《左傳》"秦伯以三良爲殉"、"祁奚能舉善"、"駟歂殺鄧析"、"邾黑肱來奔"、《史記·孔子世家》、《漢書·贊戾太子》、《後漢書·班彪傳論》、晉干寶《晉書·帝紀總論》、歐陽修《五代史·伶官傳論》，皆贊述。文論如漢桓寬《鹽鐵雜論》。諷論如漢班彪《王命論》。寓論如魏李康《運命論》。設論如王褒《四子講德論》。然《左傳》、《史》、《漢》雖曰贊述，原無論之名，今亦借言之耳。又《四子講德篇》當曰"傳"，而以"論"稱，姑從《文選》云爾。

袁儀卿曰：論，劉勰謂有四品。近日徐伯魯著《文體明辨》，廣爲八品。今我另設八目：一君德，二治道，三心學，四臣道，五敬天，六愛民，七尊賢，八評論人品。於此八類各作一篇，場中題目，無出此矣。

論者，反覆辨難以求至當者也。故論之爲體，辨是非，別妍醜。即礙以求通，研深以入微，窮於有象，追於無形。凡受題下筆，必有一段出人之意見，發之爲千古不可磨滅之議論，方爲入彀。或舉古今所不決之疑，而出真見以剖析之；或從衆人意想所不到處，而從容發至理以新人之耳目。如漢廷老吏斷獄，以片言折衷，而人莫不心肯意服。若但能責人，亦非高手。必思我若生此人之時，居此人之位，遇此人之事，當如何應酬，如何處置，必有至當不易之説。若蘇老泉《管仲論》，子瞻《范增論》，皆用此法。

我朝試論，有破題，有承題，有小講，有入題，有原題，有大講，有腰，有結，原係國初諸儒倣《論學繩尺》而制此式也。中式者中此而已。今作墨論，亦須將宋人舊論一一檢閲，有辨論格，有詰難格，有問答格，有開鎖格，有借賓形主格，有從淺入深格，有摘字貫題格，有貶題立説格，宜徧考而靜參之。蘇子瞻《王者不治論》，乃是制科墨卷六論中之一，有冒，有承，有講，有繳，規模極整。前面閒話甚長，後面正説甚短。及讀之，全不覺其長短，蓋後面一句轉一句故也。今之時論，皆有段落，殊不雅觀，須融通而變化之。如干寶作《晉帝紀總論》，徐伯魯謂賈誼《過秦論》後僅見此篇。然其間實以安民、立政、民風、國勢爲眼目，惟其筆力圓勁，故全不見其排比之跡。又如蘇子瞻《賈誼論》，深交絳灌，與默默待變，本是兩行；而文勢融通，一意貫串，遂成高調。皆可矜式者也。

論貴圓忌方，貴老忌嫩，貴雄健忌懶散，貴移易不動，忌浮泛不切，起伏處貴有照應，開闔處貴有波瀾，馳騁處貴有節制，鋪叙處貴有曲折，過接處貴無痕跡，譬喻處貴親切，引用處貴確當。或沿流討源而血脉井井，或從根發枝而千條燦然，或將無作有而意味甚深，或以實形虛而指意如見。藏光艷於平實之中，發精神於題目之外。要使一句一字增減不得，而句句有法，字字盡心，方爲合轍。只緣學者束書不觀，因陋就簡，于時文之外，全不理會。先進既以荒謬而中式，後進遂以空疏爲高致，是《霍光傳》真可不讀，而不學無術最得計也。

立意高，説理透，不爲玄言奇語，而見者自然屈服；如虢國夫人，有天然國色，但淡掃蛾眉，而三千粉黛，一時低首。此文之最高者也。詞理兼修、華實並茂者次之。意見庸庸，專事造語，此最卑而最可賤者也。近事時論，本色愈卑，而修餙（飾）愈勝，專欲藉文采動人，自造語外，別無工夫。今須擴充真見，洞透至理，見得親切，自然斷得分明。理既高遠，自然言能出衆。講性理而洞徹精微，論治道而深究利害，便是大文字。前輩如柳宗元作《四維論》，夫禮義廉恥謂之四維，柳謂"廉恥即在義字中，只可爲二維"。得此意爲主，又何煩詞采之助哉？歐陽修作《〈泰誓〉論》，謂文王未嘗稱王，發明千古不白之冤。蘇軾作《賈誼論》，謂非漢文不用賈誼，乃賈誼不能用漢文。蘇轍作

《三國論》,不取智勇,而取不智不勇。張耒作《文帝論》,謂文帝薄待周勃,乃是深愛之,而引宣帝待霍光爲証,意見精確,最能動人。又如蘇軾、秦觀皆有《晁錯論》,在蘇軾則謂袁盎非能譖殺錯,乃錯自取殺;在秦觀則謂漢惟斬錯,然後可以破七國之兵。其意見皆出尋常之外,故必熟於世故、老於人情,有憂深慮遠之明、有通微知往之哲,然後可以作論,非徒求工於文字而已。此論之所以貴識見也。

作論之法,須依於忠厚,止於理義。可標駁羣彥,不可戲薄聖賢;可據理陳詞,不可以强詞奪正理。衆毀而吾獨譽之,發吉人之心事,抒千古之幽光;若衆譽則不可輕毀也。有過處可求無過,無過而求有過,則刻矣。文章之微,關係心術,學者慎之。

論貴古,賈生《過秦》其最也。論貴圓,蘇氏兄弟稱絶調焉。故學論者,取材于古,而猶當暢之以蘇文。

《指南錄》曰:論欲用子書,是一病;欲用險句,是一病;欲使難字,是一病。誠不用子書,不用險句,不用難字。只平順正大,就題發揮,而氣格渾成,機軸圓妙,句法老練。出經入傳,筆力鏗然;濃淡雙單,字無不典。冒處大意隐括;分斷處五兵迭出;駢紐處或先輕後重,或先重後輕;腰膝處脉絡分明,而前後變化,點齊將領,三陣一法,五陣一法,而照應森嚴;生發處疑釋躍如;援証處賓主相通;發餘處出題而入題,如珠走盤而不出於盤;進步處如升堂入室,而關鎖截然。語淺深則由淺而入深,語開閤則屢開而屢閤。約而盡,淡而不厭,婉而成章,論法其盡於是矣。

論以識見筆力爲貴。縱橫變態,如節制之兵,愈出愈奇;攻擊辨難,如汪洋之水,漸流漸遠。此識見筆力之最高者。

大抵論以理爲主,意輔之。意與理俱勝,則論自超脫。故大家手筆,不爲詭異而自宏富,不事險怪而自典麗;奇寓於純粹之中,巧藏於和易之内。其不能者反是。

論之品有三:上者藏鋒不露,讀之自有餘味;中者步驟不凡,如飛沙走石;下者用意卑俗,專事造語。

論之體有七:一圓轉;二謹嚴;三意多而不雜;四含蓄而不露;五結上生下節,勢如貫珠;六首尾相應,勢如擎蛇;七繳一篇,欲有不盡之意,如清廟之瑟,一唱三歎。

郭青螺曰:論與文不同。文以發聖賢之精藴,其格局主意、語句詞調,自有定式。論則攄在己之藴奥,發題目之本旨。隨人意見,憑人議論。不背於理,不詭於道,不拂於經。借客形主,原始要終。三正三反,十步九迴頭。援古而証今,旁引而曲喻。功效體用之相因,是非得失之相形,雖長江大河,一瀉千里,構至六七葉可也。次則舒徐委曲,濃抹淡粧,止二三葉可也。又次則勁簡古樸,崇雅黜浮,止一葉亦可也。大率主之以意,昌之以勢,輔之以詞,則三善備焉。

趙懷易曰:一遇題目,即當定主意,立眼目,排間架。一起一伏,如何擺布;好句好調，如何使用；經傳典故，如何編插。作性理題，主於發明，詳其上下來歷；作通鑑題，主於評斷，究其出處終身。然後搜精奮神，運楮揮穎，走龍蛇而騰雲霧。格局嚴整，規模峻絶矣。至於或長或短，總任其意之所如，安得置成心於其間也？

論不翕聚則不能發散，不專一則不能直遂。學之貴於博，而資之貴於深久矣。周公上聖，日讀百篇；仲尼天縱，韋編三絶。彼應試於風簷寸晷中者，倘非蓄之有本，養之有源，安能觸毫而出、迎刃而解哉？

凡學論，須將前輩格奇、語確、意高、理透者，寫定十數，熟誦沉思，有作即擬之，不似則易之。始於擬議，終於變化。蓋其始學也，惟恐不似；既也又恐其襲焉而不化耳。至於變化，則心神骨髓，全是古人；啓口容聲，莫非高調。若待招之而後來，麾之而後去，已落第二義矣。

性理論貴研精闡微，根極理要，以左國之精華，發程朱之心事，使確然不易，粲然有條，此最難者也。政事論貴獨稽政源，參酌流弊，彌縫羣務，折衷是非。陳法則句句可行，警世則言言可懼。雖亦不容苟作，然較之性理論，似粗而易騁矣。人物論貴貫串古今，詮次賢哲，貶一人而有益於天下，則毀之不爲薄；褒一人而足法於天下，則譽之不爲狥。褒貶既中其實，議論自異於常。人物好醜，纖悉不爽矣。

史論易粗宜精醇，理論易晦宜明白。

論事勢，當原其利害成敗而究其形；論人物，當究其始終顛末而定其案。然須胸中真有卓然不可磨滅之見，借題發揮，則自然醒眼。若就事補綴，縱裁花製錦，終無精彩氣焰。

大都論法，不外乎理、弊、工、效。蓋理者道理也，把題中事情說得的的確確，務使愷切明雋。弊者弊病也，原初階厲，與要終沾危，一一發覺出來。工乃用工，一番修禳轉一番恢復也。效乃效驗，是以亨通，是以泰寧也。只將此四法敷衍成章，而於起首用破承入題，煞尾用結題，自然律度嚴整，血脉貫通。他如原、叙、反、正、譬、証、斷七法，用之或可以炫觀，殊覺煩碎耳。

論須看題目。如言語發於大聖賢之口，行事見於大聖賢之身，功業顯於大聖賢之手。君則五帝三王，臣則伊、傅、周、召，儒則顏、思、孟、周、程、張，本無可議者。秦漢而下，君道、臣職、儒術互有得失醇疵。彼無可議者，惟主於褒揚稱述。若得失醇疵相半者，又當權其輕重，究其大節。言語、行事、功業好處多，則褒揚意重，而微寓不足之意於後可也；不好處多，則貶抑意重，而存恕過之意於中。如其大節全虧，他貴莫贖，則辨斥攻擊，直窮到底，慎勿兩可其說。至昏君、逆臣、異端，尤宜闢之廓如也；不得稍貸其罪，曲爲回護解釋，斯爲正論。若徒快紙上之浮靡，昧胸中之臧否，人是而我亦是之，人非而我亦非之，正井蛙之不可語於海者也，又何論之足云。

《論祖》曰：凡作論之要，莫先於體認題意。故見題目，必詳觀出處、上下文，及細玩其題中有要緊字，方可立意。蓋看上下文，則識其本原，而立意不差；知其有切要字，則方可就上面着工夫也。此最作論之關鍵也。

凡論以立意爲先，造語次之。如立意高妙，而遣辭不工，未害爲佳論；苟立意未善，而文如渾金璞玉，亦爲無補矣。故前輩每先於體認題意者，蓋欲其立意之當也。立意既當，造語復工，則萬選萬中矣。然立意亦不拘於一律，要使易於遣文。今之名家爲論，如題目在議論處出，則多以議論立意；在建明處出，則多以建明立意；在答問處出，則多以答問立意。凡論包一議論、建明、問答意，則易遣文矣。

造語有三：一貴圓轉周流，二貴過渡精密，三貴精奇警拔。凡造語圓轉，必先取句語多反覆論，做一樣子，看其如何説起，如何辨論，如何互説，如何引證，模做其規模，則漸漸自然圓轉。凡造語不能圓轉者，最是無可説得。但猶將欲説人之子美，必言其父之餘慶；又言其師教之有義方，然亦在於性資之良美；又言其交遊之琢習，然欲施之遠，尤在於涵養之不替。知如此推廣，則圓轉不窮矣。既能圓轉周流，則當看人之段落過渡處。近日名手，多是上段引起下段意。不然，便別作一道理，使之聯屬。故意脉貫穿，終篇不識絶處，無片言可增減，殆與渾金璞玉無異。前人常於段落處斷絶，故去之亦得，增之亦得，不可爲矜式也。既能學得過渡精密處，便可取名論熟讀，學其造語警拔，則當於下字上着工夫。蓋下字既工，則句語自然警拔。如此則如麗服靚妝，燕歌趙舞，觀者忘疲矣。

《指南錄》曰：論家搆思貴精，造語貴健如。“夫子之得邦家”，則以道行于萬世立意；“士窮見節義”，則以不幸而有所激立意。至言人而推本於天；言事而根本於理；言王道而及於天德；言天德而及於王道；言聖人而以天地形容；言漢、唐、宋君道、臣道、儒道，而以唐虞、三代之君臣、孔門之羣賢比例於前；言唐虞、三代、孔門之君臣儒，而以漢、唐、宋繳結於後：所謂搆思之精也。

論中用字，要與題相稱。如《陶侃惜陰》題，則點出他憂勤字；《祖生擊楫》題，則點出他復仇字。

論中叙事，極宜簡古，切忌冗紊。如《高帝無可無不可》題，止以封功臣一事言之耳。必欲多叙，則題有百事，亦叙百事乎？

論中譬喻，不拘多寡，要簡潔雄渾，形狀得出。

趙懷易曰：勢宜輕，勿使之碎；詞宜輕，勿使之弱。

或曰：論以審勢爲先。如率然在山，首尾相應，不求合於規矩繩度，而規矩自在其中。

論之轉換處，須是有力，不假助語而自接連者爲上；又如平洋寸草中突出一峯，則悚人耳目。

唐荆川曰：題是《楊雄》，而專辨韓愈，亦一體也。

《名山業》曰：國朝論之佳者，莫過於小論。其稱引判斷處，當在宋人之上，予既集爲一册以問世。至闈中諸牘，未免限於格套，即有藻麗艷逸，終不能脱其習氣，予故嚴爲簡汰，惟以議事之當、説理之快者爲上。即有博奥骈麗，仍不没其氣骨，故存之。

張天如曰：讀竟全不覺其爲論。蓋學之既足，雖制科之文，如寫雜説，如裁尺牘，作者固亦如其平常焉爾。（以上後編卷六）

論篇法

或曰：認題分明，然後立個大主意，如何起，如何轉，如何鋪叙，如何推廣收煞，一氣呵成，自然文華壓衆，但要一步深一步，首尾相應，過接有脉耳。

論有四法：鼠頭欲精而鋭，豕項欲肥而縮，牛腹欲壯而大，蜂尾欲尖而峭。

趙運靈曰：論冒無對句。而間有對者，則三其句。此圓中之方，善用方者也。至起處則多設譬喻，繳處則多用引証，亦須認取。

《指南録》曰：破爲論之首，一篇之意，皆涵蓄於此。破是一篇骨子，後段步步照應。尤當立意正大，句法簡潔高古，有渾厚氣象，然其體不一。在相題下筆，忌浮而不切，冗而不情。承者，承破題未盡之意而詳其旨，即冒頭也。一篇規模，全在此處。布置貴勁簡明切，變幻委曲；忌重複直撞，浮靡迂緩。有正反相形者，有抑揚起伏者，有一開一闔、一難一解者，在相破而承，不可執一。

《論祖》曰：承題要開闊。欲抑先揚，欲揚先抑，最嫌直致無委曲。宜渾融，宜輕峭，宜清快。若史題有當鋪叙源流者，則承後略説幾句，便與他入題。入題只有詳略兩體，前意説盡，則入題當略；前面説未盡，則入題當詳。

指南録》曰：原題者，推原題意之本原，乃接上起下法也。體亦不一，有連帶輕答二三句者，有只結答上句者，有全不挑剔者，有詳叙其事實者，有略陳其來歷者，有輕提連起講一直説下者，惟善用之則得。

《論祖》曰：原題正咽喉之地，若題下無力，則一篇可知。前輩多設譬喻起。近頗無定格，或設議論，或便説題目，或使譬喻，而使故事爲多。要之皆欲講明主意而已，主意分明則爲得體。

或曰：原題處或設疑反難，急須喚醒正意，以爲下面辨論張本。

《指南録》曰：起講，正論之咽喉。若不着力，便充拓不開，爲題所窘。縱勉强成章，亦無精彩氣焰。古云"鼠頭欲其尖鋭，豕項欲其肥壯"，正於此見之耳。須有原委，有考據,有含蓄,有識見,有力量。有即事影題抑揚起者,有就題立論形答起者,有引經傳剔題字面起者,有推究源頭設爲問答起者,有論功效原始反終起者,有論事勢即此形彼起者,有論人物究其出處終身、遂設爲抑揚起者,有鼠頭豕項相連説者,有鼠頭豕項各單用者。大抵鼠頭説得少,便接入題;豕項説得多,包藏腹内,提醒題頭。二法宜知也。

過文接起講而入論腹,乃血脉所在,尤當簡潔流利,嚴密渾融,使人讀去無痕,不覺爲講題者,方見高手。

《論祖》曰:講題謂之論腹,貴乎圓轉議論,備講一題之意。然初入講處,要過渡精密,與題下渾然,使人讀之不覺其爲講題也,方是高人手段。若講與題下作兩截去,則近乎舊矣。嘗疑陳公武、章公穎,論未嘗有腹,但題下便是講題,此正其高處,但人不知其入講耳。近鄭公昉亦從題下使説,云大類講題,而正講規模,則隱然不易。此正要仔細玩味,將他所長,較我所短,則文字自然加進。大凡講題實事處,須是反覆鋪叙,方得句語圓轉。然論腹如四通八達之衢,最無繩墨,須時時繳歸主意,方得緊切。如小兒隨人入市,數步一回顧,則無至失路;若一去不復反,則人與兒兩失矣。學者最宜加審。至習熟縱横,則不在是。

或曰:正講要透露本題,淺深虛實,反覆辨析,相逼而來。

《指南録》曰:論腹謂之大講,即牛腹也。凡引喻、點証、回顧、提醒、承遞、相因、插花、編籬、製錦、撮要十法,具在其中。何謂引喻?蓋援引他事以喻本題也。何謂點証?就本題中點某事某人以証耳。何謂回顧?是前面有何眼目、有何人物,提在先,後面反而顧也。何謂提醒?把本題上緊要字眼,先提出叫醒之。何謂承遞?乃遞遞講去,所謂"不然"、"又不然"、"雖然"、"猶未也"、"亦未也"、"凡夫"、"由是"、"又由是推之"、"又推之"等句可見。何謂相因?如上句云云,接句亦云云,一步進一步説去,與頂針文法相似。何謂插花?是用經史成語裝點,如貴人淡妝插翠,則美觀也。不拘安在何處,只要三五行一間。此法最難,摘採儷語短長之功不可無也。何謂編籬?其文勢片段,如破竹編籬,讀之起敬。如《虛車》題,"《易》以明變"等句、《太玄》、《法語》等句。何謂製錦?組織成文,燦如錦繡,觀者動情。如《士窮見節義》題,有"隨波而逝者"等句。何謂撮要?因題中事故多、人物多,不能盡筆,只撮其緊關者爲論耳。如《山西諸將孰優》題,止録出趙充國、蘇武二子,餘可類推。大要欲其壯而實,三段、五段、七段、九段,圓活巧變,方爲得體。

《矜式》云:論腹正如四通八達之衢,極無繩墨,須時時繳歸正意。有照應無重贅,有起伏無斷截。體清而不冗,詞切而不浮,意新而不俗,事常而不怪。不然,雖爲豐贍,實則補納矣。

《論祖》曰：講後使証，此論之常格也。而今之名家則不拘，多於題下便使事引證，正講後但隨事議論，則或證之，而正使事證題蓋寡。然學論者亦不可不依常格。至縱橫習熟，則在人焉。然使事亦須要立意簡徑，句語清奇。若一事敷衍作一段，則非今之體矣。故善使事者，但一二句，至三五句，而題意已瞭然。前輩嘗謂"學使事，不可反爲事使"，此至論也。善使事者不須多。

《指南錄》曰：論束，收足一篇議論，而詠歎其旨意，謂之"蜂尾"，欲其決而利。如繳轉無力，結煞不到，一篇精神便弱矣。是故有援引結者，有比形結者，有推原推廣結者，有就本題意旨上下結者，有連大結一套結者，有繳轉破題語句、用"故曰"云云結者。

《論祖》曰：論結，正論關鍵之地，尤要造語精密，遣文順快。蓋精密則有文外之意，使人窮之而益不窮；順快則見才力不乏，使人讀而有餘味。意在不窮，文益有味，終篇而三歎矣。人多於結尾之餘，才力貧乏，則謂論之用工不在於尾。此殆未爲知論者也。凡爲論，未舉筆之先，而一論之規模已備於胸中。若逐段索意，逐意彫詞，即語語秦漢，未免疊牀架屋矣。凡結尾，當如何反覆，如何議論，已寓深意於論首。故一篇之意，首尾貫串，無間斷處，文有餘意而意不盡。文至講後而始思量結尾。則意窮而復求意，必無是理。縱求得新意，亦不復渾然矣。此作論之病，不可不察。

《指南錄》曰：論大結不一，要與文大結不遠。有推廣者，有引証者，有推高一層意者，有作勉人意者，有探本意者，有因此論彼者，有引經傳証者，有影題說意者，有微抑而又揚者，有全襃而全貶者，有先襃後貶者，有前貶後襃者，有因事論行者，有因古慨今者。又結止二三行者，亦有無大結者。惟百尺竿頭，更進一步始得。

或曰：接昔人論法，有曰理、弊、工、效，有曰鼠頭、豕項、牛腹、蜂尾。然先時論破，以一二句爲佳。今時有兩扇對破者，有不用破而直入題者，有無破無承、無斷無續、一直說下者，有不用理、弊、工、效而理、弊、工、效自寓者。先時多用三疊、九疊、十三疊、十五疊，近時又有不用疊法，信手平鋪，波瀾起伏者。總之不可執定成法，李延平所謂"借他題目，說自家道理"是也。但要首尾相顧，一氣呵成，自有五步一樓、十步一閣之妙。

附經義

《明辨》曰：按字書："義者，理也。"本其理而疏之，亦謂之義，若《禮記》所載《冠義》、《祭義》、《射義》諸篇是也。後人依倣，遂有是作。至《宋文鑑》乃有之，而其體有二：一則如古《冠義》之類，一則如今明經之詞。夫自唐取士，有明經一科，而宋興因之,不過試以墨書帖義,徒取記誦而已。神宗時,王安石撰《周禮》、《詩》、《書》三《經義》,頒行試士,舊法始變。其所製義式,至今倣之。厥後安石之義廢格不用。張廷堅經義三篇,豈其遺式歟? 方今駢儷之詞,與廷堅之式不合,毋乃異于當時立法之初意乎?

王懋公曰:張廷堅《自靖人自獻於先王》,乃散文也。如此忠義題,而其文猶未極血性淋漓,乃知古今之文不愧題者其亦僅矣。

汪苕文曰:《三衢文會》,蓋元時江浙士子私課之文也。其題為經疑二,《易》、《書》、《詩》、《禮》、《春秋》本經義各一,賦策又各一。○按《輟耕錄》,元反宋金餘習,初試論賦,其後以經義為本云云。及考《選舉志》,春秋兩試,皆未嘗用論。終元之世,亦未嘗廢賦不用也。或有司校閱,稍重經疑、經義則有之耳。(以上後編卷七)

表通論

王懋公曰:近有謂表自史遷世表始者,不知《史記》十表,蓋為年曆作,鄭玄所謂"事隱而不著,欲有以表明之"是也。然皆散叙,所以使人於往事有所考,乃著書體,與今表啓之文絕異。今進表之制,實自秦始也。而或謂表始於漢,亦大謬不然矣。

《辨體》曰:按韻書:"表,明也,標也,標著事緒,使之明白以告乎上也。"三代以前,謂之敷奏。秦改為表。漢因之。竊嘗考之,漢晉皆尚散文,蓋用陳達情事,若孔明《前後出師》、李令伯《陳情》之類是也。唐宋以後,多用四六。其用則有慶賀、有辭免、有陳謝、有進書、有貢物,所用既殊,則其詞亦各異焉。西山云:"表中眼目,全在破題,要見盡題意,又忌太露。貼題目處,要字字精確。且如進實錄,不可移於日曆。若泛濫不切,可以移用,便不為工矣。大抵表文以簡潔精緻為先,用事忌深僻,造語忌纖巧,鋪叙忌繁冗。"今錄文一以時代為先後,讀者詳之,則體製亦有以得之矣。

《明辨》曰:古者獻言於君,皆稱上書。漢定禮儀,乃有四品,其三曰表,然但用以陳請而已。後世因之,其用寖廣。於是有論諫,有請勸,有陳乞,有進獻,有推薦,有慶賀,有慰安,有辭解,有陳謝,有訟理,有彈劾,所施既殊,故其詞亦異。而唐宋之體,又自不同:唐人聲律,時有出入,而不失乎雄渾之風;宋人聲律,極其精切,而有得乎明暢之旨,蓋各有所長也。然有唐宋人而為古體者,有唐人而為宋體者,此又不可不辨也。今取漢以下名家諸作,分為三體而列之:一曰古體,二曰唐體,三曰宋體,使學者有考云。宋人又有箚記,書詞於箚,以便宣奏,蓋當時面表之詞也,故取以附焉。然表文書於牘,則其詞稍繁;箚記宣於廷,則其詞務簡:此又二體之別也。

袁坤儀曰:今場屋所用惟三體:曰進、曰賀、曰謝而已。表冒長短不拘,但要的確,移易不動。冒後爲解題，原其來歷，究其指歸。進表解題宜詳，不拘進書進物，凡自我而進，則當説得分明。賀表多不用解題。凡解題目，多説前朝不濟，故賀表不用；即用亦不得多，切忌道着衰微亂亡景象。頌聖處亦要切題。賀表頌聖宜詳，謝表自叙宜詳，各有體也。

唐宋表俱用四六，而體亦不同：唐人聲律極精，對偶極切，如奇珍雜寶，輳合相配，銖兩悉稱；宋人以聲律之文爲叙事之體，明暢過于唐人，而典麗不及也。既曰擬唐擬宋，則亦當論其世而各肖之，斯爲合格。

表有聲有律，平仄相間，宮商迭宣。朗然可誦者，聲也；對偶精切，分毫不爽者，律也。如古表云：“自朱耶之狼狽，致赤子之流離。”以“耶”對“子”，謂“耶”與“爺”同音也。又“狼狽”獸名，“流離”鳥名。其精工如此。

一學作表，須將唐宋好表，各讀數首作骨。次將鄉會好程表，分律閱之，如拜官、書籍、宮室、衣服之屬，不過十餘類，每類作一首，則裕如矣。

錢氏穀曰：蘇東坡表、啓、制、誥，不下數百首，各臻其妙。蓋對偶之文，難於情詞圓轉，東坡作對偶文，能寓瀟灑於端嚴中，雖里言巷語，出其筆端，亦有情趣。予謂四六對偶文體，當採之六朝、初唐，以收其葩麗；參之東坡，以得其流暢。

李東陽曰：讀唐宋表，大都詞簡而意盡，格古而調高。

《指南錄》曰：表與啓不同。啓猶可隨己創意，表須要有朝廷氣象，詞極華采而不卑弱，語極豪縱而不怒張。雍容揖遜，有冠冕珮玉的意思，乃爲本色。

或曰：凡作表語，須斟酌停妥，當諷諫則忠懇，當感慨則激切，當稱賀則踴躍。

趙懷易曰：諫而無驕，頌而無諂，作表法也。

《名山業》曰：四六莫高於立議，而叙事爲下；莫妙於用轉，而使古爲卑。然麗不傷骨，艷不傷雅，盧、駱未嘗不與賈、馬並行也。今但以叙事帶經濟者爲上，其有藻艷絶世者亦亟收之，然自非一切塗脂傅粉者可入。

《指南錄》曰：表以用意忠厚、造語和平、音響鏗鏘、引用切實四者爲本。近時尚古體者，不拘聲韻，只虛實相對，亦每每上第。而温醇之表，必拘聲韻。若引用故事，不論切實，只以富麗爲工，恐乖正則。翰林名表，於引用處有一二精實對聯，只用活聯斡運下去，並不勉强牽扯。或詳或略，又在隨題制宜，不可拘定。至於造語，徒欲務華炫彩，好使奇異之字，反令真味索然，尤爲可厭。須如文義一般，只平順正大，自有華彩。況對君之言，惟取温厚和平，可傷於叫號哉？故人翰林知制誥者，非和平不可。若夫用意忠厚，則表之大關節也。蓋表雖比體，實寫臣子之情。凡自破以及祝聖處，皆寓有仁愛之意，此表之上如。惟只對待，亦一技耳，何足對君。故破承氣象貴壯麗渾成，即此寓對揚吾君之意；援証抑揚貴渾然不露圭角，即此寓匡弼吾君之意。頌聖處當據善政作頌,不可徒誇耀尊榮;自叙處當就本題自勉,不可徒卑謟求容。但入題所在,最宜善體君心,或賀、或謝、或進,不必同。同於歸,德於君,而幹運圓融,斯已矣。主司每於此處看人體認。此處忽略,先後縱戛玉鏗金,有何裨益?若乃祝聖必寓責難之意,方是臣子不得已之情,豈可徒願其集福無疆而已哉?

作表之法,大概宣上德、達下情而已。宣上德以尊君爲主,達下情以抑臣爲主。然其尊君也,必於頌美之中寓規諷之意,而規諷之辭則又貴乎婉;其抑臣也,必於謙避之中寓忠奮之心,而忠奮之辭則又貴乎溫。若爲宰相上表,氣象要端嚴;元帥上表須奮揚;學士上表須清麗。要思此是何人,便做此人身分上行文,則於題切矣。知乎此,而能稽之以事實,証之以成說,發之以巧思,則無不善者。

或曰:作表須以兩京程表爲式。蓋翰苑名家,日近清光,立意造語自是官樣溫雅。其臺閣處令人起敬,其警拔處令人振勵,欲工四六者不可不知。

《指南錄》曰:表須要臺閣氣象,不可作山林體態。如"九重仙詔,休教丹鳳啣來;一片野心,已被白雲留住"。此等狂句,只可於隱士用之。

作表須是胸中有物,方見他蘊蓄處。故燈窗之下,將可出之題,件件編類,一一搜覽,臨場亦少補云。

行文皆用四六,必調平仄,如上對是平而仄,則下對必仄而平;上對仄而平,則下對必平而仄。一篇之內,音韻盡殊;兩句之中,輕重各別,乃可。如長對則不此限。不調平仄,其病有四:曰平頭,如"巍巍龍鳳之姿,明明天日之表"是也;謂兩句起頭便同韻。曰犯尾,如"剛健中正,居九重而凝命"是也;下句命字,犯上句正字。曰雙聲,謂互護爲雙聲。《詩》曰"蟋蟀在東",又曰"鴛鴦在梁",此雙聲之所由起;曰疊韻,謂磽确爲疊韻。《古詩》"月影侵簪冷,紅光逼履清",此疊韻之所由來。作表最忌有此。

趙潛修曰:四六句,須用蜂腰、鶴膝法承遞,始得體。

趙運靈曰:四六之外,須一對甚長,一對甚短。所忌者,氣脉斷而不續,詞語俚而不清耳。

或曰:大凡四六格,上句起,下句應,最要呼答有情。如元厚之云:"忠氣貫日,雖金石而爲開;讒波稽天,孰斧斤之敢闞。"上句"忠氣貫日",則與"金石爲開"有情,可以相襯;"讒波稽天",則與"斧斤"似無干涉矣。此四六之病也。丁謂云:"補仲山之袞,雖曲盡於巧心;調傅說之羹,終難借乎眾口。"二句如出一綫。此呼答之有情者。

表斷句要有力。如柳子厚《謝官》乃云:"戴臣鰲之山,未知恩重;泛大鯨之海,但覺魂搖。"凡此樣表,須有此樣句,方能動人。

對待之法有六:曰正名對,天地、日月是也;曰類對,瓊琚、玉石是也;連珠對,明明、赫赫是也;借字對,伍相、千軍是也;伍是姓,千是數。就句對,"一麾伍部,餘十載以臨民；白首丹心，歸彤庭而遇主"是也；不對之對，"自有生民以來，未如今日之盛"是也。

或曰：四六有作流麗語者，須典而不浮，汪彥章《賀神降萬歲山表》云："恍若壺天，金成宮闕，浩如玉海，虹貫山川。"有作華潤語而重大者，最不多得，曾子固《賀赦表》云："鉤陳大微，星緯咸若。崑崙渤澥，濤波不驚。"

馮開之曰：夫含英咀華者，叱咤乎風雲；擒辭振藻者，吞吐乎月露。斯亦稱難矣。矧馳騁於文場，凝搆於暑日。流商刻羽，戛玉敲金。纖若天孫，不繪而巧；斲若大匠，不彫而工。非學贍而辭富、才雄而思深，於四六無當也。

《名山業》曰：表雖以駢驪為主，然須出以澹宕樸直方妙。劉勰云："表體多包，情偽屢遷；必雅義以扇其風，清文以馳其麗。"斯則事之極則，有不可踰者矣。

《指南錄》曰：前表不用"之乎者也"字，今用之反覺逸矣。

篇　法

或曰：起猶龍頭，欲其嚴整；接猶豹項，欲其健警；鋪叙猶豕腹，欲其肥潤；收拾猶鳳尾，欲其峭麗。

《名山業》曰：題緒甚紛，能綜成一片而色色天然。

抒寫故實，都用虛籠之法。

用古不堆，想其運筆之妙。

轉筆處，有一篇如一句之妙，此四六中所難。

妙在俳偶中曲折自如。

縱橫中寓法則，開後來多少手眼。

用散法為序，表中變體。八句用四"或"字。

王懋公曰：往讀《易》而得文訣焉。《上繫》曰："參伍以變錯綜。"其數俳偶如此。則長短不一，體方而語圓矣。

表冒 亦謂破

或曰：冒用八句，然亦有六句或十句者。是一篇綱領，語須悠揚華贍。題內止有一項，只破一項。若題內有數項，須會數項意隱括成聯，不可偏遺。然貴渾融，勿至太露。如湯思退《代守臣謝賜御書〈周易〉、〈尚書〉表》："宸章帝藻，燦如琬琰之傳；神畫聖謨，較若天人之備。""宸章帝藻"，御書也，"神畫"是《易》，"聖謨"是《書》。胡安國

《謝加恩並賜衣帶鞍馬表》，"用式兼名器之榮"，只半聯便包盡，方是作家。

《指南録》曰：起語貴該括題意，或四句，或六句，若八句便多矣。主司看表，全在此處，慎之慎之。〇表中眼目，全在破題二十字。故題中數字，破題須包盡。喜冠冕雄壯，忌體骨太露。

<h3>述古<small>亦謂承　亦謂入證　亦謂解題</small></h3>

或曰："稽首"、"頓首"之下，先用虛詞四句叫起，然後入証。大約引唐虞三代，要有揄揚之詞；引漢、唐、宋，要有不足之詞，見得陋漢、唐、宋而直追唐虞三代者，在今日也。凡引古人或往事，必視本題親切，然後採用。若題內有數項，亦要証得詳盡。

《指南録》曰：叙古謂之冒頭，喜簡潔，怕枯淡；喜豐贍，怕冗長。或十聯、十四聯止。前三代宜詳，後三代遞過。有起語下略叙古、而接連叙事者，亦不妨，惟取切題耳。

或曰：不用述古，竟叙題面，是表中創體。

<h3>頌聖<small>亦謂項</small></h3>

或曰：凡稱美聖德處，或實頌，或泛頌，或比頌。實頌要看本題年號，摹擬當時實事成聯。<small>頌聖要切各朝實録，及與本題字眼相關。</small>如慶曆某年，知爲宋仁宗年號，則頌如云"含涕而嫁美女，商湯遠色之誠；忍饑而却燒羊，虞舜好生之德"；淳祐某年，知爲宋理宗年號，則頌如云"講學正心，契堯舜禹湯之旨；崇儒重道，永濂洛關閩之傳"等語。推而至於唐與明，莫不皆然。其泛頌者，影本題發揮，如白金則用"爐冶商周"等語，彩幣則用"黼黻文章"等語。

《指南録》曰：頌聖或四聯，或五聯，止於六聯，多則贅矣。有起語下先頌聖，後叙古者；有止頌聖叙事，不叙古者，體各不同。大凡頌聖處惟貴切實。

先自叙，後頌聖，表中變格。

<h3>入事<small>亦謂腹　亦謂實講　亦謂叙事</small></h3>

或曰：頌畢，即照本題實講。須把題內人品事實一一詳核，精鍊發揮。雖不能每聯皆實，即有三四聯，便改觀了。其中用事措詞，亦宜步步回顧，否則泛而不切。

趙矜式曰：叙事謂之表腹，主司多於此觀才。喜敷腴，怕窘束，即十聯不爲多也。

須句句切題方妙。亦有敘事在頌聖之前者,尤着不得一閒字。

自述 亦謂腰　亦謂陳志

或曰:凡遇文武臣自叙,不拘何表,俱以謙遜爲主。或實叙,或竊意,並宜簡潔巧切。設以身處其地,目擊其事,方妙。

《指南錄》曰:陳志乃表之腰,只好四句,或六句,止於八句。不可多,多則腰重。不可抗,抗則誇張。不可卑,卑則貢諛。如王陶《自陳州移許州謝表》云:"有汲黯之直,未死淮陽之郊;無黃霸之才,願老穎川之守。"陳州乃淮陽郡,許州乃穎川郡,黃霸自穎川入爲三公,而我不敢願也。其用事的確如此。又范文正公《隨母冒姓朱,後復姓表》云:"志在投秦,入境遂稱乎張錄;名非霸越,乘舟偶效乎陶朱。"此聯雖唐人舊語,亦范氏當家故事也,亦的確。

祝聖 亦謂尾

或曰:此是一篇歸結處,更宜奮勵精神,收拾一篇意思。大略本有限之知識,而翼他日無窮之聰明;據一時之履歷,而期終身可久之事業。凡君人好處、臣子願處,要切題意做,及影本題字眼發揮,方爲不浮。然到此語氣更要悠長,不可窘迫。

《指南錄》曰:"伏願"以下,多不過四聯,少不過三聯。惟攄忠愛之情,寓規諷之意,則善矣。凡祝聖,必頌中寓諷。

大都稱祝處要有真實語,如進書,即竊本書之意乃佳。真德秀《進〈大學衍義〉表》云:"止其所止,願益切止善之功;新以又新,祈愈增新民之化。"凡此皆不泛泛祝聖者。(以上後編卷八)

諸表體

或曰:表制有六,賀表則頌聖處貴詳盡,進表則叙事期望處貴詳盡,辭謝表則叙事自勉處貴詳盡,請諫表則責望處貴詳盡。蓋作表貴知要如此。

謝　表

《指南錄》曰:有所感激故稱謝。謝幸御,謝官爵,謝金帛,謝宴享,謝頒降,謝珍味,謝衣服,皆感激君父殊恩而非偽也。夫忠心感則興,激則奮。恩踰望外,則敬從中起,非徒唧結思報而已。最要默動人君以禮使臣意,然入題自叙處須詳之。

王懋公曰:謝不僅自謝,或代一方謝,或爲天下謝,尤當論及。

呂東萊曰:表中謝後,當說"竊以",各隨題意發揮。如洪邁《代樞密使謝賜玉帶表》云:"竊以裴度視師,服章武通天之寶;衛公勘難,拜文皇於闐之珍。""視師"、"勘難",見樞臣意。如湯思退《謝賜御書〈周易〉、〈尚書〉表》云:"竊以法始四營,莫辨乎《易》;文兼五典,皆聚此《書》。"或用事,或不用事,亦無定格。

張子壽《白羽扇賦》云:"昔鳴皋之時,有淩霄之志。苟效用而得所,雖殺身以何忌?"又云:"縱秋氣之移奪,終感恩於篋中。"其托意之佳如此,而忠肝可見矣。謝賜物者宜以爲法。

王荆公在金陵,有中使傳宣撫問,並賜銀盒茶藥。公表云:"信使恩言,有華原隰;寶盒珍劑,增賁丘園。"五事見四句中,言約意盡。

孫覿《代高麗王謝賜燕樂表》,內一聯云:"環居島服,習聞彝絯之聲;仰睇雲門,實眩咸池之奏。"先說遠人不足以知雅樂,然後序作樂之盛、受賜之寵,得尊內之體。

賀　表

《指南錄》曰:凡天降祥、地獻瑞、外國賓、武功捷,皆人君盛德事也。表中歡諗之意雖多,尤必戒盈持滿,使皇上竦然動苞桑之計始得。其頌聖宜詳,解題處宜略。賀則爲君,非自幸也,故解題宜略。又多有不用解題者,以不可及前朝衰颯事也。

進　表

《指南錄》曰:進者,人臣各以意進也。或進經史,或進圖書,或進詩賦,或上圖畫,或上箴言,或獻祥瑞。不以佞進,不以諂進,不以非禮進,不以聲色貨利進。皆所以養君心、清治本也。均之進也,其解題處宜詳,如書籍,則備叙其著作之由;祥瑞,則徧列其生成之實。必默寓規諷之意,令上人一見起敬可耳。

或曰:作進書表,須認明諸書體製。如玉牒乃紀大事之書,如進玉牒,便須純用玉牒事,勿以他事雜之。國史乃已成紀傳之書,實錄乃編年之書,寶訓則分門,日曆則係日,會要則合粹,各有體製。如玉牒不可移于國史也,餘倣此。

王懋公曰:宋相國道《四六餘話》:玉牒所記,非止本支,而凡一朝大政事、大號令、大更革拜罷,皆在焉,仙源積慶,特其一條耳。前此進玉牒備書表章,能備言之惟于湖一表，終始對説，其形容玉牒，方爲曲盡。文云："帝係勤鴻，榮科條於屬籍；聖謨啓祐，儼訓典於寶儲。""堯統漢緒，肇派別於天潢。周誥商盤，儼仙靈於東壁。惟昭穆親疎之有序，與文章詞令之當傳。""《麟趾》振振，共仰宗盟之益茂；《虞書》渾渾，更瞻聖作之相輝。"予近見一玉牒表，專言本支，絶不他及隻字。故知其一説而不知其又有一説，皆議論家之大弊也。

或曰：表涉一代興衰，不可無斷制。元人《進宋史表》云："聲容盛而武備衰，議論多而成功少。"可謂盡之矣。丘文莊公爲祭酒時，出《元史表》，有云"非無一善之可稱，終是大綱之不正"，自謂不減前所云。信然矣。

《代嗣高麗王修貢表》，俱是先説襲封，方及來王之意。惟第一人黄符，先説本朝，首聯云："仰被王靈，獲承基緒；敬修臣職，敢後要荒。"得先後意。

外國貢獻，須考證今與中國通者幾國。且如安南、日本、闍婆，須考究在古爲何國，有何故事，如安南則有南交、浪泊、龍編、銅柱之類。當於歷代《夷狄傳》及奉朝會要，參考之始得。

辭　表

《指南録》曰：有所賜而懼不敢當則辭，有所托而懼不能副則辭，有所除授而懼不克勝則辭。言則謙讓，意須真切。如禹辭百揆，讓在稷契也；伯辭典禮，讓在夔龍也。若不委曲其言，不謙冲其意，將辭非真辭矣。

請　表

《指南録》曰：人君當行不行，介在疑二之間者，吾修詞以請之可也。於是視學有請，經筵有請，臨御有請，册立有請，纂修有請。不敢以私意請，不敢以親故請，不敢以乞哀請，不敢以田宅請。惟温厚其言而意獨懇到，使皇上視之，有不容中止之勢，斯稱善請。

諫　表

《指南録》曰：諫表即疏章，而文之以四六耳，所以規君之過也。過言則諫，過舉則諫，興作違時則諫，任用匪人則諫，好尚不端則諫，喜怒不中則諫。大要敷奏詳明，瞭瞭見其終始，如此利，如此不利，如此可，如此不可。不傷於激，不動於憤。敦厚其意，温潤其詞。可畏而不可拒,可愛而不可狎。則善諫矣。

論歷朝表

或曰:表始于漢,廣于唐,盛于宋。場中表題,惟明與唐宋而不及漢,以漢表無四六也。

《名山業》曰:麗而則,六朝人所未能及。

《指南錄》曰:四六盛於六朝,然皆風煙月露之詞,於政事、禮樂、典章、文物之體未備也。自唐開元十二載詔以詩賦取士,而後八韻律賦盛行,煅煉研窮,聲律始細。然當時作者,如陸贄、裴度、呂溫輩,猶未能工。至晚唐薛逢、吳融等出於場屋,頗臻妙境。及宋嘉祐、仁宗。治平英宗。間,相傳四百餘年,師友淵源,講貫磨礲,以駢儷之詞,叙心曲之事,寓行雲流水之態於抽黃對白之中,而四六始稱絶唱矣。今之作者,須將《宋文鑑》中所載諸表,從頭一閲;而于王介甫、蘇軾諸公表,尤宜盡心,庶有古人渾厚氣象而不至於淺薄也。

《名山業》曰:唐尚駢儷,語工而意晦,故表語當明白條暢。

有意擬宋,不作唐人一語。宋多疏散,唐尚精工。

宋表之佳,惟在神情聯絡,無補綴之跡。

表擬唐題,則所引當在唐前,所發之詞當肖唐人。擬宋題,則所引當在宋前,所發之詞亦當肖宋人。若唐表用唐後事,宋表用宋後事,便失體。若擬明題,已前無不可用,而辭又當兼唐宋所長,肖盛明氣象,方爲合格。

《鏡林》曰:唐宋雖異代,作本帝表,亦避其名。

《名山業》曰:以晁、董之疏,入盧、駱之筆。

其奇崛俱在氣骨,唐之元次山也。○擘空生峯,亦復不減劉蜕山書。

秀艷全在神骨。方之古人,惟李商隱足以相配。

鋪叙轉折,婉妙精工,殆使宣公、子瞻不能擅長。

宋崔鷗《嘉禾表》,極妍麗,復極自然。

真淡樸素,不鬬聲色,尚存盧陵、眉山之遺風。

深情淡致,有永叔、子固之風。

巧語俱出以自然,妙處可匹坡公。

王懋公曰:《野老記聞》載李漢老云:"汪彦章、孫仲益四六,各得一體。汪善鋪叙,孫善點綴,此亦鐵中錚錚者。要之偶體終以議論爲貴,方不落小家數。"

《名山業》曰:俳偶之中,自寓經濟。先正每從實際下手,不以剪花綴葉爲巧,故文各自成一格，終無囂艷之氣。○博大宏遠。

以經濟爲鋪叙，故不覺其言之煩。

是一篇極大奏疏，言言可補實用，不宜作四六讀。

妙在韻語中復帶經濟。

鎔經史爲排偶，玉榮金茂，神采焕然。

艷不傷纖，麗不傷雅，得六經之氣而吹之爲詩歌，遂足兼漢唐而有之。

委婉曲至，激而不傷，忠而不迫，有詩人之遺。

詳詼表中之史。

以議論爲叙事，但覺其纏綿宛至，不復知爲四六。

老臣謀國之言，借聲偶行之，極似奏疏氣格。而深思遠慮，讀之使人惻然。

以序事兼議論，故艷不傷雅，無墨豕之病。

"忽生"，論議四六中之獨調。○純以議論行文。

江潮之氣，洶湧爲文。

今人用調而意愈晦，先輩不用調而意愈暢。華實之分、盛衰之別也。

辭工則意易奪，叙煩則情易掩。須此真實救時之文，方可掃盡一切囈語。

情真自可不煩襯貼，語至自可不用虚架。

題外不用一語，真白描手。

不用麗語相炫。因情而付，觸事而起，四六當以此爲式。

真如家常説話，表至此聖矣。

婉辭曲致，以手當舌，以冷勝艷，四六之能爲情深者也。○寫出當日主聖臣良光景，依依惻惻，不減家人告語之詞，真神筆也。

敷陳委曲，如泣如訴，又如父老課農桑，如家人父子相告語。朴悉之中，情形俱備，四六至此神矣，何須題外再襯一語。

精奇雄麗，表中開山祖。

妙在作穠麗語而質任自然。

情以緯文，故色艷而氣自靜。

瞿公九思，表有百餘首，情真力大，真可自名一家。但時有俚句，不能還雅，余故刪之，亦爲西子洗瘢也。（以上後編卷九）

判

王懋公曰：唐張鷟有《判決録》，學判者當取以爲法。其文有科罪，有評允，有辨雪，有番異，有判罷，有判留，有駁正，有駁審，有末減，有案寢，一一究心，裨益不淺。至言近今作法，起聯對四句，再接二句。"今某"下，四字句二句，中對四句，末以二句作收，自是正格。擴而充之，則存乎其人。

《辨體》曰：按唐制，凡選人入選，其選之法有四：一曰身，體貌豐偉；二曰言，言辭辨正；三曰書，楷法遒美；四曰判，文理優長。四事皆可取，則先德行。德均以才，才均以勞。得者爲留，不得者放。蓋凡進士登第及諸科出身，皆以此銓擇。若陸宣公既登進士、又以書判拔萃補渭南尉是也。宋代選人，試判三道。若二道全通、一道稍次而文翰俱優爲上；一道全通而二道稍次爲中；三道全次而文翰紕繆爲下。其上者加階超資，中者依資以叙，下者殿一選。如晦翁登第後、銓試入中等始授同安主簿是已。元世不用其制。國朝設科，第二場有判語，以律條爲題，其文亦用四六，而以簡當爲貴。今錄以備一體云。

《明辨》曰：按字書云："判，斷也。"古者折獄，以五聲聽訟，致之于刑而已。秦人以吏爲師，專尚刑法。漢承其後，雖儒吏並進，然斷獄必貴引經，尚有近於先王議制及《春秋》誅意之微旨。其後乃有判詞。唐制，選士判居其一，則其用彌重矣。故今所傳，如稱某某有姓名者，則斷獄之詞也；稱甲乙無姓名者，則選士之詞也。要之執法據理，參以人情，雖曰彌文，而去古意不遠矣。獨其文堆垜故事，不切於蔽罪；拈弄辭華，不歸於律格，爲可惜耳。惟宋儒王回之作，脫去四六，純用古文，庶乎能起二代之衰，而後人不能用也。今世理官斷獄，例有參詞，而設科取士，亦試以判。今取唐宋名作稍近質者，分而列之：一曰科罪，二曰評允，三曰辨雪，四曰番異，五曰判罷，六曰判留，七曰駁正，八曰駁審，九曰末減，十曰案寢，十一曰案候，十二曰褒嘉。

袁坤儀曰：文士能工表詞，鮮有不工判者。判取諸斷，引貴典，語貴健，氣貴雄，詞貴錯綜。蓋典則不浮，健則不委，雄則不滯澀，錯綜則不股板。完此四者，便有大刀闊斧、川流河決之勢矣。大都作法，自"今某"以上，長短不過三聯。"今某"以下，長短不過五聯。能揮霍至十聯者，斯爲長作。能洞曉刑名、條斷合法者，是讀書讀律之兼資、致君堯舜之大法也，學者更無忽焉。

《指南錄》曰：比以所以軌衆，聲律所以成文，而要之所重不在此也。惟以闡明律意，明示罪情，不可移易焉耳。近時不知本意所在，惟引用泛濫，本以炫博，適以晦事；至於韻音璀璨，無異表體，可笑。故工於判者，惟直斷事情，明彰律意，間引用一二，皆比合切當，罪人斯服，而音律則不拘也。○大要貴決斷明允。

判語要通達政事，以儒吏兼通爲上。去取雖不專以此，然所以設此者，正欲觀其治才耳，故起頭說事理當如此。今却不可如此，亦是冒頭也。"今某"以下，要見其人心術，得罪根由，緣情定罪，引歸律令。便如一宗小公案，其言又在典雅不粗俗，在舒徐不深晦。

趙矜式曰：起聯係是正提，引詩書亦可，引事實亦可。至頸聯或反轉，或正接，只看來路何如。腹聯正據題入事處，故用"今某"字下去。若結聯，惟依律直斷可耳。

或曰：作判之法，或引經傳，或引古人，作起語。即用二聯承上起下，以爲下斷案張本。"今某"以下斷其罪。後一聯案其罪。

趙運靈曰：制判之體，題雖有反正，俱於仄邊判之，即今有司審單耳。而以之取士，又即案臺試農民以假如者。故入題處不直指姓名，而但曰"今某"。

《指南錄》曰：書生學判，當於閒時將《大明律》一檢。非但可以治人，兼亦可以律己。解得判題明白，自然易作矣。

王懋公曰：判不在能以深文巧定人罪，而在有以大服其心。若張乖崖之以一錢斬崇陽吏，乃有繩鋸木斷之判，當入司馬子長《酷吏傳》矣。往有王府一鶴爲民犬所噬，以付有司治罪。判云："鶴雖帶牌，犬不識字。"能以戲言寓仁民之心，南山可移。此案不易，當以爲法。

《指南錄》曰：朝廷欲得深明律法之人，故試用五判。乃今之舉子，於同號中互相抄錄，不視爲虛設之具乎？非實學也，不可爲訓。（以上後編卷十）

沈　雄

沈雄（生卒年不詳）字偶僧。清吳江（今屬江蘇）人。生平亦未詳。約清世祖順治中前後在世。工詞，有《柳塘詞》及《古今詞話》。《古今詞話》是一部輯錄類詞話，根據彙集的材料内容分類編排，分爲詞話、詞品、詞辨、詞評類，每類又分二卷。其中"詞話"部分收錄六朝以來關於詞學的文獻，"詞品"部分研究詞的起源、音律、作法、用典等，"詞辨"部分考察了《十六字令》、《六州歌頭》等一百三十餘個詞調，"詞評"部分搜羅對歷代詞人的評論資料。該書雖然分類略顯粗疏，徵引文獻也有體例較亂、不標出處的缺點，但也反映了編者對詞學文獻分類的思考，以及建立詞學理論體系的嘗試，其分類方式直接影響到後世乃至當代對詞學研究領域的分類，對後世詞學理論體系的建立具有啟發和導向作用。同時，《古今詞話》還有其獨特的文獻價值，特別是一些論者的其他文獻皆已遺失，賴此得以保存，彌足珍貴。另外，沈雄在該書中對許多詞學問題發表了自己的見解，不乏灼見。

本書資料據中華書局 1986 年唐圭璋《詞話叢編》本《古今詞話》。

詞濫觴於六代

《曲洧舊聞》曰：唐詞起於唐人，而六代已濫觴矣。梁武帝有《江南弄》，陳後主有《玉樹後庭花》，隋煬帝有《夜飲朝眠曲》。豈獨五代之主，蜀之王衍、孟昶，南唐之李景、李煜，吳越之錢俶，以工小詞爲能文哉。如王衍之"月明如水浸宮殿，有酒不醉真癡人"，李玉簫愛賞之，元人用爲傳奇。孟昶之"冰肌玉骨，自清涼無汗"，東坡復衍足其句。錢俶之"金鳳欲飛遭掣搦，情脉脉、行即玉樓雲雨隔"，爲藝祖所歎賞，惜無全篇，而亦流遞於後矣。

詞調始生於隋煬帝、李白

《藝苑卮言》曰：《昔昔鹽》、《阿濫堆》、《烏鹽角》、《阿那朋》之類，皆歌曲名也，起自羌胡。自《昔昔鹽》排律外，餘多七言絕句，有其名而無其調，隋煬帝、李白，調始生矣。然《望江南》、《憶秦娥》，則以詞起調者也，《菩薩蠻》則以詞按調者也。

《水調》、《河傳》所自始

《古今樂錄》曰：樂府有鼓吹曲，後則有鼓吹、騎吹、雲吹之別。《建初錄》曰：列於殿庭者名鼓吹。列於行駕者名騎吹，又名鼓吹。陸則樓車，水則樓船，是名雲吹。《朱鷺》、《臨高臺》諸篇，鼓吹曲也。《務成》、《黃雀》，騎吹曲也。《水調》、《河傳》，雲吹曲也，宋之問詩："稍看朱鷺轉，尚識紫騮驕。"言鼓吹也。謝朓詩："鳴笳翼高蓋，疊鼓送華輈。"言騎吹也。梁簡文帝詩："廣水浮雲吹，江風引夜衣。"言雲吹也。此水調《河傳》所自始。

《阿那》、《回紇》所自始

沈雄曰：《詞品》所舉《昔昔鹽》，梁樂府《夜夜曲》名也。張祜詩"村俗猶吹《阿濫堆》"、賀鑄詞"塞管孤吹新《阿濫》"，又戴式之《烏鹽角行》"笙歌聒耳《烏鹽角》"，李郢詩"謝公留賞山公醉，知入笙歌《阿那朋》"，皆曲名也。劉禹錫詞"今朝北客思歸去，回入紇那披綠蘿"，《阿那》、《回紇》，亦當時曲名。李郢言變梵唄爲豔歌，劉禹錫言翻南調爲北曲也，此《阿那》、《回紇》所自始。

皇甫松《竹枝》之所祖

《玉臺新詠》載《烏夜啼》，徐陵云："繡帳羅幃燈影獨，一夜千年猶不足。惟憎無賴汝南雞，天河未落已爭啼。"王建云："章華宮人夜上樓，君王望月西山頭。夜深宮殿門不鎖，白露滿山山葉墮。"一首轉韻平仄各叶，此商調曲也，皇甫松《竹枝》多祖之。

《破陣樂》、《何滿子》之所祖

楊慎曰：唐初風華情致，俱本六朝，長短句即調也。其婉麗者，陶弘景之《寒夜怨》、王筠之《楚妃吟》、長孫無忌之《新曲》也。若陸瓊之《飲酒樂》、王褒之《高句麗》曲，皆六言六句，唐人之《破陣樂》、《何滿子》皆祖之。

六朝麗語爲詞家所本

沈雄曰：楊用修云，填詞必溯六朝者，亦昔人探河窮源之意。長短句，如梁武帝《江南弄》云："衆花雜色滿上林。舒芳耀彩垂輕陰。連手蹋蹀舞春心。舞春心。臨歲䐴。中人望，獨跼蹰。"梁僧法云《三洲歌》，一解云："三洲。斷江口。水從窈窕河旁流。啼將別共來，長相思。"二解云："三洲。斷江口。水從窈窕河旁流。歡將樂共來，長相思。"梁臣徐勉《迎客曲》云："絲管列，舞曲陳。含羞未奏待嘉賓。羅絲管，陳舞席。斂袖嘿唇迎上客。"《送客曲》云："袖繽紛，聲委咽。餘曲未終高駕別。爵無算，景已流。空紆長袖客不留。"隋煬帝《夜飲朝眠曲》云："憶睡時，待來剛不來。卸妝仍索伴，解佩更相催。博山思結夢，沉水未成灰。""憶起時，投籤初報曉。被惹香黛殘，枕隱金釵嫋。笑動林中鳥，除却司晨鳥。"王叡《迎神歌》云："菖草頭花柳葉裙。蒲葵樹下舞蠻雲。引領望江遙滴淚，白蘋風起水生紋。"《送神歌》云："根根山響答琵琶。酒濕青莎肉飼鴉。樹葉無聲神去後，紙錢飛出木棉花。"此六朝風華靡麗之語，後來詞家之所本也，略輯於此。

唐曲三首

沈雄曰：《唐詞紀》爲郭茂倩所輯，楊瑤、董御，多收僞詞以廣之，有以其名同而濫收之者。今取劉禹錫《紇那曲》云："踏曲興無窮。調同詞不同。願郎千萬壽，長作主人翁。"按《詞品》，《阿那》、《紇那》，皆當時曲名。劉禹錫言變南調爲北曲，蓋隨方音而轉也。劉采春《囉嗊曲》云："莫作商人婦,金釵當卜錢。朝朝江口望,錯認幾人船。"按曲有三解,一名《望夫歌》,取其一以存調,且申説之也。無名氏《一片子》云："柳色青山映,梨花雪鳥藏。綠窗桃李下,閑坐歎春芳。"按《教坊記》有此名,《樂府解題》所不詳者。更有琴曲名《千金意》,始分前後段,起俱三字一音,如音、音、音三字起句,後接心、心、心三字起句,而下俱指法未能格之也。

別見之五言詩

今以五言之別見者匯較之,如《何滿子》,已收六言六句矣。兹載薛逢之《何滿子》云："繫馬宮槐老,持杯店菊黃。故交今不見,流恨滿山光。"按白詞有一曲四詞,歌八疊句,則此詞先有是名者,故張祜詩有"一聲《何滿子》,雙淚落君前"也。如《三臺令》,已收六言四句矣。兹載李後主之《三臺令》云："不寐倦長更。披衣出户行。月寒秋竹冷,風切夜窗聲。"如《楊柳枝》,已收七言四句矣。兹載李商隱之《楊柳枝》云："畫屏繡步障,物物自成雙。如何湖上望,只是見鴛鴦。"如《醉公子》,已收無名氏之五言八句矣。兹載無名氏之《醉公子》云："昨日春園飲,今朝倒接羅。誰人扶上馬,不省下樓時。"如《長命女》,已收長短句矣。兹載無名氏之《長命女》云："雲送關西雨,風傳渭北秋。孤燈然客夢,寒杵擣鄉愁。"如《烏夜啼》,已收長短句矣。兹載聶夷中之《烏夜啼》云："衆鳥各歸枝。烏烏爾不棲。還應知妾恨,故向綠窗啼。"如《長相思》,已收琴調之長短句矣。兹載張繼之仄韻《長相思》云："遼陽望河縣。白首無由見。海上珊瑚枝,年年寄春燕。"又令狐楚之平韻《長相思》云："君行登隴上,妾夢在關中。玉箸千行落,銀床一夕空。"諸如此類,恐後之集譜者,多以詩句而亂詞調也。

別見之七言詩

今以七言之別見者略舉之,如《江南春》,既列長短句之小令矣。兹載劉禹錫之平韻《江南春》云："新妝宜面下朱樓。深鎖春光一院愁。行到中庭數花朵,蜻蜓飛上玉搔頭。"又後朝元之《江南春》云："越王宮裏如花人。越水溪頭采白蘋,白蘋未盡秋風起,誰見江南春復春。"按劉夢得爲答王仲初之作,仲初與樂天俱賦仄韻,而兹以平韻正之。後朝元又是一種感慨所係矣。如《步虛詞》,已列長短句之雙調矣。兹載陳羽之《步虛詞》云："樓閣層層阿母家。昆侖山頂駐紅霞。笙歌往見穆天子,相引笑看琪樹花。"如《漁歌子》,已列長短句之單調、雙調矣。兹載李夢符之《漁父詞》二首云："村市鐘聲渡遠灘。半輪殘月落前山。徐徐撥棹却歸去,浪疊朝霞碎錦翻。""漁弟漁兄喜到來。婆官賽却坐江隈。椰榆杒子瘤杯酒，爛煮鱸魚滿盎堆。"如《鳳歸雲》，已列林鍾商之長調矣。兹載滕潛之《鳳歸雲》二首云："金井闌邊見羽儀。梧桐樹上宿寒枝。五陵公子憐文彩，畫與佳人刺繡衣。""飲啄蓬山最上頭。和煙飛下禁城秋。曾將弄玉歸雲去，金翮斜翻十二樓。"他如《離別難》、《金縷曲》、《水調歌》、《白苧》，各有七絶，雜以虛聲，亦有可歌者，總不欲以詩句而亂詞調也。

有襯字之《採蓮曲》爲詞體

《樂府解題》曰：清商曲有《採蓮子》，即《江南弄》中《採蓮曲》。如李白"耶溪採蓮女，見客棹歌回。笑入荷花裏，佯羞不出來"。劉方平"落日晴江曲，荆歌豔楚腰。採蓮從小慣，十五即乘潮"。又王昌齡"亂入池中看不見，聞歌始覺有人來"。張朝"賴逢鄰女曾相識，並著蓮舟不畏風"。殊有風致，俱不入選。惟收皇甫松、孫光憲之排調有襯字者爲詞體。

唐人詠《六州歌》

《樂府衍義》曰：岑參《六州歌頭》云："西去輪臺萬里餘。也知音信日應疎。隴山鸚鵡能言語，爲報家人數寄書。"注云："六州，伊、渭、梁、氏、甘、凉也。一作伊、梁、甘、石、胡渭、氏州。"王維《伊州歌》云："秋風明月獨離居。蕩子從軍十載餘。征人去日殷勤囑，歸雁來時好寄書。"張仲素《胡渭州》云："亭亭孤月照行舟。寂寂長江萬里流。鄉國不知何處是，雲山漫漫使人愁。"王之渙《梁州歌》云："黃河遠上白雲間。一片孤城萬仞山。羌笛何須怨楊柳，春風不度玉門關。"張祜《氏州第一》云："十指纖纖玉笋紅。雁行輕度翠弦中。分明自說長城苦，水闊雲寒一夜風。"符載《甘州歌》云："月裏嫦娥不畫眉。只將雲霧作羅衣。不知夢逐青鸞去，猶把花枝蓋面歸。"無名氏《涼州歌》云："一去遼陽繫夢魂。忽傳征騎到中門。紗窗不肯施紅粉，圖遺蕭郎問淚痕。"此皆商調曲也。樂府所收《六州歌頭》，則一百四十三字長短句之三疊者。

《江南春》與《阿那曲》

錢謙益曰：白樂天《江南春》詞："青門柳枝軟無力。東風吹作黃金色。街前酒薄醉易醒，滿眼春愁消不得。"王仲初《江南春》詞："良人早朝夜半起。櫻桃如珠露如水。下堂把火送郎歸，移枕重眠曉窗裏。"未曾見有律作詞者。兩首畢竟是詞而非詩，《阿那曲》本此。今録《臺城妓》曲云:"宫前細草紅香濕。宫内纖腰碧窗泣。惟有虹梁春燕雛,猶傍珠簾玉鈎立。"崔公達《女郎曲》云:"晴天霜落寒風急。錦帳羅幃羞獨入。秦筝不復續斷弦,回身掩映挑燈立。"此《阿那曲》之入選體者。

無名氏《回紇曲》

《詞品》曰:無名氏《回紇曲》云:"陰山瀚海信難通。幽閨少婦罷裁縫。緬想邊庭征戰苦,誰能對鏡冶愁容。久戍人將老,須臾變作白頭翁。"長歌之哀,過於痛哭,必陳、隋、初唐之作也。沈雄曰:"馮正中別名《抛球樂》、《莫思歸》,其所制見《陽春集》。"

《閑中好》三首

沈雄曰:唐人《閑中好》三首,《詞品》不載。前人斥爲三首三體,難入詞調,殊不知梓人之誤。即《古今詞譜》、《詞隱》亦祇登其二,以爲二體。余於舊本按之,其鄭夢復云:"閑中好,此趣人不知。盡日松爲侣,輕風度僧扉。"覺前此倒置之者,反無旨趣。其段成式云:"閑中好,塵務不關心。坐對床前木,看移三面陰。"其張善繼云:"閑中好,雲外度鐘遲。卷上論題筆,畫中僧姓支。"仍然三首一詞矣,登之。

元稹《櫻桃歌》

《才調集》曰:元稹歌云:"櫻桃花,一枝兩枝千萬朵。花塼曾立采花人,窣破羅裙紅似火。"此亦長短句,比《章臺柳》少疊三字,然不可列於古風也,録之爲櫻桃歌。

李白《清平調》

《松窗録》曰:李白供奉翰林,禁中木芍藥盛開。玄宗乘照夜白,貴妃以步輦從。選梨園子弟度曲,李龜年以歌擅名。玄宗曰:"賞名花,對妃子,焉用舊詞!"命李白立進《清平調》三章,玄宗調玉笛倚曲,每遍將换,則遲其聲以媚之。

杜秋娘《金縷曲》

《客座贅語》:唐有杜秋娘歌行,相傳是金陵女子,爲浙西觀察使李錡妾。錡有陰谋，秋娘時解勉之。嘗爲錡制小詞云："勸君莫惜金縷衣。勸君莫惜少年時。有花堪折君須折，莫待無花空折枝。"後錡叛，籍入宮。此蓋名《金縷曲》，以詞隱諫者，見於《樊川集》中，五十六韻長篇以賦之。唐詞選爲《金縷曲》，今尚存金縷巷名，則不獨桃葉、桃根，專美於秦淮也。

玄宗《好時光》

《開元軼事》曰：唐玄宗諳音律，善度曲。嘗臨軒縱擊一曲，曰《春光好》，方奏時，桃李俱發。又製一曲，曰《秋風高》，奏之風雨颯然。玄宗曰，此事不喚我作天公可乎？詞俱失傳。惟《好時光》一闋云："寶髻偏宜宮樣，蓮臉嫩體猶香。眉黛不須張敞畫，天教入鬢長。莫倚傾城貌，嫁取個有情郎。彼此當年少，莫負好時光。"

《大酺》曲

《太平樂府》曰：開元中，大酺於勤政樓，觀者喧聚，莫得魚龍百戲之音。高力士請命永新出歌，可以止喧。永新出奏曼聲，至是廣場寂寂，若無一人。《大酺》之曲名自此始矣。

《雨霖鈴》曲

《楊妃外傳》曰：玄宗幸蜀，霖雨彌旬，棧道中聞鈴聲。玄宗悼念貴妃，爲製《雨霖鈴》曲。

昭宗宮人作《巫山一段雲》

《樽前集》曰：唐昭宗宮人作《巫山一段雲》二首，非昭宗作也。其一云："縹緲雲間質，輕盈掌上身。袖羅斜舉動埃塵。明豔不勝春。　翠鬢晚妝煙重。寂寂陽臺一夢。冰眸蓮臉見誰新。巫峽更何人。"其二云："蝶舞梨園雪，鶯啼柳岸煙。小池殘日豔陽天。苧蘿山又山。　青鳥不來愁絕。忍看鴛鴦雙結。春風一等少年心。閒情恨不禁。"二首各一體，比舊調用六字句換頭，而第二調又換韻叶者。

莊宗作《一葉落》、《陽臺夢》

《北夢瑣言》曰：唐莊宗自傅粉墨爲優人之戲。《一葉落》、《陽臺夢》，皆其所制詞也。同光末兵護，登道旁塚上，野人獻雉。詢其地，曰此愁臺也，乃罷飲。《一葉落》云：“一葉落。褰珠箔。此時景物正蕭索。畫樓月影寒，西風吹羅幕。吹羅幕。往事思量著。”《陽臺夢》云：“薄羅衫子金泥鳳。困纖腰怯銖衣重。笑迎移步小蘭叢，嚲金翹玉鳳。　嬌多情脉脉，羞把同心撚弄。楚天雲雨却相和，又入陽臺夢。”舊本有改“金泥鳳”字爲“縫”字者。

孟昶《洞仙歌》

《温叟詩話》曰：蜀主昶令羅城上盡種芙蓉，盛開四十里。語左右曰：“古以蜀爲錦城，今觀之，真錦城也。”嘗夜同花蕊夫人避暑摩訶池上，作《洞仙歌》。

石刻《後庭宴》

宋宣和中，掘得石刻，詞本無名。後因名之曰《後庭宴》，詞云：“千里故鄉，十年華屋。亂魂飛過屏山簇。眼重眉褪不勝春，菱花知我銷香玉。　雙雙燕子歸來，應解笑人幽獨。斷歌零舞，遺恨清江曲。萬樹綠淒迷，一庭紅撲簌。”唐人句也。

東坡爲詞詩，稼軒爲詞論

陳子宏曰：近日詞，惟周美成、姜堯章，而以東坡爲詞詩，稼軒爲詞論，此説固當。然詞曲以委曲爲體，徒狃於風情婉戀，則亦易厭。回視蘇、辛所作，豈非萬古一清風哉！

梅聖俞《禽言》四章

《輟耕録》曰：梅聖俞《禽言》四章云：“泥滑滑，苦竹岡。雨瀟瀟，馬上郎。馬蹄淩兢雨又急，此鳥爲君應斷腸。”“婆餅焦，兒不食。爾父向何之，爾母山頭化爲石。山頭化石可奈何，遂作微禽啼不息。”“提壺盧，沽美酒。風爲賓，樹爲友。山花撩亂目前開，勸爾今朝千萬壽。”“不如歸去，春山雲暮。萬木兮參天，蜀道兮何處。人言有翼可高飛，安用空啼向春樹。”沈雄曰：此與文與可《題竹十字令》，俱長短句，金元人皆有和詞。而不可以被管弦者也，非詞也。

韓縝《鳳簫吟》

《樂府紀聞》曰：元豐中，韓縝出使契丹，分割地界。韓有姬與別，姬作《蝶戀花》云：“香作風光濃著露。正恁雙棲，又遣分飛去。密訴東君應不許。淚波一灑奴衷素。”神宗知之，遣使送行。劉貢父贈以詩：“卷耳幸容留婉戀，皇華何啻有光輝。”莫測中旨何自而出，後知姬人別曲傳入內庭也。韓作《芳草詞》別云：“鎖離愁，連綿無際，來時陌上初薰。繡幃人念遠，暗垂珠露，泣送征輪。長行長在眼，更重重、流水孤雲。但望極樓高，盡日目斷王孫。　消魂。池塘別後，曾行處、綠妒輕裙。恁時攜素手，亂花飛絮裏，緩步香茵。朱顏空自改，向年年、芳草長新，遍綠野，嬉游醉眼，莫負青春。”此《鳳簫吟》詠芳草以留別，與《蘭陵王》詠柳以敘別同意。後人竟以“芳草”爲調名，則失《鳳簫吟》原唱意矣。（以上《詞話》卷上）

伯堅父子詞

《竹坡叢話》曰：按金九主，凡百有一十八年，始宋政和五年丁酉，改元天輔，終宋端平元年。伯堅丞相樂府多人選者，即名“吳蔡體”者是也。獨推其“銀屏小語，私分廨月，春心一點”，乃《尉遲杯》也。其子珪，字正甫，即蕭真卿所謂金源文派，斷以蔡正甫爲宗者，《畫眉曲》盛傳於世。其樂府僅見一《江城子》，附《蕭閑公集》後，何文人之詞闕如也。

吳蔡體

金源文派曰：樂府推吳彥高、蔡伯堅爲“吳蔡體”。蕭真卿曰：“皆宋儒也，不當於金源文派列之。當斷自蔡正甫爲宗黨，竹溪次之，趙閑閑又次之。余倡此論，一時無異議云。”

馬祖常宮詞

《柳塘詞話》曰：元有浚儀可溫氏，名馬雍古祖常者，製詞云：“金爐寶熏流篆雲。

花間百舌啼早春。五方戲馬賽爭道，傳宣催賜十流銀。"又，"日邊寶書開紫泥。内人珠帽步輦齊。君王視朝天未旦，銅龍漏轉金雞啼。"《詞統》列於竹枝，而余辯爲宮詞也。元人小説中，稱其樂府纖豔勝人，惜乎未見。

無名氏《天淨沙》

《老學叢談》曰：無名氏有作《天淨沙》者，其一云："枯藤老樹昏鴉。小橋流水平沙。古道西風瘦馬。夕陽西下。斷腸人在天涯。"其二云："平沙細草斑斑。曲溪流水潺潺。塞上清秋早寒。一聲新雁。黃雲紅葉青山。"每見元人作《金字經》、《迎仙客》、《乾荷葉》、《天淨沙》等曲，因其無一定之律，欲删去之。殊不知馬字亦叶平聲者，則何所不通也。

周德清著《中原音韻》

《柳塘詞話》曰：周德清，字挺齋，著《中原音韻》。元人詞曲勢必本此，使作者通方，歌者協律，亦一代詞曲功臣也。況德清有曰："關、馬、鄭、白，一新製作，韻共守自然之音，字能通天下之語。"又曰："諸公已矣，後學莫及，蓋不悟聲分平仄，字別陰陽故也。"此數言者，乃作詞之膏肓，用字之骨髓，皆不傳之妙也。

南北曲之異

《藝苑卮言》曰：詞之變者曰曲，金元人主中國，所用音樂，嘈雜淒緊，詞不能按，更爲新聲以媚之，則有南北曲。北字多而調促，促處見筋。南字少而調緩，緩處見眼。北則詞情多而聲情少，南則詞情少而聲情多。北力在弦，南力在板。北宜和歌，南宜獨奏。北氣易粗，南氣易弱。此吾論曲三昧語。然元人有曲而鮮詞，虞、趙諸公不免以才情屬曲，而以氣概屬詞，詞所以亡也。

劉秉忠《乾荷葉》

《柳塘詞話》曰：胡應麟《筆叢》，駁辨楊慎《詞品》極多，但不嫻於詞而言詞，當必有誤。如劉秉忠之《乾荷葉》，楊謂其自度曲，胡則不能悉其非詞也。兩首亦非一體，如第二首吊高宗詞，楊固疑其助元凶宋，而肯吊之乎？秉忠爲南渡後人，少爲僧，隨其師海雲入見世祖留之耳。時人稱爲聰書記。其三莫子之俚淺不及遺山，而蔣一葵過譽之也。

明人自度曲

曹秋嶽曰：乙丑夏日集澄暉堂，江子丹崖問，明詞去取以何爲則？余曰，自花間至元季調已盈千，安得再收自度？如王世貞之《怨朱弦》、《小諾皋》，楊慎之《落燈風》、《灼灼花》，屠隆之《青江裂石》、《水漫聲》。丹崖平日留心古調，詢及明詞如此。至若滕克恭有《謙齋稿》，陳謨有《海桑集》，俱元人而入明者。小詞僅一二見，故亦不收也。

《詞體明辨》舛訛特甚

《柳塘詞話》曰：徐師曾魯庵著《詞體明辨》一書，悉從程明善《嘯餘譜》，舛訛特甚。如《南湖圖譜》，僅分黑白。魯庵明辨亦別平仄，但襯字未曾分析，句法未曾拈出。小令之隔韻換韻，中調之暗藏別韻，長調之有不用韻，亦未分明。較字數多寡，或以襯字爲實字。分令慢短長，或以別名爲一調。甚則上二字三字，可以聯下句。下五字七字，可以作對句。過變竟無聯絡，結束更無照應，成譜豈可以如是！此我邑先輩著書最當，諒必爲人所誤也。

詞以豔冶爲正則

孫執升曰：顧宋梅常言詞以豔冶爲正則，寧作大雅罪人，弗帶經生氣。詞至施子野《花影集》，旖旎極矣，宋梅獨痛刪之。良以詞之視曲，其道甚遠；詞之去曲，其界甚微。又不能不爲詞家守壁耳。（以上《詞話》卷下）

原　起

張炎曰：粵自隋唐以來，聲詩間出爲長短句。至於《尊前》、《花間》，迄於崇寧，立大晟府，命周邦彥諸人，討論古昔，由此八十四調之聲始傳。其後万俟雅言輩增衍慢、曲、引、近，或移宮換羽，爲三犯、四犯，按月令爲之，其曲遂繁。

黃昇曰：長短句始於唐，盛於宋。唐詞具載《花間集》，宋詞多見於曾端伯所編《復雅》一集，兼采唐宋，迄於宣和之季，凡四千三百餘首吁，亦備矣。況中興以來，作者繼出，及乎近世，人各有詞，詞各有體。知之而未見，見之而未盡者，不勝算也。

俞彥曰：詞何以名詩餘？詩亡然後詞作，故曰餘。非詩亡，所以歌詠詩者亡也。周東遷，《三百篇》音節始廢。至漢而樂府出，樂府不能以代民風而歌謠出。六朝至唐，樂府又不勝詰曲而近體出。五代至宋，近體又不勝方板而詩餘出。唐之詩、宋之詞，甫脫穎而已傳遍歌工之口，元世猶然，今則絕響。即詩餘中有採入南戲引子，率皆小令，其慢詞不知爲何物。此詩餘之亡，所以歌詠詩餘者亡也。

王岱曰：詩至於餘而詩亡，餘至於極妙而詩復存。是薄詩之氣者餘也，救詩之腐者亦餘也。詩以溫厚含蓄，怨不怒，哀不傷，樂不淫爲旨。詞則欲其極怨、極傷、極淫而後已，元氣於此盡矣。觀唐以後詩之蕪澀，反不如詞之清新，使人怡然適性，不惟不欲少留元氣，若以不留元氣爲妙者。是時代升降，學力短長各殊。氣運至此，不容不變動；人心之巧，不容不剖露，即作者當亦不自知其何故。是詩之不至於盡亡，則實餘有以存之也。

徐師曾曰：自樂府亡而聲律乖，李白始作《清平調》、《憶秦娥》、《菩薩蠻》，時因效之。厥後行衛尉少卿趙崇祚，輯《花間詞》五百闋，爲近代填詞之祖。陸放翁云：詩至晚唐五季，氣格卑陋，千家一律，而長短句獨精巧高麗，後世莫及。此事之不可曉，蓋傷之也。然謂之填詞，則調有定格，字有定數，韻有定聲，間有長短句，或可損益，亦必凜遵於所自昉也。

陳大樽曰：宋人不知詩而強作詩，其爲詩也，言理而不言情，終宋之世無詩。然宋人歡愉愁怨之致，動於中而不能抑者，類發於詩餘，故其所造獨工。蓋以沉摯之思而出之必淺近，使讀之者驟遇之，如在耳目之表，久誦之，而得雋永之趣，則用意難也。以儇利之詞而制之實工煉，使篇無累句，句無累字，圓潤明密，言如貫珠，則鑄詞難也。其爲體也纖弱，明珠翠羽，尚嫌其重。何況龍鸞，必有鮮妍之姿，而不藉粉澤，則設色難也。其爲境也婉媚，雖以驚露取妍，實貴含蘊不盡，時在低徊唱歎之際，則命篇難也。宋人專事之，篇什既富，觸景皆會，雖高談大雅，而亦覺其不可廢也。

疏　名

都穆曰：《滿庭芳》，取柳柳州“滿庭芳草積”。《玉樓春》，取白香山“玉樓宴罷醉餘春”。《霜葉飛》，取杜子美“清霜洞庭葉，故欲別時飛”。《宴清都》，取沈隱侯“朝上閶闔宮，夜宴清都闕”。又云：《風流子》，出劉良《文選注》，言其風美之聲，流於天下，子者，男子通稱。《荔枝香》，出《唐書》，貴妃生日，命小部奏新曲未有名，適進荔枝，故以名曲。《解語花》，出《天寶遺事》，亦明皇稱貴妃語。《解連環》，出《莊子》，連環可解。

《華胥引》，出《列子》，夢游華胥之國。《塞垣春》，出《後漢·鮮卑傳》。《玉燭新》，出《爾雅》。此載《南濠詩話》者。

楊慎曰：詞名多取詩句，如《蝶戀花》，取梁元帝"翻階蛺蝶戀花情"。《滿庭芳》，取吳融"滿庭芳草易黃昏"。《點絳唇》，取江淹詩"白雪凝瓊貌，明珠點絳唇"。《鷓鴣天》，取鄭嵎詩"春遊雞鹿塞，家在鷓鴣天"。《惜餘春》，取太白賦語。《浣溪沙》，取杜少陵詩。《青玉案》，取《四愁詩》語。《西江月》，取衛萬詩"只今惟有西江月，曾照吳王宮裏人"。《踏莎行》，取韓翃"踏莎行草過春溪"。《瀟湘逢故人》，柳惲詩也。《粉蝶兒》，毛滂詞"與花同活"句也。《菩薩蠻》，西域婦人髻也。《蘇幕遮》，高昌女子所戴油帽。《尉遲杯》，尉遲敬德飲酒必用大杯也。《蘭陵王》，王入陣必先，言其勇也。《生查子》，查即古槎字，張騫事也。《多麗》，張均妓名，善琵琶者也。《念奴嬌》，玄宗宮人念奴也。見《詞品》。

胡應麟曰：《點絳唇》、《青玉案》等名，楊說或協。餘皆偶合，未必出自詩中。"滿庭芳草易黃昏"，形容凄寂，詞名僅"滿庭芳"三字，豈應出此？《生查子》，謂古槎字，合之博望意亦不貫。《菩薩蠻》，謂南國人危髻金冠故名，非專指婦人髻也。尉遲大杯，正史無考，乃引南劇爲據。《鷓鴣天》，謂鄭嵎詩，則"春遊雞鹿塞"，"雞鹿塞"當入何調？愚按用修、元敬，俱號博綜，過於求新，遂多瑣漏。如一《滿庭芳》也，元敬謂本柳州，用修謂本吳融，果何自欺？說載《筆叢》。

沈際飛曰：按南北劇與調同名者頗多，小令之《搗練子》、《點絳唇》、《卜算子》、《謁金門》、《憶秦娥》、《浪淘沙》、《鷓鴣天》、《步蟾宮》、《鵲橋仙》、《夜行船》、《梅花引》等。中調之《一剪梅》、《唐多令》、《十拍子》、《青玉案》、《行香子》、《天仙子》、《風入松》、《剔銀燈》、《祝英臺近》、《滿路花》、《意難忘》等。長調之《滿江紅》、《尾犯》、《滿庭芳》、《燭影搖紅》、《念奴嬌》、《絳都春》、《高陽臺》、《喜遷鶯》、《東風第一枝》、《二郎神》、《花心動》等，皆南劇引子。小令之《柳梢青》、《賀聖朝》，中調之《醉春風》、《驀山溪》，長調之《聲聲慢》、《八聲甘州》、《桂枝香》、《永遇樂》、《沁園春》、《賀新郎》，皆南劇慢詞。

《柳塘詞話》曰：唐宋諸詞、《花間》、《草堂》，習久傳多，僻調異名，每置不問。近來異體怪目，渺不可極，故詞選須用舊名。如《本草》志藥，一種數名。必好稱新目，徒惑視聽，無裨方理，猶必辨以宮律，溯之原起，乃爲有當。若後人自度，或前後湊合，更立新名，則吾豈敢定哉！

按　律

楊萬里曰：作詞有五要，第一按律，其次擇腔。如十一月須用正宮，元宵詞須用仙呂宮。當遇事以別之，月令以準之。宋之大祀、大卹，則用《六州歌頭》。可以例定，而不可以名拘者也。黃昇曰：按周美成《瑞龍吟》，自"章臺路"至"歸來舊處"，是第一段。自"黯凝佇"至"盈盈笑語"，是第二段。謂之雙拽頭，屬正平調。自"前度劉郎"以下，即犯大石調，是第三段。到"歸騎晚"以下，再歸正平調。諸本於"吟箋賦筆"下分段者，非體也。

《古今樂錄》曰：姜堯章詞，《花庵》備載無遺。若《湘月》、《翠樓吟》、《惜紅衣》諸腔，不得其調，難入管弦也。

楊萬里曰：作詞能依句者少，詞若歌韻不協，奚取哉！或謂善歌者能融化其字，殊不詳製作轉摺，用或不當，正旁偏側，淩犯他宮，非復本調，所以宮律之重也。如《塞翁吟》之衰颯，《帝臺春》之不順，《隔浦蓮》之奇煞，《鬭百花》之無味，是擇腔又在按律之後，不可不較量耳。

錢謙益曰：張南湖少從王西樓刻意填詞，必求合某宮，合某調，某調第幾聲，其聲出入第幾犯，抗墜圓美，以期合作，謂之當行。余對之曰：《南湖圖譜》，俱係習見諸體，一按字數多寡，句讀平仄，至宮律之學，尚隔一塵。試覽《樂章集》中，有同一體而分載大石、歇指，較之多寡平仄，更大有別，此理亦近人未解。

沈際飛曰：所謂宮調者，黃鐘宮、南呂宮、無射宮、中呂宮、正宮、仙呂宮、歇指調、高平調、大石調、小石調、正平調、越調、商調，此十三條曲律也。以南北劇引用詩餘較之，尚有林鐘宮、雙調、般涉調、道宮、散水調、琴調，共一十九條。然詩餘有名同而所入之宮調則異，字數多寡亦因之異者。亦有字數多寡則異，而所入之宮調則同者。

《雍熙樂府》曰：黃鐘宮，宜富貴纏綿。正宮，宜惆悵雄壯。大石調，宜風流蘊藉。小石調，宜旖旎嫵媚。仙呂宮，宜清新綿遠。中呂宮，宜高下閃賺，南呂宮，宜感歎傷惋。雙調，宜健捷激梟。越調，宜陶寫冷笑。商調，宜悽愴怨慕。林鐘商調，宜悲傷宛轉。般涉羽調，宜拾綴坑塹。歇指調，宜急並虛揭。高平調，宜滌蕩混漾。道宮，宜飄逸清幽。角調，宜典雅沉重。此以詩餘之約法，而為歌曲之元聲也。

沈雄曰：前人既用宮律，豈古者可被管弦，今則不詳譜例哉？家詞隱先生，作《古今詞譜》，分十九調，一黃鐘、二正宮、三大石、四小石、五仙呂、六中呂、七南呂、八雙調、九越調、十商調、十一林鐘、十二般涉、十三高平、十四歇指、十五道宮、十六散水、十七正平、十八平調、十九琴調，一按舊律所輯，俱唐、宋、元音。然有以黃鐘之《喜遷鶯》而為正宮之《喜遷鶯》、南昌之《喜遷鶯》者，別宮參互亦可也。即以小令夏竦之《喜遷鶯》，與長調吳禮之之《喜遷鶯》同一黃鐘者，字數多寡無論也。又以皇甫松之平韻《天仙子》，與張先之仄韻雙調《天仙子》，同一黃鐘者，聲韻平仄無論也。有以徐昌圖之《臨江仙》為仙呂，而牛希濟之《臨江仙》為南昌者，其宮調自別亦可也。此即沈天羽云，南劇越調過曲《小桃紅》，與正宮過曲《小桃紅》異者。蓋以一二證之，世有解人，幸以教我。

陳暘《樂書》曰：五行之聲，所司爲正，所欹爲旁，所斜爲偏，所下爲側。正宮之調，正犯黃鐘宮，旁犯越調，偏犯中呂宮，側犯越角之類。樂府諸曲，自昔不用犯聲。唐自天後末年，劍器入渾脱，始爲犯聲。以劍器宮調，渾脱角調，以臣犯君也。明皇時樂人孫處秀善吹笛，好作犯聲，亦鄭衛之變也。

柴紹炳曰：論古詞而由其腔，則音節柔緩，無馳驟之法。論古詞而由其調，則諸調各有所屬。後人但以長短分之，不復總是某調在九宮，某調在十三調。競制新犯名目，不知有可犯者，有必不可犯者。如黃鐘不可先商調，商調不可與仙呂相出入，是必須審音律也。

沈雄曰：宣政間諸公，自製樂章，有側犯，若《尾犯》一名《碧芙蓉》，張子野所制詞也。《凄涼犯》、《花犯念奴》，姜堯章所制詞也。別有史邦卿《玲瓏四犯》，仇山村《八犯玉交枝》，又有《花犯詠梅》。《倒犯》一名《吉了犯》，南方鳥有秦吉了。按《嘯餘》、《萃編》、《明辨》諸書，謂《倒犯》之即《花犯》。殊不知《花犯》爲小石調，《倒犯》爲仙呂宮，同於一百二十字，是又不可不按律也。

詳　韻

《宛委餘編》曰：沈休文始爲四聲，梁高祖雅不好之，問於周捨，捨對"天子聖哲"四字。於今聲調既自有別，諸家取捨，亦復不同。吳、楚則時傷輕淺，燕、趙則多爲重濁，秦、隴則去聲爲入，梁、益則平聲似去。又支、脂、魚、虞共爲一韻，先、仙、尤、侯俱論是切。因取《韻略》、《音譜》等書參伍之。當時遂有《法言》撰本，長孫訥言箋注，各各增加焉。即唐人小令，務遵爲金科玉律，汪少寬假，至宋成《廣韻》，共二萬六千一百九十四字，始有頒韻應制諸詞。

《宛委餘編》曰：沈韻之興也，元周德清以中土台音勝之，又以三聲而奪四聲。其所舉平聲，如靴在戈韻。車、邪、遮、嗟却在麻韻。靴不押車，車却協麻。元、暄、駕、言、褰、焉俱不協先。煩、翻不協寒、山，却與魂、痕同押。其音何以相著？灰不協揮，杯不協裨，梅不協縻，雷不協贏。必押梅爲埋，雷爲來，方與台協。如此呼轉，亦非鴂舌而何然。據宋詞應制體，則德清之所持未必是，而其所攻未必非也。

《雅韻序》曰：卓氏中州之韻，中州者，中山趙地。北音惟中山爲正，南不過定遠，北不過彭城，東不過江浦，西不過睢陽，四境千里，過其境則土音生矣。惟北方無鄉談，其音謂之台，台從上聲言也。其言無入聲，以入聲爲三聲之用。謂北人有台輔之像，其聲出乎丹田，發乎胸臆，黃鐘、宮商之音也，故重厚而沈雄。其中山之音，重之清者也，故爲音律之用。若南方之音多入聲，出乎唇齒舌腭之間，角徵羽之音也，故輕浮而雌淺。謂之南音曰蠻，其吳、越、閩、廣、荊、湖、溪、洞之地，皆有鄉談，謂之彝語，謂之鴃舌，非譯不通，故不入五音之内。今以三聲内收入聲爲北音之用，而無音切者何？以入聲之變爲三聲，故無切。宋應制詞賦，類遵《頌韻》，如此者，庶使有所持循後不漸失之通韻耳。明正統辛酉朣僷叙。

陶宗儀《韻記》曰：本朝應制《頌韻》，僅十之二三，而人爭習之。户録一編以粘壁，故無定本。後見東都朱希真，復爲儗韻，亦僅十有六條。其閉口侵尋、監咸、廉纖三韻，不便混入，未遑校讎也。鄱陽張輯，始爲《衍義》以釋之。洎馮取洽重爲繕録增補，而韻學稍爲明備通行矣。值流離日，載於掌大薄蹄，藏於樹根盍中，濕朽蟲蝕，字無全行，筆無明畫，又以雜葉細書如半菽許。願一有心斯道者詳而補之。然見所書十六條與周德清所輯，小異大同，要以中原之音，而列以入聲四韻爲準。南村老人記。

《詞品》曰：沈韻不合聲律，今人守之如金科玉律。無他，今詩學李杜，李杜本六朝，相襲而不敢革也。填詞自可通變，如朋字與蒸字同押，打字與等字同押，挂字、畫字與怪字、壞字同押，是鴃舌之病。周德清著《中原音韻》偉矣，乃宋填詞已有開先者，蓋真見在人心目，不約而同耳。試舉蘇東坡《一斛珠》云："洛城春晚。垂楊亂掩紅樓半。小池輕浪紋如篆。燭下花前，曾醉離歌宴。　自昔風流雲雨散。關山有限情無限。待君重見尋芳伴。爲説相思，目斷西樓燕。"篆字據沈韻在上韻，本屬鴃舌，蘇特正之也。蔣竹山《女冠子》云："蕙花香也。雪晴池館如畫。春風飛到，寶釵樓上，一片笙歌，琉璃光射。而今燈謾挂。不是暗塵明月，那時元夜。況年來、心懶意怯，羞與蛾爭耍。　江城人悄初更打。問繁華誰解，再向天公借。剔殘燈焰，但夢裏隱隱，鈿車羅帕。吳籖銀粉砑。待把舊家風景，寫成閒話。笑緑鬟鄰女，倚窗猶唱，夕陽西下。"是駁正沈韻畫及挂、話及打字之謬也。吕聖求《感皇恩》云："寒食不多時，牡丹初賣。小院重簾燕飛礙。昨宵風雨，尚有一分春在。今朝猶自得，陰晴快。　熟睡起來，宿酲微帶。不惜羅襟搵眉黛。日長梳洗，看花陰移改。笑拈雙杏子，連枝戴。"此連拈數韻以見酌古斟今之妙。

《詞統》曰：從來有韻無書，自五七言近體出而有詩韻，至元人樂府出而有曲韻。唐小令原遵沈韻，宋慢詞類因頌韻。沈際飛所謂詩韻嚴而不瑣，在詞當並其獨用爲通用者綦多，曲韻近矣。然以上支、紙、寘分作支、思韻，下支、紙、寘分作齊、微韻，上麻、馬、禡分作家、麻韻，下麻、馬、禡分作車、遮韻，而入聲隸之平上去三聲，則曲韻不可以爲詞韻明矣。近代不審，詞韻迭出，將詞韻不亡於無而亡於有，可深歎也。

鄒程村曰：詞韻本無蕭畫，作者遽難曹隨，分合之間，辨極銖黍。宋詞有通用至數韻者，有忽然出一韻者。有數人如一轍者，有一首而僅見者。後人不察，利爲輕便，一韻偶侵，遂及他部；數字相引，竟及全文。此毛氏一人通譜全族通譜之喻爲相類也。學者切戒夫通病恪遵爲成式，並舉習見者爲繩尺，自免駁議於後人，然無遽以魯男子之不可，學柳下惠之可也。

趙千門曰：詩韻中平聲十灰、十三元，上聲十賄、十三阮，去聲十卦、十一隊、十四願，皆令人之割半分用者也。今考宋詞，凡此等類，一概不分，悉依詩韻原本。如稼軒《沁園春》用灰韻，少游《千秋歲》用隊韻，俱全用不分。將以宋人爲全遵沈韻耶，其不遵者乃十之八九。考白樂天《長相思》詞用支、微韻，已與灰半通用。唐人守沈韻如山，而作詞已透宋人之韻。況各韻分半，《洪武正韻》亦然。作者當遵有宋辛、秦諸公多仍唐韻，然亦不必相沿也。

趙千門曰：入聲最難牽合，《頌韻》分爲四韻，今人亦別立五韻，亦就宋詞中較其大略以爲區別耳。今檢昔詞如去矜者十之七，彼此牽混者亦什之三，即如物部等字押於昔詞絕少，其僅見者，東坡《念奴嬌》，物與雪、滅、發、傑等同押。介甫《雨淋鈴》，物與砭、窟、沒、渤同押，似物部當通用月、曷等部矣。而《念奴嬌》不免雜用壁字，《雨淋鈴》不免雜用出字，何爲兩俱入於質、陌韻乎？至於稼軒《滿江紅》，物部全與質、陌部同押，是又與質、陌通矣。再考《洪武正韻》，物部亦併入質、陌部者，及歷考唐宋物部有時單通用月、曷，有時與質、陌、月、曷等共通者。前輩既以遊移，今日仍無畛域，此道將流於漫漶無極矣。故守韻宜嚴也，今當以去矜所分者分之。

毛馳黃曰：詞韻大約平聲獨押，上去聲通押。然間有三聲通押者，如《西江月》、《少年心》、《換巢鸞鳳》之類。故去矜於每部韻俱總統三聲，如東、董、江、講，以平聲貫上去，而弇之名曰三聲，而止列二聲，而中又分平仄凡十四部。至於入聲無與平上去三聲通押之法，故後又別列爲五部。

毛馳黃曰：沈譜取證古詞，惟以名手雅篇，灼然無弊者爲準。乃有秦觀《秋閨》，慢、暗累押。仲淹《懷舊》，外、淚莫辨。邦彥《美人》，心、雲並陳。少隱《禁煙》，南、天雜叶。稼軒諸作，歌、麻通用。李景《春恨》，本支、紙韻，而中闌入來字。其他固未易細數，當時便已從逸。世鮮通人，傳訛至今，莫能彈射。而翦才劣手，苦於按譜，似更利其疏漏，難矣。至於稼軒《南柯子》新開河詞，本佳、蟹韻，而起韻則用時字。歐陽修《踏莎行》離別詞，本支、紙韻，而末用外字。姜夔《疏影》詠梅詞，本屋、沃韻，而中用北字。柳永《送征衣》詞，本江、講韻，而末用遙字。當是古人誤處，未宜因以爲例，所以不能概責之後來也。

陸蓋思曰：今以古詞參之音律，以正當世詞用曲韻之病者。曲韻宗《中原音韻》，四聲通用，而入聲不列。考之唐宋詞家，概無是例。至於肱、轟、崩、烹、盲、弘、鵬等字,詞韻收入庚、梗韻者,而曲韻收入東、鐘韻。浮字收入尤、有韻者,而曲韻收入魚、模韻。則曲韻之不通於詞韻昭然矣。或曰,德清曲韻不可遵,《洪武正韻》所必遵也。夫正韻作詞,不無扞格,且晚近爲詞韻者,利於易押,苟且傅會所致,將古詩風雅而亦以詞韻例之乎?

本　意

胡應麟曰:《菩薩蠻》、《憶秦娥》,爲諸調之祖,後無與調名相符者,猶樂府然。題即詞曲之名也,調即詞曲之聲也。宋人填詞絕唱,如"流水孤村"、"曉風殘月"等編,皆與調名了不相合,而王晉卿《人月圓》,謝無逸《漁家傲》,殊碌碌無聞,則樂府所重在調不在題明矣。

沈際飛曰:唐詞多述本意,有調無題,如《臨江仙》,賦水媛江妃也。《天仙子》,賦天台仙子也。《河瀆神》,賦祠廟也。《小重山》,賦宮詞也。《思越人》,賦西子也。有謂此亦詞之末端者。唐人因調而制詞,命名多屬本意;後人填詞以從調,故賦詠可離原唱也。

虛　聲

胡仔曰:七言八句,與七言四句,見諸歌曲者,今止《瑞鷓鴣》、《小秦王》耳。《瑞鷓鴣》猶依字易歌,若《小秦王》必雜以虛聲,乃可歌也。

楊慎曰:唐人曲調,皆有詞有聲,而大曲又有豓,有趨,有亂,詞者其歌詩也。聲者若羊吾夷、伊那何之類。豓在曲之前,趨與亂在曲之後,亦猶吳聲西曲前有和,後有送也。

沈雄曰:《詞品》以豓在曲之前,與吳聲之和,若今之引子;趨與亂在曲之後,與吳聲之送,若今之尾聲。則是羊吾夷、伊那何,皆聲之餘音聯貫者。且有聲而無字,即借字而無義。然則虛聲者,字即有而難泥以方音,義本無而安得有定譜哉?夫唐詞以一章爲一解,俗歌以一句爲一解,古今樂錄曾述之矣。余以近代吳歌猶有樂府遺意,腔調如是,而詞義之變輕重流遞,反復聯合,且有遲其聲以媚之,如那、何二字之類,俱化作數字,亦大有方音在焉。

小　令

張炎曰:詞難於小令,如詩難於絕句。一闋不過十數句,一句着閒字不得,更末句最當留意，惟有有餘不盡乃佳。

《倚聲集》曰：小令不學《花間》，當效歐、晏、秦、黃。夫《花間》之綺琢處，於詩爲靡，於詞如古錦，闃然異色。若歐、晏，則饒蘊藉；秦、黃，則最生動，更有一唱三歎之致。

王士禛曰：南宋長調，如姜、史、蔣、吳，有秦、柳所不能及者。北宋小令，如晚唐絕句，以劉賓客、杜紫薇爲絕詣，時出供奉、龍標一頭地。

中　調

沈際飛曰：唐人長短句，小令耳，後衍爲中調、長調，其故以換頭雙調聯合之者，中調也。復系之以近，以犯，以慢分別之，如院本之名犯、名賺、名破之類。且顧從敬編輯《草堂》，以臆見分之，後遂相沿耳。

沈雄曰：唐宋作者，止有小令曼詞。至宋中葉而有中調、長調之分，字句原無定數，大致比小令爲舒徐，而長調比中調尤爲婉轉也。今小令以五十九字止，中調以六十字起，八十九字止，遵舊本也。

長　調

張炎曰：作慢詞須看題目，先擇曲名，然後命意。思其頭何如起，尾何如結，然後選韻，然後述曲，最要過變，不可斷了曲意。

《柳塘詞話》曰：唐人率多小令，《尊前集》載唐莊宗《歌頭》一閱，不分過變，計一百三十六字，爲長調之祖，苦不甚佳。按《歌頭》係大石調，別有《六州歌頭》、《水調歌頭》，皆宜音節悲壯，以古興亡事實之，良不與豔詞同科者。

換　頭

張炎曰：要知換頭不可斷了曲意，如白石云：“曲曲屏山，夜深獨自甚情緒。”於過變則云：“西窗又吹暗雨。”此則曲意不斷矣。

劉體仁曰：換頭處不欲全脫，不欲明粘。能如畫家開闔之法，一氣而成，則神味自足，有意求之不得也。宋人多於過變處言情，然其氣憶全於上段矣。另作頭緒，便不成章。至如東坡《賀新郎》“乳燕飛華屋”，其換頭“石榴半吐”，皆詠石榴。《卜算子》“缺月挂疏桐”，其換頭“縹緲孤鴻影”，皆詠鴻，又一變也。

沈雄曰：法曲之起，多用絶句，或皆單調，《教坊記》所載是也。樂府所制，有用疊者。今按詞則云換頭，或云過變，猶夫曲調之爲過宮也。宋人三換頭者，美成之《西河》、《瑞龍吟》，耆卿之《十二時》、《戚氏》、稼軒之《六州歌頭》、《醜奴兒近》，伯可之《寶鼎現》也。四換頭者，夢窗之《鶯啼序》也。

辨　句

《詞衷》曰：近人多據圖譜，《嘯餘譜》二書，平仄差覈，而又半黑半白以分別之。其中虛實句讀，每置不論，且載詞太略。如字數稍有起結相類，遂謳爲一調矣。《明辨》一書，多遵《嘯餘譜》，舛錯更甚，或逸本名，或列數調，或分謳字，甚則以襯字爲實字，則有增添字數之謳。以上二字可聯在下句，以下三字可截在上句，則又錯亂句讀之謳。成譜豈可如是，是不可不辨句也。

《柳塘詞話》曰：俞彦云，詞全以調爲主，調全以字之音爲主。音有平仄，大有必不可移者，間有可移者。仄有上去入，大有可移者，間有必不可移者。任意出入，失其由來，有棘喉澀舌之病。余則先整其詞句平仄之粘，務遵彼宮調陰陽之律。縱奇才博洽，僻字尖新，有不得稱爲當行者。此余從音律家學之傳。雖曲更嚴於詞，詞或寬於詩，有不能任意爲之者。

《柳塘詞話》曰：五字句起結自有定法，如《木蘭花慢》首句，"拆桐花爛熳"，《三奠子》首句，"恨韶華流轉"，第一字必用虛字，一如襯字，謂之空頭句，不是一句五言詩可填也。如《醉太平》結句，"寫春風數聲"，《好事近》結句，"悟身非凡客"，可類推矣。如七字句在中句，亦有定法。如《風中柳》中句，"怕傷郎，又還休道"，《春從天上來》中句，"人憔悴，不似丹青"。句中上三字須用讀斷，謂之折腰句，不是一句七言詩可填也。若據圖譜，僅以黑白分之，《嘯餘譜》以平仄協之，而不辨句法，愈見舛錯矣。

疊　句

沈雄曰：兩句一樣爲疊句，一促拍，一曼聲。《瀟湘神》、《法駕導引》，一氣流注者，促拍也。《東坡引》，"雄心消一半，雄心消一半"，不爲申明上意，而兩意全該者，曼聲也。體如是也。若呂居仁之"恨君不似江樓月，南北東西。南北東西。只有相隨無別離"，是承上接下，偶然戲爲之耳。

316

襯　字

張炎曰：詞之語句，若惟疊以實字，讀之且不貫通，況付雪兒乎，合用虛字呼喚。一字如正、但、任、況之類，兩字如莫是、又還之類，三字如更能消、最無端之類，要用之得其所。

沈雄曰：調即有數名，詞則有定格，其字數多寡，句讀平仄，韻脚叶否較然，少有參差，委之襯字，緣文義偶不聯綴，或不諧暢，始用一二字襯之。究其音節之虛實，尋其正文自在，如沈天羽所引南北劇中，這字、那字、正字、個字、却字，不得認爲別宮別調。

轉　韻

沈雄曰：轉韻須有水窮雲起之勢，若《重疊金》、《虞美人》、《醉公子》、《減字木蘭花》，謂之四換頭，以其四轉韻也。他如《荷葉杯》、《酒泉子》、《河傳》等曲，如不轉韻，豈不謂之好語零碎也乎！

藏　韻

周篔谷曰：換頭二字用韻者，長調頗多，中間更有藏韻，《木蘭花慢》，惟屯田得音調之正。蓋傾城、盈盈、歡情，於第二字中有韻。且如《定風波》、《南鄉子》、《隔浦蓮》，豈可冒昧爲之！

沈雄曰：《水調歌頭》，間有藏韻者。東坡明月詞，"我欲乘風歸去，惟恐瓊樓玉宇"，後段"人有悲歡離合，月有陰晴圓缺"，謂之偶然暗合則可，若以多者證之，則問之篆體家，未曾立法於嚴也。

排　調

沈雄曰：唐人歌詞，皆七言而異其名。《渭城曲》爲《陽關三疊》，《楊柳枝》復爲添聲，若《採蓮》、《竹枝》，當日遂有排調。如竹枝女兒，年少舉棹，同聲附和，用韻接拍之類，不僅雜以虛聲也。

衍　詞

沈雄曰：衍詞有三種，賀方回衍"秋盡江南葉未凋"，陳子高衍"李夫人病已經秋"，全用舊詩而爲添聲也。《花非花》，張子野衍之爲《御街行》。《水鼓子》，范希文衍之爲《漁家傲》，此以短句而衍爲長言也。至溫飛卿詩云："合歡桃核真堪恨，裏許原來別有人。"山谷衍爲詞云："似合歡桃核，真堪人恨，心兒裏有兩個人人。"古詩云："夜闌如秉燭，相對如夢寐。"叔原衍爲詞云："今宵剩把銀釭照，猶恐相逢是夢中。"以此見爲詩之餘也。

集　句

《柳塘詞話》曰：徐士俊謂集句有六難，屬對一也，協韻二也，不失粘三也，切題意四也，情思聯續五也，句句精美六也。賀裳曰：集之佳者亦僅一斑斕衣也，否則百補破衲矣。介甫雖工，亦未生動。沈雄曰：余更增其一難，曰打成一片，稼軒俱集經語，尤爲不易。

沈雄曰：蘇長公《南鄉子》云："悵望送金杯。杜牧漸老逢春能幾回。杜甫花滿楚城愁遠別。許渾情懷。何況青絲急管催。劉禹錫吟斷望鄉臺。李商隱萬里歸心獨上來。許渾景物登臨闈始見。杜牧徘徊。一寸相思一寸灰。李商隱"近代《番錦集》中，朱竹垞《點絳唇》詠風云："灑露飄煙。包佶無情有恨何人見。皮日休羅幃舒卷。李白算待花如霰。王維聽不聞聲。韓愈紫陌傳香遠。陳翥陽春半。崔湜柳長如綫。李賀舞態愁將斷。鄭愔"詞則佳矣，但取其義之脗合，不求其句之割切也。律陶集杜，自昔已然，止用七言五言也。即調中對句、結句之工巧，或出人意表，若内用二字、三字、四字，當割切之於何人，而注爲某某句乎！

回　文

鄒衹謨曰：回文之就句回者，自東坡、晦庵始也。其通體回者，自義仍始也。近代張綖以一首律詩，而回作一首填詞。董以寧、毛重倬，有一首而回作兩調者。文人慧業，曲生狡獪。

張綖律詩一首，向作《舞春風》，昔有此體，近復回作《虞美人》調者："隄邊柳色春將半。枝上鶯聲喚。客游曉日綺羅稠。紫陌東風弦管，咽朱樓。　少年撫景慚虛過。

終日看花坐。獨愁不見玉人留。洞府空教燕子，占風流。"

沈雄曰：東坡《菩薩蠻》四時詞，是名倒句。即晦庵之《春恨》，詞義亦隱，如"晚紅飛盡春寒淺，淺寒春盡飛紅晚"，卒章云："長恨送年芳。芳年送恨長。"猶不失體，若丘瓊山之《秋思》，卒章云："寒光月影斜。橫透碧窗紗。"平粘已失，句意又倒，此只可用倒句，而不可作回文者也。

隱括詞

賀裳曰：東坡隱括《歸去來詞》，山谷隱括《醉翁亭記》，兩人固是好手，終墮惡趣。

沈雄曰：東京士人隱括東坡《洞仙歌》爲《玉樓春》，以記摩訶池上之事，見張仲素《本事記》。魯直隱括子同《漁父詞》爲《鷓鴣天》，以記西塞山前之勝，見山谷詞。是真簡而文矣。

福唐體

《藝苑卮言》曰：陶淵明《止酒》用二十"止"字，梁元帝《春日》用二十二"春"字，一時游戲不足多尚。然如宋詞，東坡之《皂羅特髻》，連用七"采菱拾翠"字，書舟之《四代好》，連用八"好"字，亦有不可解者，何獨福唐體而疑之？

《蓉城集》曰：歐陽炯《清平樂》，通首十"春"字。初在句首，既入句中，始則單行，旋而雙見。安頓變化，究不若高賓王《卜算子》，全用"春"字，亦復警切，復生動。

沈雄曰：山谷《阮郎歸》，全用"山"字爲韻。稼軒《柳梢青》，全用"難"字爲韻。注云：福唐體，即獨木橋體也。竹山如效醉翁"也"字，《楚辭》"些"字、"兮"字，一云騷體即福唐也，究同嚼蠟。

和　韻

張炎曰：詞不可強和人韻，若曲韻寬平，庶可賡和。倘險韻爲人所先，牽強塞責，句意何以融貫乎？和詞如東坡"楊花"起句，質夫合讓一頭地，後段愈出愈奇，壓倒今古。

沈際飛曰：張杞和《花間集》，凡四百八十七首。篇篇押韻，未免拘牽；字字求新，變饒生鑿，惟《甘州遍》"鴻影又被戰塵迷"一句差勝。

沈雄曰：古者歌必有和，所以繼聲也。倡予和汝，詩詠篴兮。調高和寡，曲推白雪。

至一韻而爲之數回往復，長慶之元白，松陵之皮陸，實濫觴焉。屬和工而格愈降矣。蘇黃間一爲之，辛劉復爲迭出，顧其才力優爲之，此猶夫絶塵遠馭之才技，不馳逐於康莊大堤，而躑躅於巉崖峭壁，若不藉此無以擅長者。余作《周勒山閒情集序》云然。

江尚質曰：凡仙《鵲橋仙》七夕詞，以八"煞"字爲韻，"尤雲殢雨正歡濃，但只怕來朝初八。年年此際一相逢，未審是甚時結煞。"張于湖《醉羅歌》閨情詞，以"毒"、"蹴"字爲韻，"多情早是眉峯蹙。一點秋波，閒裏覷人毒。歸來想見櫻桃熟，不道秋千，誰伴那人蹴。"此限韻之險者。張樞言席上，劉巨濟、僧仲殊在焉。命作西湖詞，巨濟口占云："憑誰好筆。橫掃素縑三百尺，天下應無。此是錢塘湖上圖。"仲殊應聲云："一般奇絶。雲澹天高秋夜月。費盡丹青。只這些兒畫不成。"又命賦梅花詞，仲殊先吟云："江南二月。猶有枝頭千點雪。邀上芳樽。却占東君一半春。"巨濟續和云："尊前眼底。南國風光都在此。移過江來。從此江南不復開。"蓋《減字木蘭花》也，和句又是一法耳。

曲　調

沈雄曰：前人有以詞而作曲者，斷不可以曲而作詞。如《念奴嬌》、《百字令》，同體也，俱隸北曲大石調。起句云："驚飛幽鳥蕩殘紅，撲蕀脂胭零落。門掩蒼苔書院悄，潤破紙窗偷瞧。一操瑤琴，一番相見，曾道閑期約。多情多緒，等閒肌骨如削。"又起句云："太平時節，正山河一統，皇家全盛。宮殿風微儀鳳舞，翠靄紅雲相映。四海文明，八方刑措，田畯傳歌詠。風淳俗美，庶民咸仰仁政。"此等調則詞，而語則曲也，不可以不辨。竟有詞名而曲調者，如《竹枝》亦有北曲，詞云："胸背裁絨宮錦袍。續斷絲麻雜采條。紅梅風韻海棠嬌。櫻桃樊素口，楊柳小蠻腰。清高。蘭蕙性，不蓬蒿。"如《浣溪沙》亦有南呂過曲，詞云："才貌撐衣不整。對良宵轉覺凄清。似王維雪裏芭蕉景。擲菓車邊粉黛情。燈月彩，少甚麼鬧蛾兒，引神仙，隘香車，墜瑟遺瓊。"如《減字木蘭花》亦有北曲，詞云："愁懷百倍傷。那更怯秋光。逐朝倚定門兒望。怯昏黃。塞角韻悠揚。"如《醉太平》亦有北曲，詞云："黃庭小楷。白苧新裁。一篇閑賦寫秋懷。上越王古臺。　半天虹雨殘雲載。幾家漁網斜陽曬。孤村酒市野花開。長吟去來。"畢竟是曲而非詞，恐後之集譜者，或以曲調而亂詞體也。（以上《詞品》卷上）

禁忌（節録）

周永年曰：詞與詩、曲，界限甚分，惟上不摹香奩，下不落元曲，方稱作手。譬如擬

320

六朝文，落唐音固卑，上侵漢製，亦復儕父。（以上《詞品》卷下）

十六字令蒼梧謠　絳州春

按《詞統》，以《十六字令》始於周邦彥，《片玉集》中不載，見《天機餘錦》。句法多譌，讀不一體。《詞綜》曰：曾見宋人作《蒼梧謠》，《張安國集》中三首，《蔡伸道集》中一首。乃知刻本訛"眠"字爲"明"字，遂聯下文三字作句起，五字作句叶。或以五字作句起，三字作句叶。今讀《晴川集》，以一字作句起，七字作句叶，如云："眠。月影穿窗白玉錢。無人弄，移過枕函邊。"爲是。因考周玉晨爲邦彥從子，號晴川，有《晴川詞》，此乃周玉晨所作。元初程鉅夫曰：予於近代諸家樂府，惟《清真集》犁然當於心目，晴川殊有宗風。雨坐空山，試閱一解，便如輕衫俊騎，上下五陵，花發鶯啼，垂楊拂面時也。

南歌子碧窗夢　水晶簾

《古今詞譜》曰：南呂宮曲，溫庭筠多作單調二十三字，"手裏金鸚鵡，胸前繡鳳凰。偷眼暗形相，不如從嫁與，作鴛鴦。"張泌調多三字："岸柳拖金綫，庭花映日紅。數聲蜀魄入簾櫳。驚斷碧窗殘夢，畫屏空。"溫與裴誠有五七言體，裴云："不識廚中味，安知炙裏心。井邊銀釧落，輾轉恨還深。"溫云："井底點燈深燭伊。共郎長行莫圍棋。玲瓏骰子安紅豆，入骨相思知不知。"蘇東坡"蓮子擘開須見薏，楸枰着盡更無期。"注曰："此效風人體《南歌子》也。今體收長短句，有雙調《南歌子》，乃《南柯子》，亦名《雙蝶令》。"

三臺令翠華引

《三臺》舞曲，自漢有之，唐王建、劉禹錫、韋應物諸人，有宮中、上皇、江南、突厥之別。《教坊記》亦載五七言體，如"不寐倦長更。披衣出戶行。月寒秋竹冷，風切夜窗聲"。傳是李後主《三臺》詞。"雁門關上雁初飛。馬邑闌中馬正肥。陌上朝來逢驛使，殷勤南北送征衣。"傳是盛小叢《三臺》詞。今詞不收五七言，而收六言四句。王建詞云："魚藻池邊射鴨，芙蓉苑裏看花。日色赭黃相似，不著紅鸞扇遮。"故一名《翠華引》。

搗練子章臺柳　解紅歌　柱殿秋　瀟湘神　赤棗子　深院月

《太平廣記》曰：韓翃字君平，有友人每將妙妓柳氏至其居。窺韓所與往還皆名人，必不久貧賤，許配之。未幾，韓從辟臨淄，置柳都下。三歲寄以詞：“章臺柳。章臺柳。昔日青青猶在否。縱使長條似舊垂，亦應攀折他人手。”柳答以詞；“楊柳枝，芳菲節。可恨年年贈離別。一夜隨風忽報秋，縱使君來豈堪折。”後爲番將沙吒利所劫，會入中書，有虞候許俊詐取得之，詔歸韓。

《物外清音》曰：曲名《解紅》，相傳爲呂仙作。余考《解紅》爲和魯公歌童，其詞：“百戲罷，五音清。解紅一曲新教成。兩個瑤池小仙子，此時奪却柘枝名。”魯公自製曲也。按解紅，舞衣紫緋，繡襦銀帶，戴花鳳冠，五代時飾。焉有呂仙在唐季預爲此腔耶？

唐詞載李德裕《步虛詞》，即雙調《搗練子》。《搗練子》本無雙調，《詞綜》列爲李白《桂殿秋》二首。李集之考覈者多矣，不聞《菩薩蠻》、《憶秦娥》而下，別有《桂殿秋》也。吳虎臣得於石刻而無其腔，劉無言倚其聲歌之，惟未足信。劉禹錫作《瀟湘神》，起即疊三字一句便是，亦即《搗練子》，但爲迎神送神之詞。

《古今樂錄》曰：樂府《擣衣》，清商曲也，分平仄二韻。李後主即詠本意。俞彥曰：“調名不一，宜細辨之。”

竹枝巴渝曲

《竹枝》本出巴渝，故亦名《巴渝詞》。劉禹錫序曰：歲正月，里中兒聯歌《竹枝》，吹笛擊鼓以應節。歌者揚袂睢舞，以曲多爲貴。聆其音聲，中黃鐘之羽，卒章訐激如吳歈。雖傖佇不可分，而含思宛轉，有《淇澳》之豔。

《太平樂府》曰：白居易《竹枝》云：“瞿唐峽口冷煙低。白帝城頭月欲西。唱到竹枝聲咽處，寒猿晴鳥一時啼。”劉禹錫《竹枝》云：“楊柳青青江水平。聞郎江上唱歌聲。東邊日出西邊雨，道是無情也有情。”沈雄曰：作者須不似《子夜》、《歡聞》體，亦不得全脫本意，又不可竟作七言絕句，如“盤江門外是儂家”，爲不可及。

《詞統》載：“阿娘拘束好心癡。白玉闌干護竹枝。春色到來抽亂笋，石頭縫裏迸芽兒。”“若個郎來討竹秧。雌雄須得要成雙。明年此日春雷發，管取嬰兒脫錦腔”。此田藝衡《竹枝》，大意不脫本旨，如《折楊柳》、《採蓮曲》之類。

柳枝壽杯詞

樂府作《折楊柳》，爲漢饒歌橫吹曲，“上馬不捉鞭，反拗楊柳枝。蹀坐吹長笛，怨殺行客兒。”蓋邊詞別曲也。舊詞如劉禹錫云：“清江一曲柳千條。二十年前舊板橋。

曾與美人橋上別，更無消息到今朝。"一曰《壽杯詞》，如："千門萬户喧歌吹，富貴人間只此聲。年年織作昇平字，高映南山獻壽觴。"語意自别。

唐無名氏《柳枝》云："萬里長江一帶開。岸邊楊柳是誰栽。錦帆落盡西風起，惆悵龍舟更不回。"盡推此曲爲第一。然不若薛能《楊柳枝》云："汴水高懸百萬條。風清兩岸一時摇。隋家力盡虚栽得，無限春風屬聖朝。"更得大體。

朱敦儒别有一調云："江南岸，柳枝。江北岸，柳枝。折送行人無盡時。恨分離，柳枝。

酒一杯，柳枝。淚雙垂，柳枝。君到長安心事違。幾時歸，柳枝。"絶似《長相思》琴調曲，而以添聲爲排調者。

阿那曲雞叫子

《古今詞譜》曰：唐人爲《阿那曲》，宋人爲《雞叫子》，仄韻絶句。唐女郎姚月華歌二曲，即"手拂銀瓶秋水冷，煙柳瞳曨鵲飛去"也。其夫北遊，有感於詩而歸。

"春草萋萋春水緑。野棠開盡飄香玉。繡嶺宫前白髮生，猶唱開元太平曲。"相傳玉川叟所吟，甘露變中，王涯、賈餗、舒元輿、李訓、鄭注輩鬼爲之，一下第孝廉聞之於噴玉泉，詞意近是。

朱淑真曾爲《阿那曲》云："夢回酒醒春愁怯。寶鴨煙銷香未歇。薄衾無奈五更寒，杜鵑叫落西樓月。"時有作《西樓月》調者，宋人有雙調《雞叫子》。

字字雙宛轉曲

《才鬼録》曰：唐中涓宿宫妓館，見童子捧酒核導三人至，皆古衣冠。相謂曰："崔常侍來何遲。"俄一人至，有離别意，共聯四句爲《字字雙》曲："床頭錦衾斑復斑。架上朱衣殷復殷。空庭明月閑復閑。夜長路遠山復山。"似非王麗真一人詞也，《詞品》竟作王麗真。諸選又以王建詞爲《字字雙》云："宛宛轉轉勝上紗。紅紅緑緑苑中花。紛紛泊泊夜飛鴉。寂寂寞寞離人家。"意亦近似，而又見一集中爲《宛轉曲》，宜從之。

小秦王丘家箏

《柳塘詞話》曰：唐人絶句作樂府歌曲，皆七言而異其名，如無名氏之《小秦王》，一名《丘家箏》者。楊慎曰：予愛無名氏三闋，其一"柳條金嫩不勝鴉。紅粉牆頭道韞家。

燕子不來春寂寞，小窗和雨夢梨花。"其二"雁門關外雁初飛"，爲盛小叢《三臺詞》。其三"十指纖纖玉筍紅"，爲張祜《氏州第一》，乃所舉之訛者。

《苕溪漁隱》曰：唐人調俱失傳，今可歌者，《小秦王》、《瑞鷓鴣》耳。《瑞鷓鴣》依字易歌，若《小秦王》，必雜以虛聲乃可歌也。

清平調陽關曲　緩緩歌

楚曲有清調、平調、清平相和曲。李供奉乃作《清平調》三章云："雲想衣裳花想容。春風拂檻露華濃。若非羣玉山頭見，會向瑤臺月下逢。""名花傾國兩相歡。長得君王帶笑看。解釋春風無限恨，沉香亭北倚闌干。""一枝穠豔露凝香。雲雨巫山枉斷腸。借問漢宮誰得似，可憐飛燕倚新妝。"《教坊記》作《陽關曲》，即王維《送元二使安西》"渭城朝雨浥輕塵"也。寇萊公、蘇東坡俱有是曲，又作《緩緩歌》。

《屏山集》曰：《清平調》之始也，玄宗曰："賞名花，對妃子，焉用舊詞？"命李白進《清平調》三章，其一"雲想衣裳"，半爲賦語，半爲頌語。其二"名花傾國"，以人喻物，以物喻人。其三"一枝穠豔"，頌寓於規，美形於刺。於是學士之才情，不啻寵妃之恚恨矣。

吳越王妃每歲歸臨安，王以書遺之云："陌上花開，可緩緩歸矣。"吳人用其語爲《緩緩歌》。蘇東坡爲易其詞歌之，"陌上山花無數開。路人爭看翠軿來。"即名《陽關曲》，是古《清平調》也。

踏歌詞拋球樂附

《詞品》曰：崔液《踏歌詞》云："彩女迎金屋，仙姬出畫堂。鴛鴦裁錦袖，翡翠帖花黃。歌響舞分行，豔色動流光。"體裁藻思俱新，五言四句之後，末以七字作句，三字句叶。近不得其句讀，律以五言，又何以別於劉禹錫之《拋球樂》乎？《拋球樂》五言六句云："春早見花枝。朝朝恨發遲。及看化落後，却憶未開時。幸有拋球樂，一杯君莫辭。"

如夢令憶仙姿　古記　比梅　宴桃源

《古今詞譜》曰：小石調曲，有傳自呂仙者，有傳自莊宗者。莊宗於宮中掘得石刻，名曰《古記》。復取調中二字爲名，曰《如夢令》，所謂"如夢如夢，殘月落花煙重"是也。不知先曾有一闋云："嘗記溪亭日暮。沉醉不知歸路。興盡欲回舟，誤入藕花深處。

324

争渡。争渡。驚起一行鷗鷺。"傳是呂仙之曲。別刻又云無名氏，此非呂仙之詞。張宗瑞寓以新詞，曰《比梅》。近選以莊宗曾宴桃源深洞，又名曰《宴桃源》。

後庭花

《陳氏樂書》曰：本清商曲賦《後庭花》，孫光憲、毛熙震都賦之，雙調四十四字。又有《後庭花破子》，李後主、馮延巳相率爲之，則是"玉樹後庭前。瑤草妝鏡邊。去年花不老，今年月又圓。莫教偏。和月和花，天教長少年"。是單調三十二字，俱與古體《玉樹後庭花》異。非"璧月夜夜滿，瓊樹朝朝新"，爲商女所歌也。楊慎云："無限江南新樂府，君王獨賞《後庭花》。"

天仙子萬斯年曲

《樂府解題》曰：龜茲樂也，《教坊記》有是名。《詞譜》爲黃鐘宮曲。朱崖李太尉爲應制體，《花間集》多賦《天臺仙子》，單調也，有平仄二體。韋莊詞："金似衣裳玉似身。眼如秋水鬢如雲。霞裾玉帔一羣羣。來洞口，望煙分。劉阮不歸春日曛。"和凝詞："洞口春紅飛蔌蔌。仙子含愁眉黛綠。阮郎何事不歸來，懶燒金，慵篆玉。流水桃花空斷續。"又韋莊詞："深夜歸來長酩酊。扶入流蘇猶未醒。醺醺酒氣麝蘭和。驚夢覺，笑呵呵。長道人生能幾何。"三詞俱不一體。其張先所賦"雲破月來花弄影"，則又仄韻雙調不在此選者。

何滿子斷腸詞（節錄）

《杜陽雜編》云：文宗宮人沈阿翹，爲舞《何滿子》，則一舞曲也。誤刻河字，一名《斷腸詞》。人傳文宗疾亟，目孟才人。孟請歌畢，指笙囊就縊。爰歌《何滿子》，一聲腸斷而殞。張祜爲詩以吊之云："一聲何滿子，雙淚落君前。"白居易曰：何滿子，滄州歌者，開元中進此曲以贖死。因作七言云："世傳滿子是人名，臨就刑時曲始成。一曲四詞歌八疊，從頭便是斷腸聲。"今用長短句，有單調、雙調。

長相思山漸青　雙紅豆　憶多嬌　青山相送迎

《樂府解題》曰：《長相思》，古怨思二十五曲之一。本古詩"上言長相思，下言久離别"。又"著以長相思，緣以結不解"，以致纏綿之意。《玉臺新詠》載徐陵、蕭淳各有長短句，而非詞也。唐詞紀載令狐楚五言："君行登隴上，妾夢在閨中。玉箸千行落，銀床一夕空。"張繼五言："遼陽望河縣。白首無由見。海上珊瑚枝，年年寄春燕。"皆非詞也。止收雙調三十六字，如"深畫眉。淺畫眉。蟬鬢鬅鬙雲滿衣。陽臺行雨回。　巫山高，巫山低。暮雨瀟瀟郎不歸。空房獨守時。"此白居易作。花庵詞客，稱爲世人莫及。

醉太平凌波曲　醉思凡　四字令（節録）

按起調以兩字藏韻作句，張炎論之最嚴。龍州詞，當改作"情真意真。眉清鬢青。小樓明月調箏。寫春風數聲。　思君憶君。魂憑夢縈。翠綃香煖雲屏。更那堪酒醒。"舊見"張顛米顛。書船畫船。夫仙婦仙。鸞弦鳳弦"等語。辛詞只作仄韻云："態濃意遠。眉顰笑淺。剪羅衣窄絮風軟。欺鬢雲翠捲。南園花樹春光暖。紅香徑裏榆錢軟。欲上秋韆又驚懶。且歸休怕晚。"換頭俱異，別是一體。

薄命女長命女（節録）

《樂府解題》曰：《長命西河女》羽調曲，唐五言體云："雲送關西雨，風傳渭北秋。狐燈然客夢，寒杵搗鄉愁。"《和凝集》中云："天欲曉。宮漏穿花聲繚繞。窗裏星光少。　冷霞寒侵帳額，殘月光沉樹杪。夢斷錦闈空悄悄。強起愁眉小。"力崇詞格者，當不取詩體也。

昭君怨

《柳塘詞話》曰：調本兩韻，如蘇軾、韓駒、万俟雅言、辛棄疾、鄭域、張鎡，俱得體。而明之陳繼儒，強爲一韻曰："水上奏琵琶。一痕沙。"遂名之爲《一痕沙》。此老未爲知詞。換頭亦係兩韻六字者，万俟雅言《春到南樓雪盡》一首，換頭云："莫把闌干倚。"前人謂倚字上落一頻字，及查蔡伸道、程觀過、吳幼清俱有此體。

太平時楊柳枝　賀聖朝

賀方回衍杜牧之"秋盡江南葉未凋"詩，陳子高衍王之涣"李夫人病已經秋"詩，以七字現成句而和以三字爲調。《花間集》，起於張泌、顧敻，換頭句仍押仄韻。六一詞

326

猶押平韻，一名《添聲楊柳枝》。

生查子孋卸頭（節録）

查謂古槎字，未見有詠博望事者。諸選載牛希濟換頭云："語已多，情未了。"咸以已字爲襯，及閲"繡工夫，牽心緒"，孫光憲又作三字句。至"誰家繡轂動香塵"，多誰家二字，又豈以誰家二字爲襯，列之三體宜也。

醉公子四換頭（節録）

雙調《醉公子》，一名《四換頭》，平仄互叶，詞意四換。如《虞美人》、《菩薩蠻》、《減字木蘭花》之類。五言體云："昨日春園飲，今朝倒接䍦。誰人扶上馬，不省下樓時。"《詞選》祇以顧夐、尹鶚之所著爲正。

卜算子百尺樓（節録）

《古今詞譜》曰：歇指調曲，平韻即《巫山一段雲》也。秦湛詞："極目煙中百尺樓，人在樓中否。"又名《百尺樓》，有八十九字中調。

巫山一段雲

《樂府解題》曰：漢鐃歌《巫山高》爲思婦詞，一曰《狀巫峽》。按《太平廣記》，王母第二十三女名瑤姬，號雲華夫人，居巫山，詩家所謂神女也。峽下有神女祠，過此爲無我灘矣。詞盛於花間，李珣、毛文錫諸人。又唐昭宗宮人題於寶雞驛壁者，換頭用六字句，叶仄韻，與柳郎中之詠游仙相類。昭宗宮人云："青鳥不來愁絶，忍看鴛鴦雙結。春風一等少年心，閒情恨不禁。"柳郎中云："一曲雲謡爲壽，倒盡玉壺春酒。微醺爭撼白榆花，踏碎九光霞。"箋體中應備之。

采桑子羅敷令　醜奴兒令（節録）

《教坊記》曰：《采桑子》，即古相和歌中《采桑曲》。

《古今詞譜》曰：大石調曲。

菩薩蠻重疊金　子夜歌　女王曲　花間意（節録）

《古今詞譜》曰：調屬正平，又中呂四換頭曲也。

《古今詞話》曰：溫庭筠善屬詞，唐宣宗好歌《菩薩蠻》，令狐相公假溫手修撰以進，有"小山重疊金明滅"句，爲《重疊金》。

《杜陽雜編》曰：唐大中初，女蠻國貢雙龍犀，明霞錦。其人危髻金冠，瓔珞被體，當時號爲菩薩蠻。優者作《女王曲》，文士亦往往聲其詞。

《丹鉛録》曰：開元時南詔入貢，危髻金冠，瓔珞被體，號菩薩蠻，因以製曲。楊慎改蠻爲鬘，以戒經華鬘被首爲據。胡元瑞駁之，非真正婦女入貢，蓋皆婦女髻也。

清平樂憶蘿月

《詞品》曰：李白應制《清平樂》見吕鵬《遏雲集》，共四首。自禁庭春晝，禁闈秋夜之詞，膾炙人口。黃玉林以後二首無清逸氣，贋作也，逸之。楊慎補作二首，人以爲遠不忘諫，填詞中風雅也。胡元瑞又混以《清平調》駁之，良誤。

《古今詞譜》曰：李白換頭一句仄粘，一句平粘，下句稱是，兩首一體。惟孫光憲"等閒無語，愁腸欲斷"效之。溫庭筠俱用仄粘，韋莊之"春愁南陌全"效之。要知換頭第一、第二、第四俱用平粘，而第三用仄粘，大概如是。

憶秦娥秦樓月　雙荷葉　碧雲深

《唐詞紀》曰：商調曲也，《鳳樓春》即其遺意。李白之《簫聲咽》，用仄韻。孫夫人之《花深深》，用平韻。張宗瑞爲立新名曰《碧雲深》，至謝逸止二十三字作調。

《樂府紀聞》曰：相傳文宗宮妓沈翹翹舞《何滿子》詞。文宗曰："浮雲蔽白日，此文選中，念君臣值奸邪所蔽，正是今日。"乃賜金玉環。翹翹泣曰："妾本吳元濟女，投入掖庭。"本藝方響，因奏《梁州》，音節殊妙。文宗選金吾秦誠聘之出宮，誠後使日本。翹翹製曲曰《憶秦郎》，即《憶秦娥》也。

喜遷鶯鶴冲天　萬年枝（節録）

《古今樂録》曰：黃鐘宮曲，多賦登第，賦宮詞。

328

《古今詞譜》曰：正宮曲，韋莊詞：“家家樓上簇神仙。爭看鶴冲天。”和凝詞：“嚴妝攏罷囀黃鸝。飛上萬年枝。”故名《鶴冲天》、《萬年枝》。前後和凝、薛昭蘊爲一韻者，韋莊、歐陽修爲兩韻者，至毛文錫換頭，一概和仄韻。

柳梢青早春怨　雲淡秋空（節録）

《古今詞譜》曰：中吕宮曲，有平仄二調，謝逸、賀鑄俱仄韻。

人月圓青衫濕（節録）

宋王詵詞云：“年年此夜，華燈盛照，人月圓時。”名之曰《人月圓》。《古今詞譜》曰：大石調曲，北劇多收爲引子。

西江月壺天曉　白蘋香　醉高歌（節録）

《古今詞譜》曰：調始於歐陽炯中吕宮曲，以隔韻叶者。後則漸濫而無紀極矣，惟東坡重陽詞近之。歐陽詞云“月映長江秋水。分明冷浸星河。淺沙汀上白雲多。雪散幾叢蘆葦。

扁舟倒影寒潭裏。煙光遠罩輕波。笛聲何處響漁歌。兩岸蘋香暗起。”此又以七字句爲換頭者。東坡詞云：“點點樓前細雨，重重江外平湖。當年戲馬會東徐。今日凄凉南浦。　莫恨黃花未吐，且教紅粉相扶。酒闌不必看茱萸。俯仰人間今古。”恐又是平仄一韻，然已合調耳。

《柳塘詞話》曰：宋趙與仁《西江月》，又作一體云：“夜半河痕依約，雨餘天氣冥濛。起行微月遍池東。水影浮花，花影動簾櫳。　量減難辭醉白，恨長莫盡題紅。雁聲能到畫樓中。也要玉人，知道有秋風。”見草窗《詞選》。

少年游（節録）

《古今詞譜》曰：黃鐘宮曲，林君復、蘇東坡俱有之，亦不一體，其更變俱在換頭也。東坡詞換頭云：“捲簾對酒邀明月。”非對酒捲簾也，刻誤。落句云：“恰似姮娥憐雙燕，分明照，畫梁斜。”異矣。耆卿換頭云：“薄情慢有歸消息，鴛鴦被，半香消。”異矣。小山換頭云："可憐人意，薄于雲水，佳會更難重。"則又異矣。餘則俱同，當以美成詞爲正。

鵲橋仙廣寒秋　鞓紅（節録）

《古今詞譜》曰：仙吕宫曲，又入高平調，與《步蟾宫》稍異。

《古今詞話》曰：張宗瑞有"天風吹送廣寒秋"句，爲《廣寒秋》。

浪淘沙賣花聲　過龍門（節録）

《古今詞譜》曰：歇指調曲。《堯山堂外紀》曰：幼卿女史過龍門有詞，仍立名曰《過龍門》，又曰《賣花聲》。别有中調《賣花聲》六十六字。

《浪淘沙》亦有詩體而入選列前單調者，亦即歇指調也。《唐詞紀》名爲《水鼓子》，作者如白居易、劉禹錫輩。惟司空圖一首爲得大體，詞云："不必長漂玉洞花。曲中止愛《浪淘沙》。黄河却勝天河水，萬里縈紆入漢家。"

柳耆卿作歇指調云："有個人人。飛燕精神。急將環佩上華裀。促拍盡隨紅袖舉，風柳腰身。　萩萩輕裙。妙盡纖新。曲終獨立斂香塵。應是四肢嬌困也，眉黛雙顰。"起句少原調一字。

河　傳

舊記《河傳》爲隋煬帝開汴河所制勞歌也，其聲犯角，詞多失傳。《海山記》曰：煬帝宫中障壁有廣陵圖，帝視之"移時不能舉步。"謂蕭后曰：'朕不愛此畫，爲思舊遊處。'爰指圖中山水，及入村落寺院，歷歷皆在目前。昔年征陳主日遊此。及幸江都，作泛龍舟詞，歌龍女曲，創柳隄迷樓，設錦帆殿脚，此《河傳》乃後人所造勞歌也。

《柳塘詞話》曰：《河傳》水調，本秦皇南幸之曲。如《汴渠》、《隄柳》、《迷樓》、《錦帆》、《烏銅屏》、《四寶帳》、《殿脚女》、《女相如》諸闋，各有故實。維揚宗元鼎即以大業遺事詠之，更用花間限體復仿豔情，千載而下，殊爲香蒨也。余集有《河傳》共十四體，久爲箋出，以求未盡。

瑞鷓鴣太平樂　舞春風　桃花落　五拍

《古今詞譜》曰：南吕宫曲，又入平調，即平韻七言律，仄韻即《玉樓春》也。《詞品》

曰：可以按調而歌者，《瑞鷓鴣》耳。

《樂府紀聞》曰：宣和間，關注寓梁溪古柏院中，夢美鬚髯者揖坐，使兩女子以銅盆酌酒。謂注曰，自來歌曲，先奏天庭，後落人間，他日休兵，有樂府曰《太平樂》。兩女子舞，主人擊節。猶記其五拍云：“玄衣仙子從雙鬟。緩節長歌一解顏。滿飲銅盆效鯨吸，低回舞袖作弓彎。舞留月殿春風冷，樂奏鈞天曉夢還。行聽新聲太平樂，猶留五拍到人間。”此即《舞春風》也。

馮延巳詞云：“嚴妝纔罷怨春風。粉牆畫壁宋家東。蕙蘭有恨枝猶綠，桃李無言花自紅。

燕燕巢兒簾幕卷，鶯鶯啼處曲房空。少年薄幸知何處，每夜歸來春夢中。”在五代時已有《瑞鷓鴣》者，一名《桃花落》。

玉樓春惜春容　木蘭花令（節録）

《古今詞譜》曰：大石調曲，《詞統》又作林鍾商調。詞中不失“玉樓春”三字者，顧敻也。通首一韻者，徐昌圖、温庭筠、歐陽修、宋祁也。前後兩韻者，牛嶠、韋莊也。

步蟾宮

沈雄曰：《步蟾宮》係平調，不知原起是何人，但見蔣竹山詠桂一首。《詞統》有傳一士人訪妓，妓在開府侍宴，候之以寄閽者，誤達開府。開府見詞清麗，呼士人以妓與之。詞云：“東風捏就腰肢細。繫六幅裙兒不起。看來只慣掌中行，怎教在燭花影裏。　更闌應是鉛華褪，暗蹙損、眉峯雙翠。夜深著繡小鞋兒，斜靠著、屏風立地。”

黃山谷詞云：“蟲兒真個惡伶俐。惱亂得、道人眠起。醉歸來、恰似出桃源，但目斷、落花流水。　不如隨我歸雲際。共作個、住山活計。照清溪，匀粉面，插山花，算做勝、風塵滋味。”調異録之。

虞美人（節録）

《古今詞譜》曰：“正宮曲，又入仙呂，四換頭曲也。唐詞落句七字句，以三字句葉。宋詞落句只九字一句葉耳。不得誤以四字句，五字句混之者。

一斛珠鬭黑麻　醉落魄　醉羅歌（節錄）

《梅妃傳》曰：江采蘋九歲誦二南詩，期以此見志。開元中，選侍明皇見寵，所居悉植梅花，故號梅妃。時太真遷上陽，明皇於花蕚樓念之。會夷使貢珠，命封一斛賜妃。妃謝以詩云："柳葉雙眉久不描。殘妝和淚汙紅綃。長門盡日無梳洗，何必珍珠慰寂寥。"明皇以新聲度曲曰《一斛珠》。

臨江仙庭院深深　雁後歸

《唐詞紀》曰：臨江仙，多賦水媛江妃，南唐人多效爲之。

《古今詞譜》曰：仙呂宮曲。《堯山堂外紀》曰：樂曲有《念家山》，後主倚其聲爲《念家山破》，在圍城中，賦《臨江仙》未終而城破。詞云："櫻桃落盡春歸去，蝶翻輕粉雙飛。子規啼月小樓西。曲闌朱箔，惆悵卷金泥。　門掩寂寥人散後，望殘煙草凄迷。"後劉延仲足成之云："爐香閒嫋鳳皇兒。空持雙帶，回首故依依。"

《古今詞話》曰：魯直守當塗，賀方回過之。人日席上，取薛道衡詩句作詞，名《雁後歸》，即《臨江仙》也。

《樂府紀聞》曰：李清照每愛歐陽公《蝶戀花》詞"庭院深深深幾許"，作《庭院深深》曲，即《臨江仙》也。

《柳塘詞話》曰：《花間集》起句，不拘平仄粘，有用韻有不用韻者，有作七字句起，有作六字句起者，韋莊爲減字詞，晏幾道爲添字詞，共有九體。（以上《詞辨》卷上）

一剪梅

周永年曰：《一剪梅》，惟易安作爲善。劉後村換頭亦用平字，於調未叶。若"雲中誰寄錦書來"，與"此情無計可消除"，來字、除字不必用韻，似俱出韻。但"雁字回時，月滿樓"，樓字上失一西字。劉青田"雁短人遙可奈何"，樓上似不必增西字。今南曲止以前段作引子，詞家復就單調別名剪半，將法曲之被管弦者，漸不可詰矣。

《柳塘詞話》曰：《一剪梅》爲南劇引子，起句仄仄平平仄仄平是也，諸闋如劉克莊、蔣捷盡然。有用福唐體者，弇州效山谷爲之，其旨趣尚遜前人。何況今日，偶一游戲爲之可也。但第二字全用平粘則誤，王弇州《道場山》詞："小籃輿踏道場山。坐裏青山。望裏青山。漸看紅日欲銜山。湖上青山。湖底青山。　一灣斜抹是何山。道

332

是何山。又問何山。姓何高士住何山。除却何山。更有何山。”近代吳惕菴《東湖雜感》云：“紅染青楓白露霏。江上鴻栖。城上烏栖。扁舟野客倒金卮。霜下花稀。月下星稀。　　舊事興亡歎弈棋。顰也西施。笑也西施。英雄心事總成癡。俊殺鷗夷。惱殺鷗夷。”以此證之。

釵頭鳳折紅英

《樂府紀聞》曰：陸放翁初娶唐氏，伉儷相得，弗獲於姑。陸出之，未忍絕，爲別館住焉。姑知而掩之，遂絕。後改適趙士程，春遊相遇於禹跡寺之沈園。唐語其夫爲致酒，放翁悵悵，賦此《釵頭鳳》云：“紅酥手。黃藤酒。滿城春色宮牆柳。東風惡。歡情薄。一懷愁緒，幾年離索。錯錯錯。　　春如舊。人空瘦。淚痕紅浥鮫綃透。桃花落。閑池閣。山盟猶在，錦書難托。莫莫莫。”

《古今詞譜》曰：比《摘紅英》祗多三疊字句。

蝶戀花鳳棲梧　鵲踏枝　黃金縷　捲珠簾　一籮金（節錄）

《古今詞話》曰：司馬槱在洛下，夢一美姝，搴帷歌云：“妾本錢塘江上住。花落花開，不管流年度。燕子銜將春色去。紗窗幾陣黃梅雨。”其曲曰《黃金縷》，蘇小小作也。爲秦少章道其事，續其後段。一林鐘商調曲也。

蘇幕遮鬢雲鬆

《柳塘詞話》曰：《蘇幕遮》，古曲名。《古今詞譜》曰：般涉調曲。張説詩云：“摩遮本出海西胡。琉璃寶眼紫鬚胡。”楊慎曰：考之即《舞回回》也，宋人作《蘇幕遮》。注云，胡服，一云高昌女子所戴油帽。余見嶺南《竹枝》云：“碧油油衣蘇摩遮。盤旋嶺南不采花。紅豆亂糝去打鼓。少時聚頭來搏虎。”《教坊記》，有“醉渾脱”之稱，唐呂元濟上書，比見方邑，相率爲渾脱隊，駿馬胡服，名曰蘇幕遮，曲名取此。李白云：“公孫大娘渾脱舞”，即此意，則一舞曲也。

沈雄曰：《蘇幕遮》，一名鬢雲鬆，范仲淹、周邦彥有此詞。今以陳黃門之《鬢雲鬆》證之：“冷風尖，清夢杳。柳蕩花飛，總爲愁顛倒。鈎絞斷腸無一了。細雨連天，排演黃昏早。　　繡原長，青塚小。重問幽泉，可照紅裳曉。地下傷春應不老。香魂依舊嬌芳草。”此三月十九日作，幾許悲凉，蓋詠清明也。

漁家傲水鼓子

《東軒筆録》曰:"希文守邊日,作《漁家傲》數首,皆以"塞上秋來風景異"爲首句。

《古今詞譜》曰:黃鍾宮曲,歐陽永叔在李端愿席上,作十二月《水鼓子》詞。王荊公記其三句云:"五彩新絲纏角粽。金盤送,生綃畫扇雙描鳳。"每問人索其全稿。

沈雄曰:按絶句衍義樂府《水鼓子》,即"千年一遇聖明君"也,後衍爲《漁家傲》。永叔蓮詞,希文塞上詞無異。獨杜安世作,聲調少異,其詞曰:"疏雨纔收澹苧天。微雲綻處月嬋娟。寒雁一聲人正遠。添幽怨。那堪往事思量遍。 誰道綢繆兩意堅。水萍風絮不相緣。舞鑑鸞腸虛寸斷。芳容變。好將憔悴教伊見。"杜詞以平仄韻參半耳。

瞿宗吉曰:楊復初築室南山,凌彦翀和其新句云:"喜來不涉邯鄲道。愁來不竄沙門島。"舊譜皆以仄仄平平平仄仄爲起句。楊復初更爲平平仄仄平平仄也。王荊公"平岸小橋千嶂抱",周美成"幾日春陰寒側側",謝無逸"秋水無痕清見底",率皆從舊,二公以平粘易之耳。

定風波(節録)

《古今詞譜》曰:商調曲也,始於歐陽炯爲之。

青玉案(節録)

《古今詞譜》曰:中呂宮曲,按過變第二句七字句之第六字,用平聲乃叶。六一詞"爭似家山見桃李",方回詞"彩筆空題斷腸句",稼軒詞"笑靨盈盈暗香去"。以多者證之也。若梅溪之"被芳草,將愁去",又是一法。

連理枝

江尚質曰:按《尊前集》,李白《連理枝》十二首,黃鍾宮曲也。詞家止收二首云:"雪蓋宮樓閉。羅幕昏金翠。闘鴨闌干,香心澹薄,梅梢輕倚。噴寶猊香爐,紅綃翠被。""淺畫雲垂帔。點滴昭陽淚。咫尺宸居,君恩斷絶,似遥千里。望水晶簾外,竹枝寒,守羊車未至。"唐詞最初都無換頭,今以太白兩首,疊作雙調者何故。後晏殊亦爲此調，始有換頭。然在劉過爲《小桃紅》，尚亦稍異。劉詞結句"畫行人愁外兩青山，與尊前離恨"，爲添三字，餘則皆同。

三奠子（節録）

曹秋嶽曰：唐宋未有是曲，元遺山《錦機集》中有二闋，傳是奠酒、奠穀、奠璧也。崔令欽《教坊記》，有《奠璧子》。元詞云："悵韶華流轉，無計流連。行樂地，一凄然。笙歌寒食後，桃李惡風前。連環玉，回文錦，兩纏綿。　　芳塵未遠，幽意誰傳。千古恨，再生緣。閒衾香易冷，孤枕夢難圓。西窗雨，南樓月，夜如年。"

隔浦蓮

强焕序曰：美成爲溧水令，民到於今稱之。强焕八十年後踵公舊治，既喜且媿。適觀隔浦之蓮，抑又思美成之詞，撫寫物態，曲盡其妙。暇日式燕佳賓，果以公詞爲冠云。"新篁搖動翠葆。曲徑通深窈。夏果收新脆，金丸落，驚飛鳥。濃靄迷岸草。蛙聲鬧。驟雨鳴池沼。水亭小。　　浮萍破處，簾花簾影顛倒。綸巾羽扇，醉臥北窗清曉。屏裏吳山夢自到。驚覺。依然身在江表。"

《樂府解題》曰："大石調曲，一作有近拍二字，方千里、陸放翁俱有和詞，結用二字藏韻，如放翁云：'人靜，吹簫同過緱嶺'意。"

師師令

沈雄曰：張子野贈妓李師師云："香鈿寶珥。拂菱花如水。學妝皆道稱時宜，粉色有、天然春意。蜀綵衣裳勝未起。縱亂霞垂地。　　都城池苑誇桃李。問東風何似。不須回扇障清歌，脣一點、小於朱蕊。正值殘英和月墜。寄此情千里。"按《東都遺事》，李師師汴京角妓，道君微行幸之。秦觀贈以《生查子》，周美成贈以《蘭陵王》，是也。子野晚年多爲官妓作詞以此。

紅林檎近

《洽聞記》曰：唐永徽中，王方言於河灘拾得小樹栽之，及長，乃林檎也。進於高宗，以爲朱奈，又名五色林檎。俗云蘋婆，此云相思，教坊有此曲名，隸雙調。

《古今詞譜》曰：調始於周美成云："風雪驚初霽，水鄉增暮寒。樹杪墮毛羽，簷牙掛琅玕。"四句起似古風。方千里和之，結句則云："歲華休作容易看。"句法當以結句之第六字爲仄字。

《詩餘圖譜》載詞："高柳春纔軟，凍梅寒更香。暮雲助清峭，玉塵散林塘。那堪飆風遞冷，故遣度幕穿窗。似欲料理新妝。呵手弄絲簧。　　冷落詞賦客，蕭索水雲鄉。援毫授簡，風流猶憶東梁。望虛簷徐轉，回廊未掃，夜長莫惜空酒觴。"此美成詞也，未知孰是。

驀山溪

《詞品》曰：葛魯卿一曲，詠天穿節郊社也。宋以前以正月二十日爲天穿節，相傳是日女媧氏補天，俗皆以煎餅置屋上。葛詞故有"春風野外，卵色天如水"句。

沈雄曰：此調第四句作七字折腰句，而平仄或異。如張于湖"暖紅爐、笑翻灰燼。占前頭、一番花信"。宋謙父"辦竹几、蒲團茗椀。更薄酒、三杯兩盞"。前此第三字俱平，而後此第三字俱仄也。杜伯高"早綠遍、江南千樹，有佳人、天高日暮"。只一調之前仄而後平也。黃山谷、程書舟、陸放翁、易彥祥皆然，當不必拘此。

此調落句上有三字句兩句，有全用押者，有第二句用押者，有全然可平可仄不用押者。如方千里"闌倦倚。簾半起。魂動斜陽裏。歌舞地。尊酒底。不羨東鄰美"。易彥祥"梨花雪，桃花雨。畢竟春誰主。吳姬唱，秦娥舞。捱醉青樓暮"。此全用押，與第二句用押之式也。餘人或上平而下仄，或上仄而下平，竟取陡健耳，全與清真律不相似。

洞仙歌

蘇東坡曰：僕七歲時，見眉州老尼，自言嘗隨其師某入蜀主昶宮中。一夕主與花蕊夫人，避暑摩訶池上作詞，尼具能道之，今死久矣。僅得二句，暇日爲足成之，乃《洞仙歌》也。"冰肌玉骨，自清涼無汗。水殿風來暗香滿。繡簾開、一點明月窺人。人未寢、欹枕釵橫鬢亂。　　起來攜素手，庭户無聲，時見疏星渡河漢。試問夜如何，夜已三更，金波澹、玉繩低轉。但屈指、西風幾時來，又不道、流年暗中偷換。"

徐萍村曰：按《溫叟詩話》，楊元素作《本事曲記》，東坡《洞仙歌》成，而後爲士人寄調《玉樓春》，以誦全篇也。或傳《玉樓春》爲蜀主昶自製曲，若然，則東坡爲衍詞也，何以云足成之。

沈雄曰：第二句是空頭五字句，李元膺云：“放曉晴庭院”。陳亮云：“夢高唐人困。”辛棄疾云：“算其間能幾。”蔣捷云：“受東風調弄。”是一法也。但第四句體異，東坡云：“繡簾開，一點明月窺人。”晁無咎云：“露涼時，零亂多少寒螿”。陳亮云：“又簷花落處，滴碎空階。”已見一班。而李邴詞則云：“自長亭人去後，煙草淒迷。”謝懋詞則云：“釀輕寒，和暝色，花柳難勝。”依稀分作三句，又是一法。若李元膺句則云：“更風流多處，一點梅心相映遠。約略顰輕笑淺。”又“向楚宮一夢，多少悲涼無處問，愁到而今未盡”。似添一韻而直接落句，在此調之要詳於辨者。又，換頭三句，自無變動。東坡云：“試問夜如何，夜已三更，金波澹玉繩低轉”。少游云：“別夜欲重來，杳杳銀河，空悵望，不勝淒斷。”亦自作七字折腰句。李邴則云：“記那回深院靜，簾幕低垂，花陰下，霎時留住。”謝懋則云：“念陽臺當日事，好伴雲來，因個甚，不入襄王夢裏。”似作三字兩句。李元膺則云：“到清明時候，百紫千紅，花正亂，已失春風一半。”不入字，已失字，俱襯字也。東坡卒章前一句云：“但屈指西風幾時來。”晁無咎云：“更攜取胡床上南樓。”李邴云：“又只恐伊家忒疏狂。”李元膺云：“早占取韶光共追遊。”盡作八字句，而結自易易耳。

離別難

《樂府解題》曰：武后時，士人陷冤獄，其家配入掖庭，撰《離別難》，一名《大郎神》，一名《悲切子》，俱見《教坊記》。其詞即五言近體，《唐詞紀》中“此別難重陳，花飛復戀人”是也。白樂天七言近體云：“綠楊陌上送行人。馬去車回一望塵。不覺別時紅淚盡，歸來無可更霑巾。”乃《離別難》曲也。惟薛昭蘊一首爲長短句，詞家用之。

《古今詞譜》曰：中呂宮曲，多隔韻叶者，且長調過變，亦作兩韻。況又有平仄韻，隨作，隨轉，隨叶，當警切而出之以響亮可也。

《離別難》詞：“寶馬曉鞲雕鞍。羅幃乍別情難。那堪春景媚。送君千萬里。半妝珠翠落，露華寒。紅蠟燭，青絲曲，偏能勾引淚闌干。　　良夜促。香塵綠。魂欲迷。檀痕半斂愁低。未別心先咽，欲語情難說。出芳草，路東西。搖袖立。春風急。櫻花楊柳雨淒淒。”

魚游春水

《唐詞紀》曰：東都防河卒於浚汴日，得一石刻，有詞無調。摭詞中四字名之曰《魚游春水》。教坊倚聲歌之。“秦樓東風裏。燕子還來尋舊壘。餘寒猶峭，紅日薄侵羅綺。嫩草方抽碧玉簪,媚柳輕拂黃金縷。鶯囀上林,魚游春水。　　幾曲闌干遍倚。又是一番新桃李。佳人應怪歸遲,梅妝淚洗。鳳簫聲絕無歸雁,望斷清波無雙鯉。雲山萬重,寸心千里。"凡八十九字,而風花鶯燕動植之物曲盡,此唐人語也。

滿江紅(節錄)

《古今詞譜》曰:仙呂宮曲,《教坊記》有此名。唐人《冥音錄》曰《上江虹》,即《滿江紅》,彭芳遠有平聲詞。

六么令

沈雄曰:楊慎云:古之六博,即今骰子也。晉謝艾傳,梟者邀也,六博得么者勝。即骰子之么也。曲名《六么序》,義取六博之采。胡應麟曰:六朝盛用樗蒲,以五木爲之,其采曰盧、曰雉、曰捷、曰梟,其製如銀杏仁,僅二面。《春秋演繁露》考甚詳,儼然遺制在目。初無么二三四五六等稱,以梟爲么者。且《晉書》謝艾無傳,附張重華傳中。《碧雞漫志》曰:六么名綠么。《吐蕃傳》曰:奏涼州、胡渭、綠腰雜曲。《琵琶錄》曰:綠腰,本錄要也,樂工進曲,令錄其要者。王仲初《宮詞》:"琵琶先采六么頭。"元微之《琵琶歌》:"逡巡彈得六么徹。"白樂天《竹枝》:"六么水調家家唱。"永叔詞:"六么催拍盞頻傳,貪看六么花十八。"於義何取乎?《青箱記》曰:曲有《六么》,即《霓裳羽衣曲》。沈雄曰:按《霓裳羽衣》,黃鐘宮音,而《六么令》爲仙呂宮曲。《清真集》中"快風收雨"是也。晏小山"綠陰春盡",辛稼軒"酒暈花隊",實與《霓裳羽衣》殊絕,然則並非六博之義可知。詞有與《六么》調名無干者,如晏小山《六么令》詞:"綠陰春盡,飛絮繞香閣。晚來翠眉宮樣,巧把遠山學。一寸狂心未説。已向橫波覺。畫簾遮匝。新翻曲妙,暗許閒人帶偷摺。　　前度書多隱語,意淺愁難答。昨夜詩有回文,韻險還慵押。都待笙歌散了,記取留時霎。不消紅蠟。閒雲歸後,月在庭花舊闌角。"

小聖樂

江丹崖曰:《錦機集》載,都城外萬柳堂,廉野雲置酒,招盧疏齋、趙松雪同飲。時歌妓解語花者,左手折荷花,右手執杯行酒,歌《小聖樂》,詞云:"綠葉陰濃,遍池亭水閣,偏趁涼多。海榴初綻,朵朵蹙紅羅。乳燕雛鶯弄語,對高柳、鳴蟬相和。驟雨過,似瓊珠亂撒,打遍新荷。　　人生百年有幾,念良辰美景,休放虛過。富貴前定,何用苦張羅。命友邀賓燕賞，飲芳醑、淺斟低歌。且酩酊，從教二輪，來往如梭。”此元遺山預爲製曲以教歌者也。

燭影搖紅憶故人（節録）

《能改齋漫録》曰：王詵都尉，憶故人作，本名《憶故人》。徽宗喜其詞，猶以不豐容宛轉爲憾，遂令大晟府職，別撰腔調。周邦彦增益其詞，以首句名之，爲“燭影搖紅”云。《古今詞譜》曰大石調曲。

醉翁操

《古今詞譜》曰：琴調曲也。東坡序曰：瑯琊山川奇麗，泉鳴空澗，若中音會。醉翁喜之，欣然忘歸。既去十餘年，而好奇之士沈遵聞之往遊，以琴寫其聲曰《醉翁操》。節奏疎宕，而音韻和暢，知琴者以爲絶倫。然有其聲而無其詞，翁雖爲之作歌，與琴聲不合，又依《楚辭》作《醉翁引》。好事者亦倚其辭以製曲，粗合均度，而琴聲爲詞所繩縛，非大成也。後三十餘年，翁既捐館舍，遵亦歿久矣。有廬山玉澗道人，特妙於琴，恨此曲之無詞，乃譜其聲而請於東坡以補之。東坡遂援筆作此《醉翁操》琴曲云：“瑯然。清圓。誰彈。響空山。無言。惟翁醉中知其天，月明風露娟娟，人未眠。荷蕢過山前。曰有心哉此賢。　　醉翁嘯詠，聲和流泉。醉翁去後，空有朝吟夜怨。山有時而童顛。水有時而回川。思翁無歲年。翁今爲升仙。此意在人間。試聽徽外兩三弦。”沈雄曰：按前解卒章曰“有心哉此賢”，作泛音，怨字叶平聲。汪水雲謂，不若朝禽夜猿也，曾改之。但辛稼軒送範先之琴曲，抑又不同耳。

並蒂芙蓉

《東京軼事》曰：政和中，大晟樂府告成。蔡京以晁次膺薦於徽宗，乘驛赴闕。會禁中蓮生，異苞含跗，次膺屬詞以進，名《並蒂芙蓉》，徽宗覽之稱善。詞云：“太液波澄，向鏡中照影，芙蓉同蒂。千柄緑荷深，並丹臉爭媚。天心眷臨聖日，殿宇分明獻嘉瑞，弄香嗅蕊。願君王，壽與南山齊比。　　池邊屢回翠輦，擁羣仙醉賞，憑欄凝思。蕚緑攬飛瓊，共波上游戲。西風又看露下，更結雙雙新蓮子。鬭妝競美。問鴛鴦，向誰留意。”凡九十八字，大約一時應制，以淺俗取妍如此。

念奴嬌百字令　壺中天　大江東　酹江月　無俗念　淮甸春　赤壁謠　湘月

《樂府解題》曰：蘇長公以"大江東去"爲首句，名《大江東》。《嘯餘譜》中，有訛爲《大江乘》者。以"一尊還酹江月"爲卒章，名《酹江月》。中有公瑾小喬事，名《赤壁謠》。張輯訪高沙事跡云"柳花淮甸春冷"，名《淮甸春》。《詞品》載，丘長春無俗念詠梨花，凌彥翀無俗念詠月。金人高霦又改爲《大江西上曲》，皆《念奴嬌》也。姜白石集中《湘月》注云：即《念奴嬌》之鬲指聲也。《詞品》曰："中流容與，畫橈不點清鏡"，從柳子厚"綠淨不可唾"之語翻出。至"暗柳蕭蕭，飛星冉冉，夜久知秋信"，寫之得其神矣。

《古今詞譜》曰：大石調曲，又列雙調。葉石林《中秋》一闋，獨用平韻，"萬頃波光雲陣捲，長笛吹破層陰。縹緲高城風露爽，獨倚危檻重臨"，亦即大石調也。

《太平樂府》曰：淳熙三年，孝宗起居上皇賞月，命小劉妃取白玉笙，吹《霓裳中序第一》。曾覿進《壺中天》卒章云："金甌千古無缺。"上皇喜曰：從來月詞，不曾用金甌事。賜賚無算。六年三月，又請西宮游聚景園，内官進《泛蘭舟》曲，張掄進《壺中天》，有"一塵不動，四境無鳴柝"句，賜法錦數事。一日，車駕觀浙江潮，命從官各賦《酹江月》，以吳琚詞爲第一。《壺中天》、《酹江月》，即《念奴嬌》。念奴，唐玄宗宮人名。

沈雄曰：調中語意參差，盡人各倚以爲法。曾覿詞："素飆漾碧，看天衢，穩送一輪秋月。"吳琚詞："玉虹遥掛，望青山，隱隱有如一抹。"劉儗詞："西風何事，爲行人，掃蕩類襟如洗。"此第二句以三字呼起，第三句遂接以六字句，是一法也。朱希真詞："別離情緒，奈一番好景，一番悲戚。"仲殊詞："水楓葉下，乍胡光清淺，涼生商素。"黃昇詞："玉林何有，有一灣蓮沼，數間茅宇。"此第一句以四字句起，下遂似一襯字接去，作四字句兩句者，亦一法也。姚孝寧詞："素娥睡起賀冰輪，碾破一天秋綠。"白玉蟾詞："漢江北瀉下長淮，洗盡胸中今古。"劉克莊詞："老夫白首尚兒嬉，廢圃一番料理。"此以七字句起，隨作六字叶者，又一法也。若如下文以七字句承去，即以六字句照應，不幾爲雙拽頭之病乎？審之，審之。按調中第三句作七字句，第四句作六字句，如"桂魄飛來光射處，冷浸一天秋碧"，"劃地東風欺客夢，一枕銀屏寒怯"，"流水飄香人去遠，難托春心脉脉"。若"木落山高，真個是一雨秋容新沐"，"綠水芙蓉，元帥與賓從風流濟濟"，即是"故壘西邊，人道是三國周郎赤壁"句，此語意參差，以上三字，可續下作九字句者。

按換頭亦有語意參差者，辛幼安云："聞道綺陌東頭，行人長見，簾底纖纖月。"陳同甫云："因笑王謝諸人，登高懷遠，也學英雄涕。"王子端云："有夢不到長安，此心安穩，只有歸耕去。"第二作四字句，第三作五字句，過變直捷，亦一法也。黃山谷云："年少從我追遊，晚城幽徑，遠張園森木。"趙長卿云："憔悴素臉朱唇，天寒日暮，倚闌干無力。”姜白石云：“誰解喚起湘靈，煙鬟霧袖，理哀弦鴻陣。”此以五字句作空頭句，亦一法也。杜伯高云：“當日萬駟雲屯，潮生潮落去，石頭孤峙。”趙鼎臣云：“惆悵送子南游，南樓依舊否，朱欄誰倚。”李漢老云：“誰念鶴髮仙翁，當年曾共賞，紫岩飛瀑。”第二作五字句，第三作四字句，亦一法也。若姚孝寧詞：“尊前須快瀉山頭鳴瀑。”劉後村云：“梅花差可伯仲之間耳。”似聯似斷，此即東坡“小喬初嫁了，雄姿英發”意，此了字，與下“多情應笑我，早生華髮”之我字同參。

木蘭花慢

《詞品》曰：此調惟柳永得音調之正，蓋傾城，盈盈，歡情，二字句中有韻。近見吳激中秋詞，蔣捷詠冰詞，吳文英餞別詞，亦不失體。劉克莊、戴復古俱不盡然。《錦機集》中九首內二首兩處用韻，亦未爲全知者。柳永清明詞：“拆桐花爛漫乍疎雨、洗清明。正豔杏燒林，細桃繡野，芳景如屏。傾城。盡尋勝去，驟雕鞍，紺幰出郊坰。風暖繁絲脆管，萬家齊奏新聲。　　盈盈。鬪草踏青。人豔冶、遞逢迎。向路傍，往往遺簪墮珥，珠翠縱橫。歡情。對佳麗地，任金罍竭玉山傾，拚却明朝永日，畫堂一枕春醒。”

沈雄曰：陳參政詞，亦自慨切，與德祐太學生相似，第六字句，改作“鄉心促日行萬里，幸此身生入玉門關”，多一日字。王士祿全步其韻而稍改正之，讀其“向風塵決計”，見其高致，但藏韻二字句，則又爲時例之所忽矣，奈何。

桂枝香疏簾淡月（節録）

《古今詞譜》曰：仙呂宮曲，張輯《欸乃集》《秋思章》云：“疏簾淡月，照人無寐。”又名爲《疏簾淡月》。

哨遍（節録）

卓人月曰：般涉調曲，龜兹部語，於華言爲五聲。五聲羽聲也，羽於五音之次爲五。東坡、稼軒爲三疊詞。

蘭陵王高冠軍（節録）

《南濠詩話》曰：蘭陵王入陣必先，言其勇也。按《北齊史》，高長恭破周師，勇冠三軍,封蘭陵王,一名高冠軍,見本傳。清真之作"應折柔條過千尺",盡人以爲詠柳也,殊不知別李師師而作,更覺離愁在目。師師爲道君皇帝述之,遂傳遍都下。

六州歌頭(節録)

《古今詞譜》曰:《歌頭》本大石調,《六州歌頭》,又鼓吹曲也。六州者:伊州、梁州、甘州、石州、胡渭州、氐州也。宋之大祀、大恤用此,良不與豔詞同科者。樂府多以興亡事實之,別有絶句體,不入《教坊記》。

《詞律》曰:宋李冠、劉仲芳詞,俱作二疊,辛稼軒詞作三疊,亦不甚異。(以上《詞辨》卷下)

李白(節録)

鄭樵《通志》曰:李白《草堂集》,白,蜀人,草堂在蜀,懷故國也。《菩薩蠻》、《憶秦娥》二首爲百代詞曲之祖。(《詞評》卷上)

吳激《東山樂府》

《古今詞話》曰:吳激字彥高,故相子。一日,赴張總侍御家集,出侍兒侑觴,意狀摧抑。詢之,爲故宋宣和殿宮姬也。時宇文叔通賦《念奴嬌》先成,惟彥高作《人月圓》。又在會寧府遇老姬,善琵琶,自言梨園舊籍。因有感而制《春從天上來》。後三山鄭中卿,從張貴謨使北日,聞有歌之者。當時人盡稱之曰:吳郎以樂府高天下,號爲吳蔡體。

蔡松年《蕭閒公集》

《詞品》曰:伯堅丞相樂府,與彥高東山樂府,多人選者。即名吳蔡體者是也。獨推其"銀屏小語,私分麝月,春心一點",乃伯堅《尉遲杯》也。(以上《詞評》卷下)

王士禛

王士禛(1634—1711)字子真,一字貽上,號阮亭,又號漁洋山人。清新城(今山東桓臺）人。順治十五年（1658）進士。清初著名文學家和文學評論家，詩、詞、文俱工。其詩爲一代宗師，與朱彝尊並稱朱、王。一生著述甚富，編著有《居易録》、《帶經堂集》、《帶經堂詩話》、《古詩選》、《唐人萬首絶句選》、《池北偶談》、《花草蒙拾》、《五代詩話》（鄭方坤删補）、《分甘餘話》、《古夫于亭雜録》、《香祖筆記》等數十種。

《師友詩傳録》，清人郎廷槐編。《師友詩傳録續録》，清人劉大勤編。二人皆學詩於王士禛，各述其師説以成其書。以郎録在前，故劉録稱"續"。郎録雖以士禛爲主，而亦兼質於平原張篤慶、鄒平張實居，故每一問而三答。其稱歷友者，篤慶之號；稱蕭亭者，實居之號。篤慶於士禛爲中表，所著有《昆侖山房集》。實居於士禛爲婦兄，所著有《蕭亭詩集》。士禛皆嘗論次之。故三人所答，或共明一義，或各明一義，然大旨皆不甚相遠。

筆記《池北偶談》又名《石帆亭紀談》，共二十六卷，部分内容由王士禛兒輩記録整理而成。全書近一千三百條，分成四目：一，談故，記敘清代典章與科甲制度、衣冠勝事等；二，談獻，主要記敘明中葉至清初名臣、畸人、烈女等事；三，談藝，評論詩文，採摭佳句；四，談異，記敘神怪傳聞故事。談藝大約占全書篇幅的三分之一，主要是以神韻説評詩論畫，闡述個人主張，《四庫全書總目》稱"談藝九卷，皆論詩文，領異標新，實所獨擅"。

《帶經堂詩話》三十卷，卷首序例一卷，王士禛撰，張宗柟輯。張宗柟（1704—1765）字汝棟，號含廣。清海鹽（今屬浙江）人。王士禛原有《漁洋詩話》三卷，是應友人所請雜論詩歌的著作，不足以代表其詩論全貌。另有《漁洋詩話》一卷本，是他人摘取其五言詩、七言詩凡例而成。乾隆時張宗柟彙集王士禛著作十八種内的論詩之語，編成此書。全書分總論、懸解、總集、衆妙、考證、記載、叢談、外紀八門，子目共六十四類。每類中將王士禛有關論述按年月排列，後徵引他家之説相參證，間附按語，表明己意。凡涉王士禛論詩之語必録，不加删削，不免貽人撦雜雍腫之譏。然唯其全備，能存王士禛論詩之全貌，非但著書謹慎，亦便於研究王士禛詩學前後嬗變之跡。翁方綱《石洲詩話》卷六稱其"於漁洋論次古今詩，具得其概，學者頗皆問詩學於此書"。張宗泰《魯岩所學集》卷十四亦云："其於漁洋一家談藝之言，條分件係，各歸倫類，頗有便於檢閲。又多稱引他家之説用相印證，即所附談詩諸作，多深中理解，知其於此事用力亦深。"

《花草蒙拾》是王士禛讀《花間集》、《草堂詩餘》所做的評論詞作的札記，是其唯一論詞的專著。

王士禛所作《五代詩話》（鄭方坤删補），在具有詩人獨特感受性的同時，提出了詩人對於詩的獨到而深入的看法和見解，在中國詩話史上佔據獨特而重要的位置。

其《香祖筆記》十二卷，或議論史事得失，或闡述名物源流，或記載遺聞軼事、風俗掌故，皆精而不膚、簡而不浮。

本書資料據四庫全書本《居易録》、《唐人萬首絕句選》、《師友詩傳録》、《師友詩傳録續録》、《池北偶談》、《分甘餘話》、《古夫于亭雜録》、《香祖筆記》、人民文學出版社1963年版《帶經堂詩話》、中華書局1986年《詞話叢編》本《花草蒙拾》、人民文學出版社1989年版《五代詩話》（鄭方坤刪補）。

《居易録》自序

古書目録，經史子集外，厥有説部，蓋子之屬也。《莊》、《列》諸書爲《洞冥》、《搜神》之祖，亦史之屬也。《左傳》、《史》、《漢》所紀述識，小者鈎纂剪截，其足以廣異聞者亦多矣。劉歆《西京雜記》二萬許言，葛稚川以爲《漢書》所不取，故知説者史之別也。唐四庫書乙部史之類十三，有故事、雜記；丙部子之類十七，有小説家，此例之較然者也。六朝已來代有之，尤莫甚于唐宋。唐人好爲浮誕豔異之説，宋人則詳于朝章國故、前言往行，史家往往取裁焉。如王明清《揮麈》三録，李心傳《建炎以來朝野雜記》之屬是也。予自束髮好讀史傳，旁及説部，聞有古本爲類書家所不及收者，必展轉借録，老而不衰。二十年來官京師，每從士大夫間有所見聞，私輒掌記，芟其繁復，尚得二十六卷，目曰《池北偶談》。南海之役，哀道路見聞，別爲《皇華紀聞》四卷。康熙己巳冬抄，重入京師，時冬不雪，其明年春夏不雨，米價踴貴，天子憂勞爲罷元正朝賀，遣大臣分賑。畿南北命大司農禱雨泰山，余備員卿貳，時惴惴有尸素之懼。在公之暇，結習未忘，有所見聞，時復筆記。歲月既積，得數百條，釐爲三十四卷。憶顧況語長安米貴，居大不易，因取以名其書。予仕宦四十年，居易俟命，鈍拙無似，而顧以此蒙知主上，則首陽柳下，又未知孰爲工拙也。取以名書，亦以見志云爾。經筵講官刑部尚書前都察院掌院事左都御史濟南王士禛序。（《居易録》卷首）

《居易録》（節録）

御史徐樹穀上言：自古設立史官，原以修葺國史爲重，典、謨、訓、誥皆是當時史官之筆，三代以降，列國并有記載。《春秋》即魯史舊文，列于諸經，此爲編年之史。漢司馬遷創爲紀、傳、表、志之體，後世國史因之，皆命儒臣纂修。本朝之史謂之正史，如後漢班固受詔撰《光武本紀》及列傳二十八篇，李尤受詔與謁者僕射劉珍等俱撰《漢記》，晉徐廣受詔勒成《晉記》，唐有修國史之官，如劉知幾、吳兢、韋述、柳芳等俱以直史館著名。宋《兩朝國史》乃宰相王旦所修，呂夷簡益以真宗朝，爲《三朝國史》，又有仁、英、神、哲四朝國史，皆歷歷可考者也。編年則凡起居注、日曆、聖政記，皆集取當時議論、政事及制、誥、章，奏隨日撰録，以備信史，而紀、傳、表、志之正史亦并于此時纂修，蓋必用本朝之人修昭代之史，事皆親睹，言爲可徵，故歷代最重此選。明世史官虛設，初雖編有日曆，後即旋廢，至于正史并未議及。萬曆中禮部尚書陳于陛始請編輯，又復中止，論者惜焉。今大清會典已經告成，《政治》、《典訓》、《平定三逆方略》將次葺完，請于三書進呈之後，倣古聖政記、日曆體例，自皇上龍飛初歲，按年編纂，上自詔諭及諸司章奏批答，合之起居注所紀，勒成鉅編，一事而具始末，一言而備原委。至于肇修正史，自漢以來俱有成例，洪惟太祖高皇帝創業垂統，太宗文皇帝定亂安民，世祖章皇帝混一區夏，深仁厚澤，三朝實録謨烈具存，與其待修于後時，不若亟議于今日。乞以時頒諭開局，次第汗青，列聖之豐功峻德懸日月而常明，皇上之孝思作求，炳穹壤而無極。

羅明仲嘗語李賓之“三言詩亦可視爲一體”，以扇命作。李援筆題云：“揚風帆，出江樹。家遥遥，在何處。”其意致頗近古。前明李西涯以樂府擅名，其所作三五七言諸體靡不悉具，以視賓之，其高下爲何如耶？三言之作，其體已久爲作者所宜備。《詩談》云：“三言起于散騎常侍夏侯湛。”

同年劉吏部公戩云：七律較五律多二字耳，其難什倍，譬開硬弩秖到七分，若到十分滿，古今亦罕矣。予最喜其語，因思唐宋以來爲此體者何啻千百人，求其十分滿者，唯杜甫、李頎、李商隱、陸游及明之空同、滄溟二李數家耳。公戩詩頗有奇句，如云“直溪束天色，湍激橡林左”，峭刻極似東野語。（以上《居易録》卷三）

《唐人萬首絶句選》序

漁洋山人撰宋洪氏《唐人萬首絶句》既成，或問曰：“先生撰《唐人絶句》，意何居？”應之曰：“吾以庀唐樂府也。”曰：“絶句也，而謂之樂府，何也？”曰：“樂府之名，其來尚矣。世謂始於漢武，非也。按《史記》：高祖過沛詩《三侯》之章，又令唐山夫人爲《房中》之歌。《西京雜記》又謂戚夫人善歌《出塞》、《入塞》、《望歸》之曲，則樂府實始漢初。武帝時，增《天馬》、《赤蛟》、《白麟》等十九章，以李延年爲協律都尉，集五經之士，相與次第其聲，通知其意，而樂府始盛。其云武帝者，託始焉爾。東漢之末，曹氏父子兄弟，雅擅文藻，所爲樂府，悲壯奧崛，頗有漢之遺風。降及江左，古意寖微，而清商繼作，於是楚調、吳聲、西曲、南弄雜然興焉。逮於有唐，李、杜、韓、柳、元、白、張、王、李賀、孟郊之倫，皆有冠古之才，不沿齊梁，不襲漢魏，因事立題，號稱樂府之變。然考之開元、天寶已來，宮掖所傳、梨園弟子所歌、旗亭所唱、邊將所進，率當時名士所爲絕句爾。故王之渙"黃河遠上"、王昌齡"昭陽日影"之句，至今艶稱之。而右丞"渭城朝雨"流傳尤衆，好事者至譜爲《陽關三疊》。他如劉禹錫、張祐諸篇，尤難指數。由是言之，唐三百年以絕句擅塲，即唐三百年之樂府也。而子又奚疑？宋洪文敏公邁常集唐絕句至萬首，經進孝宗御覽，襃賜優厚。余少習是書，惜其踳駁，久欲爲之栞定而未暇也。歸田之五載爲康熙戊子，乃克成之，而以問答之語次爲序云。（《唐人萬首絕句選》卷首）

《師友詩傳録》（節録）

問：《古詩十九首》乃五古之原，按其音節風神，似與楚騷同時；而論者指爲枚乘等擬作。枚之文甚著，其詩不多見。且秦漢風調自殊，何所據而指爲枚作耶？又蘇、李"河梁"，亦有《十九首》風味，豈漢人之詩，其妙皆如此耶？求明示其旨。

王答：《風》、《雅》後有《楚詞》，《楚詞》後有《十九首》。風會變遷，非緣人力，然其源流則一而已矣。古詩中"迢迢牽牛星"、"庭中有奇樹"、"西北有高樓"、"青青河畔草"等五、六篇，《玉臺新詠》以爲枚乘作；"冉冉孤生竹"一篇，《文心雕龍》以爲傅毅之辭。二書出于六朝，其説必有據依，要之爲西京無疑。"河梁"之作與《十九首》同一風味，皆所謂驚心動魄，一字千金者也。嬴秦之世，但有碑銘，無關《風》、《雅》。

張歷友答：昔人謂《十九首》爲風餘。又曰詩母，若自列國之詩涵泳而出者，如太羹醇酒，非復泛齊醴齊可埒。其在楚《騷》之後無疑，況乎《騷》亦出于《風》也，而五言至漢世乃大顯。《十九首》中，如"青青河畔草"、"西北有高樓"、"涉江采芙蓉"、"庭中有奇樹"、"迢迢牽牛星"、"東城高且長"、"明月何皎皎"七章，《玉臺》皆以爲枚乘作。"冉冉孤生竹"，《文心雕龍》以爲傅毅。《驅車上東門》，樂府作《驅車上東門行》。《文選》以《十九首》爲二十，蓋分"燕趙多佳人"以下自爲一章也。然相其體格，大抵是西漢人口氣，因篇中有"驅車上東門，游戲宛與洛"。故論者或以爲似東漢人口角，斷其非枚乘者。殊不知西京人亦何必不游戲宛、洛耶？此真"見與兒童鄰"矣。至如"蘇、李河梁録別"，其風味亦去《十九首》誠不遠，亦非東京以下所能涉筆者。

張蕭亭答：《騷》之變爲五言也，風調自別。《十九首》或謂楚《騷》同時，或謂枚乘作。想考無確據，故不書作者姓名。觀"青青陵上栢"一章内"兩宮遥相望，雙闕百餘尺"，兩宮，南宮、北宮也。蔡質《漢官典職》曰："南宮、北宮，相去七里。"又"明月皎夜光"一章内,如"促織鳴東壁"、"玉衡指孟冬"、"白露霑野草"、"秋蟬鳴樹間,玄鳥逝安適"等語,所序皆秋事乃,漢令也。《漢書》曰:"高祖十月至灞上,故以十月爲歲首。"漢之孟冬,今之七月也。似爲漢人之作無疑。至于蘇、李"河梁"詩,可與《十九首》相頡頏。東坡先生謂爲僞作,亦必有見。然氣味高古,縱不出蘇、李,定漢之高手所擬。江文通善于擬古者,似不能及也,不須深辯。總之,漢祚鴻朗,文章作新。《安世》楚聲,渾純厚雅;漢武樂府,壯麗宏奇。《垓下》歌于流離,《白頭》吟于閨閫,其他可以類推矣。

問:樂府之體與古歌謠髣髴,必具有懸解,另有風神,無蹊徑之可尋,方入其室;若但尋章摘句,摹擬形似,終落第二義。如《穆天子傳》之《白雲謠》,《湘中記》之"帆隨湘轉",古樂府之"獨漉獨漉,水清泥濁"之類,神妙天然,全無刻畫,始可以稱樂府。魏晉擬作,已非其長,至唐益遠矣。夏蟲語冰,殊覺妄誕,乞指示之。

王答:樂府之名,始于漢初。如高帝之《三侯》,唐山夫人之《房中》是也。《郊祀》類《頌》,《鐃歌》、《鼓吹》類《雅》,《琴曲》、《雜詩》類《國風》。故樂府者,繼《三百》而起者也。唐人惟韓之《琴操》最爲高古,李之《遠別離》、《蜀道難》、《烏夜啼》,杜之《新婚》、《無家》諸別,《石壕》、《新安》諸吏,《哀江頭》、《兵車行》諸篇,皆樂府之變也。降而元、白、張、王,變極矣。元次山、皮襲美補古樂章,志則高矣,顧其離合,未可知也。唐人絕句,如"渭城朝雨"、"黃河遠上"諸作,多被樂府,正得《風》之一體耳。元楊廉夫、明李賓之各成一家,又變之變也。李滄溟詩名冠代,祇以樂府摹擬割裂,遂生後人詆毀,則樂府寧爲其變,而不可以字句比擬也明矣。來教必具懸解,另有風神,無蹊徑之可尋,乃入其室,數語盡之。

張歷友答:樂府自樂府,歌謠自歌謠,不相蒙也。樂府不特另具風神,而亦具有體格。古今之擬樂府者,皆東家施捧心伎倆也。《雅》、《頌》爲樂府之原。西漢以來,如《安世房中歌》、《郊祀》十九章、《鐃歌》十八曲,不惟音節不傳,而字句亦多魯魚失真。然其辭之古穆精奇,迥乎神筆,豈操觚家效顰所可施?無論近代,即魏晉而降,如繆襲《鼓歌曲》、陳思王《鼙舞歌》、晉之《白紵》、《拂翔》等歌,亦豈髣髴其萬一乎?至唐世法部如《伊》、《涼》、《甘州》之屬,多采名輩絕句,其中音節,今亦不傳。然而歌謠者,古逸也;樂府者,正樂也。不祇神妙天然,而叶應律呂,非可以騁辭縱臆爲之者。觀漢之大樂,其初皆掌之協律都尉李延年,非苟然也。固知古詩可擬,而樂府必不可擬。此昔之人所以譏歷下爲古宮錦也。

問:李滄溟先生嘗稱唐人無古詩,蓋言唐人之五古與漢、魏、六朝自別也。唐人七言古詩，誠掩前絕後，奇妙難蹤；若五古，似不能相頡頏。滄溟之言，果爲定論歟？

王答：滄溟先生論五言，謂"唐無五言古詩，而有其古詩"，此定論也。錢氏但截取上一句，以爲滄溟罪案，滄溟不受也。要之，唐五言古固多妙緒，較諸《十九首》、陳思、陶、謝自然區別。七言古若李太白、杜子美、韓退之三家，橫絕萬古。後之追風躡景，惟蘇長公一人耳。

張歷友答：世無印板詩格，前與後原不必其盡相襲也。歷下之詩，五古全做《選》體，不肯規摹唐人；七古則專學初唐，不涉工部。所以有唐無五言古詩之説也。究竟唐人五言古皆各成一家，正以不依傍古人爲妙，亦何嘗無五言古詩也？初唐七古，轉韻流麗，動合《風》、《雅》，固正體也。工部以下，一氣奔放，弘肆絕塵，乃變體也。至如昌谷、溫、李、盧仝、馬異，則純乎鬼魅世界矣。若以絕句言，則中、晚正不減盛唐，人非可一槩論。

張蕭亭答：五言之興，源于漢，注于魏，汪洋乎兩晉，混濁乎梁陳，風斯下矣。唐興，而文運丕振，虞、魏諸公已離舊習，王、楊四子因加美麗，陳子昂古風雅正，李巨山文章宿老，沈、宋之新聲，蘇、張之手筆，此初唐之傑也。開元、天寶間，則有李翰林之飄逸，杜工部之沉鬱，孟襄陽之清雅，王右丞之精緻，儲光羲之真率，王昌齡之聲俊，高適、岑參之悲壯，李頎、常建之超凡。大曆、貞元，則有韋蘇州之雅澹，劉隨州之閒曠，錢、郎之清贍，皇甫之冲秀。下及元和，雖晚唐之變，猶有柳愚溪之超然復古，韓昌黎之博大其詞。是皆名家擅塲，馳騁當世，詩冠冕海内文宗。安得謂唐無古詩？至于七言，前代雖有，唐人獨盛。他人勿論，如李太白之《蜀道難》、《遠別離》、《長相思》、《烏栖曲》、《鳴皋歌》、《梁園吟》、《天姥吟》、《廬山謠》等篇，杜子美《哀江頭》、《哀王孫》、《古栢行》、《劍器行》、《渼陂行》、《兵車行》、《洗兵馬行》、《短歌行》、《同谷歌》等篇，皆前無古而後無今。安得謂唐無古詩乎？試取漢、魏、六朝絜量比較，氣象終是不同，謂之唐人之古詩則可。滄溟先生，其知言哉！

問：七言律詩而外，如古詩、歌、詞、行、曲、引、篇、章、吟、詠、歎、謠、風、騷、哀、怨、擬、弄諸體，其體格、音律、字句，何以分別，始不混雜？

王答：姜白石《詩説》云："載始末曰引，體如行書曰行，放情曰歌，悲如蛩螿曰吟。通乎俚俗曰謠，委曲盡情曰曲。"大略如此，可以意會耳。

張歷友答：《珊瑚鈎詩話》云：猗裁遷抑，以揚永言，謂之歌；步驟馳騁，斐然成章，謂之行。兼此二者，謂之歌行，如古詩中《長歌行》、《短歌行》、《燕歌行》是也。感觸事物，托于文章，謂之辭。辭即詞也。聲音雜比，高下短長，謂之曲。品秩先後而推之而原之，謂之引，如《箜篌引》、《霹靂引》之類是也。煌然而成篇，謂之篇。章也者，順理之名，斷章之謂也。吁嗟嘅想，悲憂愁思，謂之吟。長吟密詠，以寄其志，謂之詠。憂深思遠，一唱三歎，變而不滯，謂之歎。古相和歌有吟歎曲，蓋兼斯二者之能也。見徐伯臣《樂府原》。非鼓非鐘，徒歌謂之謠，始于康衢，而流于俚俗者也。刺美風華，緩而不迫，如風之動物，謂之風。幽憂憤悱，寓之比興，謂之騷，始于靈均，而暢于宋玉、唐、景諸人者也。《七哀》、《八哀》之類，本于《哀時命》，流于《哀江南》、《哀江頭》者也。幽思激切，謂之怨。擬録別之類，謂之擬。琴曲曰弄。凡此者，亦不盡七言也。五言長短歌本無定則，非如元人詞曲，方按音律宮譜也。

張蕭亭答：白石《詩説》云："守法度曰詩，載始末曰引，體如行書曰行，放情曰歌，兼之曰歌行，怨如蛩螿曰吟，通乎俚俗曰謠，委曲盡情曰曲。"《談藝録》云："詩家名號，區別種種，原其大義，固自同歸夫情。既異其形，故辭當因其勢。譬如寫物繪色，倩、盻各以其狀；隨規逐矩，圓、方故獲其舊。則此乃因情立格，持字圍環之大略也。若夫神工哲匠，顛倒經樞，思若連絲，應之杼軸，文如鑄冶，逐手而遷，縱衡參互，恒度自若。此心之伏機，不可強也。"嗚呼，盡之矣！

問：樂府五、七言與五、七言古，何以分別？學樂府宜宗何人？

王答：古樂府五言如"孔雀東南飛"、"皚如山上雪"之屬，七言如《大風》、《垓下》、《飲馬長城窟》、《河中之水歌》之屬，自與五、七言古音情迥別。于此悟入，思過半矣。

張歷友答：西漢樂府隸于太常，爲後代樂府之宗，皆其用之于天地羣祀與宗廟者。其字句之長短雖存，而節奏之聲音莫辨。若徒摶摭其皮膚，徒爲擬議，以成其腐臭耳，何變化之有？後人但讀之而得其神理，翫其古光幽色可也，不必法其篇章字句。蓋樂府主紀功，古詩主言情，亦微有別。且樂府間雜以三言、四言以至九言，不專五、七言也。若五、七言古詩，其神韻聲光，自足以飫儉腹而被詞華。故學詩而不熟于漢、魏、六朝者，皆儈父也。何必其有定宗乎？

張蕭亭答：樂府之異于詩者，往往叙事。詩貴温裕純雅，樂府貴遒深勁絶，又其不同也。"烏生八九子"、《東門行》等篇，如淮南小山之賦，氣韻峻絶，下可爲孟德道之，王、劉文學輩，當内手矣。如曹公之《短歌行》、子建之"來日大難"，皆獨步千古。句法如《鐃歌》之"臨高臺以軒"、"江有香草目以蘭"、"黃鵠高飛離哉翻"等句，皆工美可宗。降而六朝，工拙之間，相去無幾，頓自殊絶。至唐人多與詩無別，惟張籍、王建猶能近古，而氣象雖別，亦可宗也。

問：七律三唐、宋、元體格，何以分優劣？

王答：唐人七言律以李東川、王右丞爲正宗，杜工部爲大家，劉文房爲接武。高廷禮之論,確不可易。宋初學西崑,于唐却近;歐、蘇、豫章始變西崑,去唐却遠。元如趙松雪,雅意復古而有俗氣,餘可類推。

張歷友答:七言近體,斷乎以盛唐十四家爲正宗,再羽翼之以錢、劉足矣。西崑吾無取焉。宋元而下,姑舍是。

張蕭亭答:七言律詩,五言八句之變也。唐初始專此體,沈、宋精巧相尚,然六朝餘氣猶存。至盛唐聲調始遠,品格始高,如賈至、王維、岑參《早朝倡和》諸作,各臻其妙。李頎、高適皆足爲萬世法程。杜甫渾雄富麗,克集大成。天寶以還,錢、劉並鳴。中唐作者尤多,韋應物、皇甫伯仲以及大曆才子接跡而起,敷詞益工,而氣或不逮。元和以後,律體屢變,其造意幽深,律切精密,有出常情之外,雖不足鳴大雅之林,亦可爲一唱三歎。至宋律,則又晚唐之濫觴矣。雖梅、歐、蘇、黄卓然名家,較之唐人,氣象終別。至于元人,品格愈下,雖有虞、楊、揭、范,亦不能力挽頹波。蓋風氣使然,不可强也。況詩家此體最難,求其神合氣完,代不數人,人不數首,雖不敢妄分優劣,而優劣自見矣。

問:《竹枝》、《柳枝》自與絕句不同,而《竹枝》、《柳枝》亦有分別,請問其詳。

王答:《竹枝》泛詠風土,《柳枝》專詠楊枝,此其異也。南宋葉水心又創爲《橘枝詞》,而和者尚少。

張歷友答:《竹枝》本出巴、渝。唐貞元中,劉夢得在沅、湘,以其地俚歌鄙陋,乃作新詞九章,教里中兒歌之。其詞稍以文語緣諸俚俗,若太加文藻,則非本色矣。世所傳“白帝城頭”以下九章是也。嗣後擅其長者,有楊廉夫焉。後人一切譜風土者,皆沿其體。若《柳枝詞》,始于白香山《楊柳枝》一曲,蓋本六朝之《折楊柳》歌詞也。其聲情之儇利輕雋,與《竹枝》大同小異,與七絕微分,亦歌謠之一體也。《竹枝》、《柳枝詞》詳見《詞統》。

張蕭亭答:《竹枝》、《柳枝》,其語度與絕句無異,但于句末隨加“竹枝”、“柳枝”等語,因即其語以名其詞,音節無分別也。

問:七言平韻、仄韻句法同否?

王答:七言古平仄相間換韻者,多用對仗,間似律句無妨。若平韻到底者,斷不可雜以律句。大抵通篇平韻,貴飛揚;通篇仄韻,貴矯健。皆要頓挫,切忌平衍。

張歷友答:七古平韻上句第五字,宜用仄字,以抑之也;下句第五字,宜用平字,以揚之也。仄韻上句第五字,宜用平字,以揚之也;下句第五字,宜用仄字,以抑之也。七言古大約以第五字爲關捩,猶五言古大約以第三字爲關捩。彼俗所云“一、三、五不論",不惟不可以言近體,而亦不可以言古體也。安可謂古詩不拘平仄而任意用字乎?故愚謂古詩尤不可一字輕下也。

張蕭亭答:詩須篇中鍊句,句中鍊字,此所謂句法也。以氣韻清高深渺者絶,以格力雅健雄豪者勝。故寧律不諧,而不得使句弱;寧用字不工,而不可使語俗。七言第五字要響,所謂響者,致力處也。愚竊以爲字字當活,活則字字皆響,又何分平仄哉!

問:七古換韻法?

王答:此法起于陳、隋,初唐四傑輩沿之,盛唐王右丞、高常侍、李東川尚然,李杜始大變其格。大約首尾腰腹,須銖兩匀稱,勿頭重脚輕,脚重頭輕,乃善。

張歷友答:初唐或用八句一換韻,或用四句一換韻。然四句換韻,其正也。此自從《三百篇》來,亦非始于唐人。若一韻到底,則盛唐以後駸多矣。四句換韻,更以四平、四仄相間爲正。平韻換平,仄韻換仄,必不叶也。

張蕭亭答:或八句一韻,或四句一韻,或兩句一韻,必多寡匀停,平仄遞用,方爲得體。亦有平仍換平,仄仍換仄者,古人實不盡拘;亦有通篇一韻,末二句獨換一韻者。雖是古法,宋人尤多。

問:五古亦可換韻否? 如可換韻,其法何如?

王答:五言古亦可換韻,如古《西洲曲》之類。唐李太白頗有之。

張歷友答:五古換韻,《十九首》中已有。然四句一換韻者,當以《西洲曲》爲宗。此曲係梁祖蕭衍所作,而《詩歸》誤入晉無名氏,不知何據也。

張蕭亭答:《十九首》"行行重行行"、"冉冉孤生竹"、"生年不滿百"皆換韻。魏文帝《雜詩》"棄置勿復陳,客子常畏人",曹子建"去去勿復道。沈憂令人老",皆末二句換韻,不勝屈指。一韻氣雖矯健,換韻意方委曲。有轉句即換者,有承句方換者,水到渠成,無定法也。要之,用過韻不宜重用,嫌韻不宜聯用也。

問:字中五音,何以分別? 古人作詩,原爲歌誦。其宫、商、角、徵、羽,乃其指要。如有不叶,終未合法,宜于何書探討?

王答:詩但論平仄清濁,詩餘亦然。惟元人曲,則辨五音,故有中州韻、中原韻之別。

張歷友答:古人作詩,動叶律吕,今人但求工于字句可耳。若必欲動叶律吕,而其詞不工,亦無用處。不知五音之精微,不過于等攝門法通廣侷狹處辨之,此是識字學問,與詩歌古文詞無甚關切。若作詞曲,分四聲爲三音,則非精于九宫十三調不能。

若但作詩與詩餘,即陰平、陽平亦可不計,況五音乎?蓋五音之學,原于五行,通于五味,發于五臟,叶于脣舌齒喉腭之間,其門法多端,又有濁聲法以盡四聲之變,非數言可盡。愚實未暇問津。夫亦謂雕蟲小技,抑壯夫所不爲矣。

張蕭亭答:五音分於清濁,清濁出於喉齒牙舌脣,如公、□、貢、穀,喉音,屬宮之宮;中、腫、衆、祝,齒音,屬宮之商;忽、□、謥、簇,牙音,屬宮之角;東、董、凍、篤,舌音,屬宮之徵;蒙、蠓、夢、木,脣音,屬宮之羽,此其一隅也。清濁分而五音自判矣。今人作詩,但論平仄,而抑揚清濁,多所不講,似亦非是。試述一例:“歸來飽飯黃昏後,不脱蓑衣卧月明。”“飽飯”二字皆仄,轉作“飯飽”;“黃昏”二字皆平,轉作“昏黃”,則不諧矣。雖然,《三百篇》而後,未必盡被管絃,但求寫意興而已。故寧使音律不叶,不使詞意不工。此杜律之所以多拗體也。不特詩爲然,傳奇之曲,乃必用之謳歌者。湯若士先生《四夢》,多不合譜。有改其《牡丹亭》以叶音律者。先生題詩曰:“醉漢瓊筵風味殊,通仙鐵笛海雲孤。縱饒割就時人景,終愧王維舊雪圖。”此亦可作一証。

問:七言五句古、六句古,其法若何?

王答:七言五句,起于杜子美之“曲江蕭條秋氣高”也。昔人謂貴詞明意盡,愚謂貴矯健,有短兵相接之勢,乃佳。

張歷友答:古體之限句,非古也。然七言五句者,漢昭帝《淋池歌》是也。六句者,古《皇娥歌》是也。要只以簡古爲主,此外無法矣。然《皇娥歌》或以爲後代擬作,亦在然疑之間耳。

張蕭亭答:七言五句或第四句,既合之後,復拖一句掉轉,使餘韻悠然。或二、三句雙承,第四句方轉,以取第五句之勢。六句似當如律法,前後起結,三、四兩句,如律中兩聯。總之,宜孤峭中有悠揚之致。

問:五言六句古作法,五言亦有五句古否?

王答:五言短古詩,昔人謂詩貴詞簡味長,不可明白説盡。楊仲弘曰:“五言短古,只是選詩首尾四句,所以含蓄無限。”

張歷友答:五言六句古,齊梁間多用之。唐人劉文房《龍門八詠》亦善此體,然幾于半律矣。特以其參用仄韻,故亦仍爲古體。大約中聯用對句,前後作起結,平韻、仄韻,皆可用也。五言古五句體,惟劉宋《前溪歌》爲然。其詞曰:“黃葛結蒙籠,生在洛溪邊。花落逐水去,何當順流還。還亦不復鮮。”此詩頗爲創格,妙有餘韻。或以爲車騎將軍沈充所作舞曲也。

張蕭亭答:五言長篇宜富而贍,短篇宜清婉而意有餘。五句樂府間有,似無定體,

352

興會所至，無不可也。

《師友詩傳録續録》（節録）

問：蕭亭先生嘗以平中清濁、仄中抑揚見示，究未能領會。

答：清濁如通、同、清、情四字，通、清爲清，同、情爲濁。仄中如入聲，有近平、近上、近去等字，須相間用之，乃有抑揚抗墜之妙，古人所謂一片宮商也。

問：五言古、七言古章法不同，如何？

答：章法未有不同者。但五言著議論不得，用才氣馳騁不得。七言則須波瀾壯濶，頓挫激昂，大開大闔耳。

問：嘗見批袁宣四先生詩，謂古詩一韻到底者，第五字須平，此定例耶？抑不盡然耶？

答：一韻到底，第五字須平聲者，恐句弱似律句耳。大抵七古句法、字法，皆須撑得住，拓得開，熟看杜、韓、蘇三家自得之。

問：《唐賢三昧集序》"羚羊掛角"云云，即音流絃外之旨否？間有議論痛快，或以序事體爲詩者，與此相妨否？

答：嚴儀卿所謂"如鏡中花，如水中月，如水中鹽味，如羚羊掛角，無迹可求"，皆以禪喻詩。內典所云不即不離，不粘不脱；曹洞宗所云參活句是也。熟看拙選《唐賢三昧集》自知之矣。至於議論、叙事，自別是一體，故僕嘗云：五七言詩有二體，田園丘壑，當學陶、韋；鋪叙感慨，當學杜子美《北征》等篇也。

問：七言絶、五言絶作法不同，如何？

答：五言絶近於樂府，七言絶近於歌行，五言難於七言，五言最難於渾成故也。要皆有一唱三歎之意乃佳。

問：沈休文所列八病，必應忌否？

答：蜂腰、鶴膝、雙聲、疊韻之類，一時記不能全，須檢書乃見。

問：樂府何以別於古詩？

答：如《白頭吟》、《日出東南隅》、《孔雀東南飛》等篇，是樂府，非古詩。如《十九首》、"蘇李録別"，是古詩，非樂府。可以例推。

問：唐人樂府，何以別於漢魏？

答：魏漢樂府高古渾灝，不可擬議。唐人樂府不一。初唐人擬《梅花落》、《關山月》等古題，大概五律耳。盛唐如杜子美之《新婚》、《無家》諸別，《潼關》、《石壕》諸吏，李太白之《遠別離》、《蜀道難》，則樂府之變也。中唐如韓退之《琴操》，直遡兩周。白居易、元稹、張籍、王建創爲新樂府，亦復自成一體。若元楊維楨、明李東陽各爲新樂府，古意寖遠，然皆不相蹈襲。至於唐人王昌齡、王之渙，下逮張祜諸絶句，《楊柳枝》、《水調》、《伊州》、《石州》等詞，皆可歌也。

問：范德機謂"律詩第一聯爲起，第二聯爲承，第三聯爲轉，第四聯爲合"。又曰："起、承、轉、合四字，施之絶句則可，施之律詩則未盡然。"似乎自相矛盾？

答：起、承、轉、合，章法皆是如此，不必拘定第幾聯、第幾句也。律、絶分別，亦未前聞。

問：太白《送羽林陶將軍》詩，蕭亭先生謂古有六句律體，疑此即是。而諸選皆入七言古中，何也？

答：六句律體於古有之。升菴先生撰《六朝律祖記》曾載之。今記憶不真矣。

問：六朝《清平調》本是樂府，而諸選皆選七言絶句，何也？

答：如右丞"渭城朝雨"亦絶句也。當時名士之詩，多取作樂府歌之。中、晚間如《伊州》、《石州》、《凉州》、《楊柳枝》、《蓋羅縫》、《穆護砂》等，亦皆絶句耳。

問：《短歌行》、《長歌行》，似非以句之多寡論？

答：又有《滿歌行》、《艷歌行》之屬。當時命名之旨，即吳兢辭，亦不能盡通曉。更有《長歌》、《續短歌》歌之名，皆非以辭之繁簡也。三曹樂府多以起句首二字命題，如"惟漢十四世，所任誠不良"，即名《惟漢行》是也。

問：古詩換韻之法，應何如？

答：五言換韻，如"折梅下西州"一篇，可以爲法。李太白最長於此。七古則初唐王、楊、盧、駱是一體，杜子美又是一體。若做初唐體，則用排偶律句不妨也。

問：或論絕句之法，謂絕者截也，須一句一斷，特藕斷絲連耳。然唐人絕句，如"打起黃鶯兒"、"松下問童子"諸作，皆順流而下，前説似不盡然？

答：截句截句，謂或截律詩前四句，如後二句對偶者是也。或截律詩後四句，如起二句對偶者是也，非一句一截之謂，然此等迂拘之説，總無足取。今人或竟以絕句爲截句，尤鄙俗可笑。

問：排律之法何如？

答：唐人省試，皆用排律。本只六韻而止，至杜始爲長律。中唐元、白又蔓延至百韻，非古也。其法則首尾開闔，波瀾頓挫。八字盡之。

問：《竹枝詞》何以別於絕句？

答：《竹枝》詠風土，瑣細詼諧皆可入。大抵以風趣爲主，與絕句迥別。

問：《竹枝》與《柳枝》相類否？

答：《柳枝》專詠柳，《竹枝》泛詠風土。《竹枝詞》古人間有專詠竹者，乃引《柳枝》之例。然不過偶一見耳，非原旨也。

問：有一字至七字，或一字至九字詩，此舊格耶？抑俗體耶？

答：格則於昔有之，終近游戲，不必措意。他如地名、人名、藥名、五音、建除等體，總無關於風雅，一笑置之可耳。

問：樂府是就其題直賦其事耶？抑借以發己意耶？

答：古樂府立題，必因一事，如《琴操》亦然。後人擬作者衆，則多借發己意。

問：今人作樂府，有用其題而絕不與題相照顧者，何也？

答：古如《董逃行》，與漢末事實更無關涉。《雁門太守行》，乃頌洛陽令王稚子耳，不始今人。

問：《天馬引》、《天馬行》之辨？

答：《天馬引》是琴曲。

問：蘇、李詩似可以配《十九首》，論者多以爲贋作，何也？

答：“録別”真出蘇、李與否，亦不可考。要不在《古詩十九首》之下，其爲西漢人作
無疑。

《池北偶談》（節録）

八　股

康熙二年，以八股制藝始於宋王安石，詔廢不用，科舉改三場爲二場，首場策五
道，二場《四書》、《五經》各論一首，表一道，判語五條，起甲辰會試迄丁未會試皆然。
會左都御史王公熙疏請酌復舊章，予時爲儀制員外郎，乃條上應復者八事，三場舊制，
其一也。尚書錢塘黃公機善之，而不能悉行，乃止請復三場及寬民間女子裹足之禁、
教官會試五次不中者仍準會試三事，皆得俞旨。餘五事，後爲臺省次第條奏，以漸皆
復，如寬科場處分條例、復恩拔歲貢，復生童科歲兩考等是也。（卷三）

論五言詩

作古詩，須先辨體，無論兩漢難至，苦心摹仿，時隔一塵，即爲建安，不可墮落六朝
一語。爲三謝，不可雜入唐音。小詩欲作王、韋，長篇欲作老杜，便應全用其體，不可
虎頭蛇尾。此王敬美論五言古詩法。予向語同人，譬如衣服，錦則全體皆錦，布則全
體皆布，無半錦半布之理，即敬美此意。又嘗論五言，感興宜阮、陳，山水閒適宜王、
韋，亂離行役、鋪張叙述宜老杜，未可限以一格，亦與敬美旨同。

《爾雅翼·序》體

宋淳熙初，羅端良願撰《爾雅翼》，其自序皆四言，間雜五六言，叶韻，文甚奇肆；洪
炎祖爲之注，序之變體也。端良以《淳安縣社壇》、《陶令祠堂》二記得名。《小集》五
卷，宋景濂、蘇平仲爲序，宋序亦仿《爾雅翼·序》體，而不及遠矣。

蘇、黃詩品

蘇文忠作詩，常去效山谷體。世因謂蘇極推黃，而黃每不滿蘇詩，非也。黃集有
云：“吾詩在東坡下，文潛少游上，雜文與無咎伯仲耳。”此可證俗論傅會之謬。《野老
記聞》載，林季野目魯直詩未必篇篇佳，但格制高耳。（以上卷十二）

時文詩古文

予嘗見一布衣有詩名者，其詩多有格格不達，以問汪鈍翁編修，云：“此君坐未嘗

356

解爲時文故耳。"時文雖無與詩古文，然不解八股，即理路終不分明。近見王惲《玉堂嘉話》一條："鹿庵先生曰：作文字當從科舉中來。不然，而汗漫披猖，是出入不由户也。"亦與此意同。（卷十三）

聯句（節録）

聯句，有人各賦四句，分之自成絶句，合之仍爲一篇。謝朓、范雲、何遜、江革輩多有此體。頃見朱太史《騰笑集》中，有古藤書塢送吳徵君、魏上舍聯句，甚得齊梁之意，今録於此。（卷十四）

集　句

《夢溪筆談》亟稱王介甫集句"風定花猶落，鳥鳴山更幽"，以爲上句靜中有動，下句動中有靜。且云："公始爲集句詩，有多至百韻者。"黃震曰："荆公集句諸作，其巧其博，皆不可及。"近代頗有之，然無如泗上施端教匪莪，平生集句詩數千首，屬對精切，縱横曲折，無不如意。偶舉一章，如贈鸚鵡長律云："莫恨雕籠翠羽孤劉憲，主人情義自辛勤王初。人憐巧語情雖重白居易，鳥憶高飛意正殊李正平。三舍鄭牛徒識字李山甫，千年丁鶴任歌呼羅隱。多言應伴高吟客嚴郊，學語還稱問字徒崔璞。始覺琵琶弦鹵莽白居易，終憐吉了舌模糊孫繁。文章辨慧皆如此白居易，事業紛呶亦大都魏朴。歸去不煩詞客賦羅鄴，夢來還記隴頭無張謂。勸君不必分明語羅隱，且自三緘問世途胡曾。"格律寄託，兩詣妙境，奇作也。（卷十五）

四六話

宋王銍作《四六話》二卷，與詩話、賦話、文話並傳於時；又有作《四六談麈》者，唐宋以來重四六如此。故温公知制誥，以不能作四六辭。《識小編》載洪武六年，諭禮部尚書牛諒，禁止四六文字，並表箋亦然；諒等乃録柳子厚代《柳公綽謝上任表》、韓退之《賀雨表》以上，命頒行天下以爲式。然其後制誥表箋，皆用四六，未嘗變也。

唐人歌樂府

唐人所歌樂府詞曲，率是絶句，然又多剪截律詩，別立名字，殊不可曉。如王右丞"風勁角弓鳴"一首，截取前四句名《戎渾》；"揚子談經處"一首，截取前四句名《崑崙子》，旗亭伶人所歌高常侍"開篋淚霑臆"一首《萬首》作濡，本是長篇，截取前四句名《凉州歌》是也。又考教坊記諸曲名，如《胡渭州》、《穆護子》又作砂、《凉州》、《伊州》、《甘州》之類皆載，而無《戎渾》、《崑崙子》之名。（以上卷十六）

墓　誌

墓誌之始:《事祖廣記》引《炙轂子》以爲始於王戎;馮鑒《續事始》以爲起於西漢杜子春;高承《事物紀原》以爲始於比干;《槎上老舌》引孔子之喪,公西赤志之,子張之喪,公明儀志之之語。予按《檀弓》孔子之喪云云,蓋職志之志,猶今之主喪云爾。改志作誌,不可也。《封氏聞見記》青州古冢,有石刻銘云:"青州世子,東海女郎,賈昊以爲東海王越女,嫁苟晞子。"又東都殖業坊王戎墓,有銘曰"晉司徒尚書令安豐侯王君銘",凡數百字。又魏侍中繆襲葬父母,墓下題版文,則魏晉以來,例有之矣。

歌行引

《炙輠錄》云:"歌行引本一曲爾,一曲中有此三節。凡始發聲謂之引,引者導引也。既引矣,其聲稍放,故謂之行,行者其聲行也。既行矣,於是聲音遂縱,所謂歌也。惟一曲備三節,故引自引,行自行,歌自歌;其音節有緩急而文義有終始,故不同也。正如大曲有入破滾煞之類。今詩家分之,各自成曲,故謂之樂府,無復異制矣。"又姜白石《詩說》云:"載始末曰引,體如行書曰行,放情曰歌,兼之曰歌行,悲如蛩螿曰吟,通乎俚俗曰謠,委曲盡情曰曲。"

排　律

唐人省試應制排律,率六韻,載諸《英華》者可考。至杜子美、元、白諸人,始增益至數十韻,或百韻。近日詞林進詩,動至百韻,誇多鬭靡,失古意矣。(以上卷十七)

梅　詩

宋梅聖俞初變西崑之體,予每與施愚山侍讀言及《宛陵集》,施輒不應。蓋意不滿梅詩也。一日,予曰:"扁舟洞庭去,落日松江宿。此誰語?"愚山曰:"韋蘇州、劉文房耶?"予曰:"乃公鄉人梅聖俞也。"愚山爲爽然久之。(卷十八)

《帶經堂詩話》(節錄)

夫古詩,難言也。《詩》三百篇中"何不日鼓瑟","誰謂雀無角","老馬反爲駒"之類,始爲五言權輿。至蘇、李《十九首》,體製大備。自後作者日衆,唯曹子建、阮嗣宗、左太冲、郭景純數公,最爲挺出。江左以降,淵明獨爲近古,康樂以下其變也。唐則陳拾遺、李翰林、韋左司、柳柳州獨稱復古,少陵以下又其變也。綜而論之,則劉勰所謂

"結體散文，直而不野"，漢人之作，复不可追；"慷慨磊落，清峻遥深，魏晉作者，抑其次也；極貌寫物，窮力追新"，宋初以還，文勝而質衰矣。

《西京雜記》："戚夫人善鼓瑟擊築，歌《出塞》、《入塞》、《望歸》之曲。"遠在《十九首》、蘇李之前，漢詩最古者，唯此及《安世房中歌》耳。《晉樂志》以爲李延年造，不知何據。今在樂府橫吹。郭茂倩《樂府詩》所載，則始六朝劉孝標、王褒諸人，而古辭不傳，可惜也。

《玉堂嘉話》："《柘枝舞》本《拓拔舞》，金人以名不佳，改之。"按：《樂府雜録》，健舞曲有《柘枝》，軟舞曲有《屈柘》。《樂苑》，羽調有《柘枝曲》，商調有《屈柘枝》，舞因曲爲名。又雜見《教坊記》、《羯鼓録》。唐沈亞之《柘枝賦》云："《柘枝》信其多妍。"其本曲首句七字，第二、第三句皆五字，第四句復七字。薛能有三首，止是五言六句。温庭筠《屈柘詞》，所謂"楊柳縈橋緑，玫瑰拂地紅"，則五言律詩也。《柘枝》自唐世已盛傳，烏得云自金人始耶？

《玉堂嘉話》頗多舛謬，如云："《柘枝舞》本《拓拔舞》，金人以名不佳，改之。"按：《樂府雜録》，健舞曲有《柘枝》，軟舞曲有《屈柘》。《樂苑》，羽調有《柘枝曲》，商調有《屈柘枝》。又雜見《教坊記》諸書。唐沈亞之賦云："《柘枝》信其多妍。"薛能有《柘枝詩》，温岐有《屈柘詞》。《柘枝》自唐世已盛傳，烏得云金人改名耶？

《容齋隨筆》載樂府有《白鴿鹽》、《神雀鹽》，即《昔昔鹽》、《刮骨鹽》之類。

《琵琶録》云："羽調《緑腰》。"注云："即《録要》也。本自樂工進曲，上令録出要者，以爲名，誤爲《緑腰》也。"白樂天詩注又訛爲《六幺》。乃其曲又有高平仙吕，非羽調。吳楚材《强識略》云然。

沈約云："樂人以音聲相傳，訓詁不復可解。凡古樂録，大字是辭，細字是聲；聲辭合寫，故致然爾。"此言甚明白。故今人强儗漢《鐃歌》等篇，必不可也。

鄭漁仲曰："繼三代之作者，樂府也。樂府之作，宛同風雅。今之行於世者，章句雖存，聲樂無用。崔豹之徒，以義説名；吳兢之徒，以事解目。蓋聲失則義起，樂府之道，幾乎熄矣。"此言樂府原爲詩樂之用，而事義則必有所由起，均不可廢也。愚謂風雅之後有樂府，如唐詩之後有詞曲。聲聽之變，有所必趨；情辭之遷，有所必至，古樂之不可復久矣。後人之不能漢魏，猶漢魏之不能風雅，勢使然也。如漢《朱鷺》、《翁離》之作，魏晉諸臣擬之，以鳴其一代之事，易名別調，各極其長，豈以古今同異爲病哉？後世文士如李太白，則沿其目而革其詞，杜子美、白樂天之倫，則創爲意而不襲其目，皆卓然作者，後世有述焉。近乃有擬古樂府者，遂顗以擬名，其説但取漢魏所傳之詞,句撫而字合之。中間豈無"陶"、"陰"之誤,"夏五"之脱? 悉所不較。或假借以附益,或因文而增損,跼蹐床屋之下,探胠滕篋之間,乃藝林之根蝥,學人之路阱矣。以此語於作者之門,不亦惡乎! 夫才有長短,學有通塞,取古今之人,一一強同,則千里之謬,不容秋毫,肖貌之形,難爲靚面。若曰樂府,則樂府矣,盡人而能爲樂府也。若曰必此爲古樂府,使與古人同曹而並奏之,其何以自容哉? 李于鱗曰:"擬議以成其變化。"噫! 擬議將以變化也,不能變化,而擬議奚取焉? 予知其不可而不能不爲也,第命曰古樂府,而不敢以"擬"稱云。右蒙陰公文介公孝與甆樂府自序也。虞山錢牧翁,嘗亟取東阿于文定公論樂府之説,不知文介此論,與文定若合符節。予嘗見一江南士人擬古樂府,有"妃來呼豨豨知之"之句。蓋樂府"妃呼豨"皆聲而無字,今誤以妃爲女,呼爲唤,豨爲豕,凑泊成句,是何文理? 因於《論詩絶句》著其説云:"草堂樂府擅驚奇,杜老哀時託興微。元白張王皆古意,不曾辛苦學妃豨。"亦于公二公之緒論也。

《池北偶談》宗枏附識:于公《穀山筆塵》:短簫鐃歌,漢之黄門鼓吹也。漢曲二十有二,存者十八,《務成》、《玄雲》、《黄雀》、《釣竿》四篇,其辭已亡。魏吴以下,準其曲數,各制鐃歌一部。漢曲多不可解。蓋樂府傳寫,大字爲辭,細字爲聲,聲辭合寫,故致錯迕。魏晉所制,如以某曲當某曲,皆各叙其開創功德,與漢曲本辭絶不相蒙,體製亦復不類。而謂之"當"者,想祖其音節,或準其次第然耳。宋何承天私造鐃歌十五篇,皆即漢曲舊名之義,而以己意詠之,與其曲之音節不復相準,謂之擬題。自是以後,江左、隋、唐,皆相繼模仿,唯取其名義,而樂府之法蕩然盡矣。近代一二名家,嗜古好奇,往往采掇古詞,曲加模擬。詞旨典奧,豈不彬彬。第其律吕音節,已不可考;又不辨其聲詞之謬,而横以爲奇僻。如楚人學齊語,可詫楚,不可欺齊,令古人有知,當爲絶倒耳。又云:近世王李諸公,好古釣奇,各模擬鐃歌十八曲。歷下之詞旨頗近,而不能自爲一詞。婁東稍脱落,即不甚似。然其舊曲之名,與其詞不可解者,即二公亦不知也。

　　樂府之名,其來尚矣。世謂始於漢武,非也。按《史記》高祖過沛詩《三侯之章》,又令唐山夫人爲《房中之歌》,《西京雜記》又謂戚夫人善歌《出塞》、《入塞》、《望歸》曲,則樂府始於漢初。武帝時,增《天馬》、《赤蛟》、《白麟》等十九章,以李延年爲協律都尉,集五經之士,相與次第其聲,通知其意,而樂府始盛。其云始武帝者,託始焉爾。東漢之末,曹氏父子兄弟雅擅文藻,所爲樂府,悲壯奥崛,頗有漢之遺風。降及江左,古意寖微,而清商繼作,於是楚調、吴聲、西曲、南弄雜然興焉。逮於有唐,李、杜、韓、柳、元、白、張、王、李賀、孟郊之輩,皆有冠古之才,不沿齊梁,不襲漢魏,因事立題,號稱樂府之變。若考開元、天寶已來,宫掖所傳,梨園弟子所歌,旗亭所唱,邊將所進,率當時名士所爲絶句耳。故王之涣"黄河遠上",王昌齡"昭陽日影"之句,至今豔稱之。而右丞"渭城朝雨",流傳尤衆,好事者至譜爲《陽關三疊》。他如劉禹錫、張祐諸篇,尤難指數。由是言之,唐三百年以絶句擅場,即唐三百年之樂府也。

　　唐人所歌樂府詞曲,率是絶句。然又多剪截律詩,别立名字,殊不可曉。如王右丞"風勁角弓鳴"一首,截取前四句名《戎渾》;"揚子談經處"一首,截取前四句名《崑崙子》；旗亭伶人所歌高常侍"開篋淚霑臆"一首，本是長篇，截取前四句名《涼州歌》是也。又考《教坊記》諸曲名如《胡渭州》、《穆護子》、《涼州》、《伊州》、《甘州》之類皆載，而無《戎渾》、《崑崙子》之名。

唐樂府往往節取當時詩人之作，率緣情切事，可以意會理解。然亦有不可解者，如《陸州歌》第一"分野中峯變"，乃節王右丞《終南山》詩後四句；《涼州歌》第三"開篋淚沾臆"，乃節高常侍歌詩前四句也。不知與邊塞、閨情何涉而取之？

羅明仲嘗語李賓之"三言詩亦可自爲一體"，以扇命作。李援筆題云："揚風帆，出江樹。家遥遥，在何處。"其意致頗近古。予邑高士徐夜字東癡，少時作樂府云："轆轤鳴，井深淺，樓高高，去何遠。"長白黄山人者，善琵琶，嘗爲譜之，視西涯作尤高古矣。《詩談》云："三言起于散騎常侍夏侯湛。"

方勺引劉中壘謂：泥中、中露，衛二邑名，《式微》之詩，蓋二人所作，是爲聯句所起。此說甚新，然不知有據依否。宗柟附識：南豐曾氏《列女傳目録序》云："向號博極羣書，而此傳稱《詩・茉苢》、《柏舟》、《大車》之類，與今序詩者之説尤乖異，蓋不可考。至於《式微》之一篇，又以謂二人之作，豈其所取者博，故不能無失歟？"今案諸家詩解皆不取其説，殆與曾氏所見同。然以泥中、中露爲二邑，實本于毛氏箋云。

聯句有人各賦四句，分之自成絶句，合之仍爲一篇。謝朓、范雲、何遜、江革輩多有此體。項見朱太史《騰笑集》中有《古藤書塢》、《送吳徵君魏上舍聯句》，甚得齊梁之意。

謝公問王子猷云："何七言詩？"答曰："昂昂若千里之駒，泛泛若水中之鳧。"二語已盡歌行之妙。是時七言作者未盛，子猷又不以詩名，而其言如此！

唐人省試應制排律率六韻，載諸《英華》者可考。至杜子美、元、白諸人，始增益至數十韻，或百韻。近日詞林進詩，動至百韻，誇多鬪靡，失古意矣。宗柟附識：芷齋云：《螻齋詩話》有謂排律無單韻，如老杜集中止有十韻、十二、十四、二十、二十四、三十、四十、五十韻之類，並無十一、十三、十五者。考之杜集良然。然考盛唐諸家，用五韻、七韻者頗多。駱丞"樓觀滄海日，門對浙江潮"，亦七韻，不害爲名作。其餘九韻、十一韻、十三韻、二十五韻者各有之。

唐人拗體律詩有二種：其一，蒼莽歷落中自成音節，如老杜"城尖徑仄旌斾愁，獨立縹緲之飛樓"諸篇是也；其一，單句拗第幾字，則偶句亦拗第幾字，抑揚抗墜，讀之如一片宮商，如許渾之"溪雲初起日沉閣，山雨欲來風滿樓"，趙嘏之"湘潭雲盡暮山出，巴蜀雪消春水來"是也。宗柟附識：予弟詠川述蒿廬先生云：按前一種即老杜集中所謂"吳體"，大抵八句皆拗。至後一體，唐人尤多，然每首中不過一聯拗耳。又安溪李文貞云：近體詩句字平仄固有律令，然五言倡句第三字、七言倡句第五字皆用平聲者,正也;間用仄字,則下字仄聲必易以平。若適當兩平疊之倡句,即此體不可用,又當變而通之,於和句用平聲爲對可也。然此體在唐初亦不拘,杜、韓、柳則極嚴。唯五言和句首兩字,七言和句第三、第四字,遇下字應用平者,上字必不可用仄。安溪所論倡句,謂不用韻之句也。皆用平聲者,謂或用平平仄,或用平仄仄也。下字仄聲必易以平者,如張文昌"長因送人處",老杜"西望瑤池降王母"之類是也。又老杜"驍騰有如此",摩詰"回看射鵰處",亦此例。用平聲爲對,則如老杜"帶甲滿天地"一聯,"鴻雁幾時到"一聯,"谷口舊相傳"一聯,"映階碧草自春色"一聯,及晚唐"殘星幾點雁橫塞"一聯,"溪雲初起日沉閣"一聯皆是。然此體當屬拗體,特五言與七言微有分耳。又按:五言和句第二字應用平者,其下三四兩字例應用仄;七言和句第四字應用平者,其下五六兩字例應用仄,故上兩字亦須用兩平,音節方諧。此例詩家無不知之,然近日軨材末學,則竟有不知者矣。(以上卷一)

詩集句起于宋,石曼卿、王介甫皆爲之,李龏至作《剪綃集》,然非大雅所尚。近士大夫競以詩牌集字,牽湊無理,或至刻之集中,尤可笑。宗梓案:集句集字妙如己出,亦屬難能。至如回文、離合、建除、字謎,以及人名、卦名、數名、藥名、州名、六甲、十屬之類,滄浪所云只成戲謔,不足爲法。(卷二十七)

《花草蒙拾》(節錄)

溫韋非變體

弇州謂蘇、黄、稼軒爲詞之變體,是也。謂溫、韋爲詞之變體,非也。夫溫、韋視晏、李、秦、周,譬賦有《高唐》、《神女》,而後有《長門》、《洛神》;詩有古詩、録別,而後有建安、黄初、三唐也。謂之正始則可,謂之變體則不可。

子夜變體

"何處合成愁,離人心上秋。"滑稽之雋。與龍輔《閨怨》詩"得郎一人來,便可成仙去",同是《子夜》變體。

今人不能創調

唐無詞,所歌皆詩也。宋無曲,所歌皆詞也。宋諸名家,要皆妙解絲肉,精於抑揚抗墜之間,故能意在筆先,聲協字表。今人不解音律,勿論不能創調,即按譜徵詞,亦格格有心手不相赴之病,欲與古人較工拙於毫釐,難矣。

詞與樂府同源

王渼陂初作北曲,自謂極工,徐召一老樂工問之,殊不見許。於是爽然自失,北面執弟子禮,以伶爲師。久遂以曲擅天下。詞、曲雖不同,要亦不可盡作文字觀,此詞與樂府所以同源也。

婉約與豪放二派

張南湖論詞派有二：一曰婉約，一曰豪放。僕謂婉約以易安爲宗，豪放惟幼安稱首，皆吾濟南人，難乎爲繼矣。

不可廢宋詞而宗唐

近日雲間作者論詞有云："五季猶有唐風，入宋便開元曲，故專意小令，冀復古音，屏去宋調，庶防流失。"僕謂此論雖高，殊屬孟浪。廢宋詞而宗唐，廢唐詩而宗漢魏，廢唐宋大家之文而宗秦漢，然則古今文章，一畫足矣，不必三墳八索至六經三史，不幾幾贅疣乎。

詩詞曲分界

或問詩詞、詞曲分界，予曰"無可奈何花落去，似曾相識燕歸來"，定非《香籢詩》。"良辰美景奈何天，賞心樂事誰家院"，定非《草堂詞》也。

《五代詩話》（鄭方坤刪補）（節錄）

梁太祖（節錄）

宋元詞曲有出於唐者，如《清平調》、《水調歌》、《柘枝》、《菩薩蠻》、《八聲甘州》、《楊柳枝詞》是也。朱溫歸鎮，昭宗以詩餞之，溫進《楊柳枝詞》五首。今雖不傳其詞，彼時度曲，多是七言絕也。以全忠之凶悍，而能爲歌詩，可與青陵嗣響矣。補《筆塵》

唐莊宗（節錄）

東坡言《如夢曲》本唐莊宗製，一名《憶仙姿》，嫌其不雅，改云《如夢》。莊宗作此詞，卒章云："如夢，如夢，和泪出門相送。"取以爲名。補《漁隱叢話》

唐晚五代小令，填詞用韻，多詭譎不成文者。聊爲之可耳，不足多法。《尊前集》載唐莊宗《歌頭》一首，爲字一百三十六，此長調之祖，然不能佳。補《爰園詞話》（以上卷一）

《分甘餘话》（節錄）

拗體律詩二種

唐人拗體律詩有二種：其一，蒼莽歷落中自成音節，如老杜"城尖徑仄旌旆愁，獨立縹緲之飛樓"諸篇是也;其一,單句拗第幾字,則偶句亦拗第幾字,抑揚抗墜,讀之如一片宮商,如趙嘏之"溪雲初起日沉閣,山雨欲來風滿樓",許渾之"湘潭雲盡暮山出,巴蜀雪消春水來"是也。(卷三)

《古夫于亭雜錄》(節錄)

詞曲非小道(節錄)

李白謂五言爲四言之靡,七言又其靡也。至於詞曲,又靡之靡者。詞如少游、易安,固是本色當行,而東坡、稼軒,直以太史公筆力爲詞,可謂振奇矣。元曲之本色當行者不必論,近如徐文長《漁陽三弄》、《木蘭從軍》,沈君庸之《霸亭秋》,梅村先生之《通天臺》,尤悔庵之《黑白衛》、《李白登科》,激昂慷慨,可使風雲變色,自是天地間一種至文,不敢以小道目之。(卷四)

《香祖筆記》(節錄)

唐人作集序,例敘其人之道德功業,如碑版之體,後則歷舉其文,某篇某篇如何如何,不勝更僕,如獨孤及、權德輿諸序及《英華》、《文粹》所載皆然,千篇一律,殊厭觀聽。至昌黎,始一洗之,若皇甫湜作《顧況集序》,亦能不落窠臼。可以爲法。

《文選》而下,惟姚鉉《唐文粹》卓然可觀,非他選所及,其錄詩皆樂府古調,不取近體,尤爲有見。余嘗取而刪之,與《英靈》、《間氣》諸集刪本都爲十種,並行於世。亡友姜編修西溟宸英又嘗刪其賦、頌、碑、誌、序、記等雜文爲一編。西溟歿,此書不知流落何處。

宋初諸公競尚西崑體,世但知楊、劉、錢思公耳,如文忠烈、趙清獻詩最工此體,人多不知,予既著之《池北偶談》、《居易錄》二書,觀李于田裒《萩圃集》載胡文恭武平宿詩二十八首,亦崑體之工麗者,惜未見其全,聊摘錄數聯於左。《函谷關》"漫持白馬先生論,未抵鳴鷄下客功。"《次韻朱況雨》"石琳潤極琴絲緩,水閣寒多酒力微。"《淮南王》"長生不待爐中藥,鴻寶誰收篋內書。"《南城》"蕩槳遠從芳草渡,墊巾還傍綠楊堤。"《冲虛觀》"桐井曉寒千乳斂,茗園春嫩一旗開。"《趙宗道歸輦下》"江浦嘔啞風送櫓,河橋勃窣柳垂隄。"自注:司馬相如賦云:"礐姍勃窣上金隄。"《感舊》"粉壁已沉題鳳字,酒壚猶記姓黄人。"《塞上》"頡利請盟金匕酒,將軍歸卧玉門關。"《殘花》"長樂夢回春寂寂,武陵人去水迢迢。"《侯家》"彩雲按曲青岑醴,沉水薰衣白璧堂。前檻蘭苔依玉樹,後園桐葉護銀牀。"

364

《津亭》“西北浮雲連魏闕，東南初日照秦樓。”《古別離》“佳人挾瑟漳河曉，壯士悲歌易水秋。”《雪》“色欺曹國麻衣淺，寒入荆王翠被深。”《次韻徐爽見寄》“侏儒自是長三尺，澉綰都來直數金。”《早夏》“睡鷰鶯語頻移枕，病起蛛絲半在琴。”風調與二公可相伯仲，起結尤多得義山神理，不具録。（以上卷六）

詩集句起於宋，石曼卿、王介甫皆爲之，李龏至作《剪綃集》，然非大雅所尚。近士大夫競以詩牌集字，牽湊無理，或至刻之集中，尤可笑。

詩題有一二字不古，遂分雅俗。如古人祇有同韻和韻，而今人則改作步韻武韻矣。古祇有絶句，今人則改作截句矣。古人贈答，或云以詩贈之、以詩寄之，今則改詩以贈之、詩以寄之矣。此類未易更僕，但取古人集觀之，雅俗自辨，當以三隅反也。（以上卷七）

方勺引劉中壘謂“泥中”、“中露”，衞二邑名，《式微》之詩，蓋二人所作，是爲聯句所起。此説甚新，然不知有據依否？（卷十一）

賀　裳

賀裳（生卒年不詳）字黄公，號檗齋，別號白鳳詞人。清江南丹陽（今屬江蘇）人。約康熙二十年（1681）前後在世。康熙初諸生。工詞，著有《紅牙詞》、《皺水軒詞筌》一卷、《載酒園詩話》五卷。《皺水軒詞筌》論詞，强調真情本色，亦重視環境之真實，要盡可能做到“形神具似”，對歷代詞人詞作名篇多有評析，對詞調、聲律、作法的論述亦有精彩之處。《載酒園詩話》卷一泛論古今作詩理法，多商榷前人詩話之説；卷二論初盛唐詩；卷三論中唐詩；卷四論晚唐詩；卷五論兩宋詩。自唐始，又略於初唐而詳於中晚。

本書資料據中華書局 1986 年唐圭璋《詞話叢編》本《皺水軒詞筌》、上海古籍出版社 1983 年《清詩話續編》本《載酒園詩話》。

《皺水軒詞筌》（節録）

序

余之於詞數矣，顧《詞斻》止掇芳蕤，未商工拙也；《詞權》止陳昭代，未及前朝也。因就尤所賞心，及當避忌者，漫列數端，謂之《詞筌》。誠知掛一漏萬，所冀達者三隅悟耳。夫詞小技也，程正叔至正色責少游，晦庵夫子乃不免涉筆，正如烹魚者或厭其腥，或賞其鮮，咸是定評，孰爲至論。要以苟懷溉釜之思，則斯篇實亦臨淵之助矣。

詩詞無理而妙

唐李益詞曰："嫁得瞿塘賈，朝朝誤妾期。早知潮有信，嫁與弄潮兒。"子野《一叢花》末句云："沈恨細思，不如桃杏，猶解嫁春風。"此皆無理而妙，吾亦不敢定爲所見略同，然較之"寒鴉數點"，則略無痕跡矣。

詞用詩意

"無憑諳鵲語，猶得暫心寬。"韓偓語也。馮延巳去偓不多時，用其語曰："終日望君君不至，舉頭聞鵲喜。"雖竊其意，而語加蘊藉。又賀方回用義山"無端嫁得金龜壻，辜負香衾事早朝。"爲"不待宿醒消，馬嘶催早朝"，亦稍有翻換。至無名氏"見客入來，韤剗金釵溜。和羞走。倚門回首，却把青梅嗅"，直用"見客入來和笑走，手搓梅子映中門"二語演之耳。語雖工，終智出人後。

翻詞入詩

詞家多翻詩意入詞，雖名流不免。吾常愛李後主《一斛珠》末句云："繡床斜凭嬌無那。爛嚼紅絨，笑向檀郎唾。"楊孟載《春繡》絕句云："閒情正在停針處，笑嚼紅絨唾碧窗。"此却翻詞入詩，爾子瑕竟效顰於南子。

秦、柳、周、康詞協律

長調推秦、柳、周、康爲鼻律，然康惟《滿庭芳·冬景》一詞，可稱禁臠，餘多應酬鋪叙，非芳旨也。周清真雖未高出，大致勻淨，有柳《觖花鞞》之致，沁人肌骨處，視淮海不徒娣姒而已。弇州謂其能入麗字，不能入雅字，誠確。謂能作景語不能作情語，則不盡然，但生平景勝處爲多耳。要此數家，正是王、石廚中物，若求王武子琉璃匕內豚味，吾謂必當求之陸放翁、史邦卿、方千里、洪叔璵諸家。

張玉田詞叶宮商

詞誠薄技，然實文事之緒餘，往往便於伶倫之口者，不能入文人之目。張玉田《樂府指迷》，其詞叶宮商，鋪張藻繪，抑以可矣。至於風流蘊藉之事，真屬茫茫，如啖官廚飯者，不知牲牢之外，別有甘鮮也。

温詞不載《春曉曲》

弇州曰："油壁車輕金犢肥，流蘇帳曉春雞報。"非歌行麗對乎？然是天成一段詞也，著詩不得。按溫集作《春曉曲》，不列之詩。《花間》采溫詞至多，此亦不載，僅《草堂》收之耳。然細觀全闋，惟中聯濃媚，如"籠中嬌鳥暖猶睡"，亦不愧前語。至"簾外落花閑不掃"，已覺其勁。至"衰桃一樹近前池，似惜紅顏鏡中老"，尤不旖旎也。作歌行爲當。

蘇、黃隱括體不佳

東坡隱括《歸去來辭》，山谷隱括《醉翁亭》，皆墮惡趣。天下事爲名人所壞者，正自不少。

詞忌 詞有三忌

小詞須風流蘊藉，作者當知三忌，一不可入漁鼓中語言，二不可涉演義家腔調，三不可像優伶開場時叙述。偶類一端，即成俗劣。顧時賢犯此極多，其作俑者，白石山樵也。

詞宜本色語

詞雖以險麗爲工，實不及本色語之妙。如李易安"眼波才動被人猜"，蕭淑蘭"去也不教知，怕人留戀伊"，魏夫人"爲報歸期須及早，休誤妾、一身閑"，孫光憲"留不得、留得也應無益"，嚴次山"一春不忍上高樓，爲怕見、分攜處"，觀此種句，覺"紅杏枝頭春意鬧"尚書，安排一個字，費許大氣力。

蔣捷用騷體不妙

蔣捷用騷體作《水龍吟·招梅魂》，奇耳，固未爲妙。（《補遺》）

《載酒園詩話》（節錄）

末流之變

詩家宗派，雖有淵源，然推遷既多，往往耳孫不符鼻祖。如鄭谷受知於李頻，李頻受知於姚合，姚合與賈島友善，兼效其詩體。今以姚、鄭並觀，何異皋橋廡下賃舂婦與臨邛當壚者同列，始知凡事盡然，子夏之後有莊周，良不足怪。

樂府古詩不宜並列

凡編詩者，切不宜以樂府編入七言古。如柳詩："楊白花，風吹渡江水。坐令宮樹無顔色,搖盪春光千萬里。茫茫曉日下長秋,哀歌未斷城鴉起。"真可謂微而顯,宛肖胸中所欲言。然不先知胡太后事,安知此詩之妙。

集句(節錄)

余最不喜集句詩,以佳則僅一斑斕衣,不且百補破衲也。惟王介甫集《胡笳十八拍》,一氣生成,略無掇拾之跡,且委曲入情,能道琰心事。(以上卷一)

和　詩

古人和意不和韻,故篇什多佳。始於元、白作俑,極於蘇、黄助瀾,遂成藝林業海。然如子瞻和陶《飲酒》,雖不似陶,尚有雙雕並起之妙。(卷一《補遺》)

宋　犖

宋犖(1634—1713)字牧仲,號漫堂,又號西陂、綿津山人。清商丘(今屬河南)人。官至吏部尚書,被清廷譽爲"清廉爲天下巡撫第一"。工詩詞古文,與王士禛齊名,精鑒賞,富收藏。宋犖是清代學宋詩派中的重要詩人,其詩多贈答、題畫、詠物、記遊之作,含蓄蘊藉,標格雋上,頗見工力。其《漫堂説詩》主張尊杜甫,認爲韓愈、蘇軾、黄庭堅、陸游、元好問都是學杜而成。另有《西陂類稿》、《江左十五子詩選》等。

本書資料據四庫全書本宋犖《西陂類稿》卷二十七《漫堂説詩》。

《漫堂説詩》(節錄)

古樂府音節久亡,不可摹擬。王世貞、李攀龍、雲間陳子龍、李雯諸子,數十年墮入雲霧,如禹碑石鼓,妄欲執筆效之,良可軒渠。少陵樂府以時事創新題,如《無家別》、《新婚別》、《留花門》諸作,便成千古絶調。後來張籍、王建樂府,樂天之《秦中吟》,皆有可採。楊鐵匡《咏史》,音節頗具頓挫;李西涯做之便劣。要當作古詩讀,無煩規規學步也。亡友顧赤方景星擅長此體,余最好之。

初唐王、楊、盧、駱倡爲排律,陳、杜、沈、宋繼之,大約侍從遊宴應制之篇居多,所稱"臺閣體"也。雖風容色澤,競相誇勝,未免數見不鮮。《品彙》以太白、摩詰揭爲正宗,錢起、劉長卿録爲接武,均之不愧當家。晚唐李義山刻意學杜,亦是精麗。若夫渾涵汪茫,千彙萬狀,惟少陵一人而已。《上韋左相》、《贈哥舒翰》、《謁先主廟》等篇,雄渾悲壯,譬諸泰岱滄溟,高深無際。《品彙》推爲大家,諒哉！後來元、白儘多長篇,去之霄壤。

　　五言絕句起自古樂府,至唐而盛。李白、崔國輔號爲擅塲,王維、裴迪輞川倡和,開後來門逕不少。錢、劉、韋、柳古淡清逸,多神來之句,所謂好詩必是拾得也。歷代佳什,往往而有。要之,詞簡而味長,正難率意措手。六言作者寥寥,摩詰、文房偶一爲之,不過詩人之餘技耳。

　　詩至唐人七言絕句,盡善盡美。自帝王公卿名流方外以及婦人女子,佳作纍纍;取而諷之,往往令人情移,迴環含咀,不能自已;此真《風》、《騷》之遺響也。洪容齋《萬首唐人絕句》編輯最廣,足資吟咏。大抵各體有初、盛、中、晚之别,而三唐七絕,並堪不朽。太白、龍標絕倫逸羣,龍標更有"詩天子"之號。楊升菴云:"龍標絕句無一篇不佳。"良然。少陵别是一體,殊不易學。宋元以後,頗有名篇;較之唐人,總隔一塵在。

　　唐以後詩派,歷宋、元、明至今,略可指數:宋初晏殊、錢惟演、楊億號"西崑體"。仁宗時歐陽修、梅堯臣、蘇舜欽謂之歐、梅,亦稱蘇、梅,諸君多學杜、韓。王安石稍後,亦學杜、韓。神宗時,蘇軾、黃庭堅謂之蘇、黃;又黃與晁補之、張耒、陳師道、秦觀、李廌稱蘇門六君子;庭堅别開"江西詩派",爲江西初祖。南渡後,陸游學杜、蘇,號爲大宗;又有范成大、尤袤、陳與義、劉克莊諸人,大槩杜、蘇之支分派别也。其後有江湖四靈徐照、翁卷等,專攻晚唐五言,益卑卑不足道。金初以蔡松年、吳激爲首,世稱"蔡吳體";後則趙秉文、黨懷英爲巨擘,元好問集其成;其後諸家俱學大蘇。元初襲金源派,以好問爲大宗;其後則稱虞集、楊載、范梈、揭奚斯,元末楊維禎、李孝光、吳萊爲之冠,前如趙孟頫、郝經,後如薩都剌、倪瓚,皆有可觀。明初四家稱高啓、楊基、張羽、徐賁,而高爲之冠。成、弘間李東陽雄張壇坫;迨李夢陽出,而詩學大振,何景明和之,邊貢、徐禎卿羽翼之,亦稱四傑,又與王廷相、康海、王九思稱七子;正、嘉間又有高叔嗣、薛蕙、皇甫氏兄弟稍變其體;嘉、隆間,李攀龍出,王世貞和之,吳國倫、徐中行、宗臣、謝榛、梁有譽羽翼之,稱後七子;此後詩派總雜,一變於袁宏道,風流漸薄矣;再變於陳子龍,其流别大槩如此。

田　雯

　　田雯(1635—1704)字紫綸、子綸、綸霞,號山薑,晚號蒙齋。清德州(今屬山東)人。康熙三年(1664)進士。歷官中書舍人、提督江南學政、江蘇巡撫,奉旨督修淮安高安堰,以病辭職歸里。田雯天資聰穎,博覽羣書,工詩善文,與文學大家王士禛、施閨章等同享盛名。主張學詩要融合唐宋，宜分體學習，探求源流正變，重視詩人的才力，崇尚奇麗之美，並力求自成一家，充分體現了清初詩歌在全面繼承前人成就的基礎上追求個性的意識。著有《古歡堂集》、《長河志籍考》、《黔書》、《黔苗蠻記》、《蒙齋年譜》、《幼學編》、《詩傳全體備義》等。

本書資料據四庫全書本《古歡堂集》。

論詩絕句

元音太古絕文辭，十五國風天籟吹。可笑後人蛇畫足，辛勤束皙補笙詩。
李蘇作俑創河梁，《三百》遺編儘可傷。不少詞人拾殘瀋，誰教孺子唱《滄浪》。
駢麗隋梁努狗陳，蘭成才調果清新。作詩不用吳均語，雜記西京誤幾人。
阮子《詠懷》陳《感遇》，柳州一派又蘇州。讀來五字成真賞，可並江河萬古流。
氣矗語大排詩卷，《長慶》齊名已盛傳。白傅變成新格律，老元剽盜秖堪憐。
韓老何當遜孟郊，寒蟲偏不厭寒號。涪翁別是江西體，前輩東坡效爾曹。
谷量石計各紛紜，跋扈飛揚可張軍。何日援琴彈《蕩》什，長留風雅在河汾。
世無沈謝曹劉輩，摹索何難暗得之。作者滿前一丘貉，徐陵善忘是吾師。
羣兒謗口聚蚊雷，唐宋判將僞體裁。拈出誠齋村究語，無人解道讀歐梅。
說鈴書肆不堪稱，白葦黃茅郵可憑。世上西塗東抹手，驪珠探去有誰能。
琢肝鉥腎費尋思，攤飯澆書病不支。揀取前人篇什讀，老來白陸最相宜。
吾鄉邊李有前民，趵突泉頭墨跡新。眼底漁洋《蠶尾》外，詩人空作濟南人。元遺山云"有心長作濟南人"（以上卷十四）

論詩（節錄）

鼓吹曲辭、謳謠雜體，五色相宜，八音協暢，詩家所必采也。四言自曹氏父子、王仲宣、陸士衡諸人後，唯陶公最高。《停雲》、《榮木》等篇，殆突過建安，劉後村之言當矣。

或謂《三百》不可學，以四言故也。"維以不永懷"，"誰謂雀無角"，非五言乎？"胡取禾三百廛兮"，"維昔之富不如時"，非七言乎？

《選》體可學乎？學之者如優孟學叔敖衣冠，笑貌儼然似也，然不可謂真叔敖也。

善學者須變一格，如昌黎、義山、東坡、山谷、劍南之學杜，則湘靈之於帝妃，洛神之於甄后，形體不具，神理無二矣。不然，《選》體何易學也！（以上卷十六《雜著》）

論五言古詩（節録）

蘇李二子爲五言之祖，所謂非清廟之瑟，朱絃疏豁，一唱三和，更無可爲喻也。他如班婕妤《怨歌行》、卓氏《白頭吟》、辛延年《羽林郎》、宋子侯《董嬌嬈》、諸葛《梁父吟》以及《陌上桑》、《焦仲卿妻》、《鷄鳴》、《八變》、《艷謌》之類，音調不同，古詩之變矣。

隋煬帝初屬文，學庾子山體。及見柳誓以後，文體遂變，氣格遒邁，一洗靡麗錮習。

五言古詩正派，未有不權輿於《十九首》與蘇、李者。建安之盛，思王爲宗；鄴下之末，阮籍爲最。至於典午之朝，左思、郭璞、劉琨稱鼎立焉。淵明一出，空前絕後，學者誰敢輕加位置？由其詩高，其人異也。自是而後，宋有謝靈運、鮑照，齊有謝朓，梁有何遜、江淹，陳有徐陵、江總，以暨北魏劉昶，北齊顏之推，北周王褒、庾信，無不摩壘堂堂，雄壓當代。譬如列國然，諸公晉楚也，他家邾、莒、曹、鄶也。又如畫然，淵明秋山平遠，煙樹寒林，野水斜陽，天光雲影，儵然於篇幅之外。若鮑、謝以下各家，則著色點染，取董、巨神理而兼熙、筌藻繪者矣。總而論之，大約高曾於蘇李，根柢於漢魏，神明於彭澤，規摹於鮑、謝、何、庾，所謂正派，其在兹乎？迨乎初唐之陳子昂，盛唐之李白、王維、孟浩然，中唐之柳宗元、韋應物，亦復如是。好學深思者，遡源尋流，當自得之。

論七言古詩（節録）

昔人謂七言沿起昉於《擊壤》。予於《擊壤》篇另作句讀，非七言之祖明矣。《三百篇》已露其端，《離騷》實闢其境。至於《飯牛》、《臨河》、《易水》、《皇娥》、《白帝》、《子産誦》、《采葛婦》諸篇，聲長字縱，皆歌行之祖。

漢魏而下，六朝亦多長篇，惟鮑照爲最優，雖曰樂府，實具七言之長。

初唐格體，王楊盧駱汗漫長篇。李商隱云："沈宋裁詞矜變律，王楊落筆得良朋。當時自謂宗師妙，今日唯觀對屬能。"大旨可見。少陵曰："楊王盧駱當時體，輕薄爲文哂未休。爾曹身與名俱滅，不廢江河萬古流。"別有寓意。

香山諷諭詩,乃樂府之變。《上陽白髮人》等篇,讀之心目豁朗,悠然有餘味。後李西崖樂府,又變於白。

七言古詩,至唐末式微甚矣。歐陽文忠公崛起宋代,直接杜、韓之派而光大之,詩之幸也。

蘇門六君子無不掉鞅詞塲,凌躐流輩,而坡公於山谷則數效其體,前哲虚懷,往往如是。山谷詩從杜韓脫化而出,刱新鬭奇,風標娟秀,陵前轢後,有一無兩,宋人尊爲西江詩派,與子美俎豆一堂,實非悠謬。

總而論之,七言古詩肇於《離騷》、《毛詩》,而漢魏已來,遂備其體。《大風》、《垓下》、《秋風》、《栢梁》、《四愁》、《燕歌》等篇,古音錯落,皆成奇觀。唐人體凡數變:王、楊、盧、駱別是一格,何大復極言其工,固不必深議。太白曠世逸才,自成一家。少陵、昌黎,空前絶後。宋則歐、王、蘇、黃、陸諸君子,根抵於杜、韓,而變化出之。元則裕之、道園輩,頗有法則。其餘間有可採,而非歌行大觀矣。大約作七古與他體不同,以縱橫豪宕之氣,逞夭矯馳驟之才,選材豪勁,命意沉遠;其發端必奇,其收處無盡,音節琅琅,可歌可聽。如老將用兵,漫山瀰谷,結率然之陣,中擊不斷,而壁壘一新,旌旗改色,乃稱無敵。

論五言律詩(節録)

齊梁儷句,即五言律祖。楊用修、李于鱗已備言之。愚專取盛唐五家,似已騊五律之善。

論七言絶句(節録)

七言絶句起自古樂府,盛唐遂踞其巔。太白、龍標,無以加矣。(以上卷十七《雜著》)

詩話評茂秦十則(節録)

茂秦云:“唐山夫人《房中樂》十七章,格韻高嚴,規模簡古,駸駸乎商周之頌。迨蘇、李五言一出,詩體變矣,無復爲漢初樂章,以繼風雅,惜哉!”余嘗觀今之詩家,多以樂府爲卷首，如《君馬黃》、《上之回》、《陌上桑》、大小《垂手》之類，句之長短，語之繁簡，師心自用，漫無一定之格；音節多所未諧，即《樂府解題》亦在影響之間，蓋樂府失傳久矣。

"詩以漢魏並言，魏不逮漢也。建平之作率多，平仄穩貼，此聲律之漸。而後流於六朝，千變萬化，至初、盛極矣。"余但知齊梁儷句爲五言律祖，茂秦乃謂自魏晉已然，非臆説也。

"揚雄作《反騷》、《廣騷》，班彪作《悼騷》，梁竦亦作《悼騷》，摯虞作《愍騷》，應奉作《感騷》。漢魏以來，作者繽紛，無出屈、宋之外。"茂秦之言是也。以予觀之，宋不如屈，況其他乎！古云："離騷，離憂也。"又有《騷離》，見於宋人《困學紀聞》，亦奇矣。又枚乘始作《七發》，後有傅毅《七激》、張衡《七辨》、崔駰《七依》、馬融《七廣》、劉向《七略》、劉梁《七舉》、崔琦《七蠲》、桓麟《七説》、李尤《七疑》、劉廣世《七興》、曹子建《七啓》、徐幹《七喻》、王粲《七釋》、劉邵《七華》、陸機《七徵》、孔偉《七引》、湛方生《七歡》、張協《七命》、顏延之《七繹》、竟陵王《七要》、蕭子範《七誘》，大抵馳騁文詞而欲齊驅枚生也。《七發》來自《鬼谷子·七箝》之篇，余謂諸作遜枚生遠甚，猶之作騷不及屈原也。杜子美《七歌》來自《十八拍》，李空峒亦作《七歌》，未免生吞活剥之誚矣。

又"唐人歌詩如度曲，可以協絲簧、諧音律。晚唐格卑，聲調猶在。及宋柳耆卿、周美成輩出，能爲一代新聲，詩與詞爲二物，是以宋詩不入絃歌也。"詞曲自六朝已然，不始於宋。唐詩可入歌譜者亦少。茂秦此論亦謬。

茂秦曰：《塵史》云："王得仁謂七言始於《垓下歌》，《栢梁篇》祖之。劉存以'交交黃鳥止于桑'爲七言之始，合兩句爲一，誤矣。《大雅》曰：'維昔之富不如時。'《頌》曰：'學有緝熙於光明。'亦非也。蓋始於《擊壤歌》'帝力何有於我哉！'《雅》、《頌》之後，有《南山歌》、《子産歌》、《採葛婦歌》、《易水歌》，皆有七言而未成篇。及《大招》百句、《小招》七十句，七言已盛於《騷》，但以參差間之，而觀者弗詳焉。"余一日讀《擊壤篇》，細玩文氣語韻，另爲句讀："日出而作句，日入而息句，鑿井而飲句，耕田而食句。帝力句，何有於我哉句？"末一句乃歌餘之曼聲也，不入韻。蓋彼時之民，安田里，樂耕桑，感激之意深，實目覩帝力之勤劬，以成雍熙之化。"何有於我"，謂君勞而民自逸，歸美於上之詞也。若云"我民之日用飲食，與帝力何涉？"則後世悍俗不可訓矣。"王者之民，皞皞如也。"亦謂氣象則然，非市恩小惠之比，豈有以堯舜之民而不知感澤者乎？歌有曼聲，即今曲之尾聲也。如此讀，則《擊壤歌》非七言之祖矣。

三句一韻

余官楚中，得夷陵《雷何思太史詩集》，讀之，有《聽雨》一篇，三句一韻，以爲創作，古無此格，載之《山薑詩話》中。及閱宋會稽高菊磵《緯略》，秦碑三句一韻，引證甚確。《梁書·范雲傳》曰：“竟陵王子良爲會稽太守，雲爲府主簿。王登秦望山，雲以山上有秦始皇刻石，三句一韻，人多作兩句讀之，並不得韻；又加大篆，人多不識。乃夜取《史記》讀之。暨登山，子良命賓客讀之，皆茫然。末問雲，雲曰：‘嘗讀《史記》。’見此刻石文，讀之如流水。子良大悅。”按《老子》：“明道若昧，夷道若類，進道若退。”“上德若谷，大白若辱，廣德若不足。”“建德若偷，質直若渝，大方無隅。”“大器晚成。大音希聲，大象無形。”文皆用韻，三句一易。秦望山石刻文，亦猶是乎？始知三句一韻詩，雷太史非無所本也。（以上卷十八《雜著》）

詩話（節録）

七律即古人亦鮮合作，何况今者？吾友顏修來搜微抉奧，體法詳明。有一南士作三十餘首，矜喜自負，人亦傳誦之。余以問修來，答曰：“七律是何物耶？斯人騎屋棟，望九疑、二華，隔萬里千重雲霧。”

三句一韻詩，明雷何思翰林《聽雨》一篇云：“朝雨明窗塵，晝雨纖絲杼，莫雨澆花漏。簷聲如雨泉，槽聲如飛瀑，溝聲如决溜。竹樹江崩騰，臺池磬清越，蓬茅車輻輳。忽然振屋瓦，忽然鼓雷霆，忽然飭甲胄。蒙莊寫三籟，師曠叶八風，鄒衍吹六候。病中廣陵濤，枕中華胥譜，庭中鈞天奏。醉聽可解酲，餓聽可樂飢，想聽可滌垢。辨非從意解，聞非從西來，聲非從耳透。”亦自奇闢。

序者，叙所以作之旨也，始於子夏之序《詩》。其後劉向以校書爲職，每一編成，即有序，最雅馴矣。左思賦《三都》，成名不甚著，求序於皇甫謐。自是綴文之士，多托於序以傳。究之作者之工拙，非序操之，假一序而自忘其醜，何爲也！

陳師道云：“韓退之作記，記其事耳。今之記，乃論也。”記必以記事爲正體，雜議論則爲變體，然亦有變而不失其正者，余謂作傳亦然。（以上卷十九《雜著》）

《芝亭集》序（節録）

余嘗謂宋人之詩，黄山谷爲冠。其體製之變，天才筆力之奇，西江詩派世皆師承之。夫論詩至宋，政不必屑屑規摹唐人。當宋風氣初闢，都官滄浪自成大雅，山谷出，耳目一新，摩壘堂堂，誰復與敵？雖其時居蘇門六君子之列，而長公虚懷推激，每謂"效魯直體"，猶退之之於孟郊、樊宗師焉，矧其他耶？匡廬、彭蠡之勝不乏詩才，前乎山谷者，有臨川焉，有廬陵焉。山谷之詩力，可以移王、歐之席，而其盤空硬語，更高踞於梅、蘇之上，所謂西江詩派也。

《艷體詩》序（節録）

艷體詩原於《毛詩》、《國風》之有鄭、衛，《小戎》之章曰："在其板屋，亂我心曲。"《東山》之什曰："其新孔嘉，其舊如之何！"此艷之至者。故紫陽以鄭、衛爲淫風，後之學者多非之。漢唐已来，張衡有《同聲》之作，繁欽著《定情》之句，下暨《子夜》、《清商》、《西崑》、《香奩》諸篇，温、李、段、韓諸人，亦云艷矣。假使尼山而在，亦必不删之，則以鄭、衛爲淫風，誠非也。謂艷體詩可以弗作，皆未讀《毛詩》者也。從来有老、莊之玄言，即有徐、庾之麗句，亦文章之不可闕者。

《石樓和蘇詩》序（節録）

昔人作詩有擬古者，無追和古人者。追和古人，見於蘇公之和陶。當公謫居儋耳，眞家羅浮之下，獨攜幼子過負擔渡海，葺茅竹而居之，日啗藷芋，因自謂半生出處，較淵明爲有愧，故欲以晚節規摹其萬一。今按其詩，自《時運》以至《劉柴桑》凡一百有九篇，大略依陶韻爲之。至其記事用意，則又兩人各不相襲。以是知詩道之大，惟际其人自爲關閫，而非一切拘牽聲韻者所得參也。世之爲和詩者，吾竊疑之。"河梁"之咏，彼訓此唱，已發其端，讀之如見蘇李當日促席對語時。魏晉而下，以迄於唐，和詩者日衆。然有意相呼應而韻別者，有用韻而頓放次第各異者。步韻之詩，唐元、白、皮、陸諸家爲最。而後之學詩者遂尊之，卷舌同聲，擬足並跡，揖揖役役於一家之體製、一時之情事。其爲詩，豈復知有變化哉？（以上卷二十四《序》）

《麃沙詩集》序（節録）

余嘗謂學詩者宜分體取法乎前人。五言古體必根柢於漢魏，下及鮑、謝、韋、柳也。五七言近體則王、孟、錢、劉，晚唐温、李諸人也。截句則王、李、白、蘇、黄、陸也。至於歌行，惟唐之杜、韓，宋之歐、王、蘇、陸，其鼓駭駭，其風瑟瑟，旌旗壁壘，極閩闚雄蕩之奇。非如是，不足以稱神明變化也。

《訒齋詩集》序（節録）

詩之變而日新也，誰昔然矣！作詩者之心思，猶山川之出雲，晴陰朝暮不同，而各成其峯巒烟雨之態。不然，沿襲故常，徒拾前人牙後慧，是無異繪雲於壁，而冀其峯巒煙雨飛動無已時也，烏可得乎！以樂府論之，漢魏歌辭，唐山夫人十七章，駁駁乎商周之《頌》。迨蘇、李五言一出，詩體遂變。雖六朝之鮑照、唐之張籍、王建，尚沾沾規摹乎古，總不敵昌黎之《琴操》十首爲變而更奇也。厥後元楊廉夫、明李西涯輩別闢新境，渠非瑰意雄響哉！李太白工於樂府矣，杜少陵何以不作，乃變爲《兵車行》、《哀江頭》、前後《出塞》、《石壕吏》諸篇，大槩可知也。再以截句論，太白之作，擅美詞場。少陵並生於盛唐，不得不矯枉，爲之獨創一格。寧甘飯顆之誚，務避雷同之跡，因以知西子之笑顰、邯鄲之跬步，今與昔一丘之貉，皆作者所夷然弗屑也。

《紫鈞制藝》序（節録）

今夫古文與時文無以異也。浸淫乎六經，出入於兩漢，可以言古文矣。而時文尤戞戞難之。以儒生挾兔園册，侈談六經，兩漢之文猶未足以合八股之繩尺，不得不墨守傳註，拘泥篇幅，甚至揣摩聲調，以投世俗之好尚，歐陽公所謂“順時”故也。天下魁壘傑出、淵穎秀拔之士，往往爲時文所困，既不敢肆力於古，又不欲詭隨於時，束髮受書，皓首窮經，而庶幾於一遇者有之，何其難也！余嘗論人之受才不同，故爲文迥別。譬彼蠶絲黄白，而繭象焉；若乃會稽野繭，從《江淹集》壁魚化出，繹而爲絲，遂成異錦，此殆造化之靈奇，天地之慧巧，豈區區蠶婦所可一槩論乎！知乎此，又可以言時文矣。

376

《霞裳咏物詩》序

《三百篇》多言鳥獸草木，如《杕杜》、《蜉蝣》諸什，皆有風人之旨。下而《離騷》之於香草也，蒙莊之於木雁也，旁引曲喻，比事屬辭。文章亦然，皆可作詩觀也。唐李巨山《詠物》詩至六十餘篇，然題不枯寂，意少閒遠。顔平原聯句《大言》、《小言》，樂饒滑醉之作，又俚而失雅。予選唐人詩，率闕而不録。大抵才人作詠物詩，非典贍名貴在摹神寫照之間，則妙義寓言悠然行墨之外，不爾，均無取焉。"柳絮因風起"，非謝夫人之詠雪乎？袁海叟《白燕》一律，當時自謂擅場。今得霞裳《雜題》十二章，殆又過之。世有識者，可以附於風人之列無疑矣。（以上卷二十五《序》）

《家譜》序

家譜之作，有繇来矣。蘇洵云：親盡則塗人本一人之身，分而至于塗人，愀焉軫歎，譜之所以作也。子孫雖愚，過先人之墓，未有不動心者；時而祀其先，語及其遺事，未有不追泣者。故宗廟之制、祭祀之禮，君子以此崇本返始。知其身，當知身之所自出；知奉其身，當知吾身之所同出；知先人之德舃，當世澤貽祚昆而爲之闌之揚之。搦管聯册，長留天壤，其作譜之義乎！小子伏深慚悚，周流戀念，撫今鏡古，條縷析辭。載考摯虞之《族姓昭穆記》、賈執之《姓氏英賢譜》、孫秘之《尊祖論世録》、裴松之之《家記》、令狐德棻之《家傳》，摹其規略，釐訂流傳史家自序，遠謝于孟堅家訓攸垂，竊淑于之推譜之作也，顧可緩歟？（卷二十六《序》）

鄒祇謨

鄒祇謨（約 1628—1670）字訏士，號程村。清武進（今屬江蘇）人。順治十五年（1658）進士。清初著名文士，初以《詩經》題經義著名，後以詩古文辭與董文友、陳椒峯、龔琅霞並爲毗陵四名家。工填詞，有《麗農詞》及詞話《遠志齋詞衷》一卷；又與王漁洋同編《倚聲集》，這是明清之際一部匯合衆流、備陳諸體的重要詞選，不僅是研究清初詞學的重要文獻，而且對於清初詞學的建構有着重要意義。另有《遠志齋集》（已佚）。

本書資料據中華書局 1986 年唐圭璋《詞話叢編》本《遠志齋詞衷》。

詞中同調異體

俞少卿云：郎仁寶瑛，謂填詞名同而文有多寡，音有平仄各異者甚多，悉無書可証。然三人占則從二人，取多者証之可矣。所引康伯可之《應天長》、葉少蘊之《念奴嬌》，俱有兩首，不獨文稍異，而多寡懸殊，則傳流抄録之誤也。《樂章集》中尤多。其他往往平仄稍異者亦多。吾向謂間亦有可移者，此類是也。又云：有二句合作一句，一句分作二句者，字數不差，妙在歌者上下縱橫所協，此自確論。但子瞻填長調，多用此法，他人即不爾。至於《花間集》同一調名，而人各一體，如《荷葉杯》、《訴衷情》之類，至《河傳》、《酒泉子》等尤甚。當時何不另創一名耶？殊不可曉。愚按此等處，近譜俱無定例，作詞者既用其體，即於本題注明亦可。

詞中一調多名

俞少卿云：《花間集》内三十二調，《草堂》諸本所無。《尊前集》僅當《花間》三之一，而《草堂》所無者二十八調。内八調與《花間》同，餘又皆《花間》所無。有《喜遷鶯》、《應天長》、《三臺》，名與《草堂》同，而詞絶不同。又有調同而名異者，《憶仙姿》即《如夢令》，《羅敷豔歌》即《醜奴兒令》。又有調同而微不同者，《瀟湘神》、《赤棗子》之於《搗練子》，《一斛珠》之於《醉落魄》。餘叵殫述。大抵一調之始，隨人遣詞命名，初無定準，致有紛拏。至《花草粹編》異體怪目，渺不可極。或一調而名多至十數，殊厭披覽，後世有述，則吾不知。愚按，此類宋詞極多，張宗瑞詞一卷，悉易新名。近來名人，亦間效此。余選悉從舊名，而詳爲考註，庶使觀者披卷曉然耳。

花間非全無定體

詞有一體而數名者，亦有數體而一名者。詮叙字數，不無次第參錯。其一二字之間，在於作者研詳綜變，譜中譜外，多取唐、宋人本詞較合，便得指南。張世文、謝天瑞、徐伯魯、程明善等前後增損繁簡，俱未盡善。沈天羽謂《花間》無定體，不必派入體中。但就《河傳》、《酒泉子》諸調言之可耳，要之亦非定論。前人著令，後人爲律，如樂府鐃歌諸曲，歷晉宋六朝以迄三唐，名同實異，參稽互變。必謂《花間》無定體，《草堂》始有定體，則作小令者，何不短長任意耶？中郎虎賁，吾善乎俞光禄之言耳。

調名原起辨

調名原起之説，起于楊用修及都玄敬，而沈天羽掩楊論爲己説。如《蝶戀花》取梁元帝“翻堦蛺蝶戀花情”，《滿庭芳》取吴融“滿庭芳草易黄昏”，《點絳唇》取江淹“白雪凝瓊貌，明珠點絳唇”，《鷓鴣天》取鄭嵎“春遊雞鹿塞，家在鷓鴣天”，《惜餘春》取太白賦語，《浣溪紗》取杜陵詩意，《青玉案》取《四愁詩》語，《踏莎行》取韓翃詩“踏莎行草過青溪”，《西江月》取衛萬詩“只今惟有西江月”。《菩薩蠻》，西域婦髻也。《蘇幕遮》，高昌女子所戴油帽。西域婦帽也。《尉遲杯》，尉遲敬德飲酒，必用大杯也。《蘭陵王》，每入陣必先歌其勇也。《生查子》，古槎字，張騫乘槎事也。《瀟湘逢故人》，柳渾詩句也。此升菴《詞品》也。即沈天羽所載疏名。又如《滿庭芳》取柳柳州“滿庭芳草積”，《玉樓春》取白樂天詩“玉樓宴罷醉和春”，《丁香結》取古詩“丁香結恨新”，《霜葉飛》取杜詩“清霜洞庭葉，故欲別時飛”，《宴清都》取沈隱侯“朝上閶闔宫，夜宴清都闕”。又云：《風流子》出《文選》，劉良《文選註》曰，風流言其風美之聲，流於天下，子者，男子之通稱也。《荔枝香》出《唐書》，貴妃生日，命小部奏新曲，未有名，適進荔枝至，因名《荔枝香》。《解語花》出《天寶遺事》，亦明皇稱貴妃語。《解連環》出《莊子》“連環可解”也。《華胥引》出《列子》，黄帝畫寢，夢遊華胥之國。《塞垣春》，“塞垣”二字出《後漢書·鮮卑傳》。《玉燭新》“玉燭”二字出《爾雅》。此元敬《南濠詩話》也。卓珂月又云：多麗，張均妓名，善琵琶者也。念奴嬌，唐明皇宫人念奴也。愚按宋人詞調不下千餘，新度者即本詞取句命名，餘俱按譜填綴，若一一推鑿，何能盡符原指。安知昔人最始命名者，其原詞不已失傳乎？且僻調甚多，安能一一傅會載籍？自命稽古學者，寧失闕疑，毋使後人徒資彈射可耳。

辨詞名本詩説

胡元瑞《筆叢》，駁用修處最多。其辨詞調，尤極覼縷。如辨詞名之本詩者，《點絳唇》、《青玉案》等，楊説或協，餘俱偶合，未必盡自詩中。“滿庭芳草易黄昏”，唐人本形容凄寂，詞名《滿庭芳》，豈應出此？《生查子》，謂“查”即古“槎”字，合之博望，意義不通。《菩薩蠻》，謂蠻國之人，危髻金冠，瓔絡被體，故名，非專指婦髻也。《蘭陵王》，入陣曲，見《北齊史》。《尉遲大杯》，正史無考，乃誤認元人雜劇。《鷓鴣天》，謂本鄭嵎詩，則《雞鹿塞》當入何調？曲中有《黄鶯兒》、《水底魚》、《鬥鵪鶉》、《混江龍》等，又本何調耶？元瑞此論，可謂詞品董狐矣。愚按用修、元敬俱號綜博，而過於求新作好，遂多瑣漏。如一《滿庭芳》，而用修謂本吳融，元敬謂本柳州，果何所原起歟？《風流子》二字一解，尤爲可笑。詞中如《贊浦子》、《竹馬子》之類極多，亦男子通稱耶？則"兒"字又屬何解？《荔枝香》、《解語花》與《安公子》等類相近，似乎可據。若《連環》、《華胥》本之《莊》、《列》，《塞垣》、《玉燭》本之《後漢書》、《爾雅》，遙遙華胄，探河宿海，毋乃太遠，此俱穿鑿附會之過也。然元瑞考據精詳，而於詞理未盡研涉。毛稚《黃詞辨詆》駁胡元瑞云：詞人以所長入詩，其七言律，非平韻《玉樓春》，則襯字《鷓鴣天》，而《玉樓春》無平韻者，《鷓鴣天》無襯字者，是不知有《瑞鷓鴣》，而以臆説附會也。此數調，本在眉睫，而持論或誤，信乎博而且精之爲難矣。愚又按，《詞品序》中云：唐七言律，即詞之《瑞鷓鴣》也。七言仄韻，即詞之《玉樓春》也。胡豈不知，而臆辭若此，豈有意避楊語，或下筆之偶誤邪？

古詞調名多屬本意（節録）

《詞品》云："唐詞多緣題所賦，《臨江仙》則言水仙，《女冠子》則述道情，《河瀆神》則緣祠廟，《巫山一段雲》則狀巫峽，《醉公子》則詠公子醉也。"胡元瑞《藝林學山》云："諸詞所詠，固即詞名，然詞家亦間如此，不盡泥也。《菩薩蠻》稱唐世諸調之祖，昔人著作最衆，乃無一曲與詞名相合。餘可類推，猶樂府然，題即詞曲之名也，聲調即詞曲音節也。宋人填詞絕唱，如'流水孤村'、'曉風殘月'等篇，皆與調名了不關涉。而王晉卿《人月圓》、謝無逸《漁家傲》，殊碌碌無聞。則樂府所重在調，不在題明矣。"愚按此論，楊固太泥，胡亦未盡通方也。大率古人由詞而製調，故命名多屬本意。後人因調而填詞，故賦寄率離原詞。曰填、曰寄，通用可知。宋人如《黃鶯兒》之詠鶯，《迎新春》之詠春，《月下笛》之詠笛，《暗香疎影》之詠梅，《粉蝶兒》之詠蝶，如此之類，其傳者不勝屈指，然工拙之故，原不在是。

詞曲同調名

沈天羽云：詞名多本樂府，然去樂府遠矣。南北劇名，又本填詞來，去填詞更遠矣。按南北劇與填詞同者，《青杏兒》中調即北劇小石調。《憶王孫》小令即北劇仙呂調。小令之《搗練子》、《生查子》、《點絳唇》、《霜天曉角》、《卜算子》、《謁金門》、《憶秦娥》、《海棠春》、《秋蘂香》、《燕歸梁》、《浪淘沙》、《鷓鴣天》、《虞美人》、《步蟾宮》、《鵲橋仙》、《夜行船》、《梅花引》，中調之《唐多令》、《一剪梅》、《破陣子》、《行香子》、《青玉案》、《天仙子》、《傳言玉女》、《風入松》、《剔銀燈》、《祝英臺近》、《滿路花》、《戀芳春》、

《意難忘》，長調之《滿江紅》、《尾犯》、《滿庭芳》、《燭影搖紅》、《絳都春》、《念奴嬌》、《高陽臺》、《喜遷鶯》、《東風第一枝》、《真珠簾》、《齊天樂》、《二郎神》、《花心動》、《寶鼎現》，皆南劇之引子。小令之《柳梢青》、《賀聖朝》，中調之《醉春風》、《紅林檎近》、《驀山溪》，長調之《聲聲慢》、《八聲甘州》、《桂枝香》、《永遇樂》、《解連環》、《沁園春》、《賀新郎》、《集賢賓》、《哨遍》，皆南劇慢詞。外此鮮有相同者。更有南北曲與詩餘同名，而調實不同者，又不能盡數。胡元瑞云：宋人《黃鶯兒》、《桂枝香》、《二郎神》、《高陽臺》、《好事近》、《醉花陰》、《八聲甘州》之類，與元人毫無相似。若《菩薩蠻》、《西江月》、《鷓鴣天》、《一剪梅》，元人雖用，悉不可按腔矣。愚按，此等《九宮譜》中悉載，然有全體俱似者，又有不用換頭者。至詞曲之界，本有畦畛，不得謂調同而詞意悉同，竟至儒墨無辨也。

詞有迴文體

詞有櫽括體，有迴文體。迴文之就句迴者，自東坡、晦菴始也。其通體迴者，自義仍始也。近來吾友公阮、文友，有一首迴作兩調者。文人慧筆，曲生狡獪，此中故有三昧，匪徒乞靈寶家餘巧也。

詩詞有別

詞之《紇那曲》、《長相思》，五言絕句也。俱載《尊前集》中。《柳枝》、《竹枝》、《清平調引》、《小秦王》、《陽關曲》、《八拍蠻》、《浪淘沙》，七言絕句也。《阿那曲》、《雞叫子》，仄韻七言絕句也。《花間集》多收諸體。《瑞鷓鴣》，七言律詩也。載《草堂集》中。《欸殘紅》，五言古詩也。楊用修體。體裁易混，徵選實繁，故當稍別之，以存詩詞之辨。

徐　釚

徐釚（1636—1708）字電發，號虹亭。清吳江（今屬江蘇）人。畫家、詞人、詞論家。康熙十八年（1679）召試博學鴻詞，授翰林院檢討。繪事絕俗，山水偶爾寄興，筆致風秀，用墨簡淡清逸。畫蟹有筆有墨，神趣如生。其論詞主張溯本清流、守律嚴韻、詩詞同道、風格多變。其詞以詠懷唱和爲主，有些作品隱約流露了民族意識。詞風華麗清秀，後趨於沉著老成，偶有驚人豔語。徐釚在詞學史上的最大貢獻是編纂了第一部大型詞學理論資料著作《詞苑叢談》十二卷。《四庫全書·詞苑叢談提要》謂："是書專輯詞家故實,分體製、音韻、品藻、紀事、辨証、諧謔、外編七門,采摭繁博,援據精詳,實爲論詞者總滙,與李良年《詞林紀事》足相伯仲。惟其間徵引舊文,未盡注其所出,同時朱彝尊、陳維崧等嘗議之。釚亦自欲補綴而未盡也。"另有《南州草堂集》、《菊莊詞》、《續本事詩》等。

本書資料據四庫全書本《詞苑叢談》。

體製(節錄)

梁武帝《江南弄》云:"衆花雜色滿上林,舒芳曜彩垂輕陰。連手蹙蹀舞春心。舞春心,臨歲腴。中人望,獨踟躕。"此絕妙好詞,已在《清平調》、《菩薩蠻》之先矣。

沈約《六憶詩》其三云:"憶眠時,人眠獨未眠,解羅不待勸,就枕更須牽。復恐旁人見,嬌羞在燭前。"亦詞之濫觴也。

屈子《離騷》亦名辭,漢武《秋風》亦名辭。詞者,詩之餘也。然則詞果有合於詩乎?曰:按其調而知之也。《殷靁》之詩曰:"殷其雷,在南山之陽。"此三、五言調也。《魚麗》之詩曰:"魚麗於罶,鱨鯊。"此二、四言調也。《還》之詩曰:"遭我乎猫之間兮,並驅從兩肩兮。"此六、七言調也。《江汜》之詩曰:"不我以,不我以。"此疊句調也。《東山》之詩曰:"我來自東,零雨其濛。鸛鳴於垤,婦嘆於室。"此換韻調也。《行露》之詩曰:"厭浥行露。"其二章曰:"誰謂雀無角。"此換頭調也。凡此煩促相宜,短長互用,以啓後人協律之原,豈非《三百篇》實祖禰哉?《蓺園閒話》

唐人張志和,自稱煙波釣徒,常作《漁歌子》一詞,極能道漁家之事。詞云:"西塞山前白鷺飛,桃花流水鱖魚肥。青箬笠、綠蓑衣,斜風細雨不須歸。"今樂章一名《漁父》,即此調也。

政和中,一中貴人使越州回,得詞于古碑陰,無名無譜,不知何人作也。錄以進御,命大晟府填腔。因詞中語,賜名《魚遊春水》。詞云:"秦樓東風裏。燕子還來尋舊壘。餘寒猶峭,紅日薄侵羅綺。嫩草方抽碧玉茵,媚柳輕拂黃金縷。鶯囀上林,魚遊春水。幾曲闌干遍倚。又是一番新桃李。佳人應怪歸遲,梅妝淚洗。鳳簫聲絕沈孤雁,望斷清波無雙鯉。雲山萬重,寸心千里。"

苕溪漁隱曰:唐初歌詞,多是五言詩或七言詩,初無長短句。自中葉以後至五代,漸變成長短句。及本朝則盡爲此體。今所存者,止《瑞鷓鴣》、《小秦王》二闋,是七言八句詩,并七言絕句詩而已。《瑞鷓鴣》猶依字依歌,若《小秦王》,必須雜以虛聲乃可歌耳。其詞曰:"碧山影裏小紅旗。儂是江南踏浪兒。拍手欲嘲山簡醉,齊聲爭唱浪婆詞。西興渡口帆初落，漁浦山頭日未欹。儂送潮回歌底曲，樽前還唱使君詩。"此《瑞鷓鴣》也。"濟南春好雪初晴。行到龍山馬足輕。使君莫忘雪溪女，時作陽關腸斷聲。"此《小秦王》也。皆東坡所作。

　　唐主嘗製小詞云："曾宴桃源深洞。一曲舞鸞歌鳳。長記別伊時，和淚出門相送。如夢。如夢。殘月落花煙重。"此莊宗自度曲也。《古今詞話》云：後唐莊宗修内苑，掘得斷碑，中有三十二字。莊宗使樂工入律歌之，名曰《宴桃源》，一名《憶仙姿》。

　　宋陳亞，性滑稽，常用藥名作閨情《生查子》三首。其一曰："相思相思子意已深苡薏，白紙白芷書難足。字字苦參商苦參，故要檀郎讀狼毒。分明記得約當歸當歸，遠至遠志櫻桃熟。何事菊花時，猶未回鄉茴香曲。"其二曰："小院雨餘凉禹餘糧，石竹風生砌。罷扇儘從容蓯蓉，半夏半夏紗厨睡。起來閒坐北亭中栢葶，滴盡珍珠淚。爲念壻辛勤細辛，去折蟾宮桂。"其三曰："浪蕩去來來，躑躅花蘋換。可惜石榴裙，蘭麝香將半。琵琶聞後理相思，必撥䗪芨朱絃斷，擬續斷朱絃續斷，待這冤家面代赭。"予謂此等詞偶一爲之可耳，畢竟不雅。

　　俞仲茅彦《爰園詞話》曰："詞全以調爲主，調全以字之音爲主。音有平仄，多必不可移者，間有可移者。仄有上去入，多可移者，間有必不可移者。儻必不可移者任意出入，則歌時有棘喉澀舌之病。故宋時一調作者多至數十人，如出一吻。今人既不解歌，而詞家染指，不過小令中調，尚多以律詩手爲之。不知孰爲音，孰爲調，無怪乎詞之亡也。"

　　又曰："唐詩三變愈下，宋詞殊不然。歐、蘇、秦、黃，足當高、岑、王、李。南渡以後，矯矯陡健，即不得稱中宋、晚宋也。惟辛稼軒自度梁肉，不勝前哲，特出奇險爲珍錯供。與劉後村軰，俱曹洞旁出，學者正可欽佩，不必反唇并捧心也。

　　（周長卿元）又曰：晚唐五代小令，填詞用韻，多詭謫不成文者，聊爲之可耳，不足多法，《尊前集》載唐莊宗《歌頭》一首，爲字一百三十六。此長調之祖，然不能佳。

　　《六州歌頭》，本鼓吹曲也，音調悲壯。又以古興亡事實之，聞之使人慷慨，良不與艷詞同科，誠可喜也。六州得名，蓋唐人西邊之州伊州、梁州、石州、甘州、渭州、氏州也。宋人大祀大卹，皆用此調。明朝大卹，則用《應天長》云。

　　劉公戢體仁《詞繹》曰：詞有與古詩同義者。"瀟瀟雨歇"，《易水》之歌也。"同是天涯"，《麥秀》之詩也。"又是羊車過也"，《團扇》之辭也。"夜夜岳陽樓中"，《日出當心》之志也。"已失了春風一半",《鯢居》之諷也。"瓊樓玉宇",《天問》之遺也。詞有與古詩同妙者。如"問甚時同賦三十六陂秋色",即《灞岸》之興也。"關河冷落,殘照當樓",即《敕勒》之歌也。"危樓雲雨上,其下水扶天",即《明月積雪》之句也。"燕子樓空,佳人何在,空鎖樓中燕",即《平生少年》之篇也。

又曰:"夜闌更秉燭,相對如夢寐。"叔原則云:"今宵剩把銀缸照,猶恐相逢是夢中。"此詩與詞之分疆也。

又曰:山谷全首用聲字爲韻。注云:效福唐獨木橋體。不知何體也。然猶上句不用韻。至元美《道塲山》則句句皆用山字,謂之戲作可也。詞中如效醉翁"也"字,效楚詞"些"字、"兮"字,皆不可無一,不可有二。至檃括體,亦不作可也。不獨醉翁如嚼蠟,即子瞻改琴詩,琵琶字不現,畢竟是全首說夢。

詞與詩不同。詞之語句,有兩字四字至七八字者,若惟疊實字,讀之且不通,況付雪兒乎?合用虛字呼喚。一字如正、但、任、況之類,兩字如莫是、又還之類,三字如更能消、最無端之類,却要用之得其所。

沈東江謙曰:承詩啓曲者,詞也,上不可似詩,下不可似曲。然詩與曲又俱可入詞,貴人自運。

董文友《蓉渡詞話》曰:嚴給事與僕論詞云:近日詩餘好亦似曲。僕謂詞與詩曲,界限甚分,似曲不可,似詩仍復不佳。譬如擬六朝文,落唐音固卑,侵漢調亦覺儓父。

鄒程村祗謨《詞衷》曰:今人作詩餘,多據張南湖《詩餘圖譜》及程明善《嘯餘譜》二書。南湖譜平仄差核,而用黑白及半黑半白圈以分別之,不無魚豕之訛。且載調太略,如《粉蝶兒》與《惜奴嬌》本係兩體,但字數稍同及起句相似,遂誤爲一體,恐亦未安。至《嘯餘譜》則舛誤益甚。如《念奴嬌》之與《無俗念》、《百字謠》、《大江乘》,《賀新郎》之與《金縷曲》,《金人捧露盤》之與《上西平》,本一體也,而分載數體。《燕臺春》之即《燕春臺》,《大江乘》之即《大江東》,《秋霽》之即《春霽》,《棘影》之即《疎影》,本無異名也,而誤仍訛字。或列數體,或逸本名。甚至錯亂句讀,增減字數而強綴標目,妄分韻脚。又如《千年調》、《六州歌頭》、《陽關引》、《帝臺春》之類,句數率皆淆亂。成譜如是,學者奉爲金科玉律,何以迄無駁正者耶?

又曰:阮亭常云:詞選須從舊名。如《本草》誌藥,一種數名,必好稱新目,無裨方理，徒惑觀聽。愚謂好用舊譜之改稱者，如《本草》中之別名也。又有自立新名，按其詞則枵然無有者。如《清異録》中藥名，好奇妄撰者也。然間有古名無謂而偶易佳名者，如用修易《六醜》爲《箇儂》，阮亭易《秋思耗》爲《畫屏秋色》。但就本詞稱之，亦不妨小作狡獪。

又曰：詞有一體而數名者，亦有數體而一名者。詮叙字數，不無次第參錯。其一二字之間，在于作者研詳綜變。譜中譜外，多取唐、宋人本詞較合，便得指南。張世文、謝天瑞、徐伯曾、程明善等，前後增損繁簡，俱未盡善。沈天羽謂《花間》無定體，不必派入體中。但就《河傳》、《酒泉子》諸調言耳，要非定論。前人著令，後人爲律，必謂《花間》無定體，《草堂》始有定體，則作小令者何不短長任意耶？中郎虎賁，吾善乎俞光禄之言耳。

又曰：詞之歌調既已失傳，而後人製調創名者，亦復不乏。如用修之《落燈風》、《欻殘紅》，元美之《小諾皐》、《怨朱絃》，緯真之《水慢聲》、《裂石青》，江仲茅之《美人歸》，仲醇之《闌干拍》，以及《支機集》之《琅天樂》、《天台宴》等類，不識比之《樂章》、《大聲》諸集，輙叶律與否，文人偶一爲之可也。

又曰：宋人諸體，亦有不可驟解者。如蘇長公之《皂羅特髻》中調，連用七采菱拾翠字。程書舟之《四代好》長調，連用八好字。劉龍洲之四犯《剪梅花》長調，中犯《解連環》、《醉蓬萊》二段、《雪獅兒》等體。又如柳屯田《樂章集》中，如《傾盃》、《塞孤》、《祭天神》諸長調，俱不分換頭。凡此等類，未易縷析。《龍洲》之四犯，想即如南北曲之有二犯、三犯耶？ 或後人所增，如劉煇之嫁名歐陽，未可知也。

又曰：調名原起之説，起于楊用修及都元敬，而沈天羽掩楊論爲己説。如《蝶戀花》，取梁元帝"翻堦蛺蝶戀花情"，《滿庭芳》取吳融"滿庭芳草易黃昏"，《點絳唇》取江淹"白雪凝瓊貌，明珠點絳唇"，《鷓鴣天》取鄭嵎"春遊雞鹿塞，家在鷓鴣天"，《惜餘春》取太白賦語，《浣溪紗》取杜陵詩意，《青玉案》取《四愁詩》語，《踏莎行》取韓翃詩"踏莎行草過青溪"，《西江月》取衛萬詩"只今惟有西江月"。《菩薩蠻》，西域婦髻也。《蘇幕遮》高昌女子所戴油帽，西域婦帽也。《尉遲杯》，尉遲敬德飲酒必用大杯也。《蘭陵王》，每入陣必先歌其勇也。《生查子》，古槎字，張騫乘槎事也。《瀟湘逢故人》，柳渾詩句也。此升菴《詞品》也。即沈天羽所載疏名。又如《滿庭芳》取柳柳州"滿庭芳草積"，《玉樓春》取白樂天詩"玉樓宴罷醉和春"，《丁香結》取古詩"丁香結恨新"，《霜葉飛》取杜詩"清霜洞庭葉，故欲別時飛"，《清都宴》取沈隱侯"朝上閶闔宮，夜宴清都闕"。又云：《風流子》出《文選》。劉良《文選註》曰：風流，言其風美之聲流于天下。子者，男子之通稱也。《荔枝香》，出《唐書》。貴妃生日，命小部奏新曲，未有名，適進荔枝至，因名《荔枝香》。《解語花》出《天寶遺事》，亦明皇稱貴妃語。《解連環》出《莊子》"連環可解”也。《華胥引》出《列子》黃帝“晝寢夢遊華胥之國。如《塞垣春》，“塞垣”二字出《後漢書·鮮卑傳》。《玉燭新》，“玉燭”二字出《爾雅》。此元敬《南濠詩話》也。卓珂月又云：多麗，張均妓名，善琵琶者也。念奴嬌，唐明皇宮人念奴也。愚按：宋人詞調，不下千餘，新度者即本詞取句命名，餘俱按譜填綴，若一一推鑿，何能盡符原指？安知昔人最始命名者，其原詞不已失傳乎？且僻調甚多，安能一一傅會載籍，自命稽古。學者寧失闕疑，毋使後人徒資彈射可耳。

又曰：胡元瑞《筆叢》，駁用修處最多，其辨詞調，尤極觀縷。如辨詞名之本詩者，《點絳脣》、《青玉案》等，楊說或協，餘俱偶合，未必盡自詩中。“滿庭芳草易黃昏”，唐人本形容淒寂，詞名《滿庭芳》豈應出此？《生查子》，謂查即古槎字，合之博望，意義不通。《菩薩蠻》，謂蠻國之人，危髻金冠，瓔絡被體，故名，非專指婦髻也。《蘭陵王》入陣曲，見《北齊史》。《尉遲大杯》，正史無考，乃誤認元人雜劇。《鷓鴣天》，謂本鄭嵎詩，則《雞鹿塞》當入何調？曲中有《黃鶯兒》、《水底魚》、《鬪鵪鶉》、《混江龍》等，又本何調耶？元瑞此論，可謂詞品董狐矣。愚按：用修、玄敬，俱號綜博，而過于求新作好，遂多瑣漏。如一《滿庭芳》，而用修謂本吳融，玄敬謂本柳州，果何所原起歟？《風流子》二字一解，尤爲可笑。詞中如《贊浦子》、《竹馬子》之類極多，亦男子通稱耶？則“兒”字又屬何解？《荔枝香》、《解語花》與《安公子》等類相近，似乎可据。若《連環》、《華胥》本之《莊》、《列》，《塞垣》、《玉燭》本之《後漢書》、《爾雅》，遙遙華胄，探河宿海，毋乃太遠！此俱穿鑿附會之過也。然元瑞考據精詳，而于詞理未盡研涉。毛稚《黃詞辨訛》駁胡元瑞云：詞人以所長入詩，其七言律非平韻，《玉樓春》則襯字《鷓鴣天》，而《玉樓春》無平韻者，《鷓鴣天》無襯字者，是不知有《瑞鷓鴣》，而以臆說附會也。此數調本在眉睫，而持論或誤，信乎博而且精之爲難矣！愚又按：《詞品序》中云：唐七言律即詞之《瑞鷓鴣》也，七言仄韻即詞之《玉樓春》也，胡豈不知，而臆辭若此。豈有意避楊語，或下筆之偶誤邪？

又曰：詞品云：唐詞多緣題所賦，《臨江仙》則言水仙，《女冠子》則述道情，《河瀆神》則緣祠廟，《巫山一段雲》則狀巫峽，《醉公子》則咏公子醉也。胡元瑞《藝林學山》云：諸詞所咏，固即詞名，然詞家亦間如此，不盡泥也。《菩薩蠻》稱唐世諸調之祖，昔人著作最衆，乃無一曲與詞名相合。餘可類推。猶樂府然，題即詞曲之名也，聲調即詞曲音節也。宋人填詞絕唱，如“流水孤村”、“曉風殘月”等篇，皆與調名了不關涉。而王晉卿《人月圓》、謝無逸《漁家傲》，殊碌碌無聞，則樂府所重，在調不在題明矣。愚按：此論楊固太泥，胡亦未盡通方也。大率古人由詞而製調，故命名多屬本意。後人因調而填詞，故賦寄率離原詞。曰填曰寄，通用可知。宋人如《黃鶯兒》之咏鶯，《迎新春》之咏春，《月下笛》之咏笛，《暗香疎影》之咏梅，《粉蝶兒》之咏蝶，如此之類，其傳者不勝屈指。然工拙之故，原不在是。近人偶爾引用，巧不累雅。若藉是名工，所謂寶中窺日，未見全照耳。

又曰：沈天羽云：詞名多本樂府，然去樂府遠矣。南北劇名，又本填詞，然去填詞更遠爲。按南北劇與填詞同者，《青杏兒》中調即北劇小石調，《憶王孫》即北劇仙呂調。小令之《搗練子》、《生查子》、《點絳唇》、《霜天曉角》、《卜算子》、《謁金門》、《憶秦娥》、《海棠春》、《秋蘂香》、《燕歸梁》、《浪淘沙》、《鷓鴣天》、《虞美人》、《步蟾宮》、《鵲橋仙》、《夜行船》、《梅花引》，中調之《唐多令》、《一剪梅》、《破陣子》、《行香子》、《青玉案》、《天仙子》、《傳言玉女》、《風入松》、《剔銀燈》、《祝英臺近》、《滿路花》、《戀芳春》、《意難忘》，長調之《滿江紅》、《尾犯》、《滿庭芳》、《燭影搖紅》、《絳都春》、《念奴嬌》、《高陽臺》、《喜遷鶯》、《東風第一枝》、《真珠簾》、《齊天樂》、《二郎神》、《花心動》、《寶鼎現》，皆南劇之引子。小令之《柳梢青》、《賀聖朝》，中調之《醉春風》、《紅林檎近》、《驀山溪》，長調之《聲聲慢》、《八聲甘州》、《桂枝香》、《永遇樂》、《解連環》、《沁園春》、《賀新郎》、《集賢賓》、《哨遍》，皆南劇慢詞。外此鮮有相同者。更有南北曲與詩餘同名而調實不同者，又不能盡數。胡元瑞云：宋人《黃鶯兒》、《桂枝香》、《二郎神》、《高陽臺》、《好事近》、《醉花陰》、《八聲甘州》之類，與元人毫無相似。若《菩薩蠻》、《西江月》、《鷓鴣天》、《一剪梅》，元人雖用，悉不可按腔矣。愚按此等《九宮譜》中悉載。然有全體俱似者，又有不用換頭者。至詞、曲之界，本有畦畛，不得謂調同而詞意悉同，竟至儒墨無辨也。

又曰：小調換頭，長調多不換頭，間如《小梅花》、《江南春》諸調，凡換韻者多非正體，不足取法。

又曰：詞有檃括體，有迴文體。迴文之就句迴者，自東坡、晦菴始也。其通體迴者，自義仍始也。近來公阮文友有一首迴作兩調者，文人慧筆，曲生狡獪，此中故有三昧，匪徒乞靈寶家餘巧也。

又曰：詞之《紇那曲》、《長相思》，五言絕句也俱載《尊前集》中。《柳枝》、《竹枝》、《清平調引》、《小秦王》、《陽關曲》、《八拍蠻》、《浪淘沙》，七言絕句也，《雞叫子》，仄韻七言絕句也《花間集》多收諸體。《瑞鷓鴣》，七言律詩也載《草堂集》中。《欸殘紅》，五言古詩也楊用修體。體裁易混，徵選實繁，故當稍別之，以存詩、詞之辨。

又曰：張南湖《詩餘圖譜》，於詞學失傳之日，創爲譜系，有蓽路藍縷之功。《虞山詩選》云：南湖少從西樓王氏遊，刻意填詞。必求合某宮某調，某調第幾聲，其聲出入第幾犯，抗墜圓美，必求合作，則此言似屬溢論。大約南湖所載俱係習見諸體。一按字數多寡，韻腳平仄，而於音律之學，尚隔一塵。試觀柳永《樂章集》中，有同一體而分大石、歇指諸調，按之平仄，亦復無別。此理近人原無見解，亦如公戩所言徐六擔板耳。

王阮亭士禎曰：近日雲間作者論詞有云：五季猶有唐風，入宋便開元曲。故尚意小令，冀復古音，屏去宋調，庶防流失。僕謂此論雖高，殊屬孟浪。廢宋詞而宗唐，廢唐詩而宗漢、魏，廢唐、宋大家之文而宗秦、漢，然則古今文章，一畫足矣。不必三墳八索，至六經三史，不幾贅疣乎？

又云：或問詩詞曲分界，予曰："無可奈何花落去，似曾相識燕歸來"，定非香奩詩；"良辰美景奈何天，賞心樂事誰家院"，定非草堂詞也。

詞有定名，即有定格。其字數多寡，平仄韻腳較然。中有參差不同者，一曰襯字，文義偶不聯暢，用一、二字襯之，密按其音節，虛實間正文自在。如南北劇"這"字、"那"字、"正"字、"個"字、"郤"字之類，從來詞本即無分別，不可不知。一曰宮調，所謂黃鍾宮、仙呂宮、無射宮、中呂宮、正宮、仙宮調、歇指調、高平調、大石調、小石調、正平調、越調、商調也。詞有同名而所入之宮調異，字數多寡亦因之異者。如北劇黃鍾《水仙子》與雙調《水仙子》異，南劇越調《過曲小桃紅》與正宮《過曲小桃紅》異之類。

一曰體製，唐人長短句，皆小令耳。後演爲中調，爲長調。一名而有小令，復有中調，有長調，或系之以犯、以近、以慢別之，如南北劇名犯、名賺、名破之類。又有字數多寡同，而所入之宮調異，名亦因之異者，如玉《樓春》與《木蘭花》同，而以《木蘭花》歌之，即入大石調之類。又有名異而字數多寡則同，如《蝶戀花》一名《鳳棲梧》、《鵲橋枝》，如《念奴嬌》一名《百字令》、《酹江月》、《大江東去》之類，不能殫述矣。

李氏、晏氏父子、耆卿、子野、美成、少游、易安，至矣，詞之正宗也。溫、韋艷而促，黃九精而刻，長公驟而壯，幼安辨而奇，又其次也，詞之變體也。詞體大略有二：一體婉約，一體豪放。婉約者，欲其詞調蘊藉；豪放者，欲其氣象恢弘。然亦存乎其人，如秦少游之作，多是婉約；蘇子瞻之作，多是豪放。大約詞體以婉約爲正，故東坡稱少游爲今之詞手。後山評東坡如"教坊雷大使舞，雖極天下之工，要非本色"。

袁籜菴曰：詞有三法，章法、句法、字法。有此三者，方可稱詞。噫，難言矣。

王西樵士祿曰：《菩薩蠻》迴文有二體，有首尾迴環者，如丘瓊山《秋思》、湯臨川《織錦》是也。有逐句轉換者，如蘇子瞻《閨思》、王元美《別思》是也。然逐句難於通首，近時惟丁藥園擅此體。今録其一篇云："下簾低喚郎知也，也知郎喚低簾下。來到莫疑猜，猜疑莫到來。道儂隨處好，好處隨儂道。書寄待何如，如何待寄書。"

《菊莊偶筆》曰：蘭陵董文友《望梅》一調，以七字爲韻。詞云："奴年兩七。比陶家八八、李家七七。風情仙韻知難並，自思量，可及十分之七。郤似天孫、幾望斷新秋初七。正閒看北斗，遥掛闌干，雲邊橫七。空有琴絲五七，更詞名八六、歌名一七。奈唱回殘月曉風，難說與、韋曲才人柳七。簡點春風，已花信今番六七。怕年華都似、頃刻開花殷七。"雖具慧心巧舌，然此體亦不必效顰也。

尤悔菴侗曰：詞名斷宜從舊，其更名者，乃摘前人詞中句爲之。如東坡《念奴嬌·赤壁》詞，首云"大江東去"，末云"一杯還酹江月"，今人竟改《念奴嬌》爲《大江東去》，又名《酹江月》，又名《赤壁詞》，如此則有一詞即有一詞名，千百不能盡矣。後人訛《大江東》爲《大江乘》，更可笑，舉一以例其餘。（以上卷一）

音韻（節録）

毛稚黃先舒曰：去矜手輯《詞韻》一篇，旁羅曲證，尤極精確。謂近古無詞韻，周德清所編曲韻也，故以入聲作平上去者，約什二三。而支思單用，唐宋諸詞家槩無是例。謝天瑞暨胡文煥所録韻，雖稍取正韻附益之，而終乖古奏。索宋元舊本，又渺不可得。于是博考舊詞，裁成獨斷，使古近臚列，作者知趣，衆著爲令，且同畫一焉。

又曰：予讀有宋諸公作，雖雅號名家，篇盈什百，若秦觀《秋閨》，幔暗累押；仲淹《懷舊》，外淚莫辨；邦彥《美人》，心雲並陳；少隱《禁煙》，南天雜押；棄絕諸作，歌麻通用；李景《春恨》詞，本支紙韻，而中闌入來字。其他故未易悉數。故知當時便已縱逸，徒以世無通韻之人，故傳譌迄今，莫能彈射。而謭才劣手，苦于按譜，更利其疎漏，借以自文。其爲流禍，可勝道哉！則去矜此書，不徒開絕學于將來，且上訂數百年之謬矣。然卒讀之際，亦間有牴牾。予爲附註數條，比于賈、孔疏經之例焉。

毛稚黃《詞韻說》云：去矜《詞韻》例，取范希文《蘇幕遮》詞地、外二字相叶，又取蔣勝欲《探春令》詞處、翅、住、指四字相叶，疑於支紙、魚語、佳蟹三部韻可以互通。先舒按：宋詞此類僅見數首。如辛棄疾《南歌子·新開河》詞，本佳蟹韻，而起韻用時字。歐陽修《踏莎行·離別》詞，本支紙韻，而末韻用外字。姜夔《疎影·咏梅》詞，本屋沃韻，而中用北字。柳耆卿《送征衣》詞，本江講韻，而末用遥字。當是古人誤處，未宜遽用爲例。又如棄疾《滿江紅·咏春晚》詞，十七篠與二十六有合用。此獨《毛詩》有其法，如《陳風·月出》皎皓糾嬊受相叶，《豳風》"四之日其蚤，獻羔祭韭"之類。及他書僅見數條，然止數字，未必全韻俱通也。又在騷賦則宜，施之填詞，尤屬創異。蓋宋詞多有越韻者，至南渡尤甚。此如李、杜諸詩，間有雜韻；晚唐律體，首句出韻。古人墮法護前，類復爾爾，未足據以爲式也。

又云：沈氏《詞韻》按云：古詩韻五歌可以通六麻，十一尤可以通六魚七虞，于填詞則未嘗見，豈敢泥古而誤今耶？若夫十二侵之通真文庚青蒸，則詩詞並見合并，故從之。又引古樂府《嬌女》詩："北遊臨河海，遥望中菰菱。芙蓉發盛花，淥水清且澄。絃敏奏音節，髣髴有餘音。"及毛澤民《于飛樂》詞，雲驚瓶心響相叶作据。先舒按：歌麻二韻，魚虞尤三韻，古詩騷樂府俱通。而《相和曲》、《陌上桑》、張華《輕薄篇》，尤爲可徵。至侵韻單用，在古亦嚴。即《毛詩》、《楚辭》，止數字叶入，如《緑衣》、《鼓鐘》之末章，《涉江》"疑秋冬之緒風，邸余車兮方林"之類。而真文合韻，庚青合韻，漢魏以來自多。十蒸間通庚青，自晉後亦頗單叶。尤可異者，此韻校庚青聲吻亦不甚差別。六經中若《螽斯》、《天保》、《無羊》、《繁霜》等章，以及《易》"升其高陵，三歲不興"，《記》"從善如登，從惡如崩"，皆暗同沈韻，一字不謌。足徵此韻在古嚴，其通入者，不過數字耳。槩之他字，未必盡通。大略古詩辭，真文自爲一韻，庚青自爲一韻，浸自爲一韻，蒸則自爲一韻，而稍離合于庚青之間。今詞韻以蒸合庚青，又以歌麻互通，魚虞尤互通，正可施于古詩，而不可施于填詞，其説當已。至于侵與真文庚青蒸諸韻，不但古當慎之，填詞亦未宜遽通也。又真文之於庚青蒸，宋代名手作詞亦多區別。去矜云云，此但舉一隅，未爲通訓，予故備論其全云。

又云：詩韻唯孫愐《唐韻》一書，稽載詳明，考韻者當据爲正。如灰韻一部中亦自别，而孫本臚分最清楚。如回枚之類，自以灰字領韻爲一段。開哀之類，自以哈字領韻爲一段。又如元韻一部中亦自别，孫本如袁煩之類，以元字領韻爲一段。昆門之類，以魂字領韻爲一段。又如隊韻一部中亦自别，孫本如佩妹之類，以隊字領韻爲一段。賽戴之類，以代字領韻爲一段。穢吷之類，以廢字領韻爲一段。今詞韻有某韻半通之例，覽者但按孫氏本而考之，亦庶幾矣。

又云：古韻之差等有三，今韻之差等有四。古韻自上世以及先秦，其韻最疎而最純，此一等也。漢魏用韻稍密而駁，此一等也。晉宋齊梁之間，韻益密而亦漸雜，此一等也。是古韻之差等三也。自唐而下，則一百六韻之較然，此一等也。宋人填詞，韻漸疎而駁，此一等也。元北曲，韻密矣而實偏，故四聲不備，此一等也。明南曲韻，雅駁間出，而略在宋詞元曲之間。有如四聲咸備，此宋韻也。如韻有車遮，此元韻也。此一等也。所謂今韻之差等四也。

又云：沈約韻雖有其書，世實未嘗遵用之。今之所遵，唐孫愐韻一名《唐禮部韻》，非沈氏韻也。蓋沈氏之韻，最爲煩苛。總四聲凡分二百零六部，唐人因而合之爲一百七部，曰《唐韻》。陳州司馬孫愐差次之，今所遵承，皆是物也。若沈氏則廢閣久矣。豈惟唐人爲然，即梁、陳、隋人亦未嘗用之也。劉孝威《行行且遊獵》篇，陽唐合矣。陰鏗《新成安樂宮》，灰哈合矣。王脊《七夕詩》，歌戈合矣。不假多証，聊舉明之耳。且豈徒梁、陳、隋人乎！即約亦不能自遵之。其《昭君詞》，歌與戈合者也。《酬謝宣城朓》詩，元與魂合者也。《新安江》詩，真與諄合者也。故曰，沈約雖有其書，實未嘗有遵用之者也。若孫愐《唐韻》凡一百一十四部，而今考唐詩用韻，止一百七部，是唐人作詩，止取裁于一百七部。愐韻雖多其七，時人亦未嘗肯遵之。至于中晚，用韻漸雜，而詞韻開矣。是李唐一代之中，韻亦遞變。甚矣，文人之吻不易畫一，而韻學之難齊如此！

又云：古韻之差等，殆不可分，故柴紹炳渾一之爲《柴氏韻通》。近體韻則梁有沈韻，唐有唐韻，宋有《中州音韻》，填詞則有《沈氏詞韻》，北曲則元有《中原音韻》周德清作，明有《洪武正韻》宋濂諸臣撰，先舒謹原《洪武正韻》而撰《南曲正韻》。明吳人范善溱又撰《中州全韻》，臞仙撰《瓊林雅韻》。然梁沈韻、宋《中州音韻》、明《洪武正韻》、《中州全韻》、《瓊林雅韻》，世有其書，而詩詞曲諸家多不承用。

毛氏《聲音韻統》論曰：夫人欲明韻理者，先須曉識聲、音、韻三説。蓋一字之成，必有首有腹有尾。聲者，出聲也，是字之首。孟子云：金聲而玉振之，聲之爲名，蓋始事也。音者，度音也，是字之腹。字至成音，而其字始正矣。韻者，收韻也，是字之尾，故曰餘韻。然三者之中，韻居其殿，而最爲要。凡字之有韻，如水之趨海，其勢始定。如畫之點睛，其神始完。故古來律學之士，于聲與音固未嘗置于弗講，而于審韻尤兢兢。所以沈約、孫愐而下，所著之書，即聲音之理未嘗弗貫，而尚以韻名書也。然韻理精微而法煩苛，又古今詩騷詞曲，體製不同，因造損益，相沿亦異。擬爲指示，益增眩惑。今余姑以唐人詩韻爲準，而約以六條，簡之有以統韻之繁，精之有以悉韻之變，標位明白，庶便通曉。一曰穿鼻，二曰展輔，三曰斂唇，四曰抵齶，五曰直喉，六曰閉口。穿鼻者，口中得字之後，其音必更穿鼻而出作收韻也，東冬江陽庚青蒸七韻是也。展輔者，口之兩旁角爲輔，凡字出口之後，必展開兩輔如笑狀作收韻也，支微齊佳灰五韻是也。斂唇者，口半啟半閉，聚斂其脣作收韻也，魚虞蕭肴豪尤六韻是也。抵齶者，其字將終時，以舌抵著上齶作收韻也，真文元寒删先六韻是也。直喉者，收韻直如本音者也，歌麻二韻是也。閉口者，却閉其口作收韻也，侵覃鹽咸四韻是也。凡三十平聲，已盡于此。上去即可緣是推之。唯入聲有異，余別著《唐人四聲表》以鈎稽之，斯理盡矣。凡是六條，其本條之內，往往可通。出其外者，即不相借假，或有通者，必竟作別讀，迺相通耳。古今韻學，離合遞變，原其大略，不外于斯。能緣是六條，極求精詣，一貫之悟，于是乎在。夫自有生人，即有此道，元音既散，舛譌實多。余故略繁舉最，以相覺悟。金石或泐，斯談不渝。謂予弗信，請質諸神罍云。

毛氏《七聲略例》云：陰平、陽平、上聲、陰去、陽去、陰入、陽入之七聲。其音易曉，而鮮成譜。周德清但分平聲陰陽，范善溱《中州全韻》兼分去入，而作者不甚承用，故鮮見之。予今略舉其例，每部以四字爲準，諧聲尋理，連類可通。初涉之士，庶無迷繆。計凡七部，惟上聲無陰陽云。叙次先陰而後陽，亦姑襲周氏之舊爾。

陰平聲，种絯箋腰。陽平聲，篷陪全潮。

上聲，無陰陽。

陰去聲，貢玠霰釣。陽去聲，鳳賣電廟。

陰入聲，榖七妾鴨。陽入聲，孰亦爇鑞。

鄒程村《詞韻衷》云：阮亭嘗與予論韻，謂周挺齋《中原音韻》爲曲韻，則范善溱《中州全韻》當爲詞韻。至《洪武正韻》斟酌諸書而成，其於詩韻，有獨用併爲通用者東冬清青之屬，有一韻拆爲二韻者虞模麻遮之類，如冬鐘併入東韻，江併入陽韻，挑出元字等入先韻，翻字殘字等入删韻，俱于宋詞暗合，填詞者所當援據。議極簡核。但愚按《中州》之比《中原》，止省陰陽之别，及所收字微寬耳。其减入聲作三聲，及分車遮等韻，則一本《中原》，尚與詞韻有别。即阮亭舊作，如《南鄉子》、《卜算子》、《念奴嬌》、《賀新郎》諸闋，所用魚模仄韻，有將入聲轉叶者，俱用《中州》韻故耳。揆諸宋人，韻脚所拘，借用一二，亦轉本音，竟爾通叶，昔人少覯。至毛氏《南曲韻》十九則，乃全依正韻分部，而又云：沈氏《詞韻》，《中原音韻》可以參用。大約詞韻寬于詩韻，合諸書參伍以盡變，則瞭如指掌矣。

沈天羽云：曲韻近于詞韻，而支紙真上下分作支思齊微兩韻，麻馬禡上下分作家馬車遮兩韻，及减去入聲，故曲韻不可爲詞韻。胡文焕《詞韻》，三聲用曲韻，而入聲用詩韻，居然大盲，將詞韻不亡于無而亡于有，深可欺也。今有去矜《詞韻》，考據該洽，部分秩如，可爲填詞之指南。但内中如支紙佳蟹二部，與《周韻》齊微皆來近。元阮一部，與《周韻》寒山桓歡先天殊。《周韻》平上去聲十九部，而《沈韻》平上去聲止十四部，故通用處較寬。然四支竟全通十灰半，元寒删先全通用，雖宋詞蘇、柳間然，畢竟稍濫，不如《周韻》之有别。且上去二聲，宋詞上如紙尾語御薺，去如寘未遇御霽，多有通用，近詞亦然。而平韻如支微魚虞齊，則斷無合理，似又未能槩以平貫去入。蓋詞韻本無蕭畫，作者遽難曹隨，分合之間，辨極銖黍。苟能多引古籍，參以神明，源流自見。

宋人詞韻，有通用至數韻者，有忽然出一韻者，有數人如一轍者，有一首而僅見者。後人不察，利爲輕便，一韻偶侵，遂延他部，數字相引，竟及全文，此毛氏一人通譜全族通譜之喻，爲不易也。學者但遵成法，并舉習見者爲繩尺，自鮮蹉跌。

宋詞多上去通用，其來已久。考《樂府雜録》云：“平聲羽七調，上聲角七調，去聲宮七調，入聲商七調。”又《元和韻譜》云：“平聲者哀而安，上聲者厲而舉，去聲者清而遠，入聲者直而促。”則昔人歌筵舞袖間，何以使紅牙畢協，其理固不可解。

入聲最難分别，即宋人亦錯綜不齊。沈氏《詞韻》當已。近柴虎臣《古韻》，則一屋二沃通，而三覺半通三覺半如嶽濁角數之類。四質五物通，而九屑半通九屑半如壹拙謫結之類。六月七曷八黠九屑通，十藥十一陌通，而三覺半通三覺半如髻擺邈朔之類。十二錫十三職通,而十一陌半通十一陌半如辟革易麥之類。十四緝獨用,十五合十六葉十七洽通。毛稚黃《曲韻》,則準《洪武正韻》,而一屋單用,二質七陌八緝通用,三曷六藥通用,四轄九合通用,五屑十葉通用。又屑葉可單用,因南曲入聲單押而設也,與《詞韻》舉可參證。

方子謙《韻會小補》所載,有一字而數音者,有一字而古讀與古叶各殊者。古人用韻參錯,必有援据。今人孟浪引用,借以自文,惑已。如辛稼軒歌麻通用,鮮不疑之。毛稚黃云:"古六麻一部,入魚虞歌三部,蓋車讀如居,邪讀如徐,花讀如敷,家、瓜讀如姑,麻讀如磨,他讀如拖之類是也。填詞與騷賦異體,自當斷以近韻爲法。"

沈休文四聲韻中如朋與蒸,靴與戈,車與麻,打與等,卦畫與怪壞之類,挺齋、升菴俱駁爲歙舌。而宋詞中至張仲宗呼否爲府,以叶主舞;林外呼瑣爲掃,以叶老俞;克成呼我爲襖,以叶好。《詞品》皆指爲閩音,其說甚當。而毛稚黃謂沈韻本屬同文,非江淮間偏音,挺齋詆之,謬已。蓋自《三百篇》《楚詞》以迄南曲,一系相承,俱屬爲韻統。而北曲偏音,四聲不備爲別統。故金元人作詩亦用沈韻,作詞亦不專用周韻。從無以入聲分叶平上去者,又安得以曲韻廢詞韻,且上格詩韻乎?

《菊莊偶筆》云:古體詩詞以及南北曲,雖以時遞遷,一系相承,然畦畛既分,用韻自別。善乎陳其年之言曰:使擬《贈婦》《述祖》之篇,而必押家爲姑。作吳歈越艷之體,而乃激些成亂。染指《花間》,而預爲車遮勸進。耽情南曲,而仍爲關、鄭殘客。實大雅之罪人,抑亦閨襜之別錄也。

沈約之韻,未必自合聲律,而今人守之如金科玉條。此無他,今之詩學李杜,李杜學六朝,往往用沈韻,故相襲不能革也。若作填詞,自可變通。如朋與蒸同押,打與等同押,卦字畫字與怪壞同押,乃是歙舌之病,豈可以爲法邪?元人周德清著《中原音韻》,一以中原之韻爲正,謬矣。然予觀宋人填詞,亦已有開先者,蓋真見在人心,不約而同耳。試舉數詞於右:東坡《一斛珠》云:"洛城春晚。垂楊亂掩紅樓半。小池輕浪紋如篆。燭下花前、曾醉離歌宴。自惜風流雲雨散。關山有限情無限。待君重見尋芳伴。爲說相思,目斷西樓燕。"篆字沈約在上韻,本屬歙舌,坡特正之也。蔣捷《七夕·女冠子》云:"蕙花香也。雪晴池館如畫。春風飛到,寶釵樓上,一片笙簫,琉璃光射。而今燈漫掛。不是暗塵明月,那是元夜。況年來心嬾意怯,羞與鬧蛾兒爭耍。江城人悄初更打。問繁華誰解,再向天公借。剔殘紅炧,但夢裏、隱隱鈿車羅帕。吳牋銀粉。待把舊家風景,寫成閒話。笑綠鬟鄰女,倚窗猶唱、夕陽初下。"是駁正沈韻畫及挂語及打字之謬也。呂聖求《惜分釵》云:"重簾下。微燈挂。背闌同說春風話。"用韻亦與蔣捷同意。晁叔用《感皇恩》云:"寒食不多時,牡丹初賣。小院重簾燕飛礙。昨宵風雨,尚有一分春在。今朝猶自得,陰晴快。熟睡起來,宿醒微帶。不惜羅襟揾眉黛。日長梳洗，看看花影移改。笑指雙杏子，連枝帶。"此詞連用數韻，酌古斟今尤妙。明初高季廸《石州慢》云："落了辛彝，風雨頓催，庭院瀟灑。春來長恁，樂章懶按，酒籌慵把。辭鶯謝燕，十年夢斷青樓，情隨柳絮猶縈惹。難覓舊知音，把琴心重寫。夭冶。憶曾攜手，鬥草闌邊，買花簾下。看轆轤低轉，秋千高打。如今何處，總有團扇輕衫，與誰共走章臺馬。回首暮山青，又離愁來也。"諸公數詞，可爲用韻之式，不獨綺語之工而已。

《木蘭花慢》，柳耆卿清明詞，得音調之正，蓋傾城、盈盈、歡情，於第二字中有韻。近見吳彥高《中秋詞》，亦不失此體，餘人皆不能。今載二詞於後。柳詞云："刺桐花爛漫，乍疎雨、洗清明。正艷杏燒林，緗桃繡野，芳景如屛。傾城。盡尋春去，驟雕鞍紺幰出郊坰。風煖繁絃脆管，萬家齊奏新聲。盈盈。鬥草踏青。人艷冶、遞逢迎。向路旁往往，遺簪墮珥，珠翠縱橫。歡情。對佳麗地，任金罍罄竭玉山傾。拌却明朝永日，畫堂一枕春醒。"吳詞云："敞千門萬戶，瞰滄海、爛銀盤。對沆瀣秋高，儲胥雁過，墜露生寒。闌干。眺河漢外，送浮雲盡出衆星乾。丹桂霓裳縹緲，似聞雜佩珊珊。長安。底處高城，人不見、路漫漫。歎舊日心情，如今容鬢，瘦沈愁潘。幽歡。縱容易得，奈佳期動是隔年看。歸去江湖一葉，浩然對影垂竿。"吳詞後段起句又異，當依柳爲正。

楊復初築室南山，以邨居爲號。凌彥翀以《漁家傲》詞壽之云："采芝步入南山道。山深宛似蓬萊島。聞說村居詩思好。還被惱。蒼苔滿地無人掃。載酒亭前松合抱。客來便許同傾倒。玉兔已將靈藥搗。秋意早。月華長似人難老。"復初和詞云："當時承望求仙道。那知薄命如郊島。留得殘生猶自好。多懊惱。塵緣俗慮何時掃。子已成童無用抱。醉眠任便和衣倒。今歲砧聲秋未搗。涼風早。看來只恐中年老。"瞿宗吉和詞云："喜來不涉邯鄲道。愁來不竄沙門島。惟有村居閒最好。無事惱。苔堦竹徑頻頻掃。有酒可斟琴可抱。長年擬看三松倒。臼內靈砂親自搗。歸隱早。朝來未放玄真老。"宗吉既和此詞，復序云："舊譜皆以仄聲起，歐公呼范文正爲窮塞主，首句所謂'塞上秋來風景異'，正此格也。他如王荆公之'平岸小橋千嶂抱'，周清真之'幾日春陰寒惻惻'，謝無逸之'秋水無痕清見底'，亦皆如是。今二公皆以平聲易之，特著此以俟知音爾。"

毛氏《唐詞通韻說》云：唐詞多守詩韻，然亦有通別韻用之，略如宋詞韻者。偶覩數闋，漫記之以備考證。東冬通用，溫廷筠《定西番》云："一枝春豔濃。樓上月明三五瑣窗中。"按此詞則上之董腫通用，去之送宋通用，俱可類推。他韻上去，例亦放此。支微齊及十灰前段通用，白樂天《長相思》云："深畫眉。淺畫眉。蟬鬢鬅鬙雲滿衣。陽臺行雨迴。巫山高，巫山低。暮雨瀟瀟郎不歸。空房獨守時。"真文及十三元後段通用，韋莊《小重山》云："一閉昭陽春。又春夜寒宮漏永，夢君恩。"又溫廷筠《清平樂》

394

云：“鳳帳鴛被徒燻。寂寞花鎖千門。競把長門買賦，爲妾將上明君。”寒删通用。顧敻《虞美人》云：“小屏屈曲掩青山。翠幃香粉玉鑪寒。兩眉攢。”又按十三元後段既通入真文，則前段應與此韻通用。庚青通用，李白《菩薩蠻》云：“何處是歸程。長亭更短亭。”覃咸通用。薛昭蘊《女冠子》云：“去住島經三。正遇劉郎使，啟瑤緘。”語麌通用。牛嶠《玉樓春》云：“小玉窗前嗔燕語。紅淚滴穿金綫縷。”按此詞，則魚虞通用，可類推也。篠皓通用，牛希濟《生查子》云：“語已多，情未了。迴首猶重道。記得綠羅裙，處處憐芳草。”又尹鶚《滿宫花》云：“月沉沉，人悄悄。一炷後庭香裊。風流帝子不歸來，滿地禁花慵掃。離恨多，相見少。何處醉迷三島。漏清宫樹子規啼，愁鎖碧窗春曉。”按此二辭，則蕭豪通用，可類推也。

毛氏《唐宋詞韻·互通説》云：唐白樂天《長相思》云：“深畫眉。淺畫眉。蟬鬢鬅鬙雲滿衣。陽臺行雨迴。”支與微與十灰半通用，是宋詞韻也。宋秦太虛《千秋歲》用隊韻，辛稼軒《沁園春》用灰韻，皆渾用唐韻。由是觀之，唐詞亦可用宋韻，宋詞亦可用唐韻，自不必過判區畛耳。

毛氏《詞韻·不兩溷説》云：客問唐詞既多用唐人詩韻，而又可用宋人詞韻，宋詞既用宋人詞韻，而又可用唐人詩韻，若然，則作者總可以併通唐詩宋詞兩韻，而無或間然者耶？余曰：不也。兩韻雖唐宋詞人交用之，而作者仍須專按一譜。如用唐韻，則不得更通入宋韻。用宋韻者，亦不得更通入唐韻。倘云直可溷通，則用及灰韻者，既可藉口唐韻，而不劃開灰哈兩段，且又將假手宋韻，而併通支齊微街矣。用及元韻者，既可藉口唐韻，而不劃開元魂兩段，且又將假手宋韻，而併通真文寒删先矣。不其流易已甚，而太夷疆畛歟！且考古詞，亦罕此濫通法。然則詞家直是有兩樣用韻法，一唐詩韻也，一宋詞韻也。客曰：若然，則沈氏《詞韻》，何不兩載之？曰：沈氏止著宋法，以詞則大盛於宋，而且欲守唐詩韻者，其譜人所共曉，故不必更煩筆墨耳。（以上卷二）

許自俊

許自俊（生卒年不詳）字子位，號韞齋，一號潛壺。清嘉定（今屬上海）人。康熙九年（1670）進士，除山西聞喜縣知縣。十八年舉博學鴻儒，與試不第。知聞喜縣時，用法甚平。雅工詩文，名勝處題詠殆遍。以乞休歸，行李蕭然，當時稱爲清白吏。著有《潛壺集》、《韞齋集》、《左氏提綱》、《三通要録》、《歷遊山水記》等。

本書資料據清刻本李漁《四六初徵》。

《四六初徵》序

駢體之作也，始于古文之衰。先秦兩漢詔、誥、册、命、書、啟、箋、表，俱不用俳偶，俳偶自《選》昉也。時曹氏父子、蕭氏兄弟，倡爲北鄴、南皮新體，建安七子，彬彬繼起，以迨梁宋，徐、庾、沈、任，增華踵麗，鏤月繪風，極其藻艷。然音節清越，頓挫生姿，抑揚盡變，尚有宕逸之致，如芍藥清詞，楊柳枯賦，璧月夜滿，花氣朝新，亦極風雅之盛矣。唐四傑枘爲貞觀、神龍體，如滕王閣及諸讌集序，靡不字挾風霜，詞琅宫徵，猶有算博、點鬼之誚。自李青蓮《春園桃李序》及杜工部《三大禮賦序》出以清新沉博，而四傑之製爲之一變。韓昌黎以深刻爲古渾，陸宣公以議論爲條奏，力翻王、駱之案，已開歐、蘇之風，然歐、蘇實不專用議論也。其精巧工妙，直使鬚眉肺肝活活欲現，言言可當慟哭，聞之輒爲惘憐，則文生于情也。故文體至今日而衰，駢體至今日而盛耳。豈非後來者益工乎？李子笠翁彙近代名筆録其尤者若干篇，不忍秘之中郎帳内，乃梓以行之國門，亦一代彤管也。説者曰，古大儒不屑爲麗句，故司馬不習四六，不知温公以辭知誥，非不能爲麗句也。唐、宋、明三代，制、誥、表、詔式用四六，亦所以珍重絲綸，鼓吹墳典，豈作月露風雲雕蟲剪綵哉！至今讀王僧虔《勸進趙丞相遺表》，令人色飛心動；讀徐敬業《討武后檄》、江浩《宣布中原詔》，令人慷慨嗚咽，泣下沾巾。古之忠臣名將，倚馬作露布，草檄愈頭風，其豪傑雄偉之氣，飛揚跋扈之才，皆能隨風生珠玉，擲地爲金石，何至以寒蛩之唧唧，笑仙鳳之哇哇哉！即以是編爲《六經》百史之笙簧可矣。

（卷首）

邵長蘅

邵長蘅(1637—1704)一名衡，字子湘，號青門山人。清武進(今江蘇常州)人。諸生。因事除名，後入太學，罷歸鄉里，再未求仕，以布衣終。曾爲宋犖幕，編選王士禛、宋犖詩爲《二家詩鈔》並作序。與施閏章、汪琬、陳維崧、朱彝尊等時相過從。早年詩學唐人，後改學宋人，前後詩風迥異。内容多爲寫景、吊古，常藉以寄託懷念明室之意，具有渾脱蒼涼、流暢自然的特點。文宗唐宋，繼承唐順之、歸有光爲文傳統，與侯方域、魏禧齊名。所著以康熙十七年前爲《青門簏稿》，文十卷、詩六卷；十八年至三十年爲《青門旅稿》，文四卷、詩二卷；三十年以後爲《青門剩稿》，文五卷、詩三卷，總題爲《青門集》。

本書資料據康熙刻本《青門簏稿》。

金生詩序（節錄）

曩時海内一二稱詩家，喜標別同異，更相齮齕，某人某體是同乎吾也，則尊之譽之；某人某體是異乎吾也，則詆之讎之，雖心識其工，不欲與也。而庸妄不悦學之夫，從而和之曰，某體某先生所宗也，亦宗之；某體某先生所排也，亦排之。嘻！夏蟲不可語冰，井黽不可語於江河，其陋也，甚矣！余以爲詩之有體，猶夫形焉已爾，故其沈鬱、豪放、典麗、清真、平澹、奇怪各自名家者，皆學於古人，而得其性情所近，雖作者不知其所以然，譬之賦形然，毛而方者，黑而津者，專而長、皙而瘠者，豐肉而庳者，五地之民各得其氣所近，不能强之使同；顧其人之或爲聖賢，或爲豪傑，或爲愚不肖，則不係乎此也。故余常論詩，以謂詩自漢、魏、六朝、三唐至宋、元、明人之作，皆有可學，有不可學，視吾自得何如爾；苟吾之詩學既成，而卓乎有以自立，亡論其爲漢、魏、六朝，爲李杜，爲三唐，爲宋、元、明詩，皆可使之就吾之鑪冶，而皆不能爲吾病；吾之詩學未成，亡論其學漢、魏、六朝，學李杜、三唐及宋、元、明，皆足以病吾，而皆未必有當於詩。何則？其自得者尠也。

《古樂府鈔》序（節錄）

古者太史陳詩，太師肆之，而被之鐘磬筦弦，故《詩》三百五篇，大抵皆古樂章也。漢承秦亂，雅樂失傳，詩與樂分矣。於是始立樂府，高祖唐山夫人作《房中樂》十六章，夏侯寬備其簫管，更名《安世樂》；而平調、清調、瑟調，本皆房中曲遺聲，謂之相和，是南之變也。漢樂有簫笳者，爲鼓吹，用之朝會；道路有鼓角者，爲橫吹，用之軍中馬上；又有梁鼓角橫吹，有隋四部鼓吹，而舞曲則有雅舞雜舞，皆雅之變也。武帝祀甘泉，祭汾陰，以李延年爲協律都尉，舉司馬相如等數十人略定律吕，作十九章之歌，以正月上辛用事。晉宋以還，並撰詩章，登歌郊廟，是頌之變也。其他有引、有行、有吟、有歎、有怨，皆詩人六義之餘，江左、中原既殊謠俗，吳歌、西曲遞有新聲，樂府沿流於茲極已。故《三百篇》一變爲樂府，然樂府盛而《三百篇》亡，非《三百篇》亡也，其音亡也；樂府再變爲詞曲，然詞曲盛而古樂府又亡，非古樂府亡也，其音亡也。自茲以降，摹古者襲其體，掞藻者摘其辭，博雅者資其事；太白仍古題而創調，子美緣時事而創題；張王之質，長吉之奇，廉夫之詠史，以至獻吉、元美諸公遞相規摹，然皆文人學士鉛槧之業，留連篇什之助，而聲音之道微已。故唐人之擬樂府，離也，並音與調與辭而離之者也；明人之擬樂府，合而離也，並音與調而離之，其合者，辭而已，猶之乎離也。（以上卷七）

錢良擇

錢良擇(1645—?)字玉友,號木庵。清江南常熟(今屬江蘇)人。九歲學作詩,出語驚長老。弱冠上京,與查慎行兄弟游,才名益噪。然累應試不第。曾隨大吏出使海外,康熙二十七年(1688)又佐朝貴出使俄羅斯。後出家爲僧。有《出塞紀略》、《撫雲集》。所編《唐音審體》二十卷,按各種詩體分別編選唐詩,以辨體爲主;在每一種詩體的卷前,有一篇總論,詳述體式的源流演變。對於詩意,僅偶有一些評注。其述各體之源流,論樂府能注意與歌行之别,論古詩能注意與齊梁體之消長,論古近體各式而及唐詩名家之體製特徵,皆有見地。

本書資料據上海古籍出版社 1963 年《清詩話》本《唐音審體》。

古題樂府論

漢惠帝時,夏侯寬爲樂府令,始以名官。至武帝以李延年爲協律都尉,詔司馬相如等賦詩合樂,因有樂府之名。自漢以迄唐、五代,凡樂皆詩也。唐史臣吳兢作《樂府古題要解》二卷,傳其解,不傳其詩。宋太原郭茂倩作《樂府詩集》一百卷,删訂詳明,集古今樂府之大成。然所載郊廟燕射歌辭,乃朝廷承祭祀饗賓客所用,非詩人可無故擬作,其題皆吳氏所不載也。所載古題樂府詩,有鼓吹、鐃歌、横吹、鼓角、相和、平調、清調、瑟調、楚調、清商、吳聲、舞曲、琴曲、雜曲之分,或爲軍中之樂,或爲房中之樂,所用不同,音節亦異。又分隋、唐雜曲爲近代曲辭,以别於古而不列之新樂府,以其皆有所本,皆被於樂,與古不異也。唐世樂皆用詩,然已稍變其格,如今體二韻四韻詩,皆叶宫商,此前代所未有也。至於擬古之作,其文往往與古辭異同;意當時詩人即未必能歌,而皆諧音節,故但用其題,諧其聲,而不必效其式。五代以後,樂不用詩,樂府音節,舉世失傳,其名僅存,其聲蓋不可考。自宋迄今,詩人所爲樂府,但以章句體裁髣髴古人,未敢信其可被管弦也。有明之世,李茶陵以詠史詩爲樂府,文極奇而體則謬。李于鱗以割截字句爲擬樂府,幾於有辭而無義。鍾伯敬謂樂府某篇似詩,詩某句似樂府。判然分而爲二,自誤誤人,使後學茫然莫知所向,良可慨也。

新樂府論

太原郭氏曰:"新樂府者,皆唐世之新歌也。以其辭實樂府,而未嘗被於聲,故曰新樂府也。元微之病後人沿襲古題，唱和重復，謂不如寓意古題，刺美見事，猶有詩人引古以諷之義：近代唯杜甫《哀江頭》、《悲陳陶》、《兵車》、《麗人行》等，率皆即事名篇，無復倚傍。乃與白樂天、李公垂輩謂是爲當，不復更擬古題矣。"愚按：少陵《麗人行》及前、後《出塞》，郭氏列之古題中；其《哀江頭》等篇，元相略舉一二，他詩類此者正多，少陵新樂府或不止是，不知《樂府詩集》何以止載五首？然杜集不標樂府之名，郭氏去唐未遠，當必有考。《文苑英華》分樂府、歌行爲二，以少陵《兵車行》、白傅《七德舞》等列之歌行中。《英華》分類，恐不如郭氏分體之精也。

古詩四言五言論

太白謂詩五言不如四言，以其近古也。然唐人四言詩絶少，録之僅得三首。五言詩始於漢元封，盛於魏建安，陳思王其弁冕也。張、陸學子建者也，顔、謝學張、陸者也，徐、庾學顔、謝者也。其先本無排偶，晉，排偶之始也；齊、梁，排偶之盛也；陳、隋，排偶之極也。齊永明中，沈約、謝朓、王融創爲聲病，一時文體驟變。謝玄暉、王元長皆没於當代，沈休文與是時作手何仲言、吳叔庠、劉孝綽等併入梁朝，故通謂之齊梁體。自永明以迄唐之神龍、景雲，有齊梁體，無古詩也。雖其氣格近古者，其文皆有聲病。陳子昂崛起，始創辟爲古詩，至李杜益張而大之，於是永明之格漸微。今人弗考，遂概以爲古詩，誤也。

齊梁體論

陳拾遺與沈、宋、王、楊、盧、駱時代相同，諸家皆有律詩，蓋沈、宋倡之。古詩止拾遺獨擅，餘皆齊梁格也。

古詩七言論

七言始於漢歌行，盛於梁。梁元帝爲《燕歌行》，羣下和之，自是作者迭出，唐初諸家皆效之。陳拾遺創五言古詩，變齊梁之格，未及七言也。開元中，其體漸變。然王右丞尚有通篇用偶句者。旋乾轉坤，斷以李杜爲歌行之祖。李杜出，而後之作者不復以駢儷爲能事矣。歌行本出於樂府，然指事詠物，凡七言及長短句不用古題者，通謂之歌行，故《文苑英華》分樂府、歌行爲二。

律詩五言論

律詩始於初唐,至沈、宋而其格始備。律者,六律也,謂其聲之協律也;如用兵之紀律,用刑之法律,嚴不可犯也。齊梁體二句一聯,四句一絶,律詩因之加以平仄相儷,用韻必雙,不用單韻。唐人律詩,間有三韻、五韻、七韻、九韻者,偶然變格,不過百之一耳。上下句相黏綴,以第二字爲準,仄、平、平、仄爲正格,平、仄、仄、平爲偏格,自二韻以至百韻,皆律詩也。二韻謂之絶句,六韻以上謂之長韻見《杜牧集》。馮班曰:"律詩多是四韻。"古無明説。嘗推而論之:聯絶黏綴,至於八句,首尾胸腹,俱已具足;如正格二聯,平平相黏也,中二聯仄仄相黏也,至二轉而變有所窮,則已成篇矣。自高棅《唐詩品匯》出,人遂不知絶句是律詩,棅又創排律之名,益爲不典。古人所謂排比聲律者,排偶櫛比,聲和律整也。乃於四字中摘取二字,呼爲排律,於義何居?古人初無此名,今人竟以爲定格而不知怪,可歎也!

律詩五言應制論

唐人自沈、宋而後,應制皆律詩也。五言七言,用韻多少,雖無定格,未有以古調歌行應制者,蓋取其莊重也。較之尋常言志之作,律雖同而辭不同。應太子曰應令,應諸王曰應教,其體亦相類。今分應制詩別爲一體。至於唐初所用齊梁體,後世應制不復用,可不具論。

律詩五言長韻論

初唐諸家長律詩,對偶或不甚整齊,第二字或不相黏綴。如胡、鍾正書,猶略帶八分體,至右軍而楷法大備,遂爲千古立極。詩家之少陵,猶書家之右軍也。少陵作而沈、宋諸家可桃矣。故五言長韻、七言四韻律詩,斷以少陵爲宗。

律詩五言聯句論

漢武帝《柏梁》詩,人賦七字,聯句之祖也。唐人聯句多五言,有人賦一韻者,有人賦幾韻長短不齊者;唯韓孟《城南》作,自起句後,先對一句,次出一句,彼此交互,工力悉敵,極聯句之能事矣。

律詩五言絶句論

二韻律詩，謂之絶句，所謂四句一絶也。《玉臺新詠》有古絶句，古詩也。唐人絶句多是二韻律詩，亦不論用韻平仄，其辨在於聲韻，古今人語音謅變，遂不能了了。其第二字或用平、仄、平、仄，或用仄、平、仄、平，不相黏綴者，謂之折腰體。五言、七言皆然。宋人有謂絶句是截律詩之半者，非也。

律詩六言論

六言詩聲促調板，絶少佳什。

律詩七言四韻論

七言律詩始於初唐咸亨、上元間，至開、寶而作者日出。少陵崛起，集漢、魏、六朝之大成，而融爲今體，實千古律詩之極則。同時諸家所作，既不甚多，或對偶不能整齊，或平仄不相黏綴；上下百餘年，止少陵一人獨步而已。中唐律詩始盛。然元、白號稱大家，皆以長篇擅勝，其於七言八句，競似無意求工。錢、劉諸公，以韻致自標，多作偏枯，格中二聯，或二句直下，或四句直下，漸失莊重之體。義山繼起，入少陵之室，而運以穠麗，盡態極妍，故昔人謂七言律詩莫工於晚唐。然自此作者愈多，詩道日壞。大抵組織工巧，風韻流麗，滑熟輕豔，千手雷同；若以義求之，其中竟無所有。世遂有"開口便是七書律詩，其人可知矣"之誚。非七言律詩不可作，亦作者不能挺拔自異也。以命意爲主，命意不凡，雖氣格不高，亦所不廢。意無可采，雖工弗尚。所謂寧爲有瑕玉，勿爲無瑕石，蓋必深知戒此，而後可言詩。願與未來學者共勉之。

律詩七言長韻論

七言長律詩，唐人作者不多，以句長則調弱，韻長則體散，故傑作尤難。

律詩七言絶句論

絶句之體，五言、七言略同，唐人謂之小律詩。或四句皆對，或四句皆不對，或二句對，二句不對，無所不可。所稍異者，五言用韻不拘平仄，七言則以平韻爲正，然仄韻亦非不可用也。其作法則與四韻律詩迥別，四韻氣局舒展，以整嚴爲先；絶句氣局單促，以警拔爲上。唐人名作，家弦户誦者，絶句尤多。其"離合"、"疊字"諸體，近於兒戲，然古人業有此格，不可不知。

高士奇

　　高士奇(1645—1704)字澹人，號江村。清平湖(今屬浙江)人。家貧，在朝廷以打雜爲生。康熙初，以薦由監生供奉内廷。康熙十五年(1676)遷内閣中書，領六品俸薪。每日爲康熙帝講書釋疑，評析書畫，極得信任。官至詹事府少詹事兼翰林院侍讀學士。晚年又特授詹事府詹事、禮部侍郎。卒，謚文恪。學識淵博，能詩文，擅書法，精考證，善鑒賞，所藏書畫甚富。著有史學著作《左傳紀事本末》、《清吟堂集》等。

　　本書資料據四庫全書本《三體唐詩》。

《三體唐詩》原序

　　有唐三百餘年，才人傑士馳驟于聲律之學，體裁風格與時盛衰，其間正變雜出，莫不有法。後之選者，各從其性之所近，膠執己見，分別去取，以爲詩必如是而後工。規初、盛者薄中、晚爲佻弱，效中、晚者笑初、盛爲膚庸，各持一説而不相下，選者愈多，而詩法愈晦。今所傳《才調》、《國秀》、《河嶽》、《英靈》、《中興間氣》諸集，皆唐人選其本朝之詩，未失繩尺。厥後汶陽周伯弜取唐人律詩及七言斷句若干首，類集成編，名《唐三體詩》，自標選例，有虛接、實接諸格。其持論未必盡合于作者之意，然別裁規制，究切聲病，辨輕重于毫釐，較清濁于呼噏，法不可謂不備矣。明楊升庵、焦弱侯號稱好古，于是編每有所指摘。予童時曾受于塾師，長廼棄去。去年冬，將自京師南還，見此本於旅店，攜之赢綱中，每當車殆馬煩，輒一披展，如見故人。其詞婉曲綿麗，去膚庸者絶遠，而猶未至于佻弱。且卷帙無幾，行囊旅笥，擠擋甚便，因取而授梓。詩故有高安釋圓至箋注，語多紕繆，爲删其十之四五，間附以臆説，欲使作者之意宛若告語，三唐詩法亦庶幾存什一于千百也。至才人傑士以詩擅當時、名後世者，非古體不能窮其變，非排體不能盡其長，則予將有《續三體》之選，與學詩者共參之。江邨高士奇序。(卷首)

王修玉

　　王修玉(生卒年不詳)字倩修。清錢塘(今浙江杭州)人。康熙拔貢生。其《歷朝賦楷》編成於康熙二十五年(1686)，卷首録康熙御製《闕里檜賦》、《竹賦》二篇，次爲御試葉方藹、彭孫遹、汪霦、徐乾學四賦，均不入卷數。其集中所録，則由周末至康熙，凡一百六十七篇，各爲之注。修玉所自作七賦亦附於中。《歷朝賦楷》受明代賦學思潮的影響而祖騷宗漢，但在新的背景下也表現出了對唐代和本朝律賦尤其是應試應制律賦的重視和推崇。王修玉的賦選，一定程度上體現了清初統治者重賦的文教政策對文學發展和社會穩定所起到的重要作用。

本書資料據清康熙二十五年刻本《歷朝賦楷》。

《歷朝賦楷·論賦》

賦雖本於六義，體製則有代更。《楚辭》源自《離騷》，漢魏同符古體，此爲賦家正格，允宜奉爲典型。至於兩晉微用俳詞，六朝加以四六，已爲賦體之變，然音節猶近古人。迨夫三唐應制，限爲律賦，四聲八韻，專事駢偶，此又賦之再變。宋人以文爲賦，其體愈卑。至於明人，復還舊軌。兹集諸體咸收，但求合格。譬之朱紫異章，並成機杼；弦匏各器，均中莖韶。如或詞體紕雜，不嫻古法者，即有偏長，亦加澄汰。

賦之體裁，自宜奧博淵麗，方稱大家。然有詞無意，雖美不宜；有意無氣，雖工不達。觀漢魏諸賦，修詞璀璨，敷采陸離，要皆情深理茂，氣厚格高，長篇短制，故皆可傳。兹集之文，雖寋菁藻，然必以文傳意，以氣緯文。其或徒填奇字，意實枵虛，漫衍謏詞，氣多蹇澀者，即屬名人之篇，亦在删詩之列。

張謙宜

張謙宜(生卒年不詳)名莊，一字稚松，號山農、山民，晚年自稱山南老人，以字行世。膠州(今屬山東)人。康熙四十五(1706)年進士。終生不仕。經學家、方志學家、文學理論家、古文家和詩人，膠州三大文人之一。其著作內容包括經史、地理、詩文、理論、方志、譜牒、傳記等，數量之大，範圍之廣，在山東膠州學者中首屈一指，在明清山東學者中亦少見。著有《四書廣注》、《質言疏義》、《説書補》、《州志別本》、《山東鹽法考》、《膠鎮志》、《甲申羣盗記》、《高氏傳家録》、《絸齋詩談》、《絸齋詩選》、《注詩品》、《山民文集》、《家學堂詩抄》、《蜀道難集》、《尚書説略》、《春秋五傳摘評》、《稚松年譜》等。所著《絸齋論文》六卷，其卷三、卷四論文體，論及論(又分爲史論、事論、理論)、説、辭(含哀辭、題辭)、序(含經籍序、古今人詩文序、贈送友人序、宴集紀遊序，又題詞、小引是序之別名)、詔(或變爲敕、爲誥、爲璽書，其實一體也)、策、章奏(含彈文、表)、賦(含古賦、排賦、文賦)、頌、贊、銘、誄、箴(自箴不可護惜所短,箴人不可揭露陰私)、祝、紀、傳、檄、露布。以上爲劉勰所論及者,其下又補劉勰"所未言者":上皇帝書、文(經緯組織謂之文,《吊古戰場文》、《祭十二郎文》)、辯、對、問、記、議、駁(與辯相似而不同:駁因人,辯由己)、原、傳等。其《絸齋詩談》爲康熙二十九年(1690)、三十年間與李伊村、高墨陽、趙初筵論詩之作,持論多本其師楊師亮。是書一、二卷爲《統論》,三卷爲《學詩初步》,四至七卷爲《評論》,評由漢至清歷代詩作,八卷爲《雜録》。全書内容較成系統,詩學原理居前,評詩居中,最後是雜論。從其理論來看,雖無太多創見,但所述皆爲詩學大體,如重視獨創,强調以意爲主,對七子以來模擬剽竊之風批評甚多。又其論詩喜《二十四詩品》,表現出兼綜諸家的特點,這也是清人詩論的共性。

本書資料據乾隆二十三年膠西法氏又敬堂刊《家學堂遺書》本《絸齋論文》、上海古籍出版社 1983 年《清詩話續編》本《絸齋詩談》。

《絸齋論文》(節録)

義有大體,如君相之命百僚,子弟之承父兄是也。文有定體,如上衣不可爲下裳,廳事不可爲園亭是也。如疏表而以瑣屑爲詳密,序記而以艷冶爲風流,碑誌傳狀而以諛佞回護爲長厚,皆爲失體。今有鎔銅爲器,似鼎又似爵,如鎛又如洗,雖雕鏤極工,嵌珠填碧,識者不直一笑耳!(卷一)

古文源流,劉勰言之盡已。其體製有古今異,初學拘於所見不能會通者,略説如後。

論,取反復辨證,期於諦當之義。有史論,有事論,有理論,其格不一。有批駁到底歸於一是者,如歐陽泰《晳論》是也。有單攻一隙,全體俱解者,如昌黎《諍臣論》、永叔《縱囚論》是也。有指陳時事,關乎治體者,如東坡《思治論》是也。有極言病民,有益於補救,如西漢《鹽鐵論》是也。本是議郎博士各陳所見,史官纂成一篇,故不曰疏而曰論。他如理論,惟二程子《顔子所好何學論》爲確然,其文則不可與兩漢、八家比。又如試論,當以蘇氏爲準,其偏駁詭激,斷不可從。

説者,自道所見以示人也。《太極圖説》至矣,然不敢以文章目之。文佳而理亦勝,如韓文公《雜説》、柳子厚《捕蛇者説》,皆有關係。至《愛蓮説》,乃指一物以寓名節,意俱不可廢。大要在理正而意新,無塵土氣爲上。

辭者,賦之變調,必用韻。如《歸去來辭》,文之屬也。以委宛流暢爲主。哀辭,騷之裔也,以悲傷悽慄爲音。又有使臣面致之辭,如"晉使吕相絶秦"之類是也。有經旨小序之辭，如朱子《小學題辭》之類是也。

序者，次筆原委，標明大旨之文也。有經籍序，如孔安國、劉向、曾鞏，各樹規模。後來有纂訂古今人詩文序，須熟讀全本，真得作者之意，然後言之有味。贈送友人，以交道正，情意真，有益於其人之進德修業爲上，若汎汎應酬，可以不作。宴集、紀遊，以清逸高潔爲貴。題詞、小引，總是序之別名。

詔者，君告臣之詞，多出代言。體尚尊嚴，尤期切於事情。如漢高初定三秦，其諭父老，即詔也。文帝諸詔，直露其愛民忠厚之心，令人感嘆。後世改爲四六一派，支飾煩言，皆無足稱。駢詞能不朽者，如宋太后《命高宗即位詔》爲佳。或變爲敕、爲誥、爲册、爲璽書，其實一體也。封王公多用册，須得慎重付託意。恩加大臣多用誥，表前功以勉後效也。或天子之父有禪授，亦用誥。天子戒諭太子、親王，亦間用誥。總以得體切當爲宜。

策，本竹籌之名，古人畫地布算，取籌以記條件，故得此稱。軍中秘計，多對君口陳，不必有文。後世堂簾漸遠，或用筆札。又奉使在外，亦須用文，如賈讓議修河、趙充國征羌，是其例也。洞知情形，言必中竅爲上。亦有無策名而有其實者，如淮南王《諫用兵》、《代張方平諫用兵》是也。若場屋之策、廷試之策，直唐喪唾餘之時文，不入古作。宋時經筵許言事，翰林官多作進卷以獻。蘇家《策略》、《君術》、《民政》等篇是也。作應試册看，誤已。若廷試條對，則有東坡《擬御策》及《上神宗書》可以爲法。晁、董雖是漢人，粗莽疲困，不足效也。

章奏，即後人之題疏也。古人不用硃語，後人必用硃語，標明大意。古人上疏實説本事，不尚煩文。後人或顛倒是非，狡黠巧辯，皆名教中罪人。文雖工，不足效也。彈文是章奏之有鋒者，主於劾奸。表亦章奏之類，直指政理，如立標以定南北，故名之曰表，如《出師表》，其至者已。《陳情表》、《讓中書監表》，各致其孝思恬退之意，誰不信服？後世改爲駢儷，詞多掩意。又賀捷賀歲、獻書進瑞，漸成濫套，不入古文。又如歐蘇小表謝賜服帶鞍馬，其刻本多用“中謝”二字，此即“臣某誠惶誠恐、稽首頓首上言”也。抄錄者節去，非原文也，後學當知。又上中宫太子者曰“箋”，亦用四六，止稱殿下。

賦者，古詩之流也。以六義言之，則直述本事爲賦，其法有前艷如花以漸開也，有中趣分層實發，欲其流走不滯也，也有後亂將盡未盡、倒捲波瀾、振動全篇，如分風波江，如絲管催拍，令人意暢。其格有古賦，如《兩京》、《三都》、《上林》、《子虛》等作是也。有排賦，如《赭白馬》、《天台》、《舞鶴》等作是也。有文賦，如《秋聲》、《赤壁》等作是也。古賦宜用毛詩、古詩韻，排賦宜用沈韻、唐韻，文賦宜用宋韻。若用韻太雜，使人讀之不諧，失賦體矣。韓柳多創怪僻韻，萬勿效顰。

頌主美君父，亦可移贈尊行畏友及自寫己懷，前有序正，詞必四字，用韻以莊雅爲貴，亦有不用韻序者，如《聖主得賢臣頌》是也。然亦是鋪張華麗之語。有高人自寫己懷，如《酒德頌》、《桂酒頌》，或長或短，不拘一例，其期於典則一也。

梁所謂歌，指譜入樂府者言也。如《易水》、《垓下》，特一人獨唱而已；如《宣房》、《天馬》、《大風》《秋風》，猶是奏樂散調；惟《房中》、《郊祀》，則是大調；又《雉子班》、《戰城南》等篇，音節皆亡，其詞亦斷續殘缺，不必強摹。

讚，亦四言詩耳。或表人德行，或紀戰績河防，或舉褒崇曠典，皆大題目也。亦有因物象以寓規箴，因區宇以美繼述者。門類極多，總歸於正而已。除佛道二家，勿溷筆墨外，與人作像讚，期於稱情，即閑情游戲，亦不許支離妄誕，貽譏於大雅。

銘有二種，有物上所刻，有石上所刻。著於物者，借以自警之詞，《苟日新》，其最先者矣。次如《金人》，猶存古意。其墓中所埋、祠堂軍功所勒，古人佳作，不可勝數。分類求之八家及明人全集，自知懿矩。墟墓之文，略有四等：誌埋壙中，表立墳左，神道碑立堂局前，墓道碑在總路口。大書某人之墓，豎墓前。又有祠堂碑、紀功碑、修堤建城碑不在此例。其有韻言與否，各從文便。

誄，累其功德也。孔子誄見於《左傳》者，文古而語簡。柳下惠誄衍之漸長，古意猶在。漢以後，文長而味薄，亦有傅會失實者，不應史法。六朝粉飾，不必效。唐宋名手，擇其人而論其文可也。

箴，同針，能刺人病者也。作以自戒則可；概以贈人，則視其交誼淺深而爲之。大約自箴不可護惜所短，箴人不可揭露陰私。

祝者，下獻其上之詞。《多福》、《多壽》、《多男子》，祝詞也；《天保》、《九如》，亦祝詞也，何等大雅！後世一味諂佞，下筆已令人慚，何況傳後？明人祝高新鄭，至譽爲孔子，久之始知其非。誄王太倉父，至奉之爲啟聖夫子，立刻却其奠章。奉承人到此地位，彼我兩傷，何益之有？

紀者，如紀之繫於綱，取繁簡有條理也。自太史公立法此體，惟宜施之帝王，或紀其終身，此史官之責。或紀某事首尾，亦須年月分明。舊作史官者，可存其稿，否則，僭越蒙譽矣！即外國及古之諸侯，亦不當用紀。其法宜做《麟經》，誰敢說我筆一如孔子，慎勿妄作。

傳者，其人與事堪傳也。此是史筆，要當瑕瑜不揜，是非有準，不可浪作。自《史》、《漢》至《五代》，可法者只此三家。自微而著，由盛及衰，挨次順叙，國家大事，世運升降，即行乎其中，此正格也。專注一二大節，以議論感慨，橫吹斜刷，如風雨驟至，百卉離披，本人事跡，助我議論，此變格也。又或交情篤摯，死生間隔，藉其生平坎坷，增我悲思，又變中特奇者。大事或淡叙，小事或濃染，雖由興助，亦有大義爲之主張，心血供其傾吐，未有奄奄如死人能爲朋友作傳者。

檄者，上論其下之詞也，惟可用之征討，叙我兵威，彰其罪狀，使脅從者散，黨附者離，此其用也。務要理直氣壯，申大義於天下，使負罪者亦服，則摛詞之妙也，毋論單行駢語，煉到萬人皆見處爲佳。昔駱賓王草檄，武曌亦爲太息，斯文不朽也。又有露布，亦軍中報捷之文。先叙軍謀，次及戰陣，次及齒獲。詞采壯偉，意思包羅爲上品。

又有劉所未言者，爲補説其義。上皇帝書，即後人之長疏也。如東坡《上神宗書》、朱子上封事於光宗，文雖連寫，各有柱子關鎖，但前總後收而已。非忠直自信，上下交孚者，不可嘗試。有上宰相書，或論民瘼，或爭國是，剛直中心平氣和，使人可受者爲佳。若忿恨詆訐，平交所不堪，而欲宰相容之乎？羣臣奏事，有用劄子者，亞於疏一等，如後世之用揭帖、折子。又有狀，則大於劄子，或直或婉，存乎其人，期於事之有濟，尤在謹慎剴切。至於朋友往來書，非義理所關，如朱、陸太極之辨，學術所繫；如二陳功利之習，似不必曉曉，攻擊隙末凶終。書道寒溫，却見人性情，無如東坡《答太虛》一篇。

經緯組織謂之文。《吊古戰場文》、《祭十二郎文》，主於哀慘；《詛楚文》近於巫祝。他如《九錫文》、《受禪文》，皆亂世賊臣所用，其昧心諂附，徒得罪於名教，斷勿爲之。

辯者，析理之精微。須層層打透，一氣呵成。辯人之邪正，必求確據；辯事之可否，正中機宜方爲合作。解，主釋人之疑，與辯相似而別，須識高方可爲之。

有對、有問，或假設古人，或親承面命，只要情理吻合，有關名教，如《漁樵問答》，又是理學家言。

對，答君上、朋友之所問也。如終軍《白麟奇木對》、董仲舒《雨雹對》，皆其類也，以會文切理爲妙。

擬某人與某人書、擬某人言某事疏，只爲胸中有一段見解，借題發揮。其恰當者，十無二三，可以不作。

誓墓之言、答亡友之牘，皆無處洩其悲忿，偶一爲此，不可常有。

令是東宮所用，教是王公所下，亦詔誥之類。不當代言之位，萬勿輕擬。

《難蜀父老》、《客難》、《答賓戲》是一類；《僮約》已涉戲筆，文自嚴勁。

書某事、偶記某事、讀某書有所見，並入雜文部。

記，主於嚴謹峭潔，然亦有兼用議論者，其收煞仍歸記體，不可亂竄。

募化資助亦用疏，駢散由人。除佛道二家不可涉筆外，如賑饑恤友、孤兒襄事及刻遺書、復古跡，皆可爲之，但勿涉祈福、待報等情耳。

外傳、別記，皆虛誕妖婬之事，學者勿爲，亦所以免咎養德也。

議者，參衆論而折衷之也。有朝議、有鄉議、有禮議、有學問紹述之議，如兵刑錢穀、河防屯田、大臣諡法,皆國議也;博綜諳練,井井有條,摭拾斷制,生死無愧,此卓議也。如差徭驛遞、水利開壩,此鄉議也。上不礙官,下不病民,準情酌理,可謂永利,此嘉議也。禮家聚訟,能駁能斷,不失聖人本意,可爲流俗防範,此確議也。學問無窮,各人所見,彼地所傳,遵信或似株守,通變或似專擅,虛心平氣,取其所長,化其所短,此善議也。

駁與辯相似而不同。駁因人,辯由己。如昌黎《駁復仇議》是其例。實要斷得他倒,折得他服,全用湍悍決斷之筆,妙在會尋破綻,挑得開,挖得出,原情準理,無可展轉爲上。

原者,溯其源,竟其流,令人曉然共見。其勢有平衍,有突兀,有穿田過峽,有磅礴結聚。如韓文,止《原道》可法,他則不必摹仿。

墓誌碑表,稱善不稱惡固已,然其事有大小,或存或削,須裁以義理,以善予人,如以財施惠,其輕重多少,必有準則。若孝子不見信,寧辭不作。(以上卷三《細論二》)

《絸齋詩談》(節錄)

凡不可唱,非樂府也。如唐人絕句,今已無能唱者,況漢詞乎!無其實,何必擬作。後人摹仿他聲調,如照《內則》做八珍,作料火候俱不是,未必可食。

古詩與樂府分界,只是動氣靜氣之交。

《選》體如盛世士夫,精神肅穆,衣冠都雅,詞令典則,所以望之起敬。後來者各換妝束,各打鄉談,不妨自成一家,全無太平寬裕之象。雖韓杜諸公,亦望而却步。

《選》體凝而不流,全在精神收斂,意思深沈,不然亦是死胚。

《選》體詩全要典重濃厚,須以學力勝,枵腹掉筆者,遇此必不支。

古詩如廚人作清湯,重料濃汁,以香蕈滲其膩,鯉魚血助其鮮,其清如水,滋味深長。

詠古體,取古事,而諷喻己懷,不露聲色議論爲妙,然亦有用議論而妙者。

七言古,須如獅子出入山中,行常不發怒也。須有千斤氣力在。

七言古,須有峯嵐離奇,煙雲斷續之妙。

歌行亦論品格,不得尚以豪壯括之。

換韻不接韻,自唐人以來多有之,畢竟先接一句是。換韻處須令陡健。

換韻不頂韻,古多有,氣味却要灌注,界劃尤須分明。

通首五言,著七字一兩句收,便是七言古詩。自唐已定此例,再申之。

唐人詩格不一,有平分者,有遞接者,有上二句下六句者,有上六句下二句者,論

408

文已言之。

　　原排律立名之意，自取排宕排闔之義，一物一事，必換意分層以盡其致，填砌典故，點綴浮豔，非詩也。排律之有應制應試，又自一派，謂足以盡詩之用，誤矣。以格律過嚴，繩檢太拘，雖三唐高手爲之，未能淋漓滿志。説者謂詞取頌揚，體取駢儷，以餖飣目之，亦求得其本旨者。揭其大法，不離乎起承轉合。即以十二句言之：二句起，四句承，四句轉，二句合，此一例也。或用四句起，二句承，二句轉，四句合，此一例也。或通體鋪叙，自以淺深次第凑泊成篇，無起承轉合之痕，而法自行乎中，又一例也。

　　應制體未必獻箴，古人多如此，蓋本之《雅》、《頌》。

　　《竹枝詞》，此樂府之一部，又與宫詞不同。意取諧俗，調宜鮮脆，然俚有媚趣，質帶潤色爲佳。唐人尚有矜貴意，元宋則街談矣。此中分際，非當家莫辨也。

　　或問詞曲源流，予告以《離騷》爲祖，漢樂府爲宗。逮晚唐之綺麗，已至末流。宋人以淺語寫情，巧思鬭捷，加以金元之踵事增華，一變爲套數，再變爲院本，三變爲南曲，而香豔柔脆之致極矣。但其措詞，必以男女失時抑鬱哀怨爲主，雖可以悦耳，實足以蕩心，學者勿效爲是。（以上卷二）

張　潮

　　張潮（1650—1709）字山來，號心齋。清歙縣（今屬安徽）人。文學家、小説家、刻書家。官至翰林院孔目。康熙十年（1671）僑寓揚州，與戲劇家孔尚任和文學家陳維崧交好。康熙二十六年被詔入獄，不久獲釋，遂淡泊名利，潛心著述。著有《幽夢影》、《花影詞》、《心齋聊復集》、《奚囊寸錦》、《心齋詩集》、《飲中八仙令》、《鹿蒽花館詩鈔》等，又編選筆記體小説《虞初新志》。《幽夢影》爲隨筆體格言小品，以風流爲道學，寓教化於詼諧，是其特色。

　　本書資料據中華書局 2008 年《中華經典隨筆》本《幽夢影》。

《幽夢影》（節録）

　　積畫以成字，積字以成句，積句以成篇，爲之文。文體日增，至八股而遂止。如古文、如詩、如賦、如詞、如曲、如説部、如傳奇小説，皆自無而有。方其未有之時，固不料後來之有此一體也。逮既有此一體之後，又若天造地設，爲世必應有之物。然自明以來，未見有創一體裁新人耳目者。遥計百年之後，必有其人，惜乎不及見耳。

　　詩文之體，得秋氣爲佳；詞曲之體，得春氣爲佳。

平、上、去、入，乃一定之至理。然入聲之爲字也少，不得謂凡字有四聲也。世之調平仄者，於入聲之無其字者，往往以不相合之音隸於其下。爲所隸者，苟無平、上、去之三聲，則是以寡婦配鰥夫，猶之可也。若所隸之字，自有其平、上、去三聲，而欲强以從我，則是幹有夫之婦矣，其可乎？

姑就詩韻言之：如東、冬韻，無入聲者也，今人盡調之以東、董、凍、督。夫督之爲音，當附於都、睹、妒之下。若屬之于東、董、凍，又何以處夫都、睹、妒乎？若東、都二字，具以督字爲入聲，則是一婦而兩夫矣。三江無入聲者也，今人盡調之以江、講、絳、覺，殊不知覺之爲音，當附於交、絞之下者也。諸如此類，不勝其舉。然則，如之何而後可？曰鰥者聽其鰥，寡者聽其寡，夫婦全者安其全，各不相干而已矣。

戴名世

戴名世(1653—1713)字田有，一字褐夫，號藥身，又號憂庵，因家居桐城南山，後世遂稱"南山先生"，也稱爲"潛虛先生"。清桐城(今屬安徽)人。康熙二十六年(1687)授知縣，因憤於"悠悠斯世，無可與語"，不就，漫遊燕、越、齊、魯之間。四十五年舉應天試，四十八年中進士第一，殿試中榜眼，授翰林院編修。後因所撰《南山集》中語多狂悖下獄，二年后被處死。戴名世是桐城文派的先驅和奠基人，最早提出桐城派文學的一些觀念，如道、法、辭，以古文救時文等。爲文長於史傳，留心明代史事，訪問遺老，考訂野史。著有《四書朱子大全》以及大量散文。同族後人戴衡搜集整理其遺文，編成《戴南山先生全集》。

本書資料據清道光辛丑木活字印本《戴南山先生全集》。

《甲戌房書》序(節錄)

自科舉取士而有所謂時文之説，於是乎古文乃亡。夫所謂時文者，以其體而言之，則各有一時之所尚者，而非謂其文之必不可以古之法爲之也。今夫文章之體至不一也，而大約以古之法爲之者，是即古文也。故吾嘗以爲時文者，古文之一體也。而今世俗之言曰："以古文爲時文，此過高之論也。"其亦大惑矣。且夫世俗之言，既舉古文、時文區畫而分別之，則其法必自有所爲時文之法，然而其所爲時文之法者陋矣，謬悠而不通於理，腐爛而不適於用，此豎儒老生之所創，而三尺之童子皆優爲之。至於古文之法，則根柢乎聖人之《六經》，而取裁於左、莊、馬、班諸書。兩者之相懸隔，若黑白冰炭之不相及也。今世俗取時文之法與古文並立而界限之，曰："吾所爲時文，其法

410

具在也，而無用於古之法爲。”是其意殆以聖人之《六經》及左、莊、馬、班諸書，不若今之豎儒老生與三尺之童子也，毋乃叛聖侮經而與於無忌憚之甚者乎？故曰：“自科舉取士而有所謂時文之說，於是乎古文乃亡。非亡於時文也，亡於時文之法也。”（卷十）

沈季友

沈季友（1652—1698）字客子，號南疑。清平湖（今浙江嘉興）人。陸菜婿。康熙二十六年（1687）副榜貢生。與汪琬、毛奇齡以詩相唱和，奇齡以“才子”目之。精於文，尤工詩，融古今於一體，自成一家。著述甚富，有《學古堂詩集》六卷，毛奇齡作序；《龍潭唱和詩》；《迴紅詞》一卷；《方笛集制藝》等文集。又輯《檇李詩繫》，彙集嘉興府各縣詩作，極富地方文獻價值，以搜羅博贍見稱。此外尤工八法，善行書，愛日吟廬主曾藏有《沈季友行書詩翰册》，今不知下落。參本書陸菜簡介。

本書資料據清康熙二十八年刻本《歷朝賦格》。

《歷朝賦格·文賦小引》

文章之衢皆從意生，而各以時變。詩教既微，荀、宋倡爲敷陳之辭，命之曰賦，學者祖焉。其體閎衍紆徐，極諸諷頌，雖句櫛字比，依音聲，飾藻繢，而疎古之氣一往而深，近乎文矣。夫賦爲《詩》之流，而忽而成文，莫知其然也。天下之變，寧有底乎？標枝易珪幣，而且爲苞苴；謳歌改金石，而且爲箏琶；草木化冠裳，而且爲纂組；毛血更觴豆，而且爲珍錯；巢窟移室廬，而且爲臺榭；始於質，終於文，古今之變盡是矣。胧物之變文，文則日濫；文之變文，文乃日新，日新而不已。文之爲用，有不與萬風水雲同其飄忽摩蕩者乎！

《歷朝賦格·駢賦小引》

文弦清越，騷珮便娟，兩義並峙，百家相懸。麗才出矣，駢體作焉。爾乃騁藻思，抽華緒，抗曼聲，陳綺語，誇奇字以尚玄，鼓繁音而命呂。誰云半月可結珠胎，豈曰三年遂成玉楮。當其箋揮魚卵，筆染猩毛，行間翠滴，句裏香銷，生夏雲於怪石，剪春彩於枯條。玉津金谷之園，無花不笑；蓮社竹溪之客，有酒皆豪。其爲格也，如指排，如肩比，如連峯，如斷壘，如西第賓，如東山伎，如五雲漿，如七寶几，如嬌鳥之爭啼，如碎霜之攢蕊。如美人之試舞，而掃黛匀脂；如名將之談兵，而澆沙聚米。如吳絲、蜀桐、蠻箏、湘瑟之列於廣場,如吞刀吐火、闘局投壺之羅於閑邸。斯詞苑之數傳,亦賦家之一體。乃爲歌曰:繁香縟采紛相求,編蒲束筍爛不收,剔抉殘蠹光芒流,天風噓吸三千秋,手揮八極騎龍遊。

劉廷璣

劉廷璣(1653—1715 後)字玉衡,號在園。先世居河南開封,後遷遼陽,編入漢軍旗。其祖父曾任福建巡撫,父親曾在河北、安徽任過知府等職。靠先人功績,循例入官,曾任內閣中書、浙江括州(今麗水)知府、浙江觀察副使。晚年調任參與治理黃河、淮河。自幼酷愛詩文,少負文名。其詩集《葛莊分類詩鈔》十四卷,王士禛作序;其筆記《在園雜志》四卷,孔尚任作序。其詩雖流傳不廣,但《在園雜志》卻獨樹一幟,內容豐富,包羅萬象,知識性很强,是少有的佳作。《在園雜志》卷二系統地闡發了他的小說理論觀點。

本書資料據中華書局 2005 年歷代史料筆記叢刊本《在園雜志》。

歷朝小説(節録)

予曰:此即古之所謂小説也。小説至今日,濫觴極矣,幾與《六經》史函相垺,但鄙穢不堪寓目者居多。蓋小説之名雖同,而古今之別,則相去天淵。自漢、魏、晉、唐、宋、元、明以來,不下數百家,皆文辭典雅有紀,其各代之帝略、官制、朝政、宮幃,上而天文,下而輿土、人物、歲時、禽魚、花卉、邊塞、外國、釋道、神鬼、仙妖、怪異,或合或分,或詳或略,或列傳,或行紀,或舉大綱,或陳瑣細,或短章數語,或連篇成帙,用佐正史之未備,統曰歷朝小説,讀之可以索幽隱,考正誤,助詞藻之麗華,資談鋒之銳利,更可以暢行文之奇正,而得敘事之法焉。(卷二)

康　熙

康熙是清聖祖愛新覺羅玄燁(1654—1722)的年號。明、清帝王多只有一個年號,因而往往以年號代稱帝王,故俗稱清聖祖爲康熙皇帝、康熙帝。清聖祖於康熙六年(1667)親政,在位六十一年,智擒鰲拜,剿撤三藩,南收臺灣,北拒沙俄,簽訂了《尼布楚條約》,西征蒙古,興修水利,治理黃河,鼓勵墾荒,薄賦輕稅。康熙好學敏求,勤於政事,雄才大略,崇尚節約。由於其文治武功,中華帝國多民族統一的局面得到鞏固發展，出現了"康乾盛世"的繁榮，開創了中華帝國的另一黃金時代。康熙曾多次舉辦博學鴻儒科，創建南書房制度，並親臨曲阜拜謁孔廟；組織編輯出版了《康熙字典》、《古今圖書集成》、《曆象考成》、《數理精蘊》、《康熙永年曆法》、《康熙皇輿全覽圖》、《御選古文淵鑒》、《御定歷代賦匯》、《御訂全金詩增補中州集》、《御製選歷代詩餘》、《御定詞譜》、《御定曲譜》等圖書、曆法和地圖，對中國歷史文化有極大貢獻。康熙在世時，以他的名義"御選"、"御定"、"御編"了很多書，康熙親自撰述的有多少已很難考證，爲便於查找，本書此類著作均歸於康熙名下。

本書資料據四庫全書本《全唐詩》、《御選古文淵鑒》、《御定歷代賦匯》、《御訂全金詩增補中州集》、《御選宋金元明四朝詩》、《聖祖仁皇帝御製文集》、《御製詩》。

御製《全唐詩》序

詩至唐而眾體悉備，亦諸法畢該，故稱詩者必視唐人爲標準，如射之就彀率，治器之就規矩焉。蓋唐當開國之初，即用聲律取士，聚天下才智英傑之彥，悉從事於六義之學以爲進身之階，則習之者固已專且勤矣。而又堂陛之賡和，友朋之贈處，與夫登臨讌賞之即事感懷，勞人遷客之觸物寓興，一舉而托之於詩。雖窮達殊途，悲愉異境，而以言乎攄寫性情則其致一也。夫性情所寄，千載同符，安有運會之可區別。而論次唐人之詩者輒執初盛中晚，岐分疆陌，而抑揚軒輊之過甚，此皆後人強爲之名，非通論也。自昔唐人選唐詩有殷璠、元結、令狐楚、姚合數家，卷帙未爲詳備。至宋初撰輯《英華》，收錄唐篇什極盛，然詩以類從，仍多脫漏，未成一代鉅觀。朕茲發內府所有全唐詩，命諸詞臣合《唐音統籤》諸編參互校勘，搜補缺遺，略去初盛中晚之名，一依時代分置次第。其人有通籍，登朝歲月可考者，以歲月先後爲斷，無可考者則援據詩中所詠之事與所同時之人繫焉。得詩四萬八千九百餘首，凡二千二百餘人，釐爲九百卷，於是唐三百年詩人之菁華咸採擷薈萃於一編之內，亦可云大備矣。夫詩盈數萬，格調各殊，溯其學問本原，雖悉有師承指授，而其精思獨悟，不屑爲苟同者，皆能殫其才力所至，沿尋風雅，以卓然自成其家。又其甚者，寧爲幽僻奇譎，雜出於變風變雅之外，而絕不致有蹈襲剽竊之弊，是則唐人深造極詣之能事也。學者問途於此，探珠於淵海，選才於鄧林，博收約守，而不自失其性情之正，則真能善學唐人者矣，豈其漫無持擇，泛求優孟之形似者可以語詩也哉？是用製序卷首，以示刻《全唐詩》嘉與來學之旨，海內誦習者尚其知朕意焉。

康熙四十六年四月十六日。（《全唐詩》卷首）

《御選古文淵鑒》序（節録）

書契以後，作者代興，簡册充盈，體製不一。約而論之，靡不根柢於羣聖，權輿於六籍。如論説之類以疏解爲主，始於《易》者也；奏啓之類以宣述爲義，始於《書》者也；賦頌之類以諷喻爲指，始於《詩》者也；傳序之類以紀載爲事，始於《春秋》者也。引而伸之，觸類而通之，雖流別各殊，而鎔裁有體。於是能言之士抒寫性情，賁飾詞理，同工異曲，以求合乎先程，皆足以立名當時，垂聲來葉，彬彬鬱鬱，稱極盛焉。然而代不乏人，著作既富，篇什遂繁。不有所裒輯，慮無以觀其備也；不有所銓擇，慮無以得其精也。古來采核之家載在四部，名目滋多，類皆散佚。其流布人區者，自蕭統《文選》而外，唐有姚鉉之《文粹》，宋有吕祖謙之《文鑑》，皆限斷年代，各爲一編。夫典章法度，粲然一王之制，前不必相師，後不必相襲，此可限以年代者也？至於文章之事，則源流深長，今古錯綜。盛衰恒通於千載，損益非關於一朝，此不可限以年代者也。諸家之選，雖足鳴一代之盛，豈所以窮文章之正變乎！（《御選古文淵鑒》卷首）

《御定歷代賦彙》序

賦者，六義之一也。風、雅、頌、興、賦、比六者，而賦居興、比之中，蓋其敷陳事理，抒寫物情，興、比不得並焉。故賦之於《詩》，功尤爲獨多。由是以來，興、比不能單行，而賦遂繼《詩》之後，卓然自見於世，故曰：“賦者，古詩之流也。”班固又謂“登高能賦，可以爲大夫。言感物造端，材智深美，可以與國政事，故可以爲列大夫也。”是則賦之於《詩》，具其一體，及其閎肆漫衍，與《詩》並行，而其事可通於用人。《書》曰：“敷奏以言。”夫敷奏者，有近乎賦之義，使堯舜而在今日，亦所不廢，則豈非文章之可貴者哉！

朕嘗於幾務之暇，博觀典籍，見古者諸侯卿大夫交接鄰國，時稱詩以喻志，不必其所自作，皆謂之賦。如晉公子重耳賦《六月》，魯文公賦《菁菁者莪》，鄭穆公賦《鴻雁》，魯穆叔賦《祈父》之類，皆取古詩歌之以喻其志，即詠吟之遺音，得心意之所存，使聞之者足以感發興起，而因以明其如相告語之情，猶之敷布其義而直陳之，故謂之賦也。春秋之後，聘問詠歌不行於列國，於是羈臣志士自言其情，而賦乃作焉。其始創自荀況宦遊於楚，作爲五賦；楚臣屈原乃作《離騷》，後人尊之爲經。而班固以爲屈原作賦以諷諭，則已名其爲賦矣。其後宋玉、唐勒，皆競爲之。漢興，賈誼、枚乘、司馬相如、楊雄、張衡之流，製作尤盛。三國、兩晉以逮六朝，變而爲排，至於唐宋，變而爲律，又變而爲文。而唐宋則用以取士，其時名臣偉人往往多出其中，迨及元而始不列於科

414

目。朕以其不可盡廢也，閒嘗以是求天下之才，故命詞臣考稽古昔，蒐采缺逸，都爲一集，親加鑒定，令校刊焉。爲叙其源流興罷之故，以示天下，使凡爲學者，知朕意云。

康熙四十五年三月二十二日（《御定歷代賦匯》卷首）

《御訂全金詩增補中州集》（節録）

詩者，文之變也，豈有定體哉？故《三百篇》什無定章，章無定句，句無定字，字無定音，大小長短，險易輕重，惟意所適，雖役夫室妾悲憤感激之語，與聖賢相雜而無愧，亦各言其志也已矣，何後世議論之不公耶！齊梁以降，病以聲律，類俳優，然沈宋而下，裁其句讀，又俚俗之甚者。自謂“靈均以來，此秘未睹”，此可笑者一也。李義山喜用僻事，下奇字，晚唐人多效之，號西崑體，殊無典雅渾厚之氣，反詈杜少陵爲“村夫子”，此可笑者二也。（《御訂全金詩增補中州集》卷二十二）

《御選宋金元明四朝詩》序（節録）

生民之始，稟二儀之精，含五常之性，而其理具於一心，人心之靈日出而不窮，《詩大序》謂在心爲志，發言爲詩，其闡明虞廷言志之義，而歸本於心者，其意深矣。蓋時運推移，質文屢變，其言之所發雖殊，而心之所存無異，則詩之爲道安可謂古今人不相及哉？觀於宋、金、元、明之詩，而其義尤著焉。世之論詩者謂唐以詩賦取士，故唐之詩爲獨盛。夫唐之詩誠盛矣，若夫宋之取士始以詩賦，熙寧專主經義而罷詩賦，元祐初復詩賦，至紹聖而又罷之，其後又復與經義並行。金大略如宋制，元自仁宗罷詩而存賦，明則詩、賦皆罷之，士於其時以其餘力兼習有韻之言。專之則易美，兼之則難工，而其至者亦往往媲北宋而追三唐，豈非人心之靈日出而不窮者歟。此又可見古今人不甚相遠也。……近得《全唐詩》，已命儒臣校訂刊布。海內由唐以來千有餘年之久，流傳自昔未見之書，亦可謂斯文之厚幸矣。遂又命博采宋、金、元、明之詩，每代分體各編，自名篇鉅集以及斷簡殘章，罔有闕遺，稍擇而録之，付之剞劂，用以標詩人之極致，擴後進之見聞，譬猶六代，遞奏八音之律，無爽九流並遡，一致之理同歸。然則唐以後之詩，又自今而傳矣。（《御選宋金元明四朝詩》卷首）

詩　說

詩者心之聲也，原於性而發於情，觸於境而宣於言。凡山川之流峙，天地之顯晦，風物之變遷，以至君臣、父子、夫婦、兄弟、朋友之間，古今治亂興亡之跡，無不可見之於詩。而讀其詩者雖代邈人湮。而因聲識心，其爲常爲變，皆得於詩遇之，故曰感天地而動鬼神莫善乎詩然。詩道升降，與世遞遷。《三百篇》之經孔子删定者，可觀可興，可羣可怨，極纏綿悱惻之思，皆忠厚和平之意，性情之正也，復乎其莫可及已。迨詩亡而騷作，騷亡而漢之五言作，流傳於魏，猶存古風。降自六朝，寖尚綺麗，比興義缺。唐以詩取士，能名家者粲如林立。初唐、盛唐咸足上追風雅，然其間矩矱雖一而心聲各别，奇正濃淡，品格自成，不可強而同也。至中、晚則菁華盡露，而渾厚之象爲稍變矣。若夫宋人爲詩，大率宗師杜甫，其卓然騷壇者洵能樹幟一代。雖後人覽之，覺言理之意居多，言情之趣居寡。然反復涵泳，自具舒暢道德之致。及乎有明，詩家起而規模唐音，洋洋渢渢，可謂盛矣。而明之於唐，終有間焉。

朕稽古之暇，怡情吟咏，於唐人詩集雖嘗誦習，而猶念詩有其原，故復上遡乎《楚詞》以及《三百篇》，尋玩其指趣，博徵其義理，庶幾得其心之元聲，而毋驚乎世之所強同者，因爲之説以自勉云。（《聖祖仁皇帝御製文集》卷二十一）

宋英宗時司馬光以不能四六辭翰林學士

司馬光綜史傳爲《通鑑》，其學殖淹博，文詞最爲典雅，豈不能爲四六者？蓋因宋承五季之後，時猶崇尚排偶，競趨浮華，故光以不能四六爲辭，所以矯當世之失，而欲返之於淳樸，其用意良深矣！固非如後世鄙陋無文之人，高談性命而蔑視詞章，以自文其不學者所得而藉口也。（《聖祖仁皇帝御製文集》第二集卷三十九）

詠詩六義

興

舉物用引辭，美刺適所託。音響中宮商，性情愜淡泊。

賦

敷事貴直陳，斯乃言志本。嗟哉相如流，尚藻失之遠。

比

取彼以比此，體物堪諧性。蔽之思無邪，要曰止於正。

416

風

必有《關雎》意，方可行周官。二南冠風首，化源於是觀。

雅

體雖別小大，義各具正變。忠厚惻怛心，同歸殊途見。

頌

和平涵二雅，廣大蓋國風。所以吳季札，三歎盛德同。（《御製詩集》四集卷十五）

康熙《御選歷代詩餘》

《御選歷代詩餘》，又稱《歷代詩餘》，康熙皇帝領銜主編，侍讀學士王奕清、沈辰垣等編選。一百二十卷，編成於康熙四十六年（1707）。凡例稱其選詞以風華典麗而不失於正者爲準式，其沉鬱排宕、寄託深遠、不涉綺靡、卓然名家者尤多收錄。《四庫全書總目》亦云該書"凡柳周婉麗之音，蘇辛奇恣之格，兼收兩派，不主一隅；旁及元人小令漸變繁聲，明代新腔不因舊譜者，苟一長可取，亦衆美胥收"，以其爲御選而未敢有所批評。其實此書所選頗爲蕪雜冗濫，貪多求備而抉擇不力。全書分爲詞選、詞人姓氏、詞話三部分。前一百卷爲詞選，以詞體選詞，凡錄自唐五代迄明代各家詞九千零九首；按詞調字數多寡排列，而不用小令、中調、長調之稱，始十四字，終二百四十字，共得一千五百四十調，各詞牌均注明其異體、異名，詳加考證，以備填詞家甄別取用。《凡例》稱此書："廣搜名作，注明各體，故不另立圖譜。"（後因該書尚不能完全取代詞譜，康熙五十四年，王奕清等又奉旨另編《欽定詞譜》行世）卷一○一至卷一一○爲詞人姓氏，分朝代先後列詞人小傳，共九百五十七家。卷一一一至卷一二○爲歷代詞話匯輯，得七百六十三則，各則下皆署明原書名稱或撰人，資料之富，前所未有。後人譽之爲"集詞話之大成，備騷壇之盛事"。清中葉以前，選家多沿明人選詞軌制，以詞譜體選詞爲多（分小令、中調、長調，或據詞調字數多寡排列），以卷帙浩繁爲尚。《御選歷代詩餘》與時代較早的鄒祗謨、王士禎《倚聲初集》、蔣景祁《瑤華集》等，都是較爲典型的代表。

本書資料據四庫全書本《御選歷代詩餘》。

序（節録）

詩餘之作，蓋自昔樂府之遺音，而後人之審聲選調所由以緣起也。而要皆昉於詩，則其本末源流之故有可言者。古帝舜之命夔典樂曰："詩言志，歌永言，聲依永，律和聲。"可見唐虞時即有詩。而詩必諧於聲，是近代倚聲之詞，其理固已寓焉。降而殷周，孔子删而爲三百五篇，樂正而《雅》、《頌》得所。考其時郊廟明堂升歌宴饗，以及鄉飲報賽，莫不有詩，以叶於笙、簫、琴、瑟之間。自《詩》變爲騷，騷衍爲賦，雖旨兼出乎六義，而聲弗拘於八音。至漢，而郊祀、房中、鐃歌、鼓吹、琴曲、雜詩，皆領於樂官，于是始有樂府名。迄於六代，操觚之家，按調屬題，徵辭赴節，日趨婉麗，以導宮商。唐興，古詩而外，創爲近體，而五、七言絶句或傳於伶人，顧他詩不盡協於樂部。其間如李白之《清平調》、《憶秦娥》、《菩薩蠻》，劉禹錫之《浪淘沙》、《竹枝詞》，洎温庭筠、韋莊之徒，相繼有作，而新聲迭出，時皆被諸管弦。是詩之流而爲詞，已權輿於唐矣。宋初，其風漸廣。至周邦彦領大晟樂府，比切聲調，篇目頗繁。柳永復增置之，詞遂有專家。一時綺製，可謂極盛。雖體殊樂府，而句櫛字比，廉肉節奏，不爽寸黍，其於古者"依永"、"和聲"之道，洵有合也。然則詞亦何可廢歟！

朕萬幾清暇，博綜典籍，於經史諸書有關政教而裨益身心者，良已纂輯無遺。因流覽風雅，廣識名物，欲極賦學之全而有《賦彙》；欲萃詩學之富而有《全唐詩》刊本、《宋金元明四代詩選》，更以詞者繼響夫詩者也，乃命詞臣輯其風華典麗，悉歸於正者爲若干卷，而朕親裁定焉。

欽定凡例（節録）

詞者，詩之餘也。《詩》三百篇皆可歌，採諸列國，領於樂官。至漢而爲樂府古詩，至唐而爲古今體詩。而詩不盡叶於管弦，自李白創爲《菩薩蠻》、《憶秦娥》二詞，以及白居易、王建、温庭筠、韋莊諸人相繼有作，流傳詞苑。至南、北宋而大盛，雖體製因時遞變，而和聲協律之中，具有古樂府遺意。今自唐迄明，網羅採擇，彙爲成書，鼓吹《風》、《雅》。

自昔詩餘，每有獨標調名而不著題目者，亦有以本意爲題者。

詩餘調名，有一體而分數名者，有詞人自撰新名者，有同一調名而體有不同者。（以上卷首）

詞話·唐一（節録）

《舜典》曰："詩言志，歌永言，聲依永，律和聲。"《詩序》曰："在心爲志，發言爲詩。情動於中而形於言，言之不足，故嗟歎之；嗟歎之不足，故詠歌之；詠歌之不足，故不知手之舞之，足之蹈之。"《樂記》曰："詩，言其志也；歌，詠其聲也；舞，動其容也。三者本於心而樂器從之。"故有心則有詩，有聲則有律。先定其音節然後製詞，亦依永和聲之意也。今又分詩與樂府作兩科，曰古詩，曰樂府，謂詩之可歌者也。而古樂府以爲詩之流，而詞皆就音節以爲名。漢時雅、鄭雜用，而鄭爲多。魏平荆州，得漢雅樂古曲，音調存者有四：曰《鹿鳴》、《騶虞》、《伐檀》、《文王》。而李延年之徒以歌被寵，復改易音節，止存《鹿鳴》一曲。晉初亦除之。又考漢時《短簫鐃歌》樂曲，三國所存者，有《朱鷺》、《艾如張》、《上之回》、《戰城南》、《將進酒》之類，凡二十二曲。晉興，又盡改之，獨《玄雲》、《釣竿》二曲而已。自晉以來，五季新曲頗衆，隋初盡歸清樂。唐景龍後，曲詞猶存，如《白雪》、《公莫舞》、《巴渝》、《白苧》、《子夜》、《團扇》、《懊憹》、《莫愁》、《楊叛兒》、《烏夜啼》、《玉樹後庭花》六十三曲。唐中葉有聲有詞者三十有七，有聲無詞者止七曲。唐歌曲比前代爲多，其見於今者，十之三四耳。《碧雞漫志》

詞起於唐人，而六代已濫觴矣。梁武帝有《江南弄》，陳後主有《玉樹後庭花》，隋煬帝有《夜飲朝眠曲》。豈獨五代之主，蜀之王衍、孟昶，南唐之李璟、李煜，吳越之錢俶，以工小詞爲能文哉！王衍之"月明如水浸宮殿，有酒不醉真癡人"，李玉簫愛賞之，元人用爲傳奇。孟昶之"冰肌玉骨清無汗"，東坡復衍足其句。錢俶之"金鳳欲飛遭掣搦，情脉脉，行即玉樓雲雨隔"，爲藝祖歎賞，惜無全篇，而亦流遞於後矣。《曲洧舊聞》

隋樂工王令言妙達音律。時煬帝將征遼，令言之子彈琵琶作《安公子》曲。令言驚問："那得有此？"對曰："宮中新翻曲也。"調在太蔟角。《通典》

《玉臺新詠》載《烏夜啼》。徐陵云："繡帳羅幃燈影獨，一夜千年猶不足。惟憎無賴汝南雞，天河未落已爭啼。"王建云："章華宮人夜上樓，君王望月西山頭。夜深宮殿門不鎖，白露滿山山葉墮。"一首轉韻，平仄各叶，此商調曲也。皇甫松《竹枝》祖之。
楊慎

唐時古意猶未失，《竹枝》、《浪淘沙》、《拋毬樂》、《楊柳枝》，乃詩中絕句而定爲歌曲。故李白《清平調》皆絕句。元白諸詩多爲知音者協律。白居易守杭，元積贈詩云："休遣玲瓏唱我詩，我詩多是別君辭。"自注云："樂人高玲瓏能歌余數十詩。"又，白居易自有詩云："席上爭飛使君酒，歌中辈唱舍人詩。"又，元積見人歌韓舍人新律詩，戲贈云："輕新便妓唱，凝妙入僧禪。"沈亞之云：故人李賀善撰南北朝樂府，多怨鬱悽豔之句，誠能蓋古排今，使爲詞者莫能偶矣。唐史稱李賀樂章數十篇，諸工皆合之管絃。又稱李益詩每一篇成，樂工慕名者爭以賂取之，被諸聲歌，供奉天子。舊史亦稱武元衡工五言詩，好事者傳之，往往見於樂部。開元中，王昌齡、高適、王之渙旗亭畫壁，伶官招妓聚宴。以此知唐之伶妓以當時名士詩詞入歌曲，皆常事也。《碧雞漫志》

　　梁樂府有《夜夜曲》，或名《昔昔鹽》，昔即夜也，鹽亦曲之別名。張祜詩："村俗猶吹阿濫堆。"賀鑄詞："寒管孤吹新阿濫。"又戴式之有《烏鹽角行》。元人《月泉吟社》詩："山歌聒耳烏鹽角，村酒柔情玉練槌。"《阿濫堆》、《烏鹽角》，皆曲名也。李郢詩："謝公留賞山公醉，知入笙歌阿那朋。"劉禹錫《竹枝詞》："今朝北客思歸去，回入紇那披綠蘿。"《阿那》、《紇那》，亦當時曲名。李詩言變梵唄爲豔歌，劉詞言變南調爲北曲也。楊慎

　　《唐詞紀》爲郭茂倩所輯，楊瑤、董御多收僞詞以廣之，有以其名同而濫收之者。今取劉禹錫《紇那曲》云："踏曲興無窮，調同詞不同。願郎千萬壽，長作主人翁。"按《詞品》，《阿那》、《紇那》皆當時曲名。劉禹錫言變南調爲北曲，蓋隨方音而轉也。劉《采春羅嗊》曲云："莫作商人婦，金釵當卜錢。朝朝江口望，錯認幾人船。"按曲有三解，一名《望夫歌》，取其一以存調。無名氏《一片子》云："柳色青山映，梨花雪鳥藏。綠窗桃李下，閒坐歎春芳。"按《教坊記》有此名，《樂府解題》所不詳者。更有琴曲名《千金意》，始分前後段，起句三字一音，如音音音三字，起句後接心心心三字，起句而下俱指法，未能格之也。《古今詞話》

　　今以五七言之別見者彙較之。如《何滿子》已收六言六句矣，茲考薛逢之《何滿子》云："繫馬宮槐老，持杯店菊黃。故交今不見，流恨滿山光。"如《三臺令》已收六言四句矣，茲考李後主之《三臺令》云："不寐倦長更。披衣出戶行。月寒秋竹冷，風切夜窗聲。"如《楊柳枝》已收七言四句矣，茲考李商隱之《楊柳枝》云："畫屏繡步障，物物自成雙。如何湖上望，只是見鴛鴦。"如《醉公子》已收無名氏之五言八句矣，茲考無名氏之《醉公子》云："昨日春園飲，今朝倒接羅。誰人扶上馬，不省下樓時。"如《長命女》已收長短句矣，茲考《無名氏》之《長命女》云："雲送關西雨，風傳渭北秋。孤燈然客夢，寒杵搗鄉愁。"如《烏夜啼》已收長短句矣，茲考聶夷中之《烏夜啼》云："衆鳥各歸枝。烏烏爾不棲。還應知妾恨，故向綠窗啼。"如《長相思》已收琴調之長短句矣，茲考張繼之仄韻《長相思》云："遼陽望河縣。白首無由見。海上珊瑚枝，年年寄春燕。"又令狐楚之平韻《長相思》云："君行登隴上，妾夢在關中。玉筯千行落，銀牀一夕空。"如《江南春》既列長短句矣，茲考劉禹錫之《江南春》云："新妝宜面下朱樓。深鎖春光一院愁。行到中庭數花朵，蜻蜓飛上玉搔頭。"如《步虛詞》已列長短句之雙調矣，茲考陳羽之《步虛詞》云："樓閣層層阿母家。崑崙山頂駐紅霞。笙歌往見穆天子，相引笑看琪

樹花。"如《漁歌子》已列長短句之單調雙調矣，兹考李夢符之《漁父詞》二首云："村市鐘聲渡遠灘。半輪殘月落前山。徐徐撥棹却歸去，浪疊朝霞碎錦翻。""漁弟漁兄喜到來。婆官賽却坐江隈。椰榆杓子瘤杯酒，爛煮鱸魚滿盎堆。"如《鳳歸雲》已列林鍾商之長調矣，兹考滕潛之《鳳歸雲》二首云："金井闌邊見羽儀。梧桐樹上宿寒枝。五陵公子憐文彩，畫與佳人刺繡衣。""飲啄蓬山最上頭。和煙飛下禁城秋。曾將弄玉歸雲去，金翮斜翻十二樓。"他如《離別難》、《金縷曲》、《水調歌》、《白苧》，各有七絶，雜以虛聲，亦多可歌者。後之集譜者，無以詩句而亂詞調也。《古今詞話》

　　清商曲有《采蓮子》，即《江南弄》中《采蓮曲》。如李白"耶溪采蓮女，見客棹歌回。笑入荷花裏，佯羞不出來"。劉方平"落日晴江曲，荆歌豔楚腰。采蓮從小慣，十五即乘潮"。又王昌齡"亂入池中看不見，聞歌始覺有人來"。張潮"賴逢鄰女曾相識，並著蓮舟不畏風"。殊有風致。然必以皇甫松、孫光憲之排調有襯字者爲詞體。《樂府解題》

　　無名氏《回紇曲》云："陰山瀚海信難通。幽閨少婦罷裁縫。緬想邊庭征戰苦，誰能對鏡冶愁容。久戍人將老，須臾變作白頭翁。"長歌之哀，過於痛哭。必陳、隋、初唐之作。馮延已別名《抛毬樂》、《莫思歸》，其所製見《陽春集》。《詞品》

　　岑參《六州歌頭》云："西去輪臺萬里餘。也知音信日應疎。隴山鸚鵡能言語，爲報家人數寄書。"註云：六州，伊、渭、梁、氐、甘、凉也。王維《伊州歌》云："秋風明月獨離居。蕩子從軍十載餘。征人去日殷勤囑，歸雁來時好寄書。"張仲素《渭州詞》云："亭亭孤月照行舟。寂寂長江萬里流。鄉國不知何處是，雲山漫漫使人愁。"王之涣《梁州歌》云："黄河遠上白雲間。一片孤城萬仞山。羌笛何須怨楊柳，春風不度玉門關。"張祜《氐州第一》云："十指纖纖玉笋紅，雁行輕度翠絃中。分明自説長城苦，水闊雲寒一夜風。"符載《甘州歌》云："月裏嫦娥不畫眉。只將雲霧作羅衣。不知夢逐青鸞去，猶把花枝蓋面歸。"無名氏《凉州歌》云："一去遼陽繫夢魂。忽傳征騎到中門。紗窗不肯施紅粉，圖遣蕭郎問淚痕。"此皆商調曲也。樂府所收《六州歌頭》，則一百四十三字，長短句之三疊者。《樂府衍義》

　　五行之聲，所司爲正，所欹爲傍，所斜爲偏，所下爲側。正宫之調，正犯黄鍾宫，傍犯越調，偏犯中吕宫，側犯越角之類。樂府諸曲，自昔不用犯聲。唐自天后末年，劍器入渾脱，始爲犯聲。明皇時樂人孫處秀善吹笛，好作犯聲，亦鄭衛之變也。陳暘《樂書》

　　唐永徽中，王方言於河灘拾得小樹栽之，及長，乃林檎也。進於高宗，以爲朱柰，又名五色林檎，教坊以爲曲名。《洽聞記》

　　景雲初，設宴於桃花園，羣臣畢集，學士李嶠等各獻桃花詩，令宫女歌之。辭既清婉，歌復妙絶，獻詩者舞蹈稱萬歲。敕太常簡二十篇入樂府，號曰《桃花行》。武平一《文

《館記》

李白《草堂集》。白，蜀人，草堂在蜀，懷故國也。《菩薩蠻》、《憶秦娥》二首，爲百代詞曲之祖。鄭樵《通志》

開元中，李白供奉翰林。時禁中木芍藥盛開，明皇乘照夜白，貴妃以步輦從。選梨園子弟度曲。李龜年捧檀板，押衆樂前欲歌。明皇曰："賞名花對妃子，焉用舊詞？"遂命龜年持金花箋，宣賜李白立進《清平調》三章。白宿醒未解，援筆而就。太真持頗黎七寶杯，酌西涼葡萄酒，明皇親調玉笛以倚曲。每曲徧將換，則遲其聲以媚之。太真飲罷，斂繡巾重拜。自此顧李白異於他學士。《松窗撫異録》

唐大中初，女蠻國貢雙龍犀，明霞錦，其人危髻金冠，瓔珞被體，當時號爲菩薩蠻，優者作女王曲，文士往往譜爲詞。杜陽《雜編》

《憶秦娥》，商調曲也，《鳳樓春》即其遺意。李白之"簫聲咽"用仄韻，孫夫人之"花深深"用平韻，張宗瑞復立新名曰《碧雲深》。《唐詞紀》

唐詞載李德裕《步虛詞》，即雙調《擣練子》。唐詞本無換頭，《擣練子》本無雙調，近刻列爲李白《桂殿秋》二首。李集之考覈者多矣，不聞《菩薩蠻》、《憶秦娥》而外別有《桂殿秋》也。吳虎臣得於石刻而無其腔，劉無言倚其聲歌之，其說亦未足信。劉禹錫作《瀟湘神》，起處疊三字一句，亦即《擣練子》，但爲迎神送神之詞耳。《古今詞話》

明皇嘗坐朝，以手指上下按其腹。朝退，高力士進曰："陛下向來數以手指按腹，豈非聖體小有不安耶？"明皇曰："非也。吾昨夜夢遊月宫，諸仙娛以上清之樂，寥亮清越，非人間所聞，酣醉久之，合奏諸樂以送吾歸，其曲悽楚動人，杳杳在耳。吾回以玉笛尋之，盡得之矣。坐朝之際，慮忽遺忘，故懷玉笛於衣中，時以手指上下尋按，非有不安。"力士再拜賀曰："非常之事也，願陛下爲臣一奏之。"其聲寥寥然不可名言。力士又再拜且請其名，明皇笑曰："此曲名《紫雲迴》。"遂載於樂章。鄭棨《傳信録》

《昔昔鹽》、《阿濫堆》、《烏鹽角》、《阿那朋》之類，皆歌曲名也。自《昔昔鹽》排律外，餘多七言絶句，有其名而無其調。隋煬帝、李白調始生矣，然《望江南》、《憶秦娥》則以詞起調者也。《菩薩蠻》則以詞按調者也。《藝苑巵言》

驪山多飛鳥，名阿濫堆，明皇御玉笛采其聲翻爲曲子，當時左右皆傳唱之。一作《鶡爛堆》。《中朝故事》

開元中，大酺於勤政樓，觀者喧聚，莫辨魚龍百戲之音。高力士請命宫人張永新出歌，可以止喧。永新出奏曼聲，廣塲寂寂若無一人，《大酺》之曲名始此矣。《太平

《樂府》

　　明皇諳音律，善度曲，嘗臨軒縱擊，製一曲曰《春光好》。方奏時，桃李俱發。又製一曲曰《秋風高》，奏之風雨颯然。帝曰：“此事不唤我作天公可乎？”詞俱失傳。惟《好時光》一闋云：“寶髻偏宜宮樣，蓮臉嫩體猶香。眉黛不須張敞畫，天教入鬢長。莫倚傾城貌，嫁取箇、有情郎。彼此當年少，莫負好時光。”《開元軼事》

　　《荔枝香》，出《唐書》。貴妃生日，命小部奏新曲，未有名，適進荔枝，即以名曲。《解語花》，明皇稱貴妃語，出《天寶遺事》。《念奴嬌》，明皇宮人念奴也。《詞品》

　　明皇幸蜀，霖雨彌旬，棧道中聞鈴聲，明皇悼念貴妃，爲製《雨霖鈴》曲。《太真外傳》

　　楊太真亦有一詞贈善舞張雲容者，詞云：“羅袖動香香不已。紅蕖裊裊秋煙裏。輕雲嶺上乍搖風，嫩柳池邊初拂水。”此《阿那曲》也。《詞統》

　　江采蘋九歲誦《二南》詩，開元中選侍明皇，見寵。所居悉植梅花，故號梅妃。爲太真逼遷上陽，明皇於花萼樓念之。會夷使貢珠，命封一斛賜妃。妃謝以詩云：“柳葉雙眉久不描。殘妝和淚污紅綃。長門盡日無梳洗，何必珍珠慰寂寥。”明皇以新聲度曲，曰《一斛珠》。《梅妃傳》

　　王士源《襄陽集序》云：“孟浩然骨貌清淑，風神散朗，文不按古，師心獨妙。其春詞有云：‘青樓曉日珠簾映，紅粉春妝寶鏡催。已厭交歡憐枕席，相將游戲繞池臺。坐時衣帶縈纖草，行即裙裾埽落梅。更道明朝不當作，私邀共鬬管絃來。’”論者以爲有詩、詞之別。《唐詩解》

　　元結於大曆中爲道州刺史，以軍事詣都。還洛日。春水漲溢不得前，作《欸乃曲》數首，使舟子歌之，以取適於道路云。《古今詞話》（以上卷一百十一）

詞話・唐二（節錄）

　　劉夢得在沅湘日，以里歌俚鄙，乃依騷人《九歌》作《竹枝》九章，教里中兒，由是盛於貞元、元和之間。每歲正月，里中兒聯歌《竹枝》，吹笛擊鼓以應節，歌者揚袂睢舞，以曲多爲貴。聆其聲音，中黃鐘之羽，卒章謝激如吳歈，雖傖儜不可分，而含思宛轉，有《淇澳》之豔。劉禹錫《竹枝序》

　　“春去也，多謝洛城人。弱柳從風疑舉袂，叢蘭泡露似沾巾。獨坐亦含嚬。”劉賓客詞也，一時傳唱，乃名爲《春去也》曲。《古今詞話》

　　《柳枝》，樂府作《折楊柳》，爲漢鐃歌橫吹曲。“上馬不捉鞭，反拗楊柳枝。蹀坐吹長笛，怨煞行客兒。”蓋邊詞別曲也。舊詞如劉禹錫云：“清江一曲柳千條，二十年前舊板橋。曾與美人橋上別，更無消息到今朝。”一曰《壽杯詞》，如“千門萬户喧歌吹，富貴人間只此聲。年年織作昇平字，高映南山獻壽觴”，語意自別。《古今詞話》

　　元稹歌曰：“櫻桃花，一枝兩枝千萬朶。花磚曾立采花人，窣破羅裙紅似火。”此亦長短句，比《章臺柳》少疊三字。《古今詞話》

　　白樂天詞云：“花非花，霧非霧。夜半來，天明去。來如春夢不多時，去似朝雲無覓處。”蓋其自度之曲，因情生文，雖《高唐》、《洛神》奇麗不及也。張子野衍之爲《御街行》，亦有出藍之色。楊慎

　　王建《霓裳詞》云：“弟子部中留一色，聽風聽水作霓裳。”今教坊尚存其聲，而其舞則廢不傳矣。近世有《望瀛府》、《獻仙音》二曲，乃其遺聲也。《霓裳曲》，前世傳記論説頗詳，不知“聽風聽水”爲何事。白樂天有《霓裳羽衣歌》，甚詳，亦無風水之説。第記之，必有知者爾。《六一詩話》

　　歐陽永叔以不曉“聽風聽水作霓裳”爲疑。按唐人《西域記》，龜兹國王與其臣庶之知樂者，於大山間聽風水聲均節成音，後翻入中國。如《伊州》、《甘州》、《涼州》等曲皆自龜兹所致，雖未及“霓裳”，而其製曲亦用其法。此説近之。蔡絛《詩話》

　　唐憲宗時，每大宴作霓裳舞。文宗時，詔太常卿馮定採開元雅樂製《雲韶》雅樂。是時《霓裳曲》，四方大都邑及士大夫家已多按習，而文宗乃加考訂，製爲舞曲，因曲存而舞節非舊，故加整頓耳。李後主作《昭惠后誄》云：“《霓裳羽衣曲》，經兹兵火，世罕聞者，偶獲舊譜，殘缺頗甚。暇日與后詳定，去其滛繁，定其缺墜。”蓋《霓裳曲》在唐末已不全矣。《碧雞漫志》

　　開元中，樂工李龜年兄弟三人皆有盛名，彭年善舞，鶴年、龜年善歌，製《渭州》、《六么》，亦奏《霓裳羽衣》，特承顧遇。《明皇雜録》

　　《六么》，一名《綠腰》，一名《録要》。唐史《吐蕃傳》云：“奏《涼州》、《渭州》、《録要》雜曲。”段安節《琵琶録》云：“《綠腰》本《録要》也，樂工進曲，必令録其要者。”《青箱雜記》云：“曲有《綠腰》，乃《霓裳羽衣》之要拍也。”《碧雞漫志》

《如夢令》，小石調曲。有傳自莊宗者，有傳自吕偓者。莊宗於宫中掘得石刻，名曰《古記》，復取調中二字爲名，曰《如夢令》。所謂"如夢，如夢。殘月落花煙重"是也。不知先曾有一闋云："嘗記溪亭日暮，沉醉不知歸路。興盡欲回舟，誤入藕花深處。爭渡。爭渡。驚起一行鷗鷺。"傳是吕偓之曲。別刻又云無名氏作，非吕偓也。張宗端寓以新詞，曰《比梅》。近選以莊宗"曾宴桃源深洞"，又名曰《宴桃源》。《古今詞譜》

《解紅》，相傳爲吕仙作。余考《解紅》爲和魯公歌童。其詞曰："百戲罷，五音清。解紅一曲新教成。兩箇瑶池小仙子，此時奪却拓枝名。"魯公自製曲也。按解紅，舞衣紫緋，繡襦銀帶，戴花鳳冠，五代時飾。焉有吕仙在唐季預爲此腔耶？《物外清音》

唐昭宗宫人作《巫山一段雲》二首，或以爲昭宗作。二首各一體，比舊調用六字句換頭。而第二首結句換韻。《尊前集》

仄韻絶句，唐人以入樂府，謂之《阿那曲》。女郎姚月華歌二首，即"手拂銀瓶秋水冷"，"煙柳曈曨鵲飛去"也。其夫北遊，感其詞而歸。《古今詞譜》

"門外猧兒吠，知是蕭郎至。剗韤下香階，寃家今夜醉。扶得入羅幃，不肯脱羅衣。醉則從他醉，還勝獨睡時。"此唐人詞也。前輩謂讀此可悟詩法。或以問韓子蒼，子蒼曰："只是轉折多耳。且如喜其至是一轉也，而苦其今夜醉又是一轉。入羅緯是一轉矣，而不肯脱羅衣又是一轉。後二句自家開釋又是一轉。直是賦盡醉公子也。"《懷古録》

東都防河卒於瀋汴日得一石刻，有詞無調，摭詞中四字名之曰《魚遊春水》。教坊倚聲歌之。詞云："秦樓東風裏。燕子還來尋舊壘。餘寒猶峭，紅日薄侵羅綺。嫩草方抽碧玉簪，媚柳輕拂黄金縷。鶯囀上林，魚遊春水。　幾曲闌干徧倚。又是一番新桃李。佳人應怪歸遲，梅妝淚洗。鳳簫聲絶無歸雁，望斷清波無雙鯉。雲山萬重，寸心千里。"凡八十九字，而風花鶯燕動植之物曲盡。此唐人語也。《詞苑》

宣和間，掘地得石刻一詞，唐人作也。本無名，後人名之爲《後庭宴》，云："千里故鄉，十年華屋。亂魂飛過屏山簇。眼重眉褪不勝春，菱花知我銷香玉。雙雙燕子歸來，應解笑人幽獨。斷歌零舞，遺恨清江曲。萬樹綠低迷，一庭紅撲簌。"《詞苑》

《長命西河女》，羽調曲，亦名《薄命女》。唐五言體云："雲送關西雨，風傳渭北秋。孤燈燃客夢，寒杵搗鄉愁。"和凝有長短句云："天欲曉。宫漏穿花聲繚繞。窗裏星光少。冷霞寒侵帳額，殘月光沉樹杪。夢斷錦闈空悄悄。強起愁眉小。"力崇詞格者，當不取詩體也。《樂府解題》

政和中,京師有姥入內教歌,傳得禁中《擷芳詞》,一名《摘紅英》。張尚書帥成都日,人競歌之,卻於前段"記得年時,共伊曾摘",其下添"憶憶憶"三字。換頭落句"燕兒來也,又無消息",於下添"得得得"三字。擷芳、擅芳,禁中園名。《太平樂府》

《滿江紅》,仙呂宮曲,《教坊記》有此名。唐人《冥音錄》所載《上江虹》即此。彭芳遠有《平聲詞》。《古今詞譜》

七言八句與七言四句見諸歌曲者,今止《小秦王》、《瑞鷓鴣》耳。《瑞鷓鴣》猶依字易歌,若《小秦王》必雜以虛聲乃可歌也。苕溪漁隱

唐詞多述本意,有調無題。如《臨江仙》賦水媛江妃也,《天仙子》賦天台仙子也,《河瀆神》賦祠廟也,《小重山》賦宮詞也,《思越人》賦西子也。有謂此亦詞之末端者,唐人因調而製詞,故命名多屬本意。後人填詞以從調,故賦詠可離原唱也。沈際飛

唐人歌詞皆七言而異其調,《渭城曲》爲《陽關三疊》,《楊柳枝》復爲添聲。《采蓮》、《竹枝》,當日遂有排調。如《竹枝》、《女兒》、《年少》、《舉棹》,同聲附和。用韻接拍,不僅雜以虛聲也。《古今詞譜》

唐人曲調皆有詞有聲,而大曲又有豔,有趨,有亂。詞者,其歌詩也;聲者,若"羊吾夷"、"伊那何"之類也。豔在曲之前,趨與亂在曲之後,亦猶吳聲西曲,前有和,後有送也。《詞品》

詩至晚唐五季,氣格卑陋,千家一律。而長短句獨精巧高麗,後世莫及。此事之不可曉者。陸游

當開元盛日,王之渙、高適、王昌齡詞句流播旗亭,而李白《菩薩蠻》等詞亦被之歌曲。逮及《花間》、《蘭畹》、《香奩》、《金荃》,作者日盛。古詩之於樂府,律詩之於詞,分鑣並轡,非有後先。有謂詩降而詞,以詞爲詩之餘者,殆非通論。《玉茗堂選花間集序》

(以上卷一百十二)

詞話·五代十國(節錄)

《一葉落》、《陽臺夢》,皆後唐莊宗所製。《一葉落》云:"一葉落。褰珠箔。此時景物正蕭索。畫樓月影寒,西風吹羅幙。吹羅幙。往事思量著。"《陽臺夢》云:"薄羅衫子金泥鳳。困纖腰怯銖衣重。笑迎移步小蘭叢。嚲金翹玉鳳。　　嬌多情脉脉,羞把同心撚弄。楚天雲雨却相和,又入陽臺夢。"舊本有改"金泥鳳""鳳"字爲"縫"字者。《北夢瑣言》

莊宗嘗製小詞云:"曾宴桃源深洞。一曲舞鸞歌鳳。長記別伊時,和淚出門相送。

如夢。如夢。殘月落花煙重。"蓋其自度曲也。《古今詞話》又云：後唐莊宗修內苑掘得斷碑，中有三十二字，令樂工入律歌之。一名《憶仙姿》。《詞統》

蜀主衍裹小巾，其尖如錐，宮妓多衣道服，簪蓮花冠，施脂夾粉，名曰醉妝。自製《醉妝詞》云："者邊走，那邊走。只是尋花柳。那邊走，者邊走。莫厭金杯酒。"又嘗宴於怡神亭，自執板歌《後庭花》、《思越人》曲。《北夢瑣言》

蜀王衍奉其太后太妃禱青城山，宮人皆衣雲霞之衣。後主自製《甘州曲》，令宮人唱之，其辭哀怨，聞者悽慘。詞曰："畫羅裙。能結束，稱腰身。柳眉桃臉不勝春。薄媚足精神。可惜許，淪落在風塵。"衍意本謂神仙而在凡塵耳。後降中原，宮伎多淪落人間，始驗其語。《十國春秋》

花蕊夫人製《采桑子》題葭萌驛壁，纔半闋，爲軍騎促行。後有續成之者，云："三千宮女如花貌，妾最嬋娟。此去朝天。只恐君王寵愛偏。"花蕊至宋，尚有"十四萬人齊解甲，更無一箇是男兒"之句。豈有隨昶行，而作此敗節之語？《太平清話》

《念家山破》，後主煜所作，蓋舊曲有《念家山》，後主親演爲破。昭惠后亦作《邀醉舞破》、《恨來遲破》。既久，而忘之。後主追悼昭惠，詢問舊曲，無復曉者。宮人流珠獨能記憶，故三曲復有名傳。《填詞名解》

薛九，江南富家子，得侍李後主。宮中善歌《嵇康曲》，曲爲後主所製。江南平，流落江北，嘗一歌之，座人皆泣，後易爲《嵇康曲舞》。詞云："薛九三十侍中郎。蘭香花媚生春堂。龍蟠王氣變秋霧，淮聲泗水浮秋霜。宜城酒煙生霧服，與君試舞當時曲。玉樹遺詞悔重聽，黃塵染鬢無前綠。"《客座贅語》

顧太尉《訴衷情》云："換我心，爲你心，始知相憶深。"雖爲透骨情語，已開柳七一派。《蓉城集》

李珣、歐陽炯輩俱蜀人，各製《南鄉子》數首以誌風土，亦竹枝體也。周密

（牛）希濟《臨江仙》芊縣温麗極矣，自有憑弔淒愴之意，得咏史體裁。仇遠

張子澄時有幽豔語，"露濃香泛小庭花"是也。時遂有以《浣溪沙》爲《小庭花》者。
《花間集》

詞至西蜀、南唐，作者日盛，往往情至文生，纏緜流露，不獨爲蘇、黄、秦、柳之開山，即宣和、紹興之盛，皆兆於此矣。論者乃有世代升降之感，不知天地之運日開，山川之秀不盡，有不知其然而然者，非可膠柱而鼓瑟也。《玉茗堂集》（以上卷一百十三）

詞話·宋一（節録）

詞盛於宋，而國初宸翰無聞，然觀錢俶之"金鳳欲飛遭掣搦"，爲藝祖所賞。李煜之"一江春水向東流"，爲太宗所忌。開創之主，非不知詞，不以詞見耳。嗣則有金珠乞詩之宮嬪，有提舉大晟之官僚，按月律進詞承宣，命珥筆寵諸詞人，良云盛事，奚必宸翰之遠播哉！《古今詞話》

吳越王妃每歲歸臨安，王以書遺之云："陌上花開，可緩緩歸矣。"吳人用其語爲《緩緩歌》，後蘇東坡爲易其詞歌之。"陌上山花無數開，路人爭看翠軿來"，即古清平調也。《古今詞話》

潘逍遥狂逸不羈，往往有出塵之語，自製《憶餘杭》詞三首，一時盛傳。東坡愛之，書於玉堂屏風。石曼卿使畫工繪之作圖……《古今詞話》

武才人色冠後庭，裕陵得之，會教坊獻新聲，因爲製詞，號《瑤臺第一層》。《後山詩話》

《輟耕録》載梅聖俞《禽言》四章云："泥滑滑，苦竹岡。雨瀟瀟，馬上郎。馬蹄凌兢雨又急，此鳥爲君應斷腸。""婆餅焦，兒不食。爾父向何之，爾母山頭化爲石。山頭化石可奈何，遂作微禽啼不息。""提壺蘆，沽美酒。風爲賓，樹爲友。山花撩亂目前開，勸爾今朝千萬壽。""不如歸去，春山云暮。萬木兮參天，蜀道兮何處。人言有翼可高飛，安用空啼向春樹。"此與文與可《題竹》十字令俱長短句，金元人皆有和詞，而不可以被之管絃者也。《古今詞話》

王荆公築草堂於半山，引八功德水作小港，其上疊石作橋。爲集句填《菩薩蠻》

428

云："數間茅屋閒臨水。窄衫短帽垂楊裏。花是去年紅。吹開一夜風。梢梢新月偃。午睡醒来晚。何物叞關情。黃鸝三兩聲。"後黃豫章戲效其體云："半煙半雨谿橋畔。漁翁醉著無人喚。踈嬾意何長。春風花草香。江山如有待。此意陶潛解。問我去何之。君行即自知。"《能改齋漫録》(以上卷一百十四)

詞話·宋二(節録)

"明月幾時有"一詞，畫家大斧皴，書家劈窠體也。《詞統》

琅琊山水奇麗，泉鳴空澗，若中音會。六一居士作醉翁亭其上，欣然忘歸。既去十餘年，好奇之士沈遵往遊，以琴寫其聲，曰《醉翁操》，節奏疎宕，音韻和暢，知琴者以爲絶倫。然有聲無詞。醉翁爲之作歌，而與琴聲不合，又依《楚詞》作《醉翁引》。好事者亦倚其詞以製曲，而琴聲爲詞所縛，非大成也。後三十餘年，公既捐館舍，遵亦殞久矣。有廬山玉澗道人，特妙於琴，恨其曲之無傳，乃譜其聲，請於軾以補之，爲《醉翁操》云。東坡《醉翁操序》

蘇子瞻守錢塘，有官妓秀蘭，天性黠慧，善於應對。一日，湖中有宴會，羣伎畢集，惟秀蘭不至，督之良久方來。問其故，對以沐浴倦睡，忽聞叩户甚急，起而問之，乃樂營將催督也，謹以實告。子瞻已恕之，坐中一倅怒其晚至，詰之不已。時榴花盛開，秀蘭折一枝藉手奉倅，倅愈怒。子瞻因作《賀新凉》，令歌以送酒，倅怒頓止。詞曰："乳燕飛華屋。悄無人、庭陰轉午，晚凉新浴。手弄生綃白團扇，扇手一時似玉。漸困倚、孤眠清熟。門外誰來推繡户，枉教人、夢斷瑶臺曲。又却是，風敲竹。　　石榴半吐紅巾蹙。待浮花、浪蕊俱盡，伴君幽獨。濃豔一枝細看取，芳心千重似束。又恐被、西風驚緑。若待得君來，向此花前，對酒不忍觸，共粉淚，兩簌簌。"子瞻之詞皆紀前事，取其沐浴新凉，故曲名《賀新凉》也。後人不知，誤作《賀新郎》，蓋不得子瞻之意。子瞻真可謂風流太守，豈可與俗吏同日語哉！楊湜《詞話》

野哉楊湜之言，真可入笑林矣。東坡此詞冠絶古今，託意高遠，寧爲一妓而發邪？"簾外誰來推繡户"，及"又却是，風敲竹"等語，用唐人"簾開風動竹，疑是故人來"，變化入妙。今乃云爲樂營將催督，可笑一。"石榴半吐紅巾蹙"至"細看取，芳心千重似束"等句，因初夏時花事已闌，而榴花獨吐，因以紅巾拂取，寫其幽閒之意。今乃云榴花盛開，折奉府倅，可笑者二。《賀新郎》，樂府舊調，今乃云取其新沐後，人訛爲《賀新郎》，此可笑者三。東坡此詞不幸橫遭點汙，江左有文拙而好石刻者，謂之詅癡符。楊湜之類是也。《苕溪漁隱》

東坡居士詞，人謂多不諧音律，然橫放傑出，自是曲子中縛不住者。晁補之

子瞻問陳無己："我詞何如少游?"無己曰："學士小詞似詩，少游詩似小詞。"《坡仙集外紀》

東坡以詩爲詞，如雷大使之舞，雖極天下之工，要非本色。陳師道

世言東坡不能歌，故所作樂府多不協律。晁以道謂：紹聖初，與東坡別於汴上，東坡酒酣，自歌《陽關曲》。則公非不能歌，但豪放不喜翦裁以就聲律耳。試取東坡諸詞歌之，曲終，覺天風海雨逼人。陸游

黃魯直小詞固高妙，然不是當家語，是著腔子詩。晁補之

山谷《阮郎歸》全用山字爲韻，稼軒《柳梢青》全用難字爲韻，皆福唐體，究同嚼蠟。《古今詞話》（以上卷一百十五）

詞話·宋三（節錄）

謝無逸《花心動》一詞，句句用比方，《小雅·鶴鳴》篇體也。沈際飛

作詞當以《清真集》爲主，蓋美成最知音，故下字用韻，皆有法度。沈伯時（以上卷一百十六）

詞話·南宋一（節錄）

慈寧殿賞牡丹時，椒房受冊，三殿極歡。高宗洞達音律，自製曲，賜名《舞楊花》……《貴耳録》（卷一百十七）

詞話·南宋二（節錄）

宋人不知詩而强作詩，其爲詩也，言理而不言情，終宋之世無詩。然其歡愉愁苦之致，動於中而不能抑者，類發於詩餘，故其所造獨工。蓋以沉摯之思而出之必淺近，使讀之者驟遇之，如在耳目之前，久誦之，而得雋永之趣，則用意難也。以懻利之詞而

製之必工鍊，使篇無累句，句無累字，圓潤明密，言如貫珠，則鑄詞難也。其爲體也纖弱，明珠翠羽，猶嫌其重，何況龍鸞，必有鮮妍之姿，而不藉粉澤，則設色難也。其爲境也婉媚，雖以驚露取妍，實貴含蓄不盡，時在低徊唱歎之際，則命篇難也。宋人專事之，篇什既富，觸景皆會，雖高談大雅，而亦覺其不可廢也。陳子龍（卷一百十八）

詞話・金元（節錄）

《木蘭花慢》，惟柳耆卿清明詞得音調之正，盖傾城、盈盈、歡情皆於第二字中藏韻。近見吳彥高《中秋詞》云："敞千門萬戶，瞰滄海，爛銀盤。對沆瀣樓高，儲胥鴈迥，墜露生寒。闌干。眺河漢外，送濕雲盡去衆星乾。丹桂霓裳縹紗，似聞雜珮珊珊。長安。底處高城人不見，路漫漫。歎舊日心情，如今容鬢，瘦沈愁潘。幽歡。縱容易得，奈佳期，動是隔年看。歸去江湖一葉，浩然對景垂竿。"所用闌干、長安、幽歡等字，亦不失韻。然後段起句又異常體。《元遺山集》中此調凡九首，内五首兩處用韻，亦未爲全知者。《詞品》

金九主百一十八年間，獨蔡松年丞相樂府與吳彥高東山樂府膾炙藝林，推爲"吳蔡體"。松年《尉遲杯》有"夢似花飛，人歸月冷，一夜小山新怨"之句。其子珪，字正甫，即蕭真卿所謂"金源文派斷以蔡正甫爲宗"者，乃其樂府，僅見一《江城子》，附《蕭閒公集》後，何文人之詞闕如也。《竹坡叢話》

樂府推吳彥高、蔡伯堅爲"吳蔡體"，實皆宋儒也，不當於金源文派列之。當斷自蔡正甫爲宗，党竹谿次之，趙閒閒又次之。余倡此論，一時無異議云。蕭真卿

王特起賀人生第三子，疊用三字，作《喜遷鶯》詞云："古今三絶。惟鄭國三良，漢家三傑。三俊才名，三儒文學，更有三君清節。爭似一門三秀，三子三孫奇崛。人總道，賽蜀郡三蘇，河東三薛。歡愜。況正是三月，風光好，傾杯三百。子並三賢，孫齊三少，俱篤三餘事業。文既三冬足用，名即三元高揭。親朋慶，看寵加三錫，禮膺三接。"此等語意，即福唐體之變調也。《古今詞話》

《三奠子》，唐宋未有是曲。元遺山《錦機集》中有二闋，傳是奠酒、奠穀、奠璧也。崔令欽《教坊記》有《奠璧子》。元詞云："悵韶華流轉，無計流連。行樂地，一凄然。笙歌寒食後，桃李惡風前。連環玉，回文錦，兩纏緜。芳塵未遠，幽意誰傳。千古恨，再生緣。閒衾香易冷，孤枕夢難圓。西窗雨，南樓月，夜如年。"《詞辨》

近世所謂大曲，在金則吳彥高《春草碧》，蔡伯堅《石州慢》，元遺山《買陂塘》，鄧千江《望海潮》，堪與蘇子瞻《念奴嬌》、辛幼安《摸魚兒》相頡頏。陶宗儀

無名氏有作《天淨沙》者，其一云："枯藤老樹昏鴉。小橋流水平沙。古道西風瘦馬。夕陽西下。斷腸人在天涯。"其二云："平沙細草斑斑。曲溪流水潺潺。塞上清秋早寒。一聲新鴈。黃雲紅葉青山。"每見元人作《金字經》、《迎仙客》、《乾荷葉》、《天淨沙》等曲，因其無一定之律，欲去之，如此曲，"馬"字亦可叶作平聲者，則何所不至也！《老學叢談》

詞忌堆砌，亦不僅以纖豔爲工。元人之妙，在於冷中帶謔，所以老優能製，少婦善謳。即當日院本，昔人以被之絲竹者，何等清新流麗。噫，音律一道，無關理學，何苦復驅之爲學究？《元詞序》（以上卷一百十九）

詞話·明（節録）

楊復初築室南山，以村居自號，凌彥翀賦《漁家傲》詞壽之云："采芝步入南山道。道深宛似蓬萊島。聞説村居詩思好。還被惱。蒼苔滿地無人掃。　載酒亭前松合抱。客來便許同傾倒。玉兔已將靈藥搗。秋意早。月華長似人難老。"復初和云："當時承望求仙道。那知薄命如郊島。留得殘生猶自好。多懊惱。塵緣俗慮何時掃。子已成童無用抱。醉眠任便和衣倒。今歲砧聲秋未搗。涼風早。看來只恐中年老。"瞿宗吉亦和云："喜來不涉邯鄲道。愁來不竄沙門島。惟有村居閒最好。無事惱。苔階竹徑頻頻掃。　有酒可斟琴可抱。長生擬看三松倒。臼內靈砂親自搗。歸隱早。朝廷未放元真老。"宗吉既和此詞而復序云："舊譜皆以仄聲起，歐公呼范文正爲窮塞主首句，所謂'塞上秋來風景異'者，正此格也。他如王荆公之'平岸小橋千嶂抱'，周清真之'幾日春陰寒側側'，謝無逸之'秋水無痕清見底'，張仲宗之'釣笠披雲青嶂遶'，亦皆如是。今二公皆以平聲易之，特著此以俟知音爾。"《詞品》

王渼陂初作北曲，自謂極工，徐召一老樂工問之，殊不見許。於是爽然自失，北面執弟子禮，以伶爲師，久遂以曲擅名天下。詞曲雖不同，要不可盡作文字觀，此詞與樂府所以同源也。《花草蒙拾》

古今《竹枝》，皆泛咏風土，惟田藝蘅云："阿孃拘束好心癡。白玉闌干護竹枝。春

色到來抽亂笋，石頭縫裏迸芽兒。""若個郎來討竹秧。雌雄須得要成雙。明年此日春雷發，管取嬰兒脫錦腔。"共四首，皆賦本意，盖倣《楊柳枝》、《采蓮曲》體也。卓珂月以爲正格，要亦不必。《花草蒙拾》

維揚張世文，著《詩餘圖譜》，絕不似《嘯餘譜》、《詞體明辨》之舛錯，而爲之規規矩矩，真填詞家功臣也……《古今詞話》

詞至《雲間》、《幽蘭》、《湘真》諸集，言内意外，已無遺議。所謂華亭腸斷，宋玉魂消，稱諸妙合，謂欲專詣。所微短者，長篇不足耳。北宋諸家大率如是。正如嘉州、右丞不能爲工部之五七排體，自足名家。遠志齋

周東遷，《三百篇》音節始廢，至漢而樂府出。樂府不能代民風，而歌謠出。六朝至唐，樂府又不勝詰屈，而近體出。五代至宋，近體又不勝方板，而詩餘出。唐之詩，宋之詞，甫脫穎而已徧傳歌工之口，元世猶然，今則盡廢矣。觀唐以後詩之腐澀，反不如詞之清新，使人怡然適性。是不獨天資之高下，學力之淺深各殊，要亦氣運、人心有日新而不能已者。故詩至於餘而詩亡，詩至於餘而詩復存也。《詞統序略》（以上卷一百二十）

龐塏

龐塏（1657—1725）字霽公，號雪崖。清直隸任丘（今屬河北）人。康熙十四年（1675）舉人，十八年登博學鴻詞科，官至建寧知府，後辭歸卒。工詩文詞翰，有詩名，善小行楷。著有《叢碧山房集》。其《詩義固説》二卷，持論以《三百篇》爲宗，以性情禮義爲體，始終條理爲用，層層論述，理路細密；評騭歷代之詩，褒貶持平，議論頗見膽識。

本書資料據上海古籍出版社 1983 年《清詩話續編》本《詩義固説》。

《詩義固説》（節録）

古詩三千，聖人删爲三百，尊之爲經。經者，常也，一常而不可變也。後此遂流而爲《騷》，爲漢魏五言，爲唐人近體。其雜體曰歌，曰行，曰吟，曰曲，曰謠，曰詠，曰歎，曰辭。其體雖變，而道未常變也。故欲學爲詩者，不可不讀《三百篇》也。其體雖分

《風》、《雅》、《頌》，而其感於心而形於言，由淺入深，借賓形主，不過如夫子所云"辭達而已矣"，寧有他哉！至其辭句蘊藉，美刺昭然，所謂溫柔敦厚而不愚者也。

詩有道焉：性情禮義，詩之體也；始終條理，詩之用也。無體不立，無用不行，相爲表裏，如四時成歲，五官成形，乃天人之常也。苟春行秋令，目居眉上，即爲天變人妖矣。爲詩而始終條理失倫，用之既乖，體將安托？故成章以達淺深次序之法，不可不講也。（以上卷上）

陳夢雷等《古今圖書集成》

《古今圖書集成》，原名《文獻彙編》或《古今圖書彙編》，原爲康熙皇帝第三子胤祉奉康熙之命與侍讀陳夢雷等編纂的一部大型類書，康熙皇帝欽賜書名，雍正皇帝作序。

愛新覺羅胤祉（1677—1732），康熙帝第三子。雍正帝即位後，改名爲允祉。自幼酷愛學術，以溫文爾雅著稱，備受康熙欣賞，法國耶穌會士白晉寫給法王路易十四的信中說，康熙親自給胤祉講解幾何學。康熙在暢春園蒙養齋開館，派胤祉主持纂修《律曆淵源》，集律呂、曆法和演算法於一書，尤長書法而受命書寫康熙帝景陵的《神功聖德碑文》。胤祉不太熱心皇儲，不黨附雍正，專思編書，命其門客陳夢雷纂集類書，康熙四十五年（1706）《古今圖書集成》成書。雍正即位後，胤祉被發配到遵化的馬蘭峪爲康熙守陵，後又幽禁於景山永安亭，並病卒於景山禁所。

陳夢雷（1651—1723 後）字則震，號省齋，晚號松鶴老人。清福建侯官縣（今福州）人。康熙九年（1670）進士，選庶吉士，散館授編修。四十年受康熙委託，編纂《古今圖書集成》。因受李光地排斥，改戍奉天（今遼寧）尚陽堡。他在奉天十七年，一面教書，一面著述，先後編撰《周易淺述》、《盛京通志》、《承德縣志》、《海城縣志》、《蓋平縣志》等。三十七年，康熙巡視盛京（今瀋陽），陳夢雷獻詩稱旨，被召回京。次年，入内苑，侍奉誠親王胤祉讀書。四十年受命與胤祉同編《古今圖書集成》。歷經五年，於康熙四十五年四月完成初稿，康熙御覽後改賜書名《古今圖書集成》。但直到雍正六年（1728）方印製完成，歷時兩朝二十八年。

《古今圖書集成》採集廣博，内容豐富：正文一萬卷，目錄四十卷，分爲五千零二十册，五百二十函，一億六千萬字。全書分爲六彙編、三十二典、六千一百零九部，按天、地、人、物、事次序展開，縱橫交錯、規模宏大、分類細密，舉凡天文地理、人倫規範、文史哲學、自然藝術、經濟政治、教育科舉、農桑漁牧、醫藥良方、百家考工等無所不包，圖文並茂。由於之後編纂的《四庫全書》受清文字獄影響，大量書籍被列爲禁書，遭到銷毀删改，因此收書不全，而成書時間較早的《古今圖書集成》則收録了《四庫全書》不收或未曾收録的典籍，包括康熙晚年所出律令、方志等，被稱爲我國古代文獻資料的百科全書。明《永樂大典》、清《古今圖書集成》與《四庫全書》並列爲中國古代三部皇家巨著。《永樂大典》因毀於八國聯軍侵華，現存不足百分之四；乾隆年間的《四庫全書》，是現存最大的叢書。而《古今圖書集成》由於有國家圖書館至今保存完好的雍正版内府銅活字本，使其成爲現存規模最大、保存最完整的類書。作爲“類書之最”，該書也是中國銅活字印刷史上卷帙最浩繁、印製最精美的一部曠世奇作。

《古今圖書集成・文學典》共四十九部，除“文學總部”卷一至卷一二是總論（所收爲自先秦至明代的文藝理論），卷一三至卷一八爲文學名家列傳外，其他四十八部皆收文體論及其相關資料，可説是中國古代文體資料的集大成者，分爲詔命部、册書部、制誥部、敕書部、批答部、教令部、表章部、箋啟部、奏議部、頌部、贊部、箴部、銘部、檄移部、露布部、策部、判部、書劄部、序引部、題跋部、傳部、記部、碑碣部、論部、説部、解部、辯部、戒部、問對部、難釋部、七部、連珠部、祝文部、哀誄部、行狀部、墓誌部、四六部、經義部、騷賦部、詩部、樂府部、詞曲部、對偶部、格言部、隱語部、大小言部、文券部、雜文部。

本書資料據巴蜀書社 1985 年影印本《古今圖書集成・理學彙編・文學典》。

詔命部彙考

《周禮・天官》

大宰作大事，則戒於百官，贊王命。訂義：王東岩曰：國家之舉事，凡其大者，不可不戒飭百官。故戒百官則有命，命即訓戒之言也。大宰贊助王者之出教令，若書之多士多方，所以誥多士，庶邦皆言王，若曰是也。

《周禮・春官》

大祝作六辭，以通上下親疏遠近，二曰命。

内史掌書王命，遂貳之。鄭康成曰：副寫藏之。項氏曰：凡有王命，既書以出，遂藏其貳，當史所當載也。

外史掌書外令。項氏曰：王言惟作命，不言臣下罔攸稟令，則上出之爲命，下稟之爲令。故内史書内，謂之命；外史書外，謂之令。王氏曰：命，後世所謂制也，故内史書之令，後所謂詔也。故外史書之外令，國令也。外史掌書之，而内史執其貳，謂之外令，以別於女史之内令。王昭禹曰：一定而不可易者，命也；因事而告者，令也。

若以書使於四方,則書其令。王昭禹曰:以書使於四方,外史書其令,則掌外令故也。黃氏曰:令,猶今言制敕也。書,猶今言制書、敕書也。

御史掌贊書。鄭注:王有命,當以書致之,則贊爲辭,若今《尚書》作詔文。

《史记·秦始皇本纪》

二十六年,秦初并天下,丞相綰、御史大夫劫、廷尉斯等議命爲制,令爲詔,天子自稱曰朕,制曰可。

劉熙《釋名·釋典藝》

詔書。詔,昭也,人暗不見事宜則有所犯,以此示之,使昭然知所有由也。

蔡邕《獨斷·詔書》

天子命令有四,三曰詔書。詔書者,詔誥也,有三品。其文曰"告某官,官如故事",是爲詔書。羣臣有所奏請,尚書令奏之,下有"制曰天子答之曰可,若下某官"云云,亦曰詔書。羣臣有所奏請,無尚書令奏"制"之字,則答曰"已奏如書,本官下所當至",亦曰詔。

天子命令之別名,一曰命出君下臣名曰命,二曰令奉而行之名曰令,三曰政著之竹帛名曰政。

《隋書·禮儀志》

後齊正日,侍中宣詔慰勞州郡國使,詔牘長一尺三寸,廣一尺,雌黃塗飾,上寫詔書。三計會日,侍中依儀勞郡國計吏,問刺史太守安不,及穀價麥苗善惡,人間疾苦。又班五條詔書於諸州郡國,使人寫以詔牘一枚,長二尺五寸,廣一尺三寸,亦以雌黃塗飾,上寫詔書。正會日,依儀宣示,使人歸以告刺史二千石:一曰政在正身,在愛人,去殘賊,擇良吏,正決獄,平徭賦;二曰人生在勤,勤則不匱,其勸率田桑,無或煩擾;三曰六極之人,務加寬養,必使生有以自救,沒有以自給;四曰長吏華浮,奉客以求小譽,逐末捨本,政之所疾,宜謹察之;五曰人事意氣,干亂奉公,外内溷淆,綱維不設,所宜糾劾。正會日,侍中黃門宣詔勞諸郡,上計勞訖付紙,遣陳土宜字有脫誤者呼起,席後立書。迹濫劣者,飲墨水一升;文理孟浪,無可取者,奪容刀。及席既,而本曹郎中考其文,迹才辭可取者,録牒吏部,簡同流外三品叙。

《隋書·百官志》

陳用官式,吏部先爲白牒,録數十人名。吏部尚書與參掌人共署奏敕,或可或不

436

可。其不用者，更銓量奏請；若敕可，則付選更色，別量貴賤内外分之，隨才補用。以黄紙録名，八座通署奏可，即出付典名，而典以名帖鶴頭板整威儀，送往得官之家。其有特發詔授官者，即宣付詔誥局，作詔章草奏，聞敕可，黄紙寫出門下，門下答詔，請付外施行。

《唐會要·黄麻寫詔》

開元三年十月，始用黄麻紙寫詔。上元三年二月，制敕并用黄麻紙。

李肇《翰林志·詔書紙色》

凡賜予徵召，宣索處分曰詔，用白麻紙；慰撫軍旅曰書，用黄麻紙。薦告詞文用青藤紙，朱書。宰相及使相告，用色背綾金花紙；節度使用白背綾金花紙；命婦，金花羅紙；吐蕃及贊普書別録，用金花五色綾紙；吐蕃宰相已下書，用五色麻紙；南詔及清平官書，用黄麻紙。開元十六年置學士院，專掌内命。凡拜免將相號令征伐，皆用白麻；中書所出，獨得用黄麻。其白麻皆在翰林院。

葉夢德《石林燕語·詔紙詔意》

唐中書制詔有四，封拜册書用簡，以竹爲之，畫旨而施行者曰發曰敕，用黄麻紙。承旨而行者曰敕牒，用黄藤紙。赦書皆用絹黄紙，始貞觀間，或云取其不蠹也。紙以麻爲上，藤次之，用此爲重輕之辨。學士制不自中書出，故獨用白麻紙而已，因謂之白麻。今制不復以紙爲辨，號爲白麻者，亦池州楮紙耳。曰發曰敕，蓋今手詔之類，而敕牒乃尚書省牒，其紙皆一等也。

唐詔令雖一出於翰林學士，然遇有邊防機要大事，學士所不能盡知者，則多宰相以其處分之要者自爲之辭，而付學士院，使增其首尾常式之言而已，謂之詔意，故無所更易增損。今猶見於李德裕、鄭畋集中。近歲或盡出於宰相，進呈訖，但召待詔即私第書寫；或詔學士，宰相面授意，使退而具草，然不能無改定也。（以上《文學典》第一百三十七卷）

詔命部總論（節録）

《易經·姤卦》

象曰：天下有風，姤，后以施命誥四方。程傳：風行地上與天下，有風皆爲周徧庶物之象。而行於地上，徧觸萬物，則爲觀，經歷觀省之象也。行於天下，周徧四方，則爲姤施發命令之象也。稱后者，后王之所爲也。

《易經·巽卦》

曰：重巽以申命，剛巽乎中正而志行，柔皆順乎剛，是以小亨，利有攸往，利見大人。象曰：隨风，巽，君子以申命以行事。本義：巽，順而人，必究乎下，命令之象重巽，故爲申命也。隨，相繼之義。

《易經·渙卦》

九五，渙汗其大號，渙，王居无咎。本義：陽剛中正，以居尊位，當渙之時，能散其號令，與其居積，則可以濟渙而无咎矣。九五，巽體有號令之象汗，謂如汗之出而不反也。《大全》：朱子曰：渙汗其大號，號令當教如汗之出於毛百竅中，迸散出來，這箇物出不會反，却不是説那號令不當反，只是取其如汗之散出，自有不反底意思。又曰：渙汗其大號，聖人當初就人身上説一汗字爲象，不爲無意。蓋人若之號令當出乎人君之中心，由中而外，由近而遠，雖至幽至遠之處無不被而及之，亦由人身之汗出於中而浹於四體也。

《書經·舜典》

帝曰：龍，朕聖讒説殄行，震驚朕師，命汝作納言，夙夜出納朕命，惟允。注：納言，官名，命令政教，必使審之，既允而後出，則讒説不得行，而矯偽無所託矣。

《禮記·緇衣》

子曰：王言如絲，其出如綸；王言如綸，其出如綍。注：言言出彌大也。

王通《中説·問易篇》

程元問叔恬曰：續書之有志有詔，何謂也？叔恬以告文中子，子曰：志以成道，言以宣志。詔，其見王者之志乎！其恤人也周，其致用也悉，一言而天下應，一令而不可易，非仁智博達則天明命，其孰能詔天下乎？

徐師曾《文體明辨·詔》

劉勰云："古者王言，若軒轅、唐、虞同稱爲命。至三代始兼誥、誓而稱之，今見於《書》，按者是也。秦并天下，改命曰制，令曰詔，於是詔興焉。漢初，定命四品，其三曰詔，後世因之。"夫詔者，昭也，告也。古之詔詞，皆用散文，故能深厚爾雅，感動乎人。六朝而下，文尚偶儷，而詔亦用之，然非獨用於詔也。後代漸復古文，而專以四六施諸詔、誥、制、敕、表、箋、簡、啓等類，則失之矣。然亦有用散文者，不可謂古法盡廢也。今取漢以下諸作，分爲古、俗二體而別之。

《文體明辨·命》

按朱子曰："命，猶令也"。字書："大曰命，小曰令。"此命、令之別也。上古王言同稱爲命：或以命官，如《書·説命》、《冏命》是也；或以封爵，如《書·微子之命》、《蔡仲之命》是也；或以飭職，如《書·畢命》是也；或以錫賚，如《書·文侯之命》是也；或傳遺詔，如《書·顧命》是也。秦并天下，改名曰制。漢唐而下，則以策書封爵、制誥命官，而"命"之名亡矣。然周文之見於《左傳》者猶存，故首録之，以備一體。

《文體明辨·諭告附》

按字書云："諭，曉也。告，命也。以上敕下之詞。"商周之書，未有此體。至《春秋》內外傳始載周天子諭告諸侯及列國往來相告之詞，然皆使人傳言，不假書翰，故今不録，而僅採漢人之作以爲式。

《文體明辨·璽書附》

按蔡邕曰："璽者，印也，信也，古者尊卑共之。《左傳》'魯襄公在楚，季武子使公冶問璽書，追而與之'，此諸侯大夫印稱璽者也。又衛宏云：'秦以前，民皆以金玉爲印'，然則天子之印以玉獨稱璽，羣臣莫敢用，自秦始也。"漢初有三璽，天子之書，用璽以封，故曰璽書，又曰賜書。唐以後獨稱曰書，亦璽書之類也。其爲用，或以告諭，或以答報，或以獎勞，或以責讓，而其體則以委曲懇到、能盡褒勸警飭之意爲工。今制，朝廷與諸王亦用書，疑即璽書也。

《文體明辨·赦文德音文字附》

按字書云："赦者，舍也。"肆赦之語，始見於《虞書》；而《周禮》司刺掌三赦之法，《呂刑》有疑赦之制，則或以其情之可矜，或以其事之可疑，或以其人在三赦三宥八議之列，是以赦之；非不問其情之淺深，罪之輕重，而概赦之也。後世乃有大赦之法，於是爲文以告四方，而赦文興焉。又謂之德音，蓋以赦爲天子布德之音也。然考之唐時，戒勵風俗，亦稱德音，則德音之與赦文，自是兩事，不當强而合之也。今各仍其稱，以附赦文之後。（以上《文學典》第一百三十七卷）

册書部彙考（節録）

《周禮·春官》

內史凡命諸侯及孤卿大夫，則策命之。訂義：項氏曰：諸侯有土之君，孤卿大夫在朝之臣，皆書辭於策以命之。王氏詳説曰：言命諸侯及孤卿大夫則策命之，爲出封者設爾。蓋策命非常命也。《書》

曰：逸祝册，惟告周公。其後曰：康王命作册畢。《左氏》曰：王命内史叔興父册命晉侯爲侯伯。後世有内制，其古之策命歟。

　　王制禄，則贊爲之。鄭康成曰：王制云：王之三公視公侯，卿視伯，大夫視子男，元士視附庸。贊爲之，爲之辭也。

　　以方出之，賞賜亦如之。鄭司農曰：以方版書而出之。杜氏曰：方，直謂今時牘也。鄭鍔曰：行爵出禄，無非人君之命，或以策，或以方，其別也。盖命以爵者，必有德之人爲策命，之所以述其德；與以禄者，必義所當與之人，用方出之，所以著其義。策者，簡牘之辭；方，版也，其制方。方言其義。

許慎《説文・册》

册，符命也，諸侯進受於王也。象其札，一長一短，中有二編之形。

劉熙《釋名・釋書契》

策書教令於上，所以驅策諸下也。

漢制：約敕封侯曰册。册，頤也，敕使整頤不犯之也。

蔡邕《獨斷・策書》

漢天子命令，一曰策書。策者，簡也。《禮》曰："不滿百丈，不書於策。"其制長二尺，短者半之。其次一長一短兩編，下附篆書，起年月日，稱"皇帝曰"，以命諸侯王三公。其諸侯王三公之薨於位者，亦以策書誄諡其行而賜之，如諸侯之策。三公以罪免，亦賜策，文體如上策，而隷書以尺一木兩行。唯此爲異者也。

《唐書・百官志》

中書省凡王言之制有七，一曰册書，立皇后、皇太子，封諸王，臨軒册命則用之。

尚書省凡上之逮下，其制有六，三曰册，天子用之。

《宋史・職官志》

凡命令之體有七，曰册書，立后妃，封親王、皇子、大長公主，拜三師、三公、三省長官則用之。（以上《文学典》第一百四十卷）

册書部總論

《春秋注疏・簡策》

杜預《春秋左傳序》：諸侯各有國史，大事書之於策，小事簡牘而已。孔穎達疏《釋器》云：簡，謂之畢。郭璞云：今簡，札也。許慎《説文》曰：簡，牒也。牘，書板也。蔡邕《獨斷》曰：策者，簡也。其制長二尺，短者半之；其次一長一短兩編下附。鄭康成注《中庸》亦云：策，簡也。由此言之，則簡、札、牒、畢同物而異名。單執一札，謂之爲簡；連編諸簡，乃名爲策。故於文策或作冊象，其編簡之形也。鄭康成注《論語》序以《鈎命決》云：《春秋》二尺四寸書之，《孝經》一尺二寸書之。故知六經之策，皆稱長二尺四寸。蔡邕言二尺者，謂漢世天子策書所用，故與六經異也。簡之所容，一行字耳。牘乃方版，版廣於簡，可以並容數行。凡爲書，字有多有少，一行可盡者書之於簡，數行可盡者書之於方，方所不容者，乃書於策。《聘禮》曰：若有故則加書，將命百名以上書於策，不及百名書於方。鄭康成曰：名，書文也，今謂之字。策，簡也。方，版也。是其字少則書簡，字多則書策。此言大事小事，乃謂事有大小，非言字有多少也。大事者，謂君舉告廟及鄰國赴告，經之所書皆是也。小事者，謂物不爲災及言語文辭，傳之所載皆是也。大事後雖在策，其初亦記於簡，如《南史》欲書崔杼執簡而往，董狐既書，趙盾以示於朝，是執簡而示之，非舉策以示之。明大事皆先書於簡，後乃定之於策也。其有小事，文辭或多，如呂相絶秦，聲子説楚，字過數百，非一牘一簡所能容者，則於衆簡牘以次存録也。杜所以知其然者，以隱十一年傳例云：滅不告敗，胜不告克。不書於策明是。大事来告，載之策书也。册书不载，丘明得之明是。小事传闻記於簡牒也，以此知仲尼修經，皆約策書成文；丘明作傳，皆博采簡牘衆記。故隱十一年注云：承其告辭，史乃書之於策；若所傳聞行言，非將君，則記在簡牘而已，不得記於典策。此蓋周禮之舊制也。又莊二十六年，經皆無傳，傳不解經。注云：此年經傳各自言其事者，或策書雖存而簡牘散落，不究其本末，故傳不復申解。是言經據策書，傳馮簡牘。經之所言，其事大；傳之所言，其事小。故知小事在簡，大事在策也。

王應麟《玉海・册》

《聘禮》：百名以上書於策，不及百名書於方。疏曰：簡，據一片；策，是衆簡相連。鄭作《論語序》云：《易》、《詩》、《書》、《禮》、《春秋》，策尺二寸；《孝經》謙半之，《論語》八寸。策者，三分居一，又謙焉，是策之長短。鄭注《尚書》，三十字一簡之文。服虔注《左氏》云：古文篆書一簡八字，是簡之字數。《説文》：册，符命也，諸侯進受於王也，象其札，一長一短，中有二編之形，古文曰笧。

徐師曾《文體明辨・册》

按《説文》云："册，符命也。"字本作"策"。蔡邕云："策者，簡也。漢制命令，其一曰策書，長二尺，短者半之；其次一長一短，兩編，下附篆書，以命諸侯王三公，亦以誅謚;而三公以罪免,則一木兩行隸書而賜之,其長一尺。"當是之時,唯用木簡,故其字作"策"。至於唐人,逮下之制有六,其三曰册,字始作"冊",蓋以金玉爲之,《說文》所謂"諸侯進受於王,象其札一長一短,中有二編之形"者是也。又按:古者册書施之臣下而已,後世則郊祀、祭享、稱尊、加謚、寓哀之屬,亦皆用之,故其文漸繁。今彙而辯之,其目凡十有一:一曰祝册,郊祀祭享用之。二曰玉册,上尊號用之。三曰立册,立帝、立后、立太子用之。四曰封册,封諸侯用之。五曰哀册,遷梓宫及太子諸王大臣薨逝用之。六曰贈册,贈號、贈官用之。七曰謚册,上謚、贈謚用之。八曰贈謚册,贈官並賜謚用之。九曰祭册,賜大臣祭用之。十曰賜册,報賜臣下用之。十一曰免册,罷免大臣用之。今制:郊祀、立后、立儲、封王、封妃,亦皆用册;而玉、金、銀、銅之制,各有等差,蓋自古迄今,王言之所不可闕者也。今錄古作以垂式云。(以上《文學典》第一百四十卷)

制誥部彙考(節錄)

《周禮·春官》

大祝作六辭,以通上下親疏遠近,三曰誥。

《周禮·秋官》

士師以五戒先後刑罰,毋使罪麗於民。一曰誓,用之於軍旅;二曰誥,用之於會同。訂義:鄭鍔曰:諸侯畢會,王將有爲,則作爲文誥之辭以誥之,使知其所以然也。大誥作於洛邑,四方和會之時是也。

劉熙《釋名·釋書契》

上敕下曰告。告,覺也,使覺悟知己意也。

蔡邕《獨斷·制書》

制書,帝者制度之命也。其文曰"制",詔三公、赦令、贖令之屬是也。刺史太守相劾,奏申下土遷書,文亦如之。其徵爲九卿,若遷京師近官,則言官,具言姓名;其免若得罪,無姓。凡制書有印,使符下,遠近皆璽封,尚書令印重封。唯赦令、贖令、召三公詣朝堂受制書,司徒印封,露布下州郡。

《唐書·百官志》

中書省凡王言之制有七,二曰制書,大賞罰、赦宥、慮囚、大除授則用之。三曰慰勞制書,襃勉、贊勞則用之。

尚書省凡上之逮下,其制有六,一曰制,天子用之。

《宋史·職官志》

中書省凡命令之體有七,曰制書,處分軍國大事,頒赦宥、德音,命尚書左右僕射、開府儀同三司、節度使,凡告庭除授則用之。曰誥命,應文武官遷改職,秩内外命婦除授及封叙贈典應合命詞則用之。

徐度《却埽編·制誥用四六》

國朝之制,凡降敕處分事皆有詞,其體與詔書相類,知制誥行,皆用四六文字。元豐官制行,罷之。

《金史·章宗本紀》

大定二十九年正月即位,閏五月癸未,朝於隆慶宮,詔學士院自今誥詞並用四六。(以上《文学典》第一百四十一卷)

制誥部總論

王應麟《辭學指南·制》

唐虞至周皆曰命,秦改命爲制,漢因之,下書有四,而制書次焉。顏師古謂爲制度之命。唐王言有七,其二曰制書,大除授用之。學士初入院,試制書批答,共三篇。此試制之始也。制用四六,以便宣讀。皇朝知制誥召試中書而後除,不試,號爲異禮。所以試者,觀其敏也。試制詔三篇,宰相俟納卷始上馬,翌日進呈,除目方下。至政和辛卯始以制命題,制誥詔書依例宰執進呈,凡命宰相、三公、三少、節度使則用制麻,樞密使亦如之。后妃、東宮、親王、公主不以命題。

《辭學指南·誥》

誥,告也。其原起於《湯誥》。《周官》大祝六辭,三曰誥。士師五戒,二曰誥。成王封康叔、唐叔,命以《康誥》、《唐誥》。漢元狩六年立三子爲王,初作誥。唐《白居易集》翰林曰“制詔”,中書曰“制誥”,蓋内外命書之别。皇朝西掖初除試誥,而命題亦曰制。

吴訥《文章辨體‧制誥》

按《周官》大祝六辭，二曰"命"，三曰"誥"。考之於《書》，"命"者，以之命官，若《畢命》、《冏命》是也。"誥"則以之播誥四方，若《大誥》、《洛誥》是也。漢承秦制，有曰"策書"，以封拜諸侯王公；有曰"制書"，用載制度之文。若其命官，則各賜印綬而無命書也。迨乎唐世，王言之體曰"制"者，大賞罰、大除授用之；曰"發敕"者，授六品以下官用之，即所謂"告身"也。宋承唐制，其曰"制"者，以拜三公三省等職。辭必四六，以便宣讀於庭。"誥"則用散文，以其直告某官也。西山云："制誥皆王言，貴乎典雅温潤，用字不可深僻，造語不可尖新，文武宗室各得其宜，斯爲善矣。"

徐師曾《文體明辨‧制》

按顏師古云："天子之言，一曰制書，謂爲制度之命也。"蔡邕云："其文曰制，誥三公，赦令、贖令之屬是也。刺史太守相劾奏，申下土，遷書，文亦如之。其徵爲九卿，若遷京師近官，則言官具言姓名；其免若得罪，無姓。"此漢之制也。唐世，大賞罰、赦宥、慮囚及大除授，則用制書，其褒嘉贊勞，別有慰勞制書，餘皆用敕，中書省掌之。宋承唐制，用以拜三公、三省等官，而罷免大臣亦用之。其詞宣讀於庭，皆用儷語，故有"敷告在庭"、"敷告有位"、"敷告萬邦"、"誕揚休命"、"誕揚贊册"、"誕揚丕號"等語。其餘庶職，則但用誥而已。是知以制命官，蓋唐宋之制也。今採二代制詞爲式。

《文體明辨‧制》

按字書云："誥者，告也，告上曰告，發下曰誥。"古者上下有誥，故下以告上，《仲虺之誥》是也；上以告下，《大誥》《洛誥》之類是也。考於《書》可見矣。《周禮》：士師以五戒先後刑罰，其二曰誥，用之於會同，以諭衆也。秦廢古法，止稱制詔。漢武帝元狩六年，始復作之，然亦不命官。唐世王言，亦不稱誥。至宋，始以命庶官，而追贈大臣、貶謫有罪、贈封其祖父妻室，凡不宣於庭者，皆用之。故所作尤多。然考歐、蘇、曾、王諸集，通謂之制，故稱内制、外制，而誥實雜於其中，不復識別。蓋當時王言之司，謂之兩制，是制之一名，統諸詔命七者而言。若細分之，則制與誥亦自有別，故《文鑑》分類甚明，不相混雜，足以辯二體之異。今倣其例而列之。唯唐無誥名，故仍稱制。其詞有散文，有儷語，則分爲古、俗二體云。今制：命官不用制誥，至三載考績，則用誥以褒美。五品以上官而贈封其親，及贈大臣勳階贈謚皆用之；六品以下則用敕命。其詞皆兼二體，亦監前代而損益之也。（以上《文學典》第一百四十一卷）

敕書部彙考（節録）

蔡邕《獨斷·戒書》

汉天子命令，四曰戒書。戒書，戒敕刺史、太守及三邊營官，被敕文曰“有詔敕某官”，是爲戒敕也。世皆名此爲策書，失之遠矣。

《唐書·百官志》

中書省凡王言之制有七，四曰發敕，廢置州縣，增減官吏，發兵，除免官爵，授六品以上官則用之。五曰敕旨，百官奏請施行則用之。六曰論事敕書，戒約臣下則用之。七曰敕牒，隨事承制，不易於舊則用之。

尚書省凡上之逮下，其制有六，二曰敕，天子用之。

《宋史·職官志》

中書省凡命令之禮有七，曰敕書，賜少卿監、中散大夫、防禦使以下則用之。曰敕牓，賜酺及戒勵百官，曉諭軍民則用之。曰御札，布告登封，郊祀、宗祀及大號令則用之。（以上《文学典》第一百四十五卷）

敕書部總論

劉勰《文心雕龍·詔策》

漢初定儀，則命有四品，四曰戒敕，敕戒州郡。敕者，正也。戒敕爲文，實詔之切者，周穆命郊父受敕憲，此其事也。魏武稱作敕戒，當指事而誥，勿得依違，曉治要矣。及晉武敕戒，備告百官；敕都督以兵要，戒州牧以董司，警郡守以恤隱，勒牙門以禦衛，有訓典焉。

徐師曾《文體明辨·敕》

按字書云：“敕，戒敕也，亦作敕。”劉熙云：“敕，飭也，使之警飭不敢廢慢也。”劉勰云：“戒敕爲文，實詔之切者，周穆王命郊父受敕憲，此其事也。”漢制，天子命令有四，其四曰戒書，即戒敕也。唐制，王言有七，其四曰發敕，五曰敕旨，六曰論事敕書，七曰敕牒，則唐之用敕廣矣。宋亦有敕，或用之於獎諭，豈敕之初意哉？其詞有散文，有四六，故今分古、俗二體而列之。宋制戒勵百官，曉諭軍民，別有敕牓，故以附焉。今制，諸臣差遣,多予敕行事,詳載職守,申以勉詞,而褒獎責讓亦用之,詞皆散文。又六品已下官贈封,亦稱敕命,始兼四六,亦可以見古文興復之漸云。

《文體明辨·御札附》

按字書:"札,小簡也。"天子之札稱御札,尊之也。古無此體,至宋而後有之。其文出於詞臣之手,而體亦不同。大抵多用儷語,蓋敕之變體也。(以上《文学典》第一百四十五卷)

批答部彙考

《宋史·職官志》

翰林學士院掌制誥、詔令、撰述之事,凡賜大臣、大中大夫、觀察使以上,用批答。

葉夢德《石林燕語·批答之制》

學士院舊制:自侍郎以上辭免、除授、賜詔,皆留其章中書,而尚書省略具事,因降劄子下院,使爲詔而已。自執政而上至於節度使相,用批答。批答之制,更不由中書,直禁中封所上章付院。今降批表院中,即更用紙連其章,後書辭,併其章賜之。此其異也。辭既與章相連,後書省表具之,字必長作表,字傍一瞥,通其章階位上過,謂之抹階,若使不復用舊銜之意。相習已久,莫知始何時。(以上《文学典》第一百四十五卷)

批答部總論(節錄)

吳訥《文章辨體·批答》

按《玉海》:"唐學士初入院,試制、詔、批答共三篇。"蓋批答與詔異:詔則宣達君上之意;批答則采臣下章疏之意而答之也。《文鑒》輯批答、詔敕各爲一類可見矣。唐史載太宗之答劉洎,謂此自手筆,今觀辭意,誠然。至若宋昭陵之答富弼等,則皆詞臣之撰進者也。(以上《文学典》第一百四十五卷)

教令部彙考

《隋書·百官志》

諸王言曰:令公侯、封郡縣者言曰教。

《唐書·百官志》

中書省凡上之逮下，其制有六，四曰令，皇太子用之；五曰教，親王公主用之。

劉勰《文心雕龍·詔策》

教者，效也，出言而民效也。契敷五教，故王侯稱教。昔鄭弘之守南陽，條教爲後所述，乃事緒明也；孔融之守北海，文教麗而干理，乃治體乖也。若諸葛孔明之詳約，庾稚恭之明斷，並理得而辭中，辭之善也。

徐師曾《文體明辨·教》

按劉勰云："教者，效也，言出而民效也。"李周翰云："教，示於人也。"秦法，王侯稱教；而漢時大臣亦得用之，若京兆尹王尊出教告屬縣是也。故陳繹曾以爲大臣告衆之詞。

《文體明辨·令》

按劉良云："令，即命也。七國之時並稱曰令；秦法，皇后太子稱令。"至漢王有《赦天下令》，淮南王有《謝郡公令》，則諸侯王皆得稱令矣。意其文與制、詔無大異，特避天子而別其名耳。然考《文選》有梁任昉《宣德皇后令》一首，而其詞華靡，不可法式。今取載於史者，采而録之。（以上《文學典》第一百四十五卷）

表章部彙考（節録）

《周禮·春官》

內史。凡四方之事書，內史讀之。<small>訂義：賈氏曰：諸侯凡事有書奏白於王，內史讀示王。</small>

劉熙《釋名·釋書契》

下言上曰表，思之於內，表施於外也。又曰：上，示之於上也。又曰：言，言其意也。

蔡邕《獨斷·章表》

凡羣臣上書於天子者，有四名：一曰章，三曰表。
章者，需頭，稱"稽首上書"，謝恩，陳事，詣闕通者也。

表者，不需頭，上言"臣某言"，下言"臣某誠惶誠恐、稽首頓首、死罪死罪"；左方下附曰"某官臣某甲上"。文多用編兩行，文少以五行，詣尚書通者也。公卿校尉諸將不言姓，大夫以下有同姓官別者言姓，章口報聞，公卿使謁者將大夫以下至吏民，尚書左丞奏聞報可，表文報已奏如書。凡章表皆啟封，其言密事，得帛囊盛。

《周書·武帝本紀》

建德四年夏四月丁酉初，令上書者並爲表於皇太子，以下稱啓。

《唐書·百官志》

尚书省凡下之達上，其制有六，一曰表。

門下省下之通上，其制有六，五曰表。

《宋史·職官志》

通進司隸給事中，掌受三省、樞密院、六曹、寺監百司奏牘，文武近臣表疏及章奏房所領天下章奏案牘，具事目進呈，而頒布於中外。

進奏院隸給事中，掌受詔敕及三省、樞密院宣劄，六曹、寺監百司符牒，頒於諸路。凡章奏至，則具事目上門下省。若案牘及申稟文書，則分納諸官司。凡奏牘違戾法式者，貼説以進。熙寧四年，詔："應朝廷擢用材能、賞功罰罪事可懲勸者，中書檢正、樞密院檢詳官月以事狀録付院，謄報天下。"元祐初，罷之。紹聖元年，詔如熙寧舊條。靖康元年二月詔："諸道監司、帥守文字，應邊防機密急切事，許進奏院直赴通進司投進。"舊制，通進、銀臺司，知司官二人，兩制以上充。通進司，掌受銀臺司所領天下章奏案牘，及閤門在京百司奏牘、文武近臣表疏，以進御，然後頒布於外。銀臺司，掌受天下奏狀案牘，抄録其目進御，發付勾檢。糾其違失而督其淹緩。發敕司，掌受中書、樞密院宣敕，著籍以頒下之。

徐度《却埽編·禮部郎中掌百官牋表》

唐制：禮部郎中掌百官牋表，故謂之南宮舍人。國朝常擇館閣中能文者同判禮部，便掌牋表，有印曰禮部，名表之印。王文恭珪初以館職爲之，其後就轉知制誥，又就遷學士，仍領辭不受，曰御史中丞。歲時率百官上表，而反令學士舍人掌詔誥之臣，主爲繕辭定草，既輕重不倫，亦事體未便，今失之尚近，可以改正。欲乞檢會舊例，以禮部名表印，擇館職中有文者付之，則名分不爽矣。議者是之。及官制行，遂復唐之舊云。

葉夢德《石林燕語·集句表》

舊大朝會等慶賀及春秋謝賜衣,請上聽政之類,宰相率百官奉表,皆禮部郎官之職,唐人謂之南宮舍人。元豐官制行,謂之知名表郎官。禮部別有印,曰知名表印,以其從上官一人掌之。大觀後,朝廷慶賀事多,非常例,郎官不能得其意。蔡魯公乃命中書舍人雜爲之,既又不欲有所去取,於是參取首尾,或摘其一兩聯,次比成之,故辭多不倫,當時謂之集句表。禮部所撰,惟春秋兩謝賜衣表而已。

《石林燕語·引黄》

唐制:降敕有所更改,以紙貼之,謂之貼黃。蓋敕書用黃紙,則貼者亦黃紙也。今奏狀劄子皆白紙,有意所未盡,揭其要處,以黃紙別書於後,乃謂之貼黃,蓋失之矣。其表章略舉事目與日月道里,見於前及封皮者,又謂之引黃。

《明會典·表箋》

國初定制,凡進賀表箋,親王於天子前自稱曰第幾子、某王某,稱天子曰父皇陛下,稱皇后曰母后殿下。若孫,則自稱曰第幾孫某、封某,稱天子曰祖父皇帝陛下,稱皇后曰祖母皇后殿下。若天子之弟,則自稱曰第幾弟某、封某,稱天子曰大兄皇帝陛下,稱皇后曰尊嫂皇后殿下。若天子之姪,則自稱曰第幾姪某、封某,稱天子曰伯父皇帝陛下、叔父皇帝陛下,稱皇后曰伯母皇后殿下、叔母皇后殿下。若封王者,其分居伯叔及伯叔祖之尊,則自稱曰某、封臣某,稱天子曰皇帝陛下,皇后曰皇后殿下。若從孫、再從孫、三從孫,自稱曰從孫某、封某,再從孫某、封某,三從孫某、封某,稱皇帝曰伯祖皇帝陛下、叔祖皇帝陛下,稱皇后曰伯祖母皇后殿、下叔祖母皇后殿下。至嘉靖間始令各王府進賀表箋,但用聖號,不許用家人禮。至今遵行。(以上《文学典》第一百四十六卷)

表章部總論(節録)

王應麟《辭學指南·制》

表,明也,標也,標著事緒使之明白。三王以前謂之敷奏,秦改爲表。漢羣臣書四品,三曰表。陽嘉元年,左雄言孝廉先詣公府,文吏課牋奏,又胡廣以孝廉試章奏。然則章奏試士其始此歟?唐顯慶四年,進士試《關内父老迎駕表》,開元二十六年,西京試《擬孔融薦禰衡表》,則進士亦試表。

吴訥《文章辨體·表》

按韻書:"表,明也,標著事緒使之明白,以告乎上也。"三代以前,謂之敷奏。秦改爲表。漢因之。竊嘗考之,漢晉皆尚散文,蓋用陳達情事,若孔明前後《出師》、李令伯《陳情》之類是也。唐宋以後,多尚四六。其用則有慶賀,有辭免,有陳謝,有進書,有貢物,所用既殊,則其辭亦各異焉。西山云:"表中眼目,全在破題,要見盡題意,又忌太露。貼題目處,須字字精確。且如進實録,不可移於目録。若氾濫不切,可以移用,便不爲工矣。大抵表文以簡潔精緻爲先,用事忌深僻,造語忌纖巧,鋪叙忌繁冗。"

徐矩《事物原始·表》

堯咨四岳,舜命九官,並陳詞不假書翰,則敷奏以言,章表之義也。漢乃有章、表、奏、駮四等,則表蓋漢制也。蘇氏《演義》曰:表者,白也,言以情旨表白於外也。

徐師曾《文體明辨·章》

按劉勰云:章者,明也。古人言事皆稱上書,漢定禮儀,乃有四品,其一曰章,用以謝恩。及考後漢論諫慶賀,間亦稱章,豈其流之寖廣歟?自唐而後,此制遂亡。

《文體明辨·表》

按字書云:"表者,標也,明也,標著事緒使之明白,以告乎上也。"古者獻言於君,皆稱上書。漢定禮儀,乃有四品,其三曰表,然但用以陳請而已。後世因之,其用寖廣。於是有論諫,有請勸,有陳乞,有進獻,有推薦,有慶賀,有慰安,有辭解,有陳謝,有訟理,有彈劾,所施既殊,故其詞亦異。至論其體,則漢晉多用散文,唐宋多用四六。而唐宋之體又自不同:唐人聲律,時有出入,而不失乎雄渾之風;宋人聲律,極其精切,而有得乎明暢之旨,蓋各有所長也。然有宋唐人而爲古體者,有唐人而爲宋體者,此又不可不辨也。今取漢以下名家諸作,分爲三體而列之:一曰古體,二曰唐體,三曰宋體,使學者有考云。宋人又有笏記,書詞於笏,以便宣奏,蓋當時面表之詞也,故取以附焉。然表文書於牘,則其詞稍繁;笏記宣於廷,則其詞務簡:此又二體之別也。

《文體明辨·致辭附》

按致辭者,表之餘也。其原起於越臣祝其主,而後世因之。凡朝廷有大慶賀,臣下各撰表文,書之簡牘以進,而明廷之宣揚,宮壼之贊頌,又不可缺,故節略表語而爲之辭。觀《宋文鑑》以此雜於表中,蓋可知已。今之祝贊,即其制也。(以上《文學典》

第一百四十六卷）

表章部藝文一（節録）

唐牛希濟《表章論》

人君尊嚴，臣下之言不可達於九重；表章之用，下情可以上達，得不重乎！歷觀往代策文奏議及國朝元和以前名臣表疏，詞尚簡要，質勝於文，直指是非，坦然明白，致時君易爲省覽。夫聰明睿哲之主，非能一一奥學深文，研窮古訓。且理國、理家、理身之道，唯忠孝仁義而已。苟不踰是，所措自合於典謨，所行自諧於堯舜，豈在乎屬文比事！況人君以表疏爲急者，竊以爲稀。況覽之茫然，又不親近儒臣，必使傍詢左右。小人之寵，用是爲幸。儻或改易文意，以是爲非，逆鱗發怒，略不爲難。故禮曰：臣事君，不授其所不及。蓋不可援引深僻，使夫不喻。且一郡一邑之政，訟者之辭蔓引數幅，尚或棄之，況萬乘之主，萬機之大焉！有三復之理，國史以馬周建議不可以加一字，不可以減一字，得其簡要。又杜甫嘗雪房琯表朝廷，以爲庾辭。儻端明易曉，必庶幾免於深僻之弊。夫僻事新對，用以相誇，非切於理道者，明儒尚且杼思移時，豈守文之主可以速達？竊願復師於古，但實於理，何以幽僻文煩爲能也？（《文學典》第一百四十七卷）

箋啓部彙考（節録）

許慎《説文·箋》

箋，表識書也。

《説文·啟》

啟，傳信也。

服虔《通俗文·啟》

官信曰啟。

《唐書·百官志》

凡下之達上，其制有六，三曰箋，四曰啓。（以上《文學典》第一百四十九卷）

箋啟部總論

劉勰《文心雕龍·書記篇》

箋者，表也，表識其情也。崔寔奏記於公府，則崇讓之德音矣；黃香奉箋於江夏，亦肅恭之遺式矣。公幹箋記，文麗而規益，子桓弗論，故世所共遺。若略名取實，則有美於爲詩矣。劉廙謝恩，喻切以至；陸機自理，情周而巧，箋之善者也。原箋記之爲式，既上窺乎表，亦下睨乎書，使敬而不懾，簡而無傲，清美以惠其才，彪蔚以文其響，蓋箋記之分也。

《文心雕龍·奏啟篇》

啟者，開也。高宗云“啟乃心，沃朕心”，取其義也。孝景諱啟，故兩漢無稱。至魏國箋記，始云啟聞。奏事之末，或云“謹啟”。自晉來盛啟，用兼表奏。陳政言事，既奏之異條；讓爵謝恩，亦表之別幹。必斂徹入規，促其音節，辨要輕清，文而不侈，亦啟之大略也。

徐矩《事物原始·啟》

張璠《漢記》曰：董卓呼三臺尚書以下自詣啟事，然後得行，此則啟事得名之始也。《魏國箋記》始云“啟”，末云“謹啟”。晉宋以来，與表俱用。今止臣下以相往来也。

徐師曾《文體明辨·箋》

按劉勰云：“箋者，表也，識表其情也。”字亦作“牋”。古者君臣同書，至東漢始用箋記，公府秦記，郡將奏箋。若班固之説東平，黃香之奏江夏，所謂郡將奏牋者也。是時太子諸王大臣皆得稱箋，後世專以上皇后太子，於是天子稱表，皇后太子稱箋，而其它不得用矣。其詞有散文，有儷語，分爲古、俗二體而列之。今制，奏事太子諸王稱啟，而慶賀則皇后太子仍並稱箋云。（以上《文學典》第一百四十九卷）

奏議部彙考（節録）

《周禮·天官》

宰夫之職，掌治朝之灋，以正王及三公六卿大夫羣吏之位。掌其禁令，叙羣吏之治，以待賓客之令，諸臣之復，萬民之逆。注：鄭司農云：復，請也，逆，迎受王命。宰夫主諸臣萬民之逆。復元謂復之言報也，反也，反報於王，謂於朝廷奏事自下而上曰逆，逆謂上書。訂義：陳及之曰：叙羣吏之治至萬民之逆，即漢尚書職事，今章奏告報是也。大僕傳令於宰夫，宰夫日夕與天子親近執奏。

劉熙《釋名·釋書契》

奏，鄒也，鄒狹小之稱。

許慎《説文·議》

議，語也。又曰論，難也。

蔡邕《獨斷·奏議》

凡羣臣上書於天子者，有四名，二曰奏，四曰駁議。

奏者，亦需頭，其京師官但言“稽首”，下言“稽首以聞”。其中者所請，若罪法劾案，公府送御史臺，公卿校尉送謁者臺也。

其有疑事，公卿百官會議，若臺閣有所正處而獨就異議者，曰駁議。駁議曰“某官某甲議以爲如是”，下言“臣愚戇議異”；其非駁議，不言“議異”，其合於上意者，文報曰“某官某甲議可。”

漢承秦法，羣臣上書皆言昧死，言王莽盜位，慕古法去昧死曰稽首。光武因而不改，朝臣曰稽首、頓首，非朝臣曰稽首再拜，公卿侍中尚書衣帛而朝曰朝臣，諸營校尉將大夫以下亦爲朝臣。

《唐書·百官志》

尚书省凡下之達上，其制有六，二曰狀。

門下省下之通上，其制有六，一曰奏鈔，以支度國用，授六品以下官，斷流以下罪及除免官用之。二曰奏彈，四曰議，六曰狀。

歐陽修《歸田録·劄子》

唐人奏事，非表非狀者謂之牓子，亦謂之録子，今謂之劄子。凡羣臣百司，上殿奏事，兩制以上，非時有所奏陳，皆用劄子。中書、樞密院事有不降宣敕者，亦用劄子。與兩府自相往來，亦然。若百司申中書，皆用狀。惟學士院用咨報，其實如劄子，亦不書名，但當直學士一人押字而已，謂之咨報。此唐學士舊規也。唐世學士院故事，近時隳廢殆盡，惟此一事在爾。

徐矩《事物原始·上書》

太甲既立，不明，伊尹作書以戒。此上書之始也。七國時臣子言事于君，皆曰上書。秦改曰奏。今亦有上書之事。

《事物原始·議》

管子曰："軒轅有明堂之議。"此爲議之始也。（以上《文学典》第一百五十卷）

奏議部總論（節録）

桓寬《鹽鐵論·水旱篇》

議者貴其辭約而指明，可於衆人之聽不至繁文稠辭多言，害有司化俗之計。

王充《論衡·對作篇》

上書、奏記，陳列便宜，皆欲輔政。今作書者，猶書奏記，説發胸臆，文成手中，其實一也。夫上書謂之奏，奏記轉易，其名謂之書。建初孟年，中州頗歉；潁川汝南，民流四散。聖主憂懷，詔書數至。論衡之人，奏記郡守，宜禁奢侈，以備困乏。言不納用，退題記草，名曰備乏。酒糜五穀，生起盜賊，沈湎飲酒，盜賊不絕。奏記郡守，禁民酒，退題記草，名曰禁酒。由此言之，夫作書者，上書、奏記之文也。記謂之造作上書，奏記是作也，晉之《乘》而楚之《檮杌》，魯《春秋》，人事各不同也。《易》之《乾坤》，《春秋》之《元》，揚氏之《玄》，卜氣號不均也。由此言之，唐林之奏，谷永之章，論衡政務，同一趨也。

顏之推《家訓·省事篇》

上書陳事，起自戰國，逮於兩漢，風流彌廣。原其體度，攻人主之長短，諫暏之徒也；訐羣臣之得失，訟訴之類也；陳國家之利害，對策之伍也；帶私情之與奪，遊說之儔也。總此四塗，賈誠以求位，鬻言以干祿，或無絲毫之益，而有不省之困。幸而感悟人主，爲時所納，初獲不賞之賞，終陷不測之誅，則嚴助、朱買臣、吾丘壽王、主父偃之類甚衆，良史所書，蓋取其狂狷一介，論政得失耳，非士君子守法度者所爲也。今世所覩，懷瑾瑜而握蘭桂者，悉恥爲之。守門詣闕，獻書言計，率多空薄，高自矜夸，無經略之大體，咸糠粃之微事。十條之中，一不足採；縱合時務，已漏先覺。非謂不知，但患知而不行耳。或被發姧，私面相酬證，事途迥冗，飄懼偒尤。人主外護聲教，脫加含

454

養。此乃僥倖之徒，不足與比肩也。

王通《中説·問易篇》

文中子曰：議，其盡天下之心乎？昔黄帝有合宮之聽，堯有衢室之問，舜有總章之訪，皆議之謂也。大哉乎，並天下之謀，兼天下之智，而理得矣。我何爲哉？恭己南面而已。

《中説·禮樂篇》

文中子曰：議，天子所以兼采而博聽也，唯至公之主爲能擇焉。

吴訥《文章辨體·奏疏》

按唐、虞、禹、皋陳謨之後，至商伊尹、周姬公，遂有《伊訓》、《無逸》等篇，此文辭告君之始也。漢高惠時，未聞有以書陳事者。迨乎孝文，開廣言路，於是賈山獻《至言》，賈誼上《政事疏》。自時厥後，進言者日衆。或曰上疏，或曰上書，或曰奏劄，或曰奏狀。慮有宣洩，則囊封以進，謂曰封事，考之於史可見矣。昔人云："君臣相遇，雖一語有餘；上下未孚，雖千萬言奚補？爲臣子者，惟當罄其忠愛之誠而已。"

《文章辨體·議》

《周書》曰："議事以制，政乃不迷。"眉山蘇氏釋之曰："先王人法並任，而任人爲多，故臨事而議。"是則國之大事，合衆議而定之者尚矣。

《文章辨體·彈文》

按《漢書》注云："羣臣上奏，若罪法按劾，公府送御史臺，卿校送謁者臺。"是則按劾之名，其來久矣。梁昭明輯《文選》，特立其名曰彈事。王應麟有曰："奏以明允誠篤爲本。若彈文，則必理有典憲，辭有風軌，使氣流墨中，聲動簡外，斯稱絶席之雄也。"是則奏疏彈文，其辭氣亦各異焉。

徐師曾《文體明辨·奏疏奏、奏疏、奏對、奏啟、奏狀、奏劄、封事、彈事》

按奏疏者，羣臣論諫之總名也。奏御之文，其名不一。七國以前，皆稱上書。秦初，改書曰奏。漢定禮儀，則有四品：一曰章，以謝恩；二曰奏，以按劾；三曰表，以陳請；四曰議，以執異。然當時奏章，或上災異，則非專以謝恩。至於奏事，亦稱上疏，則非專以按劾也。又按劾之奏，別稱彈事，尤可以徵彈劾爲奏之一端也。又置八儀，密奏，陰陽皂囊封板，以防宣泄，謂之封事。而朝臣補外，天子使人受所欲言，及有事下議者，並以書對。則漢之制，豈持四品而已哉？然自秦有天下以及漢孝惠，未聞有以書言事者。至孝文開廣言路，於是賈山言治亂之道，名曰《至言》，則四品之名，亦非叔孫通之所定明矣。魏晉以下，啟獨盛行。唐用表狀，亦稱書疏。宋人則監前制而損益之，故有劄子，有狀，有書，有表，有封事，而劄子之用居多，蓋本唐人牓子、録子之制而更其名。上書章表，已列前編，其他篇目，更有八品：一曰奏。奏者，進也。二曰疏。疏者，布也。漢時諸王官屬於其君，亦得稱疏，故以附焉。三曰對。四曰啟。啟者，開也。五曰狀。狀者，陳也。狀有二體，散文、儷語是也。六曰劄子。劄者，刺也。七曰封事。八曰彈事。各以類從，而以《至言》冠於篇，以其無可附也。至於疏、對、啟、狀、劄五者，又皆以“奏”字冠之，以別於臣下私相對答往來之辭。及論其文，則皆以明允篤誠爲本，辨析疏通爲要，酌古御今，治繁總要，此其大體也。奏啟入規而忌侈文，彈事明憲而戒善罵，此又學者所當知也。今制：論政事者曰題，陳私情者曰奏，皆謂之本，以及讓官謝恩之類，並用散文，間爲儷語，亦同奏格。至於慶賀，雖倣表詞，而首尾亦與奏同；唯史館進書，全用表式。然則當今進呈之目，唯本與表二者而已。革百王之雜稱，減中世之儷語，此度越前代者也。

《文體明辨·上書》

按字書云：“書者，舒也，舒布其言而陳之簡牘也。”古人敷奏陳説之辭，見於《尚書》、《春秋内外傳》者詳矣。然皆矢口陳言，不立篇目，故《伊訓》、《無逸》等篇，隨意命名，莫協於一；然亦出自史臣之手，劉勰所謂“言筆未分”，此其時也。降及七國，未變古式，言事於王，皆稱上書。秦漢而下，古制猶存，蕭統《文選》欲其別於臣下之書也，故自爲一類，而以“上書”稱之。今從其例，歷採前代諸臣上告天子之書以爲式，而列國之臣上其君者，亦以類次，雜於其中。

《文體明辨·議》

按劉勰云：“議者，宜也，周爰諮謀，以審事宜也。”《周書》曰：“議事以制，政乃不迷”，此之謂也。昔管仲稱軒轅有明臺之議，則議之來遠矣。至漢，始立駁議。駁者，雜也，雜議不純，故曰駁也。蓋古者國有大事，必集羣臣而廷議之，若罷鹽鐵、擊匈奴之類是已。厥後下公卿議，乃始撰詞，書之簡牘以進，而學士偶有所見，又復私議於家。文以辯潔爲能，不以繁縟爲巧；事以明覈爲美，不以隱爲奇。此外又有謐議，則別爲一體云。

《文體明辨·謚議》

按《禮記》曰："先王謚以尊名,節以壹惠"。故行出於己,而名生於人,使夫善者勸而惡者懼也。天子崩則臣下制謚於南郊,明受之於天也。諸侯薨則太子赴告於天子,明受之於君也。蓋子不得議父,臣不得議君,故受之於天於君。若卿大夫,則有司議而謚之。故周制太史掌小喪賜謚,小史掌卿大夫之喪賜謚。秦廢謚法,漢乃復之,然僅施於君侯,而公卿大夫皆不得與。唐制,太常博士掌王公以下擬謚。宋制,擬謚定於太常,覆於考功,集議於尚書省,其法漸密。故歷代以來,有帝后謚議,臣僚美惡謚議,而其體有四:一曰謚議,二曰改議,三曰駁議,四曰答駁議。今制,雖設太常博士,然不掌謚議。大臣没,其家請謚,則禮部覆奏,或與或否,唯上所命。與則內閣擬四字以請而欽定之,皆得美名,初無惡謚以示懲戒,而謚議遂廢。至於名臣處士,法不得謚,則門生故吏相與作議而加私謚焉。其事起於東漢,至今相沿不絶,亦可見古法之不盡廢於今也,故五曰私議云。(以上《文学典》第一百五十卷)

頌部總論(節録)

卜子夏《詩大序·頌》

詩有六義,六曰頌。頌者,美盛德之形容,以其成功告於神明者也。

《詩含神霧·頌》

頌者,王道太平功成治定而作也。

王充《論衡·須頌篇》

古之帝王建鴻德者,須鴻筆之臣褒頌紀載,鴻德乃彰,萬世乃聞。問説《書》者"'欽明文思'以下,誰所言也?"曰:"篇家也。""篇家誰也?""孔子也。"然則孔子鴻筆之人也。"自衛反魯,然後樂正,《雅》、《頌》各得其所也。"鴻筆之奮,蓋斯時也。或説《尚書》曰:"尚者,上也;上所爲,下所書也。""下者誰也?"曰:"臣子也。"然則臣子書上所爲矣。問儒者:"禮言制,樂言作,何也?"曰:"禮者上所制,故曰制;樂者下所作,故曰作。天下太平,頌聲作。"方今天下太平矣,頌詩樂聲可以作未?傳者不知也。故曰拘儒。衛孔悝之《鼎銘》,周臣勸行。孝宣皇帝稱潁川太守黄霸有治狀,賜金百斤,漢臣勉政。夫以人主頌稱臣子,臣子當褒君父,於義較矣。虞氏天下太平,夔歌舜德;宣王惠周,《詩》頌其行;召伯述職,周歌棠樹。是故《周頌》三十一,《殷頌》五,《魯頌》四,凡

《頌》四十篇，詩人所以嘉上也。由此言之，臣子當頌，明矣。

　　儒者謂漢無聖帝，治化未太平。《宣漢》之篇，論漢已有聖帝，治已太平；《恢國》之篇，極論漢德非常實然，乃在百代之上。表德頌功，宜褒主上。《詩》之頌言，右臣之典也。舍其家而觀他人之室，忽其父而稱異人之翁，未爲德也。漢，今天下之家也；先帝、今上，民臣之翁也。夫曉主德而頌其美，識國奇而恢其功，孰與疑暗不能也？孔子稱：“大哉，堯之爲君也！唯天爲大，唯堯則之，蕩蕩乎民無能名焉。”或年五十，擊壤於塗，或曰：“大哉，堯之德也！”擊壤者曰：“吾日出而作，日入而息，鑿井而飲，耕田而食。堯何等力？”孔子乃言“大哉，堯之德”者，乃知堯者也。涉聖世不知聖主，是則盲者不能別青黃也；知聖主不能頌，是則暗者不能言是非也。然則方今盲暗之儒，與唐擊壤之民，同一才矣。夫孔子及唐人言“大哉”者，知堯德，蓋堯盛也。擊壤之民云“堯何等力”，是不知堯德也。

　　夜舉燈燭，光曜所及，可得度也。日照天下，遠近廣狹，難得量也。浮於淮濟，皆知曲折；入東海者，不曉南北。故夫廣大從橫難數，極深揭厲難測。漢德鄷廣，日光海外也。知者知之，不知者不知漢盛也。漢家著書，多上及殷周。諸子並作，皆論他事，無褒頌之言，《論衡》有之。又《詩》頌國名《周頌》，與杜撫、班固所上《漢頌》，相依類也。

　　宣帝之時，畫圖漢列士，或不在於畫上者，子孫恥之，何則？父祖不賢，故不畫圖也。夫頌言非徒畫文也，如千世之後，讀經書不見漢美，後世怪之。故夫古之通經之臣，紀主令功，記於竹帛；頌上令德，刻於鼎銘。文人涉世，以此自勉。漢德不及六代，論者不德之故也。

　　地有丘洿，故有高平。或以钁锸，平而夷之，爲平地矣。世見五帝三王爲經書，漢事不載，則謂五、三優於漢矣。或以論爲钁锸損三、五，少豐滿漢家之下，豈徒並爲平哉！漢將爲丘，五、三轉爲洿矣。湖池非一，廣狹同也；樹竿測之，深淺可度。漢與百代，俱爲主也。實而論之，優劣可見。故不樹長竿，不知深淺之度；無《論衡》之論，不知優劣之實。漢在百代之末，上與百代料德，湖池相與比也。無鴻筆之論，不免庸庸之名。論好稱古而毀今，恐漢將在百代之下，豈徒同哉！

　　謚者，行之跡也。謚之美者，成、宣也；惡者，靈、厲也。成湯遭旱，周宣亦然。然而成湯加“成”，宣王言“宣”，無妄之災，不能虧政。臣子累謚，不失實也。由斯以論堯，“堯”亦美謚也。時亦有洪水，百姓不安，猶言堯者，得實考也。夫一字之謚，尚猶明主，況千言之論，萬文之頌哉！

　　舩車載人，孰與其徒多也？素車樸舩，孰與加漆采畫也？然則鴻筆之人，國之舩車、采畫也。農無彊夫，穀粟不登；國無彊文，德闇不彰。漢德不休，亂在百代之間，彊筆之儒不著載也。高祖以來，著書非不講論漢。司馬長卿爲《封禪書》，文約不具。司馬子長紀黃帝以至孝武，揚子雲録宣帝以至哀、平，陳平仲紀光武，班孟堅頌孝明。漢家功德，頗可觀見。今上即命，未有襃載。《論衡》之人，爲此畢精，故有《齊世》、《宣漢》、《恢國》、《驗符》。

龍無雲雨，不能參天。鴻筆之人，國之雲雨也。載國德於傳書之上，宣昭名於萬世之後，厥高非徒參天也。城墻之土，平地之壤也，人加築蹈之力，樹立臨池。國之功德，崇於城墻；文人之筆，勁於築蹈。聖主德盛功立，莫不襃頌紀載，奚得傳馳流去無疆乎？人有高行，或譽得其實，或欲稱之不能言，或謂不善，不肯陳一。斷此三者，孰者爲賢？五、三之際，於斯爲盛。孝明之時，衆瑞並至，百官臣子，不爲少矣。唯班固之徒，稱頌國德，可謂譽得其實矣。頌文譎以奇，彰漢德於百代，使帝名如日月，孰與不能言，言之不美善哉？

秦始皇東南遊，升會稽山。李斯刻石，紀頌帝德，至瑯琊亦然。秦無道之國，刻石文世，觀讀之者，見堯、舜之美。由此言之，須頌明矣。當今非無李斯之才也，無從升會稽歷瑯琊之階也。弦歌爲妙異之曲，坐者不曰善，弦歌之人必怠不精。何則？妙異難爲，觀者不知善也。聖國揚妙異之政，衆臣不頌，將順其美，安得所施哉？今方板之書，在竹帛無主名，所從生出，見者忽然，不卸服也。如題曰甲甲某子之方，若言已驗，嘗試人爭刻寫，以爲珍秘。上書於國，記奏於郡，譽薦士吏，稱述行能，章下記出，士吏賢妙。何則？章表其行，記明其才也。國德溢熾，莫有宣襃。使聖國大漢有庸庸之名，咎在俗儒不實論也。

古今聖王不絕，則其符瑞亦宜累屬。符瑞之出，不同於前。或時已有，世無以知，故有講瑞。俗儒好長古而短今，言瑞則渥前而薄後，是應實而定之。漢不爲少，漢有實事，儒者不稱，古有虛美，誠心然之。信久遠之僞，忽近今之實。斯蓋三增九虛所以成也，能聖實聖所以興也。儒者稱聖過實，稽合於漢，漢不能及。非不能及，儒者之說，使難及也。實而論之，漢更難及。穀熟歲平，聖王因緣，以立功化。故《治期》之篇，爲漢激發。治有期，亂有時，能以亂爲治者優，優者有之。建初孟年無妄氣，至聖世之期也。皇帝執德，救備其災。故順瑴明雩，爲漢應變。是故災變之至，或在聖世；時旱禍湛，爲漢論災。是故《春秋》爲漢制法，《論衡》爲漢平說。從門應庭，聽堂室之言；什而失九，如升堂闚室，百不失一。《論衡》之人，在古荒流之地，其遠非徒門庭也。

日刻徑重十里，人不謂之廣者，遠也。望夜甚雨，月光不暗，人不睹曜者，隱也。聖者垂日月之明，處在中州，隱於百里，遙聞傳授，不實形耀，不實難論，得詔書到計吏至，乃聞聖政。是以襃功失丘山之積，頌德遺膏腴之美。使至臺閣之下，蹈班、賈之跡，論功德之實，不失毫釐之微。武王封比干之墓，孔子顯三累之行。大漢之德，非直比干三累也。道立國表，路出其下。望國表者，昭然知路。漢德明著，莫立邦表之言。故浩廣之德，未光於世也。

摯虞《文章流別論·頌》

文章者，所以宣上下之象，明人倫之叙，窮理盡性，以究萬物之宜者也。王澤流而詩作，功成臻而頌興，德勳立而銘著，嘉美終而誄集。祝史陳辭，官箴王闕。《周禮》太師掌教六詩：曰風，曰賦，曰比，曰興，曰雅，曰頌。言一國之事，繫一人之本，謂之風。言天下之事，形四方之風，謂之雅。頌者，美盛德之形容。賦者，敷陳之稱也。比者，喻類之言也。興者，有感之辭也。後世之爲詩者多矣，其功德者謂之頌，其餘則總謂之詩。頌，詩之美者也。古者聖帝明王，功成治定而頌聲興。於是史録其篇，工歌其章，以奏於宗廟，告於鬼神。故頌之所美者，聖王之德也，則以爲律吕。或以頌形，或以頌聲，其細也甚，非古頌之意。昔班固爲《安豐戴侯頌》，史岑爲《出師頌》、《和熹鄧后頌》，與《魯頌》體意相類，而文辭之異，古今之變也。揚雄《趙充國頌》，頌而似雅；傅毅《顯宗頌》，文與《周頌》相似，而雜以風雅之意。若馬融《廣成》、《上林》之屬，純爲今賦之體，而謂之頌，失之遠矣。

王應麟《辭學指南·頌》

《詩》有六義，六曰頌。《莊子》曰："黃帝張《咸池》之樂，有焱氏爲頌。"《文心雕龍》曰："帝嚳之世，咸墨爲頌，以歌《九韶》。"商周及魯皆有頌，所以游揚德業，褒讚成功。隋杜正元舉秀才，擬《聖主得賢臣頌》。唐開元十一年進士試《黃龍頌》，十五年試《積翠宫甘露頌》。宋朝淳化三年，楊億於學士院試《舒州進甘露頌》，遂賜及第，則試頌尚矣。《宋書》曰："鮑照爲《河清頌》，其序甚工。"頌詩有序，亦不可略也。有終篇同韻者，如《元和聖德詩》；有四句換韻者，如《平淮西碑》。箴、銘、贊倣此。

吳訥《文章辨體·頌》

《詩大序》曰："詩有六義，六曰頌。頌者，美盛德之形容，以告神明者也。"嘗考《莊子·天運篇》稱："黃帝張《咸池》之樂，焱氏爲頌。"斯蓋寓言爾。故頌之名，實出於《詩》。若商之《那》、周之《清廟》諸什，皆以告神爲頌體之正。至如《魯頌》之《駉》、《駜》等篇，則當時用以祝頌僖公，爲頌之變。故胡氏有曰："後世文人獻頌，特效《魯頌》而已。"《文心雕龍》云："頌須鋪張揚厲，而以典雅豐縟爲貴。敷寫似賦，而不入華侈之區；敬慎如銘，而異乎規諫之域。"諒哉！

徐師曾《文體明辨・頌》

按詩有六義，其六曰頌。頌者，容也，美盛德之形容，以其成功告於神明者也。若商之《那》、周之《清廟》諸什，皆以告神，乃頌之正體也。至於《魯頌・駉》、《閟》等篇，則用以頌僖公，而頌之體變矣。後世所作，皆變體也。其詞或用散文，或用韻語，又有哀頌，則任昉所稱"漢張紘初作《陶侯哀頌》"者是已。劉勰云："頌之爲體，典雅清鑠，揄揚汪洋。敷寫似賦，而不入華侈之區；敬慎如銘，而異乎規戒之域"。詳味斯言，可以得作頌之法矣。（以上《文學典》第一百五十三卷）

贊部彙考

劉熙《釋名・釋典藝》

稱人之美曰讚。讚，纂也，纂集其美而叙之也。（以上《文學典》第一百五十四卷）

贊部總論

李充《翰林論・贊》

容象圖而贊立，宜使辭簡而義正，孔融之贊楊公，亦其義也。

王通《中説・禮樂篇》

薛收曰：贊，其非古乎？子曰：唐虞之際，斯爲盛。大禹皋陶，所以順天休命也。

王應麟《辭學指南・頌》

贊者，贊美、贊述之辭。《文選序》曰："圖像則贊興。"《文章緣起》曰："司馬相如《荊軻贊》，班史以論爲贊，范曄更以韻語。"夏侯湛《東方朔畫贊序》云云，"乃作頌焉，其辭曰"云云。袁宏《三國名臣序贊序》云云，"故復撰序所懷，以爲之贊"云云。先序後贊，與今體相類。唐建中二年，進士以箴論表贊代詩賦，此試贊之始。《中興書目》云："顧雲《鳳策聯華》三卷，有《補十八學士寫真像贊》、《安西都護府重築碎葉城碑》，皆因舊事而作，亦擬題之類也。

徐矩《事物原始・贊》

《文心》曰：昔虞舜重贊，及益贊於禹，伊陟贊於巫咸，並揚言以明事，嗟嘆以助辭。

故漢置鴻臚，唱拜爲贊，如相如之贊荆軻，班固之褒貶以讚，皆取"益贊於禹"之意。要之，自司馬相如贊荆軻始。

吳訥《文章辨體・贊》

按贊者，讚美之辭。《文章緣起》曰："漢司馬相如作《荆軻贊》。"世已不傳。厥後班孟堅《漢史》以論爲贊，至宋范曄更以韻語。唐建中中，進士以箴、論、表、贊代詩賦，而無頌題。迨後復置博學宏詞科，則讚頌二題皆出矣。西山云："讚頌體式相似，貴乎瞻麗宏肆，而有雍容俯仰、頓挫起伏之態，乃爲佳作。"大抵贊有二體：若作散文，當祖班氏史評；若作韻語，當宗東方朔《畫像贊》。《金樓子》有云"班固碩學，尚云讚頌相似"，信然。

徐師曾《文體明辨・贊》

按字書云："贊，稱美也，字本作讚。"昔漢司馬相如初贊荆軻，後人祖之，著作甚衆。唐時至用以試士，則其爲世所尚久矣。其體有三：一曰雜贊，意專褒美，若諸集所載人物、文章、書畫諸贊是也。二曰哀贊，哀人之没而述德以贊之者是也。三曰史贊，詞兼褒貶，若《史記索隱》、《東漢》、《晉書》諸《贊》是也。劉勰有言："贊之爲體，促而不曠，結言於四字之句，盤桓乎數韻之辭，其頌家之細條乎。"可謂得之矣。至其謂"班固之贊，與此同流"，則余未敢以爲然也。蓋嘗取而玩之，其述贊也，名雖爲贊，而實則評論之文；其叙傳也，詞雖似贊，而實則小序之語。安得概謂之贊而無辯乎？

《文體明辨・評附》

按字書云："評，品論也，史家褒貶之詞。"蓋古者史官各有論著，以訂一時君臣言行之是非。然隨意命名，莫協於一，故司馬遷《史記》稱太史公曰，而班固《西漢書》則謂之贊，范曄《東漢書》又謂之論，其實皆評也。而評之名則始見於《三國志》。後世作者漸多，則不手秉史筆，而後爲之矣。故二評載諸《文粹》，而評史見於《蘇文忠公集》中。今以陳壽史評爲主，而其他作者亦並列焉。分爲史評、雜評二品云。（以上《文學典》第一百五十四卷）

箴部總論

摯虞《文章流別論・箴》

揚雄依《虞箴》作《十二州》、《十二官箴》而傳於世，不具九官。崔氏累世彌縫其闕，胡公又以次其首目而爲之解，署曰《百官箴》。

王應麟《辭學指南·箴》

箴者，諫誨之辭，若箴之療疾，故名箴。《文心雕龍》曰："《夏》、《商》二箴，餘句頗存。"《夏箴》見於《周書·文傳篇》，《商箴》見於《呂氏春秋·名類篇》。周辛甲爲大史，命百官官箴王闕，虞人掌獵爲箴。漢揚雄擬其體，爲《十二州》、《二十五官箴》，後之作者咸依倣焉。隋杜正藏舉秀才，《擬匠人箴》，擬題肇於此。唐進士亦或試箴。

徐矩《事物原始·箴》

箴，誡也。張蘊古作《大寶箴》，揚雄作《酒箴》戒成帝。唐李德裕以敬宗昏荒，上《丹扆六箴》，謂宵衣正服，罷獻納誨，辨邪防微。朱晦庵有《視》、《聽》、《言》、《動》四箴。按《文心》曰："軒轅輿几，以弼不逮。"即爲箴之始。

吳訥《文章辨體·箴》

按許氏《説文》："箴，誡也。"《商書·盤庚》曰："無或敢伏小人之攸箴。"蓋箴者，規誡之辭，若箴之療疾，故以爲名。古有夏、商二箴，見於《尚書·大傳解》、《呂氏春秋》，而殘缺不全。獨周太史辛甲命百官官箴王闕，而虞氏掌獵，爲《虞箴》，其辭備載《左傳》。後之作者，蓋本於此。東萊云："凡作箴，須用'官箴王闕'之意。箴尾須依《虞箴》'獸臣司原，敢告僕夫'之類。"大抵箴、銘、贊、頌，雖或均用韻語而體不同。箴是規諷之文，須有警誡切劘之意。

徐師曾《文體明辨·箴》

按《説文》云："箴者，誡也。"蓋醫者以箴石刺病，故有所諷刺而救其失者謂之箴。古有《夏》、《商》二箴，見於《尚書·大傳解》及《呂氏春秋》；然餘句雖存，而全文已缺。獨周太史辛甲命百官箴王闕，而《虞人》一篇，備載於《左傳》，於是揚雄倣而爲之。其後作者相繼，而亦用以自箴。故其品有：一曰官箴，二曰私箴。大抵皆用韻語，以垂警戒，

《文體明辨·規附》

按字書云："規者，爲圓之器也。"《書》曰："官師相規。"今人以箴規並稱，而文章固分爲二體者何也？箴者，箴上之闕；而規者，臣下之互相規諫者也。其用以自箴

者，乃箴之濫觴耳。然規之爲名，雖見於《書》，而規之爲文，則漢以前絶無作者。至唐元結始作《五規》，豈其緣《書》之名而創爲此體歟？（以上《文學典》第一百五十五卷）

銘部彙考

《周禮·夏官》

司勳。凡有功者，銘書於王之大常，祭於大烝，司勳詔之。訂義：鄭康成曰：銘之言名也，生則書於王旌，以識其人與其功也。死則烝先王祭之，詔謂告其神以辭也。○劉迎曰：先儒《釋典庸器》之序，官既以庸器爲銘功之器，何至此遽改銘爲器名，而謂書其名於王旌耶？蓋考之諸經，凡言銘者，四湯之《盤銘》，衛孔悝之《鼎銘》，嘉量之銘林、鍾之銘，皆刻而鑄之於器者也。今言銘與書爲一，則銘豈書者耶？而止曰“凡有功者銘”。銘之爲器，有鼎，有鍾，有烝彝之屬，非大常、大烝可指名之也。

《周禮·冬官》

桌氏爲量，改煎金錫則不耗，不耗然後權之，權之然後準之，準之然後量之。量之以爲鬴，深尺，內方尺而圜其外，其實一鬴。其臋一寸，其實一豆；其耳三寸，其實一升；重一鈞。其聲中黃鍾之宮，槩而不稅。其銘曰：時文思索，允臻其極。嘉量既成，以觀四國。永啟厥後，茲器維則。訂義：鄭康成曰：銘，刻之也。鄭鍔曰：古者作器銘文，皆所以詔後世，非苟眩文以爲工。此銘量之人，自謂作是銘文，以銘此量，非苟爲銘。蓋深思精求，所以制作之道，知其爲是量也。允信乎臻於至極，制作之用至矣盡矣。後世不可復加矣。

劉熙《釋名·釋典藝》

銘，名也，述其功美，使可稱名也。（以上《文學典》第一百五十六卷）

銘部總論（節録）

《禮記·祭統》

夫鼎有銘，銘者自名也，自名以稱揚其先祖之美，而明著之後世者也。爲先祖者，莫不有美焉，莫不有惡焉，銘之義，稱美而不稱惡，此孝子、孝孫之心也，唯賢者能之。銘者，論譔其先祖之有德善、功烈、勳勞、慶賞、聲名，列於天下，而酌之祭器，自成其名焉，以祀其先祖者也。顯揚先祖，所以崇孝也；身比焉，順也；明示後世，教也。夫銘者，壹稱而上下皆得焉耳矣，是故君子之觀於銘也，既美其所稱，又美其所爲。爲之者，明足以見之，仁足以與之，知足以利之，可謂賢矣；賢而勿伐，可謂恭矣。故衛孔悝之《鼎銘》曰：六月丁亥，公假于大廟。公曰：叔舅，乃祖莊叔，左右成公。成公乃命莊叔，隨難于漢陽，即宮于宗周，奔走無射。啓右獻公，獻公乃命成叔，纂乃祖服。乃考文叔，興舊耆欲，作率慶士，躬恤衛國，其勤公家，夙夜不解。民咸曰：休哉！公曰：叔舅，予女銘，若纂乃考服。悝拜稽首曰：對揚以辟之，勤大命，施于烝彝鼎。此衛孔悝之鼎銘也。古之君子，論譔其先祖之美，而明著之後世者也，以比其身，以重其國家如此。子孫之守宗廟社稷者，其先祖無美而稱之，是誣也；有善而弗知，不明也；知而弗傳，不仁也。此三者，君子之所耻也。

揚子《法言·修身篇》

或問銘，曰：銘哉銘哉，有意於慎也。

摯虞《文章流別論·銘》

夫古之銘至約，今之銘至繁，亦有由也。質文時異，則既論之矣，且上古之銘，銘於宗廟之碑。蔡邕爲楊公作碑，其文典正，末世之美者也。後世以來，器銘之佳者，有王莽《鼎銘》、《嘉量》，諸侯大夫銘太常勒鐘鼎之義。所言雖殊，而令德一也。李尤爲銘，自山河都邑，至於刀筆笨契，無不有銘，而文多穢病；討論而潤色，亦可采錄。

王應麟《辭學指南·銘》

銘始於黃帝，《漢·藝文志》道家有《黃帝銘》六篇。禹銘筍虡，湯銘於盤。武王聞丹書之言，爲銘十六。臧武仲曰："夫銘，天子令德，諸侯言時計功，大夫稱伐。"《文心雕龍》曰："夏鑄九鼎，周勒楛矢，令德之事也；吕望銘昆吾，仲山鏤庸器，計功之義也；魏顆景鐘，孔悝衛鼎，稱伐之類也。"蔡邕《銘論》曰："德非此族，不在銘典。"《詩傳》曰："作器能銘，可以爲大夫。"《考工記》："嘉量有銘。"《文選序》曰："銘則序事清潤。"陸倕《石闕》、《漏刻》二銘皆有序。張載《劍閣銘》末云："勒銘山阿，敢告梁益。"則寓儆戒之旨。隋杜正元舉秀才，擬《燕然山劍閣銘》，杜正藏擬《弓銘》。唐崔渙選調吏部侍郎，嚴挺之施特榻，試《彝尊銘》，謂曰："子清廟器，故以題相命。"建中三年，進士別頭試《欹器銘》。興元元年《朱干銘》，則以銘試士尚矣。

徐矩《事物原始·銘》

銘，志也，記銘其功也。湯有《盤銘》，武王有《衣銘》、《鏡銘》。《觴銘》曰："乐极则悲，沉湎致非。"崔子玉《座右銘》曰："无道人之短，无说己之长。施人谨勿念，受施谨勿忘。"僧立息《心銘》曰："毋多慮，毋多智。"

吴訥《文章辨體・銘》

按銘者，名也，名其器物以自警也。《漢・藝文志》稱道家有《皇帝銘》六篇，然亡其辭。獨《大學》所載成湯《盤銘》九字，發明日新之義甚切。迨周武王，則凡几席觴豆之屬，無不勒銘致戒警。厥後又有稱述先人之德善勞烈爲銘者，如春秋時孔悝《鼎銘》是也。又有以山川、宮室、門關爲銘者，漢班孟堅之《燕然山》，則旌征伐之功；晉張孟陽之《劍閣》，則戒殊俗之僭叛，其取義又各不同也。傳曰："作器能銘，可以爲大夫。"陸士衡云："銘貴博約而溫潤。"斯得之矣。

徐師曾《文體明辨・銘》

按鄭康成曰："銘者，名也。"劉勰云："觀器而正名也。"故曰："作器能銘，可以爲大夫矣。"考諸夏商鼎、彝、尊、卣、盤、匜之屬，莫不有銘，而文多殘缺，獨《湯盤》見於《大學》，而《大戴禮》備載武王諸銘。其後作者寖繁，凡山川、宮室、門、井之類皆有銘詞，蓋不但施之器物而已。然要其體不過有二：一曰警戒，二曰祝頌。陸機曰："銘貴博文而溫潤。"斯言得之矣。又有碑銘、墓碑銘、墓誌銘，不並列於此云。（以上《文學典》第一百五十六卷）

檄移部彙考（節録）

許慎《説文・檄》

檄，二尺書也，從木敫聲。

刘熙《釋名・釋書契》

檄，激也，下官所以激迎其上之書文也。

《唐書・百官志》

中書省凡上之逮下，其制有六，六曰符，省下于州，州下于縣，縣下于鄉。

凡下之逮上，其制有六，六曰牒。

諸司相質，其制有三，一曰關，二曰刺，三曰移。

凡符移關牒，必遣於都省乃下。天下大事不決者，皆上尚書省。（以上《文学典》

第一百五十七卷）

檄移部總論

王應麟《辭學指南·檄》

檄，軍書也。祭公謀父所謂威責之令，文告之辭。東萊先生曰："晉侯使呂相絶秦，檄書始於此。"然春秋之世，鄭子家使執訊與書以告趙宣子，晉之邊吏責鄭王，使詹伯辭於晉王，子朝使告諸侯，皆未有檄之名。戰國時，張儀爲檄告楚相，其名始見。漢有羽檄，顏師古曰："檄以木簡爲書，長尺二寸，有急加鳥羽，示速也。"《急就篇》注："檄以木爲之，長二尺。"《説文》亦云："二尺書。"李左車曰："奉咫尺之書。"自相如之後，檄書見史册者不可勝紀。揚雄曰："軍旅之際，飛書馳檄。"用枚皋謂其文敏速也。唐以前不用四六，周益公《擬漢河西大將軍諭隗囂》、倪正父《擬晉奮威將軍豫州刺史諭中原豪傑》皆用四六。然散文爲得體，如東萊《漢使喻莎車諸國》是也。

陶宗儀《輟耕録·檄》

檄書何所起乎？漢陳琳草檄，曹操見之，頓愈頭風，遂謂檄起於琳。《説文》："檄，二尺書。"徐鍇《通釋》曰"檄，徵兵之書也。漢高祖以羽檄徵天下兵，有急，則插以羽。"《爾雅》："木無枝爲檄。"注："檄，擢直上也。"《文心雕龍》有張儀《檄楚書》、隗囂《檄亡新文》，《文選》有司馬相如《喻蜀檄文》，則檄非自琳始也，明矣。

徐矩《事物原始·銘》

周穆王令祭公謀父作威讓之辭，以責狄人，此名檄之始。《説文》云："檄以木簡爲書，長尺二。"會於楯上磨墨作檄文。司馬相如以檄喻巴蜀，漢高帝以檄征天下。兵檄有急事，則插以雞羽。

《事物原始·關》

《唐會要》曰：唐制，諸司相質問，三曰關，謂關通其事也。蓋始於唐，宋神宗行官制，用唐事。

《事物原始·牒》

《説文》云：劄也，及移文訟詞皆曰牒。漢光武封禪用名牒。

《事物原始·移》

《文心雕龍》曰:其事始於劉歆移文於太常博士孔稚圭,有《北山移文》。今有移牒、移付始此。

吳訥《文章辨體·檄》

按《釋文》:"檄,軍書也。"春秋時,祭公謀父稱文告之辭,即檄之本始。至戰國張儀爲檄告楚相,其名始著。劉勰云:"凡檄之大體,或述此休明,或敘彼苟虐。指天時,審人事,算强弱,角權勢。故植義揚辭,務在剛健。插羽以示迅,不可使辭緩;露板以宣衆,不可使義隱。"大抵唐以前不用四六,故辭直義顯。昔人謂檄以散文爲得體,信乎!

徐師曾《文體明辨·檄移符附》

按《釋文》云:"檄,軍書也。"《說文》云:"以木簡爲書,長尺二寸,用以號召;若有急,則插鷄羽而遣之,故謂之羽檄,言如飛之疾也。"古者用兵,誓師而已。至周乃有文告之辭;而檄之名,則始見於戰國。《史記》載張儀爲檄以告楚相曰"始吾從若飲,我不盜而璧,若笞我;若善守汝國,我顧且盜而城"是也。後人做之,代有著作。而其詞有散文,有儷語。儷語始於唐人,蓋唐人之文皆然,不專爲檄也。若論其大體,則劉勰所稱"植義颺辭,務在剛健。或述此休明,或敘彼苟虐。指天時,審人事,算强弱,角權勢。標蓍龜於前驗,懸盤銘於已然。插羽以示迅,不可使辭緩;露板以宣衆,不可使義隱:此其要也。"可謂盡之矣。今取數首,以爲法式。其他報答諭告,亦並稱檄,故取以附焉。又州邦徵吏,亦稱爲檄,蓋取明舉之義,而其詞不存。

按公移者,諸司相移之詞也;其名不一,故以"公移"括之。唐世,凡下達上,其制有六:其二曰狀,百官於其長亦爲之。其五曰辭,庶人言爲辭。其門曰牒,有品已上公文皆稱牒。諸司自相質問,其義有三:一曰關,謂關通其事也;二曰刺,謂刺舉之也;三曰移,謂移其事於他司也。宋制:宰執帶三省樞密院事出使者,移六部用劄;六部移宰執帶三省樞密院事出使者,及從官任使副移六部,用申狀;六部相移用公牒。今皆不能悉存,姑取其著者列之。今制:上達下者曰照會,曰劄付,曰案驗,曰帖,曰故牒;下達上者曰咨呈,曰案呈,曰呈,曰牒呈,曰申;諸司相移者曰咨,曰牒,曰關;上下通用者曰揭帖。大略因前代之制而損益之耳。

按字書云:"符,信也。"古無此體,晉以後始有之。唐世,凡上達下,其制有六,其六曰符;尚書省下於州,州下於縣,縣下於鄉,皆用之,蓋亦沿晉制也。然唐文不少概

見,姑採晉及南朝諸篇列之,所以備一體云。(以上《文学典》第一百五十七卷)

露布部彙考

《隋書·禮儀志》

後魏每攻戰尅捷,欲天下知聞,迺書帛,建於竿上,名爲露布,其後相因施行。開皇中,迺詔太常卿牛弘、太子庶子裴政撰宣露布禮。及九年平陳,元帥晉王以驛上露布。兵部奏請依新禮宣行,承詔集百官四方客使等,並赴廣陽門外,服朝衣,各依其列。内史令稱有詔,在位者皆拜。宣訖,拜;蹈舞者三,又拜。郡縣亦同。

《唐書·百官志》

門下省下之通上,其制有六,三曰露布。(以上《文学典》第一百五十八卷)

露布部總論

《封氏聞見記·露布》

露布,捷書之別名也。諸軍破賊,則以帛書建諸竿上,兵部謂之露布。蓋自漢以來有其名,所以名露布者,謂不封檢,露而宣佈,欲四方速知。亦謂之露版者,魏武奏事云,有警急輒露版插羽是也。宋時沈璞爲盱眙太守,與臧質共拒魏軍。軍退,質与璞全城,使自上露版。後魏韓顯宗大破齊軍,不作露布,帝怪而問之,答曰:頃聞諸將獲賊二三驢馬,皆爲露布,臣每哂之。近雖仰憑威靈,得摧醜虜,擒斬不多,脱復高曳長縑,虛張功捷,尤而效之,其罪斯甚。所以斂毫卷帛,解上而已。然則露版,古今通名也。隋文帝詔太常卿牛弘撰宣露布儀,開皇九年平陳,元帥晉王以驛上露布。兵部請依新禮,集百官及四方客使於朝堂。内史令稱有詔,在位者皆拜宣露布訖,舞蹈者三,又拜。郡縣皆同,因循至今不改。近代諸露布,大抵皆張皇國威,廣談帝德,動逾數千字,其能體要不煩者鮮矣。

王應麟《辭學指南·露布》

露布之名始於漢。按《光武紀》注:"《漢制度》曰:制詔三公皆璽封,尚書令印重封,露布州郡。"《祭祀志》注引《東觀書》:有司奏孝順號,"露布奏可"。又鮑昱詣尚書,封胡降檄,曰:"故事,通官文書不著姓,又當司徒露布。"李云"露布上書",注:"謂不封也。"魏改元景初,詔曰:"司徒露布,咸使聞知。"蜀漢建興五年春伐魏,詔曰：“丞相其露布天下。”此皆非將帥獻捷所用。《通典》云：“後魏攻戰克捷，欲天下聞知，乃書帛建於漆竿上，名爲露布，自此始也。”任城王瓏曰：“露布者，布於四海，露之耳目。”王肅獲賊二三，皆爲露布。韓顯宗有“高曳長縑，虛張功捷”之譏。孝文稱傅修期“下馬作露布”。齊神武破芒山軍，爲露布，杜弼即書絹，不起草。唐制，下之通上，其制有六，三曰露布。兵部侍郎奉以奏聞，集羣官東朝堂，中書令宣布。張昌齡爲崑丘道記室，平龜兹，露布爲士所稱。于公異爲招討府掌書記，朱泚平，《露布》曰：“臣既蕭清宮禁，祇奉寢園。鐘簴不移，廟貌如故。”德宗咨歎焉。東晉未有露布，隆興初以“晉破苻堅”命題，似有可疑。然《文章緣起》曰：“漢賈洪爲馬超伐曹操作。”而《魏志》注謂虞松從司馬宣王征遼東，及破賊，作露布。《隋志》有《魏武帝露布文》九卷。《世說》云：“桓溫北征，令袁宏倚馬前作露布，手不輟筆，俄成七紙。”則魏晉已有之，當考。宋朝王元之《擬李靖平突厥露布》，此擬題之始歟？

陶宗儀《輟耕録・露布》

露布何所起乎？隋《禮儀志》：“後魏，每戰尅，書帛於漆竿上，名露布。”《世說》：“桓宣武征鮮卑，喚袁宏作露布，倚馬，手不輟筆，俄成七紙。”如《隋志》、《世說》所云，則露布起於後魏，而晉因之。然漢官儀，凡制書皆彌封，唯赦贖令司徒印，露布州郡。又《漢書》：“賈洪爲馬超作伐曹操露布。”則漢時已然。及讀《初學記》，引《春秋》佐助期曰：“武露布，文露沉。”宋均云：“甘露見其國，布散者人上武，文采者則甘露沉重。”豈露布之義，當取於此與？

徐矩《事物原始・露布》

三國時賈洪爲馬超伐曹操作，露布之始。唐《于公異傳》云：“後魏每戰勝，即書帛於漆竿之上，欲天下聞之，名爲露布。”付永上馬擊賊，下馬草露布。韓顯宗破齊軍，孝文問何不作露布，顯宗曰：“臣見王肅獲賊二三，人馬數匹，皆爲露布，臣竊恥之。”

吳訥《文章辨體・露布》

按《通典》云：“元魏攻戰克捷，欲天下聞知，乃書帛建於漆竿上，名爲露布。”此其始也。考諸《文章緣起》，則曰：“漢賈洪爲馬超伐曹操作露布。”及《世說》又載：“桓溫北征，令袁宏倚馬撰露布。”是則魏晉以前有之矣。《文心雕龍》又云：“露布者，蓋露板不封，布諸視聽。”近世帥臣奏捷，蓋本於此。然今考之魏晉之文，俱無傳本。唐宋雖有傳者,然其命辭,全用四六,蓋與當時表文無異。西山先生云:"露布貴奮發雄壯,少麄無害。"觀者詳之。

徐師曾《文體明辨·露布》

按露布者,軍中奏捷之辭也。書辭于帛,建諸漆竿之上。劉勰所謂"露板不封,布諸視聽"者,此其義也。任昉云:"漢賈弘爲馬超伐曹操作露布。"而《世說》亦謂"桓溫北征,令袁宏倚馬撰露布。"則露布之作始於魏晉,而杜佑以爲自元魏始,誤矣。又按劉勰《檄移篇》云:"檄,或稱露布。"豈露布之初,告伐告捷,與檄通用,而後始專以奏捷歟? 然二文世既不傳,而後人所作,皆用儷語,與表文無異,不知其體本然乎?（以上《文学典》第一百五十八卷）

策部總論

劉勰《文心雕龍·議對篇》

夫對策者,應詔而陳政也;射策者,探事而獻說也。言中聖準,譬射侯中的;二名雖殊,即議之別體也。

王通《中説·問易》

叔恬曰:"敢問策何謂也?"子曰:"其言也典,其致也博,憫而不私,勞而不倦,其惟策乎!"子曰:"《續書》之有命邃矣。其有君臣經略,當其地乎? 其有成敗於其間,天下懸之,不得已而臨之乎? 進退消息,不失其幾乎? 道甚大,物不廢,高逝獨往,中權契化,自作天命乎?"文中子曰:"事者,其取諸仁義而有謀乎! 雖天子必有師,然亦何常師之有,唯道所存,以天下之身受天下之訓,得天下之道,成天下之務,民不知其由也,其惟明主乎!"文中子曰:"廣仁益智,莫善於問;乘事演道,莫善於對。非明君孰能廣問,非達臣孰能專對乎? 其因宜取類,無不經乎? 洋洋乎晁、董、公孫之對。"文中子曰:"有美不揚,天下何觀? 君子之於君,贊其美而匡其失也。所以進善不暇,天下有不安哉!"

吳訥《文章辨體·策》

按《説文》:策者,謀也。凡録政化得失顯而問之,謂之對策。考之於史,實始漢之晁錯,遇文帝恭謙好問之主,不能明目張膽以答所問,惜哉! 唯董仲舒學識醇正,又遇孝武初政清明,策之再三,故克罄竭所藴,帝因是罷黜百家,專崇孔氏,以表章

《六經》，厥功茂焉。迨宋蘇軾之答仁宗制策，亦克輸忠陳義，婉切懇到，君子有取焉。

徐師曾《文體明辨·策問》

按古者選士，詢事考言而已，未有問之以策者也。漢文中年，始策賢良，其後有司亦以策試士，蓋欲觀其博古通今，與夫剸劇解紛之識也。然對策存乎士子，而策問發於上人，尤必善爲疑難者。今取古人策問之工者數首，分爲二類，一曰制策，二曰試策。

《文體明辨·策》

按《説文》云："策者，謀也。"《漢書音義》"作簡策難問，例置案上，在試者意投射取而答之，謂之射策。若録政化得失顯而問之，謂之對策。"劉勰云："射策者，探事而獻説也，以甲科入仕。對策者，應詔而陳政也，以第一登庸。皆選賢之要術也。"夫策士之制，始於漢文，鼌錯所對，蔚爲舉首。自是而後，天子往往臨軒策士，而有司亦以策舉人，其制迄今用之。又學士大夫，有私自議政而上進者。三者均謂之策：一曰制策，天子稱制以問而對者是也。二曰試策，有司以策試士而對者是也。三曰進策，著策而上進者是也。又宋曾鞏有《本朝政要策》，蓋當時進士帖括之類，故今不録。夫策之體，練治爲上，工文次之。然人才不同，或練治而寡文，或工文而疏治，故入選者，劉勰稱爲通才。（以上《文學典》第一百五十九卷）

判部總論

徐師曾《文體明辨·判》

按字書云："判，斷也。"古者折獄，以五聲聽訟，致之於刑而已。秦人以吏爲師，專尚刑法。漢承其後，雖儒吏並進，然斷獄必貴引經，尚有近於先王儀制及春秋誅意之微旨。其後乃有判詞。唐制，選士判居其一，則其用彌重矣。故今所傳如稱某某有姓名者，則斷獄之詞也；稱甲乙無姓名者，則選士之詞也。要之執法據理，參以人情，雖曰彌文，而去古意不遠矣。獨其文堆垛故事，不切於蔽罪；拈弄辭華，不歸於律格，爲可惜耳。唯宋儒王回之作，脱去四六，純用古文，庶乎能起二代之衰，而後人不能用也。今世理官斷獄，例有參詞，而設科取士，亦試以判，其體皆用四六，則其習由來久矣。今取唐宋名作稍近質者，分而別之：一曰科罪，二曰評允，三曰辨雪，四曰番異，五曰判罷，六曰判留，七曰駁正，八曰駁審，九曰末減，十曰案寢，十一曰案候，十二曰褒

嘉。（《文学典》第一百六十卷）

書札部彙考

劉熙《釋名·釋書契》

謁，詣也；詣，告也。書其姓名於上，告所至詣者也。

詣，啟也，以君語官司所至詣也。

書，庶也，紀庶物也；亦言著之簡紙，永不滅也。

《書》稱"刺書以筆"，刺紙簡之上也。又曰：寫倒寫此文也。書姓字於奏上曰書，刺作再拜起居，字皆達其體，使書盡邊，徐引筆書之如畫者也。下官刺曰長刺，長書中央一行而下之也。又曰爵里刺書，其官爵及郡縣鄉里也。

書稱題。題，諦也，審諦其名號也；亦言第，因其第次也。書文書檢曰署。署，予也，題所予者官號也。

札，櫛也，編之如櫛齒相比也。（以上《文學典》第一百六十一卷）

書札部總論（節錄）

蔡邕《獨斷·書疏》

相見無期，惟是書疏可以當面。

揚雄《法言·問神篇》

彌綸天下之事，記久明遠。著古昔之唔唔，傳千里之忞忞者，莫如書。故言，心聲也；書，心畫也。

顔之推《家訓·雜著》

江南諺云：尺牘書疏，千里面目也。

徐矩《事物原始·簡》

《詩·出車》篇云："畏此簡書。"簡書者，治行煞青，作簡以書。今人直用紙，名曰簡，以通慶吊問候之禮。錫帶前書曰書，版曰牘書，竹曰簡。

《事物原始·札》

札自杜子美始,詩云:道州手札適復至,紙長要自三過讀。盈把那須滄海珠,入懷本倚崑山玉。

吳訥《文章辨體·書》

按:昔臣僚敷奏,朋舊往復,皆總曰書。近世臣僚上言,名爲表奏;惟朋舊之間,則曰書而已。蓋論議知識,人豈能同?苟不具之於書,則安得盡其委曲之意哉?戰國、兩漢間,若樂生、若司馬子長、若劉歆諸書,敷陳明白,辯難懇到,誠可以爲修辭之助。至若唐之韓、柳,宋之程、朱、張、呂,凡其所與知舊、門人答問之言,率多本乎進修之實。讀者誠能熟復,以反之於身,則其所得,又豈止乎文辭而已!

徐師曾《文體明辨·書記書、奏記、啟、簡、狀、疏》

按劉勰云:"書記之用廣矣。"考其雜名,古今多品,是故有書,有奏記,有啟,有簡,有狀,有疏,有牋,有劄,而書記則其總稱也。夫書者,舒也,舒布其言而陳之簡牘也。記者,志也,謂進己志也。啟,開也,開陳其意也;一云跪也,跪而陳之也。簡者,略也,言陳其大略也,或曰手簡,或曰小簡,或曰尺牘,皆簡略之稱也。狀之爲言陳也,疏之爲言布也。以上六者,秦漢以來,皆用於親知往來問答之間;而書、啟、狀、疏,亦以進御。獨兩漢無啟,則以避景帝諱而置之也。又古者郡將奏牋,故黃香奏牋於江夏。厥後專用於皇后、太子、諸王,其下遂不敢稱。而劄獨行於宋,盛於元,有疊副提頭畫一之制,煩猥可鄙;然以呂祖謙之賢而亦爲之,則其習非一日矣。故牋者,今人所不得用;而劄者,吾儒所鄙而不屑也。今取六者列之,而辯其體:一曰書,書有辭命、議論二體。二曰奏記。二者並用散文。三曰啟,啟有古體,有俗體。四曰簡,簡用散文。五曰狀,狀用儷語。六曰疏,疏用散文。然狀與疏諸集不多見,見者僅有此體,故姑著之,要未可爲定體也。世俗施於尊者,多用儷語以爲恭,則啟與狀疏,大抵皆俗體也。蓋嘗總而論之,書記之體,本在盡言,故宜條暢以宣意,優柔以懌情,乃心聲之獻酬也。若夫尊卑有序,親疏得宜,是又存乎節文之間,作者詳之。(以上《文學典》第一百六十一卷)

序引部彙考

劉熙《釋名·釋書契》(编者注:当为《释典艺》)》

叙,杼也,杼洩其實,宣見之也。(《文學典》第一百六十四卷)

474

序引部總論

王應麟《辭學指南·序》

序者，序典籍之所以作也。《文選》始於《詩序》，而《書序》、《左傳序》次之。宋朝端拱元年，王元之試《詔臣僚和御製雪詩序》，遂爲直史館，則試序亦舊制也。

吳訥《文章辨體·序》

《爾雅》云：“序，緒也。”序之體，始於《詩》之《大序》，首言六義，次言《風》、《雅》之變，又次言《二南》王化之自。其言次第有序，故謂之序也。東萊云：“凡序文籍，當序作者之意；如贈送燕集等作，又當隨事以序其實。”大抵序事之文，以次第其語、善序事理爲上。近世應用，唯贈送爲盛。當須取法昌黎，則庶得古人贈言之義，而無枉己徇人之失也。

徐師曾《文體明辨·序序略附》

按《爾雅》云：“序，緒也。”字亦作“叙”，言其善叙事理，次第有序，若絲之緒也。又謂之大序，則對小序而言也。其爲體有二：一曰議論，二曰叙事。宋真氏嘗分列於《正宗》之編，故今做其例而辨之。其序事又有正、變二體，至唐柳氏又有序略之名，則其題稍變，而其文益簡矣。今取以附焉。又有名序、字序，則別附於名字説。

《文體明辨·引》

按唐以前，文章未有名引者；漢班固雖作《典引》，然實爲符命之文，如雜著命題，各用己意耳，非以引爲文之一體也。唐以後始有此體，大略如序而稍爲短簡，蓋序之濫觴也。（以上《文學典》第一百六十四卷）

題跋部總論

吳訥《文章辨體·題跋》

按蒼崖《金石例》云：“跋者，隨題以讚語於後，前有序引，當撮其有關大體者以表章之，須明白簡嚴，不可墮入寒白。”予嘗即其言考之，漢晉諸集，題跋不載。至唐韓、柳，始有讀某書及讀某文題其後之名。迨宋歐、曾而後，始有跋語，然其辭意亦無大相遠也。故《文鑒》、《文類》總編之曰“題跋”而已。近世疎齋盧公又云：“跋，取古詩‘狼跋其胡'之義,狼行則前躓其胡。故跋語不可太多,多則冗;尾語宜峭拔,使不可加。"若然,則跋比題與書,尤貴乎簡峭也。

徐師曾《文體明辨・題跋》

按題跋者,簡編之後語也。凡經傳子史詩文圖書之類,前有序引,後有後序,可謂盡矣。其後覽者,或因人之請求,或因感而有得,則復撰詞以綴於末簡,而總謂之題跋。至綜其實則有四焉:一曰題,二曰跋,三曰書某,四曰讀某。夫題者,締也,審締其義也。跋者,本也,因文而見本也。書者,書其語。讀者,因於讀也。題、讀始於唐;跋、書起於宋。曰題跋者,舉類以該之也。其詞考古證今,釋疑訂謬,專以簡勁爲主,故與序引不同。又有題辭,所以題號其書之本末,指義文辭之表也。然題跋書於後,而題辭冠於前,此又其辯也。(以上《文学典》第一百六十四卷)

傳部總論(節録)

吳訥《文章辨體・傳》

太史公創《史記》列傳,蓋以載一人之事,而爲體亦多不同。迨前後兩《漢書》、三國、晉、唐諸史,則第相祖襲而已。厥後世之學士大夫,或值忠孝才德之事,慮其湮没弗白;或事雖微而卓然可爲法戒者,因爲立傳,以垂於世:此小傳、家傳、外傳之例也。西山云:"史遷作《孟荀傳》,不正言二子,而旁及諸子,此體之變,可以爲法。"《步里客談》又云:"范史《黃憲傳》,蓋無事跡,直以語言模寫其形容體段,此爲最妙。"由是觀之,傳之行跡,固係其人;至於辭之善否,則又係於作者也。若退之《毛穎傳》,迂齋謂以文滑稽,而又變體之變者乎!

徐師曾《文體明辨・傳》

按字書云:"傳者,傳也。"自漢司馬遷作《史記》,創爲"列傳",而後世史家卒莫能易。或有隱德而弗彰,或有細人而可法,則皆爲之作傳,寓其意而馳騁文墨者,間以滑稽之術雜焉,皆傳體也。其品有四:一曰史傳,二曰家傳,三曰托傳,四曰假傳,使作者有考焉。(以上《文学典》第一百六十五卷)

記部總論(節録)

王應麟《辭學指南・記》

記者,紀事之文也。西山先生曰:"《禹貢》、《武成》、《金縢》、《顧命》,記之屬似之。《文選》止有奏記而無此體。《古文苑》載後漢樊毅《修西嶽廟記》，其末有銘，亦碑文之類。至唐始盛，獨孤及《風后八陣圖記》，今之擬題倣此。若今題，則以承詔撰述者爲式。"

吳訥《文章辨體·記》

《金石例》云："記者，記事之文也。"西山云："記以善叙事爲主。《禹貢》、《顧命》，乃記之祖。後人作記，未免雜以議論。"後山亦曰："退之作記，記其事耳；今之記，乃論也。"竊嘗考之：記之名，始於《戴記》、《學記》等篇。記之文，《文選》弗載。後之作者，固以韓退之《畫記》、柳子厚遊山諸記爲體之正。然觀韓之《燕喜亭記》，亦微載議論於中。至柳之記新堂、鐵鑪步，則議論之辭多矣。迨至歐、蘇而後，始專有以論議爲記者，宜乎後山諸老以是爲言也。大抵記者，蓋所以備不忘。如記營建，當記月日之久近，工費之多少，主佐之姓名，叙事之後，略作議論以結之，此爲正體。至若范文正公之記嚴祠，歐陽文忠公之記晝錦堂，蘇東坡之記山房藏書，張文潛之記進學齋，晦翁之作《婺源書閣記》，雖專尚議論，然其言足以垂世而立教，弗害其爲體之變也。

徐師曾《文體明辨·記》

按《金石例》云："諸者，紀事之文也。"《禹貢》、《顧命》，乃記之祖；而記之名，則昉於《戴記》、《學記》諸篇。厥後揚雄作《蜀記》，而《文選》不列其類，劉勰不著其說，則知漢魏以前，作者尚少，其盛自唐始也。其文以叙事爲主，後人不知其體，顧以議論雜之。故陳師道云："韓退之作記，記其事耳，今之記乃論也。"然觀《燕喜亭記》已涉議論，而歐、蘇以下，議論寖多。故今採錄諸記，而以三品別之。又有託物以寓意者，有首之以序而以韻語爲記者，有篇末係以詩歌者，皆爲別體。又有墓磚記、墳記、塔記，則皆附於墓誌之條，茲不復列。（以上《文學典》第一百六十六卷）

碑碣部彙考（節錄）

《禮記·檀弓》

公室視豐碑。注：豐碑，斲大木爲之，形如石碑，於椁前後四角樹之，穿中於間，爲鹿盧下棺以繂繞。天子六繂四碑，前後各重鹿盧也。諸侯四繂二碑，大夫二繂二碑，士二繂無碑。

《禮記·祭義》

祭之日，君牽牲，穆答君卿，大夫序從。既入廟門，麗於碑。疏：既入廟門麗於碑者，麗，繫也，君牽牲入廟門，繫著中庭碑也。王肅云：以紖貫碑中，君從此待之也。

劉熙《釋名·釋典藝》

碑,被也。此本王莽時所設也。施其轆轤,以繩被其上,以引棺也。臣子追述君父之功美,以書其上,後人因焉。故無建於道陌之頭,顯見之處,名其文就謂之碑也。

《宋書·禮志》

漢以後,天下送死奢靡,多作石室、石獸、碑銘等物。建安十年,魏武帝以天下雕弊,下令不得厚葬,又禁立碑。魏高貴鄉公甘露二年,大將軍參軍太原王倫卒,倫兄俊作《表德論》以述倫,遺美云:祇畏王典,不得爲銘。乃撰錄行事,就刊於基之陰云爾。此則碑禁尚嚴也,此後復弛替。

晉武帝咸寧四年,又詔曰:此石獸碑表既私褒美,興長虛僞,傷財害人,莫大於此。一禁斷之,其犯者雖會赦令,皆當毀壞。至元帝大興元年,有司奏故驃騎府主簿故恩營葬舊君顧榮求立碑,詔特聽立,自是後禁又漸頽。大臣長吏,人皆私立,義熙中,尚書祠部郎中裴松之又議禁斷,於是至今。(以上《文学典》第一百六十七卷)

碑碣部總論(節錄)

摯虞《文章流別論·碑銘》

古有宗廟之碑。後世立碑於墓,顯之衢路,其所載者銘辭也。

李綽《尚书故实·碑》

古碑皆有圓空,蓋碑者,悲本也。墟墓間物,每一墓有四焉。初葬,穿繩於空以下棺,乃古懸窆之禮。《禮》曰:公室視豐碑,三家視桓楹。人因就紀其德,由是遂有碑表。數十年前,有樹德政碑,亦設圓空,不知根本,甚失。後有悟之者,遂改焉。

《唐文粹·陸龜蒙野廟碑》

碑者,悲也。古者懸而窆,用木,後人書之,以表其功德,因留之不忍去,碑之名由是而得。自秦漢以降,生而有功德政事者,亦碑之,而又易之以石,失其稱矣。

《元經世大典·賜碑》

昔之有大勳勞於國家者,勒之鼎彝,以勸臣庶,以示其子孫。後世伐石紀功,以文其出自上旨者，皆異恩也。其事具天官，臣事兹著其目焉。

吴訥《文章辨體·碑》

按《儀禮·士婚禮》："入門當碑揖。"又《禮記·祭義》云："牲入廟門麗於碑。"賈氏注云："宮廟皆有碑，以識日影，以知早晚。"《説文》注又云："古宗廟立碑繫牲，後人因於上紀功德。"是則宮室之碑，所以識日影；而宗廟則以繫牲也。秦漢以來，始謂刻石曰碑，其蓋始於李斯嶧山之刻耳。蕭梁《文選》載郭有道等墓碑，而王簡栖《頭陀寺碑》亦厠其間。至《唐文粹》、《宋文鑒》，則凡寺廟等碑與神道墓碑，各爲一類。

徐師曾《文體明辨·碑文》

按劉勰云："碑者，埤也。上古帝皇，始號封禪，樹石埤岳，故曰碑。周穆紀跡於弇山之石，秦始刻銘於嶧山之巔，此碑之所從始也。"然考《士昏禮》，"入門當碑揖。"註云："宮室有碑，以識日影、知早晚也。"《祭義》云："牲入麗於碑。"註云："古宗廟立碑繫牲。"是知宮廟皆有碑，以爲識影、繫牲之用，後人因於其上紀功德，則碑之所從來遠矣。後漢以來，作者漸盛，故有山川之碑，有城池之碑，有宮室之碑，有橋道之碑，有壇井之碑，有神廟之碑，有家廟之碑，有古跡之碑，有風土之碑，有災祥之碑，有功德之碑，有墓道之碑，有寺觀之碑，有託物之碑，皆因庸器漸闕而後爲之，所謂"以石代金，同乎不朽"者也。故碑實銘器，銘實碑文，其序則傳，其文則銘，此碑之體也。又碑之體主於叙事，其後漸以議論雜之，則非矣。故今取諸大家之文，而以三品列之：其主於叙事者曰正體，主於議論者曰變體，叙事而參之以議論者曰變而不失其正。至於託物寓意之文，則又以別體列焉。其墓碑自爲一類，此不復列。

《文體明辨·碑陰文》

凡碑面曰陽，背曰陰。碑陰文者，爲文而刻之碑背面也，亦謂之記。古無此體，至唐始有之。或他人爲碑文而題其後，或自爲碑文而發其未盡之意，皆是也。（以上《文学典》第一百六十七卷）

論部彙考

劉熙《釋名·釋書契》

論，倫也，有倫理也。（《文学典》第一百七十一卷）

論部總論（節録）

陳亮《龙川集·書作論法》

大凡論不必作好語言，意與理勝，則文字自然超衆。故大手之文，不爲詭異之體，而自然宏富；不爲險怪之辭，而自典麗。奇寓於純粹之中，巧藏於和易之内。不善學文者，不求高於理與意，而務求於文彩辭句之間，則亦陋矣。故杜牧之云："意全勝者，辭愈朴而文愈高；意不勝者，辭愈華而文愈鄙"。昔黄山谷云："好作奇語，自是文章一病"。但當以理爲主，理得而辭順，文章自然出羣拔萃。

吳訥《文章辨體·論》

按韻書："論者，議也。"梁昭明《文選》所載，論有二體：一曰史論，乃史臣於傳末作論議，以斷其人之善惡，若司馬遷之論項籍、商鞅是也；二曰論，則學士大夫議論古今時世人物，或評經史之言，正其訛謬，如賈生之論秦過，江統之議徙戎，柳子厚之論守道、守官是也。唐宋取士，用以出題。然求其辭精義粹、卓然名世者，亦惟韓、歐爲然。劉勰云："聖哲彞訓曰經，述經叙理曰論。"故凡"陳政則與議説合契，釋經則與傳注參體，辨史則與贊評齊行，詮文則與序引共紀"，信夫！

徐師曾《文體明辨·論》

按字書云："論者，議也。"劉勰云："論者，倫也，彌綸羣言而研一理者也。論之立名，始於《論語》；若《六韜》二論，乃後人之追題耳。其爲體則辯正然不，窮有數，追無形，迹堅求通，鈎深取極，乃百慮之筌蹄，萬事之權衡也。至其條流，實有四品：陳政則與議説合契，釋經則與傳註參體，辨史則與贊評齊行，銓文則與序引共紀：此論之大體也。"而蕭統《文選》則分爲三：設論居首，史論次之，論又次之。較諸勰説，差爲未盡。唯設論，則勰所未及，而乃取《答客難》、《答賓戲》、《解嘲》三首以實之。夫文有答有解，已各自爲一體，統不明言其體，而槩謂之論，豈不誤哉？愚謂析理亦與議説合契，諷寓則與箴解同科，設辭則與問對一致。故今兼二子之説，例爲八品：一曰理論，二曰政論，三曰經論，四曰史論有評議、述贊二體，五曰文論，六曰諷論，七曰寓論，八曰設論。其題或曰某論，或曰論某，則各隨作者命之，無異義也。（以上《文学典》第一百七十一卷）

説部總論

吳訥《文章辨體·説解》

按：説者，釋也，述也，解説義理而以己意述之也。説之名，起自吾夫子之《説卦》，厥後漢許慎著《説文》，蓋亦祖述其名而爲之辭也。魏晉六朝文載《文選》，而無其體。獨陸機《文賦》備論作文之義，有曰"説，煒燁而譎誑"，是豈知言者哉！至昌黎韓子，憫斯文日弊，作《師説》，抗顔爲學者師。迨柳子厚及宋室諸大老出，因各即事即理而爲之説，以曉當世，以開悟後學，繇是六朝陋習，一洗而無餘矣。盧學士云："説須自出己意，橫説豎説，以抑揚詳贍爲上。"若夫解者，亦以講釋解剥爲義，其與説亦無大相遠焉。

徐師曾《文體明辨·説字説附》

按字書："説，解也，述也，解釋義理而以己意述之也。"説之名起於《説卦》，漢許慎作《説文》，亦祖其名以命篇。而魏晉以來，作者絶少，獨《曹植集》中有二首，而《文選》不載，故其體闕焉。要之傳於經義，而更出己見，縱横抑揚，以詳贍爲上而已，與論無大異也。此外又有名説、字説，其名雖同，而所施則異，故別爲一類，

按《儀禮》，士冠三加三醮而申之以字辭，後人因之，遂有字説、字序、字解等作，皆字辭之濫觴也。雖其文去古甚遠，而丁寧訓誡之義無大異焉。若夫字辭、祝辭，則做古辭而爲之者也。然近世多尚字説，故今以説爲主，而其他亦並列焉。至於名説、名序，則援此意而推廣之。而女子笄，亦得稱字，故宋人以女子名辭，其實亦字説也。（以上《文學典》第一百七十二卷）

解部總論

徐師曾《文體明辨·解》

按字書云："解者，釋也。"揚雄始作《解嘲》，世遂做之，與論、説、議、辯，蓋相通焉。此外又有字解，則別附名字説類。（《文學典》第一百七十二卷）

辯部總論

吳訥《文章辨體·辯》

昔孟子答公孫丑問好辨曰："予豈好辯哉？予不得已也！"中間歷叙古今治亂相尋

之故,凡八節,所以深明聖人與已不能自已之意,終而又曰:"豈好辯哉? 予不得已也!"蓋非獨理明義精,而字法、句法、章法,亦足爲作文楷式。迨唐韓昌黎作《諱辯》,柳子厚辯桐葉封弟,識者謂其文敩《孟子》,信矣。大抵辯須有不得已而辯之意。苟非有關世教、有益後學,雖工,亦奚以爲?

徐師曾《文體明辨·辯》

按字書云:"辯,判別也。"其字從言,或從刂。近世魏校謂從刀,而古文不載。漢以前,初無作者,至唐韓、柳乃始作焉。然其原實出於孟、莊。蓋本乎至當不易之理,而以反復曲折之詞發之。故今取名家諸作,以式學者。其題或曰某辯,則隨作者命之,實非有異義也。(以上《文学典》第一百七十二卷)

戒部總論

劉勰《文心雕龍·詔策篇》

戒者,慎也,禹稱"戒之用休"。君父至尊,在三罔極。漢高之《敕太子》,東方朔之《戒子》,亦顧命之作也。及馬援以下,各貽家戒。班姬《女戒》,足稱母師矣。

王通《中説·問易篇》

子曰:"人心惟危,道心惟微。"言道之難進也。故君子思過而預防之,所以有誡也。切而不指,勤而不怨,曲而不諂,直而有禮,其惟誡乎!

《中説·禮樂篇》

文中子曰:"誠,其至矣乎! 古之明王,敬慎所未見,悚懼所未聞,刻於盤盂,勒於几杖,居有常念,動無禍事,其誠之功乎!"

徐師曾《文體明辨·戒》

按字書云:"戒者,警敕之辭,字本作誡。"箴之別名歟?《淮南子》載《堯戒》曰:"戰戰慄慄,日謹一日,人莫躓於山,而躓於垤。"至漢杜篤遂作《女戒》,而後世因之,惜其文弗傳,意必未若《堯戒》之簡也。其詞或散文,或韻語,故分爲二體云。(以上《文学典》第一百七十三卷)

問對部總論

吴訥《文章辨體・問對》

問對體者，載昔人一時問答之辭，或設客難以著其意者也。《文選》所録宋玉之於楚王，相如之於蜀父老，是所謂問對之辭。至若《答客難》、《解嘲》、《賓戲》等作，則皆設辭以自慰者焉。洪氏景盧云："東方朔《答客難》，自是文中傑出；楊雄擬爲《解嘲》，尚有馳騁自得之妙。至於班固之《賓戲》、張衡之《應問》，則屋下架屋，章摹句寫，讀之令人可厭。迨韓退之《進學解》出，則所謂青出於藍也。"

徐師曾《文體明辨・問對》

按問對者，文人假設之詞也。其名既殊，其實復異。故名實皆問者，屈平《天問》、江淹《遂古篇》之類是也；名問而實對者，柳宗元《晉問》之類是也。其他曰難，曰諭，曰答，曰應，又有不同，皆問對之類也。古者君臣朋友口相問對，其詞詳見於《左傳》、《史》、《漢》諸書。後人倣之，乃設詞以見志，於是有問對之文；而反覆縱橫，真可以舒憤鬱而通意慮。若其詞雖有問對，而名入別體者，則各從其類云。（以上《文学典》第一百七十三卷）

難釋部總論

徐師曾《文體明辨・釋》

按字書云："釋，解也。"解之別名也。蓋自蔡邕作《釋誨》，而却正《釋譏》，皇甫謐《釋勸》，束晳《元居釋》，相繼有作；然其詞旨不過遞相述而已。至唐韓愈作《釋言》，別出新意，乃能追配邕文，而免於蹈襲之陋。即此二篇，亦可以備一體矣。（《文学典》第一百七十三卷）

七部總論

摯虞《文章流別論・七》

《七發》造於枚乘，借吳、楚以爲客主。先言"出輿入輦，蹷痿之損；深宮洞房，寒暑之疾；靡曼美色，宴安之毒；厚味煖服，淫曜之害。宜聽世之君子，要言妙道，以疏神導體，蠲淹滯之累。"既設此辭以顯明去就之路，而後説以聲色逸遊之樂，其説不人,乃陳聖人辨士講論之娛,而霍然疾瘳。此因膏粱之常疾,以爲匡勸,雖有甚泰之辭,而不没其諷諭之義也。其流遂廣,其義遂變,率有辭人滛麗之尤矣。崔駰既作《七依》,而假非有先生之言曰:"嗚呼,揚雄有言,童子雕蟲篆刻,俄而曰壯夫不爲也。孔子疾小言破道。斯文之族,豈不謂義不足而辨有餘者乎!賦者將以諷,吾恐其不免於勸也。"

吳訥《文章辨體·七》

昭明輯《文選》,其文體有曰"七"者,蓋載枚乘《七發》,繼以曹子建《七啟》、張景陽《七命》而已。《容齋隨筆》云:"枚生《七發》,創意造端,麗旨腴辭,固爲可喜。後之繼者,如傅毅《七激》、張衡《七辯》、崔駰《七依》、馬融《七廣》、曹植《七啟》、王粲《七釋》、張協《七命》、陸機《七徵》之類,規仿太切,了無新意。及唐柳子厚作《晉問》,雖用其體,而超然別立機杼。漢晉之間沿襲之弊一洗矣。"竊嘗考對偶句語,《六經》所不廢。七體雖尚駢儷,然辭意變化,與全篇四六不同。自柳子厚後,作者未聞。迨元袁伯長之《七觀》,洪武宋、王二老之《志釋》、《文訓》,其富麗固無讓於前人,至其論議,又豈《七發》之可比焉。

徐師曾《文體明辨·七》

按七者,文章之一體也。詞雖八首,而問對凡七,故謂之七;則七者,問對之別名,而《楚詞》、《七諫》之流也。蓋自枚乘初撰《七發》,而傅毅《七激》、張衡《七辯》、崔駰《七依》、崔瑗《七蘇》、馬融《七廣》、曹植《七啟》、王粲《七釋》、張協《七命》、陸機《七徵》、桓麟《七説》、左思《七諷》,相繼有作。然考《文選》所載,唯《七發》、《七啟》、《七命》三篇,餘皆略而弗録。(以上《文學典》第一百七十三卷)

連珠部總論

吳訥《文章辨體·連珠》

《文選》止載陸士衡五十首,而曰《演連珠》,言演舊文以廣之也。大抵連珠之文,貫穿事理,如珠在貫。其辭麗,其言約,其體則四六對偶而有韻。自士衡後,作者蓋鮮。洪武初,宋濂、王禕有作,亦如士衡之數。

徐師曾《文體明辨·連珠》

按連珠者,假物陳義,以通諷諭之詞也。連之爲言貫也,穿貫情理,如珠之在貫也。蓋自揚雄綜述碎文，肇爲連珠，而班固、賈逵、傅毅之流，受詔繼作，傅元乃云"興於漢章之世"，誤矣。然其云"辭麗言約，合於古詩諷興之義"，則不易之論也。其體展轉，或二，或三，皆駢偶而有韻，故工於此者，必使義明而詞淨，事圓而音澤，否則惡能免於劉勰之誚邪？（以上《文学典》第一百七十三卷）

祝文部彙考

《周禮·春官》

大祝掌六祝之辭，以事鬼神示，祈福祥，求永貞，一曰順祝，二曰年祝，三曰吉祝，四曰化祝，五曰瑞祝，六曰筴祝。掌六祈以同鬼神示，六曰說。作六辭以通上下親疏遠近，一曰祠，五曰禱。詛祝掌盟、詛、類、造、攻、說、檜、禜之祝號，作盟詛之載辭，以敘國之信用，以質邦國之劑信。

《周禮·秋官》

大司寇之職，凡邦之大盟約，涖其盟書，而登之於天府。大史內史司會及六官，皆受其貳而藏之。司盟下士二人，府一人，史二人，徒四人，掌盟載之法。凡邦國有疑會同，則掌其盟約之載及其禮儀。北面詔明神，既盟則貳之。盟萬民之犯命者，詛其不信者亦如之。凡民之有約劑者，其貳在司盟。有獄訟者，則使之盟詛。凡盟詛，各以其地域之衆，庶共其牲而致焉。既盟，則爲司盟共祈酒脯。

蔡邕《獨斷·祝》

太祝掌六祝之辭，順祝願豐年也，年祝求永貞也，吉祝祈福祥也，化祝弭災兵也，瑞祝逆時雨、寧風旱也，筴祝遠罪病也。（以上《文学典》第一百七十四卷）

祝文部總論（節録）

《禮記·禮運》

修其祝嘏以降上神，是謂承天之祜。祝以孝告，嘏以慈告，是謂大祥。祝嘏莫敢易其常古，是謂大假。祝嘏辭說藏於宗，祝巫史非禮也，是謂幽國。

吳訥《文章辨體·祭文附》

古者祀享，史有册祝，載其所以祀之之意，考之經可見。若《文選》所載謝惠連之

《祭古塚》，王僧達之《祭顏延之》，則亦不過敘其所祭及悼惜之情而已。迨後韓、柳、歐、蘇與夫宋世道學諸君子，或因水旱而禱於神，或因喪葬而祭親舊，真情實意，溢出言辭之表，誠學者所當取法者也。大抵禱神以悔過遷善爲主，祭故舊以道達情意爲尚。若夫諛辭巧語，虛文蔓說，固弗足以動神，而亦君子所厭聽也。

徐師曾《文體明辨·祝文》

按祝文者，饗神之詞也，劉勰所謂“祝史陳信，資乎文辭”者是也。昔伊祁始蠟以祭八神，其辭云：“土反其宅，水歸其壑，昆蟲毋作，草木歸其澤。”此祝文之祖也。厥後虞舜祠田，商湯告帝，《周禮》設太祝之職，掌六祝之辭。春秋已降，史辭寖繁，則祝文之來尚矣。考其大旨，實有六焉：一曰告，二曰脩，三曰祈，四曰報，五曰辟，六曰謁，用以饗天地山川社稷宗廟五祀羣神，而總謂之祝文。其詞亦有散文、儷、韻語之別。

《文體明辨·祭文附》

按祭文者，祭奠親友之辭也。古之祭祀，止於告饗而已。中世以還，兼讚言行，以寓哀傷之意，蓋祝文之變也。其辭有散文，有韻語，有儷語；而韻語之中，又有散文、四言、六言、雜言、騷體、儷體之不同。今各以類列之。劉勰云：“祭奠之楷，宜恭且哀；若夫辭華而靡實，情鬱而不宣，皆非工於此者也。”

《文體明辨·嘏辭附》

按嘏者，祝爲尸致福於主人之辭，《記》所謂“嘏以慈告”者是也，辭見《儀禮》。其他文集不載，唯《蔡中郎集》有之。

《文體明辨·玉牒文附》

按玉牒文者，封禪告天之文也。世傳禹《玉牒辭》曰：“祝融司方發其英，沐日浴用百寶生。”蓋後人附會之文耳。漢武帝時，司馬相如病且死，勸帝封禪，故有玉牒傳於今。然其事不經，明主所不爲也。今姑錄其文以備一體。

《文體明辨·盟附》

按《禮記》：“涖物曰盟。”劉勰云：“盟者，明也，祝告於神明者也。”亦稱曰誓，謂約信之詞也。三代盛時，初無詛盟，雖有要誓，結言則退而已。周衰，人鮮忠信，於是刑牲歃血，要質鬼神，而盟繁興，然俄而渝敗者多矣。以其爲文之一體也，故列之而以誓附焉。夫盟誓之文，“必序危機，獎忠孝，共存亡，戮心力，祈幽靈以取鑒，指九天以爲

正,感激以立誠,切至以敷詞,此其所同也。"然義存則克終,道廢則渝始,亦存乎人焉耳。(以上《文学典》第一百七十四卷)

哀誄部彙考

《周禮·春官》

大祝作六辭,以通上下親疏遠近,六曰誄。大史掌建邦之六典,大喪執法以涖勸防,遣之日讀誄,喪事考焉,小喪賜謚。小史掌邦國之志,卿大夫之喪,賜謚讀誄。

《漢書·景帝本紀》

中元二年春二月,令諸侯王薨、列侯初封及之國,大鴻臚奏謚誄策。列侯薨及諸侯太傅初除之官,大行奏謚誄策。

劉熙《釋名·釋書契》

誄,累也,累列其事而稱之也。

《晉書·禮志》

漢魏故事:大喪及大臣之喪,執紼者輓歌。《新禮》以爲輓歌出於漢武帝《役人之勞》,歌聲哀切,遂以爲送終之禮。雖音曲摧愴,非經典所制,違禮設銜枚之義,方在號慕,不宜以歌爲名,除不輓歌。摯虞以爲輓歌因倡和而爲摧愴之聲,銜枚,所以全哀。此亦以感衆,雖非經典所載,是歷代故事。《詩》稱"君子作歌,惟以告哀",以歌爲名,亦無所嫌宜。定新禮如舊,詔從之。(以上《文学典》第一百七十五卷)

哀誄部總論(節錄)

《禮記·曾子問》

賤不誄貴,幼不誄長,禮也。唯天子稱天以誄之,諸侯相誄非禮也。

摯虞《文章流別論·誄》

詩、頌、箴、銘之篇,皆有往古成文,可放依而作。惟誄無定制,故作者多異焉。見於典籍者,《左傳》有魯哀公爲孔子誄。

《文章流别論·哀辭》

哀辭者，誄之流也。崔瑗、蘇順、馬融等爲之，率以施於童殤夭折，不以壽終者。建安中，文帝與臨淄侯各失稚子，命徐幹、劉禎等爲之哀辭。哀辭之體，以哀痛爲主，緣以歎息之辭。

徐矩《事物原始·誄》

《說文》云：“誄，諡也。”述前人之功德。《禮》云：“小史掌卿大夫之喪，讀誄。”謝太傅問陸退曰：“張憑何以作母誄，不作父誄？”曰：“丈夫之德表於行事，婦人之德非誄不顯。”陸先生矜語其客曰：“某，胥也；某，商也。其生某，任之其死也，某誄之。某於某何人也，任與誄也，非罪歟？”周制：大夫有諡，士則有誄。是誄始於周也，謂積累生時德行以賜之命是也。

吳訥《文章辨體·哀誄》

按《周禮》：“太祝作六辭，以通上下親疎遠近，六曰誄。”魯哀公十六年四月，孔子卒，公誄之曰：“昊天不吊，不憖遺一老，俾併予一人以在位，煢煢余在疚！嗚呼，哀哉，尼父！”此即所謂誄辭也。鄭氏注云：“誄者，累也，累列生時行跡，讀之以作諡。此唯有辭而無諡，蓋唯累其美行，示己傷悼之情爾。”後世有誄辭而無諡者，蓋本於此。又按《文章緣起》載漢武帝《公孫弘誄》，然無其辭。唯《文選》錄曹子建之誄王仲宣，潘安仁之誄楊仲武，蓋皆述其世系行業而寓哀傷之意。厥後韓退之之於歐陽詹，柳子厚之於呂溫，則或曰誄辭，或曰哀辭，而名不同。迨宋南豐、東坡諸老所作，則總謂之哀辭。大抵誄則多敘世業，故今率仿魏晉，以四言爲句；哀辭則寓傷悼之情，而有長短句及楚體不同焉。

徐師曾《文體明辨·誄》

按誄者，累也，累列其德行而稱之也。《周禮》太祝作六辭，其六曰誄，即此文也。今考其時，賤不誄貴，幼不誄長，故天子崩則稱天以誄之，卿大夫卒則君誄之。魯哀公誄孔子曰：“昊天不弔，不憖遺一老，俾屛予一人以在位，煢煢予在疚！嗚呼，哀哉，尼父！”古誄之可見者止此，然亦略矣。竊意周官讀誄以定諡，則其辭必詳；仲尼有誄而無諡，故其辭獨略。豈制誄之初意然歟？又按劉勰云：“柳妻誄惠子，辭哀而韻長”，則今私誄之所由起也。蓋古之誄本爲定諡，而今之誄惟以寓哀，則不必問其諡之有無，而皆可爲之。至於貴賤長幼之節，亦不復論矣。其體先述世系行業，而末寓哀傷之意，所謂"傳體而頌文，榮始而哀終"者也。今採數首列於篇。

《文體明辨·哀辭》

按哀辭者，哀死之文也，故或稱文。夫哀之爲言依也，悲依於心，故曰哀；以辭遣哀，故謂之哀辭也。昔漢班固初作《梁氏哀辭》，後人因之。或以有才而傷其不用，或以有德而痛其不壽。幼未成德，則譽止於察惠；弱不勝務，則悼加乎膚色。此哀辭之大略也。其文皆爲韻語，而四言騷體，惟意所之，則與誄體異矣。吳訥乃並而列之，殆不審之故歟？今取古辭，目爲一類云。

《文體明辨·弔文》

按弔文者，弔死之辭也。劉勰云："弔者，至也。《詩》曰'神之弔矣'，言神至也。"賓之慰主，以至到爲言，故謂之弔。古者弔生曰唁，弔死曰弔。或驕貴而殞身，或狷忿而乖道，或有志而無時，或美才而兼累，後人追而慰之，並名爲弔。若賈誼之《弔屈原》，則弔之祖也，然不稱文，故不得列之。其文濫觴於唐，故有《弔戰場》、《弔鑄鐘》之作，今亦附焉。大抵弔文之體，髣髴《楚騷》，而切要惻愴，似稍不同；否則華過韻緩，化而爲賦，其能逃乎奪倫之譏哉？（以上《文學典》第一百七十五卷）

行狀部總論

吳訥《文章辨體·行狀》

按行狀者，門生故舊狀死者行業上於史官，或求銘志於作者之辭也。《文章緣起》云，始自"漢丞相倉曹傅胡幹作《楊原伯行狀》"，然徒有其名而亡其辭。蕭氏《文選》唯載任彥升所作《齊竟陵王行狀》，而辭多矯誕，識者病之。今采韓、柳所作，載爲楷式云。

徐師曾《文體明辨·行狀》

按劉勰云："狀者，貌也，體貌本原，取其事實。先賢表諡，並有行狀，狀之大者也。"漢丞相倉曹傅胡幹始作《楊元伯行狀》，後世因之。蓋具死者世系、名字、爵里、行治、壽年之詳，或牒考功太常使議諡，或牒史館請編録，或上作者乞墓誌碑表之類皆用之。而其文多出於門生故吏親舊之手，以謂非此輩不能知也。其逸事狀，則但録其逸者；其所已載，不必詳焉，乃狀之變體也。（以上《文學典》第一百七十六卷）

墓誌部彙考（節録）

《禮記·檀弓》

公室視豐碑，三家視桓楹。

《禮記·喪服小記》

復與書銘，自天子達於士，其辭一也。男子稱名，婦人書姓與伯仲，如不知姓，則書氏。（以上《文学典》第一百七十七卷）

墓誌部總論

吳訥《文章辨體·墓文》

按《檀弓》曰："季康子之母死，公肩假曰：'公室視豐碑。'"注云："豐碑，以木爲之，形如石碑，樹於槨前後，穿中爲鹿盧繞之綍，用以下棺。"《事祖廣記》曰："古者葬有豐碑以窆。秦漢以來，死有功業，則刻於上，稍改用石。晉宋間始有神道碑之稱，蓋地理家以東南爲神道，因立碑其地而名耳。"又按墓碣，近世五品以下所用，文與碑同。墓表，則有官無官皆可，其辭則叙學行德履。墓誌，則直述世系、歲月、名字、爵里，用防陵谷遷改。埋名、墓記，則墓誌異名，但無銘辭耳。古今作者，惟昌黎最高。行文叙事，面目首尾，不再蹈襲。凡碑碣表於外者，文則稍詳；志銘埋於壙者，文則嚴謹。其書法，則唯書其學行大節，小善寸長，則皆弗録。近世至有將墓誌亦刻墓前，斯失之矣。大抵碑銘所以論列德善功烈，雖銘之義稱美弗稱惡，以盡其孝子慈孫之心；然無其美而稱者謂之誣，有其美而弗稱者謂之蔽。誣與蔽，君子弗由也。

徐師曾《文體明辨·墓誌銘》

按誌者，記也；銘者，名也。古之人有德善功烈可名於世，殁則後人爲之鑄器以銘，而俾傳於無窮，若《蔡中郎集》所載《朱公叔鼎銘》是已。至漢，杜子夏始勒文埋墓側，遂有墓誌，後人因之。蓋於葬時述其人世系、名字、爵里、行治、壽年、卒葬年月，與其子孫之大略，勒石加蓋，埋於壙前三尺之地，以爲異時陵谷變遷之防，而謂之誌銘；其用意深遠，而於古意無害也。迨夫末流，乃有假手文士，以謂可以信今傳後，而潤飾太過者，亦往往有之，則其文雖同，而意斯異矣。至論其題：則有曰墓誌銘，有誌有銘者是也。然云誌銘，而或有誌無銘，有銘無誌者，則別體也。曰墓誌，則有誌而無銘。

曰墓銘，則有銘而無誌。然亦有單云誌而却有銘，單云銘而却有誌者，有題云誌而却是銘，題云銘而却是誌者，皆別體也。其未葬而權厝者曰權厝誌，曰誌某；殯後葬而再誌者曰續誌，曰後誌；歿於他所而歸葬者曰歸祔誌；葬於他所而後遷者曰遷祔誌。刻於蓋者曰蓋石文；刻於磚者曰墓磚記，曰墓磚銘；書於木版者曰墳版文，曰墓版文；又有曰葬誌，曰誌文，曰墳記，曰壙誌，曰壙銘，曰椁銘，曰埋銘。其在釋氏，則有曰塔銘，曰塔記。凡二十題，或有誌無誌，或有銘無銘，皆誌、銘之別題也。其爲文則有正、變二體，正體唯叙事實，變體則因叙事而加議論焉。又有純用"也"字爲節段者，有虛作誌文而銘内始叙事者，亦變體也。若夫銘之爲體，則有三言、四言、七言、雜言、散文；有中用"兮"字者，有末用"兮"字者，有末用"也"字者；其用韻有一句用韻者，有兩句用韻者，有三句用韻者，有前用韻而末無韻者，有前無韻而末用韻者，有篇中既用韻而章内又各自用韻者，有隔句用韻者，有韻在語辭上者，有一字隔句重用自爲韻者，有全不用韻者；其更韻，有兩句一更者，有四句一更者，有數句一更者，有全篇不更者：皆雜出於各篇之中，難以例列。故今錄文致辯，但從題類，仍分正、變，稍以職官、處士、婦人爲次，而銘體與韻則略序之。

《文體明辨·墓碑文_附》

按古者葬有豐碑，以木爲之，樹於椁之前後，《檀弓》所載"公室視豐碑"是已。漢以來始刻死者功業於其上，稍改用石，則劉勰所謂"自廟而徂墳"者也。晉宋間始稱神道碑，蓋堪輿家以東南爲神道，碑立其地，因名焉。唐碑制，龜趺螭首，五品以上官用之。而近世高廣各有等差，則制之密也。蓋葬者既爲誌以藏諸幽，又爲碑碣表以揭於外，其爲體有文，有銘，又或有序；而其銘或謂之辭，或謂之系，或謂之頌，要之皆銘也。文與誌大略相似，而稍加詳焉，故亦有正、變二體。其或曰碑，或曰碑文，或曰墓碑，或曰神道碑銘，或曰神道碑銘并序，或曰碑頌，皆別體也。至於釋老之葬，亦得立碑以僭擬乎品官，故或直曰碑，或曰碑銘，或曰塔碑銘并序，或曰碑銘并序，亦別體也。若夫銘之爲體，雖不能如誌銘之備，而大略亦相通焉，此不復著。

《文體明辨·墓碣文_附》

按潘尼作《潘黄門碣》，則碣之作自晉始也。唐碣制，方趺圓首，五品以下官用之，而近世復有高廣之等，則其制益密矣。古者碑之與碣，本相通用，後世乃以官階之故，而別其名，其實無大異也。其爲文與碑相類，而有銘無銘，惟人所爲，故其題有曰碣銘，有曰碣，有曰碣頌并序《唐文粹》載陳子昂作《昭夷子趙氏碣頌并序》是也，今不錄，皆碣體也。至於專言碣而却有銘，或兼言銘而却無銘，則亦猶誌銘之不可爲典要也。其文有正、變二體，其銘與韻亦與誌同。

《文體明辨·墓表附》

按墓表自東漢始，安帝元初元年立謁者景君墓表，其文體與碑碣同，有官無官皆可用，非若碑碣之有等級限制也。以其樹於神道，故又稱神道表。其爲文有正有變，錄而辯之。又取阡表以附於篇，則遡流而窮源也。蓋阡，墓道也。（以上《文学典》第一百七十七卷）

騷賦部總論（節錄）

《史記·屈平本傳》

屈平疾王聽之不聰也，讒諂之蔽明也，邪曲之害公也，方正之不容也，故憂愁幽思而作《離騷》。《離騷》者，猶離憂也。夫天者，人之始也；父母者，人之本也。人窮則反本，故勞苦倦極，未嘗不呼天也；疾痛慘怛，未嘗不呼父母也。屈平正道直行，竭忠盡智以事其君，讒人間之，可謂窮矣。信而見疑，忠而被謗，能無怨乎？屈平之作《離騷》，蓋自怨生也。《國風》好色而不淫，《小雅》怨誹而不亂，若《離騷》者，可謂兼之矣。上稱帝嚳，下道齊桓，中述湯武，以刺世事，明道德之廣崇，治亂之條貫，靡不畢見。其文約，其辭微，其志潔，其行廉，其稱文小而其指極大，舉類邇而見義遠。其志潔，故其稱物芳；其行廉，故死而不容。自疎濯淖汙泥之中，蟬蛻於濁穢，以浮游塵埃之外，不獲世之滋垢，皭然泥而不滓者也。推此志也，雖與日月爭光可也。

揚雄《法言·吾子篇》

或問：吾子少而好賦？曰：然。童子彫蟲篆刻。俄而曰：壯夫不爲也。或曰：賦可以諷乎？曰：諷則已，不已，吾恐不免於勸也。或曰：霧縠之組麗。曰：女工之蠹矣。劒客論曰：劍可以愛身。曰：狌狂使人多禮乎？或問：景差、唐勒、宋玉、枚乘之賦也，益乎？曰：必也淫。淫則奈何？曰：詩人之賦麗以則，辭人之賦麗以淫。如孔氏之門用賦也，則賈誼升堂，相如入室矣，如其不用何？

《漢書·藝文志》

傳曰："不歌而誦謂之賦，登高能賦，可以爲大夫。"言感物造耑，材知深美，可與圖事。故可以爲列大夫也。古者諸侯卿大夫交接鄰國，以微言相感，當揖讓之時，必稱詩以諭其志，蓋以別賢不肖而觀盛衰焉。故孔子曰"不學詩，無以言"也。春秋之後，周道寖壞，聘問歌詠，不行於列國，學詩之士，逸在布衣，而賢人失志之賦作矣。大儒孫卿及楚臣屈原，離讒憂國，皆作賦以風，咸有惻隱古詩之義。其後宋玉、唐勒。漢興，枚乘、司馬相如，下及揚子雲，競爲侈麗閎衍之詞，没其風諭之義。是以揚子悔之曰："詩人之賦麗以則，辭人之賦麗以淫，如孔氏之門人用賦也，則賈誼登堂，相如入室矣。如其不用何？"自孝武立樂府而采歌謠，於是有代、趙之謳，秦、楚之風，皆感於哀樂，緣事而發，亦可以觀風俗，知薄厚云。

王逸本集《楚辭章句叙》

叙曰：昔者孔子叡聖明喆，天生不王，俾定經術，乃删《詩》、《書》，正禮樂，制作《春秋》，以爲後王之法。門人三千，罔不昭達，臨終之日，則大義乖而微言絶。其後周室衰微，戰國並爭，道德陵遲，謞詐萌生。於是楊、墨、鄒、孟、孫、韓之徒，各以所知著造傳記，或以述古，或以明世。而屈原履忠被讒，憂悲愁思，獨依詩人之義，而作《離騷》，上以諷諫，下以自慰。遭時暗亂，不見省納，不勝憤懑。遂復作《九歌》以下凡二十五篇，楚人高其行義，瑋其文采，以相教傳。

至於孝武帝，恢廓道訓，使淮南王安作《離騷經章句》，則大義粲然。後世雄俊，莫不瞻仰，攄舒妙思，纘述其詞。逮至劉向，典校經書，分以爲十六卷。孝章即位，深弘道藝，而班固、賈逵復以所見改易前疑，各作《離騷經章句》。其餘十五卷，闕而不説。又以壯爲狀，義多乖異，事不要撮。今臣復以所識所知，稽之舊章，合之經傳，作十六卷章句。雖未能究其微妙，然大指之趣，略可見矣。

且人臣之義，以忠正爲高，以伏節爲賢。故有危言以存國，殺身以成仁。是以伍子胥不恨於浮江，比干不悔於剖心，然後德立而行成，榮顯而名稱。若夫懷道以迷國，佯愚而不言，顛則不能扶，危則不能安，婉娩以順上，逡巡以避患，雖保黄耇，終壽百年，蓋志士之所耻，愚夫之所賤也。今若屈原，膺忠貞之質，體清潔之性，直若砥矢，言若丹青，進不隱其謀，退不顧其命，此誠絶世之行，俊彦之英也。而班固謂之"露才揚己"，"競於羣小之中，怨恨懷王，譏刺椒蘭，苟欲求進强非其人，不見容納，忿恚自沈"，是虧其高明，而損其清潔者也。昔伯夷、叔齊讓國守志，不食周粟，遂餓而死，豈可復謂有求於世而恨怨哉！且詩人怨主刺上，曰："嗚呼小子，未知臧否，匪面命之，言提其耳！"風諫之語，於斯爲切。然仲尼論之，以爲大雅。引此比彼，屈原之詞，優游婉順，寧以其君不智之故，欲提攜其耳乎！而論者以爲"露才揚己"，"怨刺其上"，"强非其人"，殆失厥中矣。

夫《離騷》之文，依託五經以立義焉："帝高陽之苗裔"，則《詩》"厥初生民，時惟姜嫄"也；"紉秋蘭以爲佩"，則"將翱將翔，佩玉瓊琚"也；"夕攬洲之宿莽"，則《易》"潛龍勿用"也;"駟玉虬而乘鷖",則《易》"時乘六龍以御天"也;"就重華而陳詞",則《尚書》咎繇之謀謨也;"登崑崙而涉流沙",則《禹貢》之敷土也。故智彌盛者其言博,才益劭者其識遠。屈原之詞,誠博遠矣。自孔丘終没以來,名儒博達之士,著造詞賦,莫不擬則其儀表,祖式其模範,取其要妙,竊其華藻。所謂金相玉質,百歲無匹,名垂罔極,永不刊滅者也。

《離騷經章句》

《離騷經》者,屈原之所作也。屈原與楚同姓,仕於懷王,爲三閭大夫。三閭之職,掌王族三姓,曰昭、屈、景。屈原序其譜屬,率其賢良,以厲國士。入則與王圖議政事,決定嫌疑;出則監察羣下,應對諸侯。謀行職修,王甚珍之。同列大夫上官、靳尚妬害其能,共譖毀之,王乃疏屈原。屈原執履忠貞而被讒衮,憂心煩亂,不知所愬,乃作《離騷經》。離,別也;騷,愁也;經,徑也。言已放逐離別,中心愁思,猶陳直徑,以風諫君也。故上述唐、虞,三后之制,下序桀、紂、羿、澆之敗,冀君覺悟,反於正道而還己也。是時,秦昭王使張儀譎詐懷王,令絕齊交;又使誘楚,請與俱會武關,遂脅與俱歸,拘留不遣,卒客死於秦。其子襄王,復用讒言,遷屈原於江南。而屈原放在山野,復作《九章》,援天引聖,以自證明,終不見省。不忍以清白久居濁世,遂赴汨淵自沈而死。《離騷》之文,依《詩》取興,引類譬諭,故善鳥香草,以配忠貞;惡禽臭物,以比讒佞;靈修美人,以媲於君;宓妃佚女,以譬賢臣;虬龍鸞鳳,以託君子;飄風雲霓,以爲小人。其詞溫而雅,其義皎而朗。凡百君子,莫不慕其清高,嘉其文采,哀其不遇,而閔其志焉。

《九歌章句》

《九歌》者,屈原之所作也。昔楚國南郢之邑,沅湘之間,其俗信鬼而好祀。其祠,必作歌樂鼓舞以樂諸神。屈原放逐,竄伏其域,懷憂苦毒,愁思怫鬱。出見俗人祭祀之禮,歌舞之樂,其詞鄙陋。因爲作《九歌》之曲,上陳事神之敬,下以見己之冤結,託之以風諫。故其文意不同,章句雜錯,而廣異義焉。

《天問章句》

《天問》者,屈原之所作也。何不言問天?天尊不可問,故曰天問也。屈原放逐,憂心愁悴,彷徨山澤,經歷陵陸,嗟號旻昊,仰天嘆息。見楚有先王之廟及公卿祠堂,圖畫天地山川神靈,琦瑋僪佹,及古賢聖怪物行事。周流罷倦,休息其下。仰見圖畫,因書其壁,呵而問之,以渫憤懣,舒瀉愁思。楚人哀惜屈原,因共論述,故其文義不次叙云爾。

叙曰：昔屈原所作，凡二十五篇，世相教傳，而莫能説《天問》，以文義不次，又多奇怪之事。自太史公口論道之，多所不逮。至於劉向、揚雄，援引傳記以解説之，亦不能詳悉。所闕者衆，多無聞焉。既有解説，乃復多連蹇其文，濛潰其説，故厥義不昭，微指不晢，自游覽者，靡不苦之，而不能照也。今則稽之舊章，合之經傳，以相發明，爲之符驗，章決句斷，事事可曉，俾後學者永無疑焉。

《九章章句》

《九章》者，屈原之所作也。屈原放於江南之壄，思君念國，憂心罔極，故復作《九章》。章者，著明也，言己所陳忠信之道，甚著明也。卒不見納，委命自沈。楚人惜而哀之，世論其詞以相傳焉。

《遠遊章句》

《遠遊》者，屈原之所作也。屈原履方直之行，不容於世。上爲讒佞所譖毀，下爲俗人所困極，章皇山澤，無所告訴，乃深惟元一，修執恬漠，思欲濟世，則意中憤然，文采秀發，遂叙妙思，託配仙人，與俱游戲，周歷天地，無所不到。然猶懷念楚國，思慕舊故，忠信之篤，仁義之厚也。是以君子珍重其志，而瑋其辭焉。

《卜居章句》

《卜居》者，屈原之所作也。屈原履忠貞之性，而見嫉妬。念讒佞之臣，承君順非而蒙富貴，己執忠直而身放棄，心迷意惑，不知所爲。乃往至太卜之家，稽問神明，決之蓍龜，卜己居世何所宜行，冀聞異筴，以定嫌疑。故曰《卜居》也。

《漁父章句》

《漁父》者，屈原之所作也。屈原放逐，在江湘之間，憂愁嘆吟，儀容變易。而漁父避世隱身，釣魚江濱，欣然自樂。時遇屈原川澤之域，怪而問之，遂相應答。楚人思念屈原，因叙其辭以相傳焉。

《九辯章句》

《九辯》者，楚大夫宋玉之所作也。辯者，變也，謂陳道德以變説君也。九者，陽之數，道之綱紀也。故天有九星，以正璣衡；地有九州，以成萬邦；人有九竅，以通精明。屈原懷忠貞之性，而被讒邪，傷君闇蔽國將危亡，乃援天地之數，列人形之要，而作《九歌》、《九章》之頌，以諷諫懷王。明己所言，與天地合度，可履而行也。宋玉者，屈原弟子也。閔惜其師，忠而放逐，故作《九辯》以述其志。至於漢興，劉向、王襃之徒，咸悲其文，依而作詞，故號爲《楚詞》。亦承其九以立義焉。

《招魂章句》

《招魂》者，宋玉之所作也。招者，召也。以手曰招，以言曰召。魂者，身之精也。宋玉憐哀屈原，忠而斥棄，愁懣山澤，魂魄放佚，厥命將落。故作《招魂》，欲以復其精神，延其年壽，外陳四方之惡，内崇楚國之美，以諷諫懷王，冀其覺悟而還之也。

《大招章句》

《大招》者，屈原之所作也。或曰景差。疑不能明也。屈原放流九年，憂思煩亂，精神越散，與形離別，恐命將終，所行不遂，故憤然大招其魂，盛稱楚國之樂，崇懷、襄之德，以比三王，能任用賢，公卿明察，能薦舉人，宜輔佐之，以興至治，因以風諫，達己之志也。

《惜誓章句》

《惜誓》者，不知誰所作也。或曰賈誼，疑不能明也。惜者，哀也；誓者，信也，約也。言哀惜懷王，與己信約，而復背之也。古者君臣將共爲治，必以信誓相約，然後言乃從，而身以親也。蓋刺懷王有始無終也。

《招隱士章句》

《招隱士》者，淮南小山之所作也。昔淮南王安，博雅好古，招懷天下俊偉之士。自八公之徒，咸慕其德，而歸其仁，各竭才智，著作篇章，分造辭賦，以類相從，故或稱小山，或稱大山。其義猶《詩》有《小雅》、《大雅》也。小山之徒，閔傷屈原，又怪其文昇天乘雲，役使百神，似若仙者，雖身沈没，名德顯聞，與隱處山澤無異。故作《招隱士》之賦，以章其志也。

《七諫章句》

《七諫》者，東方朔之所作也。諫者，正也，謂陳法度以諫正君也。古者，人臣三諫不從，退而待放。屈原與楚同姓，無去之義，故加爲《七諫》，慇懃之意，忠厚之節也。或曰：七諫者，法天子有爭臣七人也。東方朔追憫屈原，故作此辭，以述其志，所以昭忠信，矯曲朝也。

《哀時命章句》

《哀時命》者，嚴夫子之所作也。夫子名忌，與司馬相如俱好辭賦，客遊於梁，梁孝王甚奇重之。忌哀屈原受性忠貞，不遭明君而遇暗世，斐然作辭，歎而述之，故曰《哀時命》也。

《九懷章句》

《九懷》者，諫議大夫王褒之所作也。懷者，思也，言屈原雖見放逐，猶思念其君，憂國傾危而不能忘也。褒讀屈原之文，嘉其温雅，藻采敷衍，執握金玉，委之污瀆，遭世溷濁，莫之能識。追而愍之，故作《九懷》，以裨其詞。史官録第，遂列於篇。

《九歎章句》

《九歎》者，護左都水使者光禄大夫劉向之所作也。向以博古敏達，典校經書，辯章舊文，追念屈原忠信之節，故作《九歎》。歎者，傷也，息也。言屈原放在山澤，猶傷念君，歎息無已，所謂讚賢以輔志，騁詞以曜德者也。

《九思章句》

《九思》者，王逸之所作也。自屈原終没之後，忠臣介士、遊覽學者讀《離騷》、《九章》之文，莫不愴然，心爲悲感，高其節行，妙其麗雅。至劉向、王褒之徒，咸嘉其義，作賦騁辭，以讚其志。則皆列於譜録，世世相傳。逸與屈原同土共國，悼傷之情與凡有異。竊慕向、褒之風，作頌一篇，號曰《九思》，以裨其辭。未有解説，故聊訓誼焉。

摯虞《文章流別論・賦》

賦者，敷陳之稱，古詩之流也。古之作詩者，發乎情，止乎禮義。情之發，因辭以形之；禮義之指，須事以明之。故有賦焉，所以假像盡辭，敷陳其志。前世爲賦者，有孫卿、屈原，尚頗有古詩之義，至宋玉則多淫浮之病矣。《楚辭》之賦，賦之善者也。故楊子稱賦莫深於《離騷》。賈誼之作，則屈原儔也。古詩之賦，以情義爲主，以事類爲佐。今之賦，以事形爲本，以義正爲助。情義爲主，則言省而文有例矣；事形爲本，則言當而辭無常矣。文之煩省，辭之險易，蓋由於此。夫假像過大，則與類相遠；逸辭過壯，則與事相違；辯言過理，則與義相失；麗靡過美，則與情相悖。此四過者，所以背大體而害政教。是以司馬遷割相如之浮説，揚雄疾"辭人之赋麗以淫”也。

徐矩《事物原始·賦》

《詩序》“六義”，二曰賦。賦者，謂直陳其事也。《漢書》曰：“不歌而頌曰賦。”《釋名》曰：“敷布其義謂之賦。”《左傳》曰：“鄭莊公入，而賦大隧之中”。自後荀卿、宋玉之徒，演爲別體，因謂之賦。漢司馬相如作《子虛賦》，沈約作《郊居賦》，禰衡作《鸚鵡賦》，晉張華作《鷦鷯賦》，宋璟作《梅花賦》，桑維翰作《日出扶桑賦》。後作賦者，亦不勝紀，姑録一二。

吳訥《文章辨體·辨騷賦》

古賦。按賦者，古詩之流。漢《藝文志》曰：“古者諸侯卿大夫交接鄰國，必稱詩以喻意。春秋之後，聘問歌詠，不行於列國，而賢人失志之賦作矣。大儒荀卿及楚臣屈原，離讒憂國，皆作賦以風。其後宋玉、唐勒、枚乘、司馬相如，下及楊子雲，競爲侈麗閎衍之辭，而風諭之義没矣。”迨近世祝氏著《古賦辯體》，因本其言而斷之曰：“屈子《離騷》，即古賦也。古詩之義，若荀卿《成相》、《詭詩》是也。”然其所載，則以《離騷》爲首，而《成相》等勿録。尚論世次，屈在荀後，而《成相》、《詭詩》，亦非賦體。故今特附古歌謠後，而仍載《楚辭》於古賦之首。蓋欲學賦者必以是爲先也。宋景文公有云：“《離騷》爲辭賦祖，後人爲之，如至方不能加矩，至圓不能過規。”信哉！

徐師曾《文體明辨·楚辭》

按《楚辭》者，《詩》之變也。《詩》無楚風，然江漢間皆爲楚地，自文王化行南國，《漢廣》、《江有汜》諸詩列於《二南》，乃居十五國風之先，是《詩》雖無楚風，實爲《風》首也。《風雅》既亡，乃有楚狂《鳳兮》、孺子《滄浪》之歌，發乎情，止乎禮義，與詩人六義不甚相遠。但其辭稍變詩之本體，而以“兮”字爲讀，則楚聲固已萌蘖於此矣。屈平後出，本詩義以爲騷，蓋兼六義而“賦”之義居多。厥後宋玉繼作，並號《楚辭》。自是辭賦家悉祖此體。故宋祁云：“《離騷》爲辭賦祖，後人爲之，如至方不能加矩，至圓不能過規。”信哉斯言也。故今列屈宋諸辭於篇，而自漢至宋凡倣作者附焉。其他曰賦，曰操，曰文，則各見本類。

《文體明辨·賦》

按詩有六義，其二曰賦。所謂“賦者，敷陳其事而直言之”也。古者諸侯卿大夫交接鄰國，揖讓之時，必稱詩以喻意，以別賢不肖，而觀盛衰。如晉公子重耳之秦，秦穆公享之，賦《六月》；魯文公如晉，晉襄公饗之，賦《菁菁者莪》；鄭穆公與魯文公宴於棐，子家賦《鴻鴈》；魯穆叔如晉，見中行獻子，賦《圻父》之類。皆以吟詠性忸，各從義類。故情形於辭，則麗而可觀；辭合於理，則則而可法。揚雄所謂“詩人之賦麗以則”者是已。春秋之後，聘問詠歌不行於列國，學詩之士逸在布衣，而賢士失志之賦作矣，即前所列《楚辭》是也。揚雄所謂“詞人之賦麗以淫”者，正指此也。然至今而觀，《楚辭》亦發乎情，而用以爲諷，實兼六義而時出之，辭雖太麗，而義尚可則。趙人荀況，遊宦於楚，考其時在屈原之前，所作五賦，工巧深刻，純用隱語，別爲一家。兩漢而下，獨賈生以命世之才，俯就騷律，非一時諸人所及。他如相如長於叙事，而或昧於情；揚雄長於説理，而或略於辭。至於班固，辭理俱失。若是者何？凡以不發乎情耳。然《上林》、《甘泉》，極其鋪張，而終歸於諷諫，而風之義未泯；《兩都》等賦，極其炫曜，終折以法度，而雅頌之義未泯；《長門》、《自悼》等賦，緣情發義，托物興詞，咸有和平從容之意，而比興之義未泯。故君子猶以爲古賦之流。三國、兩晉以及六朝，再變而爲俳，唐人又再變而爲律，宋人又再變而爲文。夫俳賦尚辭，而失於情，故讀之者無興起之妙趣，不可以言則矣。文賦尚理，而失於辭，故讀之者無詠歌之遺音，不可以言麗矣。至於律賦，其變愈下，始於沈約“四聲八病”之拘，中於徐、庾“隔句作對”之陋，終於隋、唐、宋“取士限韻”之制，但以音律諧協、對偶精切爲工，而情與辭皆置弗論。故今分爲四體：一曰古賦，二曰俳賦，三曰文賦，四曰律賦；各取數首，以列於篇。

《文體明辨·俳賦》

自《楚辭》有“製芰荷以爲衣，集芙蓉以爲裳”等句，已類俳語，然猶一句中自作對耳。及相如“左烏號之雕弓，右夏復之勁箭”等句，始分兩句作對，而俳遂甚焉。後人倣之，遂成此體。

《文體明辨·文賦》

按《楚辭·卜居》、《漁父》二篇，已肇文體；而《子虚》、《上林》、《兩都》等作，則首尾是文。後人倣之，純用此體。蓋議論有韻之文也。

《文體明辨·律賦》

六朝沈約輩出，有四聲八病之拘，而俳遂入於律。徐、庾繼起，又復隔句對聯，以爲四六，而律益細焉。隋進士科專用此體，至唐宋盛行，取士命題，限以八韻。要之以音律諧協、對偶精切爲工。（以上《文学典》第一百八十三卷）

詩部彙考（節録）

《書經·舜典》

詩言志。蔡注：心之所之謂之志。心有所之，必形於言，故曰詩言志。

《周禮·春官》

大師教六詩，曰風，曰賦，曰比，曰興，曰雅，曰頌。訂義：王昭禹曰：一國之事繫一人之本，謂之風；言天下之事，形四方之風，謂之雅；美盛德之形容，以其成功告於神明，謂之頌。風出於德性，雅出於法度，頌出於功業，三者詩之體也。直述其事而陳之謂之賦，以其類而况之謂之比，以其感發而比之謂之興，三者詩之用也。即其章言之則曰六詩，即其理言之則曰六義，大師教之以樂章，故曰六詩。鄭康成曰：風言聖賢治道之遺化也；雅言今之正者，以爲後世法；頌之言誦也，容也，誦今之德，廣以美之；賦之言鋪直、鋪陳今之政教善惡；比見今之失，不敢斥言，取比類以言之；興見今之美，嫌於媚諛，取善事以勸諭之。

以六德爲之本，以六律爲之音。黃氏曰：以六德爲之本，故雖變猶止乎禮義；以六律爲之音，則《書》所謂"聲依永，律和聲"也。

《娛書堂詩話·歌名》

姜堯章云：守法度曰詩，載始末曰引，體如行書曰行，放情曰歌，間之曰歌行，悲如蛩螀曰吟，通乎俚俗曰謠，委曲盡情曰曲。（以上《文學典》第一百八十九卷）

詩部總論一（節録）

摯虞《文章流別論·詩》

《書》云："詩言志，歌永言。"言其志謂之詩。古有採詩之官，王者以知得失。古之詩有三言、四言、五言、六言、七言、九言。古詩率以四言爲體，而時有一句二句雜在四言之間，後世演之，遂以爲篇。古詩之三言者，"振振鷺，鷺於飛"之屬是也，漢郊廟歌多用之。五言者，"誰謂雀無角，何以穿我屋"之屬是也，於俳諧倡樂多用之。六言者，"我姑酌彼金罍"之屬是也，樂府亦用之。七言者，"交交黃鳥止於桑"之屬是也，於俳諧倡樂多用之。古詩之九言者，"泂酌彼行潦挹彼注兹"之屬是也，不入歌謠之章，故世希爲之。夫詩雖以情志爲本，而以成聲爲節。然則雅音之韻，四言爲正；其餘雖備曲折之體，而非音之正也。

《文章流別論·又》

此則見《廣文選》，似令二首爲一，并載之。

　　文章者，所以宣上下之像，明人倫之叙，窮理盡性，以究萬物之宜者也。王澤流而詩作，成功臻而頌興，德勳立而銘著，嘉美終而誄集，祝史陳辭，官箴王闕。《周禮》太師掌教六詩，曰風，曰賦，曰比，曰興，曰雅，曰頌。言一國之事，繫一人之本，謂之風；言天下之事，形四方之風，謂之雅；頌者，美盛德之形容；賦者，敷陳之稱也；比者，喻類之言也；興者，有感之辭也。後世之爲詩者多矣，其述功德者謂之頌，其餘則總謂之詩。頌，詩之美者也。古者聖帝明王功成治定而頌聲興，於是奏於宗廟，告於鬼神，故頌之所美者，聖王之德也。古之作詩者，發乎情，止乎禮義。情之發，因辭以形之；禮義之指，須事以明之。故有賦焉，所以假象盡辭，敷陳其志。古詩之賦，以情義爲主，以事類爲佐；今之賦，以事形爲本，以義正爲助。情義爲主，則言省而文有例矣；事形爲本，則言當而辭無常文之煩省。辭之險易，蓋由於此。夫假象過大，則與類相遠；逸辭過壯，則與事相違；辯言過理，則與義相失；麗靡過美，則與情相悖。此四過者，所以背大體而害政教，是以司馬遷割相如之浮説，揚雄疾辭人之富麗以淫。詩之流也，有三言、四言、五言、六言、七言、九言，古詩率以四言爲體，而時有一句二句雜在四言之間，後世演之，遂以爲篇。古詩之三言者，“振振鷺，鷺於飛”之屬是也。五言者，“誰謂雀無角，何以穿我屋”之屬是也。六言者，“我姑酌彼金罍”之屬是也。七言者，“交交黃鳥止於桑”之屬是也。九言者，“泂酌彼行潦挹彼注兹”之屬是也。夫詩雖以情志爲本，而以成聲爲節，然則雅音之韻，四言爲正；其餘雖備曲折之體，而非詩之正也。

王通《中説・關朗篇》

　　薛收問曰：今之民，胡無詩？子曰：詩者，民之情性也，情性能亡乎？非民無詩，職詩者之罪也。

詩部總論三（節録）

《性理大全》

　　古樂府只是詩中間却添許多泛聲，後来人怕失了那泛聲，逐一聲添箇實字，遂成長短句，今曲子便是。

　　臨川吳氏曰：詩之變不一也。《虞廷之歌》邈矣，弗論。余觀三百五篇，南自南，雅自雅，頌自頌，變風自變風，以至於變雅亦然，各不同也。詩亡而楚騷作，騷亡而漢五言作，訖於魏晉，顏、謝以下，雖曰五言，而魏晋之體已變。變而極於陳隋，漢五言至是幾亡。唐陳子昂變顏、謝以下，上復晉、魏、漢，而沈宋之體別出。李杜繼之，因子昂而變，柳韓因李杜又變。變之中有古體，有近體；體之中有五言，有七言，有雜詩。詩之體不一，人之才亦不一，各以其體，各以其才，各成一家言，如造化生物，洪纖曲直、青黃赤白均爲大巧之一。巧自三百五篇，已不可一概齊，而況後之作者乎？

徐禎卿《談藝録》

詩理宏淵，談何容易！究其妙用，可略而言。《卿雲》、《江水》，開雅、頌之源；《烝民》、《麥秀》，建國風之始。覽其事迹興廢如存，占彼民情困舒在目，則知詩者所以宣元鬱之思，光神妙之化者也。先王協之於宮徵，被之於簧絃，奏之於郊社，頌之於宗廟，歌之於燕會，諷之於房中，蓋以之可以格天地，感鬼神，暢風教，通庶情，此古詩之大約也。漢祚鴻朗，文章作新。安世楚聲，温純厚雅；孝武樂府，壯麗宏奇。縉紳先生，咸從附作，雖規迹古風，各懷剗剿，美哉，歌詠漢德，雍揚可爲，雅、頌之嗣也。及夫興懷觸感，民各有情。賢人逸士，呻吟於下里；棄妻思婦，嘆詠於中閨。鼓吹奏乎軍曲，童謠發於閭巷，亦十五《國風》之次也。東京繼軌，大演五言，而歌詩之聲微矣。至於含氣布詞，質而不采，七情雜遺，並自悠圓，或間有微疵，終難毁玉。兩京詩法，譬之伯仲，塤篪所以相成其音調也。魏氏文學，獨專其盛，然國運幾移，古朴易解。曹王數子，才氣慷慨，不詭風人，而持立之功，卒亦未至，故時與之闇化矣。嗚呼，世代推移，理有必爾，風斯偃矣，何足論才。故特標極界以俟君子取焉。

詩家名號，區別種種。原其大義，固自同歸。歌聲雜而無方，行體疏而不滯，吟以呻其鬱，曲以導其微，引以抽其臆，詩以言其情，故名因昭象，合是而觀，則情之體備矣。夫情既異其形，故辭當因其勢，譬如寫物繪色，倩盼各以其狀，隨規逐矩，圓方巧獲其則。此乃因情立格，持守圍環之大略也。若夫神工哲匠，顛倒經樞，思若連絲應之杼軸，文如鑄冶逐手而遷，從衡參互，恒度自若，此心之伏機，不可強能也。

七言沿起，咸曰栢梁。然甯戚扣牛，已肇《南山》之篇矣。其爲則也，聲長字縱，易以成文。故蘊氣琱辭，與五言略異。要而論之，《滄浪》擅其奇，《栢梁》弘其質，《四愁》墜其雋，《燕歌》開其靡。他或雜見於樂篇，或援格於賦，係妍醜之間，可以類推矣。

何喬新本集《論詩》

論詩於三代之上，當究其體製之異；論詩於三代之下，當辨其得失之殊。蓋究其體製，則詩之源流可見；辨其得失，則詩之高下可知矣。是故詩言志，歌永言，後世倣之以爲歌；一曰風，二曰賦，後世擬之以爲賦。吟詠性情，轉而爲吟，故嗟嘆之

502

易而爲嘆。自詩變爲樂府之後，孔子作《龜山操》，伯奇作《履霜操》，即或憂或思之詩。自詩變爲《離騷》之後，賈誼之弔湘賦，揚雄之畔牢愁，即或哀或愁之詩。凡此皆詩之體製、源流也。"振振鷺"，三言之所起；"關關雎鳩"，四言之所起；"維以不永懷"，五言之所起；"魚麗於罶鲂鯉"，六言之所起；"交交黃鳥止於棘"，七言之所起；"我不敢效我友自逸"，八言之所起。凡此，皆詩之句讀源流也。（以上《文學典》第一百九十二卷）

詩部總論四（節録）

吳訥《文章辨體·辨詩》

古詩。《詩大序》曰："詩者，志之所之也。""詩有六義：曰風，曰雅，曰頌，曰賦，曰比，曰興。"《三百篇》尚矣。以漢魏言之，蘇、李、曹、劉，實爲之首。晉宋以下，世道日變，而詩道亦從而變矣。晦庵先生嘗答鞏仲至有曰："古今詩凡三變：自漢魏以上爲一等，自晉宋間顏、謝以後下及唐初爲一等，自沈、宋以後定著律詩下及今日又爲一等。然自唐初以前，爲詩者固有高下，而法猶未變；至律詩出而後詩之與法，始皆大變，無復古人之風矣。嘗欲抄取經史韻語，下及《文選》漢魏古辭，以盡郭景純、陶淵明之作，自爲一編，而附《三百篇》、《楚辭》之後，以爲詩之根本準則；又於其下二等之中，擇其近於古者各爲一編，以爲羽翼輿衛；其不合者，則悉去之，不使接於耳目，入於胸次。要使方寸之中，無一字世俗言語意思，則其爲詩，不期於高遠而自高遠矣。"嗚呼！學詩之法，朱子之言至矣盡矣，有志者勉焉。

《國風》、《雅》、《頌》之詩，率以四言成章。若五、七言之句，則間出而僅有也。《選》詩四言，漢有韋孟一篇，魏晉間作者雖衆，然惟陶靖節爲最。後村劉氏謂其《停雲》等作突過建安是也。宋齊而降，作者日少，獨唐韓、柳《元和聖德詩》、《平淮夷》雅膾炙人口。先儒有云：二詩體製不同，而皆詞嚴氣偉，非後人所及。自時厥後，學詩者日以聲律爲尚，而四言益鮮矣。大抵四言之作，拘於模擬者，則有蹈襲《風》、《雅》辭之譏；涉於理趣者，又有銘、贊文體之誚。惟能辭意融化而一出於性情，六義之正者爲得之矣。

五言古詩，載於昭明《文選》者，唯漢魏爲盛。若蘇、李之天成，曹、劉之自得，固爲一時之冠。究其所自，則皆宗乎《國風》與楚人之辭者也。至晉陸士衡兄弟、潘安仁、張茂先、左太冲、郭景純輩，前後繼出然皆不出曹、劉之軌轍；獨陶靖節高風逸韻，直超建安而上之。元嘉以後，三謝、顏、鮑又爲之冠。其餘則傷鏤刻，遂乏渾厚之氣。永明而下，抑又甚焉。沈休文既拘聲韻，江文通又過模擬，而詩之變極矣。

唐初，承陳隋之弊，唯陳伯玉厚師漢魏以及淵明，復古之功，於是爲大。迨開元中，有杜子美之才瞻學優，兼盡衆體；李太白之格調放逸，變化莫覊。繼此則有韋應物、柳子厚，發穠纖於簡古，寄至味於淡泊，有非衆人之所能及也。自是而後，律詩日盛，而古學日衰。

宋初，崇尚晚唐之習，歐陽永叔痛矯“西崑”陋體而變之。並時而起，若王介甫、蘇子美、梅聖俞、蘇子瞻、黃山谷之屬，非無可觀，然皆以議論爲主，而六義益晦矣。馴至南渡，遞相循襲，不離故武。獨考亭朱子以豪傑之材，上繼聖賢之學，文辭雖其餘事，然五言古體，實宗《風》、《雅》而出入漢魏陶、韋之間。至其《齋居》、《感興》之作，則盡發天人之蘊，載韻語之中，以垂教萬世，又豈漢晉詩人所能及哉？讀者深味而體驗之，則庶有以得之矣。

世傳七言起於漢武《柏梁臺》體。按《古文苑》云：元封三年，詔郡臣能七言詩者上臺侍坐，武帝賦首句曰：“日月星辰和四時”，梁王襄繼之曰：“驂駕四馬從梁來。”自襄而下，作者二十四人，至東方朔而止。每人一句，句皆有韻，通二十五句，共出一韻，蓋如後人聯句而無隻句與不對偶也。後梁昭明輯《文選》，東漢張衡《四愁詩》四首，每首七句，前三句一韻，後四句一韻，此則後人換韻體也。古樂府有七言古辭，曹子建輩擬作者多。馴至唐世，作者日盛。然有歌行，有古詩。歌行則放情長言，古詩則循守法度，故其句語格調亦不能同也。大抵七言古詩貴乎句語渾融，格調蒼古；若或窮鏤刻以爲巧，務喝喊以爲豪，或流乎萎弱，或過乎纖麗，則失之矣。

昔人論歌辭：有有聲有辭者，若《郊廟》樂章及《鐃歌》等曲是也；有有辭無聲者，若後人之所述作，未必盡被於金石也。

夫自周衰采詩之官廢，漢魏之世，歌詠雜興。故本其命篇之義曰篇，因其立辭之意曰辭，體如行書曰行，述事本永曰引，悲如蛩螿曰吟，委曲盡情曰曲，放情長言曰歌，言通俚俗曰謠，感而發言曰歎，憤而不怒曰怨：雖其立名弗同，然皆六義之餘也。

唐世詩人，共推李杜。太白則多模擬古題；少陵則即事名篇，無復倚傍。厥後元微之以後人沿襲古題，倡和重復，深以少陵爲是。

律詩始於唐，而其盛亦莫過於唐。考之唐初，作者蓋鮮。中唐以後，若李太白、韋應物猶尚古多律少。至杜子美、王摩詰，則古律相半。迨元和而降，則近體盛而古作微矣。大抵律詩拘於定體，固弗若古體之高遠；然對偶音律，亦文辭之不可廢者。故學之者當以子美爲宗。其命辭用事，聯對聲律，須取溫厚和平不失六義之正者爲矜式。若換句拗體、龐豪險怪者，是皆律體之變，非學者所先也。楊仲弘云：“凡作唐律，起處要平直，承處要舂容，轉處要變化，結處要淵永，上下要相聯，首尾要相應。最忌俗意俗字,俗語俗韻。用工二十年,始有所得。"嗚呼,其可易而視!

楊伯謙云:"唐初五言排律雖多,然往往不純;至中唐始盛。若七言,則作者絕少矣。大抵排律若句鍊字鍛,工巧易能;唯抒情陳意、全篇貫徹而不失倫次者爲難。故山谷嘗云:老杜《贈韋左丞詩》,前輩錄爲壓卷,蓋其布置最爲得體,如官府甲第,廳堂房舍各有定處,不相淆亂也。"作者當以其言爲法。

楊伯謙曰:"五言絕句,盛唐初變六朝子夜體;六言則王摩詰始效顧、陸作;七言,唐初尚少,中唐漸盛。"又按《詩法源流》云:"絕句者,截句也。後兩句對者是截律詩前四句,前兩句對者是截律詩後四句,皆對者是截中四句,皆不對者是前後各兩句。故唐人稱絕句爲律詩,觀李漢編《韓昌黎集》,凡絕句皆收入律詩內是也。"周伯弱又云:"絕句以第三句爲主,須以實事寓意,則轉換有力,涵蓄無盡。"由是觀之,絕句之法可見矣。

聯句。按聯句始著於《陶靖節集》,而盛於退之、東野。其體有人作四句,相合成篇,若《靖節集》中所載是也。又有人作一聯,若子美與李尚書之芳及其甥宇文或聯句是也。復有先出一句,次者對之,就出一句,前人復對之,相繼成章,則昌黎、東野《城南》之作是也。其要在於對偶精切,辭意均敵,若出一手,乃爲相稱。山谷嘗云:"退之與孟郊意氣相入,故能雜然成篇。後人少聯句者,蓋由筆力難相追爾。"

句語詩者,始於舜皋之《賡歌》。三代列國,《風》、《雅》繼作,今之《三百五篇》是也。其句法自三字至八字,皆起於此。三字句若"鼓咽咽,醉言歸"之類,四字句若"關關雎鳩,在河之洲"之類,五字句若"誰謂雀無角,何以穿我屋"之類,七字句若"交交黃鳥止於棘"之類,八字句若"十月之交曰我不敢,效我友自逸"之類。漢魏以降,格致寖多。自唐迄於國朝,而體製大備矣。

王世懋《藝圃擷餘·論詩》

作古詩先須辨體,無論兩漢難至,苦心摹倣,時隔一塵,即爲建安,不可墮落六朝。一語爲三謝,縱極排麗,不可雜入唐音。小詩欲作王、韋,長篇欲作老杜,便應全用其體,第不可羊質虎皮,虎頭蛇尾。詞曲家非當家本色,雖麗語博學無用,況此道乎?

唐律由初而盛,由盛而中,由中而晚,時代聲調,故自必不可同,然亦有初而逗盛,盛而逗中,中而逗晚者,何則?逗者,變之漸也;非逗,故無驟變,如四詩之有變風、變雅便是。《離騷》遠祖,子美七言律之有拗體,其猶變風、變雅乎?唐律之由盛而中,極是盛衰之介。然王維、錢起實相倡酬,子美全集,半是大曆以後。其間逗漏,實有可言,聊指一二:如右丞"明到衡山"篇,嘉州"函谷"、"磻溪"句,隱隱錢、劉、盧、李間矣。

至於大曆十才子,其間豈無盛唐之句,蓋聲氣猶未相隔也。學者固當嚴於格調,然必謂盛唐人無一語落中,中唐人無一語入盛,則亦固哉! 其言詩矣。(以上《文学典》第一百九十三卷)

詩部總論五(節録)

徐矩《事物原始‧律格》

李白云:"梁陳以來,艷藻斯極,沈休文又尚以聲律。"唐《宋之問傳》曰:"江左詩律屢變,至沈約、庾信以音律相婉附,屬對精密,則律格之始,原於約、信,而成乎沈、宋也。"

《事物原始‧聯句》

自漢武爲《柏梁詩》,使羣臣作七言,始有聯句之體。梁《何遜集》多有其格。唐文士爲之者亦衆。凡聯一句或二句,亦有對一句、出一句者。《五子之歌》有其一、其二之文,則又聯句之體也。

《日知録‧詩》

孔子删詩,所以存列國之風也,有善有不善,兼而存之。猶古之太師陳詩,以觀民風;而季札聽之,以知其國之興衰。正以二者之並陳,故可以觀,可以聽。世非二帝,時非上古,固不能使四方之風有貞而無淫,有治而無亂也。文王之化被於南國,而北鄙殺伐之聲,文王不能化也。使其詩尚存,而入夫子之删,必將存南音以繫文王之風,存北音以繫紂之風,而不容於没一也。是以《桑中》之篇,《溱洧》之作,夫子不删,志淫風也。《叔于田》爲譽段之辭,《揚之水》、《椒聊》爲從沃之語,夫子不删,著亂本也。淫奔之詩録之,不一而止者,所以志其風之甚也。一國皆淫,而中有不變者焉,則亟録之,《將仲子》畏人言也,《女曰雞鳴》相警以勤生也,《出其東門》不慕乎色也,《衡門》不願外也,選其辭,比其音,去其煩且濫者,此夫子之所謂删也。後之拘儒不達此旨,乃謂淫奔之作,不當録於聖人之經。是何異唐太子弘謂商臣弑君,不當載於《春秋》之策乎? 真希元《文章正宗》,其所選詩一埽千古之陋,歸之正旨。然病其以理爲宗,不得選人之趣。且如《古詩十九首》,雖非一人之作,而漢代之風略具乎此。今以希元之所删者讀之,"不如飲美酒,被服紈與素",何以異乎《唐詩‧山有樞》之篇"良人惟古歡,枉駕惠前綏"。蓋亦邶詩"雄雉于飛"之義;"牽牛織女"意防《大東》,"兔絲女蘿"情同《車牽》。十九作中無甚優劣,必以坊淫正俗之旨嚴爲繩削，雖矯昭明之枉，恐失《國風》之義。六代浮華，固當芟落，使徐、庾不得爲人，陳、隋不得爲代，無乃太甚？豈非執理之過乎！（以上《文学典》第一百九十四卷）

樂府部彙考一（節録）

《漢書·禮樂志》

初，高祖既定天下，過沛，與故人父老相樂醉酒歡哀，作"風起"之詩，令沛中僮兒百二十人習而歌之。至孝惠時，以沛宫爲原廟，皆令歌兒習吹以相和，常以百二十人爲員。文景之間，禮官肄業而已。至武帝定郊祀之禮，祠太一於甘泉就乾位也，祭后土於汾陰澤中方丘也，乃立樂府。注：師古曰：始置之也。樂府之名，蓋起於此。

采詩夜誦，有趙、代、秦、楚之謳，以李延年爲協律都尉，多舉司馬相如等數十人，造爲詩賦，略論律吕，以合八音之調。作十九章之歌，以正月上辛用事甘泉圜丘，使童男女七十人俱歌。昏祠至明夜，常有神光如流星，止集於祠壇。天子自竹宫而望拜，百官侍祠者數百人，皆肅然動心焉。（以上《文学典》第二百三十五卷）

樂府部彙考二（節録）

劉餗《樂府解題》

伯牙操

伯牙學琴於成連先生。成連曰："吾師子春在海中，能移人意。"與俱往，至蓬萊山，留伯牙曰："此居習之，吾將迎師。"刺船而去，旬日不返。伯牙但聞水聲澒洞，山林冥杳，禽鳥啼號，乃嘆曰："吾師謂移人意者，謂此也。"援琴而歌，頓悟其妙旨。

白頭吟

司馬相如將聘茂陵女爲妻，文君作《白頭吟》云："淒淒重淒淒，嫁女不須歸。願得同心人，白頭不相離。"相如以是絶，乃不聘。

雉朝飛

齊宣王時，牧犢子五十無妻，見雉相隨，而作此曲。

別鶴操

商陵牧子妻五年無子,父母將令改娶,妻聞之,作此曲。

烏夜啼

宋彭城王義康與義慶相見而哭,帝怪之,徵還,大懼。妓妾夜聞烏啼,叩閣曰:"明當有赦。"乃改南州,遂作此曲。

藁砧今何在

藁砧爲夫也,"山上復有山",言夫出也。"何時大刀頭",問何時還也。"破鏡飛上天",言月半時還也。

雜(離)合詩

孔融作,合其字以成文。

泰山吟

《薤露歌》,一名《蒿里行》,又名《泰山吟》。

挽柩歌

漢武時,李延年分二曲,以《薤露》送王公貴人,以《蒿里》送士庶,令挽柩者歌,又通謂之《挽柩歌》。

烏生八九子

古詞言"烏生八九子,端坐秦氏樹",言烏生子當在巖,今來坐樹間,故爲彈所殺。

陌上桑

舊説邯鄲女子姓秦名羅敷,爲王仁妻。仁事趙王爲家令,羅敷採桑陌上,趙王見而悦之,置酒將奪焉。羅敷善箏,作此曲自明不從。

東門行

古詞云"出東門,不願歸",言士有貧不能安,拔劍將去,其妻止之曰:"時清不可爲,非願共餔糜,不求富貴。"

君馬黃

言君馬黃，臣馬蒼，三馬同逐臣馬良，嘆無罪見逐也。

明妃曲

明君即昭君，晉文帝諱改焉。《琴操》載昭君齊人，王穰女，極美，獻之元帝，數年帝未見之。因單于入朝，帝宴之禁中，後宮執事嬪御皆侍，昭君在列。酒酣，帝曰："欲以一女遺單于，誰能行者？"昭君怨帝，即出請往，帝見悔之。舊説不同。

大垂手

言舞而垂其手，亦有小垂手及獨搖手之類。

坎　侯

漢武滅南越，祠太一后土，令樂人依琴造坎，言坎坎應節也。侯，工人之姓，因曰"坎侯"，後訛爲"箜篌"也。

定情篇

漢繁欽所作，若臂環致拳拳，指環致殷勤，耳珠致區區，香囊致扣扣，跳脱致問，佩玉結恩，皆婦人叙志之詞也。

合歡詩

晉楊方所作。食共並根穗，飲共連理杯，衣同雙絲綃，寢共無縫褥。坐必接膝，行必攜手，如鳥同心，如魚比目。利斷金石，密逾膠漆也。

大山小山

《招隱》詞本楚聲，淮南王安所作。《大山》、《小山》，擬詩之《大雅》、《小雅》也。

樂府部總論（節録）

唐庚《文録·樂府命題》

齊梁以來，文士喜爲樂府辭，然沿襲之久，往往失其命題本意。《烏將八九子》，但詠烏；《雉朝飛》，但詠雉；《雞鳴高樹巔》，但詠雞，大抵類此。而甚有併其題失之者，如

《相府蓮》訛爲《想夫憐》，《揚婆兒》訛爲《楊叛兒》之類是也。蓋辭人例用事語言，不復詳研考，雖李白亦不免此。惟老杜《兵車行》、《悲青坂》、《無家別》等數篇，皆因事自出己意，立題略不更蹈前人陳迹，真豪傑也。

古樂府命題皆有主意，後之人用樂府爲題者，直當代其人而措辭，如《公無渡河》，須作妻止其夫之辭，太白輩或失之，惟退之《琴操》得體。

馬端臨《文獻通考·論樂亡》

按夾漈此論，拳拳乎風、雅、頌之別，而以爲漢世頗謬其用。然漢明帝之樂凡四，今冊傳者，惟《短簫鐃歌》二十二曲，而所謂《大予》，所謂《雅》、《頌》，所謂《黃門鼓吹》，則未嘗有樂章。至於《短簫歌》，史雖以爲軍中之樂，多叙戰陣之事，然以其名義考之，若《上之回》則巡幸之事也，若《上陵》則祭祀之事也，若《朱鷺》則祥瑞之事也。至《艾如張》、《巫山高》、《釣竿篇》之屬，則又各指其事而言，非專爲戰伐也。魏晉以來，倣漢《短簫鐃歌》爲之而易其名，於是專叙其創業以來，伐叛討亂，肇造區宇之事，則純乎雅、頌之體。是魏晉以來之《短簫鐃歌》，即古之雅、頌矣。

《文獻通考·鐃歌鼓吹辨》

按《漢志》言漢樂有四，其三曰《黃門鼓吹》樂，天子宴羣臣之所用；四曰《短簫鐃歌》樂，軍中之所用。則鼓吹與鐃歌，自是二樂，而其用亦殊。然蔡邕言鼓吹者蓋短簫鐃歌，而俱以爲軍樂，則似漢人已合而爲一。但《短簫鐃歌》，漢有其樂章，魏晉以來因之，大槩皆叙述頌美時主之功德；而鼓吹則魏晉以來以給賜臣下，上自王公，下至牙門督將皆有之。且以爲葬儀蓋鐃歌，上同乎國家之雅、頌；而鼓吹下儕於臣下之鹵簿，非唯所用尊卑懸絕，而俱不以爲軍中之樂矣。至唐宋則又以二名合爲一，而以爲乘輿出入警嚴之樂。然其所用掆鼓、金鉦、鐃鼓、簫笳、橫吹、長鳴、篳篥之屬，皆俗部樂也。故郊祀之時，太常雅樂以禮神，鼓吹嚴警以戒衆。或病其雅、鄭雜襲，失齋肅寅恭之誼者，此也。又鼓吹本軍中之樂，郊禋齋宿之時，大駕鹵簿以及從官六軍、百執事輿衛繁多，千乘萬騎旅宿以將事，蓋雖非征伐，而所動者衆，所謂君行師從是也，則夜警晨嚴之制誠不可廢。至於冊寶、上尊號、奉天書、虞主祔廟皆用之，則不類矣。

吳訥《文章辨體·樂府》

易曰："先王作樂崇德，殷薦之上帝以配祖考。"成周盛時，大司樂以黃帝、堯、舜、夏、商六代之樂，報祀天地百神。若宗廟之祭，神既下降，則奏《九德》之歌，《九韶》之舞。蓋以六代之樂，皆聖人之徒所制，故悉存之而不廢也。迨秦焚滅典籍，禮樂崩壞。

漢興，高帝自製《三侯》之章，而《房中》之樂則令唐山夫人造爲歌辭。《史記》云："高祖過沛，詩《三侯》之章，令小兒歌之。高祖崩，令沛得以四時歌舞宗廟。孝惠、文、景，無所增更，於樂府習常肄舊而已。"至班固《漢書》則曰："漢興，樂家有制氏，但能紀其鏗鏘，而不能言其義。高祖時，叔孫通制宗廟樂，迎神奏《嘉至》入廟奏《永至》，榦豆上奏《登歌》，再終下奏《休成》，天子就酒東廂坐定，奏《永安》。"然徒有其名而亡其辭，所載不過武帝《郊祀》十九章而已。後儒遂以樂府之名起於武帝，殊不知孝惠二年已命夏侯寬爲樂府令，豈武帝始爲新聲不用舊辭也。迨東漢明帝，遂分樂爲四品：一曰《大予樂》，郊廟上陵用之；二曰《雅頌樂》，辟雍享射用之；三曰《黃門鼓吹樂》，天子宴羣臣用之；四曰《短簫鐃歌樂》，軍中用之。其說雖載方冊，而其制亦復不傳。魏晉以降，世變日下，所作樂歌，率皆誇靡虛誕，無復先王之意。下至陳隋，則淫哇鄙褻，舉無足觀矣。自時厥後，唯唐宋享國最久，故其辭亦多純雅。南渡後，夾漈鄭氏著《通志樂略》，以爲古之達禮有三：一曰燕，二曰享，三曰祀。所謂吉、凶、軍、賓、嘉皆主此三者。仲尼所刪之詩，凡宴、享、祀之時，用以歌之。漢樂府之作，以繼三代，因列《鐃歌》與《三侯》以下於篇，亦無其辭。後太原郭茂倩輯《樂府》百卷，縣漢迄五代，搜輯無遺。金華吳立夫謂其紛亂龐雜，厭人視聽，雖浮淫鄙俗，不敢芟夷，何哉？近豫章左克明復編《古樂府》十卷，斷自陳隋而止，中間若後魏《楊白花》等淫鄙之辭，亦復收載，是亦未得盡善也。

郊廟歌辭。《樂記》曰："王者功成作樂，治定制禮。"考之於古，禮樂之備，莫過於周。故《詩序》謂《昊天有成命》，則郊祀天地之樂歌也；《清廟》，則祀太廟之樂歌也；《我將》、《載芟》、《良耜》，則又明堂社稷之歌章焉。千載之下，音樂既亡，而其歌詩尚存者，以其辭焉爾。秦漢以降，代有制作，然唯漢、唐、宋爲盛者，蓋其混一既久，功德在人，雖其道不能比隆成周，然其致治制作之懿，終非秦、魏、晉、隋、南北五季之可比也。讀者其尚考焉。

愷樂歌辭。《周禮·大司樂》曰："王師大獻，則令奏《愷樂》。"《大司馬》曰："師有功，則《愷樂》獻於社。"鄭康成云："兵樂曰愷，獻功之樂也。"是則軍禮之有《愷樂》，其來尚矣。若夫《鼓吹》、《鐃歌》、《橫吹》之名，則起於漢。崔豹《古今注》云："漢樂有《黃門鼓吹》，天子所以燕羣臣。《短簫鐃歌》，乃鼓吹之一章，亦以賜有功。"是則《鐃歌》與《橫吹》，得通名爲《鼓吹曲》，但所用異爾。漢有《朱鷺》等二十二曲，列於《鼓吹》，謂之《鐃歌》。又有《橫吹》曲二十八解，然辭多不傳。曹魏嘗改漢《鐃歌》爲十二曲，而辭率矯誕。厥後柳宗元進唐《鐃歌》。洪武中，宋濂擬宋《鼓吹》，雖如魏之曲數，而辭義殆過之矣。

燕饗歌辭。《儀禮·燕禮》曰："工歌《鹿鳴》、《四牡》、《皇皇者華》。""笙入，奏《南陔》、《白華》、《華黍》。”“乃間歌《魚麗》、笙《由庚》，歌《南有嘉魚》、笙《崇丘》，歌《南山有臺》、笙《由儀》，遂歌《鄉樂》、《周南·關雎》、《葛覃》、《卷耳》、《召南·鵲巢》、《采蘩》、《采蘋》。”此則燕饗之有樂也。《王制》曰：“天子食舉以樂。”《大司樂》：“王大食皆奏鐘鼓。”此食舉之有樂也。漢明帝定樂，二曰《雅頌》，三曰《黃門鼓吹》者，皆燕射及宴羣臣之所用也。又有《殿中》、《御飯》、《食舉》七曲，《太樂食舉》十三曲，然世皆不傳。唯晉荀勖所定歌章具存。唐貞觀初，新定《十二和》之樂，其曰天子食舉及飲酒奏《休和》，受朝奏《正和》，正、至禮會奏《昭和》，皇太子軒縣出入奏《承和》，而史亦亡其辭。迨宋建隆中，始作朝會樂章，載之於史。

　　琴曲歌辭。《白虎通》曰：“琴者，禁止于邪以正人心者也。故先王以是爲修身理性之具。其長三尺六寸，象歲之三百六十日也。廣六寸，法六合也。前廣後狹，尊卑象也。上圓下方，法天地也。”今觀五曲、九引、十二操，率皆後人所爲。若文王《居羑》，孔子《猗蘭》、《將歸》等操，怨懟躁激，害義尤甚，獨昌黎所擬，先儒謂深得文王之心者是也。西山真氏又云：“琴之音以淳古澹泊爲上。今則厭古調之希微，誇新聲之奇變，雖琴亦鄭衛矣。”此又有志於琴者不可不知也。

　　相和歌辭。《宋書·樂志》曰：“《相和》，漢舊曲也，絲竹更相以和執節者之歌。魏明帝分爲二部。”晉荀勖採舊辭，謂之《清商三調》歌詩。唐《樂志》云：“《平調》、《清調》、《瑟調》，皆周《房中曲》之遺聲，漢世謂之三調。”又有《楚調》，漢《房中曲》也，與前三調總謂之《相和調》。

　　清商曲辭。《清商樂》一曰《清樂》。《清樂》者，九代之遺聲，其始即《相和三調》是也。並漢魏已來舊曲，其辭皆古調。晉馬南渡，其音亡散。宋武定關中，收其聲伎，南朝文物，斯爲最盛。後魏孝文、宣武相繼南伐，得江左所傳舊曲及江南《吳歌》、荊楚《西聲》，總謂之《清商》。至於殿庭饗宴，則兼奏之。後隋平陳，文帝善其節奏，曰：“此華夏正聲也。”乃微更損益，以新定律呂，因於太常置清商署以管之，謂之《清樂》。隋室喪亂，日益淪缺。唐貞觀中，用十部樂，《清樂》亦在焉。至武后長安已後，朝廷不用古曲，工伎廢弛，曲之存者僅有《子夜》、《上聲》、《歡聞》、《前溪》、《阿子》、《丁督護》、《讀曲》、《神弦》等曲，俱列於《吳聲》。而《西曲》則《石城樂》、《烏夜啼》、《烏棲曲》、《估客》、《莫愁》、《襄陽》、《江陵》、《共戲》、《壽陽》等曲。或舞曲，或倚歌，則雜出於荊、郢、樊、鄧之間，以其方俗，故謂之《西曲》。古之《樂録》曰：“《上聲》等辭，哀怨不及中和，梁武改之，無復雅句矣。”

顧炎武《日知録·樂章》

　　《詩》三百篇，皆可以被之音而爲樂。自漢以下，乃以其所賦五言之屬爲徒詩，而其協於音者則謂之樂府。宋以下，則其所謂樂府者亦但擬其辭，而與徒詩無別。於是乎詩之與樂判然爲二，不特樂亡而詩亦亡。古人以樂從詩，今人以詩從樂。古人必先有詩，而後以樂和之。舜命夔教胄子，“詩言志，歌永言，聲依永，律和聲”，是以登歌在上，而堂上堂下之器應之，是之謂以樂從詩。

宋國子丞王普言：“古者既作詩，從而歌之，然後以聲律協和而成曲。自歷代至於本朝雅樂，皆先製樂章而後成譜。崇寧以後，乃先製譜，後命辭。於是辭律不相諧協，且與俗樂無異。”

朱子曰：“詩之作，本言志而已。方其詩也，未有歌也；及其歌也，未有樂也。以聲依永，以律和聲，則樂乃爲詩而作，非詩爲樂而作也。詩出乎志者也，樂出乎詩者也。詩者，其本；而樂者，其末也。”

古之詩大抵出於中原諸國，其人有先王之風，諷誦之教，其心和，其辭不侈，而音節之間往往合於自然之律。《楚辭》以下，即已不必盡諧。《文心雕龍》言：“《楚辭》訛韻實繁。”

降及魏晉，羌戎雜擾，方音遞變，南北各殊。故文人之作，多不可以協之音，而名爲“樂府”，無以異於徒詩者矣。

元稹言：“樂府等題，除《鐃吹》、《横吹》、《郊祀》、《清商》等詞在《樂志》者，其餘《木蘭》、《仲卿》、《四愁》、《七哀》之類，亦未必盡播於管弦也。”

人有不純，而五音十二律之傳於古者至今不變，於是不得不以五音正人聲，而謂之以詩從樂。以詩從樂，非古也。後世之失，不得已而爲之也。

《漢書》：“武帝舉司馬相如等數十人，造爲詩賦，略論律呂，以合八音之調，作《十九章》之歌。”夫曰“略論律呂，以合八音之調”，是以詩從樂也。後代樂章皆然。

《安世房中歌》十七章，《郊祀歌》十九章，皆郊廟之正樂，如《三百篇》之《頌》。其他諸詩，所謂趙、代、秦、楚之謳，如列國之《風》。

《十九章》，司馬相如等所作，略論律呂，以合八音者也。趙、代、秦、楚之謳，則有協有否，以李延年爲協律都尉，采其可協者以被之音也。

樂府中如《清商》、《清角》之類，以聲名其詩也；如《小垂手》、《大垂手》之類，以舞名其詩也。以聲名者，必合於聲；以舞名者，必合於舞。至唐而舞亡矣，至宋而聲亡矣。於是乎文章之傳盛，而聲音之用微，然後徒詩興而樂廢矣。

歌者爲詩，擊者、拊者、吹者爲器，合而言之，謂之樂。對詩而言，則所謂樂者，“八音興於詩，立於禮，成於樂”是也，分詩與樂言之也。專舉樂，則詩在其中，“吾自衛反魯，然後樂正，《雅》、《頌》各得其所”是也。合詩與樂言之也。

《鄉飲酒》：“禮工四人，二瑟。”注：“二瑟，二人鼓瑟，則二人歌也。”古人琴瑟之用，皆與歌並奏,故有一人歌一人鼓瑟者,漢文帝使慎夫人鼓瑟,上自倚瑟而歌是也。亦有自鼓而自歌,孔子之取瑟而歌是也。若乃衛靈公聽新聲於濮水之上,而使師延寫之,則但有曲而無歌,此後世徒琴之所由興也。

言詩者大率以聲音爲末藝,不知古人入學自六藝始,孔子以游藝爲學之成。後人之學好高,以此爲瞽師樂工之事,遂使三代之音不存於兩京,兩京之音不存於六代,而聲音之學遂爲當今之絕藝。

《日知録·詩有入樂不入樂之分》

《鼓鐘》之詩曰:"以雅以南。"子曰:"《雅》、《頌》各得其所。"夫二南也,豳之《七月》也,《小雅》正十六篇,《大雅》正十八篇,頌也:詩之入樂者也。邶以下十二國之附於二南之後,而謂之《風》;《鴟鴞》以下六篇之附於豳,而亦謂之《豳》;《六月》以下五十八篇之附於《小雅》,《民勞》以下十三篇之附於《大雅》,而謂之變雅:詩之不入樂者也。

《樂記》:"子夏對魏文侯曰:'鄭音好濫淫志,宋音燕女溺志,衛音趨數煩志,齊音敖辟喬志:此四者,皆淫於色而害於德,是以祭祀弗用也。'"朱子曰:"二南正風,房中之樂也,鄉樂也。二雅之正雅,朝廷之樂也。商、周之頌,宗廟之樂也。至變雅則衰,周卿士之作,以言時政之得失。而邶、庸以下,則太師所陳,以觀民風者耳,非宗廟、燕享之所用也。"但據程大昌之辯,則二南自謂之南,而別立正風之目者非。(以上《文學典》第二百四十卷)

詞曲部彙考二(節録)

楊慎《詞品·陶弘景〈寒夜怨〉》

陶弘景《寒夜怨》云:"夜雲生,夜鴻驚,悽切嘹唳傷夜情。"後世填辭《梅花引》,格韻似之,後換頭微異。

煬帝曲名

《玉女行觴》、《神仙留客》,皆煬帝曲名。

踏莎行

韓翃詩"踏莎行草過春谿",詞名《踏莎行》本此。

夜夜昔昔

梁樂府《夜夜曲》或名《昔昔鹽》。昔即夜也。《列子》"昔昔夢爲君"，鹽亦曲之別名。

阿濫堆

張祜詩："紅樹蕭蕭閣半開，玉皇曾幸此宮來。至今風俗驪山下，村笛猶吹阿濫堆。"宋賀方回曲子云："待月上潮平波瀲，塞管孤吹新《阿濫》。"《中朝故事》云："驪山多飛鳥，名阿濫堆。明皇採其聲爲曲子。"又作《鷁爛堆》。《酉陽雜俎》云："鷁爛堆，黃，一變之鵁色，如鵞鵞鵁轉之後，乃至累變。橫理細，臆前漸漸微白。"

烏鹽角

曲名有《烏鹽角》。江鄰幾《雜志》云："始教坊家人市鹽，得一曲譜於子角中，翻之，遂以名焉。"戴石屏有《烏鹽角行》。元人月泉吟社詩："山歌聒耳烏鹽角，村酒柔情玉練搥。"

小梁州

賈逵曰："粱米出於蜀漢，香美逾於諸粱，號曰竹根黃，粱州得名以此。秦地之西、燉煌之間亦產粱米，土沃類蜀，故號小粱州。曲名有《小粱州》，爲西音也。"

唐辭多無換頭

張泌，南唐人，有《江城子》二闋，其一云："碧闌干外小中庭。雨初晴。曉鶯聲。飛絮落花，時節近清明。睡起捲簾無一事，勻面了，没心情。"其二云："浣花溪上見卿卿。眼波明。黛眉輕。高綰綠雲，低簇小蜻蜓。好是問他來得麼，和笑道，莫多情。"黃叔暘云："唐詞多無換頭，如此詞自是二首，故重押兩'情'字、兩'明'字，今人不知，合爲一首，則誤矣。"

哀曼

晉曾滔母孫氏《箜篌賦》曰："樂操則寒條反榮，哀曼則晨華朝滅。"曼與慢通，亦曲名，如《石州慢》、《聲聲慢》之類。

解 紅

曲名有《解紅》者,今俗傳爲呂洞賓作,見物外清音,其名未曉。近閱和凝集,有《解紅歌》云:"百戲罷,五音清,《解紅》一曲新教成,兩箇瑤池小仙子,此時奪却柘枝名。"《樂書》云:"優童解紅舞,衣紫緋,繡襦,銀帶花鳳冠。蓋五代時人也。爲有呂洞賓在唐世預填此腔耶?"

梁武帝《江南弄》

梁武帝《江南弄》云:"衆花雜色滿上林,舒芳耀彩垂輕陰。連手躞蹀舞春心,舞春心,臨歲腴,中人望,獨踟蹰。"此辭絕妙。填辭起於唐人,而六朝已濫觴矣。其餘若《美人聯》、《錦江南》、《稚女》諸篇皆是,樂府具載,不盡錄也。

穆護砂

樂府有《穆護砂》,隋朝曲也,與《水調河傳》同時,皆隋開汴河時辭人所製勞歌也。其聲犯角,其後至今訛"砂"爲"煞"云。予嘗有詩云:"桃根桃葉最夭斜,《水調河傳》《穆護砂》。無限江南新樂府,陳朝獨賞《後庭花》。"

梁簡文《春情曲》

梁簡文帝《春情曲》云:"蝶黄花紫燕相追,楊低柳合路塵飛。已見垂鈎掛綠樹,誠知淇水霑羅衣。兩童夾車問不已,五馬城南猶未歸。鶯啼春欲駛,無爲空掩扉。"此詩似七言律,而末句又用五言,王無功亦有此體。又:唐律之祖,而唐辭《瑞鷓鴣》格韻似之。

《菩薩蠻》《蘇幕遮》

西域諸國婦女編髮垂髻,飾以雜華,如中國塑佛像瓔珞之飾,曰菩薩蠻,曲名取此。《唐書》呂元濟上書:"比見坊邑,相率爲渾脱隊,駿馬戎服,名曰蘇莫遮。"曲名亦取此。李太白詩:"公孫大娘渾脱舞。"即此際之事也。

阿鵯迴

太白詩"羌笛橫吹《阿鵯迴》",番曲名。張祜集有《阿濫堆》,蓋飛禽名。明皇御玉笛,采其聲翻爲曲子,即此也。番人無字,止以聲傳,故隨中國所書,人各不同耳,難以意求也。

六州歌頭

《六州歌頭》，本鼓吹曲也，音調悲壯，又以古興亡事實之，聞之使人慷慨，良不與艷詞同科，誠可喜也。"六州"得名，蓋唐人西邊之州伊州、梁州、石州、甘州、渭州、氐州也。宋人大祀大卹皆用此調，明朝大卹則用應天長云。

如夢令

唐莊宗辭云："曾宴桃源深洞，一曲舞鸞歌鳳。長記別伊時，和淚出門相送。如夢，如夢，殘月落花烟重。"此莊宗自度曲也。樂府取辭中"如夢"二字名曲，今誤傳爲呂洞賓，非也。（以上《文学典》第二百四十四卷）

詞曲部總論（節錄）

張炎《樂府指迷·詞源》

古之樂章、樂府、樂歌、樂曲，皆出於雅正。粵自隋唐以來，聲詩間爲長短句。至唐人則有《尊前》、《花間集》。迄於崇寧，立大晟府，命周美成諸人討論古音，審之古調，淪落之後，少得存者，由此八十四調之聲稍傳，即美成諸人後增演慢曲、引、近，或移宫換羽，爲三犯、四犯之曲，按月律爲之，其曲遂繁。且美成負一代詞名，所作詞渾厚和雅，善於融化詩句，而於音譜，又且間未有諳，可見其難矣。作詞者多效其體製，失之軟媚，而無所取。此惟美成而然，不能學也。所可效仿之詞，獨一美成而已？舊有刻本《六十家詞》，可歌可誦者，指不多屈。中間如秦少游、高竹屋、姜白石、史邦卿、吳夢窗，此數家格調不凡，句法挺異，俱能特立清新之意，刪削靡曼之詞，自成一家，各名於世。作詞能取諸人之所長，去其所短，精加玩味，象而爲之，豈不能與美成輩爭雄長哉？

虛　字

詞與詩不同，詞之句語有兩字，有三字、四字至七八字者，若惟疊實字讀之且不通，況付雪兒乎，合用虛字呼喚。一字如"正"、"但"之類，兩字如"莫是"、"又還"之類，三字如"更能消"、"最無端"之類，却要用之得其所。若用虛字，自語自話，必不質實，觀者無掩捲進之誚。

徐矩《事物原始·詞》

詞始於李太白《菩薩蠻》等作，蓋後世倚聲填詞之祖。大抵事之始者，後必難及，故左氏、莊、列之後，而文章莫及；屈原、宋玉之後，而騷賦莫及；李斯、程邈之後，而篆隸莫及；李陵、蘇武之後，而五言莫及；沈佺期、宋之問之後，而律詩莫及；司馬遷、班固之後，而史書莫及；鍾繇、王羲之之後，而楷法莫及。宋人之小詞，而元人已不及；元人之曲調，今亦未有能及之者。

吳訥《文章辨體·近代詞曲》

按《歌曲源流》云："自古音樂廢後，鄭、衛、夷狄之聲雜然並出。至唐開元、天寶中，薰然成俗。于時才士，始依樂工按拍之聲，被之以辭。其句之長短，各隨曲而度。於是古昔'聲依永'之理愈失矣。"又按致堂胡先生曰："近世歌曲，以曲盡人情而得名。故文章豪放之士，鮮不寓意於此，隨亦自掃其跡曰：'此謔浪游戲而已。'唐人爲之者衆，至柳耆卿乃掩衆製而盡其妙，篤好者以爲不可復加。及眉山蘇氏出，一洗綺羅香澤之態，擺脫綢繆宛轉之度，使人登高望遠，舉首高歌，而逸懷浩氣，超乎塵埃之表矣。"竊嘗因而思之：凡文辭之有韻者，皆可歌也。第時有升降，故言有雅俗，調有古今爾。昔在童穉時，獲侍先生長者，見其酒酣興發，多依腔填詞以歌之。歌畢，顧謂幼穉者曰："此宋代慢詞也。"當時大儒，皆所不廢。今間見《草堂詩餘》。自元世套數諸曲盛行，斯音日微矣。迨予既長，奔播南北，鄉邑前輩，零落殆盡，所謂填詞慢調者，今無復聞矣。好古之士，於此亦可以觀世變之不一云。（以上《文學典》第二百五十一卷）

文券部彙考（節録）

《禮记·曲禮》

獻粟者執右契。注：契券，要也，右爲尊。疏：契謂兩書一札，同而別之。郑注：右爲尊，以先書爲尊故也。

獻田宅者操書致。大全：書致謂詳書其多寡之數，而致之於人也。

劉熙《釋名·釋書契》

傳，轉也，轉移所在執以爲信也。

券，繾也，相約束繾綣以爲限也。

莂，別也，大書中央，中破別之也。

契，刻也，刻識其數也。

吳處厚《青箱雜記》

唐以前舘驛並給傳往來。開元中務從簡便，方給驛券。驛之給券，自此始也。

《宋史·選舉志·給券》

自川、廣、福建入貢者，給借職券；過二千里，給大將券續其路食，皆以學錢給之。

《金史·百官志》

鐵券以鐵爲之，狀如卷瓦，刻字畫欄，以金填之。金以御寶爲合，半留內府，以賞殊功也。

文券部總論

劉勰《文心雕龍·書記篇》

契者，結也。上古純質，結繩執契，今羌胡征數，負販記緡，其遺風歟！券者，束也。明白約束，以備情僞，字形半分，故周稱判書。古有鐵券，以堅信誓；王褒髯奴，則券之楷也。

徐師曾《文體明辨·鐵券文約附》

按字書云："券，約也，契也。"劉熙云："繾也，相約束繾綣以爲限也。"史稱漢高帝定天下，大封功臣，剖符作誓，丹書鐵券，金匱石室，藏之宗廟。其誓詞曰："使黃河如帶，泰山若礪，國以永存，爰及苗裔。"後世因此遂有鐵券文焉。

按字書云："約，束也。"言語要結，戒令檢束皆是也。古無此體，漢王褒始作《僮約》，而後世未聞有繼者，豈以其文無所施用而略之歟？愚謂後人如《鄉約》之類，亦當做此爲之，庶幾不失古意，故特列之，以爲一體。（以上《文學典》第二百五十九卷）

雜文部彙考

劉熙《釋名·釋書契》

示，示也，過所至關津以示之也。
約，約束之也。

《釋名·釋典藝》

譜，布也，布列見其事也。

統，緒也，主緒人世，類相繼如統緒也。（以上《文学典》第二百六十卷）

雜文部總論（節録）

吳訥《文章辨體·雜著》

雜著者何？輯諸儒先所著之雜文也。文而謂之雜者何？或評議古今，或詳論政教，隨所著立名，而無一定之體也。著雖雜，然必擇其理之弗雜者則録焉，蓋作文必以理爲之主也。

徐師曾《文體明辨·雜著》

按雜維著者，詞人所著之雜文也；以其隨事命名，不落體格，故謂之雜著。劉勰云：“並歸體要之詞，各入討論之域。”正謂此也。

符　命

按符命者，稱述帝王受命之符也。其文肇於《美新》，班固《典引》，邯鄲淳《受命述》，相繼有作，而《文選》遂立“符命”一類以列之。今聊採二首，庶俾馳騁文藝者不蹈劉勰“勞深勣寡”之誚云。

原

按字書云：“原者，本也，謂推論其本原也。”自唐韓愈作《五原》，而後人因之，雖非古體，然其遡原於本始，致用於當今，則誠有不可少者。至其曲折抑揚，亦與論説相爲表裏，無甚異也。

述

按字書云：“述，譔也，纂譔其人之言行以俟考也。”其文與狀同，不曰狀而曰述，亦別名也。

志

按字書云：“志者，記也，字亦作誌。”其名起於《漢書》、《十志》，而後人因之，大抵記事之作也。他如墓誌，別爲一類。

520

紀　事

按紀事者，記、志之別名，而野史之流也。古者史官掌記時事，而耳目所不逮，文人學士遇有見聞，隨手紀録，或以備史官之採擇，以裨史籍之遺亡，故以紀事括之。嗚呼，史失而求諸野，其不以此也哉！

説　書

按説書者，儒臣進講之詞也。人主好學，則觀覽經史，而儒臣因説其義以進之，謂之説書。然諸集不載，唯《蘇文忠公集》有《邇英進讀》數條，而《文鑑》取以爲説書題。及觀《王十朋集》，似稍不同，然亦不能敷陳大義。今制：經筵進講，亦有講章，首列訓詁，次陳大義，而以規諷終焉。欲其易曉，故篇首多用俗語，與此類所載者復異。

義

按字書云："義者，理也。"本其理而疏之，亦謂之義，若《禮記》所載《冠義》、《祭義》、《射義》諸篇是已。後人依倣，遂有是作。至《宋文鑑》乃有之，而其體有二：一則如古《冠義》之類，一則如今明經之詞。夫自唐取士有明經一科，而宋興因之，不過試以墨書帖義，徒取記誦而已。神宗時，王安石撰《周禮》、《詩》、《書》三經義頒行試士，舊法始變，其所製義式，至今倣之。厥後安石之義，廢格不用；張庭堅《經義》二篇，豈其遺式歟？方今駢儷之詞，與庭堅之式不合，毋乃異於當時立法之初意乎？

上梁文

按上梁文者，工師上梁之致語也。世俗營構宮室，必擇吉上梁，親賓裹麵雜他物稱慶，而因以犒匠人，於是匠人之長，以麵抛梁而誦此文以祝之。其文首尾皆用儷語，而中陳六詩。詩各三句，以按四方上下，蓋俗禮也。今録之以備一體。

文

按編内所載，均謂之文，而此類獨以文名者，蓋文中之一體也。其格有散文，有韻語，或倣《楚辭》，或爲四六，或以盟神，或以諷人，其體不同，其用亦異。（以上《文學典》第二百六十卷）

沈名蓀

沈名蓀(生卒年不詳)字澗芳，又字硼房。清錢塘(今浙江杭州)人。康熙二十九年(1690)舉人。少從王士禛游，與查慎行、朱昆田友善。工詩。曾與昆田同撰《南史識小録》八卷，《北史識小録》八卷，又著有《蛾術堂文集》十卷，《青燈竹屋詩》三卷，《退翁詩》一卷，《筆録》十卷，《史黌》八卷，《兼録》一卷，《冰脂集》四卷。門人趙昱校刊其詩八卷，總名之曰《梵夾集》。偶亦爲曲，著有《鳳鸞儔傳奇》一本。

本書資料據四庫全書本《南史識小録》。

《南史識小録》(節録)

沈約、謝朓、王融以氣類相推轂，汝南周顒善識聲韻。約等文皆用宮商，將平上去入四聲以此制韻，有平頭、上尾、蜂腰、鶴膝，五字之中音韻悉異，兩句之内宮商頓殊，不可增減，世呼爲永明體。(卷六)

何　焯

何焯(1661—1722)字潤千，因早年喪母，改字屺瞻，晚號茶仙。崇明(今屬上海)人，爲官後遷居長洲(今江蘇蘇州)。先世曾以“義門”旌，學者稱義門先生。康熙四十一年(1702)用直隸巡撫李光地薦，以拔貢生入直内廷，尋特賜進士出身，改庶吉士，授編修，贈侍讀學士。著有《詩古文集》、《語古齋識小録》、《道古録》、《義門讀書記》、《義門先生文集》、《義門題跋》等。《義門讀書記》五十八卷，包括《四書》六卷，《詩》二卷，《左傳》二卷，《公羊》、《穀梁》各一卷，《史記》二卷，《漢書》六卷，《後漢書》五卷，《三國志》二卷，《五代史》一卷，韓愈集五卷，柳宗元集三卷，歐陽修集二卷，曾鞏集五卷，蕭統《文選》五卷，陶潛詩一卷，杜甫集六卷，李商隱集二卷，考證皆精。

本書資料據四庫全書本《義門讀書記》。

《義門讀書記》(節録)

(歐陽修)《謝進士及第啟》，少作，風逸既不如唐，又未變新體。(卷三十八)

司馬長卿《子虛賦》。祝氏云：“此賦雖兩篇，實則一篇。賦之問答體，其源自

522

《卜居》、《漁父》篇來。厥後宋玉輩述之，至漢而盛。此兩賦及《兩都》、《二京》、《三都》等作皆然，首尾是文，中間是賦。世傳既久，變而又變。其中間之賦，以鋪張爲靡而專于詞者，則流爲齊、梁、唐初之俳體；其首尾之文，以議論爲便而專于理者，則流爲唐末及宋之文體。性情益遠，六義漸盡，體製遂失矣。"按：首尾雖以議論問答，然"車駕千乘"等句即以賦齊王之獵，後半"齊東陼巨海"等句即是賦齊國遊獵之地，則亦未嘗非賦也。後人無鋪張之才，純以議論爲便，於是乖體物之本矣。（卷四十五）

費錫璜

費錫璜（1664—?）字滋衡。清新繁（今四川成都）人。寓居江蘇江都。費密次子。與其兄錫琮皆有詩名，曾合撰《階庭偕詠》三卷。著有《漢詩總說》一卷，另有《費滋衡詩》五卷，附《焦螟詞》一卷，收詞二十一闋。

本書資料據上海古籍出版社 1963 年《清詩話》本《漢詩總說》。

《漢詩總說》（節錄）

《三百篇》後，漢人創爲五言，自是氣運結成，非人力所能爲。故古人論曰：蘇、李天成，曹、劉自得。天成者，如天生花草，豈人翦裁點綴所能仿彿；如鑄就鐘鏞，一絲增減不得。解此方可看漢詩。

樂府有三等：《房中》、《郊祀》，典雅宏奧，中學難窺，爲最上品；《陌上桑》、《羽林郎》、《東門行》、《西門行》、《婦病行》、《孤兒行》等詩，有情有致，學者有徑路可尋，的是詩家正宗，才人鼻祖，爲第二品；謠諺等作，詞氣雖古，未免俚質，爲第三品。

四言長短有兮字歌，是漢人古體；五言是漢人近體。詩到約以五言，便整齊許多，此語可爲知者道。

樂府之有解何也？自是歌調中節奏。如竹之有節，合之則爲一竿，分之則爲數節，實是一竹。《十五從軍征》本一詩也，分四語爲一解。謂四語爲一解則可，謂四語爲一首則不可也。如《子夜》等歌，讀四語爲一首則可，謂四語爲一解則不可也。

漢詩韻最奇，《焦仲卿妻》詩多至二十餘韻，有隔句用韻；至《江南可採蓮》、《上陵》、《蜀國刺》乃無韻，不可不知。

方　苞

　　方苞(1668—1749)，字鳳九，號靈皋，又號望溪。安徽桐城人。康熙四十五年(1706)進士。康熙五十年，《南山集》案發，方苞因爲《南山集》作序，被株連下獄，定爲死刑。在獄中著成《禮記析疑》和《喪禮或問》。康熙五十二年，以重臣李光地極力營救，免死出獄，入南書房作皇帝的文學侍從，官至内閣學士，禮部右侍郎，翰林院侍講。著有《方望溪先生全集》。他是清代著名散文家，桐城派的創始人，與姚鼐、劉大櫆合稱“桐城三祖”。他尊奉程朱理學和唐宋散文，提倡古文義法，其《又書〈貨殖傳〉後》(《望溪集》卷二)云：“‘義’即《易》之所謂‘言有物’也；‘法’即《易》之所謂‘言有序’也。義以爲經而法緯之，然後爲成體之文。”

　　本書資料據四部叢刊初編本《方望溪先生全集》。

又書《貨殖傳》後（節録）

　　《春秋》之制，義法自太史公發之，而後之深於文者亦具焉。義即《易》之所謂言有物也，法即《易》之所謂言有序也。義以爲經而法緯之，然後爲成體之文。（卷二）

書柳文後

　　子厚自述爲文皆取原於六經，甚哉，其自知之不能審也。彼言涉於道，多膚末支離而無所歸宿，且承用諸經字義尚有未當者，蓋其根源雜出周秦漢魏六朝諸文家，而於諸經特用爲采色聲音之助爾。故凡所作，效古而自汩其體者，引喻凡猥者，辭繁而蕪、句佻且稚者，記、序、書、說，雜文皆有之，不獨碑誌，仍六朝初唐餘習也。其雄厲悽清醲郁之文，世多好者，然辭雖工尚有町畦，非其至也。惟讀魯論，辨諸子，記柳州近治山水諸篇，縱心獨往，一無所依藉，乃信可肩隨退之，而嶢然於北宋諸家之上，惜乎其不多見耳。退之稱子厚文必傳無疑，乃以其久斥之後爲斷。然則諸篇蓋其晚作，與子厚之斥也年長矣，乃能變舊體以進於古。假而其始學時即知取道之原，而終也天假之年，其所至可量也哉！（卷三）

答友（節録）

　　諸體之文各有義法，表、誌尺幅甚狹而詳載本議，則臃腫而不中繩墨。若約略翦截，俾情事不詳，則後之人無所取鑒，而當日忘身家以排廷議之義，亦不可得而見矣。《國語》姜語晉公子重耳凡數百言，《春秋》傳以兩言代之，一國之語可詳也，傳《春秋》總重耳出亡之跡而獨詳，於此則義無取。今試以姜語備入傳中，其前後尚能自運掉乎？世傳《國語》亦丘明所述，觀此可得其諲度爲文之意也。家傳非古也，必阨窮隱約，國史所不列，文章之士乃私録而傳之，獨宋范文正公、范蜀公有家傳，而爲之者張唐英、司馬溫公耳，此兩人故非文家，於文律或未審，若八家則無爲。達官私立傳者，韓退之傳陸贄、陽城，載《順宗實録》，順宗在位未踰年，而以贄與城之傳附焉，非所安也。而退之以附焉者，以附《實録》之不安，尚不若入私集之必不可也，以是裁之，必別記其事……具載羣議，以俟史氏之採擇，於義法乃安。凡此類唐宋雜家多不講，有明諸公亦習而不察，足下審思而詳論之，則知非僕之臆説也。

答程夔州（節録）

散體文惟記難撰結，論、辨、書、疏有所言之事，誌、傳、表、狀則行誼顯然，惟記無質榦可立，徒具工築興作之程期，殿觀樓臺之位置，雷同鋪序，使覽者厭倦，甚無謂也。故昌黎作記多緣情事爲波瀾，永叔、介甫則別求義理以寓襟抱。柳子厚惟記山水，刻雕衆形，能移人之情。至《監察使》、《四門助教》、《武功縣丞廳壁》諸記，則皆世俗人語言意思，援古證今，指事措語，每題皆有現成文字一篇，不假思索，是以北宋文家於唐多稱韓、李而不及柳氏也。凡爲學佛者，傳記用佛氏語則不雅，子厚、子瞻皆以兹自瑕。至明錢謙益則如涕唾之令人䫏矣。豈惟佛説，即宋五子講學口語，亦不宜入散體文，司馬氏所謂“言不雅馴”也。（以上卷五）

《吳宥函文稿》序

自余客金陵，朋齒中以文學著稱於庠序者，多不利於科舉，而吳君宥函爲最。歲甲申總其課試古今文爲二集，而屬余序之。

余觀自明以來，取士之功令施於學校之試者猶寬，而直省禮部之試特嚴。惟其少寬也，故士之聲實雖未得備知，而歷試之册籍可稽也，其鄉之士大夫可訪也。惟其特嚴也，故不肖者由苟道以營其私，而所號爲賢者亦自任一時之見，而無由考其信。故學校之試以中智司之，而不當者十之一。直省禮部之試以明者主之，而當者十之五。朱子有言，特法以禁私者非良法也，可以爲私而不私，然後民受其利。余嘗謂鄉舉里選之制復，則衆議不得不出於公，而或恐士皆飾情以亂俗。嗚呼，是不達於先王所以牖民之道也。凡物矯之久則性可移，而況人性所固有之善乎？東漢之興，士大夫之屬廉隅而尚奇節者，其初豈不出於矯也哉？然其究至於毀家亡身而不貳，則亦非人情所能僞矣。揉木以爲輪，雖槁暴而不復挺者，矯之久以成性也。懸法以驅民於死，其勢甚逆，然秦人行之數世，則其民之冒白刃而捐要領也若性然，況乎教化之行，其顯者漸民於耳目心志之間，而其微者足以贊化育而密移於性命之際，董子所謂陶冶而成之者是也，而反疑其長僞以亂俗過矣。夫教化既行，其取之也求以可據之實行，而論之以少長相習之人，猶未必其皆得焉。乃用章句無補之學，試於猝然，而決以一人無憑之見，欲其無失也能乎哉？

　　宥函學老而行醇，上之所求於士者宜此等也。而數擯於有司，故余序其文而有感於教人與取之之得失如此。至其文則皆出於課試，流傳四方，而衆載其言久矣，蓋不以余文爲輕重也。

《儲禮執文稿》序

　　昔余從先兄百川學爲時文，訓之曰儒者之學，其施於世者求以濟用，而文非所尚也。時文尤術之淺者，而既已爲之，則其道亦不可苟焉。今之人亦知理之有所宗矣，乃雜述先儒之陳言而無所闡也；亦知辭之尚於古矣，乃規摹古人之形貌而非其眞也。理正而皆心得，辭古而必己出，兼是二者，昔人所難而今之所當置力也。

　　先兄素不爲時文，以課余時時爲之，期年而見者盡駭，以試於有司，無不擯也。余曰：時文之學非可以濟用也，何必求其至而使一世之人不好哉？先兄曰：非世之人不能好也，其端倪初見而習於故者未之察也。且一世之中而既有一二人爲之，則後必有應者，而其道不終晦，故曰人者天地之心也。昔朱子之學嘗不用於宋矣，及明之興而用者十四五。當天地蔽塞，萬物淘淘之日，以一老師率其徒以講明此理於深山窮谷之中，不可謂非無用者矣，乃功見於異代而民物賴以開濟者，且數百年。故君子之學，苟既成而不用於其身，則其用必更有遠且大者，此與時文之顯晦大小不類，而理則一也。

　　自先兄不幸早世，其所講明於事物之理而求以濟用者，既未嘗筆之於書，獨其時文爲二三同好所推，遂浸尋流播於世，至於今而海內之學者幾於家有其書矣。夫時文者，科舉之士所用以牟榮利也，而世之登高科致膴仕者，出其所業，衆或棄擲而不陳，而先兄以諸生之文，一旦橫被於六合，没世而宗者不衰，好奇嗜古之士至甘戾於時以由其道。夫以學中之淺術，而能使人有所興起如此，況其可以濟用者而適與時會乎？然用此亦可知儒者之學，雖小而不可以苟也。

　　先兄之文雖爲世所宗，而得其意者實寡。今儲君禮執殆所謂應之者與，窺其所以

526

爲文之意，而按其理與辭，何與先兄之所言者相似也。自先兄之亡，余困於貧病，非獨其學之大者不能承，而時文之説亦鹵莽而未盡其藴焉。觀禮執所見之能同，未嘗不驚喜而繼之以悲也。

《左華露遺文》序（節録）

爲科舉之學者，天地之大，萬物之多，而惟時文之知，至於既死而不能忘，蓋習尚之漸人若此。

《楊黄在時文》序（節録）

自明以四書文設科，用此發名者凡數十家，其文之平奇淺深，厚薄强弱，多與其人性行規模相類。或以浮華燿一時，而行則污邪者，亦就其文可辨，而久之亦必銷委焉。蓋言本心之聲，而以代聖人賢人之言，必其心志有與之流通者，而後能卓然有立也。（以上卷六）

送官庶常覲省序（節録）

古人之教且學也，内以事其身心，而外以備天下國家之用，二者皆人道之實也。自記誦詞章之學興，而二者爲之虚矣；自科舉之學興，而記誦詞章亦益陋矣。蓋自束髮受書，固曰微科舉吾無事於學也。故天地之大，萬物之多，而惟科舉之知。及其既得，則以爲學之事終，而自是可以慰吾學之勤，享吾學之報矣。嗚呼，學至於此，而世安得不以儒爲詬病乎？（卷七）

李 紱

李紱（1673—1750）字巨來，號穆堂。清臨川（今江西撫州）人。康熙四十八年（1709）進士。政治家、理學家、詩文家。學宗陸象山，著《陸子學譜》、《朱子晚年全論》、《陽明學録》諸書，力圖調和朱、陸之説。一生勤於治學，尤通史學，對王安石變法有所辨正，蔡上翔《王荆公年譜考略》一文多引其説。另著有《春秋一是》、《穆堂類稿》、《續稿》、《别稿》。詩有才氣，凌厲無前，尤工次韻，揮斥如意。

本書資料據乾隆十二年刊本《穆堂先生别稿》。

秋山論文（節録）

四六駢體，其派别有三種：平仄不必盡合，屬對不必盡工，貌拙而氣古者，六朝體也；音韻無不合，對仗無不工，句不過七字，偶不過二句者，唐人體也；參以虛字，衍以長句，蕭散而流轉者，宋人體也。體不必拘，惟性所近，然調不可弱，意不可亂，詞不可堆垛，一氣渾成，讀去似散文乃佳。（卷四十四）

沈德潛

沈德潛（1673—1769）字確士，號歸愚。清長洲（今江蘇蘇州）人。乾隆元年（1736）薦舉博學鴻詞科。乾隆四年進士。曾任内閣學士兼禮部侍郎。沈德潛爲葉燮門人，論詩主格調，提倡温柔敦厚之詩教。其詩多歌功頌德之作，少數篇章對民間疾苦有所反映。著有《沈歸愚詩文全集》、《説詩晬語》。又選有《古詩源》、《唐詩别裁》、《明詩别裁》、《清詩别裁》等，流傳頗廣。其《説詩晬語》按照時間綫索梳理詩歌發展的歷史，並注意歷代詩歌間的承繼關係，是葉燮詩學理論的實踐和具體應用。

本書資料據人民文學出版社 1979 年版《説詩晬語》、清乾隆間刻本《賦鈔箋略》。

《説詩晬語》（節録）

詩之爲道，可以理性情，善倫物，感鬼神，設教邦國，應對諸侯，用如此其重也。秦漢以來，樂府代興；六代繼之，流衍靡曼。至有唐而聲律日工，託興漸失，徒視爲嘲風雪，弄花草，遊歷燕衎之具，而詩教遠矣。學者但知尊唐而不上窮其源，猶望海者指魚背爲海岸，而不自悟其見之小也。今雖不能竟越三唐之格，然必優柔漸漬，仰溯風雅，詩道始尊。

詩不學古，謂之野體。然泥古而不能通變，猶學書者但講臨摹，分寸不失，而己之神理不存也。作者積久用力，不求助長，充養既久，變化自生，可以换却凡骨矣。

《康衢》、《擊壤》，肇開聲詩。上自陶唐，下暨秦代，凡經、史、諸子中有韻語可采者，當歌詠之，以探其原。

《三百篇》中，四言自是正體。然《詩》有一言，如《緇衣》篇“敝”字、“還”字，可頓住作句是也。有二言，如“鱣鮪”、“祈父”、“肇禋”是也。有三言，如“螽斯羽”、“振振鷺”

是也。有五言，如"誰謂雀無角"、"胡爲乎泥中"是也。有六言，如"我姑酌彼金罍"、"嘉賓式燕以敖"是也。至"父曰嗟予子行役"、"以燕樂嘉賓之心"，則爲七言。"我不敢傚我友自逸"，則爲八言。短以取勁，長以取妍，疏密錯綜，最是文章妙境。

《鴟鴞》詩連下十"予"字，《蓼莪》詩連下九"我"字，《北山》詩連下十二"或"字，情至不覺音之繁、詞之復也。後昌黎《南山》用《北山》之體而張大之，下五十餘"或"字。然情不深而侈其詞，只是漢賦體段。

大小《雅》皆豐、鎬時詩也。何以分大小？曰：音體有大小，非政事有大小也。雜乎風之體者爲小，純乎雅之體者爲大。試詠《鹿鳴》、《四牡》諸詩，與《文王》、《大明》諸詩，氣象迥然各別。

美盛德之形容，故曰"頌"。其詞渾渾爾、穆穆爾，不同"雅"音之切響也。《記》曰："《清廟》之瑟，朱弦而疏越，一唱而三歎，有遺音者矣。"故可以感格鬼神。

《周頌》和厚，《魯頌》誇張，《商頌》古質，此頌體之別。

《離騷》者，詩之苗裔也。第《詩》分正變，而《離騷》所際獨變，故有侘傺噫鬱之音，無和平廣大之響。讀其詞，審其音，如赤子婉戀於父母側而不忍去。要其顯忠斥佞，愛君憂國，足以持人道之窮矣。尊之爲"經"，烏得爲過？

騷體有"少歌"，有"倡"，有"亂"。歌詞未申發其意爲"倡"，獨倡無和，總篇終爲"亂"。蓋言之不足，故長言之；長言之不足，故反覆詠歎之也。漢人五言興而音節漸亡；至唐人律體興，第用意於對偶平仄間，而意言同盡矣。求其餘情動人，何有哉？

《卜居》、《漁父》兩篇，設爲問答，以顯己意，《客難》、《解嘲》之所從出也。詞義顯然，《楚辭》中之變體。

《詩》三百篇，可以被諸管弦，皆古樂章也。漢時詩樂始分，乃立樂府，《安世房中歌》，係唐山夫人所制，而清調、平調、瑟調，皆其遺音，此"南"與"風"之變也。朝會道路所用，謂之鼓吹曲；軍中馬上所用，謂之橫吹曲，此"雅"之變也。武帝以李延年爲協律都尉，與司馬相如諸人略定律呂，作十九章之歌，以正月上辛用事，此"頌"之變也。漢以後因之，而節奏漸失。

　　樂府之妙，全在繁音促節，其來于于，其去徐徐，往往於回翔屈折處感人，是即"依永"、"和聲"之遺意也。齊梁以來，多以對偶行之，而又限以八句，豈復有詠歌嗟歎之意耶？

　　古樂府聲律，唐人已失。試看李太白所擬篇幅之短長，音節之高下，無一與古人合者，然自是樂府神理，非古詩也。

　　《風》、《騷》既息，漢人代興，五言爲標準矣。就五言中較然兩體：蘇、李贈答，無名氏《十九首》，是古詩體；《廬江小吏妻》、《羽林郎》、《陌上桑》之類，是樂府體。

　　漢五言一韻到底者多，而《青青河邊草》一章，一路換韻，聯折而下，節拍甚急；而"枯桑知天風"二語，忽用排偶承接，急者緩之，是神化不可到境界。

　　梁時橫吹曲，武人之詞居多。北音競奏，鉦鐃鏗鏘；《企喻歌》、《折楊柳歌詞》、《木蘭詩》等篇，猶漢魏人遺響也。北齊《敕勒歌》，亦復相似。

　　唐顯慶、龍朔間，承陳、隋之遺，幾無五言古詩矣。陳伯玉力掃俳優，仰追曩哲，讀《感遇》等章，何啻黃初、正始間也？張曲江、李供奉斷起，風裁各異，原本阮公。唐體中能復古者，以三家爲最。

　　韓、孟聯句體，可偶一爲之，連篇累牘，有傷詩品。

　　《大風》、《柏梁》，七言權輿也。自時厥後，如魏文《燕歌行》、陳琳《飲馬長城窟》、鮑照《行路難》，皆稱傑構。唐人起而不相沿襲，變態備焉。學七言古詩者，當以唐代爲揩式。

　　班史《東方朔傳》云："八言、七言上下。"然東方詩不傳，而八言體，後人亦無繼之者。

　　文以養氣爲歸，詩亦如之。七言古或雜以兩言、三言、四言、五六言，皆七言之短句也。或雜以八九言、十餘言，皆伸以長句，而故欲振盪其勢，迴旋其姿也。其間忽疾忽徐，忽翕忽張，忽渟瀯，忽轉掣，乍陰乍陽，屢遷光景，莫不有浩氣鼓蕩其機，如吹萬之不窮，如江河之滔滟而奔放，斯長篇之能事極矣。四語一轉，蟬聯而下，特初唐人一法，所謂"王楊盧駱當時體"也。

　　轉韻初無定式，或二語一轉，或四語一轉，或連轉幾韻，或一韻疊下幾語。大約前則舒徐，後則一滾而出，欲急其節拍以爲亂也。此亦天機自到，人工不能勉强。

或問："何者古詩中律句？"曰："不露文章世已驚，未辭剪伐誰能送？""何者别於律句？"曰："五嶽祭秩皆三公，四方環鎮嵩當中。"

五言律，陰鏗、何遜、庾信、徐陵已開其體；唐初人研揣聲音，穩順體勢，其制乃備。神龍之世，陳、杜、沈、宋，渾金璞玉，不須追琢，自然名貴。開、寶以來，李太白之明麗，王摩詰、孟浩然之自得，分道揚鑣，並推極勝。杜子美獨辟畦徑，寓縱横排戛於整密中，故應包涵一切。終唐之世，變態雖多，無有越諸家之範圍者矣。以此求之，有餘師焉。

絕句，唐樂府也。篇止四語，而倚聲爲歌，能使聽者低徊不倦。旗亭伎女，猶能賞之，非以揚音抗節有出於天籟者乎？著意求之，殊非宗旨。

五言絕句，右丞之自然，太白之高妙，蘇州之古澹，併入化機。而三家中，太白近樂府，右丞、蘇州近古詩，又各擅勝場也。（以上卷上）

宋初臺閣倡和，多宗義山，名"西崑體"。以義山爲"崑體"者非是。梅聖俞、蘇子美起而矯之，盡翻窠臼，蹈厲發揚，才力體製，非不高於前人，而淵涵渟滀之趣，無復存矣。歐陽七言古專學昌黎，然意言之外，猶存餘地。

永樂以還，崇臺閣體，諸大老倡之，衆人應之，相習成風，靡然不覺。李賓之東陽力挽頹瀾，李夢陽、何繼之，詩道復歸於正。

詠物，小小體也。而老杜詠《房兵曹胡馬》則云："所向無空闊，真堪託死生。"德性之調良，俱爲傳出。鄭都官詠《鷓鴣》則云："雨昏青草湖邊過，花落黄陵廟裏啼。"此又以神韻勝也。彼胸無寄託，筆無遠情，如謝宗可、瞿佑之流，直猜謎語耳。

唐以前未見題畫詩，開此體者，老杜也。其法全在不粘畫上發論。如題畫馬、畫鷹，必説到真馬、真鷹，復從真馬、真鷹開出議論，後人可以爲式。

律詩起句，可不用韻。故宋人以來，有入别韻者。然必於通韻中借入，如"冬"韻詩起句入"東"，"支"韻詩起句入"微"，"豪"韻詩起句入"蕭"、"肴"是也。若"庚"、"青"韻詩起句入"真"、"文"、"寒"、"删"、"先"韻詩起句入"覃"、"鹽"、"咸"，亂雜不可爲訓。

古人同作一詩,不必同韻;即同韻,亦在一韻中,不必句句次韻也。自元白創始,而皮陸倡和,又加甚焉。以韻爲主,而以意相從,中有欲言,不能通達矣。近代專以此見長,名曰"和韻",實則趁韻;宜血脉横亘,句聯意斷也。有志之士,當不囿於俗。

雜體有大言、小言、兩頭纖纖、五雜組、離合、姓名、五平、五仄、十二辰、回文等項,近於戲弄,古人偶爲之,然而大雅弗取。(以上卷下)

《賦鈔箋略》序(節録)

漢人謂賦家之心,包括天地,總攬人物。故古來賦手類皆就思旁訊,鋪採摛文,元元本本,騁其勢之所至而後已。蓋導源於《三百篇》,而廣其聲貌,合比興而出之。登高能賦,可以爲大夫,誠重之也。兩漢以降,鴻裁間出,凡都邑、宮殿、遊獵之大,草木肖翹之細,靡不敷陳博麗,牢籠漱滌,蔚乎巨觀。(《賦鈔箋略》卷首)

方世舉

方世舉(1675—1759)字扶南,號息翁。清桐城(今屬安徽)人。博學篤行,不樂仕進。工詩,據《安徽通志稿·人物傳》,桐城方氏自方文之後以詩名尤著者二人,即方貞觀、方世舉。方世舉曾因戴名世《南山集》案牽連,與從弟貞觀同去邊疆。雍正元年(1723)放歸,居揚州,從事著述。八十餘歲時,著《蘭叢詩話》一卷。據《安徽文獻書目》,方世舉還著有《韓昌黎詩集編年箋注》、《漢書辨注》、《世説考義》、《家塾恒言》、《春及堂詩鈔》。其《蘭叢詩話》討論詩藝、作法,細緻入微,言必有據,注重實證,令人信服。本書資料據上海古籍出版社 1983 年《清詩話續編》本《蘭叢詩話》。

《蘭叢詩話》(節録)

詩屢變而至唐,變止矣,格局備,音節諧,界畫定,時俗準。今日學詩,惟有學唐。唐詩亦有變,今日學唐,惟當學杜;元微之斷之於前,王半山言之於後,不易之論矣。然其規模鴻遠,如周公之建置六官,體國經野;又如大禹之會同四海,則壤成賦,後學能驟窺耶?登高自卑,宜先求其次者,以爲日漸之德。五古五律先求王、孟、韋、柳,七古歌行先求元、白、張、王,庶有次第。王荆公以爲先從李義山入,似祇謂七律,然亦初學所不易求。其文太繁縟,反恐五色亂目,五聲亂聰也。

　　古體皆有平仄，但非律體一定，無譜可言，惟熟讀深思，乃自得之。趙秋谷宮坊笑人古詩不諧，不諧則讀不便串，古有此謇澀無宮商之古詩乎？一篇之中，又當間用對句，李天生太史言之。對乃健舉，如《古詩十九首》中"胡馬嘶北風，越鳥巢南枝"是也。余推而求之，七古亦多，歌行尤甚。至若杜、韓二家，有通篇對待者，益見力量。

　　七古音節，李承六朝，杜逆漢魏，韓旁取《柏梁》、《黃庭》。譬之曲子，李南曲，杜、韓北曲。元、白又轉而爲南曲，日趨於熟，亦宜略變。然歌行終以此爲圓美，吹竹彈絲，嬌喉婉轉，畢竟勝雷大使舞。

　　換韻，老杜甚少，往往一韻到底。太白則多，句數必匀，匀則不緩不迫，讀之流利。元、白歌行，或一韻即換，未免氣促，今讀熟不覺耳。吾輩終當布置均平。

　　叶韻必不可用。不得其唇吻喉舌清濁高下，而惟韻書之附見者是從，徒見窘迫。於本韻中不得已而捋撦以便棘手，曾何合於自然之古音乎？李間有之，杜則絕無，昌黎惟用之於四言。四言宜也，是仿《三百篇》。若他體用之，則龜茲王驢非驢、馬非馬矣。

　　通韻亦不可依。今韻注者，如一東通二冬，只冬之半耳，鐘字以下則不通。《廣韻》依古另爲三鍾，後每部一一分署；今上下平各十五部，乃後人所並耳。作古詩當以《廣韻》爲主。

　　通祇五古耳，七古不通。昔在京言之，館閣諸君間所依據，余舉杜以例其餘。遍尋杜集，果然惟《憶昔》七古二首中通一二字，或偶誤耳。七古之通自東坡始，人利其寬而託鉅公以自便耳。

　　古樂府必不可仿。李太白雖用其題，已自用意。杜則自爲新題，自爲新語；元、白、張、王因之。明末好襲之以爲復古，腐爛不堪，臭厥載矣。李西涯雖間有可取，亦可不必。杜句"衣冠與世同"，可作詩訣。

　　唐之創律詩也，五言猶承齊梁格詩而整飭其音調，七言則沈、宋新裁。其體最時，其格最下，然却最難，尺幅窄而束縛緊也。能不受其畫地濕薪者，惟有老杜，法度整嚴而又寬舒，音容鬱麗而又大雅，律之全體大用，金科玉律也。但初學不能驟得，且求唐人之次者以爲導引。如白香山之疏以達，劉夢得之圜以閟，李義山之刻至，溫飛卿之輕俊，此亦杜之四科也。宜田册子中未舉香山，而言二劉，一長卿也。然長卿起結多有不逮。

　　大曆十子一派，言律者推爲極則。然名上駟而實下乘，狀貌端嚴似且勝杜，究之枯木朽株，裝塑佛、老耳。望之儼然，即之無氣，安得如杜之千秋下猶凜凜有生氣耶！

　　五排六韻八韻，試帖功令耳。廣而數十韻百韻，老杜作而元、白述。然老杜以五古之法行之，有峯巒，有波磔，如長江萬里，鼓行中流，未幾而九子出矣，又未幾而五老來矣。元、白但平流徐進，案之不過拓開八句之起結項腹以爲功，寸有所長，尺有所短耳。其長處鋪陳足，而氣亦足以副之，初學爲宜。李義山五排在集中爲第一，是乃學杜，雖峯巒波磔亦少，而非百韻長篇，其亦可也。

七排似起自老杜，此體尤難，過勁蕩又不是律，過軟欹又不是排，與五排不同，句長氣難貫也。

韓昌黎受劉貢父"以文爲詩"之謗，所見亦是。但長篇大作，不知不覺，自入文體。漢之《盧江小吏》已傳體矣，杜之《北征》序體，《八哀》狀體，白之《遊悟真寺》記體，張籍《祭退之》竟祭文體，而韓之《南山》又賦體，《與崔立之》又書體。他家尚多，不及遍舉，安得同短篇結構乎？

徐文長有云："高、岑、王、孟固布帛菽粟，韓愈、孟郊、盧仝、李賀却是龍肝鳳髓，能舍之耶？"此言當王、李盛行之時，真如清夜聞晨鐘矣。余嘗因此言，而效梁人鍾嶸《詩品》，爲四家品藻：韓如出土鼎彝，土花剥蝕，青綠斑斕；孟如海外奇南，枯槁根株，幽香緣結；盧如脱砂靈璧，不假追琢，秀潤天成；李如起網珊瑚，臨風欲老，映日澄鮮。此無關於專論大端之詩話，聊及之以資談柄。

古人用韻之不可解者，唐李賀，元薩都剌，近體皆古韻，今昔無議之者，特記之邂逅解人。

余嘗覺文格前一代高一代，文心後一代進一代。香山云："詩到元和體變新。"豈元和前腐臭耶？但日益求新耳。老杜自喜有云："每於百僚上，猥誦佳句新。"然又云："賦詩新句穩，不覺自長吟。"則新必須穩。宜田册子中有言不可求冷僻事，不可用作態句，此便隱射著求新而不穩者。

（宜田）又云："句法要分律絶。余嘗爲舟行詩，起句'幾層輕浪幾層風'，自謂是絶句語，不合入律。"宜田此見，鞭心入微。

又云："余嘗舉宫詹公批杜有云：'是排句，不是律句。'分別安在？質諸息翁先生，先生曰：'排句稍勁蕩耳。'余曰：'匪惟是，音節承遞間讀之，自不可易。'先生曰：'子論更細。'"

老杜晚年七律，有自注時體、吳體、俳諧體。俳諧易知，時體、吳體不解。案之不過稍稍野樸，以"老樹著花無醜枝"博趣，而辭氣無所分別。當時皆未有此，何自而立名目？

晚唐體裁愈廣，如杜牧之有五律，結而又結成十句；如義山又有七古似七律音調者，《偶成轉韻七十二句》是也。

香山有半格詩，分卷著明。昔問之竹垞先生，亦未了了。意其半是古詩，半是格詩，以詩考之，又不然也。今吳下汪氏新刻本，不得其解，竟削之。然陸放翁七律，以"莊子七篇論，香山半格詩"爲對，又必實有其體。

五七絕句，唐亦多變。李青蓮、王龍標尚矣，杜獨變巧而爲拙，變俊而爲儉，後惟孟郊法之。然儉中之俊，拙中之巧，亦非王、李輩所有。元、白清宛，賓客同之，小杜飄蕭，義山刻至，皆自辟一宗。李賀又辟一宗。惟義山用力過深，似以律爲絕，不能學，亦不必學。退之又創新，然而啟宋矣。宋七絕多有獨勝，王新城《池北偶談》略采之，又由東坡開導也。

韓、孟聯句，是六朝以來聯句所無者，無篇不奇，無韻不險，無出不扼抑人，無對不抵當住，真是國手對局。然而難，若郾城軍中與李正封聯者，則平正可法。李賀有《昌谷》五古長篇，獨作也，而造句與韓、孟《城南聯句》同其險阻，無怪退之早已愛之訪之矣。然萬不可學。

浦　銑

浦銑（生卒年不詳）字光卿，號柳愚，室名復小齋。清嘉善（今屬浙江）人。康熙四十四年（1705）拔貢。身爲寒士，却力學工文，曾在廷試選拔中列高等。後遊歷天下，在乾隆省耕時獻賦，又主講粵西秀峯書院。晚年回故鄉，途經金陵，袁枚見其所輯《歷代賦話》，在序中稱它"創賦話一書"，並預言此書"必傳無疑"。有《百一集》。《歷代賦話》是一部彙集歷代作賦和論賦資料的賦學專書，包括正、續集共二十八卷。《正集》十四卷，輯錄《史記》至《明史》等二十二部正史所載歷代辭賦家本傳以及一般辭賦作者本傳中與賦有關的傳記資料，爲歷代辭賦家生平、創作史料的彙集。這些史料按時代先後順序編排，斷代分卷。《續集》十四卷，主要輯錄歷代賦論資料，包括諸家文集、野史、筆記以及詩話、類書、目錄書等各類典籍所載有關賦家賦作的評論文字、故事、序跋等，亦依時代先後斷代爲卷。該書搜羅廣博，資料豐富，編排也比較系統，在當時已得到袁枚等人的高度評價。與《歷代賦話》匯輯史料不同，《復小齋賦話》是浦銑自己的讀賦體會和賦學見解的結集。在上、下兩卷共二百六十多條漫話隨筆中，或評論賦家賦作的創作特色，或賞析名篇佳句，或比較辭賦詩文的體製作法，內容豐富，多有獨特見解。作者論賦，反對食古不化，注重獨創，強調作品要有真情實感，不爲古今時限所拘；同時，又受當時科舉考試的影響，用較多的篇幅討論賦的體製、構思、句法、字法、破題、押韻、描寫等技巧，分析與詩相似的創作狀況，還偶有對具體賦作真僞的考辯。

本書資料據上海古籍出版社 2007 年《歷代賦話校證》及所附《復小齋賦話》。

復小齋賦話（節録）

余最愛明興獻帝之言賦曰："賦者，敷陳其事而直言之也。夫事寓乎情，情溢於言，事之直而情之婉，雖不求其賦之工而自工矣。屈、宋《離騷》，歷千百年無有譏之者，直以事與情之兼至耳。下逮相如、子雲之倫，賦《上林》、《甘泉》等篇，非不宏且麗，然多斷於詞，躓於事，而不足於情焉。此即卜子夏'在心爲志，發言爲詩'之義也。"賦者，古詩之流，古今論賦，未有及此者。旨哉言乎！旨哉言乎！賦始於蘭陵，而屈、宋爲之增華，故班固《藝文志》云："屈原賦二十五篇。"予嘗謂集賦者，當以騷列於首，自來選家從不歸併賦門，可謂數典忘祖。

唐人賦好爲玄言，宋、元賦好著議論，明人賦專尚模範《文選》，此其異也。丁晉公有言："司馬相如、揚雄以賦名漢朝，後之學者多規範焉，欲其克肖，以至等句讀，襲徵引，言語陳熟，無有己出。"余謂數語切中明人之病。（以上卷上）

賦後有亂，有誶，有訊，有謡，有理，有重，有辭，有頌，有歌，有詩。唐顧逋翁《茶賦》有雅，裴晉公《鑄劍戟爲農器賦》有系，唐無名氏《蜀都賦》有箴，宋薛士隆《本生賦》有反，明蕭子鵬《鼎硯賦》有贊，沈朝涣《把膝賦》有吟。（卷下）

《歷代賦話》續集（節録）

又曰：嘗觀詩人，其賦古也，則於古有懷；其賦今也，則於今有感；其賦事也，則於事有觸；其賦物也，則於物有況。情之所在，索之而愈深，窮之而愈妙，彼其於辭，直寄焉而已矣。後之詞人，刊陳落腐，惟恐一語未新；搜奇摘豔，惟恐一字未巧；抽黄對白，惟恐一聯未偶；回聲揣病，惟恐一韻未協；辭之所爲，馨矣而愈久，妍矣而愈飾。彼其於情，直外焉而已矣。蓋兩漢之賦，其辭工於楚騷；東漢之賦，其辭又工於西漢；以至三國、六朝之賦，一代工於一代。辭愈工，則情愈短，而味愈淺。味愈淺，則體愈下。建安七子，獨王仲宣辭賦有古風，至晉陸士衡輩，《文賦》等作，已用排體。流至潘岳，首尾絕排,迨沈休文等出,四聲八病,而排體又入於律矣。徐、庾繼出,又復隔句對聯,以爲駢四儷六;簇事對偶,以爲博物洽聞。有辭無情,文亡體失,此六朝之賦,所以益遠於古。(卷二)

(引周旋鹿《皮子文集序》)古賦之作,自宋玉變《離騷》體而爲之倡,比漢賈、馬、班、揚承襲而不變,尚不失《三百篇》緒餘。迨宋東坡諸公,始變其體,以文爲賦,而不拘聲韻,如《赤壁》諸作,雖詞意高妙,較諸古賦,體裁則迥別矣。(卷一四)

王敬禧

王敬禧(生卒年不詳)字孝承,一字南陔,號春墅。清武陵(今屬湖南)人。諸生。有《詩教堂集》。曾爲清人浦銑著《復小齋賦話》作跋。

本書資料據上海古籍出版社 2007 年《歷代賦話校證》所附《復小齋賦話》。

《復小齋賦話》跋

賦緣六義而實兼之,昔人分爲四體。然馭體矯厲而爲古,古體整練而爲律,律體流轉而爲文,勢有所趨,理歸一貫。其中抽秘騁妍,傅色揣稱,使人有程式可稽,工拙立見者,自在律賦。所爲氣度之厚,神思之遠,古今無異致也。讀柳愚先生《賦話》,博綜諸體,而歸於論律,誠賦家之輨鍵,詞學之津梁,以之鼓吹藝苑,其嘉惠寧有既哉!(卷末)

田同之

田同之(1677—?)字彥威,又字在田,號小山薑、硯思,晚號西圃。清德州(今屬山東)人。田雯長孫。康熙五十九年(1720)舉人。官國子監學正(一說助教)。以蔭生補戶部郎中。居京師三載,後因不樂仕進而歸隱家鄉。曾先後兩度南游江淮地區。一生創作頗豐,在詩、詞、散文創作、詩論、詞論、文論、文史考辨等領域均有建樹,是清代康、乾之際具有相當成就的文學家、文學批評家和學者。著有《硯思集》、《幼學續編》、《西圃叢辨》、《西圃文說》、《西圃詞說》、《西圃詩說》等,輯有《歷代詩選讀本》、《安德明詩選遺》。其《西圃文說》(三卷)推重秦漢古文,主張以"體"爲文干。其《西圃詞說》(一卷)認爲"詩餘爲變風之遺",各種風格之詞要相容並蓄;又辨析詩、詞之同異,認爲"填詞非小道",言詞"情景不可太分","詞須有寄託"等等。

本書資料據乾隆間刊《德州田氏叢書》本《西圃文説》、中華書局 1986 年唐圭璋《詞話叢編》本《西圃詞説》。

《西圃文説》（節録）

文無定規，巧運規外。《過秦》，論也，叙事若傳；《夷》、《平》，傳也，析辨若論。至於序、記、志、述、章、令、書、移，眉目小別，大致固同。故法合者必窮力而自運，法離者必凝神而并歸，合而離，離而合，有悟存焉。

帝王之言，出法度以制人者，謂之制；絲綸之語，均日月以照臨者，謂之詔；制與詔同，詔亦制也。道其常而作彝憲者，謂之典；陳其謨而成嘉猷者，謂之謨；順其理而迪之者，謂之訓；屬其人而告之者，謂之誥；帥師表而申之者，謂之誓；因官使而命之者，謂之命；出於上者謂之教；行於下者謂之令。時而戒之者，敕也；言而諭之者，宣也；諮而揚之者，贊也；登而崇之者，册也；言其倫而析之者，論也；度其宜而揆之者，議也；別嫌疑而明之者，辨也；正是非而著之者，説也。記者，記其事也；紀者，紀其實也；纂者，纘而述焉者也；傳者，傳而信之者也；序者，緒而陳之者也；碑者，披列事功而載之金石也；碣者，揭示操行而立之墓隧也；誄者，累其素履而質之鬼神也；誌者，識其行藏而謹其終始也；檄者，激發人心而喻之禍福也；移者，自近移遠，使之周知也；表者，布臣子之心，致君父之前也；牋者，修儲后之問，伸宫閫之儀也；簡者，質言之而略也；啓者，文言之而詳也；狀者，言之於公上也；牒者，用之於官府也。捷書不緘，插羽而傳之者，露布也。尺牘無封，指事而陳之者，剞子也。青黄黼黻，經緯以相成，總謂之文也。此文之異名也。

論、説、辭、序，原於《易》；詔、策、章、奏，原於《書》；賦、頌、歌、贊，原於《詩》；銘、誄、箴、祝，原於《禮》；紀、傳、銘、檄，原於《春秋》。

誌體昉於經史。昔大禹既奠高山大川，爰作《禹貢》，首紀山水，次及田賦，次及貢篚。《周禮》土訓掌地圖，誦訓掌方志，所謂圖誌雖不可考見，而其見於職方氏掌天下之圖，以周知天下之利害者，大要皆本於《禹貢》。故《禹貢》爲叙事之祖，而《典》、《謨》又以叙事爲議論者也。迨司馬氏作《史記》，始變《春秋》紀年之例，創爲列傳，洎《禮》、《樂》、《河渠》、《平準》諸書，班氏又作八志，則《郊祀》、《食貨》、《地理》、《溝洫》、《藝文》，加詳焉。今誌家發凡起例，蓋本諸此。漢唐以來，郡邑之誌廑存者，若《三輔黄圖》、《決録》、《華陽國志》、《元和郡國志》、《太平寰宇記》數家尚矣。至前明郡邑志，所謂文簡事覈，訓詞爾雅，無如康對山之《武功》，其他若王漢陂誌鄠、吕涇野誌高陵、韓五泉誌朝邑、喬三石誌耀、胡可泉誌秦、趙浚谷誌平凉、孫立亭誌富平、汪來誌北地、劉九經誌郿、張光孝誌華，其地率秦地，其人率秦人也。前明郡縣之誌，從無愈秦者，以其猶有《黄圖》、《決録》之遺。作史之難，無出於誌，誠以誌者憲章之所係，非老於典故者不能也。

墓誌舉例凡十三事，曰諱，曰字，曰姓氏，曰族出，曰鄉邑，曰履歷，曰行治，曰卒日，曰壽年，曰葬日，曰葬地，曰妻，曰子。（以上卷二）

文章以體製爲先，精工次之。失其體製，雖浮聲切響，抽對白黄，極其精工，不可謂之文。

文莫先於辨體，體正而後意以經之，氣以貫之，詞以飾之。體者，文之幹也；意者，文之帥也；氣者，文之翼也；詞者，文之華也。體弗慎則文龐，意弗立則文舛，氣弗昌則文萎，詞弗修則文蕪，四者文之病也。（以上卷三）

《西圃詞説》（節録）

《西圃詞説》自序

余自少日即嗜長短音，每遇樂府專家，則磬折請益。忽忽數十年，沉困於制舉藝，不暇兼及，兼及者惟承學聲詩，以遵吾家事耳。詞則偶一染指，不多爲。今老矣，卧病岩間，無所事事，復流連於宋之六十家中，勉强效顰，以寄情興。而又慮斯道淵微，難云小技，自鄒、彭、王、宋、曹、陳、丁、徐，以及浙西六家後，爲者寥寥，論者亦寡。行見倚聲一道，譌謬相沿，漸紊而漸熄矣。故不自揣，於源流正變、是非離合之間，追述所聞，證諸所見，而諸家詞話之初要微妙者，又復采擇之，參酌之，務求除魔外而準正軌，以成此填詞之説。夫是説也，雖不敢謂窔奥之燭，而情文之蹠盭，宫商之偭背，亦庶幾乎一知半解矣。咄咄填詞，豈小技哉！况詞有四聲五音、清濁重輕之别，較詩律倍難，且有詩所難言者，委曲倚之於聲，其旨愈遠。所謂假閨房之語，通風騷之義，匪惟不得志於時者之所宜爲，而通儒鉅公，亦往往爲之。不然，張文潛以屈、宋、蘇、李譬方回，黄山谷以《高唐》、《洛神》方晏氏，亦從無疑二家之言爲過情者，咄咄填詞，又豈小技哉！脱復聞下士蒼蠅之聲，吾將以松風吹過矣。西圃田同之自序。

宫調失傳

倚聲之道，抑揚抗墜，促節繁音，較之詩篇，協律有倍難者。上而三代無論，彼漢歌樂府，具仿《三百》遺意，製有《黄門》、《郊祀》、《鐃歌》、《房中》諸樂章。延至六朝，以暨開元、天寶、五代十國，尤工豔制。洎宋崇寧間，立大晟樂府，有一十二律、六十家、八十四調，調愈多，流派因之以別，短長互見。迨金元接踵，遂增至一百餘曲。相沿既久，換羽移商，宮調失傳，詞學亦漸紊矣。

詩餘爲變風之遺

詞雖名詩餘，然去《雅》、《頌》甚遠，擬於《國風》，庶幾近之。然《二南》之詩，雖多屬閨帷，其詞正，其音和，又非詞家所及。蓋詩餘之作，其變風之遺乎！惟作者變而不失其正，斯爲上乘。

詩詞之辨

從來詩、詞並稱。余謂詩人之詞，真多而假少；詞人之詞，假多而真少。如《邶風·燕燕》、《日月》、《終風》等篇，實有其別離，實有其擯棄，所謂文生於情也。若詞則男子而作閨音，其寫景也，忽發離別之悲；詠物也，全寓棄捐之恨。無其事，有其情，令讀者魂絶色飛，所謂情生於文也。此詩、詞之辨也。

曹學士論詞

魏塘曹學士云："詞之爲體如美人，而詩則壯士也。如春華，而詩則秋實也；如夭桃繁杏，而詩則勁松貞柏也。"罕譬最爲明快。然詞中亦有壯士，蘇、辛也；亦有秋實，黃、陸也；亦有勁松貞柏，岳鵬舉、文文山也。選詞者兼收並采，斯爲大觀。若專尚柔媚，豈勁松貞柏，反不如夭桃繁杏乎！

詩詞體格不同

詞與詩體格不同，其爲攄寫性情，標舉景物，一也。若夫性情不露，景物不真，而徒然綴枯樹以新花，被偶人以衰服，飾淫靡爲周、柳，假豪放爲蘇、辛，號曰詩餘，生趣盡矣，亦何異詩家之活剥工部，生吞義山也哉！

李清照論詞

李易安云："五代干戈，斯文道熄，獨江南李氏君臣尚文雅，故有'小樓吹徹玉笙寒'，'吹縐一池春水'之詞，語雖奇，所謂'亡國之音，哀以思'也。逮至本朝，禮樂大備，又涵養百餘年，始有柳屯田者，變舊聲作新聲，出《樂章集》，大得聲稱於世，雖協音律，而詞語塵下。又有張子野、宋子京兄弟，沈唐、元絳、晁次膺輩繼出，亦時時有妙語，而破碎何足名家！至宴元獻、歐陽永叔、蘇子瞻，學際天人，作爲小歌詞，直如酌蠡水於大海，然皆句讀不葺之詩爾，又往往不協音律者，何也？蓋詩文分平仄，而歌詞分五音，又分五聲，又分音律，又分清濁輕重。且如近世所謂《聲聲慢》、《雨中花》、《喜遷鶯》，既押平聲韻，又押入聲韻。《玉樓春》本押平聲韻，又押上去聲，又押入聲。夫本押仄聲韻，如押上聲則協，如押入聲則不可歌矣。王介甫、曾子固，文章似西漢，若作小歌詞，則人必絶倒，不可讀也。乃知別是一家，知之者少。後晏叔原、賀方回、秦少游、黃魯直出，始能知之。又晏苦無鋪叙，賀苦少典重，秦即專主情致，而少故實，譬如貧家美女，非不妍麗，而終乏富貴。黃雖尚故實，而多疵病，如良玉有瑕，價自減半矣。”

王士禛論詞

漁洋王司寇云：“自七調五十五曲之外，如王之渙《涼州》，白居易《柳枝》，王維《渭城》，流傳尤盛。此外雖以李白、杜甫、李紳、張籍之流，因事創調，篇什繁多，要其音節皆不可歌。詩之爲功既窮，而聲音之秘，勢不能無所寄，於是溫、韋生而《花間》作，李、晏出而《草堂》興，此詩之餘，而樂府之變也。語其正，則南唐二主爲之祖，至漱玉、淮海而極盛，高、史其嗣響也。語其變，則眉山導其源，至稼軒、放翁而盡變，陳、劉其餘波也。有詩人之詞，唐、蜀、五代諸人是也。文人之詞，晏、歐、秦、李諸君子是也。有詞人之詞，柳永、周美成、康與之之屬是也。有英雄之詞，蘇、陸、辛、劉是也。至是聲音之道，乃臻極致，而詞之爲功，雖百變而不窮。《花間》、《草堂》尚已。《花庵》博而雜，《尊前》約以疏。《詞統》一編，稍撮諸家之勝。然詳於隆萬，略於啟禎，故又有倚聲續《花間》、《草堂》之後。”

詩詞風氣相循

詩詞風氣，正自相循。貞觀、開元之詩，多尚淡遠。大曆、元和後，溫、李、韋、杜漸入《香奩》，遂啟詞端。《金荃》、《蘭畹》之詞，概崇芳豔。南唐、北宋後，辛、陸、姜、劉漸脫《香奩》，仍存詩意。元則曲勝而詩詞俱掩，明則詩勝於詞，今則詩詞俱勝矣。

詩詞風格不同

詩貴莊而詞不嫌佻。詩貴厚而詞不嫌薄。詩貴含蓄而詞不嫌流露。之三者，不可不知。

王世貞論詞

王元美論詞云：“寧爲《大雅》罪人。”予以爲不然。文人之才，何所不寓，大抵比物流連，寄託居多。《國風》、《騷》、《雅》，同扶名教。即宋玉賦美人，亦猶主文譎諫之義。

良以端之不得，故長言詠歎，隨指以托興焉。必欲如柳屯田之"蘭心蕙性"，"枕前言下"等言語，不幾風雅掃地乎！

宋人選詞尚雅

言情之作，易流於穢，此宋人選詞，多以雅爲尚。法秀道人語涪翁曰："作豔詞當墮犁舌地獄。"正指涪翁一等體製而言耳。填詞最雅，無過石帚，而《草堂詩餘》不登其隻字，可謂無目者也。

鄒程村論兩宋詞

小詞不學花間，則當學歐、晏、秦、黃，歐、晏蘊藉，秦、黃生動，一唱三歎，總以不盡爲佳。清真以短調行長調，滔滔莽莽，嫌其不能盡變。至姜、史、高、吳，而融篇煉句琢字之法，無一不備矣。案：此則見鄒程村《詞衷》

雲間諸公論詞

雲間諸公，論詩宗初盛，論詞宗北宋，此其能合而不能離也。夫離而得合，乃爲大家。若優孟衣冠，天壤間只生古人已足，何用有我！

詞與曲分

元時，中原人士往往沉於散僚，關漢卿爲太醫院尹，鄭德輝杭州小吏，宮大用均臺山長，沉困簿書，老不得志，而雜劇乃獨絶於時。自元迄明，詞與曲分，無復以詩餘入樂府歌唱者，皆可爲歎息也。

南北宋詞可論正變

詞始於唐，盛於宋，南北歷二百餘年，畸人代出，分路揚鑣，各有其妙。至南宋諸名家，倍極變化。蓋文章氣運，不能不變者，時爲之也。於是竹垞遂有詞至南宋始工之説。惟漁洋先生云："南北宋止可論正變，未可分工拙。"誠哉斯言，雖千古莫易矣。

填詞非小道

昔人云，填詞小道，然魯直謂晏叔不府爲《高唐》、《洛神》之流，張文潛謂賀方回"幽潔如屈、宋，悲壯如蘇、李"。夫屈、宋，《三百》之苗裔；蘇、李，五言之鼻祖。而謂晏、賀之詞似之，世亦無疑二公之言爲過情者，然則填詞非小道可知也。

填詞見性情

填詞亦各見其性情。性情豪放者，强作婉約語，畢竟豪氣未除。性情婉約者，强作豪放語，不覺婉態自露。故婉約自是本色，豪放亦未嘗非本色也。

詞須有寄託

詞自隋煬、李白創調之後，作者多以閨詞見長。合諸名家計之，不下數千萬首，深情婉至，摹寫殆盡，今人可以不作矣。即或變調爲之，亦須別有寄託，另具性情，方不致張冠李載。

沈伯時論詞要清空

《樂府指迷》云：“詞要清空，不要質實。”此八字是填詞家金科玉律。清空則靈，質實則滯，玉田所以揚白石而抑夢窗也。

朱彝尊論詞

竹垞朱檢討云：“宋人編集歌詞，長者曰慢，短者曰令，初無中調、長調之目。自顧從敬編《草堂詞》，以臆見分之，後遂相沿，殊爲牽率。”

花間調即是題

花間體製，調即是題，如《女冠子》則詠女道士，《河瀆神》則爲送迎神曲，《虞美人》則詠虞姬是也。宋人詞集，大約無題。自《花庵》、《草堂》，增入閨情、閨思、四時景等，深爲可憎。案：此則見《詞綜·凡例》

漁洋論温爲花間鼻祖

漁洋云：“温、李齊名，温實不及李。李不作詞，而温爲花間鼻祖，豈亦同能不如獨勝之意耶？古人學書不勝，去而學畫，學畫不勝，去而學塑，其善於用長如此。”

宋徵璧論宋詞七家

華亭宋尚木徵璧曰：“吾於宋詞得七人焉，曰永叔秀逸，子瞻放誕，少游清華，子野娟潔，方回鮮清，小山聰俊，易安妍婉。若魯直之蒼老，而或傷於頹。介甫之劌削，而或傷於拗。無咎之規檢，而或傷於朴。稼軒之豪爽，而或傷於霸。務觀之蕭散，而或傷於疎。此皆所謂我輩之詞也。苟舉當家之詞，如柳屯田哀感頑豔，而少寄託。周清真婉蜒流美,而乏陡健。康伯可排叙整齊,而乏深邃。其外則謝無逸之能寫景,僧仲殊之能言情,程正伯之能壯采,張安國之能用意,万俟雅言之能協律,劉改之之能使氣,曾純甫之能書懷,吳夢窗之能疊字,姜白石之能琢句,蔣竹山之能作態,史邦卿之能刷色,黃花庵之能選格,亦其選也。詞至南宋而繁,亦至南宋而敝,作者紛如,難以概述矣。"

彭羨門論長調難於短調

"長調之難於短調者,難於語氣貫串,不冗不復,徘徊宛轉,自然成文。今人作詞,短調獨多,長調寥寥不概見,當由寄興所成,非專詣耳。"案:此則亦見《金粟詞話》

沈謙論詩詞曲不同

"承詩啟曲者,詞也,上不可似詩,下不可似曲。然詩與曲又俱可入詞,貴人自運。"

沈謙論小調中調長調

"小調要言短意長,忌尖弱。中調要骨肉停勻,忌平板。長調要縱橫自如,忌粗率。能於豪爽中著一二精緻語,綿婉中著一二激勵語,尤見錯綜。"

沈謙論偷聲變律之妙

"小令、中調有排蕩之勢者,吳彥高之'南朝千古傷心事',范希文之'塞下秋來風景異'是也。長調極狎昵之情者,周美成之'衣染鶯黃',柳耆卿之'晚晴初'是也。於此足悟偷聲變律之妙。"

沈謙論二李是當行本色

"男中李後主,女中李易安,極是當行本色。"案:見沈謙《填詞雜說》

賀裳論翻詞入詩

"詞家多翻詩意入詞,雖名流不免。吾常愛李後主《一斛珠》末句云:'繡床斜憑嬌無那。爛嚼紅絨,笑向檀郎唾。'楊孟載《春繡》絕句云:'閒情正在停針處,笑嚼紅絨吐碧窗。'此却翻詞入詩,彌子瑕竟效顰於南子。"

董文友論詩詞曲界限

董文友《蓉渡詞話》曰:"詞與詩、曲,界限甚分,似曲不可,而似詩仍復不佳,譬如擬六朝文，落唐音固卑，侵漢調亦覺儹父。"

鄒祗謨論詞不宜和韻

"張玉田謂詞不宜和韻，蓋詞語句參錯，復格以成韻，支分驅染，欲合得離，如方千里之和《片玉》，張杞之和《花間》，首首强協，縱極肖，能如新豐雞犬，盡得故處乎？"

鄒祗謨論隱括體與回文體

"詞有隱括體，有回文體。回文之就句回者，自東坡、晦庵始也。其通體回者，自義仍始也。"案：以上二則見《詞衷》

王士禎論詩詞曲不同

"或問詩詞曲分界，曰：'無可奈何花落去，似曾相識燕歸來'，定非《香奩》詩。'良辰美景奈何天，賞心樂事誰家院'，定非《草堂》詞也。"案：此則見《花草蒙拾》

沈天羽論詞之定格

"詞有定名，即有定格，其字數多寡、平仄、韻脚較然。中有參差不同者，一曰襯字，文義偶不聯暢，用一二襯字密按其音節虛實間，正文自在。"案：此則沈天羽語，見《古今詞論》

王元美論正宗與變體

"李氏、晏氏父子、耆卿、子野、美成、少游、易安，至矣，詞之正宗也。溫、韋豔而促，黃九精而刻，長公麗而壯，幼安辨而奇，又其次也，詞之變體也。"案：此則見王元美《藝苑巵言》

袁籜庵論詞有三法

袁籜庵曰："詞有三法，章法、句法、字法，有此三者，方可稱詞。噫，難言矣。"

鄒祗謨論詞選須從舊名

"大抵一調之始，隨人遣詞命名，初無定準，致有紛拏。至《花草粹編》，異體怪目，渺不可極。或一調而名多至十數，殊厭披覽。此類宋人極多，張宗瑞詞一卷，悉易新名，近人亦多如此。故漁洋常云：'詞選須從舊名。'有以也。"案：此則見《詞衷》

鄒祗謨論詩詞之辨

"詞之《紇那曲》、《長相思》,五方言絕句也。《小秦王》、《陽關曲》、《八拍蠻》、《浪淘沙》,七言絕句也。《阿那曲》、《雞叫子》,仄韻七言絕句也。《瑞鷓鴣》,七言律詩也。《款殘紅》,五言古體也。體裁易混,徵選實繁。故當稍別之,以存詩詞之辨。"案:此則見《詞衷》

彭孫遹論詞以豔麗爲本色

"詞以豔麗爲本色,要是體製使然。如韓魏公、寇萊公、趙忠簡,非不忠心鐵骨,勳德才望,照映千古。而所作小詞,有'人遠波空翠','柔情不斷如春水','夢回鴛帳餘香嫩',皆極有情致,盡態窮妍。乃知廣平梅花,政自無礙,豎儒輒以爲怪事耳。"案:見《金粟詞話》

顧璟芳論小令

顧璟芳云:"詞之小令,猶詩之絕句,字句雖少,音節雖短,而風情神韻,正自悠長。作者須有一唱三歎之致,淡而豔,淺而深;近而遠,方是勝場。且詞體中,長調每一韻到底,而小令每用轉韻,故層折多端,姿態百出,索解正自不易。"璟芳之論韙矣。而專攻長調者,多易視小令,似不足以炫博奧。即遇小令之佳者,亦不免短兵狹巷之譏。而豈知樂府之古雅,全以少許勝多許乎?且柔情曼聲,非小令不宜,較之長調,難以概論。而必欲以長短分難易,寧不有悖詞旨哉。

詞韻分上去

詞韻上去之分,判若黑白,其不可假借處,關係一調,不得草草。古詞之妙,全在於此,若總置不顧,而任便填之,則作詞何難,而必推知音者哉。

上去須相配

仄聲中兩上兩去,最所當避。蓋上聲舒徐和軟,其腔低。去聲激勵勁遠,其腔高。相配用之,方能抑揚有致。

去聲重要

古人名詞中轉折跌宕處,多用去聲。蓋三聲之中,上入二者,可以作平,去則獨異。故論聲雖以一平對三仄,論歌則當以去對平上入也。其中當用去者,非去則激不起。用入且不可，斷斷乎勿用平上也。

唐詞多更韻之體

更韻之體，唐詞爲多，有換至五六者，又有用平仄通叶者，惟詞律所證，瞭若指掌。

《羣雅集》序

錫鬯《羣雅集云》序：“詞曲一道，小令當法汴京以前，慢詞則取諸南渡。否則排之以硬語，每與調乖；竄之以新腔，難與譜合。故終宋之世，樂章大備，四聲二十八調，多至千餘曲，有引、有序、有令、有慢、有近、有犯、有賺、有歌頭、有促拍、有攤破、有摘遍、有大遍、有小遍、有轉踏、有轉調、有增減字、有偷聲。惟因劉昺所編《宴樂新書》失傳，而八十四調圖譜不見於世，雖有解人，無從知當日之琴趣簫譜矣。”

詞不能失腔

詩有韻，詞有腔。詞失腔，猶詩落韻。詩不過四五七言而止，詞乃有四聲五音均拍重輕清濁之別。若言順律舛，律協言謬，俱非本色。或一字未合，一句皆廢；一句未妥，一闋皆不光采。信戞戞乎其難矣！古人有言曰：“鉛汞煉而丹成，情景交而詞成。”指迷妙訣，當於玉田、夢窗間求之。

陸文圭跋《詞源》

詞與辭字通用，《説文》云：“意内而言外也。”意生言，言生聲，聲生律，律生調，故曲生焉。花間以前無雜譜，秦周以後無雅聲，源遠而派別也。張玉田著《詞源》上下卷，推五音之數，演六六之譜，按月紀節，賦情詠物，自稱得聲律之學，餘情哀思，聽者淚落。昔柳河東銘姜秘書，閔王孫之故態，銘馬淑婦，感謳者之新聲，言外之意異，世誰復知者。案：此則見陸文圭《詞源跋》

《嘯餘譜》多誤

士大夫貼括之外，惟事於詩，至於長短之音，多置不論。即間有强作解事者，亦止依稀仿佛耳。故維揚張氏據詞爲圖，錢塘謝氏廣之，吳江徐氏去圖著譜，新安程氏又輯之，於是《嘯餘》一譜，靡不共稱博覈，奉爲章程矣。而豈知觸目瑕瘢，通身罅漏，有不可勝言哉！

《嘯餘譜》不可守

詩餘者，院本之先聲也。如耆卿分調，守齋擇腔，堯章著扇指之聲，君特辨煞尾之字，或隨宮造格，或遵調填音，其疾徐長短，平仄陰陽，莫不守一定而不移矣。乃近日詞家，謂詞以琢句練調爲工，並不深求於平仄句讀之間，惟斤斤守《嘯餘》一編，圖譜數卷，便自以爲鐵板金科，於是詞風日盛，詞學日衰矣。

拗句不可改

詞中有順句，復有拗句，人莫不疑拗而改順矣。殊不知今之所疑拗句，乃當日所謂諧聲協律者也。今之所改順句，乃當日所謂捩喉扭嗓者也。但觀《清真》一集，方氏和章，無一字相違者。如可改易，彼美成、千里輩，豈不能制爲婉順之腔，換一妥便之字乎？且詞謂之填，如坑穴在前，以物實之而恰滿，倘必易字，則枘鑿背矣，又安能強納之而使安哉！

詞以諧聲爲主

自沈吳興分四聲以來，凡用韻樂府，無不調平仄者。至唐律以後，浸淫而爲詞，尤以諧聲爲主，平仄失詞，即不可入調。周、柳、万俟等之制腔造譜，皆按宮調，故協於歌喉。以及白石、夢窗輩，各有所創，未有不悉音理而可造格律者。今雖音理失傳，而詞格具在，學者但依仿舊作，字字恪遵，庶不失其中矩矱耳。

曲調不可入詞

曲調不可入詞，人知之矣。而八犯《玉交枝》、《穆護砂》、《搗練子》等，亦間收金元通於詞曲者，何也？蓋《西江月》等，宋詞也；《玉交枝》等，元詞也；《搗練子》等曲，因乎詞者也，均非曲也。若元人之《後庭花》、《乾荷葉》、《小桃紅》、《天淨沙》、《醉高歌》等，俱爲曲調，與詞之聲響不侔。況北曲自有譜在，豈可欄入詞譜，以相混淆乎？

詞曲之所以分

或云："詩餘止論平仄，不拘陰陽。若詞餘一道，非宮商調、陰陽協，則不可入歌固已。"第唐宋以來，原無歌曲，其梨園弟子所歌者，皆當時之詩與詞也。夫詩詞既已入歌，則當時之詩詞，大抵皆樂府耳，安有樂府而不叶律呂者哉？故古詩之與樂府，近體之與詞，分鑣並騁，非有先後。謂詩降爲詞，以詞爲詩之餘；詞變爲曲，以曲爲詞之餘：殆非通論矣。況曰填詞，則音律不精，性情不考，幾何不情文蹠盩，宮商俰背乎？於是知古詞無不可入歌者，深明樂府之音節也。今詞不可入歌者，音律未諳，不得不分此以別彼也。此詞與曲之所以分也。然則詞與曲判然不同乎？非也。不同者口吻，而無不同者諧聲也。究之近日填詞者，固屬模糊。而傳奇之作家，亦豈盡免於齟齬哉！

548

詞譜不如以宮調分

　　詩變而爲詞，詞變而爲曲，歷世久遠，聲律之分合，均奏之高下，音節之緩急過度，不得盡知。至若作家才思之淺深，初不系文字之多寡。顧世之作譜者，皆從歸自謠，銖累寸積及鶯啼序而止。中有調名則一，而字之長短分殊，安能各得其所？莫如論宮調之可知者叙於前，餘以時代論先後爲次序，斯世運之升降，可以知已。

詞調可以類應

　　詞調之間，可以類應，難以牽合。而起調畢曲，七聲一均，旋相爲宮，更與《周禮》三宮、《漢志》三統之制相準。須討論宮商，審定曲調，或可得遺響之一二也。

鄒祗謨論張、程二譜之誤

　　"今人作詩餘，多據張南湖《詩餘圖譜》，及程明善《嘯餘譜》二書。南湖譜不無魚豕之訛，且載調太略，如《粉蝶兒》與《惜奴嬌》本系兩體，但字數稍同及起句相似，遂誤爲一體。至《嘯餘譜》，則舛錯益甚，如《念奴嬌》之與《無俗念》、《百字謠》、《大江乘》，《賀新郎》之與《金縷曲》，《金人捧露盤》之與《上西平》，本一體也，而分載數體。《燕春臺》之即《燕臺春》，《大江乘》之即《大江東》，《秋霽》之即《春霽》，《棘影》之即《疏影》，本無異名也，而誤仍訛字。或列數體，或逸本名，甚至錯亂句讀，增減字數，强綴標目，妄分韻腳。又如《千年調》、《六州歌頭》、《陽關引》、《帝臺春》之類，句數率皆淆亂。成譜如是，學者奉爲金科玉律，迄無駁正，不亦誤乎！"案：此則見《詞衷》

《詞律》與《詞譜》

　　宋元人所撰詞譜流傳者少。自國初至康熙十年前，填詞家多沿明人，遵守《嘯餘譜》一書。詞句雖勝於前，而音律不協，即衍波亦不免矣，此詞律之所由作也。其云得罪時賢，蓋指延露而言，匪他人也。如《鶯啼序》創自夢窗，平仄字句，一定難移，當遵之。首句定是六字起，次段第二句必用四仄，乃爲定體。首段第五第六，二七字句，斷不可對，《詞律》逐句考訂，實爲精詳。而延露《夏景》一闋，竟改爲四字起。"簾幕重重"二句，竟且作對。至"薄鉛不御"四字中夾一平，尤爲大誤。故浙西名家，務求考訂精嚴，不敢出《詞律》範圍之外，誠以《詞律》爲確且善耳。至於《欽定詞譜》，雖較《詞律》所載稍寬，而詳於源流，分別正變，且字句多寡，聲調異同，以至平仄，無不一一注明，較對之間，一望了然。所謂填詞必當遵古，從其多者，從其正者，尤當從其所共用者，舍詞譜則無所措手矣。

楊繩武

楊繩武（生卒年不詳）字文叔，清吳縣（今江蘇蘇州）人。康熙五十四年（1715）進士，官翰林院編修。有《古柏軒集》。所編《文章鼻祖》録六代以前詩文凡十四篇，各爲評注：一《堯典》，二《禹貢》，三《洪範》，四《國語·桓公自莒反》一篇，五《左傳·城濮之戰》，六《邲之戰》，七《鄢陵之戰》，八《史記·項羽本紀》，九《高祖本紀》，十《封禪書》，十一《平準書》，十二《漢書·霍光金日磾傳》，十三《古詩爲焦仲卿妻作》，十四庾信《哀江南賦》，皆鴻筆。然以爲千古文章盡從此出，則爲繩武一家之説。

本書資料據昭代叢書道光本《論文四則》、江蘇巡撫采進本《文章鼻祖》。

論文四則（節録）

八股者，説經之文也。故義必根經，而取材亦以經爲上。此不但習句讀、通傳註而已，當熟復註疏，旁參經解諸書，會通焉以折其衷，乃爲通經，通經而後可以説經也。諸子之文，是非頗謬於聖人矣，然其鼓鑄性靈，雕鏤物象，或滉洋奇恣，或奥衍峭刻，亦足以極文章之變。所當別白其純疵而後用之，勿徒襲其險句怪字以爲工。史本於經。子長、孟堅，史家開山，實爲千古文章大宗。故古人論文，以西漢爲最。此如康莊衢路，不可不由者。班、馬而下，蔚宗之博贍，《三國》、《五代》之謹嚴，六朝《南》、《北》之名雋，《唐書》之鍊密，《宋史》之繁富，亦各有所長，獨《元史》蕪穢耳。然皆足以識治亂，明是非，辨人才，知學術，於文章實有裨益。至於以史證經，程子《易傳》，朱子《集註》多有之，何獨疑於時文？且幾社前輩曾爲先道矣。故文章能貫穿史事，與題相赴者，皆極所咨賞。唐宋八家，根柢皆從經出，昌黎直法《典》、《謨》，廬陵善學《春秋》，柳州兼摹子長，南豐酷似更生。臨川以《周禮》參《管》、《韓》。三蘇之文出於《國策》、《孟子》，大蘇尤得力於《莊》、《騷》。古人文字各有所從出，時文何獨不然？先秦、《史》、《漢》險峻，或未易攀，八家氣味漸近矣，爲時文於八家無所得，便是熟爛時文。

《文章鼻祖》（節録）

（庾信《哀江南賦》評語）駢麗之體，東都以後，漸已濫觴，然句不必整，字不必協，又多間以長句單行，疏古歷落，氣味自勝。至齊梁而此體漸密，句雕字琢，無獨不偶，體裁既備，音韻亦諧，子山、孝穆，尤爲擅場。徐較秀逸，庾較巨麗，《哀江南賦》尤子山

550

一生聚精著神之筆也。唐初四傑，暢其宗風，所謂"王楊盧駱當時體"也。上視徐、庾，工力未虧，而神采不逮。義山晚出，變其音節，節短勢險，頗極矜煉，可爲後勁。盧陵、眉山，掃除堆垛，出之蕭散，間用成語，轉露清新。然僅可施之短箋小啟，長篇如此，便無意味，終非正格。蓋文各有體，既號駢麗，自不得厭徵實而喜翻空，崇樸素而嗤豔麗。徐、庾之作，自爲正則，況子山此賦，指陳一代廢興之故，叙述平生閱歷之場，全力貫注，成此大篇，其中之起伏照應，層次脉絡，輕重詳略，抑揚操縱，無不備美。即是一篇絕大古文，可以其爲齊梁駢麗之體而忽之耶！（卷六）

薛　雪

　　薛雪（1681—1770）字生白，自號一瓢。清吳縣（今江蘇蘇州）人。自幼好學，頗具才氣，所著詩文甚富；工畫蘭，善拳勇，博學多通。乾隆初年，兩徵博學鴻詞科，均不就。因母多病而悉心研醫，博覽羣書，精於醫術，尤長於溫熱病。著《濕熱條辨》，對濕熱之辨證論治有進一步發揮，豐富充實了溫熱病學的內容，對溫熱病的發展有相當貢獻。能詩，撰有《一瓢詩話》，繼承《原詩》精神，主張創新，反對摹擬剽竊。論詩推崇杜甫、韓愈的"變態百出"、"無物不現"，認爲"擬古二字，誤盡天下蒼生"。所著《一瓢齋詩存》，能轉益多師，有感而發，陶冶杜甫、韓愈、元稹、白居易而出之以自己的性情面目。

　　本書資料據上海古籍出版社 1963 年《清詩話》本《一瓢詩話》。

《一瓢詩話》（節錄）

　　樂府最得《風》、《騷》神理。學者於古今樂府，不可不澄心靜慮，玩索窮研，以求必得。

　　近體意旨，雖在章句字法之間，却不印定。故唐人有通首不對者，有通首全對者，非有意爲之。

　　人言應制、早朝等詩從無佳作，非也。此等詩竟將堂皇冠冕之字，累成善頌善禱之辭，獻諛呈媚，豈有佳作？若以堂皇冠冕之字，寓箴規，陳利弊，達萬方之情於九重之上，雖求其不佳，亦不可得也。余選《唐詩正雅集》中，頗有此等詩，未嘗不佳。但後人作此，措辭煉句，切須顧慮周詳，毋致與璧俱碎，則盡善矣。杜浣花"五夜漏聲催曉箭"一篇，真言者無過，聞者足戒，安得不尊爲詩家之大成耶？

　　風、雅、頌、賦、比、興，詩之經緯也。有此經緯，乃有體裁；爲有體裁，則有正變。達事情，通諷諭，謂之風。純乎美者，謂之正風；兼美刺，謂之變風。述先德，通下情，謂之雅。專於美者，謂之正雅；兼美刺，謂之變雅。用之宗廟，享於神明，美盛德，告成功，謂之頌。當作者謂之正；不當作者，比於風雅，亦謂之變。如後世有法律曰詩，放情曰歌，流走曰行，兼曰歌行，述事本末曰引，悲鳴如蛩曰吟，通俗曰謠，委曲曰曲。觀此體裁，則知所宗矣。

　　郎梅溪問張蕭亭：“《竹枝》、《柳枝》自與絶句不同，音節亦有分別否？”蕭亭曰：“語度無異，末語加‘竹枝’、‘柳枝’，即其語以名其詞，音節無分別也。”余謂亦有不加“竹枝”、“柳枝”者，何以爲語度無異，音節不分？若果如此，則仍是絶句，何必別其名曰“竹枝”、“柳枝”耶？要知全在語度音節間分別耳。

　　詩與曲不同，在昔有被管弦者，多合律呂，後人所作，未必盡被管弦，不過寫志意、通事情，不失平仄已也。孟子曰“以意逆志”、“不以辭害志”。若拘拘於五音清濁、喉牙唇舌之間，有不割蕉加梅，亦幾希矣。

　　雜體詩昔亦有之，原屬游戲。前人有餘力，不妨拈弄；若今人作正體詩尚未必盡善，何暇及此？

　　樂府凡用“引”、“操”等名，皆是琴曲。

　　今人詩稿，必首先樂府，次古詩長詩，擬古詠史，五七律，五七絶，歌行銘頌，無一不有，冠以大老之序，名手所書，何其穢也！人各有能有不能，豈可强作，以體備爲榮？試觀一稿之中，可是篇篇佳句，體體傳作？

李重華

　　李重華(1682—1755)字實君，號玉洲。清吳江(今屬江蘇)人。雍正二年(1724)進士。少有俊才，生平遊歷蜀、秦、齊、楚，登臨憑弔，發而爲詩，頗得江山之助，能推求言外之意，以詩名，當時莫能軒輊。著有《貞一齋集》、《貞一齋詩説》、《三經附義》等。其《貞一齋詩説》詳論詩之音、象、意三要素，泛論各體詩理格法，由常式入手，證以唐宋名家之得失，多有得之言。

　　本書資料據上海古籍出版社1963年《清詩話》本《貞一齋詩説》。

《貞一齋詩説》（節録）

《風》、《騷》而後，古詩嗣興，自漢氏迄六朝，《選》體果正宗與？曰：尼父删詩，録《國風》、二《雅》、三《頌》，其體井然別矣。三體各具興、比、賦，其旨瞭然備矣。今觀漢氏詩，若《十九首》，蘇、李贈答諸什，《風》之遺也；若班掾《東京》五篇及平子《四愁》、韋孟《諷諫》等作，《雅》之亞也；其《郊祀》、《天馬》、《房中》等章，《頌》之流也。凡皆真意流露，氣厚詞樸，使尼父删正，各取其體無疑矣。魏以後，若曹、劉、左、陸、阮、陶、顏、謝諸公，各競所長，要三體尚有合者，何者？風骨遒逸，自具情性，尼父諒猶取焉。今《文選》不衷六義，而因事分類裁別，固已陋矣。又樂府郊廟，不取漢取宋，子建樂府最優，而佳者顧闕之；淵明高古特出，取其近於謝者；漢五言，詩之權輿，反列卷末。其他繁靡既多，遺逸不少，謬戾未可殫述，以備文翰一斑可耳，奚以言正宗耶？

曰：或言唐無五言古詩而有其律詩，且近體莫盛於唐，而論者有初、盛、中、晚之分。宋元以來，並有作者，而尊唐者劣宋，祖宋者祧唐，其折衷可得聞與？曰：漢魏以來未知律，自然流出，所謂空中天籟是已。陳隋欲爲律而未悟其法，非古非律，詞多淫哇，不足效也。自唐沈、宋創律，其法漸精，又別作古詩，是有意爲之，不使稍涉於律，即古、近迥然二途；猶度曲者，南、北兩調矣。究之，朝華夕秀，善之者自謂其極，何嘗無五古耶？且七言成於鮑照，而李、杜才力廓而大之，終爲正宗。厥後韓愈、蘇軾稍變之。然論七古，無逾此四家者矣。初、盛、中、晚，特評者約略之詞，以觀風氣大概可耳，未足定才力高下，猶唐宋時代之異，未可一概優劣也。何則？唐以聲律取士，宜其工者固多於宋。然公道論之，唐之中，拙者什四三；宋之中，工者亦什四三：原不可時代限矣。金元詩法，宗唐者衆，而氣力總弱，亦風會使然。明之能詩者，孰不追唐？然得其貌似頗多，取其精華特鮮，蓋唐法不傳久矣。要而論之：非漢氏無以學古，非唐代無以學律，人知之也。豈知天地真才所發，日出日新，欲自爲一家，非直如此而已。必卓然爲本朝誰氏之詩，必昭然爲若人某時某地之詩，使人望其氣色，聆其音響，知非他人可僞託者，此爲嚌其胾、入其奧耳。

曰：作詩先從五古入，信與？曰：由古生律，未聞律變爲古也。由三、四言得五言，由五言得七言，未聞七變爲五也。今不探其原，但事其流，材力何以深厚？凡唐人之有律無古者，淺深可具見也。

曰：讀《三百》、《楚詞》及漢魏詩，未盡其妙，何也？曰：如食味然，須由薄以得厚焉。試取唐賢古詩熟復之，逆觀於魏晉，有餘味矣；又逆至漢代，覺其味浸厚；如是再誦《楚詞》、《三百篇》，將有踴躍舞蹈，歆其彌旨者，覺後人一字句未許道也，準此，可以得讀詩之法矣。

凡古詩有一定音節，先要分別出體製高下來。

五古自漢魏至晉宋俱可學，齊梁以下不必學。唐代五古，則自陳伯玉、張曲江至韋、柳俱可學，自後亦不必學。所謂取法乎上，僅得乎中也。

五古從選體入手，不致雜村野氣，以有規矩準繩，且漢魏以來源流具在也。

七古自晉世樂府以後，成於鮑參軍，盛於李、杜，暢於韓、蘇，凡此俱屬正鋒。唐初王、楊、盧、駱體，為元、白所宗，可間一為之，不得專意取法，恐落卑靡一派。何仲默《明月篇序》，未可奉為確論。李長吉從《楚詞》發源，天才獨出，後人何得效顰？如溫、李七古，步步規撫長吉，其弊俱失之俗；與元、白得失正相等，緣末折衷於六義故也。至初學入手，求其筆勢穩稱，則王摩詰、高達夫二家，乃正善學唐初者；少陵如《洗兵馬》、《古柏行》亦然，但更加雄渾耳。

七言律古今所尚，李滄溟專取王摩詰、李東川，宗其說，豈能窮極變態？余謂七律法至於子美而備，筆力亦至子美而極。後此如楊巨源、劉夢得甚有工夫，義山學杜最佳，法亦至細，善學人可借作梯級。末後陸魯望自出變態，覺蒼翠逼人。至宋代獨蘇子瞻雄邁絕倫，次韻過多，去其濫觴可耳。

五言絕發源《子夜歌》，別無謬巧，取其天然，二十字如彈丸脫手為妙。李白、王維、崔國輔各擅其勝，工者俱脗合乎此。

七絕乃唐人樂章，工者最多。朱竹垞云：七絕至境，須要詩中有魂，入神二字，未足形容其妙。李白、王昌齡後，當以劉夢得為最，緣落筆朦朧縹緲，其來無端，其去無際故也。杜老七絕欲與諸家分道揚鑣，故爾別開異徑，獨其情懷，最得詩人雅趣。黃山谷專學此種，遂獨成一家，此正得杜之一體。西江人取配杜老，亦僻見也。

五言排律，至《杜集》觀止；若多至百韻，杜老止存一首，末亦未免鋪綴完局，緣險韻留剩後幅故也。白香山窺破此法，將險韻參錯前後，略無痕跡，遂得綽有餘裕。故百韻敘事，當以香山為法；但此亦不必多作，恐涉誇多鬭靡之習。

七言排律，唐人斷不多作，《杜集》止三四首。緣七字詩得四韻，於律法更無遺憾；增至幾十韻，勢須流走和軟，方成片段。似此最易流入唱本腔調，縱復精工，有乖風雅。杜老云："何劉沈謝力未工，才兼鮑照愁絕倒。"足知七字長篇，專尚沈雄排宕。所以古人見長，都在古調；若律體非不能工，不屑為耳。

《文選》所錄四言，多膚廓板滯之作，此是昭明淺見處，索性不錄可也。余嘗謂《三百篇》後，不應輕擬四言；必欲擬者，陶公庶得近之。屈、宋《楚詞》而後，不應輕擬《騷》體；必欲擬者，曹植庶得近之。

樂府體裁，歷代不同。唐以前每借舊題發揮己意，太白亦復如是，其短長篇什，各自成調，原非一定音節。杜老知其然，乃竟自創名目，更不借徑前人，如《洗兵馬》、《新婚別》等皆是也。其合律與否，無從得知，取其筆力過人可矣。白傅《秦中吟》等篇，立意與杜無異。但古稱元、白詩都入樂章者，不係此種。蓋唐時入樂，專用七言絕句，詩家亦往往由此得名。

樂府題有吟，有歌，有行，有詞，有謠，有引，有曲，分類既多，其餘就事命題，如《巫山高》、《折楊柳》者，不可枚舉。總之不離歌謠體製，遂得指名樂府。余謂今人作詩，何必另列樂府？緣未曾譜入樂章，縱有歌吟等篇，第指作五言、七言、長短雜言可矣。

人學漢樂府，喜作詭怪不可解之詞，不知此種係樂人泛聲如此，魏世曹氏父子，早已不曾摹仿。

樂府"妃呼豨"等句，正是《尚書》"吊由靈"之類，假如作古文雅意學之，豈不供人大噱。"妃呼豨"是摹寫風聲。

古人於古近諸體，各有所長。如太白七律至少，昌谷七律全無，其餘名集缺一二體者，不可勝數。此皆遺其所短，用其所長，得失擧在寸心中也。然有專攻律體，竟不見古詩者，如許渾、方干一流，此則不應慕效。蓋止見古體，仍然無愧高手；若止存律調，即古詩從未窺見，其爲薄殖無疑矣。

拗體律詩亦有古、近之別。如杜老"玉山草堂"一派，黃山谷純用此體，竟是古體音節，但式樣仍是律耳。如義山"二月一日"等類，許丁卯最善此種，每首有一定章法，每句有一定字法，乃拗體中另自成律，不許淩亂下筆。余謂學詩與學書同揆，到得真行草法規矩一一精能，爾後任意下筆，縱使欹斜牽掣，粗服亂頭，各有神妙；若臨習尚未成家，妄意造爲拙筆，未有不見笑大方。

次韻一道，唐代極盛時，殊未及之。至元、白、皮、陸始因難見巧，然亦多勉強湊合處。宋則眉山最擅其能，至有七古長篇押至數十韻者，特以示才氣過人可耳。若李、杜二公當此，縱才氣綽能爲之，亦不屑以百萬銳師，置之無用之地。蓋次韻隨人起倒，其遣詞運意，終非一一自然，較平時自出機軸者，工拙正自判然也。近世胸中元未有詩，藉以藏拙，故離却次韻，不復能爲倡和。

聯句，《柏梁》爲之造端；但《柏梁》各自成章，非必一一聯屬。至何、范有作，始合成篇法。李、杜間亦有之，不過數韻止耳。韓、孟二公，製爲大篇，誇示奇麗。余意韓、孟固自敵手,似出兩人所爲,他如《石鼎聯句》,應是昌黎一人所搆。向見吳中聯句長篇,俱竹垞老人製成,因而分屬諸子者。必欲衆人合作,斷不能章法渾成,首尾一綫矣。

詠物一體,就題言之,則賦也;就所以作詩言之,即興也、比也。

詠史記實事者,即史中贊論體。

或謂:詩既忌豔體,何以《三百篇》却多淫奔? 余謂:《三百篇》所存淫奔,都屬詩人刺譏,代爲口吻。朱子從正面説詩,始云男女自言。究竟此等人安得有此筆墨? 孔子謂"思無邪"者,正爲穢跡昭章,使人猛省也。今既自言己志,必欲以淫媟見長,自何等面目!

文章有臺閣體,當於古文大家外另列一品,不可偏廢。唐詩如杜審言、蘇味道、李嶠、張説,亦屬臺閣體裁,翰院清華者宜宗之。

錢陳羣

錢陳羣(1686—1774)字主敬,號香樹,又號集齋、柘南居士。世居海鹽,祖父時遷居嘉興(今屬浙江)。康熙六十年(1721)進士,改庶吉士,授編修。歷事康熙、雍正、乾隆三朝,又曾任經筵講官,甚得乾隆帝尊寵。死後贈太傅,謚文端,祀於賢良祠。錢陳羣爲政平和,善書,傳世墨跡不少,亦能畫,作品不多見。著有《香樹齋詩集》等。《賦匯録要箋略》爲清康熙時吳光昭、陳書同輯。

本書資料據清康熙年間刻本《賦匯録要箋略》。

《賦彙録要箋略》叙(節録)

揚子雲有言,能觀千劍即曉劍,能讀千賦即曉賦。賦者,古詩之餘也。顧詩有六義,後世以其名單行者,惟賦權輿於屈、宋,兩漢繼音踵事,大放厥辭,至有十年始就一賦者。唐以賦設科,漸歸格律,譬之詩,屈、宋爲《三百篇》,兩漢之賦即兩漢之詩也。賦之有律,即唐之五七言也,千余年間專門名家不可方物,子雲去古未遠,即有千賦之論,況後來者耶? 詩有賦、比、興,賦得其一而比事屬詞,寫懷寄感,則何嘗無比興焉! (卷首)

黄　越

黄越(生卒年不詳)字際飛,上元(今屬江蘇)人。康熙四十八年(1709)進士,改庶吉士。所著《退谷文集》、《四書大全合訂》及選刻制義,如《明文商》、《今文商》、《墨卷商》、《考卷商》之類,皆盛行一時。平生精力注於講章、時文。其《尚書古今文辨》,惟以蔡傳折服諸家;《三傳得失辨》,惟以胡傳斷制衆論,亦仍舉業繩尺。

本書資料據兩江總督采進本《退谷文集》。

甲戌二十五則(節錄)

要知古文、時文之所以合,尤要知古文、時文之所以分,合處人知之,分處人多不知。唐荆川、胡思泉古文縱橫奧衍,時文顧繩趨尺步,爲時文之有語氣,不可放越也。歸震川以古文爲時文,已與王、唐小變,不待至金、陳然後爲變也。然何嘗逾越題之閫奧來?今時文家多爲"以古文爲時文"一語所誤,以致空翻空跌,視題如蘧廬之可以一宿而不可以久者,然亟以數語打發過自行己意,此雖近於古文,然其去時文亦已遠矣。(卷一四)

馬榮祖

馬榮祖(1686—1761)字力本,號石蓮。清江都(今江蘇揚州)人。雍正十年(1732)舉人。乾隆元年(1736)舉博學鴻詞,罷歸。以選授知縣。重新廢城,研鞠獄訟,又設荆山書院,親爲諸生講授。繼補鹿邑縣,亦有治績。旋告歸。榮祖少負異才,淹貫史學。時江淮間多治詩,他獨治古文,嘗擬《文心雕龍》爲《文頌》百首,又爲《演連珠箋》百首,皆見稱於時。著有《亭雲堂》、《石蓮堂》等集。

本書資料據昭代叢書道光本《文頌》。

文頌(節錄)

頌居六義之後,而會四始之全,三《頌》偉矣。變而爲騷,始創《橘頌》。晉劉伶乃頌酒德,緣物導意,樵彷遂滋。若陸機之頌功臣,才華閃爍,而予奪錯互,自紊其體。善乎梁劉勰之論曰:"敷寫似賦,而不入華侈之區;敬慎如銘,而異乎規戒之域。"斯頌體也。《雕龍》上辨體裁,下窮筆術,而風氣不越齊梁間。反覆古人締造,所由鈎摹情狀,都來可得百例。視鰓所列,殆於倍之。夫一物之細,猶或擬諸形容,而載道行遠之文,歌頌闕如。寂寥千古,斯亦翰墨之恥也。用據所窺測,創立《文頌》,虛空追攝,幻等結風,而曩所嘗試利鈍曲折之故,往往來會。豈夙世薰習,藉手冥謝古人?抑聊附正則、伯倫之後,而因以補彥和所末及,庶幾離形得似之旨乎!正聲不絕,來者難誣,下上茫茫,喟然閣筆。(卷首)

姚之駰

姚之駰(生卒年不詳)字魯斯。清錢塘(今浙江杭州)人。康熙六十年(1721)進士,官至監察御史。輯有《〈後漢書〉補逸》二十一卷。所著《元明事類鈔》四十卷摘取元、明諸書分門隸載,亦江少虞《事實類苑》之流,似乎類書,實則非類書。

本書資料據四庫全書本《元明事類鈔》。

制詞體

明張居正集成宏時誥敕不過百餘字,至於慶典覃恩,其詞尤簡,此制體也。近年以來多至百千言,或無實行,虛爲頌美。以臣諛君猶謂之佞,況以上諛下乎?(卷六)

正韻

宋濂集上謂詞臣曰:韻學起於江左,殊失正音。有獨用當併爲通用者,如東冬清青之類;亦有一韻當析爲二韻者,如虞模麻遮之類。當廣詢通音韻者重刊定之,於是勒成一十六卷,改名《洪武正韻》。

臺閣體

《王世貞集》:楊士奇文尚法,源出歐陽氏,以簡蕩和易爲主,至今貴之,號曰臺閣體。(以上卷二十一)

鐵體

《元詩話》:楊廉夫學博才橫,承學之徒,流傳沿襲,槎枒鈎棘,號爲鐵體。

陳莊體

泳化編《莊定山詩》，初就少陵而不自以爲然。讀白沙詩，愛之，所用惟"乾坤鳶魚"、"老眼脚頭"之類，自謂爲佳，時稱陳莊體。

九言詩

《麓堂詩話》：國初人有作九言詩，曰："昨夜西風擺落千林梢，渡頭小舟捲入寒塘坳。"貴在渾成勁健，亦備一體。

三言體

《麓堂詩話》：羅明仲嘗謂三言亦可爲體，出樹處二韻，迫予題扇。予援筆云："援風帆，出江樹。家遥遥，在何處。"一時戲筆也。

嬉春體

《楊維禎集·嬉春體五首·遺錢唐詩人學杜者》：顧瑛云"此體即如老杜以'江上誰家桃柳枝'爲新體也"。

鍾譚體

鍾伯敬負才藻思，別出手眼，另立深幽孤峭宗以駕古人。而譚生友夏爲之應，海內靡然從之，謂之鍾譚體。

元曲

《元史補遺》：關漢卿，解州人，工樂府，著北曲六十本。世稱宋詞元曲，然詞在唐人已優爲之，惟曲自元始，有南北十七宮調。（以上卷二十二）

《詩》即樂經

明劉濂《樂經元義》:六經缺《樂經》。古今有是論。愚謂《樂經》不缺,《三百篇》者,《樂經》也。夫子删詩,取《風》、《雅》、《頌》,一一絃歌之,得詩得聲者三百篇,可見詩在聖門,辭與音並存矣。後人知有辭,不復知有音,故僅以詩爲詩也。(卷二十七)

黃子雲

黃子雲(1691—1754)字士龍,號野鴻。清昆山(今屬江蘇)人,居吳縣。布衣。少有俊才,詩名甚著,與吳嘉紀、徐蘭、張錫祚合稱爲“四大布衣”。著有《四書質疑》、《詩經評勘》、《野鴻詩的》、《長吟閣詩集》等。其《野鴻詩的》上下卷,所論各體作法要領,見解極深;述詩史源流、古賢得失,最見特識,每有造微之論。

本書資料據上海古籍出版社 1963 年《清詩話》本《野鴻詩的》。

《野鴻詩的》(節録)

客曰:“詩之最難者何體?”曰:“七律。”曰:“今之名家各體少而七律多,反去易而就難者,何也?”曰:“未知甘苦耳。知其甘苦,則不輕作矣。”曰:“如子之言,知甘苦矣,試吟一律可乎?”余遂出《采石磯題太白樓》詩:“文章睥睨世無敵,湖海飄零氣不侔。六代騷場餘此席,一江春色獨登樓。爲君天特開青嶂,題壁人今亦白頭。猶有浣花祠屋在,懷鉛直欲錦城遊。”客茫然而退。

遊仙詩本之《離騷》,蓋靈均處穢亂之朝,蹈危疑之際,聊爲烏有之詞以寄興焉耳。建安以下,競相祖述;景純、太白,亦恣意描摹;至義山專求有娀、皇英之喻而推廣之,倡爲妖淫靡曼之詞,動以美人香草爲護身符帖。末學無知,又因之而變爲香奩體,世道人心,欲以復古,難矣! 夫詩者,心之樂也,濂溪云:“樂聲淡則聽心平,樂詞善則歌者慕。‘西崑’之音,不唯不能平其心,適足以助欲而長怨耳。”噫! 如義山者,謂之爲《三百篇》之罪人可也。

凡題贈、送別、賀慶、哀輓之題,無一非詩,人皆目爲酬應,不過捃摭套語以塞責。試問有唐各家集中,此等題十有七八,而偏有拔萃絕羣之什者何也? 其法要如昌黎作

560

文，尋題之間隙而入於中，自有至理存焉。近來求詩者雅好鋪張，意必欲首先門閥，次述文章操行，末乃歸之於頌禱，則喜矣。詩家藉博名譽，爲之曲意，而周、孔之風氣遂敗壞而不可收拾。若然，將題贈、送別、賀慶、哀輓之題各擬一篇，不唯可以流轉寰區，一生亦用之不竭矣。

樂府題義，有不必宗者，有不可不宗者。不必宗者，如《行路難》、《獨漉篇》、《梁父吟》、《有所思》、《古別離》等篇是也；不可不宗者，如《陌上桑》、《公無渡河》、《明妃曲》、《祖龍行》、《山中孺子歌》等篇是也。

應制詩不徒避忌諱、取工麗而已也；體裁題義，不可不講。魏晉以還，作者未能悉中規矩，至初、盛唐法律始謹嚴。

程廷祚

程廷祚(1691—1767)字啟生，號綿莊，自號青溪居士。清上元（今屬江蘇）人。治經學，於天文、輿地、食貨、河渠、兵農、禮樂之事，皆能竟委控源。補諸生，鄉試不利。乾隆初，應博學鴻詞科不第，乃閉戶窮經。著述甚豐，據《清史稿》本傳，他著有《易通》六卷、《大易擇言》三十卷、《尚書通議》三十卷、《青溪詩説》三十卷、《春秋識小録》三卷、《禮説》二卷、《魯説》二卷。此外，尚有文集《青溪文集》及續編、詩集《岫雲閣詩鈔》等。其《騷賦論》上、中、下三篇，上篇、下篇皆論詩騷賦之異同，中篇則論騷賦之升降。

本書資料據金陵叢書本《青溪集》。

騷賦論上

聲韻之文，《詩》最先作，至周而體分六義焉。其二曰賦。戰國之季，屈原作《離騷》，傳稱爲賢人失志之賦。班孟堅云："賦者，古詩之流也。"然則詩也，騷也，賦也，其名異也，義豈同乎？古之爲詩也，風行於邦國，雅、頌施於朝廷。情動於中而形於言，其用則有賦與比、興之分。總其大要，有陳情與志者焉，有體事與物者焉。屈子之作，稱堯舜之耿介，讒桀紂之昌披，以寓其規諷；誓九死而不悔，嗟黄昏之改期，以致其忠怨；近於《詩》之陳情與志者矣。若夫體事與物，風之《駟驖》，雅之《車攻》、《吉日》，畋獵之祖也；《斯干》、《靈臺》，宮殿苑囿之始也；《公劉》之"幽居允荒"，《綿》之"至於岐不"，京都之所由來也。至於鳥獸草木之詠，其流寖以廣矣。故詩者，騷賦之大原也。

既知詩與騷賦之所以同，又當知騷與賦之所以異。詩之體大而該，其用博而能通，是以兼六義而被管弦。騷則長於言幽怨之情，而不可以登清廟。賦能體萬物之情狀，而比興之義缺焉。蓋風、雅、頌之再變而後有《離騷》，騷之體流而成賦。賦也者，體類於騷而義取乎詩者也。故有謂《離騷》爲屈原之賦者，彼非即以賦命之也，明其不得爲詩云爾。騷之出於詩，猶王者之支庶封建爲列侯也；賦之出於騷，猶陳完之育於姜，而因代有其國也。騷之於詩遠而近，賦之於騷近而遠；騷主於幽深，賦宜於瀏亮。

昔屈原以經物之才，遭遇懷王昏惑，流離放逐，願進忠而不得，哀悼惻怛，發而爲文。故其文也，有若星月之晦於雲霧者焉，有若金玉之雜於泥沙者焉，有若奔流急湍之阻礙而不得其性者焉。此《離騷》之作，其人與其時爲之也。後之擬騷者，王褒、劉向無論矣，以宋玉之親受業於屈原也，其《九辯》能肖之乎？何則？非其人與時，固不可得而强也。

若夫賦之立體造端則異是，二十五篇之中，《遠遊》、《橘頌》，似賦而實騷，漢之《長門》、《自悼》，似騷而實賦。門庭流品，於是判矣。傳曰：“登高能賦，可以爲大夫。”鄭康成云：“賦者，鋪也，鋪陳今之政教美惡。”賦家之用，自朝廷郊廟以及山川草木，靡不攄寫。故作之者，必若長卿，所謂包括宇宙，總覽人物，有得之於内，不可得而傳者，故其難與詩與騷並。或曰：“騷作於屈原矣，賦何始乎？”曰：“宋玉。”

騷賦論中

荀卿《禮》、《智》二篇，純用隱語，雖始構賦名，君子略之。宋玉以瑰偉之才，崛起騷人之後，奮其雄誇，乃與《雅》、《頌》抗衡，而分裂其土壤，由是詞人之賦興焉。漢《藝文志》稱其所著十六篇，今雖不盡傳，觀其《高唐》、《神女》、《風賦》等作，可謂窮造化之精神，盡萬類之變態，瑰麗窈冥，無可端倪，其賦家之聖乎？後之視此，猶后夔之不能舍六律而正五音，公輸之不能捐規矩而成方圓矣。

於是綴詞之士，響應景從。漢興，陸、賈導之於前，賈誼振之於後。文、景以還，則有淮南王安、枚乘、莊忌、司馬相如、吾丘壽王、嚴助、枚皋，並以文詞見知於時。遭遇太平，揚其鴻藻。宣、成之世，則有劉向、王褒、揚雄之倫。蓋賦之盛，於斯爲極。賈生以命世之器，不竟其用，故其見於文也，聲多類騷，有屈氏之遺風。若其雄偉卓犖，冠於一代矣。長卿天縱綺麗，質有其文；心跡之論，賦家之準繩也。《子虛》、《上林》，總衆類而不厭其繁，會羣采而不流於靡，高文絶豔，其宋玉之流亞乎？其次則揚雄也，王褒又其次也。子雲之《長楊》、《羽獵》，家法乎《上林》，而有迅發之氣；《甘泉》深偉，廟堂之鴻章也。大抵漢人之賦，首長卿而翼子雲，至是而賦家之能事畢矣。後有作者，弗可尚已。

東京作者，體卑於昔賢，而風弱於往代。其時則有馮衍、杜篤、班彪、班固、崔駰、傅毅、張衡、馬融、蔡邕、王延壽、邊讓、禰衡之流。就而論之，二班、張、王，其最著乎？平子宏富，風度卓然。《二京》之方《兩都》，猶青之於藍也。賦至東京，長卿、子雲之風未泯，雖神妙不足，而雅贍有餘，其猶有中古之遺音乎？

降及魏晉，非其儔矣。魏之王、曹，晉之潘、陸、左、郭，後先爭驅，咸爲一時之選。然賦至是，則規製分明，而古人之行無轍跡者，於是乎泯矣。其氣不足以發，其神不足以藏，而古人之嶄嶸幽渺萬變不測者，弗能爲之矣。其賦道之衰乎？然而猶賢於六朝。

若夫宋齊以下，義取其纖，詞衒其巧，奏新聲於士女雜坐之列，演角觝於椎髻左衽之場，雖世俗喜其忘倦，而君子鄙之，揚子譏其類俳，今則信矣。

是故以賦譬之山水，岳瀆其楚漢乎，東京則山之麗於岳，水之附於瀆者也。又其山之旁出，水之支流，則爲魏晉。至於指丘垤以爲山，畫洿沚以爲水者，六朝之謂耳。此其升降之大凡也。蓋自雅頌息而賦興，盛於西京。東漢以後，始有今五言之詩。五言之詩，大行于魏晉而賦亡。此又其與詩相代謝之故也。唐以後無賦。其所謂賦者，非賦也。君子於賦，祖楚而宗漢，盡變於東京，沿流於魏晉，六朝以不無譏焉。

騷賦論下

或曰：賦與騷異，則吾既得聞教矣。然則賦不可以宗騷乎哉？曰：不然也。賦與騷雖異體，而皆原於詩。騷出於變風雅而兼有賦比興之義，故於詩也爲最近。其聲於衰晚之世，宜於寂寞之野，宜於放臣棄子之願悟其君父者。至於賦之爲用，固有大焉，以其作於騷之後，故體似之，而義則又裁乎詩人之一義也。昔商周之作者，以聖賢之才，作爲篇詠，盛則宣其平和之響，變則發其哀憤之音，下起於閨門之私，而上薦於郊廟，千古以來，有能五“四始”而七“六義”者乎？不能也。騷由乎是，賦亦由乎是，又何疑乎賦之不可以宗騷也。

且騷之近於詩者，能具惻隱，含風諭。故觀其述讒邪之害，則庸主爲之動色；叙流離之苦，則悼夫爲之改容；傷公正之陵遲，則義士莫不於邑。至於賦家，則專於侈麗閎衍之詞，不必裁以正道，有助於淫靡之思，無益於勸戒之旨，此其所短也。

善乎！揚子雲曰：“詩人之賦麗以則，詞人之賦麗以淫。”以理勝者，雖則弗麗；以詞勝者，雖麗弗則；不則不麗，作者不爲也。長卿《上林》終以頹牆填塹，子雲《甘泉》稱“屛玉女而却宓妃”，雖云曲終雅奏，猶有諷諫之遺意焉。後之君子，詳其分合之由,察其升降之故,辨其邪正之歸,上祖風雅,中述《離騷》,下盡乎宋玉、相如、揚雄之美,先以理而後以詞,取其則而戒其淫,則可以繼詩人之末,而列於作者之林矣。(以上卷三)

厲 鶚

厲鶚(1692—1752)字太鴻,號樊榭、南湖花隱。清錢塘(今浙江杭州)人。康熙五十九年(1720)舉人。出身貧寒,性格孤傲冷峭,不甚合羣。初學作詩,即有佳句;博覽羣書,心有所得,用之於詩,留下許多詩壇佳話。厲鶚是雍、乾間著名詩人,他崛起於"清初六大家"之後、"乾隆三大家"之前,在清詩史上有獨特地位。他既是狹義浙派的奠基人,又是廣義浙派中一個時期的代表人物。他以一介寒士,主持江浙吟社三十餘年。其詩多遊覽名山大川之作,清淡嫻雅,幽新雋妙,尤長於五言,以取法宋人爲主,是雍正、乾隆時期"宋詩派"的代表作家。厲鶚又是浙派詞的領袖,其詞多詠物懷古,長於言情,深入南宋諸家之勝,瓣香於玉田、白石之間,成就超過浙西六家,學填詞者每每以其詞作爲圭臬,名震大江南北。著有《宋詩紀事》一百卷、《樊榭山房集》、《樊榭山房續集》計二十卷、《遼史拾遺》十卷,另有《東城雜記》、《東城雜記補》及與查爲仁合撰的《絶妙好詞箋》等。

本書資料據上海古籍出版社 1992 年《樊榭山房集》、四庫全書本《宋詩紀事》。

《查蓮坡蔗塘未定稿》序(節錄)

詩不可以無體,而不當有派。詩之有體,成於時代,關乎性情,真氣之所存,非可以剽擬,似可以陶冶得也。是故去卑而就高,避繚而趨潔,遠流俗而嚮雅正。少陵所云"多師"爲師,荆公所謂"博觀約取",皆於體是辨。衆製既明,鑪韝自我,吸攬前修,獨造意匠,又輔以積卷之富,而清能靈解,即具其中。蓋合羣作者之體,而自有其體,然後詩之體可得而言也。自呂紫微作西江詩派,謝皋羽序睦州詩派,而詩於是乎有派。然猶後人瓣香所在,强爲臚列耳。在諸公當日,未嘗斷斷然以派自居也。迨鐵崖濫觴,已開陋習;有明中葉,李、何揚波於前,王、李承流於後,動以派別概天下之才俊,噉名者靡然從之,七子、五子,疊牀架屋。本朝詩敎極盛,英傑挺生,綴學之徒,名心未忘,或祖北地、濟南之餘論,以錮其神明;或襲一二鉅公之遺貌,而末開生面。篇什雖繁,供人研玩者,正自有限,於此有卓然不爲所惑者,豈非特立之上哉!(《樊榭山房集》卷三)

《宋詩紀事》原序

宋承五季衰敝，後大興文教，雅道克振。其詩與唐在合離閒，而詩人之盛視唐且過之。前明諸公剿擬唐人太甚，凡遇宋人集槩置不問，迄今流傳者僅數百家。即名公鉅手亦多散逸無存，江湖林藪之士誰復發其幽光者，良可歎也。予自乙巳後薄游邗溝，嘗與汪君祓江欲效計有功搜括而甄錄之，會祓江以事罷去，遂中輟。幸馬君嶰谷半槎兄弟相與商榷，以爲宋人詩考訂尚有未當，如胡元任不知鄭文寶仲賢爲一人，注蘇詩者不知歐陽闢非文忠之族，方萬里不知薛道祖非昂之子，以至阮閎休所紀三李定，王伯厚所紀兩曹輔之類，非博稽深訂，烏能集事？因訪求積卷，兼之閭市借人，歷二十年之久，披覽既多，頗加汰擇，計所抄撮凡三千八百一十二家，略具出處大槩，綴以評論、本事，咸著於編。其於有宋知人論世之學，不爲無小補矣。部帙既繁，恐歸覆瓿。念與二君用力之勤，不忍棄去，暇日釐爲百卷，目曰《宋詩紀事》，鏤板而傳之。庶幾後之君子有以益我紕漏云。（《宋詩紀事》卷首）

姚培謙

姚培謙(1693—1766)字平山，號鱸香居人、鱸香老人。室名松桂讀書堂、角山樓、樂善堂、清妙軒。清華亭(今屬上海)人。清代學者。姚培謙爲清代諸生，於雍正年間科舉中舉人，以居喪不赴。紀昀雅稱其爲"好事之士"。平生喜好交遊，致力史學，名滿江左。亦能詩文。一生勤於纂述，作品頗豐。所著《經史臆見》、《松桂讀書堂集》入《四庫全書》存目。另著有《春帆集》、《自知集》、《如蘭集》、《古文斫》、《楚辭節注》、《賦頌》、《類胈》、《春秋左傳杜注補輯》、《朱子年譜》、《李義山詩集箋注》、《樂善堂賦注》、《松桂讀書堂詩話》等；編有《唐宋八家詩鈔》、《陶謝詩集》等；與人合編有《文心雕龍輯注》、《通鑑攬要》、《明史攬要》。又與張景星、王永祺合輯《宋詩百一鈔》八卷、《元詩百一鈔》八卷，二集能反映各體流派，後印本改名《宋詩別裁》、《元詩別裁》。

本書資料據清刻本《松桂讀書堂詩話》。

《松桂讀書堂詩話》(節錄)

《國風》好色而不淫，讀"南有喬木"一章，方悟風人之妙。三章詩未嘗着字，而江山清空、人物閒靚，光景怳然可想。屈子《九歌》中二《湘》頗得其意，宋玉《高唐》、《神女》殊愧師門矣。此詩首四句自應以休字、求字作韻,息字實思字之誤。《大招》、《招魂》句末用只字、些字祖此。此詩作於江漢之間,自是楚騷之祖,即謂之楚風可也。或謂江漢之間,周初豈即楚地耶?夫服屬有時而移,土風千載不易。雖導民者之邪正不同,要其得於江山之氣者深矣。楚騷自是詩人別派,《周南》“南有喬木”一章,便是騷之濫觴。至屈子而大暢,宋玉繼之,猶爲肖子。以漢後詩人論之,樂府古詩又分二派。樂府時有騷意,古詩從騷出者寡矣。

平子《四愁》固是奇格創調,亦是《三百篇》疊章體。

《三百篇》詩皆四言,間逗五言句。七言雖始於《柏梁》,實則四言二語合之。如“枹鼓不鳴董少平”,“解經不窮戴侍中”。一切歌謠止一句者,必用兩韻相協可見。若八言、九言,則不復可用之吟詠也。至歌行、長短句出自樂府,長句間有至十餘字以上者。要之,長句中實包短句,不過其用韻有疏密耳。

五爲中數,故音止於五,加以變宮變徵而有七,皆自然之數也。詩始於四言,優柔平和,涵蘊無盡,然時露五言。漢魏承之,遂爲百代繩尺。五言之外,豈復有詩乎?至七言之興,雖創自《柏梁》,實胚胎於《楚辭》中《大招》、《小招》,蓋鎔四言兩句之意而出之,非取五言而益以二字也。顧聲長字縱,雖曰易以成文,而渾樸之氣已散。詩之止於七言,其義正與七音等。故詩家不工五言,必無獨工七言之理。漢魏尚矣,六朝諸名家,七言雖間作,其致精全在五言。至唐而七言始盛,七律尤擅長。然大家如《太白集》、《蘇州集》,七律亦僅見,中、晚人始以此體爲酬應之先資耳。余謂攻詩者,必以五言爲宗,或不致悖於古人也。

《三百篇》皆四言,字不多而有含蘊,或疊至三四章,皆反復詠歎,無取煩言也。漢人增至五言,則語放而易馳,開長篇之端矣。若七言,則合二句爲一句,仍本四言,非從五言擴之也。

徐大椿

徐大椿(1693—1771)原名大業,字靈胎,晚號洄溪老人。清吳江(今屬江蘇)人。祖父徐釚,康熙十八年(1679)鴻詞科翰林,任檢討職,纂修《明史》。父徐養浩,精水利之學,曾聘修《吳中水利志》。大椿自幼習儒,旁及百家,聰明過人。年近三十,因家人多病而致力醫學,攻研歷代名醫之書,速成深邃。懸壺濟世,洞明藥性,雖至重之疾,每能手到病除。平生著述甚豐,皆其所評論闡發,如《醫學源流論》、《醫貫砭》、《蘭臺軌範》、《慎疾芻言》等,均能一掃成見,另樹一幟,實中醫史上千百年獨見之醫學評論大家。又著《難經經釋》、《傷寒類方》、《內經詮釋》、《六經病解》等,雖曰遵經詮釋之作，其中真知灼見亦頗不少。後人將其所著輯爲《徐氏醫學全書十六種》板行，流傳甚廣，影響極大。徐大椿還是一位聲樂理論家，其《樂府傳聲》是我國古典戲曲聲樂學巨著，是他對昆腔演唱成就進行總結的一部重要的戲曲聲樂論著。全書分源流、元曲家門、出聲口訣、聲各有形、五音、四呼、喉中有中旁上下、鼻音閉口音、四聲各有陰陽、平聲唱法、上聲唱法、去聲唱法、歸韻、收聲、交代、陰調陽調、字句不拘之調亦有一定格法、曲情、起調、斷腔、頓挫、輕重、徐疾底板唱法、重音疊字、高腔輕過、低腔重煞、定板等篇章，從當時戲曲演唱中實際存在的問題和經驗出發，結合傳統的審美習慣，在技巧、方法、知識、淵源上進行了闡述，爲當時唱論和聲樂美學著作之集大成者。

本書資料據中國戲劇出版社 1959 年《中國古典戲曲論著集成》本《樂府傳聲》。

《樂府傳聲》序

樂之成，其大端有七：一曰定律呂，二曰造歌詩，三曰定典禮，四曰辨八音，五曰分宮調，六曰正字音，七曰審口法。七者不備不能成樂。何謂定律呂？考黃鐘大呂之本，窮宮商徵羽之變是也。何謂歌詩？上極雅頌，下至謠諺，與凡詞曲有韻之文皆是也。何謂典禮？郊天祭地，宴饗贈答，房中軍中之所宜用是也。何謂八音？金石絲竹匏土革木，古今樂器是也。何謂字音？一字有一字之正音，不可雜以土音；又北曲有北曲之音，南曲有南曲之音是也。何謂口法？每唱一字，則必有出聲、轉聲、收聲，及承上接下諸法是也。七者不盡通，不得名專精之士。然七音之學，非一人所能兼，則亦有可分習者。律呂、歌詩、典禮，此學士大夫之事也。其八音之器，各精一技，此樂工之事也。惟宮調、字音、口法，則唱曲者不可不知。然宮調大端難越，即有失傳，而一爲更換，即能循板歸腔，至字音亦一改即能正其讀，惟口法則字句各別，長唱有長唱之法，短唱有短唱之法，在此調爲一法，在彼調又爲一法，接此字一法，接彼字又一法，千變萬殊，此非若律呂、歌詩、典禮之可以書傳，八音之可以譜定，宮調之可以類分，字音之可以反切別，全在發聲吐字之際，理融神悟，口到音隨。顧昔人之聲已去，誰得而聞之？即一堂相對，旋唱而聲旋息，欲追其以往之聲而已不復在耳矣。此口法之所以日變而日亡也。上古之口法，三代不傳；三代之口法，漢魏六朝不傳；漢魏六朝之口法，唐宋不傳；唐宋之口法，元明不傳。若今日之南北曲，皆元明之舊，而其口法亦屢變。南曲之變，變爲昆腔，去古浸遠，自成一家。其法盛行，故腔調尚不甚失，但其立法之初，靡慢模糊，聽者不能辨其爲何語，此曲之最遠古法者。至北曲則自南曲甚行之後，不甚講習，即有唱者，又即以南曲聲口唱之，遂使宮調不分，陰陽無別，去上不清，全失元人本意。又數十年來，學士大夫全不究心，將來不知何所底止，嗟夫！樂之道久已喪失，猶存一綫於唱曲之中，而又日即消亡，余用憫焉，爰作傳聲法若干篇，借北曲以立論，從其近也；而南曲之口法，亦不外是焉。古人作樂，皆以人聲爲本，書曰："詩言志，歌詠言，聲依詠，律和聲"，人聲不可辨，雖律呂何以和之？故人聲存而樂之本自不没於天下。傳聲者，所以傳人聲也，其事若微而可緩，然古之帝王聖哲，所以象功昭德，陶情養性之本，實不外是。此學問之大端，而盛世之所必講者也。乾隆甲子秋八月既望吴江徐大椿書於洄溪草堂。

源　流

曲之變，上古不可考。自唐虞之《賡歌》、《擊壤》以降，凡朝廷草野之間，其歌詩謠諺不可勝窮，兹不盡述。若今日之聲存而可考者，南曲、北曲二端而已。北曲之始，金之董解元《西廂記》，元之馬致遠《岳陽樓》之類。南曲之傳，如元人高則誠《琵琶記》、施君美《拜月亭》之類。宮調既殊，排場亦異，然當時之唱法，非今日之唱法也。北曲如董之《西廂記》，僅可以入弦索，而不可以協簫管。其曲以頓挫節奏勝，詞疾而板促。至王實甫之《西廂記》，及元人諸雜劇，方可協之簫管，近世之所宗者是也。若北曲之西腔、高腔、梆子、亂彈等腔，此乃其別派，不在北曲之列。南曲之異，則有海鹽、義烏、弋陽、四平、樂平、太平等腔。至明之中葉，昆腔盛行，至今守之不失。其偶唱北曲一二調，亦改爲昆腔之北曲，非當時之北曲矣。此乃風氣自然之變，不可勉強者也。如必字字句句，皆求同於古人，一則莫可考究，二則難於傳授，況古人之聲，已不可追，自吾作之，安知不有杜撰不合調之處？即使自成一家，亦仍非真古調也。故風氣之遞變，相仍無害，但不可依樣葫蘆，盡失聲音之本，並失後來改調者之意，則流蕩不知所窮矣。故可變者腔板也，不可變者口法與宮調也。苟口法、宮調得其真，雖今樂猶古樂也。蓋天地之元聲，未嘗一日息於天下，《記》云：禮樂不可斯須去身。人生而有此形，即有此聲，亦即有此履中蹈和之具，但無人以發之，則汨没而不能自振。後世之所以治不遵古者，樂先亡也。樂之亡，先王之教失也。我謂欲求樂之本者，先從人聲始。

元曲家門

元曲爲曲之一變。自元以前，歌已有南北之分，其法不傳，而聲調大略亦可想見。至元則分宮別調，獨成一家。清濁陰陽，以別其聲；長短徐疾，以定其節；宏細幽顯，以分其調。其體例如出一手，其音節如出一口，雖文之高下各殊，而音調無有不合者，歌法至此而大備，亦至此而盡顯。能審其節，隨口歌之，無不合格調，可播管弦者，今人特不知深思耳。若其體則全與詩詞各別，取直而不取曲，取俚而不取文，取顯而不取隱，蓋此乃述古人之言語，使愚夫愚婦共見共聞，非文人學士自吟自詠之作也。若必鋪敘故事，點染詞華，何不竟作詩文，而立此體耶？譬之朝服遊山，豔妝玩月，不但不雅，反傷俗矣。但直必有至味，俚必有實情，顯必有深意，隨聽者之智愚高下，而各與其所能知，斯爲至境。又必觀其所演何事，如演朝廷文墨之輩，則詞語仍不妨稍近藻繪，乃不失口氣；若演街巷村野之事，則鋪述竟作方言可也。總之，因人而施，口吻極似，正所謂本色之至也。此元人作曲之家門也。知此，則元曲用筆之法曉然矣。

宮　調

古人分立宮調，各有鑿鑿不可移易之處。其淵源不可得而尋，而其大旨，猶可按詞而求之者，如黃鐘調，唱得富貴纏綿；南呂調，唱得感歎悲傷之類。其聲之變，雖係人之唱法不同，實由此調之平仄陰陽，配合成格，適成其富貴纏綿，感歎悲傷，而詞語事實，又與之合，則宮調與唱法須得矣。故古人填詞，遇富貴纏綿之事，則用黃鐘宮；遇感歎悲傷之事，則用南呂宮，此一定之法也。後世填詞家，不明此理，將富貴纏綿之事，亦用南呂調，遇感歎悲傷之事，亦用黃鐘調，使唱者從調則與事違，從事則與調違，此作詞者之過也。若詞調相合，而唱者不能尋宮別調，則咎在唱者矣。近來傳奇，合法者雖少，而不甚相反者尚多，仍宜依本調，如何音節，唱出神理，方不失古人配合宮調之本，否則盡忘其所以然，而宮調爲虛名矣。

字句不拘之調亦有一定格法

北曲中，有不拘句字多少，可以增損之格，如黃鐘之《黃鐘尾》，仙呂之《混江龍》，南呂之《草池春》之類。世之作此調者，遂隨筆寫去，絕無格式，真乃笑談，要知果可隨意長短，何以仍謂之《黃鐘尾》，而不名之爲《混江龍》，又不謂之《草池春》，且何以《黃鐘尾》不可入仙呂，《混江龍》不可入南呂耶？此真不思之甚。而訂譜者，亦僅以不拘字概之，全無格式，令後人易誤也。蓋不拘字句者，謂此一調字句不妨多寡，原謂在此一調中增減，並不謂可增減在他調也。然則一調自有一調章法、句法及音節，森然不可移易，不過謂同此句法，而此句不妨多增；同此音節，而此音不妨疊唱耳。然亦只中間發揮之處，因上文文勢趨下，才高思湧，一瀉難收，依調循聲，鋪敘滿意，既不逾格，亦不失調。至若起調之一二句，則陰陽平仄，一字不可移易增減。如此，則聽者方能確然審其爲何調，否則竟爲無調之曲，荒謬極矣。細考舊曲，自能悟之，不能悉錄也。

牌調各有定譜

凡曲七調,自有定格,如某牌名係某宮,則應用某調,方爲合度。若不按成譜,任意妄擬,則高低自不叶調。即如商調之《山坡羊》,自應歸凡調,南呂之《懶畫眉》,自應唱六字調,若高一調吹之,不但唱者吃力,徒然揭斷嗓子,且不中聽,曲情節奏,全然没有;低一調吹之,雄壯激烈之曲,勢必萎靡沉鬱,寂靜之音,愈覺幽晦,識者掩口失笑矣。

胡彥穎

胡彥穎,康熙五十四(1715)年進士。餘不詳。《〈樂府傳聲〉序》作於乾隆十三年(1748)。

本書資料據中國戲劇出版社 1959 年《中國古典戲曲論著集成》本《樂府傳聲》。

《樂府傳聲》序(節録)

夫古樂之亡久矣,然有不得而亡者存,則聲是也。故謂今樂,非即古樂則可,謂今樂之聲,非即古樂之聲則大不可。何也? 樂有今古之異,聲無異也,無異而古樂亡,請謂其故:昔賓牟賈以致右憲左,爲非武坐,聲淫及商,爲非武音,曰:有司失其傳也。夫古聖王之樂,列於四術六教,成均習之,庠序習之,非僅掌之有司而已,然猶不免於失傳,又況其徒寄之伶工之口者乎? 周之既衰,孔子正樂。沿及漢初,五經皆存,而樂一經競亡,制氏記鏗鏘鼓舞之節,樂之遺音也,而時則病其不能言義。《七略》載周歌詩曲折若干篇,樂之遺譜也,而時莫能歌。若漢高帝喜楚聲,且播之於《安世房中樂》。武帝更好新聲,度曲用李延年之屬,是皆不以古樂爲事。儒者若京房、劉歆輩,則惟詳求鐘律,不復致考遺聲,宜古樂之終亡也。魏時猶有杜夔能歌《鹿鳴》、《文王》、《伐檀》、《騶虞》四篇。洎永嘉之末,蕩然無復遺矣。雖然,古樂之所亡者,其曲折耳,其節奏耳,聲則未有亡也。漢魏之樂府,唐不能歌而歌詩;唐之詩,宋不能歌而歌詞;宋之詞,元不能歌而歌曲。然歌曲之聲,固即歌詞、歌詩、歌樂府之聲也,又獨非即歌《南》、《豳》、《雅》、《頌》之歌歟? 而安得云亡歟? 故以樂而論,則《三百篇》存,樂府存,詩存,詞存,而其曲折節奏則盡亡;以聲而論,則歌南北曲者此聲。即進而歌詞、歌詩、歌樂府、歌《三百篇》,要亦無非此聲,故曰亡者其曲折耳,其節奏耳,聲則自在天壤間也。自元以來,有北曲,有南曲,而善歌者首推三吳,南曲習於南耳,故視北曲尤爲盛行。然明之中葉以後，於南曲刻意求工，別爲"清曲"，漸非元人之舊。又作傳奇之人，喜集數曲爲之，以致宮調難分，音拍盡失，訛且傳訛，盲復引盲，幾何而不盡變元人之歌法哉？徐子蓋有慨焉，《傳聲》之所爲作也。曰天地之元聲，未嘗一日息於天下；一語已采聲律之本，而於宮調字音口法，尤必三致意焉。夫聲出於口，非審口法，則開合發收混矣。聲本於字，非正字音，則陰陽平仄淆矣。聲寄於調，非別宮調，則字句雖符，腔板全失，而曲不可問矣。（卷首）

惠　棟

　　惠棟（1697—1758）字定宇，號松崖，半家次子，學者称为小红豆先生。清元和（今江蘇吳縣）人。祖周惕、父士奇，皆治《易》學，三世傳經，贊爲一代佳話。早年，隨其父至廣東提督學政任所，父卒歸里，課徒著述，終身不仕。其學沿顧炎武，以漢儒爲宗，以昌明漢學爲己任，尤精於漢代《易》學。著有《易漢學》、《易例》、《周易述》、《古文尚書考》、《後漢書補注》、《九經古義》、《明堂大道録》、《松崖文鈔》、《九曜齋筆記》等。

　　本書資料據臺灣學生書局 1971 年《九曜齋筆記》。

墓誌之始

　　馮鑒《續事始》曰："案：《西京雜記》：前漢杜子春，臨終作文，命刻石埋於墓前。恐墓誌因此始也。"（《事物紀原》）王阮亭先生云："《佔畢》（史繩祖《學齋佔畢》）載漢西京時，南宮寢殿内有《醇儒王吏威長葬銘》曰：'明明哲士，知存知亡。崇隴原野，非寧非康。不封不樹，作靈垂光。厥銘餌依，王史威長。'云見張茂先《博物志》。此西漢墓銘之最古者。"（卷一）

聯　句

　　方勺《泊宅編》："聯句，或云起於《柏梁》，非也。《式微詩》曰：'胡爲乎中露。'蓋泥中、中露，衛之二邑名。劉向以此詩二人所作，則一在泥中，一在中露，其理或然。然則此聯句所起也。"

拗句格

　　《野客叢書》曰："《禁臠》云：'魯直有換字對句法，如曰："只今滿坐且尊酒，後夜此堂空月明。”曰：“田中雖問不納履，坐下適來何處蠅。”前此未有人作此體。自魯直變之。’《苕溪漁隱》曰：‘此體出老杜，如“寵光蕙葉與多碧，點綴桃花舒小紅”者是也。今俗語謂之拗句格。’僕謂此體非出於老杜，與杜同時如王摩詰，亦多是句，如云：‘雨中草色綠堪染，水上桃花紅欲燃。’曰：‘勸君更進一杯酒，西出陽關無故人。’疑亦久矣。張說詩曰：‘山接夏空險，臺留春日遲。’此亦拗句格也。”（以上卷三）

吳玉搢

吳玉搢（1698—1773）字藉五，號山夫。清山陽（今江蘇淮安）人。古文字學和考古學家。幼承家學，八九歲即喜辨識古字。少長，究心六書，博通羣籍，旁及金石彝器，學有本源。著有《說文引經考》、《金石存》、《別雅》等。

本書資料據四庫全書本《別雅》。

《別雅》（節錄）

鹿盧，轆轤也。《禮記·喪大記》註：以紼繞碑閒之鹿盧，輓棺而下之。鹿盧即轆轤也。《廣韻》：轆轤，圓轉木也。井上汲木亦爲轆轤，皆因其環轉而名之。唐人以聯句爲轆轤體，亦謂其轉也。（卷五）

黃圖珌

黃圖珌（1700—1771）字容之，別號蕉窗居士、守真子，清松江（今屬上海）人。雍正間官杭州、衢州同知，乾隆中卒。著有《看山閣集》，及傳奇《雷峰塔》、《棲雲石》、《夢釵緣》、《解金貂》、《梅花箋》、《溫柔鄉》等六種，其中流行最廣、影響最大的是《雷峰塔》傳奇。其《看山閣集閒筆》十六卷，分人品、文學、仕宦、技藝、製作、清玩、芳香、游戲八部。文學部又分文章、詩賦、詞曲、詩書、法書、圖畫六章。《文學部·詞曲》一章，又分詞采、詞旨、詞音、詞氣、詞情、詞調、曲調宜高、有情有景、詞宜化俗、增字、犯調、曲有合情、南北宜別、情不斷等十四條，提出了曲要有情有景，音律應南北有別等見解。作者對於作詞製曲的主要見解，在他的後識中曾自加說明：“毋失古法，而不爲古法所拘；欲求古法，而不期古法自備。”《中國古典戲曲論著集成》本只摘錄其《詞曲》一章獨立成書，逕題《看山閣集閒筆》。

本書資料據中國戲劇出版社 1959 年《中國古典戲曲論著集成》本《看山閣集閒筆》。

詞　曲

宋尚以詞，元尚以曲，春蘭秋菊，各茂一時。其有所不同者，曲貴乎口頭言語，化俗爲雅；詞難於景外生情，出人意表。字字清新，筆筆芳韻，方爲絶妙好辭。其聲諧法嚴處，不過取平仄二聲，較曲而有平上去入，有開發收閉，有陰陽清濁，有呼吸吐茹，審五音之精微，協六律於調暢，務在窮工辨别，刻意探求，稍有錯誤，致不叶調。如玉茗之《牡丹亭》，詞雖靈化，而調甚不工，令歌者低眉蹙目，有礙於喉舌間也。蓋曲之難，實有與詞倍焉。

詞　采

詞雖詩餘，然貴乎香豔清幽，有若時花美女，乃爲神品，不在詩家蒼勁古樸間而論其工拙也。

詞　調

曲調可犯，而詞調不可犯。詞就本旨，而曲可旁求。然曲可犯而詞不能創，詞可創而不可犯，則知詞律不若曲律之嚴，細於毫髮，密於針綫，一字不穩，一音不圓，便歪歌者之口。今人豈若古人之巧，其雖有靈心慧性，妙筆幽思，而能自出機杼，創成新調之詞者，已屬罕得；更欲自立門户，創成新調之曲者，未之有也。

增　字

詞無增字，而曲有增字。如曲無增字，則調不變，唱者亦無處生活；但不宜太多，使人棘口。

犯　調

割此曲而合彼曲，採集一名命之，爲犯調。知音者往往爲之。然只宜犯本宫；若犯别宫，音調未免稍異；即犯本宫亦不甚安者，均宜斟酌。

南北宜別

南有南調，北有北音，不可混雜。如四聲中上作去、去作上、入作去、上又作平、去上作平更作入等類，借音叶調，元爲北曲地步，南曲斷乎不宜。若南曲仿此，則聲不清圓，音無閃賺，其腔裹字、字矯腔、肉多骨勝之處，又何從得而知也？所以南北宜別。北曲妙在雄勁悲激，南曲工於秀婉芳妍，不出詞壇老手。

情不斷（節録）

《琵琶》爲南曲之宗，《西廂》乃北調之祖，調高辭美，各極其妙。雖《琵琶》之諧聲、協律，南曲未有過於此者，而行文布置之間，未嘗盡善。學者維取其調暢音和，便於歌唱，較之《西廂》，則恐陳腐之氣尚有未銷，情景之思猶然不及。噫！所謂畫工，非化工也。

胡鳴玉

胡鳴玉（生卒年不詳）字廷佩，號吟鷗。清江南青浦（今屬上海）人。貢生，乾隆元年（1736）薦舉博學鴻詞。其《訂譌雜録》十卷旨在訂正文字寫法與讀音謬誤，性質近唐顏師古的《匡謬正俗》，分條辨析，間及糾正用典之誤，徵引繁富，考訂詳明。間或採録前人成說，如顧炎武《日知録》、王士禛《居易録》之類。

本書資料據四庫全書本《訂譌雜録》。

八股文緣起

今之八股文，或謂始於王荆公，或謂始於明太祖，皆非也。案《宋史》寧熙四年，罷詩賦及明經諸科，以經義、論策試進士，命中書撰《大義式》頒行。所謂經大義即今時文之祖。然初未定八股格，即明初百餘年亦未有八股之名，故今日所見先輩八股文，成化以前，若天順、景泰、正統、宣德、洪熙、永樂、建文、洪武百年中無一篇傳也。《日知録》云，經義之文，流俗謂之八股，蓋始於成化以後。股者，對偶之名也。天順以前經義之文，不過敷演傳註，或對或散，初無定式，其單句題亦甚少。成化二十三年會試《樂天者保天下》文，起講先提三句，即講“樂天”四股，中間過接四句，復講“保天下”四股,复收四句,再作大結。弘治九年會試《責難於君謂之恭》文,起講先提三句,即講"責難於君"四股,中間過接二句,復講"謂之恭"四股,復收二句,再作大結。每四股之中一反一正,一虛一實,一淺一深,其兩扇立格則每扇之中各有四股,其次第之法亦復如之。故今人相傳謂之八股,若長題則不拘此。嘉靖以後文體日變,而問之儒生,皆不知八股之何謂矣。

今韻非沈約本

　　誤以今世所傳詩韻爲沈約所撰,其來已久。如元黄公紹《七音考》,周德清《中原音韻》,宋濂《洪武正韻》之類,無不極詆約韻爲江左偏音,不足爲據。不知約所撰《四聲》一卷久矣無存,近毛大可氏謂今世所用乃宋淳祐間江北平水劉淵所撰爲平水韻,非沈韻也。而邵子湘氏謂并非劉氏之舊,乃元時陰氏兄弟所著,其言較毛氏尤爲詳晰。備録於此,以資博雅之覽。曰:今韻宗梁沈約氏,夫人而言之,而約所撰《四聲》一卷久已亡,繼之者隋陸法言氏,而法言所譔《四聲切韻》亦亡,嗣是有唐孫愐氏,而愐所譔《唐韻》五卷今亦亡,今宋元韻之存者略可指數。《廣韻》,宋祥符間所修也。《集韻》,宋景祐間奉敕修也。《禮部韻略》,宋時列之學官者也,毛晃氏仍《禮韻》而增益之者也。平水劉淵氏仍《禮韻》而通併其部分者也。元黄公紹氏作《韻會》,仍劉韻而廣其箋註者也。三家者遞有增字,字寖以多,《禮部韻》初裁九千五百九十字,至《韻會》乃有一萬二千六百字矣。然尚不足當《集韻》四之一,最後有陰氏兄弟著《韻府》,乃大加刊削,僅存八千八百廿字,又不專主劉韻,頗多遺漏。顧明初至今用之,學者或尊之爲沈韻,或指之爲平水韻,皆是書也。今韻非沈韻不待言,校劉韻少三千字,則今韻之非劉韻較然易辨,而世儒罕見劉氏元本,乃承譌襲舛三百餘年,相習而不察,可怪也。(以上卷七)

西崑體

　　《古今詩話》云,宋初楊大年億、錢文僖惟演、晏元獻殊、劉子儀筠爲詩皆宗義山,號西崑體,後進效之,多竊取義山詩句。嘗内宴,優人有爲義山者,衣服敗裂,告人曰:"我爲諸館職掗撦至此。"聞者大噱。案:此則楊、劉輩效義山詩,其所作號西崑體。葉石林謂歐陽公詩始矯崑體,專以氣格爲主,亦指楊、劉輩言。今直以義山集爲西崑詩,非是。前人嘗有言之者,元遺山論詩絶句云"望帝春心託杜鵑,佳人錦瑟怨芳年。詩家總愛西崑好,獨恨無人作鄭箋",亦踵此弊。(卷九)

姚 範

姚範(1702—1771)字巳銅,又字南菁。號薑塢,學者稱薑塢先生。清桐城(今屬安徽)人。乾隆七年(1742)進士,改翰林院庶吉士。姚範是桐城派極重要而獨特的人物,影響桐城文派甚巨,並開創桐城詩派,是桐城文學承前啟後的橋梁。與劉大櫆友善,論文繼承方苞的主張,持論對其姪姚鼐頗有影響。性耿介,爲學沈究遺經,綜括精粹;每讀書,輒著大要於卷端,詞繁者,裁短幅紙書之,無慮數千百條。詩文不主家法,必達其意,絶去依傍,自成體勢。著有《援鶉堂筆記》五十卷,是其考校羣籍的代表作,《古文集》五卷、《詩集》七卷等。

本書資料據道光十五年刻本《援鶉堂筆記》。

文史談藝(節錄)

誌止是立石爲辭以誌之,銘即誌耳,故或稱誌銘,或稱銘誌。劉顯卒,友人劉之遴啓皇太子爲之銘誌,今《梁書》載其詞。觀前人石刻墓誌,有"有序"二字,以目其散文。《文選》謝朓《和伏武昌詩》,善注引徐勉《伏曼容墓誌序》云云是也。若後無韻語,則即散文亦可謂之誌,唐宋諸公集皆有之。若有韻語,前當謂之序,歐公《論尹師魯墓誌銘》云誌言云云,銘言云云,是以誌銘分爲二,以序獨爲誌,蓋是誤也。《北史》叙傳言李行之口授墓誌,以紀其誌云云,下又云乃爲銘曰云云,所謂其誌者,兼目下序及銘辭,非以誌銘爲二,如歐公意也。

稱永明體者,以其拘於聲病也;稱齊梁体者,以綺艷及咏物之纖麗也。(卷四十四)

喬 億

喬億(1702—1778)字慕韓,號劍溪。清寶應(今屬江蘇)人,喬崇修之子。太學生,應試不第,棄舉業,與沈德潛友善。工詩,近體在王、孟、錢、劉間,古體直追漢魏。著有《小獨秀齋詩》、《窺園吟稿》、《三晉遊草》、《夕秀軒遺草》、《惜餘存稿》、《劍溪説詩》、《杜詩義法》、《詩朦記》、《藝林雜録》等。

本書資料據上海古籍出版社1983年《清詩話續編》本《劍溪説詩》。

《劍溪説詩》（節録）

古樂府無傳久矣，其音亡也，後人樂府皆古詩。

漢武帝立樂府，以李延年爲協律都尉，世儒遂謂樂府之名自武帝始，不知孝惠時夏侯寬已爲樂府令矣。

少宗伯沈先生歸愚謂“樂府自齊梁以來，多以對偶行之，而又限以八句，豈復有詠歌嗟歎之意”。謂“李太白所擬，篇幅之短長，音節之高下，無一與古人合者，然自是樂府神理”。

樂府與古詩迥别。如《漢十八曲》及《雞鳴》、《烏生》、《陌上桑》、《相逢》、《狹路》等篇，樂府體也；晉以下擬作，古詩體也。《秋胡行》，如曹氏父子，樂府體也；傅休奕、顔延年，古詩體也。

古歌謡、樂章、長短句，固七言體製所自出，遂名爲七言古詩，似於格未合也。至如漢武之《栢梁詩》、《瓠子歌》、《秋風辭》，曹丕之《燕歌行》，陳琳之《飲馬長城窟》，鮑照之《白紵舞歌辭》、《擬行路難》，無名氏之《木蘭詩》，雖詞意高古，而波瀾漸闊，肇有唐風矣。

詩文有不相蒙者，律詩也，古詩則與之近。如作碑誌，末繫以銘辭，擬《雅》、《頌》、《騷》體及古歌謡，雖非詩，亦有韻之文也。使放筆爲古詩，不必合拍，自然越俗。（以上卷上）

古體嚴於今體，五古嚴於七古，以其去《風》、《雅》愈近也。

太白謂“寄興深微，五言不如四言”。然四言極難，故自漢迄晉，能者祇落落數公，唐自韓、柳外，亦未見其人。方宜田曰：“漢魏鮮四言佳境，宋元鮮五言佳境，三代以下其言長，氣使然也。”

七言中有單句，有長短句，五言亦間有之。古辭《陌上桑》云“羅敷年幾何？二十尚不足，十五頗有餘”，單句也。曹孟德《秋胡行》云“歌以永志”，謝客《相逢行》云“憂來傷人”，短句也。陸士衡《猛虎行》云“渴不飲盜泉水，熱不息惡木陰”，長句也。古人文章無定式，不可不知，不可輕學，正此類也。

五言律肇自齊梁，由前以觀，風斯降矣，繩以唐律却古。

七律至於杜子美，古今變態盡矣。試舉十數首觀之，章法無一同者。

“《竹枝詞》與七絶音韻各殊，大率似謡似諺，有連臂踏歌之致”。先仲兄敬哉云。

七絶似易而實難，《竹枝詞》更難。

詠物詩原於盤盂户席諸古銘辭，而漸失其旨，由過於黏着也。

　　詠物詩，齊梁及唐初爲一格，衆唐人爲一格，老杜自爲一格，宋元又各自一格。宋詩粗而大，元詩細而小，當分別觀之以盡其變，而奉老杜爲宗。大率老杜着題詩並感物興懷，即小喻大，何嘗刻意肖題，却自然移他處不得。

　　題畫詩，三唐間見，入宋寖多，要惟老杜橫絶古今，蘇文忠次之，黄文節又次之。金源則元裕之一人，可下視南渡諸公。至有元作者尤衆，而虞邵庵、吳淵穎，又一時兩大也。

　　古今題畫之作，大率古體及絶句，律則五言，以七言律者，未數數然也。

　　次韻非古，古詩次韻非也。

　　次韻始於元、白，盛於皮、陸，再盛於坡、谷，後來記醜而博者，專用此擅場。按戴叔倫詩有次韻者，此又在元、白前，然祇小詩偶次己韻耳。

　　吳子華韓致堯次韻，復倒次前韻，此又一格也，亦不難。（以上卷下）

　　四言自魏晉以來，郊祀之作擬《頌》，餘皆擬《國風》、《小雅》。唐李青蓮不爲形似，杜拾遺初無此體，蓋難之也。至韓、柳二公，全法宣王《大雅》，所紀載之事使然也。大抵四言擬《雅》、《頌》難似而易好，擬《國風》易似而難工，果能蕭穆其氣，簡古其辭，雖不逮《三百五篇》，庶幾哉漢京之遺音與！昌黎云："師其意不師其辭。"在擬古者尤爲要訣。（以上《又編》）

湯　聘

　　湯聘（生卒年不詳）字莘來，號稼堂。清仁和（今屬浙江）人。乾隆元年（1736）進士，官至湖北巡撫。有《稼堂漫存稿》。湯聘指導編纂並審定的《律賦衡裁》，刊刻於乾隆二十五年，是清代重要的律賦選本，分为天時、地理、人事、物類、別録、餘論六卷，其中湯氏撰寫的"凡例"八則及"餘論"四十八則，是重要的清代律賦學文獻。

　　本書資料據乾隆二十五年刊本《律賦衡裁》。

《律賦衡裁》（節録）

凡　例

　　唐初進士試於考功，尤重帖經試策，亦有易以箴論表贊而不試詩賦之時，專攻律賦者尚少。大曆、貞元之際，風氣漸開，至大和八年雜文專用詩賦，而專門名家之學，裴然競出矣。李程、王起，最擅時名；蔣防、謝觀，如驂之靳；大都以清新典雅爲宗，其旁騖別趨而不受羈束者，則元、白也。賈餗之工整，林滋之靜細，王棨之鮮新，黄滔之生雋，皆能自豎一幟，躞蹀文壇……下逮周縣、徐寅輩，刻酷鍛煉，真氣盡漓，而國祚亦移矣。抽其芬芳，振其金石，琅琅可誦，不下百篇，斯律體之正宗，詞場之鴻寶也。

宋人律賦篇什最富者，王元之、田表聖及文、范、歐陽三公，他如宋景文、陳述古、孔常父、毅父、蘇子容之流，集中不過一二首。蘇文忠較多於諸公，山谷、太虛，僅有存者。靖康、建炎之際，則李忠定一人而已。南遷江表，不改舊章，賦中佳句，尚有一二聯散見別籍者，而試帖皆湮沒無聞矣。大略國初諸子，矩矱猶存，天聖、明道以來，專尚理趣，文采不贍，(衷)諸麗則之旨，固當俯讓唐賢，而氣盛於辭，汪洋恣肆，亦能上掩前哲，自鑄偉詞。

餘　論

律賦之興，肇自梁陳而盛于唐宋。唐代舉進士者，先貼一大經及《爾雅》，經通而後試雜文，文通而後試策。雜文則詩一賦一，及論贊諸體也。進士選集，有格限未至者，試文三篇，謂之宏詞。其選尤重，且得美仕。而天寶十三載以後，制科取士，亦兼詩賦命題。賦皆拘限聲律，率以八韻，間有三韻至七韻者。自五代迄兩宋，選舉相承，金起北陲，亦沿厥制。迨元人易以古賦，而律賦寖微。逮乎有明，殆成絕響。國家昌明古學，作者嗣興，巨制鴻篇，包唐轢宋，律賦於是乎稱絕盛矣。

宋謝莊《赤鸚鵡賦》云："雲移霞峙，霰委雪翻，陛離羃澌，容裔鴻軒，躍林飛岫，焕若輕電溢煙門。集場棲圃，燦若天桃被玉園。"希逸此賦，袁太尉所見而閣筆者。屬對工整，應是律賦先聲。

宋人律賦大率以清便爲宗，流麗有餘而琢煉不足，故意致平淺，遠遜唐人。田錫《曉鶯賦》云："關關枝上，帶花露之清香；喋喋風前，入月簾之靜影。"文彥博《雁字賦》云："水宿近兼葭露下，垂露勢全；雲飛經蟕蛛橋邊，題橋象著。"范仲淹《天驥呈才賦》云："首登華廄，嘶風休憶於窮途；高騁康衢，逐日詎思於長阪。"唯此數公，猶有唐人遺意。(以上卷首)

汪師韓

汪師韓（1707—1780）字抒懷，號韓門。清錢塘（今浙江杭州）人。雍正十一年（1733）進士，官至湖南提學使。晚年主講保定蓮池書院。博通羣籍，於《易》尤邃。著述豐富，有《觀象居易傳箋》、《孝經約義》、《韓門輟學》、《談書錄》、《詩學纂聞》、《蘇詩選評箋釋》、《上湖紀歲詩編》、《上湖分類文編》、《詩四家故訓》、《春秋三傳注解補正》、《文選理學權輿》等。其《詩學纂聞》旨在"明體裁之辨，訂沿襲之誤，而無取乎一句一字之稱美"，每條專論一題，繁徵博引，細緻辨析，持論平允而精審。

本書資料據上海古籍出版社 1963 年《清詩話》本《詩學纂聞》、叢睦汪氏遺書本《蘇詩選評箋釋》。

雜擬雜詩之別

《選》詩以《雜詩》、《雜擬》分爲二類。雜詩者，《十九首》、蘇、李詩及諸家雜詩是也。李善注曰："雜者，不拘流例，遇物即言，故云雜也。"雜擬者，凡《擬古》、《效古》諸詩是也。擬古類取往古名篇，規摹其意調，其止一二首者，既直題曰擬某篇，而其擬作多者則雖概題曰擬古，仍於每篇之前，一一標題所擬者爲何篇，此所以別於《詠懷》、《詠史》、《七哀》、《百一》、《感遇》、《遊仙》、《招隱》雜詩也。《文選》所載陸士衡《擬古詩》十二首，所擬者："行行重行行"、"今日良宴會"、"迢迢牽牛星"、"涉江采芙蓉"、"青青河畔草"、"明月何皎皎"、"蘭若生朝陽"、"青青陵上柏"、"東城一何高"、"西北有高樓"、"庭中有奇樹"、"明月皎夜光"十二篇。謝康樂《擬魏太子鄴中集詩》八首，所擬者：魏太子、王粲、陳琳、徐幹、劉楨、應瑒、阮瑀、平原侯植八篇。劉休元《擬古詩》二首，所擬者："行行重行行"、"明月何皎皎"二篇。江文通《雜體詩》三十首，所擬者：《古別離》、李都尉《從軍》、班婕妤《詠扇》、魏文帝《遊宴》、陳思王《贈友》、劉文學《感遇》、王侍中《懷德》、嵇中散《言志》、阮步兵《詠懷》、張司空《離情》、潘黃門《述哀》、陸平原《羈宦》、左記室《詠史》、張黃門《苦雨》、劉太尉《傷亂》、盧中郎《感交》、郭宏農《遊仙》、孫廷尉《雜述》、許徵君《自序》、殷東陽《興矚》、謝僕射《遊覽》、陶徵君《田居》、謝臨川《遊山》、顏特進《侍宴》、謝法曹《贈別》、王徵君《養疾》、袁太尉《從駕》、謝光祿《交遊》、鮑參軍《戎行》、休上人《怨別》三十篇。無不顯然示人，是以謂之擬，此意後人不識也。今觀唐以後詩，凡所謂古風、古意、古興、古詩與夫覽古、詠古、感古、效古、紹古、依古、諷古、續古、述古者，都不知其所分別。古人名作，惟鮑明遠《擬古》八首，陶靖節《擬古》九首，靖節"東方有一士"一首，《容齋三筆》云："此篇當另爲一題，不在《擬古》之例。"未嘗明言所擬何詩。然題曰《擬古》，必非若後人漫然爲之者矣。《鮑集》別有《紹古辭》七首，《學古》一首，《古詞》一首。又有《擬阮公夜中不能寐》、《擬青青陵上柏》各一首，《學劉公幹體》五首，《學陶彭澤體》一首。李、杜之集，李有《擬古》，杜有《述古》，韓文公有《古意》、《古風》二首，俱是七言。雖俱不言所擬，然李之《擬古》，乃在《古風》二卷之外，而杜稱"李陵、蘇武是吾師"，夫豈率爾操觚者耶？有唐一代，惟韋蘇州《擬古》八首，古意獨存，如"辭君遠行邁"，擬"行行重行行"。"黃鳥何關關"，擬"青青河畔草"。"綺樓何氛氳"，擬"西北有高樓"。"嘉樹靄初綠"，擬"庭前有奇樹"。"月滿秋夜長"，擬"明月皎夜光"。"春至林木變"，擬"凜凜歲雲暮"。"有客天一方"，擬"客從遠方來"。"白日淇上沒"，擬"明月何皎皎"。後人刻韋詩者，但存《擬古》之題，而於每首所擬篇名概從刪削，後人遂不知其旨趣所在。後人所作，其謂之擬古，謂之雜詩，一而已。豈知《擬古》與《雜詩》原自有別？《雜詩》從其異，故六子皆有雜詩，而義各不同；《雜擬》從其同，故謝、陸諸人皆依古以爲式也。宋洪文惠适《擬古詩》，每篇首句直用古詩，如"明月皎夜光"、"冉冉孤生竹"、"迢迢牽牛星"、"青青河畔草"等作，詞未爲工，而古意不失。錢希白作《擬唐詩》百篇，自序曰："今之所擬，不獨其詞；至於題目，豈欲抛離本集；或有事疏，斯亦見之本傳。"然僅於許顗《詩話》見其《擬張籍上裴晉公》及《擬盧仝》二詩，顗謂："擬古當如此相似方可傳。"餘詩未之見也。明薛蕙亦有《擬古詩》，王弇州《四部稿》又仿江、薛作《擬古》七十首，自李都尉至休上人凡二十九，廣自蘇屬國至韋左司凡四十一，而闕《古別離》一章，欲另爲《後十九首》，故不更擬。至如高彥恢《擬唐》諸作，雖云得聲調而遺神明，不可謂非古人之用心矣。乃若永樂間慈溪張楷式之有《和唐集》，《竹垞詩話》謂："不獨律詩踵韻，至歌行古風並上句亦和之。"同時餘姚陳贄維誠亦然，其集未見，然觀竹垞謂："人雖至愚，不愚於此。"則夫塵容俗狀，又不可不知所戒也。

樂　府

七言律詩，即樂府也。《舊唐書·音樂志》載《享龍池樂章》十首：一、姚崇，二、蔡孚，《唐文粹》亦作姚崇。三、沈佺期，四、盧懷慎，《唐文粹》亦作沈佺期。五、姜皎，六、崔日用，《唐文粹》作姜皎。七、蘇頲，八、李乂，九、姜晞，十、裴璀。《唐文粹》作姜晞。十人之作，皆七言律詩也。沈佺期"盧家少婦"一詩，即樂府之"獨不見"。陳標《飲馬長城窟》，亦是七言律詩。謝偃《新曲》，崔融《從軍行》，蔡孚《打毬篇》，俱直是七言長律。楊升庵《草堂詞選序》曰：唐人之七言律，即填詞之《瑞鷓鴣》也；宋陳文僖彭年《送申國長公主爲尼》七律，《湘山野錄》云："都下好事者以《鷓鴣天》曲聲歌之。"七言之仄韻，即填詞之《玉樓春》也。仄韻七言絕句三首。嘗考《三百篇》之聲歌，亡於東漢，曹操平劉表，獲漢雅樂郎杜夔，能識舊樂，惟得《鹿鳴》、《騶虞》、《伐檀》、《文王》四篇。而絕於晉。魏太和中，左延年改《騶虞》、《伐檀》、《文王》三曲，更自作聲節，其名雖存，而聲實異。只《鹿鳴》篇常作。至晉泰始五年，荀勖更作《行禮詩》，而《鹿鳴》亦絕。漢魏之樂府，亡於東晉，賀循云："自漢氏以來，依仿此樂，自造新詩而已，今既散亡，音韻曲折，又無識者，難以意言。"變於唐宋之長短句，《日知錄》云："至唐而舞亡，至宋而聲亡。"按：《宋史·外國傳》云："夏之樂器與曲則唐也。"然則宋之聲亡，蓋亡於中原而不亡於外國矣。而亂於金元之南北曲。前此《文心雕龍》雖分詩與樂府爲二，曰："昔子政品文，詩與歌別，故略具樂篇，以標區界。"然其論元、成以後之樂章，辭雖典文，而律非夔、曠。又論子建、士衡之篇，俗稱乖調，奈何後之擬樂府者，妄用填詞之法以求合？而如賀裳黃公《載酒園詩話》中有"樂府、古詩不宜並列"一條云。凡編詩者，切不宜以樂府編入七言古，豈知所謂樂府者，古詩亦是，律詩

亦是；既不知其音，何從議其體乎？且七言古固從樂府出者也，漢代所傳《大風歌》，謂
之《三侯之章》；《垓下歌》，謂之《力拔山操》；其他曰歌、曰行、曰操、曰辭，未有不可被
之弦管者，至唐始有徒詩者耳。竊謂今人於詩，不妨以古樂府之題寫我胸臆，劉彥和
曰："樂心在詩。"而不必兢兢句字間也。不知爲不知，是知也。

四韻長歌

杜集《行次鹽亭縣題四韻奉簡嚴遂州蓬州兩使君》云："長歌意無極，好爲老夫
聽。"此詩四韻耳，而謂之長歌。解者以爲節短韻長。按：樂府有《長歌行》、《短歌行》，
言人壽命長短，初非辭句多少之謂也。公詩當是用此。

柏梁體

《文心雕龍》云："聯句共韻，《柏梁》餘制。"按：《困學紀聞》曰："《列女傳》：'《式
微》，二人之作。'聯句始此。"然則聯句自《三百篇》已有矣。今人以七言每句用韻者爲
"柏梁體"，豈知每句用韻，創於虞廷之賡歌，而盛於詩。若《風》之《卷耳》、後三章。《考
槃》、《清人》、《還》、《著》、《十畝之間》、《月出》、《素冠》；《雅》之《車攻》；前三章及七章。
《頌》之《長發》前五章。皆是，特非七言耳。七言如《吳越春秋》所載樂師"扈子窮劫"之曲
十八句，楚昭王反國。"采葛婦何苦"之詩十三句，句踐歸國。"越軍河梁"之詞十句句踐伐吳。
雖似趙長君擬作，亦後漢人也。漢高祖《大風歌》在"柏梁"前，魏文帝《燕歌行》在"柏
梁"後，至如《拾遺記・皇娥》、《白帝子》兩歌，遠在少昊時，明是王子年僞撰，晉人筆耳。

回文、集句、賦得、限韻、次韻

《文心雕龍》云："回文所興，則道原爲始。"又傅咸有《回文反復詩》，咸字長虞，休奕之
子。溫嶠有《回文詩》。《詩苑類格》謂回文出於竇滔妻。非也。《困學紀聞》。元陳繹曾
《詩譜》謂傅咸作《七經》詩，其《毛詩》一篇，皆集《詩經》語；或謂集句起於王安石，非
也。明馮惟訥《詩紀統論》云："劉琨有'胡姬年十五'，沈約有'江蘺生幽渚'，謂古詩爲
題自梁元帝始者，非也。"按元帝有《賦得涉江采芙蓉》及《蘭澤生芳草》、《蒲生我池中》等作。北齊
劉晝緝綴一賦，名爲《六合》，魏收譏其愚；集句之賦，後世所無。康熙間有僧中洲京口
人，住黃山三十年，集成語爲《黃山賦》，凡八千七十三言；毛西河極歎賞之，爲序以傳。
至若《詩家直說》謂梁武帝同王筠和太子《懺悔詩》，始爲押韻。太子謂簡文帝。按：當時

582

和詩祇是同所用十韻。非若後人之次韻也；次韻創自元、白，元微之《上令狐相公詩啟》云：“某與同門生白居易友善，居易雅能爲詩，或爲千言，或爲五言律詩，以相投寄；小生自審不能有以過之，往往戲排舊韻，別創新詞，名爲次韻，蓋欲以難相挑耳。”觀此，可知次韻之名由此起矣。若限韻爲詩，古人謂之賦韻，亦曰成韻。如曹景宗之“競”、“病”二字，及《容齋續筆》所稱《後主文集》內之得某某幾字，凡數十篇，是也。

詩　句

詩不以句之多寡論也。然《三百篇》之詩，章八句者爲多，外此則十二句而止耳。唐律限以八句，雖體格非古，不可謂非天地自然之節奏也。《風》、《雅》之詩，獨《賓之初筵》一詩有多至章十四句者。至若《烈文》、《有瞽》、俱十三句。《執競》、《載見》、俱十四句。《時邁》、《臣工》、俱十五句。《離》、十六句。《閟宮》、十七句。《那》、《烈祖》、《玄鳥》、俱二十二句。《良耜》、二十三句。《載芟》，三十一句。句之多者，皆《頌》也。《頌》故以鋪張揚厲爲體，孔《疏》所謂直言寫志，不必殷勤者也。近有作詩話者，謂齊梁以來樂府，限以八句，不復有詠歌嗟歎之意。夫齊梁以來樂府。固是不如漢魏，然其所以不如者，豈八句之謂？且亦何嘗限以八句哉？未之考耳。（以上《詩學纂聞》）

《蘇詩選評箋釋》叙

詩自杜、韓以後，唐季五代纖佻薄弱，日即淪胥。宋初楊億、劉筠、錢惟演之徒崇尚崑體，只是溫、李後塵。嗣是蘇舜欽以豪放自異，梅堯臣以高澹爲宗，雖志於古矣，而神明變化之功，未有能驂駕杜、韓而雄視百代者。必也，其蘇軾乎！

軾之器識學問見於政事，發於文章，史稱言足以達其有猷，行足以遂其有爲，節義足以固其有守，皆志與氣爲之也。惟詩亦然，其詩地負海涵，不名一體，而核其旨要之所在，如云“我詩雖云拙，心平聲韻和”，此軾自評其詩者也。“作詩熟讀《毛詩》、《國風》、《雅》、《騷》，曲折盡在是”，此軾自以其所得教人者也。且夫“精深華妙”，則蘇轍稱之矣。“公如大國楚，吞五湖三江”，黃庭堅稱之矣。“天才橫放，宜與日月爭光”，則蔡脩稱之矣，“屈注天潢，倒連滄海，變眩百怪，終歸渾雅”，則敖陶孫稱之矣。前之曹、劉、陶、謝，後之李、杜、韓、白，無所不學，亦無所不工，同時歐陽、王、黃，猶俱遜謝焉。洵乎獨立千古，非一代一人之詩也。而陳師道顧謂其“初學劉禹錫，晚學李太白”，乃一知半解歟！但其詩氣豪體大，有非後學所易學步者。是以元好問論詩有云：“只知詩到蘇黃盡，滄海橫流却是誰？”又云：“蘇門果有忠臣在，肯放坡詩百態新？”蓋非用此爲譏議,乃正可以見其不可模擬耳。其與軾並世之人漫爲評論者,如張舜民有"仔細檢點,不無利鈍"之言,而楊時至謂其"不知風雅之意",後來嚴羽更以其自出己意爲詩之大厄,創大言以欺世,夫豈可爲篤論哉!

是編所録,挹菁拔萃,審擇再三,殆無遺憾。其生平豐功亮節,與夫兄弟朋友過從雅合之跡,及一時新法之廢興,時事之遷變,靡不因之以見。詩凡五百餘首,古體則五言稍多於七言,近體則七言數倍於五言,要歸本於六義之旨,亦非有成見也。若其集中詩有用蕙爲荏,用校尉爲中郎,用扁鵲爲倉公,用鄭餘慶爲盧懷慎之類,均爲嚴有翼所指摘。以軾讀書萬卷,集所援用常有不審所出者,安見其非別有根據?且即有筆誤,亦似李、杜集中"黄庭换白鵝"、"垂楊生左肘"等句,雖疵纇,不失爲名章也。句字之有訛,曾何遽爲軾詩病也哉!此數詩亦不盡入選,特因論定之次,附及之。錢塘汪師韓敘。(《蘇詩選評箋釋》卷首)

乾　隆

乾隆皇帝姓名爲愛新覺羅弘曆(1711—1799),乾隆爲其年號(1736—1795)。乾隆皇帝是中國歷史上知名度最高的皇帝之一,他把清朝的"康乾盛世"推向頂峰,但也是他親手將它拖向衰落,是一位影響中國十八世紀以後歷史進程的重要皇帝。他熱衷編修文化典籍,主持纂修《四庫全書》,敕編《八旗通志》、《滿洲源流考》、《欽定滿洲祭神祭天典禮》(滿文本、漢文本)、《御製五體清文鑒》、《京城全圖》、《日下舊聞考》、《國朝宮史》等。乾隆皇帝頗有藝術才能,熱衷書畫詩文,不僅精通新滿文,而且熟知老滿文;不僅對漢語漢文十分精通,還懂蒙、藏、維等多種語言文字。他喜愛書法,長期癡於書法,至老不倦。自内廷到御苑,從塞北到江南,園林勝景,名山古跡,所到之處,揮毫題字,墨跡之多,罕與倫比。他撰寫了大量文章,僅編成文集的就有《御製文初集》、《御製文二集》、《御製文三集》、《御製文餘集》,還有《清高宗聖訓》、《樂善堂全集》、《御製詩餘集》、《御製詩集》,其數量之多,創作之勤,令人驚歎,雖大部分詩作的品質令人不敢恭維,且其中還有一些詩爲他人代筆。

本書資料據四庫全書本《御製文初集》、《御製文二集》、《御製文三集》、《御製文餘集》、《回文類聚》。

《御製文初集》序

于敏中排次數年來所謂《御製文初集》成,而以序爲請。夫序者,所以叙陳經旨,

584

故孔子作《書序》，子夏作《詩序》，未聞自序其文也。自序其文盖漢、唐以後之事乎！爲天子者所以脩己治人，必當以三代以上自勖，豈可以漢、唐以後自畫？此正務也。至於文乃其餘事耳，然亦豈可以漢、唐以後爲法哉？如是，則敏中之請序可以不允。既而思之，向之《樂善堂全集》及《御製詩初集》不既有序乎？於凡惕已敬天，本身徵民，憫農桑驗，今昔盖已言之悉矣。例以向不可以不序，而以向之言之悉則又可以不必序矣。雖然不欲以文人學士爭長，亦向之本意也。則今之哀然成集者，與向之言爲合乎，爲否乎？以之自問，又不能措一辭云。乾隆甲申嘉平御製。（卷首。此序又見《御製文二集》卷一六）

《御選唐宋文醇》序

不朽有三，立言其一。言之無文，行而不遠，若是乎言之文者乃能立於後世也。文之體不一矣，語文者説亦多矣。羣言淆亂衷諸聖，當必以周、孔之語爲歸。周公曰言有序，孔子曰辭達而已矣。無序固不可以達，欲達其辭而失其序，則其爲言奚能雲鄰波折，而與天地之文相似也？然使義則戔戔而言有枝葉，妃青媲白，雕琢曼辭，則所謂八代之衰已，其咎同歸於無，序而不達，抑又有進焉。文所以足言，而言固以足志。其志已荒，文將奚附？是以孔子又曰言有物，夫序而達，達而有物，斯固天下之至文也已。

昌黎韓愈生周漢之後幾五百年，遠紹古人立言之軌，則其文可謂有序而能達者。然必其言之又能有物。如布帛之可以煖人，菽粟之可以飽人，則李漢所編七百篇中猶且十未三四，況昌黎而下乎？甚矣，文之至者不易得也。明茅坤舉唐、宋兩朝中昌黎、柳州、廬陵、三蘇、曾、王八大家，薈萃其文各若干首，行世迄今，操觚者膾炙之。本朝儲欣謂茅坤之選便於舉業，而弊即在是，乃復增損之，附以李習之、孫可之爲十大家，欲俾讀者興起於古，毋祇爲發策決科之用，意良美已。顧其識之未衷，而見之未當，則所去取與茅坤亦未始逕庭。

朕讀其書，嘉其意而亦未嘗不懲其失也。夫十家者謂其非八代駢體云爾，駢句固屬文體之病，然若唐之魏鄭公、陸宣公，其文亦多駢句，而辭達理詣，足爲世用，則駢又奚病？日月麗乎天，天之文也；百穀草木麗乎土，地之文也。化工之所爲，有定形乎哉？化工形形而不形於形，而謂文可有定形乎哉？顧其言之所立者何如耳。敕幾之暇，偶取儲欣所選十家之文，録其言之尤雅者若干首，合而編之，以便觀覽。夫唐、宋以来，名儒碩士有序有物之嘉言，固不第十人已也。雖然，嘗鼎一臠，亦足以知道腴之可味，況已斟其雄膏哉！（《御製文初集》卷十）

重刻《十三經》序

班固氏曰六學者王教之典籍，先聖所以明天道，正人倫，致至治之成法也。漢代以來儒者傳授或言五經，或言七經，暨唐分三禮、三傳則稱九經，已又益《孝經》、《論語》、《爾雅》，刻石國子學。宋儒復進《孟子》，前明因之，而《十三經》之名始立。自宋易漢，唐石刻之舊，五經始有板本。及明南北監板行，而箋疏傳義臚列具備，學士家有其書，傳習彌廣。顧訓詁繁則踳駁互見，卷帙重則豕亥易訛，或意晦於一言之舛，或理乖於一字之謬，校讐疎略，疑誤滋多，承學之士無所取正。

我朝列祖相承，右文稽古，皇祖、聖祖、仁皇帝研精至道，尊崇聖學，五經具有成書，頒布海內。朕披覽十三經注疏，念其歲月經久，梨棗日就漫漶，爰敕詞臣重加校正。其於經文誤字以及傳注箋疏之未協者，參互以求其是，各爲考證，附於卷後。不紊舊觀，刊成善本，匪徒備金匱石室之藏而已。《書》曰"學于古訓乃有獲"，傳曰經籍者聖哲之能事，其教有適，其用無窮。朕咨采敕幾實無審定之暇，亦無鑒古之識，而惟是緝熙遜志，日就月將，則有志焉，而不敢不勉繼。自今津逮，既正於以窮道德之閫奧，嘉與海內學者篤志研經，敦崇實學，庶幾經義明而儒術正，儒術正而人才昌，恢先王之道，以贊治化而宏遠猷，有厚望焉。

重刻《二十一史》序

《七錄》之目首列經史，四庫因之。史者輔經以垂訓者也，《尚書》、《春秋》內外傳，尚矣。司馬遷創爲紀、表、書、傳之體，以成《史記》，班固以下因之，累朝載筆之人類皆嫻掌故貫舊聞，傍羅博采，以成信史，後之述事考文者咸取徵焉。

朕既命校刊《十三經注疏》定本，復念史爲經翼，監本亦日漸殘闕，併敕校讐，以廣刊布。其辨譌別異，是正爲多，卷末考證，一視諸經之例。《明史》先經告竣，合之爲二十二史，煥乎册府之大觀矣。

夫史以示勸懲，昭法戒，上下數千年治亂安危之故，忠賢奸佞之實，是非得失，具可考見。居今而知古，鑒往以察來，揚子雲曰"多聞則守之以約，多見則守之以卓"，豈不在善讀者之能自得師也哉？

《皇清文穎》序

我大清受命百有餘年，列祖德教，涵濡光被海宇，右文之盛炳焉，與三代同風。朕紹聞遞志，以是爲學，亦以是爲治，矢其文德，一紀於兹。《易》曰"觀乎人文以化成天下"，蓋自有天地，而人經緯乎其間。士君子之一言一行，國家之制度，文爲禮樂刑政，布之爲教化，措之爲事功，無非文也。乃其菁英所萃，蔚爲國華，詞以殽之，聲以永之，律以和之，諧協六同，彰施五色，典謨作焉，雅頌興焉。《詩》不云乎："追琢其章，金玉其相，文之盛也。"而賡之曰"勉勉我王，綱紀四方"，則所謂其風自上也。

曩我皇祖命大學士陳廷敬選輯《皇清文穎》，儲之延閣，未及刊布。皇考復允廷臣之請。開館編輯。隨時附益，久之未竣。朕因命自乾隆甲子以前先爲編次，凡御製詩文廿四卷、臣工賦頌及諸體詩文一百卷録成，序其首簡。

昔之論文，以代爲次者於漢則有《西漢文類》，唐則有《文苑英華》、《唐文粹》，宋則有《文海》、《文鑑》，元則有《文類》，明則有《文衡》，皆博綜一代著作之林，無體不備。今是編惟取經進之作，朝廷館閣之篇，與諸書小異，然以觀斯文風尚當有取焉。在《易》渙之象曰"風行水上"，善立言者以爲天地自然之文，而《序卦》受之以節，言文之不可過也。繼之以《中孚》，言有實也。節而不流，徵之以信，有典有則，可久之道其在斯乎。朕孜孜典學。求所以善持之者。因以爲摛文者鵠，俾共勉云。

《初集》詩小序

向叙《樂善堂集》云：夙昔典學所心得，不忍棄置，後雖有作，或出詞臣之手，真贋各半，且亦不欲與文人學士爭長，故十數年來臣工以編次詩文集爲請者，槩弗許。然幾務之暇，無他可娛，往往作爲詩、古文、賦。文、賦不數十篇，詩則托興寄情，朝吟夕諷其間。天時農事之宜，泹朝將祀之典，以及時巡所至，山川名勝，風土淳漓，罔不形諸詠歌，紀其梗槩，積至今以數千百首計矣，而較晴量雨、憫農疾苦之作爲多。觀其詩可以知憂勞而驗今昔，使閱歲逾時，或致殘缺失次，其不忍棄置較先爲甚。因取丙辰以迄丁卯所作，略加編定，都爲四十四卷，古今體計四千一百五十首有奇，命翰林中字畫端楷者，分卷抄録，裝爲一集，不付剞劂，猶初志也。時乾隆己巳夏六月望日。

《叶韻彙輯》序

叶韻非古也而即古也，有今韻而後有叶韻。叶韻者，以古韻而協之于今，故曰非古；然以今視之則用叶以合異，以古視之則非叶而本同，故曰即古。

朕幼習《易》、《詩》諸經，考其音多與今韻不合。長而汎覽百家，其用韻亦往往異於今讀。蓋韻書之行權輿江左，至唐以聲律取士，部分較嚴。而今所循用，則出于宋、元人之分併,宜其與古不相契也。三代而上言律呂,言諧聲,言書名,其于音韻當必審清濁,別脣齒喉舌,有一定之部分。勒之簡策,與律度量衡象魏之法同,爲當世所遵守,而惜其世遠而不傳也。好古之士欲忖而求之,其道無由。宋吴棫本《易》、《詩》、《史》、《漢》諸書爲韻補,子朱子嘗取以釋《毛詩》、《楚詞》,明楊慎廣之爲古音,號稱淵博,及證之羣籍,其疏略不備者則已多矣。因于幾暇,指授儒臣博考經史諸子以及唐、宋大家之文所用古韻,舉而列之,疏其所出,次于今韻之後,臨文索句就考焉,可以恢見聞,可以益思致。獨是四庫之編浩如淵海,學士畢生不能窮其讀,區區掇拾而覼縷之,何異稽躔次而溯有虞氏之敬授,汎江淮河漢而追禹功之疏鑿,其可指而數者幾何。然方之嘗鼎之一臠,則未始非汲古之助云爾,爰授之梓而行之。

《御選唐宋詩醇》序

文有唐、宋大家之目,而詩無稱焉者,宋之文足可以匹唐,而詩則實不足以匹唐也。既不足以匹而必爲是選者,則以《唐宋文醇》之例,有《文醇》不可無《詩醇》。且以見二代盛衰之大凡,示千秋風雅之正則也。《文醇》之選就向日書竈校閲所未畢,付張照所足成者。兹《詩醇》之選則以二代風華,此六家爲最,時於幾暇,偶一涉獵,而去取評品皆出于梁詩正等數儒臣之手。

夫詩與文豈異道哉? 昌黎有言"氣盛則言之短長與聲之高下皆宜",然五、三、六經之所傳,其以言訓後世者,不以文而以詩,豈不以文尚有鋪張揚厲之跡,而詩則優游饜飫,入人者深? 是則有《文醇》尤不可無《詩醇》也。六家品格與時會,所遭各見于本集小序。

是編彙成,梁詩正等請示其梗槩,故爲之總序如此。

沈德潛《歸愚集》序

沈德潛將鋟其《歸愚集》前,稽首而請序,且曰:"人臣私集自古無御序例,第受特達之知,敢恃寵以請。不即望序,或訓示數語可乎?"德潛老矣,憐其晚達而受知者惟是詩,余雖不欲以詩鳴,然于詩也好之習之,悦性情以寄之,與德潛相商推者有年矣。兹觀其集,故樂俞所請而序之。

夫德潛之詩,遠陶鑄乎李、杜,而近伯仲乎高、王矣。乃獨取義于昌黎"歸愚"之云者,則所謂去華就實,君子之道也。夫子之訓小子曰"何莫學夫詩",使如後世雕龍祭獺之爲者,聖人將斥而禁之,顧反疏其源而導其流乎? 亦惟是名教之樂,必有言之不足而長言之者，舍是其何以哉？昌黎因文見道，始有是語，固不必執風骨體裁與李、杜較甲乙。而歸愚曳乃能深契于此，識夷守約，斂藻就澹，于向日所爲壯浪渾涵、峻嶒矯變，人驚以爲莫及者，自視若不足且有悔心焉。是則李、杜、高、王所未到，而有合于夫子教人學詩之義也。

夫非常之人，然後有非常之遇。德潛受非常之知，而其詩亦今世之非常者，故以非常之例序之。異日者江國行春，靈巖駐蹕，思欲清問民艱，暇咨新什，將訪歸愚曳于愚公溪谷之間矣。

詩、古文書窗所凤嗜同。踐阼以来，萬幾鮮暇，雖或寄興吟詠，而古文不數數爲之。是序構思染翰至四刻始就，非復有曩日弓燥手柔之樂，況能津逮古人耶？歸愚曳于近代詩家，視青邱漁洋殆有過之無不及者，故樂爲之序，不復計其工拙遲速，書卷以賜。歲云暮矣。封事稍稀，更償文債，亦足爲藝林增一勝事也。乾隆辛未小除夜書於坤寧宮。（以上《御製文初集》卷十一）

沈德潛選《國朝詩別裁集》序

沈德潛選國朝人詩而求序，以光其集。德潛老矣，且以詩文受特達之知，所請宜無不允。因進其書而粗觀之，列前茅者則錢謙益諸人也。不求朕序，朕可以不問；既求朕序，則千秋之公論繫焉，是不可以不辨。

夫居本朝而妄思前明者，亂民也，有國法存。至身爲明朝達官，而甘心復事本朝者，雖一時權宜，草昧締構所不廢，要知其人則非人類也。其詩自在，聽之可也，選以冠本朝諸人則不可，在德潛則尤不可。且詩者何？忠孝而已耳。離忠孝而言詩，吾不知其爲詩也。謙益諸人爲忠乎，爲孝乎？德潛宜深知此義。今之所選非其宿昔言詩之道也，豈其老而耄荒，子又不克家，門下士依草附木者流無達大義，具巨眼人，捉刀所爲，德潛不及細檢乎？此書出則德潛一生讀書之名壞，朕方爲德潛惜之，何能阿所好而爲之序？又錢名世者，皇考所謂名教罪人，是更不宜入選。而慎郡王則朕之叔父也，雖諸王自奏及朝廷章疏署名，此乃國家典制。然平時朕尚不忍名之，德潛本朝臣子，豈宜直書其名？至于世次前後倒置者，益不可枚舉，因命內廷翰林爲之精校去留，俾重鋟板以行于世，所以栽培成就德潛也，所以終從德潛之請而爲之序也。（《御製文初集》卷十二）

史論問

儒者學術之要，先經次史，凡具淵通之學，必擅著作之才，然非熟於掌故，周知上下數千載之事理，而剖決其是非者，不足以語此，則史學尚矣。

今之稱正史者，皆曰廿一史，豈廿一史之外別無正史歟？抑廿一史之名遂定而不可移易歟？又豈正史之外別無他史歟？考之漢、唐、宋《藝文志》及隋《經籍志》所載諸史，其名類甚多，而稱史學者惟以馬、班諸人爲宗，何歟？《史記》《漢書》成於遷、固，不自遷、固始也。開之者誰，補之者誰，註解之者又誰也？范史一書與馬、班並稱三史，而袁宏、荀悦之作，獨不可媲美歟？陳壽之志帝魏退蜀，正統已紊，孰稱其是，孰正其非，可與三史並傳歟？即三史之書又果無遺憾歟？《晉書》創於何人，共有幾家？唐太宗命房喬等再加撰次，所稱房喬者何人也？其稱房喬等者又共幾人也？觀其文多駢麗，史體固應然歟？南、北史皆成於李延壽，而考之南朝、北朝各有專史，乃延壽復爲合之。合者可取，則專者宜删；專者既行，則合者可廢。而八書、二史皆得並行，辭多重復，後之作者獨不可彙而修之歟？六朝之後，《隋書》頗善，其所撰諸志，綜賅尤工。近世儒者，專稱《五代史》，而不及《隋書》，又何説也？《唐書》新、舊二編各有短長，自新書出而舊書流布無多，不得並載十七史中，其故何歟？梁、唐、晉、漢、周皆有史，薛居正尝修之，歐陽氏之本誠善矣，而薛氏之本猶可得見歟？《宋》《遼》《金》三史已不及前代，而《元史》成於倉猝，舛謬尤多。乃後儒罕能删定以成佳史，豈古今人果不相及歟？

且史之體有二，曰編年，曰紀傳。紀傳之善自司馬遷《史記》始，而編年之善則自司馬光《通鑑》始。《通鑑》本《春秋》之法，至朱子則綱仿《春秋》，目仿《左氏》，而前編、續編之作亦皆得其遺意。此外體例甚繁，沿革互異，作史者奚啻數百家。多士有能悉數其姓氏，詳其名目，以證其是非者歟？將備舉作者之優劣以考正諸史之得失，則一代著作之任殊有厚望焉。毋勦説，毋雷同，毋苟且以干名，毋徇人以自誤，有志進取者尚慎旃哉。其各矢乃心，獨抒所見，以毋負朕延訪之至意。（《御製文初集》卷十四）

《哨鹿賦》序（節録）

賦者，古詩之流，詩以言志，其有不能盡言之志，則賦可以申之。（《御製文初集》卷二十四）

學詩堂記（節録）

子曰"小子何莫學夫詩"，於伯魚之過庭也曰"不學詩無以言"。學詩尚矣，然學詩者豈以駢四儷七，叶聲韻，諧練詞藻爲能盡詩之道哉？必於可興可觀，可羣可怨，事父

事君之大端深入自得，然後蘊諸内則心氣和平，發諸外則事理通達，於是言之文而行之遠。（《御製文二集》卷十一）

文淵閣記（節錄）

國家荷天麻承佑命，重熙累洽，同軌同文，所謂禮樂百年而後興，此其時也。而禮樂之興必藉崇儒重道，以會其條貫，儒與道匪文莫闡。故予蒐四庫之書非徒博右文之名，蓋如張子所云“爲天地立心，爲生民立道，爲往聖繼絕學，爲萬世開太平”，胥於是乎繫。故乃下明詔，敕岳牧，訪名山，搜秘簡，并出天禄之舊藏以及世家之獨弄，於是浩如淵海，委若邱山，而總名之曰《四庫全書》。蓋以古今數千年，宇宙數萬里，其間所有之書雖夥，都不出《四庫》之目也。乃掄大臣俾總司命，翰林使分校，雖督繼晷之勤，仍予十年之暇。夫不勤則玩日愒時有所不免，而不予之暇，則又恐欲速而或失之疎略，魯魚亥豕，因是而生。語有之，“凡事豫則立”，書之成雖尚需時日，而貯書之所則不可不宿構宮禁之中，不得其地，爰於文華殿後建文淵閣以待之。

文津閣記

輯《四庫全書》分爲三類，一刊刻，一抄録，一衹存書目。其刊刻者以便於行世，用武英殿聚珍版刷印，但邊幅頗小，爰依《永樂大典》之例概行抄録。正本備天禄之儲，都爲四部，一以貯紫禁之文淵閣，一以貯盛京興王之地，一以貯御園之文源閣，一以貯避暑山莊，則此文津閣之所以作也。

盖淵即源也，有源必有流，支派於是乎分焉。欲從支派尋流以溯其源，必先在乎知其津，弗知津則躡迷途而失正路，斷港之譏有弗免矣。故析木之次，麗乎天龍門之名，標乎地是知津爲要也。而劉勰所云“道象之妙非言不津”，津言之妙非學不傳者，實亦先得我心之所同然。夫山莊居塞外，伊古荒略之地，而今則閭閻日富，禮樂日興，益兹文津之閣貯以四庫之書地，靈境勝較之司。馬遷所云名山之藏，豈啻霄壤之分也哉！（以上《御製文二集》卷十三）

文溯閣記

輯四庫之書分四處以庋之，方以類聚，數以偶成，文淵、文源、文津三閣之記早成，則此文溯閣之記亦不可再緩。因爲辭曰：

權輿二典之贊堯舜也，一則曰文思，一則曰文明，盖思乃蘊於中，明乃發於外，而胥藉文以顯。文者理也，文之所在天理存焉，文不在斯乎？孔子所以繼堯舜之心傳也，世無文，天理泯而不成，其爲世夫豈鉛槧簡編云乎哉？然文固不離乎鉛槧簡編以化世，此四庫之輯所由亟亟也。兹則首部告成，綱紀已定，與之暇以究其核督之勤，以防其忽；乙夜幾暇亦疊披覽，怪僻側艷，滌濯刳硋，犁然理明，哀然文顯。所餘三部惟鈔胥之事，然而豕亥陶陰，猶不可不讐校也。四閣之名皆冠以文，而若淵、若源、若津、若溯皆從水以立義者，盖取范氏天一閣之爲，亦既見於前記矣。若夫海源也，衆水各有源而同歸於海，似海爲其尾而非源。不知尾閭何洩則仍運而爲源，原始反終，《大易》所以示其端也。津則窮源之徑而溯之，是則溯也、津也、實亦迨源之淵也。

水之體用如是，文之體用顧獨不如是乎？恰於盛京而名此名，更有合周《詩》所謂遡澗求本之義，而予不忘祖宗創業之艱，示子孫守文之模，意在斯乎，意在斯乎。（《御製文二集》卷十四）

《國風》正謠（節録）

孔子杏壇删《詩》，曰風，曰雅，曰頌，無所爲國也。自毛萇始以國標題，而鄭康成因之，後世遂沿襲莫知改正。夫孔子既以二南別周召，而邶以下各從其類，邶以下謂之國可也，今云周南之國、召南之國，是何語耶？王者有天下之號，降而爲風，見周道之衰可也。今云王國，是何語耶？或曰：如是則《書》所云以長我王國，《詩》所云王國克生，皆非乎？曰：《詩》、《書》所云統天下國家之王國，非列於衛國之後，鄭國之前之王國也。夫孔子作《春秋》尊王大一統，豈於《詩》乃降王爲國以比於諸侯，有是理乎？且魯誠侯國也，孔子以父母之邦猶躋之於頌，顧以東遷之王朝而等之侯國，不與《春秋》之義自相刺謬乎？至於豳乃周先王造基之地，既有天下，尊王太王王季上祀先公以天子之禮，亦無復降而爲國之理。知此，則毛鄭之謠不待辨而自見。故爲是説，以正之後世。若宋程大昌之輩頗見及此，然未能挈要斷之以正，故復有駁其説者，不啻議禮如聚訟矣。（《御製文二集》卷二十五）

再題《樂律全書》（節録）

朱載堉《樂律全書》之謬已見前論，兹一再閲，其以曲調譜古歌者"立我烝民"之歌，乃調寄《豆葉黃》；而合《康衢》童謠與老人《擊壤歌》爲一章者，其"思文后稷"章乃調寄《金字經》，附以《大禹謨》；"水火金木土穀惟修"八句，爲《金字經》之二，皆雜輳而成。至《南風歌》爲調寄《鼓孤桐》，先以《古琴操》"返彼三山兮"十六句而繼之以"南風之薫"四語，更屬狂誕。考舜歌《南風》見于《樂記》，有篇名而無其辭。《韓非子》、《淮南子》、《史記》皆是秦及西漢人，未見其辭也。鄭康成《禮記》注云其辭未聞，是東漢亦尚無其辭也。"解愠阜財"四句，始于《家語》及《尸子》，孔穎達《正義》云《家語》王肅所增加。非鄭所見；《尸子》雜説，不可取證正經。故亦斷爲此詩。今無是，則《南薫》一曲漢、唐人尚疑之，惟輔廣以爲《家語》必有所據。南風長養萬物，猶人君長養萬民，爲得聖人之意云云。《尸子》爲六國時人，《家語》乃孔氏所傳，且歌詞尚觡觡喜起之遺，未可定斷爲非虞廷雅奏。若"返彼三山兮"十六句，出自《古琴操》，乃晉孔衍所編，其書今亡，惟見于諸家類書所引。唐吳競謂《琴操紀事》好與本傳相違，朱子曰《琴操》一書載堯、舜、文、武、孔子之詞尤謬，知者可一覽而悟也。是《琴操》之紕繆，古人早有定評。今細核其辭，首所云三山即《尚書》之壺口，雷首、太岳，孔安國傳以爲三山是也。《漢書·地理志》、《太平寰宇記》均以爲地近蒲坂，故緣舜都而附會其名。其下文鋪叙五老及黃龍負圖之事，則出于《論語考》，比讖《春秋》、《元命苞》皆緯書，不足爲證。其語如後世佞陳符命者所爲，豈堯、舜授受而出此？且明云案圖觀讖，讖始于秦，盛于東漢，三代之書無讖字也。"撃石拊韶"、"鳥獸蹌蹌"、"鳳凰来儀"，乃《尚書·益稷》篇句，"凱風自南"下同《衛風》，其出于魏晉人僞作，不辨可明。《凱風》即《南風》，見《爾雅》，使舜果有此句，郭璞注《雅》何以不引，而獨指《衛風》？且《凱風》、《南風》不應連擧"解愠阜財"、"何返悲喟"，宋郭茂倩《樂府》雖引之，尚爲兩章。載堉不但不知決擇，且妄以贋詩冠于《南薫》之首，以合于俗樂曲牌名，實爲昧古義而侮聖言矣。若《秋風》章乃調寄《青天歌》，雖全用漢武帝辭，然漢代歌辭見于《漢書·樂志》及諸籍者不下數千章，載堉何以獨譜《秋風辭》？（略）載堉不知古聖人致治之道，又乏考古之識，鹵莽滅裂，真無知妄作之尤者。（《御製文三集》卷十）

鑑始齋題句識語

余十二時，蒙皇祖賜居萬壑松風之側，因名之曰鑑始齋。自冲齡佔畢至今八旬有八，仰沐昊慈祖佑，精神康健，訓政如常，實從古帝王未有之事。因憶予少時即喜作詩，不屑爲風雲月露之詞，自御極以来雖不欲以此矜長，然於問政救幾一切民瘼國是之大者，往往見之於詩。計丙辰至丁卯編爲初集，得詩四千一百六十六首；戊辰至己卯編爲二集，得詩八千四百八十四首；庚辰至辛卯編爲三集，得詩一萬一千五百十九首；壬辰至癸卯編爲四集，得詩九千九百二首；甲辰至乙卯編爲五集，得詩七千七百二十九首。合計五集共四萬一千八百首，亦云富矣。古之詩人年高而詩多者在唐爲白居易,在宋爲陸游。居易以太和開成編年分四集,爲卷僅二百有二,爲篇僅千有五十六。陸游之詩初編祇四十卷,再編通前祇八十五卷。本朝輯《全唐詩》一代三百年二千二百餘人之作,纔得四萬八千九百餘首。今予詩五集,薈爲四百三十四卷,總計四萬一千八百首,而《樂善堂全集》在潛邸時所著者尚不入此數,是予以望九之年所積篇什幾與全唐一代詩人篇什相埒,可不謂藝林佳話乎?

然予初非以韻語一事與文人學士絜量多寡也,夫詩以言志,言爲心聲,非僅絺章繪句,如詞人東塗西抹之爲。且爲人君者若專以吟詠爲能,亦即溺情之一端,自古有戒,予曷肯出此?實因予臨御六十餘年,中間大功屢集,鴻儀疊舉,兼以予關心民事,課雨量晴,占年省歲,數十載如一日。而閱事既多,析理尤審,即尋常題詠亦必因文見道,非率爾操觚者比,乃質言,非虛語也。今春秋八十有八,自丙辰授璽以來,猶日訓子。皇帝政自維耄耋之年,吟什原應從減,擬將每年依例之作量爲簡省,而事之有關大體者仍不能不涉筆成章,以昭紀實。計丙辰至今又閱三年,復得詩數百首,此後應於五集外另編餘集。若更叨洪貺,算衍期頤,復得袞然成帙,匯爲別集鉅觀,豈不更爲史册希有之隆軌乎?

偶題鑑始齋,迴溯髫齡以至今日,即詩集之多亦皆眷貽之厚,爰綜其全數,並抒夙志,附識於此。(《御製文餘集》卷二)

乾隆四十六年十一月初六日上諭

昨閱四庫館進呈書,有朱存孝編輯《回文類聚補遺》一種,内載《美人八詠詩》,詞意媟狎,有乖雅正。夫詩以溫柔敦厚爲教,孔子不删鄭衛,所以示刺示戒也。故《三百篇》之旨,一言蔽以"無邪",即美人香草以喻君子,亦當原本風雅,歸諸麗則,所謂托興遙深,語在此而意在彼也。自《玉臺新詠》以後,唐人韓偓輩務作綺麗之詞,號"香奩體",漸入浮靡。尤而效之者,詩格更爲卑下。今《美人八詠》内所列《麗華髮》等詩,毫無寄託,輒取俗傳鄙褻之語,曲爲描寫,無論詩固不工,即其編造題目,不知何所証據。朕輯《四庫全書》,當採詩文之有關世道人心者,若此等詩句,豈可以體近香奩,概行採録!所有《美人八詠詩》著即行撤出,至此外各種詩集内有似此者,亦著。該總裁督同總校、分校等詳細檢查,一併撤去,以示朕薑正詩體,崇尚雅醇之至意。欽此。(《回文類聚》卷首)

蔣　驥

蔣驥(1714—約1787)字赤霄,一作涑塍,號勉齋。清金壇(今屬江蘇)人。父親蔣衡，以書法名一時。驥書不逮父，而特以寫真名。蔣驥的《山帶閣註楚辭》是楚辭學史上一部具有里程碑意義的著作。該書重視知人論世，考辨屈原生平事跡甚詳，對屈原作品多數作了編年；探討屈辭意旨，考論屈辭寫作時間，多發掘作品内證，聯繫創作背景，權時勢以論其書，以史證詩，作知人論世之辨，持論穩健，信而有徵。

本書資料據四庫全書本《山帶閣註楚辭》、《楚辭餘論》、《楚辭説韻》。

《山帶閣註楚辭》自序

宋洪慶善、朱晦庵考定原賦，止於《漁父》篇。余採黄維章、林西仲語，並載《招魂》、《大招》以正《漢·志》二十五篇之數。然《大招》自漢以來已相傳爲原作。而《招魂》篇名具見《史記·屈原傳贊》，則固非二子創論也。其作文次第，年代幽遠，無可參核。竊嘗以意推之，首《惜誦》，次《離騷》、次《抽思》，次《思美人》，次《卜居》，次《大招》，次《哀郢》，次《涉江》，次《漁父》，次《懷沙》，次《招魂》，次《悲回風》，次《惜往日》終焉。初失位志在潔身，作《惜誦》。已而決計爲彭咸作《離騷》。十八年後放居漢北，秋作《抽思》。逾年春作《思美人》。其三年作《卜居》，此皆懷王時也。懷王末年召還郢，頃襄即位自郢放陵陽，三年懷王歸葬，作《大招》。居陵陽九年作《哀郢》。已而自陵陽入辰溆，作《涉江》。又自辰溆出武陵，作《漁父》。適長沙，作《懷沙》、《招魂》。其秋作《悲回風》，逾年五月沈湘，作《惜往日》。蓋察其説見《招魂餘論》辭意，稽其道里有可徵者。故列疏於諸篇而目次則仍其舊，以存疑也。若《九歌》、《天問》、《橘頌》、《遠遊》，文辭渾然，莫可推詰，固弗敢强爲之説云。武進蔣驥。（《山帶閣註楚辭》卷首）

離　騷

離，别；騷，愁也。篇中有“余既不難離别”語，蓋懷王時初見斥，疎憂愁幽思而作也。（《山帶閣註楚辭》卷一）

《楚辭餘論》（節録）

《離騷》以經名，特後人推尊之詞。王叔師小序以爲經，徑也，言依道徑以諫君也。若係作賦本名，可笑甚矣。他若《九歌》以下皆綴傳字，亦屬贅設。

《騷》者《詩》之變。詩有賦、興、比，惟《騷》亦然。但《三百篇》邊幅短窄，易可窺尋。若《騷》則渾淪變化，其賦、興、比錯雜而出，固未可以一律求也。觀朱子《騷經》所註比、賦之類，殆已不盡比附，又通考其書，惟於《騷經》前段做《三百篇》之例，分註最爲詳悉。自沅湘陳詞以下至蜷局不行凡一千五百餘言，則以比而賦。一語蔽之，《九歌》猶或間，注《九章》益希矣。至《天問》、《遠遊》諸篇則闕如焉，蓋亦知其說之不勝其煩，而變其初例矣。然則註《騷》者又何如？盡去之爲當也。

舊解"亂"爲總理一賦之終。今案《離騷》二十五篇，"亂"詞六見，惟《懷沙》總申前意，小具一篇結構，可以總理。言《騷經》、《招魂》則引歸本旨，《涉江》、《哀郢》則長言詠嘆，《抽思》則分段敘事，未可一概論也。余意"亂"者蓋樂之將終，衆音畢會，而詩歌之節亦與相赴，繁音促節，交錯紛亂，故有是名耳。孔子曰"洋洋盈耳"，大旨可見。

《九歌》本十一章，其言九者，蓋以神之類有九而名，兩司命類也，湘君與夫人亦類也。神之同類者所祭之時與地亦同，故其歌合言之。此家三兄紹孟之説。（以上卷上）

《楚辭説韻》（節録）

自律韻既興，古韻遂廢，學者求其故而不得久矣。余以爲古協音本於轉音，轉音本於方音。音何以云轉也？凡言出於口，有喉牙舌齒脣之辨，見於發者爲見溪羣疑諸母，見於收者爲東冬江陽諸部。凡同母同部之字，其音至變，而各以類輾轉相生，雖有遠近之殊，呼之未嘗不相應，故曰轉音。轉音之本於方音何也？五方之人有風土剛柔燥濕之不同，而聲氣亦異，蓋有同指一字而各殊其音者。然所言本同則音雖殊而相應者。

查 禮

查禮（1714—1781）原名爲禮，又名學禮，字恂叔，號儉堂，一號榕巢，又號鐵橋。清順天宛平人（今北京）。乾隆元年（1736）應博學鴻詞科，報罷。由戶部主事官至湖南巡撫。擅詩文，勤寫作，嗜古印章、金石、書、畫，收藏甚富。書法學黃庭堅，山水、花鳥俱極精緻，尤善畫梅。著有《銅鼓書堂遺稿》、《銅鼓書堂詞話》。

本書資料據中華書局 1986 年唐圭璋《詞話叢編》本《銅鼓書堂詞話》。

《銅鼓書堂詞話》（節録）

宋人落梅詞，名句甚夥。如《高陽臺》一解賦落梅者，吳夢窗云："宮粉雕痕，仙雲墮影，無人野水荒灣。"又云："南樓不恨吹橫笛，恨曉風千里關山。半飄零，庭院黃昏，月冷闌干。"李篔房云："竹裏遮寒，誰念減盡芳雲。幺鳳叫晚吹晴雪，料水空、煙冷西泠。"又云："環佩無聲，草暗臺榭春深。欲倩怨笛傳清譜，怕斷霞、難返吟魂。轉銷凝，點點隨波，望極江亭。"李秋崖云："門掩香殘，屏搖夢冷，珠鈿糝綴芳塵。"又云："蘚梢空掛淒涼月，想鶴歸、猶怨黄昏。黯銷凝，人老天涯，雁影沈沉。"又云："煙濕荒村，背春無限愁深。迎風點點飄寒粉，恨秋娘、滿袖啼痕。"三人寫落梅之情景魂魄各有不同，其雅正澹遠、柔婉深長之處，令人可思可詠。

　　情有文不能達，詩不能道者，而獨於長短句中，可以委宛形容之。如黄雪舟孝邁自度《湘春夜月》一解傷春云："可惜一片清歌，都付與黄昏。欲共柳花低訴，怕柳花輕薄，不解傷春。"又云："空樽夜泣，青山不語，殘月當門。翠玉樓前，惟是有一陂湘水，搖盪湘雲。"又云："這次第，算人間没個並刀，翦斷心上愁痕。"又《水龍吟·暮春》云："店舍無烟，關山有月，梨花滿地。二十年好夢，不曾圓合，而今老，都休矣。"又云："柔腸一寸，七分是恨，三分是淚。"又云："待問春怎把千紅，換得一池綠水。"

　　詞不同乎詩而後佳，然詞不離乎詩方能雅。昔沈義甫評施梅川詞云："梅川音律有源流，故其聲無舛誤。讀唐詞多，故語雅淡。"義甫斯言，深得樂府之三昧者。嘗憶梅川有登吴山《水龍吟》云："翠鼇湧出滄溟影。"又云："樓臺對起，闌干重憑，山川自古。"又云："看天低四遠，江空萬里，登臨處、分吴楚。"又云："兩岸花飛絮舞。度春風、滿城簫鼓。英雄暗老，早潮晚汐，歸帆過櫓。淮水東流，塞雲北渡，夕陽西去。"其聲韻辭華，大雅不羣，脱盡綺膩纖穠之態。

袁　枚

　　袁枚（1716—1798）字子才，號簡齋，晚年自號倉山居士、隨園主人、隨園老人。清錢塘（今浙江杭州）人。乾隆四年（1739）進士。少有才名，擅長詩文。授翰林院庶吉士。乾隆七年外調做官，曾任沭陽、江寧、上元等地知縣，政聲好，很得當時總督尹繼善賞識。三十三歲父親亡故，辭官養母，度過了近五十年的閒適生活，從事詩文著述，編輯詩話，發現人才，獎掖後進，爲當時詩壇所宗。袁枚是乾隆、嘉慶時期代表詩人之一，與趙翼、蔣士銓合稱爲"乾隆三大家"。創作講求性情個性，提倡"性靈説"，反對清初以來擬古和形式主義的流弊，使詩壇風氣爲之一新。爲文自成一家，與紀曉嵐齊名，時稱"南袁北紀"。文章主"駢散合一"，兼取六朝駢儷，較桐城派通達。著有《小倉山房文集》、《隨園詩話》及《補遺》、《新齊諧》、《續新齊諧》、《隨園尺牘》等三十餘種。其《隨園詩話》是清代影響最大的詩話之一，旨在宣導性靈説詩論，以反對乾隆詩壇流行的沈德潛格調説與翁方綱以考據爲詩的風氣；其體製爲分條排列的隨筆式，每條或述一評，或記一事，或采一詩（或數詩）。

本書資料據人民文學出版社 1982 年《隨園詩話》、上海古籍出版社 1988 年《小倉山房文集》、清乾隆間刻本《歷代賦話》。

《隨園詩話》（節錄）

楊誠齋曰："從來天分低拙之人，好談格調，而不解風趣。何也？格調是空架子，有腔口易描；風趣專寫性靈，非天才不辦。"余深愛其言。須知有性情，便有格律；格律不在性情外。《三百篇》半是勞人思婦率意言情之事；誰爲之格？誰爲之律？而今之談格調者，能出其範圍否？況皋、禹之歌，不同乎《三百篇》；《國風》之格，不同乎《雅》、《頌》：格豈有一定哉？許渾云："吟詩好似成仙骨，骨裏無詩莫浪吟。"詩在骨不在格也。

余作詩，雅不喜疊韻、和韻及用古人韻。以爲詩寫性情，惟吾所適。一韻中有千百字，憑吾所選，尚有用定後不愜意而別改者，何得以一二韻約束爲之？既約束，則不得不湊拍；既湊拍，安得有性情哉？《莊子》曰："忘足，履之適也。"余亦曰：忘韻，詩之適也。

以昌黎之崛强，宜鄙俳體矣；而《滕王閣序》曰："得附三王之末，有榮耀焉。"以杜少陵之博大，宜薄初唐矣；而詩曰："王、楊、盧、駱當時體，不廢江河萬古流。"以黃山谷之奧峭，宜薄西崑矣；而詩云："元之如砥柱，大年若霜鵠。王、楊立本朝，與世作郛郭。"今人未窺韓、柳門户，而先掃六朝；未得李、杜皮毛，而已輕温、李：何蜉蝣之多也！

"樂府"二字，是官監之名，見霍光、張放兩傳。其《君馬黃》、《臨高臺》等樂章，久矣失傳。蓋因樂府傳寫，大字爲辭，細字爲聲，聲詞合寫，易至舛誤。是以曹魏改《將進酒》爲《平關中》、《上之回》爲《克官渡》，共十二曲，並不襲漢。晉人改《思悲翁》爲《宣受命》、《朱鷺》爲《靈之祥》，共十二曲，亦不襲魏。唐太白、長吉知之，故仍其本名，而自作己詩。少陵、張、王、元、白知之，故自作己詩，而創爲新樂府。元稹序杜詩，言之甚詳。鄭樵亦言："今之樂府，崔豹以義説名，吳兢以事解目，與詩之失傳一也。《將進酒》而李餘乃序烈女，《出門行》而劉猛不言別離，《秋胡行》而武帝云'晨上散關山，此道當何難'：皆與題無涉。"今人猶賀賀然抱《樂府解題》爲秘本，而字摹句仿之，如畫鬼魅，鑿空無據；且必置之卷首，以撐門面，猶之自標門閥，稱乃祖乃宗絕大官銜，而不知其與己無干也。

《文選》詩，有五韻、七韻者，李德裕所謂"意盡而止，成篇不拘於只偶"也。

陸放翁"燒灰除菜蝗"，"蝗"字作仄聲。徐騎省"莫折紅芳樹，但知盡意看"，"但"

字作平聲。李山甫《赴舉別所知》詩：“黃祖不憐鸚鵡客，志公偏賞麒麟兒”，“麒”字作仄聲。王建《贈李僕射》詩：“每日城南空挑戰”，“挑”字作仄聲。《贈田侍中》：“綠窗紅燈酒”，“燈”字作仄聲。皆本白香山之以“司”爲“四”，“琵”爲“別”，“凝脂”爲“佞”，“紅橋三百九十橋”，“十”字讀“諶”也。韓愈《岳陽樓》詩：“宇宙隘而妨”，“妨”作“訪”音。《東都》詩：“新輦只朝評”，“評”作“病”音。元稹《東南行百韻》詩：“征俸封魚租”，“封”音“俸”。《疣臥》詩：“一生長苦節，三省詎行怪”，“怪”音“乖”。《嶺南》詩：“聯遊虧片玉，洞照失明鑒”，“鑒”音“間”。《夜池》詩：“高屋無人風張幔”，“張”音“丈”。“苦思正旦酬白雲，閑觀風色動青旂”，“正旦”讀作“真丹”。又白居易《和令狐相公》詩：“仁風扇道路，陰雨膏閶闔”，“扇”平聲，“膏”去聲。李商隱《石城》詩：“簟冰將飄枕，簾烘不隱鈎。”自注：“‘冰’去聲。”陸龜蒙《包山》詩：“海客施明珠，湘蘱料淨食。”自注：“‘料’平聲。”朱竹垞《山塘紀事》詩：“殷勤短主簿，端笏立阼階”，“阼”音“祖”。杜少陵用“中興”、“中酒”、“王氣”、“貞觀”等字，忽平忽仄，隨其所便。大抵“相如”之“相”、“燈檠”之“檠”、“親迎”之“迎”、“親家”之“親”、“寧馨”之“馨”、“蒲桃”之“蒲”、“鄎侯”之“鄎”、“馬援”之“援”、“別離”之“離”、“急難”之“難”、“上應”之“應”、“判捨”之“判”、“量移”之“量”、“處分”之“分”、“范蠡”之“蠡”、“禰衡”之“禰”、“伍員”之“員”，皆平仄兩用。

余不喜黃山谷詩，而古人所見有相同者。魏泰譏山谷：“得機羽而失鷗鵬，專拾取古人所吐棄不屑用之字，而矜矜然自炫其奇，抑末也。”王弇州曰：“以山谷詩爲瘦硬，有類驢夫腳跟，惡僧藜杖。”東坡云：“讀山谷詩，如食蝤蛑，恐發風動氣。”郭功甫云：“山谷作詩，必費如許氣力，爲是甚底？”林艾軒云：“蘇詩如丈夫見客，大踏步便出去。黃詩如女子見人，先有許多妝裹作相。此蘇、黃兩公之優劣也。”余嘗比山谷詩：如果中之百合，蔬中之刀豆也，畢竟味少。（以上卷一）

劉昭禹曰：“五律一首，如四十賢人，其中着一屠沽兒不得。”余教少年學詩者，當從五律入手：上可以攀古風，下可以接七律。

劉曾燈下誦《文選》，倦而就寢，夢一古衣冠人告之曰：“魏、晉之文，文中之詩也；宋、元之詩，詩中之文也。”既醒，述其言于余。余曰：“此余夙論如此。”

詠物詩無寄託，便是兒童猜謎。讀史詩無新義，便成《廿一史彈詞》；雖着議論，無雋永之味，又似史贊一派：俱非詩也。余最愛常州劉大猷《岳墓》云：“地下若逢于少保，南朝天子竟生還。”羅兩峰《詠始皇》云：“焚書早種阿房火，收鐵還留博浪椎。”周欽來《詠始皇》云：“蓬萊覓得長生藥，眼見諸侯盡入關。”松江徐氏女《詠岳墓》云：“青山有幸埋忠骨，白鐵無辜鑄佞臣。”皆妙。尤雋者，嚴海珊《詠張魏公》云：“傳中功過如何序？爲有南軒下筆難。”冷峭蘊藉，恐朱子在九原，亦當乾笑。（以上卷二）

千古善言詩者,莫如虞、舜,教夔典樂曰:"詩言志。"言詩之必本乎性情也。曰:"歌永言。"言歌之不離乎本旨也。曰:"聲依永。"言聲韻之貴悠長也。曰:"律和聲。"言音之貴均調也。知是四者,于詩之道盡之矣。(卷三)

古人詩有全篇用平聲者,天隨子《夏日》詩,四十字皆平聲。有全篇用仄聲者,梅聖俞《酌酒與婦飲》一篇皆仄聲。有通首不用韻者,古《採蓮曲》是也。有平仄各押韻者,唐末章碣,以八句詩平仄各有一韻是也。詩家變體,宋魏菊莊《詩人玉屑》,言之最詳。

或問:"詩如何而後可謂之曲?"余曰:"古詩之曲者,不勝數矣!即如近人王仔園《訪友》云:'亂烏棲定夜三更,樓上銀燈一點明。記得到門還不扣,花陰悄聽讀書聲。'此曲也。若到門便扣,則直矣。方蒙章《訪友》云:'輕舟一路繞煙霞,更愛山前滿澗花。不爲尋君也留住,那知花裏即君家。'此曲也。若知是君家,便直矣。宋人《詠梅》云:'綠楊解語應相笑,漏泄春光恰是誰?'《詠紅梅》云:'牧童睡起朦朧眼,錯認桃林欲放牛。'詠梅而想到楊柳之心,牧童之眼,此曲也;若專詠梅花,便直矣。"

近有《聲調譜》之傳,以爲得自阮亭,作七古者,奉爲秘本。余覽之,不覺失笑。夫詩爲天地母音,有定而無定,到恰好處,自成音節,此中微妙,口不能言。試觀《國風》、《雅》、《頌》、《離騷》、樂府,各有聲調,無譜可填。杜甫、王維七古中,平仄均調,竟有如七律者;韓文公七字皆平,七字皆仄;阮亭不能以四仄三平之例縛之也。倘必照曲譜排填,則四始六義之風掃地矣。此阮亭之七古所以如杞國伯姬,不敢挪移半步。(以上卷四)

作古體詩,極遲不過兩日,可得佳構;作近體詩,或竟十日不成一首。何也?蓋古體地位寬餘,可使才氣卷軸;而近體之妙,須不着一字,自得風流;天籟不來,人力亦無如何。今人動輕近體,而重古風,蓋於此道,未得甘苦者也。葉庶子書山曰:"子言固然。然人功未極,則天籟亦無因而至。雖云天籟,亦須從人功求之。"知言哉!

古人門戶雖各自標新,亦各有所祖述。如《玉臺新詠》、溫李、西崑,得力於《風》者也。李杜排奡,得力于《雅》者也。韓孟奇崛,得力於《頌》者也。李賀、盧仝之險怪,得力于《離騷》、《天問》、《大招》者也。元、白七古長篇,得力于初唐四子;而四子又得之于庾子山及《孔雀東南飛》諸樂府者也。今人一見文字艱險,便以爲文體不正。不知"載鬼一車"、"上帝板板",已見於《毛詩》、《周易》矣。

某太史掌教金陵,戒其門人曰:"詩須學韓蘇大家,一讀溫李,便終身入下流矣。"余笑曰:"如溫李方是真才,力量還在韓蘇之上。"太史愕然。余曰:"韓蘇官皆尚書、侍郎,力足以傳其身後之名。溫李皆末僚賤職,無門生故吏爲之推挽,公然名傳至今,非其力量尚在韓蘇之上乎?且學溫李者,唐有韓偓,宋有劉筠、楊億,皆忠清鯁亮人也。

一代名臣，如寇莱公、文潞公、趙清獻公，皆西崑詩體，專學温、李者也，得謂之下流乎？"（以上卷五）

顧寧人言："《三百篇》無不轉韻者。唐詩亦然。惟韓昌黎七古，始一韻到底。"余按《文心雕龍》云："賈誼、枚乘，四韻輒易；劉歆、桓譚，百韻不遷：亦各從其志也。"則不轉韻詩，漢魏已然矣。

今詩稱"篇什"者，本《左傳》所謂"以什其車，必克"之義。"什"者，十人爲耦也。《國風》詩少，可以同卷；《雅》《頌》篇多，故每十爲卷，而即以卷首之篇爲什。

閻百詩云："百里不同音，千年不同韻。《毛詩》凡韻作某音者，乃其字之正聲，非强爲押也。"焦氏《筆乘》載：古人"下"皆音"虎"，《衛風》云"于林之下"，上韻爲"爰居爰處"；《凱風》云"在浚之下"，下韻爲"母氏勞苦"；《大雅》云"至于岐下"，下云"率西水滸"。"服"皆音"迫"：《關雎》云"寤寐思服"，下韻爲"輾轉反側"；《候人》云"不濡其翼"，下句爲"不稱其服"；《離騷》云"非時俗之所服"，下句爲"依彭咸之遺則"。"降"皆音"攻"：《草蟲》云"我心則降"，下句爲"憂心忡忡"；《旱麓》云"福禄攸降"，上韻爲"黄流在中"。"英"皆音"央"：《清人》云"二矛重英"，下句爲"河上乎翱翔"；《有女同車》云"顏如舜英"，下句爲"佩玉將將"；《楚詞》云"華采衣兮若英"，下句爲"爛昭昭兮未央"。"風"皆讀"分"：《緑衣》云"凄其以風"，下句爲"實獲我心"；《晨風》云"鴥彼晨風"，下句爲"鬱彼北林"；《烝民》云"穆如清風"，下句爲"以慰其心"。"憂"皆讀"嚘"：《黍離》云"謂我心憂"，上句爲"中心搖搖"；《載馳》云"我心則憂"，上句爲"言至于漕"；《楚詞》云"思公子兮徒離憂"，上韻爲"風颯颯兮木蕭蕭"。其他則"好"之爲"吼"，"雄"之爲"形"，"南"之爲"能"，"儀"之爲"何"，"宅"之爲"托"，"澤"之爲"鐸"：皆玩其上下文，及他篇之相同者，而自見。"風"字，《毛詩》中凡六見，皆在"侵"韻，他可類推。朱子不解此義，乃以後代詩韻，强押《三百篇》，愖矣！至于"委蛇"二字有十二變，"離"字有十五義，"敦"字有十二音：徐應秋《談薈》言之甚詳。

七律始于盛唐，如國家締造之初，宫室粗備，故不過樹立架子，創建規模；而其中之洞房曲室，網户罘罳，尚未齊備。至中、晚而始備，至宋、元而愈出愈奇。明七子不知此理，空想挾天子以臨諸侯；於是空架雖立，而諸妙盡捐。《淮南子》曰："鸚鵡能言，而不能得其所以言。"

欲作佳詩，先選好韻。凡其音涉啞滯者、晦僻者，便宜棄捨。"葩"即"花"也，而"葩"字不亮；"芳"即"香"也，而"芳"字不響：以此類推，不一而足。宋、唐之分，亦從此起。李、杜大家，不用僻韻；非不能用，乃不屑用也。昌黎鬭險，掇《唐韻》而拉雜砌之，不過一時游戲：如僧家作盂蘭會，偶一布施窮鬼耳。然亦止于古體、聯句爲之。今人效尤務博，竟有用之於近體者：是猶奏雅樂而雜侏儒，坐華堂而宴乞丐也，不已慎乎！

阮亭尚書自言一生不次韻，不集句，不聯句，不疊韻，不和古人之韻。此五戒，與余天性若有暗合。

詩分唐、宋，至今人猶恪守。不知詩者，人之性情；唐、宋者，帝王之國號。人之性情，豈因國號而轉移哉？亦猶道者，人人共由之路，而宋儒必以道統自居，謂宋以前直至孟子，此外無一人知道者。吾誰欺？欺天乎？七子以盛唐自命，謂唐以後無詩；即宋儒習氣語。倘有好事者，學其附會，則宋、元、明三朝，亦何嘗無初、盛、中、晚之可分乎？節外生枝，頃刻一波又起。《莊子》曰："辨生于末學。"此之謂也。

時文之學，有害于詩；而暗中消息，又有一貫之理。余案頭置某公詩一冊，其人負重名。郭運青侍講來，讀之，引手橫截于五七字之間，曰："詩雖工，氣脉不貫。其人殆不能時文者耶？"余曰："是也。"郭甚喜，自誇眼力之高。後與程魚門論及之，程亦韙其言。余曰："古韓、柳、歐、蘇，俱非爲時文者，何以詩皆流貫？"程曰："韓、柳、歐、蘇所爲策論應試之文，即今之時文也。不曾從事于此，則心不細，而脉不清。"余曰："然則今之工于時文而不能詩者，何故？"程曰："莊子有言：'仁義者，先王之蘧廬也；可以一宿，而不可以久處也。'今之時文之謂也。"（以上卷六）

楊、劉詩號西崑體，詞多綺麗。《宋史》：楊文公之正直，人皆知之。劉筠知制誥時，不肯草丁謂復相之詔。真宗不得已，命晏元獻草之。後晏見劉自慚，至掩扇而過，其剛正不在楊下。可見"桑間"、"濮上"之音，未必非賢人所作。

或言八股文體制，出於唐人試帖，累人已甚。梅式庵曰："不然。天欲成就一文人、一儒者，都非偶然。試觀古文人如歐、蘇、韓、柳，儒者如周、程、張、朱，誰非少年科甲哉？蓋使之先得出身，以捐棄其俗學，而後乃有全力以攻實學。試觀諸公應試之文，都不甚佳；晚年得力于學之後，方始不凡。不然，彼方終舊用心于五言八韻、對策三條，豈足以傳世哉？就中晚登科第者，只歸熙甫一人。然古文雖工，終不脫時文氣息；而且終身不能爲詩：亦累于俗學之一證。"

聯句，始《式微》。劉向《烈女傳》謂："《毛詩》'泥中'、'中露'，衛二邑名。《式微》之詩，二人同作。"是聯句之始。《文心雕龍》云："聯句共韻，《柏梁》餘製。"

集句，始傅咸。傅咸有《回文反復詩》，又作《七經詩》。其《毛詩》一篇，皆集經語。是集句所由始矣。

無題之詩，天籟也；有題之詩，人籟也。天籟易工，人籟難工。《三百篇》、《古詩十九首》，皆無題之作，後人取其詩中首面之一二字爲題，遂獨絕千古。漢、魏以下，有題方有詩，性情漸漓。至唐人有五言八韻之試帖，限以格律，而性情愈遠；且有"賦得"等名目，以詩爲詩，猶之以水洗水，更無意味。從此，詩之道每況愈下矣。余幼有句云："花如有子非真色，詩到無題是化工。"略見大意。（以上卷七）

程魚門云：“時文之學，有害于古文；詞曲之學，有害于詩。”余謂：“時文之學，不宜過深；深則兼有害于詩。前明一代，能時文，又能詩者，有幾人哉？金正希、陳大士與江西五家，可稱時文之聖；其于詩，一字無傳。陳卧子、黃陶菴不過時文之豪；其詩便有可傳。《荀子》曰‘藝之精者不兩能’也。”

董浦先生曰：“馮鈍吟右西崑而黜西江，固矣！夫西崑沿于晚唐，西江盛于南宋；今將禁晉、魏之不爲齊、梁，禁齊、梁之不爲開元、大曆，此必不得之數。風會流傳，人聲因之，合三千年之人，爲一朝之詩，有是理乎？二馮可謂能持詩之正，未可謂遂盡其變者也。”（以上卷八）

毛西河言：“古人詩題，所云‘遙同’者，即遙和也。謝朓《同謝諮議〈銅雀臺〉詩》、盧照鄰《同紀明〈孤雁〉詩》，皆是和詩，非同游也。”（卷一〇）

吳冠山先生言：“散體文如圍棋，易學而難工；駢體文如象棋，難學而易工。”余謂古詩如象棋，近體如圍棋。（卷一二）

詠史有三體：一借古人往事，抒自己之懷抱：左太冲之《詠史》是也。一爲隱括其事，而以詠歎出之：張景陽之《詠二疏》、盧子諒之《詠蘭生》是也。一取對仗之巧：義山之“牽牛”對“駐馬”，韋莊之“無忌”對“莫愁”是也。

余常勸作詩者，莫輕作七古。何也？恐力小而任重，如秦武王舉鼎，有絶臏之患故也。七古中，長短句尤不可輕作。何也？古樂府音節無定而恰有定，恐康昆侖彈琴，三分琵琶，七分箏絃，全無琴韻故也。初學詩，當先學古風，次學近體，則其勢易。倘先學近體，再學古風，則其勢難。猶之學字者，先學楷書，後學行草，亦是一定之法。杭董浦先生教人多作五排，曰：“五排要對仗，不得不用心思。要典雅，不得不觀書史。但專作五言八韻之賦得體，則終身無進境矣。”

何義門曰：“馮定遠謂：‘熟觀義山詩，可免江西粗俗槎枒之病。’余謂熟觀義山詩，兼悟西崑之失。西崑只是雕飾字句，無義山之高情遠識；即文從字順，猶有間也。”（以上卷一四）

《魏書·禮志》曰：“徒歌曰謠，徒吹曰和，比音而樂之及干戚羽毛謂之樂。”然則素琴以示終，笙歌以告哀，不可謂之樂也。宋王黼傳遭欽聖之喪，猶召樂妓，舞而不歌，號曰“啞樂”。余故題《息夫人廟》有“簫鼓還須啞樂迎”之句。

今人稱伶人女妝者爲“花旦”，誤也。黃雪槎《青樓集》曰：“凡妓以墨點面者號花旦。”蓋是女妓之名，非今之伶人也。《鹽鐵論》有“胡蟲奇姐”之語。方密之以“奇姐”爲小旦。余按：《漢郊祀志》：“樂人有飾女妓者。”此乃今之小旦、花旦。“奇姐”二字，亦未必作小旦解。

《封氏聞見錄》曰：“切字始於周顒。顒好爲體語，因此切字，皆有紐；紐有平上去

中国古代文学　附卷三　清代文体资料集成（一）

602

入之分。沈約遂因之,而撰《四聲譜》。"沈括、曾慥俱以切字始於西域佛家。漢人訓字,止曰讀如某字而已,無反切也。吳獬以爲始于後魏校書令李啟撰《聲韻》十卷,夏侯詠撰《聲韻略》十二卷。李涪《刊誤》亦主其説。至於叶韻之説,古人所無。顧亭林以爲始于顏師古、章懷太子二人。王伯厚以爲始于隋陸法言撰《切韻》五卷。余按:漢末涿郡高誘解《淮南子》、《吕氏春秋》,有"急氣、緩氣、閉口、籠口"之法。蓋反切之學,實始于此。而孫叔然炎猶在其後。

今舉子于場前揣主司所命題而預作之,號曰"擬題"。按:宋何承天私造《鐃歌》十五篇,不沿舊曲,而以己意詠之,號曰"擬題",此二字之始。今遂以爲士子揣摩之稱。

曹子建《美女篇》押二"難"字。謝康樂《述祖德》詩押二"人"字。阮公《詠懷》,押二"歸"字。以故,杜甫《飲中八仙歌》、香山《渭村退居》、昌黎《寄孟郊》詩,皆沿襲之。(以上卷一五)

孔子論詩,但云"興、觀、羣、怨",又云"温柔敦厚",足矣!孟子論詩,但云"以意逆志",又云"言近而指遠",足矣!不料今之詩流,有三病焉:其一填書塞典,滿紙死氣,自矜淹博。其一全無藴藉,矢口而道,自誇真率。近又有講聲調而圈平點仄以爲譜者,戒蜂腰、鶴膝、疊韻、雙聲以爲嚴者,栩栩然矜獨得之秘。不知少陵所謂"老去漸於詩律細",其何以謂之律? 何以謂之細? 少陵不言。元微之云:"欲得人人服,須教面面全。"其作何全法,微之亦不言。蓋詩境甚寬,詩情甚活,總在乎好學深思,心知其意,以不失孔、孟論詩之旨而已。必欲繁其例,狹其徑,苛其條規,桎梏其性靈,使無生人之樂,不已慎乎! 唐齊已有《風騷旨格》,宋吳潛溪有《詩眼》:皆非大家真知詩者。

詩家百體,嚴滄浪《詩話》,臚列最詳,謂東坡、山谷詩,如子路見夫子,終有行行之氣。此語解頤。即我規蔣心餘能剛而不能柔之説也。然李、杜、韓、蘇四大家,惟李、杜剛柔參半,韓、蘇純剛,白香山則純乎柔矣。(補遺卷三)

嘗讀《古詩紀》,而歎六朝之末,詩教大衰:凡吟詠者,皆用古樂府舊題,而語意又全不相合。甚至二陸之仿《三百篇》,傅長虞之《孝經詩》、《論語詩》、《周易》、《周官詩》,編抄經句,毫無意味。其他《飲馬長城窟》,而並無一字及"馬",《秋胡行》,而反稱堯、舜,尤可笑也! 至于"妃呼希"、"伴阿那",則本來有音無樂矣。初唐陳子昂起而掃空之。杜少陵、白香山創爲新樂府,以自寫性情。此三唐之詩之所以盛也。(補遺卷九)

每見今人知集中詩缺某體,故晚年必補作此體,以補其數:往往吃力而不討好。不知唐人:五言工,不必再工七言也;古體工,不必再工近體也。是以得情性之真,而成一家之盛。試觀李、杜、韓、蘇全集,便見大概。(補遺卷十)

答友人論文第二書（節錄）

足下之答綿莊曰："散文多適用，駢體多無用，《文選》不足學。"此又誤也。夫高文典册，用相如；飛書羽檄，用枚皋：文章家各適其用。若以經世而論，則紙上陳言，均爲無用。古之文，不知所謂散與駢也。《尚書》曰"欽明文思安安"，此散也；而"賓於四門，納於大麓"，非其駢焉者乎？……《易》曰"潛龍勿用"，此散也；而"體仁足以長人，嘉會足以合體"，非其駢焉者乎？安得以其散者爲有用，而駢者爲無用也？足下云云，蓋震于昌黎"起八代之衰"一語，而不知八代固未嘗衰也。何也？文章之道，如夏、殷、周之立法，窮則變，變則通。西京渾古，至東京而漸漓，一二文人，不得不以奇數之窮，通偶數之變。及其靡曼已甚，豪傑代雄，則又不曾雷同，而必挽氣運以中興之。徐、庾、韓、柳，亦如禹、稷、顔子，易地則皆然者也。然韓、柳亦自知其難，故鏤肝鉥腎，爲奥博無涯涘；或一兩字爲句，或數十字爲句，拗之、練之、錯落之，以求合乎古。人但知其戛戛獨造，而不知其功苦，其勢危也，誤於不善學者，而一瀉無餘。蓋其詞駢，則徵典隸事，勢難不讀書；其詞散，則言之無物，亦足支持句讀。

答友人論古文第二書

竊謂足下之爲古文，是也；足下之論古文，非也。足下之言曰："古文之途甚廣，不得不貪多務博以求之。"此未爲知古文也。夫古文者，途之至狹者也。唐以前無"古文"之名，自韓、柳諸公出，懼文之不古，而"古文"始名。是古文者，別今文而言之也，劃今之界不嚴，則學古之詞不類。韓則曰："非三代、兩漢之書不觀。"柳則曰："懼其昧没而雜也"，"廉之欲其節"。二公者，當漢、晉之後，其百家諸子木甚放紛，猶且懼染於時。今百家回冗，又復作時藝弋科名，如康昆侖彈琵琶，久染淫俗，非數十年不近樂器，不能得正聲也。深思而慎取之，猶慮勿暇，而乃狃於厖雜以自淆，過矣！蓋嘗論之，古書愈少，文愈古；後書愈多，文愈不古。《商書》渾渾爾，《夏書》噩噩爾。作《詩》者不知有《易》，作《易》者不知有《詩》。下此，《左》、《穀》以序事勝，屈、宋以詞賦勝，莊、列以論辨勝，賈、董以對策勝。就一古文之中，猶不肯合數家爲一家，以累其樸茂之氣、專精之神，此豈其才力有所不足，而歲月有所偏短哉？荀子曰："不獨則不誠，不誠則不形。"天下事，不徒文章然也。鄭康成以《禮》解《詩》，故其説拘。元次山好子書，故其文碎。蘇長公通禪理，故其文蕩。之數公者，皆抱萬夫之禀者也，偶有所雜，其弊立見，而況其下焉者乎？今將登騷壇，樹旗幟，召海内方聞綴學之徒，而談論角逐以震耀乎口耳,此非煩稱博引不可也,邯鄲淳之見東阿王,李鐫之遇梁武帝是也。若夫傳一篇之工,成一集之美,閉戶覃思,不蹈襲前人一字,而卓然爲行遠計,此其道誠不在是矣。足不擅鹽莢名,居淮南之四衝,四方之士于于焉來請謁者,或經或史,或詩或文,或性理,或經濟,或蟲魚箋注,或陰陽、星曆、醫卜,日呈其伎於左右。足不不涉獵而遍覽焉,幾憊乎爲酬應,而又以好賢之心,好勝之氣,日習於諸往來者之咻染,不覺耳目心胸,常欲觀五都而游武庫。然藉此多聞多見,使人一談論一晉接,驚而詫於四方曰名士名士,則可也;竟從此以求古文之真,而拒專門者之諫,則不可也。

胡稚威駢體文序

文之駢,即數之偶也,而獨不近取諸身乎?頭,奇數也;而眉目,而手足,則偶矣。而獨不遠取諸物乎?草木,奇數也;而由蕊而瓣鄂,則偶矣。山峙而雙峰,水分而交流,禽飛而並翼,星綴而連珠,此豈人爲之哉?古聖人以文明道,而不諱修詞。駢體者,修詞之尤工者也,《六經》濫觴,漢、魏延其緒,六朝暢其流,論者先散行後駢體,似亦尊乾卑坤之義。然散行可蹈空,而駢文必徵典。駢文廢,則悅學者少,爲文者多,文乃日敝。若夫四六者,俗名也。《庚桑楚》及《呂覽》所稱四六,非此之解。柳子稱駢四儷六,樊南稱六甲四數,亦偶然語耳,沿此名文,於義何當!宋人起而矯之,輕倩流轉,別開蹊徑;古人固而存之之義絕焉。自是格愈降,調愈卑,靡靡然皮傅而已,雖駢其詞,仍無資於讀書,文之中,又唯駢體爲尤敝。(以上《小倉山房文集》卷一九)

《歷代賦話》序

毛萇云:"君子有九能,然後可以爲大夫,登高作賦其一也。"古人重賦,由來久矣。然賦者,古詩之流。詩亡然後騷作,騷即賦之濫觴。乃唐以後詩有話,詩餘有話,獨賦無話,豈一時疏略,留此以俟後賢歟?

柳愚先生創《賦話》一書,溯厥源流,考其義意,部居別白,釽苟碎。凡正史稗官、遺文墜典,有涉於賦者,無不鱗羅而布列之。桓君山教人能讀千賦,自優爲之。今之學者能觀此書,又豈止千賦而已乎?其爲藝苑之津梁,無疑也。惟是鄙人尚有卮言,願質諸君子者:嘗謂古無志書,又無類書,是以《三都》、《兩京》,欲叙風土物産之美,山則某某,水則某某,草木、鳥獸、蟲魚則某某,必加窮搜博訪,精心致思之功,是以三年乃成,十年乃成,而一成之後,傳播遠邇,至於紙貴洛陽。蓋不徒震其才藻之華,且藏之巾笥,作志書、類書讀故也。今志書、類書美矣備矣,使班、左生於今日,再作此賦,不過翻擷數日,立可成篇,而傳抄者亦無有也。是以韓、柳諸公集中諸賦,但以逋峭爲工,不以麗淫競富,蓋亦深明此義之故歟？此平日讀賦心得之語,古人未有。蒙命作序,未識可以采而存之,附於羣言之末否。

戊申五月隨園老人袁枚序。(《歷代賦話》卷首)

楊際昌

楊際昌(1719—1804)字魯藩,號葭漁,又號蓬萊居士。清山陰(今屬浙江)人。乾隆六年(1741)舉人,以授徒行醫終。著有《澹寧齋集》、《大中句解》、《藥欄隨筆》、《聞見雜誌》、《唐詩范正》、《天崇文炳》、《國朝文炳》等。其《國朝詩話》二卷專論本朝人詩。

本書資料據上海古籍出版社 1983 年《清詩話續編》本《國朝詩話》。

《國朝詩話》(節錄)

《竹枝》體宜拗中順,淺中深,俚中雅,太刻劃則失之,入科諢更謬矣:劉夢得創調可按也。國朝大家,竹垞、阮亭外,作者林立。王碩園昊:"青油畫舫木蘭橈,猶趁吳王送女潮。郎心未識分離苦,容易行過寶帶橋。"吾鄉徐伯調緘《鏡湖詞》:"勾踐城南春水生,水中鬬鴨自呼名。楊花飛遲雁飛急,郎進城時儂出城。"在此體中非豔稱者,格韻却甚穩。伯調蚤歲曾見重於虞山,有"《越絶》新書徵宛委"之句。後交宋荔裳、施愚山,皆序其集。(卷一)

開、寶以前,和詩只和其題,詩中見和意而已;韻則分拈,絶無次用者。此派濫觴於元、白,浸淫於皮、陸,自蘇、黃而降,非是不見才之長,情之重矣。善歌繼聲,固勢所必至,未嘗無流弊滋其間也。作者惟自見身分,自出機杼則可。

集句之端,啟自石曼卿、王半山,後人由句則首,由近體而古,以化去痕跡,仍見精采爲工。聯句之格,縱於《鬭雞》、《石鼎》,以工力悉敵,氣脉不斷爲工。

題畫詩沉鬱淋漓,少陵獨步,自後作者,凡遇珍玩碑碣,多師其意,用全力出奇。牧齋《華山廟碑》、《松談閣印史》、《太清樓二王法帖》三歌,心摹韓、蘇《石鼓》。漁洋一生歌行,尤沉著於此,幾欲凌轢遺山、道園,追攀東坡、山谷。(以上卷二)

許道承

許道承(生卒年不詳),乾隆時人。此序作於乾隆三十九年(1774)。以《綴白裘》

爲名編選流行戲曲集,昉自明代後期,蘇州人玩花主人曾有編輯。入清之後,此風大盛。但這些選本收錄均爲明、清之際的昆腔戲,選自元人雜劇和明清傳奇的散出,而未選花部亂彈戲。至乾隆二十八年(1763),蘇州寶仁堂書坊主人錢德蒼襲用“綴白裘”之舊名,開始新編流行劇,第二年即刊行了《時興雅調綴白裘新集初編》。此後每年刊行一或二編,至乾隆三十九年,出齊十二編,合刊行世,是爲寶仁堂刊本。由於它具有實用歌本的性質,使用方便,因而極受歡迎,以致劇場中幾乎人手一編,影響巨大。

本書資料據寶仁堂刊本《綴白裘》。

《綴白裘十一集》序(節録)

且夫戲也者,戲也,固言乎其非真也。而世之好爲昆腔者,率以搬演故實爲事,其間忠臣孝子、義夫節婦、奸讒佞惡、悲歡欣戚,無一不備。然設或遇亂頭粗服之太甚,豸聲邅目之叵耐,過目遇之,輒令人作數日惡。無他,以古人之陳跡,觸一己之塊壘,雖明知是昔人云“吹縐一池春水,干卿何事”,而憤懣交迫,亦有不自持者焉。若夫弋陽梆子、秧腔則不然,事不必皆有徵,人不必盡可考,有時以鄙俚之俗情,入當場之科白;一上氍毹,即堪捧腹。此殆如東坡相對正襟捉肘,正爾昏昏欲睡,忽得一詼諧訕笑之人,爲我持羯鼓解酲,其快當何如哉!此錢君《綴白裘》外集之刻所不容已也。抑吾更有喻者,《詩》之爲風也,有正有變;史之爲體也,有正有逸。戲亦何獨不然?然則戲之有弋陽梆子、秧腔,即謂戲中之變,戲中之逸也,亦無不可。時乾隆甲午季春金陵許道承渭森氏書。(卷首)

孫 梅

孫梅(?—約1790)字松友,號春浦。清歸安(今浙江湖州)人,烏程籍。乾隆二十七年(1762)南巡,召試,取二等,賜彩緞荷包。中三十四年進士,授中書,出爲太平府同知。歷校南闈。儀征阮元,其所薦。少年攻詩,有才子之目。嘗賦《白燕》詩,爲人所傳。生平著述甚富,所著《四六叢話》,博稽千古,綜覽萬篇,阮元爲之序。《四六叢話》是一部較爲系統的集大成式的駢文理論批評著作。在《四六叢話》中,孫梅不僅匯輯了明以前有關駢文的批評理論資料,而且通過凡例、叙論、案語等形式,闡述了自己的駢文思想,建立了較爲系統的駢文史觀,並對許多駢文作家、作品作出了極爲精闢的分析評論,在促進駢文創作與人們對駢文藝術的認識等方面具有極爲重要的意義。

本書資料據光緒七年許應鑅重刊本《四六叢話》。

《四六叢話》自序

竊惟芍藥調芳，侯鯖最美；蘭苕鋪縟，戲翠彌鮮。玉樹青蔥，以羅生而擢秀；雲爐戩香，乃叢倚而呈材。五都則瓌寶盈眸，九奏則鏗鏘動魄。覽女牀而識異，鳳舞鸞歌；夢閶闔其如迷，門千戶萬。緯蕭狎浪，難尋驪頷之珠；按樂披圖，莫辨霓裳之序。塵埃野馬，鼓生物以含和；春草雞翹，分天章而奪麗。是以通才名世，哲士知言。沿源委而轉益多師，無問津者；貽話言而流傳滋永，克紬繹之。且夫體包衆善，誰窺作者之心；道重三端，孰並文人之舌。說劍侈鍔鐔之旨，斲輪恣椎鑿之談。枕籍《論衡》，尤工名理；瀾翻《世說》，更善清言。若乃馳驟詞場，佃漁藝苑。杜陵尊酒，摩詰杯茗。志林緣瓊海之遊，筆記自玉堂之直。迂夫漫叟亦有篇題，攬轡歸田非無著錄。嫣然一笑，託微意於美人；穆如清風，徹中聲於羣雅。春雲作態，長憶水曹；良玉生烟，獨傳表聖。宛陵翁之詩格，繡譜金針；滄浪子之宗風，鏡花水月。《總龜》已拾其彩翠，《苕漁》更擷其蘅蕪。

夫四六者，詞賦之菁英，文章之鼓吹也。碌碌非匪瑕之質，累累多復貫之姿。驗始平之銅，音參秬黍；拭華陰之土，艷發芙蕖。墨數升以淋漓，卷五千而撑拄。相推相衍，遞出新奇；一咏一吟，都成故實。潮回胥母，不無取於雄豪，琴奏雍門，更欲窮夫幽渺。偏傍刊誤，寫漆簡以經三；奧窔開蒙，讀《南華》於第二。量材情於十倍，較長短於一分。蒸成菌以非虛，獺祭魚而不有。六銖無縫，幾許裁成；九曲穿珍，一回拈出。窈咤而芳苞盈掬，玲瓏則獨繭抽絲。然而薈萃斯難，檢尋未易。謝景思臝成卷軸，空復犀揮；王性之微得端倪，何能貂續。

梅爰自垂髫，即思染翰。曾是學焉相近，敢云寸有所長？先大父潛村府君，手付縹緗，家傳矩矱。及寄蹤襄國，坦腹清河，外舅寶田先生亦往往折衷，時時發篋。兩度翠華獻賦，十年青瑣趨朝。和聲乏鳴盛之才，珥筆踵羣公之後。己丑座主爲嘉定曹習庵先生，蓋代龍門，洽聞麟閣。辱品題於月旦，與考訂于丹鉛。自佐郡江城，于役都下，每復從容請益，邂逅開襟。謂古來駢儷之文，多前輩陽秋之論。妄欲做本事之體，成一家之言。先生如月印川，固無隱爾；若金在冶，屢歎起予。盡繙插架之籤，俾繼焚膏之晷。並期重見，爲叙《三都》。梅感知己於寸心，憶前言之在耳。三餘罔輟，六稔相仍。寒暑乖違，音塵契闊。而先生乘軺南海，撤瑟秋風。問舊館其荒凉，求遺文而零落。當削稿方新之際，已宿草沾灑之餘。就正無因，怊悵自失。蘇長公湖山獨往，慨六一之云亡；蔡九峯書傳既成，屬考亭之下世。所冀層淵鬐沸，聞歌而尚赴心期；一瓣氤氳，展卷而若存寤寐云爾。乾隆五十四年己酉七月上浣，烏程孫梅序。男曾美姪四美校刊。

《四六叢話》凡例

一、四六之名,何自昉乎? 古人有韻謂之文,無韻謂之筆。梁時沈詩任筆、劉氏三筆六詩是也。駢儷肇自魏晉,厥後有齊梁體、宮體、徐庾體,工綺遞增,猶未以四六名也。唐重《文選》學,宋目爲詞學,而章奏之學,則令狐楚以授義山,別爲專門。今考《樊南甲乙》始以四六名集,而柳州《乞巧文》云"駢四儷六,錦心繡口",又在其前。《辭學指南》云:"制用四六,以便宣讀。"大約始於制誥,沿及表啓也。

一、陸機《文賦》區分十體,魏晉前其流未廣。西山真氏以四體撰《文章正宗》,亦僅挈其綱。若乃辨體正名,條分縷析,則《文選序》及《文心雕龍》所列,俱不下四十。而《雕龍》以對問、七發、連珠三者入於雜文,雖創例,亦其宜也。唐設宏詞科,試目有十二體,則皆應用之文。今自《選》、《騷》外,分合之爲體十八,亦就援引考據所及而存之。其章疏與表分而爲二者,以宣公奏議之類不可入表故也。碑、誌與銘分爲二者,碑用者廣,誌專納墓,而銘則遇物能名,各有攸當。其餘悉入雜文,又列談諧,皆《雕龍》例也。

一、《選》實駢儷之淵府,《騷》乃詞賦之羽翼。杜少陵云:"熟精《文選》理。"王孝伯云:"熟讀《離騷》,便成名士。"是知六朝、唐人詞筆迥絕者,無不以《選》、《騷》爲命脉也。是編以二者建爲篇首,欲志今體者探本窮源旁搜遠紹之意。

一、《文選》、《楚詞》及賦三種,專門名家不下數十百種。寒家藏書鮮少,無由徧窺,管見淺尠,挂漏多矣。第就所見纂存其間,考訂發明,亦復粲然可觀,以云舉隅,豈存見少。

一、各體文有正史内載全篇者,並不録,以是編取諸叢話,非選集也。其説部内間值全篇,則録之,以徵逸也。

一、凡一條内涉數體者,不復分析,亦更不重見。亦有互見者,其文義稍殊,則並存之。

一、作家姓氏爵里,稍引史傳,附以論斷,見知人論世之義。《文選》、《楚詞》及賦家,俱以尤著者載於篇。唐、宋、元四六家尤多,亦不備載,惟大作手有專集存者罔遺焉。餘則各附本條下,不重見。失考者闕之。

一、四六至南宋之末,菁華已竭。元朝作者寥寥,僅沿餘波。至明代,經義興而聲偶不講,其時所用書啓表聯,多門面習套,無復作家風韻。聖朝文治聿興,己未、丙辰兩舉大科,秀才詞賢,先後輩出,迥越前古,而擅四六之長者,自彭羨門、尤悔庵、陳迦陵諸先生後迄今,指不勝屈。但各家俱有專集,而膾炙腴詞,激揚緒論,若侯芭、桓譚之流猶有待焉。且蒙管見不多，尤虞遺漏。故此編所録，姑就宋元以往聊備遺忘，餘俟續輯，庶爲大觀。

　　一、恭讀欽定《四庫全書簡明目録》一書，於前代文集存佚評鑒，無不詳備，集千古之大成，樹藝林之標準。是編於作家諸卷，謹悉恭録，蓋蠡測蠡飲之義，取資無盡云。至近人著述並不登入，以是編所録作家訖於宋元故也。

叙《選》第一

　　文之爲言，合天人以炳耀；選之爲道，從精義以入神。選而不文，非他山之瑜瑾；文而非選，豈麗製之淵林。若乃懸衡百代，揚榷羣言，進退師於一心，總持及乎千載，吾於昭明氏見之矣。夫一言以知葳蕤，知人難矣，未若知言之難也；後世必有子雲，知言難矣，未若知文之尤難也。更二難以課最，包載籍以爲程，著述以來，僅有斯作。夫陶冶《墳》、《索》者本於學；筦攝人文者係乎才。《南華》非出僻書，左、史焉知問遠。少見多怪，膚受淺中，學不博者，固未足以論文。又或識鮮通變，質本下中，辨鼎得贋，買璞誤鼠，才不高者亦無以枋選。同時俊彦，希望苑於青冥；千古斯文，感高樓之風雨。揆厥所長，大體有五：曰通識。《五經》紛綸，而通釋訓詁者有《爾雅》；諸史肸蠁，而通述紀傳者有《史記》。《選》之爲書，上始姬宗，下迄梁代，千餘年間，藝文備矣。質文升降之故，風雅正變之由。雲間日下，接迹於簡編；漢妾楚臣，連衡於辭翰。其長一也。曰博綜。自昔文家，尤多派別。《文志》表江左之盛，《典論》詮鄴下之賢。《選》之所收，或人登一二首，或集載數十篇。詩筆不必兼長，淄澠不必盡合。詠懷疑古，以富有爭奇；玄虛簡棲，以單行示貴。其長二也。曰辨體。風水遭而斐亹作，心聲發而典要存。敬禮工爲小文，長卿長於典册。體之不圖，文於何有？分區別類，既備之於篇；溯委窮源，復辨之於序。勿爲翰林主人所嗤，匪供兔園册子之用。其長三也。曰伐材。文字英華，散在四部。窺豹則已陋，祭獺則無工。惟沈博絶麗之文，多左右采獲之助。王孫驛使，雅故相仍，天雞蹲鴟，繽紛入用，是猶陸海探珍，鄧林擷秀也。其長四也。曰鎔範。文筆之富，浩如淵海；斷制之精，運於鑪錘。使漢京以往，弉抑而受裁；正始以還，激昂而競響。雖禊序不收，少卿僞作，各有指歸，非爲謬妄。謂小兒强解事，此論未公；變學究爲秀才，其功實倍。其長五也。有唐而後，家置一編。杜陵有言，熟精斯理。引伸觸類，門户滋多。孟利貞、卜長富撰《續文選》若干卷，卜隱之撰《擬文選》若干卷，齊晉列附庸之盟，規矩存高曾之舊。又姚鉉《文粹》、吕祖謙《文鑑》，兹非其支流遺裔歟？此廣續家也。李善廣釋事類，子邕别標義藴，五臣又爲輯注，合善本爲六臣注。援毛、鄭蟲魚之勤，達向、郭筌蹄之表，固屬蕭氏之功臣，抑亦百家之肴饌。此注釋家也。監庫鏤板而後，景文手寫之餘，發哲匠之巧心，係前修之緒論，丹鉛所在，不可廢也。此評論家也。余既有《叢話》之役，以爲四六者，應用之文章；《文選》者，駢體之統紀。《選》學不亡，則詞宗輩出。名川三百，譬穴導以先河；靈芝九莖，及青春而晞露。攟拾陳編，建爲篇首。考金臺之遺址，辨玉樹之殊名，徵驪虞之名官，識擊壤之應樂。談柄方升，咫聞非尠。叙《選》第一。（卷一）

叙《騷》第二

《叢話》曷爲而次騷也？曰：觀乎人文，稽於義類，古文、四六有二源乎？大要立言之旨，不越情與文而已。夫其矢耿介、慕靈修、睠重華、追三后、占瓊茅、媒鴆鳥、抱忠謇、怨遲暮以至然疑怳惚、中路夷猶、窈窕宜笑、嬋媛太息，何其情之貞而摯也！又若雷雨窈冥、風雲舒卷、冠劍陸離、輿衛紛溶、霹靡千名，鏤錯萬狀。更有雲旗星蓋、鱗屋龍堂、土伯神君、壺蜂雄虺，何其文之侈而博也！詩人之作，情勝於文；賦家之心，文勝於情。有文無情，則土木形骸，徒驚紆紫；有情無文，則重臺體態，終惡鳴環。屈子之詞，其殆詩之流、賦之祖，古文之極致，儷體之先聲乎。故使善品藻者殫於名言，工文章者竭於摹擬，習訓詁者炫於文字，辨名物者窮於《爾雅》。至於後之學者，資其一得，原委可知，波瀾莫二，又略可得而言矣。若夫《幽通》、《思玄》，宗經述聖，《離騷》之本義也。《甘泉》、《藉田》，齋肅典雅，《東皇》、《司命》之麗則也。《長門》、《洛神》，哀怨婉轉，《湘君》、《湘夫人》之縹渺也。《感舊》、《歎逝》，悲涼幽秀，《山鬼》之奇幻也。《馬汧督誄》、《祭古塚文》，激昂痛切，《國殤》、《禮魂》之苦調也。《西征》、《北征》，叙事記遊，發揮景物，《涉江》、《遠遊》之殊致也。《鵩鳥》、《鸚鵡》，曠放沈摯，《懷沙》之遺響也。《哀江南賦》有《黍離》麥秀之感，《哀郢》之賡載也。《小園》、《枯樹》，體物瀏亮，《橘頌》之亞匹也。《恨》、《別》二賦，哀音慘悒，《招魂》、《大招》之神理也。《經通天臺表》、《追答劉沼書》、《辨命》、《勞生》諸論，託喻非常，《天問》之詭激也。《七發》觀濤，浩瀚清壯，《九辨》之體勢也。《東方像贊》、《歸去來詞》，蕭散風流，《卜居》之別情也。《解嘲》、《答賓戲》，問對雄奇，《漁父》之深趣也。冰絲一掬而杼軸日新，緪缶紛來而冲融自若。思窮物表，一言而情貌無遺；興寄篇中，百讀而風神自得。動而愈出，職此之由。隋唐而後，踵事彌增。秋水長天之句，游泳乎歌章；洞庭落木之吟，陶鎔乎燕許。要而論之，四傑富其才，右丞高其韻，柳州咀其華，義山體其潤。淵源所自，不可誣也。淮南以下，規規焉章撫句倣，豈可同日語哉！又揚子曰：“事辭稱則經文心。”以之論《騷》，夫天經地義，惟忠惟孝，夫子有言：“吾志在《春秋》，行在《孝經》。”《春秋》書二百四十年之事，褒貶所加，亂賊聳懼，豈非教忠之旨？而扶風以辭章之才，婩阿之行，妄作《忠經》，將以僭聖。必欲率先百行，仰則六經，無已其《楚辭》乎！雖音涉哀思，而志純貞正，屈跡江潭之下，抗節雲霄之上，以視夫益稷之陳《謨》，箕子之衍《範》，未知何如也？若流虹復觀於杏壇，則呵壁不孤於玉笥矣。二十五篇，昭明錄之逾半，今日別於《選》者，不以《選》囿《騷》也。自賦而下始專爲駢體，其列於賦之前者，將以《騷》啓儷也。叙《騷》第二。（卷三）

叙《賦》第三

先正有言曰："使孔門用賦，則賈誼升堂，相如入室矣。"明小言之破道，匪六藝之遺文也。是以子雲悔其少作，比之雕蟲；士衡鄙夫研都，譏以覆瓿。漢宣僅賢于博奕，昌黎深恥其俳優。然而登高掞藻，才堪大夫；不歌而頌，音中羣雅。班固云："先臣之舊式，國家之遺美，不可闕也。"兩漢以來，斯道爲盛。承學之士，專精于此。賦一物則究此物之情狀，論一都則包一朝之沿革。輟翰傳誦，勒成一子。藩溷安筆硯，夢寐剚腸胃。一日而高紙價，居然而驗土風，不洵可貴歟。左、陸以下，漸趨整鍊；齊、梁而降，益事妍華。古賦一變而爲駢賦。江、鮑虎步於前，金聲玉潤；徐、庾鴻騫於後，繡錯綺交。固非古音之洋洋，亦未如律體之靡靡也。自唐迄宋，以賦造士，創爲律賦，用便程式。新巧以製題，險難以立韻。課以四聲之切，幅以八韻之凡，楉以重棘之圍，刻以三條之燭。然後銖量寸度，與帖括同科；夏課秋卷，將揣摹其術矣。徒觀其繩墨所設，步驟所同，起謂之破題，承謂之頷接。送迎互換其聲，進退遞新其格。李程以八字致倫魁，爭先一著；獨孤以一聯感人主，力透數重。圍邱隻字之轉移，功侯什伯；採珠數言之精當，氣骨非常。並輾轆往迴，舉足叶采齊之奏；方圓布置，運機眠璇圖之文。至於促韻繁聲，遒文勁節。風迴聚雪，柳暖飛緜。或爲流水之聯，或號打花之格。隨手之變，亦可單行；壓尾之章，恒多隔對。行間得雋，恍值腹而嘗其臡；字裏點睛，自中心而遊於縠。有如振采失鮮，隸事未確，是反衣之狐白，等不熟之熊蹯，無補清新，祇乘典則。又或前盈後竭，譬漢湧而涔枯；左妍右媸，類驊駵駿而駑服。神離形合，則魚目之無光；外強中乾，則成菡碈玉之未瑩。必也搆局渾成，首尾成率然之勢；體物瀏亮，分明隔雲母之間。又何必矜敏於八叉，鍊思於一紀也。若柳河東《披沙揀金》、《記里鼓車》等作，質有其文，巧而兼力，誠鴻博之新裁，場屋之定式矣。又有騷賦，源出靈均，幽情藻思，一往而深，則騷之真也，班、張優爲之。又有文賦，出荀子《禮》、《智》二篇，古文之有韻者是已，歐、蘇多有之，皆非淺學所能學步也。披尋之暇，條件斯多，于時語語，聊當賦賦。叙《賦》第三。（卷四）

叙《制敕詔册》第四

　　昔史通子欲以制册表啓爲一書，列于記傳，以應《尚書》記言之遺，正舊史載文之失，見亦卓矣。第嘗論之，制敕表啓，體例不同。貢章上表，臣工以效。颺言奏記，移書僚寀，以通情愫。達之亹亹，比薈蔚以興雲；致乃翩翩，體綢繆于墜雨。故復文不厭華，篇宜設色。若乃藻飾王言，渙揚大號。出之著於重申，垂之編於令甲。發言爲憲，吐詞成經。下於流水之源，震于春霆之響。豈若矜才士之筆端，恣文人之語妙，學爲纂組，崇飾輪轅云爾哉！然則表啓之類，宜尚才華；制册之文，先覘器識。爲此者必深明乎帝王運世之原，默契乎日昃勤民之旨。寧朴而無華，寧簡而無浮。選言於訓誥之區，探賾乎皇唐之域。授官命職，備著激揚；閔雨憂農，如傅喟息。使聞者有一見決聖之思，誦之動扶杖往觀之慕，豈不休哉！漢初去古未遠，猶有渾噩遺風。入關求賢諸詔，落落不支，巍巍共仰。意表豁達之淵衷，辭擬《大風》之雄唱，豈高祖所自爲歟。文景寬仁，太和在抱；武宣嚴峻，督責時加。應張弛之異用，乃温肅之迭乘。東京詔辭，矩矱未失，永平、永元之間，辟雍養老更，白虎述經義，披藝觀之，禮意備矣。魏晉而下，華縟遞增，然琢句彌新，而遒文間發。下及陳、隋，益事排偶矣。原夫漢時視草，初無職司；唐代演綸，始稱妙選。太宗肇啓瀛洲，俾參密勿。爾後封拜將相，例降麻詞。則鳳池專出納之司，翰苑掌文章之柄。雲烟焕爛，從青瑣以追趨；鈴索深沈，有玉堂之故事。自顏、岑、崔、李、燕、許、常、楊，起家濟美、染翰垂名者以十百數，而超羣特出，尤推陸贄、李德裕焉。天子常呼陸九，時人目爲内相，是宣公以珥筆而秉機政也。“學士不盡人意，敕書須卿自爲”，是衞公以挼路而攝掌綸也。迄今讀興元典赦之制，沈痛切深，宜有以結山東將士之心；觀《一品會昌》之集，明白曉暢，自足以伐敵國陰謀之計。豈非才猷迥出，詞筆參長者乎。宋室繼興，尤重厥任。曠觀三百年間，略分三等，足概諸家。智珠在握，春麗紛敷。筆綜九流，轉若樞而罔礙；胸羅萬卷，運於手而不知。浩若長河之東注，貴若化工之肖物。若歐陽公、蘇長公其上也。官舉其職，人甄厥長。文贍義精，句奇語重。炳焉與三代同風，卓爾軼漢京而上。若曾南豐、真西山固其亞也。抽青妃白，選義考辭。參差叶鳳管之和，組織盡駕機之巧。極雕鏤之能事，而妙若天成；驅卷軸之紛綸，而工如已出。若汪浮溪、周益公又其次也。至若八世祖宗之句，失檢毫釐；元龜昆命之言，指瑕千古。此又率爾操觚者所當引以爲戒者也。摭彼瑣言，都爲一集。地分清切，才擅琳琅，惟丹青方絢夫筆花，將酸醎一嘗其鼎臠矣。叙《制敕詔册》第四。（卷六）

叙《表》第五

表以道政事，達辭情，《文心》論之詳矣。粤自孔明《出師》，忠懇而純篤；劉琨《勸進》，慷慨而壯激。並傾寫素志，不由緣飾。羊祜《讓開府》，婉轉以明衷；庾亮《讓中書》，雍容而叙致。夫唯大雅，卓爾不羣。自爾以後，雖雕華相尚，手筆踵增，樹榦立楨，其則不遠已。夫人臣瀝悃聞天，積誠瘝主。進伏蒲以敷奏，退削藁以陳詞。質而無華，不免周勃之木强；文而失實，是猶舍人之俳詞。誠榮辱之樞機，從違所倚伏。封囊揩笏，罔勿兢兢。必且熟精經子，導禮教之深源；流覽史書，究古今之大體。《鹿鳴》、《天保》，一唱而叩心；石室《金縢》，三復而流涕。忠孝之情，鬱於中而發作於外；《詩》、《書》之氣，相其質而旁達其華。自然匡、劉經術，左右逢源；揚、馬才情，馳驅合範。由是屏營齋沐，仰干咫尺之顏；濡染淋漓，備用三千之牘。使溫恭之美，著於黼裳；篤棐之忱，形諸簡墨。以之陳謝，則句隨寸草偕春；以之請乞，則字與傾葵共轉；以之薦達，則“好賢如緇衣”，不啻口出；以之進奉，則宮廷繪無逸，曲牖淵衷。義等格心，功同造膝矣。抑又有難焉者，潮陽遷谪，鮫鱷爲羣；南海羈臣，瘴烟萬里。謠諑方深其讟，雷霆未霽其威。叙哀切則猶似刺譏，致禱祈則適遭忌嫉。畏首畏尾，將吐將茹。而乃長悽累欷，低佪動聖主之憐；遜志含章，悱惻解當塗之媢。此其苦心獨運，良復逸迹難追。又或事有難言，情彌疾首。冀微言以覺寤，匪諧隱以爲儕。如獻可因彈姦求去，託喻風痺；歐公爲新法蹈愆，興言改過。所謂言之無罪、聞者足戒，非耶？至於人臣遺表，述哀叙戀，尤屬所難。爲黨人而辨雪，義山不能代其師；録恩賜以上陳，晉公不能委其客。況夫當白刃之交前，令狐以淡辭戢變；恨青編之失實，端叔以代奏除名。可以見文章之有用，而詞豪之傑出也。然則四六之用，表奏爲長。鋪觀往論，尤多凡例。尚書箋奏，儀曹獨擅其能；使府文辭，玉溪交馳其聘。靈根夜吠，一語知名；法駕前驅，單詞入選。有味乎言之，舉隅焉可也！不我，讀千首之賦，製九州之箴，多也奚爲？叙《表》第五。（卷十）

叙《章疏》第六

《文心》叙書思之作曰章表、曰奏啓，蓋表章與奏疏殊科，獻替與拜颺異義。漢京初肇人文，厥體亦未畫一。倪寬、終軍，表章之選也；公孫、吾丘，奏疏之長也。魏晉以來漸趨排偶。而臣工言事之文剴切，尚遵古式，未嘗不直抒胸臆、刊落陳言。丹陛陳情，妍華足尚；皁囊封事，風力彌遒。自陳隋以迄唐初，詞學大興，掞才差廣，則百官抗疏，今體亦多。至於辨析天人，極言得失，猶循正鵠，罔飾雕蟲。蓋奏疏一類，下係民瘼，上關政本，必反覆以伸其説，切磋以究其端。論冀見從，多浮靡而失實；理惟共曉，拘聲律而難明。此任、沈所以棲毫，徐、庾因之避席者也。不習無不利，疇是通變以盡神；有能有不能，執則得心而應手。若夫擅場挾兩，摛藻爲春，要可自成一家，不必人所應有。辭無險易，灑翰即工；文無精麤，敷言輒儷。惟陸宣公爲集大成也。公少掇詞科，驟登禁署。際猜疑之日，當遷播之餘。執韀紲以從行，奉丹鉛而侍直。焚草尚存其什一，牽裾不避於再三。惟艱難險阻，以相依敷；心腹腎腸，而屢進若。料涇原兵變之萌，策淮蔡弭兵之計。出李晟危亡之地，消楚琳反側之心。二寇情形，兩税利弊。救公輔之忠良，辨延齡之姦蠹。幾先獻納，卜筮是孚；事後彌縫，苞桑倍切。以石投石，將有感於斯文；啓心沃心，庶不負於所學。至其筆則長於論斷，善於敷陳。理勝而將以誠，詞直而出於婉。忠懇如聞於太息，曲折殆盡於事情。是以弼君德則經義醇如，進規益則秉忱藹若。計邊防算賦，則手口兼營；糾讒慝姦邪，則冰霜共烈。卷舒之態自然，斧鑿之痕盡化。又若述梁洋之雨潦，叙師旅之艱辛，畫手詩情，名聯儁對。所謂妙手偶得之耳，公豈作意而爲之哉？下及五季宋初，猶有竊慕風流、拾取膏馥者。然而天姿懸絶，學步難工，非失之膚庸，即傷於堆垛。故知塞駑不可以希驥，螢爝會見其自熄也。初公有別集十五卷，文、賦、表、狀皆有之。意公所爲表必更有章相追琢、黼黻光華、凌轢王唐、陶鎔六代者，惜乎不得而讀之矣。公既爲駢體一大家，故別立奏疏一門別於表焉。叙《章疏》第六。（卷十三）

叙《啓》第七

原夫囊封上達，宮廷披一德之文；尺素遥傳，懷袖實三年之字。下達上之謂表，此及彼之謂書。表以明君臣之誼，書以見朋友之悰。泰交之恩洽而表義顯，《谷風》之刺興而書致衰。若乃敬謹之忱，視表爲不足；明慎之旨，侔書爲有餘，則啓是也。昔者藩國臣僚，馳箋霸府；三公掾屬，奏記私朝。厥後緹幕芙蓉，殷勤而報聘；春蹊桃李，繾綣而酬知。競貢長箋，爭懷綵筆。效顰滋衆，繼踵尤多。上壽多男，請微雜遝；登庸及第，賀答紛紜。舊館脱驂，載筆致朋游之雅；相見執雉，揮毫志耿介之思。羇旅慳囊，裁之乞米；美人繡段，持以報瓊。則有詞林水鏡，閬苑羽儀，具隻眼以論才，迴青眸以待客。簪裾輻集，三讀流聲；珠玉紛投，一言改價。高可以俯拾青紫，下不失得利齒牙。由是競費工夫，彌精製作。換清銜於校字，盈篇皆形聲點畫之奇；發吟興於田園，累幅盡襆襮苧蒲之趣。以至東海使槎，託遥情於溯斗；西湖隱墅，奇新製於迴軒。亦可謂妙極毫端，思超物表者矣。至若謝玄暉短章，玉塵金屑；梁簡文諸作，貝彩珠光。

劉氏弟昆，尤高三筆；庾家父子，籍甚庭芬。陳伯玉雅有清聲，駱義烏時騫逸氣。柳子厚精純而俶儻，李義山密緻以清圓。蘇長公不合時宜，味含薑桂；陸務觀素稱作達，語帶烟霞。斯啓筆之分途，並作家之盛軌也。自任元受、李梅亭之倫，工隸事多冗，或使才太過，真意不存，緣情轉失，我思古人，翻其反矣。是以騈儷之文，其盛也，啓之爲用最多；其衰也，啓之爲弊差廣。何則？西秦東洛，不出寰宇之書；僕射司空，自有勳閥之簿。烏衣玉樹，按姓譜而如新；珪月梢雲，驗歲華而益麗。必也盡遺粲白，別出機杼，始可揚古調以賞音，進文心而奏績也。叙《啓》第七。（卷十四）

叙《頌》第八

頌者，四始之一，詩教之隆。昔元音暢而雅樂正，民氣樂而頌聲作。宜其純懿，既異於風；紀彼鏗鏘，復殊於雅。所以美盛德之形容，告成功於郊廟。頌有頌之聲焉，故笙曰頌笙，琴曰頌琴。曳履歌商聲，若出於金石；歈謳息蠟音，並合於簫章。頌有頌之義焉，穆如之風既作，靜正之人宜歌。《勺》、《桓》、《賚》、《般》，事取止戈之武；《駉》、《駜》、《泮》、《閟》，美則遂荒於東。誠以揚厲無前，式崇殷薦，和聲依永，搏拊克諧，樂體心聲，互臻其極爾。周季轍東，迹熄聲寢。至於漢初，郊祀樂章，全體頌音，而獨不追三頌而踵奚斯，應九韶而繼咸墨。豈以宮商協下管之盛，而茅黍忝升中之錫乎？謙讓未遑，美備斯闕。王褒《得賢》，論也，而以頌名，義雖協而音未諧，出詩入文，濫觴於此矣。馬融《廣成》，賦也，而以頌名，既不歌而多敷布，化頌爲賦，名義滋紊矣。揚雄之於《充國》，史岑之於《出師》，褒顯名臣，贊述良將。來歸飲鎬，有頡頏羣雅之思；維岳降神，得風正四方之意。以合雅者爲投頌，固知似是而不同。《九章》有《橘頌》，劉伶頌酒德，覃及庶草，同乎放言。山榛隰苓，擬佩芳於之子；傾罍酌凨，寫隱憂於碩人。以嘉頌而亞歌風，自是支岐之別出也。許善心《神雀》一篇，染濡立就，博麗非常。然考其詞藻，不出王、顏曲水之章；覈其情文，大似禰、張羽族諸賦。厥後王子安《乾元》、《九成》二頌，纚纚萬言，實循斯軌。集腋而成粹白，積材而構凌雲。淺夫怖其汪洋，深識譏其泛騖也。惟相如《封禪》，筆既高華，頌復淵妙，文園絕筆，雄視百代。厥後於唐則有《中興頌》焉。次山老於文學，事屬當仁，以《舂陵》徹婉之作，值皇輿反正之年。大筆淋漓，摩蒼崖之嵃崒；清音激越，韻㵼水之琤瑝。惟促節三韻，斯爲創體。於宋則有《咸淳內禪頌》焉。山松英年蹈厲，驚采琳瑯，力追中文，心儀帝則。有聱牙之硬語，無澀體之纖聲。子厚《貞符》，同其旁魄；曼卿《皇雅》，遜彼精純。然則後之作者，必聲諧金奏，義媲肇禋。美聖學必窺於宥密緝熙，述武功則陳夫繹思於鑠。喬皇數典，有墮山禽河之觀；揖讓修容，多載弁絲衣之盛。然後五篇比於珠玉，四巡蔚其英聲。於以追公旦

之多材，訂考父所誦述，則爲之歌頌曰：盛哉乎德，侯其褘而！叙《頌》第八。（卷十六）

叙《書》第九

《易》曰：“書不盡言，言不盡意。”《傳》曰：“言以足志，文以足言。”夫書之於文，豈異旨哉？何一則務其文足，一則歎其不盡？豈欲足者不患其才多，無盡者良難以詞逮乎？蓋書文類筌蹄之設，言意同魚兔之藏。筌蹄期以周緻，而道契忘機；魚兔宅於深微，而理同觀化。必使調筆染墨，和以天倪；循覽披吟，呈夫活潑。故託名姓於毫錐，學類無用；體風流於妙札，弄且長留。俾與波而浮沈，俗情多怪；倘買菜而求益，故態非狂。次第商榷，亦性情之嘉會也。今夫人密邇所親，晤言一室；舊雨被其行迹，清風喻夫故人。及雲雨一乖，音塵不嗣。惟開緘可以論心，即千里宛如覿面。是以叙山川之妙麗，則刻畫兼圖繪之長；溯歡讌之流連，則管穎挾歌吟之致。述絶域之悲，颯然如風沙之滿目；談行旅之困，凄兮歎霜雪之交侵。感物何工，乃賢於荆州之十部；綴詞何巧，乃貴於安石之碎金。故知明衷曲，披款誠，釋幽憂，慰思憶，莫切於書。風人之義，諷諭猶以比興而見；書筆之旨，肝膽直以一二而陳。且夫魚鱗鶴翅，附致本奇；龍劒虯鐘，冥通尤速。操神明若左契，化秦越如一家。繫徽置棘，江淹抗志而獲伸；拭玉張罏，徐陵攄詞而來復。悲惟去國，希範感之數行；憂能傷人，文舉理之片牘。或默或語，每曠世而相憐；有情無情，亦聞聲而興慨。此荆生所以流涕於報燕，保安所以苦身以贖郭也。抑書之爲説，直達胸臆，不拘繩墨。縱而縱之，數千言不見其多；斂而斂之，一二語不見其少。破長風於天際，縮九華於壺中。或放筆而不休，或藏鋒而不露。孝穆使魏求還諸篇，推波助瀾，萬斛之源泉也。劉峻追答劉沼一書，一波三折，雲中之寸爪也。李義山《與劉積書》鼓怒溢涌，繼響徐公；《與令狐書》抑遏掩蔽，追蹤劉作。自爾以還，厥風稍替矣。夫書，源溯春秋，派流唐宋。上書達乎表啓，尺牘旁該談論。若懵茲緣起，漫爲塗迠，則穆之之百牘，有不若殷浩之空函；舉燭之誤會，轉勝於埽門之三上也。叙《書》第九。（卷十七）

叙《碑誌》第十

夫篆刻新而色絲著，川原貿而石墨華。伊人白璧，固知無愧詞之難；吉夢神椽，實惟大手筆之任。事難徵實，諛墓攫其多金；時鮮能文，貞瑉鬱其無字。蓋勒勳庸器，古有鏤金；鑴德穹碑，今歸伐石。朝廷懿美，録在史官；家世音徽，式之神道。碑版之用遠矣。粤自韓公起衷，歐陽復古，始以《史》、《漢》之文甄叙，以《詩》、《書》之義發揮。

振臂一呼，隨風而靡然。自東漢訖於唐宋，人才輩出，作者相望。蘭蕆不絕其芳，琬琰聿彰其實。莫不激揚流品，追琢詞條。漢季中郎，尤爲傑出。《林宗》、《太丘》之篇，《楊公》、《橋公》之製，抉荀、揚之蘊，抽典誥之華，淵乎其思，粹乎其質，班、張之儔，瞠焉其後已。魏晉以還，斯事不廢。或載沈於層波，或式刊於第二。士衡有似賦之譏，興公獲多枝之咎。不存者，東阿三十之銘；可語者，韓陵一片之石。自孝穆以耆碩峙江左而蜚聲，子山以客卿入關西而淡藻，一時規隨人傑，悉被衮榮；窈窕姬姜，胥徵彤美。猗歟盛矣！若夫格沿齊梁，文高秦漢，詞雄而意古，體峻而骨堅，稱有唐之冠冕，爲昌黎所服膺者，其惟張燕公乎！體經神，續騷裔，昭璧采，叶韶和。流鬱以運氣，俊偉以任才，無刓缺之鋒鋩，有天成之章句。二相協德，誦配崧高；諸將銘功，述同盲左。爛爛兮五緯芒寒，飄飄乎三山風引也。至若王右丞碑文豪健，《六祖》一碑，熟精内典，希風《頭陀寺》之文；吕衡州文筆清新，《受降城》一銘，曉暢邊情，接踵《燕然山》之美。李衛公《幽州紀聖功碑》，經濟大文，英雄本色，自非兼資文武，未易學步邯鄲也。夫唐人尤工楷法，碑碣存者獨多，苔蘚之下，典緒猶新。而鯨鏗春麗，競秀增華，未有如初唐四傑者。事雖僻沉，必有切義；文惟鋪叙，不乏妍詞。後學津梁，於是乎在。宋代碑版，駢儷亦多。徐騎省撰南唐後主之碑，傷心國步，而仰惻宸襟；晏元獻撰章懿太后之碑，塗改生民，而未契睿旨。是知辭尚體要，文本性情。將列於著作之林，必原於忠厚之至。是以孤忠自矢，雖居讒間嫌疑之地，而情事獲申；至孝未光，雖以執經秉直之思，而文采更晦。秉筆之士，不可不知也。誌者，識也，納諸墓之謂也。魏文貞《李密墓誌》一篇，神鋒百鍊，卓絕古今。夫碑通於史，而儷別於古。原其所以同，復推其所以異，是在大雅宏達之才矣。叙《碑誌》第十。（卷十八）

叙《判》第十一

自昔束鈞參聽，吏尚其師；天水違行，爻呈其象。端本貴臻於無訟，惟誠能折以片言。周爭左右，王子不能舉其要；衛訟君臣，鍼莊於是爲之理。甫刑垂訓，簡乎存明啓之占；《康誥》勤咨，否蔽涉旬時之念。判之造端，自此始也。漢世菑民，緣飾經術。董仲舒《春秋決獄》二百餘事，應劭《漢朝議駁》八十二條，皆其類也。康成《聚訟》，議禮而不爲觀民；伯喈《獨斷》，博古而非因察獄。雖復明習文法，根極化原。據事直書，期悉應乎經義；貳端析律，用申誠於惟良。粗舉科條，務從質直。魏晉以下，文體風華，而訐訟少衰，教條亦鮮。江東才秀如雲，判名不立；《文選》雕繢滿眼，判缺有間。惟《文心》略舉厥義，附之契、券，曰其字半分曰判。按《周禮》媒氏之判，實男女之婚籍；後世之判，乃州郡之爰書。亦名同而實異耳。李元紘曰：“南山可移，判不可改。”則其時才吏

见美，判牍争鸣。奋笔峥嵘，共泉流而朗镜；敷词精切，偕象魏以俱悬矣。唐以此试士，
俾习法律，重其入穀，参之身、言、书之长。苟谢不能，不获与俊造选之列。选人以此拔
萃，律学以此致身。于是润案牍以《诗》、《书》，化刀笔爲《风》、《雅》。大凡判之爲体，贵
综覈名实，考验辞情。熟谙令甲之篇，洞悉姦壬之状。处堂上而听堂下，敬两辞而明单
词。俾学断斯狱，必无疑寶之滋；奏当之成，无易初辞之揆。此判之本义也。若乃试士
之判，则又有异。设甲以爲端，假乙以致诘。米盐琐细，不必尽丽刑章；蕉鹿纷纭，欲其
稍介疑似。盗瓜逢幻，迹类子虚；刬草致伤，事同戲剧。而狱具磔鼠，如汉廷老吏之爲；
笔控劂犀，同寶锷发硎之用。所传白居易《甲乙判》百篇，张鷟《龙筋凤髓判》若干首。
白体气高妙，若先辈之程文；张词意精妍，拟近时之行卷。均属能事，无庸伸此而抑彼
也。宋词科亦不试判，惟涖政颇尚缀文。张乖崖诛鉏猾吏，读判示之，愕然紲服，即其
验也。若周南冀北，坡公不狗狎邪；玉爵彩雲，司马特宽醉吏。亦时时见于他说云。前
明定科场制二场，试表一篇，判五道。国朝因之。行之既久，士子往往宿搆暗记，渐成
钞胥具文。我皇上敦崇实效，风励学官。乾隆二十二年特命二场罢表判不用，改作五
言八韵一首，寻又移诗于第一场。数十年来，士子习于聲诗，博通尔雅，翕然丕变矣。
因唐人习之既久，多可喜者，小道可观，略登于篇。叙《判》第十一。（卷十九）

叙《序》第十二

　　先师韦编三绝，翼赞前经。《文言》骡括乎乾坤，《序卦》发挥乎爻象。此则序所由
防，序作者之意者也。《诗》包四始，《大序》与《小序》并传；《书》总百篇，古文与今文同
录。例非先贤载笔，史臣大书，比兴奚自以灼知？遗佚何由而徧考？或谓《诗序》可
存，而《书序》可删者，非也。迨元凯发明五例，荀爽撰辑九师，景纯退黜六家，康成鍼
砭《三传》，此则儒家者流诠述大意也。子长作《史》，序亦多途。"书"分爲十，铺陈
政典；"表"列爲八，稽核世年。班、范迭乘，沿继一体。《酷吏》、《游侠》，创例必书。
《党錮》、《独行》，微词别著。六朝而下，阙文罕见。序说非长，敷义尚侈，睽言勿罥。
若乃详家世而陈缘起，新凡例而综全书，则司马氏《自序》亦序之一格也。孟坚《叙
传》，实踵斯作。子雲、相如，因自序而爲传；灵均、敬通，即骚赋以叙懷。彦和《序志》，
梦执丹漆以南行；子玄《自序》，恐覆酱瓿而泣血。修名不立，没世无稱。哲人君子所
兢兢尔。尝考《文心》论列诸体，独不及序。惟《论说》篇有"序者次事"一语，岂以序爲
议论之流乎？夫序之与论，故属悬殊。序譬之衣裳之有冠冕，而论则绘象之九章也；
序比于网罟之有纲维，而论则鸟罗之一目也。文集之有序也，自玄晏嘘扬，《三都》纸
贵。厥后昭明感于五柳，义等式庐；滕王美彼兰成，荣同置醴。而彦昇述文宪之作，既

清　孙梅

619

大類頌文；載之弁宣公之言，又全成傳體。《玉臺新詠》，其徐集之壓卷乎？美意泉流，佳言玉屑。其爛熳也若蛟蜃之噓雲，其鮮新也如蘭苕之集翠。洵足仰苞前哲，俯範來茲矣。《會昌一品集序》，詞沿唐季，氣軼漢京。義山灑穠芳而削薲於前，滎陽奮健翰而竄定於後。等百谷之上善，若兩驥之爭驅。固稟古序之規模，亦昭後學以觀止也。若乃《蘭亭》志流觴曲水之娛，《滕閣》標紫電青霜之警，此宴集序之始也。悲哉秋之爲氣，黯然別之銷魂，此贈別序之始也。今我不樂，烟景笑人，如詩不成，罰酒有數，蓋李太白、王摩詰尤擅其勝焉。何以處我，珍重臨歧，非曰無人，殷勤贈策，蓋王子安、陳伯玉並推厥長焉。其他支流派別，百種千名。撫絃操暢，先籤新聲；顧曲徵歌，迭翻雅引。序誠多方也矣。叙《序》第十二。（卷二十）

叙《記》第十三

記者，文筆之統宗，經子之径術。夫渾噩煥鬱，史包四代之文；征範貢歌，《書》標七觀之美。體則角立，記乃無聞。説者謂《禹貢》、《武成》、《金縢》、《顧命》，記之屬似之。鳥策篆素，兆啓軒羲，蘭葉芝英，道光姬姒。《東觀紀事》，學洽於見聞；《孔子三朝》，理苞夫讖緯。曲臺肆禮，襲經典而尤尊；冬官補亡，詳軌文而更奧。文之有記，於是著矣。竊原記之爲體，似賦而不侈，如論而不斷。擬序則不事揄揚，比碑則初無誦美。《陽羨風土》，堪列《職方》；《荆楚歲時》，宜增《月令》。《默記》徵一代之傳，《鄭記》守一師之説。提鉛握槧，同袞鉞於《春秋》；書笏珥彤，攝言動於左右。蓋自漢以上，抽聖人之緒，而半入於經；自漢以下，成一家之言，而兼通夫史。嘗考蕭氏《文選》，有奏記而無記；劉氏《文心》，有書記而無記。則知齊梁以上，列記不多。雖連峯菡苕，時有述征；源水桃花，兹惟招隱。偶爾涉筆，匪以立名。若乃趙至《入關》之作，鮑照《大雷》之篇，叔庠擢秀於桐廬，士龍吐奇於鄮縣，莫不摹山水，繪烟嵐，列土毛，覃海錯。跌宕以行吟，逶迤而命筆。實皆記體，曲被書稱。假尺牘以寄才情，因懷人而蜚藻思，抑獨何哉！記之盛也，則《洛陽伽藍》是已。以彼顧瞻瀍澗，屬意琳宫；揆彼土圭，興言玉步。占塔鈴之語風，賦相輪之耀日。外以彰彼都之奢儉，内以誌舊邑之興衰。情深而意態翩躚，筆妙而鎪鑱飛動。集兹衆美，蔚爲大觀。自唐以後，記始大鳴。柳子《永州八記》，追躡化工，獨開生面，大放厥詞，昌黎所歉。其實擷《騷》、《辨》之英華，陶班、張之麗製，自《選》學中來也。然則融古文之迹，挨今體之詞。平泉標花木之奇，甫里志泉石之美。如退之《雜畫記》入徐、庾之手筆，豈不生妍妙於秋毫？皇甫《絳守園池記》投枚、馬之鑪錘，亦猶馭跿弛以鞭彎也。有宋諸子，厥體尤繁。格律不無旁侵，波瀾更爲壯闊。或於入手叙事，而後始發揮；或於結尾點題，而前多布置。有出處事少，宜於鋪張；有出處事多，妙在翦截。此則詞科之習蹊，而非文苑之高蹈耳。叙《記》第十三。
（卷二十一）

叙《論》第十四

　　原夫今體之文，尤工箋奏；詞林之選，雅善頌銘。占辭著刻楮之能，叙事美貫珠之目。質緣文而見巧，情會景以呈奇。尚已！夫文采葩流，枝葉橫生，此駢體之長也。師其意不師其辭，爲時似不爲恒似，此古文所尚也。若乃命微言以藻思，責奧義於腴詞；以妃青媲白之文，求辨博縱橫之用；譬之蟻封奔騁，珮玉走趨。舌本閒强，恐類文家之吃；筆端繁擁，終滋腹笥之貧。固難以作致其情，工用所短也已。雖然，盤根錯節，利器斯呈；染澣游睢，錦章自顯。化剛爲柔，百鍊有以致其精；以難而易，累丸所以喻其至。固有論屈百家，文包異采。前輩飛騰而入，一斑灼爍，於今揚而推之，堪以指數矣。粤自鄴中高唱，七子蔚興。王、劉既擅篇章，陳、阮彌精書檄。齊軼材於驥足，享敝帚於千金。莫不驤頷探奇，牛耳爭長。子桓品第羣才，提衡嘉會，庶幾激異氣而獲伸，抱霸才而得主。此《典論》所以爲論文之祖也。《三百篇》後，《九歌》變《騷》，五言肇漢。雖志在千里，或付高歌；穆如清風，差標雅尚。然美秭勿蕑，正變罔甄。鍾君挺彼慧才，哀兹雅什，超驪黄以定價，從象罔以索珠，數語著陽秋，一言高月旦，此《詩品》所以爲論詩之祖也。賦家之心，包括天地；文人之筆，涵茹古今。高下在心，淵微莫識。爾其徵家法，正體裁，等才情，標風會。內篇以叙其體，外篇以究其用，統二千年之汗牛充棟，歸五十首之摳臀擢肝，捶字選和，屢參解悟。《宗經》、《正緯》，備著源流，此《文心》所以探作家之旨，而上下其議論也。聲偶戒膚，摘瑕則義切；對屬惡拙，翻案則詞遒。發絢爛于斯文，訂乖離于舊史。而且正史之外，臚列者數百家；點煩之餘，辨正者數百事。不特婉章志晦，識載筆之孔艱；抑使墜簡遺編，覘前修之崖略。《史通》之論，有功於史也。偉矣！若是者，豈非論説之精華，四六之能事？其他若《非有》之軼羣，《四子》之大雅，《博奕》、《養生》之俊邁，《辨命》、《勞生》之奇偉，而《廣絶交》一篇，雲譎波詭，度越數子。此皆藝苑之瓊瑶，詞林所膾炙，與夫匡劉經術，韓柳文豪，西晉老莊，北宋策判，固將驤首而振劇驂，不甘垂翅而同退鶂也。叙《論》第十四。
（卷二十二）

叙《銘箴贊》第十五

　　文有昔合而今分者，詩與賦、頌是也。後人雅尚才華，好爲纂組。侈附庸而蔚成大國,導濫觴而極彼通津。故析詩於賦,而都京演富於千言;又貳頌於詩,而宮殿縟采於四韻。古人則五際六義,渾然和同而已。又有昔盛而今尠者,銘與箴、贊是已。前賢智雄絕代,心小一身,觀物博而約義精,稱名小而取類大。故戶牖几席,感物援詞以警;高卑俯仰,即事攬筆而書。末學則熟視無睹,闐然不嗣也已。

夫銘之爲道有二也,一以勒勳,一以垂戒。孟堅有《燕然》之作,銛鋒直指,抗雖塞之威稜。景陽成《劍閣》之章,迅采馺馳,振蟲叢而薑慄。若乃誦芬先世,歸美前勳,則昭之碑版,繫以銘詞,即其遺也。至於景鐘刻漏,豪灑如椽,座右室隅,文傳不朽。比之嘉量志其允臻,三緘昭其敬慎,無不同耳。又有焦尾三紋,菱花四出,掘古甃而苔痕暈碧,泛層淵而冰彩橫空。或體學《盤中》,或文摹籀史。時逢幽異,屢獲清新。不備蒐羅,偶登一二。至若華陽《瘞鶴》,滄海留蹤;紫府新宮,羣仙卓筆。飄飄乎淩雲之氣,非烟火中人所髣髴也。

箴之爲道,亦有二焉。一以自勵,一以盡規。箴言胥顧,佩藥石於韋弦;小人攸箴,勖虞衡於原草。子雲、亭伯,繼作百篇,而《文選》僅取茂先《女史》一首,豈非義篤典章,詞歸確切耶?張蘊古《大寶》一箴,原於陳戒之遺;李德裕《丹扆六箴》,時著忠規之益。辰告其猷,日躋以敬,琅琅可誦,郁郁乎文也。

贊之爲言助也。《皋陶謨》稱:"思曰贊贊襄哉。"《大禹謨》云:"益贊於禹。"並協力股肱,垂文謨訓。若義文十翼,夫子有贊述之言;褒貶一詞,游、夏有莫贊之義。至班固作史,詮量人物;郭璞注雅,播美芳馨。則贊之所自始,大抵採三家之祝辭,合康衢之謠諺,宜彰繪事,兼攄賢踪。如《三室像贊》,《列女圖頌》,所謂圖以賢聖,絑以藻詠是也。子山雜頌五十首,音韻鏗鏘,事辭周密矣。蓋其義隆歎美,體極褒崇。故《文心》考實,與頌同原;《史通》覈才,偕論合揆。懿括行間,神流簡外,得贊之旨矣。近代文人,若銘、箴、贊雖非絕響,鮮克專精。夫小物克勤,嘉名肇錫,斯前聖敷文之要,先賢造道之階。砭愚訂頑,振闕中之木鐸;謹言慎動,導伊洛之淵源。如《七十二弟子贊》及濂閩諸賢贊,並傳薪道脉,發藻儒宗,於戲盛矣! 叙《銘箴贊》第十五。(卷二十三)

叙《檄露布》第十六

今夫樽俎折衝,坐而制勝;飛矢走驛,禮在則然。是以籌筆相資,經武有式。幕府膺上才之選,書生策管記之勤焉。夫創禽機振以倐顛,破竹刃迎而立解。善戰籌不戰之利,先人有奪人之心。酈生掉舌,憑軾下城;韓信出奇,傳檄略地。定筭好筩,蜀重文園之筆;閉關絕使,晉資呂相之辭。武事而文備,先聲而後實。非所稱師如時雨,令布疾雷者乎? 兵法曰:"明其爲賊,敵乃可克。"漢王責項以十事,隗囂罪莽以三條,此檄之始也。閫外懸於千里,故插羽以飛;軍中辦於斯須,故磨盾立就。其發憤驅除,則詞同祝網;其招徠歸附,則義篤止戈。至其誅渠魁,暴首惡,秉純剛,發犀利,文烈崑岡之火,氣挾溟漲之波,勁語礫肝腸,詆詞窮穢媟。孔璋愈頭風之作,不過數語之誅心;賓王屬牝晨之詞,亦僅兩言之得意。而姦雄覺愧汗之流離,武氏轉咨嗟而不輟者,豈虛也哉!

露布者,師出有功,捷書送喜者也。武布文沈,或擬宵零渥澤;匹縑尺版,或取衆著明文。要以偃伯靈臺,洗兵瀚海,作都人之觀聽,狀士氣之飛揚。山立總干,舞乃成於宿夜;戈迴却景,餘可買於知方。宣前茅後勁之威,合小怯大勇之義。太師頌其左律,司勳叶夫景風。昔左氏之敘城濮,蒙馬以虎皮;《國策》之述田單,束刃於牛角。史公寫濰水之戰,長河不流;范史志昆陽之師,猛獸股慄。皆汪洋恣肆,不可方物。若能資彼奇情,助玆壯采,豈不足張吾三軍,加人一等乎?若于公異作李西平露布,則又敷陳事實,妙極情文,著語不多,九重動色,可爲師法耳。

夫檄與露布,六朝不甚區別,故《文心》合而爲一。唐宋以後,則檄文在啓行之先,露布當克敵之後,名實分矣。至於敵愾,本屬同途,故彥和以皦然爲先,西山謂少儷無害。若達心而懦,無乃失辭;即美秀而文,猶爲不稱。必其胸藏武庫,抵十萬之甲兵;律中奇音,振五聲之金石。斯不特推倚馬之才,並可繼摩崖之迹爾。叙《檄露布》第十六。(卷二十四)

叙《祭誄》第十七

古人云:死生亦大矣!俛仰而忽爲陳迹,瞻顧而遽若山河。雖達人高致,怛化渾忘;烈士壯懷,憑生曷貴。而脫驂舊館,至人出涕於一哀;化鶴歸來,仙客含悲於千載。太上未免有情,凡民詎能自已?是以素車白馬,言愴元伯之魂;斗酒隻雞,來副橋公之約。作驢鳴而慷慨,斬蠅翼以低徊。並各抒寫性靈,感傷物故。喪則有輓,奠則有文,其來舊矣。原夫送終崇盡飾之文,知死有致哀之道。祖廷包奠,命宗祝以陳書;盂酒豚肩,布几筵而蕭告。撰儀於《喪服雜記》,而務極其褒,選言於《大招》、《招魂》,而稍從其質。蓋作者多端,而厥體宜辨。牛羊踐壟,痛可作於九原;臺榭凝塵,悵餘情於宿草。弔古者原本論世,而趣屬撫懷;傷逝者美在言情,而功多叙事。南遷弔屈,賈傅以之擬《騷》;豐屋弔莊,嵇生以之慢世。士季之酹諸葛,令禁樵蘇;義山之祭伏波,功除旱魃。此弔古者所爲一往而情深也。至若泉臺玉樹,畚鍤青山;孺子束芻,羊曇尺牘。安仁遺挂,子敬亡琴;饕風虐雪之辰,青楓白楊之路。或神傷而立骨,或死別而吞聲。代三踊以短章,寫九迴於半幅。連篇盈其瑰泣,積字溢其鮫珠。此傷逝者所爲長歌以當哭也。夫工拙異方，淺深殊致，至於入妙，往往動人。嘗深論之，雍門之琴，隣家之笛，非情之至，曷興其感？寂然悵知音之遙，淒然增伉儷之重，非文之至，曷稱其情？情不欲極，歛之而逾深；文不欲肆，蓄之而彌厚。有體存焉耳。魏晉哀章，尤尊潘令；晚唐莫釀，最重樊南。潘情深而文之綺密尤工，李文麗而情之惻愴自見。令嫺祭夫，文僅二百字，莊雅之神長於哀怨矣；昌黎《祭十二郎文》，思緒繁亂，真摯之情不事文采矣。設文不及潘，情不如李，體遜劉媛，真愧韓公，索莫寡神，闌單失力，恐苟文若之風流，僅堪借面；杜子春之曲調，未足移情也。傳云：“臨喪能誄。”古者尤重誄文，《馬汧督》、《陶徵士》二首可爲準則。後人飾終，其大者託之行狀碑誌，其細者見於哀輓祭文。厥風邈矣！叙《祭誄》第十七。（卷二十五）

叙《雜文》第十八

能文之士，無施不可。多或累幅，少即數言。修短不可以加損，珠玉倏成於咳唾。蓋物相雜而其文以生，亦體屢遷而惟變所適。雖無當於賦頌銘讚之流，亦未始非著作文章之任，則《雕龍》有《雜文》一目，《叢話》仍之。夫雜物撰德，括《爻》、《繫》之大全；雜服博依，究《詩》、《禮》之精奧。繡繢紺縿，織文有雜組之華；琚瑀珩璜，衝牙叶雜佩之響。是知道在稊稗，小而莫破；言無枝葉，寸有所長。嘻笑怒罵，可誦而傳；橘柚柤梨，並適於口。洵詞人之能事，亦文苑之奇觀也。《文心》所綜，厥有三焉。一曰答問，始於宋玉，假物送雖，託喻申懷。至《解嘲》肆其波瀾，《賓戲》嚴其旗鼓，此後踵述雖多，莫之能尚。若韓昌稱《進學解》則雄奇傑出，前無古人矣。一曰七發，始於枚乘，原本七情，故名《七發》。觀濤之作，浩瀚縱橫，詞湧濤波，氣軼江海，信乎奇作。自後擬作甚多，傳咸爲輯《七林》，然惟柳子厚《晉問》一篇，精刻獨造，追軼枚叟。他若子建、孟陽，亦同塵土矣。其一則猗彼連珠，委同繁露。珠以喻其輝之灼灼，連以言其琲之纍纍。參差結韻，比興爲長。倘興情罔寄，則圓折而未見走盤；比義不深，則夜光而猶非綴燭。惟士衡、子山，意趣淵妙，徑寸呈姿，闌干溢目矣。此三者，《文心》之所列也。若乃潭潭啓大壯之規，莫莫表扶傾之業。美輪崇奐，善頌合賀燕之歡；鳥革翬飛，《斯干》兆維魚之吉，則有所謂上梁文者。又若春朝合樂，聖節呼嵩，雲龍萬品之在庭，匏竹鈞天之入夢。又或幕府開樽，臺階弭節，紅豆催玲瓏之唱，烏絲寫幼婦之詞。侑以儺詞，諧茲雅奏，則有所謂樂語、致語、口號者。象簡霓衣，道家之祕籙；貝書梵夾，內典之真文。鷺鸖吹笙，鹿盧引蹻，香花蓋鉢，水田披衣，振法鼓而升衆香，傳步虛而聞天樂，一誠所感，齋潔遙通，則有所謂青詞、疏語者。堯有封人之祝，而羣方聳觀華之思；壽居諸福之先，而五老協告期之慶。雖同《上林》、《子虛》之談，不失萬國歡心之義，則有所謂《五方老人祝壽文》者。至於娛意率情，命筆遣墨，枕流漱石，鷗鳥同盟，雲氣芝英，點波生態，則又有若劉峻《金華山棲志》、索靖《草書狀》者。夫片鱗寸爪，皆含變化之姿；三脊兩稂，盡入還丹之用。識尺捶之莫窮，究卮言之日出，推而曁之，而文不可勝用矣。叙《雜文》第十八。（卷二十六）

叙《談諧》第十九

自來慧業文人，筆舌互用。顧以口吻生花，難於毫端浣露者。取辦於俄頃之間，涉趣於無方之域，自非積卷填胸，靈機脫口。思滯則失敏，才儉則鮮通。口才筆才，熊魚不能兼嗜；世説俗説，溲勃亦所取資。匡鼎解頤，談不廢諧；季主捧腹，諧而善談。至若抵掌華屋之下，絶纓優笑之傍，眂四筵而旁若無人，喙三尺而舌不留語，有是哉！談固游揚之助，而諧亦滑稽之雄乎。魏晉而下，善清談者尚名理，非叶宫商；務詼諧者多微言，寧成組織。自《選》學盛行，詞華聿振。步摇條脱，的對天然；戰栗羽毛，敷言殊雅。北海之美，順流而靡涯；東吳之哈，引伸而莫竟。讕辭璪語，蔚映吟壇；熱熟杜園，流傳雋永。是則談何容易！或見巧於因難，諧乃不窮，更應機而鬭捷也。雖然，談有虛實之分，諧有雅鄭之異。樵夫騰笑，曾何慕於羣居，虛與實之分也；白圭自箴，聊游情于善謔，雅與鄭之分也。是以富鄭公辨酬累卵，樽俎增輝；唐舉子響答三條，風簷生色。間徵雅令，蒐經史之英詞；偶寄春聯，得沂雩之佳趣：是實而非虛者也。至若楊尤以厥姓互嘲，時父以其名相戲，或裁翦經文而不切本事則無工，或杼軸新意而都無成處則不貴：此虛而無實者也。東陽芭蕉之彈，何郎此自古魁蟹之議，固已獨出巧意，不蹈古人。又東坡試穆父以傀儡之制，西山戲梅亭以竹夫人之封，並不假耽思，立抽妙緒，自成文理，頗耐研尋：斯皆雅而非鄭者也。他若顧兔續貂之句，犬蹲鴟拂之詞，徒增嗤嚛，無益心思：是又鄭而非雅者也。學者遺其虛，課其實，肆其雅，放其鄭。《剖䕕》、《射覆》，踵嘉文於前；《逐貧》、《送窮》，振芳塵於後。庶幾談非復老生之常，而俳不爲聖人所禁也哉。叙《談諧》第十九。（卷二十七）

叙《總論》第二十

文之時義遠矣。侈言博物，積卷徵長，刻意爲文，清言入妙。尚心得者遺雕偶，以爲堆垛無工；富才情者忽神思，則曰空疏近陋。各競所長，人更相笑。僕以爲齊既失之，而楚亦未爲得也。夫一畫開先，有奇必有偶；三統遞嬗，尚質亦尚文。翦綵爲花，色香自別。惟白受采，真宰有存。西漢之初，追蹤三古，而終軍有奇木白麟之對，兒寬攄奉觴上壽之辭。胎息徵萌，儷形已具。迨乎東漢，更爲整贍，豈識其爲四六而造端歟？踵事而增，自然之勢耳。六朝以來，風格要承，妍華務益。其間刻鏤之精，昔疏而今密；聲韻之功，舊澀而新諧。非不共欣於斧藻之工，而亦微傷於酒醴之薄矣。夫瑰麗之文，以唐初四傑爲最。而四子之中，尤以王氏子安爲尤。五雲太甲，千古莫識其原；七曜中階，一公僅通其説。而落霞孤鶩，妙極天然；畫棟珠簾，非由故實：所以多多益辨者，乃其乙乙獨抽者也。至擺落四六恒蹊，一追古文超妙，實歐陽倡之而蘇、王繼焉。跡其高文淳意，罔弗牢籠；至於儇字助語，皆有成處。惟其烟墨之滓，千洗而無痕；芍藥之和，一啜而畢散。所以不著一字者，愈徵博極羣書也。然則畫家有南、北二宗，禪門有頓、漸二義，各有歸趣，微得端倪。善夫東坡之論曰："入都市而總百貨，必有一物以攝之，故文以意爲之統宗。"則是宜僚弄丸而兩家之難解也。山谷之論曰："織迴文而成七襄，必得錦機以就之，故文以機爲之驅駕。"則是秋御執綏而交衢之舞作也。極而論之，行文之法，用辭不如用筆，用筆不如用意。虎頭傳神，添毫欲活；徐熙没骨，著手成春：此用筆之妙也。言對爲易，事對爲難，反對爲優，正對爲劣：此用意之長也。隸事之方，用史不如用子，用子不如用經。"九經"苞含萬彙，如仰日星；諸子總集百靈，如探洞壑：此子不如經之説也。南朝之盛，"三史"並有專門；隋唐以來，諸子束之高閣。而摭掇稍廣，理趣不深：此史不如子之辨也。苟非筆意是求，而惟辭之尚，非無纖穠，謂之勦説可也；若非經史是隸，而雜引虞初，非不奧博，謂之哇響可也。録集諸老先生之説，而輒附管見如右。叙《總論》第二十。（卷二十八）

附：秦潮《四六叢話》序

余齊年友烏程松友孫公輯《四六叢話》三十三卷：選二卷，騷一卷，賦二卷，制敕詔册四卷，表三卷，章疏一卷，啓二卷，頌一卷，書一卷，碑誌一卷，判一卷，序、記、論各一卷，銘箴贊一卷，檄露布一卷，祭誄一卷，雜文一卷，談諧、總論二卷，作家五卷。剌取浩博，積數十年始成。蓋自宋王性之、謝景思而後，爲話四六者作沃焦歸墟矣。四六文競尚六朝體，凡數變，惟陸宣公擅厥朗暢。暨乎歐、蘇，文質兼勝，殆稱絶軌。然論者必宗徐、庾，詞繁意晦，見嗤輕薄，或耻雕蟲，遂使奇偶自然，跡别涇渭，則毛舉皮傅之見，非允論也。唐初四傑，特推子安，萬古江流，杜陵頫首。乃華蓋太甲，一行未詳，紫電青霜，新都偶拾。雖云佚闕，抑亦文勝矣。夫文貴内心，藻飾居次，隸事比屬，銖兩不爽，兼以氣盛物浮，金石和叶，蔚成體製。居然手筆，踽步儉腹，敢曰克勝，又若吃吃語重，參伍錯見，則自古在昔之句，吉日辰良之辭，幾同口實，曷以意愜。松友上溯《選》、《騷》，下迄宋元，薈捃百家，標舉一是。其言曰："用辭不如用筆，用筆不如用意。"匪第爲儷體説法,凡抽思弄翰者悉受範焉。竊嘗譬諸畫師界畫,分刌必工;書家真楷,九宮爲最。以視解衣槃礴,龍跳虎卧,難易不分,工力相亞。倘必强作軒輊,斯偏也已。時余采風江上,松友適分守鳩江,出是編,屬爲校定,長夏藉以消暑。兹將于役皖山,因綴所見以質之。他日剖劂既成,固燕許所共賞者也。乾隆庚戌秋七月,錫山秦潮跋。(卷首)

附:程杲《四六叢話》序

四六之文,世謂創自六朝,非篤論也。《易大傳》曰:"坤爲文。"坤,偶象也。文之有偶,其即坤之取象乎?在《書》,"滿招損,謙受益。"在《詩》,"覯閔既多,受侮不少。"諸如此類,謂非四六之濫觴耶?《雕龍》所引,孔子繫《易》,四德句句相銜,龍虎字字相儷。乾坤易簡,宛轉相承;日月往來,隔行懸合。凡後世駢體對法,莫不悉肇於斯。在漢鄒陽、谷永爲文,多用俳偶,而齊梁踵事增華,遂成一體。要亦造化自然之文章,因時而顯,有非人力所能與者。俗儒執韓子文起八代之衰,遂謂四六不逮古遠甚,不知國家制策箋奏有必不能廢此體者。即如柳、歐、蘇、王,文與韓埒,其集中四六,典麗雄偉,何嘗不與古文並傳。甚矣夏蟲不足以語冰也。第四六之興,不一代矣;四六之作,又不一體矣。自來選者,或合一代之作,或聚一體之文,從未有體裁悉備,提要鈎玄,集諸家之論説而成四六之大觀者。此孫夫子《四六叢話》所由作也。

夫子爲世名宿,鄉會制義,久傳播士林,而尤邃於古學。自爲中翰以迄分守鳩江,雖嚴寒酷暑,手執一編,偶有所得,即振筆書之,嘗謂杲曰:"予於此書,數十年心血矣。"杲性魯鈍,而記誦復善忘。童時讀經傳外,專攻舉業,及從畏莽先伯祖遊,又時聞同鄉趙易門前輩緒論,亦略涉四六之藩籬。今年夏,夫子取《叢話》重加校正,將以壽世。杲喜是書之必傳也,因追述向日師友之提命,約略數條,妄書於後,即以就正夫子,並質宇内之留心四六者。乾隆己酉孟秋月,受業休寧程杲謹識。

四六盛於六朝,庾、徐推爲首出。其時法律尚疏,精華特渾,譬諸漢京之文,盛唐之詩,元氣瀰淪,有非後世所能造其域者。唐興以來,體備法嚴,然格亦未免少降矣。前如燕、許稱大手筆,嗣如王、楊、盧、駱稱四傑。今即其集博覽之,所以擅名一代者,不尚可尋其緒乎?宋自盧陵、眉山以散行之氣運對偶之文,在駢體中另出機杼,而組織經傳,陶冶成句,實足跨越前人。要之,兩端不容偏廢也。由唐以前,可以徵學殖;由宋以後,可以見才思。苟兼綜而有得焉,自克樹幟於文壇。四六主對,對不可以不工,《雕龍》所論言對、事對、反對、正對盡之矣。至謂言對易,事對難,反對優,正對劣,其所謂難者,若古"二十四考中書,三十六年宰輔"、"秦塞重關一百二,漢室離宮三十六”之類，比事皆成絶對，故難也。近時緟類書，舉故事往往一意衍至數十句，不惟難者不見其難，亦且劣者彌形其劣。孫夫子於《總論》篇中有以意爲主之説，學駢體者不可無別裁之識。

按四六對法，一句相對者爲單對，兩句相對者爲偶對。一篇中，須以單偶參用，方見流宕之致。更有長偶對，若蘇軾《乞常州居住表》“臣聞聖人之行法也，如雷霆之震草木，威怒雖盛而歸於欲其生；人主之罪人也，如父母之譴子孫，鞭撻雖嚴而不忍致之死”之類是也。反對、正對之外，有借對，若駱賓王《冒雨尋菊序》“白帝徂秋，黄金勝友”之類是也。有巧對，若賓王《上司列太常啓》“摶羊角而高翥，浩若無津；附驥尾以上馳，邈焉難託”之類是也。有虛實對，若柳宗元《爲裴中丞賀東平表》“愧無横草之功，坐見覆盂之泰”之類是也。有流水對，若歐陽修《謝賜漢書表》“惟漢室上繼三代之盛，而班史自成一家之書”之類是也。有各句自對，若王勃《滕王閣序》“物華天寶，龍光射牛斗之墟；人傑地靈，徐孺下陳蕃之榻”之類是也。要使百鍊千鍾，句斟字酌，閲之有璧合珠聯之采，讀之有戞金戛玉之聲，乃爲能手。

四六中以言對者，惟宋人采用經傳子史成句爲最上乘，即元明諸名公表啓，亦多尚此體，非胸有卷軸不能取之左右逢源也。以事對者，尚典切忌冗雜，尚清新忌陳腐。否則陳陳相因，移此儷彼，但記數十篇通套文字，便可取用不窮，況每類皆有熟爛故事，俗筆伸紙便爾掃搋，令人對之欲嘔。然又非必舍康莊而求僻遠也，要在運筆有法，或融其字面，或易其稱名，或巧其屬對，則舊者新之，頓覺別開壁壘，莊子所云腐臭化爲神奇也。

四六序事之法，有挨序格，若一事自始至終，一人自少至老，遞詳其實是也。有類序格，若德行、文章、勳業以及世望、後裔，各標其目是也。有分序格，若雙壽之夫妻，聯芳之兄弟，以及累葉親賢、同堂友哲，各揚其美是也。有合序格，若前項諸類而以錯綜分配舉之是也。其篇法有直起直收格，有前冒後束格，有分柱提應格，其變更有整散相間格。要之格雖殊途，而鍊意鍊詞，悉歸一律。至於通篇句法，平仄相銜，與律詩律賦同體。唐以前不盡然者，法未備也。唐以後間有不然者，如律詩中之拗句也。不得沿以爲例。偶對上下句一事相承，或有各用故事者，必須意義聯貫，不得艮限貽譏。他若論事則頌不忘規，贊人則僾必於倫，立言體裁，尤以獻諛爲戒。凡此數條皆愚人之一得，原不敢見笑方家，今因《叢話》，妄呈簡末，世之讀孫夫子是書者，必以杲爲弄斧於大匠之門矣。（卷首）

附：許應鑅重刊《四六叢話》跋

右《四六叢話》三十三卷、《選詩薈話》一卷，烏程孫春圃先生所輯也。先生博極羣書,薈萃百家,研挍剌取,靡有闕遺。其心瘁矣！其功偉矣！阮文達出先生門下,稱是書於古今源流、各家得失,梳節詳明,洵詞林之寶筏,學者所必讀也。山陰陳默齋騎尉亦先生門人也,跋語以爲蕭統之《文選》、劉勰之《文心雕龍》不過備文章、詳體例,從未有抉作者之心思、彙詞章之淵藪,使二千年駢四儷六之文若燭照數計。余紬繹其詞,搜尋共義,乃益嘆先生心力之所萃,得文達與騎尉之言而闡發無餘蘊也。蓋蕭《選》之文章備矣,然金玉淵海,渾博流灝,不得是書以辨其體裁、旁及考證,則浩瀚而無津梁也。《文心雕龍》之體例詳矣,然鉤抉玄要,精妙簡賅,不得是書以疏其節目、分別枝流,則高遠而無階梯也。由津梁以溯其源,自階梯以窺其奧,而後燕許手筆乃得躋大雅之堂、登著作之林,而謂學者不讀是書可乎？余雅好駢儷文,嘗喜此編之賅備,藏諸篋衍,珍若球璧,欲覓副本,卒不可得。蓋文達刻于嘉慶丁巳之秋,迄今八十有五年矣。兵燹之餘,板燬無存,印本絕尠,學者無從得覩。余自出守西江,陳臬蘇臺久欲鋟板以餉來學,會簿書倥傯,未得其暇。今春商之羊敦叔司馬,屬以校讎之役,余因捐廉爲倡,同人亦踊躍醵資,遂得重付手民,經始於是年仲春,閱六月而竣工。其書悉遵原刻之舊,惟烏焉亥豕間所不免,經敦叔是正者數十條。余竊幸是書之成,以爲藝林之津梁、詞苑之階梯也,遂書其緣起如此。時光緒七年歲次辛巳八月中秋日,嶺南許應鑅謹跋。（卷末）

紀　昀

　　紀昀(1724—1805)字曉嵐,一字春帆,晚號石雲,道號觀弈道人。諡"文達",世稱文達公。清直隸獻縣(今屬河北)人。乾隆十九年(1754)進士,官至禮部尚書、協辦大學士。清代公認的文壇泰斗、學界領袖,一代文學宗師,也是中國和世界文化史上一位少見的文化巨人。爲人寬厚,學識淵博,是乾嘉時期官方學術名副其實的領軍人物。著有《紀文達公遺集》、《閱微草堂筆記》、《評文心雕龍》、《歷代職官表》、《史通削繁》、《河源紀略》、《鏡煙堂十種》、《畿輔通志》、《沈氏四聲考》、《唐人詩律說》、《張爲主客圖》、《史氏風雅遺音》、《庚辰集》、《景成紀氏家譜》等。

　　乾隆三十七年開四庫全書館,紀昀受命爲總纂官,先後歷時十九年,終於總纂完成了巨著《四庫全書》。《四庫全書》分經、史、子、集四部,共 79 937 卷,裝訂成 36 000 餘册,抄寫七部,藏於文淵、文溯、文源、文津、文匯、文宗、文瀾七閣。

　　在總纂《四庫全書》的過程中,紀昀還用八年時間爲該書所收的一萬餘部書籍,精心撰寫了《四庫全書總目提要》,該書爲我國古代最大的官修圖書目錄,又稱《四庫全書總目》,或簡稱《四庫提要》。全書二百卷,基本上包括了清乾隆以前我國重要的古籍,特别是元代以前的书籍,是内容系統豐富的研究我國古典文献的重要工具書、解題式書目的代表作,頗有學術價值。因篇幅太大,後又歷縮成《四庫全書簡明目錄》。

《四庫全書總目提要》充滿頌帝之語,讀之生厭,但因本書所論文體包括體裁、風格、體類,而提要集中體現了紀昀按體裁、題材、時序分類的體類觀,故本書收錄較詳,如時令、地理、職官等類提要,單從體裁看,似不當收,但從體類看則屬題材分類,體現了紀昀的文體體類觀。

本書資料據中華書局 1965 年《四庫全書總目》、四庫全書本《御選歷代詩餘》。

《四庫全書總目》凡例(二十則)

一、是書卷帙浩博,爲亙古所無。然每進一編,必經親覽,宏綱巨目,悉稟天裁,定千載之是非,決百家之疑似,權衡獨運,衮鉞斯昭,睿鑒高深,迥非諸臣管蠡之所及。隨時訓示,曠若發蒙,八載以來,不能一一殫記。謹錄歷次恭奉聖諭爲一卷,載諸簡端,俾共知我皇上稽古右文,功媲刪述,懸諸日月,昭示方來,與歷代官修之本泛稱御定者迥不相同。

一、是書以經、史、子、集提綱列目。經部分十類。史部分十五類。子部分十四類。集部分五類。或流別繁碎者又分析子目,使條理分明。所錄諸書各以時代爲次,其歷代帝王著作從《隋書·經籍志》例,冠各代之首。至於列朝聖製、皇上御撰,揆以古例,當弁冕全書。而我皇上道秉大公,義求至當,以四庫所錄包括古今,義在衡鑒千秋,非徒取尊崇昭代,特命各從門目,弁於國朝著述之前。此尤聖裁獨斷,義愜理精,非館臣所能仰贊一詞者矣。

一、前代藏書,率無簡擇,蕭蘭並擷,珉玉雜陳,殊未協別裁之義。今詔求古籍,特創新規,一一辨厥妍媸,嚴爲去取。其上者悉登編錄,罔致遺珠;其次者亦長短兼臚,見瑕瑜之不掩。其有言非立訓,義或違經,則附載其名,兼匡厥繆;至於尋常著述,未越羣流,雖咎譽之咸無,究流傳之已久,準諸家著錄之例,亦併存其目,以備考核。等差有辨,旌別兼施,自有典籍以來無如斯之博且精矣。

一、自《隋志》以下,門目大同小異,互有出入,亦各具得失,今擇善而從。如詔令奏議,《文獻通考》入集部,今以其事關國政,詔令從《唐志》例入史部,奏議從《漢志》例亦入史部。《東都事略》之屬不可入正史,而亦不可入雜史者,從《宋史》例立別史一門。《香譜》、《鷹譜》之屬,舊志無所附麗,強入農家。今從尤袤《遂初堂書目》例立譜錄一門。名家、墨家、縱橫家,歷代著錄各不過一二種,難以成帙。今從黃虞稷《千頃堂書目》例併入雜家爲一門。又別集之有詩無文者,《文獻通考》別立詩集一門。然則

中国古代文体学 附卷三 清代文体资料集成(一)

有文無詩者何不別立文集一門？多事區分，徒滋繁碎。今仍從諸史之例，併爲別集一門。又兼詁羣經者，《唐志》題曰經解，則不見其爲羣經；朱彝尊《經義考》題曰羣經，又不見其爲經解。徐乾學通志堂所刻，改名曰總經解，何焯又譏其杜撰。今取《隋志》之文，名之曰《五經總義》。凡斯之類，皆務求典據，非事更張。

一、焦竑《國史經籍志》多分子目，頗以餖飣爲嫌。今酌乎其中，惟經部之小學類，史部之地理、傳記、政書三類，子部之術數、藝術、譜録、雜家四類，集部之詞曲類，流派至爲繁夥，端緒易至茫如。謹約分小學爲三子目，地理爲九子目，傳記爲五子目，政書爲六子目，術數爲七子目，藝術、譜録各爲四子目，雜家爲五子目，詞曲爲四子目，使條理秩然。又經部之禮類，史部之詔令奏議類、目録類，子部之天文算法類、小說家類，亦各約分子目，以便檢尋。其餘瑣節，槩爲删併。

一、古來諸家著録，往往循名失實，配隸乖宜，不但《崇文總目》以《樹萱録》入之種植，爲鄭樵所譏，今並考校原書，詳爲釐定，如《筆陣圖》之屬舊入小學類，今惟以論六書者入小學，其論八法者不過筆札之工，則改隸藝術。《羯鼓録》之屬舊入樂類，今惟以論律吕者入樂，其論管絃工尺者不過世俗之音，亦改隸藝術。《左傳類對賦》之屬舊入《春秋》類，今以其但取儷詞，無關經義，改隸類書。《孝經集靈》舊入《孝經》類，《穆天子傳》舊入起居注類，《山海經》、《十洲記》舊入地理類，《漢武帝内傳》、《飛燕外傳》舊入傳記類，今以其或涉荒誕，或涉鄙猥，均改隸小說。他如揚雄《太元經》舊入儒家類，今改隸術數，俞琰《易外別傳》舊入《易》類，今改隸道家。又如《倪石陵書》名似子書，而實文集；陳埴《木鍾集》名似文集而實語録，凡斯之流，不可殫述，並一一考核，務使不失其真。

一、諸書刊寫之本不一，謹擇其善本録之；增删之本亦不一，謹擇其足本録之。每書名之下欽遵諭旨，各註某家藏本，以不没所自。其坊刻之書不可專題一家者，則註曰通行本。至其編次先後，《漢書·藝文志》以高帝、文帝所撰雜置諸臣之中，殊爲非體。《隋書·經籍志》以帝王各冠其本代，於義爲允，今從其例。其餘槩以登第之年、生卒之歲爲之排比，或據所往來倡和之人爲次，無可考者則附本代之末。釋、道、閨閣亦各從時代，不復區分。宦寺之作雖不宜厠士大夫間，然《漢志》小學家嘗收趙高之《爰歷》、史游之《急就》，今從其例，亦間存一二。外國之作前史罕載，然既歸王化，即屬外臣，不必分疆絶界，故木增、鄭麟趾、徐敬德之屬，亦隨時代編入焉。

一、諸書次序，雖從其時代，至於箋釋舊文，則仍從所註之書，而不論作註之人。如儒家類明曹端《太極圖述解》以註周子之書，則列於《張子全書》前；國朝李光地註解《正蒙》以註《張子之書》，則列於《二程遺書》前是也。他如《史記疑問》附《史記》後，《班馬異同》附《漢書》後之類，亦同此例，以便參考。至於汪晫所輯之《曾子》、《子思子》，則仍列於朱呂枬所輯之《周子鈔釋》，諸書則仍列於明，蓋雖裒輯舊文，而實自爲著述，與因原書而考辨者，事理固不同也。

一、劉向校理祕文，每書具奏。曾鞏刊定官本，亦各製序文。然鞏好借題抒議，往往冗長，而本書之始末源流轉從疎略。王堯臣《崇文總目》、晁公武《郡齋讀書志》、陳振孫《書録解題》，稍具崖略，亦未詳明。馬端臨《經籍考》薈粹羣言，較爲賅博，而兼收並列，未能貫串折衷。今於所列諸書，各撰爲提要，分之則散弁諸編，合之則共爲《總目》。每書先列作者之爵里以論世知人，次考本書之得失，權衆説之異同，以及文字增删、篇帙分合，皆詳爲訂辨，巨細不遺。而人品學術之醇疵，國紀朝章之法戒，亦未嘗不各昭彰，俾用著勸懲。其體例悉承聖斷，亦古來之所未有也。

一、四部之首各冠以總序，撮述其源流正變，以挈綱領。四十三類之首亦各冠以小序，詳述其分併改隸，以析條目。如其義有未盡，例有未該，則或於子目之末，或於本條之下附註案語，以明通變之由。

一、歷代敕撰官書如《周易正義》之類，承詔纂修，不出一手，一一詳其爵里，則末大於本，轉病繁冗。故今但記其成書年月、任事姓名，而不縷陳其爵里。又如漢之賈、董，唐之李、杜、韓、柳，宋之歐、蘇、曾、王以及韓、范、司馬諸名臣，周、程、張、朱諸道學，其書並家弦户誦，雖村塾童豎皆能知其爲人，其爵里亦不復贅。至一人而著數書，分見於各部中者，其爵里惟見於第一部，後但云某人有某書，已著録，以省重復。如二書在一卷之中，或數頁之内，易於省記者，則第二部但著其名（如明戴原禮已見所校補朱震亨《金匱鈎元》條下，其《推求師意》二卷僅隔五條之類）。

一、劉勰有言：“意翻空而易奇，詞徵實而難巧。”儒者説經論史其理亦然。故説經主於明義理，然不得其文字之訓詁，則義理何自而推？論史主於示褒貶，然不得其事迹之本末，則褒貶何據而定？如成風爲魯僖公之母，明載《左傳》，而趙鵬飛《春秋經筌》謂不知爲莊公之妾，爲僖公之妾，是不知其人之名分，可定其禮之得失乎？劉子翼入唐爲著作郎、宏文館直學士，明載《唐書・劉禕之傳》，而朱子《通鑑綱目》書貞觀元年徵隋秘書劉子翼不至，尹起莘《發明》稱特書隋官以美之，與陶潛稱晉一例，是未知其人之始終，可定其品之賢否乎？今所録者率以考證精核，論辨明確爲主，庶幾可謝彼虛談，敦兹實學。

一、文章流別，歷代增新，古來有是一家，即應立是一類；作者有是一體，即應備是一格，斯協於全書之名。故釋、道外教，詞、曲末技，咸登簡牘，不廢蒐羅。然二氏之書必擇其可資考證者，其經懺章咒並稟（原作“凜”，逕改）遵諭旨，一字不收。宋人朱表、青詞，亦槩從删削。其倚聲填調之作，如石孝友之《金谷遺音》，張可久之《小山小令》等，初以相傳舊本，姑爲録存，並蒙皇上指示，命從屏斥，仰見大聖人敦崇風教，釐正典籍之至意。是以編輯雖富，而謹持繩墨，去取不敢不嚴。

一、聖賢之學主於明體以達用，凡不可見諸實事者皆屬卮言。儒生著書務爲高論，陰陽太極累牘連篇，斯已不切人事矣。至於論九河則欲修禹迹，考六典則欲復《周官》封建、井田，動稱三代而不揆時勢之不可行。至黃諫之流欲使天下筆札皆改篆體，顧炎武之流欲使天下言語皆作古音，迂謬抑更甚焉。又如明之曲士，人喜言兵，《二麓正義》欲掘坑藏錐以刺敵，《武備新書》欲雕木爲虎以臨陣，陳禹謨至欲使九邊將士人人皆讀《左傳》，凡斯之類並闢其異說，黜彼空言，庶讀者知致遠經方，務求爲有用之學。

一、漢、唐儒者謹守師說而已，自南宋至明，凡說經臣講學論文，皆各立門戶，大抵數名人爲之主，而依草附木者囂然助之。朋黨一分，千秋吳越，漸流漸遠，并其本師之宗旨亦失其傳，而釁隙相尋，操戈不已，名爲爭是非，實則爭勝負也。人心世道之害，莫甚於斯。伏讀御題朱弁《曲洧舊聞》致遺憾於洛黨，又御題顧憲成《涇皋藏稿》示炯戒於東林，誠洞鑒情僞之至論也。我國家文教昌明，崇真黜僞，翔陽赫燿，陰翳潛消，已盡滌前朝之敝俗。然防微杜漸，不能不慮遠思深。故甄別遺編，皆一準至公，剗除畛畦，以預消芽蘗之萌。至詩社之標榜聲名，地志之矜誇人物，浮辭塗飾，不盡可憑，亦併詳爲考訂，務核其真，庶幾公道大彰，俾尚論者知所勸戒。

一、文章德行，自孔門既已分科，兩擅厥長，代不一二。今所錄者如龔翊、楊繼盛之文集，周宗建、黃道周之經解，則論人而不論其書；耿南仲之《說易》，吳开之《評詩》，則論書而不論其人。凡茲之類，略示變通。一則表章之公，一則節取之義也。至於姚廣孝之《逃虛子集》，嚴嵩之《鈐山堂詩》，雖詞華之美足以方軌文壇，而廣孝則助逆興兵，嵩則怙權蠹國，繩以名義，非止微瑕。凡茲之流，並著其見斥之由，附存其目，用見聖朝彰善癉惡，悉準千秋之公論焉。

一、儒者著書往往各明一義，或相反而適相成，或相攻而實相救，所謂言豈一端，各有當也。考古者無所別裁，則多岐而太雜；有所專主，又膠執而過偏。左右佩劍，均未協中。今所採錄，惟離經畔道、顛倒是非者掊擊必嚴，懷詐挾私、熒惑視聽者屛斥必力。至於闡明學術，各擷所長，品騭文章，不名一格，兼收並蓄，如渤澥之納衆流，庶不乖於全書之目。

一、《七略》所著古書即多依託，班固《漢書·藝文志》註可覆按也。遷流洎於明季，譌妄彌增，魚目混珠，猝難究詰。今一一詳核，並斥而存目，兼辨證其非。其有本屬僞書，流傳已久，或掇拾殘剩，真贋相參，歷代詞人已引爲故實，未可槩爲捐棄，則姑錄存而辨別之。大抵灼爲原帙者則題曰某代某人撰，灼爲贋造者則題曰舊本題某代某人撰，其踉誤傳訛，如呂本中《春秋傳》舊本稱呂祖謙之類，其例亦同。至於其書雖歷代著錄，而實一無可取，如《燕丹子》、陶潛《聖賢羣輔錄》之類，經聖鑒洞燭其妄者，则亦斥而存目，不使滥登。

一、九流自《七略》以來即已著錄，然方技家遞相增益，篇帙日繁，往往僞妄荒唐，不可究詰。抑或卑瑣微末，不足編摩，今但就四庫所儲，擇其稍古而近理者各存數種，以見彼法之梗槩，其所未備，不復搜求。蓋聖朝編錄遺文以闡聖學，明王道者爲主，不以百氏雜學爲重也。

一、是書主於考訂異同，別白得失，故辨駁之文爲多。然大抵於衆説互殊者權其去取，幽光未耀者加以表章。至於馬、班之史，李、杜之詩，韓、柳、歐、蘇之文章，濂、洛、關、閩之道學，定論久孚，無庸更贅一語者，則但論其刊刻傳寫之異同，編次增删之始末，著是本之善否而已。蓋不可不辨者，不敢因襲舊文；無可復議者，亦不敢横生別解。凡以求歸至當，以昭去取之至公。（卷首三）

經部總叙

經稟聖裁垂型萬世删定之旨，如日中天，無所容其贊述。所論次者，詁經之説而已。自漢京以後垂二千年，儒者沿波，學凡六變。其初專門授受，遞稟師承，非惟詁訓相傳莫敢同異，即篇章字句亦恪守所聞，其學篤實謹嚴，及其弊也拘。王弼、王肅稍持異議，流風所扇，或信或疑，越孔、賈、啖、趙以及北宋孫復、劉敞等各自論説，不相統攝，及其弊也雜。洛、閩繼起，道學大昌，擺落漢、唐，獨研義理，凡經師舊説俱排斥以爲不足信，其學務别是非，及其弊也悍。學脉旁分，攀緣日衆，驅除異已，務定一尊。自宋末以逮明初，其學見異不遷，及其弊也黨。主持太過，勢有所偏。才辨聰明，激而横決。自明正德、嘉靖以後，其學各抒心得，及其弊也肆。空談臆斷，考證必疎，於是博雅之儒引古義以抵其隙。

國初諸家，其學徵實不誣，及其弊也瑣。要其歸宿，則不過漢學、宋學兩家互爲勝負。夫漢學具有根柢，講學者以淺陋輕之，不足服漢儒也。宋學具有精微，讀書者以空疎薄之，亦不足服宋儒也。消融門户之見，而各取所長，則私心祛而公理出，公理出而經義明矣。蓋經者非他，即天下之公理而已。今參稽衆説，務取持平，各明去取之故，分爲十類，曰《易》，曰《書》，曰《詩》，曰《禮》，曰《春秋》，曰《孝經》，曰《五經總義》，曰《四書》，曰《樂》，曰《小學》。（卷一）

史部總叙

史之爲道，撰述欲其簡，考證則欲其詳。莫簡於《春秋》，莫詳於《左傳》。《魯史》

所録，具載一事之始末，聖人觀其始末得其是非，而後能定以一字之褒貶，此作史之資考證也。丘明録以爲傳，後人觀其始末，得其是非，而後能知一字之所以褒貶，此讀史之資考證也。苟無事迹，雖聖人不能作《春秋》；苟不知其事迹，雖以聖人讀《春秋》，不知所以褒貶。儒者好爲大言，動曰舍傳以求經，此其説必不通，其或通者則必私求諸傳，詐稱舍傳云爾。司馬光《通鑑》世稱絶作，不知其先爲長編，後爲考異，高似孫《緯略》載其《與宋敏求書》，稱到洛八年始了晉、宋、齊、梁、陳、隋六代，唐文字尤多，依年月編次爲草卷，以四丈爲一卷，計不減六七百卷。又稱光作《通鑑》一事用三四出（原"用"誤爲"川"，"出"誤爲"山"，據《緯略》改）處纂成，用雜史諸書凡二百二十二家。李燾《巽巖集》亦稱張新甫見洛陽有《資治通鑑》草稿盈兩屋。今觀其書，如淖方成禍水之語，則採及《飛燕外傳》，張象冰山之語，則採及《開元天寶遺事》，並小説亦不遺之。然則古來著録於正史之外，兼收博採，列目分編，其必有故矣。今總括羣書，分十五類，首曰正史，大綱也；次曰編年，曰別史，曰雜史，曰詔令奏議，曰傳記，曰史鈔，曰載記，皆參考紀傳者也；曰時令，曰地理，曰職官，曰政書，曰目録，皆參考諸志者也；曰史評，參考論贊者也。舊有譜牒一門，然自唐以後譜學殆絶，玉牒既不頒於外，家乘亦不上於官，徒存虛目，故從刪焉。考私家記載，惟宋、明兩代爲多，蓋宋、明人皆好議論，議論異則門户分，門户分則朋黨立，朋黨立則恩怨結。恩怨既結，得志則排擠於朝廷，不得志則以筆墨相報復，其中是非顛倒，頗亦熒聽。然雖有疑獄，合衆證而質之，必得其情；雖有虛詞，參衆説而核之，亦必得其情。張師棣《南遷録》之妄，鄰國之事無質也，趙與峕《賓退録》證以金國官制而知之。《碧雲騢》一書誣謗文彥博、范仲淹諸人，晁公武以爲眞出梅堯臣，王銍以爲出自魏泰，邵博又證其眞出堯臣，可謂聚訟。李燾卒參互而辨定之，至今遂無異説。此亦考證欲詳之一驗。然則史部諸書自鄙倍冗雜，灼然無可採録外，其有裨於正史者，固均宜擇而存之矣。

正史類小叙

正史之名見於《隋志》，至宋而定。著十有七，明刊監板合宋、遼、金、元四史爲二十有一，皇上欽定明史，又詔增《舊唐書》爲二十有三。近搜羅四庫薛居正《舊五代史》，得裒集成編，欽稟睿裁，與歐陽修書並列。共爲二十有四。今並從官本校録，凡未經宸斷者則悉不濫登。蓋正史體尊，義與經配，非懸諸令典，莫敢私增，所由與稗官野記異也。其他訓釋音義者如《史記索隱》之類，掇拾遺闕者如《補後漢書年表》之類，辨正異同者如《新唐書糾謬》之類，校正字句者如《兩漢刊誤補遺》之類，若別爲編次，尋檢爲繁，即各附本書，用資參證。至宋、遼、金、元四史譯語，舊皆舛謬，今悉改正，以存其

真。其子部、集部亦均視此以考校厘訂，自正史始，謹發其凡於此。（以上卷四十五）

編年類小叙

司馬遷改編年爲紀傳。荀悦又改紀傳爲編年。劉知幾深通史法，而《史通》分叙六家，統歸二體，則編年、紀傳均正史也。其不列爲正史者，以班、馬舊裁，歷朝繼作，編年一體，則或有或無，不能使時代相續，故姑置焉，無他義也。今仍蒐羅遺帙，次於正史，俾得相輔而行。隋志史部有《起居注》一門，著録四十四部，《舊唐書》載二十九部，併《實録》爲四十一部。《新唐書》載二十九部，存於今者《穆天子傳》六卷，温大雅《大唐創業起居注》三卷而已。《穆天子傳》雖編次年月類小説傳記，不可以爲信史，實惟存温大雅一書，不能自爲門目。稽其體例，亦屬編年，今併合爲一，猶《舊唐書》以實録附起居注之意也。（卷四十七）

紀事本末類小叙

古之史策，編年而已，周以前無異軌也。司馬遷作《史記》，遂有紀傳一體，唐以前亦無異軌也。至宋袁樞，以《通鑒》舊文，每事爲篇，各排比其次第，而詳叙其始終，命曰《紀事本末》，史遂又有此一體。夫事例相循，其後謂之因，其初皆起於創。其初有所創，其後即不能不因。故未有是體以前，微獨紀事本末創，即紀傳亦創，編年亦創。既有是體以後，微獨編年相因，紀傳相因，即紀事本末亦相因。因者既衆，遂於二體之外，別立一家。今亦以類區分，使自爲門目。凡一書備諸事之本末，與一書具一事之本末者，總匯於此。其不標紀事本末之名，而實爲紀事本末者，亦並著録。若夫偶然記載，篇帙無多，則仍隸諸雜史傳記，不列於此焉。（卷四十九）

別史類小叙

《漢·藝文志》無史名，《戰國策》、《史記》均附見於《春秋》。厥後著作漸繁，《隋志》乃分正史、古史、霸史諸目。然梁武帝、元帝實録列諸雜史，義未安也。陳振孫《書録解題》創立別史一門，以處上不至於正史，下不至於雜史者，義例獨善，今特從之。蓋編年不列於正史，故凡屬編年皆得類附。《史記》、《漢書》以下已列爲正史矣，其岐出旁分者，《東觀漢記》、《東都事略》、《大金國志》、《契丹國志》之類，則先資草創。《逸周書》、《路史》之類則互取證明，《古史》、《續後漢書》之類則檢校異同，其書皆足相輔，而其名則不可以並列，命曰別史，猶大宗之有別子云爾。包羅既廣，六體兼存，必以類分，轉形瑣屑，故今所編録通以年代先後爲叙。（卷五十）

雜史類小叙

雜史之目，肇於《隋書》，蓋載籍既繁，難於條析，義取乎兼包衆體，宏括殊名，故王嘉《拾遺記》、《汲冢璅語》得與《魏尚書》、《梁實録》並列，不爲嫌也。然既繫史名，事殊小説，著書有體，焉可無分？今仍用舊文立此一類，凡所著録則務示別裁，大抵取其事繫廟堂，語關軍國，或但具一事之始末，非一代之全編，或但述一時之見聞，祇一家之私記，要期遺文舊事足以存掌故，資考證，備讀史者之參稽云爾。若夫語神怪，供詼啁，里巷瑣言，稗官所述，則別有雜家、小説家存焉。（卷五十一）

詔令奏議類小叙

記言、記動二史，分司起居注右史事也。左史所録蔑聞焉，王言所敷，惟詔令耳。《唐志》史部初立此門，黄虞稷《千頃堂書目》則移制誥於集部，次於別集。夫渙號明堂，義無虚發，治亂得失，於是可稽，此政事之樞機，非僅文章類也。抑居詞賦，於理爲褻。《尚書》誓誥，經有明徵，今仍載史部，從古義也。《文獻通考》始以奏議，自爲一門，亦居集末。考《漢志》載奏事十八篇，列《戰國策》、《史記》之間，附《春秋》末，則論事之文當歸史部，其證昭然。今亦併改隸，俾易與紀傳互考焉。（卷五十五）

傳記類小叙

紀事始者稱傳記，始黄帝，此道家野言也。究厥本源，則《晏子春秋》，是即家傳孔子三朝記，其記之權輿乎。裴松之註《三國志》，劉孝標註《世説新語》，所引至繁，蓋魏晉以來作者彌夥，諸家著録體例相同，其參錯混淆，亦如一軌。今略爲區別，一曰聖賢，如《孔孟年譜》之類；二曰名人，如《魏鄭公諫録》之類；三曰總録，如《列女傳》之類；四曰雜録，如《驂鸞録》之類。其杜大圭《碑傳琬琰集》、蘇天爵《名臣事略》諸書，雖無傳記之名，亦各核其實，依類編入。至安禄山、黄巢、劉豫諸書，既不能遽削其名，亦未可薰蕕同器，則從叛臣諸傳，附載史末之例，自爲一類，謂之曰別録。（卷五十七）

638

史鈔類小叙

帝魁以後書凡三千二百四十篇，孔子刪取百篇，此史鈔之祖也。《宋志》始自立門，然《隋志》雜史類中有《史要》十卷，註漢桂陽太守衛颯撰，約《史記》要言，以類相從；又有《三史略》二十卷，吳太子太傅張温撰。嗣後專鈔一史者有葛洪《漢書鈔》三十卷、張緬《晉書鈔》三十卷，合鈔衆史者有阮孝緒《正史削繁》九十四卷，則其來已古矣。沿及宋代，又增四例。《通鑑總類》之類，則離析而編纂之；《十七史詳節》之類，則簡汰而刊削之；《史漢精語》之類，則採摭文句而存之；《兩漢博聞》之類，則割裂詞藻而次之。迨乎明季，彌衍餘風，趨簡易，利剽竊，史學荒矣。要其含咀英華，刪除冗贅，即韓愈所稱記事提要之義，不以末流蕪濫，責及本始也。博取約存，亦資循覽。若倪思《班馬異同》惟品文字，婁機《班馬字類》惟明音訓，及《三國志文類》總滙文章者，則各從本類，不列此門。（卷六十五）

載記類小叙

五馬南浮，中原雲擾，偏方割據，各設史官，其事迹亦不容泯滅。故阮孝緒作《七錄》，僞史立焉。《隋志》改稱霸史，《文獻通考》則兼用二名。然年祀綿邈，文籍散佚，當時僭撰久已無存存，於今者大抵後人追記而已。曰霸曰僞，皆非其實也。案《後漢書・班固傳》稱撰平林、新市、公孫述事爲載記，《史通》亦稱平林下江諸人，《東觀》列爲載記，又《晉書》附叙十六國亦云載記，是實立乎中朝，以叙述列國之名。今採録《吳越春秋》以下述偏方僭亂遺迹者，準《東觀》、《漢記》、《晉書》之例，總題曰載記，於義爲允。惟《越史略》一書爲其國所自作僭號紀年，真爲僞史。然外方私記，不過附存，已聲罪示誅，足昭名分，固無庸爲此數卷別區門目焉。（卷六十六）

時令類小叙

《堯典》首授時，舜初受命，亦先齊七政，後世推步測算，重爲專門，已別著録。其本天道之宜，以立人事之節者，則有時令諸書。孔子考獻徵文，以小正爲尚，存夏道。然則先王之政兹其大綱歟。後世承流，遞有撰述。大抵農家曰用閭閻風俗爲多，與《禮經》所載小異。然民事即王政也，淺識者岐視之耳。至於選詞章，隸故實，誇多鬭靡，寖失厥初，則踵事增華，其來有漸，不獨時令一家爲然。汰除鄙倍，採摭典要，亦未

始非《豳風》、《月令》之遺矣。（卷六十七）

地理類小叙

古之地志載方域山川、風俗物産而已，其書今不可見。然《禹貢》、《周禮》職方氏其大較矣。《元和郡縣志》頗涉古跡，蓋用《山海經》例。《太平寰宇記》增以人物，又偶及藝文，於是爲州縣志書之濫觴。元、明以後體例相沿，列傳侔乎家牒，藝文溢於總集，末大於本，而輿圖反若附錄其間。假借誇飾以侈風土者，抑又甚焉。王士禎稱《漢中府志》載木牛流馬法，《武功縣志》載織錦璿璣圖，此文士愛博之談，非古法也。然踵事增華，勢難遽返。今惟去泰去甚，擇尤雅者錄之。凡蕪濫之篇，皆斥而存目。其編類首宮殿疏，尊宸居也；次總志，大一統也；次都會郡縣，辨方域也；次河防，次邊防，崇實用也；次山川，次古跡，次雜記，次遊記，備考核也；次外紀，廣見聞也。若夫《山海經》、《十洲記》之屬，體雜小説，則各從其本類，兹不錄焉。（卷六十八）

職官類小叙

前代官制，史多著録，然其書恒不傳。《南唐書‧徐鍇傳》稱後主得齊職制，其書罕觀，惟鍇知之，今亦無舉其名者。世所稱述《周官》以外，惟《唐六典》最古耳。蓋建官爲百度之綱，其名品職掌，史志必撮舉大凡，足備參考。故本書繁重，反爲人所倦觀。且惟議政廟堂乃稽舊典，其間如元豐變法事不數逢，故著述之家或通是學而無所用，習者少則傳者亦稀焉。今所採録，大抵唐、宋以來一曹一司之舊事與儆戒訓誥之詞，今釐爲官制、官箴二子目，亦足以考稽掌故，激勸官方。明人所著率類州縣志書，則等之自鄶矣。（卷七十九）

政書類小叙

志藝文者有故事一類，其間祖宗創法，奕葉慎守者爲一朝之故事；後鑒前師，與時損益者，爲前代之故事。史家著録，大抵前代事也。《隋志》載《漢武故事》，濫及稗官；《唐志》載魏文貞故事，橫牽家傳，循名誤列，義例殊乖。今總核遺文，惟以國政朝章，六官所職者人（入）於斯類，以符《周官》故府之遺。至儀注條格，舊皆別出，然均爲成憲，義可同歸。惟我皇上制作日新，垂模册府，業已恭登新笈，未可仍襲舊名。考錢溥《秘閣書目》有政書一類，謹據以標目，見綜括古今之義焉。（卷八十一）

640

目録類小叙

鄭元有《三禮目録》一卷，此名所昉也。其有解題，胡應麟《經義會通》謂始於唐之李肇。案《漢書》録《七略》書名，不過一卷，而劉氏《七略別録》至二十卷，此非有解題而何？《隋志》曰劉向《別録》、劉歆《七略》，剖析條流，各有其序。推尋事迹，自是以後，不能辨其流別，但記書名而已。其文甚明，應麟誤也。今所傳者，以《崇文總目》爲古，晁公武、趙希弁、陳振孫並準爲撰述之式，惟鄭樵作《通志·藝文略》始無所詮釋，併建議廢《崇文總目》之解題，而尤袤《遂初堂書目》因之。自是以後，遂兩體並行。今亦兼收，以資考核。金石之文，《隋》、《唐志》附小學，《宋志》乃附目録，今用宋志之例，並列此門，而別爲子目，不使與經籍相淆焉。（卷八十五）

史評類小叙

《春秋》筆削，議而不辨，其後三傳異詞，《史記》亦自爲序贊，以著本旨，而先黃老，後六經，退處士，進姦雄，班固復異議焉，此史論所以繁也。其中考辨史體，如劉知幾、倪思諸書，非博覽精思，不能成帙，故作者差稀。至於品隲舊聞，抨彈往迹，則纔繙史略，即可成文，此是彼非，互滋簧鼓，故其書動至汗牛。又文士立言，務求相勝，或至鑿空生義，僻謬不情，如胡寅《讀史管見》譏晉元帝不復牛姓者，更往往而有，故瑕纇叢生，亦惟此一類爲甚。我皇上綜括古今，折衷衆論，欽定《評鑑闡要》及《全韻詩》，昭示來茲，日月著明，爝火可息，百家讕語，原可無存。以古來著録舊有此門，擇其篤實近理者，酌録數家，用備體裁云爾。（卷八十八）

子部總叙

自六經以外立説者皆子書也。其初亦相淆，自《七略》區而列之，名品乃定。其初亦相軋，自董仲舒別而白之，醇駁乃分。其中或佚不傳，或傳而後莫爲繼，或古無其目而今增，古各爲類而今合，大都篇帙繁富。可以自爲部分者，儒家以外有兵家，有法家，有農家，有醫家，有天文算法，有術數，有藝術，有譜録，有雜家，有類書，有小説家。其別教則有釋家，有道家，叙而次之，凡十四類。儒家尚矣，有文事者有武備，故次之以兵家。兵刑類也，唐虞無臯陶則冠賊姦宄無所禁，必不能風動時雍，故次以法家。民，國之本也；穀，民之本也，故次以農家。本草、經方，技術之事也，而生死繫焉。神農、黃帝以聖人爲天子,尚親治之,故次以醫家。重民事者先授時,授時本測候,測候本積數,故次以天文算法。以上六家皆治世者所有事也。百家、方技或有益,或無益,而其說久行,理難竟廢,故次以術數。游藝亦學問之餘事,一技入神,器或寓道,故次以藝術。以上二家皆小道之可觀者也。《詩》取多識,《易》稱制器博聞有取,利用攸資,故次以《譜錄》。羣言岐出,不名一類,總爲薈粹,皆可采摭菁英,故次以雜家。隸事分類亦雜言也,舊附於子部,今從其例,故次以類書。稗官所述,其事末矣,用廣見聞,愈於博奕,故次以小說家。以上四家皆旁資參考者也。二氏外學也,故次以釋家、道家終焉。夫學者研理於經可以正天下之是非,徵事於史可以明古今之成敗,餘皆雜學也。然儒家木(疑当作"本")六藝之支流,雖其間依草附木,不能免門戶之私,而數大儒明道立言,炳然具在,要可與經史旁參。其餘雖真僞相雜,醇疵互見,然凡能自名一家者,必有一節之足以自立,即其不合於聖人者,存之亦可爲鑒戒。雖有絲麻,無棄菅蒯,狂夫之言,聖人擇焉,在博收而慎取之爾。

儒家類小叙

古之儒者立身行已,誦法先王,務以通經適用而已,無敢自命聖賢者。王通教授河汾,始摹擬尼山,遞相標榜,此亦世變之漸矣。迨托克托等修《宋史》以《道學》、《儒林》分爲兩傳,而當時所謂道學者又自分二派,筆舌交攻。自時厥後,天下惟朱、陸是爭。門戶別而朋黨起,恩讐報復,蔓延者垂數百年。明之末葉,其禍遂及於宗社,惟好名好勝之私心不能自克,故相激而至是也。聖門設教之意,其果若是乎?今所錄者大旨以濂、洛、關、閩爲宗,而依附門牆,藉詞衛道者,則僅存其目。金谿、姚江之派亦不廢所長,惟顯然以佛語解經者則斥人雜家。凡以風示儒者,無植黨,無近名,無大言而不愜,無空談而鮮實,則庶幾孔、孟之正傳矣。(以上卷九十一)

兵家類小叙

《史記·穰苴列傳》稱齊威王使大夫追論古者司馬兵法,是古有兵法之明證。然風后以下皆出依託。其間孤虛王相之說,雜以陰陽五行風雲氣色之說,又雜以占候。故兵家恒與術數相出入,術數亦恒與兵家相出入,要非古兵法也。其最古者當以孫子、吳子、司馬法爲本,大抵生聚訓練之術,權謀運用之宜而已。今所採錄,惟以論兵爲主,其餘雜說悉別存目。古來僞本流傳既久者,詞不害理,亦併存以備一家。明季遊士撰述尤爲猥雜,惟擇其著有明效,如戚繼光《練兵實紀》之類者列於篇。(卷九十九)

法家類小叙

刑名之學起於周季，其術爲聖世所不取。然流覽遺篇，兼資法戒，觀於管仲諸家，可以知近功小利之隘；觀於商鞅、韓非諸家，可以知刻薄寡恩之非。鑒彼前車，即所以克端治本，曾鞏所謂不滅其籍，乃善於放絶者歟。至於凝、嶸所編，闡明疑獄（和凝、和嶸父子相繼撰《疑獄集》），桂、吳所録（桂萬榮、吳訥相續撰《棠陰比事》），矜慎祥刑，並義取持平，道資弼教，雖類從而録，均隸法家。然立義不同，用心各異，於虞廷欽恤亦屬有裨。是以仍準舊史，録此一家焉。（卷一百一）

農家類小叙

農家條目至爲蕪雜，諸家著録大抵輾轉旁牽，因耕而及《相牛經》，因《相牛經》及《相馬經》、《相鶴經》、《鷹經》、《蟹録》。至於《相貝經》而《香譜》、《錢譜》相隨入矣。因五穀而及《圃史》，因《圃史》而及《竹譜》、《荔支譜》、《橘譜》，至於《梅譜》、《菊譜》。而《唐昌玉蘂辨證》、《揚州瓊花譜》相隨入矣。因蠶桑而及《茶經》，因《茶經》及《酒史》、《糖霜譜》，至於《疏食譜》，而《易牙遺意》、《飲膳正要》相隨入矣。觸類蔓延，將因四民《月令》而及《算術》、《天文》，因田家五行而及《風角》、《鳥占》，因《救荒本草》而及《素問》、《靈樞》乎？今逐類汰除，惟存本業，用以見重農貴粟，其道至大，其義至深，庶幾不失《豳風》、《無逸》之初旨。茶事一類與農家稍近，然龍團鳳餅之製，銀匙玉盌之華，終非耕織者所事，今亦別入譜録類，明不以末先本也。（卷一百二）

醫家類小叙

儒之門户分於宋，醫之門户分於金、元。觀元好問《傷寒會要序》，知河間之學與易水之學爭觀；戴良作《朱震亨傳》，知丹溪之學與宣和局方之學爭也。然儒有定理，而醫無定法。病情萬變，難守一宗。故今所叙録兼衆説焉。明制定醫院十三科，頗爲繁碎，而諸家所著往往以一書兼數科，分隸爲難。今通以時代爲次，《漢志》醫經、經方二家，後有房中，神仙二家，後人誤讀爲一，故服餌導引，歧塗頗雜，今悉删除。《周禮》有獸醫，《隋志》載《治馬經》等九家雜列醫書間，今從其例，附録此門，而退置於末簡，貴人賤物之義也。《太素脉法》不關治療，今別收入術數家，兹不著録。（卷一百三）

天文算法類小叙

三代上之制作,類非後世所及,惟天文算法則愈闡愈精,容成造術,顓頊立制,而測星紀閏,多述帝堯,在古初已修改漸密矣。洛下閎以後,利瑪竇以前,變法不一,泰西晚出,頗異前規,門户搆爭,亦如講學。然分曹測驗,具有實徵,終不能指北爲南,移昏作曉,故攻新法者至國初而漸解焉。聖祖仁皇帝御製數理,精蘊諸書,妙契天元,精研化本,於中西兩法權衡歸一,垂範億年,海宇承流,遞相推類,一時如梅文鼎等測量撰述,亦具有成書。故言天者至於本朝,更無疑義。今仰遵聖訓,考校諸家,存古法以溯其源,秉新制以究其變,古來疏密,釐然具矣。若夫占驗機祥,率多詭説,鄭當再火,裨竈先誣,舊史各自爲類,今亦別入之術數家。惟算術、天文,相爲表裏,《明史・藝文志》以算術入小學類,是古之算術非今之算術也。今核其實與天文類從焉。(卷一百六)

術數類小叙

術數之興,多在秦漢以後,要其旨不出乎陰陽、五行,生尅制化,實皆《易》之支流,傳以雜説耳。物生有象,象生有數,乘除推闡,務究造化之源者是爲數學。星土雲物,見於經典,流傳妖妄,寖失其真,然不可謂古無其説,是爲占候。自是以外,末流猥雜,不可殫名,史志總慨以五行。今參驗古書,旁稽近法,析而別之者三,曰相宅相墓,曰占卜,曰命書、相書;併而合之者一,曰陰陽五行。雜技術之有成書者亦別爲一類附焉。中惟數學一家,爲《易》外別傳,不切事而猶近理,其餘則皆百僞一真,遞相煽動。必謂古無是説,亦無是理,固儒者之迂談;必謂今之術士能得其傳,亦世俗之惑志。徒以冀福畏禍,今古同情,趨避之念一萌,方技者流遂各乘其隙以中之,故悠謬之談,彌變彌夥耳。然衆志所趨,雖聖人有所弗能禁,其可通者存其理,其不可通者姑存其説可也。(卷一百八)

藝術類小叙

古言六書,後明八法,於是字學、書品爲二事。左圖右史,畫亦古義,丹青金碧漸別爲賞鑑一途。衣裳製而纂組巧,飲食造而陸海陳,踵事增華,勢有馴致。均與文史相出入,要爲藝事之首也。琴本雅音,舊列樂部。後世俗工撥捴,率造新聲,非復《清廟》、《生民》之奏，是特一技耳。摹印本六體之一，自漢白元朱務矜鐫刻，與小學遠矣。射義、投壺，載於《戴記》，諸家所述亦事異《禮經》，均退列藝術於義差允。至於譜博奕，諭歌舞，名品紛繁，事皆瑣屑，亦併爲一類，統曰雜技焉。（卷一百十二）

譜錄類小叙

劉向《七略》門目孔多，後併爲四部，大綱定矣。中間子目遞有增減，亦不甚相遠。然古人學問各守專門，其著述具有源流，易於配隷。六朝以後作者漸出，新裁體倒，多由創造，古來舊目遂不能該，附贅懸疣，往往牽强。《隋志》譜係本陳族姓，而末載《竹譜》、《錢譜》、《錢圖》。《唐志》農家本言種植，而雜列《錢譜》、《相鶴經》、《相馬經》、《鷙擊錄》、《相貝經》。《文獻通考》亦以《香譜》入農家，是皆明知其不安，而限於無類可歸，又復窮而不變，故支離顛舛，遂至於斯。惟尤袤《遂初堂書目》創立譜錄一門，於是別類殊名，咸歸統攝，此亦變而能通矣。今用其例，以收諸雜書之無可繫屬者。門目既繁，檢尋頗病於瑣碎，故諸物以類相從，不更以時代次焉。（卷一百十五）

雜家類小叙

衰周之季，百氏爭鳴，立説著書，各爲流品，《漢志》所列備矣。或其學不傳，後無所述；或其名不美，人不肯居。故絶續不同，不能一概。後人著錄株守舊文，於是墨家僅《墨子》、《晏子》二書，名家僅《公孫龍子》、《尹文子》、《人物志》三書，縱橫家僅《鬼谷子》一書，亦別立標題，自爲支派，此拘泥門目之過也。黃虞稷《千頃堂書目》於寥寥不能成類者併入雜家，雜之義廣，無所不包，班固所謂合儒、墨兼名、法也、變而得宜，於例爲善，今從其説，以立説者謂之雜學，辨證者謂之雜考，議論而兼叙述者謂之雜説，旁究物理、臚陳繳瑣者謂之雜品，類輯舊文、塗兼衆軌者謂之雜纂，合刻諸書、不名一體者謂之雜編，凡六類。（卷一百十七）

類書類小叙

類事之書，兼收四部，而非經非史，非子非集，四部之內乃無類可歸。《皇覽》始於魏文，晉荀勖《中經》部分隷何門，今無所考。《隋志》載入子部，當有所受之。歷代相承。莫之或易。明胡應麟作《筆叢》，始議改入集部。然無所取義，徒事紛更，則不如仍舊貫矣。此體一興，而操觚者易於檢尋，注書者利於剽竊，輾轉稗販，實學頗荒。然古籍散亡,十不存一,遺文舊事,往往託以得存。《藝文類聚》、《初學記》、《太平御覽》諸編,殘璣斷璧,至掇拾不窮,要不可謂之無補也。其專考一事,如《同姓名録》之類者,別無可附,舊皆入之類書,今亦仍其例。(卷一百三十五)

小說家類小叙

張衡《西京賦》曰:"小説九百,本自虞初。"《漢書·藝文志》載:"虞初《周説》九百四十三篇。"註稱:"武帝時方士。"則小説興於武帝時矣。故《伊尹説》以下九家,班固多註"依託也"。(《漢書·藝文志》註凡不著姓名者,皆班固自註)然屈原《天問》,雜陳神怪,多莫知所出,意即小説家言。而《漢志》所載《青史子》五十七篇,賈誼《新書·保傅篇》中先引之,則其來已久,特盛於虞初耳。迹其流別,凡有三派:其一叙述雜事,其一記録異聞,其一綴緝瑣語也。唐、宋而後,作者彌繁。中間誣謾失真,妖妄熒聽者,固爲不少,然寓勸戒、廣見聞、資考證者,亦錯出其中。班固稱:"小説家流,蓋出於稗官。"如淳註謂:"王者欲知閭巷風俗,故立稗官,使稱説之。"然則博采旁蒐,是亦古制,固不必以冗雜廢矣。今甄録其近雅馴者,以廣見聞。惟猥鄙荒誕,徒亂耳目者,則黜不載焉。(卷一百四十)

釋家類小叙

梁阮孝緒作《七録》,以二氏之文别録於末,《隋書》遵用其例,亦附於志末,有部數、卷數而無書名。《舊唐書》以古無釋家,遂併佛書於道家,頗乖名實。然惟録諸家之書爲二氏作者,而不録二氏之經典,則其義可從。今録二氏於子部,未用阮孝緒例;不録經典,用劉昫例也。諸志皆道先於釋,然《魏書》已稱釋老志,《七録》舊目載於釋道,宣《廣宏明集》者亦以釋先於道,故今所叙録以釋家居前焉。(卷一百四十五)

道家類小叙

後世神怪之迹多附於道家,道家亦自矜其異,如《神仙傳》、《道教靈驗記》是也。要其本始則主於清淨,自持而濟以堅忍之力,以柔制剛,以退爲進,故《申子》、《韓子》流爲刑名之學,而《陰符經》可通於兵,其後長生之説與神仙家合爲一,而服餌導引入之房中一家,近於神仙者亦入之。《鴻寶》有書,燒煉入之;張魯立教,符籙入之;北魏寇謙之等又以齋醮章呪入之。世所傳述,大抵多後附之文,非其本旨,彼教自不能別,今亦無事於區分。然觀其遺書源流遷變之故,尚一一可稽也。(卷一百四十六)

集部總叙

集部之目,《楚辭》最古,別集次之,總集次之,詩文評又晚出,詞、曲則其閏餘也。古人不以文章名,故秦以前書無稱屈原、宋玉工賦者。洎乎漢代,始有詞人,迹其著作,率由追録。故武帝命所忠求相如遺書,魏文帝亦詔天下上孔融文章。至於六朝始自編次,唐末又刊板印行。夫自編則多所愛惜,刊板則易於流傳。四部之書,別集最雜,茲其故歟。然典册高文,清詞麗句,亦未嘗不高標獨秀,挺出鄧林,此在翦刘卮言,別裁僞體,不必以猥濫病也。總集之作多由論定,而《蘭亭》、《金谷》悉觴咏於一時。下及《漢上題襟》、《松陵倡和》、《丹陽集》惟録鄉人,《篋中集》則附登乃弟。雖去取僉乎衆議,而履霜有漸,已爲詩社標榜之先;驅其聲氣,攀援甚於別集。要之浮華易歇,公論終明,巋然而獨存者,《文選》、《玉臺新詠》以下數十家耳。詩文評,緦以知遇獨深,繼爲推闡,詞場恩怨,亘古如斯。冷齋曲附乎豫章,石林隱排乎元祐,黨人餘釁,報及文章,又其已事矣。固宜別白存之,各核其實。至於倚聲末技,分派詩歌,其間周、柳、蘇、辛,亦遞爭軌轍,然其得其失不足重輕,姑附存以備一格而已。大抵門户搆爭之見,莫甚於講學,而論文次之。講學者聚黨分朋,往往禍延宗社;操觚之士筆舌相攻,則未有亂及國事者。蓋講學者必辨是非,辨是非必及時政,其事與權勢相連,故其患大。文人詞翰所爭者名譽而已,與朝廷無預,故其患小也。然如艾南英以排斥王、李之故,至以嚴嵩爲察相,而以殺楊繼盛爲稍過當。豈其捫心清夜,果自謂然?亦朋黨既分,勢不兩立,故決裂名教而不辭耳。至錢謙益《列朝詩集》更顛倒賢姦,彝良泯絕,其貽害人心風俗者,又豈尠哉?今掃除畛域,一準至公。明以來諸派之中,各取其所長,而不回護其所短,蓋有世道之防焉,不僅爲文體計也。

楚辭類小叙(節録)

裒屈、宋諸賦,定名《楚辭》,自劉向始也。後人或謂之"騷",故劉勰品論《楚辭》,以《辨騷》標目。考史遷稱"屈原放逐,乃著《離騷》",蓋舉其最著一篇。《九歌》以下,均襲"騷"名,則非事實矣。《隋志·集部》以"楚辭"別爲一門,歷代因之。蓋漢、魏以下,賦體既變,無全集皆作此體者。他集不與《楚辭》類,《楚辭》亦不與他集類,體例既異，理不得不分著也。

《楚辭説韻》

《説韻》一卷，分以字母，通以方音。又博引古音之同異，每部列“通韻”、“叶韻”、“通母叶韻”三例，以攻顧炎武、毛奇齡之説。夫“雙聲互轉”、“四聲遞轉”之二例，沙隨程迥已言之，此非驥之創論。然實不知先有聲韻，後有字母，聲韻爲古法，字母爲梵學，而執末以繩其本。至于五方音異，自古已然，不能謂之不協，亦不能執以爲例。黃庭堅詞用蜀音，以“笛”叶“竹”。《林外詞》用閩音，以“掃”叶“所”，安可據爲典要，謂宋韻盡如是乎？又古音一字而數叶，亦如今韻一字而重音。“佳”字“佳”、“麻”並收，“寅”字“支”、“真”並見，是即其例。使非韻書具在，亦將執其別韻以攻今韻之部分乎？蓋古音本無成書，不過後人參互比校，擇其相通之多者，區爲界限。猶之九州列國，今但能約指其地，而不能一一稽其犬牙相錯之形。驥不究同異之由，但執一二小節，遽欲變亂其大綱，亦非通論。以其引證浩博中亦間有可採者，故仍從原本，與《餘論》並附録焉。

《離騷解》（節録）

然詞賦之體與叙事不同，寄托之言與莊語不同，往往恍惚汗漫，翕張反覆，迥出於蹊徑之外，而曲終乃歸於本。

别集類

集始於東漢荀況諸集，後人追題也。其自製名者，則始於張融《玉海》，其區分部帙，則江淹有前集、有後集，梁武帝有詩賦集、有文集、有別集，梁元帝有集、有小集，謝朓有集、有逸集，與王筠之一官一集，沈約之正集百卷，又別選集略三十卷者，其體例均始於齊、梁，蓋集之盛自是始也。唐、宋以後，名目益繁。然《隋》、《唐志》所著録，《宋志》十不存一，《宋志》所著録今又十不存一，新刻日增，舊編日減，豈數有乘除歟？文章公論，歷久乃明，天地英華，所聚卓然，不可磨滅者一代不過數十人，其餘可傳不可傳者則繫乎有幸有不幸，存佚靡恒，不足異也。今於元代以前凡論定諸編多加甄録，有明以後篇章彌富，則删薙彌嚴，非曰沿襲恒情，貴遠賤近，蓋閲時未久，珠礫並存，去取之間，尤不敢不慎云爾。

《璇璣圖詩讀法》

明康萬民撰。萬民字無沴，武功人，海之孫也。蘇蕙織錦回文，古今傳爲佳話。劉勰《文心雕龍》稱回文所興，道原爲始，則齊、梁之際，尚未見其圖。此圖及唐則天皇后序，均莫知所從來。考《晉書·列女傳》載："苻堅秦州刺史竇滔，有罪徙流沙。其妻蘇蕙織錦爲回文旋圖詩。"無滔鎮襄陽及趙陽臺讒間事。又考《晉書·孝武帝紀》稱："太玄四年，苻丕陷襄陽。"《苻堅載記》稱："以其中壘梁成爲南中郎將，都督荆揚州諸軍事、荆州刺史、領護南蠻校尉，配兵一萬，鎮襄陽。"亦不言竇滔。與序所言，全然乖異。序末稱如意元年五月一日。是時《晉書》久成，不應矛盾至此。又其文萎弱，亦不類初唐文體，疑後人依託。然《晉書》稱其圖凡八百四十字，縱橫宛轉以讀之，文多不錄，則唐初實有是圖。又李善註江淹《別賦》，引《織錦回文詩序》曰："竇滔秦州被徙沙漠，其妻蘇氏，秦州臨去別蘇，誓不再娶。至沙漠，更娶婦。蘇氏織錦端中，作此回文詩以贈之。苻國時人也。"其說亦與《晉書》合，益知詩真而序僞。考黃庭堅詩已用連波悔過、陽臺暮雨事，其僞當在宋以前也。序稱其錦縱廣八寸，題詩二百餘首，計八百餘言。縱橫反覆，皆成章句。黃伯思《東觀餘論》謂："其圖本五色相宣，因以別三、五、七言之異。後人流傳，不復施采，故迷其句讀。"又謂"嘗於王晉玉家得唐申誡之釋，而後曉然。"今誡本已不傳。僧起宗以意推求，得三、四、五、六、七言詩三千七百五十二首，分爲七圖。萬民更爲尋繹，又於第三圖内增立一圖，並增讀其詩至四千二百六首。合起宗所讀，共成七千九百五十八首。合兩家之圖，輯爲此編。夫但求協韻成句，而不問義之如何。輾轉鈎連，旁行斜上，原可愈增愈多。然必以爲若蘭本意如斯，則未之能信，存以爲藝林之玩可矣。起宗不知何許人。王士禎《居易錄》載趙孟頫妻管道昇《璇璣圖》真跡，已稱起宗道人云云，則其人當在宋、元間也。

《何水部集》（節錄）

《玉臺新詠》載逯學《青青河邊草》一首，此本標題作《擬青青河畔草，轉韻體，爲人作，其人識節工歌》，與《玉臺新詠》不同。考六朝以前之詩題，無此體格。顯爲後人所妄加。又《青青河邊草》爲蔡邕之作，《青青河畔草》爲枚乘之作。六朝人所擬，截然有別。此效邕體而題作"畔"字，明爲後人據《十九首》而改。復以古詩不換韻，此詩換韻，妄增轉韻體云云。（以上卷一百四十八）

《王子安集》(節録)

洪邁《容齋隨筆》亦曰:"王勃等四子之文,皆精切有本原。其用駢儷作記序碑碣,蓋一時體格如此,而後來頗議之。杜詩云:'王、楊、盧、駱當時體,輕薄爲文哂未休。爾曹身與名俱滅,不廢江河萬古流。'正謂此耳。'身名俱滅'以責輕薄子,'江河萬古'指四子也。"

《孟浩然集》(節録)

排律之名,始於楊宏《唐音》,古無此稱。此本乃標排律爲一體。(以上卷一百四十九)

《毗陵集》(節録)

考唐自貞觀以後,文士皆沿六朝之體。經開元、天寶,詩格大變,而文格猶襲舊規。元結與及始奮起湔除,蕭穎士、李華左右之。其後韓、柳繼起,唐之古文,遂蔚然極盛。斫雕爲朴,數子實居首功。

《錢仲文集》(節録)

其中凡古體詩皆題曰:"往體"。考陸龜蒙《松陵集》亦以古體爲往體。蓋唐代詩集標目,有此二名。偶然異文,別無他義。(以上卷一百五十)

《姚少監詩集》(節録)

然詩家皆謂之姚武功,其詩派亦稱武功體。以其早作武功縣詩三十首,爲世傳誦,故相習而不能改也。合選《極元集》,去取至爲精審,自稱所録爲詩家射雕手,論者以爲不誣。其自作則刻意苦吟,冥搜物象,務求古人體貌所未到。張爲作《主客圖》,以李益爲清奇雅正主,以合爲入室。然合詩格與益不相類,不知爲何以云然。其集在北宋不甚顯,至南宋永嘉四靈始奉以爲宗。其末流寫景於瑣屑,寄情於偏僻,遂爲論者所排。然由摹倣者滯於一家,趨而愈下,要不必追咎作始,遽懲羹而吹齏也。

650

《李義山詩集》（節録）

自宋楊億、劉子儀等沿其流波，作《西崑酬唱集》，詩家遂有西崑體。致伶官有掎摭之譏。劉攽載之《中山詩話》以爲口實。元祐諸人，起而矯之。終宋之世，作詩者不以爲宗。胡仔《漁隱叢話》至摘其《馬嵬》詩、《渾河中》詩詆爲淺近。後江西一派漸流於生硬粗鄙，詩家又返而講温、李。（以上卷一百五十一）

《小畜集》（節録）

宋承五代之後，文體纖儷，禹偁始爲古雅簡淡之作。其奏疏尤極剀切。《宋史》採入本傳者，議論皆英偉可觀。在詞垣時所爲應制駢偶之文，亦多宏麗典贍，不愧一時作手。

《南陽集》（節録）

案元方回作《羅壽可詩序》，稱宋剗五代舊習，詩有白體、昆體、晚唐體。其晚唐一體，九僧最迫真。

《蘇學士集》（節録）

宋文體變於柳開、穆修，舜欽與尹洙實左右之。

《華陽集》（節録）

至其中有青詞、密詞、道場文、齋文、樂語之類，雖屬當時沿用之體，而究非文章正軌，不可爲訓。（以上卷一百五十二）

《馮安岳集》（節録）

（馮）山與梅堯臣、蘇舜欽同時。時已盡變楊、劉西崑之體，故其詩平正條達，無剪紅刻翠之態。

《宛陵集》（節錄）

宋初詩文，尚沿唐末五代之習。柳開、穆修欲變文體，王禹偁欲變詩體，皆力有未逮。歐陽修崛起爲雄，力復古格。於時曾鞏、蘇洵、蘇軾、蘇轍、陳師道、黃庭堅等皆尚未顯。其佐修以變文體者，尹洙；佐修以變詩體者，則堯臣也。（以上卷一百五十三）

《四六標準》（節錄）

自六代以來，箋、啓即多駢偶，然其時文體皆然，非以是別爲一格也。至宋，而歲時通候、仕宦遷除、吉凶慶弔，無一事不用啓，無一人不用啓。其啓必以四六，遂於四六之內，別有專門。（卷一百六十三）

《文山集》（節錄）

長谷真逸《農田餘話》曰：“宋南渡後，文體破碎，詩體卑弱。”惟范石湖、陸放翁爲平正、至晦庵諸子始欲一變。時習模彷古作，故有神頭鬼面之論。時人漸染既久，莫之或改。及文天祥留意杜詩，所作頓去當時之凡陋。觀《指南》前後錄可見，不獨忠義貫於一時亦，斯文間氣之發見也。（卷一百六十四）

《雲泉詩》

宋承五代之後，其詩數變。一變而西崑，再變而元祐，三變而江西。江西一派由北宋以逮南宋，其行最久。久而弊生，於是永嘉一派以晚唐體矯之，而“四靈”出焉。然四靈名爲晚唐，其所宗實止姚合一家，所謂“武功體”者是也。其法以新切爲宗，而寫景細瑣，邊幅太狹，遂爲宋末江湖之濫觴。葉適以鄉曲之故，初力推之，久而亦覺其偏，始稍異論。吳子良《林下偶談》述之頗悉。嵲之所作，皆出入四靈之間，不免局於門户。然尚永嘉之初派，非永嘉之末派，錄之亦足備一格也。（卷一百六十五）

《松鄉文集》（節錄）

是集所錄，碑誌居多。大抵刻意摹韓愈，而其力不足以及愈，故句格往往拗澀，乃流爲劉蜕、孫樵之體。

《皂藻集》(節録)

唐時爲古文者,主於矯俗體,故成家者蔚爲鉅製,不成家者則流於僻澀。宋時爲古文者,主於宗先正,故歐、蘇、王、曾而後沿及於元,成家者不能盡闢門户,不成家者亦具有典型。(卷一百六十九)

總集類

文集日興,散無統紀,於是總集作焉。一則網羅放佚,使零章殘什並有所歸;一則删汰繁蕪,使菁稗咸除,菁華畢出,是固文章之衡鑒著作之淵藪矣。《三百篇》既列爲經,王逸所裒(原作"衰",徑改),又僅《楚詞》一家,故體例所成,以摯虞《流别》爲始。其書雖佚,其論尚散見《藝文類聚》中,蓋分體編録者也。《文選》而下互有得失,至宋真德秀《文章正宗》始别出談理一派,而總集遂判兩途。然文質相扶,理無偏廢,各明一義,未害同歸。惟末學循聲,主持過當,使方言俚語俱入詞章,麗製鴻篇横遭嗤點,是則併德秀本旨失之耳。今一一别裁,務歸中道,至明萬曆以後,儈魁漁利,坊刻彌增,剽竊陳因,動成巨帙,併無門徑之可言,姑存其目爲冗濫之戒而已。

《松陵集》(節録)

依韻倡和,始於北魏王肅夫婦,至唐代,盛於元、白,而極於皮、陸,蓋其時崔璞以諫議大夫爲蘇州刺史,辟日休爲從事,而龜蒙適以所業謁璞,因得與日休相贈答。同時進士顔萱,前廣文博士張賁、進士鄭璧、司馬都,浙東觀察推官李縠,前進士崔璐,及處士魏樸、羊昭業等,亦相隨有作,裒爲此集。

《才調集》(節録)

(韋)縠生於五代文敝之際,故所選取法晚唐,以穠麗宏敞爲宗,救粗疏淺弱之習,未爲無見。至馮舒、馮班意欲排斥宋詩,遂引其書於崑體,推爲正宗。不知李商隱等,《唐書》但有三十六體之目,所謂西崑體者,實始於宋之楊億等,唐人無此名也。

《文苑英華》（節録）

此書所録，則起於梁末，蓋即以上續《文選》，其分類編輯，體例亦略相同，而門目更爲煩碎，則後來文體日增，非舊目所能括也。

《唐文粹》（節録）

是編文賦惟取古體，而四六之文不録；詩歌亦惟取古體，而五七言近體不録……鉉非不究心於聲律者，蓋詩文儷偶，皆莫盛於唐。盛極而衰，流爲俗體，亦莫雜於唐。鉉欲力挽其末流，故其體例如是。

《西崑酬唱集》

不著編輯者名氏。前有楊億《序》，稱卷帙爲億所分，書名亦億所題，而不言裒而成集出於誰手。考田況《儒林公議》云：“楊億《兩禁》變文章之體，劉筠、錢惟演輩，從而效之，以新詩更相屬和，億後編叙之，題曰《西崑酬唱集》。”然則即億編也。凡億及劉筠、錢惟演、李宗諤、陳越、李維、劉騭、刁衎、任隨、張詠、錢惟濟、丁謂、舒雅、晁迥、崔遵度、薛暎、劉秉十七人之詩，而億序乃稱屬而和者十有五人，豈以錢、劉爲主，而億與李宗諤以下爲十五人歟？詩皆近體，上卷凡一百二十三首，下卷凡一百二十五首，而億《序》稱，二百有五十首，不知何時佚二首也。其詩宗法唐李商隱，詞取妍華而不乏興象，效之者漸失本真，惟工組織；於是有優伶撏扯之戲，石介至作《怪說》以刺之。而祥符中遂下詔禁文體浮豔。然介之說，蘇軾嘗辨之。真宗之詔，緣於《宣曲》一詩，有“取酒臨邛”之句，陸游《渭南集》有《西崑詩跋》，言其始末甚詳，初不緣文體發也。其後歐、梅繼作，坡、谷迭起，而楊、劉之派，遂不絶如綫。要其取材博贍，練詞精整，非學有根柢，亦不能鎔鑄變化，自名一家，固亦未可輕詆。《後村詩話》云：“《西崑酬唱集》對偶字面雖工，而佳句可録者殊少，宜爲歐公之所厭。”又一條云：“君僅以詩寄歐公，公答云，先朝劉、楊風采聳動天下，至今使人傾想，豈公特惡其碑版奏疏？其詩之精工穩切者，自不可廢歟。”二說自相矛盾，平心而論，要以後說爲公矣。其書自明代以來，世罕流布。毛奇齡初得舊本於江寧，徐乾學爲之刻版，以剞劂未工，不甚摹印，康熙戊子，長洲朱俊升又重鐫之，前有常熟馮武序。馮舒、馮班，本主西崑一派，武其猶子，故於是書極其推崇，然武謂元和、大和之際，李義山傑起中原，與太原温庭筠、南郡段成式，皆以格調清拔，才藻優裕，爲西崑三十六體，以三人俱行十六也。考《唐書》但有"三十六體"之説，無"西崑"字，億《序》是集，稱取"玉山策府"之名。題曰《西崑酬唱集》，則"三十六"與"西崑"各爲一事，武乃合而一之，誤矣。（以上卷一百八十六）

《樂府詩集》（節録）

是集總括歷代樂府，上起陶唐，下迄五代，凡《郊廟歌詞》十二卷，《燕射歌詞》三卷，《鼓吹曲詞》五卷，《橫吹曲詞》五卷，《相和歌詞》十八卷，《清商曲詞》八卷，《舞曲歌詞》五卷，《琴曲歌詞》四卷，《雜曲歌詞》十八卷，《近代曲詞》四卷，《雜謠歌詞》七卷，《新樂府詞》十一卷。其《解題》徵引浩博，援據精審，宋以來考"樂府"者，無能出其範圍。每題以古詞居前，擬作居後，使同一曲調，而諸格畢備，不相沿襲，可以藥剽竊形似之失。其古詞多前列本詞，後列入樂所改，得以考知孰爲側，孰爲趨，孰爲豔，孰爲增字、減字。其聲詞合寫，不可訓詁者，亦皆題下注明。尤可以藥摹擬聱牙之弊，誠樂府中第一善本。明梅鼎祚《古樂苑》曰：郭氏意務博攬，間有詩題，混列樂府。如《采桑》則劉邈《萬山見采桑人》，《從軍行》則王粲《從軍詩》，梁元帝《同王僧辨從軍》、江淹《擬李都尉從軍》、張正見《星名從軍詩》、庾信《同盧記室從軍》之類，有取詩首一二語竄入前題。如"自君之出矣"，則鮑令暉《題詩後寄行人》，"長安少年行"則何遜學古詩《長安美少年》之類。有辭類前題原未名爲歌曲，如《苦熱行》，任昉、何遜但云"苦熱"，"鬭雞篇"，梁簡文但云"鬭雞"之類。有賦詩爲題，而其本辭實非樂府，若張正見"晨雞高樹鳴"，本阮籍《詠懷詩》"晨雞鳴高樹，命駕起旋歸"；張率"雀乳空井中"，本傅元雜詩，"鵲巢邱城側，雀乳空井中"之類；亦有全不相蒙，如《善哉行》則江淹《擬魏文遊宴》，《秋風》則吳邁遠"古意贈今人"之類；有一題數篇半爲牽合，如楊方《合歡詩》後三首爲雜詩，《採蓮曲》則梁簡文後一首本《蓮花賦》中歌之類，並當删正。云云。其說亦頗中理，然卷帙既繁，牴牾難保，司馬光《通鑒》猶病之，何況茂倩斯集？要之大厦之材，終不以寸朽棄也。

《回文類聚》（節録）

宋桑世昌編，世昌有《蘭亭考》，已著録。考劉勰《文心雕龍》曰："回文所興，則道原爲始。"梅庚注謂，原當作"慶"，宋賀道慶也。蓋其時《璿璣圖詩》未出，故勰云然。世昌以蘇蕙時代在前，故用爲托始，且繪像於前卷首，以明創造之功，其說良是。然《藝文類聚》載曹植《鏡銘》八字，回環讀之，無不成文，實在蘇蕙以前。乃不標以爲始，是亦稍疏。又蘇伯玉妻《盤中詩》，據《滄浪詩話》，自《玉臺新詠》以外，別無出典，舊本具在，不聞有圖，此書繪一圓圖，莫知所本。考原詩末句，稱當從中央周四角，則實方盤而非圓盤；所圖殆亦妄也，惟是詠歌漸盛，工巧日增，詩家既開此一途，不可竟廢，錄而存之，亦足以資博洽。

《三體唐詩》（節錄）

臣等謹案：《三體唐詩》六卷，宋周弼編。弼有《汶陽端平詩雋》，已著錄。是編乃所選唐詩，其曰三體者，七言絶句、七言律詩、五言律詩也。首載選例，七言絶句分七格，一曰實接，一曰虛接，一曰用事，一曰前對，一曰後對，一曰拗體，一曰側體。七言律詩分六格，一曰四實，一曰四虛，一曰前虛後實，一曰前實後虛，一曰結句，一曰咏物。五言律詩分七格，前四格與七言同，後三格一曰一意，一曰起句，一曰結句。宋末風氣日薄，詩家多不工古體，故趙師秀《衆妙集》、方回《瀛奎律髓》所錄者，無非近體，弼此書亦復相同。所列諸格，尤不足盡詩之變。而其時詩家授受，有此規程，存之亦足備一說。考范晞文《對牀夜語》曰：周百弼選唐人家法，以四實爲第一格，四虛次之，虛實相半又次之。其說四實，謂中四句皆景物而實也。於華麗典重之中，有雍容寬厚之態，此其妙也。昧者爲之，則堆積窒塞，而寡於意味矣。是編一出，不爲無補。後學有識高見卓，不爲時習薰染者，往往于此解悟。間有過于實而句未飛健者，得以起或者窒塞之譏。然刻鵠不成尚類鶩，豈不勝于空疎輕薄之爲？稍加探討，何患古人之不我同也云云。又申明其四虛之說，及前實後虛、前虛後實之說，頗爲明白，乃知弼撰是書，蓋以救江湖末流油腔滑調之弊，與《滄浪詩話》各明一義，均所謂有爲言之者也。舊有元釋圓至注，疎漏殊甚，已別存其目。此本爲高士奇所補正，雖未能本本原原，盡得出典，而文從字順，視舊注差清整矣。

《論學繩尺》（節錄）

考宋禮部《貢舉條式》，元祐法以三場試士，第二場用論一首。紹興九年定以四場試士，第三場用論一首，限五百字以上，成經義。詩、賦二科並同。又載紹興九年國子司業高閌劄子，稱太學舊法每旬有課，月一周之；每月有試，季一周之。皆以經義爲主，而兼習論策云云。是當時每試必有一論，較諸他文，應用之處爲多，故有專緝一編，以備揣摩之具者。天應此集，其偶傳者也。其始尚不拘成格，如蘇軾《刑賞忠厚之至論》，自出機杼，未嘗屑屑於頭、項、心、腹、腰、尾之式。南渡以後，講求漸密，程式漸嚴，試官執定格以待人，人亦循其定格以求合。於是雙關、三扇之説興，而塲屋之作遂別有軌度。雖有縱橫奇偉之才，亦不得而越。此編以《繩尺》爲名，其以是歟？紹興重修《貢舉式》中，試卷犯點抹條下，有論策、經義連用本朝人文集十句之禁，知拘守之餘，變爲剽竊，故以是防其弊矣。然當日省試中選之文，多見於此。存之可以考一朝之制度。且其破題、接題、小講、大講、入題、原題諸式，實後來八比之濫觴，亦足以見制舉之文源流所自出焉。（以上卷一百八十七）

《古賦辯體》（節録）

其書自《楚詞》以下，凡兩漢、三國、六朝、唐宋諸賦，每朝録取數篇，以辨其體格，凡八卷。其外集二卷，則擬騷、琴操、歌等篇，爲賦家流別者也。采摭頗爲完備。其論司馬相如《子虚》、《上林賦》謂："問答之體，其源出自《卜居》、《漁父》，宋玉輩述之。至漢而盛，首尾是文，中間是賦。世傳既久，變而又變。其中間之賦，以鋪張爲靡而專於詞者，則流爲齊、梁、唐初之俳體。其首尾之文，以議論爲便而專於理者，則流爲唐末及宋之文體。"於正變源流，亦言之最確。何焯《義門讀書記》嘗譏其論潘岳《籍田賦》分別賦、頌之非，引馬融《廣成頌》爲証，謂古人賦、頌通爲一名。然文體屢變，支派遂分，猶之姓出一源，而氏殊百族。既云辨體，勢不得合而一之。焯之所言，雖有典據，但追溯本始，知其同出異名可矣。必謂堯強主分別即爲杜撰，是亦非通方之論也。

《古樂府》

元左克明編。克明自稱豫章人，其始末未詳。《自序》題至正丙戌，則順帝時也。是書録古樂府詞，分爲八類。曰《古歌謠》，曰《鼓吹曲》，曰《橫吹曲》，曰《相和曲》，曰《清商曲》，曰《舞曲》，曰《琴曲》，曰《雜曲》。《自序》謂：冠以"古歌謠詞"者，貴其發乎自然；終以"雜曲"者，著其漸流於新聲。又謂：風化日移，繁音日滋，懼乎此聲之不行也，故不自量度，推本三代而上，下止陳、隋，截然獨以爲宗，雖獲罪世之君子，無所逃焉云云。當元之季，楊維楨以工爲樂府傾動一時，其體務造恢奇，無復舊格。克明此論，其爲維楨而發乎？考宋郭茂倩先有《樂府詩訂》，所録止於唐末，極爲賅備。克明此集，似乎牀上之牀。然考李孝光刻《樂府詩集序》，稱其書歲久將弗傳。至元六年，濟南彭叔儀始得本校刻，是郭書刊版之時，僅在克明成書前六年。其版又在濟南，距江西頗遠，則編此集時，當未必見郭書，非相蹈襲。且郭書務窮其流，故所收頗濫。如薛道衡《昔昔監》凡二十句，唐趙嘏每句賦詩一首，此殆如"春官"程試，摘句命題，本無關於樂府,乃列之薛詩之後,未免不倫。此集務溯其源,故所重在於古題古詞,而變體擬作,則去取頗慎,其用意亦迥不同也。每類各有小序,核其詞氣,確爲克明自作,其題下夾註,則多摭《樂府詩集》之文,《紫玉歌》條下,並明標《樂府詩集》字。今考其《臨高臺》條下,引劉履《風雅翼》之說,尚與克明相去不遠。至《紫騮馬》條下,引馮惟訥《詩紀》之說,則嘉靖中書,元人何自見之? 其由明人重刻,臆爲竄入明矣。又馮舒校《玉臺新詠》,於《焦仲卿妻詩》"守節情不移"句下,注曰:案:活本楊本,此句下有"賤妾留空房,相見常日稀"二句,檢郭、左二《樂府》並無之。今考此本,乃已有此二句,知正文亦爲重刻所改,不止私增其解題矣。然元刻今未之見,無由互校刊除,姑仍明刻録之,而附訂其謬如右。(以上卷一百八十八)

《唐詩品彙》

　　明高棅編。棅有《嘯臺集》,已著録。宋之末年,"江西"一派與"四靈"一派,併合而爲"江湖派"。猥雜細碎,如出一轍,詩以大弊。元人欲以新豔奇麗矯之,迨其末流,飛卿、長吉一派,與盧仝、馬異、劉義一派併合而爲纖體,妖冶儉詭,如出一轍,詩又大弊。百餘年中,能自拔於風氣外者,落落數十人耳。明初閩人林鴻,始以規仿盛唐立論,而棅實左右之,是集其職志也。所録凡六百二十家,得詩五千七百六十九首。分體編次,爲五言古詩二十四卷,七言古詩十三卷,長短句附焉;五言絕句八卷,六言附焉;七言絕句十卷,五言律詩十五卷,五言排律十一卷,七言律詩九卷,排律附焉。始於洪武甲子,成於癸酉;至戊寅,又搜補作者六十一人,詩九百五十四首,爲《拾遺》十卷附於後。考《玉臺新詠》有古絕句四首,棅以絕句居律詩前,蓋有所考。至排律之名,古所未有。楊仲宏撰《唐音》,始別爲一目。棅祖其說,遂至今沿用。二馮批點《才調集》,以堆砌板滯,雜亂無章之病歸咎於"排"之一字,詆棅爲作俑。然詩家不善隸事,即二韻、四韻,未嘗不堆砌板滯,雜亂無章。是亦不必盡以"排"字爲誤矣。諸體之中,各分正始、正宗、大家、名家、羽翼、接武、正變、餘響、旁流九格,其凡例謂:大略以初唐爲正始,盛唐爲正宗,爲大家,爲名家,爲羽翼;中唐爲接武;晚唐爲正變,爲餘響;方外異人等詩爲旁流。間有一二成家,特立自異者,則不以世次拘之。如以陳子昂與李白列在正宗;劉長卿、錢起、韋應物、柳宗元與高適、岑參同在名家是也。其分初、盛、中、晚,蓋宋嚴羽已有是說,二馮嘗以劉長卿亦盛亦中之類,力攻其謬。然限斷之例,亦論大概耳。寒溫相代,必有半冬半春之一日,遂可謂四時無別哉?《明史·文苑傳》謂,終明之世,館閣以此書爲宗。厥後李夢陽、何景明等摹擬盛唐,名爲崛起,其胚胎實兆於此。平心而論,唐音之流爲膚廓者,此書實啟其弊;唐音之不絕於後世者,亦此書實衍其傳。功過並存，不能互掩，後來過毀過譽，皆門户之見，非公論也。至於章懷太子《黄臺瓜詞》，沈佺期《古意》之類，或點竄舊文；康寶月、劉令嫻之類，或泛收六代。杜常、胡宿之類，或誤采宋人。小小瑕疵，尤所未免。卷帙既富，核檢爲難，第觀其大體可矣。

《元詩體要》（節録）

是集録元一代之詩。曹安《讕言長語》，稱其分體三十有八。此本凡爲體三十有六，曰《四言》，曰《騷》，曰《選》，曰《樂府》，曰《柏梁》，曰《五言》，曰《七言》，曰《長短句》，曰《雜古》，曰《言》，曰《詞》，曰《歌》，曰《行》，曰《操》，曰《曲》，曰《吟》，曰《歎》，曰《怨》，曰《引》，曰《謡》，曰《詠》，曰《篇》，曰《禽言》，曰《香奩》，曰《陰何》，曰《聯句》，曰《集句》，曰《無題》，曰《詠物》，曰《五言律》，曰《七言律》，曰《五言長律》，曰《五言絶》，曰《六言絶》，曰《七言絶》，曰《拗體》。較安所列少"七言長律體"、"側體"二種，未喻其故。各體之前，皆有《小序》，仿方回《瀛奎律髓》之例。其中或以體分，或以題分，體例頗不畫一。其以體分者，選體别於五言古，吟歎怨引之類别於樂府，長短句别於雜古體，未免治絲而棼。其以題分者，香奩、無題、詠物，既各爲類，則行役、邊塞、贈答諸門，將不勝載，更不免於掛漏。又第八卷楊維楨《出浴》絶句，實唐韓偓七言律詩後四句，亦間有疏舛。然去取頗有鑒裁，鄧林《序》稱，（宋）緒深於詩，故選詩如此之精。非溢詞也。

《四六法海》（節録）

秦、漢以來，自李斯《諫逐客書》始，點綴華詞；自鄒陽《獄中上梁王書》始，疊陳故事，是駢體之漸萌也。符命之作，則《封禪書》；典引問對之文，則《答賓戲》、《客難》，駪駪乎偶句漸多。沿及晉、宋，格律遂成；流迨齊、梁，體裁大判。由質實而趨麗藻，莫知其然而然。然實皆源出古文，承流遞變，猶四言之詩至漢而爲五言，至六朝而有對句，至唐而遂爲近體，面目各别，神理不殊，其原本《風》、《雅》則一也。厥後輾轉相沿，逐其末而忘其本。故周武帝病其浮靡，隋李諤論其佻巧，唐韓愈亦斷斷有古文、時文之變。降而愈壞。一濫于宋人之啟劄，再濫於明人之表判，剿襲皮毛，轉相販鬻。或塗飾而掩情，或堆砌而傷氣，或雕鏤纖巧而傷雅，四六遂爲作者所詬厲。宋姚鉉撰《唐文粹》，至盡黜儷偶；宋祁修《新書》，至全删詔令。而明之季年，豫章之攻雲閒，亦以沿溯六朝相詆。豈非作四六者，不知與古體同源，愈趨愈下，有以啟議者之口乎！志堅此編所録,下迄於元,而能上溯于魏、晉。如敕則托始宋武帝,册文則托始宋公《九錫文》,表則托始陸機、桓温、謝靈運,書則托始于魏文帝、應瑒、應璩、陸景、薛綜、阮籍、呂安、陸雲、習鑿齒,序則托始陸機,論則托始謝靈運。大抵皆變體之初,儷語、散文相兼而用。其齊、梁以至唐人,亦多取不甚拘對偶者,俾讀者知四六之文運意遣詞與古文不異,於兹體深爲有功。

《明文衡》

明程敏政編。敏政有《宋遺民録》,已著録。是編首代言,爲詞臣奉敕撰擬之交,次賦,次騷,次樂府,次琴操,次表箋,次奏議,次論,次説,次解,次辨,次原,次箴,次銘,次頌,次贊,次七,次策問,次問對,次書,次記,次序,次題跋,次雜著,次傳,次行狀,次碑,次神道碑,次墓碣,次墓誌,次墓表,次哀誄,次祭文,次字説,爲類凡三十有八。悉從《玉臺新詠》之例,題作者姓名。惟方孝孺則書字,蓋是時靖難文禁稍弛,而尚未全解,故存其文而隱其名也。内琴操缺一首,表缺四首,奏議缺十首,辨缺一首,頌缺一首,贊缺二首,記缺十一首,序缺十五首,題跋缺四首,雜著缺一首,傳缺一首,神道碑缺十一首,墓碣缺四首,墓誌缺八首,墓表缺二首,祭文缺二首,皆有録無書,各注闕字於目中,未喻其故。所録如吴訥《文章辨體序》,《題劉定之雜誌》之類,皆非文體。而袁忠徹《瀛國公事實》之類,事既誣妄,文尤鄙俚,皆不免蕪雜之譏。朱右撰《寧生傳》,雜述醫案,至以一篇占一卷,亦乖體例。然所録皆洪武以後,成化以前之文。在北地、信陽之前,文格未變,無七子末流摹擬詰屈之僞體。稽明初之文者,固當以是編爲正軌矣。

《古詩紀》(節録)

明馮惟訥撰。惟訥字汝言,臨朐人,嘉靖戊戌進士,官至江西左布政使,加光禄寺卿,致仕,事跡附見《明史·馮琦傳》。其書前集十卷,皆古逸詩;正集一百三十卷,則漢、魏以下,陳、隋以前之詩;外集四卷,附録仙鬼之詩;别集十二卷,則前人論詩之語也。時代綿長,采摭繁富,其中真僞錯雜,以及牴牾舛漏,所不能無。故馮舒作《詩紀匡謬》,以糾其失。然上薄古初,下迄六代,有韻之作,無不兼收,溯詩家之淵源者,不能外是書而别求。固亦采珠之滄海,伐木之鄧林也。厥後臧懋循《古詩所》、張之象《古詩類苑》、梅鼎祚《八代詩乘》,相繼而出,總以是書爲藍本。然懋循書,雖稱補此書之闕,而掇拾繁猥,珠礫混淆,又割裂分體,不以時代爲次,使閲者茫不得正變之源流;

之象書，又以題編次，竟作類書；鼎祚書，僅漢、魏全録，晉、宋以下皆從刪節，已非完備之觀。而漢、魏詩中，如所增蘇武妻詩之類，又深爲藝林之笑噱，故至今惟惟訥此編，爲詩家圭臬。

《古今詩刪》（節録）

明李攀龍編。攀龍有《詩學事類》，已著録。是編爲所録歷代之詩，每代各自分體，始於古逸，次以漢、魏、南北朝，次以唐，唐以後繼以明，多録同時諸人之作，而不及宋、元。蓋自李夢陽倡不讀唐以後書之説，前後七子，率以此論相尚。攀龍是選，猶是志也。江淹作《雜擬詩》上自漢京，下至齊代，古今咸列，正變不遺。其序有曰：“蛾眉詎同貌，而俱動於魄；芳草寧共氣，而皆悦於魂。”又曰：“世之諸賢各滯所迷，莫不論甘而忌辛，好丹而非素。豈所謂通方廣恕，好遠兼愛？”然則文章派別不主一途，但可以工拙爲程，未容以時代爲限。宋詩導黃、陳之派，多生硬枯梗；元詩沿温、李之波，多綺靡婉弱。論其流派誠亦多端，然鉅製鴻篇亦不勝數，何容刪除兩代，等之自鄶無譏。王士禎《論詩絶句》有曰：“鐵崖樂府氣淋漓，淵穎歌行格儘奇。耳食紛紛説開寶，幾人眼見宋元詩？”其殆爲夢陽輩發歟！且以此選所録而論唐末之韋莊、李建勳，距宋初閱歲無多，明初之劉基、梁寅在元末吟篇不少，何以數年之內今古頓殊，一人之身薰蕕互異？此直門户之見，入主出奴，不緣真有限斷。厥後摹擬剽竊流弊萬端，遂與公安、竟陵同受後人之詬厲，豈非高談盛氣有以激之，遂至出爾反爾乎？然明季論詩之黨判於七子，七子論詩之旨不外此編，録而存之，亦足以見風會變遷之故，是非蜂起之由，未可廢也。

《唐宋元名表》

明胡松編。松有《滁州志》，已著録，《明史》松本傳稱，松幼嗜學，嘗輯古名臣章奏，今未見其本。是編乃松督學山西時，選爲士子程式之書。雖所録皆各集所有，無奇秘未睹之篇，而去取極爲不苟。前有《自序》曰：“是學也，昉於漢、魏六朝，盛於隋、唐，而極於宋，其體不能盡同，然其意同於宣上德而達下情，明己志而述物則，其後相沿日下，競趨新巧，爭尚衍博，往往貪用事而晦其意，務屬詞而滅其質，蓋四六之本意失之遠矣。”其言頗爲明切。自明代二場用表，而表遂變爲時文，久而僞體雜出，或參以長聯。如王世貞所作一聯，多至十餘句，如四書文之二小比。或參以五七言詩句，以爲源出徐、庾及王、駱。不知徐、庾、王、駱用之於賦，賦爲古詩之流，其體相近，若以詩入文，豈復成格？至於全用成句，每生硬而枉柁；間雜俗語，多鄙俚而率易。冠冕堂皇之調，剽襲者陳腐；餖飣割裂之詞，小才者纖巧，其弊尤不勝言。松選此編，挽頹波而歸之雅，亦可謂有功於駢體者矣。

《古樂苑》

明梅鼎祚撰。鼎祚有《才鬼記》，已著録。是編因郭茂倩《樂府詩集》而增輯之。郭本止於唐末，此本止於"南、北朝"，則用左克明《古樂府》例也。其所補者，如琴曲歌詞龐德公之《於忽操》，見《宋文鑑》中，乃王令擬作，非真龐所自作也；雜歌曲詞之《劉勳妻》，其詩《藝文類聚》稱魏文帝作，《玉臺新詠》稱王宋自作，邢凱《坦齋通編》稱曹植作。然總爲五言詩，不云樂府，亦不以"劉勳妻"三字爲樂府題也。左思《嬌女詩》自詠其二女嬉戲之事，亦不云樂府也。至梁昭明太子、沈約、王錫、王規、王纘、殷鈞之《大言》、《細言》，不過偶然遊戲，實宋玉《大言賦》之流，既非古調，亦未被新聲，強名之曰"樂府"，則《世説新語》所謂"矛頭淅米劍頭炊，百歲老翁攀枯枝，井上轆轤卧嬰兒"，"盲人騎瞎馬，夜半臨深池"者，何又不入乎？温子昇之《擣衣》本詠閨情，亦強名曰"樂府"，柳惲、謝惠連、曹毗所作亦同此題，何又見遺乎？梁簡文帝之《名士悦傾城》本題爲《和湘東王》，亦偶拈成句，未必調名；沈約之《六憶詩》、隋煬帝之《雜憶詩》且明標詩字，以及閨思、閨怨、春思、秋思之類，無不闌入，則又何詩不可入樂乎？《婉轉歌》見吳均《續齊諧記》及《晉書》。劉妙容，鬼也；王敬伯，人也。劉妙容歌，列"琴曲歌詞"中；王敬伯歌，自應列於其後。即兩本字句小異，不過注一作某耳。乃以敬伯補入末卷《鬼歌》中，顛倒錯亂，殊不可解。又開卷爲古歌詞，以《斷竹之歌》爲首，迄於秦始皇《祀洛水歌》，已不及郭本之托始郊廟爲得體；而雜歌謠詞中，又出"古歌"一門，始於《擊壤歌》，迄於《甘泉歌》，不知其以何爲别。他如隋煬帝之《望江南》，采摭偽撰之小説，絶不考唐段安節《樂府雜録》，至李德裕時，始有此調，則益糅雜矣。然其捃拾遺佚，頗足補郭氏之闕。其解題亦頗有所增益。雖有絲麻，無棄菅蒯，存之亦可資考證也。其《衍録》四卷，記作者爵里及諸家評論，蓋剽劉馮惟訥《詩紀别集》而稍爲附益，多采楊慎等之説，今亦並録之，備參訂焉。

《梁文紀》（節録）

（簡文帝與《湘東王書》）又曰："時有效謝康樂、裴鴻臚文者，亦頗有惑焉。謝客吐言天拔，出於自然；時有不拘，是其糠粃；裴氏乃良史之才，了無篇什之美。謝故巧不可階，裴亦質不宜慕。"一代帝王，持論如是，宜其風靡波蕩，文體日趨華縟也。然古文至梁而絕，駢體乃以梁爲極盛。殘膏賸馥，沾溉無窮，唐代沿流，取材不盡，譬之晚唐五代，其詩無非側調，而其詞乃爲正聲。寸有所長，四六既不能廢，則梁代諸家，亦未可屏斥矣。

《隋文紀》（節録）

明梅鼎祚編。隋氏混一南北，凡齊、周之故老，梁、陳之舊臣，咸薈粹一朝，成文章之總匯。而人沿舊習，風尚各殊，故著作之林，不名一格。四十餘載，竟不能自爲體裁。又世傳小説，唐代爲多。而仁壽、大業，去唐最近，遺篇瑣語，真贋相參，不能無所附會。故鼎所録，此集又最糅雜。

《文章辨體彙選》（節録）

（賀）復徵以吳訥《文章辨體》所收未廣，因別爲蒐討，上自三代，下逮明末，分列各體爲一百三十二類。每體之首，多引劉勰《文心雕龍》及吳訥、徐師曾之言，間參以己説，以爲凡例。其中有一體而兩出者，如"祝文"後既附"致語"，後復有"致語"一卷是也。有一體而强分爲二者，如既有"上書"，復有"上言"，僅收《賈山至言》一篇；既有"墓表"，復有"阡表"，僅收歐陽修《瀧岡阡表》一篇；"記"與"紀事"之外，復有"紀"；"雜文"之外，復有"雜著"是也。有一文而重見兩體者，如王褒《僮約》，一見"約"，再見"雜文"；沈約《修竹彈甘蕉文》，一見"彈事"，再見"雜文"；孔璋《請代李邕表》，一見"表"，再見"上書"；孫樵《書何易于》事一見"表"，再見"紀事"是也。又於金、元之文，所收過略。而後人擬仿僞撰之作，如張飛《新都縣真多山銘》之類，乃概爲收入，未免失於別裁。意其卷帙既繁，稿本初脱，未經刊定，不能盡削繁蕪。然其別類分門，搜羅廣博，殆積畢生心力，抄撮而成，故墜典秘文，亦往往有出人耳目之外者。且其書只存抄本，傳播甚稀，録而存之，固未始非操觚家，由博返約之一助爾。（以上卷一百八十九）

《御定四朝詩》（節録）

康熙四十八年，聖祖仁皇帝御定，右庶子張豫章等奉敕編次。凡宋詩七十八卷，作者八百八十二人。金詩二十五卷，作者三百二十一人。元詩八十一卷，作者一千一百九十七人。明詩一百二十八卷,作者三千四百人。每代之前,各詳叙作者之爵里。其詩則首帝制,次四言,次樂府、歌行,次古體,次律詩,次絶句,次六言,次雜言。以體分編。唐詩至五代而衰,至宋初而未振。王禹偁初學白居易,如古文之有柳、穆,明而未融;楊億等倡西崑體,流布一時。歐陽修、梅堯臣始變舊格,蘇軾、黄庭堅益出新意,宋詩於時爲極盛。南渡以後,《擊壤集》一派參錯並行,遷流至於四靈、江湖二派,遂弊極而不復焉。金人奄有中原,故詩格多沿元祐,迨其末造,國運與宋同衰,詩道乃較宋爲獨盛。元好問自題《中州集後詩》曰:"鄴下曹、劉氣偎豪,江東諸謝韻尤高。若從華實評詩品,未便吴儂得錦袍。"豈虚語乎！有元一代,作者雲興,虞、楊、范、揭以下,指不勝屈。而末葉爭趨綺麗,乃類小詞。楊維楨負其才氣,破崖岸而爲之,風氣一新,然訖不能返諸古也。明詩總雜,門户多岐,約而論之,高啟諸人爲極盛。洪熙、宣德以後,體參臺閣,風雅漸微。李東陽稍稍振之,而北地、信陽已崛起與爭,詩體遂變。後再變而公安,三變而竟陵,淫哇競作,明祚遂終。大抵四朝各有其盛衰,其作者亦互有長短。而七百餘年之中,著作浩繁,雖博識通儒,亦無從遍觀遺集。至於澄汰沙礫,披檢精英,合四朝而爲一巨帙,勢更有所不能矣。

《御定佩文齋詠物詩選》(節録)

康熙四十五年,聖祖仁皇帝御定。自《藝文類聚》、《初學記》,始以詠物之詩分隸各類。後宋綬、蒲積中有《歲時雜詠》,專收節序之篇。陳景沂有《全芳備祖》,惟采草木之什,未有蒐合遺篇,包括歷代,分門列目,共爲一總集者。明華亭張之象始有《古詩類苑》、《唐詩類苑》兩集,然亦多以人事分編,不專於詠物。其全輯詠物之詩者,實始自是編。所録上起古初,下訖明代,凡四百八十六類。又附見者四十九類。諸體咸備,庶匯畢陳,洋洋乎詞苑之大觀也。

《御定歷代賦彙》

康熙四十五年,聖祖仁皇帝御定。賦雖古詩之流,然自屈、宋以來,即與詩別體。自漢迄宋,文質遞變,格律日新。元祝堯作《古賦辨體》,於源流正變,言之詳矣。至於歷代鴻篇,則不能備載。明人作《賦苑》,近人作《賦格》,均千百之中録存十一,未能賅備無遺也。是編所録,上起周末,下訖明季,以有關於經濟學問者爲正集,分三十類,計三千四十二篇。其勞人思婦、哀怨窮愁、畸士幽人、放言任達者,別爲外集,分八類,計四百二十三篇。旁及佚文墜簡、片語單詞見於諸書所引者,碎璧零

664

璣，亦多資考證。裒爲逸句二卷，計一百一十七篇。又書成之後，補遺三百六十九篇，散附逸句五十篇。二千餘年體物之作，散在藝林者，耳目所及，亦約略備焉。揚雄有言："能讀千賦則能賦。"是編且四倍之。學者沿波得奇，於以黼黻太平，潤色鴻業，亦足和聲鳴盛矣。

《御選唐詩》（節録）

詩至唐，無體不備，亦無派不有。撰録總集者，或得其性情之所近，或因乎風氣之所趨，隨所撰録，無不可各成一家。故元結尚古淡，《篋中集》所録皆古淡；令狐楚尚富贍，《御覽詩》所録皆富贍；方回尚生拗，《瀛奎律髓》所録即多生拗之篇；元好問尚高華，《唐詩鼓吹》所録即多高華之製。蓋求詩於唐，如求材於山海，隨取皆給，而所取之當否則如影隨形，各肖其人之學識。自明以來，詩派屢變，論唐詩者亦屢變。大抵各持偏見，未協中聲。

《御選唐宋文醇》

乾隆三年御定。明茅坤嘗取韓、柳、歐、蘇、曾、王之文，以編《唐宋八家文鈔》，國朝儲欣增李翶、孫樵爲十家。皇上以欣所去取，尚未盡協，所評論亦或未允，乃指授儒臣，定爲此集。其文有經聖祖仁皇帝御評者，以黃色恭書篇首。皇上御評則朱書篇後。至前人評跋有所發明，及姓名事跡有資考證者，亦各以紫色綠色分係於末。考唐之文體，變於韓愈，而柳宗元以下和之。宋之文體，變於歐陽修，而蘇洵以下和之。愈與崔立之書，深病場屋之作。修知貢舉，亦黜劉幾等，以挽回風氣。則八家之所論著，其不爲程試計可知也。茅坤所録，大抵以八比法說之。儲欣雖以便於舉業譏坤，而核其所論，亦相去不能分寸。夫能爲八比者，其源必出於古文，自明以來，歷歷可數。坤與欣即古文以講八比，未始非探本之論。然論八比而沿溯古文，爲八比之正脉。論古文而專爲八比設，則非古文之正脉。此如場屋策論以能根柢經史者爲上，操文柄者亦必以能根柢經史與否定其甲乙。至講經評史，而專備策論之用，則其經不足爲經學，其史不足爲史學。茅坤、儲欣之評八家，適類於是。得我皇上表章古學，示所折衷，乙覽之餘，親爲甄擇，其上者足以明理載道，經世致用；其次者亦有關法戒，不爲空言。其上者矩矱六籍，其次者波瀾意度，亦出入於周秦、兩漢諸家。至於品題考辨，疏通證明，無不抉摘精微，研窮奧奧。蓋唐宋之文以十家標其宗，十家之文經睿裁而括其要矣。茅坤等管蠡之見，烏足仰測聖人之權衡哉！

《御選唐宋詩醇》

《御選唐宋詩醇》四十七卷,乾隆十五年御定,凡唐詩四家,曰李白,曰杜甫,曰白居易,曰韓愈;宋詩二家,曰蘇軾,曰陸游。詩至唐而極其盛,至宋而極其變。盛極或伏其衰,變極或失其正,亦惟兩代之詩最爲總雜。於其中通評甲乙,要當以此六家爲大宗。蓋李白源出《離騷》而才華超妙,爲唐人第一;杜甫源出於《國風》、二《雅》,而性情真摯,亦爲唐人第一。自是以外,平易而最近乎情者無過白居易,奇矯而不詭於理者無過韓愈。錄此四集,已足包括衆長。至於北宋之詩,蘇、黃並驚;南宋之詩,范、陸齊名。然江西宗派實變化於杜、韓之間,既錄杜、韓,可無庸複見。《石湖集》篇什無多,才力識解亦均不能出《劍南集》上,既舉白以慨元,自當存陸而删范,權衡至當,洵千古之定評矣。考國朝諸家選本,惟王士禎書最爲學者所傳,其《古詩選》五言不錄杜甫、白居易、韓愈、蘇軾、陸游,七言不錄白居易,已自爲一家之言。至《唐賢三昧集》,非惟白居易、韓愈皆所不載,即李白、杜甫亦一字不登。蓋明詩摹擬之弊極於太倉,歷城纖佻之弊極於公安、竟陵,物窮則變,故國初多以宋詩爲宗。宋詩又弊。士禎乃持嚴羽餘論,倡神韻之說以救之。故其推爲極軌者,惟王、孟、韋、柳諸家。然《詩》三百篇尼山所定,其論詩一則謂歸於溫柔敦厚,一則謂可以興、觀、羣、怨,原非以品題泉石,摹繪烟霞,洎乎畸士逸人各標幽賞,乃別爲山水清音,實詩之一體,不足以盡詩之全也。宋人惟不解溫柔敦厚之義,故意言並盡,流而爲鈍根。士禎又不究興、觀、羣、怨之原,故光景流連,變而爲虛響,各明一義,遂各倚一偏。論甘忌辛,是丹非素,其斯之謂歟!茲逢我皇上聖學高深,精研六義,以孔門删定之旨品評作者,定此六家,乃共識風雅之正軌。臣等循環雒誦,實深爲詩教幸,不但爲六家幸也。

《明文海》

國朝黃宗羲編。宗羲有《易學象數論》,已著錄。宗羲於康熙乙卯以前,嘗選《明文案》二百卷。既復得昆山徐氏所藏明人文集,因更輯成是編。分體二十有八,每體之中,又各爲子目。賦之目至十有六,書之目至二十有七,序之目至五,記之目至十有七,傳之目至二十,墓文之目至十有三。分類殊爲繁碎,又頗錯互不倫。如議已別立一門,而奏疏内復出此體;既立諸體文一門,而《却巧》、《瘁筆》、《放雀》諸篇復別爲一類。而止目爲文,尤爲無謂。他若書序、傳記諸門,或析學校、書院爲二,或叙文苑於儒林之上,或列論文、論詩於講學、議禮、議樂、論史之前。編次糅雜,頗爲後人所譏。

考閻若璩《潛邱劄記》，辨此書體例，謂必非黃先生所編，乃其子主一所爲。若璩嘗游宗義之門，其説當爲可據，蓋晚年未定之本也。明代文章，自何、李盛行，天下相率爲沿襲剽竊之學。逮嘉、隆以後，其弊益甚。宗義之意，在於掃除摹擬，空所倚傍，以情至爲宗。又欲使一代典章人物，俱藉以考見大凡。故雖遊戲小説家言，亦爲兼收並采，不免失之泛濫。然其蒐羅極富，所閱明人集幾至二千餘家，如桑悦《北都》、《南都》二賦，朱彝尊著《日下舊聞》時，搜討未見，而宗義得之以冠兹選。其他散失零落，賴此以傳者，尚復不少，亦可謂一代文章之淵藪。考明人著作者，當必以是編爲極備矣。其書卷帙繁重，傳鈔者希，此本猶其原稿。四百八十一及八十二卷内文十二篇，有録無書，無可核補，今亦並仍之云。

《明詩綜》（節録）

明之詩派，始終三變。洪武開國之初，人心渾樸，一洗元季之綺靡。作者各抒所長，無門户異同之見。永樂以迄弘治，沿三楊臺閣之體，務以春容和雅，歌詠太平。其弊也冗沓膚廓，萬喙一音，形模徒具，興象不存。是以正德、嘉靖、隆慶之間，李夢陽、何景明等崛起於前，李攀龍、王世貞等奮發於後，以復古之説，遞相唱和，導天下無讀唐以後書。天下回應，文體一新。七子之名，遂竟奪長沙之壇坫。漸久而摹擬剽竊，百弊俱生，厭故趨新，別開蹊徑。萬曆以後，公安倡纖詭之音，竟陵標幽冷之趣，么弦側調，嘈囋爭鳴。佻巧蕩乎人心，哀思關乎國運，而明社亦於是乎屋矣。大抵二百七十年中，主盟者遞相盛衰，偏袒者互相左右。

《皇清文穎》（節録）

《皇清文穎》一百二十四卷，康熙中聖祖仁皇帝詔大學士陳廷敬編録未竟，世宗憲皇帝復詔續輯，以卷帙浩博，亦未即藏功。我皇上申命廷臣，乃斷自乾隆甲子以前排纂成帙，冠以列聖宸章、皇上御制二十四卷，次爲諸臣之作一百卷。伏考總集之興，遠從西晉，其以當代帝王詔輯當代之文者，不少概見。今世所傳，惟唐令狐楚《御覽詩》奉憲宗之命，宋吕祖謙《文鑒》奉孝宗之命爾。然楚所録者佳篇多所漏略，祖謙所録者衆論頗有異同，固由時代太近，別擇爲難；亦由其時爲之君者，不足以折衷群言。故或獨任一人之偏見，或莫決衆口之交嘩也。我國家定鼎之初，人心返樸，已盡變前朝纖仄之體，故順治以來，渾渾噩噩，皆開國母音。康熙六十一年中，太和翔洽，經術昌明，士大夫文采風流，交相照映，作者大都沉博絶麗，馳驟古人。雍正十三年中，累洽重

熙,和聲鳴盛,作者率舂容大雅,渢渢乎治世之音。我皇上御極之初,肇舉詞科,人文
蔚起,治經者多以考證之功研求古義,摛文者亦多以根柢之學抒發鴻裁,佩實銜華,迄
今尚蒸蒸日上……我皇上復遊心藻府,焕著堯文,足以陶鑄群才,權衡衆藝。譬諸伏
羲端策而演卦,則纖緯小術不敢侈其談;虞舜拊石而鳴韶,則弦管繁聲不敢奏於側。
故司事之臣,其難其慎,幾三十載而後能排纂奏御,上請睿裁。迄今披檢鴻篇,仰見國
家文治之盛與皇上聖鑒之明,均軼千古。俯視令狐楚、吕祖謙書,不猶日月之於爝
火哉!

《古文雅正》(節録)

(蔡)世遠是集,以理爲根柢,而體雜語録者不登;以詞爲羽翼,而語傷浮艷者不
録。劉勰所謂扶質立幹、垂條結繁者,殆庶幾焉。數十年傳誦藝林,不虛也。或以姚
鉉删《文苑英華》爲《唐文粹》,駢體皆所不收,而此集有李諤《論文體書》、張説《宋公遺
愛碑頌》諸篇,似乎稍濫。不知散體之變駢體,猶古詩之變律詩,但當論其詞義之是
非,不必論其格律之今古。杜甫一集,近體强半,論者不謂其格卑於古體也。獨於文
則古文、四六判若鴻溝,是亦不充其類矣。兼收儷偶,正世遠深明文章正變之故,又何
足爲是集累乎?(以上卷一百九十)

《大全賦會》

不著編輯者名氏。皆南宋程試之文。案宋禮部科舉條例,凡賦限三百六十字以
上成。其官韻八字,一平一仄相間,即依次用。若官韻八字平仄不相間,即不依次用。
其違式不考之目,有詩賦重疊用事,賦四句以前不見題。賦押官韻無來處,賦得一句
末與第二句末用平聲不協韻,賦側韻第三句末用平聲,賦初入韻用隔句對,第二句無
韻。拘忌宏多,頗爲煩碎。又淳熙重修文書式,凡廟諱、御名本字外,同音之字應避者
凡三百一十七。又有舊諱濮王、秀王諸諱應避者二十一。是下筆之時,先有三四百字
禁不得用,則其所作,苟合格式而已,其浮泛庸淺,千手一律,固亦不足怪矣。

《啓劄錦繡》

舊本題清曠趙先生編,不著其名。所録皆南宋人啓劄,而不題作者之姓名。蓋當
時盛行此體,書賈采輯刊版,備掇撦之用耳。不足以言文章也。

《濂洛風雅》

元金履祥編。履祥有《尚書表注》,已著録。是編乃至元丙申,履祥館於韓良瑞家齊芳書舍所刻。原本選録周子、程子以至王柏、王偁等四十八人之詩,而冠濂洛詩派圖。但以師友淵源爲統紀,初不分類例。良瑞以爲濂、洛諸人之詩固皆風雅之遺,第風、雅有正變、大小之殊,頌亦有周、魯之異。於是分詩、銘、箴、誡、贊、詠四言者爲風雅之正,其楚辭、歌騷、樂府韻語爲風雅之變,五、七言古風則風雅之再變,絶句、律詩則又風雅之三變云云,具見良瑞所作序中。蓋選録者履祥,排比條次者則良瑞也。昔朱子欲分古詩爲兩編而不果,朱子於詩學頗邃,殆深知文質之正變,裁取爲難。自真德秀《文章正宗》出,始别爲談理之詩。然其時助成其稿者爲劉克莊,德秀特因而删潤之。故所黜者或稍過,而所録者尚未離乎詩。自履祥是編出,而道學之詩與詩人之詩千秋楚越矣。夫德行、文章,孔門即分爲二科;儒林、道學、文苑,《宋史》且别爲三傳。言豈一端? 各有當也。以濂、洛之理責李、杜,李、杜不能爭,天下亦不敢代爲李、杜爭。然而天下學爲詩者,終宗李、杜,不宗濂、洛也。此其故可深長思矣。

《風林類選小詩》(節録)

明朱升編。升有《周易旁注》,已著録。是編皆録五言絶句,始於漢、魏,終於晚唐。分三十八體:曰《直致》,曰《情義》,曰《工緻》,曰《清新》,曰《高逸》,曰《富麗》,曰《艷冶》,曰《淒凉》,曰《衰暮》,曰《曠達》,曰《豪放》,曰《俊逸》,曰《清潤》,曰《沉著》,曰《邊塞》,曰《宮怨》,曰《閨情》,曰《客况》,曰《離别》,曰《悲愁》,曰《異鄉》,曰《感舊》,曰《寤想》,曰《寄贈》,曰《慨歎》,曰《消遣》,曰《諷諫》,曰《頌善》,曰《戲嘲》,曰《懷古》,曰《景物》,曰《風土》,曰《時事》,曰《樂府》,曰《風人》,曰《問答》,曰《摘句》。而附録《閨閣》、《仙鬼詩》於末,實三十九門。分類頗爲瑣屑,有似於《瀛奎律髓》。

《文章類選》

不著編輯者名氏。前有洪武三十一年凝真子序,並慶府圖章。以史考之,蓋慶王人也。爲太祖第十六子,好學有文。洪武二十六年就藩寧夏,三十年始建邸。是書刊於三十一年,則在建邸後矣。序稱暇日會諸儒,將昔人所集《文選》、《文粹》、《文鑒》、《翰墨全書》、《事文類聚》諸書所載之文,類而選之。分五十八體。然標目冗碎、義例舛陋，不可枚舉。如同一奏議也，而分之爲論諫、爲封事、爲疏、爲奏、爲彈事、爲劄。詩不入選，而曲操、樂章仍分二類。又如序事類載《左傳》隱、桓本末，鄭莊公、叔段本末及子產從政，凡三篇，而《戰國策》范雎見秦王反刊於前。顛倒失次，其甄綜之無識，又概可知矣。

《文章辨體》

明吳訥編。訥有《祥刑要覽》，已著録。是編采輯前代至明初詩文，分體編録，各爲之説。内集凡四十九體，大旨以真德秀《文章正宗》爲藍本。外集凡五體，則皆駢偶之詞也。程敏政作《明文衡》，特録其叙録諸體，蓋意頗重。陸深《谿山餘話》亦稱《文章辨體》一書，號爲精博，自真文忠《文章正宗》以後，未有能過之者。今觀所論，大抵剽掇舊文，罕能考核源委，即文體亦未能甚辨。如内集純爲古體矣，然如陸機《文賦》、謝惠連《雪賦》、謝莊《月賦》已純爲駢體，但不隔句對耳。至駱賓王《討武曌檄》純爲四六，而列之内集；又孔稚圭《北山移文》亦附之古賦。是皆何説也？《古樂府》備列吳聲歌曲、西曲歌、江南曲諸體，淫詞豔語，並登簡牘。而獨斥律詩爲變體，非耳食歟？外集收及詞曲，已爲氾濫。而以王維《渭城曲》、劉禹錫《竹枝詞》、白居易《楊柳枝》詞綴於簡末，謂之附録。夫《渭城曲》本題爲《送元二使安西》，當時伶人采以入樂耳。遽別之於絶句之外，已爲憒憒。且唐歌曲乃宋、元詞曲之先聲，反附録於宋、元人後，直本末倒置矣。其餘去取，亦漫無別裁，不過取盈卷帙耳，不足尚也。

《詩學權輿》

明黃溥編。案明有兩黃溥。其一鄞縣人，有《簡籍遺聞》，已著録。此黃溥字澄濟，自號石厓居士，弋陽人。正統戊戌進士，官至廣東按察使。是書兼收衆體，各爲注釋。定爲名格、名義、韻譜、句法、格調諸目，復雜引諸説以證之。然采摭雖廣，考證多疏。如卷首《董少平歌》，不知鳴平爲韻，古多此格，乃誤以爲七言一句之歌，甚至以《楚辭》與《騷》分爲二體。可謂不知而作矣。（以上卷一百九十一）

《六藝流別》

明黃佐撰。佐有《樂典》，已著録。是書大旨以六藝之源皆出於經，因采摭漢、魏以下詩文，悉以六經統之。凡《詩》之流五，其別二十有一；《書》之流八，其別四十有九；《禮》之流二，其別十有六；《樂》之流二，其別十有二；《易》之流十二，而無所謂別。分類編叙，去取甚嚴。其自序言："欲補摯虞《文章流別》而作。"然文本於經之論，千古不易，特爲明理致用而言。至劉勰作《文心雕龍》，始以各體分配諸經，指爲源流所自。其説已涉於臆創。佐更推而衍之，剖析名目，殊無所據，固難免於附會牽合也。

《九代樂章》

明劉濂撰。濂有《易象解》，已著録。是書取自漢迄唐九代之詩，分門編次。大略以詩樂之義後人不能辨，故所選以音聲爲主，分風、雅、頌爲三。每代又別里巷、儒林爲兩類。自謂《三百篇》後，不可無此選。其言極爲妄誕。夫古樂府之存於今者，後人亦第能習其句讀，而不可播之管弦。濂乃指爲某代某音、某代某調，穿鑿配合，已屬强爲解事，至如東方誠子、仲長述志之類，本非入樂之詩，而亦爲之辨別宮商，尤不知其何據。又每代下各爲總論一篇，而北齊伶人曹孫達等封王，及無愁伴侣曲諸事，乃以屬之陳後主。殊爲不考，特故爲高論而已。

《詩學正宗》

明浦南金編。南金有《修詞指南》，已著録。是集選歷代之詩，起唐、虞古辭，至唐人近體。自四言至七言絶句，分體有九。每體中又分正始、正音、正變、附録四門。其分係殊多未當，如《孔子去魯》等歌，雖不免或有依託，然如以爲僞，則當删汰；如以爲真，則固聖人之作也，降而列之正變，於義未協。至既分古樂府一體，而《安世房中歌》則列之四言古詩，《長歌行》、《怨歌行》、《苦寒行》、《箜篌引》之類則列之五言古詩，體例亦殊叢脞。又三謝之作雖多偶句，究與唐律不同，而竟入之排律中。尤踵楊慎《律祖》之説而失之者矣。

《樂府原》

明徐獻忠撰。獻忠有《吳興掌故集》，已著録。是書取漢、魏、六朝樂府古題，各爲考證，並録原文而釋其義。然所見殊淺，而又索解太鑿。如杜氏《通典》謂《房中樂》爲楚聲。獻忠則謂屈、宋騷辭每言著一"兮"字，乃楚人怨歎之本聲，而以《安世房中歌》爲非其倫。亦未免拘泥鮮通矣。

《六朝聲偶》

明徐獻忠編。是書因楊慎《五言律祖》而廣之，取南北朝人五言詩以明唐律所自出。然以齊、梁、陳、北齊、周、隋謂之六朝，未免自我作古。況永明體載在《齊書·王融傳》，聲病宮商載在《梁書·沈約傳》，而李商隱、溫庭筠諸集所謂齊、梁體者亦皆具有明文，此本不待考而知者。慎書已爲多事，獻忠何必又衍爲此書。如曰以爲詩法，則詩又不以齊、梁爲極則也。

《文體明辨》

明徐師曾撰。師曾有《古文周易演義》已著録。是編凡綱領一卷，詩文六十一卷，目録六卷，附録十四卷，附録目録二卷。蓋取明初吳訥之《文章辨體》而損益之。訥書《内編》僅分體五十四，《外編》僅分體五，前代文格，約略已備。師曾欲以繁富勝之，乃廣《正集》之目爲一百有一，廣《附録》之目爲二十有六。首以古歌謠詞，皆漢以前作，真僞不辨，而以李賀一詩參其間，豈東京而後祇此一詩追古耶？次四言詩，以分章者爲正體，以不分章者爲變體。次《楚辭》，分古賦之祖、文賦之祖、摹擬《楚辭》三例。次賦，分古賦、俳賦、文賦、律賦四例；又有正體而間出於俳，變體流於文賦之漸二變例。次樂府，全竊郭茂倩書，而稍益以《宋史·樂志》，其不選者，亦附存其目。次詩，取《文選》門類稍增之，所録止于晚唐，宋以後無一字。次詔誥諸文，皆分古體、俗體二例。次爲書表諸表，則古體之外，添唐體宋體。碑則正體變體之外，又增一別體。甚至墓誌以銘之字數分體。其餘亦莫不忽分忽合，忽彼忽此，或標類於題前，或標類於題下，千條萬緒，無復體例可求，所謂治絲而棼者歟！

《古詩類苑》

明張之象編。是編前有黃體仁序，稱之象此書與《唐詩類苑》均家貧不能刊，以授其同里俞顯卿。顯卿亦未刊而卒。萬曆庚子，吳門曹氏始爲刊其唐詩。至壬寅，顯卿之弟顯謨乃與之象婿王頬、陳甲校刊之。是其刻在唐詩後。其凡例有云："是編首自上古，下迄陳、隋，一枝片玉，搜括無遺，有唐一代之作，別有《類苑》，兹不重録。"是其編纂亦在唐詩後也。其書以馮惟訥《詩紀》爲稿本，較唐詩易於爲力。漢以後箴銘頌贊馮本不録，之象增之。然文章各有體裁，著述各有斷限。馮本所收《封禪文》之類，

672

馮舒作《詩紀匡謬》已深駁之。正宜盡從刊削，而復捃摭續貂，殊不免傷於嗜博。又割裂分隸，門目冗瑣。如全書既以古詩爲名，而第七十七卷人部又立古詩一門，是何體例乎？其凡例至稱道家歌詩出《列仙傳》、《真誥》等書云云，《真誥》歌詩誠不一而足，《列仙傳》七十二人未有一人載詩也，足見其隨意剽掇，不盡考古書矣。（以上卷一百九十二）

《詩所》（節録）

（臧）懋循是編，實據惟訥之書爲稿本。惟訥書以詩隸人，以人隸代，源流本末，開卷燦然。懋循無所見長，遂取其書而割裂之，分二十有三門：曰《郊祀歌辭》，曰《廟祀歌辭》，曰《燕射歌辭》，曰《鼓吹曲辭》、曰《橫吹曲辭》，曰《相和歌辭》，曰《清商曲辭》，曰《舞曲歌辭》，曰《琴曲歌辭》，曰《古歌辭》，曰《雜曲歌辭》，曰《雜歌謠辭》，曰《古語古諺》，曰《古雜詩》，曰《四言古詩》，曰《五言古詩》，曰《六言古詩》，曰《七言古詩》，曰《雜言古詩》，曰《騷體古詩》，曰《闕文》，曰《璿璣圖詩》，曰《雜歌詩》，曰《補遺》。顛倒瞀亂，茫無體例。且古詩之名本對近體而起，故沈、宋變律以後，編唐、宋詩者二體迥分。若陳、隋以前，無非古體，乃亦稱曰幾言古詩，於格調已爲檮昧。中如傅元《有女篇》本樂府，而入之古詩；傅毅《冉冉孤生竹》一首本古詩，而入之歌曲者，不可僕數。又《詩紀》蒐采雖博，亦頗傷泛濫。故後來常熟馮舒有《匡謬》一書，頗中其病。懋循不能有所考訂，而掇拾餖飣，以博相誇。又不分真僞，稗販雜書以增之。甚至庾信諸賦以句雜七言亦復收入，尤爲冗雜矣。

《唐詩所》

明臧懋循編。凡十有四門：曰《古樂府》，曰《樂府係》，曰《三言四言古詩》，曰《五言古詩》，曰《七言古詩》，曰《雜體古詩》，曰《風體騷體古詩》，曰《五言律詩》，曰《七言律詩》，曰《五言排律》，曰《七言排律》，曰《五言絕句》，曰《七言絕句》，曰《闕文》。每門之內又各以題目類從，餖飣割裂，亦張之象《唐詩類苑》之流也。每卷之首皆注前集二字，則當有後集，今未之見。然大概可睹矣。

《唐樂府》

明吳勉學編。勉學所編《河間六書》，已著録。是集匯輯唐人樂府，只登初、盛，而不及中、晚，皆郭茂倩《樂府詩集》所已采。間有小小增損，即多不當。如王勃《忽夢遊仙》、宋之問《放白鷳篇》之類，皆實非樂府而濫收。而享龍池樂章之類，乃反佚去。至詩餘雖樂府之遺，而已別爲一體，李白《菩薩蠻》、《憶秦娥》之類亦不宜泛載。且古題、新題，漫然無別，既無解釋，復鮮詮次，是真可以不作也。

《情採編》（節録）

明屠本畯撰。本畯有《閩中海錯疏》，已著録。是編選漢、魏至唐之詩，既踳駁不倫，又參以杜撰。如古詩之名，《文選》所有也。古絶句之名，亦《玉臺新詠》所有也。此外則王融、沈約以下，文用宮商，當時謂之永明體，唐人謂之齊、梁體而已。至律詩之名，始於沈佺期、宋之問，《唐書》列傳可考。排律之名始於楊士宏《唐音》，亦可考也。本畯乃於古詩、律詩之間，別立一名，謂之聲詩，以齊、梁體當之，已爲妄作。乃復以齊邱巨源等四十人之詩列爲五言律詩，以梁元帝等十三人之詩列爲五言排律，則創見罕聞。殆因楊慎《五言律祖》之説而彌失彌遠者矣。

《古論大觀》（節録）

今觀是書，不但漫無持擇，亦且體例龐雜，罅漏百出。雖以古論爲名，而實多非論體。往往雜掇諸書，妄更名目。如《史記》、《漢書》諸傳之序，以及《史通》、《文心雕龍》、《新論》、《亢倉子》，其篇題本無論名，乃悉強增一論字，已自無稽。杜佑《通典》、鄭樵《通志》、馬端臨《文獻通考》，不過於徵引典故之後，附以案語；荀悦、袁宏前後《漢紀》，司馬光《資治通鑒》，不過於紀載事實之下，附以評斷，亦加以論名，並各爲造作題目，尤爲杜撰。其至魏文帝《典論論文》，增一字曰《典論論文論》；馮衍《自敘》，改其名曰《自論》；索靖《草書勢》，改其名曰《草書論》；韓愈《送高閑上人序》，亦改其名曰《草書論》，任情點竄，不可究詰。循其例而推之，將古今之書，無不可改題爲論，萬卷可得，何止四十卷乎！

《古詩解》

明唐汝諤撰。汝諤有《詩經微言合參》，已著録。其兄汝詢有《唐詩解》，故此以古詩配之。其注釋體例略同，惟《唐詩解》以五七言分古今體，此則分爲五類：曰古歌謠辭，曰古逸雜篇，曰漢歌謠辭，曰樂府，曰詩。其訓詁字義，頗爲簡略。所發明作意，亦皆敷衍。又樂府之類，聲詞合寫者，汝諤不究其源，一一强爲之説，尤多牽强。其凡例謂五言起於鄒、枚。考枚乘之説，見《文心雕龍》及《玉臺新詠》。鄒不知其所指，亦不知其所本。漢《郊祀歌》注，鄒子《樂名》，又非五言，所言已爲荒誕。又以《十九首》冠於蘇、李之前，不知"冉冉孤生竹"一篇，《文心雕龍》稱爲傅毅作，毅固東漢人。"去者日以疏"、"客從遠方來"二首，鍾嶸《詩品》稱爲舊疑建安中陳王所制，則時代尤後。乃俱躋之蘇、李以前，殊爲失考。所注解抑可知矣。

《唐詩近體集韻》

明施重光編。重光字慶徵，里貫未詳。是集以唐人近體分上下平三十韻編次。案上下平聲分三十部，乃劉淵壬子新刊《禮部韻略》所並，與唐韻不同。唐人私相歌詠者，又與官韻不同。如東、冬二部，蕭、肴、豪三部，鹽、鹹二部，皆互有出入。此書及《唐詩韻匯》均以宋韻分隸唐律，不免時有牽混。而此書之漏略。則又出《韻匯》下焉。

《荆溪外紀》（節録）

明沈敕編。敕字克寅，宜興人。是編輯録其邑藝文人物，上起漢，下迄明。凡詩十一卷，詞賦、碑銘、序、奏議、書、題跋各一卷，記、傳各二卷，風土記、拾遺、紀遺、雜説各一卷附焉。采摭頗爲詳贍。惟詩以絶句居律體前，律體居古風前，稍爲失次。又四言亦謂之絶句，而七言古詩之外又別出歌行爲二門，亦非體例。

《漢鐃歌發》

明董説編。説有《易發》，已著録。是書取漢鐃歌十八章，反復解説。首論大意，次論韻，次論音。其論韻則有伏、有擊、有進退、有同攝、有同母同入；論音，本《周禮·三宮》之説，按宮、商、角、徵、羽，篇分章位，章分句位。立説殊爲創辟，然沈約嘗言《漢鐃歌》大字爲詞，細字爲聲。後來聲詞合寫，不復可辨，遂無文義可尋，但存其聲而已。自唐後樂府失傳，新題迭作，於是並聲而亦亡之。説不知聲詞合寫之源，而强爲索解，已迷宗旨，至《鐃歌》乃鼓吹之曲，但奏其音而不歌其詞。故十八章或韻或不韻，亦猶《風》、《雅》皆有韻而《頌》不盡韻也。説一概强爲叶讀，非惟不知古音，亦並不知樂府體裁矣。（以上卷一百九十三）

《樂府廣序》

國朝朱嘉徵編。嘉徵字岷左,別號止谿圃人,海寧人。前明崇禎壬午舉人,入國朝官徽州府推官。此編取漢、魏樂府及詩分爲三集。以相和、吟歎、平調、清調、瑟調、楚調、大曲、雜曲之類爲風,以鼓吹、橫吹之類爲雅,以雅舞、雜舞之類爲變雅,以郊祀樂章爲頌,而別附以歌詩、琴曲。又仿《詩序》之例,每篇各爲小序以明其意。蓋刻意續經,惟恐一毫之不似。然三代樂制,至漢盡亡。樂府之於《三百篇》,猶阡陌之於井田,郡縣之於封建也。端緒亦有時相屬,而不相屬者十之九。嘉徵必摹擬刻畫,一一以風、雅、頌分配之,牽強支離,固其所矣。

《古詩選》

國朝王士禎編。士禎有《古歡録》,已著録。此編凡五言詩十七卷,七言詩十五卷。五言自漢、魏、六朝以下,唐代惟載陳子昂、張九齡、李白、韋應物、柳宗元五人。七言古逸一卷,漢、魏、六朝一卷,唐則李嶠、宋之問、張說、王翰四人爲一卷,王維、李頎、高適、岑參、李白爲一卷。而王昌齡、崔顥二人則稱附録。五卷以下則唐杜甫、韓愈、宋歐陽修、王安石、蘇軾、黃庭堅、晁說之、晁補之、陸游、金元好問,元虞集、吳萊十三人之詩。而李商隱、蘇轍、劉迎、劉因四人稱附録。夫五言肇於漢氏,歷代沿流,晉、宋、齊、梁業已遞變其體格。何以武德之後,不容其音響少殊? 使生於隋者,如侯夫人《怨詞》之類,以正調而得存。生於唐者,如杜甫之流,亦以變聲而見廢。且王粲《七哀》,何異杜甫之《三別》? 乃以生有先後,使詩有去留。揆以公心,亦何異李攀龍唐無五言古詩而有其古詩之說乎? 至七言歌行,惟鮑照先爲別調。其餘六朝諸作大抵皆轉韻抑揚。故初唐諸人多轉韻,而李白以下始遙追鮑照之體。終唐之世,兩派並行。今初唐所録寥寥數章,亦未免拘於一格。蓋一家之書,不足以盡古今之變也。至於《越人歌》惟存二句之類,則校刊者之疏,或以是而議士禎,則過矣。

《說唐詩》

國朝徐增撰。增字子能,長洲人。所録唐詩三百餘首,一一推闡其作意。其說悠謬支離,皆不可訓。至於分解之說,始於樂府。如《陌上桑》等篇,所注一解、二解、三解字,尚不拘句數。晉、魏所歌古辭,如《白頭吟》、《塘上行》等篇,乃注四句爲一解。

所謂古歌以四句爲一解，傖歌以一句爲一解是也。然所説乃歌之節奏，非詩之格律。增與金人瑞遊，取其《唐才子書》之説，以分解之説施於律詩。穿鑿附會，尤失古人之意。

《歷朝賦格》

國朝陸葇編。葇字義山，平湖人。康熙丁未進士，授内閣典籍。己未召試博學宏詞，改翰林院編修，官至内閣學士，兼禮部侍郎。是編彙選歷代之賦，分爲三格：曰文賦，曰騷賦，曰駢賦。於三格之中，又各分爲五類：曰天文，曰地理，曰人事，曰帝治，曰物類。起自荀卿、宋玉，下迄元、明。每格前有小引，皆其婿沈季友所作。騷賦之引則爲騷賦一篇，駢賦之引則爲駢賦一篇，殊爲纖仄，古無是例也。

《漢詩音注》（節録）

國朝李因篤撰。因篤有《受祺堂集》，已著録。是編評點漢詩，兼注音韻。一卷至五卷題曰“漢詩音注”，六卷至十卷題曰“漢詩評”，一書而中分二名。又前五卷之評夾註句下，後五卷之評大書詩後，體例亦迥不同，不知其何所取也。顧炎武有《與因篤書》，極論古今音韻，刻於所撰《音學五書》前，蓋以因篤爲知古音者。然聲音文字，與世轉移，三代有三代之音，秦、漢有秦、漢之音，晉、宋有晉、宋之音，齊、梁有齊、梁之音，自唐以後，有唐以後之音。猶之籀變而篆，篆變而隸，隸變而行。因革損益，輾轉漸移，不全異亦不全同，不能拘以一律。自吳棫舉六朝以上概曰古音，於是或執後以攦前，其失也雜。或執前以繩後，其失也拘。如朱虛侯歌疏與之韻，證之史游《急就篇》亦然；梁鴻《適吳詩》，隅與流、浮、休韻，證以《日出南東隅行》亦然；燕剌王歌，鳴與人韻，證以崔駰《安封侯詩》亦然。知漢人有漢人之韻，下不可律以今，上亦不可律以古。因篤概以《三百篇》之韻斷其出入，未免膠柱之見。

《續三體唐詩》

國朝高士奇編。士奇有《春秋地名考略》，已著録。士奇嘗校注周弼《三體唐詩》，因復輯此編。弼書以七言絶句、七言律詩、五言律詩爲“三體”。故此以五言古詩、七言古詩、五言排律爲“續三體”，以補其闕。惟弼書每體分數格，而此書則每體以人爲序，各有小傳、詩話，爲例小異耳。獨是士奇既以弼書爲未備，則當補完諸體，乃亦襲三體之目，仍不録五言絶句，將謂非詩之一體乎？

《唐詩掞藻》

國朝高士奇編。是書仿《文選》、《文苑英華》之例，分類選録。凡三十二門，皆館閣之體，故名曰"掞藻"。

《漢詩説》（節録）

國朝費錫璜、沈用濟同編。錫璜字滋衡，吳江人。自署曰成都。蓋其父費密，自成都避亂，家於江南，錫璜猶署其故里也。用濟字方舟，錢塘人。是編因馮惟訥《詩紀》、梅鼎祚《詩乘》所録漢詩，略爲評釋。卷首有凡例，持論似高，而所説殊草草。如漢人鐃歌、鼓吹諸曲，沈約《宋書·樂志》明言聲詞合寫，不可復辨。本無文義可推，而必求其説以通之，遂橫生穿鑿。又本詞與入樂之詞，截然有別。如《白頭吟》中"郭東亦有樵"諸句，乃伶工增入以諧律，亦曲爲之解，更嫌附會。至《鐸舞曲》之"聖人制禮樂"篇，不過以字記聲，亦録之以爲詩式。又不考據《宋志》，明其句讀，尤進退無據。（以上卷一百九十四）

詩文評類小叙

文章莫盛於兩漢。渾渾灝灝，文成法立，無格律之可拘。建安、黃初，體裁漸備。故論文之説出焉，《典論》其首也。其勒爲一書傳於今者，則斷自劉勰、鍾嶸。勰究文體之源流，而評其工拙；嶸第作者之甲乙，而溯厥師承，爲例各殊。至皎然《詩式》，備陳法律，孟棨《本事詩》，旁采故實。劉攽《中山詩話》，歐陽修《六一詩話》，又體兼説部。後所論著，不出此五例中矣。宋、明兩代，均好爲議論，所撰尤繁。雖宋人務求深解，多穿鑿之詞；明人喜作高談，多虛憍之論。然汰除糟粕，採擷菁英，每足以考證舊聞，觸發新意。《隋志》附總集之內，《唐書》以下則並於集部之末，別立此門。豈非以其討論瑕瑜，別裁真僞，博參廣考，亦有裨於文章歟？

《文心雕龍》（節録）

其書《原道》以下二十五篇，論文章體製；《神思》以下二十四篇，論文章工拙；合《序志》一篇，爲五十篇。

《詩品》（節録）

　　所品古今五言詩，自漢、魏以來一百有三人，論其優劣，分爲上、中、下三品。每品之首，各冠以序。皆妙達文理，可與《文心雕龍》並稱。近時王士禎極論其品第之間，多所違失。然梁代迄今，邈逾千祀，遺篇舊制，什九不存，未可以掇拾殘文，定當日全集之優劣。惟其論某人源出某人，若一一親見其師承者，則不免附會耳。史稱嶸嘗求譽於沈約，約弗爲獎借，故嶸怨之，列約中品。案約詩列之中品，未爲排抑。惟序中深詆聲律之學，謂蜂腰鶴膝，僕病未能；雙聲疊韻，里俗已具，是則攻擊約説，顯然可見，言亦不盡無因也。

《文章緣起》

　　舊本題梁任昉撰。考《隋書·經籍志》載任昉《文章始》一卷，稱有録無書，是其書在隋已亡。《唐書·藝文志》載任昉《文章始》一卷，註曰“張績補”。績不知何許人，然在唐已補其亡，則唐無是書可知矣。宋人修《太平御覽》，所引書一千六百九十種，摯虞《文章流别》、李充《翰林論》之類無不備收，亦無此名。今檢其所列，引據頗疎。如以表與讓表分爲二類，騷與反騷别立兩體。“挽歌”云“起繆襲”，不知《薤露》之在前。“篇”云“起《凡將》”，不知《蒼頡》之更古。崔駰《達旨》，即揚雄《解嘲》之類，而别立“旨”之一名。崔瑗《草書勢》，乃論草書之筆勢，而强標“勢”之一目，皆不足據爲典要。至於“謝恩”曰“章”，《文心雕龍》載有明釋，乃直以“謝恩”兩字爲文章之名，尤屬未協，疑爲依託。併書末洪适一跋，亦疑從《盤洲集》中鈔入。然王得臣爲嘉祐中人，而所作《麈史》有曰：“梁任昉集秦、漢以來文章名之始，目曰《文章緣起》，自詩、賦、《離騷》至於藝約凡八十五題，可謂博矣。阮載相如《喻蜀》，不録揚雄《劇秦美新》；録《解嘲》，而不收韓非《説難》；取劉向《列女傳》，而遺陳壽《三國志》評。”又曰：“任昉以三言詩起晉夏侯湛，唐劉存以爲始鷟於《飛醉言歸》。任以頌起漢之王褒，劉以始于周公《時邁》；任以檄起漢陳琳《檄曹操》，劉以始於張儀《檄楚》；任以碑起於漢惠帝作《四皓碑》，劉以管子謂‘無懷氏封太山刻石紀功’爲碑；任以銘起於秦始皇登會稽山，劉以爲蔡邕《銘論》‘黄帝有巾幾之銘’”云云。所説一一與此本合，知北宋已有此本。其殆張績所補，後人誤以爲昉本書歟？明陳懋仁嘗爲之註，國朝方熊更附益之。凡編中題“註”字者，皆懋仁語；題“補註”字者，皆熊所加。其註每條之下蔓衍論文，多掊拾摯虞、李充、劉勰之言，而益以王世貞《藝苑卮言》之類，未爲精要。於本書間有考證，而失於糾駁者尚多，議論亦往往紕謬。如謂枚乘《七發》源於《孟子》、《莊子》之七篇，殊爲附會。又謂《鄉約》之類當仿王褒《僮約》爲之，庶不失古意。不知《僮約》乃俳諧游戲之作，其文全載《太平御覽》中，豈可以爲《鄉約》之式？尤爲乖舛。以原本所有，姑附存之云爾。

《六一詩話》（節録）

陳師道《後山詩話》謂修不喜杜甫詩，葉夢得《石林詩話》謂修力矯西崑體。而此編載論蔡都尉詩一條，劉子儀詩一條，殊不盡然。

《紫微詩話》（節録）

又極稱李商隱《重過聖女祠》詩"一春夢雨常飄瓦，盡日靈風不滿旗"一聯，及《嫦娥》詩"嫦娥應悔偷靈藥，碧海青天夜夜心"二句，亦不主於一格。蓋詩體始變之時，雖自出新意，未嘗不兼采衆長。自方回等一祖三宗之説興，而西崑、江西二派乃判如冰炭，不可復合。元好問題《中州集》末，因有"北人不拾江西唾，未要曾郎借齒牙"句，實末流相詬，有以激之。觀於是書，知其初之不盡然也。

《四六話》（節録）

宋王銍撰，銍有《侍兒小名録補遺》，已著録。其書皆評論宋人表啟之文。六代及唐，詞雖駢偶，而格取渾成。唐末、五代，漸趨工巧。如羅隱代錢鏐《賀昭宗更名表》，所謂"右則虞舜之全文，左則姬昌之半字"者，當時以爲警策是也。宋代沿流，彌競精切。故銍之所論，亦但較勝負於一聯一字之間。至周必大等，承其餘波，轉加細密。終宋之世，惟以隸事切合爲工。組織繁碎，而文格日卑，皆銍等之論導之也。

《庚溪詩話》（節録）

其論"山谷詩派"一條，深斥當時學者未得其妙，而但使聲韻拗捩，詞語艱澀，以爲江西格，尤爲切中後來之病。

《四六談塵》（節録）

其論四六，多以命意遣詞分工拙，視王銍《四六話》所見較深。其謂四六施於制誥、表奏、文檄，本以便宣讀，多以四字六字爲句。宣和間多用全文長句爲對，習尚之久，至今未能全變，前輩無此格。又謂四六之工在於翦裁，若全句對全句，何以見工？尤切中南宋之弊。其中所摘名句，雖與他書互見者多，然實自具別裁，不同剿襲。

《文則》

宋陳騤撰。騤有《南宋館閣録》，已著録。按《太平御覽》引摯虞《文章流別論》曰："古詩之四言者，'振鷺於飛'是也，漢郊廟歌多用之。五言者，'誰謂雀無角，何以穿我屋'是也，樂府用之。六言者，'我姑酌彼金罍'是也，樂府亦用之。七言者，'交交黃鳥止于桑'是也，於俳調倡樂世用之。九言者，'泂酌彼行潦挹彼注兹'是也，不入歌謡之章，故世希爲之。"文章句法，推本《六經》矣，兹其權輿也。劉知幾《史通》特出《模擬》一篇，於貌同心異、貌異心同辨析特精，是又不以句法求六經矣。騤此書所列文章體式，雖該括諸家，而大旨皆準經以立制。其不使人根據訓典，鎔精理以立言，而徒較量於文字之增减，未免逐末而遺本。又分門別類，頗嫌於太瑣太拘，亦不免舍大而求細。然取格法於聖籍，終勝摹擬調於後人。其所標舉，神而明之，存乎其人。固不必以定法泥此書，亦不必以定法病此書也。

《對床夜語》（節録）

其間如論曹植《七哀詩》，但知古者未拘音韻，而不能通古韻之所以然。故轉以魏文帝詩押"横"字入陽部，阮籍詩押"嗟"字入歌部爲疑。論杜甫律詩拗字，謂執以爲例則盡成死法。不知唐律雙拗單拗，平仄相救，實有定規，非以意爲出入。（以上卷一百九十五）

《墓銘舉例》

明王行撰。行有《半軒集》，已著録。行以墓誌銘書法有例，其大要十有二事：曰諱,曰字,曰姓氏,曰鄉邑,曰族出,曰治行,曰履歷,曰卒日,曰壽年,曰妻,曰子,曰葬。其序次或有先後,要不越此十餘事而已。取唐韓愈、李翺、柳宗元,宋歐陽修、尹洙、曾鞏、王安石、蘇軾、朱子、陳師道、黃庭堅、陳瓘、晁補之、張耒、呂祖謙一十五家所作碑誌,錄其目而舉其例,以補元潘昂霄《金石例》之遺。墓誌之興,或云宋顏延之,或云晉王戎,或云魏繆襲,或云漢杜子夏,其源不可詳考。由齊、梁以至隋、唐諸家,文集傳者頗多,然詞皆駢偶,不爲典要。惟韓愈始以史法作之,後之文士率祖其體。故是編所述以愈爲始焉。

《金石要例》(節録)

又據孫何《碑解》,論碑非文章之名,其説固是。然劉勰《文心雕龍》已列此目。如樂府本官署之名,而相沿既久,無不稱歌詞爲樂府者,是又不必定以古義拘矣。

《師友詩傳録》(節録)

士禎答樂府一條,稱樂府之名始於漢初,引高祖《三侯之歌》、唐山夫人《安世房中歌》爲證。然樂府始漢武帝,史有明文,漢初實無是名。篤慶又稱樂府主紀功,古詩主言情,實居又稱樂府之異於古詩者,往往叙事。古詩貴温裕純雅,樂府貴遒深勁絶,又其不同也。不知郊祀鐃歌之類,倚聲制詞之樂府也,與詩稍別。清商平調之類,采詩入律之樂府也,其初本皆古詩。故“孔雀東南飛”,樂府雜曲歌詞也,而本題曰《古詩爲焦仲卿妻作》。其序曰:“時人傷之,爲詩云爾。”《紫騮馬》,樂府橫吹曲詞也,而吳均《樂府解題》曰:“‘十五從軍征’以下,古詩也。”其説甚明,不必以後世之法,遽區分其本始。至《君子行》爲言理之作,《怨歌行》乃緣情之什,亦何嘗專叙事乎? 又士禎答稱七言換韻始於陳、隋。案吳均、費昶之《行路難》,蕭子顯之《燕歌行》,皆已排偶換韻,啟初唐四傑之體,安得云始之陳、隋耶? 劉録所載皆士禎語。如所答“大勤問截句”一條,稱截句或截律詩前四句,如後二句對偶是也。或截律詩後四句,如起二句對偶是也,非一句一截之謂。又稱此等迂拘之説,總無足從是矣。然何不云漢人已有絶句,在律詩之前,非先有律詩,截爲絶句,不尤明白乎?(古絶句四章,載《玉臺新詠》第十卷之首)又答唐人省試排律本止六韻而止,不知《玄元皇帝應見詩》未嘗不至八韻,《詠青詩》未嘗不四韻,《文苑英華》可以覆案。又稱至杜始爲長律,元、白又蔓延至百韻。不知杜甫《秋日夔府詠懷奉寄鄭監李賓客詩》正一百韻,杜集亦可覆案也。

682

《聲調譜》

國朝趙執信撰。執信有《因園集》，已著録。執信嘗問聲調於王士禛，士禛靳不肯言。執信乃發唐人諸集，排比鉤稽，竟得其法，因著爲此書。其例古體詩五言重第三字，七言重第五字，而以上下二字消息之。大抵以三平爲正格。其四平切脚如李商隱之“詠神聖功書之碑”；兩平切脚如蘇軾之“白魚紫蟹不論錢”者，謂之落調。柏梁體及四句轉韻之體則不在此限焉。律詩以本句平仄相救爲單拗，出句如杜甫之“清新庾開府”，對句如王維之“暮禽相與還”是也。兩句平仄相救爲雙拗，如許渾之“溪雲初起日沉閣，山雨欲來風滿樓”是也。其他變例數條，皆本此而推之，而起句結句不相對偶者則不在此限焉。其説頗爲精密。惟所列李賀《十二月》樂府所標平仄不可解，卷末附以《古韻通轉》，其説尤謬。或曰《古韻》一篇，乃其門人所妄增也。（以上卷一百九十六）

《詩法源流》（節録）

所載凡五言律詩九首，七言律詩四十三首，各有吳成等注釋。標立結上生下格、拗句格、牙鎮格、節節生意格、抑揚格、接頂格、交股格、纖腰格、雙蹄格、續腰格、首尾互換格、首尾相同格、單蹄格、應句格、開合格、開合變格、疊字格、句應句格、叙事格、歸題格、續意格、前多後少格、前開後合格、興兼比格、興兼賦格、比興格、連珠格、一意格、變字格、前實後虛格、藏頭格、先體後用格、雙字起結格，凡三十三格。其謬陋殆不足辨。

《天廚禁臠》

宋釋惠洪撰。惠洪有《冷齋夜話》，已著録。是編皆標舉詩格，而舉唐、宋舊作爲式。然所論多强立名目，旁生支節。如首列杜甫《寒食對月詩》爲偷春格，而謂黄庭堅《茶詞》疊押四山字爲用此法，則風馬牛不相及。又如蘇軾“芳草池塘惠連夢，上林鴻雁子卿歸”句，黄庭堅“平生幾兩屐，身後五車書”句，謂射雁得蘇武書無“鴻”字，故改謝靈運“春草池塘”爲“芳草”；“五車書”無“身後”字，故改阮孚“人生幾兩屐”爲“平生”。謂之用事補綴法，亦自生妄見。所論古詩押韻換韻之類，尤茫然不知古法。嚴羽《滄浪詩話》稱《天廚禁臠》最害事，非虛語也。

《少陵詩格》

宋林越撰。越有《漢雋》，已著録。是篇發明杜詩篇法，穿鑿殊甚。如《秋興》八首第一首爲接項格，謂“江間波浪兼天湧”爲巫峽之蕭森，“塞上風雲接地陰”爲巫山之蕭森，已牽合無理。第二首爲交股格，三首曰開合格，四首曰雙蹄格，五首曰續後格，六首曰首尾互換格，七首曰首尾相同格，八首曰單蹄格。隨意支配，皆莫知其所自來。後又有《詠懷古跡》《諸將》諸詩，亦間及他家。每首皆標立格名，種種杜撰，此真强作解事者也。

《詩法家數》

舊本題元楊載撰。載有《楊仲宏集》，已著録。是編論多庸膚，例尤猥雜。如開卷即云：“夫詩之爲法也有其説焉。賦比興者皆詩製作之法。然有賦起，有比起，有興起”云云。殆似略通字義之人，强作文語，已爲可笑。乃甫隔一頁，忽另標一題曰“詩學正源”，題下標一綱曰“風雅頌賦比興”。綱下之目又曰“詩之六義而實則三體。風雅頌者詩之體，賦比興者詩之法。故興比賦者，又所以製作乎風雅頌者也。凡詩中有賦起，有比起，有興起，然風之中有賦比興，雅頌之中亦有賦比興”云云。載在於元，號爲作手，其陋何至於是。必坊賈依託也。

《過庭詩話》（節録）

觀其論絶句，有絶前四句、後四句、中四句諸體，是並不知先有絶句，後有律詩矣。

《解頤新語》（節録）

又引證不確，搖筆即舛。如鍾嶸《詩品》，家弦户誦。乃云鍾《品》已湮，僅存嚴氏。李商隱等三十六體，《唐書》本傳明云以表啟而名，乃指爲詩派。杜甫已有七言長律，乃云元、白餘思不盡，加爲六韻，此七言排之始。

《楚範》（節録）

屈、宋所作，上接風人之遺，而下開百代之詞賦。性情所造，音律自生，所謂文成而法立者也。

《藕居士詩話》（節録）

而舛漏之處甚多……引《白頭吟》之“郭東亦有樵”二句，則不知此乃晉樂所加以諸律，非本詞也……謂《蜀道難》始梁張悰，不始李白。不知郭茂倩《樂府詩集》所載乃以梁元帝爲首。謂楊慎《趙州館喜晴》七言律詩以朋字押入東韻爲合古法，是誤以古韻論律韻。謂傅玄以槊押貊爲無韻之詩，不知槊在覺部，江之入聲，貊在陌部，庚之入聲，正穿鼻七聲之相通。又誤以律韻議古韻，至引《尸子》“死人爲歸人”句證邱爲詩之“萬里一歸人”，更與本意相左矣。

《雅倫》（節録）

明費經虞撰。其子密又增補之。經虞字仲若，新繁人。密有《燕峯文鈔》，已著録。是書詳論歷代之詩，分源本、體調、格式、製作、合論、工力、時代、針砭、品衡、盛事、題引、瑣語、音韻十三門。自序稱以詩餘附後爲十四，而目録及書中皆無之。蓋欲爲之而未成也。經虞著作不概見。密則以“大江流漢水，孤艇接殘春”一聯爲王士禎所稱，有十字須千古之目。而編次此書，乃未爲精密。如……《左傳》載渾良夫被發而謠，乃呼謿之謿，而以謿爲詩之一體，謂始於渾良夫。楊慎雖有《五言律祖》，然齊、梁但有永明體、宮體之名，無律之名。而以五言律詩始見齊、梁，排律之名始於楊士宏之《唐音》，古無是稱，而以爲始見於唐。《體調》類中西崑酬唱，乃楊億、劉子儀諸人，億序可證。而以爲西崑乃唐李義山、溫飛卿，又並韓偓入之，而段成式乃別立一體。王素有《效阮公體》詩，李商隱、杜牧均有《擬沈下賢體》詩，以及宋末四靈、江湖諸體，明末竟陵、公安諸體，皆漏不載，而別撰一才調體。《格式》類中每一體選録數篇，既非該舉其源流，又非簡擇其精粹，殊爲掛漏。又因齊己《風騷旨格》，益爲推衍，多立名目，而漫無根據。

《鐵立文起》

國朝王之績撰。之績字懋功，宣城人。是書皆論作文之法，鐵立其齋名也。卷首曰《文體通論》。前編十二卷，自序至七凡九十三種。後編十卷，自王言至論判，凡四十八種。大略采之《文章辨體》、《文體明辨》二書，而以己意參補之。然持議多偏，不能窺見要領。甚至以屠隆《滇海波恬賦》爲勝於木華、郭璞，尤倒置矣。

《學稼餘譚》(節錄)

皆採輯諸書而成，冗瑣特甚，《詩鵠》謂詩有南北宗，國風"林有樸樕"，南宗語也；"我心匪石"二句，北宗語也。勦傷本賈島《二南密旨》之語，尤少持擇。謂七言古爲唐歌行之未成者，則更異矣。(以上卷一百九十七)

詞曲類小叙

詞、曲二體在文章、技藝之間。厥品頗卑，作者弗貴，特才華之士以綺語相高耳。然《三百篇》變而古詩，古詩變而近體，近體變而詞，詞變而曲，層累而降，莫知其然。究厥淵源，實亦樂府之餘音、風人之末派。其於文苑，尚屬附庸，亦未可全斥爲俳優也。今酌取往例，附之篇終。詞、曲兩家又略分甲乙。詞爲五類：曰別集，曰總集，曰詞話，曰詞譜、詞韻。曲則惟錄品題論斷之詞及《中原音韻》，而曲文則不錄焉。王圻《續文獻通考》以《西廂記》、《琵琶記》俱入經籍類中，全失論撰之體裁，不可訓也。

《東坡詞》(節錄)

《書錄解題》則稱《東坡詞》二卷。此本乃毛晉所刻，後有晉跋云："得金陵刊本，凡混入黃、晁、秦、柳之作俱經芟去。"然刊削尚有未盡者，如開卷《陽關曲》三首，已載入詩集之中，乃餞李公擇絶句。其曰以《小秦王》歌之者，乃唐人歌詩之法。宋代失傳，惟《小秦王》調近絶句，故借其聲律以歌之。非別有詞調謂之《陽關曲》也。使當時有《陽關曲》一調，則必自有本調之宮律，何必更借《小秦王》乎？以是收之詞集，未免汜濫。至集中《念奴嬌》一首，朱彝尊《詞綜》據《容齋隨筆》所載黃庭堅手書本，改"浪淘盡"爲"浪淘沉"，"多情應笑我早生華髮"爲"多情應是我笑生華髮"。因謂"浪淘盡"三字於調不協，"多情"句應上四下五。然考毛开此調，如"籌無地"、"閬風頂"，皆作仄平仄，豈可俱謂之未協？石孝友此調云："九重頻念此，袞衣華髮。"周紫芝此調云："白頭應記得，尊前傾蓋。"亦何嘗不作上五下四句乎？又趙彥衛《雲麓漫鈔》辨《賀新涼》詞版本"乳燕飛華屋"句，真跡"飛"作"棲"。《水調歌詞》版本"但願人長久"句，真跡"願"作"得"。指爲妄改古書之失。然二字之工拙，皆相去不遠。前人著作，時有改定，何必定以真跡爲斷乎？晉此刻不取洪、趙之説，則深爲有見矣。詞自晚唐、五代以來，以清切婉麗爲宗。至柳永而一變，如詩家之有白居易。至軾而又一變，如詩家之有韓愈。遂開南宋辛棄疾等一派。尋源溯流，不能不謂之別格，然謂之不工則不可。故至今日，尚與《花間》一派並行而不能偏廢。

《逃禪詞》(節録)

集中"明月棹孤舟"四首，(毛)晉注云："向誤作《夜行船》，今按譜正之。"案此調即是《夜行船》，亦即是《雨中花》。諸家詞雖有小異，按其音律，要非二調。無咎此詞，實與趙長卿、吳文英詞中所載之《夜行船》無一字不同。晉第見《詞譜》收黃在軒詞名"明月棹孤舟"，不知明月即夜，棹即行，孤舟即船。近時萬樹《詞律》始辨之，晉蓋未及察也。又《相見歡》本唐腔正名，宋人則名爲《烏夜啼》，與《錦堂春》之亦名《烏夜啼》名同實異。晉注向作《烏夜啼》，誤，尤考之未詳。

《歸愚詞》(節録)

卷末毛晉跋稱集内《雨中花》、《眼兒媚》兩調，俱不合譜，未敢妄爲更定。今參考諸家詞集，其《眼兒媚》乃《朝中措》之訛，歐陽修"平山欄檻倚晴空"一闋可以互證。至《雨中花》調，(葛)立方兩詞疊韻，初無舛誤。以音律反覆勘之，實題中脱一"慢"字。京鏜、辛棄疾皆有此調。立方詞起三句，可依辛詞讀。第四、第五句京、辛兩作皆作上五下四，立方則作上六下三。雖微有不同，而同是九字。其餘則不獨字數相符，平仄亦毫無相戾。其爲《雨中花慢》，亦可無疑，晉蓋考之未審。他如《滿庭芳》一調，"連城"十闋，凡後半換頭二字有用韻者，亦有不用韻而直作五字句者。考宋人此調，此二字本無定式。《山谷詞》用韻，《書舟詞》不用韻。立方兩存其體，亦非傳寫有訛也。

《克齋詞》(節録)

考《花間》諸集，往往調即是題。如《女冠子》則詠女道士，《河瀆神》則爲送迎神曲，《虞美人》則詠虞姬之類。唐末五代諸詞，例原如是。後人題詠漸繁，題與調兩不相涉。若非存其本事，則詞意俱不可詳。集中如《念奴嬌》二闋之稱太守，《青玉案》第一闋之稱使君，第三闋之稱賢侯，竟不知所贈何人。(以上卷一百九十八)

《花間集》（節録）

詩餘體變自唐，而盛行於五代。自宋以後，體製益繁，選録益衆。而溯源星宿，當以此集爲最古。唐末名家詞曲，俱賴以僅存。其中《漁父詞》、《楊柳枝》、《浪淘沙》諸調，唐人仍載入詩集，蓋詩與詞之轉變在此數調故也……其二稱唐季、五代，詩愈卑而倚聲者輒簡古可愛，能此不能彼，未易以理推也。不知文之體格有高卑，人之學力有強弱。學力不足副其體格，則舉之不足。學力足以副其體格，則舉之有餘。律詩降於古詩，故中、晚唐古詩多不工，而律詩則時有佳作。詞又降於律詩，故五季人詩不及唐，詞乃獨勝。此猶能舉七十斤者舉百斤則蹶，舉五十斤則運掉自如，有何不可理推乎？

《類編草堂詩餘》（節録）

詞家小令、中調、長調之分自此書始。後來《詞譜》，依其字數以爲定式，未免稍拘，故爲萬樹《詞律》所譏。然填詞家終不廢其名，則亦倚聲之格律也。

《御定歷代詩餘》

康熙四十六年聖祖仁皇帝御定。所録詞自唐至明凡一千五百四十調，九千餘首，釐爲一百卷。又詞人姓氏十卷，詞話十卷。考梁代吳聲歌曲，句有短長，音多柔曼，已漸近小詞。唐初作者雲興，詩道復振，故將變而不能變。迨其中葉，雜體日增，於是《竹枝》、《柳枝》之類，先變其聲。《望江南》、《調笑令》、《宮中三臺》之類，遂變其調。然猶載之詩集中，不別爲一體。洎乎五季，詞格乃成。其岐爲別集，始於馮延巳之《陽春詞》。其岐爲總集，則始於趙崇祚之《花間集》。自宋初以逮明季，沿波迭起，撰述彌增。然求其括歷代之精華，爲諸家之總匯者，則多窺半豹，未睹全牛，罕能博且精也。我聖祖仁皇帝游心藝苑，於文章之體，一一究其正變，核其源流。兼括洪纖，不遺一技。乃命侍讀學士沈辰垣等蒐羅舊集，定著斯編。凡柳、周婉麗之音，蘇、辛奇恣之格，兼收兩派，不主一隅，旁及元人小令，漸變繁聲。明代新腔，不因舊譜者，苟一長可取，亦衆美胥收。至於考求爵里，可以爲論世之資；辨證妍媸，可以爲倚聲之律者，網羅宏富，尤極精詳。自有詞選以來，可云集其大成矣。若夫諸調次第，並以字數多少爲斷，不沿《草堂詩餘》強分小令、中調、長調之名，更一洗舊本之陋也。

《碧雞漫志》

宋王灼撰。灼有《糖霜譜》，已著録。是編詳述曲調源流。前七條爲總論，述古初至唐、宋聲歌遞變之由。次列《涼州》、《伊州》、《霓裳羽衣曲》、《甘州》、《胡渭州》、《六么》、《西河》、《長命女》、《楊柳枝》、《喝馱子》、《蘭陵王》、《虞美人》、《安公子》、《水調歌》、《萬歲樂》、《夜半樂》、《何滿子》、《淩波神》、《荔枝香》、《阿濫堆》、《念奴嬌》、《清平樂》、《雨淋鈴》、《菩薩蠻》、《望江南》、《麥秀兩岐》、《文溆子》、《後庭花》、《鹽角兒》，凡二十八條，一一溯得名之緣起，與其漸變宋詞之沿革。蓋《三百篇》之餘音，至漢而變爲樂府，至唐而變爲歌詩。及其中葉，詞亦萌芽。至宋而歌詩之法漸絕，詞乃大盛。其時士大夫多嫻音律，往往自製新聲，漸增舊譜。故一調或至數體，一體或有數名，其目幾不可彈舉。又非唐及五代之古法。灼作是編，就其傳授分明，可以考見者，核其名義，正其宮調，以著倚聲所自始。其餘晚出雜曲，則不暇一一詳也。迨金、元院本既出，並歌詞之法亦亡。文士所作，僅能按舊曲平仄，循聲填字。自明以來，遂變爲文章之事，非復律呂之事，並是編所論宮調亦莫解其説矣。然其間正變之由，猶賴以略得其梗概，亦考古者所必資也。其辨《霓裳羽衣曲》爲河西節度使楊敬述所獻，唐明皇爲之潤色，援白居易、鄭嵎詩注爲證，一掃月宮妖妄之説。又據譜謂是曲第一至第六疊皆無拍，證《唐史》載王維論按樂圖《霓裳》第三疊初拍之訛。持論極爲精核。他如《虞美人》曲，諸説各別。《河滿子》曲，一事異詞者，皆闕其所疑，亦頗詳慎。至《念奴嬌》，偶以古人爲名，亦猶《戚氏》之例，本不出於天寶。灼特以當時誤稱唐曲而辨之，理宜附録，不當雜列古曲之中。《鹽角兒》既據《嘉祐雜誌》謂出於梅堯臣，則未可附於古曲。且鹽乃曲名，隋《薛道衡集》有《昔昔鹽》，唐張鷟《朝野僉載》有《突厥鹽》，可以互證。乃云市鹽得於紙角上，已爲附會。且紙角幾許，乃能容一曲譜，亦不近事理。是則泛濫及之，不免千慮之一失矣。

沈氏《樂府指迷》（節録）

其論詞以周邦彦爲宗，持論多爲中理。惟謂兩人名不可對使，如“庾信愁多，江淹恨極”之類，頗失之拘。又謂説桃須用“紅雨”、“劉郎”等字，説柳須用“章臺”、“灞岸”等字，説簾須用“銀鈎”等字，説淚須用“玉筋”等字，説髮須用“綠雲”等字，説簟須用“湘竹”等字，不可直説破，其意欲避鄙俗，而不知其轉成塗飾，亦非確論。至所謂去聲字最要緊，及平聲字可用入聲字替，上聲字不可用入聲字替一條，則剖析微茫，最爲精核。萬樹《詞律》實祖其説。又謂"古曲譜多有異同,至一腔有兩三字多少者,或句法長短不等,蓋被教師改換,亦有嘌唱一家,多添了字"云云,乃知宋詞亦不盡協律,歌者不免增減。萬樹《詞律》所謂曲有襯字、詞無襯字之説,尚爲未究其變也。

《詞話》(節録)

其論沈去矜《詞韻》一條,尤爲精核。論辛棄疾、蔣捷爲別調,亦深明源委。惟其遠溯六朝,以鮑照《梅花落》亦可稱詞,則漢代《鐃歌》何嘗不句有長短,亦以爲詞之始乎?又《西廂記》相女配夫本爲相度之相,今尚有此方言。而引孫復"相女不以嫁公侯,乃以嫁山谷衰老"語,以爲宰相之相。則牽引附會,仍蹈結習。至所述詞曲變爲演劇,縷陳始末,亦極賅悉。而云宋末安定郡王趙令時始作《商調鼓子詞》,譜《西廂傳奇》。考令時即《蘇軾集》所稱趙德麟,實非宋末之人,亦未免少疏。然自宋以來撰詩話者多,撰詞話者較少。奇齡是編,雖不及徐釚《詞苑叢談》之采摭繁富,門目詳明,然所叙論,亦足備談資。故削其詩話,而録存是編焉。

《欽定詞譜》

康熙五十四年聖祖仁皇帝御定。詞萌於唐,而大盛於宋。然唐、宋兩代皆無詞譜。蓋當日之詞,猶今日里巷之歌,人人解其音律,能自製腔,無須於譜。其或新聲獨造,爲世所傳,如《霓裳羽衣》之類,亦不過一曲一調之譜,無衷合衆體,勒爲一編者。元以來南北曲行,歌詞之法遂絶。姜夔《白石詞》中間有旁記節拍,如西域梵書狀者,亦無人能通其説。今之《詞譜》,皆取唐、宋舊詞,以調名相同者互校以求其句法字數,取句法字數相同者互校以求其平仄。其句法字數有異同者則據而注爲"又一體",其平仄有異同者則據而注爲"可平可仄"。自《嘯餘譜》以下,皆以此法推究。得其崖略,定爲科律而已。然見聞未博,考證未精,又或參以臆斷無稽之説,往往不合於古法。惟近時萬樹作《詞律》,析疑辨誤,所得爲多,然仍不免於舛漏。惟我聖祖仁皇帝聰明天授,事事皆深契精微。既御定唐、宋、金、元、明諸詩,立詠歌之準;御纂《律吕精義》,通聲氣之元。又以詞亦詩之餘派,其音節亦樂之支流,爰命儒臣,輯爲此譜。凡八百二十六調,二千三百六體。凡唐至元之遺篇,靡弗採録。元人小令其言近雅者,亦間附之。唐、宋大曲則匯爲一卷,綴於末。每調各注其源流,每字各圖其平仄,每句各注其韻叶,分刌節度,窮極窈眇,倚聲家可永守法程。蓋聖人裁成萬類,雖一事之微,必考古而立之制,類若斯矣。

《詞律》

國朝萬樹撰。樹有《璚璣碎錦》，已著録。是編糾正《嘯餘譜》及《填詞圖譜》之訛以及諸家詞集之舛異。如《草堂詩餘》有小令、中調、長調之目，舊譜遂謂五十八字以內爲小令，五十九字至九十字爲中調，九十一字以外爲長調。樹則謂《七娘子》有五十八字者，有六十字者，將爲小令乎，中調乎？《雪獅兒》有八十九字者，有九十二字者，將爲中調乎，長調乎？故但列諸調，而不立三等之名。又舊譜於一調而長短不同者，皆定爲第一、第二體。樹則謂調有異同，體無先後，所列次第，既不以時代爲差，何由知孰爲第幾？故但以字數多寡爲序，而不列名目，皆精確不刊。其最入微者，以爲舊譜不分句讀，往往據平仄混填。樹則謂七字有上三下四句，如《唐多令》“燕辭歸客尚淹留”之類。五字有上一下四句，如《桂華明》“遇廣寒宮女”之類。四字有橫擔之句，如《風流子》“倚欄杆處，上琴臺去”之類。一爲詞字平仄，舊譜但據字而填。樹則謂上聲入聲有時可以代平，而名詞轉折跌宕處，多用去聲；一爲舊譜五七字之句所注可平可仄，多改爲詩句。樹則謂古詞抑揚頓挫，多在拗字，其論最爲細密。至於考調名之新舊，證傳寫之舛訛，辨元人曲、詞之分，斥明人自度腔之謬，考證尤一一有據。雖其考核偶疏，亦所不免。如“緑意”之即爲“疏影”，樹方斷斷辨之，連章累幅，力攻朱彝尊之疏。而不知“疏影”之前爲“八寶妝”，“疏影”之後爲“八犯玉交枝”，即已一調復收。試取李甲、仇遠詞合之，契若符節。至其論《燕臺春》、《夏初臨》爲一調，乃謂《嘯餘譜》顛倒復收，貽笑千古，因欲於張子野詞“探芳菲走馬”下添入“歸來”二字爲韻。而不知其上韻已用“當時去燕還來”。一韻兩用，其謬較一調兩收爲更甚。如斯之類，千慮而一失者，雖間亦有之，要之唐、宋以來倚聲度曲之法，久已失傳。如樹者，固已十得八九矣。

《顧曲雜言》（節録）

明沈德符撰。德符有《飛鳧語略》，已著録。此書專論雜劇、南曲、北曲之別。其論元人未滅南宋以前，以雜劇試士。核以《元史·選舉志》，絶無影響，乃委巷之鄙談。其論《遼史·樂志》有大食調，曲譜訛作大石，因有小石調配之。其意以大食爲國名，如龜兹之類，不知自宋已有此名。故王珪詩號至寶丹，秦觀詩號小石調，不由曲譜之訛。其論五、六、工、尺、上、四、合、凡，一爲出於宋《樂書》，亦未免附會。考南曲無凡、一，上字有高下之分。宋時樂歌，未必分南、北曲也。如此之類，雖間有小疵，然如論北曲以弦索爲主，板有定制。南曲笙笛，不妨長短其聲以就板，立説頗爲精確。其推原諸劇牌名，自金、元以至明代，縷晰條分，徵引亦爲賅洽。詞曲雖伎藝之流，然亦樂中之末派。故唐人《樂府雜録》之類，至今尚傳。存此一編，以考南北曲之崖略，未始非博物之一端也。

《欽定曲譜》

康熙五十四年奉敕撰，蓋與《詞譜》同時並作，相輔而行也。首載《諸家論説》及《九宫譜定論》一卷，次《北曲譜》四卷，次《南曲譜》八卷，次以《失宫犯調諸曲》別爲一卷附於末。北曲、南曲各以宫調提綱。其曲文每句註句字，每韻註韻字，每字註四聲於旁，於入聲字或宜作平、作上、作去者，皆一一詳註。於舊譜訛字，亦一一辨證附於後。自古樂亡而樂府興，後樂府之歌法至唐不傳，其所歌者皆絶句也。唐人歌詩之法至宋亦不傳，其所歌者皆詞也。宋人歌詞之法至元又漸不傳，而曲調作焉。考《三百篇》以至詩餘，大都抒寫性靈，緣情綺靡。惟南北曲則依附故實，描摹情狀，連篇累牘，其體例稍殊。然《國風》"氓之蚩蚩"一篇，已詳叙一事之始末。樂府如《焦仲卿妻詩》、《秋胡行》、《木蘭詩》並鋪陳點綴，節目分明。是即傳奇之濫觴矣。王明清《揮麈録》載曾布所作《馮燕歌》，已漸成套數，與《詞律》殊途。沿及金、元，此風漸盛。其初被以弦索，其後遂象以衣冠。其初不過四折，其後乃動至數十出。大旨亦主於叙述善惡，指陳法戒，使婦人孺子皆足以觀感而奮興，於世教實多所裨益。雖迨其末派，矜冶蕩而侈風流。輾轉波頹，或所不免。譬如《國風》好色，降而爲《玉臺》、《香奩》。不可因是而罪詩，亦不可因是而廢詩也。惟是當時舊譜，今悉無傳。陶宗儀《輟耕録》雖具載其目，而不著其詞。近代所行《北九宫譜》、《南九宫譜》，亦以意編排，頗多舛謬。乃特命詹事王弈清等，考尋舊調，勒著是編。使倚聲者知別宫商，赴節者鹹諧律吕。用以鋪陳古跡，感動人心。流芳遺臭之蹤，聆音者畢解；福善禍淫之理，觸目者易明。大聖人闡揚風化，開導愚蒙，委曲周詳，無往不隨事立教者，此亦一端矣。豈徒斤斤於紅牙翠管之間哉！

《中原音韻》

元周德清撰。德清字挺齋，高安人。是書成於泰定甲子，原本不分卷帙。考其《中原音韻》起例以下，即列諸部字數。《正語作詞》起例以下，即列作詞諸法。蓋前爲韻書，後爲附論，畛域顯然。今據此釐爲二卷，以便省覽。其音韻之例，以平聲分爲陰陽，以入聲配隸三聲，分爲十九部。一曰東、鍾，二曰江、陽，三曰支、思，四曰齊、微，五曰魚、模，六曰皆、來，七曰真、文，八曰寒、山，九曰桓、歡，十曰先、天，十一曰蕭、豪，十二曰歌、戈，十三曰家、麻，十四曰車、遮，十五曰庚、青，十六曰尤、侯，十七曰侵、尋，十八曰監、鹹，十九曰廉、纖。蓋全爲北曲而作。考齊、梁以前，平、上、去無別。至唐時，如元稹諸人作長律，尚有遺風。惟入聲則各自爲部，不叶三聲。然如《檀弓》稱子辱與彌牟之弟游，注謂文子名木，緩讀之則爲彌牟。又古樂府《江南曲》以"魚戲蓮葉北"韻"魚戲蓮葉西"，注亦稱北讀爲"悲"。是以入叶平，已萌於古。又《春秋》"盟於蔑"，《穀梁》作"盟於昧"。《春秋》定姒卒，《公羊》作定弋卒。是亦方言相近，故上、去、入可以轉通也。北音舒長遲重，不能作收藏短促之聲。凡入聲皆讀入三聲，自其風土使然。樂府既爲北調，自應歌以北音。德清此譜，蓋亦因其自然之節，所以作北曲者，沿用至今。言各有當，此之謂也。至於因而掊擊古音，則拘於一偏，主持太過。夫語言各有方域，時代遞有變遷，文章亦各有體裁。《三百篇》中，東陽不叶。而孔子《象傳》以中韻當，老子《道經》以聾韻盲，此參用方音者也。楚騷之音，異於風、雅。漢、魏之音，異於屈、宋，此隨時變轉者也。左思作《三都賦》，純用古體，則純用古音。及其作《白髮賦》與《詠史》、《招隱》諸詩，純用晉代之體，則亦純用晉代之音。沈約詩、賦皆用四聲，至於《冠子祝文》則化字乃作平讀。又文章用韻，各因體裁之明證也。詞曲本里巷之樂，不可律以正聲。其體創於唐，然唐無詞韻，凡詞韻與詩皆同。唐初《回波》諸篇，唐末《花間》一集可覆按也。其法密於宋。漸有以入代平，以上代平諸例。而三百年作者如雲，亦無詞韻。間或參以方音，但取歌者順吻，聽者悅耳而已矣。一則去古未遠，方音猶與韻合，故無所出入。一則去古漸遠，知其不合古音，而又諸方各隨其口語，不可定以一格，故均無書也。至元而中原一統，北曲盛行。既已別立專門，自宜各爲一譜，此亦理勢之自然。德清乃以後來變例，據一時以排千古，其僨殊甚。觀其瑟注音史，塞注音死。今日四海之內，寧有此音，不又將執以排德清哉？然德清輕詆古書，所見雖謬，而所定之譜，則至今爲北曲之準繩。或以變亂古法詆之，是又不知樂府之韻本於韻外別行矣。故今錄存其書，以備一代之學，而並論其源流得失如右。（以上卷一百九十九）

《哄堂詞》（節錄）

至於《武陵春》之以老叶頭，《水龍吟》之以鬮、奏叶表，《清平樂》之以皺叶好、笑，雖古韻本通，而詞家無用古韻之例，亦爲破格。

《宋名家詞》（節録）

詞萌於唐，而盛於宋。當時伎樂，惟以是爲歌曲。而士大夫亦多知音律，如今日之用南北曲也。金、元以後，院本、雜劇盛，而歌詞之法失傳。然音節婉轉，較詩易於言情，故好之者終不絶也。於是音律之事變爲吟詠之事，詞遂爲文章之一種。其宗宋也，亦猶詩之宗唐。

《選聲集》

國朝吳綺撰。綺有《嶺南風物記》，已著録。是編小令、中調、長調各一卷，皆五代、宋人之詞。標舉平仄以爲式。其字旁加方匡者皆可平可仄之字，餘則平仄不可易者也。其法仍自《填詞圖譜》而來。其第一體、第二體之類，亦從其舊。後附《詞韻簡》一卷，皆祖沈謙、毛先舒之説。蓋取便攜閲而已，無大創作也。

《填詞名解》

國朝毛先舒撰。先舒有《聲韻叢説》，已著録。掇拾古語，以牽合詞調名義，始於楊慎《丹鉛録》。先舒又從而衍之，附會支離，多不足據。末附先舒自度十五曲，尤爲杜撰。古樂府在聲不在詞。唐人不得其聲，故所擬古樂府，且借題抒意，不能自製調也。所作新樂府，但爲五七言古詩，亦不能自製調也。其時采詩入樂者，僅五七言絶句，或律詩割取其四句，倚聲制詞者，初體如《竹枝》、《柳枝》之類，猶爲絶句。繼而《望江南》、《菩薩蠻》等曲作焉。解其聲，故能制其調也。至宋而傳其歌詞之法，不傳其歌詩之法，故《陽關曲》借《小秦王》之聲歌之，《漁父詞》借《鷓鴣天》之聲歌之，蘇軾、黄庭堅二集可覆案也。惟詞爲當時所盛行，故作者每自度曲，亦解其聲，故能制其調耳。金、元以來，南北曲行，而詞律亡。作是體者，不過考證舊詞，知其句法平仄，參證同調之詞，知某句可長可短，某字可平可仄而已。當時宮調，已茫然不省。而乃虛憑臆見，自製新腔。無論其分析精微，斷不能識。即人人習見之《白石詞》，其所云《念奴嬌》鬲指聲者，今能解爲何語乎？英雄欺人，此之謂也。

《詩餘圖譜》

明張綖撰。綖有《杜詩通》，已著録。是編取宋人歌詞，擇聲調合節者一百十首，彙而譜之。各圖其平仄於前,而綴詞於後。有當平當仄,可平可仄二例。而往往不據古詞,意爲填注。於古人故爲拗句,以取抗墜之節者,多改諧詩句之律。又校讎不精。所謂黑圈爲仄,白圈爲平,半黑半白爲平仄通者,亦多混淆。殊非善本。宜爲萬樹《詞律》所譏。末附秦觀詞及綖所作詞各一卷,尤爲不倫。

《嘯餘譜》

明程明善撰。明善字若水,歙縣人,天啟中監生。其書總載詞曲之式。以歌之源出於嘯,故名曰《嘯餘》。首列《嘯旨》、《聲音度數》、《律呂》、《樂府原題》一卷。次《詩餘譜》三卷,《致語》附焉。次《北曲譜》一卷,《中原音韻》及《務頭》一卷。次《南曲譜》三卷。《中州音韻》及《切韻》一卷。考古詩皆可以入樂,唐代教坊伶人所歌,即當時文士之詞。五代以後,詩流爲詞。金、元以後,詞又流爲曲。故曲者詞之變,詞者詩之餘。源流雖遠,本末相生。詩不本於嘯,詞曲安得本於嘯? 命名已爲不確。首列《嘯旨》,殊爲附會。其《皇極經世》、《律呂》、《樂府原題》之類,與詞曲亦復闊絕。所列《詞譜》第一體、第二體之類,以及平仄字數,皆出臆定,久爲詞家所駁。《曲譜》所載,亦不及南北《九宮譜》之詳備。徒以通俗便用,至今傳之,其實非善本也。

《詞韻》

國朝仲恒撰。恒字道久,號雪亭,錢塘人。詞韻舊無成書,明沈謙始創其輪廓。恒作是書,又因謙書而訂之。考填詞莫盛於宋,而二百餘載作者雲興,但有制調之文,絕無撰韻之事。核其所作,或竟用詩韻,或各雜方言,亦絕無一定之律。不應一代名流,都忘此事,留待數百年後,始補闕拾遺。蓋當日所講在於聲律,抑揚抗墜,剖析微芒。至其詞則雅俗通歌,惟求諸耳。所謂"有井水吃處都唱柳詞"是也。又安能以《禮部韻略》頒行諸酒壚、茶肆哉? 作者不拘,蓋由於此,非其智有所遺也。自是以還,周德清作《中原音韻》,攤派入聲,立爲定法。而《詞韻》則終無續定者。良以北曲必用北韻,猶之梵唄必用梵音。既已自爲一家,遂可自成一格。至於詞體,在詩與曲之間,韻不限於方隅,詞亦不分今古。將全用俗音,則去詩未遠;將全從詩韻,則與俗多乖。既虞針真、因陰之無分,又虞元魂、灰哈之不叶,所以雖有沈約陸詞,終不能勒爲一書也。沈謙既不明此理,强作解事。恒又沿訛踵謬,繆轇彌增。即以所分者言之,平、上、去分十四韻,割魂入真、軫,割哈入佳、蟹,此諸俗矣。而麻、遮仍爲一部,則又從古。三聲既真、軫一部,侵、寢一部,庚、梗一部,元、阮一部,覃、咸一部矣。入聲則質、陌、錫、職、緝爲一部，是真、庚、青、蒸、侵又合爲一也。物、月、曷、黠、屑、葉合一部，是文、元、寒、删、先、覃、鹽又合爲一也。不俗不雅，不古不今，欲以範圍天下之作者，不亦難耶？大抵作詞之韻，愈考愈岐。萬不得已，則於古韻相通之中，擇其讀之順吻者用之。如東冬、江陽之類。（江陽古亦不通，此據六朝以下言之）其割屬也亦擇古韻相通者割之，如割魂入文，魂本通文；割哈入佳，哈本通佳之類。即入聲亦以此爲消息，庶斟酌於今古之間，或不大謬。必欲强立章程，不至於非馬非驢不止。故今於諸韻書外，惟録曲韻。而詞韻則僅存目焉。

《張小山小令》（節録）

自五代至宋，詩降而爲詞。自宋至元，詞降而爲曲。文人學士，往往以是擅長。如關漢卿、馬致遠、鄭德輝、宮大用之類，皆藉以知名於世。

《碧山樂府》（節録）

自宋趙彦肅以句字配協律呂，遂有曲譜。至元代如“驟雨打新荷”之類，則愈出愈新，不拘字數，填以工尺。俗傳僅知有正宮、越調爲南北曲之分，而相帶、相犯之妙，填詞家又不知度曲四聲别有去作平、上作平之例。故論其體格，於文章爲最下，而入格乃復至難。

《雍熙樂府》

舊本題海西廣氏編。不著姓名。其《凡例》謂聲音各應宮律，原分一十七調。今所傳者一十有二，蓋闕其五。今考十二調，一曰黄鐘，二曰正宮，三曰大石，四曰小石，五曰仙呂，六曰中呂，七曰南宮，八曰雙調，九曰越調，十曰商調，十一曰商角，十二曰般涉。其商角及般涉二調，則有其目而無其詞，蓋闕佚也。明李元玉《北調廣正譜》，訂正諸調，頗爲綜核。雖所摭較此書多道宮、高平、揭指、宮調、角調五類。而揭指及宮、角二調，則亦有其目而無其詞。其全具者，才十四調。核其體例，實皆原本是書。其間每調詞曲，有名同而實異者，有句字不拘可以增損者，亦皆因是書而推廣之耳。

《瓊林雅韻》

明寧王權編。權有《漢唐秘史》，已著録。是書凡分十九韻，大抵襲周德清《中原音韻》體例。一穹、窿，二邦、昌，三詩、詞，四丕、基，五車、書，六泰、階，七仁、恩，八安、閑，九䰐、鸞，十乾、元，十一蕭、韶，十二珂、和，十三嘉、華，十四碑、䃗，十五清、寧，十六周、流，十七金、琛，十八潭、嚴，十九慊、謙。與《中原音韻》十九韻大略相似，特異其名耳。惟《中原音韻》第十韻標曰先、天，而此書第十韻則標曰乾、元，遂取元韻之半入於一先。又是書每韻皆取平聲二字以括三聲，而第六韻泰階泰字則兼用去聲，是自亂其例。至云北方無入聲，以入聲附平、上、去三聲之後，與《中原音韻》體例全合，而亦微有不同。如第四韻曰丕、基，其後附"悔"字，謂去聲作上聲，而《中原音韻》第四韻後不載此條。考"悔"字作上聲，其在紙韻，則有"詩不我以，其後也悔"可證。其在慶韻，則有陸機《凌霄賦》"悔"與"旅"爲韻可證。周德清於此條似乎失收。然曲韻自用方音，不能據古韻爲增減。權之所補，亦知其一而不知其二也。

《南曲入聲客問》

國朝毛先舒撰。先舒有《聲韻叢説》，已著録。初，先舒撰《南曲正韻》一書，凡入聲俱單押，不雜平、上、去三聲。復著此卷，謂南曲入聲俱可作平、上、去押。設爲客問，以達其説。（以上卷二百）

《御選歷代詩餘》提要（節録）

詩降而詞，實始於唐，若《菩薩蠻》、《憶秦娥》、《憶江南》、《長相思》之屬，本是唐人之詩，而句有長短，遂爲詞家權輿，故謂之詩餘，爲其上承於詩，下沿爲曲，而體裁近雅，士人多習爲之。北宋已極其工，南宋尤臻其盛。金、元逮明，作者代有，或成專集……且自來選家多沿《草堂》之陋，强分小令、中調、長調之目，至謂五十八字以内爲小令，五十九字至九十字爲中調，九十一字以外爲長調。不知宋人編詞，長者曰慢，短者曰令，初無所謂中調、長調也。是選前後悉以字數多少爲次，不復別生區別，尤足盡祛沿襲之説云。（《御選歷代詩餘》卷首。此條不見於《四庫全書總目》）

謝鳴盛

謝鳴盛（1726—約1789）字霽中，號醒庵。清南豐（今屬江西）人。謝鳴謙之弟。原爲諸生，後師其兄鳴謙學文。曾與當時名詩人汪軔、楊垕、蔣士銓等人往來唱和，詩名大震。詩寓意含蓄，格調雋永。有些詩表現了對百姓的關切之情。對地方志有獨到的研究,曾参與《建昌府志》、湖南《辰州府志》、《平和縣志》的修撰。著有《程山家禮補》、《醒庵詩文鈔》、《非醉詩鈔》、《範金詩話》等。

本書資料據清乾隆五十四年刊本《範金詩話》。

《範金詩話》(節錄)

屈原去古未遠,遭遇非時,由變風、變雅創爲騷歌。音不厭其煩蹙,詞不厭其顛覆。蓋忠愛之情疾痛迫切,有不暇自擇者。《黍離》、《麥秀》事後之痛,猶不如其當躬之甚,而心更欲有所挽回也。太史公謂:"《國風》好色而不淫,《小雅》怨誹而不亂。若《離騷》者可謂兼之,得其旨矣。"賈傅之《吊屈》與《鵩鳥賦》,揚雄之《廣騷》與《反離騷》,其所以遜於靈均者,正在不能如其煩蹙顛覆也。然其煩蹙顛覆非强爲然,蓋有不知其然而然者。誼之遇本未至如屈,雄之志又不能如原,宜其不及也。竊以食肉不食馬肝,未爲不知味。與其爲無病之呻,則《離騷》即以馬肝視之,豈人遽議我不能詩乎?

《離騷》非不當學,不能學也。非不可學,不必學也。學《離騷》不如《三百篇》之爲中聲也。即變風、變雅煩蹙中猶自温和,顛覆中仍然紆折之,取法爲無傷也。然《離騷》亦自是古今來第一種奇文,不可無一,不能有二,覽詠之餘,自生奇勃之氣運,其氣于樂府七古中亦大新人耳目,要在善取之耳。

陶靖節四言詩頗多,其《時運》、《停雲》諸作,取法《國風》、束晳之《補亡》、韋孟之《諷諫》,皆本諸《小雅》,意味甚肖,而神與韻則猶未洽。惟魏武《短歌行》仿佛於《風》、《雅》之間。唐之平淮夷,柳州有雅,昌黎有碑,體則類雅而規頌;王褒之《得賢臣頌》,范蔚宗之史贊,又體爲頌而近雅。其他如陸機之"我靜如鏡,民動如煙",佳語亦不可多覯。蓋温柔敦厚之説,言詩者皆知之,而雍容綿邈之趣,紆徐醖釀之音,終不能隨心而應手,斯四言所以不古若歟。

漢人文氣古茂,由其風會自然而然。故其紹《風》、《騷》而創爲樂府,盎然堅栗,如千年蒼藤著於懸崖翠柏,磊柯盤節,可玩而不可得而名也。其清調、平調、瑟調之屬,尤縝密難測,曹氏父子力爲追摹,似猶兼鼓吹、橫吹渾而一之。蓋鼓吹、橫吹諸曲如銅鼓風角,音響振爽,差易會心。唐惟李太白得其節奏,其體爲之一變,而振迅低昂,節亮音調。杜工部諸《別》、諸《吏》,亦多有合者。宋謝皋羽、元楊廉夫,明劉青田、王元美諸人,於不能盡合之中仍復存其合者。李西涯借史事創爲新題,不襲其貌而傳其節,別爲一格,視李滄溟之摹擬不更爲善變歟?

《子夜》等歌亦是樂府之餘,王阮亭《小樂府》似得其意。至謂唐人諸絶句,可被之管弦即是樂府,則非也。予昔館萍鄉,門人有竊予《蒙泉精舍諸絶句》,就老黎園吹彈,其可入譜者十得七八，然予終不自信爲樂府也。阮亭又以尤悔庵讀《離騷》諸傳奇爲樂府，然則宋詞、元曲皆樂府乎？蓋今之笙笛弦板非古之鐘磬枴敔也，安得以入於彈索之絶句、詞曲混名以樂府？阮亭沿習宋人語以爲典故，特戲爲誇美之稱耳。

或問今樂既不足定樂府，然則樂府將安所準乎？鳴盛竊謂漢、魏以來作者衆矣，觀其體之正變，音之高下，節之疏密，意之古質，辭之樸茂，參證以古詩之所由別，則自得矣。

《詩所》一書，古樂府之升降離合悉備。晉之陸機、傅咸輩便已不能全合，唐人或作爲律絶，不過借其題耳，于樂府何涉。漁洋謂樂府寧爲其變，不可以字句比擬，又謂樂府非不可作，惡今人無所寄託也。此二語殊可深味。

詩必遇物窮理以廣其意，猶建屋之必預儲木石基礎也。詩必按節諧聲以合其度，猶匠作之必資規矩準繩也。五言古與七言古之體格迥別，則如苑囿樓閣之與宮殿堂廡，其爲屋則一，而布置規模殊焉。宋人之理非不足也，其如匠作弗善何？元人之調非不工也，其如材地弗稱何？唐人之格非不高也，其如高堂大廡之混諸苑囿何？明李于鱗謂“唐人無五古而有其五古”，自非深于漢、魏之旨者，鮮不大詫。不知其弊實由於學者溺愛唐人，遂不明於五古之正體。漁洋山人於唐五古獨選陳射洪、張曲江、李謫仙、韋左司、柳儀曹五家，可謂明眼巨識，真知唐人，亦真知五古者矣。學五古而不明於此，即幸能成其章句，亦如衆匠之只堪操刀運斧，欲主持繩墨則工師終弗許也。

漢詩《十九首》，蘇、李別詩，肇開五言古體之祖。曹魏繼興，而陳思實爲大宗，阮嗣宗承之，靖節、靈運均祖之而各成一支派。然學者言五古終不能外三家而別出：嗣宗雋永，靖節醇潔，靈運蘊蓄，進之以陳思之高華，斯亦極五古之能事矣。

蓋論詩必先論體格，猶劇場之有生旦丑淨，以生旦而雜唱丑淨腔調，亦將以其名子弟而讚賞乎？就杜公五言而論，如《新婚》、《無家別》，自足五言樂府一派；其《夢李白》二首，嗚咽頓挫，吞吐蓄泄，不離正始，是其冠集之作；其他純以七古筆法出之，氣粗句硬，且無論其章之過於馳騁，即句法如《奉贈韋左丞丈》之“朝扣富兒門，暮隨肥馬塵”數語，《九成宮》：“荒哉隋家帝，制此今頽朽。向使國不亡，焉爲巨唐有？”《奉先縣詠懷》：“取笑同學翁，浩歌彌激烈。”及“朱門酒肉臭，路有凍死骨。”《慈恩寺塔》：“仰穿龍蛇窟，始出枝撐幽。”及“秦山忽破碎，涇渭不可求。”粗陋已甚，如此類者皆出選本，爲世所佩誦，其全集尚多鹵莽。若必以聖不敢議，則五古之道豈不因之而亡，是又豈爲浣花知己耶？魏、晉遠矣，即就其同時太白比例觀之，其歧正截然有不可諱者。鳴盛非敢妄議前人，實欲明五古之正體，而亦正尊杜之至。蘇、李別詩及《十九首》意在筆先，韻留筆後，恬神靜哦，自領其味，不必强解也。譬之製器尚象，未有規矩，先有方圓。及乎規矩既立，合之方圓，翻訝其何以微茫弗爽。不知前之規矩由方圓而來，後之方圓由規矩而成,此天地自然之妙運,建安諸子所由繼興,以爲五古法則也。

或問:五古轉韻之法,《三百篇》具有之,漢《十九首》中"青青河畔草"亦自蟬聯換韻。然鳴盛觀漢、魏以來,大都以終始一韻爲正格,轉韻爲變格,而轉韻之中復有正變,如太白"蟾蜍薄太清,蝕此瑶臺月",前四句用兩仄韻,後十句轉用六平韻;"蟪蛄入紫薇,大明誇朝暉"疊一韻,下仍間句一韻,此正法也。又如陳正字《感遇詩》末一章十韻,前十八句一韻,後二句"大運自古來,旅人胡歎哉"疊一韻,轉即結。而太白《短歌行》"白日何短短,百年苦易滿",疊一韻起,以下十二句轉作一韻,已是變中之變。至太白"天津三月時"起四句用四紙韻,後轉十一尤韻,徑用"前水覆後水,古今相續流。新人非舊人,年年橋上游。"不用疊韻,然蟬聯對仗而下,勢不能疊,猶是古法。若其《妾薄命》、《懷張子房》之類及韓退之《瀧吏》一首中轉十八韻,又俱不疊韻而轉,則變之極矣。學者寧守其正,即不得已而用變,尤宜守變中之正。至於叶韻之法,邵子湘云:"古體詩須參用古韻,譬之宗廟必用敦彝豆俎。"此言甚高,但詩中用叶韻,固須有本,亦須有法,若開口即用叶與中間叶之過多,亦非正格,毋漫以《三百篇》爲口實也。詩中著理語最難,至説到聖人尤難,須渣滓澄淨,恰到好處,如淵明"汲汲魯中叟,彌逢使其淳",千秋萬世更誰道得到。

漢武《柏梁》始賦七言,初唐作者浸多。然譬之暴興富人,創造猶是簡陋。李、杜、韓三公則素封子弟,揮擢自然,一擲千萬,視《兩京》、《三都》如同家室。

七古一韻到底者少,有轉一韻及數韻者,有兩句一轉、四句一轉者,亦有三句一轉者。參差轉者,有平仄相間轉者,亦有平轉平、仄轉仄者。轉韻以疊一韻爲正格,而亦間有不疊者,其法本自《木蘭詞》,然非不得已不應爾也。又有非轉韻而起止中腰,時或疊數韻,仍不全疊者,其一韻中句句用疊到底者,本《柏梁》體爲正格。而老杜《大食刀歌》則又一首中兩韻,而仍句句疊韻;又其《短歌行贈王郎》一首十句兩韻,而上下五句各用單句疊一韻,又有通章整齊,起處獨用單句與第三句爲韻,如郎士元《塞下曲》;又有中間忽用單句疊一韻,如高適《還山吟》;又有結處用單句疊一韻,如老杜之《曲江》及《簡薛華醉歌》、《冬狩行》,太白之《烏棲曲》,昌黎之《贈張功曹》者甚多;又少陵《桃竹杖引》俱交互用韻,四、六兩句同韻,三、五兩句與起兩句同一韻,十三、十五兩句同韻,十四、十六與十八句同韻。又《嶧山碑》句句用韻,三句一轉,岑參仿之作《走馬川行》。七古用韻,變怪不齊,舉其大略已繁如此,要其中之宜緩宜急宜疏宜促,所謂氣盛則言之短長、聲之高下皆宜,而究之作者胸中自有一定之節,如樂師操扳按拍,非聽笙笛爲遊移也。

五言律體由陳、隋偶句積漸而成,唐之諸大家尚存古意,如孟浩然《萬山潭》、《晚泊潯陽》,王昌齡《潞府客亭寄崔鳳童》,李白《送楊山人歸嵩山》、《夜泊牛渚》、《懷古》、

《沙坵城懷杜甫》、《聽蜀僧彈琴》、《送張舍人之江東》，儲光羲《題陸山人樓》，李頎《寄鏡湖朱處士》，邱爲《題農廬舍》，常建《宿王昌齡隱居》，李嶷《林園秋夜作》，柳宗元《旦攜謝山人至愚池》、釋齊己《秋夜聽業上人彈琴》、《劍客》，釋皎然《尋陸鴻漸不遇》之類，皆一時佇興，化去律詩痕跡，而實則律體也。選家或入諸五古，由不明於古、近體之分位也。然此種之妙，非學深候至，觸機而發，強擬之，則效顰醜矣。又有一種顯然律體而微帶古意者，如劉眘虛《寄江滔求孟六遺文》、又闕題一首，張九齡《望月懷遠》，李白《秋思》、《口號贈盧鴻送友人》，孟浩然《尋梅道士》、《送友東歸》、《與諸子登峴山》，王維《酬張少府》、《送賀遂員外》、《終南別業》，儲光羲《題虯上人房》，杜甫《天末懷李白》、《送友人從軍》、《又示兩兒》，常建《破山寺後禪院》，嚴武《班婕妤》一首，殷遙《送友人下第歸省》，韋應物《送別覃孝廉》、《淮上喜會梁州故人》，韓翃《梅花落》，王貞白《題嚴陵釣臺》，韓愈《祖席》，郎士元《送賈奚歸吳》諸作多通首一氣貫注，或十字爲句，瀟灑自如，如此可學而及之。然筆不超健，意不深勁，則幾於不成章句。惟規模正格，步伐止齊，久之，自所如必合。（以上卷上）

　　七言之有律體，如畫家之有寫真，鳴盛嘗即其品格而論之，亦約有三等。沈佺期之《龍池篇》，崔灝之《黃鶴樓》，杜甫之《白帝城》，皆仿佛吳道子畫天官寺壁，真是得裴將軍舞劍之神，意境出筆墨之外，其品爲最上，古今不數見也。唐之初、盛及前明諸大家，其工力所到，如曹霸之畫褒公、鄂公，英姿颯爽；又如顧長康寫裴叔則，頰上益以三毫，儁朗獨著。七律非到此境界不得稱爲正軌。晚唐、宋初專以態色爲工，施朱敷綠，濃豔妖冶，俗競悅之，而品則愈況而下矣。若較其工力之難易，則塗澤之工，豈不更難於淡著丹青者乎？然試謂晚唐更難於初、盛，人未有不啞然笑者，此詩所以以品爲貴也。然則昔人謂七律較難於諸古體者，是亦但知形跡之難，而不知意境之難乃在形跡之外。觀畫家以逸品爲極上可知矣。

　　七律與五律格法亦約相仿，大要貴莊重而忌佻薄，貴婉和而忌粗硬，貴鮮麗而忌濃砌纖靡，貴壯闊而忌拘滯放蕩。平忌熟，新忌怪。煉句須上下相生，不可斷離；下字須左右煊映，不可湊雜。情與景侔，骨與肉稱，有聲有色，而意厚力堅，斯道之能事盡矣。

　　言律必宗唐，言唐必宗杜，此自正論，第學杜常失之粗，學初唐常失之薄，學中、晚常失之淺白與纖媚。宋、元以來七律至多，體調俱失其正。前明高啟、劉基、林鴻、楊基、高棅、李東陽、石珤、何景明、李夢陽、徐昌穀、邊貢、楊慎、高叔嗣、華察、王元美、謝榛、李攀龍、徐中行、梁有譽、四皇甫、陳子龍諸人，雖溫醇綿邈之音稍遜于唐，而英偉挺拔，自成爲明人之詩。國初宋荔裳、施愚山、周櫟園、王漁洋、杜茶邨、潘次耕、彭羨門、朱竹垞諸作手，雖不專以七律見長，而百餘年來運會日隆，風雅所就，實兼有唐、明之盛，真斯道之慶也。康熙間，查初白七律最爲可觀，成名後浸欲以宋派標新，近時後進遂專襲東坡體貌，輒欲別樹一幟，不知東坡七古猶存杜、韓規矩，其七律佳者，僅與中、晚人仿佛，餘則淺白甚矣。語曰："見與師齊，減師半德。"又曰"取法乎中，必流於下"。彼欲別樹一幟者，高賢固能辨之，第恐初學昧於所向，一惑其說，則終身墮入棘叢，爲可悲耳。王弇州云"奇過則凡"，然則學者欲七律之無逾於閑，其惟守唐正風而勿變，庶標新立異之談無由得以蠱我乎！

說詩則言七律爲極難，而作詩則動輒多篇，唐之元、白、皮、陸，宋之黃山谷、楊誠齋、陸放翁、周益公諸集尤多，或一題而數首、數十首，一韻而唱和成帙，春興秋懷踵之以三十平韻，賦梅花又且百首矣。覺老杜一大詩人，《諸將》、《秋興》、《古跡》寥寥數首，豈不遠遜其富乎？阮亭所摘梅花佳句，如東坡之"竹外一枝斜更好"已僅得七字耳，其他較桃比柳，幾同啞謎，踏雪策驢，總屬雷同。至於離合回文，枝幹草木，鬭險矜奇，描頭畫角，非僅捧心效顰，直是魍魎畫現。予也半生閱歷，每恨世無成連子，爲置斯人於海濱，然學者亦誰能如康昆侖肯聽段師洗其邪雜。十年不近樂器，此人才所爲可惜也。

排律以鋪揚典切爲工，層次分明，波瀾壯闊，卻自神氣聯貫，無重復斷離之弊，方成章法。造句固宜莊重，而運筆絕須流轉，暗相呼吸。長篇忌委頓，尤忌版砌。短篇貴簡勁，尤貴春容。初唐登眺懷詠之作，有用五韻七韻者，興盡即止，初不計韻之奇偶，後人專以偶韻爲正格，誇多鬭靡，有長至四五十韻、百韻者，要不過拖沓砌疊，賣菜翁求多耳。魏叔子云："物之取精多而用之少者，其發必醇；取精少而用之多者，其發必薄。"詩道亦如是，故倚馬才尚鮮十韻之作，浣花翁間有長篇，而簡煉精醇猶不能數見，蓋詩道無一體可易言也，然此中甘苦非深心此事者，又豈能遽解乎？

諸體中五言絕句最簡，而最難工，非學深養醇，豈易窺其奧。漁洋山人抉其秘，以一時佇興得意忘言而有味外味者爲極則，然不求神理而但襲皮毛，則外貌空靈，中且無物。雖不與粘滯者同病，究於味外之味，未有所存。嚴滄浪以味外味如水中著鹽，飲水始知鹽味，此語於五言絕句形容盡致。又司空表聖云"不著一字，盡得風流"，予謂他體不能到此境地，惟五言絕句不可不懸此境象，以待其候。

五言絕句含糊不吐、刻畫過盡俱非也。惟語意恰是二十字，而神韻飄渺無際，音調靜細，不剛不柔，斯爲正體。王摩詰《輞川雜詠》有著向題中者，有超出題外者，而均之有不即不離之妙。虞世南《詠蟬》、王勃《寒夜思》、李白《敬亭獨坐》、劉方平《春雪》、祖詠《望終南殘雪》、王昌齡《題僧房》、韋應物《秋夜寄邱員外》、崔興宗《留別王維》、許渾《塞下曲》、耿韠《秋日》、李商隱《登遊樂原》、柳宗元《江雪》、李頻《渡漢江》諸什，亦仿佛及之，裴迪尚應讓一頭地也。張九齡《自君之出矣》、李白《玉階怨》、盧照鄰《曲池荷》、張説《蜀道後期》、王適《江上梅》、崔國輔《怨詞》、崔灝《長干曲》、邱爲《左掖梨花》、張仲素《閨思》、劉方平《長信宮》、《採蓮曲》、李益《鷓鴣詞》、施肩吾《幼女詞》、崔道融《班婕好》、劉采春《囉嗊曲》諸作，又是《子夜歌》一派，音亮而不躁，思巧而不纖。若其操樂府鐃吹音響以爲絶句，惟王建《新嫁娘》一首："三日入廚下，洗手作羹湯，未諳姑食性，先遣小姑嘗。"質樸深醇，何異讀"有齊季女"之什。又無名氏《伊州詞》"打起黃鶯兒，莫教枝上啼，啼時驚妾夢，不得到遼西"，與太白"床前明月光，疑是地上霜，舉頭望明月，低頭思故鄉"同一種高格，句中明明説出，却又似未曾説出，真鏡花水月景象，他人鈎深索隱，何能坦然有餘如此。

七言絶句以第三句爲主，而第四句發之。前人之論極當。蓋第三句是一篇關紐，若擴不開，掣不轉，柁心不應，通船俱無把握，雖有檣帆，何能駕駛！即僅如半截律詩，亦祇是畫裏舟航，任有好風，豈能動搖，此予夙昔之説也。近季弟挈原與人論絶句，譬之於射，起二句彎弓搭箭，立定架格，第三句必弓弦滿扣，左手掬定箭頭，右手抽送，肱開臂直，而精力已直注鵠心，則第四句應弦而中矣。否則强弩之末，未有不失諸征鵠者。其比擬更爲透徹。學者能近取譬，斯道寧遠乎哉？

絶句詞調雖以丰姿搖曳取勝，究須如大家女子舉止幽閒淡雅，笑不露齒，怒不睜眉，巧倩美盼，我見猶憐，而凜然不可犯，方爲色骨俱妍。倘一涉妖冶，則娼姬賤婢相矣。宋曾蒼山謂："局婉媚而薄高古，執偉豪而棄淵深，此選家之偏。"竊疑"高古"二字他體皆宜，惟説向七言絶句，只是覿面話耳，不如淵深而神雋爲不亢不媚。

《竹枝詞》本巴渝之意，託韻語以寫方言土俗，白樂天《竹枝詞》則云："唱到竹枝聲咽處，斷猿晴鳥一時啼。"與詠楊枝、橘枝諸詞無異，殊失本意。此體端宜就人情物態中寫以本色之語，俚而不俗，質而有文，而又能婉曲規諷，不流輕佻，情致婀娜，不同嘲謔，方足存風人之旨。

嚴滄浪《詩體》一篇，古今製作名目悉備，然詩究以四言、《離騷》、樂府、五言、七言古爲古體正格，五言律、七言律、五言排律、五言絶句、七言絶句爲近體正格，名家選詩及編詩，次第總不外此，其歌謡、歌行、吟、詠、篇、詞、曲、引、愁、歎、哀、怨、思、樂等類，不過製題之名，五古、七古、絶句中皆有之，其句法長短，參差變換，又樂府七古中之常調，若如俗本，別立歌行一格，是振衣而不知挈領也。七言排律、六言律詩、絶句，雖無妨於正體，然作手難工，工亦不足見奇，至於東坡之雙聲疊韻，天隨子之全篇平聲，梅聖俞之全篇仄聲及轆轤韻、進退韻、盤中體、建除體、人名、卦名、數名、藥名、州名、六甲十屬、藏頭、歇後、字謎、雜俎之流，俱是旁門外道，與風雅之意何涉？聰明之士每見此種即欣慕之，一涉其籬，如墮陷阱，雖有仁人，難爲從井之救，亦徒付諸浩歎而已，所貴入路毋歧，則鬼魅自不能惑我矣。（以上卷下）

赵　翼

　　趙翼(1727—1814)字雲崧,一字耘松,號甌北,又號裘莽,晚號三半老人。清陽湖(今江蘇常州)人。乾隆二十六年(1761)進士。官至貴西兵備道。旋辭官,主講安定書院。長於史學,考據精賅。他論詩重"性靈",主創新,與袁枚接近;反對明代前、後七子的復古傾向,也不滿王士禎、沈德潛的"神韻説"與"格調説"。所著《甌北詩話》,系統評論李白、杜甫、韓愈、白居易、蘇軾、陸游、元好問、高啟、吳偉業、查慎行等十家詩,重視詩家的創新,立論比較全面、允當。存詩四千八百多首,以五言古詩最有特色,或嘲諷理學,或隱寓對社會的批評,或闡述生活哲理,思想新穎,語言淺近流暢,造句、對仗頗見功力。著有《廿二史劄記》、《陔餘叢考》、《甌北詩鈔》、《甌北詩話》、《簷曝雜記》等。《陔餘叢考》爲其自黔西罷官以後的讀書劄記,逾十餘年始刊行,以其爲循陔(即奉養父母)時所輯,故名《陔餘叢考》。全書不分門目,以類相從,分論經義、史學、掌故、藝文、紀年、官制、科舉、風俗名義、喪禮、器物、術數及神佛、稱謂等。作者長於文史,其考訂時有精到之見。其另一著作《廿二史劄記》,即在此書論史基礎上擴充而成。《簷曝雜記》爲趙翼所撰零散筆記文字的匯輯,記述作者京城官場見聞交往,出仕兩廣、雲貴經歷聞見,以及讀書心得等。

　　本書資料據上海古籍出版社1983年《清詩話續編》本《甌北詩話》、中華書局1963年版《陔餘叢考》、中華書局1982年版《簷曝雜記》。

《甌北詩話》(節録)

　　青蓮集中古詩多,律詩少。五律尚有七十餘首,七律只十首而已。蓋才氣豪邁,全以神運,自不屑束縛於格律對偶,與雕繪者爭長。然有對偶處,仍自工麗;且工麗中別有一種英爽之氣,溢出行墨之外。如:"洗兵條支海上波,放馬天山雪中草。"《戰城南》"天兵照雪下玉關,虜箭如沙射金甲。"《胡無人》"邊月隨弓影,胡霜拂劍花。"《塞上曲》"笛奏龍吟水,簫鳴鳳下空。"《宮中行樂詞》何嘗不研鍊,何嘗不精采耶?惟七律究未完善。内有《送賀監歸四明》及《題崔明府丹竈》二首,尚整練合格,其他殊不足觀,且有六句爲一首者。蓋開元、天寶之間,七律尚未盛行,至德以後,賈至等《早朝大明宮》諸作,互相琢磨,始覺盡善,而青蓮久已出都,故所作不多也。

　　……

　　李陽冰序謂唐初詩體,尚有梁、陳宮掖之風,至青蓮而大變,掃盡無餘。然細觀

704

之，宫掖之風，究未掃盡也。蓋古樂府本多托於閨情女思，青蓮深於樂府，故亦多征夫怨婦惜別傷離之作，然皆含蓄有古意。如《黃葛篇》之"蒼梧大火流，暑服莫輕擲。此物雖過時，是妾手中跡。"《勞勞亭》之"春風知別苦，不遣柳條青。"《春思》之"春風不相識，何事入羅幃。"皆醞藉吞吐，言短意長，直接《國風》之遺。少陵已無此風味矣。（卷一《李青蓮詩》）

自初唐沈、宋諸人創爲律體，於是五字、七字中爭爲雄麗之語，及盛唐而益出。……

杜詩又有獨創句法，爲前人所無者。如《何將軍園》之"綠垂風折筍，紅綻雨肥梅"，"雨拋金鎖甲，苔臥綠沈槍"，《寄賈嚴二閣老》之"翠乾危棧竹，紅膩小湖蓮"，《江閣》之"野流行地日，江入度山雲"，《南楚》之"無名江上草，隨意嶺頭雲"，《新晴》之"碧知湖外草，晴見海東雲"，《秋興》之"香稻啄餘鸚鵡粒，碧梧棲老鳳凰枝"。古詩內亦有創句者。如《宿贊公房》之"明燃林中薪，暗汲石底井"，《白縣高齋》之"上有無心雲，下有欲落石"，《鄭典設自施州歸》之"攀緣懸根木，登頓入矢石"，《閬山歌》之"松浮欲盡不盡雲，江動將崩未崩石"，以及《石龕》之"熊羆咆我東，虎豹號我西。我後鬼長嘯，我前狨又啼"，皆是創體。至如《杜鵑行》之"西川有杜鵑，東川無杜鵑，涪萬無杜鵑，雲安有杜鵑"，此究是題下注語，而論者引樂府"魚戲荷葉南，魚戲荷葉北"，以爲杜詩所仿，則又信杜太過矣。試思"西川"四句，與全首詩中意，有何關涉耶？（以上卷二《杜少陵詩》）

昌黎古詩用韻，有通用數韻者，有專用一韻者。《六一詩話》謂"其得韻寬，則泛入旁韻，乍還乍離，出入回合，不可拘以常格，如《此日足可惜》之類。得韻窄，則不復旁出，而因難見巧，愈險愈奇，如《病中贈張十八》之類。譬如善馭馬者，通衢廣陌，縱橫馳騁，惟意之所至；於蟻封水曲，又疾徐中節，不少蹉跌。此天下之至工也。"今按《此日足可惜》一首，通用東、冬、江、陽、庚、青六韻；此外如《元和聖德詩》，通用語、麌、馬、有、哿五韻；《孟東野失子》詩，通用先、寒、刪、真、文、元六韻，餘可類推。其用窄韻，亦不止《病中贈張十八》一首。如《陪杜侍御遊湘西兩寺》一首，又《會合聯句》三十四韻，洪容齋謂除"蠓"、"蛹"二字，《韻略》未收，餘皆不出二鍾之內。今按"蠓"、"蛹"二字，《唐韻》本收在三鍾，則皆本韻也。

聯句詩，王伯大以爲古無此體，實創自昌黎。沈括則謂："虞廷《賡歌》，漢武《柏梁》，已肇其端。晉賈充與妻李氏遂有連句。六朝以前謂之'連句'，見《梁書》及《南史》。其後陶、謝諸公，亦偶一爲之。《何遜集》中最多，然皆寥寥短篇，且文義不相連屬，仍是各人之制而已。"是古來原有此體,特長篇則始自昌黎耳。今觀韓集中《會合聯句》,則昌黎及孟郊、張籍、張徹四人所作;《石鼎聯句》,則軒轅彌明、侯喜、劉師命所作,獨無昌黎名,或謂彌明即昌黎託名也;《鄆城夜會聯句》,則昌黎與李正封所作;其他如《同宿》一首,《納涼》一首,《秋雨》一首,《雨中寄孟幾道》一首,《征蜀》一首,《城南》一首,《遠遊》一首,《鬥雞》一首,皆韓、孟二人所作。大概韓、孟俱好奇,故兩人如出一手,其他則險易不同。然即二人聯句中,亦自有利鈍。惟《鬥雞》一首,通篇警策。《遠遊》一首,亦尚不至散漫。《征蜀》一首,至一千餘字,已覺太冗,而段落尚覺分明。至《城南》一首,則一千五六百字,自古聯句,未有如此之冗者。以《城南》爲題,景物繁富,本易填寫,則必逐段勾勒清楚,方醒眉目。乃遊覽郊墟,憑弔園宅,侈都會之壯麗,寫人物之殷阜,入林麓而思遊獵之娛,過郊壇而述禋祀之肅,層疊鋪叙,段落不分,則雖更增千百字,亦非難事,何必以多爲貴哉!近時朱竹垞、查初白有《水碓》及《觀造竹紙》聯句,層次清澈,而體物之工,抒詞之雅,絲絲入扣,幾無一字虛設。恐韓、孟復生,亦歎以爲不及也。

自沈、宋創爲律詩後,詩格已無不備。至昌黎又斬新開闢,務爲前人所未有。如《南山詩》內鋪列春夏秋冬四時之景,《月蝕詩》內鋪列東西南北四方之神,《譴瘧鬼》詩內歷數醫師、炙師、詛師、符師是也。又如《南山詩》連用數十"或"字,《雙鳥詩》連用"不停兩鳥鳴"四句,《雜詩》四首內一首連用五"鳴"字,《贈別元十八》詩連用四"何"字,皆有意出奇,另增一格。《答張徹》五律一首,自起至結,句句對偶,又全用拗體,轉覺生峭。此則創體之最佳者。(以上卷三《韓昌黎詩》)

中唐以後,詩人皆求工於七律,而古體不甚精詣,故閱者多喜律體,不喜古體。

大凡才人好名,必創前古所未有,而後可以傳世。古來但有和詩,無和韻。唐人有和韻,尚無次韻;次韻實自元、白始。依次押韻,前後不差,此古所未有也。而且長篇累幅,多至百韻,少亦數十韻,爭能鬥巧,層出不窮,此又古所未有也。他人和韻,不過一二首,元、白則多至十六卷,凡一千餘篇,此又古所未有也。以此另成一格,推倒一世,自不能不傳。蓋元、白覷此一體,爲歷代所無,可從此出奇,自量才力,又爲之而有餘,故一往一來,彼此角勝,遂以之擅場。微之《上令狐相公書》,謂"同門生白居易,愛驅駕文字、窮極聲韻,或千言,或五百言。小生自揣,不能有以過之,往往戲排舊韻,別創新詞,名爲次韻,蓋欲以難相挑耳"。白與元書,亦謂"敵則氣作,急則計生。以足下來章,惟求相困,故老僕報語,不覺太誇"。觀此可以見二公才力之大矣。今兩家次韻詩具在,五言排律,實屬工力悉敵,不分勝負;惟古詩往往和不及唱。蓋唱先有意而後有詞,和者或不能別有新意,則不免稍形支絀也。然二人創此體後,次韻者固習以爲常，而篇幅之長且多，終莫有及之者，至今猶推獨步也。又如聯句一種，韓、孟多用古體；惟香山與裴度、李絳、李紳、楊嗣復、劉禹錫、王起、張籍，皆用五言排律。此亦創體。

五言排律，長篇亦莫有如香山之多者。《渭上退居一百韻》；謫江州有《東南行》一百韻；微之以《夢遊春七十韻》見寄，廣爲一百韻報之；又《代書詩寄微之一百韻》；《赴忠州舟中示弟行簡五十韻》；《和微之投簡陽明洞五十韻》；《想東遊五十韻》；《逢蕭徹話長安舊遊五十韻》；《敘德抒情上宣城崔相公四十韻》；《新昌新居四十韻》；此外如三十、二十韻者，更不可勝計。此亦古來所未有也。

香山於古詩、律詩中，又多創體，自成一格。如《洛陽有愚叟》五古內："檢點盤中飯，非精亦非糲。檢點身上衣，無餘亦無闕。天時方得所，不寒又不熱。體氣正調和，不饑亦不渴。"《哭崔晦叔》五古內："丘園共誰卜？山水共誰尋？風月共誰賞？詩篇共誰吟？花開共誰看？酒熟共誰斟？"連用疊調，此一體也。《洛下春遊》五排內："府中三遇臘，洛下五逢春。春樹花珠顆，春塘水麴塵。春姓無氣力，春馬有精神。"連用五"春"字，此一體也。和詩中有與原唱同意者，則曰和；與原唱異意者，則曰答。如和微之詩十七章內，有《和思歸樂》、《答桐花》之類，此一體也。律詩內《偶作寄皇甫朗之》一首，本是五排，其中忽有數句云："歷想爲官日，無如刺史時。"下又云："分司勝刺史，致仕勝分司。何況園林下，欣然得朗之。"排偶中忽雜單行，此又一體也。《酒庫》五律云："野鶴一辭籠，虛舟長任風。送愁還鬧處，移老入閒中。身更求何事，天將富此翁。此翁何處富，酒庫不曾空。"第七句忽單頂第六句說下。《雪夜小飲贈夢得》七律一首，下半首云："久將時背稱遺老，多被人呼作散仙。呼作散仙應有以，曾看東海變桑田。"亦以第七句單頂第六句說下，又一體也。《別淮南牛相公》五排一首，自首至尾，每一句說牛相，一句自說。自註云："每對雙關，分敘兩意。"此又一體也。至如六句成七律一首，《青蓮集》中已有之。香山最多，而其體又不一。如《忠州種桃杏》云："無論海角與天涯，大抵心安即是家。路遠誰能念鄉曲，年深兼欲忘京華。忠州且作三年計，種杏栽桃擬待花。"前後單行，中間成對，此六句律正體也。《櫻桃花下招客》云："櫻桃昨夜開如雪，鬢髮今年白似霜。漸覺花前成老醜，何曾酒後更顛狂。誰能聞此來相勸，共泥春風醉一場。"此前四句作兩聯，末二句不對也。《蘇州柳》云："金谷園中黃嫋娜，曲江亭畔碧婆娑。老來處處遊行遍，不似蘇州柳最多。飛絮拂頭條拂面，使君無計奈春何！"此前二句作對，後四句不對也。《板橋路》云："梁苑城西二十里，一渠春水柳千條。若爲此地今重過，十五年前舊板橋。更苦玉顏橋上別，不知消息到今朝。"此通首不對，而亦編在六句律詩中，又一體也。七言律《贈皇甫朗之》一首："艷陽時節又蹉跎，遲暮光陰復若何？一歲中分春日少，百年通計老時多。多中更被愁牽引，少裏兼遭病折磨。賴有銷憂治悶藥，君家醇酎我狂歌。"此以第五、六句頂第三、四句說下，又一體也。蓋詩境愈老，信筆所之，不古不律，自成片段，雖不免有恃老自恣之意，要亦可備一體也。

香山《長慶集》以諷諭、閒適、感傷三類分卷，而古調、樂府、歌行各體，即編於三類之内；後集不復分此三類，但以格詩、律詩分卷。古來詩未有以"格"稱者，大曆以後始有。"齊、梁格"、"元和格"，則以詩之宗派而言；"轆轤格"、"進退格"，則律詩中又增限制，無所謂"格詩"也。兹乃分格、律二種，其自序謂"邇來復有格律詩"。《洛中集記》亦曰："分司東都以來，賦格律詩凡八百首。"《序元少尹集》亦曰："著格詩若干首，律詩若干首。"是"格"與"律"對言，實香山創名。此外亦無有人稱格詩者。既以"格"與"律"相對，則古體詩、樂府、歌行俱屬格詩矣。而俗本於後集十一卷之首格詩下，復係"歌行、雜體"字樣，是直以格詩又爲古詩中之一體矣。汪立名辨之甚晰。（以上卷四《白香山詩》）

以文爲詩，自昌黎始；至東坡益大放厥詞，別開生面，成一代之大觀。今試平心讀之，大概才思橫溢，觸處生春，胸中書卷繁富，又足以供其左旋右抽，無不如志。其尤不可及者，天生健筆一枝，爽如哀梨，快如並剪，有必達之隱，無難顯之情，此所以繼李、杜後爲一大家也。而其不如李、杜處，亦在此。蓋李詩如高雲之游空，杜詩如喬嶽之矗天，蘇詩如流水之行地。讀詩者於此處著眼，可得三家之真矣。

孔毅父集古人句成詩贈坡，坡答曰："天邊鴻鵠不易得，便令作對隨家雞。"又云："路旁拾得半段槍，何必開爐鑄予戟。"又云："不如默誦千萬首，左抽右取談笑足。"又云："千章萬句卒非我，急走捉君應已遲。"似譏集句非大方家所爲。然坡又有集淵明《歸去來辭》作五律十首，則不惟集句，且集字矣。坡又有《題織錦回文》三首，此外又《回文》八首，大方家何至作此狡獪！蓋文人之心，無所不至，亦游戲之一端也。《戲孫公素懼内》詩云："披扇當年笑溫嶠，握刀晚歲戰劉郎。不須戚戚如馮衍，便與時時説李陽。"則仍典雅不作惡戲。《代妓贈別》云："蓮子劈開須見臆憶，楸枰著盡更無棋期。破衫會有重縫逢處，一飯何曾忘却匙時。"此本是古體，如"石闕生口中，銜碑不得語"之類，非另創體也。劉監倉家作餅，坡曰："爲甚酥？"潘邠老家釀酒甚薄，坡曰："莫錯著水否？"因集成句曰："已傾潘子錯著水，更覓君家爲甚酥。"則一詩戲笑，村俚之言，亦併入詩。又有口喫詩，因武昌西山多槲葉，其旁即元結湖，多荷花，因題句云："玄鴻橫號黃槲峴，皓鶴下浴紅荷湖。"座客皆笑，請再賦一首。坡詩云："江干高居堅關扃，犍耕躬稼角掛經。高竿繫魺菰茭隔，笛鼓過軍雞狗驚。解襟顧景各箕踞，擊劍賡歌幾舉觥。荆笄供饋愧攪聒，乾鍋更夏甘瓜羹。"又《和正甫一字韻》詩云："故居劍閣隔錦官，柑果薑蕨交荆菅。奇孤甘掛汲古綆，僥覬敢揭鈎金竿。已歸耕稼供槁秸，公貴幹蠱高巾冠。改更句格各蹇吃，姑固狡獪加間關。"此二詩使口吃者讀之，必至滿堂噴

飯。而坡游戲及之，可想見其風趣湧發，忍俊不禁也。（以上卷五《蘇東坡詩》）

拗體七律，如"鄭縣亭子澗之濱"、"獨立縹緲之飛樓"之類，《杜少陵集》最多，乃專用古體，不諧平仄。中唐以後，則李商隱、趙嘏輩，創爲一種以第三、第五字平仄互易，如"溪雲初起日沉閣，山雨欲來風滿樓"，"殘星幾點雁橫塞，長笛一聲人倚樓"之類，別有擊撞波折之致。至元遺山，又創一種拗在第五六字，如"來時珥筆誇健訟，去日攀車餘淚痕"，"太行秀髮眉宇見，老阮亡來樽俎間"，"雞豚鄉社相勞苦，花木禪房時往還"，"肺腸未潰猶可活，灰土已寒寧復燃"，"市聲浩浩如欲沸，世路悠悠殊未涯"，"冷猿掛夢山月暝，老雁叫羣江渚深"，"春波淡淡沙鳥没，野色荒荒煙樹平"，"青山兩岸多古木，平地數峯如畫屏"，"長虹下飲海欲竭，老雁叫羣秋更哀"，"東門太傅多祖道，北闕詩人休上書"之類，集中不可枚舉，然後人慣用者少。（卷八《元遺山詩》）

宋詩初尚西崑體，後蘇子美、梅聖俞輩出，遂各出新意，凌鑠一時，而二家又各不同。（卷十一《蘇子美　梅聖俞》）

自中唐以後，律詩盛行，競講聲病，故多音節和諧，風調圓美。杜牧之恐流於弱，特創豪宕波峭一派，以力矯其弊。山谷因之，亦務爲峭拔，不肯隨俗爲波靡，此其一生命意所在也。（卷十一《黄山谷詩》）

心之聲爲言，言之中理者爲文，文之有節者爲詩。故《三百篇》以來，篇無定章，章無定句，句無定字，雖小夫室女之謳吟，亦與聖賢歌詠並傳，凡以各言其志而已。屈、宋變而爲騷，馬、班變而爲賦。蓋有才者以《三百篇》舊格不足以盡其才，故溢而爲此，其實皆詩也。自《古詩十九首》以五言傳，《柏梁》以七言傳，於是才士專以五七言爲詩。然漢、魏以來，尚多散行，不尚對偶。自謝靈運輩始以對屬爲工，已爲律詩開端；沈約輩又分別四聲，創爲蜂腰、鶴膝諸説，而律體始備。至唐初沈、宋諸人，益講求聲病，於是五七律遂成一定格式，如圓之有規，方之有矩，雖聖賢復起，不能改易矣。蓋事之出於人爲者，大概日趨於新，精益求精，密益加密，本風會使然。故雖出於人爲，其實即天運也。就有唐而論：其始也，尚多慣用古詩，不樂束縛於規行矩步中，即用律，亦多五言，而七言猶少；七言亦多絶句，而律詩猶少。故《李太白集》七律僅三首，《孟浩然集》七律僅二首，尚不專以此見長也。自高、岑、王、杜等《早朝》諸作，敲金戛玉，研練精切。杜寄高、岑詩，所謂"遥知對屬忙"，可見是時求工律體也。格式既定，更如一朝令甲，莫不就其範圍。然猶多寫景，而未及於指事言情，引用典故。少陵以窮愁寂寞之身，藉詩遣日，於是七律益盡其變，不惟寫景，兼復言情，不惟言情，兼復使典。七律之蹊徑，至是益大開。其後劉長卿、李義山、溫飛卿諸人，愈工雕琢，盡其才於五十六字中，而七律遂爲高下通行之具，如日用飲食之不可離矣。"西崑體"行，益務數典，然未免傷於僻澀。東坡出，又參以議論，縱橫變化，不可捉摸，此又開南宋人法門，然聲調風格，則去唐日遠也。（卷十二《七言律》）

《葉石林詩話》："王荆公有詩云：'老景春可惜，無花可留得。莫嫌柳渾青，終恨李太白。'以古人姓名藏句中，實屬創見。"按權德輿詩云："藩宣秉戎寄，衡石崇位勢。年紀信不留，馳張良自愧。樵蘇則爲愜，瓜李斯可畏。不顧榮宦尊，每陳農畝利。家林類岩巘，負郭躬斂積。忌滿寵生嫌，養蒙恬勝智。疏鐘皓月曉，晚景丹霞麗。澗谷永不諼，山梁冀無累。頗符生肇學，得展禽尚志。從此直不疑，支離疏世事。"則唐人已有此體矣。（卷十二《詩以古人姓名藏句中》）

東坡有口吃詩"故居劍閣隔錦官"一首，又"郊居江干堅關扃"一首，使口吃者讀之，必噴飯也。然此本雙聲體，史繩祖《學齋呫嗶》載唐人姚合《洞庭蒲萄架詩》云："葡藤洞庭頭，引葉漾盈搖。皎潔鈎高掛，玲瓏影落寮。陰煙壓幽屋，濛密夢冥苗。清秋青且翠，冬到凍都凋。"是唐人已有此體，非坡創也。（卷十二《雙聲體》）

《溫公詩話》："陳亞嘗以藥名入詩：'風雨前湖夜，軒窗半夏凉。'《贈乞雨自曝僧》云：'不雨若令過半夏，定應晒作葫蘆巴。'又詠《上元夜遊人》云：'但看幾家牛領上，十家皮没五家皮。'"（卷十二《藥名體》）

《史記》一

班彪謂司馬遷：序帝王則曰本紀，公侯傳國則曰世家，卿士特起則曰列傳。是蓋以本紀、世家、列傳爲史遷創例。然《文心雕龍》云：遷取式《呂覽》著本紀，以述皇王。則遷之作紀，固有所本矣。今按《呂覽》十二月紀，非專述帝王之事，而《史記·大宛傳·贊》則云：《禹本紀》言河出昆侖高五百里。又云：《禹本紀》及《山海經》所有怪物，予不敢言之也。是遷之作紀，非本于《呂覽》，而漢以前別有《禹本紀》一書，正遷所本耳。又《衛世家·贊》云：予讀世家言云云。則遷之作世家亦有所本，非特創也。惟列傳叙事，則古人所無。古人著書，凡發明義理，記載故事，皆謂之傳。《孟子》曰：於傳有之。謂古書也。左、公、穀作《春秋傳》，所以傳《春秋》之旨也。伏生弟子作《尚書大傳》，孔安國作《尚書傳》，所以傳《尚書》之義也。《大學》分經、傳，《韓非子》亦分經、傳，皆所以傳經之意也。故孔穎達云：大率秦、漢之際，解書者多名爲傳。又漢世稱《論語》、《孝經》並謂之傳。漢武謂東方朔云：傳曰：時然後言，人不厭其言。東平王與其太師策書云：傳曰：陳力就列，不能者止。成帝賜翟方進書云：傳曰：高而不危，所以長守貴也。是漢時所謂傳，凡古書及説經皆名之，非專以叙一人之事也。其專以之叙事而人各一傳，則自史遷始，而班史以後皆因之。然則本紀、世家非遷所創，而列傳則創自遷耳。叔皮乃以爲皆遷創例，何耶？又遷書名《史記》亦有所本，古者左史記言，右史記事，《孔子世家》所謂"因史記作《春秋》"是也。

《後漢書》二

　　史遷于各紀傳後有太史公論斷一段，班書仿之，亦于各紀傳後作贊，是班之贊即遷之論也。乃范書論之後又有贊，贊之體用四字韻語，自謂體大思精，無一字虛設，以示獨辟，實則仍仿《史記》、《漢書》末卷之叙述，而分散于各紀傳之下，以滅其踵襲之跡耳。不知《史》、《漢》之叙述，篇各有引詞，所以自明作書之本意，云爲此事作某本紀，爲此事作某年表，爲此事作某世家、列傳。班書因之，又謙而改作爲述，亦所以明作某紀、某傳之意，故論贊之外，以此係之於卷末，不嫌復也。范書之贊，則非爲此，但於既論之後，又將論詞排比作韻語耳，豈不辭費乎！（以上《陔餘叢考》卷五）

詩　筆

　　陸游《筆記》：六朝人謂文爲筆。顧寧人亦引其説。不知六朝人稱文與筆，又自有別。《文心雕龍》曰：今俗常言無韻者，筆也；有韻者，文也。是六朝人以韻語爲文，散行爲筆耳。按《南史·沈約傳》：謝元暉善爲詩，任彦升工於筆，約兼而有之。《庾肩吾傳》：梁簡文《與湘東王書》曰："詩既若此，筆又如之。"又曰："謝朓、沈約之詩，任昉、陸倕之筆。"《任昉傳》：昉以文才見知，時人謂任筆沈詩。昉聞甚以爲病，晚節轉好著詩，欲以傾沈。用事過多，屬辭不得流便，都下士子慕之，轉爲穿鑿。又劉孝綽稱弟儀與威雲三筆六詩。是皆以詩、筆對言。放翁因其以詩對筆，遂疑筆即文耳。然《北史·邢昕傳》：雜筆三十餘篇。此專言筆也。而《邢臧傳》：文筆九百餘篇。《劉逖傳》：文筆三十餘篇。則又文與筆並言。可見文與筆自是二種，若筆即是文，何以有專言筆者，又有兼言文筆者；則六朝所謂文筆，當以劉勰言爲據也。至老杜《寄賈至、嚴武》詩云："賈筆論孤憤，嚴詩賦幾篇。"元好問詩亦云："杜詩韓筆愁來讀，似倩麻姑癢處抓。"亦襲六朝語也。

序

　　孫炎云：序，端緒也。孔子作《序卦》及《尚書序》，子夏作《詩序》，其來尚已。然何休、杜預之序《左氏》、《公羊》，乃傳經者之自爲序也。史遷、班固之《序傳》，乃作史者之身爲序也。劉向之《叙録》諸書，乃校書者之自爲序也。其假手于他人以重於世者，自皇甫謐之序左思《三都》始。

章句　集注

　　朱子作《大學》、《中庸章句》、《論語》、《孟子集注》，其名非創也。漢《藝文志》：《易經》有章句，施、孟、梁邱氏各二篇，《尚書》有歐陽章句三十一卷，大、小夏侯章句各二十九卷，《春秋》有《公羊章句》、《穀梁章句》。張禹爲帝師，以上難數問，乃爲《論語章句》上之，後漢楊終作《春秋外傳》，改定章句，牟長著《尚書章句》，趙岐作《孟子章句》，梁武作《孔子正言章句》，沈洙通《五經》章句。此章句之所本也。晉服虔、應劭等《漢書音義》匯爲一部，名曰《漢書集注》。陶宏景著《孝經》、《論語集注》，崔靈恩有《集注毛詩》二十二卷，《集注周禮》四十卷。此集注之所本也。

題　目

　　《北史·念賢傳》：魏孝武作行殿初成，未有題目，詔侍臣各名之。念賢擬以圓極，帝曰："正與朕意同。"題目二字始見於此。孔穎達《尚書·大禹謨正義》云：史將録禹之事，故爲題目之詞。北齊文宣帝令辛術選百官，時參選者二三千人，術題目士子，人無謗讟，此則品題之意。

破　題

　　今八股起二句曰破題，然破題不始於八股也。李肇《國史補》：李程試《日五色賦》，既出闈，楊于陵見其破題云"德動天鑒，祥開日華"，許以必擢狀元。是唐人以作賦起處已曰破題。劉貢父《詩話》云：有閩士作《清明象天賦》破題云："天道如何，仰之彌高。"《螢雪雜説》：俞陶作《天之歷數在舜躬賦》，破題云："神聖相授，天人會同。何謳歌不之堯子，蓋歷數在於舜躬。"陳元裕主文衡，出"大椿八千歲爲春秋"，滿場破題皆閣筆，遂自作云："物數有極，椿齡獨長。以歲歷八千之久，成春秋二序之常。"蔡曼卿作《君人成天地之化》，破題云："物産于地，形鐘自天。賴君人之有作，成化功之未全。"陳尹作《文帝前席賈生賦》，破題云："文帝好問，賈生力陳。忘其勢之前席，重所言之過人。"陳季陸出《皇極統三德與五事賦》，魁者破題云："極有所會，理無或遺。統三德與五事，貫一中於百爲。"張亢門客作《坤厚載物賦》，誦其破題於亢曰："粵有大德，其名曰坤。"亢應曰："續兩句可贈和尚，曰：非講經之座主，是傳法之沙門。"又范蜀公賦《長嘯却敵騎》，破題云："制動以靜，善勝不爭。"宋景文破題云："月滿邊塞，人登戍樓。"是皆賦之破題也。詩亦有破題。《六一詩話》謂，梅聖俞《河豚》詩開首"春洲生荻芽，春岸飛楊花。"只此破題，已道盡河豚好處。《螢雪雜説》：湯黃中試《秋燕已如客》詩，破題云："近人方賀廈，如客已驚秋。"《石林詩話》亦謂，駱賓王《靈隱寺》詩唯破題"鷲嶺鬱岧嶤，龍宮隱寂寥"是宋之問所作，下皆賓王作。此又詩之破題也。《夷堅志》：程覺改習《易經》，謁老儒張師韓傳《易》義。張教以預擬題目，如"聖人作，萬物睹"之類。仍教以破題及主意，於是遂捷。此則經義之破題也。

古文用韻

古人文字未有用韻者。《尚書》喜起及五子歌、三風、十愆之類，皆歌耳。《洪範》"無偏無黨"之類，亦是使民歌詠。《左傳》"鳳凰於飛，和鳴鏘鏘，龍尾伏辰，天策焞焞"之類，皆繇詞耳。其行文則無韻也。散文有韻，顧寧人以《尚書》"帝德廣運"一節及《繫詞》"鼓之以雷霆"一節，謂皆化工之文，自然成韻者。今按《管子·牧民篇》"毋蔽汝惡，毋異汝度，堅者將不汝助。""言室籌室，言堂籌堂，是謂聖王。"及《小稱篇》、《心術篇》、《地員篇》俱有韻語。又《國語》中范蠡對越王"柔而不屈，强而不剛，德虐之行，固以爲常"等數段皆有韻。此爲散文用韻之始。以後則老子《道德》五千言，大半用韻。如"知其雄，守其雌，爲天下溪。知其白，守其辱，爲天下穀"之類，不可勝數。然其書自成箴銘一種，非散文也。《莊子》"其聲能短能長，能柔能剛，變化齊一，不主故常。在谷滿谷，在坑滿坑，塗却守神，以物爲量"等句，《韓非子》"四海既藏，道陰見陽，左右既立，開門而當。勿變勿易，與二俱行，不知其名，復修其形。形名參同，用其所生。二者誠信，下乃貢情"等句，皆散文之用韻者。《史記》褚少孫所補《淳于意傳》數千字，通首用韻，尤奇，此又《客嘲》、《賓戲》等文所由仿也。

漢諺用韻法

漢人諺語多七字成句，大率以第四字與第七字叶韻，此京一體也。《庶物名義疏》

漢武宮中用李少君續膏，一名都膚，婦人傅之，膚色都麗，又能接骨。宮中語曰："枯容碎軀有都膚，折爪落髮有接骨。"《後漢書》賈逵博學，諸儒爲之語曰："問事不休賈長頭。"楊政善説經，京師爲之語曰："説經鏗鏗楊子行。"魯丕爲趙相，就學者常數陌人，關東號之曰"五經復興魯叔陵。"井丹通五經，善談論，京師爲之語曰："五經紛綸井大春。"許慎博學，時人爲之語曰："五經無雙許叔重"。丁鴻高才，論辨最明，京師語曰："殿中無雙丁孝公。"楊震爲人所仰，時人語曰："關西孔子楊伯起。"召馴以志義自厲，鄉里號之曰"德行恂恂召伯春。"胡廣練達朝事，京師諺曰："萬事不理問伯始，天下中庸有胡公。"馮豹以《春秋》救人，鄉里稱之曰："道德彬彬馮仲文。"董宣爲洛陽令，百姓歌之曰："枹鼓不鳴董少平。"范丹爲萊蕪令，居官清苦，人歌之曰："甑中生塵范史雲，釜中生魚范萊蕪。"郭賀爲荆州刺史，百姓歌之曰："厥德仁明郭憲卿。"郭憲以俠聞，時人諺曰："關東觥觥郭子橫。"戴良初尚俠，時人爲之語曰："關中大豪戴子高。"《黨錮傳》：桓帝嘗受學于周福，及即位，擢爲尚書，而福同郡河南尹房植有名，鄉人爲之語曰："天下規矩房伯武，因師獲印周仲進。"《逸民傳》：王君公遭亂隱居，時人稱曰："避世牆東王君公。"楊阿若任俠，好爲人報仇，時人語曰："東市相斫楊阿若。"俱就其人姓氏之韻，而以品題語協之，亦一時風氣然也。三國時鄧颺好貨，京師語曰："以官易富鄧元茂。"又吉茂嘲蘇則曰："仕宦不止執虎子。"《晉書》：王坦之字文度，時人語曰："江東獨步王文度。"裴秀少時，人稱之曰："後進領袖有裴秀。"江統字應元，時人語曰："巋然希言江應元。"杜預使周旨等直入孫歆帳擒之，軍中謠曰："以計伐戰一當萬。"荀愷字道明，蔡謨、諸葛恢亦俱字道明，時人語曰："京師三明各有名。"劉宏字終嘏，粹字純嘏，潢字冲嘏，時人語曰："洛中雅雅有三嘏。"梁時賀琛爲武帝所寵，語常移晷，省中語曰："上殿不下有賀雅。"《魏書》：祖瑩與袁翻齊名，時人語曰："京師楚楚袁與祖，洛中翩翩祖與袁。"《北齊書》：蘇珍之、宋世軌俱斷獄平允，寺中語曰："決定嫌疑蘇珍之，視表見裏宋世軌。"陽休之工詩，時人語曰："能詩能詩陽休之。"《後周書》裴漢爲丞相府參軍，府中語曰："日下燦爛有裴漢。"《北史·李義深傳》："劍戟森森李義深。"《宋遊道傳》："見惡能討宋遊道。"《崔暹傳》："講義兩行得中郎。"于仲文字次武，爲安國太守，時人語曰："明斷無雙有于公，不畏強禦有次武。"《南史》：時人以世家仕宦之捷，諺云："上車不落爲著作，體中何如則秘書。"《唐書》：賀德仁與兄德基俱以文學稱，時人語曰："學行可師賀德基，文質彬彬賀德仁。"皆沿此體。

謎

謎即古人之隱語。《左傳》申叔展所云"山鞠窮河魚腹疾"，公孫有山之呼庚癸，其濫觴也。亦曰廋詞。《國語》：秦客爲廋詞，范文子能對其三。楚莊、齊威俱好隱語。漢東方朔射覆"龍雲角，蛇無足。生肉爲膾，乾魚爲脯"之類，尤爲擅長。劉歆《七略》有《隱書》十八篇，則並有輯爲書者，然皆不傳。惟"卯金刀"、"千里草"之類出於風謠者，略存一二。至東漢末仍盛行，謂之"離合體"，如蔡中郎書曹娥碑陰"黃絹幼婦外孫齏臼"，楊修解之謂"絕妙好辭"四字也。又孔北海有四言一篇："漁父屈節，水潛匿方，與時進止，出寺弛張。呂公饑釣，闔口渭旁，九域有聖，無土不王。好是正直，女固子臧，海外有截，隼逝鷹揚。六翮不奮，羽儀未彰，龍蛇之蟄，比他可忘。玟璿隱耀，美玉韜光。無名無譽，放言深藏，按轡安行，誰謂路長。"共二十四句，每四句離合一字，乃"魯國孔融文舉"也，如首四句漁字去水爲魚字，時字去寺爲日字，合之則魯字也。下皆仿此。詩載《石林詩話》。又《越絕書》不知何人所撰，楊用修據其書後序云："以去爲姓，得衣乃成。厥名有米，覆之以庚"，謂漢人袁康所作。又《越絕篇外傳》云："文字屬定，自於邦賢。以口爲姓，承之以天。楚相屈原，與之同名。"乃吳平也。黃佐曰：吳平因袁康所錄成書。又《三國志註》：曹操初作相國府門，自往觀之，題一"活"字。人皆不曉，楊修曰："門中活，乃闊字也，相國嫌太大耳。"據此可見東漢末之好爲隱語也，然猶未謂之謎。其名曰謎。則自曹魏始。《文心雕龍》曰：魏代以來，君子嘲隱，化爲謎語。謎者，回互其詞，使昏迷也。魏文、陳思，約而密之，高貴鄉公又博舉品物。然則高貴鄉公時又嘗輯之成編矣。《南史》：孫廣爲吳興守，有高爽者，嘗有求不遂，乃有廋謎以譏之，曰："刺鼻不知嚏，蹋面不知嗔，齧齒作步數，持此得勝人。"《北史·斛律光傳》：褚士達夢人授以詩曰："九升八合粟，角斗定非真。堰却津中水，將留何處人。"祖珽解之曰："角斗，斛字；津却水，何留人，合成律字，謂斛律也。"又魏孝文帝云："三山橫，兩人從，妓女白日行青空，屠兒斫肉與秤同，有人辨得賞金鐘。"彭城王勰曰："乃一習字也。"又咸陽王禧敗逃，謂防閤尹龍武試作一謎以解憂。龍武曰："眠同同眠，起則俱起。貪如豺狼，臟不入已。"謂箸也。則謎之爲技，六朝更盛行。唐蘇頲嘲尹姓者云："醜雖有足，甲不全身。見君無口，知伊少人。"宋陶穀使於南唐，書十二字於驛舍，曰"西川狗，百姓眼，馬色兒，御廚飯。"宋齊丘曰："乃獨眠孤館也。"《錢氏私誌》載字謎云："目字加二點，不得作貝字猜，貝字欠兩點，不得作目字猜。"乃賀、資二字也。"四個口，盡皆方，加十字，在中央"，乃圖字也。《陽谷漫錄》載"儉"字謎云："一人立，三人坐。兩人小，兩人大。其中更有一二口，教我如何過？"莊綽《雞肋編》又云："兄弟四人兩人大，一人立，二人坐，家中更有一兩口，便是凶年也好過。""婦"字謎云："左七右七，橫山倒出。"王介甫柄國時，有人題相國寺壁云："終歲荒蕪湖浦焦，貧女戴笠落柘條。阿儂去家京洛遙，驚心寇盜來攻剽。"東坡解之曰："終歲，十二月也，十二月爲青字。荒蕪，田有草也，草田爲苗字。湖浦焦，水去也，水去爲法字。女戴笠，爲安字。

柘落木，剩石字。阿儂是吳言，吳言爲誤字。去家京洛，爲國寇盜，爲賊民。蓋言‘青苗法安石誤國賊民’也。”《西溪叢語》有一鏡隸字云：“一生有十口，前牛無角。”蓋甲午也。此皆謎之見於書傳者。前明並有刻爲成書，曰《謎社便覽》。又賀從善編一書曰《千文虎》，其序有云：宋延祐間，東坡、山谷、少游、介甫以隱字相倡和者甚衆，刊集四册，曰文戲。金章宗好謎，選蜀人楊圍祥爲首，編曰《百斛珠》刊行。元至正間，省掾朱士凱編者曰《揆叙萬類》。又四明張小山、太原喬吉、古瀾鐘繼先、錢塘王日華、徐景祥編者曰《包羅天地》。然則此狡獪小技、編集成書者，且不一而足矣。

敕

詔敕爲君上之詞，本漢制。《文心雕龍》曰：漢初定儀命有四品，一曰策書，二曰制書，三曰詔書，四曰戒敕。蓋本《尚書》敕天之命也。又云：戒敕爲文，實詔之切者。然漢以後，敕字猶通用，凡官長之諭其僚屬，尊長之諭其子弟，皆曰敕。《漢書·成帝紀》詔公卿大夫、部刺史明申敕守相。又詔公卿申敕百寮，深思天誡。元帝詔：吏妨農職，公卿其申敕之。又王尊出教敕掾功曹各自砥厲。丙吉敕乳母善視皇曾孫。《後漢書》：陳寵爲廣漢太守，府中多積骸，寵敕縣盡葬之。《魏略》：鮮卑求互市，梁習與之約相會空城中，遂敕郡縣自將兵往就之。《三國志》：高堂隆以郡督軍呼其太守薛悌名，隆即按劍敕督軍曰：“臨臣名君，義之所討也。”又高貴鄉公被弒，司馬昭上言：“高貴鄉公率兵向臣，臣懼兵刃相接，即敕將士不得有所傷害，乃成濟橫入兵陣，公遂隕命。臣今輒敕侍御史收濟家族，結正其罪。”龐淯懷匕首欲殺太守張猛，猛知其義士，敕遣不殺。此長官之敕僚屬也。《漢書》：韋賢以長子當爲嗣，敕令自免。《後漢書·張純傳》：純臨卒，敕家丞死後勿議傳國。光武詔其子奮襲爵，奮稱純遺敕，固不肯受。《逸民傳》：向子平男女婚嫁既畢，敕斷家事。《魏略》：曹操征陶謙，敕家曰：“我若不還，往依孟卓。”卓謂張邈也。又李豐少時，聲稱日隆，其父不願其然，遂令閉門，敕使斷客。《吳書》：李衡密于龍門上種橘千株，敕其子曰：“千頭木奴，不責汝衣食，歲上絹千匹。”《世語》：薛夏，天水人，臨終敕其子無還天水。《北史》：雷紹臨卒，敕其子薄葬。又崔光疾甚，敕子侄等曰：“吾荷先帝厚恩，史功不成，歿有遺恨。”此尊長之敕子弟也。惟北齊樂陵王百年之被害，因賈德冑奏其嘗作敕字，武成帝因發怒，召使作敕字，與賈所封進相似，乃殺之，則又似專爲君上之用。蓋古時詔敕本朝廷，而民間口語相沿，亦得通用。至唐顯慶中再定制，必經鳳閣鸞臺始名爲敕，而其令始嚴。然《唐書》安祿山討契丹，敕人持二繩，欲盡縛之。李愬生母早卒，爲嫡母晉國夫人所養。晉國卒，父晟以愬非嫡子，敕愬服緦，愬不肯，則臣下猶有用敕字者。此或修書者慣用古文之字以爲

文，非必當日實事也。（以上《陔餘叢考》卷二十二）

一二三言詩

孔穎達《詩正義序》云：詩以申志，一字則言蹇而意不會。故詩之見句少不減二，即"祈父"、"肇禋"之類也。今按古詩亦有一言者。顧寧人謂《緇衣》章"敝"字爲句，"還"字爲句。又《吳志》：歷陽山石文"楚，九州渚。吳，九州都。"楚字、吳字各爲句。此一言詩也。祈父、肇禋，劉勰亦引爲二字詩，然尚非兩字即成一韻。《老子》"法本"章：琭琭如玉，落落如石。"立戒"章：知足不辱，知止不殆。《史記》：田家之祝詞曰：甌窶滿篝，汙邪滿車。及《吳越春秋》黃竹之歌曰：斷竹，續竹，飛土，逐肉。則竟以兩字相叶矣。《輟耕錄》載虞伯生詠蜀漢事曰："鑾輿三顧茅廬，漢祚難扶，日暮桑榆。深渡南瀘，長驅西蜀，力拒東吳。美乎周瑜妙術，悲夫關羽云殂。天數盈虛，造物乘除。問汝何如，早賦歸歟。"此又通首皆兩字一韻，更前人所未有也。中州韻入聲似平聲，故蜀、術等字皆與魚、虞相叶。古來通首二言詩惟此一首。

三言詩

三言詩，《金玉詩話》謂起于高貴鄉公。然漢《安世房中歌》"豐草葽"及"雷震震"二章，《郊祀歌》之"練時日"、"太乙貺"、"天馬徠"等章，已創其體，則不始于魏末矣。劉勰又引《喜起歌》爲三言之首，而謂詩之有三五言，多成於西漢。蓋《國風》"山有榛，隰有苓"，《周頌》"綏萬邦，屢豐年"之類，古詩中原有此句法，特漢初以之爲全篇，遂成此三言爲一體耳。後世亦罕有爲之者。《劉伯溫集》有《思美人》一篇。《懷麓堂詩話》：羅明仲謂三言亦可爲體，因出樹、處二韻，迫西涯題扇。西涯援筆題云："揚風帆，出江樹。家遙遙，在何處。"又有鄞人金埴專工三言，多至千篇，今已不傳。近日朱竹垞、查初白間亦爲之。

四言詩

四言詩，當以《舜典》《喜起之歌》爲首，大禹所訓"内作色荒，外作禽荒"六句，亦濫觴也。《三百篇》外，如《帝王世紀》所載《擊壤歌》"日出而作，日入而息。鑿井而飲，耕田而食"。《尚書大傳》所紀《卿雲歌》"明明上天，爛然星陳。日月光華，弘於一人，饗乎鼓之，軒乎舞之。精華既竭，褰裳去之。"又《塗山歌》"綏綏白狐，九尾龐龐。"《左傳》

所載《虞人箴》曰："芒芒禹跡,畫爲九州。經啟九道,民有寢廟,獸有茂草。各有攸處,
德用不擾。"《穆天子傳》所載《西王母謠》"白雲在天,山陵自出。道里悠遠,山川間之。
將子無死,尚復能來。"《戰國策》所記荀卿作歌曰:"以瞽爲明,以聾爲聰。以是爲非,
以吉爲凶。嗚乎上天,曷惟其同!"其音節皆簡貴高古,縱出於後人擬作,要非漢以後
所能也。蓋周、秦以上及漢初詩皆四言,自五言興而四言遂少。然漢、魏六朝亦尚有
爲之者。《文心雕龍》以韋孟諷諫詩爲四言首唱,此後如相如《封禪頌》、傅毅《迪志》
詩、張茂先《勵志》詩、陶淵明《停雲》詩,皆傑出者。唐以後則四言遂絕,如李白"羅幃
舒卷,似有人開。明月直入,無心可猜",及柳子厚《皇雅》,皆僅見者。東坡作《觀棋詩
記廬山白鶴觀事》:"不聞人聲,但聞落子。"亦偶一爲之。方嶽《深雪偶談》謂:五言而
上,世人往往各極其才之所至,惟四言輒不能工。劉後村謂《三百篇》在前之故。

五　言

漢初郊廟樂歌,但有三言、四言及長短句,無所謂五言者。《文心雕龍》曰:漢成帝
品録三百餘篇,不見有五言。蓋在西漢時五言猶是創體,故甄録未及也。五言斷以
《古詩十九首》及《蘇、李贈答》爲始,《十九首》或稱枚乘所作,其《孤竹》一篇則傅毅所
作,蓋漢武好尚文詞,故當時才士各爭新鬭奇,創爲此體,實亦天地自然有此一種,至
時而開,不能秘也。劉勰又曰:《召南·行露》已肇半章;《孺子》《滄浪》亦有全曲,則五
言久矣。又曰:四字密而不促,六字格而非緩,或變之以三五,蓋應機之權衡也。鐘嶸
又以夏歌"鬱陶乎余心"爲五言濫觴。按《三百篇》中五言單句固指不勝屈,若《小雅》
"以介我稷黍,以穀我士女","彼有不獲稚,此有不斂穧","乃求千斯倉,乃求萬斯箱"
等句,已皆連用五言,特未制爲全篇耳。漢初諸人本此以爲全篇,遂成五言體。至如
"或燕燕居息,或盡瘁事國"數句連用或字,又爲昌黎《南山》詩所本。

六　言

任昉云:六言始于谷永。然劉勰云:六言、七言,雜出《詩》、《騷》。今按《毛詩》"謂
爾遷于王都","曰予未有室家"等句,已開其端,則不始于谷永矣。或谷永本此體創爲
全篇,遂自成一家。然永六言詩今不傳。《後漢書·孔融傳》:融所著詩、頌、碑文、六
言、策文、表檄。其曰六言者,蓋即六言詩也,今亦不傳。《北史》:陽俊之作六言歌詞,
世俗流傳,名爲"陽五伴侶",寫而賣之。俊之嘗過市,欲取而改之。賣者曰:"陽五,古
之賢人,君何所知,輒敢議論!"俊之大喜。則陽五又專以此見長,且世俗竞相仿效可

718

知也。然今亦不傳。蓋此體本非天地自然之音節，故雖工而終不入大方之家耳。古六言詩間有可見者。《文選》注引董仲舒《琴歌》二句，又樂府"月穆穆以金波，日華耀以宣明"，邊孝先《解嘲》"寐與周公通夢，靜與孔子同意"，《滿歌行》"命如鑿石見火，居世竟能幾時。"《三國志註》：曹丕答羣臣勸進書，自述所作詩曰："喪亂悠悠過紀，白骨縱橫萬里。哀哀下民靡恃，吾將佐時整理。復子明辟致仕。"《北史·綦連猛傳》：童謠云："七月刈禾太早，九月噭羔未好。本欲尋山射虎，激箭旁中趙老。"《唐書》：中宗賜宴羣臣，李景伯歌曰："回波爾持酒巵，微臣職在箴規。侍宴既過三爵，喧嘩竊恐非宜。"此皆六言之見於史傳者。至王摩詰等又以之創爲絕句小律，亦波峭可喜。

七　言

《金玉詩話》謂七言起于柏梁。然劉勰謂出自《詩》、《騷》，孔穎達舉"如彼築室於道謀"爲七言之始。然不特此也，如"自今伊始歲其有，君子有穀貽孫子"等句甚多。顧寧人謂楚詞《招魂》、《大招》去其"些"、"只"即是七言。按"遷藏就岐何所依，殷有惑婦何所譏"等句，本無"些"、"只"，則竟是七言也，特尚未以爲全篇。至柏梁則通體皆七言，故後世以爲七言之始耳。然古時亦已有爲全篇者。皇娥倚瑟清歌曰："天清地曠浩茫茫，萬象回薄化無方。涵天蕩蕩望滄滄，乘桴輕漾著日旁。"此或秦、漢間人擬作。至如《靈樞經》云："凡刺小邪日以大，補其不足乃無害，視其所在迎之界。"甯戚《飯牛歌》："短布單衣適至骭，長夜漫漫何時旦。"茅濛之先有民謠曰："神仙得者茅初成，駕龍上升入太清。時下玄洲戲赤城，繼世而起在我盈。"以及項羽《垓下》，漢高《大風》。漢初有《雞鳴歌》："東方欲明星爛爛，汝南晨雞登壇唤。曲終漏盡嚴具陳，月没星稀天下旦。"《安世房中歌》亦有"大海蕩蕩水所歸，高賢愉愉民所懷"之句，則全篇皆有七言，亦非始于柏梁也。至《吳越春秋》所載《窮劫》等曲，通首皆七言，則本後漢趙長君所作，不得謂吳越時即有此體。白起，戰國時人，在伍胥之後，而《窮劫篇》反引之以比伍胥，尤顯然可見其僞。長君本傳謂其作《吳越春秋詩細》，蔡邕讀而嘆息，益可信諸詩之爲長君作也。

八　言

世罕有八言詩。《漢書·東方朔傳》：朔有八言、七言上下。晉灼曰：八言、七言詩，各有上下篇也。然今已不傳。《毛詩》中惟"我不敢效我友自逸"一句，顧寧人以"胡瞻爾庭有縣貆兮"爲八言，然"兮"字尚是語助，非詩中字也，此外亦不經見。《舊唐書》：盧羣在吳少誠席上，作歌諷之曰："祥瑞不在鳳凰麒麟，太平須得邊將忠臣。但得百僚師長肝膽,不用三軍羅綺金銀。"此則通首八言。他如李長吉"酒不到劉伶墳上土",宋人李端叔《題王循書院壁》有云"不愛爾井泉百尺深,不愛爾庭樹千丈陰",元人戴帥初《題范文正公黃素小楷》詩"有耳不聽下里巴人,有手不寫《劇秦美新》",皆不過一二句,而通首仍七言。

九　言

摯虞以《洞酌篇》爲九言,顏延之則謂詩體本無九言者,摯虞之論未可爲據。《懷麓堂詩話》又謂九言起于高貴鄉公,鮑明遠、沈休文亦有之。唐則李白《蜀道難》"上有六龍回日之高標,下有衝波逆折之回湍",《杜集》中"炯如一段清冰出萬壑,置在迎風露寒之玉壺"是也。楊升庵又引杜工部"男兒生不成名死已老"爲九言之始,顧寧人則引"凜乎若朽索之馭六馬"爲九言之始,然非通首皆九言也。《珊瑚網》載:元時天目山僧明本有《梅花詩》云:"昨夜東風吹折中林梢,渡口小艇滾入沙灘坳。野樹古梅獨臥寒屋角,疏影橫斜暗上書窗敲。半枯半活幾個撅蓓蕾,欲開未開數點含香苞。縱使畫工善畫也縮手,我愛清香故把新詩嘲。"此則通首皆九言也。至升庵亦有《梅花詩》云:"元冬小春十月微陽回,綠尊梅蕊早傍南枝開。折贈未寄陸凱隴頭去,相思忽到盧仝窗下來。歌殘水調沉珠明月浦,舞破山香碎玉凌風臺。錯認高樓三弄叫雲笛,無奈二十四番花信催。"此則又創爲九言律矣。

十言十一言

《懷麓堂詩話》又謂:詩有十字者,太白詩"黃帝鑄鼎于荆山煉丹砂,丹砂成騎龍飛上太清家"是也。有十一字者,少陵詩"玉郎酒酣拔劍斫地歌莫哀,我能拔爾抑塞磊落之奇才",東坡詩"山中故人應有招我歸來篇"是也。

五七律排

五七律及排律雖創于初唐沈、宋諸人,然六朝已開其端。劉勰云:左礙而尋右,末滯而討前。則聲轉於吻,玲玲如振玉;詞靡於耳,累累如貫珠。似已研究聲律。沈約《八詠詩》云:"登臺望秋月,會圃臨春風。秋至憫衰草,寒來悲落桐。夕行聞野鶴,晨征聽曉鴻。解珮去朝市,被褐守山東。"已全是五律,惟七八兩句失粘耳。至陰鏗《安樂宮詩》:"新宮實壯哉,雲裏望樓臺。迢遞翔鶍仰,聯翩賀燕來。重簷寒霧宿,丹井夏蓮開。砌石披新錦，雕梁畫早梅。欲知安樂盛，歌管雜塵埃。”則已全乎律體。梁簡文《春情》一首，温子昇《擣衣》一首，王勔《北山》一首，陳後主《聽箏》一首，又皆七言，屬對絶似七律，惟篇末雜以五言二句耳。薛道衡《昔昔鹽》：“垂柳覆金堤，蘼蕪葉復齊。水溢芙蓉沼，花飛桃李蹊。采桑秦氏女，織錦竇家妻。關山别蕩子，風月守空閨。常斂千金笑，長垂雙玉啼。盤龍隨鏡隱，新鳳逐帷低。飛魂同野鵲，倦寢憶晨雞。暗牖通蛛網，空梁落燕泥。前年過代北，今歲往遼西。一去無消息，誰能惜馬蹄。”此又五排濫觴也。蔡孚《打球篇》云：“德陽宫北苑東陬，雲作高臺月作樓。金錘玉鎣千金地，寶仗綢紋七寶球。竇融一家尚三主，梁冀頻封萬户侯。容色從來荷恩顧，意氣平生事俠游。共道用兵如斷蔗，俱能走馬入長楸。紅鬐錦環風驟驥，黄絡青絲電紫騮。奔星亂下花場裏，初月飛來畫杖頭。自有長鳴須決勝，能馳駿足滿先籌。曹王漫説彈碁妙，劇孟休矜六博投。薄暮漢宫愉樂罷，還歸堯室繞垂旒。”此又七排濫觴也。

絶　句

楊伯謙云：五言絶句，唐初變六朝《子夜》體也。七言絶句，初唐尚少，中唐漸甚。然梁簡文《夜望單雁》一首，已是七絶云云。今按《南史》宋晉熙王昶奔魏，在道慷慨爲斷句詩云：“白雲滿鄣來，黄塵半天起。關山四面絶，故鄉幾千里。”梁元帝降魏，在幽逼時制詩四絶，其一曰：“南風且絶唱，西陵最可悲。今日還蒿里，終非封禪時。”曰斷句，曰絶句，則宋、梁時已稱絶句也。柳惲《和梁武景陽樓篇》云：“太液滄波起，長楊高樹秋。翠華承漢遠，雕輦逐風流。”陳文帝時，陳寶應起兵，沙門慧標作詩送之，曰：“送馬猶臨水，離旗稍引風。好看今夜月，當照紫微宫。”隋煬帝宫中侯夫人詩：“飲泣不成淚，悲來翻强歌。庭花方爛熳，無計奈春何。”蕭子雲《玉笥山》詩：“千載雲霞一徑通，暖煙遲日鎖溶溶。鳥啼春晝桃花坼，獨步溪頭探碧茸。”虞世南《袁寶兒》詩：“學畫鴉兒半未成，垂肩大袖太憨生。緣憨却得君王寵，長把花枝傍輦行。”其時尚未有律詩，而音節和諧已若此，豈非五、七絶之濫觴乎？《詩注源流》云：絶句，截句也。如後兩句對者，有截律詩前半首；前兩句對者，是截律詩後半首；四句皆對者，是截中四句；四句皆不對者，是截前後四句也。故唐人稱絶句爲律詩。李漢編《昌黎集》，凡絶句皆收入律詩。白香山亦以絶句編入格詩。

三五七言

三五七言詩起于李太白：“秋風清，秋月明。落葉聚還散，寒鴉棲復驚。相思相見知何日，此時此夜難爲情。"此其濫觴也。劉長卿《送陸澧》詩云："新安路，人來去。早潮復晚潮，明日知何處。潮水無情亦解歸，自憐長在新安住。"宋寇萊公《江南春》詩云："波渺渺柳依依。孤村芳草遠，斜日杏花飛。江南春盡離腸斷，蘋滿汀洲人未歸。"金趙秉文詩云："秋風清，明月明。白露夜深重，白雲秋曉輕。夢回酒渴呼童起，枕上轆轤三兩聲。"近日查初白《詠簾》一首，自一字至七字，又爲創體。

長短詩

《三百篇》中間有用長短句者，如"山有榛，隰有苓"一章，真絕調也。至漢而益多，《安世房中歌》"我定歷數"一章，四言、七言、三言紛沓成篇。樂府《日出入》一首云：蕭若舊典，"日出入安窮，時世與人不同。故春非我春，夏非我夏，秋非我秋，冬非我冬。泊如四海之池，遍觀是邪謂何？吾知所樂，獨樂六龍。六龍之調，使我心若。訾黃其何不來下！"此後世長短句之祖也。又漢武帝《李夫人歌》："是耶非耶？立而望之，偏何珊珊其來遲。"《漢書》《燕王歌》："歸空城兮，狗不吠，雞不鳴。橫術何廣廣兮，固知國之無人。"

樂 府

《漢書·禮樂志》：武帝定郊祀之禮，乃立樂府，采詩夜誦，有趙、代、秦、楚之謳，以李延年爲協律都尉，多舉司馬相如等造詩賦，以合八音之調，作十九章之歌。師古曰：樂府之名，蓋起於此。又《樂志》云：漢郊廟詩歌，內有掖廷材人，外有上林樂府，皆以鄭聲施於朝廷，故哀帝時罷之。然百姓漸漬日久，湛沔自若。《文心雕龍》曰：漢武立樂府，總趙、代之音，撮齊、楚之氣。延年以曼聲協律，朱、馬以騷體製歌。桂華雜曲，麗而不經。赤雁羣篇，靡而非典。河間獻雅而不御，故汲黯致譏于天馬。然則樂府本非雅樂也。又云：軒代鼓吹，漢世鐃挽，並出樂府。故樂府有《鐃吹》等曲。

六句律詩

律詩有六句便成一首者。李太白《送羽林陶將軍》云："將軍出使擁樓船，江上旌旗拂紫煙。萬里橫戈探虎穴，三懷拔劍舞龍泉。莫道同人無膽氣，臨行將贈繞朝鞭。"此爲六句律詩之首，以後惟白香山最多。如《寒閨夜》一首，《縣西郊秋寄馬造》一首，

722

《留題杭州郡齋》一首，《感芍藥花寄正一上人》一首，《孤山寺石榴花》一首，《盧侍御妓乞詩》一首，皆用此體。《昌黎集》中亦間有之，如《謝李員外寄紙筆》一首云：“題是臨池後，分從起草餘。兔尖針莫並，繭淨雪難如。莫怪殷勤謝，虞卿正著書。”此又五言之六句律詩體也。

拗體七律

拗體七律，如“鄭縣亭子澗之濱，獨立縹緲之飛樓”之類，《杜少陵集》最多，乃專用古體，不諧平仄。中唐以後，則李商隱、趙嘏輩創爲一種，以第三、第五字平仄互易，如“溪雲初起日沉閣，山雨欲來風滿樓”，“殘星幾點雁橫塞，長笛一聲人倚樓”之類，別有擊撞波折之致。至元遺山又創一種，拗在第五、六字，如“來時珥筆誇健訟，去日攀車餘淚痕”，“太行秀發眉宇見，老阮亡來樽俎間”，“雞豚鄉社相勞苦，花木禪房時往還”，“肺腸未潰猶可活，灰土已寒寧復燃”，“市聲浩浩如欲沸，世路悠悠殊未涯”，“冷猿掛夢山月瞑，老雁叫羣江渚深”，“春波淡淡沙鳥没，野色荒荒煙樹平”，“青山兩岸多古木，平地數峯如畫屏”，“長虹夜飲海欲竭，老雁叫羣秋更哀”，“東門太傅多祖道，北闕詩人休上書”之類，集中不可枚舉，然後人慣用者少。

律詩不屬對

唐人律詩第三、四句有不屬對者。如李太白《牛渚西江夜》、崔灝《黃鶴樓》詩之類。然第五、六則未有不對。惟白樂天有通首不對，但平仄甚調者，自編在格詩中。如《重題西寧寺牡丹憶元九》詩云：“往年曾向東都去，曾歎花時君未回。今年況作臨江別，惆悵花前又獨來。只愁離別長如此，不道明年花不開。”則律詩中又有此一種也。然白之外亦少有作此者。

律詩兼用兩韻

鄭谷與僧齊己等共定今體詩格，一曰葫蘆，一曰轆轤，一曰進退。所謂葫蘆韻者，先二後四；轆轤韻者，雙出雙入；進退韻者，一進一退。《湘素雜記》謂鄭谷進退格，兩韻押某韻，兩韻又押某韻，如先押十四寒兩韻，再押十五删兩韻也。然此體是雙出雙入，而非一進一退。今按黃山谷《謝送宣城筆》詩云：“宣城變樣蹲雞距，諸葛名家捋鼠鬚。一束喜從公處得，千金求買市中無，漫投墨客摹科斗，勝與朱門飽蠹魚。愧我初無草玄手,不將閑寫吏文書。"此詩前二韻押七虞,後二韻押六魚,所謂雙出雙入也。東坡《題南康寺重湖軒》詩曰:"八月渡重湖,蕭條萬象疏。秋風片帆急,暮靄一山孤。許國心猶在,康時術已虛。岷峨千萬里,投老得歸無。"此詩以魚、虞二韻相間而押,所謂一進一退也。《清波雜誌》謂坡自跋律詩可用兩韻,而引李誠之《送唐子方》兩押山難字爲證,不知誠之本用進退格耳。

回文詩

回文詩,世皆以爲始于蘇蕙。然劉勰謂:回文所興,道原爲始。則非起于蘇蕙矣。道原不知何姓何時人,按梅慶生註《文心雕龍》云:宋有賀道慶,作四言回文詩一首,計十二句,從尾至首,讀亦成韻。勰所謂道原,或即道慶之訛也?但道慶宋人,而蘇蕙苻秦人,則蕙仍在道慶前,而勰謂始自道原,意或當時南北朝分裂,蕙所作尚未傳播江南,而道慶在南朝實創此體,故以爲首耳。今道慶回文不傳,唯蕙詩見於記載,亦名《璇璣圖》,其序云:前秦安南將軍竇滔與寵姬趙陽臺之任,而遺其妻蘇蕙於家。蕙織錦回文題詩二百餘首,成八百餘字,縱橫反覆,皆爲文章,名曰《璇璣圖》,寄滔。滔感其意,仍迎蘇氏而遣陽臺。此回文之祖也。《北史·邢臧傳》:臧與裴敬憲、盧觀等共讀《回文集》,臧獨先通。《東觀餘論》云:《璇璣圖》讀者惟曉外繞七言,至其中多不能讀。少常沈公亦謂詞句脫落,讀不成文。不知此詩本以五色織成,因以別三、四、五、七言之異,後人流傳,不復施采,故迷其句讀耳。予在洛陽,于王晉玉處得程士南效此並申誠之釋,而後曉然,是詩本不舛脫云云。若蘭之後,罕有繼之者。《隋書·王劭傳》:有人浴于黃鳳泉,得二白石,頗有文理。劭遂附致其文,以爲字,復回互其字,作詩二百八十篇,奏之。此蓋仿蘇蕙之體,而今不傳。唐人惟皮、陸偶爲之,宋以後則無人不作矣。

疊字詩

疊字詞,"河水洋洋,北流活活"等句,連用六疊,此爲創體。《滄浪詩話》謂:《十九首》中"青青河畔草,鬱鬱園中柳。盈盈樓上女,皎皎當窗牖。娥娥紅粉妝,纖纖出素手。"一連六句,皆用疊字,今人必以爲句法重復,古詩正不當以此論也。退之《南山》詩:"延延離又屬,夬夬叛還觀。喁喁魚闖萍,落落月經宿。闟闟樹牆垣,巏巏架庫廄。參參削劍戟,煥煥衒瑩琇。敷敷花披萼,闔闔屋摧雷。悠悠舒而安,兀兀狂以狃。起起出猶奔,蠢蠢駭不懋。"蓋亦仿此。後人遂轉有以此爲工,有一句疊三字者。吳融

《秋樹》詩云"一聲南雁已先紅，槭槭凄凄葉葉同"是也。有一句内連三字者，如劉駕云"樹樹樹梢啼曉鶯，夜夜夜深聞子規"是也。有兩句連三字者，如白樂天云"新詩三十軸，軸軸金玉聲"是也。有兩句疊四字者，如柳子厚詩云"柳州柳刺史，種柳柳江邊"是也。又宋人《詠西溪》云"灣灣灣處復灣灣"，蔡禪師《十元》詩"了了了時無可了，元元元處亦須訶"，亦皆以此取奇，然不過全首中一句耳。唯樂天《題天竺寺》詩云："一山門作兩山門，兩寺原從一寺分。東澗水流西澗水，南山雲起北山雲。前臺花發後臺見，上界鐘清下界聞。遥想吾師行道處，天香桂子落紛紛。"此則六句皆用疊字，更爲創格，然尚不失爲大方。南宋惟楊誠齋《水月寺》詩"低低橋入低低寺，小小盆盛小小花"，又《紅錦黃花》詩云"節節生花花點點，茸茸麗日日遲遲"，則已纖佻。方回《石頭田》詩："晝欲求一淘，有竈無竈煙。夜欲求一榻，有屋無屋椽。"頗峭辣可喜。至如金人麻知幾《答何正卿》一首……《堯山堂外記》載倭人過西湖詩一首，皆庸俗不足供噴飯矣。

聯　句

《雪浪齋日記》云：退之聯句，古無此法，自退之斬新開闢。范景文亦云：昌黎聯句有跨句者，謂連作第二三句，如《城南》等作是也。有一人一聯者，如《會合》、《遣興》等作是也。有一人四句者，如《有所思》等作是也。《漁隱叢話》則謂，謝宣城有聯句七篇，陶淵明有聯句一篇。是六朝已有之。然聯句究當以漢武柏梁爲始。《文心雕龍》曰聯句共韻，柏梁餘制是也。今按六朝聯句，亦不止陶、謝二公。《南史》：謝晦將被戮，與兄子世基聯句。世基詩曰："偉哉橫海鱗，壯矣垂天翼。一旦失風水，翻爲螻蟻食。"晦詩曰："功遂侔昔人，保退無智力。既涉太行險，斯路信難陟。"梁元帝與武陵王紀交兵，帝爲詩曰："回首望荆門，驚浪且雷奔。四鳥嗟長別，三聲悲夜猿。"紀之子圓正被收在獄，乃連句曰："水長二江急，雲生三峽昏。願貰淮南罪，思報阜陵恩。"又《沈懷文傳》：隱士雷次宗還廬江，何尚之設祖餞，文士畢集，爲邊句詩，懷文所作尤美。《北史》：薛孝通等在孝文帝前，以忠爲韻，元翽曰："聖主臨萬機，享世永無窮。"孝通曰："豈惟被草木，方亦乃昆蟲。"元翌曰："朝賢既濟濟，野苗又芃芃。"帝曰："君臣作魚水，書軌一華戎。"孝通曰："微臣信慶渥，何以答華嵩。"此皆六朝人連句也，但其時曰連句，不曰聯句耳。方勺《泊宅編》又引劉中壘謂："泥中中露衛，二人名式微"之詩，蓋二人所作，以爲聯句所起。此未免附會。至古人聯句，大概先分韻而後成詩。梁武帝華光殿聯句，曹景宗後至，詩韻已盡，沈約以所餘競、病二字與之。曰所餘二韻，則分韻後之所餘也。《陳後主集》有《序宣猷堂宴集五言》曰：披鈎賦詠，逐韻多少，次第而用。在座有江總、陸瑜、孔範等三人。後主詔得连格白易夕擲斥拆啮，諸人詩用韻與所得韻次前後正同，曾不攪亂。可知古人聯句，先探鈞韻字，各據所得，循序賦之，正如後世韻格也。

柏梁體

漢武宴柏梁臺，賦詩，人各一句，句皆用韻，後人遂以每句用韻者爲柏梁體。然柏梁以前，如漢高《大風歌》、荆卿《易水歌》，又如《靈寶謡》："吳王出遊觀震湖，龍威丈人山隱居。北上包山入靈墟，乃入洞庭竊禹書。天地大文不可舒，此文長傳百六初。若强取之喪國廬。"可見此體已久之有之，不自柏梁始也。但聯句之每句用韻者，乃爲柏梁體耳。

和　韻

劉貢父《詩話》：唐時賡和有次韻，有依韻。如張文潛《離黃州》詩而和老杜《玉華宫》詩是也。有用韻，如韓史部用皇甫陸渾"山火"之類是也。又有和詩不和韻者，如賈至《早朝大明宫》之作，王維、岑參、杜甫皆有和章而不用其韻也。次韻實始于元、白。微之《上令孤相國書》云：稹與同門生白居易友善，居易能爲詩，窮極聲韻，或千言，或五百言律詩，以相投寄。小生自審不能過之，往往戲排舊韻，別諧新調，名爲次韻，蓋欲以難相挑耳。《困學紀聞》亦謂古詩有倡，有和，有雜擬追和之類，而無和韻者。唐始有用韻，謂同此韻中也。後有依韻，然不以次，最後有次韻，自元、白始，至皮、陸而其體乃成。《珊瑚鈞詩話》亦謂：前人作詩，未始和韻，自元、白爲二浙觀察往來置郵筒相倡和，始依韻，而多至千言，篇章甚富。其自耀云："曹公謂劉玄德曰：天下英雄，惟使君與操耳。"豈詩人豪氣，例愛矜誇耶？此和韻始于元、白之明證也。然是時劉長卿《餘干旅舍》云："搖落暮天迥，丹楓霜葉稀。孤城向水閉，獨鳥背人飛。渡口月初上，鄰家漁未歸。鄉心正欲絕，何處搗征衣。"而張籍《宿江上館》云："楚驛南渡口，夜深來客稀。月明見潮上，江靜覺鷗飛。旅宿今已遠，此行殊未歸。離家久無信，又聽搗征衣。"此二詩絶似次韻，豈無心適合耶？抑有慕于元、白而效之耶？按《洛陽伽藍記》載：王肅入魏，舍江南故妻謝氏，而娶魏元帝女。故妻寄以詩曰："本爲筐下蠶，今爲機上絲。得路遂騰去，頗憶纏綿時。"其繼室代答，亦用絲、時二韻。葉石林《玉澗雜書》謂：《類文》有梁武帝同王筠和太子懺悔詩，云仍取筠韻。則六朝已有此體，以後罕有爲之者，至元、白始立爲格耳。

726

集　句

《夢溪筆談》謂集句自王荆公始，如"風定花猶落"_{謝貞詩}，"鳥鳴山更幽"_{王籍詩}之類，有多至百韻者。《後山詩話》亦謂荆公暮年喜爲集句，黃山谷以爲正堪一笑耳。然此體實不自荆公始也。《金玉詩話》及《蓼花洲閒錄》謂：宋初已有集句，至石曼卿遂大著。嘗有下第集句云："一生不得文章力，欲上青雲未有因。聖主不勞千里召，姮娥何惜一枝春。鳳凰詔下雖沾命，豺虎從中也立身。啼得血流無用處，著朱騎馬定何人。"曼卿又以"月如無恨月常圓"對"天若有情天亦老"，則固不始于荆公矣。其他集句之傳於後世者，孫應以韓詩"排雲叫閶闔"對杜詩"奏賦入明光"，蔡天啟以"梨園子弟白髮新"對"江州司馬青衫濕"，"臨邛道士鴻都客"對"錦里先生烏角巾"，閩人林震以"與爾同消萬古愁"對"勸君更盡一杯酒"，"流水無言草自春"對"青山有恨花初謝"，"揚州十里小紅樓"對"天下三分明月夜"，陸放翁"我亦輕餘子，君當恕醉人"，元遺山"白首放歌行縱酒，清朝有味是無能"，"黃鶴一去不復返，白鷗萬里誰能馴"，"事殊興極憂思集，天澹雲閑今古同"，皆湊泊如無縫天衣。又如孫仲衍《集句挽朝雲》詩："家住錢唐東復東，偶來江外寄行蹤。三湘愁鬢逢秋色，半壁殘燈照病容。豔骨已成蘭麝土，露華偏濕蕊珠宮。分明記得還家夢，一路寒山萬木中。"更覺清切渾成，如出一手。而晁美叔嘗以集句示劉貢父，貢父曰："君高明之識，何至作此等伎倆？集古人句，譬如蓬蓽之士，適有佳客，既無自己庖廚，而器皿肴蔌悉假貸於人，意欲強學豪奢，而寒酸之氣終是不脱。"東坡《答孔毅父集句見贈》亦云："羨君戲集他人詩，指呼市人如小兒。天邊鴻鵠不易得，便令作對隨家雞。退之驚笑子美泣，問君久假何時歸。世間好事世人共，明月自滿千家墀。"貢父、東坡之持論固當矣，然因難見巧，亦文人游戲筆墨之一端也。《螢雪雜説》又有集杜詩如"扈聖登黃閣《贈嚴閣老》，亨衢照紫泥《贈太常卿》。泥融飛燕子，地僻舞鵾雞並絕句。獻納紆皇眷《贈鮮於京兆》，衣冠拜紫宸《太歲日詩》。"此又集杜之始也。又文文山集杜詩至二百首。按晉時傅咸已有集經詩，其《毛詩》一篇云："聿修厥德，令終有俶。勉爾遁思，我言維服。盜言孔甘，其何能淑。讒人罔極，有靦面目。"此則實爲集句之權輿，又不自宋初始矣。至近日朱竹垞《蕃錦集》割裂成句，填入詞譜，則又斬新創辟，前人未之有也。

禁體詩

禁體詩始于歐陽公守汝陰日，因小雪會飲聚星堂賦詩約，不得用玉、月、梨、梅、練、絮、白、舞、鵝、鶴等字,歐公所云“脱遺前言笑塵雜,搜索高寒窺冥漠”者也。其後東坡在潁,因禱雪于張龍公獲應,亦舉此體。其末云“汝南先賢有故事,醉翁詩話誰能説。當時號令君聽取,白戰不許持寸鐵。”蓋修歐公故事也。然《六一詩話》記進士許洞會諸僧分題,出一紙,約曰:“不得犯此一字。”於是諸僧皆閣筆。其字乃山水雲竹石花草霜雪星月禽鳥之類也。然則此又歐公所本歟?

雙聲疊韻

雙聲疊韻,起於六朝。《南史·謝莊傳》:王玄謨問莊:“何者爲雙聲?何者爲疊韻?”莊答曰:“玄護爲雙聲,磝硞爲疊韻”是也。劉勰云:雙聲隔字而每舛,疊韻雜句而必睽。《談藪》載梁武帝嘗作五字疊韻詩曰:“後牖有榴柳。”命朝士仿之。劉孝綽曰:“梁王長康强。”沈約曰:“偏眠船舷邊。”庾肩吾曰:“載七每礙埭。”徐摛曰:“臣昨祭禹廟,六斛熟鹿肉。”何遜用曹瞞故事曰:“暎蘇姑枯盧。”吳均沉思良久,無所言。帝不悦,俄有詔曰:“吳均不均,何遜不遜,宜付廷尉。”此疊韻之始也。至唐末,全句疊韻者最多,皮、陸嘗以此倡和。如龜蒙之“膚愉吳都姝眷戀”,“便殿宴瓊英輕明”,“生竹石滴瀝碧皮”,日休之“康莊傷荒涼”,“坐虞部五苦”。又溫飛卿《題賀知章故居》云:“廢砌鷔薜荔,枯湖無菰蒲,老媼寶葆草,愚儒輸逋租。”《雨中與李先生期垂釣,先後相失》云:“隔石覓屐跡,西溪迷雞啼。小鳥擾曉沼,犁泥齊低畦。”皆詞人翻新鬭巧之作,雖不足語於大方,要亦一格也。至世所傳“屋北鹿獨宿,溪西雞齊啼”,則明徐晞爲郡吏時,郡守所出,晞爲屬對者也。又雙聲一體,《北史·魏收傳》:崔岩嘗以雙聲嘲收曰:“遇魏收衰曰愚魏。”魏答曰:“顔岩腥瘦,是誰所生。羊頤狗頰,頭團鼻平。飯房苓籠,著孔嘲釘。”此雙聲之法也。皮日休《雜體詩序》曰:《詩》云“螮蝀在東”、“鴛鴦在梁”,雙聲之始也。六朝詩如王融之“園衡炫紅花”,“湖行燁黃華”,唐詩如溫庭筠之“棲息銷心象,簷楹溢豔陽”,皆仿雙聲而爲之者也。按古人亦有不全句疊韻,但二字疊韻者,亦有不全句雙聲,但二字雙聲者。杜詩於此等處最嚴。如支離對漂泊,則雙聲也。悵望對蕭條,則疊韻也。《雲溪友議》引“月影侵簪冷,江光逼履清”,謂侵簪則疊韻,逼履則雙聲也。又引“幾家村草裏,吹唱隔江聞”爲雙聲,謂幾家及村草,吹唱及隔江,皆二字同音,當於唇齒喉舌間辨之也。

金人王寂有《送王平仲》詩:“潦倒少曼鑠,腥儒餘愚迂。半面便健羨,無渠吾胡娛。袖手久不偶,鋪書如枯株。落寞各作惡,呼車姑須臾。放浪囊航髒,囊裝將長揚。偓寒晚倦獻,徜徉藏光芒。著雨苦齟齬,蒼茫荒羊腸。黯淡厭漸險,彷徨傷王陽。”高季迪《吳宫詞》:“筵前憐嬋娟,醉媚睡翠被。精兵驚升城,棄避愧墜淚。”

詩句有全平仄者

《西清詩話》載：晏元獻謂梅聖俞：古人章句中全用平聲，如"枯桑知天風"是也，但恨未見仄字耳。聖俞既別，乃作仄體寄公，有"月出斷岸口，影照別舸背"之句。然古詩一句全用平仄者，並有一句平、一句仄相連成文者。如青蓮《北上行》之"馬足蹶側石，車輪摧高岡"，《醉起》之"處世若大夢，胡爲勞其生"，《陳情》之"飄風吹雲霓，蔽目不得語"，《安陸》之"飛蘿搖春煙，入遠構石室"；少陵《述懷》之"摧頹蒼松根，地冷骨未朽"，《赴奉先》之"憂端齊終南，澒洞不可掇"，《北征》之"前登寒山重，屢得飲馬窟"，《西枝村》之"明燃林中薪，暗汲石底井"；韓昌黎《南山》詩之"横雲時平凝，點點露數岫"，《瀧吏》之"官當明時來，事不待說委"；東坡之"朦朧含高峯，晃蕩射石壁"，元人袁桷《梁山濼》詩"交流千尋峯，會合百谷水"，楊載《紀夢》詩"萬劫永不死，如迴圈無端"，范梈《甘蔗洲》詩"暫解霧露毒，因知江山寬"，查初白《廬山》詩"隤雲如奔逃，片片掠面去"，皆一句全平，一句全仄。至昌黎《南山》詩"或散若瓦解，或赴若輻輳，或錯若繪畫，或繚若篆籀"，則並二句全仄矣。古詩"羅衣何飄飄，輕裙隨旋風"，則二句全平矣。不特此也，即七言亦有全平仄者。少陵詩"有客有客字子美"，"中巴之東巴東山"，昌黎《贈劉生》之"青鯨高摩波山浮"，《送僧隆觀》之"浮屠西來何施爲"，義山《韓碑》詩之"封狼生貙貙生羆，帝得聖相相曰度，入蔡縛賊獻太廟"，梅聖俞《木假山》詩"形侔三山中雄酋"，東坡《以清絲絹寄魯冀州》詩"鵝溪清絲清如冰"，趙秉文《太寧山》詩"羣山西來高崔嵬"，方夔《岩峯》詩"岩峯孤尖來何雄"，又《贈郭翼》詩"日出衆鳥繞屋語"，吳梅村《行路難》詩"梁王臺成何崔嵬"，《打冰詞》"霜執方空張輕煙"，此又七言之全平仄者。至通首以一句平一句仄相間，又始于皮、陸。今所傳皮日休之"疏杉低通牆，冷鷺立亂浪"是也。何景明又仿其體作五平五仄詩："秋原何蕭蕭，耳目去雜茸。枯荷猶穿塘，苦霧尚抱隴。寒風吹空林，落日照古塚。徘徊觀陳蹤，露下髮忽疏。"並有七平七仄詩，如"吐舌萬里唾四海，七變入臼米出甲，離袿飛鬊垂纖羅，梨花梅花參差開"之類，此又因五平五仄而廣爲七言也。宋以後詩，晏、梅二公固無由知，唐詩之全平全仄不可勝數如是，晏、梅二公俱號博洽，豈未之見耶？又律詩中有一句全仄者，如《元遺山集》中《秀山行》云："古木凍欲折"，《惡雨》五排首句"惡雨復惡雨"，又《病中》五排起句云"戰勝頗自恃"，薩都剌之"送客月在地，半日不見路"，張仲舉之"日色不到地"，亦全用仄聲也。（以上《陔餘叢考》卷二十三）

以古人姓名藏句中

《石林詩話》載王荆公詩:"老景春可惜,無花可留得。莫嫌柳渾青,終恨李太白。"以古人姓名藏句中。或者謂前無此體,按《權德輿集》有一篇,云:"藩宣秉戎寄,衡石崇位勢。年紀信不留,弛張良自愧。樵蘇則爲愜,瓜李斯可畏。不顧榮宦尊,每陳農畝利。家林類岩巘,負郭躬斂積。忌滿寵生嫌,眷蒙恬聖智。疏鐘皓月曉,晚景丹霞麗。澗谷永不暖,山梁冀無累。頗符生肇學,得展禽尚志。從此直不疑,支離疏世事。"則唐人已創此體。

數目字入詩

鮑明遠詩:"一身事關西,家族滿山東。二年從車駕,齋祭甘泉宮。三朝國慶畢,休沐還舊邦。四牡曜長路,輕蓋飛若鴻。五侯相餞送,高會集新豐。六樂陳廣座,祖帳揭春風。七盤起長袖,庭下列歌鐘。八珍盈雕俎,綺肴紛錯重。九族其瞻遲,賓友仰徽容。十載學無就,善宦一朝通。"

十二生肖、八音入詩

《北史》:魏太和中,崔光依宮商角徵羽本音而爲五韻詩,以贈李彪。彪爲十二次詩以報光。光又爲百三郡國詩答之。其體今不傳,後人乃有以十二生肖及八音入詩者。《列朝詩集》載:明人胡儼十二辰詩:"鼷鼠飲河河不乾,牛女長年相見難。赤手南山縛猛虎,月中取兔天漫漫。驪龍有珠常不睡,畫蛇添足適爲累。老馬何曾有角生,羝羊觸藩徒忿嚏。莫笑楚人冠沐猴,祝雞空自老林邱。舞陽屠狗沛中市,平津牧豕海東頭。"按元人劉因有十二辰詩:"饑鷹嚇鼠驚不起,牛背高眠有如此。江山虎踞千里來,才辨荆州兔穴爾。魚龍入水浩無涯,幻境等是杯中蛇。馬耳秋風去無跡,羊腸蜀道早還家。何必高門沐猴舞,豚柵雞棲皆樂土。柴門狗吠報鄰翁,約買神豬謝春雨。"則元人已先有此體也。又《丹陽集》謂:十二辰入詩,始于沈炯,而山谷亦嘗爲之。余贈莫之用詩亦仿此體:"抱犬高眠已云足,更得牛衣有餘燠。起來敗絮擁懸鶉,誰羨龍鬚織冰縠。踏翻菜園底用羊,從他春雷吼枯腸。擊鐘烹鼎莫渠愛,小苙自許猴葵香。半世饑寒孔移帶,鼠米占來身漸大。吉雲神馬日匝三,樗蒲肯作豬奴態。虎頭食肉何足誇,陰德由來報必奢。丹灶成功無躍兔,玉函方秘緣青蛇。"則又不始於元人矣。又

《客中閑集》載：林清以八音字爲句首，云：“金紫何曾一掛懷，石田茅屋自天開。絲竿釣月江頭住，竹杖挑雲嶺上來。匏實曉收栽藥圃，土花春長讀書臺。革除一點浮雲慮，木筆題詩酒數杯。”此八音詩也。

藥名爲詩

藥名入詩，《三百篇》中多有之，如“采采芣苢”、“言采其虻”、“中谷有蓷”、“墻有茨”、“菫荼如飴”之類。此後唯文字中用之。《左傳》“山鞠窮”，《戰國策》蘇秦曰“人之所以不食烏喙者”，註：即本草烏頭也。又淳于髡曰：“求柴胡、桔梗於沮澤之中，則累世不得。”《莊子》：藥者菫也，雞雍也，豕零也。《韓非子》：此味非飴蜜也，必莘蘼、苦菜也。《呂氏春秋》：仲夏之月，半夏生，又兔絲非無根也，茯苓是也。宋玉《招魂》：白芷生。《淮南子》：地黄主屬骨，甘草主生肉。又亂人者，芎藭之與槀本也，蛇床之與麋蕪也。又蛇床似麋蕪而不能芳。王褒《九懷》有疑冬生，劉向《九歎》有筐澤瀉以豹鞹，王充《論衡·言毒篇》有巴豆、野葛，食之殺人。皆藥名之見於文者。而以之入詩甚少。如張籍《答鄱陽客》詩：“江皋歲暮相逢地，黃葉風前半夏枝。”柳子厚：“蒔藥閒庭延國老，開尊虛室值賢人。”國老，甘草也。雍陶詩：“村園門巷多相似，處處春風枳殼花。”姜堯章詩：“土肥抽盡宿沙苗。”陳白沙詩攊：“恰到溪窮處，村村積殼花。”楊夢山詩：“常記任家亭子上，連翹花發共銜杯。”此不過興會所觸，偶拈入詩，非專以鬬巧也。乃有專以此見奇者，陸龜蒙有“烏啄蠹根回”及“斷續玉琴哀”之句，實始濫觴。沈括謂“烏啄”乃“烏喙”之訛，藥中只有續斷，無斷續也。《溫公詩話》：陳亞郎中以藥名爲詩至百首，如“風雨前胡夜，軒窗半夏凉。”“棋怕臘寒呵子下，夜嫌春暖宿紗裁。”又《詠上元夜遊人》云：“但看車前牛領上，十家皮没五家皮。”《贈乞雨自曝僧》云：“不雨若令過半夏，定應曬作葫蘆巴。”又《詠白髮》云：“若是道人頭不白，老君當日合烏頭。”元人陳孚亦有交趾驛作藥名詩：“長空青茫茫，大澤瀉月色。史君子何來，山椒遠於役。虎狼毒草叢，淚如鉛水滴。更苦參與商，骨肉桂海隔。問天何當歸，天南星漢白。”皆游戲筆墨，頗亦可喜。《客中閒集》亦有“四海無遠志，一溪甘遂心”之句。

拆字詩

南宋人《苕溪集》有拆字詩一首：“日月明朝昏，山風嵐自起。石皮破仍堅，古木枯不死。可人何當來，意若重千里。永言泳黃鶴，志士心未已。”

口吃詩

《寓簡》載劉元父《嘲吃者》云：“本是昌家，又爲非類。但有雄聲，惟聞艾氣。”謂周昌、韓非、揚雄、鄧艾也。此但取口吃故事，非口吃詩也。王阮亭《池北偶談》載文太青《戲作口吃詩》云：“黠子向客苦哆口，漆栗筆蜜手柳酒。”按此事見《墨客揮犀》：鳳州三出手柳酒，宣城四出漆栗筆蜜。皆土產也。然口吃詩不自文太青始，唐姚合有《葡萄架》詩，云：“萄藤洞庭頭，引葉漾盈搖。皎潔鉤高掛，玲瓏影落寮。陰煙壓幽屋，濛密夢冥苗。清秋青且翠，冬到凍都凋。”又《冷齋詩話》載東坡有《口吃》詩云：“江干高居堅關扃，耕犍躬駕角掛經。孤航繫舸菰茭隔，笳鼓過軍雞狗驚。解襟顧影各箕踞，擊劍高歌幾舉觥。荊笄供膾愧攪聒，乾鍋更戛甘瓜羹。”可見游戲筆墨，古人已有之。至如謝在杭與徐興公《贈口吃孝廉》之作，謝二首云：“綠柳龍樓老，林蘿嶺路涼。露來蓮漏冷，兩淚落劉郎。”“黎嶺連連路，蘭陵累累樓。流離憐冷落，郎輦懶來留。”徐一首云：“留戀蘭陵令，淋漓兩淚流。嶺蘿涼弄瀨，路柳綠連樓。”此又太青之後踵爲之者也。

壽詩　挽詩　悼亡詩

壽詩、挽詩、悼亡詩，惟悼亡詩最古。潘岳、孫楚皆有悼亡詩，載入《文選》。《南史》：宋文帝時，袁皇后崩，上令顏延之爲哀策，上自益“撫存悼亡，感今懷昔”八字，此“悼亡”之名所始也。《崔祖思傳》：齊武帝何美人死，帝過其墓，自爲悼亡詩，使崔元祖和之，則起于齊、梁也。葉水心《題蜀僧北澗集》云：“集中有上生日詩，不可傳於後。”是宋時猶以稱壽詩爲戒。郎仁寶云：挽詩盛于唐，非無交而涕也。壽詩盛于宋，漸施於官府，亦無未同而言者。亦見《懷麓堂詩話》。近時二作，不論識與不識，轉相徵求，動成卷帙，可恥也。《空同》、《大復集》中少之，此過人矣。

帖子詞

宋時八節內宴，翰苑皆撰帖子詞。如歐陽公、司公溫公集中皆有之。《丹陽集》載春帖子詞尤多。如蘇子容云：“璇霄一夕斗杓東，澈艷晨曦照九重。和氣薰風摩蓋壤，競消兵甲事春農。”鄧伯溫云：“晨曦澈灩上簾櫳，金屋熙熙歌吹中。桃臉似知宮宴早，百花頭上放輕紅。”蔣穎叔云：“昧旦求衣向曉雞，蓬萊仗下日將西。花添漏鼓三聲遠，

732

柳吹春旗一色齊。"梁君貺云："東方和氣斗回杓，龍角中星轉紫霄。聖主問安天未曉，求衣親護紫宸朝。"皆莊麗可誦，見太平景象。乃明成化中，編修黄仲昭，檢討莊昶不肯上元霄詞，且上疏論列以去。按《宋史》：鄒浩爲教授，范純仁托撰致語，浩不肯。純仁曰："翰林學士嘗爲之。"浩曰："翰林學士則可，祭酒司業則不可。"致語與帖子詞同類，是浩亦未嘗以翰林爲不可撰也。況高季迪詩云："去歲端陽直禁闈，新題帖子進彤扉。"則明初猶有此例，而仲昭等並不知，其不學甚矣。潤色太平，翰林本職，歐陽、司馬何害其爲名臣，亦何損于朝政乎？

口　號

杜詩有題曰"口號"者，如《晚行口號》之類。然梁簡文帝有《和衛尉新渝侯巡城口號》詩，唐張説有《十五夜衙前口號》詩，則不始于杜也。（以上《陔餘叢考》卷二十四）

《簷曝雜記》（節録）

三言詩起於散騎常侍夏侯湛。李東陽有云："揚風帆，出江樹。家遥遥，在何處？"徐東癡云："轆轤鳴，井深淺。樓高高，去何遠？"

六朝以來絶少題畫詩，自杜少陵創爲畫松、畫馬、畫鷹等大篇，搜奇抉奥，筆補造化。嗣是，蘇、黄諸公極妍盡態，物無遁形，以後益務鬭勝矣。（以上卷五）

姚　鼐

姚鼐（1731—1815）字姬傳，室名惜抱軒。清桐城（今屬安徽）人。桐城古文派名家。乾隆進士，官刑部郎中、記名御史，長期主教書院。所編《古文辭類纂》七十五卷，是流傳很廣、影響頗大的一部總集。此書選録戰國至清代的古文辭賦，依文體分爲十三類：論辨類、序跋類、奏議類、書説類、贈序類、詔令類、傳狀類、碑誌類、雜記類、箴銘類、頌贊類、辭賦類、哀祭類。我國的文體非常繁雜，蕭統的《文選》把所選的詩文分爲三十九種體裁，後人已譏其冗。上承《文選》的《文苑英華》又增至四十五種。宋人吕祖謙的《宋文鑒》，僅收北宋詩文，已達五十二體。明人徐師曾的《文體明辨》，所載文體達一百二十七種，也未把我國的衆多文體包括無遺。像這樣分類過細，眉目反而不清。章炳麟的《國故論衡》把我國的文體區分爲有韻、無韻兩大類，這種分法雖有一定用處，但分類太粗，等於未分。姚鼐的《古文辭類纂》分類大小較適中，所選古文也具有代表性，能大體反映我國古文的面貌。他對各體類的説明也很有見地。《古文辭類纂・序目》簡要敘述了各類文體的源流、特點及其義例。

本書資料據上海會文堂書局民國七年本《古文辭類纂》。

《古文辭類纂》序目

鼐少聞古文法于伯父塭先生及同鄉劉耕南先生，少究其義，未之深學也。其後遊宦數十年，益不得暇，獨以幼所聞者置之胸臆而已。乾隆四十年，以疾請歸，伯父前卒，不得見矣。劉先生年八十，猶善談説，見則必論古文。後又二年，余來揚州，少年或從問古文法。夫文無所謂古今也，惟其當而已。得其當，則六經至於今日，其爲道也一。知其所以當，則于古雖遠，而於今取法，如衣食之不可釋；不知其所以當，而敝棄于時，則存一家之言，以資來者，容有俟焉。

於是以所聞習者，編次論説爲《古文辭類纂》。其類十三，曰：論辨類、序跋類、奏議類、書説類、贈序類、詔令類、傳狀類、碑誌類、雜記類、箴銘類、頌贊類、辭賦類、哀祭類。一類内而爲用不同者，別之爲上下編云。

論辯類者，蓋原於古之諸子，各以所學著書詔後世。孔、孟之道與文，至矣。自老、莊以降，道有是非，文有工拙。今悉以子家不録，録自賈生始。蓋退之著論，取於六經、《孟子》；子厚取于韓非、賈生；明允雜以蘇、張之流；子瞻兼及於《莊子》。學之至善者，神合焉；善而不至者，貌存焉。惜乎！子厚之才，可以爲其至，而不及至者，年爲之也。

序跋類者，昔前聖作《易》，孔子爲作《繫辭》、《説卦》、《文言》、《序卦》、《雜卦》之傳，以推論本原，廣大其義。《詩》、《書》皆有《序》，而《儀禮》篇後有《記》，皆儒者所爲。其餘諸子，或自序其意，或弟子作之，《莊子・天下》篇、《荀子》末篇，皆是也。余撰次古文辭，不載史傳，以不可勝録也。惟載太史公、歐陽永叔表志叙論數首，序之最工者也。向、歆奏校書各有序，世不盡傳，傳者或偽，今存子政《戰國策序》一篇，著其概。其後目録之序，子固獨優已。

奏議類者，蓋唐、虞、三代聖賢陳説其君之辭，《尚書》具之矣。周衰，列國臣子爲國謀者，誼忠而辭美，皆本謨、誥之遺，學者多誦之。其載《春秋》内、外傳者不録，録自戰國以下。漢以來有表、奏、疏、議、上書、封事之異名，其實一類。惟對策雖亦臣下告君之辭，而其體少別，故置之下編。兩蘇應制舉時所進時務策，又以附對策之後。

書説類者，昔周公之告召公，有《君奭》之篇。春秋之世，列國士大夫或面相告語，或爲書相遺，其義一也。戰國説士，説其時主，當委質爲臣，則入之奏議；其已去國，或説異國之君，則入此編。

　　贈序類者，老子曰："君子贈人以言。"顏淵、子路之相違，則以言相贈處。梁王觴諸侯于范臺，魯君擇言而進，所以致敬愛、陳忠告之誼也。唐初贈人，始以序名，作者亦衆。至於昌黎，乃得古人之意，其文冠絶前後作者。蘇明允之考名序，故蘇氏諱序，或曰引，或曰説。今悉依其體，編之於此。

　　詔令類者，原于《尚書》之《誓》、《誥》。周之衰也，文誥猶存。昭王制，肅强侯，所以悦人心而勝於三軍之衆，猶有賴焉。秦最無道，而辭則偉。漢至文、景，意與辭俱美矣，後世無以逮之。光武以降，人主雖有善意，而辭氣何其衰薄也！檄令皆諭下之辭，韓退之《鱷魚文》，檄令類也，故悉附之。

　　傳狀類者，雖原于史氏，而義不同。劉先生云："古之爲達官名人傳者，史官職之。文士作傳，凡爲坊者、種樹之流而已。其人既稍顯，即不當爲之傳，爲之行狀，上史氏而已。"余謂先生之言是也。雖然，古之國史立傳，不甚拘品位，所紀事猶詳。又實録書人臣卒，必撮序其平生賢否。今實録不紀臣下之事，史館凡仕非賜謚及死事者，不得爲傳。乾隆四十年，定一品官乃賜謚。然則史之傳者，亦無幾矣。余録古傳狀之文，並紀兹義，使後之文士得擇之。昌黎《毛穎傳》，嬉戲之文，其體傳也，故亦附焉。

　　碑誌類者，其體本於《詩》。歌頌功德，其用施于金石。周之時有石鼓刻文，秦刻石於巡狩所經過，漢人作碑文又加以序。序之體，蓋秦刻琅邪具之矣。茅順甫譏韓文公碑序異史遷，此非知言。金石之文，自與史家異體。如文公作文，豈必以效司馬氏爲工耶？志者，識也。或立石墓上，或埋之壙中，古人皆曰志。爲之銘者，所以識之之辭也。然恐人觀之不詳，故又爲序。世或以石立墓上，曰碑曰表；埋，乃曰志。及分志、銘二之，獨呼前序曰志者，皆失其義。蓋自歐陽公不能辨矣。墓誌文，録者猶多，今別爲下編。

　　雜記類者，亦碑文之屬。碑主于稱頌功德，記則所紀大小事殊，取義各異，故有作序與銘詩全用碑文體者，又有爲紀事而不以刻石者。柳子厚紀事小文，或謂之序，然實記之類也。

　　箴銘類者，三代以來有其體矣。聖賢所以自戒警之義，其辭尤質而意尤深。若張子作《西銘》，豈獨其理之美耶，其文固未易幾也。

　　頌贊類者，亦《詩·頌》之流，而不必施之金石者也。

　　辭賦類者，《風》、《雅》之變體也。楚人最工爲之，蓋非獨屈子而已。余嘗謂《漁父》，及楚人以弋説襄王、宋玉對王問遺行，皆設辭無事實，皆辭賦類耳。太史公、劉子政不辨，而以事載之，蓋非是。辭賦固當有韻，然古人亦有無韻者。以義在托諷，亦謂之賦耳。漢世校書有《辭賦略》，其所列者甚當。昭明太子《文選》，分體碎雜，其立名多可笑者。後之編集者，或不知其陋而仍之。余今編辭賦，一以漢《略》爲法。古文不取六朝人，惡意靡也。獨辭賦則晉、宋人猶有古人韻格存焉。惟齊、梁以下，則辭益俳而氣益卑，故不録耳。

　　哀祭類者，《詩》有《頌》，風有《黄鳥》、《二子乘舟》，皆其原也。楚人之辭至工，後世惟退之、介甫而已。

　　凡文之體類十三，而所以爲文者八，曰：神、理、氣、味、格、律、聲、色。神、理、氣、味者，文之精也；格、律、聲、色者，文之粗也。然苟舍其粗，則精者亦胡以寓焉？學者之于古人，必始而遇其粗，中而遇其精，終則禦其精者而遺其粗者。文士之效法古人，莫善於退之，盡變古人之形貌，雖有摹擬，不可得而尋其跡也。其他雖工于學古，而跡不能忘，揚子雲、柳子厚于斯蓋尤甚焉，以其形貌之過於似古人也，而遽擯之，謂不足與于文章之事則過矣，然遂謂非學者之一病，則不可也。

　　乾隆四十四年秋七月，桐城姚鼐纂集《序目》。（卷首）

魯九皋

　　魯九皋（1732—1794）原名仕驥，字絜非，號樂廬，人稱山木先生。清新城（今江西黎川）人。乾隆三十六年（1771）進士。家居十餘年奉養雙親，後出任山西夏縣知縣，有惠政，積勞致疾，卒於任所。少年時受業於同鄉理學家陳道，研習宋儒之學；後赴福建建寧向朱仕琇學習古文法。與桐城派古文代表人物姚鼐交往甚密，常以書信探討古文運動中的各種問題，受姚影響頗深。提倡實學，力戒嘩衆取寵。陳希曾、陳希祖、陳用光皆爲其得意門生。爲文淳古淡泊，迂回反復，不事雕飾，沖夷和易而有體。著有《山木居士集》、《制義準繩》、《審題要旨》、《詩學源流考》等。

　　本書資料據上海古籍出版社 1983 年《清詩話續編》本《詩學源流考》。

《詩學源流考》

　　孟子曰：“王者之跡熄而《詩》亡，《詩》亡然後《春秋》作。”自春秋迄戰國，又數百年，於是屈子興于南服，作爲《離騷》、《九歌》、《九章》之屬，以上繼《風》、《雅》、《頌》之音，其徒宋玉之徒和之，號爲《楚詞》。遭秦滅學，旋廢其業。

　　漢興，《大風》、《秋風》之作，振起於上，於是小山《招隱》之詞，《惜誓》、《九諫》、《九懷》、《九歎》之什，羣然並作，王逸審定其旨，並列《騷》學。而司馬相如、揚雄又沿其流，作《子虚》、《上林》、《羽獵》、《長楊》諸賦；東都班固、張衡繼之，而《兩都》、《兩京》等賦出焉。要其敷陳直叙，不失古人諷諫之意，故班固之《兩都賦序》曰："賦者，古詩之流也。"自時厥後，賦學漸棼，沿及梁、陳、隋、唐，又有古賦、律賦之別，而賦遂與《詩》、《騷》不相比附矣。

五言之興，或云始于蘇、李與《十九首》。梁昭明太子選《十九首》，係以無名氏。徐陵《玉臺集》，分其中六章爲枚乘作。劉勰《文心雕龍》則云："《孤竹》一篇，傅毅之詞。"是《十九首》中，東西兩都，並有其人，而枚乘在陵、武之前，又不得云始于蘇、李也。大抵漢之五言，其意委曲詳盡，其詞抑揚宛轉，工於比興，切近事情，猶有十五《國風》之遺焉。然自唐山夫人有《安世房中歌》，而武帝立樂府采詩，以李延年爲協律都尉，《風》、《雅》、《頌》之音已備。蓋《房中歌》意擬《周南》，而義則取諸《文王之什》，是《大雅》之遺也。《郊祀十九章》學《頌》，《鐃歌十八曲》學《小雅》，其餘《相和曲》、《清調》、《平調》、《瑟調》、《舞曲歌詞》、《雜曲歌詞》，皆《風》之遺也。故自漢以來，樂府而外，凡學士大夫之作，別爲徒詩，殆其音節與絲竹不相調歟？

蜀漢之際，魏、吳並立，而曹氏父子擅製作才，子建尤爲傑出，多借樂府題以歌詠時事。其時孔融、王粲、徐幹、劉楨、陳琳、阮瑀、應瑒羣相景附，謂之"建安七子"。自後言詩者，奉爲大宗。

魏既篡漢，晉旋代魏，典午之世，阮嗣宗之《詠懷》，其遺音也。及金陵既下，混一晉統，而陸氏機、雲入洛，與張華兄弟齊名，時稱"二陸三張"。而傅玄、潘岳，並擅時譽，然文采徒存，性真不附，詩道至此少衰。惟太冲《詠史》，景純《遊仙》，劉琨傷亂，頗能振興。迄陶公降生，以西山之節，師柳下之行，不激不隨，超然閑淡，時時歌詠其性情，而真詩以出，風雅之盛，復媲于建安矣。劉宋之奪晉祚也，晉臣謝靈運入焉，與其從叔父混、從弟惠連、瞻並名于時。其詩長於遊山，刻畫點綴，備極神妙。而顏特進、鮑參軍各以其能著。參軍之擬古諸作，實足與謝相伯仲，故後世並稱鮑、謝。及玄暉繼起于齊，又有大小謝之稱。梁繼齊統，何遜、沈約、范雲、任昉、江淹、柳惲、吳均一時並起。諸子之才，水部爲冠。休文審定音韻，特標五聲八病，遂爲律詩濫觴。自後陳有徐陵、陰鏗，北周有王褒、庾信。迨隋一南北，煬帝以英鷙之才，與羣臣唱和；而越公楊素尤爲挺出，薛内史雖負盛名，非其倫也。蓋自謝氏遊山，體尚排偶，詞工雕繪，雖在彼爲之，彌見古樸，而由此日趨日下，性情愈隱，至陳極矣。迄于隋，其復古之一機乎？蓋三漢、六朝之大略如此。其間柏梁之會，實肇七言，樂府中或雜其體。自參軍擬《白紵》、《行路難》，始有專家。梁、陳以下，始有繼起，要亦無足稱者。

唐承六代之餘，崇尚詩學，特命詞臣定律詩體式，制科以此取士。貞觀之際，王、楊、盧、駱號稱四傑，其詩多沿舊習。陳、杜、沈、宋繼之，格律漸高。而陳拾遺尤爲復古之冠，其五言古詩，原本阮公，直追建安作者。自後曲江繼起，浸浸稱盛。開元、天寶之際，篤生李、杜二公，集數百年之大成。太白天才絕世，而古風樂府，循循守古人規矩；子美學窮奧突，而感時觸事、憂傷念亂之作，極力獨開生面。蓋太白得力于《國風》，而子美得力於大、小《雅》，要自子建、淵明而後，二家特爲不祧之祖。其輔二家而起者，有王維、孟浩然、高適、岑參、李頎、王昌齡、劉眘虛、裴迪、儲光羲、常建、崔顥諸人。而元結又有《篋中集》一選，集沈千運、王季友、于逖、孟雲卿、張彪、趙微明、元融七人之作，都爲一卷，其詩直接漢人。故論詩者至開、寶之世，莫不推爲千載之盛也。大曆而後，風格漸降，獨韋應物以古詩稱於時。其詩專師陶公，兼取謝氏，前人所謂"發穠纖於簡古，寄至味於淡泊"，氣象近道，蓋卓乎不爲時域者也。其揚王、孟之餘波者，劉長卿猶不失雅正，而錢起次之。錢起與耿湋、盧綸、韓翃、李端、司空曙、吉中孚、苗發、崔峒、夏侯審並稱"十才子"。然十子之中，不無利鈍，而足與錢、劉相羽翼者，惟郎士元、李嘉祐、皇甫冉兄弟。貞元、元和之際，韓文公崛起，以天縱逸才，爲起衰巨手，詩繼李、杜之盛。而柳子厚獨傳《騷》學，亦宗陶公，五言幽澹綿邈，足繼蘇州，故世並稱曰"韋、柳"。輔韓文公而起衰者，孟郊東野也；與柳州稱契者，有劉禹錫焉。其他元、白、張、王之樂府，盧仝、李賀、劉叉之詭怪，姚合、賈島之艱僻，非不瑰奇偉麗，卓然成家，然於此道中別辟一境，遂爲旁門小宗矣。太和、會昌而下，詩教日衰，獨李義山矯然特出，時傳子美之遺；特用事過多，涉於濃滯，或掩其美。次則杜牧之律體，寓拗峭以矯時弊，猶有健氣。義山與溫庭筠、段成式並爲西崑體，然溫非李儔也。其餘皮、陸、許渾、馬戴、趙嘏、韋莊、羅隱、唐彥謙諸人，雖間有逸韻，靡靡無足觀；降而韓偓之《香奩》，風益下矣。蓋終唐之世，稱大家者，以李、杜、韓三家爲宗。古詩之得正音者，陳、張、韋、柳四家爲宗，而元結、沈千運諸人爲輔。律詩之稱正音者，王、孟二家爲宗，而高、岑、錢、劉諸人爲輔。此唐詩之大較也。若夫唐人樂章，多尚鋪張，不若柳子厚之《唐雅》二篇、《饒歌》十二曲，爲足追古作者。而樂人所歌，又在諸名人絕句，如王之渙之《涼州詞》、王維之《陽關三疊》，其尤著者。其他朝廟應制諸詩，體崇巨麗，固以唐初前後四子及燕、許諸人爲正云。

　　唐風既衰，五代干戈之際，作者寥寥。宋初國祚雖定，文采未著，學士大夫家效樂天之體，羣奉王禹偁爲盟主。其後楊億、劉筠輩崇尚西崑，專取溫、李數家，摹仿於字句儷偶之間。及歐陽公出，始知學古，與梅聖俞互相講切。歐詩長篇多效昌黎，間取則于太白；梅則於唐人諸家，不名一體，惟造平淡。自此介甫、東坡相繼而起，山谷晚出，而與東坡齊名。於元祐之際，又有張文潛、晁無咎兄弟相爲羽翼，時稱"蘇門六君子"。東坡才大，汪洋縱恣，出入于李、杜、韓三家。山谷則一意學杜，精深峭拔，別出機杼，自成一格。呂本中嘗作《江西宗派圖》，以山谷爲鼻祖，列陳師道、潘大臨、謝逸、洪芻、饒節、僧祖可、徐俯、洪朋、林敏修、洪炎、汪革、李錞、韓駒、李彭、晁冲之、江端本、楊符、謝邁、夏倪、林敏功、潘大觀、何覬、王直方、僧善權、高荷，合二十五人，以爲法嗣，謂其源流皆出豫章。然二十五人，以詩聞於世者，不過數人，其餘未有聞焉。南渡以還，氣格卑約，獨陸放翁超然特出。顧此數君子，皆以長句見長，至如五言，則必以梅宛陵爲冠。次則末造之謝皋羽翱、嚴儀卿羽，猶存唐音。而《谷音》一集，多遺民逸士之作，足繼《篋中》之選。他若永嘉四靈之專學姚、賈，又其別出者也。

金、元之際，元遺山猶傳東坡遺韻，次則劉迎差足羽翼。元初海內作者，推虞、楊、范、揭四人。道園自負其詩如"老吏斷獄"，允爲四家之冠。吳立夫萊後輩傑出，筆力實足抗衡。此外則趙子昂之清逸，薩天錫之工致，雖非正音，亦稱能手。至楊鐵崖以淹博豔麗之才，專學飛卿、長吉，作爲樂府，怪僻詭異，詩道中又增一魔障矣。

明代詩家，最爲總雜。開國之初，青田劉文成以名世之英，出經綸之餘，形於歌詠。當其未遇，已見知于道園虞氏。道園稱其"發感慨於性情之正，存憂患于敦厚之言，體製音韻，無愧盛唐"。次則吳中四傑高季迪啟、楊孟載基、張來儀羽、徐幼文賁，並有倡始之功。而是時劉子高崧起于江右，孫仲衍蕡起于嶺南，林子羽鴻起于閩中，又有張志道以寧、袁景文凱相繼而作，可謂一時之盛。第舊體初變，掃除未盡，就中求其莊雅純淨諸體皆備者，其海叟乎？青丘才力雖大，歌行而外，他體不無元習；孟陽而下，抑又蕪已。永樂以還，崇尚臺閣，迄化、治之間，茶陵李東陽出而振之，俗尚一變。但其新樂府，於鐵崖之外，又出一格，雖若奇創，終非正軌。嗣是空同李氏、大復何氏大聲一呼，海內響應，又得徐昌穀禎卿、邊華泉貢爲之輔翼，稱弘治四傑。繼又益以康海、王九思、王廷相三人爲七子，是爲"前七子"。是時詩學之盛，幾幾比於開元、天寶，而李、何聲價，當時亦不啻李、杜。七子之後，則有祥符高子業叔嗣，以深微妙婉之思，發溫柔敦厚之旨，粹然一出於正。繼之以皇甫子浚冲、子安涍、子循汸、子約濂兄弟，並溯源於建安及潘、左、鮑、謝諸家，不失五言正音。此外如薛君采蕙、華鴻山察、楊夢山巍，雖才力或減數子，時有出入，亦其次也。嘉靖之初，李、何之風少熄，而王元美氏、李于鱗氏復揚其餘燼，與四溟山人謝榛及梁有譽、宗臣、徐中行、吳國倫結社爲"後七子"，以振興風雅爲已任。當結社之始，稱詩選格，並取定於四溟。其後議論不合，于鱗乃遺書絕交，而元美別定五子，遂削其名。又有"後五子"，"廣五子"，"續五子"，"末五子"，廣至四十子，而四溟終不與。其實餘子皆無足稱，而七子之中，亦惟王、李、謝而已。前後七子，議論略同，其所宗法，皆在少陵以上，建安而下，唐以後書則置焉。其見非不甚善，特斤斤規仿，過於局促，神理不存。王、李之視李、何，抑又甚焉，故錢牧齋《歷朝詩選》極力擯之。然而當詩教榛蕪之日，其催陷廓清之功，亦何可少！至如昌穀徐氏選擇精融，純乎唐音，皇甫兄弟獨見推獎，王敬美亦攟與高按察並稱，謂"更千百年,李、何尚有廢興,二家必無絶響",論斯允矣。即四溟今體,工力深厚,不媿能手,又何可以"七子"而譏之也? 自是以後,詩學日壞,隆、萬之際,公安袁氏,繼以竟陵鍾氏、譚氏,《詩歸》一出,海内翕然宗之,而三漢、六朝、四唐之風蕩然矣。其間非無卓然不惑,如歸季思子慕、高景逸攀龍、李伯遠應徵、區海目大相、謝在杭肇淛、曹能始學佺諸君子者,力持風氣,然淫哇之教,浸人心術,論詩之害,未有烈于斯時者也。及陳卧子子龍奮臂大呼,少一轉變,論者猶以其不離"七子"面目爲憾。然大雅舉止,與侏儒之拜舞何如也? 至嶺南屈翁山大均,五言直接太白,而陳元孝恭尹輔之,而有明一代之詩,至此終焉。

蓋詩以言志,自《虞書》發其義,而《三百篇》窮其奥。漢人去古未遠,創爲五言,所作猶古風,故後之學者,以得五言爲正。五言之轉而七言,濫矣。五七言之弊而有律詩,抑又靡矣。然自能者爲之,則皆有以得其性情之正,而合于《虞書》言志之義。但或盛或衰,其出多歧,論者以爲玩物喪志之資,作者第以爲嘲風弄月之具,是以詩教愈隱,此皆沿其流而不知溯其源之故也。吾由漢迄明,其間得大宗五人焉:曰曹子建、陶淵明、李太白、杜子美、韓昌黎。其他支分派别,各有攸屬。匯而一之,以爲《詩學源流考》。

詩之宗派,即文之經緯。紛紛綸綸中,一綫穿成,可謂金針度盡。而黜靈運于晉,不得並于陶;殿翁山於明,直上承乎李,尤爲獨具隻眼。南豐趙勉齋識

權衡諸家處,皆有來歷,其文氣充沛如江河。凡水之蓄泄分合,一以山石爲體,而行乎自然,蓋庶幾大觀也。塗南池評

吳 騫

吳騫(1733—1813)字槎客,號兔牀。清海寧(今屬浙江)人。藏書家。貢生。尤嗜典籍,遇善本圖書,傾囊相購,校勘精審。又得藏書家馬氏"道古樓"、查氏"得樹樓"的部分圖書,多有宋元精本,建"拜經樓"收藏。自題其藏書室爲"千元十駕",先後得書五萬餘卷。所藏善本書,多由名家如盧文弨、錢大昕、周春、鮑廷博等人作題跋,請好友黃丕烈、丁傑撰寫題記。子壽晹取"拜經樓"中有題跋之書,手録成帙,作《題跋記》。輯刻有《拜經樓叢書》,初名《愚谷叢書》,光緒中由朱紀榮重輯。内容以陶淵明、謝朓的詩集和羅隱的《讒書》最重要,校勘極工。晚年,撰有《拜經樓書目》,卒後由壽晹編輯刊行。又工於詩文,好金石。著有《愚谷文存》、《拜經樓詩集》、《拜經樓詩話》、《國山碑考》、《論印絶句》、《桃溪客語》、《小桐溪吳氏家乘》、《蘇祠從祀儀》等。

本書資料據上海古籍出版社1963年《清詩話》本《拜經樓詩話》。

《拜經樓詩話》（節錄）

蔣山傭《詩律蒙告》云：律詩如岑嘉州"嬌歌急管雜清絲"，止是不拈，不可謂之拗。如子美云"去年登高郢縣北"，乃是拗也。拗非律之正體，中唐始有之。拗須拗到底。

明侯官曾弗人先生^{異撰}，所著《紡授堂集》詩，立意求新，未免稍流於詭。其《與趙十五論詩書》云："嘗謂古詩難於律詩，五言律難於七言律。杜詩七律，罕不奇妙者，至五言，平率高古，遂已參半。惟王、孟五律妙於七言，殆有天授。譬則陶令爲五言古神品，時固未有七言之體，即有，而陶爲之，亦未必不亞於五言，要未可謂五言之較易也。七言律渾堅沈鷙中，易暢易動。纔縮二字，暢則不堅，動斯未沈，不動不暢，又涉平板。今使縮長句爲短句難，展短句爲長句易，是以從後人而觀，則歐、蘇流暢於韓、柳，韓、柳流暢於《史》、《漢》，《史》、《漢》流暢於《左氏》，《左氏》流暢於《尚書》。然而《尚書》、《左傳》，短節中未嘗不暢不動，秦、漢而後，遂以漸加，斯則句從古短，字以世增，以此思五、七言難易，便自了然。且作詩者從古體入手，雖律詩亦有空曠之妙，王、孟之五言，杜之七言，皆以古詩爲律詩者也。少陵五律，王、孟七律，則以律詩爲律詩矣。今之學詩者，從律詩入，以其有占有儷，易於取偶成篇，其律又從五言入。正如里塾小兒學作對句，以字多者爲能，盲師矜喝，瞽子峒疑，宜其謂七言最難合作，甚於五律也。至謂律詩難於古體，則又護短欺人，譬之習應制義者，謂時義難於古文，爲左、馬、韓、蘇易，爲王、唐、瞿、薛難，更無是理，可以無辨者。"弗人之論，多中時病，蓋亦未嘗無心得者。（以上卷一）

翁方綱

翁方綱（1733—1818）字正三，一字忠叙，號覃溪，晚號蘇齋。清直隸大興（今屬北京）人。乾隆十七年（1752）進士，歷官乾、嘉二朝，官至内閣學士。長於金石考據，著有《兩漢金石記》、《粤東金石略》、《蘇米齋蘭亭考》等，經他考證題跋的著名碑帖頗多。其書法學歐、虞，謹守法度，形成書體瘦長緊勁、筆法圓厚渾鈍的特點。尤善隸書，與同時的劉墉、梁同書、王文治齊名，名震一時。能詩文，論詩創"肌理說"。他的肌理說，實際上是對王士禎"神韻說"和沈德潛"格調說"的調和與修正，用"肌理說"來給"神韻"、"格調"以新的解釋，藉以使復古詩論重振旗鼓，與袁枚的"性靈説"相抗衡。其"肌理說"包括兩個方面：一是以儒學經籍爲基礎的"義理"和學問，一是詞章的"文理”。但其詩幾乎可以作爲學術文章來讀，往往寫得佶屈聱牙，毫無詩味。著有《復初齋全集》、《蘇齋叢書》、《禮經目次》、《蘇詩補注》、《經義考補正》、《小石帆亭稿》、《石洲詩話》。其《石洲詩話》八卷以朝代爲序，分人評述詩人。一至五卷評論唐、宋、金、元的詩，第六卷主要糾正王士禛對杜甫詩的評述，最後二卷附說元好問、王士禛的《論詩絕句》。其論詩逐首逐句，講得很細緻，既可助讀者理解原詩，又努力發掘作詩規律，指導創作，與《談龍錄》並稱爲清代二大詩話集。

本書資料據上海古籍出版社1983年《清詩話續編》本《石洲詩話》。

《石洲詩話》（節錄）

薛少保“驅車越陝郊”一篇，即杜詩所謂“少保有古風，得之《陝郊篇》”者也。“古風”，蓋指擬古詠懷之體。今觀此詩，依然阮公遺意也。可見唐初諸公原有此一種，直到陳拾遺乃獨用此格，直接古調耳。此可見少陵之於唐賢，處處尋求古人門户。

詩有可以不必分古今體者，如《劉生》、《驄馬》、《芳樹》、《上之回》等題，後人即以平仄粘聯之體爲之，豈應別作律詩乎？在初唐人，則平仄又未盡粘聯者，尤可以不必分也。

漁洋以五平、五仄體，近於游戲，此特指有心爲之者言。若杜之“凌晨過驪山，御榻在嵽嵲”，“憂端齊終南，澒洞不可掇”，“前登寒山重，屢得飲馬窟”，“鴟梟鳴黃桑，野鼠拱亂穴”，“清暉回羣鷗，暝色帶遠客”，至於“山形藏堂皇，壁色立積鐵”，于五平五仄之中，出以壘韻，並屬天成，非關游戲也。

杜五律《洞房》諸作、七律《秋興》諸作，皆一氣噴灑而出，風涌泉流，萬象吞吐，故轉有不避重復之處。其他諸什，大都類此。其巨細精粗，遠近出入，各自爭量分寸之間，不必以略復爲疑也。七律到後來，實無可以變化處，不得不參以拗體。五律地窄，則不能也。此等處，微茫之至。

杜五律雖沈鬱頓挫，然此外尚有太白一種暨盛唐諸公在。至七律則雄闢萬古，前後無能步趨者，允爲此體中獨立之一人。（以上卷一）

長吉《惱公》一篇，直是徐、庾妙品，不知者乃編入律詩，誤矣。看其通用韻處自明。

《竹枝》泛詠風土，《柳枝》則詠柳，其大較也。然白公《楊柳枝詞》：“葉含濃露如啼眼，枝嫋輕風似舞腰。小樹不禁攀折苦，乞君留取兩三條。”于詠柳之中，寓取風情，此當爲《楊柳枝詞》本色。薛能乃欲搜難抉新，至謂劉、白“宮商不高”，亦妄矣。

聯句體，自以韓、孟爲極致，然韓、孟大險，皮、陸一種，固是韓、孟後所不可少。

晚唐人七律，只於聲調求變，而又實無可變，故不得不轉出三、五拗用之調。此亦是熟極求生之理，但苦其詞太淺俚耳。然大約出句拗第幾字，則對句亦拗第幾字，阮亭先生已言之。至方干“每見北辰思故園”，則單句三、五自拗。此又一格，蓋必在結句而後可耳。

韓致堯《香奩》之體，遡自《玉臺》。雖風骨不及玉溪生，然致堯筆力清澈，過於皮、陸遠矣。

韓致堯《寒食日重遊李氏園亭》一篇，以七律作扇對格，此前人所少也。

釋子之詩，閨秀之詩，各自一種。隨其所到，皆可成名。獨於應制之作，非其所宜。此體自應求諸文學侍從之彥，豈可以此等當之！若唐詩內所載上官婉兒與貝州宋氏姊娣詩，皆是也。近日顧俠君撰《詩林韶濩》，多錄釋子之詩，殊令人生厭。（以上卷二）

宋初之西崑，猶唐初之齊、梁；宋初之館閣，猶唐初之沈、宋也。開啟大路，正要如此，然後篤生歐、蘇諸公耳。但較唐初，則少陳射洪一輩人，此後來所以漸薄也。

歐公有《太白戲聖俞》一篇，蓋擬太白體也。然歐公與太白本不同調，此似非當家之作。《廬山高》亦然。

次韻用韻，至蘇公而極其變化。然不過長袖善舞，一波三折，又與韓公之用力真押者不同，未可概以化境目之。

“暮雲收盡溢清寒，銀漢無聲轉玉盤。此生此夜不長好，明月明年何處看？”右《中秋月》其法以首句平起，次句仄起，三句又平起，四句又仄起，而第三句與四句之第五字，各以平仄互換。又第二句之第五字，第三句之第七字，皆用上聲，譬如填詞一般。

漁洋先生謂"絕句乃唐樂府",信不誣也。(以上卷三)

山谷《竹枝詞序》云:"古樂府有'巴東三峽巫峽長,猿鳴三聲淚霑裳'。但以抑怨之音,和爲數疊,惜其聲今不傳。予自荆州上峽入黔中,備嘗山川險阻,因作三疊,傳與巴娘,令以《竹枝》歌之。"蓋每首後二句,疊一遍也。又云:"或各用四句入《陽關》、《小秦王》,亦可也。"此則每句用疊也。按《苕溪漁隱叢話》:"唐初歌詞所存者,止《瑞鷓鴣》、《小秦王》二曲,是七言詩。《瑞鷓鴣》猶依字易歌,若《小秦王》必須雜以虛聲,乃可歌也。"查他山云:"《小秦王》一名《古陽關》,蓋《小秦王》與《陽關》音節相埒耳。"

後三首託太白,大約此皆《竹枝》中極著意者矣。當與劉夢得之作抄爲一編,而以楊鐵崖之屬繼之。

談理至宋人而精,説部至宋人而富,詩則至宋而益加細密,蓋刻抉入裏,實非唐人所能囿也。而其總萃處,則黃文節爲之提挈,非僅江西派以之爲祖,實乃南渡以後,筆虛筆實,俱從此導引而出。善夫劉後村之言曰:"國初詩人如潘閬、魏野,規規晚唐格調;楊、劉則又專爲崑體,蘇、梅二子,稍變以平澹豪傑,而和之者尚寡;至六一、坡公,嶷然爲大家,學者宗焉。然二公亦各極其天才筆力之所至,非必鍛煉勤苦而成也。豫章稍後出,會粹百家句律之長,究極歷代體製之變,蒐討古書,穿穴異聞,作爲古律,自成一家,雖隻字半句不輕出,遂爲本朝詩家宗祖。"按此論不特深切豫章,抑且深切宋賢三昧。不然而山谷自爲江西派之祖,何得謂宋人皆祖之? 且宋詩之大家無過東坡,而轉祧蘇祖黃者,正以蘇之大處,不當以南北宋風會論之,舍元祐諸賢外,宋人蓋莫能望其肩背,其何從而祖之乎? 呂居仁作《江西宗派圖》,其時若陳後山、徐師川、韓子蒼輩,未必皆以爲銓定之公也。而山谷之高之大,亦豈僅與厭原一刻爭勝毫厘! 蓋繼往開來,源遠流長,所自任者,非一時一地事矣。論者不察,而於《宋詩鈔》品之曰"宋詩宗祖",是殆必將全宋之詩境與後村立言之旨,一一研勘也。觀其所鈔,則又不然,專以平直豪放者爲宋詩,則山谷又何以爲之宗祖? 蓋所鈔全集與其品山谷之言,初無照應,非知言之選也。

拗律如杜公"城尖逕仄"一種,歷落蒼茫,然亦自有天然闢闔處,非如七古專以三平爲正調也。曾文清幾《游張公洞》一首,第二句及四、六、八句皆以三平煞尾,此昔所未見也,得毋執而不知變耶?

四靈皆晚唐體,大率不出姚合、賈島之緒餘,阮亭謂"如襪材窘于方幅"者也。吳鈔乃謂"唐詩由此復行。"(以上卷四)

方虚谷論宋詩，如謂宋初諸公，李文正、徐常侍昆仲、王元之、王漢謙爲白體，楊、劉、二宋、張乖崖、錢僖公、丁崖州爲崑體，寇萊公、魯三交、林和靖、魏仲先父子、潘道遙、趙清獻之徒爲晚唐體，皆是。獨以蘇子美與歐陽公稱“二難”，相爲頡頏；又謂梅聖俞爲唐體之出類者，此則未喻其旨。大約虛谷之意，以西江體裁，量後先諸家。於蘇門中，獨取張文潛，謂“自然有唐風，別成一宗。”

西崑之靡弱，西江以粗勁反之，四靈以清苦洗之，而又太狹淺。此馮定遠之言也。

虛谷自言七言決不爲許渾體，妄希黃、陳、老杜，力不逮，則退爲白樂天及張文潛體。五言慕後山苦心久矣，亦多退爲平易，蓋其職志如此。

《禽言》，亦樂府、《竹枝》之一類也。然廉夫《禽言》，亦自不能出奇。蓋《禽言》達意，元不能出奇。即都官《泥滑滑》一首，亦只神韻佳耳。

玉山主人云：“所謂嬉春體，即老杜以‘江上誰家桃李枝，春寒細雨出疏籬’爲新體也。先生謂詩人多爲宋體所梏，故作此體變之云。廉夫嬉春體七律，一云《賦俏唐體遺錢塘詩人學杜者》，此猶之《漫興七首》意也。杜公七律中似此者自言‘效吳體’、‘戲爲俳諧體’，在杜律中拗平仄者已是變體，此則杜公之變而又變者。廉夫乃持此以告當世之學杜者，豈非‘不揣其本，而齊其末’者哉？此種在杜公已屬俳諧，而在廉夫集內，則尚算拘謹者矣，固無怪其自負爲去杜不遠耳。”玉山與鐵崖情跡最密，此言必親受之。但不知所謂以此體變“宋體”之“所梏”者，是何機括？元音靡弱，正是太趨長吉一派，而中少骨力耳。南宋之弱，又與元之靡弱不同，烏可以宋體爲詞哉？

七言歌行，以極長之句，雜以騷體，中插三言、四言，皆所不難。獨中間插入七言整句一聯，則頗難合拍。雖以歐公《廬山高》，尚未免以氣勝壓人也。求於此等處拍出正調之七言，而從容中節，毫無强拗，蓋洵所罕見。所以漁洋極不勸人爲此。

《宮詞》多紀元時故事，蓋皆其親承典禮恩澤，不比王仲初閑説內邊事。所以當時推爲得體也。

《宮詞》內如世祖建大內，命移沙漠莎草於丹墀，示子孫毋忘草地，及陳祖宗大札撒以爲訓，諸條皆關史事，可誦可傳。至其後十首內，亦有説宮女事，蓋亦沿“宮詞”之體，偶及之耳。至其和人宮詞，又當別論。（以上卷五）

西崑者，宋初翰院也，是宋初館閣效溫、李體，乃有《西崑》之目，而晚唐溫、李時，初無《西崑》之目也。遺山沿習此稱之誤，不知始於何時耳。（卷七）

李調元

　　李調元(1734—1802),字羹堂、贊庵、鶴洲,號雨村、墨莊、童山蠢翁。清綿州(今四川綿陽)人。乾隆二十八年(1763)進士。歷任翰林編修、廣東學政。戲曲理論家、詩人。辦事剛正,人稱"鐵員外"。晚年家居,涉獵羣籍,好奇務博,爲清代著名著述家。編撰有《童山全集》、《蜀雅》、《全五代詩》、《賦話》、《劇話》、《曲話》、《詩話》、《詞話》等數十種,又曾匯刊《函海》叢書。其《賦話》分《新話》六卷、《舊話》四卷。《新話》于漢、魏至明代賦作中"撮其佳語",略加評點,"以教之使知法";《舊話》從正、野史書中摘録賦人軼事,間附按語。書中論賦以揚雄"詩人之賦麗以則"爲宗旨,提倡"工麗密緻而又不詭于大雅",認爲"以文爲賦"、"專尚理趣",則"文采不贍"、"則而不麗",而"刻琢字句"、言不及物,則又墜入"纖靡",麗而不則。故於各種賦體中偏重律賦,於各代賦作中偏重唐賦。對賦的發展源流也有簡要切實的闡述。此書雖以評賞、紀事爲主,但觀點鮮明通貫,仍不失爲一部較重要的賦論著作。其《曲話》和《劇話》多摘引前人戲曲評論,並發表自己的看法。李調元主張宗法元人樸素自然的風格,反對曲詞賓白駢麗堆砌的時尚,間有對劇作本事的考證,爲戲曲史研究提供了資料。難能可貴的是他記載了當時勃興的吹腔、秦腔、二黄腔、女兒腔的流布情况,對弋陽腔、高腔的發展脉絡,進行細緻的探索,爲後世戲曲史特別是劇種聲腔史的研究提供了方便。

　　本書資料據商務印書館 1936 年版《賦話》、中華書局 1986 年《詞話叢編》本《雨村詞話》、中國戲劇出版社 1959 年《中國古典戲曲論著集成》本《劇話》、《雨村曲話》、《清詩話續編》本《雨村詩話》。

《賦話》(節録)

　　楊、馬之賦,語皆單行,班、張則間有儷句,如"周以龍興,秦以虎視"、"聲與風遊,澤從雲翔"等語是也。下逮魏、晉,不失厥初。鮑照、江淹,權輿已肇。永明、天監之際,吳均、沈約諸人,音節諧和,屬對密切,而古意漸遠。庾子山沿其習,開隋唐之先躅。古變爲律,子山實開其先。

　　古變爲律,兆于吳均、沈約諸人。庾子山信衍爲長篇,益加工整,如《三月三日華林園馬射賦》及《小園賦》,皆律賦之所自出。

　　陳張正見《石賦》,如"魚躍湘鄉之水,雁浮平固之湖。墮山鵲之金印,碎驪龍之寶珠”。通章無句不對，實開律賦之先。

唐初進士試于考功，尤重帖經試策，亦有易以箴論表贊，而不試詩賦之時，專攻律賦者尚少。大曆、貞元之際，風氣漸開。至大和八年，雜文專用詩賦，而專門名家之學樊然競出矣。李程、王起，最擅時名；蔣防、謝觀，如驂之靳。大都以清新典雅爲宗。其旁騖別趣，元白爲公。下逮周繇、徐寅輩，刻酷鍛煉，真氣盡漓，而國祚亦移矣。抽其芬芳，振其金石，亦律體之正宗，詞場之鴻寶也。

梁吳均《八公山賦》云“桂皎月而常團，雲望空而自布”，又“文星亂石，藻日流階”。章句益工，而氣味漸薄。初唐人沿襲此種，遂一變而有律賦，其去魏、晉遠矣。

鄭中小賦，古意尚存。齊、梁人效之，琢句愈秀，結字愈新，而去古亦愈遠。錄休文《桐賦》“喧密葉於鳳晨，宿高枝於鷥暮”，即古變爲律之漸矣。（以上卷一《新話一》）

唐王棨《江南春賦》云：“煙幂歷以堪悲國，六朝故地；景葱蘢而正媚，二月晴時。”又：“幾多嫩綠，猶開玉樹之庭；無限飄紅，競落金蓮之地。”又：“蝶影爭飛，昔日吳娃之徑；楊花亂撲，當年桃葉之船。”又：“幂幂而雲低茂苑，謝客吟多；萋萋而草夾秦淮，王孫思起。”流麗悲倩，而句法處處變化，此爲律賦正楷。尤妙於“有地皆秀。無枝不榮”，字字寫盡江南春色，爲一篇之筋節。此賦在當時極有名，《唐文粹》所載陳岵《送王郎中棨序》，最擊賞末“今日並爲天下春，無江南兮江北”二語。

律賦起勾，多先用單聯對起，不用四六排，此正法也。唐劉允濟《明堂賦》獨用排起，如“大哉乾元，紫微疏上帝之宮；邈矣坤輿，丹闕披聖人之宇”。勢極雄峻，則貴相題，又不可以一律論也。通篇鋪張處多，徵實處少，此應制體中取巧省力之法。然討好亦在此。（以上卷二《新話二》）

唐元稹《鎮圭賦》云：“作山龍之端表，我則清光皎然；雜蒲穀以成行，爾乃鞠躬如也。”句長而氣甚流走。律賦多有四六，鮮有作長句者。破其拘攣，自元、白始。樂天清雄絕世，妙悟天然，投之所向，無不如志。微之則多典碩之作，高冠長劍，璀璨陸離，使人不敢逼視。蓋太傅天懷高曠，而元頗銳志於功名，學焉而各得其性之所近也。（卷三《新話三》）

　　五代去晚唐不遠，然風氣迥殊。晚唐人之律賦，精密更甚。如起句云：“蒼蒼茫茫道遠，倚倚望望情傷”用六娟秀，而從前渾古樸至之氣蕩然無存。且琢句過於修整，則漸就平蕪；遣調必求諧靡，則轉入甜俗：此流弊之所必至也。五代承唐制，亦以進士設科，以詩賦取士。如梁嵩《倚門望子賦》，則沿晚唐之格調，而流弊字句既拖沓無味，又委靡不振，風氣益下矣。（卷四《新話四》）

　　制、誥、表、啟，咸以四六爲之，清便流轉，直達己見，更以古藻錯綜其間，便是作家。律賦雅近於四六，而麗則之旨不可不知。則而不麗，仍無取也。宋人四六，上掩前哲，賦學則不逮唐人，良由清切有餘，而藻繢不足耳。宋歐陽修《畏天者保其國賦》，雖前人推許，然終是制誥體，未敢爲法。

　　宋蘇軾《明君可與爲忠言賦》云：“非開懷用善，若轉丸之易從；則投人以言，有按劍之莫測。”又：“有漢宣之賢，充國得盡破羌之計；有魏明之察，許允獲申選吏之公。”橫説豎説，透快絕倫，拚一篇史論讀，所謂偶語而有單行之勢者，律賦之創調也。（以上卷五《新話五》）

　　元人變律爲古，大率散漫而平直，非不滔滔清便，而麗則之旨亡矣。趙子昂孟頫《修竹賦》，如云“掃石上之陰，聽林間之折”，尚與唐人爲近。（卷六《新話六》）

　　《文賦》“賦體物而瀏亮”，號爲曲盡。然泛論纖悉，而實體未該。又成公子安選賦而辭美，夏侯孝若具體而皆微。又安仁《螢賦》云“流金在沙”，季鷹《雜詩》云“春條若總翠”，皆其善者也。又云：“事對者，並舉人驗也。”宋玉《神女賦》曰：“毛嬙障袂，西施掩面”，此事對之類也。又云：“言對者，雙比空辭也。”長卿《上林賦》云：“修容乎禮園，翱翔乎書圃”，此言對之類也。又云：“王褒《洞簫賦》云：‘優柔溫潤，如慈父之愛子也’，此以聲比心者也，可謂善百賦矣。”（卷七《舊話一》）

《雨村詞話》（節錄）

《雨村詞話》序

　　詞非詩之餘，乃詩之源也。周之《頌》三十一篇，長短句居十八。漢《郊祀歌》十九篇，長短句居五。至《短簫鐃歌》十八篇，篇皆長短句。自唐開元盛日，王之渙、高適、王昌齡絕句流播旗亭，而李白《菩薩蠻》等詞亦被之管弦，實皆古樂府也。詩先有樂府而後有古體，有古體而後有近體。樂府即長短句，長短句即古詞也。故曰詞非詩之餘，乃詩之源也。溫、韋以流麗爲宗，《花間集》所載南唐、西蜀諸人最爲古豔。北宋自東坡"大江東去"，秦七、黃九踵起，周美成、晏叔原、柳屯田、賀方回繼之，轉相矜尚，曲調愈多，派衍愈別。鄱陽姜夔郁爲詞宗，一歸醇正。於是辛稼軒、史達祖、高觀國、吳文英師之於前，蔣捷、周密、陳君衡、王沂孫效之於後，譬之於樂，舞籥至於九變，而嘆觀止矣。流傳既廣，互有月旦，而詞話生焉。陳後山不工詞，而詞話實由之祖。自是以來，作者指不勝屈。而吾蜀升庵《詞品》，最爲允當，勝弇州之英雄欺人十倍。而近日徐釚有《詞苑叢談》一書，聚古今之詞話，彙集成編，雖不著出處，而掇拾大備，可謂先得我心矣。然則余又何詞之可話也。大凡表人之妍而不使美惡交混曰話，摘人之媸而使之瑕瑜不掩亦曰話。餘之爲詞話也，表妍者少，而摘媸者多，如推秦七，抑黃九之類，其彰彰也。蓋妍不表則無以著其長，媸不摘則適以形其短，非敢以非前人也，正所以是前人。存前人之是，正所以正今人之非也。非特以正今人之非，實以證己之非也。五十無聞，學可知矣，而猶老少知恥，爭辨於剪紅刻翠之間，又不知後有何人復議余之妍媸也。余家藏有常熟吳氏訥所彙《宋元百家詞》寫本，即朱竹垞所謂抄傳絕少未見全書者，並汲古閣所刊《六十名家詞》，日披閱之，而擇其可學者取以爲法，其不可學者取以爲鑒。錄成，目曰《雨村詞話》。夫見賢思齊，見不賢自省，亦聖賢之事也。其必如是刺刺何也，誠以詞也者，非詩之餘，乃詩之源也。蜀綿州李調元童山撰。（卷首）

詞話始陳後山

宋人詩話甚多，未有著詞話者。惟《後山集》中載吳越王來朝、張三影、青幕子婦妓、黃詞、柳三變、蘇公居穎、王平甫之子七條，是詞話當自公始。

十個你

宋人多以曲調爲詞調，如用十個"你"之類是也。石孝友《惜多嬌》云："我已多情，更撞著多情的你。把一心十分向你。盡他們劣心腸，偏有你。共你。搬下人，只爲個你。宿世冤家，百忙裏方知你。沒前程，阿誰似你。壞却才名，到如今都因你。是你。我也沒星兒恨你。"通首不用韻，只以十個"你"字成韻。元人書皆本此。

腔兒

填詞調一名牌兒，又名腔兒。趙長卿《惜香樂府·眼兒媚》有句云："纖楚對蛾眉。笑偎人道，新詞覓個美底腔兒。"腔兒謂調名也。

綺語債

張輯東澤《綺語債》，皆取詞中字題以新名。如《桂枝香》名《疏簾淡月》。《齊天樂》名《如此江山》。《長相思》名《山漸青》。《憶秦娥》名《碧雲深》。《點絳唇》名《南浦月》，又名《沙頭雨》。《謁金門》名《花自落》，又名《垂楊碧》。《憶王孫》名《闌干萬里心》。《好事近》名《釣船笛》。雖於題下自注寓某調，已屬掩耳盜鈴。乃後世作譜，好一一改舊易新，極無意味，見之令人嘔惡。（以上卷二）

悔庵論詩餘

尤悔庵侗序彭羨門《廷露詞》云：“詩何以餘哉？‘小樓昨夜’，《哀江頭》之餘也。‘水殿風來’，《清平調》之餘也。‘紅藕香殘’，《古別離》之餘也。‘將軍白髮’，《從軍行》之餘也。‘今宵酒醒’，《子夜》、《懊憹》之餘也。‘大江東去’，鼓角橫吹之餘也。詩以餘亡，亦以餘存，非詩餘之能存亡，則詩餘之人存亡之也”論詩餘二字獨得。（以上卷四）

《劇話》序

劇者何？戲也。古今一戲場也；開闢以來，其爲戲也多矣。巢、由以天下戲，逢、比以軀命戲，蘇、張以口舌戲，孫、吳以戰陣戲，蕭、曹以功名戲，班、馬以筆墨戲，至若偃師之戲也以魚龍，陳平之戲也以傀儡，優孟之戲也以衣冠，戲之爲用大矣哉。孔子曰：“《詩》可以興，可以觀，可以羣，可以怨。”今舉賢奸忠佞，理亂興亡，搬演於笙歌鼓吹之場，男男婦婦，善善惡惡，使人觸目而懲戒生焉，豈不亦可興、可觀、可羣、可怨乎？夫人生，無日不在戲中，富貴、貧賤、天壽、窮通，攘攘百年，電光石火，離合悲歡，轉眼而畢，此亦如戲之傾刻而散場。故夫達而在上，衣冠之君子戲也；窮而在下，負販之小人戲也。今日爲古人寫照，他年看我輩登場。戲也，非戲也；非戲也，戲也。尤西堂之言曰：“二十一史，一部大傳奇也。”豈不信哉，夫百間之屋，非一木之材也；五侯之鯖，非一雞之跖也。書不多不足以考古，學不博不足以知今，此亦讀書者之事也。予恐觀者徒以戲目之而不知有其事遂疑之也，故仍以《劇話》虛之。故曰：古今一戲場也。

《劇話》卷上

唐杜牧《西江懷古詩》：“魏帝縫囊真戲劇”。“劇”，即“戲”也。“戲劇”二字人詩，始見此。

《後山詩話》：“范文正《岳陽樓記》用對語説時景，世以爲奇。尹師魯讀之，曰：‘此傳奇體耳。'傳奇，唐裴鉶所著小説也。"胡應麟云："唐所謂傳奇，自是書名，雖事藻繢，而氣體俳弱，然其中絶無歌曲。若今所謂戲劇者，何得以爲唐時？或以中事跡相類，後人取爲戲劇張本，因展轉爲此稱耳。"

楊維楨《鐵崖集》有詩云："昨夜阿鴻新進劇，黃金小帶荔枝裝。"元人工劇，此一徵也。

王陽明《傳習録》："古樂不作久矣。今之戲本，尚與古樂意思相近。《韶》之九成，便是舜一本戲樂，九變，便是武王一本戲樂。所以有德者聞之，知其盡善盡美。後世作樂，只是做詞調，于風化絶無干涉，何以返朴也？"此論最爲得旨。"樂"，古文"子"字。

胡應麟《莊嶽委談》："優伶戲文，自優孟抵掌孫叔敖，實及漢宦者傅脂粉侍中郎，後世裝旦之漸。《樂府雜録》：'開元中黃幡綽、張野狐善弄參軍。'即後世副淨矣。又'范傳康、土官唐卿、吕敬遷三人弄假婦人'。即裝旦矣。至後唐莊宗自敷粉墨稱'李天下'，而盛其搬演，大率與近世同；特所演多是雜劇，非近日戲文也。雜劇自唐、宋、金、元迄明皆有之。唐所謂優倫雜劇、裝服套數，觀蘇中郎、踏摇娘二事可見。宋雜劇亦然。元世曲調大典，凡諸雜劇，皆名曲寓焉。教坊名妓多習之。清歌妙舞，悉隸是中。一變而贍縟，遂爲戲文。《西廂》，戲文之祖也。《西廂》雖出金董解元，然猶絃唱、小説之類；至元王、關所撰，乃可登場搬演。高氏又一變而爲南曲。嗣是作者迭興，古昔所謂雜劇、院本，幾于盡廢。"沈德符《顧曲雜言》："元曲總只四折。自北有《西廂》，南有《拜月》，雜劇變爲戲文，以致《琵琶》遂演爲四十餘折，幾十倍于雜劇矣。"涵虚論元雜劇有十二科："一、曰神仙道化，二、曰隱居樂道，三、曰被袍秉笏，四、曰忠臣烈士，五、曰孝義廉節，六、曰斥奸罵讒，七、曰逐臣孤子，八、曰撥刀捍棒——即脱膊雜劇，九、曰風花雪月，十、曰離合悲歡，十一、曰烟花粉黛——即花旦雜劇，十二、曰神頭鬼面——即神佛雜劇。"其科猶可考也。

祝允明《猥談》："南戲出于宣和之後，南渡之際，謂之'温州雜劇'。予見舊牒，有趙閎夫榜禁，頗著名目。如《趙貞女》、《蔡二郎》等，亦不甚多。以後日增，今遂遍滿四方。輾轉改益，蓋已略無音律腔調。愚人蠢工，徇意更變，妄名如'餘姚腔'、'海鹽腔'、'弋陽腔'、'崑山腔'之類，趁逐悠揚，杜撰百端，真胡説耳。"

葉子奇《草木子》："戲文始于《王魁》，永嘉人作之。識者曰：'若見永嘉人作相，宋當亡。'及宋將亡，乃永嘉陳宜中作相。其後元朝南戲南盛行。及當亂，北院本特盛，南戲遂絶。"《莊嶽委談》："今《王魁》本不傳而傳《琵琶》。《琵琶》亦永嘉人作，遂爲今南曲首。然葉當國初著書，而云'南戲絶'，豈《琵琶》尚未行世耶？"按：南戲肇始，實在北戲之先，而《王魁》不傳，胡氏、王實甫、關漢卿《西廂》爲戲文祖耳。今戲曲合用南北腔調又始于杭人沈和甫，見鍾氏《點鬼簿》。

《雲麓漫鈔》：“金源官制，有文班、武班。若醫、卜、倡優，謂之‘雜班’。每宴集，伶人進，曰‘雜班上’。”按：此優伶呼“班”之始。《武林舊事》載宋雜劇每一甲有八人者，有五人者。“甲”，猶“班”也。五人，蓋院本之製。八人爲班，明湯顯祖撰《牡丹亭》猶然；多至十人，乃近時所增益。

青籐山人《路史》：“高則誠《琵琶》有第一齣、第二齣。考諸韻書，並無此字，必‘嗣’之誤也。牛食呑而復吐曰‘嗣’，似優人入而復出也。”按：“‘嗣’音‘筥’，又音‘師’，無讀作‘折’音者，豈其字形既誤，而音讀亦因之誤耶？”

《莊嶽委談》：“今優伶輩大率八人爲朋，生、旦、淨、末，副亦如之。元院本無所謂生、旦者。雜劇旦有數色：謂裝旦，即今正旦也；小旦，即今副旦也。或以墨點其面，謂之‘花旦’，今惟淨、丑爲之。觀安節《樂府雜錄》稱‘范傳康等弄假婦人’，則唐末有旦名。宋雜劇名惟《武林舊事》足徵。每甲八人者，有戲頭，有引戲，有次淨，有副末，有裝旦；五人者，第有前四色，而無裝旦。蓋旦之色目，宋已有之，而未盛。元雜劇多用妓樂名妓，如李嬌兒爲‘溫柔旦’，張奔兒爲‘風流旦’，時旦色直以婦人爲之也。以今憶之，宋之所謂‘戲頭’，即生也；‘引戲’，即末也；‘副末’，即外也；‘次淨’，即丑；‘裝旦’，即旦。而元雜劇之末，乃今戲中之生，即宋所謂‘戲頭’也。鄭德輝《倩女》，關漢卿《竇娥》，皆以末爲生。今《西廂》以張珙爲生，當是國初所改。又傳奇以戲爲稱，其名欲顛倒而無實也。故曲欲熟而命以生也，婦宜夜而命以旦也，開場始事而命以末也，塗污不潔而命以淨也。”《猥談》：“生、淨、旦、末等名，有謂反稱，又或托之唐莊宗，皆謬也。此本金、元閭閻談吐，所謂‘鶻伶聲嗽’，今云‘市語’者也。生即男子，旦曰‘裝旦色’，淨曰‘淨兒’，末乃‘末泥’，孤乃官人：即其土音，何義理之有！”《太和譜》曾略言之。

《堅瓠集》：“《樂記》注謂：‘優俳雜戲，如獼猴之狀。’乃知：‘生’，‘狌’也。‘旦’，‘狚’也——《莊子》：‘猨猵狙以爲雌。’‘淨’，‘猙’也——《廣韻》：‘似豹一角五尾。’‘丑’，‘狃’也——《廣韻》：‘犬性驕。’謂俳優如獸，所謂‘擾雜子女’也。”丹邱云：“雜劇有正末、副末、狚、狐、靚、鴇、猱、捷譏、引戲九色之名。正末者，當場男子能指事者也，俗謂之‘末泥’。副末執磕瓜以扑靚，即昔所謂‘蒼鶻’是也。當場之妓曰‘狚’。‘狚’，‘猨’之雌者，其性好淫。今俗訛爲‘旦’。狐，當場粧官者是也。今俗訛爲‘孤’。靚，敷粉墨獻笑供諂者也。粉白黛綠，古稱‘靚粧’，故謂之‘粧靚色’。今俗訛爲‘淨’。妓女之老者曰‘鴇’——似鴈而大，無後趾，虎文，喜淫而無厭，諸鳥求之即就，是呼‘獨豹’者是也。凡妓女總稱曰‘猱’。‘猱’亦‘猨’屬，喜食虎肝腦。虎見而愛之，輒負背。猱乃取蝨遺虎首，即死，取其肝腦食焉——以喻少年愛色者亦如遇猱然，不致喪身不止也。捷譏，古謂之‘滑稽’，雜劇中取其便捷譏謔，故云。引戲，即院本中之‘狙’也。”

《菊坡叢話》：“北曲中有全賓、全白。兩人對説曰‘賓’，一人自説曰‘白’。”《西河詞話》：“元曲唱者衹一人。若他雜色人，第有白而無唱，謂之‘賓白’；賓與主對，以説白在賓，而唱者自有主也。”按：曲白不欲多。惟雜劇以四折寫傳奇故事，其白有累千言者。觀《西廂》二十一折，則白少可見。

《遼史·伶官傳》：“打諢的不是黃幡綽。”《道山清話》：“劉貢父言每見介甫《字説》，便待打諢。”《古今詩話》：“山谷云：‘作詩如雜劇，臨了須打諢，方是出場。’”《石林詩話》：“東坡‘繫瀷割愁’之語，大是險諢，何可屢打！”按：《唐書·元結傳》：“諧臣、頑臣，怡愉天顏。”《李栖筠傳》：“賜百官宴曲江，教坊倡頑雜侍。”呂氏《童蒙訓》云：“‘頑’，即‘諢’字。”李肇《國史補》云：“頑語始自賀蘭廣、鄭涉。”

元雜劇，凡出場所應有持、設、零雜，統謂“砌末”，如《東堂老》、《桃花女》以銀子爲砌末，《兩世姻緣》以鏡、畫爲砌末，《灰闌記》以衣服篇砌末，《楊氏勸夫》以狗爲砌末，《度柳翠》以月爲砌末。今都下戲園猶有“鬧砌末”語。

丹邱《曲論》云：“枸肆中戲出入之所，謂之‘鬼門道’；言其所扮者皆已往昔人，故云‘鬼門’。愚俗無知，以置鼓于門，改爲‘鼓門’，後訛‘鼓’而爲‘古’，皆非也。蘇東坡詩：‘搬演古人事，出入鬼門道。’”

陶九成《輟耕録》：“唐有傳奇，宋有戲曲、唱諢、詞説，金有院本、雜劇、諸宮調。院本、雜劇，其實一也。國朝院本、雜劇始釐而二之。院本則五人：一曰副淨，古謂之‘參軍’；一曰副末，古謂之‘蒼鶻’——鶻能擊鳥，末可打副淨，故云。一曰引戲，一曰末泥，一曰孤裝。又謂之‘五花爨弄’。或曰：‘宋徽宗見爨國来朝，衣裝、鞋履、巾裹、傅粉墨、動如此，使優人效之以爲戲。’又有‘鋖段’，亦院本之意，但差簡耳，取其如火鋖易明而易滅也。其間副淨有散説，有道念，有筋斗，有科汎。教坊色長魏、武、劉三人鼎新編輯。魏長于念誦，武長于筋斗，劉長于科汎。至今樂人皆宗之。偶得院本名目，用載于此，以資博識者之一覽。”其名目有“和曲院本”，如《月明法曲》等十四目；“上皇院本”，如《壺春堂》等十四目；“題目院本”，如《柳絮風》等二十目；“霸王院本”，如《悲怨霸王》等六目；“諸雜大小院本”，如《喬記孤》等二百零八目；“諸雜院爨”，如《闡夾棒六么》等一百零二目；“衝撞引首”，如《打三十》等一百零七目；“拴搐豔段”，如《襄陽會》等九十四目；“打略拴搐”，如《星象名》等二十八目；“官職名”，如《説駕頑》等四目；“飛禽名”，如《青鳩》等四目；“花名”，如《石竹子》等三目；“喫食名”，如《廚難偌》等二目；“佛名”，如《成佛板》等二目；“難字兒”，如《盤驢》等四目；“酒下拴”，如《數酒》等二目；“唱尾聲”，如《孟姜女》等四目；“猜謎”，如《杜大伯》等二目；“和尚家門”，如《禿醜生》等四目；“先生家門”，如《入口鬼》等四目；“秀才家門”，如《大口賦》等十目；

"列良家門"，如《說卦象》等六目；"禾下家門"，如《萬民快樂》等四目；"大夫家門"，如《三十六風》等八目；"卒子家門"，如《針兒綫》等四目；"良頭家門"，如《方頭賦》等二目；"邦老家門"，如《脚言脚語》等二目；"都子家門"，如《後人收》等三目；"孤下家門"，如《朕聞上古》三目；"司吏家門"，如《罷筆賦》等二目；"仵作行家門"，如《一片生活》一目；"撧俠家門"，如《受胎成氣》一目；"諸雜砌"，如《摸石江》等二十九目。以上，今樂人皆不知其名。九成，元人，所紀皆元曲套數，博雅者所當考也。

元人劇本，見於《百種曲》僅十分之一。考陶宗儀《輟耕錄》所載，陸顯之、李取進、于伯淵、岳伯川、康進之、王廷秀、石子章、趙子祥、范子安、李好古、曾瑞卿、狄君厚、張壽卿、孔文卿十四人，共三十五本。及涵虛子編元羣英：馬致遠、王實甫、關漢卿、白仁甫、喬孟符、費唐臣、宮大用、尚仲賢、庾吉甫、高文秀、鄭德輝、李文蔚、侯正卿、史九敬先、孟漢卿、戴善夫、張時起、李寬甫、彭伯成、趙公輔、李行道、趙君祥、費君祥、紀君祥、趙天錫、梁進之、汪澤民、楊顯之、陳定甫、李壽卿、王伯成、孫仲章、趙明遠、劉唐卿、李子中、武漢臣、王仲文、姚守中、李直夫、吳昌齡、石君寶、金志甫、陳存甫、睢景臣、周仲彬、沈和甫、鮑吉甫、趙文寶、孫子羽、秦簡夫、張鳴善、鄭廷玉、范冰壺、丹邱、王子一、劉東生、谷子敬、湯舜民、楊景言、賈仲名、楊文奎、羅貫中、李致遠、楊景賢、張國寶、顧仲清、無名氏，以上六十七人，共五百四十九本；又娼夫不入羣英，如趙明鏡、張酷貧、紅字李二、花李郎四人，共十一本。以上劇本，半皆失傳，可知此外所佚多矣。中如馬致遠、李致遠、關漢卿、孟漢卿、趙君祥、紀君祥、費君祥、陸顯之、楊顯之，張壽卿，名多相同，必有訛舛；而一曲或兩人撰，如世所傳《韓文公雪擁藍關記》，《太和正音譜》紀君祥有《韓退之記》，趙明遠又有《韓湘子》。各劇中《升仙會記》究不知何人所撰。蓋元曲已失，可唱者尚流傳人間爾。

趙松雪子昂云："院本中有娼夫詞，名曰'綠巾'詞，雖有絕佳者，不得並稱樂府。如黃幡綽、鏡敬磨、雷海青皆古名娼，止以樂名呼之，亘世無字。今趙明鏡訛傳趙文敬，張酷貧訛傳張國賓，皆非也。"又云："良家子弟所扮雜劇，謂之'行家生活'；倡優所扮，謂之'戾家把戲'。蓋以雜劇出於鴻儒、碩士所作，皆良家也，彼娼優豈能辦此？""故關漢卿以爲：'不過供笑獻勤以奉我輩耳。子弟所扮，是我一家風月。'雖復戲言，甚合於理。"按：倡夫自春秋之世有之，蓋異類托姓者。今流傳趙明鏡有《啞觀音》、《錯立身》、《武王伐紂》三本，張酷貧有《汗衫記》、《高祖還鄉》、《薛仁貴衣錦還鄉》三本，紅字李二有《板踏兒》、《病揚雄》、《武松打虎》三本，花李郎有《釘一釘》、《相府院》二本，多不傳；獨《薛仁貴》、《武松》二曲，尚屬原撰，不可廢也。

《輟耕錄》："達達樂器如箏、纂、琵琶、胡琴、渾不似之類，所彈之曲與漢人曲調不同。其大曲牌名有十五調：一、《哈八兒圖》，二、《口溫》，三、《也葛倘兀》，四、《畏兀兒》,五、《閔古里》,六、《起土苦里》,七、《跋四土魯海》,八、《舍舍弼》,九、《搖落四》,十、《蒙古搖落四》,十一、《閃彈搖落四》,十二、《阿耶兒虎》,十三、《桑哥兒苦不丁》江南謂之'孔雀雙手彈',十四、《答罕》謂之'白翎雀雙手彈',十五、《苦之把夭》'品絃'。其小曲牌名有十七調:一、《阿廝蘭扯弼》'四盞曲雙手彈',二、《阿桑捺》'花紅',三、《哈兒火失哈赤》'黑雀兒叫',四、《洞洞伯》,五、《曲律賈》,六、《者歸》,七、《牝疇兀兒》,八、《把擔葛失》,九、《削浪沙》,十、《馬哈》,十一、《相公》,十二、《仙鶴》,十三、《阿丁水花》,十四、《回回曲》,十五、《苦之把夭》'品弦'。"

劉念臺《人譜類記》:"今之院本,即古之樂章。每演戲時,見有孝子、悌弟、忠臣、義士,雖婦人牧豎,往往涕泗橫流。此其動人最切,較之老生擁皋比、講經義,老衲登上座、說佛法,功效百倍。近時所撰院本,多是男女私媟之事,深可痛恨,而世人喜爲搬演,聚父子兄弟,並幃其婦人而觀之。稍不自制,便入禽獸之門,可不深戒!"

沈寵綏《度曲須知》:"北化爲南,凡腔俱起於《洪武》而兼祖《中州》,一時有'海鹽腔'、'義烏腔'、'弋陽腔'、'青陽腔'、'四平腔'、'樂平腔'、'太平腔'之殊,雖口法不等,而北曲消亡矣。嘉、隆間有豫章魏良輔者,流寓婁東、鹿城之間,生而審音,憤南曲訛陋,別開堂奧,調用水磨,拍捱冷板,聲則平、上、去、入婉協,字則頭、腹、尾音畢勻,啓口輕圓,收音純細,所度曲皆'折梅逢使'、'昨夜春歸'諸名筆,採於傳奇則有'拜星月'、'花陰夜靜'等詞,氣無煙火,別有腔板,絕非戲場聲口,名曰'崑腔'。自有良輔,而曲詞已極抽秘逞妍,後世依爲鼻祖,洵曲聖也。"據此,則"崑腔"者,實魏良輔一人所創也。

《樂郊私語》:"海鹽少年多善歌,蓋出於澉浦楊氏。其先人康惠公梓與貫雲石交善,得其樂府之傳。今雜劇中《豫讓吞炭》、《霍光鬼諫》、《敬德不伏老》,皆康惠自制。家僮千指,皆善南北歌調,海鹽遂以擅歌名浙西。"今俗所謂"海鹽腔"者,實法於貫酸齋,源流遠矣。

"弋腔"始弋陽,即今"高腔",所唱皆南曲。又謂"秧腔","秧"即"弋"之轉聲。京謂"京腔",粵俗謂之"高腔",楚、蜀之間謂之"清戲"。向無曲譜,祇沿土俗,以一人唱而衆和之,亦有緊板、慢板。王正祥謂"板皆有腔",作《十二律京腔譜》十六卷,又有《宗北歸音》四卷以正之,謂:"'高腔'即《樂記》'一唱三歎',有遺風之意也。凡曲藉乎絲竹者曰'歌',一人發其聲曰'唱',衆人成其聲曰'和',其聲聯絡而雜於唱和之間者曰'歎'——俗謂'接腔'。'歎',即今'滾白'也。曲本混淆,罕有定譜,所以後學憒憒,不知整曲、犯調者有之,予故定爲十二律,以爲唱法,亦竊擬正樂之各得其所云。"皆立論甚新,幾欲家諭而户曉;然欲以一人、一方之腔,使天下皆欲倚聲而和之,亦必不得之數也。

俗傳錢氏《綴白裘》外集,有"秦腔"。始於陝西,以梆爲板,月琴應之,亦有緊、慢,俗呼"梆子腔",蜀謂之"亂彈"。金陵許苞承云:"事不皆有徵,人不盡可考。有時以鄙俚俗情,入當場科白,一上氍毹,即堪捧腹。此殆如冬烘相對,正襟捉肘,正爾昏昏思睡,忽得一詼諧訕笑之人,爲我羯鼓解穢,快當何如! 此外集所不容已也。"其論亦確。按:《詩》有正風、變風,史有正史、霸史,吾以爲曲之有"弋陽"、"梆子",即曲中之"變曲"、"霸曲"也。又有"吹腔",與"秦腔"相等,亦無節奏,但不用梆而和以笛爲異耳。此調蜀中甚行。

"胡琴腔"起於江右,今世盛傳其音,專以胡琴爲節奏,淫冶妖邪,如怨如訴,蓋聲之最淫者。又名"二簧腔"。

"女兒腔"亦名"弦索腔",俗名"河南調"。音似"弋腔",而尾聲不用人和,以絃索和之,其聲悠然以長。

《文選·長笛賦》:"聽箎弄者,遙思於古昔。"注云:"箎弄,蓋小曲。"按:漢樂府《滿歌行》等篇,謂之"大曲"。"小曲",當對"大曲"言之,非若今之小曲也。

《南史·徐勉傳》:"武帝擇後宮吳聲、西曲女妓各一部,賚勉。"《通曲》:"梁有吳安泰,善歌,後爲樂令,初改西曲,以別江南《上雲樂》"。《樂府詩集》:"《西曲歌》出於荊、郢、樊、鄧之間,因其方俗,謂之'西曲'。"按:今以山、陝所唱小曲曰"西曲",與古絕殊,然亦因其方俗言之。

今演劇多演神仙鬼怪以眩人目,然其名多荒誕。張果曰"張果老",及劉海蟾曰"劉海戲蟾",此類甚多,備見《神仙傳》及《雲笈七籤》。此不足論。取其略有依據者,別爲後卷。

《雨村曲話》序

予輯《曲話》甫成,客有謂予曰:"詞,詩之餘,曲,詞之餘,大抵皆深閨、永巷,春傷、秋怨之語,豈鬚眉學士所宜有! 況夫雕腎琢肝,纖新淫蕩,亦非鼓吹之盛事也,子何爲而刺刺不休也?"予應之曰:"唯,然。然獨不見夫尼山刪《詩》,不廢《鄭》、《衛》;輶軒采風,必及下里乎? 夫曲之爲道也,達乎情而止乎禮義者也。凡人心之壞,必由於無情,而慘刻不衷之禍,因之而作。若夫忠臣、孝子、義夫、節婦,觸物興懷,如怨如慕,而曲生焉,出於綿渺,則入人心脾;出於激切,則發人猛省。故情長情短,莫不於曲寓之。人而有情,則士愛其緣,女守其介,知其則而止乎禮義,而風醇俗美;人而無情,則士不愛其緣,女不守其介,不知其則而放乎禮義,而風不淳,俗不美。故夫曲者,正鼓吹之盛事也。彼瑤臺、玉砌,不過雪月之套辭;芳草、輕烟,亦祗郊原之泛句,豈足以語於情之正乎？此予之所以不能已於話也。而何誚之深也？"客曰："是則善矣，子之言未必其無弊也。乃執月旦以平章曲府，司三寸管而低昂之，得無過當乎？"予曰："人之妍，非己之妍也；人之媸，非己之媸也。雙眸具在，亦存其論而已矣。"綿州童山蠢翁李調元撰。

《雨村曲話》卷上（節録）

朱晦菴云："古樂府只是詩中泛聲。後人怕失那泛聲，逐一添箇實字，遂成長短句——今曲子便是。"

《困學紀聞》："古樂府者，詩之旁行也；詞曲者，古樂府之末造也。"

王弇州云："宋未有曲也。自金、元而後，半皆涼州豪嘈之習，詞不能按，乃爲新聲以媚之。而一時諸君，如馬東籬、貫酸齋、王實甫、關漢卿、張可久、喬夢符、鄭德輝、宮大用、白仁甫輩，咸富有才情，兼喜音律，遂擅一代之長。所謂宋詞、元曲，信不誣也。"按：貫酸夫、張可久、宮大用衹工小令，不及馬、王、關、喬、鄭、白遠甚，未可同年語也。

北曲原本樂府歌行。胡應麟《莊嶽委譚》："宋詞、元曲，咸以昉于唐末，然實陳、隋始之。蓋齊、梁月露之體，矜華角麗，固已兆端。至陳、隋二主，並富才情，俱涵聲色，叔寶之《後庭花》，煬之《春江玉樹》，宋、元人沿襲濫觴也。"

《絃索辨訛》："《三百篇》後變而爲詩，詩變而爲詞，詞變而爲曲。詩盛于唐，詞盛于宋，曲盛於元之北。北曲不諧于南而始有南曲。南曲則大備於明。明時雖有南曲，衹用絃索官腔；至嘉、隆間，崑山有魏良輔者，乃漸改舊習，始備衆樂器而劇場大成，至今遵之。"所謂南曲，即崑曲也。

《嘯餘譜》有新定樂府十五體名目：一、"丹丘體"，豪放不羈。二、"宗匠體"，詞林老作之詞。三、"黃冠體"，神遊廣漠，寄情太虛，有餐霞服日之想，名曰"道情"。四、"承安體"，華觀偉麗，過於泆樂。承安，金章宗正朔。五、"盛元體"，快然有雍熙之治，字句皆無忌憚。又曰"不諱體"。六、"江東體"，端謹嚴密。七、"江南體"，文彩煥然，風流儒雅。八、"東吳體"，清麗華巧，浮而且艷。九、"淮南體"，氣勁趣高。十、"玉堂體"，公平正大。十一、"草堂體"，志在泉石。十二、"楚江體"，曲抑不伸，攄忠訴志。十三、"香匳體"，裙裾脂粉。十四、"騷人體"，嘲譏戲謔。十五、"俳優體"，詭嗓淫虐。即淫詞。按：此十五體，不過綜其大概而言；其實視撰詞人之手筆，各自成家，如馬致遠之"朝陽鳴鳳"則豪爽一路，王實甫之"花間美人"則細膩一路，各自成體，不必拘也。

《涵虛曲論》，古今羣英樂府各有其目：馬東籬如朝陽鳴鳳，張小山如瑤天笙鶴，白仁甫如鵬搏九霄，李壽卿如洞天春曉，喬夢符如神鰲鼓浪，費唐臣如三峽波濤，宮大用如西風雕鶚,王實甫如花間美人,張鳴善如彩鳳刷羽,關漢卿如瓊筵醉客,鄭德輝如九天珠玉,白無咎如太華弧峯,貫酸齋如天馬脱羈,鄧玉賓如幽谷芳蘭,滕玉霄如碧漢閒雲,鮮於去矜如奎璧騰輝,商政叔如朝霞散彩,范子安如竹裏鳴泉,徐甜齋如桂林秋月,楊淡齋如碧海珊瑚,李致遠如玉匣昆吾,鄭廷玉如佩玉鳴鑾,劉廷信如摩雲老鶻,吳西逸如空谷流泉,秦竹村如孤雲野鶴,馬九臯如松陰鳴鶴,石子章如蓬萊瑶草,盍西村如清風爽籟,朱庭玉如百卉爭芳,庾吉甫如奇峯散綺,楊立齋如風煙花柳,楊西菴如花柳芳妍,胡紫山如秋潭孤月,張雲莊如玉樹臨風,元遺山如窮崖孤松,高文秀如金瓶牡丹,阿魯威如鶴唳青霄,吕止菴如晴霞結綺,荆幹臣如珠簾鸚鵡,薩天錫如天風環佩,薛昂夫如雪窗翠竹,顧均澤如雪中喬木,周德清如玉笛橫秋,不忽麻如閒雲出岫,杜善夫如鳳池春色,鍾繼先如騰空寶氣,王仲文如劍氣騰空,李文蔚如雪壓蒼松,楊顯之如瑶臺夜月,顧仲清如雕鶚冲霄,趙文寶如藍田美玉,趙明遠如太華晴雲,李子中如清廟朱瑟,李取進如壯士舞劍,吳昌齡如庭草交翠,武漢臣如遠山疊翠,李直夫如梅邊月影,馬昂夫如秋蘭獨茂,梁進之如花裏啼鶯,紀君祥如雪裏梅花,于伯淵如翠柳黃鸝,王庭秀如月印寒潭,姚守中如秋月揚輝,金志甫如西山爽氣,沈和甫如翠屏孔雀,睢景臣如鳳管秋聲,周仲賓如平原孤隼,吳仁卿如山間明月,秦簡夫如峭壁孤松,石君寶如羅浮梅雪,趙公輔如空山清嘯,孫仲章如秋風鋏笛,岳伯川如雲林樵響,趙子祥如馬嘶芳草,李好古如孤松掛月,陳存甫如湘江雪竹,鮑吉甫如山蛟泣珠,戴善甫如荷花映月,張時起如雁陣驚寒,趙天錫如秋水芙蕖,尚仲賢如山花獻笑,王伯成如紅鴛戲波,王子一如長鯨飲海,劉東生如海嶠雲霞,王文昌如滄海明珠,谷子敬如崑山片玉,藍楚方如秋風桂子,陳克明如九畹芳蘭,李唐賓如孤鶴鳴臯,穆仲義如洛神淩波,湯舜民如錦屏春風,買仲民如錦帷瓊筵,楊景言如雨中之花,蘇復之如雲林文豹,楊彦華如春風飛花,楊大奎如匡廬疊翠,夏均政如南山秋色,唐以初如仙女散花。前九十八人,已經題目。此外一百五人,並稱傑作,其名爲:董解元、姚牧庵、景元啓、曾瑞卿、李伯瑜、吳克齋、李德載、王和卿、杜遵禮、程景初、趙彦暉、王敬甫、鄧學可、沙正卿、趙明道、王仲誠、夢簡、李邦基、吕天用、睢元明、王仲元、高安道、張子友、侯正卿、史九敬先、李寬甫、彭伯成、李行道、趙君祥、汪澤民、陸顯之、孔文卿、狄君厚、張壽卿、費君祥、陳定甫、劉唐卿、阿里耀卿、王愛山、奥敦周卿、渚察善長、范冰壺、施均美、黃德潤、沈琪之、劉聰、張九、廖宏道、陳彦實、吳中立、錢子雲、高敬臣、曹明善、張子堅、王日華、王舉之、陳德和、邱士元……。按:曲話惟此最先。自王弇州《曲藻》以前,未有論及者。今各家曲雖多失傳,存此猶有考其萬一。

　　雕蟲館《曲選》,論“元取士有填詞科,若今括帖然,取給風簷寸晷之下,故一時名士雖馬致遠、喬夢符輩,至第四折往往强弩之末。”又謂:“主司所定題目外,止曲名及韻。其實白則演劇時伶人自爲之，故多鄙俚蹈襲之語。如《西廂》，亦五雜劇，皆出詞人手裁，不可增減一字，故爲諸曲之冠。”

馬東籬《離亭宴煞》：“蛩吟一覺纔寧貼，雞鳴萬事無休歇。爭名利何年是徹？密匝匝蟻排兵，亂紛紛蜂釀蜜，鬧穰穰蠅爭血。裴公綠野堂，陶令白蓮社，愛秋來那些：和露摘黃花，帶霜烹紫蟹，煮酒燒紅葉。人生有限杯，幾箇登高節？囑付俺頑童記者：便北海探吾來，道東籬醉了也。”周德清云：“此方是樂府。不重韻，無襯字，無險語；押韻兼平、上、去，無一字不妥。萬中無一，後輩宜法。”

致遠《黃粱夢》，周德清取《雁兒落》爲定格，云：“洞賓出世超凡，本有神仙分。一抹絛，九陽巾。君人，真人！”謂“此調極罕，伯牙琴也。”今曲譜首句無“洞賓”二字，“分”字下作“繫一條一抹絛，戴一項九陽巾。君，敢作個真人！”與此不同。

臨川陳克明《春妝曲》云：“自捋楊柳品題人，笑撚花枝比較春。輸與海棠三四分。再偷勻，一半兒胭脂一半兒粉。”後遂名此調爲《一半兒》。周挺齋評云：“作者雖衆，音律獨先。”

周德清《務頭定格》載《廬山朝天子》云：“早霞，晚霞，粧點廬山畫。仙翁何處鍊丹砂？一縷白雲下。客去齋餘，人來茶罷，嘆浮生，指落花。楚家，漢家，作了漁樵話。”通首完稱，對偶音律俱好。末句“楚家漢家”，與“鼎足三分半腰折，魏耶？晉耶？”同一格律。

《雨村曲話》卷下（節錄）

臧懋循，字晉叔，號顧渚，長興人，萬曆庚辰進士。所選元人雜劇百種二十卷，元一代之曲藉以不墜，快事也。嘗云：“曲自元始有南北，各十七宮調，而《北西廂》諸雜劇無慮數百種，南則《幽閨》、《琵琶》二記而已。自高則誠《琵琶》，首爲‘不尋宮數調’之說以掩覆其短，今遂藉口，謂‘曲嚴於北而疏于南’，豈不謬乎？大抵元曲妙在不工而工，其精者採之樂府，而粗者雜以方言。至鄭若庸《玉玦》，始用類書爲之。而張伯起之徒，轉相祖述爲《紅拂記》，則濫觴極矣。何元朗評施君美《幽閨》遠出《琵琶》上，王元美謂好奇之過。夫《幽閨》大半已雜贗本，不知元朗能辨此否。余嘗於酒次論及《琵琶·梁州序》、《念奴嬌序》二曲不類永嘉人口吻，當是後人竄入，元美尚津津稱許，惡知所謂《幽閨》！”

《東郭記》全以一部《孟子》演成，其意不出“求富貴利達”一語，蓋罵世詞也。劇目俱用《孟子》成語，不出措大習氣，曲中之別調也。

《洞天元紀》、《陶情樂府》、《續陶情樂府》，俱新都楊升菴撰。流膾人口，北曲爲多，而頗不爲當行所許。王元美譏爲"蜀人多用川調，不諧南北本腔"，妄也。蜀何嘗有"川調"之名？南、北《九宮譜》、《中原音韻》，世所通行之譜，豈獨吳人許用而蜀人不許乎？各分町畦，互相攻擊，雖文人相輕，亦小人黨習也。

曲始於元，大略貴當行不貴藻麗。蓋作曲自有一番才料，其修飾詞章，填塞故實，了無干涉也。故《荆》、《劉》、《拜》、《殺》爲四大家，而長才如《琵琶》猶不得與，以《琵琶》漸開琢句修詞之端也。明如湯菊莊、馮海浮、陳秋碧輩，雖無嵩本，而製曲直闖其藩，母音未絕。自梁伯龍出，始爲工麗濫觴。蓋其生嘉、隆間，正七子雄長之會，詞尚華靡；弇州於此道不深，徒以維桑之誼，盛爲吹噓，不知非當行也。故吳音一派，競爲剿襲，靡詞如綉閣羅幃、銅壺銀箭、紫燕黃鶯、浪蝶狂蜂之類，啓口即是，千篇一律。甚至使僻事，繪隱語，不惟曲家本色語全無，即人間一種真情話，亦不可得，元音之所以塞而不開也。不知以藻繢爲曲，譬如以排律諸聯入《陌上桑》、《董妖嬈》樂府諸題下，多見其不類，又何曲之足云！

改北調爲南曲者，有李日華《西廂》。增損字句以就腔，已覺截鶴續鳧，如"秀才們聞道請"下增"先生"二字等是也。更有不能改者，亂其腔以就字句，如"來回顧影，文魔秀士欠酸丁"是也。本"風欠"，删去"風"字，復成何語！蓋《西廂》爲詞宗，欲歌南音，不得不取李本，亦無可奈何矣。

《譚曲雜劄》："呂勤之序彼中《蕉帕記》，有云'詞隱先生之條令，清遠道人之才情'。又云'詞隱取程於古詞，故示法嚴；清遠翻抽於元劇，故遣調俊'。又云'詞忌組練而晦，白忌堆積駢偶而寬'。其語良當。勤之，越人，即所稱蔚藍生者也，頗嗜曲而亦見一斑者，故其語若此；乃其所校訂友人諸戲，殊少合作。即《蕉帕》一記，頗能不填塞；間露一二佳句，而每每苦稚；至尾必雙收，則弋陽之派，尤失正體。"

今所傳若耶野老《載花舲》、《香草吟》二本，詞調卑靡，頗不足觀。而《香草吟》全以藥名演成傳奇，雖其家數略小，亦具靈思，曲中之另一體也。

《雨村詩話》（節録）

三代以前，詩即是樂，樂即是詩。若離詩而言樂，是猶大風吹竅，往而不返，不得爲樂也。故詩者，天地自然之樂也。有人焉爲之節奏，則相合而成焉。詩有比興不能盡，故被之聲歌，使抑揚以畢其意。自漢以後，《郊廟》、《房中》析而爲二，古詩、樂府遂分。

古人樂府，非如今人有曲譜而後填詞也。然亦照定十二律賦爲詞，付之樂工，叶以音律。但樂工知清濁高下，而不通文，故先分章段，爲之鈎勒，亦讀樂府入門之一法。

樂府者以其詞付樂工，其中工尺之抑揚，乃樂工事。五季變爲詞，將所留樂工之虛字盡填滿，較古法更嚴密，不能馳騁才華，不若古樂府之松矣。

樂歌必要短長相接，長取其聲之婉轉，短取其聲之促節。律詩則與管弦無涉，而天然之樂自存於中。唐以五言、七言爲句，此定式也。間有六字成句者，與宮商不協，不必作也。

天然之音，止有五字。今笛中之五六工尺上，配合宮面角徵羽之五音，猶琴之五弦。加文弦、武弦而成七，所謂變宮、變徵而成七調也。故南北正調，原止有五，唐律之五言是也。若七字則爲變調，而名變宮、變徵矣。七言難於五言十倍，以其雜變調故也。故雖變調，必須排蕩而成，不可輕易下筆。蓋八句不出起承轉收，神而明之，存乎其人爾。

今人易言近體，難言古詩，真乃不知甘苦者。殊不知古詩可長可短，近體限定字數，若非具大手眼，便如印板，何足言詩！故唐律之聖者，問於八句之中，別有五花八門之妙，自成黃鐘大呂之音。（以上卷上）

熊　榮

熊榮（1735—1806）字對嘉，號雲谷，晚號厭原山人。清安義（今屬江西）人。秉性曠達，以明經屢試不第，終生隱居山林，不以爲怨，其風雅之趣，至老如初。尤嗜吟詠，著述豐富。有《譚詩管見》、《道引匯參》、《雲谷詩草・附詩餘》、《陝西遊草》等。《譚詩管見》是其論詩之作，上溯漢、魏，下至元、明，於詩之源流、作家風格，皆有品評。其論詩宗漢魏，舉《古詩十九首》爲詩家最高典範。

本書資料據清嘉七年刻本《譚詩管見》。

《譚詩管見》（節錄）

古詩必以漢、魏爲宗，蘇、李贈答，黃初七子，《三百篇》後，此爲權輿。六朝失之富麗，唐人失之卑靡，唯少陵前、後《出塞》、《無家別》、《石壕吏》等篇，差可與古爲徒。

學律詩者必以唐爲宗。主于唐又必以盛唐爲師法。初唐如張曲江、陳拾遺、魏鄭公，以及王、楊、盧、駱，氣象喬皇，規模壯闊，實開一代之風氣。然以律體衡之，不無亂頭粗服之譏。盛唐則春容大雅，細意熨貼，不獨李太白、杜工部、孟襄陽、岑嘉州、王摩詰、高達夫等卓然千古，其餘亦俱有溫潤和平、晶融嚴密之致，蓋一時之氣運使之然也。中唐錢、劉、韓、柳、元、白，整贍高華，不亞盛唐，但其氣味微嫌薄弱，不能如李、杜、高、岑、王、孟之深厚。晚唐如李義山、杜牧之，力追工部，非不樹詞壇之幟，登大雅之堂，然餖飣末學，雖極繁富，終乏骨力，自檜以下更無譏焉。

李　斗

　　李斗（?—1817）字北有，號艾塘。清儀徵（今屬江蘇）人。諸生。兼通戲曲、詩歌、音律、數學。作有傳奇《歲星記》和《奇酸記》。所作詩歌甚多，均收入《永報堂詩集》與《防風館詩》。所作筆記《揚州畫舫錄》全面記載了十八世紀揚州社會生活狀況，涉及城市區劃、運河沿革、社會經濟、園林古跡、民俗藝術諸方面。其卷五記載黃文暘《曲海總目》，紀錄揚州昆曲（雅部）及各地方戲曲聲腔劇種（花部）演出情況，紀錄梨園角色體製、班社師承關係、場面行頭規模等有關戲劇的各種情況，以較多筆墨評述當時昆曲演員的表演藝術，兼及對花部演員的評述；同時記載了著名秦腔演員魏長生入京，促成“京秦不分”現象等戲曲界大事。其他各卷另載有若干關於曲藝、雜技、猴戲等各種民間技藝的演出情況。近人任訥編《新曲苑》，將本書有關戲曲部分內容摘錄成書，題名《艾塘曲錄》。

　　本書資料據中華書局1960年歷代史料筆記叢刊本《揚州畫舫錄》。

《揚州畫舫錄》（節錄）

　　兩淮鹽務例蓄花、雅兩部以備大戲，雅部即昆山腔，花部爲京腔、秦腔、弋陽腔、梆子腔、羅羅腔、二簧調，統謂之亂彈。

　　郡城花部，皆係土人，謂之本地亂彈，此土班也。至城外邵伯、宜陵、馬家橋、僧道僑、月來集、陳家集人，自集成班，戲文亦間用《元人百種》，而音節服飾極俚，謂之“草臺戲”，此又土班之甚者也。若郡城演唱，皆重昆腔，謂之“堂戲”。本地亂彈祇行之禱祀，謂之“臺戲”。迨五月，昆腔散班，亂彈不散，謂之“火班”。後句容有以梆子腔來者，安慶有以二簧調來者，弋陽有以高腔來者，湖廣有以羅羅腔來者，始行之城外四鄉，繼或於暑月入城，謂之“趕火班”。而安慶色藝最優，蓋於本地亂彈，故本地亂彈間有聘之入班者。京腔用湯鑼不用金鑼，秦腔用月琴不用琵琶。京腔本以宜慶、萃慶、集慶爲上，自四川魏長生以秦腔入京師，色藝蓋于宜慶、萃慶、集慶之上，於是京腔效之，京、秦不分。迨長生還四川，高朗亭入京師，以安慶花部，合京、秦兩腔，名其班曰

"三慶"，而曩之宜慶、萃慶、集慶遂湮没不彰。郡城自江鶴亭徵本地亂彈，名"春臺"，爲外江班。不能自立門户，乃徵聘四方名旦，如蘇州楊八官、安慶郝天秀之類。而楊、郝復采長生之秦腔，並京腔中之尤者，如《滾樓》、《抱孩子》、《賣餑餑》、《送枕頭》之類，於是春臺班合京、秦二腔矣。熊肥子演《大夫小妻打門吃醋》，曲盡閨房兒女之態。（以上卷五）

吴省蘭

吴省蘭（生卒年不詳）字泉之，吴省欽之弟。清南匯（今屬上海）人。乾隆二十八年（1763）以舉人身份考取咸安宫官學教習，後又考取國子監學正，升國子監助教。乾隆四十三年（1778）參加會試，榜上無名。特別恩準，列第二甲第三名。在乾、嘉年間，先後任四庫全書館分校官、文淵閣校理。官至内閣學士兼禮部侍郎。自少博聞多學。喜聚書，搜羅文獻勤奮。于嘉慶中輯刊《藝海珠塵》叢書八集，收書一百三十六種，由錢熙輔續輯壬、癸二集，收書四十二種，内容包括經學、小學、地理、掌故、筆記、小説、天文、曆算、詩文等，絶大部分是宋代以後的著作。《同館賦鈔》，法式善（1752—1813）編。

本書資料據嘉慶二十五年宋氏家刻本《同館賦鈔》。

《同館賦鈔》序（節録）

夫圭璋璧琮，人知其爲寶也，而方圓不能離規矩；錦繡黼黻，人知其爲美也，而短長不能越尺度。賦之有律，亦猶執規炬以程材，持尺度以量物，俾方圓長短各中乎節而後止，而况協音響於鈞韶，摹光華於日月哉！《周禮》太師教六詩，二曰賦，如《葛覃》首以賦著，而《三百篇》中敷陳時事以直言者，鱗次櫛比，然列其名未備其體。自漢以降，作者迭興，班志《藝文》，列詩賦家百有六，而賦居十之八。東京彪、固之流，後先接踵；至於六朝，專尚駢儷。庚、鮑樹幟于南，崔、魏揚鑣于北，於以模範山水，鈞陶萬物，皇皇喬喬，雅頌之流亞焉。論者以平原《文賦》爲律賦權輿，其説固然，然當時備其體，仍未別其名也。唐以賦取士而律賦乃行，限韻之式亦於是具。趙宋仍之，爾時作者不慮千百餘家，莫不前喁後于，懷響畢彈。惟是風簷寸晷，既難期以十年。思遲者刻一寸之燭，必致詞窮；力弱者挽六鈞之弓，易愁弩末。即或揀金沙磧，捞玉河壖，盡有名言，可供采擇，而瓦礫未汰，糠秕時揚，瑜不掩瑕，完璧之玷，以云大觀，類多讓焉……司馬相如有言曰：合綦組以成文，列綈繡而爲質，一經一緯，一宫一商，賦之體也。於律賦尤爲秘鑰。故擇材惟其稱，美人山鬼不登於明堂；遣調貴其清，濕鼓啞鐘不諧於嶰谷。權衡在手，雖隻字而必繩；鑪錘因心，即片言而亦煉。以之宣上德而盡忠孝，抒下忱而通諷諭，揚葩振藻，炳焉與三代同風，而究其指歸，期不愆乎規矩尺度之法而已。（卷首）

管世銘

　　管世銘（1738—1798）字緘若，號韞山。清陽湖（今江蘇武進）人。八股文名家、唐詩學家。乾隆四十三年（1778）進士，授户部主事。累遷郎中，充軍機章京。屢從大臣赴浙江、湖北、吉林、山東按事。其詩歌内容豐富，諸體皆備，創作成就和豐富的内涵既有典型的時代意義，也有獨特的家族特徵。著有《韞山堂文集》、《讀雪山房唐詩》。其《讀雪山房唐詩》編選有唐一代詩歌菁華，標舉詩歌風格的創新立異，梳理各體詩的源流正變，論詩方法獨特，是一部慧眼獨具的唐詩選本，在唐詩學史上有一定的理論貢獻。

　　本書資料據清光緒十二年湖北官書局刻本《讀雪山房唐詩》。

《讀雪山房唐詩·凡例》（節録）

　　五言肇興至唐，將及千載，故其境象尤博。即以有唐一代論之：陳、張爲先聲，王、孟爲正響。常建、劉昚虛幾于蘇、李天成；李頎、王昌齡不減曹、劉自得。陶翰慷慨，喜言邊塞；儲光羲真樸，善說田家。岑嘉州峭壁懸崖，峻不可上；元次山松風澗雪，凛不可留。李供奉襟情個儻，集建安、六代之成；杜員外氣韻沉雄，盡樂府古詞之變。韋、柳以澄澹爲宗，錢、李以風標相尚。韓、孟皆戛戛獨造，而塗畛又分；樂天若平平無奇，而神益自遠。其他一吟一詠，各自成家，不可枚舉。於戲，其極天不之大觀乎！

　　唐七言古詩，整齊於高、岑、王、李，飄灑於太白，沉雄於少陵，崛强於昌黎，蓋猶七雄之並峙也。前之王、楊、盧、駱，後之元、白、張、王，則宋、衛、中山之君也。韓翃、盧綸，王、李之附庸；昌谷、樊南，退之之屬國也。惟李、杜，則昌黎而外，蓋莫敢問津焉。

　　昔人論五言律詩："如聚四十賢人，更著一屠沽不得。"解此自不敢苟於下筆。

　　五言律詩，有性靈人可以頓悟，七言則非積學攻苦，不能至也。論者謂"如挽百石之弓，非腕中有神力者，止到八九分地位"，斯言最善名狀。七言律詩出於樂府，故以沈雲卿《龍池》、《古意》冠篇。初唐之作，皆當以是求之。張燕公《舞馬千秋萬歲詞》，崔司勳《雁門胡人歌》，尤顯然樂府也。王摩詰"秦川一半夕陽開"，爲樂府高調，見樂天集。

七言律詩，至杜工部而曲盡其變。蓋昔人多以自在流行出之，作者獨加以沉鬱頓挫。其氣盛，其言昌，格法、句法、字法、章法，無美不備，無奇不臻，橫絕古今，莫能兩大。

試帖一體，特便於場屋，大手筆多不屑爲，昌黎所謂類於俳優者之詞也。即唐賢佳制，與諸體詩並列，幾於無可位置。茲選概不之及，惟存錢起《湘靈鼓瑟》一篇，亦以其結句入神而存之，非以其爲試帖也。且吾見能爲試帖而終身無與於詩者矣，安有能爲詩而顧不能爲試帖者哉！

五言古詩，琴聲也，醇至澹泊，如空山之獨往。七言歌行，鼓聲也，屈蟠頓挫，若漁陽之怒撾。五言律詩，笙聲也，雲霞縹緲，疑鶴背之初傳。七言律詩，鐘聲也，震越渾鍠，似蒲牢之乍吼。五言絕句，磬聲也，清深促數，想羈館之朝擊。七言絕句，笛聲也，曲折繚亮，類羌城之暮吹。（卷首）

章學誠

章學誠（1738—1801）字實齋，號少岩，清會稽（今浙江紹興）人。乾隆四十三年（1778）進士。清代史學家、思想家、方志學家。一生坎坷。曾援授國子監典籍，主講定州定武、保定蓮池、歸德文正等書院。後入湖廣總督畢沅幕府，協助編纂《續資治通鑒》、主修《湖北通志》等書。所作文章疏暢條達，以議論勝。力倡史學，獨樹一幟。以“六經皆史”說糾正重經輕史的偏失，反對“舍今而求古，舍人事而言性天”的學風，主張“史學所以經世”、“作史貴知其意”；闡發史學義例，表彰通史撰述；重視方志編纂，提出“辨章學術，考鏡源流”的目錄學思想，建立了較爲系統的歷史學和目錄學理論。因其學說與當時學界好尚不合，直至晚清始得傳播。所編和州、永清、亳州諸志，深受後世推重。代表作品爲《文史通義》、《校讎通義》，學術價值甚高。另有《方志略例》、《實齋文集》等，均收入吳興嘉業堂刊本《章氏遺書》。《文史通義》內篇五卷，外篇三卷，是章學誠探討古今學術、文史、教育等文章和論學書信的彙編，原無固定體例，章學誠生前也沒有編成定本。史學界以爲它是研究文史的名著，文化史專家則以爲它是文化史專著，思想史學家視其爲思想史專著，教育學家則認爲它是一部基於文史源流，刻意矯正學風，宣導教育經世致用的學術著作，說明這部書的學術價值是多方面的。其《校讎通義》是校讎學理論的集大成著作，是繼宋鄭樵之《校讎略》之後的又一本校讎學理論專著，主要闡述了劉氏《七略》之旨，並對編目、提要、校勘等提出了一些新的見解。

本書資料據吳興嘉業堂刊《章氏遺書》本《文史通義》、《校讎通義》。

詩教上

　　周衰文弊，六藝道息，而諸子爭鳴。蓋至戰國而文章之變盡，至戰國而著述之事專，至戰國而後世之文體備。故論文於戰國，而升降盛衰之故可知也。戰國之文，奇邪錯出而裂於道，人知之；其源皆出於六藝，人不知也。後世之文，其體皆備於戰國，人不知；其源多出於《詩》教，人愈不知也。知文體備於戰國，而始可與論後世之文；知諸家本於六藝，而後可與論戰國之文；知戰國多出於《詩》教，而後可與論六藝之文。可與論六藝之文，而後可與離文而見道；可與文道，而後可與奉道而折諸家之文也。

　　戰國之文，其源皆出於六藝，何謂也？曰：道體無所不該，六藝足以盡之。諸子之爲書，其持之有故而言之成理者，必有得於道體之一端，而後乃能恣肆其説，以成一家之言也。所謂一端者，無非六藝之所該，故推之而皆得其所本；非謂諸子果能服六藝之教，而出辭必衷於是也。《老子》説本陰陽，《莊》、《列》寓言假象，《易》教也。鄒衍侈言天地，關尹推衍五行，《書》教也。管、商法制，義存政典，《禮》教也。申、韓刑名，旨歸賞罰，《春秋》教也。其他楊、墨、尹文之言，蘇、張、孫、吳之術，辨其源委，挹其旨趣，九流之所分部，《七録》之所叙論，皆於物曲人官，得其一致，而不自知爲六典之遺也。

　　戰國之文，既源於六藝，又謂多出於《詩》教，何謂也？曰：戰國者，縱橫之世也。縱橫之學，本於古者行人之官。觀春秋之辭命，列國大夫，聘問諸侯，出使專對，蓋欲文其言以達旨而已。至戰國而抵掌揣摩，騰説以取富貴，其辭敷張而揚厲，變其本而加恢奇焉，不可謂非行人辭命之極也。孔子曰："誦詩三百，授之以政，不達；使於四方，不能專對，雖多奚爲？"是則比興之旨，諷諭之義，固行人之所肆也。縱橫者流，推而衍之，是以能委折而入情，微婉而善諷也。九流之學，承官曲於六典，雖或原於《書》、《易》、《春秋》，其質多本於禮教，爲其體之有所該也。及其出而用世，必兼縱橫，所以文其質也。古之文質合於一，至戰國而各具之質；當其用也，必兼縱橫之辭以文之，周衰文弊之效也。故曰：戰國者，縱橫之世也。

　　後世之文，其體皆備於戰國，何謂也？曰：子史衰而文集之體盛，著作衰而辭章之學興。文集者，辭章不專家，而萃聚文墨，以爲蛇龍之菹也詳見《文集》篇。後賢承而不廢者，江河導而其勢不容復遏也。經學不專家，而文集有經義；史學不專家，而文集有傳記；立言不專家（即諸子書也），而文集有論辨。後世之文集，舍經義與傳記、論辨之三體，其餘莫非辭章之屬也。而辭章實備於戰國，承其流而代變其體製焉。學者不知，而溯摯虞所哀之《流別》摯虞有《文章流別傳》，甚且以蕭梁《文選》，舉爲辭章之祖也，其亦不知古今流別之義矣。

今即《文選》諸體，以徵戰國之賅備擧虞《流別》，孔逭《文苑》，今俱不傳，故據《文選》。《京都》諸賦，蘇、張縱橫六國，侈陳形勢之遺也。《上林》、《羽獵》，安陵之從田，龍陽之同釣也。《客難》、《解嘲》，屈原之《漁父》、《卜居》，莊周之惠施問難也。韓非《儲説》，比事徵偶，《連珠》之所肇也前人已有言及之者。而或以爲始於傅毅之徒傅玄之言，非其質矣。孟子問齊王之大欲，歷擧輕暖肥甘、聲音采色，《七林》之所啟也；而或以爲創之枚乘，忘其祖矣。鄒陽辨謗於梁王，江淹陳辭於建平，蘇秦之自解忠信而獲罪也。《過秦》、《王命》、《六代》、《辨亡》諸論，抑揚往復，詩人諷諭之旨，孟、荀所以稱述先生，徼時君也屈原上稱帝嚳，中述湯、武，下道齊桓，亦是。淮南賓客，梁苑辭人，原、嘗、申、陵之盛擧也。東方、司馬，侍從於西京，徐、陳、應、劉，徵逐於鄴下，談天雕龍之奇觀也。遇有升沉，時有得失，畸才匯於末世，利禄萃其性靈，廊廟山林，江湖魏闕，曠世而相感，不知悲喜之何從。文人情深於《詩》、《騷》，古今一也。至戰國而文章之變盡，至戰國而後世之文體備，其言信而有徵矣。

至戰國而著述之事專，何謂也？曰：古未嘗有著述之事也，官師守其典章，史臣録其職載。文字之道，百官以之治，而萬民以之察，而其用已備矣。是故聖王書同文以平天下，未有不用之於政教典章，而以文字爲一人之著述者也（詳見外篇《校讎略·著録先明大道論》）。道不行而師儒立其教，我夫子之所以功賢堯舜也。然而予欲無言，無行不與，六藝存周公之舊典，夫子未嘗著述也。《論語》記夫子之微言，而曾子子思，俱有述作以垂訓，至孟子而其文然後閎肆焉，著述至戰國而始專之明驗也《論語》記曾子之没，吳起嘗師曾子，則曾子没於戰國初年，而《論語》成於戰國之時明矣。

春秋之時，管子嘗有書矣《鬻子》、《晏子》，後人所託。然載一時之典章政教，則猶周公之有《官禮》也。記管子之言行，則習管氏法者所綴輯，而非管仲所著述也或謂管仲之書，不當稱桓公之謚，閻氏若璩又謂後人所加，非《管子》之本文，皆不知古人並無私自著書之事，皆是後人綴輯，詳《諸子》篇。兵家之有《太公陰符》，醫家之有《黃帝素問》，農家之《神農》、《野老》，先儒以謂後人僞撰，而依託乎古人。其言似是，而推究其旨，則亦有所未盡也。蓋末數小技，造端皆始於聖人，苟無微言要旨之授受，則不能以利用千古也。三代盛時，各守人官物曲之世氏，是以相傳以口耳，而孔、孟以前，未嘗得見其書也。至戰國而官守師傳之道廢，通其學者，述舊聞而著於竹帛焉。中或不能無得失，要其所自，不容遽昧也。以戰國之人，而述黃、農之説，是以先儒辨之文辭，而斷其僞託也；不知古初無著述，而戰國始以竹帛代口耳外史掌三皇五帝之書及四方之志，與孔子所述六藝舊典，皆非著述一類，其説已見於前。實非有所僞託也。

然則著述始專於戰國，蓋亦出於勢之不得不然矣。著述不能不衍爲文辭，而文辭不能不生其好尚。後人無前人之不得已，而惟以好尚逐於文辭焉，然猶自命爲著述，是以戰國爲文章之盛，而衰端亦已兆於戰國也。

詩教下

或曰：若是乎三代以後，六藝惟《詩》教爲至廣也。敢問文章之用，莫盛於《詩》乎？

曰：豈特三代以後爲然哉？三代以前，《詩》教未嘗不廣也。夫子曰："不學《詩》，無以言。"古無私門之著述，未嘗無達衷之言語也。惟託於聲音，而不著於文字，故秦人禁《詩》、《書》，《書》闕有間，而《詩》篇無有散失也。後世竹帛之功，勝於口耳；而古人聲音之傳，勝於文字；則古今時異，而理勢亦殊也。自古聖王以禮樂治天下，三代文質，出於一也。世之盛也，典章存於官守，《禮》之質也；情志和於聲詩，樂之文也。迨其衰也，典章散，而諸子以術鳴。故專門治術，皆爲《官禮》之變也。情志蕩，而處士以橫議，故百家馳説，皆爲聲《詩》之變也名、法、兵、農、陰陽之類，主實用者，謂之專門治術，其初各有職掌，故歸於官，而爲禮之變也。談天、雕龍、堅白、異同之類，主虛理者，謂之百家馳説。其言不過達其情志，故歸於詩，而爲樂之變也。戰國之文章，先王禮樂之變也六藝爲《官禮》之遺，其説亦詳外篇《校讎略》中《著録先明大道論》。然而獨謂《詩》教廣於戰國者，專門之業少，而縱橫騰説之言多。後世專門子術之書絶僞體子書，不足言也而文集繁，雖有醇駁高下之不同，其究不過自抒其情志。故曰：後世之文體，皆備於戰國，而《詩》教於斯可謂極廣也。學者誠能博覽後世文之集，而想見先王禮樂之初焉，庶幾有立而能言學問有主即是立，不盡如朱子所云肌膚筋骸之束而已也，可以與聞學《詩》學《禮》之訓矣。學者惟拘聲韻爲之詩，而不知言情達志，敷陳諷諭、抑揚涵泳之文，皆本於《詩》教。是以後世文集繁，而紛紜承用之文，相與沿其體，而莫由知其統要也。至於聲韻之文，古人不盡通於《詩》，而後世承用詩賦之屬，亦不盡出六藝之教也，其故亦備於戰國。是故明於戰國升降之體勢，而後禮樂之分可以明，六藝之教可以別；《七略》九流諸子百家之言，可以導源而溯流；兩漢、六朝、唐、宋、元、明之文，可以畦分而睦別；官曲術業，聲詩辭説，口耳竹帛之遷變，可坐而定矣。

演疇皇極，訓詁之韻者也，所以便諷誦，志不忘也。六象贊言，《爻》、《繫》之韻者也，所以通卜筮，闡幽玄也。六藝非可皆通於《詩》也，而韻言不廢，則諸音協律，不得專爲《詩》教也。傳記如《左》、《國》，著説如《老》、《莊》，文逐聲而遂諧，語應節而遽協，豈必合《詩》教之比興哉？焦貢之《易林》，史游之《急就》，經部韻言之不涉於《詩》也。《黃庭經》之七言，《參同契》之斷字，子術韻言之不涉於《詩》也。後世雜藝百家，誦拾名數，率用五言七字，演爲歌訣，咸以取便記誦，皆無當於詩人之義也。而文指存乎詠歎，取義近於比興，多或滔滔萬言，少或寥寥片語，不必諧韻和聲，而識者雅賞其爲

《風》、《騷》遺範也。故善論文者，貴求作者之意指，而不可拘於形貌也。

傳曰："不歌而誦謂之賦。"班氏固曰："賦者，古詩之流。"劉氏勰曰："六藝附庸，蔚爲大國。"蓋長言詠歎之一變，而無韻之文可通於詩者，亦於是而益廣也。

屈氏二十五篇，劉、班著錄，以爲《屈原賦》也。《漁父》之辭，未嘗諧韻，而入於賦，則文體承用之流別，不可不知其漸也。文之敷張而揚厲者，皆賦之變體，不特附庸之爲大國，抑亦陳完之後，離去宛邱故都，而大啟疆宇於東海之濱也。後世百家雜藝，亦用賦體爲拾誦寶氏《述書賦》，吳氏《事類賦》，醫家藥性賦，星卜命相術業賦之類，蓋與歌訣同出六藝之外矣。然而賦家者流，猶有諸子之遺意，居然自命一家之言者，其中又各有其宗旨焉。殊非後世詩賦之流，拘於文而無其質，茫然不可辨其流別也。是以劉、班《詩賦》一略，區分五類，而屈原、陸賈、荀卿，定爲三家之學也說詳外篇《校讎略》中《漢志詩賦論》。

馬、班二史，於相如、揚雄諸家之著賦，俱詳著於列傳，自劉知幾以還，從而抵排非笑者，蓋不勝其紛紛矣，要皆不爲知言也。蓋爲後世文苑之權輿，而文苑必致文采之實跡，以視范史而下，標文苑而止叙文人行略者，爲遠勝也。然而漢廷之賦，實非苟作，長篇錄入於全傳，足見其人之極思，殆與賈疏董策，爲用不同，而同主於以文傳人也。是則賦家者流，縱橫之派別，而兼諸子之餘風，此其所以異於後世辭章之士也。故論文於戰國而下，貴求作者之意指，而不可拘於形貌也。

論文拘形貌之弊，至後世文集而極矣。蓋編次者之無識，亦緣不知古人之流別、作者之意指，不得不拘貌而論文也。集文雖始於建安魏文撰徐、陳、應、劉文爲一集，此文集之始，摯虞《流別集》，猶其後也，而實盛於齊、梁之際。古學之不可復，蓋至齊、梁而後蕩然矣摯虞《流別集》，乃是後人集前人。人自爲集，自齊之《王文憲集》始，而昭明《文選》又爲總集之盛矣。范、陳、晉、宋諸史所載，文人列傳，總其撰著，必云詩、賦、碑、箴、頌、誄若干篇，而未嘗云文集若干卷，則古人文字，散著篇籍，而不强以類分可知也。孫武之書，蓋有八十二篇矣說詳外篇《校讎略》中《漢志兵書論》，而闔閭以謂"子之十三篇，吾既得而見"，是始《計》以下十三篇，當日別出獨行，而後世始合之明徵也。韓非之書，今存五十五篇矣。而秦王見其《五蠹》、《孤憤》，恨不得與同時。是《五蠹》、《孤憤》，當日別出獨行，而後世始合之明徵也。《吕氏春秋》自序，以爲良人問十二紀，是八覽六論，未嘗入序次也。董氏《清明》、《玉杯》、《竹林》之篇，班固與《繁露》並紀其篇名，是當日諸篇，未入《繁露》之書也。夫諸子專家之書，指無旁及，而篇次猶不可强繩以類例；況文集所衷，體製非一，命意各殊，不深求其意指之所出，而欲强以篇題形貌相拘哉！

賦先於詩，騷別於賦，賦有問答發端，誤爲賦序，前人之議《文選》，猶其顯然者也。若夫《封禪》、《美新》、《典引》，皆頌也。稱符命以頌功德，而別類其體爲符命，則王子淵以聖主得賢臣而頌嘉會，亦當別類其體爲主臣矣。班固次韻，乃《漢書》之自序也。其云述《高帝紀》第一，述《陳項傳》第一者，所以自序撰書之本意，史遷有作於先，故已退居於述爾。今於史論之外，別出一體爲史述贊，則遷書自序，所謂作《五帝紀》第一，作《伯夷傳》第一者，又當別出一體爲史作贊矣。漢武詔策賢良，即策問也。今以出於帝制，遂於策問之外，別名曰詔。然則制策之對，當離諸策而別名爲表矣。賈誼《過秦》，蓋《賈子》之篇目也今傳《賈氏新書》，首列《過秦》上下二篇，此後爲後人輯定，不足爲據。《漢志》，《賈誼》五十八篇，又賦七篇，此外別無論者，則《過秦》乃《賈子》篇目明矣。因陸機《辨亡》之論，規仿《過秦》，遂援左思“著論準《過秦》”之說，而標體爲論矣左思著論之說，須活看，不可泥。魏文《典論》，蓋猶桓子《新論》、王充《論衡》之以論名書耳。《論文》，其篇目也。今與《六代》、《辨亡》諸篇，同次於論；然則昭明《自序》，所謂“老、莊之作，管、孟之流，立意爲宗，不以能文爲本”，其例不收諸子篇次者；豈以有取斯文，即可裁篇題論，而改子爲集乎？《七林》之文，皆設問也。今以枚生發問有七，而遂標爲七，則《九歌》、《九章》、《九辨》，亦可標爲九乎？《難蜀父老》，亦設問也。今以篇題爲難，而別爲難體，則《客難》當與同編，而《解嘲》當別爲嘲體，《賓戲》當別爲戲體矣。

《文選》者，辭章之圭臬，集部之準繩，而淆亂蕪穢，不可殫詰；則古人流別，作者意指，流覽諸集，孰是深窺而有得者乎？集人之文，尚未得其意指，而自哀所著爲文集者，何紛紛耶？若夫總集、別集之類例，編輯撰次之得失，今古詳略之攸宜，錄選評鈔之當否，別有專篇討論，不盡述也。（以上《文史通義》卷一）

傳　記

傳記之書，其流已久，蓋與六藝先後雜出。古人文無定體，經史亦無分科。《春秋》三家之傳，各記所聞，依經起義，雖謂之記可也。經《禮》二戴之記，各傳其說，附經而行，雖謂之傳可也。其後支分派別，至於近代，始以錄人物者，區爲之傳；叙事跡者，區爲之記。蓋亦以集部繁興，人自生其分別，不知其然而然，遂若天經地義之不可移易。此類甚多，學者生於後世，苟無傷於義理，從衆可也。然如虞預《妒記》、《襄陽耆舊記》之類，叙人何嘗不稱記？《龜策》、《西域》諸傳，述事何嘗不稱傳？大抵爲典爲經，皆是有德有位，綱紀人倫之所製作，今之六藝是也。夫子有德無位，則述而不作，故《論語》、《孝經》，皆爲傳而非經，而《易·繫》亦止稱爲《大傳》。其後悉列爲經，諸儒尊夫子之文，而使之有以別於後儒之傳記爾。周末儒者，及於漢初，皆知著述之事，不可自命經綸，蹈於妄作；又自以立說，當稟聖經以爲宗主，遂以所見所聞，各筆於書而爲傳記。若二《禮》諸記、《詩》、《書》、《易》、《春秋》諸傳是也。蓋皆依經起義，其實各自爲書，與後世箋注自不同也。後世專門學衰，集體日盛，叙人述事，各有散篇，亦取傳記爲名，附於古人傳記專家之義爾。明自嘉靖而後，論文各分門户，其有好爲高論者，輒言傳乃史職，身非史官，豈可爲人作傳？世之無定識而强解事者，羣焉和之，以謂於古未之前聞。夫後世文字，於古無有，而相率而爲之者，集部紛紛，大率皆是。

若傳則本非史家所創，馬、班以前，早有其文孟子答苑囿湯、武之事，皆曰：“於傳有之。”彼時並未有紀傳之史，豈史官之文乎。今必以爲不居史職，不宜爲傳，試問傳記有何分别？不爲經師，又豈宜更爲記耶？記無所嫌，而傳爲厲禁，則是重史而輕經也。文章宗旨，著述體裁，稱爲例義。今之作家，昧焉而不察者多矣。獨於此等無可疑者，輒爲無理之拘牽。殆如村俚巫嫗，妄説陰陽禁忌，愚民舉措爲難矣。明末之人，思而不學，其爲瞽説，可勝唾哉！今之論文章者，乃又學而不思，反襲其説，以矜有識，是爲古所愚也。辨職之言，尤爲不明事理。如通行傳記，盡人可爲，自無論經師與史官矣。必拘拘於正史列傳，而始可爲傳，則雖身居史職，苟非專撰一史，又豈可别自爲私傳耶？若但爲應人之請，便與撰傳，無以異於世人所撰。惟他人不居是官，例不得爲；己居其官，即可爲之，一似官府文書之須印信者然；是將以史官爲胥吏，而以應人之傳，爲倚官府而舞文之具也，説尤不可通矣。道聽之徒，乃謂此言出大興朱先生，不知此乃明末之矯論，持門户以攻王、李者也。朱先生嘗言：“見生之人，不當作傳。”自是正理。但觀於古人，則不儘然。按《三國志》龐淯母趙娥，爲父報仇殺人，注引皇甫《烈女傳》云：“故黄門侍郎安定梁寬爲其作傳。”是生存之人，古人未嘗不爲立傳。李翱撰《楊烈婦傳》，彼時楊尚生存。恐古人似此者不乏。蓋包舉一生而爲之傳，《史》、《漢》列傳體也。隨舉一事而爲之傳，《左氏》傳經體也。朱先生言，乃專指列傳一體爾。邵念魯與家太詹，嘗辨古人之撰私傳，曰：“子獨不聞鄧禹之傳，范氏固有本歟？”按此不特范氏，陳壽《三國志》，裴注引東京、魏、晉諸家私傳相證明者，凡數十家。即見於隋、唐《經籍》、《藝文志》者，如《東方朔傳》、《陸先生傳》之類，亦不一而足，事固不待辨也。彼挾兔園之册，但見昭明《文選》、唐宋八家鮮入此體，遂謂天下之書，不復可旁證爾。

往者聘撰《湖北通志》，因恃督府深知，遂用别識心裁，勒爲三家之學。人物一門，全用正史列傳之例，撰述爲篇。而隋、唐以前，史傳昭著，無可參互詳略施筆削者，則但揭姓名，爲《人物表》說詳本篇《序例》。其諸史本傳，悉入《文徵》，以備案檢所謂三家之學，《文徵》以擬《文選》。其於撰述義例，精而當矣。時有僉人，窮於宦拙，求余薦入書局，無功冒餐給矣。值督府左遷，小人涎利搆讒，羣刺蜂起，當事惑之，檄委其人校正。余方恃其由余薦也，而不虞其背德反噬，昧其平昔所服膺者，而作譸張以罔上也（别有專篇辨例）。乃曰《文徵》例仿《文選》、《文苑》，《文選》、《文苑》本無傳體。因舉《何蕃》、《李赤》、《毛穎》、《宋清》諸傳，出於游戲投贈，不可入正傳也。上官乃亟贊其有學識也，而又陰主其說，匿不使余知也。噫！

　　《文苑英華》有傳五卷，蓋七百九十有二，至於七百九十有六，其中正傳之體，公卿則有兵部尚書梁公李峴，節鉞則有東川節度盧坦皆李華撰傳，文學如陳子昂盧藏用撰傳，節操如李紳沈亞之撰傳，貞烈如楊婦李翱、寶女杜牧，合於史家正傳例者，凡十餘篇，而謂《文苑》無正傳體，真喪心矣！

　　宋人編輯《文苑》，類例固有未盡，然非僉人所能知也。即傳體之所采，蓋有排麗如碑誌者庾信《邱乃敦敦崇傳》之類，自述非正體者《陸文學自傳》之類，立言有寄託者《王承福傳》之類，借名存諷刺者《宋清傳》之類，投贈類序引者《强居士傳》之類，俳諧爲游戲者《毛穎傳》之類，亦次於諸正傳中；不如李漢集韓氏文，以《何蕃傳》入雜著，以《毛穎傳》入雜文，義例乃皎然矣。（《文史通義》卷三）

古文公式

　　古文體製源流，初學入門，當首辨也。蘇子瞻《表忠觀碑》，全錄趙抃奏議，文無增損，其下即綴銘詩。此乃漢碑常例，見於金石諸書者，不可勝載；即唐、宋八家文中，如柳子厚《壽州安豐孝門碑》，亦用其例，本不足奇。王介甫詫謂是學《史記》諸侯王年表，真學究之言也。李耆卿謂其文學《漢書》，亦全不可解。此極是尋常耳目中事，諸公何至怪怪奇奇，看成骨董？且如近日市井鄉間，如有利弊得失，公議興禁，請官約法，立碑垂久，其碑即刻官府文書告諭原文，毋庸增損字句，亦古法也。豈介甫諸人，於此等碑刻猶未見耶？當日王氏門客之訾摘駁怪，更不直一笑矣。

　　以文辭而論，趙清獻請修表忠觀原奏，未必如蘇氏碑文之古雅。史家記事記言，因襲成文，原有點竄塗改之法。蘇氏此碑，雖似鈔繕成文，實費經營裁制也。第文辭可以點竄，而制度則必從時。此碑篇首“臣抃言”三字，篇末“制曰可”三字，恐非宋時奏議上陳、詔旨下達之體；而蘇氏意中，揣摩《秦本紀》“丞相臣斯昧死言”及“制曰可”等語太熟，則不免如劉知幾之所譏，貌同而心異也。

　　余昔修《和州志》，有《乙亥義烈傳》，專記明末崇禎八年，闖賊攻破和州，官吏紳民男婦殉難之事。用記事本末之例，以事爲經，以人爲緯，詳悉具載。而州中是非閧起。蓋因闖賊怒拒守而屠城，被屠者之子孫，歸咎於創議守城者，陷害滿城生命，又有著論指斥守城者部署非法，以致城陷；甚至有誣創議守城者，縋城欲逃，爲賊擒殺，並非真殉難者。余搜得鳳陽巡撫朱大典，奏報和州失陷，官紳殉難情節，乃據江防州同申報，轉據同在圍城逃脫難民口述親目所見情事，官紳忠烈，均不可誣。余因全錄奏報，以爲是篇之序。中間文字點竄，甚有佳處。然篇首必云：“崇禎九年二月日，巡撫鳳陽提督軍務都察院右副都御史臣朱大典謹奏，爲和城陷賊，官紳殉難堪憐，乞賜旌表，以彰義烈事。”其篇末云：“奉旨，覽奏憫惻，該部察例施行。”此實當時奏陳詔報式也。或謂中間奏文，既已删改古雅，其前後似可一例潤色。余謂奏文辭句，並無一定體式，故可點竄古雅，不礙事理。前後自是當時公式，豈可以秦、漢之衣冠，繪明人之圖像耶？

蘇氏《表忠觀碑》，前人不知，而相與駭怪，自是前人不學之過。蘇氏之文，本無可議。至人相習而不以爲怪，其實不可通者，惟前後不遵公式之六字耳。夫文辭不察義例，而惟以古雅爲徇，則“臣抃言”三字，何如“嶽曰於”三字更古？“制曰可”三字，何如“帝曰俞”三字更古？舍唐、虞而法秦、漢，未見其能好古也。

汪鈍翁撰《睢州湯烈婦旌門頌序》，首録巡按御史奏報，本屬常例，無可訾，亦無足矜也。但汪氏不知文用古法，而公式必遵時制；秦、漢奏報之式，不可以改今文也。篇首著監察御史臣粹然言，此又讀《表忠觀碑》“臣抃言”三字太熟，而不知蘇氏已非法也。近代章奏，篇首叙銜，無不稱姓，亦公式也。粹然何姓，汪氏豈可因摩古而删之？且近代章奏，銜名之下，必書謹奏，無稱言者。一語僅四字，而兩違公式，不知何以爲古文辭也？婦人有名者稱名，無名者稱姓，曰張曰李可也。近代官府文書，民間詞狀，往往舍姓而空稱曰氏，甚至有稱爲該氏者，誠屬俚俗不典；然令無明文，胥吏苟有知識，仍稱爲張爲李，官所不禁，則猶是通融之文法也。汪氏於一定不易之公式，則故改爲秦、漢古款，已是貌同而心異矣。至於正俗通行之稱謂，則又偏舍正而徇俗，何顛倒之甚耶？結句又云“臣謹昧死以聞”，亦非今制。汪氏平日以古文辭高自矜詡，而庸陋如此，何耶？汪之序文，於臣粹然言句下，直起云“睢州諸生湯某妻趙氏，值明末李自成亡亂”云云，是亦未善。當云“故明睢州諸生湯某妻趙氏，值李自成之亂”，於辭爲順。蓋突起似現在之人，下句補出值明末李自成，文氣亦近滯也。學文者，當於此等留意辨之。

詩　話

詩話之源，本於鍾嶸《詩品》。然考之經傳，如云：“爲此詩者，其知道乎？”又云：“未之思也，何遠之有？”此論詩而及事也。又如“吉甫作誦，穆如清風，其詩孔碩，其風肆好”，此論詩而及辭也。事有是非，辭有工拙，觸類旁通，啟發實多。江河始於濫觴。後世詩話家言，雖曰本於鍾嶸，要其流別滋繁，不可一端盡矣。

《詩品》之於論詩，視《文心雕龍》之於論文，皆專門名家，勒爲成書之初祖也。《文心》體大而慮周，《詩品》思深而意遠；蓋《文心》籠罩羣言，而《詩品》深從六藝溯流別也。如云某人之詩，其源出於某家之類，最爲有本之學。其法出於劉向父子。論詩論文，而知溯流別，則可以探源經籍,而進窺天地之純,古人之大體矣。此意非後世詩話家流所能喻也鍾氏所推流別,亦有不甚可曉處。蓋古書多亡,難以取證。但已能窺見大意,實非論詩家所及。

唐人詩話,初本論詩,自孟棨《本事詩》出亦本《詩小序》,乃使人知國史叙詩之意,而好事者踵而廣之,則詩話而通於史部之傳記矣。間或詮釋名物,則詩話而通於經部之小學矣《爾雅》訓詁類也。或泛述聞見,則詩話而通於子部之雜家矣此二條,宋人以後較多。雖書旨不一其端,而大略不出論辭論事,推作者之志,期於詩教有益而已矣。

《詩品》《文心》,專門著述,自非學富才優,爲之不易,故降而爲詩話。沿流忘源,爲詩話者,不復知著作之初意矣。猶之訓詁與子史專家子指上章雜家,史指上章傳記,爲之不易,故降而爲説部。沿流忘源,爲説部者,不復知專家之初意也。詩話説部之末流,糾紛而不可釐別,學術不明,而人心風俗或因之而受其敝矣。

宋儒講學,躬行實踐,不易爲也。風氣所趨,撰語録以主奴朱、陸,則盡人可能也。論文考藝,淵源流別,不易知也。好名之習,作詩話以黨伐同異,則盡人可能也。以不能名家之學如能名家,即自成著述矣,入趨風好名之習,挾人盡可能之筆,著惟意所欲之言,可憂也,可危也!

説部流弊,至於誣善黨奸,詭名託姓。前人所論,如《龍城録》《碧雲騢》之類,蓋亦不可勝數,史家所以有別擇稗野之道也。事有紀載可以互證,而文則惟意之所予奪,詩話之不可憑,或甚於説部也。

前人詩話之弊,不過失是非好惡之公。今人詩話之弊,乃至爲世道人心之害。失在是非好惡,不過文人相輕之氣習,公論久而自定,其患未足憂也。害在世道人心,則將醉天下之聰明才智,而網人於禽獸之域也。其機甚深,其術甚狡,而其禍患將有不可勝言者;名義君子,不可不峻其防而嚴其辨也。

小説出於稗官,委巷傳聞瑣屑,雖古人亦所不廢。然俚野多不足憑,大約事雜鬼神,報兼恩怨,《洞冥》《拾遺》之篇,《搜神》《靈異》之部,六代以降,家自爲書。唐人乃有單篇,別爲傳奇一類(專書一事始末,不復比類爲書)。大抵情鍾男女,不外離合悲歡。紅拂辭楊,繡襦報鄭,韓、李緣通落葉,崔、張情導琴心,以及明珠生還,小玉死報,凡如此類,或附會疑似,或竟託子虛,雖情態萬殊,而大致略似。其始不過淫思古意,辭客寄懷,猶詩家之樂府古豔諸篇也。宋、元以降,則廣爲演義,譜爲詞曲,遂使瞽史弦誦,優伶登場,無分雅俗男女,莫不聲色耳目。蓋自稗官見於《漢志》,歷三變而盡失古人之源流矣。小説歌曲傳奇演義之流,其叙男女也,男必纖佻輕薄,而美其名曰才子風流;女必冶蕩多情,而美其名曰佳人絶世。世之男子有小慧而無學識,女子解文墨而闇禮教者,皆以傳奇之才子佳人爲古之人,古之人也。

今之爲詩話者,又即有小慧而無學識者也。有小慧而無學識矣,濟以心術之傾

邪,斯爲小人而無忌憚矣！何所不至哉？（以上《文史通義》卷五）

《和州文徵》序例

乾隆三十九年,撰《和州志》四十二篇。編摩既託,因采州中著述有裨文獻,若文辭典雅有壯觀瞻者,輯爲奏議二卷,徵述三卷,論著一卷,詩賦二卷,合爲《文徵》八卷,凡若干篇。既條其別,因述所以采輯之故,爲之叙錄。叙曰:

古人著述,各自名家,未有采輯諸人,裒合爲集者也。自專門之學散,而別集之風日繁,其文既非一律,而其言時有所長,則選輯之事興焉。至於史部所徵,漢代猶爲近古。雖相如、揚雄、枚乘、鄒陽,但取辭賦華言,編爲列傳;原史臣之意,雖以存錄當時風雅,亦以人類不齊,文章之重,未嘗不可與事業同傳;不盡如後世拘牽文義,列傳止徵行跡也。但西京風氣簡質,而遷、固亦自爲一家之書,故得用其義例。後世文字,如濫觴之流爲江河,不與分部別收,則紀載充棟,將不可紀極矣。唐劉知幾嘗患史傳載言繁富,欲取朝廷詔令,臣下章奏,仿表志專門之例,別爲一體,類次紀傳之中,其意可爲善矣。然紀傳既不能盡削文辭,而文辭特編入史,亦恐浩博難罄,此後世所以存其説,而訖不能行也。

夫史氏之書,義例甚廣;《詩》、《書》之體,有異《春秋》。若《國語》十二,《國風》十五,所謂典訓風謠,各有攸當。是以太師陳詩,外史又掌四方之志,未聞獨取備於一類之書也。自孔逭《文苑》、蕭統《文選》而後,唐有《文粹》,宋有《文鑒》,皆括代選文,廣搜衆體。然其命意發凡,仍未脱才子論文之習,經生帖括之風,其於史事,未甚親切也。至於元人《文類》,則習久而漸覺其非;故其撰輯文辭,每存史意,序例亦既明言之矣。然條別未分,其於文學源流,鮮所論次。又古人云:"誦其詩,讀其書,不知其人可乎?"作者生平大節,及其所著書名,似宜存李善《文選》注例,稍爲疏證。至於建言發論,往往有文采斐然,讀者興起,而終篇扼腕,不知本事始末何如。此殆如夢古人而遽醒,聆妙曲而不終,未免使人難爲懷矣。凡若此者,並是論文有餘,證史不足,後來考史諸家,不可不熟議者也。

至若方州選文,《國語》、《國風》之説遠矣。若近代《中州》、《河汾》諸集,《梁園》、《金陵》諸篇,皆能畫界論文,略寓徵獻之意,是亦可矣。奈何志家編次藝文,不明諸史體裁,乃以詩辭歌賦、記傳雜文,全仿選文之例,列於書志之中,可謂不知倫類者也。是用修志餘暇,采摭諸體,草創規制,約略以類相從,爲叙錄其流別,庶幾踵斯事者,得以增華云爾:

奏議第一。文徵首奏議,猶志首編紀也。自蕭統選文,以賦爲一書冠冕,論時則班固後於屈原，論體則賦乃詩之流別，此其義例，豈復可爲典要？而後代選文之家，奉爲百世不祧之祖。亦可怪已。今取奏議冠首，而官府文移附之。奏議擬之於紀，而文移擬之政略，皆掌故之藏也。

徵述第二。徵述者，記傳序述志狀碑銘諸體也。其文與列傳圖書，互爲詳略。蓋史學散而書不專家，文人別集之中，應酬存録之作，亦往往有記傳諸體，可裨史事者。蕭統選文之時，尚未有此也。後代文集中兼史體，修史傳者往往從而取之，則徵述之文，要爲不易者矣。

論著第三。論著者，諸子遺風，所以託於古之立言垂不朽者，其端於是焉在。劉勰謂論之命名，始於《論語》，其言當矣。晁氏《讀書志》，授"論道經邦"，出於《尚書》，因詆劉氏之疏略。夫《周官》篇出僞古文，晁氏曾不之察，亦其惑也。諸子風衰，而文士集中乃有論説辨解諸體，若書牘題跋之類，則又因事立言，亦論著之派別也。

詩賦第四。詩賦者，六義之遺。《國風》一體，實於州縣文徵爲近。《甘泉》、《上林》，班固録於列傳，行之當世可也。後代文繁，固當別爲專書。惟詩賦家流，至於近世，溺於辭采，不得古者國史序《詩》之意；而虫虫焉爭於文字工拙之間，皆不可與言文徵者也。兹取前人賦詠，依次編列，以存風雅之遺；同時之人，概從附録，以俟後來者之別擇焉。（《文史通義》卷六）

《永清縣誌·皇言紀》序例

史之有紀，肇於《吕氏春秋》十二月紀。司馬遷用以載述帝王行事，冠冕百三十篇，蓋《春秋》之舊法也。厥後二十一家，迭相祖述，體肅例嚴，有如律令。而方州之志，則多惑於地理類書之例，不聞有所遵循；是則振衣而不知挈領，詳目而不能舉綱，宜其散漫無章，而失國史要删之義矣。

夫古者封建之世，列國自有史書；然正月必係周王，魯史必稱周典韓宣子見《易象》、《春秋》，以謂《周禮》盡在於魯是也，蓋著承禀所由始也。後世郡縣，雖在萬里之外，制如古者畿甸之法，乃其分門次類，略無規矩章程，豈有當於《周官》外史之義歟《周官》外史掌四方之志，掌達書名於四方。此見列國之書，不得自擅，必禀外史一成之例也？此則撰志諸家，不明史學之過也。吕氏十二月令，但名爲紀；而司馬遷、班固之徒，則稱本紀。原其稱本之義，司馬遷意在紹法《春秋》；顧左氏、公、穀專家，各爲之傳；而遷則一人之書，更著書、表、列傳以爲之緯，故加紀以本，而明其紀之爲經耳其定名則仿《世本》之舊稱。班固不達其意，遂並十志而題爲本志。然則表傳之不加本稱者，特以表稱年表，傳稱列傳，與本紀俱以二字定名，惟志止是單名，故强配其數，而不知其有害於經紀緯傳之義也古人配字雙單，往往有之，如《七略》之方稱經方，《淮南子》論稱書論之類，不一而足。惟無害於文義，乃可爲之耳。至於例以義起，方志撰紀，以爲一書之經，當矣。如亦從史而稱本紀，則名實混淆，非所以尊嚴國史之義也。且如後世文人所著詩文，有關當代人君行事，其文本非紀體，而亦稱恭紀以致尊崇，於義固無害也。若稱本紀，則無是理矣。是則方志所謂紀者，臨本書之表傳，則體爲輕；對國史之本紀，則又爲緯矣。是以著紀而不得稱本焉。

遷、固而下，本紀雖法《春秋》，而中載詔誥號令，又雜《尚書》之體。至歐陽修撰《新唐書》，始用大書之法，筆削謹嚴，乃出遷、固之上，此則可謂善於師《春秋》者矣。至於方志撰紀，所以備外史之拾遺，存一方之祗奉，所謂循堂楹而測太陽之照，處牖隙而窺天光之通，期於慎輯詳志，無所取於《春秋》書事之例也。是以恭錄皇言，冠於首簡；與史家之例，互相經緯，不可執一例以相拘焉。大哉王言，出於《尚書》；王言如絲，出於《禮記》。蓋三代天子稱王，所以天子之言稱王言也。後世以王言承用，據爲典故。而不知三代以後，王亦人臣之爵；凡稱天子詔誥亦爲王言，此則拘於泥古，未見其能從時者也。夫《尚書》之文，臣子自稱爲朕，所言亦可稱誥。後世尊稱，既定於一，則文辭必當名實相符，豈得拘執古例，不知更易？是以易王言之舊文，稱皇言之鴻號，庶幾事從其質，而名實不淆。敕天之歌，載於謨典；而後史本紀，惟錄詔誥。蓋詩歌抒發性情，而詔誥施於政事，故史部所收，各有當也。

至於方志之體，義在崇奉所尊，於例不當別擇。前總督李衛所修《畿輔通志》，首列詔諭宸章二門，於義較爲允協。至永清一縣，密邇畿南，固無特頒詔諭。若牽連諸府州縣，及統該直隸全部，則當載入通志，又不得以永清亦在其內，遂冒錄以入書。如有恩賜蠲逋賑恤，則事實恭登恩澤之紀，而詔諭所該者廣，是亦未敢越界而書。惟是覃恩愷澤，褒贈貤封，固家乘之光輝，亦邑書之弁冕，是以輯而紀之。御製詩章，止有《冰窖》一篇，不能分置卷帙，恭錄詔諭之後，以志雲漢光華云爾。

奏議叙録

奏議之文，所以經事綜物，敷陳治道；文章之用，莫重於斯。而蕭統選文，用賦冠首；後代撰輯諸家，奉爲一定科律，亦失所以重輕之義矣。如謂彼固辭章家言，本無當於史例，則賦乃六義附庸，而列於詩前；騷爲賦之鼻祖，而別居詩後，其任情顛倒，亦復難以自解。而《文苑》、《文鑒》，從而宗之，又何說也？今以奏議冠首，以爲輯文通例，竊比列史之首冠本紀云爾。

史家之取奏議，如《尚書》之載訓誥，其有關一時之制度，裁入書志之篇；其關於一人之樹立者,編諸列傳之內。然而紀傳篇幅,各有限斷,一代奏牘,文字繁多,廣收則史體不類,割愛則文有闕遺。按班氏《漢書》,備詳書奏,然覆檢《藝文志》內,石渠奏議之屬,《高祖》、《孝文》論述冊詔之傳,未嘗不於正史之外,別有專書。然則奏議之編,固與實錄起居注相爲表裏者也。前人編《漢魏尚書》,近代編《名臣章奏》,皆體嚴用鉅,不若文士選文之例,而不知者,往往忽而不察,良可惜也。杜佑撰《通典》,於累朝制度之外,別爲禮議二十餘卷,不必其言之見用與否,而談言有中,存其名理。此則著書之獨斷,編次之通裁,其旨可以意會,而其說不可得而跡泥者也。

然而專門之書,自爲裁制,或刪或節,固無不可。史志之體,各有識職,徵文以補書志之闕,則錄而不叙,自由舊章。今采得奏議四篇,咨詳稟帖三篇,亦附錄之,爲其官府文書,近於奏議,故類入焉。其先後一以年月爲次,所以備事之本末云爾。

徵實叙錄

徵實之文,史部傳記支流。古者史法謹嚴,記述之體,各有專家。是以魏、晉以還,文人率有別集。然而諸史列傳,載其生平著述,止云詩賦箴銘頌誄之屬,共若干篇而已。未聞載其記若干首,傳若干章,志若干條,述若干種者也。由是觀之,則記傳志述之體,古人各爲專門之書,初無散著文集之內,概可知矣。

唐、宋以還,文集之風日熾,而專門之學杳然。於是一集之中,詩賦與經解並存,論說與記述同載,而哀然成集之書,始難定其家學之所在矣。若夫選輯之書,則蕭統《文選》不載傳記,《文苑》、《文鑒》始漸加詳,蓋其時勢然也。文人之集,可徵史裁,由於學不專家,事多旁出,豈不洵歟?

徵實之體,自記事而外,又有數典之文,考據之家,所以別於叙述之文也。以史法例之,記事乃紀傳之餘,數典爲書志之裔,所謂同源而異流者也。記事之源,出於《春秋》,而數典之源,本乎官《禮》,其大端矣。數典之文,古來亦具專家,《戴記》而後,若班氏《白虎通議》,應氏《風俗通議》,蔡氏《獨斷》之類,不可勝數。而文人入集,則自隋、唐以前,此體尤所未見者也。至於專門學衰,而文士偶據所得,筆爲考辨,著爲述議,成書則不足,削棄又可惜,於是無可如何,編入文集之中,與詩賦書表之屬,分占一體,此後世選文之不得不收者也。

徵實之文,與本書紀事,尤相表裏,故採錄校別體爲多。其傳狀之文,有與本志列傳相仿佛者,正以詳略互存,且以見列傳采摭之所自,而筆削之善否工拙,可以聽後人之別擇審定焉,不敢自據爲私也。碑刻之文,有時不入金石者,錄其全文,其重在徵事得實也。仍於篇後著石刻之款識,所以與金石相互見也。

論説叙錄

論説之文，其原出於《論語》。鄭氏《易》云："雲電屯，君子以經綸。言論撰書禮，樂施政事。"蓋當其用，則爲典謨訓誥；當其未用，則爲論撰説議。聖人製作，其用雖異，而其本出於一也。

周秦諸子，各守專家，雖其學有醇駁，語有平陂；然推其本意，則皆取其所欲行而不得行者，筆之於書，而非有意爲文章華美之觀，是論説之本體也。自學不專門，而文求綺麗，於是文人撰集，説議繁多。其中一得之見，與夫偶合之言，往往亦有合於古人；而根本不深，旨趣未卓，或諸體雜出，自致參差；或先後匯觀，竟成復沓；此文集中之論説，所以異於諸子一家之言也。唐馬總撰《意林》，裁節諸子，標其名雋，此亦棄短取長之意也。

今兹選文，存其論之合者，亦撰述之通義也。《文選》諸論，若《過秦》、《辨亡》諸篇，義取抑揚詠歎，旨非抉摘發揮；是乃史家論贊之屬，其源略近詩人比興一流，與唐、宋諸論，名同實異。然《養生》、《博弈》諸篇，則已自有命意；斯固文集盛行，諸子風衰之會也。蕭氏不察，同編一類，非其質矣。諸子一變而爲文集之論議，再變而爲説部之劄記，則宋人有志於學，而爲返樸還淳之會也。然嗜好多端，既不能屏除文士習氣，而爲之太易，又不能得其深造逢源。遍閱作者，求其始末，大抵是收拾文集之餘，取其偶然所得，一時未能結撰者，劄而記之，積少致多，裒成其帙耳。故義理率多可觀，而宗旨終難究索也。

永清文獻荒蕪，論説之文，無可采擇，約存一首，聊以備體，非敢謂有合於古人也。

詩賦叙錄

詩賦者，六籍之鼓吹，文章之宣節也。古者聲詩立教，鏗鏘肆於司樂，篇什叙於太史；事領專官，業傳學者；欲通聲音之道，或求風教所施，詢諸掌故，本末犁然，其具存矣。自詩樂分源，俗工惟習工尺，文士僅攻月露；於是聲詩之道，不與政事相通；而業之守在專官，存諸掌故者，蓋茫然而不可復追矣。

然漢、魏而還，歌行樂府，指事類情；就其至者，亦可考其文辭，證其時事。唐、宋以後，雖云文士所業，而作者繼起，發揮微隱，敷陳政教；采其尤者，亦可不愧古人。故選文至於詩賦，能不墜於文人綺語之習，斯庶幾矣。

劉氏《七略》，以封禪儀記入《禮經》，秦官奏議、《太史公書》入《春秋》，而《詩賦》自爲一略，不隷《詩經》；則以部帙繁多，不能不別爲部次也。惜其叙例，不能申明原委，致開後世詩賦文集混一而不能犁晰之端耳。至於賦乃六義之一，其體誦而不歌。而劉《略》所收，篇第倍蓰於詩，於是以賦冠前，而詩歌雜體，反附於後，以致蕭《選》以下，奉爲一定章程，可謂失所輕重者矣。又其詩賦區爲五種，若雜賦一門，皆無專主名氏，體如後世總集之異於別集。詩歌一門，自爲一類，雖無叙例，觀者猶可以意辨之，知所類別。至屈原以下二十家，陸賈以下二十一家，孫卿以下二十五家，門類既分爲三，當日必有其說；而叙例闕如（如諸子之目後叙明某家者流，其原出於古者某官云云是也），不與諸子之書，同申原委；此詩賦一略，後人所爲欲究遺文，而莫知宗旨者也。

　　州縣文徵，選輯詩賦，古者《國風》之遺意也。舊志八景諸詩，頗染文士習氣，故悉删之，所以嚴史例也。文丞相詞與《祭潊河文》，非詩賦而並録之者，有韻之文，如銘箴頌誄，皆古詩之遺也。（以上《文史通義》卷七）

漢志詩賦第十五

　　古之賦家者流，原本《詩》、《騷》，出入戰國諸子。假設問對，《莊》、《列》寓言之遺也。恢廓聲勢，蘇、張縱横之體也。排比諧隱，韓非《儲說》之屬也。徵材聚事，《吕覽》類輯之義也。雖其文逐聲韻，旨存比興，而深探本原，實能自成一子之學。與夫專門之書，初無差別。故其叙列諸家之所撰述，多或數十，少僅一篇，列于文林，義不多讓，爲此志也。然則三種之賦，亦如諸子之各別爲家，而當時不能盡歸一例者耳。豈若後世詩賦之家，裒然成集，使人無從辨別者哉？

　　賦者，古詩之流，劉勰所謂“六義附庸，蔚成大國”者是也。義當列詩於前，而叙賦於後，乃得文章承變之次第。劉、班顧以賦居詩前，則標略之稱詩賦，豈非顛倒與？每怪蕭梁《文選》，賦冠詩前，絶無義理，而後人競效法之，爲不可解。今知劉、班著録已啟之矣。又詩賦本《詩經》支係，說已見前，不復置議。

　　詩賦前三種之分家，不可考矣；其與後二種之別類，甚曉然也。三種之賦，人自爲篇，後世別集之體也。雜賦一種不列專名，而類叙爲篇，後世總集之體也。歌詩一種，則詩之與賦固當分體者也。就其例而論之，則第一種之淮南王羣臣賦四十四篇，及第三種之秦時雜賦九篇，當隷雜賦條下，而猥廁專門之家，何所取耶？揆其所以附麗之故，則以淮南王賦列第一種，而以羣臣之作附於其下，所謂以人次也。秦時雜賦列于荀卿賦後，孝景皇帝頌前，所謂以時次也。夫著録之例，先明家學，同列一家之中，或從人次，或從時次可也。豈有類例不通，源流迥異，概以意爲出入者哉？（《校讎通義》卷三）

馮金伯

馮金伯(1738—1797 后)一作金柏,字冶堂,一作冶亭,號南岑,一作墨香。清江蘇南匯(今屬上海)人。貢生,官句容訓導。乾隆四十年(1775)主蒲陽書院。工詩古文詞,精鑒賞,好書畫。少即喜與同郡諸畫人往還,遂精畫理。作山水筆意瀟灑,尤得董其昌墨趣。馮金伯嘉慶十一年(1806)編輯成書的《詞苑萃編》二十四卷,以《詞苑叢談》爲藍本,增旨趣、摘要兩門,改外編爲餘編,各標出處,補正了徐書體例上的缺失。

本書資料據中華書局 1986 年唐圭璋《詞話叢編》本《詞苑萃編》。

《詞苑萃編》自序(節錄)

吳江徐虹亭太史,著有《詞苑叢談》一書,尤西堂(侗)序之,謂其撮前人之標,而搜新剔異,更有聞所未聞者,洵倚聲之董狐矣。朱竹垞嘗語太史,捃摭書目,必須備註其下,方不似世儒剿取前人之語以爲己出者。太史亦深韙其言,惜已付梓,無從一一追補……比原書删者十之一,增者已十之三四矣。原書分體製、音韻、品藻、紀事、辨證、諧謔、外編七部,予於體製下增《旨趣》一部,一以溯其淵源,一以窮其閫奧也。於《品藻》外增《指摘》一部,一以見欣賞之情,一以寓別裁之意也。至《音韻》則移於《紀事》後。《外編》原載神仙鬼怪之事,但大半已散見於《紀事》門中,兹惟就各部難於附麗及可附麗而偶爾失載者,改爲《餘編》二卷。手自繕寫,逾年而脱稿。訂正原書,並無創獲。然引書必注,隸事有序,釐然秩然,俾觀者快然有當於心,亦庶幾爲徐氏功臣云爾。

體製(節錄)

依永和聲

《舜典》曰:"詩言志,歌永言,聲依永,律和聲。"《詩序》曰:"在心爲志,發言爲詩。情動於中而形於言,言之不足,故嗟歎之;嗟歎之不足,故詠歌之;詠歌之不足,故不知手之舞之足之蹈之。"《樂記》曰:"詩,言其志也。歌,詠其聲也。舞,動其容也。王者本於心,而樂器從之。"故有心則有詩,有聲則有律,先定其音節然後製詞,亦依永和聲之意也。《碧雞漫志》

《三百篇》爲詞祖

屈子《離騷》亦名辭，漢武《秋風》亦名辭。詞者，詩之餘也。然則詞果有合於詩乎？曰：“按其詞而知之也。”《殷雷》之詩曰：“殷其雷，在南山之陽。”此三五言調也。《魚麗》之詩曰：“魚麗於罶，鱨鯊。”此二四言調也。《還》之詩曰：“遭我乎猛之間兮，並驅從兩肩兮。”此六七言調也。《江汜》之詩曰：“不我以，不我以。”此疊句調也。《東山》之詩曰：“我來自東，零雨其濛。鸛鳴於垤，婦歎於室。”此換韻調也。《行露》之詩曰：“厭浥行露。”其二章曰：“誰謂雀無角。”此換頭調也。凡此煩促相宜，短長互用，以啟後人協律之原，豈非《三百篇》實祖禰哉！《藥園閒話》

詞與古詩同義

詞有與古詩同義者，“瀟瀟雨歇”，《易水》之歌也。“同是天涯”，《麥蕲》之詩也。“又是羊車過也”，《團扇》之辭也。“夜夜岳陽樓中”，《日出當心》之志也。“已失了春風一半”，《鯤居》之諷也。“瓊樓玉宇”，《天問》之遺也。詞有與古詩同妙者，如“問甚時，同賦三十六陂秋色”，即《灞岸》之興也。“關河冷落，殘照當樓”，即《敕勒》之歌也。“危樓雲雨上，其下水扶天”，即《明月積雪》之句也。“燕子樓空，佳人何在，空鎖樓中燕”，即《平生少年》之篇也。《詞繹》

詩餘直接樂府

古詩者，風之遺；樂府者，雅之遺。蘇、李變而爲黄初，建安變而爲選體，流至齊、梁及唐之近體而古詩亡。樂府變爲吳趨越艷，雜以《捉搦》、《企喻》、《子夜》、《讀曲》之屬，以下逮於詞焉，而樂府亦衰。然《子夜》、《懊儂》，善言情者也。唐人小令尚得其意，則詩餘之作，不謂之直接樂府不可。徐巨源

詞在六代已濫觴

詞起於唐人，而六代已濫觴矣。梁武帝有《江南弄》，陳後主有《玉樹後庭花》，隋煬帝有《夜飲朝眠曲》，豈獨五代之主，蜀之王衍、孟昶，南唐之李璟、李煜，吳越之錢俶，以工小詞爲能文哉！《曲洧舊聞》

蘭陵王

蘭陵王，齊文襄之子長恭封蘭陵王，與周師戰，嘗著假面對敵，擊周師金墉城下，勇冠三軍。武士共歌謠之，曰《蘭陵王入陣曲》。今越調《蘭陵王》，凡三段二十四拍，

或曰遺聲也。《隋唐嘉話》

皇甫松《竹枝》所祖

《玉臺新詠》載《烏夜啼》。徐陵云：“繡帳羅幃鐙影獨。一夜千年猶不足。惟憎無賴汝南雞。天河未落已爭啼。”王建云：“章華宮人夜上樓。君王望月西山頭。夜深宮殿門不鎖，白露滿山山葉墮。”一首轉韻，平仄各叶，此商調曲也。皇甫松《竹枝》祖之。楊升庵

昔昔鹽

梁樂府有《夜夜曲》，或名《昔昔鹽》，昔即夜也，鹽即曲之別名。張祜詩：“村俗猶吹阿濫堆。”賀鑄詞：“塞管孤吹新阿濫。”又，戴式之有《烏鹽角行》。元人《月泉吟社》詩：“山歌聒耳烏鹽角，村酒柔情玉練捶。”《阿濫堆》、《烏鹽角》，皆曲名也。李郢詩：“謝公留賞山公醉，知入笙歌阿那朋。”劉禹錫《竹枝詞》：“今朝北客思歸去，回入紇那披綠羅。”《阿那》、《紇那》、《阿濫》，亦當時曲名。李詩言變梵唄爲豔歌，劉詞言變南調爲北曲也。同上

安公子

《安公子》，《通典》及《樂府雜錄》稱煬帝將幸江都，樂工王令言者妙達音律，其子彈胡琵琶，作《安公子》曲。令言驚問那得此，對曰：“宮中新翻。”令言流涕曰：“慎毋從行，宮，君也，宮聲往而不返，大駕不復回矣。”據《理道要訣》，唐時《安公子》在太簇角，今已不傳。其見於世者，中吕調有近，般涉調有令，然尾聲皆無所歸宿，亦異矣。《碧雞漫志》

隋有《柳枝》

《楊柳枝》，《鑒戒録》云：“《柳枝歌》，亡隋之曲也。前輩詩云：‘萬里長江一旦開，岸邊楊柳幾千栽。錦帆未落干戈起，惆悵龍舟更不回。’又云：‘梁苑隋堤事已空。萬條猶舞舊春風。’皆指汴渠事。而張祜《折楊柳枝》兩絶句，其一云：‘莫折宮中楊柳枝。當時曾向笛中吹。傷心日暮煙霞起，無限春愁生翠眉。’則知隋有此曲，傳至開元。”同上

侯夫人《一點春》

侯夫人有《一點春》詞云：“砌雪消無日，捲簾時自颺。庭梅對我有憐意，先露枝頭

一點春。"此隋宮看梅曲也。《詞律》

林　檎

唐永徽中,王方言於河灘拾得小樹載之,及長,乃林檎也。進於高宗,以爲朱奈,又名五色林檎,教坊以爲曲名。《洽聞記》

瑶臺第一層

武才人色冠後庭,裕陵得之,會教坊獻新聲,因爲製詞,號《瑶臺第一層》。《後山詩話》

桃花行

景雲初,設宴於桃花園,君臣畢集,學士李嶠等各獻桃花詩,令宮女歌之。辭既清婉,歌復妙絶,獻詩者舞蹈稱萬歲。敕太常簡二十八篇樂府,號曰《桃花行》。《武平一文館記》

好時光

明皇諳音律,善度曲。嘗臨軒縱擊,製一曲曰《春光好》。方奏時,桃李俱發。又制一曲曰《秋風高》,奏之,風雨颯然。帝曰:"此事不喚我作天公可乎!"詞俱失傳。惟《好時光》一闋云:"寶髻偏宜宮樣,蓮臉嫩,體猶香。眉黛不須張敞畫,天教入鬢長。莫倚傾城貌,嫁取個、有情郎。彼此當年少,莫負好時光。"《開元軼事》

阿濫堆

驪山多飛鳥,名阿濫堆。明皇御玉笛,采其聲,翻爲曲子。當時左右皆傳唱之,一作《鶡濫堆》。《中朝故事》

紫雲回

明皇嘗坐朝,以手指上下按其腹。朝退,高力士進曰:"陛下向來數以手指按腹,豈非聖體小有不安耶?"明皇曰:"非也,吾昨夜夢遊月宮,諸仙娛以上清之樂,寥亮清越,非人間所聞。酣醉久之,合奏諸樂,以送吾歸。其曲悽楚動人,杳杳在耳。吾回,以玉笛尋之,盡得之矣。坐朝之際,慮忽遺忘,故懷玉笛於衣中,時以手指上下尋按,非有不安。"力士再拜賀曰:"非常之事也,願陛下爲臣一奏之。"其聲寥寥然不可名言。力士又再拜,且請其名。明皇笑曰:"此曲名《紫雲回》。"遂載於樂章。鄭棨《傳信錄》

大酺

開元中，大酺於勤政樓，觀者喧聚，莫辨魚龍百戲之音。高力士請命宮人許永新出歌，可以止喧。永新出奏曼聲，廣場寂然若無一人，《大酺》之曲始此矣。《太平樂府》

一斛珠

江采蘋九歲誦《二南》詩，開元中，選侍明皇見寵，所居悉植梅花，故號梅妃。爲太真逼遷上陽，明皇於花萼樓念之。會夷使貢珠，命封一斛賜妃。妃謝以詩云：“柳葉雙眉久不描。殘妝和淚污紅綃。長門盡日無梳洗，何必珍珠慰寂寥。”明皇以新聲度曲，曰《一斛珠》。《梅妃傳》

荔枝香

太真好食荔枝，每歲忠州置急遞上進，五日至都。天寶四年夏，荔枝滋盛，開籠時香滿一室，供奉李龜年撰《荔枝香》一曲進之，宣賜甚厚。《脞說》

《解語花》與《念奴嬌》

《荔枝香》出《唐書》，貴妃生日命小部奏新曲，未有名，適進荔枝，即以名曲。《解語花》出《天寶遺事》。念奴嬌，明皇宮人念奴也。《詞品》

李龜年兄弟三人

開元中，樂工李龜年兄弟三人皆有盛名。彭年善舞，鶴年、龜年善歌。製《渭州》、《六麼》，亦奏《霓裳羽衣》，特承顧遇。《明皇雜錄》

菩薩蠻

開元時，南詔入貢，危髻金冠，瓔珞被體，號菩薩蠻，因以製曲。胡應麟《筆叢》

裴按：唐大中初，女蠻國貢雙龍犀、明霞錦，其人危髻金冠，瓔珞被體，當時號爲菩薩蠻侯者，作《女王曲》，文人往往譜爲詞。大中係宣宗年號，則又在開元後矣。

楊太真《阿那曲》

楊太真亦有一詞贈善舞張雲容者，詞云：“羅袖動香香不已。紅蕖嫋嫋秋煙裏。輕雲嶺上乍搖風，嫩柳池邊初拂水。”此《阿那曲》也。《詞統》

《雨霖鈴》曲

帝幸蜀，初入斜谷，霖雨彌日，棧道中聞鈴聲，帝方悼念貴妃，采其聲爲《雨霖鈴》曲以寄恨。時梨園弟子惟張野狐一人，善觱篥，因吹之，遂傳於世。《楊妃外傳》

雙調《雨霖鈴慢》

元微之《琵琶歌》云："淚垂捍拔朱弦濕。冰泉嗚咽流鶯澀。因茲彈作《雨淋鈴》，風雨蕭條鬼神泣。"今雙調《雨淋鈴慢》，頗極哀怨，真本曲遺聲。《碧雞漫志》

憶秦娥

《憶秦娥》，商調曲也。《鳳樓春》即其遺意。李白之《簫聲咽》用仄韻，孫夫人之《花深深》用平韻，張宗瑞復立新名曰《碧雲深》。《唐詞紀》

唐絶句定爲歌曲

唐詩古意猶未失，《竹枝》、《浪淘沙》、《抛毬樂》、《楊柳枝》，乃詩中絶句，而定爲歌曲。故李白《清平調》皆絶句。元、白諸詩多爲知音者協律。白居易守杭，元稹贈詩云："休遣玲瓏唱我詩。我詩多是別君辭。"自注云："樂人高玲瓏能歌余數十詩。"又白居易自有詩云："席上爭飛使君酒，歌中摹唱舍人詩。"又元稹見人歌韓舍人新律詩，戲贈云："輕新便妓唱，凝妙入僧禪。"沈亞之云："故人李賀，善撰南北朝樂府，多怨鬱凄豔之句，誠能蓋古排今，使爲詞者莫能偶矣。"唐詩稱李賀樂章數十篇，諸工皆合之管弦。又稱李益詩每一篇成，樂工慕名者爭以賂取之，被諸聲歌，供奉天子。舊史亦稱武元衡工五言詩，好事者傳之，往往見於樂部。開元中，王昌齡、高適、王之渙旗亭畫壁，伶官招妓聚宴，以此知唐之伶妓以當時名士詩詞入歌曲，皆常事也。《碧雞漫志》

詞非詩餘

當開元盛日，王之渙、高適、王昌齡詞句流播旗亭，而李白《菩薩蠻》等詞，亦被之歌曲。逮及《花間》、《蘭畹》、《香奩》、《金荃》，作者日盛，古詩之於樂府，律詩之於詞，分鑣並轡，非有後先。有謂詩降而詞，以詞爲詩之餘者，殆非通論。湯玉茗《花間集序》

陽關曲

《陽關曲》，即王維《送元二使安西》七言絶句，後用爲送行之歌。觀劉禹錫之"更與殷勤唱《渭城》"，白居易之"聽唱《陽關》第四聲"，唐人多已用之。《陽關》三疊，按歌

786

法也。《古今詞話》

六州歌頭

岑參《六州歌頭》云：“西去輪臺萬里餘。也知音信日應疏。隴山鸚鵡能言語，爲報家人數寄書。”注云“六州：伊、渭、梁、氏、甘、涼也。”王維《伊州歌》云：“秋風明月獨離居。蕩子從軍十載餘。征人去日殷勤囑，歸雁來時好寄書。”張仲素《渭州詞》云：“亭亭孤月照行舟。寂寂長江萬里流。鄉國不知何處是，雲山漫漫使人愁。”王之渙《梁州歌》云：“黃河遠上白雲間。一片孤城萬仞山。羌笛何須怨楊柳，春風不度玉門關。”張祜《氏州第一》云：“十指纖纖玉筍紅。雁行輕度翠弦中。分明自說長城苦，水闊雲寒一夜風。”符載《甘州歌》云：“月裏嫦娥不畫眉。只將雲霧作羅衣。不知夢逐青鸞去，猶把花枝蓋面歸。”無名氏《涼州歌》云：“一去遼陽繫夢魂。忽傳征騎到中門。紗窗不肯施紅粉，圖遣蕭郎問淚痕。”此皆商調曲也。樂府所收《六州歌頭》，則一百四十三字，長短句之三疊者。《樂府紀聞》

宋人大祀大卹用《六州歌頭》

《六州歌頭》，本鼓吹曲也，音調悲壯。又以古興亡事實之聞之，使人慷慨，良不與豔詞同科，誠可喜也。六州得名，蓋唐人西邊之州，伊州、梁州、石州、甘州、渭州、氏州也。宋人大祀大卹皆用此調，明朝大卹則用《應天長》云。《詞苑》

漁歌子

唐人張志和自稱煙波釣徒，常作《漁歌子》一詞，極能道漁家之事。詞云：“西塞山前白鷺飛。桃花流水鱖魚肥。青箬笠、綠蓑衣。斜風細雨不須歸。”今樂章一名《漁父》，即此調也。《古今詞話》

孟浩然《春詞》

王士源《襄陽集序》云：孟浩然骨貌清淑，風神散朗，文不按古，師心獨妙。其《春詞》有云：“青樓曉日珠簾映，紅粉春妝寶鏡催。已厭交歡憐枕席，相將游戲繞池臺。坐時衣帶縈纖草，行即裙裾埽落梅。更道明朝不當作，私邀共鬥管弦來。”論者以爲有詩詞之別。《唐詩解》

元結《欸乃曲》

元結於大曆中爲道州刺史，以軍事詣都，還洛日，春水漲溢，不得前，作《欸乃曲》

數首,使舟子歌之,以取適於道路云。《古今詞話》

韋應物《三臺》

韋應物《三臺詞》云:"冰泮寒塘水綠,雨餘百草皆生。朝來衡門無事,晚下高齋有情。"平仄不拘,所賦不論何事。詠宮閨者曰《宮中三臺》,亦名《翠華引》,亦名《開元樂》。詠江南者即曰《江南三臺》。其長調則爲宋人所譔,而襲取其名。《詞律》

樂工制《三臺》以悅蔡邕

樂部中有促拍《催酒》,謂之《三臺》。唐士云:蔡邕自御史累遷尚書,不數日間,歷偏三臺。樂工以邕洞曉音律,故製詞以悅之。又始作樂,必曰絲抹將來,蓋絲竹在上,鐘鼓在下,絲以起之,樂乃作。亦唐以來如是。《珊瑚鈎詩話》

元稹《櫻桃花》

元稹歌曰:"櫻桃花,一枝兩枝千萬朵。花磚曾立采花人,窣破羅裙紅似火。"此亦長短句,比《章臺柳》少疊三字。《古今詞話》

劉、白《楊柳枝》

白傳作《楊柳枝》,予考樂天晚年與劉夢得唱和此詞曲。白云:"古歌舊曲君休聽,聽取新翻《楊柳枝》。"又《楊柳枝》二十韻云:"樂童翻怨調,才子與妍詞。"註云:"洛下新聲也。"劉夢得亦云:"請君莫奏前朝曲,聽唱新翻《楊柳枝》。"蓋後來始變新聲,而所謂樂天作《楊柳枝》者,其別創詞也。今黃鐘商有《楊柳枝》曲,仍是七言四句,詩與劉、白及五代諸子所製並同。但每句下各增三字一句,此乃唐詩和聲,如《竹枝》、《漁父》,今皆有和聲也。舊詞多側字起頭,平字起頭者十之一二,今詞盡皆側字起頭,第三句亦復側字起,聲度差穩耳。《樂府雜錄》

白居易《霓裳羽衣歌》

白樂天和元微之《霓裳羽衣歌》曰:"磬簫箏笛遞相橫,擊擫吹彈聲迤邐。"註云:"凡曲之初,衆音不齊,金石絲竹,次第發聲,《霓裳》序之初亦復如此。"又曰:"散序六奏未動衣。陽臺宿雲慵不飛。中序擘騞初入拍。秋竹吹裂春冰拆。"註云:"散序六遍無拍,故不舞。中序始有拍,乃舞。"又曰:"繁音急節十二遍,跳珠撼玉何鏗錚。翔鸞舞罷却收翅,唳鶴曲終長引聲。"註云:"《霓裳》十二遍而曲終,凡曲將終,皆聲拍促速,惟《霓裳》之末,長引一聲。通計《霓裳曲》凡十二疊,前六疊無拍,至第七疊謂之疊遍,

788

自此始有拍而舞矣。沈存中《筆談》指《霓裳》爲遺調法曲，未嘗見舊譜，豈亦得於樂天之詩乎？"《碧雞漫志》

《柳枝》爲邊詞別調

《柳枝》，樂府作《折楊柳》，爲漢饒歌橫吹曲。"上馬不捉鞭，反拗楊柳枝。蹀坐吹長笛，怨煞行客兒。"蓋邊詞別調也。舊詞如劉禹錫云："清江一曲柳千條。二十年前舊板橋。曾與美人橋上別，更無消息到今朝。"一曰《壽杯詞》。如"千門萬户喧歌吹，富貴人間只此聲。年年織作昇平字，高映南山獻壽觴。"語意自別。《古今詞譜》

劉禹錫《瀟湘神》

劉禹錫別有《瀟湘神》詞云："斑竹枝。斑竹枝。淚痕點點寄相思。楚客欲聽瑶瑟怨，瀟湘深夜月明時。"亦《竹枝》之流也。《草堂箋》

張祐《孟才人歎》

張祐作《孟才人歎》云："偶因歌態詠嬌嚬，傳唱宮中十二春。却爲一聲何滿子，下泉須吊孟才人。"其序稱武宗疾篤，孟才人以歌笙獲寵者，密侍左右。上目之曰："吾當不諱，爾何爲哉！"指笙囊泣曰："請以此就縊。"上憫然。復曰："妾嘗藝歌，願對上歌一曲以泄憤。"許之，乃歌一聲《何滿子》，氣亟立殞。上令醫候之，曰："肌尚温，而腸已斷。"上崩，將徙柩，舉之愈重。議者曰："非俟才人乎？"命其櫬至，乃舉。偶蜀孫光憲《何滿子》一章云："冠劍不隨君去，江河還共恩深。"似爲孟才人發。祐又有《宮詞》云："故國三千里，深宮二十年。一聲何滿子，雙淚落君前。"《樂府雜録》

望江南

《望江南》，此調本李德裕爲亡妓謝秋娘作，原名《謝秋娘》。温庭筠作爲《望江南》，又名《夢江口》。白居易思吳宮錢塘之勝，作《江南憶》。劉禹錫作《春去也》。李煜作《望江梅》。馮延巳作《憶江南》。又名曰《歸塞北》、《夢遊仙》，皆一調異名也。《古今詞譜》

麥秀兩歧

《麥秀兩歧》，《文酒清話》云："唐封舜臣性輕佻，德宗時，使湖南，道經金州，守張樂燕之，執杯，索《麥秀兩歧》曲，樂工不能。封謂樂工曰：'汝山民亦合聞大朝音律。'守爲杖樂工，復行酒，封又索此曲。樂工前乞侍郎舉一遍，封爲唱徹，衆已盡記，於是終席歌此曲。封既行，守密寫曲譜，言封燕席事，郵筒中送與潭州牧。封至潭，牧亦張樂燕之，倡優作襤褸數人，抱男女筐筥，歌《麥秀兩歧》之曲，叙其拾麥勤苦之由。封面如死灰，歸過金州，不復言矣。"今世所傳《麥秀兩歧》在黄鐘宫，唐《尊前集》載和凝一曲，與今曲不類。《樂府雜録》

長命西河女

《長命西河女》，羽調曲，亦名《薄命女》。唐五言體云："雲送關西雨，風傳渭北秋。孤燈燃客夢，寒杵搗鄉愁。"和凝有長短句云："天欲曉。宫漏穿花聲繚繞。窗裏星光少。冷霞寒侵帳額，殘月光沉樹杪。夢斷錦闈空悄悄。强起愁眉小。"力崇詞格者當不取詩體也。《樂府解題》

劉采春《羅嗊曲》

《羅嗊曲》作於唐妓劉采春，一名《望夫歌》。詞云："借問東園柳，枯來得幾年。自無枝葉分，莫怨太陽偏。"亦即五言絶句。元稹贈劉詩云："更有惱人腸斷處，選詞能唱望夫歌。"即指《羅嗊曲》也。《古今詞譜》

姚月華《阿那曲》

仄韻絶句，唐人以入樂府，謂之《阿那曲》。女郎姚月華歌二首，即"手拂銀瓶秋水冷，煙柳瞳矓鵲飛去"也。其夫北遊，感其詞而歸。同上

字字雙

唐中涓宿宫妓館，見童子捧酒檻，導三人至，皆古衣冠。相謂曰："崔常侍來何遲。"俄一人至，有離别意，共聯四句爲《字字雙》曲。"床頭錦衾斑復斑。架上朱衣殷復殷。空庭明月閒復閒。夜長路遠山復山。"《才鬼録》

採蓮曲

清商曲有《採蓮子》，即《江南弄》中《採蓮曲》。如李白"耶溪採蓮女，見客棹歌回。笑入荷花裏，佯羞不出來。"劉方平"落日晴江曲，荆歌豔楚腰。採蓮從小慣，十五即乘潮"。又王昌齡"亂入池中看不見，聞歌始覺有人來"。張潮"賴逢鄰女曾相識，並著蓮舟不畏風"。殊有風致。然必以皇甫松、孫光憲之排調有襯字者爲詞體。《樂府解題》

《採蓮》、《竹枝》

《採蓮子》亦七言絶句，其舉棹、年少字，乃歌時相和之聲。《竹枝詞》則句中用"竹

790

枝"二字，句尾聲用"女兒"二字，此則一句一換。然觀枝兒、棹少皆以兩字爲叶，則知爲和歌之聲矣。《古今詞譜》

南歌子

《南歌子》一名《春宵曲》，一名《水晶簾》。隋、唐以來曲多以子名。張衡《南都賦》云："坐南歌兮起鄭舞。"或作柯，取淳于棼事。《樂府雜録》

唐初無長短句

唐初歌詞多是五言詩或七言詩，初無長短句。自中葉以後至五代，漸變成長短句。及本朝則盡爲此體，今所存者止《瑞鷓鴣》、《小秦王》二闋，是七言八句詩，並七言絶句詩而已。《瑞鷓鴣》猶依字依歌，若《小秦王》必須雜以虛聲乃可歌耳。《漁隱叢話》

唐詞皆七言而異其調

唐人歌詞皆七言而異其調，《渭城曲》爲《陽關三疊》，《楊柳枝》復爲添聲，《採蓮》、《竹枝》，當日遂有俳調，如竹枝、女兒、年少舉棹，同聲附和，用韻接拍，不僅雜以虛聲也。《古今詞話》

詞調多五七言詩

詞之《紇那曲》、《長相思》，五言絶句也。《柳枝》、《竹枝》、《清平調引》、《小秦王》、《陽關曲》、《八拍蠻》、《浪淘沙》，七言絶句也。《阿那曲》、《雞叫子》，仄韻七言絶句也。《瑞鷓鴣》，七言律詩也。《款殘紅》，五言古詩也。體裁易混，徵選實繁，故當稍別之，以存詩詞之辨。俞少卿

隋煬帝、李白詞調始生

《昔昔鹽》、《阿濫堆》、《烏鹽角》、《阿那朋》之類，皆歌曲名也。自《昔昔鹽》排律外，餘多七言絶句，有其名而無其調。隋煬帝、李白，調始生矣。然《望江南》、《憶秦娥》，則以詞起調者也。《菩薩蠻》則以詞按調者也。《藝苑卮言》

唐詞有調無題

唐詞多述本意，有調無題。如《臨江仙》賦水媛江妃也，《天仙子》賦天臺仙子也，《河瀆神》賦祠廟也，《小重山》賦宮詞也，《思越人》賦西子也。有謂此亦詞之末端者，唐人因調以製詞，故命名多屬本意。後人填詞以從調，故賦詠可離原唱也。沈際飛

六 么

《六么》一名《緑腰》，一名《緑要》。《唐史·吐蕃傳》云："奏凉州、渭州、録腰、雜曲。"段安節《琵琶録》云："緑腰本録要也，樂工進曲，必令録其要者。"《青箱雜記》云："曲有《緑腰》，乃《霓裳羽衣》之要拍也。"《古今詞譜》

天淨沙

《天淨沙》，長短句平仄互叶，一名《塞上秋》，以詞中有"塞上清秋早寒"之句也。同上

舞馬詞

《舞馬詞》，平仄不拘叶，首句可不用韻。此與《回波》、《三臺》等皆六言絶句。用以按疊入歌，如七言之《清平調》、《小秦王》等，雖字數相同，而體製自别。同上

莊宗自度曲

莊宗嘗制小詞云："曾宴桃源深洞。一曲舞鸞歌鳳。長記别伊時，和淚出門相送。如夢。如夢。殘月落花煙重。"蓋其自度曲也。《詞統》

《一葉落》及《陽臺夢》

《一葉落》、《陽臺夢》，皆後唐莊宗所製。《一葉落》云："一葉落。褰珠箔。此時景物正蕭索。畫樓月影寒，西風吹羅幕。吹羅幕。往事思量著。"《陽臺夢》云："薄羅衫子金泥鳳。困纖腰怯銖衣重。笑迎移步小蘭叢，彈金翹翠鳳。嬌多情脉脉，羞把同心撚弄。楚天雲雨却相和，又入陽臺夢。"舊本有改"金泥鳳""鳳"字爲"縫"字者。《北夢瑣言》

相見歡

《相見歡》調，始於唐，宋人則名爲《烏夜啼》，又名《憶真妃》，又名《月上瓜洲》。其名《上西樓》、《西樓》、《秋夜月》者，皆取南唐後主詞中字名調也。同上

搗練子

《搗練子》，一名《深夜月》。李煜《秋閨》詞有"斷續寒砧斷續風"之句，遂以"搗練"名其詞。同上

南鄉子

李珣、歐陽炯輩俱蜀人，各制《南鄉子》數首，以志風土，亦竹枝體也。周草窗

摘紅英

政和中，京師有姥入内教歌，傳得禁中《擷芳詞》，一名《摘紅英》。張尚書帥成都日，人競歌之。《太平樂府》

後庭宴

宋宣和間，掘地得石刻一詞，唐人作也。本無題，後人名之爲後庭宴。詞云："千里故鄉，十年華屋。亂魂飛過屏山簇。眼重眉褪不勝春，菱花知我消香玉。　　雙雙燕子歸來，應解笑人幽獨。斷歌零舞，遺恨清江曲。萬樹緑低迷，一庭紅撲敧。"《古今詞話》

醉翁操

琅邪山水奇麗，泉鳴空澗，若中音會。六一居士作醉翁亭其上，欣然忘歸。既去十餘年，好奇之士沈遵往遊，以琴寫其聲曰《醉翁操》。節奏疏宕，音韻和暢，知琴者以爲絶倫。然有聲無詞，醉翁爲之作歌，而與琴聲不合。又依《楚詞》作《醉翁引》，好事者亦倚其詞以製曲，而琴聲爲詞所縛，非大成也。後三十餘年，公既捐館舍，遵亦殞久矣。有廬山玉澗道人，特妙於琴，恨其曲之無傳，乃譜其聲，請於軾以補之爲《醉翁操》云。東坡《醉翁操序》

賀鑄《雁後歸》

方回有《雁後歸》云："巧剪合歡羅勝子，釵頭春意翩翩。豔歌淺笑拜嫣然。願郎宜此酒，行樂駐華年。未至文園多病客，幽襟凄斷堪憐。舊遊夢掛碧雲邊。人歸落雁後，思發在花前。"山谷守當塗，方回過焉。人日席上作也。調本《臨江仙》，山谷以方回用薛道衡詩，故易以《雁後歸》云。《復齋漫録》

張先《師師令》

《師師令》，因張子野所新制詞贈妓李師師得名也。詞云："香鈿寶珥。拂菱花如水。學妝皆道稱時宜，粉色有天然春意。蜀采衣裳勝未起。縱亂霞垂地。都城池宛誇桃李。問東風何似。不須回扇障清歌，唇一點、小於花蕊。正直殘英和月墜。寄此

情千里。"《詞苑》

陸游《江月晃重山》

陸放翁《江月晃重山詞》云:"芳草洲前道路,夕陽樓上闌干。碧雲何處望歸鞍。從軍客,耽樂不思遠。洞裏仙人種玉,江邊楚客滋蘭。鴛鴦沙暖鶼鴣寒。菱花晚,不禁鬢毛斑。"用《西江月》、《小重山》,故名《江月晃重山》。此後世曲中用犯之嚆矢也。詞中題名"犯"字者有二義,一則犯調,如以宮犯商角之類。夢窗云:"十二宮住字不同,惟道調與雙調俱上字住可犯。"是也。一則犯詞,句法若《玲瓏四犯》、《八犯玉交枝》等,所犯竟不止一詞,但將未所犯何調著於題名,故無可考。如《四犯剪梅花》下著小字,則易明。此題明用兩調串合,更爲易曉耳。《詞律》

滿江紅

《滿江紅》,仙呂宮曲,《教坊記》有此名。唐人《冥音録》所載《上江虹》是也。彭芳遠有平聲詞。《古今詞譜》

平韻《滿江紅》

《滿江紅》舊調用仄韻,多不協律,如末句云"無心撲"三字,歌者將心字融入去聲,方諧音律。予欲以平韻爲之,久不能成。因泛巢湖,聞遠岸簫鼓聲,問之,舟師云:"居人爲此湖神姥壽也。"予因祝曰:"得一席風,徑至居巢,當以平韻《滿江紅》爲迎送神曲。"言訖,風與筆俱馳,頃刻而成。末句云"聞珮環",則協律矣。書以綠箋,沉於白浪,辛亥正月晦也。姜白石

姜夔《醉吟商》

石湖老人謂予云:"琵琶有四曲,今不傳矣。曰《濩索-日濩弦梁州》、《轉關緑腰》、《醉吟商胡渭州》、《曆弦薄媚》也。"予每念之。辛亥之夏,予謁楊廷秀丈於金陵邸中,遇琵琶工解作《醉吟商》、《胡渭州》,因求得品弦法,譯成此譜,實雙聲耳。詞曰:"又正是春歸,細柳暗黃千縷。暮鴉啼處,夢逐金鞍去。一點芳心休訴,琵琶解語。"同上

裴按:是曲題曰《醉吟商小品》,見《白石道人歌曲》。諸集既未選入,《詞律》中亦並未載此調名。

姜夔《霓裳中序》

丙午歲,留長沙,登祝融,因得其祀神之曲曰《黃帝鹽》、《蘇合香》。又於樂工故書

中得商調《霓裳曲》十八闋，皆虛譜無詞。按沈氏《樂律》，《霓裳》道調，此乃商調。樂天詩云"散序六闋"，此特兩闋，未知孰是。然音節閒雅，不類今曲。予不暇盡作，作《中序》一闋傳於世。予方羈遊，感此古音，不自知辭之怨抑也。同上

姜夔《徵招》

越中山水幽遠，予數上下西興錢清間，襟抱清曠。越人善爲舟，捲篷方底，舟師行歌，徐徐曳之，如偃臥榻上，無動搖突兀勢，以故得盡情騁望。予欲家焉而未得，作《徵招》以寄興。《徵招》、《角招》者，政和間大晟府嘗製數十曲，音節駁矣。予嘗考唐田畸《聲律要訣》云："徵與二變之調，咸非流美，故自古少徵調曲也。"徵爲去母調，與黃鐘之徵，以黃鐘爲母，不用黃鐘乃諧。故隋唐舊譜不用母聲。琴家無媒調、商調之類，皆徵也。亦皆具母弦而不用。其說詳於予所作《琴書》。然黃鐘以林鐘爲徵，住聲於林鐘，若不用黃鐘聲，便自成林鐘宮矣。故大晟府徵調兼母聲，一句似黃鐘均，一句似林鐘均，所以當時有落韻之語。予嘗使人吹而聽之，寄君聲於臣民事物之中，清者高而亢，濁者下而遺，萬寶常所謂宮離而不附者是已。因再三推尋《唐譜》，並琴弦法，而得其意。黃鐘徵雖不用母聲，亦不可多用變徵蕤賓，變宮應鐘聲，若不用黃鐘而用蕤賓應鐘，即是林鐘宮矣。餘十一均徵調仿此。其法可謂善矣。然無清聲，祇可施之琴瑟，難入燕樂，故燕樂闕徵調，不必補可也。此一曲乃予昔所製，因舊曲正宮《齊天樂慢》前兩拍是徵調，故足成之。雖兼用母聲，較大晟曲爲無病矣。此曲依《晉史》名曰黃鐘下徵調，《角招》曰黃鐘清角調。同上

姜夔《淒涼犯》

合肥巷陌皆種柳，秋夕風起，騷騷然。予客居闔戶，時聞馬嘶，出城四顧，則荒煙野草，不勝淒黯，乃著此解。琴有淒涼調，假以爲名。凡曲言"犯"者，謂以宮犯商、商犯宮之類。如道調宮上字住，雙調亦上字住，所住字同，故道調曲中犯雙調，或於雙調曲中犯道調，其他準此。唐人《樂書》云："犯有正旁偏側，宮犯宮爲正，宮犯商爲旁，宮犯角爲偏，宮犯羽爲側。"此說非也。十二宮所住字各不同，不容相犯，十二宮特可犯商角羽耳。予歸行都，以此曲示國工田正德，使以啞觱栗吹之，其韻極美。亦曰《瑞鶴仙影》。同上

《紅情》、《綠意》

《疏影》、《暗香》，姜白石爲梅著語，因易之爲《紅情》、《綠意》，以荷花、荷葉詠之。

張玉田

周密《采綠吟》

甲子夏，霞翁會吟社諸友，逃暑於西湖之環碧。琴尊筆硯，短葛練巾，放舟於荷深柳密間，舞影歌塵，遠謝耳目。酒酣，採蓮葉，探題賦詞，余得《塞垣春》，翁爲翻譜數字，短簫按之，音極諧婉，因易爲《采綠吟》云。周草窗

周密羽調《解語花》

羽調《解語花》，音韻婉麗，有譜而亡其詞。連日春晴，風景韶媚，芳思撩人，醉撚花枝，倚聲成句。同上

周密《明月引》

《明月引》，趙白雲初賦此詞，以爲自度腔，其實即《梅花引》也。陳君衡、劉養源，皆再和之，會余有西州之恨，因用韻以寫幽懷。同上

楊纘《被花惱》

楊守齋《被花惱》詞云："疏疏宿雨釀輕寒，簾幕靜垂清曉。寶鴨微溫睡煙少。簷聲不動，春禽對語，夢怯頻警覺。欹珀枕，倚銀床，半窗花影明東照。　惆悵夜來風生，怕嬌香混瑤草。披衣便起，小徑回郎，處處都行到。千紅萬紫競芳妍，又還似年時被花惱。驀忽地、省得而今雙鬢老。"此守齋自度腔也。以詞中語名題，亦因山谷《水仙》詩"坐對真成被花惱"，故取其三字耳。萬紅友

法駕導引

紹興間，都下有布衣椎髻女子歌云："朝元路，朝元路，同駕玉華車。千乘載花紅一色，人間遥指是祥雲。回望海光新。""東風起，東風起，海上百花搖。十八風鬟雲半動，飛花和雨著輕綃。歸路碧迢迢。""煙漠漠，煙漠漠，天淡一簾秋。自洗玉舟斟白酒，月華微映是空舟。歌罷海西流。"凡九闋，皆非人世語。或記之，以問一道士，道士驚曰："此赤城韓夫人所製《水府蔡真人法駕道引》也。"烏衣女子疑龍云。《古今詞話》

三奠子

《三奠子》，唐、宋未有是曲。元遺山《錦機集》中有三闋，傳是奠酒、奠穀、奠璧也。崔令欽《教坊記》有《奠璧子》。元詞云："悵韶華流轉，無計流連。行樂地，一淒然。笙

796

歌寒食後，桃李惡風前。連環玉、回文錦、兩纏綿。芳塵未遠，幽意誰傳。千古恨，再生緣。閒衾香易冷，孤枕夢難圓。西窗雨、南樓月、夜如年。"《詞辨》

唐曲有詞有聲

唐人曲調皆有詞有聲，而曲又有豔、有趣、有亂。詞者，其大歌詞也。聲者，若羊、若夸、伊那何之類也。豔在曲之前，趣與亂在曲後，亦猶吳聲西曲，前有和，後有送也。《詞品》

孫處秀好作犯聲

五行之聲，所司爲正，所欹爲傍，所斜爲偏，所下爲側。正宮之調，正犯黃鐘宮，傍犯越調，偏犯中呂宮，側犯越角之類。樂府諸曲，自昔不用犯聲。唐自天后末年，劍器入渾脫，始爲犯聲。明皇時，樂人孫處秀善吹笛，好作犯聲，亦鄭、衛之變也。陳暘《樂書》

小令演爲中調長調

唐人長短句皆小令耳。後演爲中調爲長調。一名而有小令，復有中調，有長調。或係之以犯、以近、以慢別之，如南北劇，名犯、名賺、名破之類。又有字數多寡同，而所入之宮調異，名亦因之異者，如《玉樓春》與《木蘭花》同，而以《木蘭花》歌之，即入大石調之類。又有名異而字數多寡則同，如《蝶戀花》，一名《鳳棲梧》、《鵲橋枝》。如《念奴嬌》，一名《百字令》、《酹江月》、《大江東去》之類，不能殫述矣。漁洋山人

隱括體與回文體

詞有隱括體，有回文體。回文之就句回者，自東坡、晦庵始也。其通體回者，自義仍始也。近來公阮、文友有一首回作兩調者，文人慧筆，曲生狡獪，此中故有三昧，非徒乞靈寶家餘巧也。俞少卿

《菩薩蠻》回文有二體

《菩薩蠻》回文有二體：有首尾聲回環者，如邱瓊山《秋思》、湯臨川《織錦》是也。有逐句轉換者，如蘇子瞻《閨思》、王元美《別思》是也。然逐句難於通首，近時惟丁藥園擅此體。今錄其一篇云："下簾低喚郎知也。也知郎喚低簾下。來到莫疑猜。猜疑莫到來。道儂隨處好。好處隨儂道。書寄待何如。如何待寄書。"王西樵（以上卷一）

旨趣（節錄）

崇寧立大晟府

粵自隋、唐以來，聲詩間爲長短句，至唐人則有《尊前》、《花間集》。迄於崇寧，立大晟府，命周美成諸人討論古音，審之古調，淪落之後，少得存者。由此八十四調之聲稍傳。美成諸人，增演慢曲引近，或移宮換羽，爲三犯、四犯之曲，按月令爲之，其曲遂繁。美成負一代詞名，所作詞渾厚和雅，善於融化詩句，而於音譜且間有未諧，可見難矣。作詞多效其體製，失之軟媚，而無所取。如秦少游、高竹屋、姜白石、史邦卿、吳夢窗，格調不凡，句法挺異，俱能特立清新之意，刪削靡曼之詞，自成一家。作詞能取諸人之所長，去其所短，精加玩味，像而爲之，豈不與美成輩爭雄長哉！《詞源》

姜夔詞醇雅

自古詩變爲近體，而五、七言絕句傳於伶官樂部。長短句無所依，則不得不更爲詞。當開元盛時，王之渙、高適、王昌齡詩句流播旗亭，而李白《菩薩蠻》等詞亦被之歌曲。古詩之於樂府，近體之於詞，分鑣並騁，非有先後。謂詩降爲詞，以詞爲詩之餘者，殆非通論矣。西蜀、南唐而後，作者日盛。宣和君臣，轉相矜尚，曲調愈多，流派因之亦別，短長互見。言情者或失之俚，使事者或失之伉。鄱陽姜夔出，句琢字煉，歸於醇雅。於是史達祖、高觀國羽翼之，張輯、吳文英師之於前，趙以夫、蔣捷、周密、陳允平、王沂孫、張炎、張翥效之於後，譬之於樂，舞箾至於九變，而詞之能事畢矣。《詞綜叙略》

裴按：詞非詩之餘，意本湯玉茗，見卷首《體製》部中，竹垞特引用其語耳。

詞別自爲體

詞者，古樂府之遺，原本於詩，而別自爲體。夫惟思通於蒼茫之中，而句得於鈎索之後，如孤雲淡月，如倩女離魂，如春花將墮，餘香襲人，斯詞之正法眼藏耳。沈沃田

宋詞不主一轍

詞之初起，事不出於閨帷時序，其後有贈送、有寫懷、有詠物，其途遂寬。即宋人亦覺所長，不主一轍。而今之治詞者，惟以鄙穢褻嫚爲極則，抑何謬歟！《詞潔》

詞宜用虛字呼喚

詞與詩不同，詞之句語有兩字、三字、四字至七、八字者，若惟疊實字，讀之且不通，況付雪兒乎！合用虛字呼喚，一字如正、但、任、況之類，兩字如莫是、又還之類，三字如更能消、最能端之類，却要用之得其所。《詞源》

詩詞曲分界

或問詩詞曲分界，予曰："無可奈何花落去，似曾相識燕歸來"，定非香奩詩。"良辰美景奈何天，賞心樂事誰家院"，定非草堂詞也。漁洋山人

詩與詞分疆

"夜闌更秉燭，相對如夢寐。"叔原則云："今宵賸把銀釭照，猶恐相逢是夢中。"此詩與詞之分疆也。《詞繹》

詩餘似曲

嚴給事與僕論詞云："近日詩餘，好亦似曲。"僕謂詞與詩曲界限甚分明，似曲不可，似詩仍復不佳，譬如擬六朝文，落唐音固卑，侵漢調亦覺偭父。《蓉渡詞話》

詞承詩啟曲

承詩啟曲者，詞也。上不可似詩，下不可似曲，然詩與曲又俱可入詞，貴人自運。沈東江

詞無長調中調之名

詞無長調、中調之名，不過曰令曰慢而已。前人有言鉛汞交煉而丹成，情景交煉而詞成。苟情景融洽，則披文得貌，可探其蘊，亦不必一一有題。《詞潔》

小令如絕句

宋梅以小令仿絕句，則中調者猶詩近體乎？修短中程，淺深合度，有和鸞節奏之音焉。其間如《臨江仙》、《蝶戀花》、《漁家傲》、《青玉案》諸調，風神諧暢，作者易於得手，讀者易於上口。他若《紅林擒》、《爪茉莉》之屬，佶倔聱牙，殆亦律中拗體也。胡殿臣（以上卷二）

品藻（節録）

百代詞曲之祖

李白《草堂集》，白蜀人，草堂在蜀，懷故國也。《菩薩蠻》、《憶秦娥》二首，爲百代詞曲之祖。鄭樵《通志》

李白《菩薩蠻》

"平林漠漠煙如織。寒山一帶傷心碧。暝色入高樓。有人樓上愁。玉階空佇立。宿鳥歸飛急。何處是歸程。長亭更短亭。"此詞寫於鼎州滄水驛，不知何人所作。魏道輔泰見而愛之。後至長沙，得古風集於曾子宣內翰家，乃知李白所撰。《湘山野録》

劉禹錫《竹枝》

劉夢得在沅湘日，以里歌俚鄙，乃依騷人《九歌》，作《竹枝》九章，教里中兒，由是盛於貞元、元和之間。每歲正月，里中兒聯歌《竹枝》，吹笛擊鼓以應節。歌者揚袂睢舞，以曲多爲貴。聆其聲音，中黃鐘之羽，卒章許激如吳歈，雖儈伶不可分，而含思宛轉，有淇澳之豔。劉禹錫《竹枝詞序》

白居易自度曲

白樂天詞云："花非花，霧非霧。夜半來，天明去。來如春夢不多時，去似朝雲無覓處。"蓋其自度之曲，因情生文，雖《高唐》、《洛神》，奇麗不及也。楊升庵

裴按：此本長慶長短句，而後人名之爲詞者。

魚游春水

東都防河卒於濬汴日得一石刻，有詞無調，摭詞中四字名之曰《魚游春水》，教坊倚聲歌之。詞云："秦樓東風裏。燕子還來尋舊壘。餘寒猶峭，紅日薄侵羅綺。嫩草方抽碧玉簪，媚柳輕拂黃金蕊。鶯囀上林，魚游春水。幾曲闌干遍倚。又是一番新桃李。佳人應怪歸遲，梅妝淚洗。風簫聲絕無歸雁，望斷清波無雙鯉。雲山萬里，寸心千里。"凡八十九字，而風花鶯燕動植之物曲盡，此唐人語也。《詞苑》（以上卷三）

吳蔡體

金九主百一十八年間，獨蔡松年丞相樂府與吳彥高《東山樂府》，膾炙藝林，推爲

吳蔡體。松年《尉遲杯》有"夢似花飛，人歸月冷，一夜小山新怨"之句。其子珏，字正甫，即蕭真卿所謂金源文派斷以蔡正甫爲宗者。乃其樂府僅見一《江城子》，附《蕭閒公集》後，何文人之詞闕如也。《竹坡叢話》（卷六）

指摘（節錄）

長調之祖

晚唐五代小令填詞，用韻多詭譎不成文者，聊爲之可耳，不足多法。《尊前集》載唐莊宗《歌頭》一首，爲字一百三十六，此長調之祖，然不能佳。周長卿

山谷效福唐體

山谷全首用聲字爲韻，注云："效福唐獨木橋體。"不知何體也。然猶上句不用韻。至元美道場山，則句句皆用山字，謂之戲作可也。詞中如效醉翁"也"字，效《楚詞》"些"字、"兮"字，皆不可無一，不可有二。至檃括亦不作可也，不獨醉翁如嚼蠟，即子瞻改琴詩，琵琶字不見，畢竟是全首說夢。《詞繹》

《詩餘圖譜》與《嘯餘譜》

今人作詩餘，多據張南湖《詩餘圖譜》及程明善《嘯餘譜》二者。南湖譜平仄差核，而用黑白及半黑半白圈以分別之，不無魚豕之訛。且載調太略，如《粉蝶兒》與《惜奴嬌》，本係兩體，但字數稍同及起句相似，遂譌爲一體，恐亦未安。至《嘯餘譜》則舛誤益甚，如《念奴嬌》之與《無俗念》、《百字謠》、《大江乘》，《賀新郎》之與《金縷曲》，《金人捧露盤》之與《上西平》，本一體也，而分載數體。《燕臺春》之即《燕春臺》，《大江乘》之即《大江東》，《秋霽》之即《春霽》，《棘影》之即《疎影》，本無異名也，而誤仍訛字，或列數體，或逸本名。甚至錯亂句讀，增减字數，而强綴標目，妄分韻脚。又如《千年調》、《六州歌頭》、《陽關引》、《帝臺春》之類，句數率皆淆亂。成譜如是，學者奉爲金科玉律，何以迄無駁正者耶？《词衷》

《詩餘圖譜》有開創之功

張南湖《詩餘圖譜》，於詞學失傳之日，創爲譜係，有蓽路藍縷之功。《虞山詩選》云："南湖少從西樓王氏遊，刻意填詞，必求合某宮某調，某調第幾聲，其聲出入第幾犯，抗墜圓美，必求合作。"則此言似屬溢論。大約南湖所載，俱係習見諸體，一按字數多寡，韻脚平仄，而於音律之學，尚隔一塵。試觀柳永《樂章集》中，有同一體

而分大石歇指諸調，按之平仄，亦復無別。此理近人原無見解，亦如公戩所言徐六擔板耳。《詞品》

《花間集》體多

《花間集》有同一調名，而人各一體，如《荷葉杯》、《訴衷情》之類。至《何傳》、《酒泉子》等尤甚，當時何不另創一名耶？ 殊不可曉。俞少卿

《花草粹編》異體多

《花間集》內三十二調，《草堂》諸本所無。《尊前集》僅當《花間》三分之一，而《草堂》所無者二十八調。內八調與《花間》同，餘又皆《花間》所無。有《喜遷鶯》、《應天長》、《三臺》，名與《草堂》同，而詞絕不同。又有調同而名異者，《憶仙姿》即《如夢令》，《羅敷豔歌》即《醜奴兒令》。又有詞同而微不同者，《瀟湘神》、《赤棗子》之於《搗練子》，《一斛珠》之於《醉落魄》，餘叵殫述。大抵一調之始，隨人遣詞，命名初無定準，致有紛挐。至《花草粹編》，異體怪目，渺不可極。或一調而名多至十數，殊厭披覽，後世有述，則吾不知。同上

詞有一體數名

詞有一體而數名者，亦有數體而一名者，詮叙字數，不無次第參錯，其一二字之間，在於作者研詳綜變，譜中譜外，多取唐、宋人本詞較合，便得指南。張世文、謝天瑞、徐伯曾、程明善等，前後增損繁簡，俱未盡善。沈天羽謂《花間》無定體，不必派入體中，但就《河傳》、《酒泉子》諸調言耳，要非定論。前人著令，後人爲律，必謂《花間》無定體，《草堂》始有定體，則作小令者何不短長任意耶？中郎虎賁，吾善乎俞光禄之言耳。同上

後人製調創名

詞之歌調既已失傳，而後人製調創名者，亦復不乏。如用修之《落燈風》、《款殘紅》。元美之《小諸皋》、《怨朱弦》。緯真之《水慢聲》、《裂石清江》。仲茅之《美人歸》。仲醇之《闌干拍》以及《支機集》之《琅天樂》、《天臺宴》等類。不識比之《樂章》、《大聲》諸集，輒叶律與否。文人偶一爲之可也。同上

宋詞體有不可驟解者

宋人諸體亦有不可驟解者，如蘇長公之《皁羅特髻》中調，連用七彩菱拾翠字。程書舟之《四代好》長調，連用八好字。劉龍洲之《四犯剪梅花》，長調中犯《解連環》、《醉

蓬萊》二段、《雪獅兒》等體。又如柳屯田《樂章集》中《如傾杯》、《塞孤》、《祭天神》諸長調俱不分換頭。凡此等類，未易縷析。龍洲之四犯，想即如南北曲之有二犯三犯耶？或後人所增，如劉煇之嫁名歐陽，未可知也。同上

詞名宜從舊

詞名斷宜從舊，其更名者，乃摘前人詞中句爲之。如東坡《念奴嬌·赤壁》詞，首云："大江東去"，末云："一杯還酹江月。"今人竟改《念奴嬌》爲《大江東去》，又名《酹江月》，又名《赤壁詞》。如此則有一詞即有一詞名，千百不能盡矣。後人訛爲《大江乘》，更可笑，舉一以例其餘。尤悔庵

詞選須從舊名

阮亭嘗云："詞選須從舊名，如《本草》志藥，一種數名，必好稱新目，無裨方理，徒惑觀聽。"愚謂好用舊譜之改稱者，如《本草》中之別名也。又有自立新名，按其詞則柮然無有者，如《清異錄》中藥名，好奇妄撰者也。然間有古名無謂，而偶易佳名者。如用修易《六醜》爲《個儂》。阮亭易《秋思耗》爲《畫屏秋色》。但就本詞稱之，亦不妨小作狡獪。《詞衷》（以上卷九）

音韻（節錄）

沈氏《詞韻》精確

去矜手輯《詞韻》一編，旁羅曲證，尤極精確。謂近古無詞韻，周德清所編，曲韻也。故以入聲作平上去者，約什二三。而支思單用，唐、宋諸詞家概無是例。謝天瑞暨胡文煥所録韻，雖稍取正韻附益之，而終乖古奏。索宋、元舊本又渺不可得。於是博考舊詞，裁成獨斷，使古近臚列，作者知趨，衆著爲令，目同畫一焉。毛稚黃

沈氏《詞韻》間有牴牾

予讀有宋諸公作，雖雅號名家，篇盈什百，若秦觀《秋閨》，幔暗累押。仲淹《懷舊》，外淚莫辨。邦彥《美人》，心雲並陳。少隱《禁煙》，南天雜押。棄疾諸作，歌麻通用。李景《春恨》詞，本支紙韻，而中闌入來字，其他固未易闔數。故知當時便已縱逸，徒以世無通韻之人，故傳譌迄今，莫能彈射。而讕才劣手，苦於按譜，更利其疏漏，借以自文。其爲流禍，可勝道哉！則去矜此書，不徒開絶學於將來，且上訂數百年之謬矣。然卒讀之際，亦間有牴牾。予爲附註數條，比于賈、孔疏經之例焉。同上

宋詞多有越韻

去矜《詞韻》例,取范希文《蘇幕遮》詞地、外二字相叶,又取蔣勝欲《探春令》詞處、翅、住、指四字相叶,疑於支紙魚語佳蟹三部韻可以互通。先舒按:宋詞此類僅見數首。如辛棄疾《南歌子·新開河》詞,本佳蟹韻,而起韻用時字。歐陽修《踏莎行·離別》詞,本支紙韻,而末韻用外字。姜夔《疏影·詠梅》詞,本屋沃韻,而中用北字。柳耆卿《送征衣》詞,本江講韻,而末用遙字。當是古人誤處,未宜遽用爲例。又如辛棄疾《滿江紅·詠春晚》詞,十七篠與二十六有合用。此獨《毛詩》有其法,如《陳風·月出》,皎皓糾懰受相叶。《豳風》"四之日其蚤,獻羔祭韭"之類。及他書僅見數條,然止數字,未必全韻俱通也。又在騷賦則宜,施之填詞,尤屬創異。蓋宋詞多有越韻者,至南渡又甚。此如李、杜諸詩,間有雜韻;晚唐律體,首句出韻。古人墮法護前,類復爾爾,未足遽以爲式也。同上

詞韻不同於古詩韻

沈氏《詞韻》按云:古詩韻五歌可以通六麻,十一尤可以通六魚七虞,於填詞則未嘗見,豈敢泥古而誤今邪! 若夫十二侵之通真文庚青蒸,則詩詞並見合併,故從之。又引古樂府《嬌女》詩:"北遊臨河海,遙望中菰菱。芙蓉發盛華,渌水清且澄。弦歌奏音節,仿佛有餘音。"及毛澤民《于飛樂》詞,雲驚瓶心謦相叶作據。先舒按:歌麻二韻,魚虞尤三韻,古詩騷樂府俱通。而《相和曲》、《陌上桑》、張華《輕薄篇》尤爲可徵。至侵韻單用,在古亦嚴。即《毛詩》、《楚辭》,止數字叶入,如《綠衣》鼓鐘之末章,《涉江》"欸秋冬之緒風,邸余車兮方林"之類。而真文合韻,庚青合韻,漢、魏以來自多。十蒸間通庚青,自晉後亦頗單叶。尤可異者,此韻校庚青聲吻,亦不甚差別。六經中若《蓁斯》、《天保》、《無羊》、《繁霜》等章,以及《易》"升其高陵,三歲不興",《記》"從善如登,從惡如崩,"皆暗同沈韻,一字不謬。足徵此韻在古嚴,其通入者,不過數字耳。概之他字,未必盡通。大略古詩辭,真文自爲一韻,庚青自爲一韻,侵自爲一韻,蒸則自爲一韻,而稍離合於庚青之間。今《詞韻》以蒸合庚青,又以歌麻互通,魚虞尤互通,正可施於古詩,而不可施於填詞,其說當已。至於侵與真文庚青蒸諸韻,不但古當慎之,填詞亦未宜遽通也。又真文之於庚青蒸,宋代名手作詞,亦多區別。去矜云云,此但舉一隅,未爲通訓,予故備論其全矣。同上

考韻當以唐韻爲正

詩韻唯孫愐《唐韻》一書,稽載詳明,考韻者當據爲正。如灰韻一部中亦自別,而

孫本臚分最清楚。如回枚之類，自以灰字領韻爲一段。開哀之類，自以咍字領韻爲一段。又如元韻一部中亦自別，孫本如袁煩之類，以元字領韻爲一段。昆門之類，以魂字領韻爲一段。又如隊韻一部中亦自別，孫本如佩妹之類，以隊字領韻爲一段。賽戴之類，以代字領韻爲一段。穢吠之類，以廢字領韻爲一段。今詞韻有某韻半通之例，覽者但按孫氏本而考之，亦庶幾矣。同上

李唐一代韻遞變

沈約韻雖有其書，世實未嘗遵用之。今之所遵，唐孫愐韻，非沈氏韻也。蓋沈氏之韻，最爲煩苛，總四聲凡分二百零六部，唐人因而合之爲一百七部，曰《唐韻》。陳州司馬孫愐差次之，今所遵承，皆是物也，若沈氏則廢閣久矣。豈惟唐人爲然，即梁、陳、隋人亦未嘗用之也。劉孝威《行行且遊獵》篇，陽唐合矣。陰鏗《新成安樂宮》，灰咍合矣。王脩《七夕》詩，歌戈合矣。不假多證，聊舉明之耳。且豈徒梁、陳、隋人乎，即約亦不能自遵之。其《昭君詞》，歌與戈合者也。《酬謝宣城朓》詩，元與魂合者也。《新安江》詩，真與諄合者也。故曰，沈約雖有其書，實未嘗有遵用之者也。若孫愐《唐韻》凡一百一十四部，而今考唐詩用韻，止一百七部，是唐人作詩止取裁於一百七部，愐韻雖多其七，時人亦未嘗肯遵之。至於中、晚用韻漸雜，而詞韻開矣。是李唐一代之中，韻亦遞變。甚矣，文人之吻，不易畫一，而韻學之難齊如此。毛稚黄《韻問》

詩詞曲各有韻

古韻之差等，殆不可分，故柴紹炳渾一之爲《柴氏古韻通》。近體韻則梁有沈韻，唐有《唐韻》，宋有《中州音韻》。填詞則有沈氏《詞韻》。北曲則元有《中原音韻》，周德清作。明《洪武正韻》，宋濂諸臣撰。先舒謹原《洪武正韻》而撰《南曲正韻》。明吳人范善溱又撰《中州全韻》，瞿仙撰《瓊林雅韻》。然梁沈韻、宋《中州音韻》、明《洪武正韻》、《中州全韻》、《瓊林雅韻》，世有其書，而詩詞曲諸家多不承用。同上

韻有全通有不全通

予嘗論韻學之合離，有全族通譜，一人通譜之喻。如東冬江三韻，通爲一韻，譬如三族同姓，悉舉其族，聯爲一家者也。一人通譜者，如風字入侵，舒字入支之類，止此一字，或數字通入耳。考之東魚全部，不必盡通，正如此族一人，與彼族通譜，其合之人，仍未嘗聯爲一家也。自後世淺學，考古不詳，見兩韻中有一字之互通，遂以爲據，而遽舉合韻而合之。於是謂江通陽，謂魚虞通歌，謂真文庚青蒸侵之悉通，謂寒删之通覃鹽咸，其紕繆悖忤，不一而足，剞劂流布，世滋或焉。同上

詩詞曲韻多不可爲

晚唐及宋人之於詩韻，元人詞之於詞韻，明人曲之於曲韻，多不復可爲標準。作者既以訛傳訛，而注韻者輒復引之爲證，益眩惑矣。毛稚黃《聲韻叢說》

南曲韻與詞韻合

南曲係本填詞而來，詞家元備有四聲，而平上去韻可以通用。入聲韻則獨用，不溷三聲。而單押入聲，正與填詞家法脗合，益明源流之有自也已。毛稚黃《南曲入聲客問》

古韻三等，今韻四等

古韻之差等有三，今韻之差等有四。古韻自上世以及先秦，其韻最疎而最純，此一等也。漢、魏用韻，稍密而駁，此一等也。晉、宋、齊、梁之間韻益密，而亦漸雜，此一等也。是古韻之差等三也。自唐而下，則一百七韻之較然，此一等也。宋人填詞，韻漸疏而駁，此一等也。元北曲，韻密矣而實偏，故四聲不備，此一等也。明南曲，韻雜駁間出，而略在宋詞元曲之間，有如四聲咸備，此宋韻也，如韻有車遮，此元韻也，此一等也。所謂今韻之差等四也。《韻問》

聲音韻三說須明

夫人欲明韻理者，先須曉識聲音韻三說。蓋一字之成，必有首有腹有尾。聲者，出聲也，是字之首。孟子云："金聲而玉振之。"聲之爲名，蓋始事也。音者，度音也，是字之腹，字至成音，而其字始正矣。韻者，收韻也，是字之尾，故曰餘韻。然三者之中，韻居其殿，而最爲要。凡字之有韻，如水之趨海，其勢始定。如畫之點睛，其神始完。故古來律學之士，於聲與音固未嘗置於弗講，而唯審韻尤兢兢。所以沈約、孫恆而下，所著之書，即聲音之理未嘗弗貫，而尚以韻名書也。然韻理精微，而法煩苛。又古今詩騷詞曲體製不同，因造損益，相沿亦異。擬爲指示，益增眩惑。今余姑以唐人詩韻爲準，而約以六條，簡之有以統韻之繁，精之有以悉韻之變，標位明白，庶便通曉。一曰穿鼻，二曰展輔，三曰斂脣，四曰抵齶，五曰直喉，六曰閉口。穿鼻者，口中得字之後，其音必更穿鼻而出作收韻也，東冬江陽庚青蒸七韻是也。展輔者，口之兩傍角爲輔，凡字出口之後，必展開兩輔如笑狀作收韻也，支微齊佳灰五韻是也。斂脣者，口半啟半閉，聚斂其脣作收韻也，魚虞蕭肴豪尤六韻是也。抵齶者，其字將終時，以舌抵著上齶作收韻也，真文元寒刪先六韻是也。直喉者，收韻直如本音者也，歌麻二韻是也。閉口者，却閉其口作收韻也，侵覃鹽咸四韻是也。凡三十，平聲已盡於此。上去即可緣是推之。唯入聲有異，余別著《唐人四聲表》以鉤稽之，斯理盡矣。凡是六條，其本條之內，往往可通。出其外者，即不相假借。或有通者，必竟作別讀，乃相通耳。古今韻學離合遞變，原其大略，不外於斯。能緣是六條，極求精詣，一貫之悟，於是乎在。夫自有生人，即有此道，元音既散，舛譌實多。余故略繁舉最，以相覺悟。金石或泐，斯談不渝。謂予弗信，請質諸神瞽云。毛氏《聲音韻統論》

聲有七部

　　陰平、陽平、上聲、陰去、陽去、陰入、陽入之七聲，其音易曉而鮮成譜。周德清但分平聲陰陽，范善溱《中州全韻》兼分去入，而作者不甚承用，故鮮見之。予今略舉其例，每部以四字爲準。諸聲尋理，連類可通。初涉之士，庶無迷繆。計凡七部，惟上聲無陰陽云。叙次先陰而後陽，亦姑襲周氏之舊爾。毛氏《中聲略例》

陰平聲　种該箋腰

陽平聲　篷陪全潮

上聲　無陰陽

陰去聲　貢玠霰釣

陽去聲　鳳賣電廟

陰入聲　穀七妾鴨

陽入聲　孰亦蓺鑭

詞韻寬于詩韻

　　阮亭嘗與予論韻，謂周梃齋《中原音韻》爲曲韻，則范善溱《中州全韻》當爲詞韻。至《洪武正韻》斟酌諸書而成，其於詩韻，有獨用並爲通用者，東冬清青之屬。有一韻拆爲二韻者，虞模麻遮之屬。如冬鐘併入東韻，江併入陽韻，挑出元字等入先韻，翻字殘字等入删韻，俱於宋詞暗合，填詞者所當援拮。議極簡核。但愚按《中州》之比《中原》，止省陰陽之別，及所收字微寬耳。其減入聲作三聲，及分連遮等韻，則一本《中原》，尚與詞韻有別。即阮亭舊作如《南鄉子》、《卜算子》、《念奴嬌》、《賀新郎》諸闋，所用魚模仄叶，有將入聲轉叶者，俱用《中州》韻故耳。揆諸宋人，韻脚所拘，借用一二，亦轉本音，竟爾通叶，昔人少覯。至毛氏《南曲韻》十九則，乃全依《正韻》分部。而又云，沈氏《詞韻》，《中原音韻》，可以通用。大約詞韻寬于詩韻，合諸書參伍以盡變，則瞭若指掌矣。鄒程村

沈謙《詞韻》爲填詞指南

　　曲韻近於詞韻，而支紙寘上下分作支思齊微兩韻，麻馬禡上下分作家馬車遮兩

韻，及減去入聲，故曲韻不可爲詞韻。胡文煥《詞韻》，三聲用曲韻，而入聲用詩韻，居然大盲。將詞韻不亡於無，而亡於有，深可歎也。今有去矜《詞韻》，考據該洽，部分秩如，可爲填詞之指南。但内中如支紙佳蟹二部，與周韻齊微皆來近。元阮一部，與周韻寒山桓歡先天殊。周韻平上去聲十九部，而沈韻平上去聲止十四部，故通用處較寬。然四支竟全通十灰半，元寒删先全通用，雖宋詞蘇、柳間然，畢竟稍濫，不如周韻之有別。且上去二聲，宋詞上如紙尾語御薺，去如實未遇御霽，多有通用，近詞亦然。而平韻如支微魚虞齊，則斷無合理，似又未能概以平貫去入。蓋詞韻本無蕭畫，作者遽難曹隨，分合之間，辨極銖黍，苟能多引古籍，參以神明，源流自見。沈天羽

用韻須遵成法

宋人詞韻有通用至數韻者，有忽然出一韻者，有數人如一轍者，有一首而僅見者。後人不察，利爲輕便，一韻偶侵，遂延他部，數字相引，竟及全文。此毛氏一人通譜全族通譜之喻爲不易也。學者但遵成法，並舉習見者爲繩尺，自鮮蹉跌。同上

宋詞多上去通用

宋詞多上去通用，其來已久。考《樂府雜録》云：“平聲羽七調，上聲角七調，去聲宮七調，入聲商七調。”又《元和韻譜》云：“平聲者哀而安，上聲者屬而舉，去聲者清而遠，入聲者直而促。”則昔人歌筵舞袖間，何以使紅牙畢協，其理固不可解。同上

宋人入聲亦錯綜不齊

入聲最難分別，即宋人亦錯綜不齊。沈氏《詞韻》當已。近柴虎臣《古韻》，則一屋二沃通，而三覺半通。三覺半如嶽濁角數之類。四質五物通，而九屑半通。九屑半如臺拙謫結之類。六月七曷八黠九屑通，十藥十一陌通，而三覺半通。三覺半如鬻擢邈朔之類。十二錫十三職通，而十一陌半通。十一陌半如辟革易麥之類。十四緝獨用。十五合十六葉十七洽通。毛稚黃《曲韻》則準《洪武正韻》，而一屋單用，二質七陌八緝通用，三曷六藥通用，四轄九合通用，五屑六葉通用。又屑葉可單用，因南曲入聲單押而設也。與詞韻俱可參證。同上

用韻當以近韻爲法

方子謙《韻會小補》所載有一字而數音者，有一字而古讀與古叶各殊者。古人用韻參錯必有援據，今人孟浪引用，藉以自文，惑巳。如辛稼軒歌麻通用，鮮不疑之。毛稚黃云：古六麻一部，入魚虞歌三部。蓋車讀如居，邪讀如徐，花讀如敷，家瓜讀如姑，

麻讀如磨，他讀如拖之類是也。填詞與騷賦異體，自當斷以近韻爲法。同上

北曲四聲不備爲別統

沈休文四聲韻中，如朋與蒸、靴與戈、車與麻、打與等、卦畫與怪壞之類，挺齋、升庵俱駁爲歟舌。而宋詞中，至張仲宗呼否爲府，以叶主舞。林外呼瑣爲掃，以叶老。俞克成呼我爲襖，以叶好。《詞品》皆指爲閩音，其說甚當。而毛稚黃謂沈韻本屬同文，非江淮間偏音，挺齋詆之繆已。蓋自《三百篇》、《楚詞》以迄南曲，一係相承，俱屬爲韻統。而北曲偏音，四聲不備爲別統。故金、元人作詩亦用沈韻，作詞亦不專用周韻。從無以入聲分叶平上去者，又安得以曲韻廢詞韻，且上格詩韻乎！同上

唐詞多守詩韻

唐詞多守詩韻，然亦有通別韻用之。略如宋詞韻者。偶睹數闋，漫記之以備考證。東冬通用，溫庭筠《定西番》云：“一枝春豔濃。樓上月明三五，瑣窗中。”按此詞，則上之董腫通用，去之送宋通用，俱可類推。他韻上去例亦仿此。支微齊及十灰前段通用，白樂天《長相思》云：“深畫眉。深畫眉。蟬鬢鬆醫雲滿衣。陽臺行雨回。巫山高，巫山低。暮雨瀟瀟郎不歸。空房獨守時。”真文及十三元後段通用，韋莊《小重山》云：“一閉昭陽春又春。夜寒宮漏永，夢君恩。”又溫庭筠《清平樂》云：“鳳帳鴛被徒燻。寂寞花鎖千門。競把長門買賦，爲妾將上明君。”寒删通用，顧敻《虞美人》云：“小屏屈曲掩青山。翠幃香粉玉鑪寒。兩眉攢。”又按十三元，後段既通入真文，則前段應與此韻通用。庚青通用，李白《菩薩蠻》云：“何處是歸程。長亭更短亭。”覃咸通用，薛昭蘊《女冠子》云：“去住島經三。正遇劉郎使，啟瑤緘。”語麌通用，牛嶠《玉樓春》云：“小玉窗前嗔燕語。紅淚滴穿金綫縷。”按此詞則魚虞通用，可類推也。篠皓通用，牛希濟《生查子》云：“語已多，情未了。回首猶重道。記得綠羅裙，處處憐芳草。”又，尹鶚《滿宮花》云：“月沈沈，人悄悄。一炷後庭香嫋。風流帝子不歸來，滿地禁花慵掃。離恨多，相見少。何處醉迷三島。漏清宮樹子規啼，愁鎖碧窗春曉。”按此二詞，則蕭豪通用，可類推也。毛氏《唐詞通韻說》

唐宋詞韻互通

唐白樂天《長相思》云：“深畫眉。淺畫眉。蟬鬢鬆醫雲滿衣。陽臺行雨回。”支與微與十灰半通用，是宋詞韻也。宋秦太虛《千秋歲》用隊韻，辛稼軒《沁園春》用灰韻，皆渾用唐韻。由是觀之，唐詞亦可用宋韻，宋詞亦可用唐韻，自不必過判區畛耳。毛氏《唐宋詞韻互通說》

唐宋詞韻不兩溷

客問唐詞既多用唐人詩韻,而又可用宋人詞韻,宋詞既用宋人詞韻,而又可用唐人詩韻,若然,則作者通可以並通唐詩宋詞兩韻,而無或間然者邪?余曰:"否也。兩韻雖唐、宋詞人交用之,而作者仍須專按一譜。如用唐韻,則不得更通入宋韻。用宋韻者,亦不得更通入唐韻。倘云直可溷通,則用及灰韻者,既可藉口唐韻而不劃開灰咍兩段,且又將假手宋韻而並通支齊微街矣。用及元韻者,既可藉口唐韻而不劃開元魂兩段,且又將假手宋韻而並通真文寒删先矣。不其流易已甚,而太夷疆畛畩!且考古詞亦罕此濫通法。然則詞家直是有兩樣用韻法,一唐詩韻也,一宋詞韻也。"客曰:"若然,則沈氏《詞韻》何不兩載之?"曰:"沈氏止著宋法,以詞則大盛于宋,而且欲守唐詩韻者,其譜人所共曉,故不必更煩筆墨耳。"毛氏《詞韻不兩溷說》

沈謙創爲《詞韻》反失古意

詞本無韻,故宋人不制韻,任意取押。雖與時韻相通不遠,然要是無限度者。予友沈子去矜創爲《詞韻》,而家稚黃取刻之,雖有功於詞甚明,然反失古意。假如三十韻中,惟尤是獨用,若東冬、江陽、魚虞、皆灰、支微齊、寒删先、蕭肴豪、覃鹽咸,則皆是通用,此雖不知詞者亦曉之。何也?獨用之外無嫌韻,通韻之外更無犯韻,則雖不分爲獨爲通,而其爲獨爲通者自了也。然嘗記舊詞,尚有無名氏《魚游春水》一詞:"秦樓東風裏。輕拂黃金縷。"通紙於語。張仲宗之《漁家傲》:"短夢今宵遠到否。荒村四望知何處。"通語於有者。若以平上去三聲通轉例之,則支通於魚,魚通於尤,必以支紙一韻、魚語一韻限之,未爲無漏也。至若真文元之相通,而不通於庚青蒸。庚青蒸之相通,而不通於侵。此在詩韻則然,若詞則無不通者也。他不具論,祇據《阮郎歸》一調,有洪叔嶼、王山樵二作中云:"晴光開五雲。扶春來遠林。相呼試看燈。何曾一字真。今朝第幾程。"則已該真文元庚青蒸侵有之。其在上去,則只據朱希真詞:"人情薄似秋雲。不須計較苦勞心。萬事元來有命。更逢一朵花新。片時歡笑且相親。明日陰晴未定。"其無不通轉可知。而謂真軫一韻,庚梗一韻,侵寢一韻。是各自爲說也。其他歌之與麻,未必不通。寒之與鹽,未必不轉。但爲發端,尚竢踵事。至如入韻,則循口揣合方音俚響,皆許入押。而限以屋沃一韻,覺藥一韻,質陌職錫緝一韻,物月曷黠屑葉一韻,合洽一韻,凡五韻。則試以舊詞張安國《滿江紅》詞有"高邱喬木。望京華、迷南北"句,則通屋於職。晏叔原《春情》,有"飛絮繞香閣。意淺愁離合。韻險還慵押。月在庭花舊園角"。則又通覺與藥與合與洽。孫光憲《謁金門》有云:"留不得。留得也應無益。揚州初去日。"又云:"却羨鴛鴦三十六。孤飛還一隻。"則又通質陌錫職於屋。若蘇長公赤壁懷古《念奴嬌》調，其云：“千古風流人物。人道是三國周郎赤壁。捲作千堆雪。雄姿英發。一樽還酹江月。”鮮于伯璣亦有是詞云：“雙劍千年初合。放出羣龍頭角。極目春潮闊。年年多病如削。”張于湖是調有云：“更無一點風色。著我扁舟一葉。妙處難與君說。穩泛滄空闊。萬象爲賓客。不知今夕何夕。”則是既通物月與屑與錫，又通覺藥與曷與合，而又合通陌職與曷與屑與葉與緝，是一入聲，而一十七韻，輾轉雜通，無有定紀。至於高賓王《霜天曉角》之通陌錫質緝，詹天遊《霓裳序中第一》之通月曷職緝，王昭儀《滿江紅》之通月屑錫職，皆屬尋常，可無論已。且夫否之音俯，向僅見之陳琳賦中。凡《廣韻》、《切韻》、《集韻》諸書，俱無此音。若北之音卜，則不特從來韻書無是讀押，即從來字書亦並無是轉切。此吳越間鄉音誤呼，竟以入韻，此何謂也！且昔有稱閩人林外題垂虹橋詞，初不知誰氏，流傳入宮禁，孝宗讀之笑曰：“鎖與老押，則鎖當讀掃，此閩音也。”後訪之，果然。向使宋有定韻，則此詞不宜流傳人間。而孝宗以同文之主，韻例不遵，反爲曲釋。且未聞韻書無此押，字書無此音，自上古迄今，偶一見之鄉音之林外，公然讀押，傳爲故事，則是詞韻之了無依據，而不足推求，亦可驗已。況詞盛於宋，盛時不作，則勿論，今不必作。萬一作之，而與古未同，則揣度之胸，多所兀臬，從之者不安，而刺之者有間，亦何必然。毛奇齡

宋詞用韻有出入

詞走腔，詩落韻，皆不得爲善。豈惟詩詞，雖古文亦必有音節。音節諧從，誦之始能感人。然凝習之久，大抵自得之，不待告語而知，實非繭絲牛毛之謂也。今之爲詞韻者，規摹韻度，命意範辭，無失其爲詞可矣。若絲銖毫芒之違合，則孰從而辨之？而言譜者紛紛鑿鑿，起而相繩，亦安能質宋人於異代，而信其必然也。蓋宋人之詞，可以言音律。而今人之詞，祇可以言辭章。宋之詞兼尚耳，而今之詞惟寓目，似可不必過爲抨擊也。即宋人長短句用韻之出入，今亦不得其故。近人有以詩韻爲詞者，雖詩通用之韻，亦不敢假借。此亦求其說而不得，自爲之程或可耳。設取以律他人，則非也。先遷甫

詩曲用韻有別

古體詩詞以及南北曲，雖以時遞遷，一係相承。然畦畛既分，用韻自別。善乎陳其年之言曰：“使擬贈婦述祖之篇，而必家押爲姑。作吳歈越豔之體，而乃激些成亂。染指花間，而預爲車遮勸進。耽情南曲，而仍爲關、鄭殘客。實大雅之罪人，抑亦閨襜之別録也。”《菊莊偶筆》

詞韻可變通

沈約之韻,未必自合聲律,而今人守之如金科玉條。此無他,今之詩學李、杜,李、杜學六朝,往往用沈韻,故相襲不能革也。若作填詞自可變通,如朋與蒸同押,打與等同押,卦字畫字與怪壞同押,乃是齞舌之病,豈可以爲法邪?元人周德清著《中原音韻》,一以中原之韻爲正,韙矣。然予觀宋人填詞,亦已有開先者,蓋真見在人心,不約而同耳。試舉數詞於右。東坡《一斛珠》云:"洛城春晚。垂楊亂掩紅樓半。小池輕浪紋如篆。燭下花前,曾醉離歌宴。　　自惜風流雲雨散。關山有限情無限。待君重見尋芳伴。爲説相思,目斷西樓燕。"篆字,沈約在上韻,本屬齞舌,坡特正之也。蔣捷七夕《女冠子》云:"蕙花香也。雪晴池館如畫。春風飛到,寶釵樓上,一片笙簫,琉璃光射。而今燈謾掛。不是暗塵明月,那時元夜。況年來、心懶意怯,羞與蛾兒爭耍。

江城人悄初更打。問繁華誰解,再向天公借。剔殘紅炧。但夢裏隱隱,鈿車羅帕。吳牋銀粉。待把舊家風景,寫成閒話。笑綠鬟鄰女,倚窗猶唱,夕陽初下。"是駁正沈韻畫及挂話及打字之謬也。呂聖求《惜分釵》云:"重簾下。微燈挂。背闌同説春風話。"用韻亦與蔣捷同意。晁叔膺《感皇恩》云:"寒食不多時,牡丹初賣。小院重簾燕飛礙。昨宵風雨,尚有一分春在。今朝猶自得,陰明快。　　熟睡起來,宿醒微帶。不惜羅襟搵眉黛。日長梳洗,看看花影移改。笑指雙杏子,連枝帶。"此詞連用數韻,酌古斟今尤妙。明初高季迪《石州慢》云:"落了辛彝,風雨頓催,庭院瀟灑。春來長恁,樂章懶按,酒籌慵把。辭鶯謝燕,十年夢斷青樓,情隨柳絮猶縈惹。難見舊知音,把琴心重寫。　　夭冶。憶曾攜手,鬥草闌邊,買花簾下。看轆轤低轉,秋千高打。如今何處,總有團扇輕衫,與誰共走章臺馬。回首暮山青,又離愁來也。"諸公數詞,可爲用韻之式,不獨綺語之工而已。同上(以上卷十九)

辨證(節録)

詩句詞調同名

今以五七言之別見者彙校之。如《何滿子》已收六言六句矣,兹考薛逢之《何滿子》云:"繫馬宮槐老,持杯店菊黃。故交今不見,流恨滿山光。"如《三臺令》已收六言四句矣,兹考李後主之《三臺令》云:"不寐倦長更。披衣出戶行。月寒秋竹冷,風切夜窗聲。"如《楊柳枝》已收七言四句矣,兹考李商隱之《楊柳枝》云:"畫屏繡步障,物物自成雙。如何湖上望,只是見鴛鴦。"如《醉公子》已收無名氏之五言八句矣,兹考無名氏之《醉公子》云:"昨日春園飲,今朝倒接羅。誰人扶上馬,不省下樓時。"如《長命女》已收長短句矣，兹考無名氏之《長命女》云："雲送關西雨，風傳渭北秋。孤燈然客夢，寒杵搗鄉愁。"如《烏夜啼》已收長短句矣，兹考聶夷中之《烏夜啼》云："衆鳥各歸枝。烏烏爾不棲。還應知妾恨，故向綠窗啼。"如《長相思》已收琴調之長短句矣，兹考張繼之仄韻《長相思》云："遼陽望河縣。白首無由見。海上珊瑚枝，年年寄春燕。"又令狐楚之平韻《長相思》云："君行登隴上，妾夢在關中。玉筯千行落，銀床一夕空。"如《江南春》既列長短句矣，兹考劉禹錫之《江南春》云："新妝宜面下朱樓。深鎖春光一院愁。行到中庭數花朵，蜻蜓飛上玉搔頭。"如《步虛詞》，已列長短句之雙調矣，兹考陳羽之《步虛詞》云："樓閣層層阿母家。昆侖山頂駐紅霞。笙歌往見穆天子，相引笑看琪樹花。"如《漁歌子》已列長短句之單調雙調矣，兹考李夢符之《漁父詞》二首云："村市鐘聲度遠灘。半輪殘月落前山。徐徐撥棹却歸去，浪疊朝霞碎錦翻。""漁弟漁兄喜到來。婆官賽却坐江隈。椰榆杓子瘤杯酒，爛煑鱸魚滿盎堆。"如《鳳歸雲》已列林鐘商之長調矣，兹考滕潛之《鳳歸雲》二首云："金井闌邊見羽儀，梧桐樹上宿寒枝。五陵公子憐文彩，畫與佳人刺繡衣。""飲啄蓬山最上頭。和煙飛下禁城秋。曾將弄玉歸雲去，金翻斜翻十二樓。"他如《離別難》、《金縷曲》、《水調歌》、《白苧》各有七絶，雜以虛聲，亦多可歌者。後之集譜者，無以詩句而亂詞調也。《古今词话》

詞名原起説

詞名原起之說，起於楊用修及都元敬，而沈天羽掩楊論爲已說。如《蝶戀花》，取梁元帝"翻堦蛺蝶戀花情"。《滿庭芳》，取吳融"滿庭芳草易黃昏"。《點絳唇》，取江淹"白雪凝瓊貌，明珠點絳唇"。《鷓鴣天》，取鄭嵎"春遊雞鹿塞，家在鷓鴣天"。《惜餘春》取太白賦語。《浣溪紗》取杜陵詩意。《青玉案》取《四愁詩》語。《踏莎行》，取韓翃詩"踏莎行草過青溪"。《西江月》，取衛萬詩"只今惟有西江月"。《菩薩蠻》，西域婦髻也。《蘇幕遮》，高昌女子所載油帽西域婦帽也。《尉遲杯》，尉遲敬德飲酒必用大杯也。《蘭陵王》，王每入陣必先歌其勇也。《生查子》，查古槎字，張騫乘槎事也。《瀟湘逢故人》，柳渾詩句也。此升庵《詞品》也。即沈天羽所載《疏名》。又如《滿庭芳》，取柳柳州"滿庭芳草積"。《玉樓春》，取白樂天詩"玉樓宴罷醉和春"。《丁香結》，取古詩"丁香結恨新"。《霜葉飛》，取杜詩"清霜洞庭葉，故欲別時飛"。《清都宴》，取沈隱侯"朝上閶闔宮，夜宴清都闕"。又云，《風流子》，出《文選》。劉良《文選註》曰："風流言其風美之聲，流於天下。子者，男子之通稱也。"《荔枝香》，出《唐書》。貴妃生日，命小部奏新曲未有名，適進荔枝至，因名《荔枝香》。《解語花》，出《天寶遺事》，亦明皇稱貴妃語。《解連環》，出《莊子》"連環可解"也。《華胥引》，出《列子》，黃帝晝寢，夢游華胥之國。《塞垣春》，"塞垣"二字出《後漢書·鮮卑傳》。《玉燭新》，"玉燭"二字出《爾雅》。此元敬《南濠詩話》也。卓珂月又云：“多麗，張均妓名，善琵琶者也。念奴嬌，唐明皇宮人念奴也。”愚按宋人詞調，不下千餘，新度者即本詞取何命名，餘俱按譜填綴。若一一推鑿，何能盡符原指。安知昔人最始命名者，其原詞不已失傳乎！且僻調甚多，安能一一傅會載籍，自命稽古。學者寧失闕疑，毋使後人徒資彈射可耳。《詞衷》

胡元瑞駁楊慎論詞調名

胡元瑞《筆叢》駁用修處最多，其辨詞調尤極覼縷。如辨詞名之本詩者，《點絳脣》、《青玉案》等，楊説或協，餘俱偶合，未必盡是。詩中“滿庭芳草易黃昏”，唐人本形容淒寂，詞名《滿庭芳》，豈應出此？《生查子》，謂查即古槎字，合之博望，意義不通。《菩薩蠻》，謂蠻國之人，危髻金冠，瓔絡被體，故名，非專指婦髻也。《蘭陵王入陣曲》，見《北齊史》。尉遲大杯，正史無考，乃誤認元人雜劇。《鷓鴣天》，謂本鄭嵎詩，則《雞鹿塞》當入何調？曲中有《黃鶯兒》、《水底魚》、《鬭鵪鶉》、《混江龍》等，又本何調耶？元瑞此論，可謂《詞品》董狐矣。愚按用修、元敬俱號綜博，而過於求新作好，遂多瑳漏。如一《滿庭芳》，而用修謂本吳融，元敬謂本柳州，果何所原起歟？《風流子》二字一解，尤爲可笑。詞中如《贊浦子》、《竹馬子》之類極多，亦男子通稱耶？則“兒”字又屬何解？《荔枝香》、《解語花》與《安公子》等類相近，似乎可據，若《連環》、《華胥》本之《莊》、《列》，《塞垣》、《玉燭》本之《後漢書》、《爾雅》，遙遙華胄，探河宿海，毋乃太遠！此俱穿鑿附會之過也。然元瑞考據精詳，而於詞理未盡研涉。毛稚黃《詩辨坻》駁胡元瑞云：“詞人以所長入詩，其七言律非平韻《玉樓春》，則襯字《鷓鴣天》。而《玉樓春》無平韻者，《鷓鴣天》無襯字者，是不知有《瑞鷓鴣》而以臆説附會也。此數調本在眉睫，而持論或誤，信乎博而且精之爲難矣。”同上

曲調與詞調同者

沈天羽云：詞名多本樂府，然去樂府遠矣。南北劇名又本填詞，然去填詞更遠。爲按南北劇與填詞同者。《青杏兒》中調即北劇小石調。《憶王孫》小令即北劇仙呂調。小令之《搗練子》、《生查子》、《點絳脣》、《霜天曉角》、《卜算子》、《謁金門》、《憶秦娥》、《海棠春》、《秋蕊香》、《燕歸梁》、《浪淘沙》、《鷓鴣天》、《虞美人》、《步蟾宮》、《鵲橋仙》、《夜行船》、《梅花引》，中調之《唐多令》、《一翦梅》、《破陣子》、《行香子》、《青玉案》、《天仙子》、《傳言玉女》、《風入松》、《剔銀燈》、《祝英臺近》、《滿路花》、《戀芳春》、《意難忘》，長調之《滿江紅》、《尾犯》、《滿庭芳》、《燭影搖紅》、《絳都春》、《念奴嬌》、《高陽臺》、《喜遷鶯》、《東風第一枝》、《真珠簾》、《齊天樂》、《二郎神》、《花心動》、《寶鼎現》，皆南劇之引子。小令之《柳梢青》、《賀聖朝》，中調之《醉春風》、《紅林檎近》、《驀山溪》，長調之《聲聲

慢》、《八聲甘州》、《桂枝香》、《永遇樂》、《解連環》、《沁園春》、《賀新郎》、《集賢賓》、《哨遍》，皆南劇慢詞。外此鮮有相同者，更有南北曲與詩餘同名而調實不同者，又不能盡數。胡元瑞云："宋人《黃鶯兒》、《桂枝香》、《二郎神》、《高陽臺》、《好事近》、《醉花陰》、《八聲甘州》之類，與元人毫無相似。若《菩薩蠻》、《西江月》、《鷓鴣天》、《一剪梅》，元人所用，悉不可按腔矣。"愚按此等《九宮譜》中悉載，然有全體俱似者，又有不用換頭者。至詞曲之界，本有畦畛，不得謂調同而詞意悉同，竟至儒墨無辨也。俞少卿

隋煬帝《望江南》八闋乃僞作

《海山記》云："隋煬帝汎東湖，製湖上曲《望江南》八闋。"按段安節《樂府雜録》云："《望江南》，李德裕鎮浙日，爲亡伎謝秋娘所撰，本名《謝秋娘》，今改此名，亦曰《夢江南》。"據此，則隋時初無此調也。且曲詞略不類隋人語，因留此一闋以袪後人之惑云。詞曰："湖上柳，煙裏不勝摧。宿霧洗開明媚眼，東風搖弄好腰肢，煙雨更相宜。環曲岸，陰覆畫橋低。綫拂行人春晚後，絮飛晴雪暖風時。幽意更依依。"《青瑣高議》

《望江南》宋人方加後疊

《憶江南》又名《夢江南》，隋煬帝有八闋，但白香山二詞，曉唐襲之，皆係單調。至宋方加後疊，故知隋詞乃贋作者無疑。李後主"多少恨"及"多少淚"，本是二首，《嘯餘》合之爲一，大謬。此調作者甚多，何乃取李詞二首牽合，以作五十四字格，致後人疑前後可用兩韻耶？萬紅友

《河傳》有二體

《河傳》，唐詞存者二，其一屬南呂宮，凡前段平韻後仄韻。其一乃《怨王孫》曲，屬無射宮。以此知煬帝所製《河傳》不傳已久。然歐陽永叔所集詞內《河傳》附越調，亦《怨王孫》曲，今《河傳》乃仙呂調，皆令也。《碧雞漫志》

按：據此則《河傳》、《怨王孫》祇有二體，《詞律》所收，殊爲龐雜。

《清平樂》非太白作

楊用修所載太白《清平樂》二闋，識者謂非太白作，以其卑淺也。按太白《清平調》本三絕句而已，不應復有詞也。王鳳洲

《菩薩蠻》乃晚唐人詞嫁名太白

今詩餘名《望江南》外，《菩薩蠻》、《憶秦娥》稱最古，以《草堂》二詞出太白也。近

世文人學士或以爲實然。予謂太白在當時直以風雅自任，即近體盛行，七言律鄙不肯爲，寧屑事此？且二詞雖工麗，而氣衰颯，於太白超然之致，不啻穹壞。藉令真出青蓮，必不作如是語。詳其意調，絕類溫方城輩。蓋晚唐人詞嫁名太白耳。《杜楊雜編》云："大中初，女蠻國貢雙龍犀、明霞錦，其國人危髻金冠，瓔珞被體，故謂之菩薩蠻。當時倡優遂歌《菩薩蠻》曲，文士亦往往效其詞。"《南部新書》亦載此事。則太白之世，唐尚未有斯題，何得預置其曲耶？又《北夢瑣言》云："宣宗愛唱《菩薩蠻》詞，令狐丞相假飛卿新撰密進之，戒以勿泄，而遽言於人，由是疏之。"按大中即宣宗年號，此詞新播，故人喜歌之，予屢疑近飛卿，至是釋然。苕溪漁隱

元、白論《河滿子》少異

《河滿子》，白樂天詩云："世傳滿子是人名。臨就刑時曲始成。一曲四詞歌八疊，從頭便是斷腸聲。"自注云："開元中，滄州歌者姓名，臨刑，進此曲以贖死，上竟不免。"元微之《何滿子》歌云："何滿能歌聲宛轉，天寶年中世稱罕。嬰刑繫在囹圄間，下調哀者歌憤懣。梨園弟子奏玄宗，一唱承恩囑綱緩。便將何滿爲曲名，御府親題樂府纂。"甚矣，帝王不可妄有嗜好也。明皇喜音律，而罪人遂欲進曲贖死。然元、白平生交友聞見率同，獨紀此事少異。《碧雞漫志》

《水調》異名

《明皇雜錄》云："祿山犯順，議欲遷幸。帝置酒樓上，命作樂，有進《水調歌》者曰：'山川滿目淚沾衣。富貴榮華能幾時。不見只今汾水上，惟有年年秋雁飛。'上問誰爲此曲。曰：'李嶠。'上曰：'真才子。'不終飲而罷。"此《水調》一句七字曲也。白樂天《聽水調》詩云："五言一遍最殷勤，調少情多似有因。不會當時翻曲意，此聲腸斷爲何人。"《脞說》亦云："《水調》第五遍五言調，聲最愁苦。"此《水調》中一句五字曲，又有多遍，似是大曲也。樂天詩又云："時唱一聲新《水調》，謾人道是采菱歌。"此《水調》中新腔也。《南唐近事》云："玄宗留心內寵，宴私擊鞠無虛日。嘗命樂工楊花飛奏《水調》詞進酒，花飛惟唱'南朝天子好風流'一句，如是數四。上悟，覆杯賜金帛。"此又一句七字。然既曰命奏《水調》，則是令楊花飛《水調》中撰詞也。《外史檮杌》云："王衍泛舟巡閬中，舟子皆衣錦秀，自製《水調》銀漢曲。"此《水調》中制銀漢曲也。今世所唱中呂調《水調》歌，乃是俗呼音調異名者名曲，雖首尾亦各有五言兩句，決非樂天所聞之曲。同上

《何滿子》字句不同

甘露事後，文宗便殿觀牡丹，誦舒元輿《牡丹賦》，欷歔泣下，命樂適情。宮人沈翹

816

翹舞《何滿子》詞云："浮雲蔽白日。"上曰："汝知書耶?"乃賜金臂環。又薛逢《何滿子詞》云："繫馬宮槐老,持杯店菊黃。故交今不見,流恨滿川光。"五字四句。樂天所謂一曲四詞,庶幾是也。歌八疊,疑有和聲,如《漁父》、《小秦王》之類。今詞屬雙調,兩段各六句,内五句各六字,一句七字。五代時尹鶚、李珣亦同此。其他諸公所作,往往只一段,而六句各六字,皆無復有五字者。字句既異,即知非舊曲。同上

《如夢令》傳説不一

《如夢令》,小石調曲,有傳自莊宗者,有傳自吕仙者。莊宗於宫中掘得石刻,名曰《古記》,復取調中二字爲名,曰《如夢令》。所謂"如夢。如夢。殘月落花煙重"是也。不知先曾有一闋云："嘗記溪亭日暮。沉醉不知歸路。興盡欲回舟,誤入藕花深處。爭渡。爭渡。驚起一行鷗鷺。"傳是吕仙之曲。別刻又云無名氏作,非吕仙也。張宗端寓以新詞曰:《比梅》。近選以莊宗曾宴桃源深洞,又名曰《宴桃源》。《古今詞譜》

《巫山一段雲》兩首不同

唐昭宗宫人作《巫山一段雲》二首,或以爲昭宗作。二首各一體,此舊調用六字句換頭,而第二首結句換韻。《尊前集》

張泌《江城子》二首

張泌,南唐人,有《江城子》二闋。其一云："碧闌干外小中庭。雨初晴。曉鶯聲。飛絮落花時節,近清明。睡起捲簾無一事,匀了面,没心情。"其二云："浣花溪上見卿卿。眼波明。黛眉輕。高綰緑雲,低簇小蜻蜓。好是問他來得麽,和笑道,莫多情。"黄叔暘云："唐詞多無換頭,如此詞自是二首,故重押兩情字,兩明字。今人不知,合爲一首,則誤矣。"《詞苑》（以上卷之二十）

蘇詞非以詩爲詞

《後山詩話》謂退之以文爲詩,子瞻以詩爲詞,如教坊雷大使之舞,雖極天下之工,要非本色。余謂後山之言誤矣。坡佳詞最多,其間傑出者如"大江東去,浪淘盡千古風流人物"赤壁詞。"明月幾時有,把酒問青天"中秋詞。"落日繡簾捲,庭下水連空"快哉亭詞。"乳燕飛華屋,悄無人、桐陰轉午"初夏詞。"明月如霜,好風如水,清景無限"夜登燕子樓詞。"楚山修竹如雲,異材秀出千林表"詠笛詞。"玉骨那愁瘴霧,冰肌自有仙風"詠梅詞。"東武南城新隄固,連漪初溢"宴流杯亭詞。"冰肌玉骨,自清凉無汗"夏夜詞。"有情風萬里捲潮來,無情送潮歸"別參寥詞。"缺月掛疎桐,漏盡人初

靜"秋夜詞。"霜降水痕收。淺碧鱗鱗露遠洲"重九詞。凡此十餘詞，皆絕去筆墨畦徑，直造古人不到處，真可使人一唱而三歎。若謂以詩爲詞，是大不然。《苕溪漁隱》

謂蘇軾以詩爲詞大是妄論

陳後山謂東坡以詩爲詞，大是妄論，而世皆信之。獨茆荆産辨其不然。謂公詞爲古今第一。今翰林趙公亦云，此與人意暗同。蓋詩詞祇是一理，不容異觀。自世之末作，習爲纖豔柔脆，以投流俗之好，高人勝士，亦或以是相勝，而日趨於委靡，遂謂其豔當然，而不知流弊之至此也。文伯起曰："先生慮其不幸而溺於彼，故援而止之，特立新意，寓以詩人句法。"是亦不然。公雄文大手，樂府乃其游戲，顧豈與流俗爭勝哉！蓋其天資不凡，辭氣邁往，故落筆皆絕塵耳。《滹南詩話》（以上卷之二十一）

諧謔（節録）

陳亞藥名詞

宋陳亞，性滑稽，嘗用藥名作閨情《生查子》三首。其一曰："相思意已深，白紙書難足。字字苦參商，故要檀郎讀。　　分明記得約當歸，遠至櫻桃熟。何事菊花時，猶未回鄉曲。"其二曰："小院雨餘涼，石竹風生砌。罷扇盡從容，半夏紗廚睡。　　起來閒坐北亭中，滴盡珍珠淚。爲念婿辛勤，去折蟾宮桂。"其三曰："淚蕩去遠來，躑躅花頻換。可惜石榴裙，蘭麝香將半。　　琵琶閒後理相思，必撥朱弦斷。擬續斷朱弦，待這冤家面。"予謂此等詞，偶一爲之可耳，畢竟不雅。《苕溪漁隱》（卷之二十二）

沈起鳳

沈起鳳（1741—1794 后）字桐威，號薲漁，又號紅心詞客。清吳縣（今屬江蘇）人。舉乾隆三十三年（1768）鄉試。後會試屢不第，抑鬱無聊，放情詞曲自娛。所作戲曲，不下三四十種，風行大江南北。高宗南巡，官紳所備迎鑾供御大戲，皆出其手筆。其妻張雲，亦工詩文，頗享唱隨之樂。嘗爲祁昌教官。晚年以選人客死都門。所作曲，今僅見其友人石韞玉所刻之四種，即《報恩緣》、《才人福》、《文星榜》、《伏虎韜》。此外名目可考者，有《千金笑》、《泥金帶》、《黃金屋》三種。又有文言短篇小說集《諧鐸》十二卷，共一百二十二個故事，流傳尤廣。每篇故事，非神即鬼，非精即怪，有警誡，有諷喻，各篇獨立，言簡意深。作者借題發揮，寓莊於諧，對社會病態的解剖，人情世態的揭露，頗具功力。《青燈軒快譚》謂："《諧鐸》一書，《聊齋》以外，罕有匹者。"

本書資料據人民文學出版社 2006 年版《諧鐸》。

隔牖談詩

　　水繪園，辟疆冒氏集諸名士禊飲處，今廢爲禪院。祁昌胡生文水，客如皋，賃僧屋以居。生負奇氣，爲沈晉齋，王西園諸前輩相器重，益自喜。嘗作述懷詩，有"我豈妄哉聊復爾，臣之壯也不如人"之句。予適見之，曰，"此宋元派也。"生氣不肯下，轉以詩學源流相詰問。予唯唯。生艴然曰："先生殆不屑教誨耶？"拂袖竟出。

　　予獨坐燈下，半炊許，暗中聞嗤笑聲。叱問爲誰，應曰："予此間地主冒巢民也，與王桐花、崔黃葉、陳迦陵輩，魂游於此。汝吳下阿蒙，輒敢高持布鼓，過我雷門。倘一言不智，定當麾之門外。"予曰："冒先生飯魂無恙乎？如不見棄，乞垂明問。"因大聲曰："古詩以何爲宗？"應之曰："四言以《三百篇》爲法，而太似則剽，太離則詭。故束皙《補笙詩》，未脫晉人俊語。五言自西京迄當塗，典午諸家，各有一副真面目。梁、陳之際，體卑質喪。至唐陳伯玉輩，掃除顯慶、龍朔之弊，獨標風格。七言權輿《大風》、《柏梁》，洎乎魏、宋，名作寥寥。初唐頗尚氣韻，李、杜出而始極其變。後有作者，等諸自鄶無譏可也。"曰："近體以何爲宗？"應之曰："陰、何、徐、庾，五律之先聲也。延清、雲卿，揣聲赴節，後來居上。王、孟以淡遠並轡，李、杜以壯麗分鑣，崔、李、高、岑，七律之正軌也。賓客、儀曹，態濃意遠，宗風克紹。浣花如鯨魚掣海，青蓮如健鶴摩天。至絕句，羌無故實，須求味於酸鹹之外。雖工部高才，未傳佳什。不得謂'黃河遠上'、'葡萄美酒'，獺祭者可學步也。"言未竟，忽厲聲高喝曰："我漁洋老人，論詩六十餘年，以少陵詩史爲宗。何物狂生，拈出司空三昧，教人廢學？"因笑曰："公一代詩壇，千秋史學，何敢妄議？但《落鳳坡吊龐士元》，此題尚宜斟酌。"正持論間，有自稱崔不雕者，自稱陳其年者，譁然縱辯。予曰："君王桐花之弟子耶？生前以'黃葉'著名，然'丹楓'兩宇，辭義雷同。想君生平傑作，惟'春水'、'桃花'一聯，差堪與'芍藥'、'薔薇'抗衡耳！至檢討公《迦陵詞集》，允堪追步辛、蘇；而梅花百首，亦止賺得雲郎捧硯，未必與'枝高出手寒'之作同聲競響。"而諸人猶紛呶不息，因拍掌大笑曰："冒先生相與得一輩詩人，到底朴巢一炬，餓填溝壑，惜哉！"

　　轉盼間，胡生長笑而來，曰："先生不屑教誨，今已盡聞台命矣。"蓋生欲聞予狂論，詭囑同人，暗藏牖下，作此狡獪伎倆耳。予大笑。生執贄門下兩載，談文之暇，旁及詩賦詞曲。而其稿不甚收拾，往往爲友人竊去。劉又酷似其師，信然。

　　鐸曰："邊孝先曾爲弟子解嘲，此則更同賓戲矣。師狂而弟子亦狂，師懶而弟子亦懶。狂不可學，懶更不可學也。先生休矣，弟子勉之。"

　　水以乙未春僦雨香庵居之，爲鍵關計。庵即冒園故址也。時夫子亦客如皋。水執贄門下，相依兩載。丙申冬，挈家南來。遠隔師門，忽忽十有一年。歲戊申，夫子司鐸吾祁。越兩年，水自豫章歸，晉謁函丈。

又明年，召入學舍，授以燈火，坐我春風者，殆無虛日。暇時，請觀詩文全稿，並樂府套曲諸大制，悉辭以散失。

惟檢行篋，得《諧鐸》五十餘條，出以示水。卒讀之，遂進而請曰："先生其有救世之婆心，而托於諧以自隱，如古之東方曼倩其人者，曷亟付之梓，以是爲迺人之徇耶？"比蒙許可，追憶舊聞，撫采近事如幹條，釐卷十二。斯條亦係開雕時補入者。記此見師弟淵源，二十年如一日。而水徒以家貧學蕉，筆札依人。回首勝游，已成昨夢。嗟華年之不再，愧壯歲之無聞，其孤負吾師之玉成者不少！

辛亥六月二十一日，受業胡文水謹志。

垂簾論曲

李秋蓉，吳江徐公子寵姬也，有慧性，妙解音律。同里某生，小有才學，著傳奇，挾數種誇示徐公子。方談論間，而屏後笑聲忽縱。生又按拍而歌，屏後益笑不可支。徐微喝曰："曲子師在座，理宜敬聽。嘻嘻出出，是何意態？"曰："個兒郎煞不曉事。爲我設青綾步障，斥之使去。"

亡何，有女子坐簾內，請客相見。生隔簾揖之。問曰："君所制傳奇，南曲乎？北曲乎？"生曰："近日登場劇本，有南有北，且鄉南北合套之出。是非異曲同工，何能號稱制譜？"曰："君知北曲異乎南者何在？"生曰："南曲有四聲，北曲止有三聲，以入聲派入平、上、去三聲之內。製曲者剖析毫芒，以字配調，誰不知者？"曰："君知北曲異于南者，僅在入聲，而亦知平、去兩聲，尚有不合者否？"曰："未聞也。"簾內者笑曰："君真所謂但知其一，莫知其他者矣！崇字南音曰戎，而北讀爲蟲。杜字南音曰渡，而北讀爲妒。如此類者，難更僕數。且北之別于南者，重在去聲。南曲以揭高爲法，北曲透足字面，但取結實。揣聲應律，未可混填，拗折天下人嗓子。"生曰："一韻之音，亦有不同者乎？"曰："不同。共一東鐘韻，而東字聲長，終字聲短，風字聲扁，宮字聲圓。共一江陽韻，而江字聲闊，臧字聲狹，堂字聲粗，將字聲細。練準口訣，擇其宜而施之，製曲之技神矣。"生唯唯。繼而問曰："君所遵何譜？"曰："遵《大成九宮》，句繩字準，不敢意爲損益。"曰："所配何宮？"生嘿然不語。簾內者曰："分宮立調，是製曲家第一入手處。富貴纏綿，則用黃鐘；感歎悲戚，則用南呂。一隅三反，諸可類推。否則指冰說炭，縱審音不舛，而對景全乖，製曲者之大病也。其他南曲多連，北曲多斷，南曲有定板，北曲多底板，南曲少襯字，北曲多襯字。選詞定局，自在神明于曲者。若夫五音四呼，收聲歸韻,此歌者之事,而不必求全于作者矣。"

生大駭,顧徐公子曰:"不意君家金屋有此妙才,勝張紅紅記豆多矣。"言未畢,一人捲簾而出。視之,青衣婢也。曰:"幸得婢學夫人,本領止此。否則娘子軍來,汝能無受降面縛乎?"生大窘,喪氣而出。後公子父靈胎先生,采閨中緒論,著《樂府傳聲》一卷行世,度曲家奉爲圭臬云。

鐸曰:"考《樂譜》,《鹿鳴》之詩,首章我爲蕤,有爲林,嘉爲應,賓爲南;次章我爲林,有爲南,嘉爲應,賓爲黄,則諸律可以互通。天下無一定宫調,而度曲家必斤斤於工尺之間,豈今之樂異于古之樂歟? 抑遷字就調,可以恕古,而不能恕今也!"(以上卷二)

吴錫麒

吴錫麒(1746—1818)字聖徵,號穀人。清錢塘(今屬浙江杭州)人。乾隆四十年(1775)進士。曾爲翰林院庶吉士,授編修。後兩度充會試同考官,擢右贊善,入直上書房,轉侍講侍讀,升國子監祭酒。後以親老乞養歸里。主講揚州安定樂儀等書院至終,時時注意提拔有才之士。生性耿直,不趨權貴,名著公卿間。天姿超邁,吟詠至老不倦。其詩鎔漢魏六朝唐宋爲一體,大致古體俊逸,近體清新,而得力于宋人者尤多。駢文托體不高,用筆亦弱,而清華明秀,亦非專尚繁麗者所及。著有《有正味齋集》七十三卷。

本書資料據嘉慶十三年刻有正味齋全集增修本《有正味齋集》。

賦　賦

馳華思於上林,叩元聲於中宇。情含風以拓今,韻激騷而流古。殫密麗之鋪陳,暢菁英之咀吐。託附庸於六藝,徵苑秘於四部。齊陶冶於洪爐,乃焜耀乎文府。溯荀況之五篇,奏唐勒之四藝。俶萌柢于周、秦,繼浸淫于漢、魏。枚、馬演其洪裁,班、揚炳其巨制。氣深瑋而達情,辭豐贍而析理。招雅頌之博徒,總華實之英轡。鑽響則駭聾,送文則飛滯。選和則懌懷,振鋭則强志。由千載而上窺,極斯藝之能事。徒觀其主客附會,東西詆訾。藩飾相襲,權輿在兹。將反復以明趣,用紬繹以露詞。若夫敘川原,述京殿,論游畋,紀享讌。其事甚大,厥風斯扇:於是紛緼發采,菀茂奮葩。五音絞概,十色挼挐。翼層樓而起鳳,冠中天而敞霞。聚錦浪於一鏡,藏寶書於萬花。窮其變則鬼神莫能喻,播其精則金石無以加。迨曲終而奏雅,回侈心於已奢。勢漸流於典午,才多蔚於東南。矢冲襟於岩户,軫遐慕於江潭。晨飆襲而靈條孕,晚靄滋而秀穎含。剖淵微之名理,抒冥奥之元談。鵠顏、謝其能赴,席江、鮑其並參。發清思之窈窕,良有味而醰醰。至於庶物異名,萬匯殊族。刻畫情態,發皇耳目。務纖密以爲巧,緣比擬而自足。表餘花之墜芬,丐香草之膌馥。諒無侃於小言,足取媚於幽獨。亦有别夕愁長,情年恨短,訣愛子而心摧,望美人而目斷。絲縈繾綣,緒結纏綿。箏催促柱,瑟改危弦。毫欲栖而泣露,墨未染而啼烟。雷歎頹息,魂傷黯然。又或花送春言,葉邀秋諾。蘂蕊紅迷,茸茸翠譴。郎調蛺蝶之歌,妾進鵾鷥之杓。闚帳底之茱萸,販箱中之芍藥。眉築黛而妝輕,唇表朱而豔薄。懼綺麗之非珍,覬鄭衛之勿削。然而道由始盛,勢不中衰。奮摩天之羽翼,動行地之風雷。則有《枯樹》寓風烟之慨,《江南》寫身世之哀。鬱千端而波往,詭萬狀而雲來。將倒回乎弱水,可獨上乎强臺。唐締初基,頗傳豔體;若太白之《明堂》,少陵之《大禮》。其樂帝之上鈎,饗娀之嘉醴乎。自制科之特重,比伶律而無差。齊尺度於毫楮,戞宫商於齒牙。斂奇才而皸炬,相粹質而披沙。因題定色,即韻敷華。無針度密,闊幅裁奢。縱忸怩於鴻筆,難剗塞乎專家。原麗則之遺音,究敷陳之大義。能作者可以登高,善酬者可以見志。其託興也務遠,其練材也求備,其致飾也尚腴,其肖象也取緻。類匠氏之構奇,與染人之襍異。賤外强而中乾,貴先醇而後肆。在首尾之相衡,毋因濟而亂次。當中邊之盡徹,若入壁而立幟。歡仰昊而日晶,慘巡林而霜悴。闖蘭苕之金色,通參差之玉吹。緬先炬其匪遥,冀嗣音之勿替。嗟宋元之遞降,遂頹靡之相因。或緣文而綴韻,或襲古而遺神。或虛辭之自鬻,或澀體之襍陳。攀情條而安附,屈意乾而莫伸。徒索途而摛埴,終涉水而迷津。我朝揚洪謨,扇巍烈。鯨響鏗,韶音徹。軼楚豔而無朋,宏漢京而有截。龍蟄略於神淵,鳳回翔於丹穴。罄名物之可形,籠造化而爲傑。豈徒三兩京而四三都,蓋將承《六經》而郛衆説也!(卷十八)

洪亮吉

　　洪亮吉(1746—1809)清代經學、文學家,初名蓮,又名禮吉,字君直,一字稚存,號北江,晚號更生居士。清陽湖(今江蘇常州)人。乾隆五十五年(1790)進士,授職翰林院編修。乾隆五十七年,奉命到黔地考察,歷時一年,在與社會各階層廣泛的接觸中,敏銳地看到了人口過快的繁衍速度與經濟發展速度之間的矛盾,於1793年寫出了著名的蘊涵着人口論思想的專著《意言》,特別是《意言》中的第六篇《治平篇》,更集中地表現了他的人口論思想。洪亮吉于經學、小學、史學、文學、地理學、方志學、聲韻、訓詁學都有很深的造詣,善詩及駢體文,詩筆質直明暢奇峭,駢文高古遒邁。其《北江詩話》論詩强調"性情"、"氣格",評論古代及當時詩人,亦多精到之語。著有《卷葹閣詩文集》、《附鮚軒詩集》、《更生齋詩文集》、《北江詩話》及《春秋左傳詁》等。

本書資料據人民文學出版社 1983 年版《北江詩話》。

《北江詩話》（節録）

唐詩人去古未遠，尚多比興，如"玉顏不及寒鴉色"、"雲想衣裳花想容"、"一片冰心在玉壺"及玉溪生《錦瑟》一篇，皆比體也。如"秋風江上草"、"黄河水直人心曲"、"孤雲與歸鳥，千里片時間"以及李、杜、元、白諸大家，最多興體。降及宋、元，直陳其事者十居其七八，而比興體微矣。

錢宗伯載詩，如樂廣清言，自然入理。紀尚書昀詩，如泛舟苕雪，風日清華。王方伯太岳詩，如白頭宫監，時説開、天。陳方伯奉兹詩，如壓雪老梅，愈形倔强。張上舍鳳翔詩，如悢鬼哭虎，酸風助哀。馮文蕭英廉詩，如申韓著書，刻深自喜。蔣編修士銓詩，如劍俠入道，猶餘殺機。朱學士筠詩，如激電怒雷，雲霧四塞。翁閣學方綱詩，如博士解經，苦無心得。袁大令枚詩，如通天神狐，醉即露尾。錢文敏維城詩，如名流入座，意態自殊。畢宫保沅詩，如飛瀑萬仞，不擇地流。舅氏蔣侍御和寧詩，如宛洛少年，風流自賞。吳舍人泰來詩，如便服輕裘，僅堪適體。錢少詹大昕詩，如漢儒傳經，酷守師法。王光禄鳴盛詩，如霽日初出，晴雲滿空。趙光禄文哲詩，如宫人入道，未洗鉛華。王司寇昶詩，如盛服趨朝，自矜風度。嚴侍讀長明詩，如觸目琳琅，率非己有。王侍講文治詩，如太常法曲，究係正聲。施太僕朝榦詩，如讀甘謿鼎銘，發人深省。任侍御大椿詩，如灞橋銅狄，冷眼看春。鮑郎中之鐘詩，如昆侖琵琶，未除舊習。張舍人壎詩，如廣筵招客，間雜屠沽。程吏部晉芳詩，如白傅作詩，老嫗都解。曹學士仁虎詩，如珍饌滿前，不能隔宿。張大令鶴詩，如繩樞瓮牖，時發奇花。湯大令大奎詩，如故侯門第，樽俎尚存。張宫保百齡詩，如逸客遊春，衫裳倜儻。舅氏蔣檢討蘅詩，如長孺戇直，至老益堅。汪明經中詩，如病馬振鬣，時鳴不平。錢通副澧詩，如淺話桑麻，亦關治術。李主事鼎元詩，如海山出雲，時有可采。姚郎中鼐詩，如山房秋曉，清氣流行。吳祭酒錫麒詩，如青緑溪山，漸趨蒼古。黄二尹景仁詩，如咽露秋蟲，舞風病鶴。顧進士敏恒詩，如半空鶴唳，清響四流。瞿主簿華詩，如危樓斷籟，醒人殘夢。高孝廉文照詩，如碎裁古錦，花樣尚存。方山人薰詩，如獨行空谷，時逗疏香。趙兵備翼詩，如東方正諫，時雜詼諧。阮侍郎元詩，如金莖殘露，色晃朝陽。淩教授廷堪詩，如畫壁壁蝸，篆碑蘚蝕。李兵備廷敬詩，如三齊服官，組織輕巧。林上舍鎬詩，如狂飆入座，花葉四飛。曾都轉燠詩，如鷹隼脱韝，精采溢目。王典籍芑孫詩，如中朝大官，老於世事。秦方伯瀛詩,如久旱名山,尚流空翠。錢大令維喬詩,如逸客飱霞,惜難輕舉。屠州守紳詩,如栽盆紅藥,蓄沼文魚。劉侍讀錫五詩,如匡鼎説詩,能傾一坐。管侍御世銘詩,如朝正嶽瀆,鹵簿森嚴。方上舍正澎詩,如另闢池臺,廣饒佳麗。法祭酒式善詩,如巧匠琢玉,瑜能掩瑕。梁侍講同書詩,如山半鐘魚,響參天籟。潘侍御庭筠詩,如枯禪學佛,情劫未忘。史文學善長詩,如春雲出岫,舒卷自如。黎明經簡詩,如怒猊飲澗,激電搜林。馮户部敏昌詩,如老鶴行庭,舉止生硬。趙郡丞懷玉詩,如鮑家驄馬,骨瘦步工。汪助教端光詩,如新月入簾,名花照鏡。楊大令倫詩,如臨摹畫幅,稍覺失真。楊户部芳燦詩,如金碧池臺,炫人心目。布政揆詩,如滄溟泛舟,忽得奇寶。孫兵備星衍少日詩,如飛天仙人,足不履地。吕司訓星垣詩,如宿霧埋山,斷虹飲渚。張檢討問陶詩,如騏驥就道,顧視不凡。何工部道生詩,如王謝家兒,自饒繩檢。劉刺史大觀詩,如極邊春色,仍帶荒寒。吴禮部蔚光詩,如百草作花,豔奪桃李。徐大令書受詩,如范雎宴客,草具雜陳。趙大令希璜詩,如麋鹿駕車,終難就範。施上舍晉詩,如湖海元龍,未除豪氣。伊大守秉綬詩,如貞元朝士,時務關心。方太守體詩,如松風竹韻,爽客心脾。張司馬鉉詩,如鑿險縋幽,時逢異境。張上舍崟詩,如倪迂短幅,神韻悠然。劉孝廉嗣綰詩,如荷露烹茶,甘香四徹。金秀才學蓮詩,如殘蟾照海,病燕依樓。吴孝廉嵩梁詩,如仙子拈花,自饒風格。徐刺史嵩詩,如神女散髮,時時弄珠。吴司訓照詩,如風入竹中,自饒清額。姚文學椿詩,如洛陽少年,頗通治術。孫吉士原湘詩,如玉樹浮花,金莖滴露。唐刺史仲冕詩,如出峽樓船,帆檣乍整。張大令吉安詩,如青子入筵,味別百果。陳博士石麟詩,如晴雲舒紅,媚此幽谷。項州倅墉詩,如春草乍緑,尚存冬心。邵進士葆祺詩,如香車寶馬,照耀通衢。郭文學麐詩,如大堤遊女,顧影自憐。張上舍問簪詩,如秋棠作花,淒豔欲絶。胡孝廉世琦詩,如陟險驊騮,攫空鷹隼。羅山人聘詩,如仙人奴隸,曾入蓬萊。僧慧超詩,如松花作飯,不飽獼猴。僧巨超詩,如荇葉制羹,籍清牢醴。僧小顛詩,如張顛作草,時覺神來。僧果仲詩,如郭象注《莊》,偶露才語。僧寒石詩,如老衲升壇,不礙真率。閨秀歸懋昭詩,如白藕作花,不香而韻。崔恭人錢孟鈿詩,如沙彌升座,靈警異常。孫恭人王采薇詩,如斷緑零紅,淒豔欲絶。吴安人謝淑英詩,如出林勁草,先受驚風。張宜人鮑茞香詩,如栽花隙地,補種桑麻。余所知近時詩人如此。内惟黎明經簡未及識面。或問:君詩何如? 曰:僕詩如激湍峻嶺,殊少迴旋。

吕司訓星垣詩,好奇特,不就繩尺,曾用七陽全韻作柏梁體見貽,多至三四百句。末二句云:"乾坤生材厚中央,前後萬古不敢望。"頗極奇肆,然古人無此例也。余亦嘗贈以長句,末四語云:"識君文名已三載,才如百川不歸海。銀河倒注弱水西,努力滄

824

溟欲相待。"亦頗寓規於獎云。（以上卷一）

詩文之可傳者有五：一曰性，二曰情，三曰氣，四曰趣，五曰格……至詩文講格律，已入下乘。然一代亦必有數人，如王莽之摹《大誥》，蘇綽之仿《尚書》，其流弊必至於此。明李空同、李于鱗輩，一字一句，必規仿漢魏、三唐，甚至有竄易古人詩文一二十字，即名爲己作者，此與蘇綽等亦何以異？本朝邵子湘、方望溪之文，王文簡之詩，亦不免有此病，則拘拘於格律之失也。

應制、應試，皆例用八韻詩。八韻詩于諸體中，又若別成一格。有作家而不能作八韻詩者，有八韻詩工而實非作家者。如項郎中家達，貴主事徵，雖不以詩名家，而八韻則極工。項壬子年考差題爲《王道如龍首得籠字》，五六云："詎必全身現，能令衆體從。"貴己酉年朝考題爲《草色遥看近却無得無字》，五六云："綠歸行馬外，青入濯龍無。"可云工矣。吳祭酒錫麒，諸作外，復工此體，然庚戌考差題爲《林表明霽色得寒字》，吳頸聯下句云："照破萬家寒"，時閱卷者爲大學士伯和坤，忽大驚曰："此卷有破家字，斷不可取。"吳卷由此斥落。足見場屋中詩文，即字句亦須檢點。（以上卷二）

詩詞之界甚嚴。北宋人之詞，類可入詩，以清新雅正故也。南宋人之詩，類可入詞，以流豔巧側故也。至元而詩與詞更無別矣。此虞伯生、吳淵穎諸人所以可貴也。（卷三）

詩各有所長，即唐、宋大家，亦不能諸體並美。每見今之工律詩者，必强爲歌行古詩以掩其短；其工古體者，亦然。是謂舍其所長，用其所短。心未嘗不欲突過名家、大家，而卒至於不能成家者，此也。（卷四）

熊　璉

熊璉（生卒年不詳）字商珍，號澹仙，又號茹雪山人。清人。祖籍江西南昌，隨祖父遷居如皋。自幼聰明好學，學詩于詩人江片石，詩中間出奇句，先學長者爲之讚歎。詩詞文賦俱佳，有"才女"之稱。後半生因家境清貧不能自給，依附母弟而居，晚年爲塾師。早期作品清靈激揚，後期作品抑鬱凄凉，風格得朱淑真、李清照之餘韻。詩作《見蝶》、《詠螢》被袁枚選人《隨園詩話》。著有《澹仙詞話》、《澹仙詩話》各四卷。作品散見於《履園叢話》等。

本書資料據清嘉慶十一年（1806）刻本《澹仙詩話》。

《澹仙詩话》（節録）

詞爲詩之餘。詩不可近于詞，猶詞不可近于曲。詩近于詞則薄，詞近于曲則俚，善作者自能辨別。（卷三）

胡浚源

胡浚源（1748—1824）字甫淵，號乙燈，清銅鼓县（今屬江西）人。三十歲考中舉人。從乾隆五十二年（1787）開始，先後在河南商水、考城、新鄭等縣任知縣八年。有"醇儒良史"之稱。辭官返鄉後，把全部精力用於教育和著述，先後在梯雲書院、鎮興書室、樹春山房、毓芝齋四講堂執教十餘年，培植後進甚衆，家鄉獲益不淺。著有《飲墨時藝》三卷、《斗酒篇》二卷、《楚辭新注求碻》十二卷、《霧海隨筆》十六卷、《韓集五百家注旁參辟謬》四十卷、《雜文》十二卷、《豫小風》六卷、《秋田集》十四卷、《尚友録》十卷、《鐵拍集》一卷、《遺忠録》二卷、《外集》六卷等。其中《楚辭新注求碻》、《霧海隨筆》兩部完整地保存在北京圖書館古籍部。

本書資料據北京圖書館館藏本《楚辭新注求碻》。

《楚辭新注求碻·凡例》（節録）

屈子初變古詩爲賦，創立一格，其段落承接，轉折字法句法，非惟不同今賦之顯易，亦與漢賦不同。一切若夫爾乃是故夫其之類，皆所未有，注者不細審其輕重虛實死活之妙，專於呆句求之，則往往有前後比類，隨步换形者，遂疑爲疊復。又謂爲三致意，即此。此不通節旨脉絡之病也。不知字有重復處，句有重復處，物有重復處，而意不重復也。得其意，則前後段落承接轉摺頓挫脱卸一毫不混，與散文無殊。（卷首）

吳　鼒

吳鼒（1755—1821）字及之，一字山尊，號抑庵，一作仰庵，又號南禺山樵，晚號達園。清全椒（今屬安徽）人。嘉慶四年（1799）進士，官侍講學士。書畫家。花卉筆意清挺，近陳淳；山水學王原祁，兼工人物。善書，工駢體文。著有《夕葵書屋集》，輯有《國朝八家四六文鈔》。

本書資料據清嘉慶二十四年(1819)紫文閣刻本《國朝八家四六文鈔》。

《國朝八家四六文鈔》叙（節録）

四六一體，道則其貫，藝有獨工……夫一奇一偶，數相生而相成；尚質尚文，道日衍而日盛。暘谷幽都之名，古史工于屬對；“觏閔受侮”之句，葩經已有儷言。道其緣起，略見源流。蓋琴無取乎偏絃之張，錦非倚乎獨繭之剥。以多爲貴，雙詞非駢拇也；沿飾得奇，偶語非重臺也。要其掃搉雖富，不害性靈，開闔自如，善養吾氣。敷陳士行，蔚宗以論史；鈎抉文心，彦和以談藝。而必左袒秦、漢，右居韓、歐，排齊、梁爲江河之下，指王、楊爲刀圭之誤，不其過歟！然而醇甘所以養生，或曰腐腸之藥；笙簧所以悦聽，或曰亂雅之音。是故言不居要，則藻豐而傷煩；文不師古，則思鶩而近謬。鉛黛飾容，夫豈盼倩之質；旌旗列仗，乃非節制之師。雖復硬語横空，巧思合綺，好馳驟而前規亡，貪掎摭而真精失，其有擺脱凡近，規撫初祖，真宰不存，形似取具，屋下架屋，歧途又歧，又其下者。翦裁經文而邊幅益儉，揣摩時好而氣息愈嚻，啟事則吏曹公言，數典則俳優小説，其不得仰配于古文詞宜矣。（卷首）

王芑孫

王芑孫(1755—1817)字念豐，號惕甫。清長洲（今江蘇蘇州）人。乾隆五十三年(1788)召試舉人，官華亭教諭。性簡傲，客遊公卿間，不屑從諛，人以爲狂。肆力於詩，最工五古，臞然以瘦，戛然爲清，與伍堯、法式善、張問陶相唱和，爲時望所推。文兼駢散，尤以書法名。著有《淵雅堂集》、《碑版廣例》、《讀賦卮言》等。

本書資料據清光緒五年淞隱閣排印本《讀賦卮言》。

導源（節録）

荀況賦論言“請陳佹詩”。班固言“賦者，古詩之流”。曰“佹”，旁出之辭；曰“流”，每下之説。夫既與詩分體，則義兼比興，用長箴頌矣。單行之始，椎輪晚周，別子爲祖，荀況、屈平是也；繼別爲宗，宋玉是也。追其統系，《三百篇》其百世不遷之宗矣。下此則兩家歧出，有由屈子分支者，有自荀卿別派者。昭明序《選》，所以云“荀、宋表前，賈、馬繼後”，而慨然於源流自兹也。相如之徒，敷典摘文，乃從荀法；賈傅以下，湛思渺慮，具有屈心。抑荀正而屈變，馬愉而賈戚，雖云一轂，略已殊塗，賦家極軌，要當盛漢之隆，而或命騷為的，偏奉東京，豈曰知言者哉！

審體（節録）

古所謂文章，禮樂而已。樂盈而進，任昧陳庭，禮減而退，河圖在廟，琴瑟猶病其專壹，衣裳必節乎繁會，矧曰賦哉？賦者，鋪也，抑云富也。裘一腋其弗温，鐘萬石而可撞，蓋以不歌而頌，中無隱約之思；敷奏以言，外接汪洋之思；已畫境於詩家，可拓疆於文苑。以為諷諭之官，則瞍箴矇誦，執藝皆來；以為俳倡之弄，則繩伎偓師，效能俱至。太簡非宜，兼賅為務。昔人云："詩人之賦麗以則，詞人之賦麗以淫。"美則刺淫，麗終不易，學者當溯博文之教，非徒小道之觀也。

賦者，敷陳其事而直言之，其旨不尚玄微，其體匪宜空衍。劉勰云："老莊告退，山水方滋。"王文考云："功績存乎辭，德音昭乎聲。"左太冲云："攝其體統，歸諸訓詁。"由斯論之，譚空説玄，都無是處。唐之二白居易、行簡，宋之蘇、王，要是別體，古無有也。西漢桓譚之《仙賦》，黃香之《九宫》，却多徵實；《幽通》、《思玄》，情理同致。即江左清言，寖流詩界，獨賦不然。陸機《列仙》、謝靈運《入道至人》、江淹《丹沙可學》諸賦，播蕤發條，莫不花花葉葉；疏巖架壑，抑何實實枚枚。詩有清虛之賞，賦惟博麗為能。

七言五言，最壞賦體，或諧或奧，皆難鬥接；用散用對，悉礙經營。人徒見六朝、初唐以此入妙，而不知漢、魏典型，由斯闕矣，然亦自漢開之，如班固《竹扇》諸篇是也。但是短章，初無長調，作俑長調，則晉、宋而來，醴陵倡其端；南北之際，子山啟其弊。學者力宗漢、魏，下取唐賢，其體既純，斯文乃貴。

漢、魏風規，一壞於五七之詩句，再壞於四六格之文辭。四六肇起齊、梁，篇不數聯，其風未鬯；已而大盛於唐。良由官燭易銷，意取數行俱下韻枝所窘，惟恐孤字難安。亦猶書家之有隸書，義在通融，用居省便而已。其時應奉之作，亦多急就之篇，然通篇四六者殊鮮，且其所謂四六者，大抵端莊，不皆流利。燕、許鉅公，長篇盤硬，吟口未諧，其餘間作鏗鏘，仍多骨鯁。即温、李晚出，音節小殊。温傷仄少而平多，李恨仄多而平少。李最有名，温譏側豔，當時崇尚，亦從可想。沿宋迄元，漸開風會，別成律體。律之為言，誠不當棘句鈎章，要豈可志淫音濫？後之作四六者，務為闓緩，比於慢矣。

詩莫盛于唐，賦亦莫盛于唐。總魏、晉、宋、齊、梁、周、陳、隋八朝之衆軌，啟宋、元、明三代之支流。踵武姬、漢，蔚然翔躍，百體爭開，昌其盈矣。人徒以清疏之派，歸宗于歐之《秋聲》、蘇之《赤壁》，不知實導源於唐也。惟是經生傳業，末流多弊，間有一二輕華腐爛之作，原非名輩，分別觀之。

四六之於文事，領一大宗。九州四隩，《書》有聯文；斷壼叔茸，《詩》嘗對舉；制誥之家，一百五部；案判之牘，七十九卷。賦亦非必不可爲四六也。且賦以敷言，斷殊論策，固欲止齊其步伐，詎應破析爲單行。且如老杜《三大禮》，有"宮井蛟龍"之句；小杜《阿房》，有"釘頭瓦縫"之聯。制置得宜，豈不益洋洋盈耳哉！

小賦（節錄）

自唐以前無古賦、排賦、律賦、文賦之名，今既燦陳，不得不假此分目。賦者用居光大，亦不可以小言；聊以小言，猶云短製。在漢則劉安、枚乘、鄒陽、嚴忌、桓譚、趙壹、孔臧、路僑如、黃香、蔡邕、李尤、杜篤、公孫詭、閔鴻、侯瑾之徒，碎金屑玉，懋遺《選》外。魏則一鍾會之外，高允、杜摯俱興。晉則三傅玄、咸、純之餘，二該孫該、楊該特妙。宋、齊之際，非惟王、謝；陳、梁以上，豈止江、蕭。收其僻奧，益輔精能。自餘諸家，尤屬耳目，無庸更僕。至於開府清新，擅名北地；領軍華膴，起譽南朝；是曰加邊，不當特俎。世有奉徐、庾《風》、《月》小篇以爲極則者，亦取其易誦而賞譽焉爾。

律賦（節錄）

讀賦必從《文選》、《唐文粹》始，而作賦則當自律賦始，以此約束其心思，而堅整其筆力。聲律對偶之間，既規重而矩疊，亦繩直而衡平。律之爲言，固非可鹵莽爲之也。其有"妖歌曼舞"，六句而裁押一韻；"旁牽遠撅"，片辭而已衍半篇，此段不殊於彼段，下聯不接於上聯者，猶之市瓜取肥，買菜求益，不有重腴之疾，必遭債賑之譏，此皆敗律之過，而豈律固如是耶？

試賦（節錄）

唐官韻賦，雖爲律綦嚴，而主司士子，有藍縷之條唐制試進士詩賦工者謂之入等，拙者謂之藍縷。禮部選格，註"超絕當留"，"藍縷當放"兩條，如杜牧《阿房宮》亦是試作，而變古開新，烏在其皆四六乎？誤以四六賦爲律賦者，亦未徧觀於當時之作耳。

謀篇(節錄)

　　賦有鋪張之過,亂無靡蕩之音。曲終奏雅,理亦宜然。其體至多,不復臚述,獨無今坊本四六賦中用絕句一式,不但唐以前無之,即宋、元、明諸家亦概未有。

沈清瑞

　　沈清瑞(約 1742—1785)初名沅南,字吉人,號芷生。清長洲(今屬江蘇)人。乾隆五十二年(1787)進士。沈起鳳之弟。少慧,有"小鴻博"之譽。工詩文,善散曲,著有《沈氏羣峯集》、《櫻桃花下銀簫譜》、《孟子逸語》、《史記補注》、《韓詩故》等。

　　本書資料據清光緒五年淞隱閣排印本《讀賦卮言》。

《讀賦卮言》序(節錄)

　　昔西河氏序《詩》,《詩》有六義,其二曰賦。蓋古無賦,賦即詩也,載覽姬末,名篇飆起。靈理箋理,玉暎蘭陵;笛材鈞材,伎奇楚國。大聲競作,椎輪托始,遂乃定名曰賦。別係於詩,匪直畫風雅之鴻界,亦且翹騷些之別構。跨嬴涉漢,接軌沿波,賈有苟心,馬兼宋骨,以若枚叔《菟園》,揚生《羽獵》,靡不窮文極貌,虎視西京。炎運既東,茲格少變,班密張妍,崔雄蔡逸,各營心匠,共吐意珠,鋪陳之體,大開駢儷之途,漸導魏晉六代。人抱雕章,織句錦繡之中,抗才雲霞之上。或鏟價於一篇,或耀能於隻字,意製詭其相錯,源流分而益遠。迨閱三唐之世,彌綜諸變之長。爭奇於官韻,壓字尤強;極材於試格,植辭必兩。斯皆筆苑之大略,賦手之極能矣。若其闞妍說麗,博妙甄奇,不有英絕,曷談斯藝? 於是列錦爲質,文園抽祕於前;不歌而頌,中嚳貢臆於後。孟堅謂古詩之流,士衡騁體物之勢。劉勰《詮賦》,大暢風流;居易《賦賦》,式觀元始。清言吐屬,則山水深其性情;賦旨徘徊,則風花粲其齒頰。得心之奧,知言之選,胥是物也。(卷首)

汪廷珍

　　汪廷珍(1757—1827)字玉粲,號瑟庵。清山陽(今江蘇淮安)人。兩歲喪父,由母親程氏撫養成人。孤苦力學,乾隆五十一年(1786)中舉,四年後中一甲第二名進士。

授編修，任侍讀，又任祭酒。嘉慶年間歷任安徽學政、江西學政、太僕寺卿、内閣學士禮部侍郎、翰林院掌院學士、左都御史、上書房總師傅。對道光皇帝盡心啓迪，嘉慶二十三年（1818）升禮部尚書，道光五年（1825）升協辦大學士。精于教育，任祭酒時，選《成均課士錄》，教學生“立言以義法，力戒摹擬剽竊之習”。做學政時，制定《學約》“辨途、端本、敬業、裁偏、自立”五則以訓示學生。與學生講話，諄諄如父兄之於子弟，士風爲之一變。爲人風裁嚴峻，立朝無所親附。出入内廷，百官見之莫不肅然。立朝三十年，以文章品誼聞於天下，被譽爲正人。卒謚文端。博覽羣書，尤精於經術，“十三經義疏皆能諳誦”。其著作後人輯爲《實事求是齋集》。其《作賦例言》收入《賦話廣聚》。

本書資料據清道、咸間遜敏堂叢書本《作賦例言》。

作賦例言（節錄）

律賦與律詩一般，有一定之規矩。讀《選》賦，貴得其神，毋襲其貌。讀唐賦，貴得其新切生動，毋學其率意：文章與説話一般，全要有真氣，有清氣。填砌雕琢，最是試場大忌。每見言賦者，上手便説富麗，此平地陷人坑也。

惲　敬

惲敬（1757—1817）字子居，號簡堂。清陽湖（今江蘇常州）人。乾隆朝舉人，官吳城同知，後致力於古文，與張惠言同爲“陽湖派”創始人。其文推崇孔、孟之道，宣揚“性”、“命”之説。著有《大雲山房稿》、《詩集》、《歷代冠服圖説》、《子居決事》等。

本書資料據四部叢刊本《大雲山房文稿初集》。

上曹儷笙侍郎書（節錄）

古文，文中之一體耳。而其體至正不可餘，餘則支；不可盡，盡則敝；不可爲容，爲容則體下。方望溪先生曰：“古文雖小道，失其傳者七百年。”望溪之言若是，是明之遵巖、震川，本朝之雪苑、勺庭、堯峯諸君子，世俗推爲作者，一不得與乎望溪之所許矣。望溪謹厚，兼學有源本，豈妄爲此論邪？蓋遵巖、震川，常有意爲古文者也。有意爲古文，而平生之才與學不能沛然於所爲之文之外，則將依附其體而爲之；依附其體而爲之，則爲支、爲敝、爲體下，不招而至矣。是故遵巖之文贍，贍則用力必過，其失也少支而多敝；震川之文謹，謹則置辭必近，其失也少敝而多支。而爲容之失，二家緩急不同，同出于體下。集中之得者，十有六七；失者，十而三四焉。此望溪之所以不滿也。

李安溪先生曰："古文，韓公之後，惟介甫得其法。"是説也，視望溪之言有加甚焉。敬當即安溪之意推之，蓋雪苑、勺庭之失毗于遵巖，而鋭過之，其疾徵於三蘇氏；堯峯之失毗于震川，而弱過之，其疾徵於歐陽文忠公。歐與蘇二家，所畜有餘，故其疾難形；雪苑、勺庭、堯峯所畜不足，故其疾易見。噫，可謂難矣！然望溪之于古文，則又有未至者。是故旨近端而有時而歧，辭近醇而有時而窳。近日朱梅厓等于望溪有不足之辭，而梅厓所得視望溪益庳隘。文人之見，日勝一日，其力則日遜焉。是亦可虞者也。

敬生于下里，以禄養趨走下吏，不獲與世之大人君子相處，而得其源流之所以。然同州諸前達多習校録，嚴考証，成專家。爲賦詠者，或率意自恣。而大江南北以文名天下者，幾于昌狂，無理排溺一世之人，其勢力至今未已。敬爲之動者數矣。所幸少樂疏曠，未嘗捉筆，求若輩所謂文之工者而浸漬之，其道不親，其事不習，故心不爲所陷，而漸有以知其非。後與同州張皋文、吳仲倫、桐城王悔生遊，始知姚姬傳之學出于劉海峯，劉海峯之學出于方望溪。及求三人之文觀之，又未足以饜其心所欲云者。由是由本朝推之于明，推之于宋、唐，推之于漢與秦，斷斷焉析其正變，區其長短，然後知望溪之所以不滿者，蓋自厚趨薄、自堅趨瑕、自大趨小，而其體之正，不特遵巖、震川以下未之有變，即海峯、姬傳亦非破壞典型，沈酣淫波者，不可謂傳之盡失也。若是，則所謂爲支、爲敝、爲體下，皆其薄、其瑕、其小爲之。如能盡其才與學以從事焉，則支者如山之立，敝者如水之去腐，體下者如負青天之高，于是積之而爲厚焉，斂之而爲堅焉，充之而爲大焉，且不患其傳之盡失也。

然所謂才與學者，何哉？曾子固曰："明必足以周萬事之理，道必足以適天下之用，智必足以通難知之意，文必足以發難顯之情。"如是而已。皋文最淵雅，中道而逝。仲倫才弱，悔生氣敗，敬蹉跎歲時，年及五十，無所成就。必矣天下之大，當必有具絶人之能，荒江老屋求有以自信者，先生能留意焉，則斯事之幸也。附呈近作數首，聊以塞盛意。愧悚愧悚，十月二十日惲敬謹上。（卷三）

錢　泳

錢泳（1759—1844）原名鶴，字立羣，號臺仙，一號梅溪，清金匱（今江蘇無錫）人。長期做幕客，足跡遍及大江南北，曾入畢沅幕下，與翁方綱、阮元、包世臣等均有密切交往。善詩，工書，精通金石碑版之學，長於篆、隸、楷、行，出入於黃庭堅，又遍臨唐碑，純是帖學一路，一生以訪碑、刻帖、著述爲業。著有《履園叢話》、《履園譚詩》、《蘭林集》、《梅溪詩鈔》等。輯有《藝能考》。其《履園譚詩》，郭紹虞先生謂其"欲調和格律、性靈之爭，故其論詩對格律、性靈均予以新的解釋"（《清詩話》前言）。支豐宜有《曲目新編》一卷，是對黃文暘《曲海總目》及焦循《劇考》的增補。錢泳爲撰《曲目新編小序》和《題曲目新編後》一篇，論詞曲的産生和戲曲的意義，並仿時藝風格及作法分類，將戲曲風格亦分爲相應的八類：啟蒙、式法、行機、精詣、參變、大觀、老境、別情。

本書資料據上海古籍出版社 1963 年《清詩話》本《履園譚詩》、中華書局 2006 年《清代史料筆記叢刊》本《履園叢話》、中國戲劇出版社 1959 年《中國古典戲曲論著集成》本《曲目新編》。

《履園譚詩》（節錄）

唐人五古凡數變，約而舉之，奪魏、晉之風骨，換梁、陳之俳優，譬諸書法，歐、虞、褚、薛，俱步兩晉、六朝後塵而整齊之耳。若李、杜兩家，又當別論。然李之《古風》五十九首，儼然阮公《詠懷》；杜之前、後《出塞》、《無家別》、《垂老別》諸篇，亦曹孟德之《苦寒行》，王仲宣之《七哀》等作也。

七古以氣格爲主，非有天姿之高妙，筆力之雄健，音節之鏗鏘，未易言也。尤須沈鬱頓挫以出之，細讀杜、韓詩便見。若無天姿、筆力、音節三者而強爲七古，是猶秦庭之舉鼎，而絕其臏矣。余每勸子弟勿輕易動筆作七古，正爲此。如以張、王、元、白爲宗，梅村爲體，雖著作盈尺，終是旁門。

《履園叢話》（節錄）

古　韻

今所用韻與《唐韻》不同，以今音叶唐詩者誤矣。而昧於學者，以《唐韻》叶《三百篇》尤誤。要知古今言語各殊，聲音遞變，漢、魏以還，已不同於《詩》、《騷》，況唐、宋乎？且一方有一方之音，豈能以今韻叶古韻乎？近金壇段懋堂大令有《六書音均表》，高郵夏澹人孝廉有《三百篇原聲》，吾鄉安匯占孝廉有《說文韻征》，皆可補顧氏《音學五書》之闕。

墓　碑

墓之有碑，始自秦、漢。碑上有穿，蓋下葬具，並無字也。其後有以墓中人姓名官爵及功德行事刻石者，《西京雜記》載杜子夏葬長安，臨終作文，命刻石埋墓。此墓誌之所由始也。至東漢漸多，有碑，有誄，有表，有銘，有頌。然惟重所葬之人，欲其不朽，刻之金石，死有今名也。故凡撰文書碑姓名俱不著，所列者如門生故吏，皆刻於碑陰，或別碑，漢碑中如此例者不一而足。自此以後，諛墓之文日起，至隋、唐間乃大盛，則不重所葬之人，而重撰文之人矣。宋、元以來，並不重撰文之人，而重書碑之人矣。如墓碑之文曰：君諱某字某，其先爲某之苗裔，並將其生平政事文章略著於碑，然後以某年月日葬某，最後係之以銘文云云。此墓碑之定體也，唐人撰文皆如此。至韓昌黎碑誌之文，猶不失古法，惟《考功員外盧君墓銘》、《襄陽盧丞墓誌》、《貞曜先生墓誌》三篇，稍異舊例，先將交情家世叙述，或代他人口氣求銘，然後叙到本人，是昌黎作文時偶然變體。而宋、元、明人不察，遂仿之以爲例，竟有叙述生平交情之深，往來酬酢之密，娓娓千餘言，而未及本人姓名家世一字者。甚至有但述己之困苦顛連，勞騷抑鬱，而借題爲發揮者，豈可謂之墓文耶？吾見此等文屬辭雖妙，實乖體例。大凡孝子慈孫欲彰其先世名德，故卑禮厚幣，以求名公鉅卿之作，乃得此種文，何必求耶？更可笑者，《昌黎文集》中每有以某年月日葬某鄉某原字樣，此是門人輩編輯時據稿本鈔録，未暇詳考耳。而後之人習焉不察，以爲昌黎曾有此例，刻之文集中，而其子孫竟即以原稿上石者，實是癡兒説夢矣。

時藝（節録）

袁簡齋先生嘗言虞、夏、商、周以來即有詩文，詩當始於《三百篇》，一變而爲騷賦，再變而爲五、七言古，三變而爲五、七言律，詩之餘變爲詞，詞之餘又變爲曲，詩至曲不復能再變矣。文當始于《尚書》，一變而爲《左》、《國》，再變而爲秦、漢，三變而爲六朝駢體，以至唐、宋八家，八家之文，又變而爲時藝文，至時藝亦不復能再變矣。（以上《履園叢話》三《考索》）

總論（節録）

沈歸愚宗伯與袁簡齋太史論詩，判若水火。宗伯專講格律，太史專取性靈。自宗伯三種《別裁集》出，詩人日漸日少；自太史《隨園詩話》出，詩人日漸日多。然格律太嚴固不可，性靈太露亦是病也。

余嘗論詩無格律，視古人詩即爲格，詩之中節者即爲律。詩言志也，志人人殊，詩亦人人殊，各有天分，各有出筆，如雲之行，水之流，未可以格律拘也。故韓、杜不能强其作王、孟，温、李不能强其作韋、柳。如松柏之性，傲雪淩霜，桃李之姿，開華結實，豈能强松柏之開花，逼桃李之傲雪哉？《尚書》曰“聲依永，律和聲”，即謂之格律可也。

（《履園叢話》八《談詩》）

《曲目新編》小序

昔揚州黄文暘工帖括之文，而兼通於詞曲，著有《曲海》二十卷，爲藝林佳話。乾隆四十六年，奉高宗純皇帝敕旨，著兩淮鹽政伊齡阿等修改古今詞曲，文暘與有力焉。又取蘇州織造府進呈院本，合傳奇、雜劇共計一千餘種，載李艾塘《畫舫録》中，可云備矣。

余嘗論之：今之詞曲，猶古之樂府也，有清廟明堂之樂，有飲食燕享之樂，郭茂倩俱訂其名，彰彰可考。今詞曲多門，南北異調，家弦户誦，幾至傳習九州，而欲問歌者之所自出，輒謝曰“不知也”。譬諸讀唐詩者，罔知有漢、魏、六朝；讀古文者，罔知有《左》、《國》、《史》、《漢》以及唐、宋諸家也。我朝聖德巍巍，右文稽古，儒林輩出，著作如山，雖里巷小民，亦聽弦歌之化，是以文章鉅鉅公，山林墨客，莫不有賦頌典策之文，以鳴國家之盛，即詞曲亦多於前代，皆足以發揚徽美而歌詠太平，若國初之尤侗、毛奇齡、吳偉業、袁令昭、馮猶龍、洪昉思、李漁及蔣士銓，其最著者也。顧作之者每自隱其姓氏，或假託于名流，其時代後先，尤難考核，余甚病之。

支君午亭，余舊友也，博雅好古，稱於詞曲，嘗取艾塘收録之書，復參以近代所作者，匯爲一卷，以便翻閲，俾知某曲出某本，某曲出某劇。長歌之下，開卷了然，亦未始非顧曲者之一助也。余故樂爲之序，以傳海内云。道光二十三年春王正月，句吳錢泳書。時年八十有五。（《曲目新編》卷首）

題《曲目新編》後

余嘗聞之隨園先生云：“自虞、夏、商、周以來，即有詩、文。詩當始於《三百》，一變而爲騷、賦，再變而爲五、七言古，三變而爲五、七言律。詩之餘變爲詞，詞之余又變爲曲。詩而至於詞曲，不復能再變矣。文當始於二《典》，一變爲《左》、《國》，再變而爲《史》、《漢》，三變而爲六朝駢體以及唐宋八家。八家之文，又變而爲時藝。文而至於時藝，亦不復能再變矣。”

嗚呼！圖刑畫地之法廢而傳奇作，以戲示人，演爲詞曲，此泰平之有象也。鄉舉里選之法廢而科舉興，以文取士，設爲範程，此治世之良規也。然則時藝者，實《典》、《謨》、《訓》、《誥》之遺風，而詞曲者，亦《國風》、《雅》、《頌》之餘韻也。昔金壇、王罕皆太史，選時藝以訓士子，謂之“八集”。八集者何？啟蒙、式法、行機、精詣、參變、大觀、老境、別情之謂也。試以傳奇、雜劇證之：如《佳期》、《學堂》，啟蒙也；《規奴》、《盤夫》，式法也；《青門》、《瑤臺》，行機也；《尋夢》、《叫畫》，精詣也；《掃秦》、《走雨》，參變也；《十面》、《單刀》，大觀也；《開眼》、《上路》、《花婆》，老境也；《番兒》、《慘覩》、《長亭》別情。余以爲成宏、正嘉搭題、割裂可廢也，而傳奇不可廢也；淫詞、豔曲、小調、新腔可廢也，而雜劇不可廢也。今讀支君《曲目新編》，而深有感於斯文。

道光癸卯暮春之初，梅花溪上老人再題。（《曲目新編》卷末）

孫原湘

孫原湘（1760—1829）字子瀟，晚號心青。清昭文（今江蘇常熟）人。嘉慶十年（1805）榜眼，爲翰林院庶吉士、武英殿協修官。告假歸，得怔忡疾，遂不出。歷主昆山玉峯書院、旌得毓文書院、通州紫琅書院、本邑游文書院。善書法，精畫梅蘭、水仙。其妻席佩蘭，亦爲著名詩人。論詩主張“性情者詩之主宰也，格律者詩之皮毛”。所作多爲紀行、酬贈一類。法式善嘗以其與王曇、舒位並舉，作《三君詠》。所著有《天真閣集》。

本書資料據清光緒重刊本《天真閣集》。

《楊逷飛詩稿》序

詩主性情，有性情而後言格律。性情者，詩之主宰也；格律者，詩之皮毛也。抑揚辟闔謂之格，緩急高下謂之律，温柔敦厚謂之性情。性情猶人之言行，格律則應對揖讓而已。締章繡句，嚼徵含商，極其詞之工而不足以言詩者，有格律而無性情也。是非準乎公，好惡出於正，率其意之所欲言，無意求工而其言惻惻動人者，發乎性情者也。故曰：詩也者，之也，志之所之也；詩也者，持也，自持其心也。必先纏綿悱惻於中，然後即事以抒其詞，假詞以抒其志，不言格律，而格律存焉已。若夫唐、宋之分係乎時代，唐之不同於宋，猶宋之不同於元、明。必斷斷焉橅唐而擬宋，是直優孟衣冠，其弊更甚於遺性情而講格律者已。（卷四二）

曾　燠

曾燠（1760—1831）字庶蕃，晚號西溪漁隱。清南城（今屬江西）人。詩人、駢文名家、書畫家、典籍選刻家，被譽爲清代八大家之一。乾隆四十六年（1781）進士，選庶吉士。授戶部主事。歷官兩淮鹽運使、湖南按察使、廣東布政使、貴州巡撫等。以貴州

巡撫致仕。任兩淮鹽運使期間，在江蘇揚州城開闢題襟館，同賓客賦詩同樂。著有
《賞雨茅屋詩》二十二卷、《駢體文》二卷等；編選《國朝駢體正宗》(《清駢體正宗》)、《江
西詩征》等。《國朝駢體正宗》選錄毛奇齡、陳維崧、毛先舒、陸圻、吳兆騫等四十二家
文一百七十二篇，正編十二卷、補編一卷，以六朝爲宗，尤尊徐陵、庾信、任昉、沈約諸
家。所選文章，不無偏好。但嘉慶以前駢文作家選擇略備，且重要作家、作品入選較
多，能分別主次；選文基本精當，有代表性，不失爲一部比較完備精要的清代駢文
選本。

本書資料據清嘉慶十一年(1806)刻本《國朝駢體正宗》。

《國朝駢體正宗》序（節錄）

夫《咸》、《英》既遙，詩聲俱鄭。籀斯屢變草書，非古文之衰也，運會爲之哉！然而
進取之儒不隨頹俗，特立之品必追前修，大壑有宗，回狂瀾於既倒；朝華方謝，啟夕秀
於未振。作者復起，存乎其人，有如駢體之文，以六朝爲極，則乃一變于唐，再壞于宋，
元、明二代則等之自鄶，吾無譏焉。原其流弊，蓋可殫述。

夫駢體者，齊、梁人之學秦、漢而變焉者也。後世與古文分而爲二，固已悞矣。歲
曆綿曖，條流遂紛，嘗讀陸機之賦曰："象下管之偏疾，故雖應而不和"；"寤防露與桑
間，又雖悲而不雅。"抑聞劉勰之論曰：新奇者擯古競今，危側趣詭者也；輕靡者浮文弱
植，縹緲附俗者也。是故執柯伐柯，梓匠必循其則；以繪緣繢，珠鈎豈失其度。乃有飛
靡弄巧，瘠義肥辭，援斿孟爲石交，笑曹、劉爲古拙。於是宋玉陽春，亂以巴人之和矣；
相如典冊，雜以方朔之諧矣。若乃苦事蟲鐫，徒工獺祭，莽大夫逞搜奇字，邢子才思讀
誤書。其實樹旆于晉郊，雖衆而無律也；買櫝于楚客，雖麗而非珍也。瑣碎失統，則體
類於疥駝；沈腒不飛，詎祥比於鳴鳳。亦有活剝經文，生吞成語，李記室之襴襦，橫遭
同館之割；孫興公之錦段，付諸負販之裁。擲米成丹，轉自矜其狡獪；煉金躍冶，使人
歎其神奇。古意蕩然，新聲彌甚，且夫四字密而不促，六字格而非緩。變以三五，厥有
定程。奚取於冗長乎！爾乃吃文爲患，累句不恒，譬如屢舞而無綴兆之位，長嘯而無
抗墜之節，亦可謂不善變矣。夫畫者謹髮，不可以易貌；射者儀毫，不可以失牆。刻鵠
類鶩，猶相近也；畫虎類狗，則相遠也。庾、徐影徂而心在，任、沈文勝而質存，其體約
而不蕪，其風清而不雜，蓋有詩人之則，寧曰女工之蠹，乃染髭鬚而輕前輩，易刀圭以
誤後生，其駢體之罪人乎！

國朝雲漢爲章，壁奎應象，人稱片玉，家有聯珠。惟駢體別於古文，相沿既久。或
以篆刻太工，爲揚雄之小技；喻言雖妙，類《莊子》之外篇。顓門之業不多，具體之賢遂

少。豈知古文喪真,反遜駢體;駢體脱俗,即是古文。跡似兩歧。道當一貫。(卷首)

牟願相

　　牟願相(1760—1811)字亶夫,自號鐵李,以示追懷遠祖李齲公。牟綏之子,牟所之堂伯父。清棲霞(今屬山東)人。諸生。中年隨父居萊蕪六年,與當地張墨賓等四子友善,所作詩文有時代風土特徵。著有《小澥草堂詩文集》。其《小澥草堂雜論詩》分"詩小評"、"雜論詩"、"又雜論詩"三部分。"詩小論"爲仿敖陶孫《詩評》所作詩人評語,有後出轉精之妙。"雜論詩"論古今詩家,持論有獨往獨來之見。

　　本書資料據上海古籍出版社 1983 年《清詩話續編》本《小澥草堂雜論詩》。

《小澥草堂雜論詩》(節錄)

《十九首》如星羅秋旻,莽寒久耀。

蘇武、李陵詩如清廟朱弦,古音嘹唳。

古樂府如冷水澆背,陡然一驚。

魏武帝詩如鴻門、鉅鹿,霸氣淋漓。魏文帝詩如邯鄲美女,跕屣鳴琴。

曹子建植詩如年少美遨,磊塊中瀟。

王仲宣粲詩如漢工銅器,土埋不蝕。

劉公幹楨詩如泥下蛙潛,聲宏身小。

阮嗣宗籍詩如夕陽亭下,涕淚千古。

嵇叔夜康詩如水鳥刷羽,顧影自矜。

張茂先華詩如簡窄山平,風雲不起。

陸士衡機詩如木神土鬼,誑人香火。

潘安仁岳詩如欄邊鵝鴨,體重飛難。

左太冲思詩如天嶺氣交,幽人來憩。

傅休奕玄小詩頗有風流媚趣,其他如醜女簪花,武人磨墨。

劉越石琨詩如孤鶴夜吟,松露下滴。

張景陽協詩如院幽僧獨,木樨秋香。

郭景純璞詩如吳越鄉談,口角清曆。

王逸少羲之傳詩不多,其《蘭亭》一篇,如蘇仙高屋,翹視羣兒。

陶淵明潛詩如天春氣靄,花落水流。

謝康樂靈運詩如朗月秋懸，内涵山影。

鮑明遠照詩如胡纓楚客，劍氣縱橫。

顔延之延年《秋胡行》、《五君詠》，如褰衣下水，捧藕出泥。

謝玄暉朓詩如月出軒開，琴僧捲袂。

謝惠連詩如松林月過，偶聞樵音。

梁簡文帝詩如秋蝶依草，欲懶欲愁。

江文通淹詩如客主獻酬，笙簫間作。

沈休文約詩如錦衣山行，多逢荆棘。

何仲言遜詩如寒螢洗露，碧火流空。

柳文暢惲詩如衣漱井水，齒頰冰寒。

江總持總、徐孝穆陵詩如怖敵小兒，可床下伏。

陰子堅鏗詩如鸚鵡學人，語音滯澀。

庚子山信詩如野圃菜花，村香襲人。

初唐王勃、楊炯、盧照鄰、駱賓王四子詩如沉沉夥涉，篝火狐鳴。

沈佺期、宋之問、燕張説、許蘇頲詩如上林虎象，魄大氣馴。

張曲江九齡詩如銅鐵千年，古光秀出。

陳伯玉子昂詩如霞落雲銷，天山晴朗。

李太白白詩如饑鷹下掠，逸氣橫空。

杜子美甫詩如書成天泣，血漬石上。

王摩詰維詩如初祖達摩過江説法，又如翠竹得風，天然而笑。

孟襄陽浩然詩如過雨石泉，清見魚影。

劉挺卿音虛詩如幽人夜坐，隔水吹笙。

常盱眙建詩如山伏水落，有氣有魄。

儲太祝光羲詩如曆齒蓬頭，無慚兒子。

高達夫適詩如魯儒方履，緩步生塵。

岑嘉州參詩如雪天劍客，罷酒出門。

李東川頎詩如枯松老柏，勁氣中含。

王龍標昌齡詩如謝客山游，殊饒豪氣。

元次山結詩如百歲老人，冠履古制。

劉文房長卿詩如陳倉野雞，色碧聲雄。

韋蘇州應物詩如骨冷神清，獨寢無夢。

柳子厚宗元詩如玄鶴夜鳴，聲含霜氣。

韓退之_愈詩如戰酣喝日，退舍倒行。

孟東野_郊詩如夜黑風玄，石言不惜。

李長吉_賀詩如雨洗秋墳，鬼燈如月。

錢仲文_起詩如水頭山腳，獨樹人家。

張文昌_籍、王仲初_建詩如風落霜梨，觸牙鬆脆。

白樂天_{居易}、元微之_稹詩如梨園法曲，其聲動心。

賈閬仙_島詩如臕病僧，裂裟破碎。

李義山_{商隱}詩如漢帷鬼女，真贗微茫。

溫飛卿_{庭筠}詩如繡文罷刺，雙倚市門。

皮襲美_{日休}、陸魯望_{龜蒙}詩如疥背駱駝，全無嫵媚。

張惠言

張惠言(1761—1802)原名一鳴，字臯文，清武進(今屬江蘇)人。嘉慶進士，官翰林院編修。清代著名經學家和文學家。經學專治《周易》、《儀禮》，著有《周易虞氏義》、《儀禮圖》。文學上是常州詞派的創始人，論詞强調比興，所作詞意旨隱晦。所輯《詞選》二卷，頗能代表其詞學傾向。此書選唐、宋四十四家詞共一百一十六首，附錄爲其門人鄭善長所輯，選當時作家十二人，詞六十首。惠言外孫董毅又續選五代、宋詞一百二十二首爲《續詞選》。

本書資料據四部叢刊本《茗柯文二編》。

《詞選》序(節録)

詞者，蓋出於唐之詩人，採樂府之音以製新律，因繫其詞，故曰詞。傳曰：意内而言外者謂之詞。其緣情造耑，興于微言，以相感動。極命風謠里巷男女哀樂，以道賢人君子幽約怨誹不能自言之情，低徊要眇以喻其致。蓋詩之比興，變風之義，騷人之歌，則近之矣。然以其文小，其聲哀，放者爲之，或淫蕩靡曼，雜以昌狂俳優。然要其至者，罔不惻隱盱愉，感物而發，觸類條鬯，各有所歸，不徒彫琢曼飾而已。自唐之詞人李白爲首，其後韋應物、王建、白居易、劉禹錫之徒各有述造，而溫庭筠最高，其言深麗閎美。五代之際，孟氏、李氏君臣爲謔，競變新調，詞之雜流由是作矣。至其工者，往往絶倫，亦如齊、梁五言依託魏、晉，近古然也。宋之詞家，號爲極盛。然張先、蘇軾、秦觀、周邦彦、辛棄疾、姜夔、王沂孫、張炎，淵淵乎文有其質焉，其盪而不反，傲而不理,枝而不物;柳永、黄庭堅、劉過、吳文英之倫,亦各引一端,以取重於當世。而前數子者,又不免有一時通脱放浪之言出於其閒。後進彌以馳逐,不務原其指意,破碎奔析,壞亂而不可紀。故自宋之亡而正聲絶,元之末而規矩堕。五百年來,作者十數。諒其所是,互有緜變,皆可謂安蔽乖方,迷不知門户者也。(卷上)

徐熊飛

徐熊飛(1762—1835)字子宣,一字渭揚,號雪廬。清武康(今屬浙江)人。嘉慶九年(1804)舉人。嘗客平湖。貧無以自存,阮元聘爲詁經精舍講席。中歲,與楊芳燦、王豫、石鈞、吳楚等流連詩酒,名盛一時。晚養屙家居,以著述自娛。特賞翰林院典籍銜。熊飛勵志於學,工詩及駢體文。著有《白鴝山房集》、《修竹廬談詩問答》(陸坊問、徐熊飛答)等。

本書資料據齊魯書社 1985 年《詩問四種合刻》本《修竹廬談詩問答》。

《修竹廬談詩問答》(節録)

問:"格律猶規範也,性情猶爐錘也。運我爐錘,而又不畔于古人之規範,其道何由?"答:"性情素也,規格絢也,以素加絢,則功力要哉!譬如作書,步武前人法帖,初欲其合,繼欲其離。能合而不能離,與能離而不能合,皆弊也。孫武《兵法》,武侯變爲八陣,李藥師變爲六花,斯爲學焉,而得其神明者。如學唐肖唐,學宋肖宋,猶未盡善也。"

問:"作文與作詩不同,事關家國,語及君臣,文品之正軌也;寓物留題,言近旨遠,詩情之綿邈也。混而同之,體裁兩失,然乎?否乎?"答:"唐人以作詩之法作文,宋人以作文之法作詩,二者互有得失,視用之何如耳。然工文者不盡工詩,工詩者不盡工文,事固不能兼擅也。"

問:"近體自有繩墨,古詩信口而出,非有繩墨之可循。故尚格調者,動言近體難於古詩,然行乎其所不得不行,止乎其所不得不止,此中要有繩墨在否?則洋洋纚纚,倚馬千言,求之古人,吾見亦罕,豈今人之才,果遠勝古人歟?抑别有説歟?"答:"無論近體古體,皆有一定之繩墨,特不可爲繩墨所縛,反至夭閼性情耳。古體繩墨如草蛇灰綫,看似無跡,其實離合頓挫,皆有天然湊泊之妙。譬如李貳師、郭汾陽士卒遊行自在中,未嘗不隊伍森嚴也。若捨棄繩墨,以跅弛馳突自詡,其與任華、劉叉相去幾何矣!才力雖強,不足法也。"

問:"唐人五言絶句,如'三日入廚下'、'打起黄鶯兒'、'自君之出矣'諸作,俱膾炙人口。然兒女聲情，喃喃可厭，令人不耐多讀。終當以王、裴《雜詠》及祖詠《終南殘雪》，孟浩然《建德舟次》等詩爲大雅正宗。然乎否乎？"答："五絕有二體，其一原本樂府，其一出於古詩。《新嫁娘》、《遼西曲》樂府之變也。裴、王雜詠，古詩之流也。各臻其妙，未可軒輊。"

問："七律之上者，曰渾厚、曰雄健；其次曰綿遠，曰倜儻；又其次曰清新，曰風趣，曰生辣。東坡之律詩，足下所極口稱道者，果居何等乎？"答："四唐詩如朝廟，衣冠舉動，皆中儀節。東坡仙風道骨，雖葛巾野服，意度自爾不凡。東坡不能爲唐人之莊嚴，唐人亦不能爲東坡之瀟灑也。然七律正軌，究以唐人爲宗，參之東坡，以窮其變可耳。"

黃旛綽

黃旛綽（生卒年不詳）一作黃幡綽，清乾隆、嘉慶年間人，爲當時著名戲曲藝人。以生平舞臺經驗寫成《明心鑒》一書，後經其友人莊肇奎加以訂正，改名《梨園原》。《梨園原》是崑曲理論史上，也是整個戲曲理論史上唯一一部專論表演的著作，對崑曲的演出技巧做了精當的總結與概括，其主要內容爲《藝病十種》、《曲白六要》和《身段八要》。莊肇奎增加的考證有《論戲統》、《老郎神》、《謝阿蠻論戲始末》、《王大梁詳論角色》、《論鼓板樂式》、《論曲原》六則。另有《寶山集八則》是從《寶山集》轉錄的有關表演的論述。書後又附鈔《寶山集載六官十三調》、《涵虛子論雜劇十二科》。由於本書作者是藝術修養很深的藝人，故書中內容多係表演藝術經驗之論，具有藝術實踐指導價值。

本書資料據中國戲劇出版社 1959 年《中國古典戲曲論著集成》本《梨園原》。

論戲統

古時戲，始一出鬼門道，必先唱《紅芍藥》一詞。何也？因傳奇內必有神、佛、仙、賢、君王、臣宰及説法、宣咒等事，故先持一咒，以釋其罪；兼利諸己，隔宿昧爽，因喉音閉塞，故齊聲而揚。古製云："太子《千秋歲》，春闈《畫錦堂》。一株《紅芍藥》，開遍《滿庭芳》。"取其曲牌名爲引口詞。後人因其單薄，添《倒垂蓮》，套其體也。

謝阿蠻論戲始末

戲者，以虛中生戈。漢陳平刻木人禦城退白登事，後爲之效，名曰"傀儡"。至唐明皇，選良家子弟，於梨園中演習戲文，分爲"生"、"旦"、"淨"、"末"、"丑"、"外"、"小旦”、“小生”，此八名爲正，而後增“副淨”、“作旦”、“貼旦”、“老旦”，共十二人爲全角，餘皆供侍從者。現身説法，表揚忠、孝、節、義，才子、佳人，離、合、悲、歡，揚善、懲惡，此亦大美事也。至宋、元則尤盛矣。董解元有曰：“扮演古人事，出入鬼門道。”以四方之音傳戲，各從土語所傳，不可訛錯。習者擇之而取焉。

王大梁詳論角色

角色者，言其本角之物色也。生者，主也，凡一劇由主而起，一鞅之事在其主終始，故曰生。旦者，乃於寅刻之先，以男扮女，是男非男，似女非女，見時不能分，因其扮粧時在天甫黎明，故曰旦。丑者，即醜字，言其醜陋匪人所及，撮科打諢，醜態百出，故曰丑。淨者，靜也，言其鬧中取靜，靜中取鬧，故曰淨。外者，以外姓人有尊崇之色者，故曰外。老旦，其所司母、姑、乳婆，亦應於黎明扮粧，老少雖不同，以其男女則一也，故曰老旦。末者，道始末也，先出場述其家門，言其始末，故曰末。小生或作主之子姪，或作良朋故舊，或作少年英雄，或作浪蕩子弟，故曰小生。小旦或作侍妾，或養女，或娼妓，或不貞之婦，故曰小旦。貼旦，即副旦也。凡男女角色，既粧何等人，即當作何等人自居。喜、怒、哀、樂、離、合、悲、歡，皆須出於己衷，則能使看者觸目動情，始爲現身説法，可以化善懲惡，非取其虛戈作戲，爲嬉戲也。

論曲原

王伯良曰：“曲者，樂之支也。自《康衢》、《擊壤》、《黄澤》、《白雲》以降，於是《越人》、《易水》、《大風》、《瓠子》之歌繼作，聲漸靡矣。樂府之名，仿於西漢，其屬有鼓吹、橫吹、相和及清商雜調諸曲。入唐而以絶句爲曲，《清平調》、《鬱輪袍》、《梁州》、《水》之類；又創爲《憶秦娥》，《菩薩蠻》等曲，蓋太白、龜年輩實爲作俑。入宋而詞始大振，周侍御、屯田其最也。入元而益漫衍其製，北聲北曲，遂擅一代，顧未免滯於絃索，且多染胡語。迨明季又變爲南曲，婉麗嫵媚，一唱三歎，於善、美兼至，極聲調之能事。始猶南、北畫地相角；近年以來，燕都之歌童舞女，咸棄其捍撥盡效南聲，而北調幾廢。何元朗謂：‘更數世後，北曲必且失傳矣。’”

焦 循

焦循（1763—1820）字理堂，一字里堂，晚號里堂老人。清甘泉（今江蘇揚州）人。

嘉慶六年(1801)中舉人,翌年應禮部試不第。焦循是清代揚州學派的代表人物之一,在清代學術史上佔有重要地位。研究清代學術史,焦循是不可規避的一個個例。他博聞強記,於學無所不通,於經無所不治,在易學、諸子、曆算、史學等方面均有精深造詣。著書數百卷,皆精博,阮元謂之爲"一代通儒"。著作極豐,有《雕菰集》、《易章句》、《易通釋》、《易餘籥録》、《孟子正義》、《里堂學算記》等,論曲著作則有《劇説》、《花部農譚》、《易餘曲録》等。《劇説》是焦循輯録散見於各書中的論曲之語而成的一部戲曲考證專著。卷前所列引用書目共一百六十六種,實際上不止此數。其中有不少罕見的珍本,爲研究古典戲曲彙集了豐富的參考資料。焦循在輯録資料的同時,自己也有所議論。所謂"花部",即言其聲腔花雜不純,泛指各種地方戲曲。焦循於嘉慶二十四年(1819)所撰的《花部農譚》(一卷),對其時揚州盛行的"花部"戲曲,從理論上給予了充分的肯定與高度評價,堪稱中國戲曲理論批評史上研究地方戲曲的開山之作,體現了進步的文藝發展史觀。另有《雕菰樓詞話》一卷。

本書資料據中國戲劇出版社 1959 年《中國古典戲曲論著集成》本《劇説》、《花部農譚》,道光四年刻本《雕菰集》,中華書局 1986 年唐圭璋《詞話叢編》本《雕菰樓詞話》。

《劇説》(節録)

《樂記》云:"新樂進俯退俯,姦聲以濫,溺而不止,及優侏儒,獶雜子女,不知父子,樂終不可以語,不可以道古。"注云:"獶,獮猴也,言舞者如獮猴戲也,亂男女之尊卑。'獶',或爲'優'。"疏云:"《漢書》擅長卿爲獮猴舞,是狀如獮猴。"《左傳》襄公二十八年:"慶氏以其甲環公宮。陳氏、鮑氏之圉人爲優。慶氏之馬善驚,士皆釋甲束馬而飲酒,且觀優,至於魚里。"《正義》云:"優者,戲名也。"史遊《急就篇》云:"倡優俳笑"。是優俳一物而二名。今之散樂,戲爲可笑之語而令人笑是也。《史記·滑稽列傳》:"優孟者,故楚之樂人也,爲孫叔敖衣冠,抵掌談語;歲餘,像孫叔敖,楚王及左右不能別也。莊王置酒,優孟前爲壽,莊王大驚,以爲孫叔敖復生也,欲以爲相。"又:"優旃者,秦倡侏儒也,善爲笑言,然合於大道。"然則優之爲技也,善肖人之形容,動人之歡笑,與今無異耳。

《樂府雜録》云:"開元中黃幡綽、張野狐弄參軍,始自漢館陶令石耽。耽有贓犯,和帝惜其才,免罪。每宴樂,即令衣白夾衫,命優伶戲弄辱之,經年乃放。後爲參軍,誤也。"

《教坊記》又云:"大面出北齊蘭陵王長恭,性膽勇而貌婦人,自嫌不足以威敵,乃刻木爲假面,臨陣著之,因爲此戲。亦入歌曲。”按:今淨稱“大面”,其以粉、墨、丹、黄塗於面以代刻木而有是稱耶? 然戲中亦間用假面。

《輟耕録》云:“唐有傳奇,宋有戲曲、唱諢、詞説,金有院本、雜劇,其實一也,國朝院本、雜劇始釐爲二。院本則五人:一曰副淨,古謂之‘參軍’;一曰副末,古謂之‘蒼鶻’,鶻能擊禽鳥,末可打副淨,故云;一曰引戲;一曰末泥;一曰孤裝。又謂之‘五花爨弄’。或曰:‘宋徽宗見爨國人來朝,衣裝、鞵履、巾裹、傅粉墨,舉動如此,使優人效之以爲戲。’又有‘艷段’,亦院本之意,但差簡耳,取其如火焰易明而易滅也。其間副淨有散説,有道念,有筋斗,有科汎。教坊色長魏、武、劉三人鼎新編輯。魏長於念誦,武長於筋斗,劉長於科汎。至今樂人宗之。”

《名義考》云:“今戲角有生、旦、淨、丑之名,嘗求其義而不得。偶思《樂記》注‘如獼猴’之説,乃知:‘生’,‘狌’也,猩猩也。《山海經》:‘猩猩人面;豕聲,似小兒啼。’‘旦’,‘狚’也,猵狚也。《莊子》:‘猨,猵狚以爲雌。’‘淨’,‘猙’也。《廣韻》:‘似豹,一角,五尾。’又云:‘似狐,有翼。’‘丑’,‘狃’也。《廣韻》:‘犬性驕。’又:‘狐狸等獸跡。’謂俳優之人如四獸也,所謂‘爨雜子女’也。末猶‘末厥’之‘末’,外猶‘員外’之‘外’”。《猥談》云:“生、淨、丑、末等名,有謂反其事而稱,又或托之唐莊宗,皆謬也。此本金、元閭闠談吐,所謂‘鶻伶聲嗽’,今所謂‘市語’也。生即男子,旦曰‘妝旦色’,淨曰‘淨兒’,末曰‘末尼’,孤乃官人:即其土音,何義理之有! 南戲出於宣和以後,南渡時,謂之‘温州雜劇’。後漸轉爲‘餘姚’、‘海鹽’、‘弋陽’、‘崑山’諸腔矣。”《道聽録》云:“元人院本,打者:一副淨,一副末,一引戲,一末泥,一孤裝,猶梨園之有生、旦、外、末、淨、丑、貼。七字之義,或云:反語。生爲‘熟’,丑爲‘好’,旦爲‘夜’,貼爲‘幫’,淨爲‘鬧’,末爲‘始’,可也;若外爲‘内’,則牽强矣。”

《莊嶽委談》云:“凡傳奇以戲文爲稱也,無往而非戲文也,故其事欲謬悠而無根也,其名欲顛倒而無實也;反是而求其當焉,非戲也。故曲欲熟而命以生也,婦宜夜而命以旦也,開場始事而命以末也,塗汙不潔而命以淨也:凡此,咸以顛倒其名也。中郎之耳順而婿卓也,相國之絶交而娶崔也,《荆釵》之詭而夫也,《香囊》之詭而弟也:凡此,皆以謬悠其事也。近爲傳奇者,若良史焉,古意微矣。古無外與丑,丑即副淨,外即副末也。”又云:“今優伶輩呼‘子弟’,大率八人爲朋,生、旦、淨、丑、副亦如之。元院本止五人,故有‘五花’之目:一曰副淨,古之參軍也;一曰副末,又名蒼鶻,可擊羣鳥,猶副末可打副淨;一曰末泥;一曰孤裝;而無所謂生、旦者,蓋院本與雜劇不同也。元雜劇旦有數色:所謂‘裝旦’,即正旦也;‘小旦’,即今副旦也;以墨點破其面,謂之‘花旦’,今惟淨、丑爲之。”

《復齋漫録》云:“張景交通曹人趙諫,斥爲房州參軍。累爲《屋壁記》,略曰:‘近制,州縣參軍無員數,無職守,悉以曠官敗守、違戾政教者爲之。凡朔望饗宴,使與焉。人一見之,必指曰:'此參軍也。'當爲其罪矣。至於倡優爲戲,亦假爲之以資玩笑,況真爲者乎。"

《穀城山房筆麈》云:"優人爲優,以一人幞頭衣綠,謂之'參軍';以一人髽角敝衣,如僮僕狀,謂之'蒼鶻'。參軍之法,至宋猶然,似院本及戲文裝淨之狀,第不知其節奏耳。"

《近峯聞略》云:"參軍至唐,爲故事,名'副淨'。"

《雲麓漫抄》云:"近日優人作'雜班',似雜劇而簡略。金官制有文班、武班;若醫、蔔、娼、優,謂之'雜班'。每宴集,伶人進,曰'雜班上'。故流傳至此。"

《暖姝由筆》云:"有白有唱者,名'雜劇'。用弦索者,名'套數'。扮演戲文,跳而不唱,名'院本'。"

《莊嶽委談》云:"古教坊有雜劇而無戲文者,每公家開宴,則百樂具陳,兩京六代,不可備知。唐、宋小說,如《樂府雜錄》、《教坊記》、《東京夢華錄》、《武林舊事》等編,錄頗詳。唐制,自歌人之外,特重舞隊;歌舞之外,又有精樂器者,若琵琶、羯鼓之屬;此外俳優雜劇,不過以供一笑,其用蓋與傀儡不甚相遠,非雅士所留意也。宋世亦然。南渡稍見淨、丑之目,其用無以大異,前朝浸淫勝國,《崔》、《蔡》二傳奇迭出,才情既富,節奏彌工,演習梨園幾半天下,雖有衆樂,無暇雜陳矣。"

《紫桃軒雜綴》云:"張鎡,字功甫,循王之孫,豪侈而有清尚。嘗來吾郡海鹽,作園亭自恣。令歌兒衍曲,務爲新聲,所謂'海鹽腔'也。"《菽園雜記》云:"嘉興之海鹽,紹興之餘姚,寧波之慈谿,台州之黃巖,溫州之永嘉,皆有習爲倡優者,名曰'戲文子弟'。"

《都城紀勝》云:"雜劇中先做熟事一段,名曰'艷段'。次做雜劇。或添二人,名曰'裝孤老'。凡影戲,乃京師人初以素紙雕鏃,後用裝色裝皮爲之,其話本與講史書者頗同,大抵真假相半。公忠者雕以正貌,奸邪者與之醜貌,蓋亦寓褒貶於世俗之眼戲也。"

《輟耕錄》云:"稗官廢而傳奇作,傳奇作而戲曲繼。金季、國初,樂府猶宋詞之流;傳奇猶宋戲曲之變,世謂之雜劇。金章宗時董解元所編《西廂記》,世代未遠,尚罕有人能解之者,況今雜劇中曲詞之冗乎?"

《筆麈》云:"杜佑曰:'窟儡子',亦曰'傀磊子',本喪雅也,漢末始用之於嘉會,北齊高緯尤好之。'今俗懸絲而戲,謂之'偶人',亦傀儡之屬也。又有以手持其末,出之幃帳之上,則正謂之'窟儡子'矣。"又云:"漢有魚龍百戲。齊、梁以來,謂之'散樂'。

樂有舞盤伎、舞輪伎、長蹻伎、跳劍伎、吞劍伎、擲倒伎，今教坊百戲，大率有之，惟擲倒不知何法，疑即‘翻金斗’。‘翻金斗’字義，起於趙簡子之殺中山王——以頭委地，而翻身跳過，謂之‘金斗’。”按：今之演劇者，以頭委地，用手代足，憑虛而行，或縱或跳，旋起旋側，其捷如猿，其疾如鳥，令見者目炫心驚，蓋即古人擲倒伎也。

《谿山餘話》云：“歌詞代各不同，而聲亦易亡。元人變爲曲子，今世踵襲，大抵分爲二調：曰南曲，曰北曲。胡致堂所謂‘綺羅香澤之態，綢繆宛轉之度，’正今日之南詞也；‘登高望遠，舉首高歌，而逸懷浩氣超乎塵垢之表’者，近於今日之北詞也。”

《彙苑詳注》云：“曲者，詞之變。金、元所用北樂，緩急之間，詞不能按，乃更爲新聲以媚之。而諸君如貫酸齋、馬東籬輩，咸富有才情，兼善音律，遂擅一代之長。但大江以北，漸染北語，時時採入，而沈約四聲，遂闕其一。東南之士，未盡顧曲之周郎，蓬掖之間，又稀辨撾之王應，稍稍復變新體，號爲‘南曲’，高拭則誠，遂掩前後。大抵北主勁切、雄麗，南主清峭、柔遠，雖本才華，務諧音律。譬之同一師承，頓、漸分教；俱爲國臣，文、武異科。今談曲者往往合而舉之，良可笑也。”

嘉、隆間，松江何元朗畜家僮習唱，一時優伶俱避舍，然所唱俱北詞，尚得蒜酪遺風。何又教女鬟數人，俱善北曲，爲南教坊頓仁所賞。頓隨武宗入京，盡傳北方遺音，獨步東南；暮年流落，無復知其伎者。其論曲，謂：“南曲簫管，謂之‘唱調’，不入弦索，不可入譜。”沈吏部《南九宮譜》盛行，而北九宮反無人問。頓老又云：“弦索九宮，或用滾弦，或用花和、大和，釤弦皆有定則；若南九宮，無定則可依。且笛管稍長短其聲，便可就板；弦索若多一彈，少一彈，即呆板矣。”吳下以三弦合南曲，而又以簫管叶之，此唐人所云“錦襖上著簑衣”也。簫管可入北詞，而弦索不入南詞，蓋南曲不仗弦節奏也。北詞中亦有不叶弦索者，如鄭德輝、王實甫，間亦不免。元人多嫻北調，而不及南音。成、弘間，沈青門、陳大聲輩，南詞宗匠；同時康對山、王漾陂，俱以北擅場。王初學填詞，先延名師，學唱三年而後出手。章邱李太常中麓，亦以填詞名，與康、王交，而不嫻度曲，如所作《寶劍記》，生硬不諧，且不知南曲之有入聲，自以《中原音韻》叶之，以致見誚吳儂。同時惟馮海桴差爲當行。此外吳中詞人，如唐伯虎、祝枝山、梁伯龍、張伯起輩，縱有才情，俱非本色矣。今傳誦南曲，如“東風轉蕙華”，云是元人高則誠，不知乃陳大聲與徐髯翁聯句也。陳名鐸，號秋碧，大聲其字也，金陵人，官指揮使。（節錄《蝸亭雜訂》）

《客座贅語》云：“萬曆以前，公侯與縉紳及富家凡有燕會、小集，多用散樂，或三四人，或多人，唱大套北曲；若大席，則用教坊打院本——乃北曲大四套者——中間錯以撮墊圈、觀音舞，或百丈旗，或跳墜子。後乃變而盡用南唱，歌者止用一小拍板，或以扇子代之，間有用鼓板者——今則吳人益以洞簫及月琴，益爲悽慘，聽者殆欲墮淚。大會則用南戲，其始止二腔——'海鹽'、'戈陽'，後則又有'四平'。近又有'崑山腔'，較'海鹽'更爲清柔而婉折也。"

《真珠船》云："元曲如《中原音韻》、《陽春白雪》、《太平樂府》、《天機餘錦》等集，《范張雞黍》、《王粲登樓》、《三氣張飛》、《趙禮讓肥》、《單刀會》、《敬德不伏老》、《蘇子瞻貶黃州》等傳奇，率音調悠揚，氣魄雄壯。後有作者，鮮與爲京。蓋當時，台省元臣、郡邑正官及雄要之職，中州人多不得爲之，每沈抑下僚，志不得伸，如關漢卿乃太醫院尹，馬致遠行省務官，宮大用釣臺山長，鄭德輝杭州路史，張小山首領官，其他屈在簿書、老於布素者，尚多有之，於是以其有用之才，而一寓之乎聲歌之末，以抒其拂鬱感慨之懷，所謂'不得其平而鳴焉'者也。"又云："古之四方皆有音，今歌曲但統爲南、北二音。如《伊州》、《涼州》、《甘州》、《渭州》，本是西音，今並爲北曲。由是觀之，則《擊壤》、《衢歌》、《卿雲》、《南風》、《白雲》、《黃澤》之類，《詩》之篇什，漢之樂府，下逮關、鄭、白、馬之撰，雖詞有《雅》、《鄭》，並北音也。若南音，則《孺子》、《接輿》、《越人》、《紫玉》、吳歈、楚艷以及今之戲文，皆是。然《三百篇》無南音，《周南》、《召南》皆北方也。"

楊用修云："《漢郊社志》優人爲假飾伎女，蓋後世裝旦之始也，然未必如後世雜劇、戲文之爲，緣其時郊祀皆奏樂章，未有歌曲耳。"

丹邱先生論曲云："雜劇有正末、副末、狙、狐、靚、鴇、猱、捷譏、引戲九色之名。正末者，當場男子能指事者也，俗謂之'末泥'。副末執磕瓜以撲靚，即古所謂'蒼鶻'是也。當場之伎曰'狙'；狙，猨之雌者也，其性好淫，今俗謂爲'旦'。狐，當場裝官者也，今俗謂爲'孤'。靚，傅粉墨戲笑供諂者也，粉白黛綠，古稱'靚妝'，故謂之'妝靚色'，今俗謂爲'淨'。妓女之老者曰'鴇'；鴇似雁而大，無後趾，虎文，喜淫而無厭，諸鳥求之即就，世呼'獨豹'者是也。凡妓女總稱曰'猱'；猱，亦猿類，喜食虎肝腦，虎見而愛之，輒負於背，猱乃取蝨遺虎首，虎即死，取其肝腦食焉，以喻少年愛色者，亦如遇猱然，不至喪身不止也。捷譏，古謂之'滑稽'，雜劇中取其便捷譏謔，故云。引戲，即院本中之'狙'也。"又云："構肆中戲房出入之所，謂之'鬼門道'，言其所扮者皆已往昔人，出入於此，故云'鬼門'。愚俗無知，以置鼓於門，改爲'鼓門道'，後又謬爲'古'，皆非也。元曲或言'向古道'，或言'向古門道'。蘇東坡詩有云：'搬演古人事，出入鬼門道。'"

周挺齋論曲云："良家子弟所扮雜劇，謂之'行家生活'，倡優所扮，謂之'戾家把戲'，蓋以雜劇出於鴻儒碩士、騷人墨客所作，皆良家也，彼倡優豈能辦此？故關漢卿以爲：'非是他當行本事、我家生活，他不過爲奴隸之役，供笑獻勤，以奉我輩耳。子弟所扮，是我一家風月。'雖復戲言，甚合於理。"又云："院本中有娼夫之詞，名曰'綠巾詞'。雖有絶佳者，不得並稱樂府。如黄幡綽、鏡新磨、雷海青輩，皆古名娼，止以樂名呼之，亘世無字。今趙明鏡譌傳趙文敬，張酷貧譌傳張國賓，皆非也。"

《武林舊事》所列"官本雜劇段數"，曰《六麽》，曰《瀛府》，曰《梁州》，曰《伊州》，曰《新水》，曰《薄媚》，曰《大明樂》，曰《降黄龍》，曰《胡渭州》，曰《逍遥樂》，曰《石州》，曰《大聖樂》，曰《中和樂》，曰《萬年歡》，曰《熙州》，曰《道人歡》，曰《長壽仙》，曰《法曲》，曰《延壽樂》，曰《賀皇恩》，曰《採蓮》。"採蓮隊"見《宋史·樂志》，其餘可類推矣。又有所謂"爨"者，如《鍾馗爨》、《天下太平爨》之類；有所謂"孤"者，如《思鄉早行孤》、《迓鼓孤》之類；有所謂"妲"者，如《襤哮店休妲》、《老姑遣妲》之類；有所謂"酸"者，如《襤哮負酸》、《眼藥酸》之類。《輟耕録》所列"院本名目"，所謂《法曲》、《伊州》、《新水》、《瀛府》、《逍遥樂》、《萬年歡》、《降黄龍》，屬"和曲院本"。所謂孤酸旦等，目爲"諸雜大小院本"。考元人劇中，其題目、正名有云"還牢末"者，則正末當場也；有云"貨郎旦"者，則正旦當場也。《録鬼簿》關漢卿有《擔水澆花旦》、《中秋切鱠旦》，吴昌齡有《貨郎末泥》，尚仲賢有《没興花前秉燭旦》，楊顯之有《跳神師婆旦》，其義亦同。孤，謂"官"；酸，謂"秀士"。凡稱"酸"，謂正末扮秀士當場也。至有云"酸孤旦"者，則三色當場；有云"雙旦降黄龍"者，則兩旦當場。云"旦判孤"，云"老孤遣旦"，皆可類推。

元曲皆四折，或加楔子。惟《趙氏孤兒》五折，又有楔子。

生、旦、淨、丑，考元曲無"生"之稱，末即"生"也。有正末，又有冲末、副末、小末，《任風子》劇中冲末扮馬丹陽，正末扮任屠，《碧桃花》冲末扮張珪、副末扮張道南，《貨郎兒》冲末扮李彦和、小末扮李春郎是也。小末亦稱"小末尼"，《東堂老》"正末同小末尼上"是也，冲末又稱"二末"，《神奴兒》冲末扮李德義，後稱李德義爲"二末"是也。今人名刺，或稱"晚生"，或稱"晚末"、"眷末"，或稱"眷生"，然則"生"與"末"通稱，尚爲元人之遺歟？旦有正旦、老旦、大旦、小旦、貼旦、色旦、搽旦、外旦、旦兒諸名。《中秋切鱠》正旦扮譚記兒、旦兒扮白姑姑，《碧桃花》老旦扮張珪夫人、正旦扮碧桃、貼旦扮徐端夫人，《張天師夜斷辰勾月》搽旦扮封姨、旦兒扮桃花仙、正旦扮桂花仙，《救風塵》外旦扮宋引章，《貨郎旦》外旦扮張玉娥，《玉壺春》貼旦扮陳玉英，《神奴兒》大旦扮陳氏，《陳摶高卧》鄭恩引色旦上，《悮入桃源》小旦上云"小妾是桃源仙子侍從的"是也。有單稱旦者，《抱妝盒》正旦扮李美人、旦扮劉皇后、旦兒扮寇承禦，《倩女離魂》旦扮夫人、正旦扮倩女是也。丑、淨、外三色，名與今同，乃《碧桃花》外扮薩真人，外又扮馬、趙、温、關天將，是同場有五外；《陳州糶米》外扮韓魏公、吕夷簡，《爭報恩》外扮趙通判，外又扮孤，《楚昭王疎者下船》外扮孫武子、伍子胥，《小尉遲認父歸朝》外扮徐茂公、房玄齡，皆同場有二外；

《謝金吾詐拆清風府》外扮焦贊、孟良、岳勝，是同場有三外。《百花亭》二淨扮雙解元、柳殿試闈上，《舉案齊眉》二淨扮張小員外、馬舍上，《殺狗勸夫》、《東堂老》並二淨扮柳隆卿、鬍子傳，《合汗衫》淨扮卜兒、淨扮陳虎，《陳州糶米》淨扮劉衙內、淨扮小衙內，皆同場有二淨。副淨之名，見《竇娥冤》之張驢兒。《墻頭馬上》冲末扮裴尚書引老旦扮夫人上，第二折夫人同老旦嬤嬤上，是當場有二老旦；《蝴蝶夢》外引冲末扮王大、王二，《范張雞黍》正末扮范巨卿同冲末扮孔仲仙、張元伯，是當場有二冲末；《桃花女》小末扮石留住，又小末扮增福，第四折石留住、增福同場，是當場有二小末；《陳州糶米》丑扮楊金吾，又二丑扮二斗子，是同場有三丑。末、旦、淨、丑之外，又有孤、俫兒、孛老、邦老、卜兒等目。《貨郎旦》冲末扮孤，《殺狗勸夫》外扮孤，《勘頭巾》淨扮孤，扮孤者無一定也。《金綫池》搽旦扮卜兒，《秋胡戲妻》、《王粲登樓》並老旦扮卜兒，《合汗衫》淨扮卜兒，是扮卜兒者無一定也。《貨郎旦》淨扮孛老，《瀟湘雨》外扮孛老，《薛仁貴榮歸故里》正末扮孛老，《硃砂擔》冲末扮孛老，是扮孛老者無一定也。蓋孤者，官也。卜兒者，婦人之老者也；孛老者，男子之老者也。俫兒多不言以何色扮之，惟《貨郎旦》李春郎前稱"俫兒"，後稱"小末"，則前以小末扮俫兒。蓋俫兒者，扮爲兒童狀也。春郎前幼，當扮爲兒童，故稱"俫兒"。後已作官，則稱小末耳。邦老之稱，一爲《合汗衫》之陳虎，一爲《盆兒鬼》之盆罐趙，一爲《硃砂擔》之鐵旛竿白正，皆殺人賊，皆以淨扮之，然則邦老者，蓋惡人之目也。

元曲止正旦、正末唱，餘不唱。其爲正旦、正末者，必取義夫、貞婦、忠臣、孝子，他宵小市井，不得而干之。余謂：時文入口氣，代其人論說，實同於曲劇。而如陽貨王驩等口氣之題，宜斷作，不宜代其口氣。吾見近人作此種題文，竟不嗇身爲孤裝、邦老，甚至助爲訕謗、口角，以偪肖爲能，是當以元曲之格度爲法。

《西河詞話》云："古歌舞不相合，歌者不舞，舞者不歌；即舞曲中詞，亦不必與舞者搬演照應。自唐人作《柘枝詞》、《蓮花鐮歌》，則舞者所執，與歌者所措詞，稍稍相應，然無事實也。宋末有安定郡王趙令時者，始作商調鼓子詞，譜《西廂傳奇》，則純以事實譜詞曲間，然猶無演白也。至金章宗朝，董解元——不知何人，實作《西廂》搊彈詞，則有白有曲，專以一人搊彈並念唱之。嗣後金作清樂，仿遼時大樂之製，有所謂'連廂詞'者，則帶唱帶演，以司唱一人、琵琶一人、笙一人、笛一人，列坐唱詞，而復以男名末泥、女名旦兒者，並雜色人等，入句欄扮演，隨唱詞作舉止，如'參了菩薩'，則末泥祇揖，'只將花笑撚'則旦兒撚花類。北人至今謂之'連廂'，曰'打連廂'，'唱連廂'，又曰'連廂搬演'。大抵連四廂舞人而演其曲，故云。然猶舞者不唱，唱者不舞，與古人舞法無以異也。至元人造曲，則歌舞合作一人，使句欄舞者自司歌唱，而第設笙、笛、琵琶以和其曲，每入場，以四折爲度，謂之‘雜劇’。其有連數雜劇而通譜一事，或一劇，或二劇，或三、四、五劇，名爲‘院本’。《西廂》者，合五劇而譜一事者也，然其時司唱猶屬一人，仿連廂之法，不能遽變。往先司馬從寧庶人處得《連廂詞例》，謂：‘司唱一人，代句欄舞人執唱。’其曰‘代唱’，即已逗句欄舞人自唱之意；但唱者止二人，末泥主男唱，旦兒主女唱也。若雜色入場，第有白無唱，謂之‘賓白’。‘賓’與‘主’對，以說白在賓，而唱者自有主也。至元末明初，改北曲爲南曲，則雜色人皆唱，不分賓主矣。少時觀《西廂記》，見一劇末必有《絡絲娘》煞尾一曲，於演扮人下場後復唱，且復念正名四句，此是誰唱，誰念？至末劇扮演人唱《清江引》曲齊下場後，復有《隨煞》一曲，正名四句，總目四句，俱不能解唱者、念者之人。及得《連廂詞例》，則司唱者在坐間，不在場上，故雖變雜劇，猶存坐間代唱之意。”

王實甫《西廂記》不標淨、旦、丑之名，曰“紅”，曰“鶯”，曰“本”，曰“惠”，曰“生”，曰“杜”，曰“飛”，然則曰“生”，謂“張生”，非優人脚色之名爲“生”也。《琵琶記》則生旦爲類矣。乃《西廂》第一折：“末上云：自家是狀元坊店小二哥。”以下但標“小二”。“末上”二字，自亂其例。

《知新録》云：“合生，即院本、雜劇也。《唐書·武平一傳》云：‘中宗宴殿上，胡人襪子、何懿唱合生，而歌言淺穢。平一上書曰：“比來妖伎、胡人、街童、市子，或言妃主情貌，或列王公名賢，歌詠舞踏，號曰‘合生’。始自王公，稍及閭巷。”’按此，則知唐明皇梨園之戲，又本於此。”又《懷鉛録》云：“古梨園傳粉墨者，謂之‘參軍’，亦謂之‘豔’。豔，《廣韻》云：‘妝飾也。’今傳粉墨謂之‘淨’，蓋‘豔’之僞也。扮婦人者謂之‘狚’，又與‘獺’通。《莊子》云：‘猨，猵狙以爲雌。’束廣微云：‘猨以獺爲婦。’蓋喻婦人意，遂省作‘旦’也。蒼鶻謂之‘末’者，《周禮》：‘四夷之樂有《靺》。’《東都賦》云：‘《僸》、《佅》、《兜離》，罔不畢集’。蓋優人作外國裝束者也。一曰‘末泥’，蓋倡家隱語，如‘爆炭’、‘崖公’之類，省作‘末’。又云：‘末泥色主張，引戲分付，副末色打諢’。又《都城紀勝》：‘雜扮，或名“雜旺”，又名“鈕元子”，又名“拔和”，乃雜劇之散段，多是借裝爲山東、河北村人以資笑，今之“打和鼓”、“撚梢子”、“散耍”，皆是也。’今之丑脚，蓋‘鈕元子’之省文。《古杭夢遊録》作‘雜班’、‘扭元子’、‘拔和’。”又云：“演戲而以班名，自宋雲韶班起。考宋教坊外，又有鈞容直、雲韶班二樂。宋太祖平嶺表，得劉氏閹官聰慧者八十人，使學於教坊，初賜名簫韶部，後改名雲韶班。鈞容直，軍樂也，在軍中善樂者，初名引龍直，以備行幸騎導，淳化中改爲鈞容直。後世總稱爲班也。”

《樂府雜録》云：“咸通以來，有范傳康、上官唐卿、吕敬遷等三人弄假婦人。”案：此

優人作旦之始。（以上卷一）

　　鍾嗣成作《録鬼簿》，以董解元居首，云：“以其創始，故列諸首。”又云：“胡正臣，杭州人，董解元《西廂記》自‘吾皇德化’，至於終篇，悉能歌之。”《筆談》云：“董解元《西廂記》，曾見之盧兵部許，一人援絃，數十人合座，分諸色目而遞歌之，謂之‘磨唱’。盧氏盛歌舞。然一見後無繼者。趙長白云：‘一人自唱’。非也。”按：今之“馬上戳”，本此。

　　《西廂記》始於董解元，固矣；乃《武林舊事》雜劇中有《鶯鶯六么》，則在董解元之前。《録鬼簿》王實甫有《崔鶯鶯待月西廂記》，同時睢景臣有《鶯鶯牡丹記》。王實甫止有四卷，至草橋店夢鶯鶯而止，其後乃關漢卿所續。（詳見《曲藻》及《南濠詩話》）。李日華改實甫北曲爲南曲，所謂《南西廂》，今梨園演唱者是也。王實甫全依董解元，惟董以敵賊下書者爲法聰，實甫改爲惠明。關所續亦依於董，惟董以張珙用法聰之謀，攜鶯奔於杜太守處；關所續則杜來普救寺也。日華南曲則一沿王、關耳。偷父漫譏漢卿所續之非，蓋未見董詞也。查伊璜以關所續未善，更作《續西廂》四折，大槩仍用董、關，而增以應制、賦詩，即用“待月西廂”之句；又夫人欲以紅娘配鄭恒，紅娘不許而欲自縊。事皆蛇足，曲亦村拙，遠不及漢卿矣。碧蕉軒主人作《不了緣》四折，則本“自從別後減容光”一詩而作也：崔已嫁鄭恒；張生落魄歸來，復尋蕭寺訪鶯鶯，不可復見，情詞悽楚，意境蒼涼，勝於查氏所續遠甚，董、關而外，固不可少此別調也。明人又有《續西廂昇仙記》，序稱旴江韻客所撰，謂紅娘成佛，而寫鶯鶯之妬。鄭恒訴於陰官，鬼使擒鶯，紅來救之；意在懲淫、勸善，但詞意未能雅妙耳。（以上卷二）

　　卓珂月作孟子塞《殘唐再創》雜劇小引云：“作近體難於古詩，作詩餘難於近體，作南曲難於詩餘，作北曲難於南曲。總之，音調、法律之間，愈嚴則愈苦耳。北如馬、白、關、鄭，南如《荆》、《劉》、《拜》、《殺》，無論矣。入我明來，填詞者比比，大才大情之人，則大愆大謬之所集也，湯若士、徐文長兩君子其不免乎？減一分才情，則減一分愆謬，張伯起、梁伯龍、梅禹金，斯誠第二流之佳者。乃若彈駮愆謬，不遺錙銖，而無才無情，諸醜畢見，如臧顧渚者，可勝笑哉！必也具十分才情，無一分愆謬，可與馬、白、關、鄭、《荆》、《劉》、《拜》、《殺》頡之頏之者，而後可以言曲，夫豈不大難乎？求之近日，則袁鳧公之《珍珠衫》、《西樓夢》、《竇娥冤》、《鶼鶼裘》，陳廣野之《麒麟罽》、《靈寶刀》、《鸚鵡洲》、《櫻桃夢》，斯爲南曲之最；沈君庸之《霸亭秋》、《鞭歌伎》、《簪花髻》，孟子塞之《花前笑》、《桃源訪》、《眼兒媚》，斯爲北曲之最。余平時定論蓋如此。今冬遘鳧公、子塞於西湖，則鳧公復示我《玉符》南劇，子塞復示我《殘唐再創》北劇，要皆感憤時事而立言者。鳧公之作，直陳崔、魏事，而子塞則假借黃巢、田令孜一案，刺譏當世。夫北曲之道，聲止於三，出止於四，音必分陰、陽，喉必用旦、末，他如楔子、務頭、襯字、打科、鄉談、俚諢之類，其難百倍於南，而子塞研討數年，其謹嚴又百倍於昔。至若釀禍之權瑙,倡亂之書生,兩俱磔裂於片楮之中,使人讀之,忽焉瞖嘘,忽焉號咷,忽焉纏綿而悱惻,則又極其才情之所之矣。於我所陳諸公十餘本之内,豈不又居第一哉。子塞將還會稽,別我於桃花巷中,酒杯在手,輿夫在旁,匆匆書此。"(以上卷四)

務頭者,南北同法。苟遇緊要字句,須揭起其者而宛轉其調,如俗所謂"做腔"處,每曲或一句或二三句,每句或一字或二三字,即是務頭。宜施俊語,否則便爲"不分務頭",非曲所貴。(見《九宮譜定》論説)《曲藻》云:"作詞之法:一、造語,二、用事,三、用字,四、陰陽,五、務頭,六、對偶,七、末句,八、去上,九、定格。"解務頭云:"要知某調某句某字是務頭,可施俊語於上。楊用修乃謂務頭是'部頭',可發一笑。"(以上卷五)

涵虚子言:"雜劇有十二科:神仙道化、林泉邱壑、披袍秉笏、忠臣烈士、孝義廉節、叱奸罵讒、逐臣孤子、鐵刀趕棍、風花雪月、悲歡離合、煙花粉黛、神頭鬼面。"《雕邱雜録》云:"傳奇十二科,激勸人心,感移風化,非徒作,非苟作,非無益而作也。洪武初年,親王之國,必以詞曲一千七百本賜之。"(以上卷六)

《花部農譚》(節録)

梨園共尚吳音。"花部"者,其曲文俚質,共稱爲"亂彈"者也。乃余獨好之。蓋吳音繁縟,其曲雖極諧於律,而聽者使未覩本文,無不茫然不知所謂。其《琵琶》、《殺狗》、《邯鄲夢》、《一捧雪》十數本外。多男女猥褻,如《西樓》、《紅梨》之類,殊無足觀。花部原本於元劇,其事多忠、孝、節、義,足以動人;其詞直質,雖婦孺亦能解;其音慷慨,血氣爲之動盪。郭外各村,於二、八月間,遞相演唱,農叟、漁父,聚以爲歡,由來久矣。自西蜀魏三兒倡爲淫哇鄙譫之詞,市井中如樊八、郝天秀之輩,轉相效法,染及鄉隅。近年漸反於舊。余特喜之,每攜老婦、幼孫,乘駕小舟,沿湖觀閲。天既炎暑,田事餘閒,羣坐柳陰豆棚之下,侈譚故事,多不出花部所演,余因略爲解説,莫不鼓掌解頤。有村夫子者筆之於册,用以示余。余曰:"此農譚耳,不足以辱大雅之目。"爲芟之,存數則云爾。

《文説三則》(節録)

學者以散行爲古文。散行者,質言之者也。其質言之何也? 有所以言之者而不可以不質言之也。夫學充於此而深有所得,則見諸言者,自然成文,如江河之水,隨高下曲折以爲波濤,水不知也。倘無所以言之者,而徒質言之,諄諄於字句開合、呼應、頓挫之間，是揚行潦以爲瀾，列枯骨朽荄吹噓之以爲氣，勦襲雷同，絭慘可憎。試思所欲質言者何在，而爲是喋喋也。是故學爲古文者，必素蓄乎所以言之者，而後質言之。古文者，非徒質言之者也。（《雕菰集》卷十）

《雕菰樓詞話》（節録）

詞非不可學

談者多謂詞不可學，以其妨詩、古文，尤非説經尚古者所宜。余謂非也。人稟陰陽之氣以生，性情中所寓之柔氣，有時感發，每不可遏。有詞曲一途分泄之，則使清純之氣，長流行於詩古文。且經學須深思默會，或至抑塞沉困，機不可轉。詩詞是以移其情而豁其趣，則有益於經學者正不淺。古人一室潛修，不廢嘯歌，其旨深微，非得陰陽之理，未足與知也。朱晦翁、真西山俱不廢詞，詞何不可學之有！

《詞律》任意斷句

詞不難於長調，而難於長句。詞不難於短令，而難於短句。短至一二字，長至九字十字，長須不可界斷，短須不致牽連。短不牽連尚易，長不界斷，雖名家有難之者矣。萬氏《詞律》任意斷句，吾甚不以爲然。

詞韻無善本

詞韻無善本，以《花間》、《尊前》詞核之，其韻通叶甚寬，蓋寄情託興，不比詩之嚴也。余嘗取唐詞，盡擇其韻考之，爲《唐詞韻考》，以未暇成就。然如杜牧之《八六子》，上下皆有韻，上以深沉衾信扃爲韻，下以侵禁整臨陰爲韻。論者謂其韻不可考，蓋以宋之《八六子》準之也。夫據宋以定唐可乎？吳夢窗自度《金盞子》調云：“新雁又無端送人江上，短亭初泊”，上九字句，余所謂緩調，字字可停頓也。乃或據蔣竹山詞，讀又字爲頓。竹山固本諸夢窗，乃據竹山以衡夢窗，可乎？

唐、宋人詞用韻

毛大可稱詞本無韻，是也。偶檢唐、宋人詞，如杜安世《賀聖朝》用計霽媚寘待賄愛隊。姜夔《隔溪令》用人鄰真陰尋侵雲文盈庚。陸游《雙頭蓮》用寄驥寘氣未水里紙逝霽。顏博文《品令》用落薄藥角覺。秦觀《品令》用得織職吃錫日質不物惜陌。韋莊《應天長》用語午語否有。晁補之《梁州令》用淺銑遍霰臉儉緩旱願願盞潸遠沅。劉過《行香子》用快卦在賄賽隊蓋泰。蔣捷《探春令》用處去御淚寘指紙住遇。蘇軾《瑤池燕》用陣震困顧問關粉吻。柳永《引駕行》用暮遇舉語睹虞處去御負有。辛棄疾《東坡引》用怨願面霰雁諫斷翰滿旱。王安中《步蟾宮》用闕月叶葉節屑業洽。方千里《側犯》用靚敬定徑靜梗迥。晁補之《陽關引》用噎屑葉葉月月闊曷。柳永《鎮西》用入點絕屑月月。蘇軾《皂羅特髻》用得職客陌結屑合合滑點覓錫。石孝友《驀山溪》用燕霰散旱軟銑染儉半翰盼諫晚阮。柳永《秋夜月》用散旱面霰歎翰限潛怨願遠阮。周紫芝《感皇恩》用會泰係霽子紙地寘。吕渭老《握金釵》用趄震盡軫粉吻損阮永梗。趙德仁《醉春風》用近吻問問信震穩阮恨願。蘇軾《勸金船》用客陌識職月月却藥節屑插洽。吳文英《淒凉犯》用闊曷葉葉涇緝合合骨月怯洽。王沂孫《露華》用格陌色職拂物骨月出寘。杜安世《玉闌干》用景梗盡軫浸沁信震定徑。晁補之《尾犯》用隱吻興徑韻問映敬信震景梗艇迥。吳文英《垂絲釣》用掩儉豔豔澹勘鑒陷減豏。晁補之《下水船》用係霽起紙墜寘佩隊。毛滂《于飛樂》用林侵樽元清庚春真。柳永《引駕行》用征庚村元亭青凝蒸。按唐人應試用官韻，其非應試，如韓昌黎《贈張籍》詩，以城堂江庭童窮一韻，則庚青江陽東通協，不拘拘如律詩也。至於詞，更寬可知矣。秦觀《品令》云："掉又懼，天然個品格，於中壓一。簾兒下、時把鞋兒踢。語低低、笑咭咭。"柳永《迎春樂》云："近來憔悴人驚怪，爲別相思瘦。"劉過《行香子》亦用瘦字云："匆匆去得忒瘦，這鏡兒也不曾蓋。千朝百日不曾來，沒這些兒個采。"蔣捷《秋夜雨》云："黃雲水驛筍噎。吹人雙鬢如雪。愁多無賴處，漫碎把、寒花經擻。"凡此皆用當時鄉談里語，又何韻之有。擻字見元曲，《蝴蝶夢》云：撓腮擻耳。《音釋》云：擻，疽且切。

李白《連理枝》斷句

李白《連理枝》詞云："望水晶簾外，竹枝寒守，羊車未至。"萬樹《詞律》云："《圖譜》將'望水晶簾外'作五字句，'竹枝寒守'作四字句，'羊車未至'作四字句，可歎。無論句字長短參差，致誤學者。試問'竹枝寒守'，有此文理乎？"蓋萬氏以"竹枝寒"三字連上作一句，"守羊車未至"作一句，以爲即宋詞《小桃紅》之半也。按太白此詞有二首，其一云："麝煙濃馥，紅綃翠被"，與"竹枝寒守，羊車未至"正同。"守"字下屬，豈"馥"字亦下屬耶！且"竹枝寒守"四字甚佳。"守羊車未至"，成何語句乎！

柳永《醉蓬萊》詞

柳屯田《醉蓬萊》詞，以篇首"漸"字與"太液波翻""翻"字見斥。有善詞者問，余曰："詞所以被管弦，首用'漸'字起調，與下'亭皋落葉，隴首雲飛'，字字響亮。嘗欲以他字易之，不可得也。至'太液波翻'，仁宗謂不云波澄，無論澄字，前已用過。而太爲徵音，液爲宮音，波爲羽音，若用澄字商音，則不能協，故仍用羽音之翻字。兩羽相屬，蓋宮下於徵，羽承於商，而徵下於羽。太液二字，由出而入，波字由入而出，再用澄字而入，則一出一入，又一出一入，無復節奏矣。且由波字接澄字，不能相生。此定用翻字。波翻二字，同是羽音，而一軒一輊，以爲俯仰，此柳氏深於音調也。”余爲此論，客不甚以爲然。已而秦太史敦夫以新刻張玉田《詞源》見遺，内一條記其先人賦《瑞鶴仙》，有“粉蝶兒、撲定落花不去”，撲字不協，遂改爲守字，始協。又作《惜花春·早起》云：“瑣窗深。”深字音不協，改爲幽字，又不協，改爲明字，歌之始協。此三字皆平聲，胡爲或協或不協？蓋五音有喉、齒、唇、舌、鼻，所以輕清重濁之分，故平聲字可爲上、入者，此也。撲深二字何以不協，守明二字何以協，蓋粉爲羽音，蝶爲徵音，兒爲變徵，由外而入。若用撲字羽音，突然而出，則不協矣。故用守字，仍從内轉接。直至不字乃出爲羽音。瑣窗二字皆商音，又用深字商音，則專壹矣。故用明字羽音，自商而出乃協。以此例之柳詞，乃自信前説可存。因録於此，以質諸世之爲詞者。此不可以譜定，惟從口舌上調之耳。

阮　元

阮元(1764—1849)字伯元，號芸臺，又號雷塘庵主，晚號怡性老人，清儀徵(今屬江蘇)人。乾隆五十四年(1789)成進士。歷官乾隆、嘉慶、道光三朝，多次出任地方學政，充兵部、禮部、户部侍郎，拜體仁閣大學士。畢生仕宦特達，但撰述編纂未嘗稍輟，在經學、史學、哲學、訓詁、文字、金石、書畫、校勘、曆算、輿地、文學等領域都卓有建樹，尤以訓詁、考據之學見長，成爲乾嘉學派的後起之秀和揚州學派的中堅人物，值乾嘉文化鼎盛之時，標領文壇數十年，海内尊之爲學界泰斗。一生著術頗豐，著作等身，主要有《三家詩補遺》、《車製圖考》、《曾子注釋》、《詩書古訓》、《石經儀禮校勘記》、《積古齋鐘鼎彝器款識》、《國朝儒林文苑傳》、《疇人傳》、《四史疑年録》、《浙江圖考》、《四庫未收書目提要》、《小滄浪筆談》、《瀛舟筆談》、《小琅嬛叢記》。其著術經其本人及門生弟子之手編成《揅經室一集》一四卷、《二集》八卷、《三集》五卷、《四集》一一卷、《詩集》一二卷、《續集》九卷、《再續集》六卷、《外集》五卷。另外，在保存文獻方面，阮元也有很大的功績。他曾采進《四庫全書》未著録圖書一七二種，主持修撰《廣東通志》三三四卷、《兩廣鹽法志》三五卷，編輯《淮海英靈集》二二卷、《兩浙輶軒録》四卷、《廣陵詩事》一〇卷以及《山左金石志》、《兩浙金石志》、《浙士解經録》等。又刊刻海内名家著述數十種爲《文選樓叢書》。

本書資料據四部叢刊本《揅經室三集》、光緒七年(1881)許應鑅重刊本《四六叢話》。

書梁昭明太子《文選序》後

昭明所選，名之曰文，蓋必文而後選也，非文則不選也。經也、子也、史也，皆不可專名之爲文也。故昭明《文選序》後三段特明其不選之故，必沈思翰藻始名之爲文，始以入選也。

或曰昭明必以沈思翰藻爲文，於古有徵乎？

曰：事當求其始。凡以言語著之簡策，不必以文爲本者，皆經也、子也、史也。言必有文，專名之曰文者，自孔子《易·文言》始。《傳》曰："言之無文，行之不遠。"故古人言貴有文。孔子《文言》實爲萬世文章之祖，此篇奇偶相生，音韻相和，如青白之成文，如《咸》、《韶》之合節，非清言質説者比也，非振筆縱書者比也，非佶屈澀語者比也。是故昭明以爲經也、子也、史也，非可專名之爲文也；專名爲文，必沈思翰藻而後可也。

自齊、梁以後，溺於聲律。彦和《雕龍》，漸開四六之體。至唐，而四六更卑。然文體不可謂之不卑，而文統不得謂之不正。自唐、宋韓、蘇諸大家，以奇偶相生之文爲八代之衰而矯之，於是昭明所不選者，反皆爲諸家所取。故其所著者，非經即子，非子即史，求其合於昭明序所謂文者鮮矣，合於班孟堅《兩都賦序》所謂文章者更鮮矣。其不合之處，蓋分於奇、偶之間。

經、子、史多奇而少偶，故唐、宋八家不尚偶；《文選》多偶而少奇，故昭明不尚奇。如必以比偶，非文之古者而卑之，則孔子自名其言曰文者，一篇之中偶句凡四十有八，韻語凡三十有五，豈可以爲非文之正體而卑之乎！況班孟堅《兩都賦序》及諸漢文，其體皆奇偶相生者乎？

《兩都賦序》"白麟神雀"二比，"言語公卿"二比，即開明人八比之先路。明人號唐、宋八家爲古文者，爲其別于四書文也，爲其別于駢偶文也。然四書文之體皆以比偶成文，《明史·選舉志》曰："四子書命題代古人語氣，體用排偶，謂之八股。"不比不行，是明人終日在偶中而不自覺也。且洪武、永樂時，四書文甚短，兩比四句，即宋四六之流派。宏治、正德以後，氣機始暢，篇幅始長，筆近八家，便於摹取。是以茅坤等知其後而昧於前也。是四書排偶之文，真乃上接唐、宋四六爲一脉，爲文之正統也。

然則今人所作之古文，當名之爲何？

曰：凡説經講學，皆經派也；傳志記事，皆史派也；立意爲宗，皆子派也。惟沈思翰藻，乃可名之爲文也。非文者尚不可名爲文，況名之曰古文乎？

或問曰：子之所言，偏執己見，謬託古籍。此篇書後自居何等？

曰：言之無文，子派雜家而已。（《揅經室三集》卷二）

《四六叢話》後序

　　昔《考工》有言："青與赤謂之文，赤與白謂之章。"良以言必齊偶，事歸鏤繪。天經錯以地緯，陰偶繼夫陽奇。故虞廷采色，臣鄰施其璪火，文王壽考，詩人美其追琢。以質雜文，尚曰彬彬；以文被質，乃稱緘緘。文之與質，從可分矣。

　　懿夫人文大著，肇始六經。《典》、《墳》、《丘》、《索》，無非體要之辭；《禮》、《樂》、《詩》、《書》，悉著立誠之訓。商瞿觀象於文言，丘明振藻於簡策，莫不訓辭爾雅，音韻相諧。至於命成潤色，禮舉多文，仰止尼山，益知宗旨。使其文章正體，質實無華。是犬羊虎豹，翻追棘子之談；黼黻青黃，見斥莊生之論也。周末諸子奮興，百家並騖。老、莊傳清淨之旨，孟、荀析善惡之端。商、韓刑名，呂、劉雜體。若斯之類，派別子家，所謂以立意為宗，不以能文為本者也。至於縱橫極於戰國，春秋紀於楚漢。馬、班創體，陳、范希蹤。是為史家，重於序事。所謂傳之簡牘，而事異篇章者也。夫以子若彼，以史若此，方之篇翰，實有不同。是惟楚國多才，靈均特起。賦繼孫卿之後，詞開宋玉之先。隱耀深華，驚采絕豔。故聖經賢傳，六藝於此分途；文苑詞林，萬世咸歸圍範矣。泊夫賈生、枚叔，並轡漢初；相如、子雲，聯鑣西蜀。中興以後，文雅尤多。孟堅、季長之倫，平子、敬通之輩，綜兩京文賦。諸家莫不洞穴經史，鑽研六書，耀采騰文，駢音麗字。故雕蟲繡帨，擬經者雖改脩塗，月露風雲，變本者妄執笑柄也。建安七子，才調輩興。二祖、陳王，亦儲盛藻。握徑寸之靈珠，享千金於荊玉。至於三張、二陸、太冲、景純之徒，派雖弱於當塗，音尚聞夫正始焉。文通、希範，並具才思；彥昇、休文，肇開聲韻。輕重之和，擬諸金石，短長之節，雜以《咸》、《韶》。蓋時會使然，故元音盡泄也。孝穆振采於江南，子山遷聲於河北。昭明勒《選》，六代範此規模；彥和著書，千古傳茲科律。迄於陳、隋，極傷靡敝。天監、大業之間，亦斯文升降之會哉。唐初四傑，並駕一時。式江、薛之靡音，追庾、徐之健筆。若夫燕、許之宏裁，常、楊之巨製，《會昌一品》之集，元、白《長慶》之編，莫不並掞龍文，聯登鳳閣。至於宣公《翰苑》之集，篤摯曲暢，國事賴之，又加一等矣。義山、飛卿以繁縟相高，柯古、昭諫以新博領異，駢儷之文，斯稱極致。趙宋初造，鼎臣、大年，猶沿唐舊；歐、蘇、王、宋，始脫恒蹊。以氣行則機杼大變，驅成語則光景一新。然而衣辭錦繡，布帛傷其無華；工謝雕幾，簠簋呈其樸斲。南渡以還，浮溪首倡。野處、西山，亦稱名集；渭南、北海，並號高文。雖新格別成，而古意寖失。元之袁、揭，冕弁一世，則又揚南宋餘波，非復三唐雅調也。載稽往古，統論斯文。日月以對待曜采，草木以錯比成華。玉十穀而皆雙，錦百兩而名匹。明堂斧藻，視畫繢以成文；階戺笙鏞，聽鏗鋐而應節。自周以來，體格有殊，文章無異。若夫昌黎肇作，皇、李從風；歐陽自興，蘇、王繼軌。體既變而異今，文乃尊而稱古。綜其議論之作，並升荀、孟之堂；核其叙事之醉，獨步馬、班之室。拙目妄譏其紕繆，儉腹徒襲爲空疏。實沿子史之正流，循經傳以分軌也。考夫魏文《典論》，士衡賦文，摯虞析其流別，任昉溯其原起，莫不謹嚴體製，評隲才華；豈知古調已遥，矯枉或過，莫守彦和之論，易爲真氏之宗矣。

我師烏程孫司馬，職參書鳳，心擅雕龍。綜覽萬篇，博稽千古。文人之能事，已攬其全；才士之用心，深窺其秘。王銍選《話》，惟紀兩宋；謝伋《談麈》，略有萬言。雖創體裁，未臻美備。況夫學如滄海，必沿委以討原；詞比鄧林，在揣本而達末。百家之雜編別集，盡得遺珠；七閣之秘笈奇書，更吹藜火。凡此評文之語，勒成講藝之書。四駢六儷，觀其會通；七曜五雲，考其沈博。而且體分十八，已括蕭、劉；序首二篇，特標《騷》、《選》。比青麗白，卿雲增繡黼之輝；刻羽流商，天籟過笙簧之響。使非胸羅萬卷，安能具此襟期；即令下筆千言，未許臻兹醖釀也。元才圍陋質，心好麗文，幸得師承，側聞緒論，妄執丹管而西行，願附驥尾而千里。固知盧、王出於今時，流江河而不廢；子雲生於後世，懸日月而不刊者矣。

乾隆五十三年，受業儀徵阮元謹序。（《四六叢話》卷首）

延君壽

延君壽（1765—?）字荔浦，清陽城（今屬山西）人。諸生，官長興知縣。詩與張晉齊名。所撰詩話《老生常談》高識冠倫，厚力企古，實天下奇作。有《六硯草堂詩集》。

本書資料據上海古籍出版社 1983 年《清詩話續編》本《老生常談》。

《老生常談》（節録）

五律限於字句，雖有才氣，無從施展，極縱横變化之能，仍不許溢於繩墨之外。如工部之《岳陽樓》第五句“親朋無一字”，與上文全不相連。然人於異鄉登臨，每有此種情懷。下接“老病有孤舟”，倘無“舟”字，則去題遠矣。“戎馬關山北”，所以“親朋無一字”也。以此句醒隔句“憑軒涕泗流”。親朋音乖，戎馬阻絶，所以“涕泗流”。“憑軒”者，樓之軒也。以工部之才爲律詩，其細鍼密綫有如此，他可類推。

古體詩要讀得爛熟，如讀墨卷法，方能得其音節氣味，於不論平仄中，却有一自然之平仄。若七古詩泥定一韻到底，必該三平押脚，工部、昌黎即有不然處。《聲調譜》等書，可看可不看，不必執死法以繩活詩。惟平韻一韻到底，律句當避，不可不知。

　　七古無不轉韻者,至韓、蘇始多一韻,工部偶有之耳。蓋一韻易失于平,轉韻則多峭折之致,要各隨其才力,若强宗韓、蘇而爲疥駱駝,反不如瘦驊騮之爲愈也。至韻轉而氣行,韻不轉而波湧,才也而有學焉。入手當師高、岑,岑之詩氣盛而筆健,不在李、杜下。工部七古,選本頗盡其精華,餘則啟韓、歐一派,可以緩讀。前人學前人,亦只能得其中等之作,再加以自家心胸學問以變化之。如《哀王孫》等作,雖韓亦不能得其妙,所謂各人有各人獨至處。

　　七律當以工部爲宗,附以劉夢得、李義山兩家。杜詩選讀甚難,當看其對句變化不測處。如"春水船如天上坐",豈料對句爲"老年花似霧中看"哉! 其妙處不可講說,正要出人意表。若唯讀其"信宿漁人還泛泛,清秋燕子故飛飛",又震此爲《秋興八首》句也,便不可與言詩。

　　五古常有整句是正格,七古用整句亦是正格。蘇、黄五古多不用整句。李、杜歌行,風雲變態,不可測其出没。能效則效,可量力爲之,不可勉强,亦不可畫地自界,到實在知難而退,人事盡矣,庶乎無憾。

　　七古,高、岑、王、李是一種,李、杜各一種,李長吉一種,張、王樂府一種,韓一種,元、白又一種,後人幾不能變化矣。東坡雖是學前人,其横説竪説,喜笑怒罵,跌宕自豪,又自成一種。此下更無變法。山谷、遺山皆好到極處,然不能變前人也。六一、介甫學韓。張文潛、晁無咎輩是學韓、歐、東坡。陸放翁、虞伯生此體亦佳。楊鐵崖、謝皋羽、張玉笥是學張、王樂府,楊、謝奇辟處,尤能上追長吉。若任華、盧仝,則又不當去學。前明當推何、李。本朝此體,人各有能處,無專門名家也。

　　古歌謠,七古之源。

鮑桂星

　　鮑桂星(1764—1826)字雙五,一字覺生。清歙縣(今屬安徽)人。嘉慶四年(1799)進士。累官工部右侍郎,中蜚語落職。宣宗即位,以編修召對,歷詹事,卒于官。性質直敢任事。邃于文書,初從吳定學詩古文,後師姚鼐,爲詩能合唐、宋之長。著有《進奉文鈔》、《覺生詩鈔》、《賦則》(四卷)等,輯《唐詩品》八十五卷。

　　本書資料據道光二年(1822)刻本《賦則》。

《賦則·凡例》(節録)

　　賦者,古詩之流,諸于中文之麗者皆賦類也。騷、七又異其名目。昔人謂賦家之心,苞括宇宙,致乃得之於内,豈苟爲擊帨已哉! 然研煉都京,至於十年一紀,則知名山盛業非風簷寸晷可同日言矣。

夫賦有古有律,爲古而不求之律,無以爲法也;爲律而不求之古,猶無以爲法也。賦溯源于周漢,沿流于魏晉齊梁,律則以唐爲準繩而集其成是集。

賦體不同,有整散兼者,如宋玉諸賦是也;有通體整排者,如潘、陸諸賦是也;有用四六者,如子山《馬射》等賦是也。兹篇備載各體,以俟學者隨宜而施。

古賦或工體物,或尚抒情,皆作者自出杼機,初無程限。自唐以之取士,而律賦遂興,然較有規繩,尚存風格。今欲求爲律賦,舍唐人無可師承矣。(卷首)

宋咸熙

宋咸熙(1766—1834 後)字小茗,又字德恢。清仁和(今浙江杭州市)人。藏書家,建書樓爲"思茗齋"。嘉慶十二年(1807)舉人,官桐鄉教諭。罷歸後,設帳周氏拳石山房。論詩主有醖釀,有寄託。著有詩文集《思茗齋集》。另著筆記《耐冷譚》,頗多談詩之語,"大略以表章潛德爲主"(鍾駿聲《養自然齋詩話》)。

本書資料據民國三年(1914)石印本《耐冷譚》。

《耐冷譚》(節録)

前輩計甫草先生之言曰:"學詩必先從古體入,能古體矣,然後學近體。若先從近體入者,骨必單薄,氣必寒弱,材必儉愜,調必卑靡,其後必不能成家。縱成家,亦灑削小家而已。許渾、方幹之集是也。學古詩必先從五古入,次七言,次古樂府、樂府。資其材料,博且典耳。《郊廟》、《鐃歌》之類,似不必擬,不如自爲七言長篇,若屑屑摹古人格調,又一李滄溟矣,不如不作。"僕謂古詩中七言長篇,其起伏頓挫之法,皆從古文出,若不熟讀古大家之文,長篇正未易爲也。(卷一)

竹枝詞原從樂府出,須俚而古,質而豔。先代工此體者,惟有明二楊,一廉夫,一升庵也。近人以晚唐之筆爲之,稍具豐致,已稱佳構,至閒以粗俗之詞俱矣。

作五律通首以散句直下,此體開自襄陽。石丈遠梅云:"作此等詩,須格高妙,意高妙,自然高妙。""自然高妙"四字,非深於詩者不能言之。(以上卷二)

竹枝一體,盛於元、明,其他復有《柳枝》、《橘枝》等詞。大抵異曲同工。吾鄉顧涑園太守,又作《桃枝詞》,蓋創格也。(卷六)

郭　麐

　　郭麐(1767—1831)字祥伯,號頻伽,因右眉全白,又號白眉生、郭白眉,一號邃庵居士、苧蘿長者。清吳江(今屬江蘇)人。少有神童之稱。乾隆四十七年(1782)補諸生。乾隆六十年(1795)參加科舉不第,遂絕意仕途,專研詩文、書畫。游姚鼐之門,尤爲阮元所賞識。工詞章,善篆刻。間畫竹石,別有天趣。書法黃庭堅。著有《靈芬館詩集》《江行日記》《唐文粹補遺》《蘅夢詞》《浮眉樓詞》《懺餘綺語》《靈芬館詞話》等。在浙西詞派的發展中,郭麐是其詞風嬗變之際的關鍵人物,他不但總結了浙派詞學理論,而且有所突破,表現出不拘守一派窠臼的大家風範。其詞論代表作《靈芬館詞話》以點評的形式提出了在清空醇雅的整體風格基礎上"融會各家之長"的創新主張,同時保存了一定數量的女性詞史料。

　　本書資料據中華書局1986年唐圭璋《詞話叢編》本《靈芬館詞話》。

《靈芬館詞話》(節録)

詞有四派

　　詞之爲體,大略有四:風流華美,渾然天成,如美人臨妝,却扇一顧,《花間》諸人是也。晏元獻、歐陽永叔諸人繼之。施朱傅粉,學步習容,如宮女題紅,含情幽豔,秦、周、賀、晁諸人是也。柳七則靡曼近俗矣。姜、張諸子,一洗華靡,獨標清絕,如瘦石孤花,清笙幽盤,入其境者,疑有仙靈,聞其聲音,人人自遠。夢窗、竹屋,或揚或沿,皆有新雋,詞之能事備矣。至東坡以橫絕一代之才,凌厲一世之氣,間作倚聲,意若不屑,雄詞高唱,別爲一宗。辛、劉則粗豪太甚矣。其餘幺弦孤韻,時亦可喜。溯其派別,不出四者。(卷一)

朱彝尊論詞

　　詞之爲體,蓋有詩所難言者,委曲倚之於聲,竹垞之論如此。真能道詞人之能事者也。又言世之言詞者,動曰南唐、北宋,詞實至南宋而始極其能。此亦不易之論者。(卷一)

詞有拗調拗句

　　詞有拗調,如《壽樓春》之類。有拗句,如《沁園春》之第三句,《金縷曲》之第四、第七句,《憶舊遊》之末句。比比甚多,要須渾然脫口,若不可不用此平仄者,方爲作手。

若煉句未能極工，無寧取成語之合者以副之，斯不覺其聱牙耳。（卷二）

楊伯夔《續詞品》

余少作《詞品》十二則，以仿佛司空《詩品》之意，頗爲識曲者所賞。後見楊伯夔續作十二首，語皆名雋。余作已刻入雜著中，爰錄伯夔所作於此，以爲詞場歌吹。

"悠悠長林，濛濛曉暉。天風徐來，一葉獨飛。望之彌遠，識之自微。疑蝶入夢，如花墮衣。幽弦再終，白雲逾稀，千里飄忽，鶴翅不肥。"輕逸

"秋水樓臺，淡不可畫。載逢幽人，載歌其下。明星未稀，美此良夜。惝怳從之，夢與煙借。荷香沈浮，若出雲罅。油油太虛，一碧俱化。"綿邈

"萬山攢攢，回風蕩寒。決眥千仞，飲雲聞湍。龍之不馴，虹之無端。畸士羽衣，露言雷喧。洞庭隱鱗，蒼梧逸猿。元氣紛變，創斯奇觀。"獨造

"送君長往，懷君思深。白石欲墮，池臺氣陰。百年寸暉，徘徊短吟。松篁幽語，獨客泛琴。聆彼七弦，瀟湘雨音。落花辭枝，淒入燕心。"淒緊

"之子曉行，細路香送。時聞春聲，百舌含哢。林花初開，蠶蠶欲動。美人何許，短琴潛弄。明月無言，泠泠如諷。捲簾綠陰，微雨思夢。"微婉

"疏雨未歇，輕寒獨知。茶煙晝青，煮藤一枝。秋老茅屋，襜蟲掛絲。葉丹苔碧，酒眠悟詩。飲真抱和，仙人與期。其曰偶然，薄言可思。"閒雅

"俯視苔石，行歌長松。千葉萬吹，凜然噓冬。返風乘虛，餐煙太蒙。矯矯獨往，落落希蹤。夜開元關，蕩聞天鐘。光滿眉宇，與斗相逢。"高寒

"空波鄰天，鳴簪叩舷。鷺鷥立雨，浪花一肩。采采白蘋，江南曉煙。覓鏡照春，逢潭寫蓮。漁舟還往，相忘歲年。佳語無心，得之自然。"澄淡

"卓卓野鶴，超超出羣。田家敗籬，幽蘭逾芬。意必求遠，酒不在醇。玉山上行，疏花角巾。短笛快弄，長嘯入雲。軒軒霞舉，鬚眉勝人。"疏俊

"悵焉獨邁，懰兮隱憂。悟出繫表，天地可求。亭亭危峯，倒影碧流。空山沍寒，老梅古愁。味之無腴，挹之寡儔。遙指木末，一僧一樓。"孤瘦

"如莫耶劍，如百鍊剛。金石在中，匪日永藏。鉥心揻胃，韜神斂光。水爲澄流，星無散芒。離離九疑，鬱然深蒼。萬棄一取，駏驢錦囊。"精鍊

"天孫弄梭，腕無蹔停。麻姑擲米，走珠跳星。荷露入握，菊香到瓶。如泉過山，如屋建瓴。虛籟集響，流雲幻形。四無人語，佛閣風鈴。"靈活

陳用光

陳用光(1768—1835)字碩士(一作石士)，一字實思，清新城(今屬江西)人。嘉慶

六年(1801)進士,改庶吉士。散館,授編修。官至禮部左侍郎,提督福建、浙江學政。嘗爲其師姚鼐、魯仕驥置祭田,以學行重一時,假歸,病卒。工古文辭,著有《太乙舟文集》八卷及《衲被錄》等並傳於世。《睿吾樓文話》,葉元塏輯。葉元塏字晏爽,號琴樓,慈溪(今屬浙江)人。與姚燮等人交往,當爲道光間人。餘不詳。

本書資料據道光十三年(1833)葉氏刊本《睿吾樓文話》。

《睿吾樓文話》序

古人作文無一字無來歷,今人則往往有出於杜撰者,非獨隷事之不核也。蓋凡文皆有體裁,苟體裁不合,則前人所謂以註疏爲記序,以詞賦爲書狀。格既乖迕,詞鮮切當,雖廣搜旁摭,皆得謂之杜撰也。是故欲免杜撰之病者,必切究爲文之法。然有斤斤於法而於法仍不合者,非法之難合,殆知文法之難其人也。陸士衡《文賦》已略見古人論文之旨,而《文心雕龍》一書,則溯流討源,尤爲大備。嗣是而後,文士代出,體製日新。魏、晉之文,既異秦、漢;則唐、宋之文,亦異魏、晉;元、明之文,又異唐、宋。時勢不同,詞事俱別。然其不離乎法則,無或異也。

余每苦先哲論文之語,各散見本集中,不能徧舉以語學者,今讀慈水葉君琴樓所著《睿吾樓文話》,而深歎先得我心也。夫古今詩話多矣,文話則未之聞。學者誠能即葉君之書而玩索之,庶幾可以得爲文之法也夫。道光甲午新城陳用光初稿。(卷首)

朱 珔

朱珔(1769—1850)字玉存,號蘭坡。涇縣(今屬安徽)人。嘉慶七年(1802)進士。愛書如命,學有本原。主講席幾三十年,教士以通經學古爲先。與桐城姚鼐、陽湖李兆洛並負儒林宿望,鼎足而三。著有《說文假借義證》、《經文廣異》、《文選集釋》、《小萬卷齋詩文集》等。

本書資料據金陵叢書本《然松閣賦詩合鈔》。

然松閣賦詩合鈔序(節錄)

詩與賦同而實異,班固謂賦者古詩之流也。然論體製,則賦言鋪也,意主華贍,儉腹即減色。詩貴醖釀,運以清氣,毋堆垛,毋粘膩。故賦尚才,詩有才而不專尚才。(卷首)

黄承吉

黄承吉（1771—1842）字謙牧，號春穀。清江都（今江蘇揚州）人。幼聰慧，博綜羣籍。與同里江藩、焦循、李鍾泗友善，以經義相切劇，時有"江、焦、黄、李"之稱。嘉慶十年（1805）進士。歷官廣西興安、岑溪等縣知縣。治經學宗漢儒，兼通曆算，能辨中西異同。尤工詩古文，論史每能獨具隻眼。著有《夢陔堂文集》、《夢陔堂詩集》、《周官析義》、《文説》、《讀毛詩記》、《經説》等。

本書資料據道光十二年（1832）刊本《夢陔堂詩集》。

戲和友人五側體（節録）

詩者以道爲藝，非可爲戲也。後世如建除、數名等作，近戲猶詩。至宋人五側體之類，其何謂哉？（卷四〇）

吳衡照

吳衡照（1771—？）字夏治，號子律，清海寧（今屬浙江）人。嘉慶進士。官金華教授。性蕭淡，精倚聲按譜之學。其詞承浙西派，也重視蘇、辛豪放詞風，但詞作成就不大。著有《蓮子居詞話》及《辛卯生詩》。其《蓮子居詞話》以浙派主張爲標準，多記載浙派詞人軼事，于朱彝尊《詞綜》和許昂宵《詞綜偶評》極爲推崇，認爲"詞至南宋，始極其工"，然並不否認北宋大家之作。

本書資料據中華書局 1986 年唐圭璋《詞話叢編》本《蓮子居詞話》。

《蓮子居詞話》（節録）

西林先生論填詞

家西林先生穎芳言：詞之興也，先有文字，從而宛轉其聲，以腔就辭者也。洎乎傳播通久，音律確然，繼起諸詞人，不得不以辭就腔。於是必遵前詞字腳之多寡，字面之平仄，號曰填詞。或變易前詞仄字而平，或變易前詞平字而仄，要於音律無礙。或前詞字少而今多之，則融洽其多字於腔中。或前詞字多而今少之，則引伸其少字於腔外，亦仍與音律無礙。蓋當時作者述者皆善歌，故製辭度腔，而字之多寡平仄參焉。

今則歌法已失其傳，音律之故不明，變易融洽，引伸之技，何由而施。操觚家按腔運辭，兢兢尺寸，不易之道也。此論極摯。所謂融洽引伸之旨，實發宜興萬氏樹所未發。先生博極羣書，音律之學，尤具神解。著有《吹𪏰錄》五十卷，大致仿陳氏《樂書》，而詳於宋以後文章制度，爲講樂家有物之言。

論姜夔旁譜

白石自製曲，其旁注半字譜，共十七調。譜與《朱子全集》字樣微不同，由涉筆時就各便也。半字之譜，昉自唐以來，陳氏《樂書》可證。黃泰泉佐因《楚辭·大招》四上競氣之語，謂即大呂四字、仲呂上字。尋撦穿鑿，不若王叔師舊注爲長。

姜夔畢曲不苟

歌家十六字外，別有疾徐重輕赴節合拍之字，見《夢溪筆談》，亦半字也。白石此譜，有折有掣，折高半格，掣低半格，於畢曲處尤兢兢不苟，足見當時詞律之細。

太白詞氣體俱高

漢人之詩，渾渾穆穆。魏人之詩，浩浩落落。漢詩高在體，魏詩高在氣。太白詞氣體俱高，詞中之漢、魏也。

太白詞不類温方城

唐詞《菩薩蠻》、《憶秦娥》二闋，《花庵》以後，咸以爲出自太白。然《太白集》本不載。至楊齊賢、蕭士贇註，始附益之。胡應麟《筆叢》疑其僞託，未爲無見。謂詳其意調，絕類温方城，殊不然。如"暝色入高樓。有人樓上愁"，"西風殘照，漢家陵闕"等語，神理高絕，却非金荃手筆所能。

《榕園詞韻》最確

毛奇齡言：詞本無韻，今創爲韻，轉失古意。西河初不知宋詞韻也，故爲是言。錢塘沈謙取劉淵、陰時夫，而參之周德清韻，並其所分，分其所並，甚至割裂數位，並失《廣韻》二百六部所屬，誠多可議。萊陽趙鑰、宜興曹亮武次第刊行，均失之也。全椒吳烺學宋齋本小變其面目，終亦沿沈氏誤處。近日海鹽吳應和《榕園韻》，遵《廣韻》部目，斟酌分並，平聲從沈氏，上、去以平爲準，入以平、上、去爲準，最確。其中有增益刪汰而無割裂，亦屬至是。敢以俟論定者。

《菉斐軒詞韻》似北曲

《菉斐軒詞韻》，不著撰者姓氏。平聲立十九韻，次以上、去聲，其入聲即配隸三聲，不另立韻。厲樊榭詩，所謂“欲呼南渡諸公起，韻本重雕菉斐軒”也。顧其書無入聲韻，究似北曲。且既爲南宋時所刊，尤不應有一百六部目也。

學宋齋《詞韻》

宋朱希真嘗擬《詞韻》，元陶南村譏其侵尋鹽咸廉纖閉口三韻混入，欲重爲改定。今其書不傳。此亦宋詞韻之可考者。學宋齋本分入聲作四，與希真合，而平、上、去僅止十一，希真則十六也。似仍非有所據而爲之。

詩餘句中韻

《戴東原集》，《詩》“有瀰濟盈，有鷕雉鳴”。《釋文》，鷕，以水反，鷕從唯得聲，與瀰爲句中韻。下復舉濟盈、雉鳴，亦句中韻。後因水謁小，遂有以小反之音。《廣韻》入三十小，改小作沼，並其所由致謁，幾莫可考。按句中韻，《毛詩》有此例，東原之言是也。今詩餘如《點絳唇》次句，東坡云：“今年身健還高宴。”吳琚云：“故人相遇情如故。”舒亶云：“翠華風轉花隨輦。”本七字句，而中間健字、遇字、轉字用韻，亦句中韻。元應次蓬、蕭允之作皆然。此例仿《毛詩》。

詞有借叶

詞有借叶，借叶有二。否讀府，北讀卜，從方言也。唐及兩宋多有之。若辛幼安歌、麻合用，筱、有合用，則用古韻。大抵前人韻有不合處，以二者通之，靡不合也。

借叶韻繁

借叶之説興而韻益絫。任取兩宋人所借之韻，因而旁通遞轉，縱逸無歸，古響方音，錯雜並奏，詞又何貴乎韻！所以爲是言者，蓋以著兩宋詞，亦有此例，不獨古經騷賦詩也。家數既殊，體裁斯判，且又止此數字庶幾近之。而有才者，本韻自足，何必然也。

萬樹詞宗護法

萬紅友當轇轕榛楛之時，爲詞宗護法，可謂功臣。舊譜編類排體，以及調同名異，調異名同，乖舛蒙混，無庸議矣。其於段落句讀，韻腳平仄間，尤多模糊。紅友《詞律》，一一訂正，辯駁極當。所論上、去、入三聲，上、入可替平，去則獨異。而其聲激厲勁遠，名家轉摺跌蕩，全在乎此，本之伯時。煞尾字必用何音方爲入格，本之挺齋。均造微之論。

平韻《釵頭鳳》

吾鄉許蒿廬先生昂霄嘗疑放翁室唐氏改適趙某事爲出於傅會，説見《帶經堂詩話》校勘類《附識》。《拜經樓詩話》亦以《齊東野語》所叙歲月先後參錯不足信，與蒿廬説合。則當時仲卿新婦之厄，翁子故妻之情，殆好事者從而爲之辭與。唐氏答詞，語極俚淺，然因知《釵頭鳳》有換平韻者，紅友《詞律》又疏已。

滹南論坡詞

王從之若虛，自號慵夫，槀城人。金承安二年進士。博學好持論，多爲名流所推服。生平論詩，大抵本其舅周德卿昂之説。不喜涪翁而尊坡公，嘗言："坡公，孟子之流，涪翁則楊子《法言》而已。"著有《滹南詩話》，間及詩餘，亦往往中肯。云陳後山謂坡公以詩爲詞，大是妄論。蓋詞與詩只一理，自世之末作，習爲纖豔柔脆，以投流俗人之好。高人勝士，或亦以是相矜，日趨於委靡，遂謂其體當然，而不知其弊至於此也。顧或謂先生慮其不幸而溺焉，故援而止之，特寓以詩之法。斯又不然。公以文章餘事作詩，又溢而作詞，其揮霍游戲所及，何矜心作意其間哉！要其天資高，落筆自超凡耳。此條論坡公詞極透徹。髯翁樂府之妙，得滹南而論定也。

填詞不別用襯字

唐七言絶歌法，必有襯字以取便於歌。五言六言皆然，不獨七言也。後並格外字入正格，凡虛聲處，悉填成辭，不別用襯字，此詞所繇興已。沈存中云：托始於王涯。又云：前貞元、元和間，爲之者已多。陸務觀云：倚聲製辭，起於唐之季世。

詩餘名義緣起

詩餘名義緣起，始見宋王灼《碧雞漫志》。至明楊慎《丹鉛録》，都穆《南濠詩話》，毛先舒《填詞名解》，因而附益之。今《知不足齋叢書》所刻《碧雞漫志》，頗有舛誤，疑非善本。

蘇、辛以琴曲入詞

《醉翁操》本琴曲，今入詞，傳詞亦止蘇、辛兩首。

調名《師師令》非因李師師

張子野《師師令》，相傳爲贈李師師作。按子野天聖八年進士，見《齊東野語》。至熙寧六年，年八十五，見《東坡集》。熙寧十年，年八十九卒，見《吳興志》。自子野之卒，距政和、重和、宣和年間，又三十餘年，是子野已不及見師師，何由而爲是言乎？調名《師師令》，非因李師師也。好事者率意附會，並忘子野年幾何矣，豈不疏與！（以上卷一）

《詞律》失考

紅友《詞律》，如《南歌子》、《荷葉杯》等體，多註雙調。西林先生云：雙調乃唐、宋燕樂二十八調、商聲七之一曲之大段名也。詞中《雨淋鈴》、《何滿子》、《翠樓吟》，皆入雙調。萬氏失考，誤以再疊當之，有此卮言。

無名氏《同調異名録》

《臨江仙》一名《雁後歸》，見東山《寓聲樂府》。《江城梅花引》一名《攤破江神子》，見《書舟詞》。《八聲甘州》一名《瀟瀟雨》，《鳳凰閣》一名《數花風》，《霜葉飛》一名《鬬嬋娟》，見《山中白雲》。《朝天子》一名《朝天紫》，見《詞品》。《十六字令》一名《花嬌女》，《如夢令》一名《小梅花》，《天仙子》一名《萬斯年》，《點絳唇》一名《十八香》，《思歸樂》一名《二色宮桃》，《朝玉階》一名《散天花》，《青玉案》一名《客中憶》，《夢行雲》一名《六么花十八》，《倒犯》一名《吉了犯》，見無名氏《同調異名録》。此紅友《詞律》所未載。

丁誠齋編《歌詞自得譜》

唐四聲二十八調，自宋以後，移並裁減，沿稱某宮某調。所謂某宮某調者，曲之大段名。凡詞統入諸調中。宮調之理，近莫可曉。明成化間，丁誠齋文頫自號秦淮漁隱，編《歌詞自得譜》數十卷，如李太白"簫聲咽"，司馬才仲"妾本錢塘江上住"，蘇子瞻"大江東去"，李易安"蕭條庭院"，皆注明某宮某調，及十六字法，足備考訂，然亦安能質前人於異代而信其必然也。

度曲之度當讀入聲

度曲之度，今人去聲讀，而不知當從入聲讀也。《漢書·元帝贊》："自度曲，被歌聲"。註：度，音大各反，其義爲隱度之度，非過度之度。以此知《古文苑》宋玉《笛賦》

"度曲羊腸",《文選》張衡《西京賦》"度曲未終",均讀如《漢書》贊。

劉伯壽《花發狀元紅慢》

劉伯壽《花發狀元紅慢》一百二十字,紅友《詞律》失載。伯壽名幾,洛陽九老之一,《石林燕語》所謂戴花劉使也。神宗朝,官秘書監。時洛陽花品以狀元紅爲冠,幾致仕後,攜歌工花日新就郘懿家賞讌,乃撰此曲。詞云:"三春向暮,萬卉成陰,有嘉豔方坼。嬌姿嫩質。冠羣品,共賞傾城傾國。上苑晴畫暄,千素萬紅尤奇特。綺筵開,會詠歌才子,壓倒元白。　別有芳幽苞小,步障華絲,綺軒油壁。與紫鴛鴦、素蛺蜨,自清旦、往往連夕。巧鶯喧翠管,嬌燕語雕梁留客。武陵人,念夢役意濃,堪遣情溺。"郘懿,李定母。宋同時有三李定,此劾東坡之李資深也。

《詞律》遺漏

詞八百二十餘調,二千三百餘體。紅友《詞律》錄止六百六十餘調,千百八十餘體,則此外滲漏正多矣。姑就其所見之尤可誦者抄之。袁宣卿《劍器近》九十六字:"夜來雨。賴倩得、東風吹住。海棠正妖嬈處。且留取。悄庭户。試細聽、鶯啼燕語。分明共人愁緒。怕春去。　佳樹。翠陰初轉午。重簾未卷,乍睡起、寂寞看風絮。偷彈清淚寄煙波,見江頭故人,爲言憔悴如許。彩箋無數。去却寒暄,到了渾無定據。斷腸落日千山暮。"元遺山《小聖樂》七十五字:"綠葉陰濃,遍池亭水閣,偏趁涼多。海榴初綻,朵朵蹙紅羅。乳燕雛鶯弄語,對高柳鳴蟬相和。驟雨過。似瓊珠亂撒,打遍新荷。人世百年有幾,念良辰美景,休放虛過。富貴前定,何用苦奔波。命友邀賓,燕賞飲芳醑,淺斟低歌。且酩酊、從教二輪,來往如梭。"

《詞律》失載《珍珠令》

山中白雲《珍珠令》五十字,紅友《詞律》失載。詞云:"桃花扇底歌聲杳。愁多少。便覺道花陰閑了。因甚不歸來,甚歸來不早。滿院飛花休要埽。待留與薄情知道。怕一似飛花,和春都老。"(以上卷二)

《樂章集》不易訂

傳訛舛錯,惟《樂章集》信不易訂。如《浪淘沙慢》一百三十三字,《女冠子》一百十一字,《傾杯樂》九十五字,又一百八字,《引駕行》一百二十五字,《望遠行》一百四字,《秋夜月》八十二字,《洞仙歌》一百十九字,又一百二十三字,又一百二十六字,《長壽樂》八十三字,《破陣樂》一百三十二字。世乏周郎,無從顧誤,不能不爲屯田惜已。

870

柳永《女冠子》

屯田《女冠子》一百一十四字體：“樓臺悄似玉。向紅爐暖閣，院宇深沈，廣排筵會，聽笙歌猶未徹，漸覺寒輕，透簾穿户。”紅友云：凡三十二字方叶韻。或謂玉字讀若裕，以入作叶，未確。宇字似韻，然上下讀不去，爲傳訛無疑。按玉字韻以入作叶，如惜香以吉叶髻戲，坦庵以極叶氣瑞，北宋有此例。宇字亦韻：“院宇深沈，廣排筵會”，似當云“廣排筵會，深沈院宇”，證以所録伯可詞，僅數襯字不合，餘悉同。

柳永《訴衷情近》

屯田《訴衷情近》七十五字體：“雨晴氣爽，竚立江樓望處。澄明遠水生光，重疊暮山聳翠。”紅友于翠字注韻，殊不知處字即韻。蔣勝欲《探春令》，處、翅、住、指、並叶，可證。且從無至第四句二十二字才起韻之理。

柳永《迷仙引》

屯田《迷仙引》，紅友《詞律》疑其脱誤，今細繹之，殆無訛也。後片云：“萬里丹霄，何妨攜手同去。句去句便棄却煙花伴侣。免教人見妾，朝雲暮雨。”上去字叶，下去字疊，頓折成文，猶北曲《醉春風》體也。且辭意完足，雖無他詞可證，即亦不證可耳。朱竹垞《題水蓼花譜》此解，上去字不叶，下去字不疊，並七字一句，終未爲得也。

《陽關》三疊説

《陽關》三疊之説，言人人殊。香山詩：“相逢且莫推辭醉，聽唱《陽關》第四聲。”注第四聲“勸君更盡一杯酒”，益索解不易。東坡嘗求古本《陽關》，而得其説。謂每句皆再唱，而第一句不疊，故三疊。“勸君更盡一杯酒”，恰是第四聲。以此推之，香山謂《河滿子》一曲四詞歌八疊，應是每句三唱。《碧雞漫志》云：歌八疊，疑有和聲，如《漁父》，《小秦王》之類。和聲即虚聲也。（以上卷三）

毛稚黃論韻失檢

毛稚黃《韻白》云：唐詞守詩韻，然亦有通别韻而用之，如宋詞韻者。此語失檢。考隋陸法言《切韻》五卷，唐儀鳳二年長孫訥言爲之注。後天寶十年，孫愐重修，於是乎有《唐韻》，爲當時辭章家所用。本無詩韻專書，亦無詩韻專名。顧得謂唐詞守詩韻耶？大抵唐詞與詩同出於《唐韻》，《唐韻》雖遞有增加，而《切韻》二百六部舊目，依然不改。辭章家閑苦韻窄，通别韻而用之。其於詩已往往而有，不獨詞也。詞寬於詩，故韻亦較寬,非守詩韻而別有所謂如宋詞韻者也。逮天寶末,越二百五十三年,爲宋景德四年,崇文院上校定《切韻》五卷,依九經書例頒行。明年大中祥符元年,更名《大宋重修廣韻》,而二百六部舊目,實亦依然不改。當景德間,詔殿中丞邱雍重修《切韻》也。龍圖待制戚綸復奉詔取《切韻》要字,備禮部試作《韻略》。又三十一年爲景祐四年,從賈昌朝請,韻窄者通十三處。四月奉詔重修,六月即以《重修禮部韻略》頒行。二百六部之並,殆自此始。劉淵踵而甚焉,浸益變亂。《韻白》乃謂一百七部,唐人相傳以迄於今。誤以劉淵本爲孫恤《唐韻》,與顧亭林誤以李燾本爲徐鉉《說文》,同爲通人之笑柄已。

《詞韻考略》

許蒿廬《詞韻考略》言古今通轉及借叶法,說本樓敬思《洗硯齋集》,可取以補榕園所未備。但其所云古今通轉,仍當標《廣韻》部目,借叶則當注借叶某部某字,庶不至因一部而累及數部,因一字而濫及數字,爲識者笑也。(以上卷四)

方東樹

方東樹(1772—1851)字植之,別號副墨子,自號儀衛老人。清桐城(今屬安徽)人。諸生。父績,博學工古文詞。東樹幼承家範,及長,學古文于姚鼐。四十後,不欲以詩文名世,專研義理,一宗朱子,著《漢學商兌》,以攻考據家之失。嘗遊粵東,值禁鴉片,著《匡民正俗對》,陳禁之之道。鴉片戰起,著《病榻罪言》,論禦之之策,皆不用。晚歲家居,其學益進。東樹古文簡潔,涵蓄不及鼐,能自開大以成一格。著有《儀衛軒文集》、《儀衛軒詩集》、《昭昧詹言》、《老子章義》、《陰符經解》等十餘種。《昭昧詹言》是作者論詩之作。正集十卷,寫成于道光十九年(1839),專論五言古詩。首卷爲通論,以下論漢魏、阮籍、陶淵明、謝靈運、鮑照、杜甫、韓愈、黃庭堅等各一卷。其後又撰《昭昧詹言續錄》二卷,專論七言古詩。前卷爲總論,後卷分論從唐代王維、李頎至元代虞集、吳萊等十六人。道光二十一年(1841)又寫成《續昭昧詹言》八卷,專論七言律詩。首卷通論,以下各卷分論初唐諸家、盛唐諸家、杜甫、中唐諸家、李商隱、蘇軾與黃庭堅,末卷附論諸家詩話。作爲桐城派古文家,他認爲古文文法通於詩,"詩與古文一也"(《續昭昧詹言》卷一)。此書即以論古文之法論詩,其大旨皆與作者論文思想相通。

本書資料據人民文學出版社1984年版《昭昧詹言》。

《昭昧詹言》(節錄)

五言詩以漢、魏爲宗,用意古厚,氣體高渾,蓋去《三百篇》未遠;雖不必盡賢人君子之詞,而措意立言,未乖《風》、《雅》。惟其興寄遥深,文法高妙,後人不能盡識,往往昧其本解,而徒摭其句格面目,遞相仿效,遂成熟濫可厭。(卷二)

詩莫難於七古。七古以才氣爲主,縱橫變化,雄奇渾顥,亦由天授,不可强能。杜公、太白,天地元氣,直與《史記》相垺,二千年來,只此二人。其次,則須解古文者,而後能爲之。觀韓、歐、蘇三家,章法翦裁,純以古文之法行之,所以獨步千古。南宋以後,古文之傳絶,七言古詩,遂無大宗。阮亭號知詩,然不解古文,故其論亦不及此。(卷一一《總論七古》)

世之文士,無人不作詩,無詩不七律,誠有如林子羽所譏者。不知詩之諸體,七律爲最難,尚在七言古詩之上。何則? 七古以才氣爲主,而馳驟疾徐,短長高下,任我之意以爲起訖。七律束於八句之中,以短篇而須具縱橫奇恣開闔陰陽之勢,而又必起結轉折章法規矩井然,所以爲難。古人至配之書中小楷。古今止七家能工於此,可知非易也。(卷一四《通論七律》)

林聯桂

林聯桂(1774—1835)初名家桂,字道子,又字辛生。清塘掇新村(今广东省吴川)人。嘉慶六年(1801)拔貢,九年中舉。博學能文,才思敏捷,對客成詩。後長寓京師,廣泛交遊,與黄玉衡、黄培芳、張維屏、譚敬昭、吴梯、黄劍等合稱"粤東七子",日常吟詩自樂。道光八年(1828)始中進士。歷官湖南綏寧、新化、邵陽知縣,有政聲。生平著作很多,有《見星廬詩稿》正、續共二十二集、《見星廬古文》三集、《駢體文》二集、《文話》、《賦話》、《詩話》、《館閣詩話》、《作史韻話》、《講學偶話》、《續清秘述聞》等。尤工詩,繼承杜甫、白居易的現實主義詩風,深切關心人民疾苦。其《見星廬賦話》十卷是繼李調元《賦話》後另一重要賦話,與李調元《賦話》不同的是,此書多輯録清代賦話,正可補李之不足;又多論斷,提出了不少重要觀點。

本書資料據光緒間《高凉耆舊遺集》本《見星廬賦話》、《見星廬館閣詩話》。

《見星廬賦話》(節録)

"詩有六義,二曰賦",見於《周南。關雎詩序》。"賦之言鋪,直鋪陳今之政教善惡",見於《詩》疏。故班固《兩都賦序》曰"賦者,古詩之流也",《漢書》曰"不歌而誦謂之賦",劉彦和曰"賦者,鋪采摛文也"。故工於賦者,學貴乎博,才貴乎通,筆貴乎靈,詞貴乎粹。而又必暢然之氣動蕩於始終,秩然之法調禦於表裏,貫之以人事,合之以時宜，淵宏愷惻，一以風雅頌爲宗，宇宙間一大文也。壯夫不爲，豈篤論哉！

古賦之名始于唐，所以別乎律也。猶之今人以八股爲時文，以傳記爲古文之意也。然古賦之體有三：

一曰文賦體，以其句櫛字比，藻飾音諧，而疏古之氣一往而深，有近乎文故也。如周荀卿之《禮賦》，宋玉之《風賦》、《釣賦》，漢班固《兩都賦》，張衡《兩京賦》，司馬相如《子虚》、《上林》賦，揚雄《甘泉》、《羽獵》賦，中山王《文木賦》，馬融《長笛賦》，魏文帝《彈棋賦》，曹植《酒賦》，何晏《景福殿賦》，晉潘岳《藉田賦》，嵇康《琴賦》，潘尼《火賦》，梁江淹《別賦》，陶宏景《水仙賦》，裴子野《寒夜賦》，唐李白《明堂賦》、《大鵬賦》，杜甫《朝享太廟賦》、《雕賦》，白居易《動靜交相養賦》，杜牧《阿房宮賦》，荊浩《畫山水賦》之類是也。凡此皆賦而近文者也。宋、元、明以下之文體賦格，其例蓋準諸此。

一曰騷賦體。夫子删詩，楚獨無風，後數百年，屈子乃作《離騷》。騷者，詩之變，賦之祖也。後人尊之曰經，而效其體者，又未嘗不以爲賦。更有不名賦，而體相合者，説詳《許氏外録》。司馬遷曰"離騷者，離憂也"。後之仿其體者，豈徒擬騷、反騷而已哉？在漢，則有賈誼之《旱雲賦》，黃香之《九宮賦》，司馬相如之《長門賦》，王延壽之《魯靈光殿賦》，李尤之《函谷關賦》；在晉，則有潘岳之《秋興賦》，郭璞之《江賦》、《鹽池賦》，孫綽之《遊天台山賦》；在唐，則有李白之《惜餘春賦》、《悲清秋賦》，趙冬曦之《三門賦》；在宋，則有王詵之《帝車賦》，文同之《石姥賦》；在元，則有黃溍之《太極賦》，楊維楨之《鳳凰池賦》，汪克寬之《九夏賦》；在明，則有何景明之《織女賦》，朱灝之《逃暑賦》，李夢陽之《觀瀑布賦》，宗臣之《鈞臺賦》，湛若水之《交南賦》，祁順之《白鹿洞賦》，潘一桂之《瑞石賦》，屠應埈之《秋懷賦》，徐階之《別知賦》，郭秉之《懷賢賦》，陶望齡之《述志賦》，伍士隆之《惜士不遇賦》，皆騷賦體也。若夫班固之《幽通賦》，馮衍之《顯志賦》，蔡邕之《述行賦》，曹植之《洛神賦》，王粲之《登樓賦》，陸機之《豪士賦》，陶潛之《閑情賦》，鮑照之《遊思賦》，謝朓之《酬德賦》，江淹之《去故鄉賦》，柳宗元之《閔生賦》，韓愈之《別知賦》，李翱之《感知己賦》，劉禹錫之《望賦》，晁補之之《求志賦》，王十朋之《民事堂賦》，皆可以騷賦之類推之已。

一曰駢賦體，駢四儷六之謂也。此格自屈、宋、相如，略開其端，後遂有全用比偶者。浸淫至於六朝，絢爛極矣。唐人以後，聯四六，限八音，協韻諧聲，嚴於銖兩，此如畫家之有界畫，勾拾不得，專取潑墨淡遠爲能品也。其中爭妍鬭麗者，不勝枚舉，而其尤勝者，如漢之枚乘《忘憂館柳賦》，班婕妤《擣素賦》，晉束皙之《讀書賦》，陸機之《文賦》，孫楚之《鷹賦》，傅元之《走狗賦》，郭璞之《蜜蜂賦》，宋王微之《詠賦》，謝靈運之《雪賦》，謝莊之《月賦》，鮑照之《觀漏賦》，陸倕之《思田賦》、《感知己賦》，任昉之《答陸倕知己賦》，顏延年之《赭白馬賦》，齊謝朓之《杜若賦》，王儉之《高松賦》，梁簡文帝之

《筝賦》、《金錞賦》、《燈賦》，蕭統之《銅博山香爐賦》，沈約之《高松賦》，江淹之《赤虹賦》，北周庾信之《小園賦》、《枯樹賦》、《燈賦》，盧思道之《孤鴻賦》，唐王勃之《七夕賦》、《九成宮東臺山池賦》，楊烱之《老人星賦》，沈佺期之《峽山寺賦》，薛稷之《茅茨賦》，李百藥之《贊道賦》，林琨之《駕幸温泉宮賦》，林滋之《小雪賦》、《陽冰賦》，李程《日五色賦》、《破鏡飛上天賦》、《石鏡賦》，陸贄《月臨鏡湖賦》，崔立之《南至郊壇有司書雲物賦》，白行簡《斗為帝車賦》，王起《五色露賦》，韋展《日月如合璧賦》，徐彦伯《登城賦》，謝偃《塵賦》，李德裕《大孤山賦》，李君房《清濟貫濁河賦》，喬潭《羣玉山賦》，浩虛舟《盆池賦》，白居易《敢諫鼓賦》，劉禹錫《平權衡賦》，劉知幾《思慎賦》、《韋弦賦》，閻伯璵《歌賦》，白居易《賦賦》，獨孤及《夢遠遊賦》，陸龜蒙《幽居賦》，虞世南《琵琶賦》，李百藥《笙賦》，駱賓王《螢火賦》，張九齡《荔枝賦》，吳大江《棋賦》，姚元崇《撲滿賦》，宋璟《梅花賦》，王維《白鸚鵡賦》，吳筠《竹賦》，柳宗元《披沙揀金賦》，黃滔《誤筆牛賦》，牛上士《獅子賦》，康子玉《瓜賦》，李德裕《知止賦》、《鼓吹賦》、《欹器賦》、《牡丹賦》，裴度《鑄劍戟為農器賦》，白敏中《如石投水賦》，張季友《閨賦》，甘子布《光賦》，皆唐人駢賦之至工者也。

宋人駢賦體格，又一變矣。是時崇尚理學，試賦率多理致之題，如王曾之《有物混成賦》，楊傑《五六天地之中合賦》，《荀、楊大醇而小疵賦》，蘇軾《延和殿奏新樂賦》之類是也。至若葉清臣之《松江秋泛賦》，晏殊之《中園賦》，歐陽修之《黃楊樹子賦》之類，有唐人小賦風致焉。

金元一代，駢賦絶少，然如元好問之《蒲桃酒賦》，陳樵之《卧褥香爐賦》，歐陽元之《羅浮鳳賦》，任士林之《翰音賦》，楊維楨之《孔子履賦》，清麗工妍，亦一代之獨出冠時者也。前明專尚制藝，為一代之勝。而駢賦一體，句雕字斲，領異標新，其佳篇亦復不少。如劉基之《龍虎臺賦》，宋濂之《蟠桃核賦》，王禕之《思親賦》，楊慎之《藥市賦》，姚希孟之《日升月恒賦》，方孝孺之《友筠軒賦》，王世貞之《錦雞賦》，夏元吉之《麒麟賦》，劉咸之《黃河賦》，王漸達之《游羅浮賦》，湯顯祖之《匡山館賦》，夏允彝之《太湖賦》，黃淳耀之《頑山賦》，何宗彦之《東宮儲學賦》，袁黃之《詩賦》，黃尊素之《壯懷賦》，譚貞良之《笑賦》，楊循吉之《摺扇賦》，徐渭之《畫鶴賦》，陳子龍之《幽草賦》，邱浚之《南溟奇甸賦》之類，尤其警特者。

唐人駢賦制勝，尤在起首陡然而來，全題之巔也。踞全題之氣已吞，全題之字逼清，全題之神欲動，而斗峻超忽，有如神仙排雲出，又如天上下將軍，此處最能動目。如苑咸《太陽合朔不虧賦》起韻云："懸象告祥，垂衣表聖。陰慝將作而潛滅，陽光當虧而更盛。義和率職，徒降物以宵興；堯舜臨軒，方並明而曉映。"李程《日五色賦》云："德動天鑒，祥開日華。守三光而效祉，彰五色而可嘉。驗瑞典之所應，知淳風之不遐。稟以陽精,體乾爻於君位;昭夫土德,表王氣於皇家。又《破鏡飛上天賦》云:"何新月之嬋娟,如破鏡之上天。微茫而桂樹猶短,髣髴而菱花不全。謂是云非,開玉匣而長在;自無而有,指金波而未圓。"趙蕃《月中桂樹賦》云:"圓月如霜,有仙佳兮,宛在中央。映澄澈之素彩,透葳蕤之冷光。杳杳低枝,拂孤輪而挺秀;依依密樹,侵皓魄而流芳。"范傳正《風過簫賦》云:"風爲氣兮溥暢,簫在物兮虛受。何相會于自然,合無情於妙有。泠泠斯韻,習習占久。如聞松蓋之巔,寧比土囊之口。"白行間《斗爲車賦》云:"惟斗之列,在天之中。象乎車之爲用,明其運而不窮。爛然有光,隨月建而不忒;循環無定,轉天道而潛通。"鄭遙《初月賦》云:"初生微月,若無若有。出城中兮,恰廣於眉;入堂上兮,不盈於手。"韋充《餘霞散成綺賦》云:"試一望兮,雲晚而山晴。白日欲没兮,紅霞始生。含江天之霽潤,籠煙景之虛明。發光華而不定,若組織之相成。"李宙《奉和聖制喜雨賦》云:"既五月兮生一陰,猶不雨兮思作霖。聖自咎兮天同德,誠不答兮神孔歆。"無名氏《空賦》云:"無德而稱者,斯其稱不朽;無形而用者,則其用不窮。若乃質混沌,氣鴻蒙,生天地之始,匝天地之中,不可知詰,其名曰空。"楊傑《五六天地之中合賦》云:"樸散太極,形分兩儀。天五得其中也,地六從而合之。數各有常,法乾健而坤順,位皆處正,並陰偶于陽奇。"白居易《賦賦》云:"賦者,古詩之流也。始草創于荀、宋,漸恢張于賈、馬。冰生乎水,初變本於典墳;青出於藍,復增華于風雅。而後諧四聲,袪八病,斯蓋文之美者。"喬彝《立走馬賦》云:"元戎帳外兮,何者雄?躡絕電,踏追風。"梁嵩《倚門望子賦》云:"蒼蒼茫茫道遠,倚倚望望情傷。念蕩子之久别,役慈心於遠方。"楊傑《荀楊大醇而小疵賦》云:"周、漢運否,荀、揚教傳。雖曰醇之大者,亦有疵之小焉。"袁黄《詩賦》云:"大矣哉,詩之爲義也。情感天地,化動鬼神,聲被絲竹,氣變冬春。"姚元崇《撲滿賦》云:"夫惟哲人,固有敗德。几仗攸戒,盤盂見勒。容過於鏡則照窮,任重於才則道塞。多藏必害,恒謹不忒。"賈餗《大阿如秋水賦》云:"黯然若秋水者,楚王有太阿之鋒。"柳宗元《披沙揀金賦》云:"沙之爲物兮,視虛若浮。金之爲寶兮,耻居下流。抱成器之珍,必將有待;當慎擇之日,則又何求?"孟簡《白烏呈瑞賦》云:"驗白烏之祥牒,告皇家寶祚。蓋由天子張至仁,本太素。享宗廟而無爽,薦孝敬而有度。"黄滔《誤筆牛賦》云:"王獻之續畫彌精,變通可驚。失手而筆惟誤點,應機而牛則真成。用是飾非,既擅一時之妙;持功補過,爰垂千載之名。"白敏中《如石投水賦》云:"石明臣節,水喻聖聰。順投既因於納諫,虛受必俟乎輸忠。從以讜言,出清規而有中;類夫貞節,入碧浪以無窮。"蘇軾《延和殿奏新樂賦》云:"皇帝踐祚之三載也,治道旁達,王功告成。禦延和之高拱,奏元祐之新聲。翕然便坐之旁,初觀擊拊;允也德音之作,皆效和平。"劉知幾《思慎賦》云:"吾嘗終日不食,三省吾身。覺昨非而今是,庶舍舊而謀新。"吕太一《土賦》云:"一闔一辟,分陽分陰。惟土德之爲大,處君位而中臨。寒暑不能易其節,鬼神無以測其深。"徐蕙《奉和御製小山賦》云:"惟聖王之馭寓,鑒敗德於前規。裁廣知以從狹,抑高心而就卑。懼逸情之有泰,欣靜慮于無爲。"李君房《清濟貫濁河賦》云:"濟有瀾兮,清泠不窮。以清激濁兮,洪河之中。迤靈長而委注,忽薦至而爭雄。懼溷乎泥,我則貫而愈淨;將合於道,予以和而不同。"李程《石鏡賦》云:"惟石之貞,惟鏡之清。鏡因石以爲異,石假鏡而爲名。其在石焉,肇自一拳之質;其爲鏡也,非因百煉之精。"喬潭《霜鐘賦》云:"豐山之峯,巉岩積翠之石,森爽淩寒之松。上無鳥飛,下無人蹤。深杳杳以靜謐,有天然之古鐘。"鄭宗哲《溫洛賦》云:"惟上天降厥瑞,瑞著於川。惟君人臨厥聖,聖通於天。由盛德之之應矣,化清洛之溫然。"元好問《蒲桃酒賦》云:"西域開,漢節回。得蒲桃之奇種,與天馬兮俱來。"以上皆駢賦中入手得勢,點題有法,場中制勝,令人一閱神悚,無過於此者,致足法也。

　　駢賦之體,四六句法爲多,然間有用三字疊句者,則其勢更聳,調更遒,筆更峭,拍更緊,所謂急管、促節是也。有用之于起筆者,如唐杜枚《阿房宫賦》云"六王畢,四海一,蜀山兀,阿房出",韋承慶《靈臺賦》云"歲已殫,夜向闌,風威勁,霜氣寒"。明潘一桂《瑞石賦》云"天符臻,地寶植,嵼岩辟,坤珍出"。陳普《無逸圖賦》云"維叔旦,相厥孤,宅洛後,歸政初"之類,皆三字疊句作起筆,筆之最突兀者也:有用之于轉筆者,如漢張衡之《西京賦》云"於是量徑輪,考廣袤,經城洫,營郭郛"。晉木華《海賦》云"於是候勁風,揭百尺,維長綃,掛帆席"之類,皆三字疊句作轉筆,筆之最遒勁者也。有用之于承筆者,如晉左思之《三都賦》云"欋謳唱,簫籟鳴。洪流響,渚禽驚,弋磻放,稽鶹□,虞機發,留鴶鴘",班婕好《搗素賦》云"投香杵,扣玫砧,擇鶯聲,爭鳳音"之類,皆三字疊句作承筆,筆之最峻峭者也。有用之于收筆者,如漢司馬相如《上林賦》云"述易道,放怪獸,登明堂,坐清廟,次羣臣,奏得失"。宋王十朋《會稽風俗賦》云"予俟其車書同,南北一,仿吉甫,美周室,賦崧高,歌吉日,招魯公,命元結,磨蒼崖,禿巨筆,頌中興,紀洪烈,邁三五,复前牒,亘天地,昭日月"之類,皆三字疊句作收筆,筆之最古雅者也。其餘四字、五字、六字、七字,可旁推已。(以上卷一)

　　詩有禁體,如蘇東坡《聚星堂雪詩》之類是也。賦亦用禁體者,殆避熟取新,偏師制勝之一法也。如嘉慶戊寅大考翰詹,題是《澄海樓賦》,以"故觀於海者難爲水"爲韻,其時欽取一等一名者,則潘學使錫恩也。其賦仿歐陽禁體,凡字涉"水"部者概不用,蓋敬效高宗純皇帝登澄海樓時用禁體聯句之法也。其賦云:"於廓乎大哉!靈堅無垠,環周亥步。吸百谷而兼吞,納千川而畢赴。謐隱隱乎際雲,雪蒼蒼其揭霧。咫尺萬里而未遥,盈縮千年而若故。拱環畿輔,縈繞岡巒。寒盧龍而近接,島對馬而遥看。雄關作鎮以屹兀,層樓鬱起乎巑岏。疊層石以址固,累億釜而基蟠。聖祖首停乎翠,高宗屢駐乎玉鑾。堯虞皋和,頌緝詩剷。標新裁于振古,揭景緯而不刊。凡以極登臨之勝，馳域外之觀。斯樓也，班輪巧寓，杞梓材儲重檐復宇，翼跂鱗舒。徹熒熒其耀遠，赫旷旷以臨虛。把雲霞於屏檻，羅島嶼於欄疏。蓋昭曠之觀，極乎千變萬狀，咸與目乎相於。有若扶桑耀光，踆烏絢彩。玉帳啟而金鉦懸，寶鼎開而神丹在。瓊宮璿闕，擴天關而礨礨；金支翠旗，從雲車而璨璀。招羲娥以須臾，奪造化於真宰。斯奇觀先現於一隅，而後曜靈徐周乎四海。至乃風日嬉晨，氛埃靜野。納雲影而練鋪，倒天光而鏡寫。珊撐月以鮮新，具奪霞以丹赭。紛石蜐之爭榮，森蚌珠其可把。比夫星緯列垣，綺執就織，未睹乎若斯之麗者。矧復驚飆驟起，狂飇生寒。鬭雷霆於頃刻，顯幻化於無端。卓鯨身而人立，展鵬翼而空搏。龍驤萬斛之舸，翥然軒播；鼇抃千尋之岳，與爲蹣跚。抑且遠觀而動色，奚俟身試而知難。重以神靈駭矚，瑰異警思。天吳翔舞，罔象迷離。夷堅之所不志，盧敖之所未窺。極蚍蝫以倓詭，無不於斯樓獻其奇。信大觀之天設，非可得於人爲。皇上紹序惟虔，翠華東指，展橋山以彰孝，迪前光而繼美。筆參造化之功，地著霓奇之軌。小臣向若先驚，酌蠡無似。猶欲積壤崇山，曲防增水。誠歡欣鼓舞以歌詠，升平冀昭垂乎千紀。"此禁體之可備一格者。（卷四）

詩有回文體，始于蘇蕙織錦之作，後世祖其體者甚眾。若賦用回文體格者，古不多見。近人如聶學使銑敏《進呈盛京謁陵回文賦》，曾邀睿皇帝首擢，體製最稱新警。其賦刻《近光堂集》中，斯亦可備賦家之一格也。今皇上禦極之三年春二月十有三日癸丑，車駕幸太學，行釋奠講學禮，余謹擬《臨雍講學賦》一篇，其順文則以"治臻唐虞，道尊周孔"爲韻，其回文則以"德配天地，學隆古今"爲韻，殆仿聶學使體格，而偶一爲之者也。

曾賓谷都轉燠所選刻《國朝駢體正宗》，集一代之淵鑒也。而其中之最古雅高煉者，如陳檢討維崧之《劉沛元詩古文序》、《周梁園尺牘序》、《上龔芝麓三書》、《與陳際叔書》，毛太史奇齡之《雲英墓誌銘》，袁太史枚之《卞忠貞公墓紀恩碑記》、《諸葛武侯廟碑》，吳侍講錫麒之《王君葬衣冠記》，劉學使星煒之《沈觀察從軍集序》，沈太史清瑞《讀賦卮言序》，阮制軍元之《蘭亭秋禊詩序》、《四六叢話後序》，王徵君芑孫《獨繭詩鈔序》、《橫雲秋興圖記》，吳侍講蕭之《四六八家文鈔序》、《題襟館銷寒詩序》，劉編修嗣綰之《頤園讀書記》、《山中與鮑若洲書》、《與王秋塍書》、《與張皋聞書》、《與蔡浣霞書》，楊蓉裳芳燦之《答趙艮甫書》、《秋林集序》、《金朗甫誄》，趙舍人懷玉之《甌北詩鈔序》、朱侍御爲弼之《積古齋鐘鼎彝器欵識後序》，吳學使慈鶴之《春日遊白雲山序》、《越台唱和詩序》、《與彭甘亭書》、《與曾都轉書》之類，皆簡古有法，欲躋唐、宋而上之。然叶韻爲駢體之賦，不叶韻爲駢體之文，與賦雖屬同工，比賦終爲異體。故其文不全錄，俟好學者按類而自考之。

詩之有集古，由來遠矣。賦之集古，從古寥寥。然集古爲駢體之文，近亦有之。

如黄之雋《香屑集自序》，通篇全集唐句，亦一新法也。（以上卷一〇）

《見星廬館閣詩話》（節錄）

沈歸愚尚書謂五言長律貴嚴整，貴勻稱，貴屬對工切，貴血脉動盪。唐初應制諸篇，王、楊、盧、駱、陳、杜、沈、宋、燕、許、曲江，並皆佳妙。少陵出而瑰奇宏麗、變動開合，後此無能爲役。元、白長律，滔滔百韻，使事亦復工穩。館閣體裁，權輿於此，帖括家所當窮流溯源也。（卷一）

梁章鉅

梁章鉅（1775—1849）字閎中、茞林，晚年自號退庵。祖籍福建長樂，清初遷居福州，自稱福州人。嘉慶七年（1802）進士。政績突出，深受百姓擁戴。他是林則徐的好友，堅定的抗英禁煙派人物。一生顯要，著作等身。精於對聯創作，有數十副題署、酬贈、慶挽聯傳世；擅長作詩，精于鑒別金石書畫；勤於筆記，長於考訂史料。著有《樞垣紀略》、《退庵隨筆》、《文選旁證》、《歸田瑣記》、《浪跡叢談》、《浪跡續談》等七十余種刊行於世。他編著的《楹聯叢話》、《楹聯續話》、《楹聯三話》、《巧對錄》等系列著作，創立聯話文體，保存歷代楹聯資料，首建楹聯分類體係，開我國楹聯史之先河。

本書資料據道光十九年（1839）本《退庵隨筆》、中華書局 1997 年版《歸田瑣記》、中華書局 2007 年版《浪跡叢談　續談　三談》、1996 年北京出版社版《楹聯叢話》。

《退庵隨筆》（節錄）

作文自然以道理經書爲主，而取材不可不富，辨體不可不精。《史記》、《漢書》兩家，乃文章不祧之祖，不可不熟讀；其次則莫如蕭《選》。熟此三部，然後再讀徐、庾各集，及唐初四傑，燕、許諸公，而以韓、柳作歸宿。彭文勤公元瑞嘗言："蕭《選》行而無奇不偶，《韓集》出而有橫皆縱"，蓋古今文體，此兩語足以該之，亦陰陽對待之理，不能偏廢也。今之耳食者鄙薄蕭《選》，而復不敢輕議《史》、《漢》，不知蕭《選》中半皆《史》、《漢》之文，且有《史》、《漢》以前之文，隨聲附和，不值與辨。昔唐李德裕家不置《文選》，謂其不根藝實，蓋自古有此耳食之徒矣。

　　《四庫提要》云:"唐之文體變於韓愈,而柳宗元以下和之;宋之文體變於歐陽修,而蘇洵以下和之。"愈《與崔立之書》深病場屋之作,修知貢舉亦黜劉幾等,以挽回風氣,則八家之所論著其不爲程試計可知也。茅坤所録,大抵以八比法説之;儲欣雖以便於舉業譏坤,而核其所論亦相去不能分寸。夫能爲八比者,其源必出於古文,自明以來,歷歷可數。坤與欣即古文以講八比,未始非探本之論。然論八比而沿溯古文爲八比之正脉,論古文而專爲八比設,則非古文之正脉。此如場屋策論以能根柢經史者爲上,操文柄者亦必以能根柢經史與否定其甲乙。至講經評史而專備策論之用,則其經不足爲經學,其史不足爲史學。茅坤、儲欣之評諸家,適類於是。自御選《唐宋文醇》出,去取謹嚴,考證典核,其精者足以明理載道、經世致用;其次者亦有關法戒、不爲空言;其上者矩矱六籍,其次者波瀾意度,亦出入於周、秦、兩漢諸家。茅坤等管蠡之見,烏足以語此哉!

　　今人自編其所著之集,大概分詩與文兩目而已,古人則不然。六朝以前多以文筆對舉,或以詩筆對舉。詩即有韻之文,可以文統之,故昭明《文選》奄有詩歌;筆則專指紀載之作,故陸機《文賦》所列詩賦十體,不及傳志也。《南史·顏延之傳》:"竣得臣筆,測得臣文。"劉勰《文心雕龍》云:"無韻者筆,有韻者文。"此以文與筆分言之也。《梁書·劉潛傳》"三筆六詩",又《庚肩吾傳》"詩既若此,筆又如之";杜少陵詩稱"賈筆韓詩";趙璘《因話録》稱"孟詩韓筆",此以詩與筆分言之也。《宋書·傅亮傳》"高祖登庸之始,文筆皆是記室參軍滕演";《魏書·溫子昇傳》"臺中文筆皆子昇爲之";《北齊書·李廣傳》"集其文筆十卷,魏收爲之序";《陳書·陸琰傳》"其所制文筆多不存本";《劉師知傳》"博涉書傳,工文筆";《徐伯陽傳》"年十五,以文筆稱";《北史·魏高祖紀》"好爲文章,詩賦銘頌,有大文筆,馬上口授";《南齊書·晉安王子懋傳》"文章詩筆,乃是佳事";《北史·蕭圓肅傳》"撰時人詩筆爲《文海》四十卷",此以合文筆、詩筆而爲言者也。至梁元帝《金樓子·立言篇》,以楊榷前言、抵掌多識者謂之筆;詠歎風謠、流連哀思者謂之文。又云"至如文者,惟須綺縠紛披,宮徵靡曼,唇吻遒會,情靈搖蕩"云云,語尤分晰。今人於文筆二字之分,不講久矣。

　　文章家每薄駢體而不論,然單行之變爲排偶,猶古詩之變爲律詩,風會既開,遂難偏廢。自庾子山出,始集六朝駢體之大成,而導唐初四傑之先路。所作皆華實相扶,情文兼至,於抽黄儷白之中,仍能灝氣舒卷,變化自如。當時雖並稱徐、庾,孝穆實瞠乎後塵矣。四六文雖不必專家,然奏御所需、應試所尚,有非此不可者。純用六朝體格,亦恐非宜,惟有分唐四六、宋四六兩派,各就性之所近而學之。唐四六又當分爲兩層：有初唐之四六，王子安爲之首，以雄博爲宗，本朝之陳維崧似之；有中唐以後之四六，李義山爲之首，以流麗爲勝，本朝之吳綺似之。宋四六無專家，各以新巧爲工。近南昌彭文勤公所輯《宋四六選》已具崖略，本朝之章藻功似之。今欲爲四六專家，則當先讀蕭《選》及徐、庾二集，而參以初唐四傑集、李義山《樊南甲乙集》、彭文勤公《宋四六選》，以及陳檢討《四六》、《林蕙堂集》、《思綺堂集》，則源流正變，自可了然於胸。若曾燠之《駢體正宗》，吳鼒之《八家四六》，雖爲時流所喜，而所選體格未純，但資博覽可也。

繼《文選》而作者，爲《文苑英華》。然《文選》自周秦以迄梁初，不過三十卷，而《文苑英華》自梁末以迄唐季，乃至一千卷，其富而不精宜也。後經姚鉉詮擇，約爲《唐文粹》一百卷，而其中尚有《文苑英華》所未收者，所録詩文衹收古體。蓋於歐、梅未出以前，能毅然矯五代之弊，而與穆修、柳開相應者，實自鉉。此書始讀唐文者，舍此無善本矣。（以上卷十九）

《歸田瑣記》（節録）

小説九百，本自虞初，此子部之支流也。而吾鄉村里輒將故事編成七言，可彈可唱者，通謂之小説。據《七修類稿》云起於宋時。宋仁宗朝，太平盛久，國家閒暇，日欲進一奇怪之事以娛之，故小説興。如云話説趙宋某年，又云太祖、太宗、真宗帝四帝，仁宗有道君。瞿存齋詩所謂"陌頭盲女無愁恨，能撥琵琶説趙家"，則其來亦古矣。（卷七《小説》）

《浪跡續談》（節録）

生旦淨末

生、旦、淨、末之名，自宋有之，然《武林舊事》所載，亦多不可解，惟《莊嶽委談》云："傳奇以戲爲稱，謂其顛倒而無實耳，故曲欲熟而命以生也，婦宜夜而命以旦也，開場始事而命以末也，塗汙不潔而命以淨也。"枝山《猥談》則云："生、淨、旦、末等名，有謂反稱，又或托之唐莊宗者，皆謬也。此本金、元談吐，所謂鶻伶聲嗽，今云市語者也。生即男子，旦曰裝旦色，淨曰淨兒，末乃末泥，孤乃官人，即其土音，何義理之有？"至《堅瓠集》謂《樂記》注，言優俳雜戲如彌猴之狀，乃知生狌也，且狙也。《莊子》："猿，猵狙以爲雌。"淨，猙也，《廣韻》："似豹，一角五尾。"醜，狙也，《廣韻》："犬性驕。"謂徘優如獸，所謂獶雜子女也。此近穿鑿，恐非事實。（卷六）

《楹聯叢話》自序

楹聯之興，肇於五代之桃符。孟蜀"余慶""長春"十字，其最古也。至推而用之楹柱，蓋自宋人始，而見於載籍者寥寥。然如蘇文忠、真文忠及朱文公撰語，尚有存者，則大賢無不措意於此矣。元明以後，作者漸夥，而傳者甚稀，良由無薈萃成書者，任其零落湮沉，殊可慨惜！我朝聖學相嬗，念典日新，凡殿廷廟宇之間，各有御聯懸掛。恭值翠華臨涖，輒荷宸題；寵錫臣工，屢承吉語。天章稠疊，不啻雲爛星陳。海内翕然向風，亦莫不緝頌剷詩，和聲鳴盛。楹聯之制，殆無有美富於此時者。

伏思列朝聖藻，如日月之經天，自有金匱石室之司，非私家所宜撰輯。而名公巨卿，鴻儒碩士，品題投贈，渙衍寰區，若非輯成一書，恐時過境遷，遂不無碎璧零璣之憾。竊謂劉勰《文心》，實文話所托始；鐘嶸《詩品》，爲詩話之先聲。而宋王銍之《四六話》，謝伋之《四六談麈》，國朝毛奇齡之《詞話》，徐釚之《詞苑叢談》，部列區分，無體不備，遂爲任彥昇《文章緣起》之所未賅。何獨於楹聯而寂寥罔述！

因不揣固陋，創爲斯編。博訪遐搜，參以舊所聞見，或有偏體，必加別裁。郵筒遍於四方，討源旁及雜説，約略條其義類，次其後先。第一曰故事，第二曰應制，第三、第四曰廟祀，第五曰廨宇，第六、第七曰勝跡，第八曰格言，第九曰佳話，第十曰挽詞，第十一曰集句，附以集字，第十二曰雜綴，附以諧語，分爲十門，都爲十二卷。非敢謂盡之，而關涉掌故，膾炙藝林之作，則已十得六七，粲然可觀。方之禁扁，似稍擴其成規；比諸句圖，亦別開生面云爾。道光庚子立春日，福州梁章鉅撰于桂林撫署之懷清堂。（卷首）

包世臣

包世臣(1775—1855)字慎伯，晚號倦翁，又自署白門倦遊閣外史、小倦遊閣外史。清涇縣(今屬安徽)人。嘉慶十三年(1808)中舉，多次考進士不中。畢生留心經世之學，並勤於實際考察，對漕運、水利、鹽務、農業、民俗、刑法、軍事等，都能提出有價值的見解。東南大吏每遇兵、荒、河、漕、鹽諸巨政，經常向他諮詢，以此名滿江淮。其學術思想不同於乾嘉以來一般學人，論文貫穿經世之旨，與當時古文家、經學家異趣。其文章大都關切時政，深切著明，少事謹嚴，老彌健肆；其詩亦廉質竣整，以五古爲最好。學書三十年，爲書家大宗，論書法尤精，所著《藝舟雙楫》爲中國書學理論重要著作。篆刻亦爲當世推重，間亦作畫。著有《中衢一勺》、《藝舟雙楫》、《管情三義》、《齊民四術》，合刻爲《安吳四種》，又有《小倦遊閣文稿》。

　　本書資料據光緒十四年本《安吳四種·藝舟雙楫》。

文譜（節録）

　　是故討論體勢，奇偶爲先，凝重多出於偶，流美多出於奇。體雖駢，必有奇以振其氣；勢雖散，必有偶以植其骨。儀厥錯綜，致爲微妙。《尚書》"欽明文思"，一字爲偶；"安安"，疊字爲偶；"允恭克讓"，二字爲偶。偶勢變而生三，奇意行而若一。"光被四表"、"格於上下"，語奇也而意偶。"克明峻德"，四字一句奇；"以親九族"，十六字四句偶；"協和萬邦"，十字三句奇；而"萬邦"與"九族"、"百姓"語偶，"時雍"與"黎民於變"意偶，是奇也而偶寓焉。"乃命羲和"節奇。"若天授時"隔句爲偶，中六字綱目爲偶。"分命"、"申命"四節，體全偶而詞悉奇。"帝曰"、"咨"節奇。"期三百"十七字，參差爲偶。"允釐"八字，顛倒爲偶而意皆奇。故雙意必偶，"欽明""允恭"等句是也。單意可奇可偶，"光被""允釐"等句是也。雖文字之始基，實奇偶之極軌，扒根爲説，而其類從，慧業所存，斯爲隅舉。

再與楊季子書（節録）

　　又詢及《選》學與八家優劣及國朝名人孰爲近古。夫《文選》所載，自周、秦以及齊、梁，本非一體，八家工力至厚，莫不沈酣于周、秦、兩漢子史百家，而得體勢于韓公子、《吕覽》者爲尤深，徒以薄其爲人，不欲形諸論説，然後世有識，飲水辨源，其可掩耶？自前明諸君泥子瞻文起八代之言，遂斥《選》學爲別裁僞體，良以應德、順甫、熙甫諸君，心力悴於八股，一切誦讀，皆爲制舉之資，遂取八家下乘，横空起議，照應鈎勒之篇，以爲準的。（以上《論文》一）

書《毛詩·關雎序》後

　　序《詩》者序《關雎》，通言《詩》之體用，曰四始，曰六義。體爲作詩之本，用爲作詩之法。四始體也，六義用也。故《關雎》序以始之，以義終之，而學者罕能通其説。蓋一誤於《史記》述夫子正樂之次，因舉《關雎》之亂以爲風始，而以《鹿鳴》、《文王》、《清廟》爲雅頌始者，配爲四，後儒遂援爲四始之正訓。一誤於以風雅頌爲體裁之名，使六義止存三，而三經三緯之陋説以起。按《序》言："后妃之德，風之始，所以風天下而正夫婦。"又申之曰："風，風也，教也；風以動之，教以化之"者，明未有《關雎》之詩，先有后妃之德，先王所以能風動天下者，以后妃之德實始之，故曰風之始。又以《詩》之用於刺者多，或致疑風之不盡關乎德化，故曰："上以風化下，下以風刺上"，而復説之曰"止乎禮義"，"先王之澤"，明風仍自上行也。是故"一國之事，繫一人之奉"者，風之始。"言天下之事，形四方之風"者，雅之始。人君以盛德致成功而可告神明者，頌之始。達事變，懷舊俗，"吟咏性情，以風其上"者，變之始。故總而承之曰："是謂四始，《詩》之至也。"鄭氏之説始曰："王道興衰之所由。"斯爲深得序意矣。是故序言"正得失，動天地，感鬼神，莫近於《詩》。先王以是經夫婦，成孝敬，厚人倫，美教化，移風俗"。非明乎四始之謂，安能信《詩》之爲至哉？序推明風義備矣。至於雅則説之曰："正也，言王政之所由廢興。"明以正言其事爲雅之義，興風之主文譎諫者殊科。頌則述功德以告神。是風雅頌之於《詩》，其用與賦比興同，故曰六義，非體裁之名也。編《詩》者就《詩》中得其義之多者而別其名，然立義在《詩》先，定名在《詩》後，如後世賦物而名爲賦耳。鄭氏於《王風》，謂其詩不能復雅者，正以詩義適當"一國之事，繫一人之本"，與"言天下之事，形四方之風"者，義異也。崔集註本，於《黍離》序箋增"猶尊之，故稱王"，則知譜所云"故貶之"者，皆後人羼入，爲近世《黍離》降爲國風之説之嚆矢矣。序於《關雎》、《麟趾》言化，明王者以德風天下，而天下自化也。於《鵲巢》、《騶虞》言德，明諸侯被先王之教，各修其德以風一國也。是以正始之道，王化之基，二《南》所同，而風始獨歸《關雎》也。序末詳説《關雎》，而曰"思得淑女"，"憂在進賢"，不淫不傷者，忖度后妃，自微達顯。而毛氏以淑女斥后妃，故鄭氏破好爲和好，破左右爲佐佑，破哀爲衷者，真能抉經心而通序説矣。至於編《詩》者，雖取風雅頌之義以名詩，而六義實多互見，唯《關雎》爲備。"雎鳩"以物性喻德，興也；"河洲"以地勢喻境，比也；"淑女好儔"正言之，雅也；"荇菜"、"琴瑟"、"鐘鼓"鋪述之，賦也；詩人深窺后妃之用心，以形容其德，頌也；合五義以風天下後世，風也。故序《詩》者，既推明《關雎》之旨，復發其凡而總結之，曰是《關雎》之義也者，示爲詩之要，必依義以求作者之志於文辭之外，而自得之意中。然則不明六義之用，又烏足與言詩乎！同年巴王君劼，以毛《詩》繹義相質，其説四始也，以變詩儷風雅頌爲四。余用豁然於數十年之疑，得四於友，得始於序，而義從之，故述新知舊聞，推論始義以著於篇。

書《桃花扇》傳奇後（節錄）

傳奇體雖晚出，然其流出於樂。樂之爲教也，廣博易良。廣博則取類也遠，易良則起興也切，故傳奇之至者，必深有得于古文隱顯、回互、激射之法，以屬思鑄局，若徒於聲容求工，離合見巧，則俳優之技而已。近世傳奇以《桃花扇》爲最，淺者謂爲佳人才子之章句，而賞其文辭清麗，結構奇縱；深者則謂其指在明季興亡，侯（方域）、李（香君）乃是點染，顛倒主賓，以眩耳目。（以上《論文》二）

金筮伯《竹所词》序（節録）

詩、詞、賦三者同源而異流，故先民之説詩也，曰“微言相感以諭其志”；其説詞，則曰“意内而言外”；而説賦，既曰“古詩之流”，又曰“詩人之賦麗以則，詞人之賦麗以淫”。是詩與詞若有分疆畫界者，豈非以其觸景物而情有所寄，托於美人、珍寶以爲諷諭，雖本興之一義，而流弊有馴致乎？詩自漢氏分五、七、雜言，迄唐氏季世，温柔敦厚之教蕩然，已而倚聲迺出，其體異楚俗，襲詞名者，蓋意内言外之遺聲也。然其時流傳之章，委約微婉，得騷人之意爲多，與其詩大殊。蓋其引聲也細，其取義也切，細故么而善感，切故近而善入，五季兩宋之能者，並臻兹妙。自兹已降，靡者沿流揚波而不知其本，俳諧謔浪以爲能事，蔽錮且四五百年。及近人錢黃山始鑿其窈，而皋文、翰風二張先生繼之，高才輩出，復兩宋舊觀。

雩都宋月臺維駒《古文鈔》序（節録）

唐以前無古文之名，北宋科舉業盛，名曰時文，而文之不以應科舉者，乃自目爲古文。時文之法坦而隘，古文之法峻而寬。寬則隨其意之所之，或致大偭於法，於是言古文者，必以法爲主。然其時之能者，無論伯長、太伯始事之倫，既歐、王、蘇、曾絶足相繼，力矯時文之弊，而卒不能盡。洎乎有明，利禄途歸八比，時文之法較嚴於宋，而士人習之又最精。其間有志復古如震川、鹿門者，所爲古文猶不及其時文之善，若其專力屏絶時文，一語不以入古文者，則不文而已，何其難耶？（以上《論文》三）

鄧廷楨

鄧廷楨（1776—1846）字維周，又字嶰筠，晚號妙吉祥室老人、剛木老人。清江寧（今江蘇南京）人。嘉慶六年（1801）進士，選庶吉士，授編修，屢分校鄉、會試，歷任浙江寧波，陝西延安、榆林、西安諸知府，湖北按察使，江西布政使，陝西按察使等職。道光十九年（1839）年初上奏道光帝，決心與林則徐“共矢血誠，俾祛大患”，並積極協助林則徐查禁鴉片走私，收繳鴉片，添置木排鐵鏈，整頓海防，成爲林則徐的親密同僚。道光十九年調任閩浙總督，購洋炮，建炮臺，招募練勇，出海巡緝，加強守備。後因投降派誣陷，與林則徐同時革職，充軍伊犁。後起用爲陝西巡撫、陝甘總督，在西北大力組織墾荒。善時文，猶精音韻。鄧廷楨是晚清詞壇重要詞人，其詞高朗疏闊，款款情多，婉曲清揚。他和林則徐的詞被譽爲"大臣詞"中"雙璧"。其詞學觀以"寄意"爲中心，求雅，斥豔，推崇白石、玉田的同時，兼采蘇、辛，融合兩派，主張"返虛入渾"。著有《雙硯齋詩鈔》、《雙硯齋詞話》。

本書資料據中華書局1986年唐圭璋《詞話叢編》本《雙硯齋詞話》。

《雙硯齋詞話》(節錄)

評梅花詩者，以庾子山之"枝高出手寒"，蘇子瞻之"竹外一枝斜更好"，林君復之"疏影橫斜水清淺，暗香浮動月黃昏"爲千古絶調。余謂詞亦有之。朱希真之"引魂枝消瘦一如無，但空裏疏花數點"，姜石帚之"長記曾攜手處，千樹壓西湖寒碧"，一狀梅之少，一狀梅之多，皆神情超越，不可思議，寫生獨步也。

"濟南春好雪初晴。行到龍山馬足輕。使君莫忘雪溪女，時作陽關腸斷聲。"東坡《小秦王》詞也，今乃編入詩集。先正言公《栟櫚集》《瑞鷓鴣》詞云："北書一紙慘天容。花柳春風不敢穠。未學宣尼歌鳳德，姑從阮籍哭途窮。　此身已落千山外，舊事回思一夢中。何日中興煩吉甫，洗開陰翳放晴空。"亦編入律詩，楨刊《栟櫚集》未敢移置。鮑侍郎覺生爲作校勘記，亦但云《瑞鷓鴣》須考，特附記於此。

東坡作《洞仙歌》，自述少時嘗聞朱姓老尼，道蜀宮事。言孟昶與花蕊夫人避暑摩訶池上，作詞一首，老尼能全誦之。爾時尚幼，不能悉記。但憶其首句"冰肌玉骨"云云，似是《洞仙歌》，因以己意作一詞補之。是東坡止用其調，而非襲其詞。迨後蜀帥謝元明浚摩訶池，得石刻孟昶原詞，首二句"冰肌玉骨，自清凉無汗"，正與東坡所記相符。是昶詞本作《洞仙歌》，尤無疑義。乃不知誰何，別作《玉樓春》一闋，僞託蜀主原詞，其語句乃取坡詞剪裁而成，致爲淺直。而小長蘆《詞綜》不收坡製，轉錄贗詞，且詆坡詞爲點金成鐵。竹垞工於顧曲者，所嗜乃顛倒如此，非惟味昧淄澠，抑且說誣燕郢矣。

柳耆卿以詞名景祐、皇祐間。《樂章集》中，冶游之作居其半，率皆輕浮猥媟，取譽筝琶。如當時人所譏，有教坊丁大使意。惟《雨霖鈴》之"今宵酒醒何處，楊柳岸曉風殘月"，《雪梅香》之"漁市孤煙嫋寒碧"，差近風雅。《八聲甘州》之"漸霜風淒緊，關河冷落，殘照當樓"，乃不減唐人語。遠岸收殘雨一闋，亦通體清曠，滌盡鉛華。昔東坡讀孟郊詩作詩云："寒燈照昏花，佳處時一遭。孤芳擢荒穢，苦語餘詩騷。"吾於屯田詞亦云。

世稱詞之豪邁者，動曰蘇辛。不知稼軒詞，自有兩派，當分別觀之。如《金縷曲》之"聽我三章約"、"甚矣吾衰矣"二首及《沁園春》、《水調歌頭》諸作，誠不免一意迅馳，專用驕兵。若《祝英臺近》之"是他春帶愁來，春歸何處。却不解帶將愁去"，《摸魚兒》發端之"更能消幾番風雨，忽忽春又歸去"，結語之"休去倚危闌，斜陽正在，煙柳斷腸處"，《百字令》之"舊恨春江流不盡，新恨雲山千疊"，《水龍吟》之"楚天千里清秋，水隨天去，秋無際。遥岑遠目，獻愁供恨，玉簪螺髻"，《滿江紅》之"怕流鶯乳燕，得知消息"，《漢宮春》之"年時燕子，料今宵夢到西園"，皆獨繭初抽，柔毛欲腐，平欺秦、柳，下轢張、王。宗之者固僅襲皮毛，詆之者亦未分肌理也。

東坡以龍驤不羈之才，樹松檜特立之操，故其詞清剛雋上，囊括羣英。院吏所云：學士詞須關西大漢，銅琶鐵板，高唱"大江東去"。語雖近謔，實爲知音。然如《卜算子》云："缺月挂疏桐，漏斷人初定。時見幽人獨往來，縹緲孤鴻影。　驚起欲回頭，有恨無人省。揀盡寒枝不肯棲，寂寞沙洲冷。"則明漪絶底，薌澤不聞，宜涪翁稱之爲不食人間煙火。而造言者謂此詞爲惠州溫都監女作，又或謂爲黃州王氏女作。夫東坡何如人，而作牆東宋玉哉？至如《蝶戀花》之"枝上柳綿飛又少，天涯何處無芳草"，坡命朝雲歌之，輒泫然流涕，不能成聲。《永遇樂》之"古今如夢，何曾夢覺，但有新歡舊怨"，和章質夫楊花《水龍吟》之"曉來雨過，遺蹤何在，半池萍碎。春色三分，二分塵土，一分流水"，《洞仙歌》之"試問夜如何，夜已三更，金波澹、玉繩低轉"，皆能簸之揉之，高華沉痛，遂爲石帚導師。譬之慧能肇啟南宗，實傳黃梅衣鉢矣。

秦淮海爲蘇門四客之一，《滿庭芳》一曲，唱遍歌樓。其前闋云："斜陽外，寒鴉萬點，流水繞孤村。"雖不識字人，亦知爲好言語。紹聖元年，紹述議起，東坡貶黃州，尋謫惠州。子由、魯直相繼罷去。少游亦坐此南遷，作《踏莎行》云："霧失樓臺，月迷津渡。桃源望斷無尋處。可堪孤館閉春寒，杜鵑聲裏斜陽暮。　驛寄梅花，魚傳尺素。砌成此恨無重數。郴江幸自繞郴山，爲誰流下瀟湘去。"東坡讀之歎曰："吾負斯人。"蓋古人師友之際，久要不忘如此。

先正言公在宋宣和間爲太學生，以詩諫花石綱，直聲震都下。靖康之變，思陵南渡。公間關詣行在所，拜左正言，屢陳時政。與執政牾，乃罷歸。棲遲吳縣洞庭西山之明月灣，遂家焉。歿後葬倚里，至今子孫蕃衍。曾孫小子廷槙，于嘉慶癸亥之春，渡湖謁祠廟，松楸故無恙也。著《栟櫚集》廿八卷，樂府附焉。乾隆間採入四庫。公爲詞不涉綺語，如《長相思》云："一重溪，兩重溪。溪轉山回路欲迷。朱闌出翠微。　梅花飛，雪花飛。醉卧幽亭不掩扉。冷香尋夢歸。"《生查子》後闋云："孤館得村醪，一醉

空離緒。酒醒却無人,簾外三更雨。"正如藍水遠來,玉山高並,讀者可以知公出處之
節概矣。

　　詞家之有白石,猶書家之有逸少,詩家之有浣花。蓋緣識趣既高,興象自別。其
時臨安半壁,相率恬熙。白石來往江淮,緣情觸緒,百端交集,托意哀絲。故舞席歌
場,時有擊碎唾壺之意。如《揚州慢》之"自胡馬窺江去後,廢池喬木,猶厭言兵。漸黄
昏清角吹寒,都在空城",《齊天樂》之"候館吟秋,離宫吊月,别有傷心無數。豳詩漫
與。笑籬落呼鐙,世間兒女",《淒凉犯》之"馬嘶漸遠,人歸甚處,戍樓吹角。情懷正
惡。更衰草寒煙淡薄。似當時將軍部曲,迤邐度沙漠",《惜紅衣》之"維舟試望,故國
渺天北",則周京《離黍》之感也。《疏影》前闋之"昭君不慣胡沙遠,但暗憶江南江北。
想佩環月下歸來,化作此花幽獨",後闋之"還教一片隨波去,又却怨玉龍哀曲",《長亭
怨慢》之"第一是早早歸來,怕紅蕚無人爲主",乃爲北庭後宫言之,則衛風《燕燕》之旨
也。讀者以意逆志,是爲得之。至其運筆之曲,如"閱人多矣。爭得似長亭樹。樹若
有情時,不會得青青如此。"琢句之工,如"天涯情味,仗酒祓清愁,花銷英氣","二十四
橋仍在,波心蕩冷月無聲",則如堂下斵輪,鼻端施堊。若夫新聲自度,箏柱旋移,則如
郢中之歌,引商刻羽,雜以流徵矣。以此輝映湖山,指撝壇坫,百家騰躍,盡入環中。
評者稱其有縫雲剪月之奇,戛玉敲金之妙,非過情也。

　　史邦卿爲中書省堂吏,事侂胄久。嘉泰間,侂胄亟持恢復之議,邦卿習聞其説,往
往托之於詞。如《雙雙燕》前闋云:"過春社了,度簾幕中間,去年塵冷。差池欲住,試
入舊巢相並。還相雕梁藻井。又軟語商量不定。"後闋云:"應自棲香正穩。更忘了天
涯芳信。"《瑞鶴仙》云:"歸鞭隱隱。便不念芳盟未穩。"《金縷曲》云:"落日年年宫樹
綠,墮新聲、玉笛西風勁。"《玉蝴蝶》云:"故園晚,強留詩酒,新雁遠,不致寒暄。"大抵
寫怨銅駝,寄懷麑幕,非止流連光景,浪作豔歌也。

　　王聖與工於體物,而不滯色相。如《天香·詠龍涎》云:"泛遠槎風,夢深薇露,化
作斷魂心字。荀令如今頓老,總忘却尊前舊風味。"《南浦·詠春水》云:"蒲萄過雨新
痕,正拍拍輕鷗,翩翩小燕。簾影蘸樓陰,芳流去、應有淚珠千點。"皆態濃意遠,如曳
五銖。《眉嫵·詠新月》之"千古盈虧休問,歎慢磨玉斧,難補金鏡。太液池獨在,凄
凉處,何人重賦清景。故山夜永。試待他窺户端正。看雲外山河,還老桂花舊影",
則别有懷抱,與石帚《揚州慢》、《淒凉犯》諸作異曲同工。至慢詞換頭處,最忌横亘
血脉,《碧山集》中,獨無此病。如《摸魚兒》云:"洗芳林、夜來風雨。匆匆還送春去。
方纔送得春歸了,那又送君南浦。君聽取。怕此際春歸,也過吳中路。君行到處。
便快折湖邊,千條翠柳,爲我繫春住。　　春還住,休索吟春伴侶。殘花今已塵土。
姑蘇臺下煙波遠,西子近來何許。能喚否。又恐怕、殘春到了無憑據。煩君妙語。

更爲我將春，連花帶葉，寫入翠箋句。"通體一氣卷舒，生香不斷，鄱陽家法，斯爲嗣音矣。

西泠詞客石帚而外，首數玉田。論者以爲堪與白石老仙相鼓吹。要其登堂拔幟，又自壁壘一新。蓋白石硬語盤空，時露鋒芒。玉田則返虛入渾，不啻嚼蕊吹香。如《長亭怨慢》之"恨西風不庇寒蟬，便掃盡一林黃葉"，《西子妝慢》之"楊花點點是春心，替風前萬花吹淚"，《木蘭花慢》之"流光慣欺病酒，問楊花過了有花無"，《渡江雲》之"空自覺圍羞帶減，影怯燈孤。常疑即見桃花面，甚近來翻致無書。書縱遠，如何夢也都無"，《探春慢》之"才放些晴意，便瘦了梅花一半"，《解連環·詠孤雁》云："寫不成書，只寄得相思一點。料因循誤了，餐甎擁雪，故人心眼"，類皆遣聲赴節，好句如仙。其餘前輩風流，政如佛家奪舍，蓋自馬塍宿草，騷雅寢衰。王孫以晚出之英，頡之頏之，遺貌取神，遂相伯仲。故知虎賁之似中郎，終嫌皮相。而善學柳下惠，莫如魯男子也。

弁陽翁工於造句，如"嬌綠迷雲"，"倦紅釀曉"，"膩葉陰清"，"孤花香冷"，"散髮吟商"，"簪花弄水"，"貯月杯寬"，"護香屏暖"之類，不可枚舉。至如《大聖樂》之"對畫樓殘照，東風吹遠，天涯何許"，《征招》之"登臨嗟老矣，問今古清愁多少"，《醉落魄》之"愁是新愁，月是舊時月"，《高陽臺》之"投老殘年，江南誰念方回。東風漸綠西湖柳，雁已還，人未南歸"。又一闋云："雪霽空城，燕歸何處人家。夢魂欲渡蒼茫去，怕夢輕還被愁遮"，《宴清都》之"憑闌自笑清狂，事隨花謝，愁與春遠"，皆體素儲潔，含豪邈然。至《長亭怨慢》之"燕樓鶴表半漂零，算惟有盟鷗堪語"，則盛自矜寵，頻覘時流，等諸自鄶以下矣。

詞調合小令慢詞計之，不下六百有奇，無不可填。然亦有斷不可填者，如太白《憶秦娥》云："咸陽古道音塵絕。音塵絕，西風殘照，漢家陵闕。"已成千古絕調，雖有健者，未許摩壘。《湘月》一調，白石自注云："《念奴嬌》之鬲指聲。"白石精于宮譜，故於《念奴嬌》外，別爲此詞。若不會鬲指之理，貿然爲之，即仍與《念奴嬌》無異。壽陵餘子，固不必學步邯鄲也。若《沁園春》兩兩排比，取便優俳，自有此名，更無佳制，宜從菅蒯，毋亂笙鐘。

清照爲趙德甫室，即著《金石錄》者。樂府擅場，一時無二。《聲聲慢》一闋，純作變徵之音，發端連用十四疊字，直是前無古人。後闋云："守著窗兒，獨自怎生得黑。"押黑字尤爲險絕。閨襜得此，可號才難。乃或稱其所夫既喪，不能矢柏舟之節。夫以青裙白髮之嫠婦，而猥以讕語相加，洵所謂小人好議論，不樂成人之美者。然其《鳳凰臺上憶吹簫》諸作，繁香側豔，終以不工豪翰爲佳。昔涪翁好作綺語，乃爲法秀所訶。此在男子，猶當戒之，況婦人乎！

昭　槤

昭槤(1776—1830)字汲修,自號汲修主人。滿洲貴族。努爾哈赤次子禮親王代善第六世孫。愛好文史,精通滿洲民俗和清朝典章制度,與魏源、龔自珍、袁枚有往來。嘉慶二十年(1815)因虐下獲罪,革除王爵,圈禁三年。半年後釋放,但未復其爵。其文稿大多散失,後由官方搜集整理。著有《嘯亭雜錄》,分爲《嘯亭雜錄》十卷、《續錄》五卷,涉及民俗、人物、宗教、傳説、重大歷史事件、個人生活瑣事、讀後感等,範圍頗廣,文筆簡練而不晦澀。凡涉及歷史事件多爲親歷,如係道聽塗説,則注明來源,較爲嚴謹。

本書資料據中華書局 1980 年版《嘯亭雜錄》。

秦　腔

自隋時以龜茲樂入于燕曲,致使古音湮失而番樂橫行,故琵琶樂器爲今樂之祖,蓋其四弦能統攝二十八調也。今昆腔北曲,即其遺音。南曲雖未知其始,蓋即小詞之濫觴,是以昆曲雖繁音促節居多,然其音調猶餘古之遺意。惟弋腔不知起於何時,其鐃鈸喧闐,唱口囂雜,實難供雅人之耳目。近日有秦腔、宜黃腔、亂彈諸曲名,其詞淫褻猥鄙,皆街談巷議之語,易入市人之耳。又其音靡靡可聽,有時可以節憂,故趨附日衆。雖屢經明旨禁之,而其調終不能止,亦一時習尚然也。(《嘯亭雜錄》卷八)

文　體

汪鈍翁先生有云:"昌明博大,盛世之文也;煩促破敗,衰世之文也;顛倒紕謬,亂世之文也。後生爲文,豈可昧於辭義,枚於經旨,專以新奇可喜,囂然自命作家?倘亦曾南豐所謂亂道,朱晦翁所謂文中之妖與文中之賊是也。"乃知文章盛衰,關乎世道。今幸值右文之世,而近日學者多以割裂古書、剿襲成語以爲博雅,而課士者復多取之,誠亦過矣。惟辛酉科王韓城掌北闈,一洗前人陋習,專以清醇爲主,而落第者反譏訾不休,亦可笑矣。(《嘯亭雜錄》卷十)

小　説

自金聖歎好批小説,以爲其文法畢具,逼肖龍門,故世之續編者,汗牛充棟,牛鬼

890

蛇神，至士大夫家几上，無不陳《水滸傳》、《金瓶梅》以爲把玩。余以小説初無一佳者，其他庸劣者無足論。即以前二書論之，《水滸傳》官階地理雖皆本之宋代，然桃花山既爲魯達由代郡之汴京路，何以三山聚義時，反在青州？北京之汴，不過數程，楊志奚急行數十日尚未至，又紆至山東鄆城何也？此皆地理未明之故。一百八人原難鋪排，然亦必各見圭角，始爲著書體裁，如太史公"漢興諸王侯"是也。今于魯達、林冲輩詳爲鋪叙，至盧俊義、關勝輩乃天罡著名者，反皆草率成章，初無一見長處。又于馬麟、蔣敬等四五人層見疊出，初不能辨其眉目，太史公之筆固如是乎？至三打祝家莊後，文字益加卑鄙，直與續傳無異，此善讀書人必能辨別者。《金瓶梅》其淫褻不待言，至叙宋代事，除《水滸》所有外，俱不能得其要領。以宋、明二代官名羼亂其間，最屬可笑。是人尚未見商輅《宋元通鑒》者，無論宋、金正史，并州山人何至讓陋若此，必爲贗作無疑也。世人于古今經史略不過目，而津津於淫邪庸鄙之書稱讚不已，甚無謂也。（《嘯亭續録》卷二）

詩文澀體

宋子京詩文瑰麗，與兄頡頑。其《新唐書》好用僻字澀句，以矜其博，使人讀之，胸臆間格格不納，殊不爽朗。近日朱笥河學士詩文亦然。余嘗謂法時帆祭酒云："讀《新唐書》及《朱笥河集》，如人害噎膈症，實難舒暢也。"法公爲之大笑。（《嘯亭續録》卷三）

擬古詩

世之擬古作者，雖不可摹仿剽竊，如李于鱗之《樂府》，致譏於世，亦不可故意變異，有失廬山面目。予嘗謂鮑雙五云："韓文雖有'師其意不師其詞'之語，然如'涉江采芙蓉'，若擬爲'泗水捉烏龜'，豈非一大笑柄乎！"鮑亦爲之撫掌。（《嘯亭續録》卷四）

宋翔鳳

宋翔鳳(1779—1860)字虞庭，一字于庭，清長洲（今江蘇吳縣）人。嘉慶五年(1800)舉人，官湖南新寧縣知縣。今文學家，常州學派的著名學者，通訓詁名物，志在西漢家法。著有《周易考異》、《尚書略説》、《大學古義説》、《論語説義》、《孟子趙注補正》、《小爾雅訓纂》、《過庭録》，均收入《皇清經解續編》内，此外，尚有《四書釋地辨證》、《朴學齋文録》、《香草詞》、《碧雲庵詞》等多種。宋翔鳳的詞學思想與其經學思想有密切的聯繫,其經學領域中的訓詁與微言並存的學術特色在其詞學中同樣存在。其詞話《樂府餘論》既有對相關詞史的考證,也有對詞作微言的闡發,而且他能利用儒家的一些理念充實常州詞派的詞學,如從"知人論世"出發,並利用《易》學中"仁者見仁,智者見智"的理論進行詞作闡釋。

本書資料據中華書局 1986 年唐圭璋《詞話叢編》本《樂府餘論》、清光緒刻本《香草詞》。

詞曲一事

宋、元之間,詞與曲一也。以文寫之則爲詞,以聲度之則爲曲。晁无咎評東坡詞,謂"曲子中縛不住",則詞皆曲也。《度曲須知》、《顧曲雜言》、《論元人雜劇》,皆謂之詞。元人菉斐軒《詞林韻釋》,爲北曲而設,乃謂之詞韻,則曲亦詞也。《能改齋漫録》載徐師川云:張志和《漁父》詞,東坡以爲語清麗,恨其曲度不傳,加數語以《浣溪沙》歌之。則古人之詞,必有曲度也。人謂蘇詞多不諧音律,則以聲調高逸,驟難上口,非無曲度也。如今日俗工,不能度北《西廂》之類。北宋所作,多付箏琶,故嘽緩繁促而易流;南渡以後,半歸琴笛,故滌蕩沉渺而不雜。《白雪》之歌,自存雅音;《薤露》之唱,別增俗樂。則元人之曲,遂立一門,弦索蕩志,手口愓心。於是度曲者,但尋其聲;製詞者,獨求於意。古有遺音,今成絶響。在昔錢唐妙伎,改畫閣斜陽;饒州布衣,譜橋邊紅藥。文章通絲竹之微,歌曲會比興之旨。使茫昧於宮商,何言節奏;苟減裂於文理,徒類啁啾。爰自分馳,所滋流弊。兹白石尚傳遺集,玉田更有成書。點畫方迷,指歸難見。惟先求於凡耳,藉通四上之原;還内度於寸心,庶有萬一之得。

慢詞始於耆卿

按詞自南唐以後,但有小令。其慢詞蓋起宋仁宗朝。中原息兵,汴京繁庶,歌臺舞席,競賭新聲。耆卿失意無俚,流連坊曲,遂盡收俚俗語言,編入詞中,以便伎人傳習。一時動聽,散播四方。其後東坡、少游、山谷輩,相繼有作,慢詞遂盛。東坡才情極大,不爲時曲束縛。然《漫録》亦載東坡送潘邠老詞:"別酒送君君一醉。清潤潘郎,更是何郎壻。記取釵頭新利市。莫將分付東鄰子。　回首長安佳麗地。三十年前,我是風流帥。爲向青樓尋舊事。花枝缺處餘名字。"右《蝶戀花》詞,東坡在黄州,送潘邠老赴省試作也,今集不載。按其詞恣褻,何減耆卿。是東坡偶作,以付餞席。使大雅，則歌者不易習，亦風會使然也。山谷詞尤俚絶，不類其詩，亦欲便歌也。柳詞曲折委婉，而中具渾淪之氣。雖多俚語，而高處足冠羣流，倚聲家當尸而祝之。如竹垞所録，皆精金粹玉。以屯田一生精力在是，不似東坡輩以餘事爲之也。耆卿蹉跎於仁宗朝，及第已老，其年輩實在東坡之前。先於耆卿，如韓稚圭、范希文，作小令，惟歐陽永叔間有長調。羅長源謂多雜入柳詞，則未必歐作。余謂慢詞，當始耆卿矣。

詞實詩之餘

《草堂詩餘》，宋無名氏所選，其人當與姜堯章同時。堯章自度腔，無一登入者。其時姜名未盛。以後如吳夢窗、張叔夏，俱奉姜爲圭臬，則《草堂》之選，在夢窗之前矣。中多唐五季、北宋人詞，南渡後亦有辛稼軒、劉改之、史邦卿、高竹屋、黄叔暘諸家，以其音節尚未變也。謂之詩餘者，以詞起於唐人絶句，如太白之《清平調》，即以被之樂府。太白《憶秦娥》、《菩薩蠻》，皆絶句之變格，爲小令之權輿。旗亭畫壁賭唱，皆七言斷句。後至十國時，遂競爲長短句。自一字、兩字至七字，以抑揚高下其聲，而樂府之體一變。則詞實詩之餘，遂名曰詩餘。其分小令、中調、長調者，以當筵作伎，以字之多少分調之長短，以應時刻之久暫。如今京師演劇，分小出、中出、大出相似。

論令引近慢

《草堂》一集，蓋以徵歌而設，故別題春景、夏景等名，使隨時即景，歌以娱客。題吉席慶壽，更是此意。其中詞語，間與集本不同。其不同者，恒平俗，亦以便歌。以文人觀之，適當一笑，而當時歌伎，則必需此也。詩之餘先有小令。其後以小令微引而長之，於是有《陽關引》、《千秋歲引》、《江城梅花引》之類。又謂之近，如《訴衷情近》、《祝英臺近》之類，以音調相近，從而引之也。引而愈長者則爲慢。慢與曼通，曼之訓引也，長也，如《木蘭花慢》、《長亭怨慢》、《拜新月慢》之類，其始皆令也。亦有以小令曲度無存，遂去慢字。亦有別制名目者，則令者，樂家所謂小令也。曰引、曰近者，樂家所謂中調也。曰慢者，樂家所謂長調也。不曰令曰引曰近曰慢，而曰小令、中調、長調者，取流俗易解，又能包括衆題也。（以上《樂府餘論》）

《香草詞》自序（節録）

凡情與事委折，抑塞於五、七字詩，不能盡見者，詞能長短以陳之，抑揚以究之。

蓋窮居則氣郁，氣鬱則志衰，志衰而慮亂，慮亂而詞碎。而能歸之節轅之微，道以聲音之變，各使就理，靡不開暢，又能包含蘊蓄，不盡其聲，俾皆平其氣以和其疾。是以填詞之道，補詩境之窮，亦風會之所必至也。（卷首）

葉申薌

葉申薌(1780—1842)字維彧，號小庚，又號其園。清閩縣(今屬福建)人。林則徐姻親。嘉慶十四年(1809)進士，官至河南河陝汝道。編著有《本事詞》、《天籟軒詞譜》、《天籟軒詞選》、《詞韻》、《小庚詞》、《閩詞鈔》。其道光年間所著《本事詞》，是少有的專門輯錄詞之本事的詞話著作，所輯材料對研究唐、五代至金、元時期的詞，有一定資料價值。其《天籟軒詞譜》，吸收萬樹《詞律》和《欽定詞譜》的優點，在編纂體例、選詞等方面體現出其不一樣的詞學思想，爲詞譜音律藝術的大眾化作出了嘗試和探索。所編《天籟軒詞選》，意在調和浙西詞派與常州詞派，全面展示了兩宋詞學面貌，克服了歷代詞選皆以獨尊一家爲主，不利於後世詞學愛好者多樣化的需求的弱點。

本書資料據中華書局 1986 年唐圭璋《詞話叢編》本《本事詞》。

《本事詞》自序

蓋自《玉臺新詠》專錄豔詞，《樂府解題》備徵故實。韓偓著《香奩》之集，託青樓柳巷而言情。孟棨彙《本事》之篇，敘破鏡輪袍以紀麗。詩既應爾，詞亦宜然，此《本事詞》所由輯也。

然美人香草，古來多寓意之文。而減字偷聲，達者作逢場之戲。或緣情而遣興，或對景以攄懷，或爲怨以騁思，或空言而寄諷。文非一致，緒亦多端。每藉倚聲，遂留佳話。是以記新腔於紅豆，當時已傳遍旗亭；寫小字於烏絲，此日宜珍藏篋衍矣。溯夫青蓮居士，憶秦苑之瓊簫；紅杏尚書，詠繁臺之畫轂。曲傳暮雨，白香山恒念吳娘；被掩餘寒，張子野偏逢謝女。戀郵亭之一夕，難續鸞膠；對殘月之三星，怕聽雞唱。搴簾顧語，相逢疑在夢中；抛髻啼妝，佳約頻商別後。曉風楊柳，傳絕調於霖鈴；春雨杏花，寄新詞於羅帕。亦復銅琶鐵板，或豪氣之未除；低唱淺斟，忍浮名之輕換。甚且花明月暗，步劃襪於香階；馬滑霜濃，破新橙於錦幄。此尤傳爲秘事，洵足侈爲豔談也。更若蘿屋靜姝，蘭閨秀媛，既工協律，亦擅摛詞。瘦比黃花，寓幽情於愛菊；慧同紫竹，抒雅藻於踏莎。向金屋而剪繒，宮花簪髻；望錦川而揮淚，山色添眉。復有逐妾辭閨，故姬去國。團扇動棄捐之感，羅裙懷淪落之嗟。念錦瑟之空塵，難吟豆蔻；恨金甌之已缺,誰弄琵琶。燕子樓頭,夢斷彭城落月;鵑聲馬上,愁生蜀道殘春。斯皆悲離恨之有天,欲埋愁而無地。但留怨什,宜播吟壇。他若記擬遊仙,奇因紀夢。江亭龍女,題吳頭楚尾之謠;月府仙姬,問五拍雙鬟之授。遇錢塘之蘇小,半關歌傳;訪緝邑之李英,三峯閣在。情雖縹緲,意亦纏綿。又足補《女史》之遺聞,續《虞初》之新志也。

　　然而引商刻羽,恒在當歌。促拍添聲,多因顧曲。叙遺枕畔,價曾公庫爲償;榴獻座中,圍藉鬈翁以解。緺雲梭玉,詹天遊真個魂銷;紈扇焦琴,劉改之幾經腸斷。徐幹臣之還思纖手,剖鏡重圓;尹梅津之催喚紅妝,尋芳再誤。且有紅樓少婦,紫曲名娃,才擅濤箋,慧工浪語。改山抹微雲之韻,靈出犀心;吟花啼紅雨之篇,巧偷鶯舌。折來官柳,真蜀豔之可人;插滿山花,羨嚴卿之俠氣。凡兹麗制,問何事以干卿;偶輯豔聞,正鍾情之在我。盥薇細讀,雅宜當花天酒地之時;搦管親裁,疑若在倚翠偎紅之際。

　　僕也顛比柘枝,癡同竹屋。辟既耽乎綺語,賦更慕乎閒情。品竹調絲,愧未能乎陶寫;擘箋染翰,笑徒效乎鈔胥。楊元素之遺篇,亡而莫觏;王仲言之舊話,秘已難窺。僅就耳目之所經,復慚見聞之未廣。縱竭搜羅之力,終虞挂漏之譏。惟是篇因采摭而成,似應列原書之目。然其文或剪裁以出,又難仍舊帙之題。況敷藻偶繁,自必删而就簡。亦傳聞互異,尤宜酌以從同。綴玉編珠,細擷《金荃》之麗;吹花嚼蕊,閑資《玉塵》之談。技本蟲雕,只堪覆瓿。取同獺祭,難博解頤。但以裘非一腋所能成,念曾勞乎鉛槧;尋欲千金而自享,將貽禍於棗梨云爾。三山葉申薌。

黃本驥

　　黃本驥(1781—1856)字仲良,號虎癡。清寧鄉縣(今屬湖南)人。道光元年(1821)舉人。官黔陽縣教諭,建教澤堂,教授諸生。名其居曰"三長物齋"。博覽羣書,對經史、地理、目錄之學都有研究。尤癖愛金石。著有《癡學》、《三長物齋詩略》、《三長物齋文略》、《郡縣分韻考》、《嵰山紺雪》、《古志石華》、《詩韻檢字》等三十餘種,大多收入《三長物齋叢書》中。

　　本書資料據光緒四年古香書閣《三長物齋叢書》本《癡學》。

讀文筆得(節錄)

　　唐、宋以前誌銘之體,書卒葬而不書生辰,書卒葬之年月日而不書時。既曰卒于某年月日,享年若干歲矣,則生可推也。至于略生辰而詳死日者,死者重忌不重生。且以某年某事之得失,在某人生前死後,使後人有所考也。今人作誌,或曰生於某年

月日,卒於某年月日,享年若干歲。或曰卒於某年月日,距生於某年月日,享年若干歲,則享年句爲贅文矣。(卷五)

劉 開

劉開(1784—1824)字明東,又字方來,號孟塗。清桐城(今屬安徽)人。受姚鼐賞識,桐城派著名作家之一,詩文均爲世人稱道。終生未仕,以才華名世,與姚瑩有"劉姚"之稱。生平以教書爲業,授課之餘,潛心散文創作與文論研究,主張"以漢人之氣體,運八家之成法,本之以六經,參之以周末諸子","然後變而出之,用之於一家之言"(《與阮雲臺官保論文書》);提出"夫文之本出於道,道不明,則言之無物;文之成視乎辭,辭不達,則行之不遠"。(《復陳編修書》)這些主張和見解,進一步闡發了方苞、劉大櫆、姚鼐諸前輩的文論,對當時的散文創作,具有一定指導意義。劉開雖尊崇桐城家學,但不拘於繩尺,而能取精汰粗,化腐爲奇,集衆家之美而得其天然。其散文明白曉暢,動宕恣肆,才氣俊逸;其詩多反映貧民疾苦,暴露官場黑暗,具有一定現實意義。著有《孟塗詩前集》、《詩後集》、《論語補注》、《大學正旨》、《中庸本義》、《孟子廣釋》、《周易緒言》、《廣列女傳》等。

本書資料據道光六年姚氏檗山草堂刻本《劉孟塗集》。

《漳州竹枝詞》跋(節録)

竹枝之體,其源出於國風。考亭所謂里巷歌謠者是也。唐劉禹錫最工爲之。自是以降,作者益衆,或以言情,或以紀俗,要不失風人之旨而已。(《劉孟塗集二·文集》卷七)

程恩澤

程恩澤(1785—1837)字雲芬,號春海。清歙縣(今屬安徽)人。嘉慶十六年(1811)進士。由翰林院編修歷官貴州學政、侍讀學士、内閣學士至户部侍郎。程恩澤出淩廷堪之門,學問廣博,經史、天文、地理、金石、書畫、醫算等無不涉及。他治學提出"凡欲通義理者必自訓詁始"的主張,並貫徹到詩歌創作中,成爲清朝後期合學人之詩、詩人之詩爲一的詩人。其詩初好李商隱,後學韓愈、黃庭堅,多於句調上見變化,具有運用虛詞、盤旋拗折的散文寫作特點。他不但用此法於古詩,還用之於律詩,鄭珍、何紹基、莫友芝都是他的門生，受其學風和詩風影響很深，而都能青勝於藍。著有《程侍郎遺集》十卷。

本書資料據粤雅堂叢書《程侍郎遺集》。

六義賦居一賦

賦者，鋪也，鋪采摛文，體理聯翩。詩有六義，二以賦詮。不歌而頌，釋之於元晏；古詩之流，解之於孟堅。登高九能得其一，歷樞五際含其全。慮質言之無文，故儷色以相宣。其在唐姚之世，覆燾明德。頌聲並作，皋夔在側。無風可采，無雅可飭。無以比星雲，無以興作息。取懷而予，賦之彌力。周有太師，六詩是序。篇之異體貴乎綱，文之異辭主乎緒。宣聖合之，延陵莫能分；張逸敏之，通德莫能舉。紀其篇什，得詩人之制度，導其性情，悟詩人之機杼。總四始而兼包，恒意悦而情抒。且夫方貌擬心，若拒若迎；環譬託諷，橫生側生。興隱於比，故述傳正其名；比隱於賦，故諸篇揭其精。莫多於賦，附物以切情；莫顯於賦，抗辭以揚聲。如彼絢采，喜素功之獨成；如彼合樂，許黃宮之特鳴。附庸於《詩》，拓疆以逞；濫觴於《騷》，導源以永。其心也，包宇宙而恢宏；其質也，轡龍虎而彪炳。荀況蔚爲詞宗，《禮》、《智》於焉似績；宋玉乖乎麗則，《風》、《釣》幾於斥屏。研都與京，主文以譎諫；薦雄似如，陳誼而猛省。是故存周後之十家，删秦雜之九篇。圭陰七子之骨，江左六朝之妍。其間方聞之士，綴學之賢，稔歷太沖之十，讀過桓譚之千。謝莞爾而雕蟲，工形似而削鳶。必其思風言泉，悉無邪之旨；禽族草區，補多識之編。求之古人，蓋亦罕焉。故夫賦之敝，勸百而諷一；賦之源，牽兩而掣三。必比類以興物，斯言腴而味醰。罕譬倫品之繁，則命意也銳；托志風雲之會，則屬思也潭。美德容於三《頌》，紀王化於二《南》。大雅之音，不吳不敖；小雅之音，如怨如愨。樂心在周，得詞伯而可誦：香草在楚，合童蒙而共探。緯以纂組，飾以鉛黛；貫以明珠，節以雜佩。結想涉于義文，託體尊於恒岱。既上薄而下該，遂承流而津逮。博趣於申公魯齊，探妙於韓嬰外内。稽之周室，考之漢代。是則擷六義之精，而傳其美愛者也。（卷五）

潘德輿

潘德輿（1785—1839）字彦輔，一字四農。清山陽（今江蘇淮安）人。道光八年（1828）舉人。十五年，任安徽知縣。未幾，卒。性至孝，博學工文詞。阮元爲漕運總督，招之，力辭不往。繼游京師，與郭儀霄、張際亮、張履、湯鵬等友善，互相研討。其文入幽出顯，沈痛吐露；詩復精深奥博，耐人尋味。潘德輿論詩以《三百篇》爲根本，以儒家“詩教”爲旨歸，注重詩品與人品關係，强調詩品的關鍵在於厚重質實、在於性情，詩品出於人品，詩品應以詩教爲本。其《養一齋詩話》歷評從《詩經》以來至明末清初的詩人約百餘家，並涉及自鍾嶸以來前人的重要論詩見解及論詩著作；評論的作家以唐人爲多，包括歷代大家、名家，唯不及屈原，當是因其爲騷體之故；評論内容包括品第高下，追溯源流，探究風格，賞析佳構，指摘疵病，偶涉考訂；評論所持標準與作者詩歌主張一致，無論對詩作或詩論，都取其内容關切政教、品操，藝術上宗尚自然渾成者；詩作方面，推尊《詩經》爲最高典範，兩漢以下最推崇曹植、陶淵明、李白、杜甫；詩論方面，最推崇嚴羽《滄浪詩話》、張戒《歲寒堂詩話》、姜夔《白石道人詩説》，最不滿意袁枚《隨園詩話》，斥爲“佻纖”。著有《養一齋詩文集》、《劄記》、《養一齋詩餘》、《養一齋詩話》等。

　　本書資料據上海古籍出版社 1983 年《清詩話續編》本《養一齋詩話》。

《養一齋詩話》（節録）

　　漢、魏詩似賦，晉詩似《道德論》，宋、齊以下似四六駢體，唐詩則詞、賦、駢體兼之，宋詩似策論，南宋人詩似語録，元詩似詞，明詩似八股時文。風氣所趨，雖天地亦因乎人，而况於文章之士哉！

　　陳勾山先生云：“學詩宜先學七古。”僕云：“七古之後，即當繼學五律。”蓋七古詞瀾筆陣，排宕縱横，枵腹短才，萬難施手，故宜從事於此，以覘學力。五律章法變化，對仗精工，結構之嚴，一字不苟，復宜從事於此，以定準繩。此即“可與適道”，“可與立”之義例也。二體既工，詩思過半。至七律尤健於五律，五古尤高於七古，非具真氣大力者，往往難之。精義行權，深造之士，勉焉可也。

　　七言絶句，易作難精，盛唐之興象，中唐之情致，晚唐之議論，塗有遠近，皆可循行。然必有弦外之音，乃得環中之妙。利其短篇，輕遽命筆，名手亦將顛躓，初學愈騰笑聲。五言絶句，古雋尤難；搦管半生，望之生畏。

　　長篇波瀾，貴層疊尤貴陡變，貴陡變尤貴自在，總須能見其大，不得瑣屑鋪陳。短篇却要有千岩萬壑之勢。此古風之大略也。樂府字面節拍，全異古風，須俟諷誦既多，沛然心口，始可偶一爲之。不然神韻音節，齟齬安排，初則短長任我，必來鳧脛鶴頸之嫌；繼則面目摹人，亦有優孟衣冠之誚。

　　陳履常謂"東坡以詩爲詞"，趙閑閑、王從之輩均以爲不然，稱其詞"起衰振靡，當爲古今第一"。愚謂王、趙之徒，推奉太過也。何則？以詩爲詞，猶之以文爲詩也。韓昌黎、蘇眉山皆以文爲詩，故詩筆健崛駿爽，而終非本色；以詩爲詞，則其功過亦若是已矣。雖然，天下猶有以詩爲文、以詞爲詩者：以詩爲文，六朝儷偶之文是也；以詞爲詩，晚唐、元人之詩是也。知以詩爲文、以詞爲詩之失，則知矯之者之爲健筆矣，而所失究在於不如其分也。夫太白以古爲律，律不工而超出等倫；溫、李以律爲古，古即工而半無真氣。持此爲例，則東坡之詩詞，未能獨占古今，而亦埽除凡近者歟！（以上卷二）

　　詩與樂相爲表裏，是一是二。李西涯以詩爲六藝之樂，是專於聲韻求詩，而使詩與樂混者也。夫詩爲樂心，而詩實非樂，若於作詩時便求樂聲，則以末汨本，而心不一，必至字字句句，平側清濁，亦相依仿，而詩化爲詞矣。豈同時人服西涯詩獨具宮聲，西涯遂即以詩爲樂乎？

　　西涯謂"五七言古詩仄韻者，上句末字類用平聲。惟杜子美多用仄，其音調起伏頓挫，獨爲遒健，回視純用平字者，便覺萎靡無生氣"。此即趙秋谷《聲調譜》耳。詩原不可廢此，而豈詩之本耶？然西涯詩如"童子無語對人閑"，實古詩之不合調者。"芳草晴煙已滿城"，一句中三用上聲字，又於聲調合耶？唐人張喬詩"起讀前秋轉海書"，亦一句三上聲，皆不合調。（以上卷四）

　　或問六言詩法，予曰：王右丞"花落家童未掃，鳥啼山客猶眠"，康伯可"啼鳥一聲村晚，落花滿地人歸"，此六言之式也。必如此自在諧協方妙，若稍有安排，只是減字七言絕耳，不如無作也。（卷五）

　　同里丁儉卿，考證宏富，偶以秋谷《聲調譜》平仄之一定者爲疑。作書以答之曰：按譜中所注古詩字音平仄一定者，如于鵠"年年山下人"句，趙氏注曰："下句是律，上句第五字必平。"愚按不獨平韻五古，即仄韻五古亦然。如襄陽"天邊樹若薺，江畔洲如月"，"薺"字必用仄聲者，以下句是律也。蓋不如此，恐與律詩混耳，此無可疑者也。"靜聞水淙淙"句，趙氏注"聞"字曰："此字不平則爲律。"蓋亦恐與律詩混耳，亦無可疑者也。東坡"扁舟渡江適吳越"句，趙氏註"越"字曰："此字不可輕用平聲。"蓋仄韻七古上句尾可仄，平韻七古上句尾若用平聲則不諧，杜公"昔隨劉氏定長安"，"問之不肯道姓名"，究竟變格非法，亦無可疑者也。李賀"衰蕙愁空園"句，趙氏註曰："第三字不平，則律句矣。"蓋李賀此詩參用齊、梁，不盡合調，惟此句得法，故趙氏特註此句以明之，亦無可疑者也。太白"悅驚起而長嗟，失向來之煙霞"句，趙氏註曰："此四句皆六言，若非下句用三平則失調。"蓋不惟恐與賦類，仍爲音節較響耳，亦無可疑者也。杜詩"屢貌尋常行路人"，趙氏註"行"字云："平最要緊"。蓋七古第七字平，第五字必平，乃爲正調，而"屢貌"句又必得"行"字平聲，乃非律句，故云"最要緊"也，亦無可疑者也。李義山"相與烜赫流淳熙"句，趙氏注"赫"字曰："此字必仄"。蓋下面三平，此處亦平，則音不諧。如"封狼生貙貙生羆"七字平聲，轉覺其諧，而一"赫"字易平聲則不諧者，以字之平仄相雜故也。韓詩"快劍斫斷生蛟鼉"，"杲杲寒日生於東"，皆用此義，不可枚舉。獨《陸渾山火》詩："風怒不休何軒軒"、"命黑螭偵焚其元"、"溺厥邑囚之崑崙"不然，故趙氏謂止可用於《柏梁》體，尋常七古斷不可用。蓋柏梁句句用韻，自相諧應，他詩不爾，慮不諧矣，亦無可疑者也。趙氏謂"平平平平仄平平句，於轉韻中不宜"。蓋轉韻最喜流美，此等非古非律之句，殊覺聱牙，故不合用，亦無可疑者也。以上八則，趙氏所謂古詩一定之平仄，義例皆確不可易。僭疏其意如此，亦未知當否也。若其不必一定者，趙氏既未特下重筆，此在後人之變通，以合天然之節奏爾。然趙氏亦有可疑者，如東坡"四方水陸無不便"句，趙氏注云："第五字平，第六字仄，便非律句。"愚按此句"不"字，必易平聲方諧，若"不"字不改，則"陸"字必易平聲方諧。趙氏止以非律句註之，未盡音節之妙也。"紫金百餅費萬錢"，愚按此句誠非律矣，究不如"水脚一綫爭誰先"、"一半已入薑鹽煎"爲不轉韻七古之正調也。趙氏註云："即六字仄，獨令末一字平亦可。"是其啞更甚於坡句，彌不入調也。若謂七古專用正調，恐不能變化參錯，相生相應，得"四方水陸"、"紫金百餅"等一二句間之，更見挺動。即如此說，趙氏亦當注明，不得如所註云云也。右丞"我心素已閑"，襄陽"北山白雲裏"，趙氏註云："皆天然古句。"愚按"北山白雲裏"，誠天然入古："我心素已閑"，不律則有之，若謂其爲天然之古，則必"我素心已閑"而後可也。此皆僕之所疑於趙氏者也。近歙人吳蘇泉紹濚《聲調譜說》，較趙氏爲益詳，其言一定之平仄，亦均不誤。惟注老杜"征衣颯飄飄""颯"字下云："此字用仄妙。"愚按上句"連筌動嫋娜"已四仄矣，此處即易"颯"字爲平聲，亦未見其不妙也。又註"高通荆門路""荆"字云："必平。"愚按"荆"字即易仄聲，亦是古句，今云"必平"，是必宜用四平聲也。五古得四平三平句誠佳，然亦何其滯也！總之此事不可不嚴，不可太滯。吳氏謂"不屑章句者，奸聲詖律，盡裂閑檢，墨守者又形模肖而生氣少"，真篤論也。僕嘗謂漁洋不肯以此譜示人，不如秋穀之有遠見。秋穀云："不知此者，固未爲能詩；僅無失調而已，謂之能詩可乎？故輒以語人無隱。"此三四語，較之吳氏尤曲而盡也。然漁洋答劉大勤："無論古律正體、拗體，皆有天然音節。唐、宋、元諸大家，無字不諧，明何、李、邊、徐、王、李亦然，袁中郎之流，便不了了矣。"又云："七言古凡一韻到底者，其法度悉同。惟仄韻詩單句末一字，可平仄相間用，平韻詩單句末一字，忌用平聲，若換韻者則當別論。"是漁洋亦未嘗不以聲調示人也，特不如趙氏之備耳。凡趙氏所致譏於漁洋者甚多，其詞氣憤懣，非盡由論詩之相失，恐自以蹉跌不振，由漁洋門下所擠故耶？抑以婦舅之親，不能出氣力相拔故耶？要之《聲調》一譜，則趙氏之功爲大，殆曆劫不敝者也。

四言如潘安仁《關中詩》，陸士衡《皇太子宴玄圃》詩，陸士龍《大將軍宴會》詩，應吉甫《華林園集》詩，顏延年《應詔讌曲水》詩、《皇太子釋奠》詩，體製聲色，都如一轍。顏雖琢鏤較甚，然亦無甚高下。蓋皆《雅》、《頌》之皮毛，阿諛之圭臬，而四言之奴隸也。漢、魏以來，四言自以韋孟《諷諫》爲第一，魏武帝《短歌行》、《觀滄海》、《龜雖壽》，曹子建《應詔》、《責躬》、《朔風》等詩次之，皆在晉、宋人上。然晉人如淵明《停雲》、《時運》等作，又不可以風會論。其次如束晳《補亡》，古樸不足，安雅有餘，同時大手亦無出其右者，況俊人哉！朱竹垞乃謂“嘉靖時鄭世子載堉所著《補亡詩》廿餘首，檃括古訓，比之束晳，似爲過之”。予觀之直似集經語時文耳，何足當晉人一盼也！（以上卷七）

趙甌北謂元遺山自創一種拗體七律，拗在五六字。如“來時珥筆誇健訟，去日攀車留淚痕”，“市聲浩浩如欲沸，世路悠悠殊未涯”，“東門太傅多祖道，北闕詩人休上書”之類，不一而足。予按此體亦不始於遺山，蘇詩“扁舟去後花絮亂，五馬來時賓從非”，南宋初四明劉良佐應時詩“青山空解供眼界，濁酒不能澆別愁”是也，特不能如遺山之多耳。然遺山七律亦有自成一體，而用之太多，則成褒衣大袑、廓落無當之調者，好用平對四實字裝之句首也。如“神功聖德三千牘，大定明昌五十年”，“皇統貞元見題字，良辰美景記升平”，“金初宋季聞遺事，草靡波流見古儒”，“虞卿仲子死不朽，石父晏嬰今豈無”，“淵明太白醉復醉，季主唐生鳴自鳴”，“長江大浪欲橫潰，厚地高天如合圍”，“來鴻去燕三年別，深谷高陵百事非”，“林影池煙設清供，物華天寶借餘光”，“遺編墜簡文章爛，糲食粗衣歲月長”，“陳馬風檣見豪舉，《雪車》、《冰柱》得真傳”，“狗盜雞鳴皆有用，鶴長鳧短果如何”，“禪房道院留連夜，酒榼詩囊浩蕩春”，“賣劍買牛真得計，腰金騎鶴恐非才”，“異縣他鄉千里夢，連枝同氣百年心”，“秋風古道將誰語，殘月長庚更可憐”，“清泉白石言猶在，赤日紅塵夢已空”，“霽日光風開白晝，瓊林珠樹照青春”，“流星淡月魚龍夜，老木清霜鴻雁秋”，“荒畦斷壠新霜後，瘦蝶寒蟬晚景前”，“斷霞落日天無盡，老樹遺臺秋更悲”，“槐火石泉寒食後，鬢絲禪榻落花前”，“水碧金膏步兵酒，天香國色洛陽花”，“離合興亡竟如此，淒迷零落欲安之”，“雲窗霧閣有今夕，寶靨羅裙無此聲”，“輕舟矮馬追隨遠，翠幕青旗笑語譁”，“販婦傭兒識名姓，故鄉遺族見衣冠”。更有用之起句者，如“薄雲晴日爛烘春，高柳清風便可人”，“露菊霜華薦枕囊，石泉崖蜜破松房”，“遠水寒煙接戍樓，黃花白酒浣羈愁”。更有前六句全用者，“南楊北李閑中老，樂丈張兄病且貧。叔夜呂安誰命駕，牧童田父實爲鄰。功名富貴知何物，風雨塵埃惜此身”。按七律此體，雖始於老杜，如“小院回廊春寂寂,浴鳧飛鷺晚悠悠",“清江錦石傷心麗,嫩蕊濃花滿目斑",“書簽藥裹封蛛網,野店山橋送馬蹄",“落花遊絲白日靜,鳴鳩乳燕青春深",“珠簾繡柱圍黃鵠,錦纜牙檣起白鷗",“臥龍躍馬終黃土,人事音書漫寂寥",“楚江巫峽半雲雨,清簟疏簾看弈棋",未嘗不疊見,而豈至如遺山無十首不一見耶?是必平日專取應用字面,寫之一紙,以待分撥,故往往纔見於此,又見於彼。持此摹杜,愈近愈遠,貌即宏偉,何關妙詣哉!(卷八)

近人論詩,多以蜂腰爲病。然如楊盈川“天將下三宮,星門列五戎。坐謀資廟略,飛檄仁文雄"。駱義烏“晚風連朔氣,新月照邊秋。灶火通軍壁,烽煙上戍樓"。明皇帝“火龍明鳥道,鐵騎繞羊腸。白霧埋陰壑,丹霞助曉光。澗泉含宿凍,山木帶餘霜"。張曲江“寵錫從仙禁,光華出漢京。山川勤遠略,原隰軫皇情"。錢仲文“苦調凄金石,清音入杳冥。蒼梧來怨慕,白芷動芳馨。流水傳湘浦,悲風過洞庭"。皆歷世相傳之名作,而亦犯此病,並不累其氣體,何也?乃知此病,在詩爲至小,而徒去此病,亦不足以爲佳詩耳。(卷十)

梅曾亮

梅曾亮(1786—1856)字伯言。清上元(今江蘇南京)人。姚鼐的高足之一,與管同、姚瑩、方東樹並稱爲“四大弟子"。道光二年(1822)進士。性情簡淡,無意仕宦;既不長於考據,對宋儒理學也不大感興趣。從小就喜歡駢儷之文,稍長便有志於古文,在理論與創作上都對方、姚有所發展,在總體上雖然仍堅守桐城派的文統、道統,但由於受艱危時局的影響,開始強調加強文學與現實的關係。其文章大體上貫徹了他的理論,能夠以簡潔蘊藉的文筆,真切的表現情與事,平易清新,富有情韻;不僅嚴守桐城古文的“義法",還吸收了歸有光及柳宗元等人古文的長處,思想性、藝術性都較一般的桐城古文爲高。著有《柏梘山房文集》、《柏梘山房文續集》。

本書資料據中華文史叢書本《柏梘山房文集》。

《管異之文集》書後(節錄)

曾亮少好爲駢體文,異之曰:“人有哀樂者,面也。今以玉冠之,雖美,失其面矣。此駢體之失也。"余曰:“誠有是。然《哀江南賦》、《報楊遵彥書》,其意固不快耶?而賤之也!"異之曰:“彼其意固有限,使有孟、荀、莊周、司馬遷之意,來如雲興,聚如車屯,則雖百徐、庾之詞，不足以盡其一意。"余遂稍學爲古文詞，異之不盡謂善也，曰："子之文病雜，一篇之中，數體互見，戎其冠，儒其衣，非全人也。"余自信不如信異之，深得一言爲數日憂喜。（卷九）

陳 僅

陳僅（1787—1868）字餘山，號漁珊。清鄞縣（今浙江寧波）人。嘉慶十八年（1813）舉人。官至陝西寧陝廳同知。著有《詩誦》、《羣經質》、《十三經蒙拾》、《紫陽縣志》、《南山保甲書》、《捕蝗彙編》、《濟荒必備》、《王深寧先生年譜》、《戔戔言》、《竹林答問》、《繼雅堂詩集》、《練清軒詩賦》、《漁珊詩抄》等。《竹林答問》爲其道光十九年（1839）任紫陽知縣時答仼詩香問詩，由詩香記錄而成。書中問答，雖皆常識，然涉及傳統詩學基本問題，陳氏之解要皆平正通達。其論古今體式、聲調源流，最有見地；評論歷代詩家，考證文字音韻亦具見學識，爲後人所重。

本書資料據上海古籍出版社1983年《清詩話續編》本《竹林答問》。

《竹林答問》（節錄）

問：《文章緣始》謂五七言皆起於漢。然《毛詩》"伴奐爾遊矣"三章，"惟昔之富不如時"二句，已見胚胎，是同出於西周之時矣。

此語誠然。五言古詩起於蘇、李，七言古詩起於《柏梁》。若五言歌行，漢人之樂府也。七言歌行，肇始於禹《玉牒辭》。《拾遺記》所載《白帝》、《皇娥》二歌，不足信。後來《飲牛》、《臨河》、《采葛》、《易水》、《垓下》、《大風》皆是，亦樂府也。古詩及歌行自是兩種，論古詩之源，則五七言同時論歌行之源，則七言先於五言。滄浪於此，頗似倒置。至謂四言起於漢韋孟，則大謬。此齊、梁詩體之所以卑也。

問：學詩次第何先何後？

詩之次第，五古爲最先，七古次之，五絕次之，五律次之，七絕又次之，七律最後。學詩者亦因之爲次第。有以絕句爲截句，謂截律體之半以爲詩者，不知絕之先於律也。

問：七絕貴神韻，五絕似純乎天籟，別有致力處否？

絕句本出於樂府，最近變風。古今詩人，亦未有不工古詩而能工於絕句者，熟讀古樂府及唐賢諸家詩自知。

問：嚴滄浪有云："律詩難於古詩，七律難於五律。"此語頗似駭俗。

滄浪此語，深得詩中三昧，學者自昧昧耳。管韞山曰："五律人可頓悟，七言則非積學攻苦不能致也。論者謂'如挽百石弓，非腕中有神力者，止到八九分地位'，此言最善於名狀。"吾鄉先輩薛千仞先生曰："七言律法度貴嚴，紀律貴整，音調貴響，不易染指。余見初學後生無不爲七言律，似反以此爲入門之路，宜其欲入而自閉其門，終身不得窺此道藩籬，無怪也。"兩先生之言旨哉！

問：古詩與樂府，異流而同源。然考唐、宋人集中，往往有古詩而無樂府，前明以來，此體方盛，豈後人轉勝於前人邪？

古詩、樂府之分，自漢、魏已然。故潘勝於陸，而安仁之樂府無聞；謝勝於鮑，而康樂之樂府殊遜，後人不以此爲優劣也。今之刊行集者，必取樂府數章，爲開卷利市，適彰其陋耳。

問：唐人新樂府何如？

樂府音節不傳，唐人每借舊題自標新義。至少陵，並不襲舊題，如《三吏》、《三別》等詩，乃真樂府也。其他如元道州之《系樂府》，元微之之《樂府新題》，香山、張、王之《新樂府》，溫飛卿之《樂府倚曲》，皮日休之《正樂府》皆是。微之以下，雖以古詩之體爲樂府，而樂府之真存。不似明人字摹句仿，鈎輈詰屈，而杳不知其命意之所在也。

問：如叔父言，則樂府必不可擬乎？

非特樂府不必擬，即古詩亦不可擬。詩者，性情也。性情可擬乎？古人但借其題而不擬其體，自謝康樂、江文通擬古之體興，而詩道衰矣。

問：六言詩，古樂府有之，至唐而有六言律絕，何獨無八言詩邪？

詩至八言，冗長嘽緩，不可以成句矣，又最忌折腰。東方朔八言詩不傳，古人無繼之者。即古詩中八字句法亦不多見，不比九字、十一字奇數之句，猶可見長也。有唐一代，惟太白仙才，有此力量。如《戰城南》"匈奴以殺戮爲耕作"，"聖人不得已而用之"，《蜀道難》"黃鶴之飛尚不得過"，《北風行》"日月照之何不及此"，《久別離》"爲我吹行雲使西來"，《公無渡河》"有長鯨白齒若雪山"等句，惟其逸氣足以舉之也。李昌谷"酒不到劉伶墳上土"亦是，大抵皆在樂府中也。十字成句，則太白《飛龍引》"黃帝鑄鼎於荆山煉丹砂，丹砂成騎龍飛上太清家"二句，亦樂府也。

問：十一字句，句法如何？

如太白"紫皇乃賜白兔所擣之上藥"，"人非元氣安能與之久徘徊"，老杜"慎勿見水踴躍學變化爲龍"，韋蘇州"一百二十鳳凰羅列含明珠"，皆是。後人於古風長短句間亦效之，過是則句法不易振竦矣。

問：唐人有六句律詩，此何體也？

此體盛於陳、隋之間，蓋由古入律之交際也。唐人偶一爲之，亦意盡而止耳，未嘗拘拘取備一體，後人盡可不學。

問：五句詩何如？

古五句詩惟樂府有之，如《前溪歌》"逍遥獨桑頭"，"前溪滄浪映"，"黃葛結蒙蘢"，"當曙與未曙"數章而已。唐永淳中童謡亦五句。七古五句如漢昭帝《淋池歌》，太白《荆州樂》，老杜《曲江三首》是已，皆見郭茂倩《樂府詩集》中。滄浪臚列詩品，無此一體。

問：三句詩何如？

古樂府《華山畿》、《讀曲歌》、《長樂佳》等詩多有之，皆五言也。七言如《大風歌》是也。後人不多見。唐則岑之敬之"明月二八照花新，當壚十五晚留賓，回眸百萬横自陳"，無名氏之"楊柳嬝嬝隨風急，西樓美人春夢中，繡簾斜卷千條入"一首。宋人則謝皋羽之"杜鵑花開桑葉齊，戴勝芋生藥草肥，九鎖山人歸未歸"一首。元、明人亦有數首，均見《升庵詩話》中，今不復記憶矣。

問：七句古詩之體如何？

鮑照《代白紵舞歌》，李太白《烏棲曲》，郎士元《塞下曲》，結體用韻各異，可以爲法。

《竹林答問·附長律淺説示單生士林》（節録）

問：滄浪所列詩體已備否？

大略已備。然中如杜荀鶴不足列一體，而皮、陸《松陵》一體似須增入。他如元次山《篋中集》,韋縠《才調集》,亦另是一種。雜體中尚應補吳體即俳諧體、《竹枝》兩體。宋詩無歐、梅、陸三家體,亦不可解。

問:《竹枝詞》爲歌詠風土之作,而中間雜以男女狎褻之語,何也?

此體本起於巴、濮間男女相悦之詞,劉禹錫始取以入詠,詼諧嘲謔,是其本體。楊升庵引王彪之《竹賦》,謂《防露》爲《竹枝》所緣始,亦屬有見。

問:詠物詩起於何代?

詠史詩起於晉,詠物詩起於梁。

問:班婕妤《團扇》,非詠物乎?

古人之詠物,興也;後人之詠物,賦也。興者藉以抒其性情,詩非徒作,故不得謂之詠物也。自擬古詩興而性情僞,自詠物詩興而性情亡,其能於擬古、詠物見真性情者,杜老一人而已。

問:題畫詩何如?

題畫詩起於老杜,人人皆讀之。故凡題畫山水,必説到真山水,此法稍知詩理者皆能言之。然此中須有人在,否則雖水有聲,山有色,其如盲聾何!試觀老杜題山水必曰:"若邪溪,雲門寺,青鞋布襪從此始。"題畫松必曰:"我有一匹好東絹,重之不減錦繡段,請君放筆爲直幹。"題畫馬必曰:"真堪託死生。"題畫鷹必曰:"吾今意何傷,顧步獨紆鬱。"厥後東坡、放翁亦均如此,可悟矣。

陳繼昌

陳繼昌(1791—1849)原名守叡,字哲臣,號蓮史。清臨桂(今屬廣西)人。乾隆朝著名宰相陳宏謀的玄孫。嘉慶二十五年(1820)狀元。授職翰林院修撰。由於他抱病應殿試而連中"三元"(解元、會元、狀元),聲名大振。察考又取得第一,故又有"四元及第"之稱。他是中國科舉史最後一位"三元"狀元。廣西桂林至今尚有"三元及第"石牌坊,爲時任湖廣總督的阮元爲陳繼昌所立。陳繼昌多任外放官,所到之處,辦事公正廉明,興利除弊,促教興文,尤以興修水利深得民心。善書法,有書法大家風範。能詩文,著有《如話齋詩存》。另有文《殿試策》。曾爲梁章鉅《楹聯叢話》作序。梁章鉅説:"在桂林時,每得一聯,輒與陳蓮史、徐小霞、陳海霞、桂舫諸君賞析之。"《楹聯叢話》説："陳蓮史所作楹帖，語多古異。"

本書資料據北京出版社 1996 年版《楹聯叢話》。

《楹聯叢話》序（節録）

楹帖肇自宋、元，于斯爲盛。片辭數語，著墨無多，而蔚然薈萃之餘，足使忠孝廉節之悃，百世常新；廟堂瑰瑋之觀，千里如見。可箴可銘，不殊負笈趨庭也；紀勝紀地，何啻梯山航海也。詼諧亦寓勸懲，欣戚胥關名教。草茅昧於掌故者，如探石室之司矣；膾炙遍於士林者，可作家珍之數矣。一爲創局，頓成巨觀。惟公以蓬山耆宿入直樞垣，揚歷大邦，疊膺重寄，雖官書林立，而几案塵清。偶當詩鉢文壇，輒復露垂泉湧。茲則秉節全圻，總宏綱而理庶政，猶是思艱圖易，舉重若輕。雍容乎禮法之場，翔泳乎文藝之圃。燭武所謂智深勇沈，潁濱所稱神止氣定者，非歟！故於前所著諸集，見公之綜貫百氏，取精用宏，而於斯集有以見公心源治法，以整以暇爲天授，非人力所能及也。（卷首）

梁紹壬

梁紹壬（1792—約 1835）字應來，號晉竹。清錢塘（今浙江杭州）人。道光元年（1821）舉人。官至內閣中書。承家學，工詩善文，學問淵博，嗜酒。著有《兩般秋雨盦詩》、《兩般秋雨盦隨筆》。《兩般秋雨盦隨筆》是一部著名的叢著雜纂類筆記，在近代筆記中自成一家，內容十分豐富，大致可分爲四類：稽古考辨、詩文評述、文壇逸事、風土名物。由於作者性貫靈犀，博設經典，因而該書中提供的許多資料都很有價值，對古代名物佚事的考證論述也有不少獨到的見解。

本書資料據上海古籍出版社 1982 年版《兩般秋雨盦隨筆》。

無題詩

無題詩與香奩詩，界若鴻溝。李義山之詩，無題詩也；韓冬郎之詩，香奩詩也。蓋無題之什，不必盡寫情懷，而香奩之篇，則競專作膩語。至閒情風懷，則指實事矣。（卷五）

沈　濤

沈濤（約 1792—1855）原名爾政，字西雍，號匏廬。清嘉興（今屬浙江）人。未冠，舉嘉慶十五年(1810)鄉試。選授如皋縣知縣,尋擢守燕北各郡,曾任正定府知府等職,卓著政聲。歷署鹽法、糧儲兩道。會粵事棘,咸豐三年(1853)初,改調江蘇,病卒泰州。沈濤幼有神童之稱,曾從段玉裁游,專尚考訂,兼嗜金石,著述精湛。與歸安吳雲相契,賞鑒所獲,唱和成帙。著有《論語孔注辨僞》、《説文古本考》、《常山貞石志》、《銅熨斗齋隨筆》、《瑟榭叢談》、《交翠軒筆記》、《柴辟亭詩集》、《十經齋文集》、《匏廬詩話》等。

本書資料據光緒望雲仙館本《匏廬詩話》。

《匏廬詩話》(節錄)

《竹枝》初不言竹,《柳枝》則專詠柳,自唐已然,頗不可解。今柳枝詞又或兼言風土,比附尤難。(卷上)

詩至九言而止,然亦有十言詩。《懷麓堂詩話》引太白詩:"黄帝鑄鼎於荆山煉丹砂,丹砂成,騎龍飛上太清家。"余謂長孫無忌《新曲》云:"阿儂家住朝歌下早傳名,結伴來游淇水上舊長情。"又云:"回雪淩波遊洛浦遇陳王,婉約娉婷工語笑倚蘭房。"是初唐已有十言詩矣,惟通首仍是七言。(卷下)

謝元淮

謝元淮(約1792—約1874)字鈞緒、默卿,爲明朝河南布政司參政謝佑後裔。嘉慶二十一年(1816),調任太湖東山巡檢,協辦海運,後奉派到兩淮主持鹽務。謝元淮在江淮五十年,疏浚運河及吳淞口、秦淮河,賑濟江都災民。鴉片戰爭期間奉命防守上海,口碑甚佳。著有《鑄銀錢以抑洋價論》、《鈔貫説》、《碎金詞譜》、《填詞淺説》等。《填詞淺説》一卷二十六則,論詞不滿時人"專求俊句,每置平仄官調於不問",專就詞之官調、格律、平仄、陰陽等問題展開討論。提出填詞之若干限制,然不必拘泥。《碎金詞譜》十四卷,共計收錄古代詞樂樂譜五百五十八闋,既是一部詞譜,又是一部詞樂樂譜資料集,而其價值則更在於後者。《碎金詞譜》將《新定九官大成南北詞官譜》中所保留的唐宋詞樂進行了全面的研究整理,結成專集,可謂詞學史上的盛舉。全書有詞樂樂譜一百八十首,曲譜十首,這些樂譜顯然不可能是唐、宋詞的原貌,但必然是與唐宋的音樂較爲接近的。音樂史大師楊陰瀏、詞學大師任中敏,都認爲這些資料去古未遠,是很值得重視的。

本書資料據中華書局1986年唐圭璋《詞話叢編》本《填詞淺説》、河北大學出版社

2010 年版《碎金詞譜》。

《填詞淺説》（節録）

詞爲詩餘

　　詞爲詩餘，樂之支也。樂府之名，始於西漢，有鼓吹、橫吹、清商、雜調諸名。六朝沿其聲調，更增藻豔，與詞漸近。唐人《清平樂》、《鬱輪袍》、《涼州》、《水調》之類，皆以絶句被笙簧。於是太白、飛卿輩創立《憶秦娥》、《菩薩蠻》等曲，而詞與詩遂分。至宋而其體益備，設大晟樂府，領以專門名家，比切宮商，不爽銖黍於依永和聲之道，洵爲盛矣。迨金變而爲曲，元變而爲北曲，而曲又與詞分。明分北曲爲南曲，愈趨愈靡。是知詞之爲體，上不可入詩，下不可入曲。要於詩與曲之間，自成一境。守定詞場疆界，方稱本色當行。至其宮調、格律、平仄、陰陽，尤當逐一講求，以期完美。

南北聲音不同

　　聲樂之有南北，非始近日也，《文心雕龍》云：“塗山歌於候人，始爲南音。有娀謡於飛燕，始爲北聲。夏甲爲東，殷鼗爲西。”然則古者四方皆有音，而今但統言南北耳。以辭而論，南多豔婉，北雜羌戎。以聲而論，南主清麗柔遠，北主勁激沉。北宜和歌，南宜獨奏。及其敝也，北失之粗，南失之弱。此其大較也。

十七宮調

　　詞始於唐，原無所謂南北。及元盛北曲，明尚南詞，而宮調始分。宮有六，調有十一，總之爲十七宮調，專爲歌詞而設。其歷代詩餘亦間有採入南北曲者。既已分隸各宮調下，即不能不類從南北，另爲一體。此余《碎金詞譜》南北宮調之所由分别編集也。

今詞協律

　　古詞既可叶律，今詞何獨不然。吾嘗欲廣徵曲師，將歷代名詞，盡被弦管。其原有宮調者，即照原注，補填工尺。其無宮調可考者，則聆音按拍，先就詞字以譜工尺，再因工尺以合宮調。工尺既協，斯宮調無訛。必使古人之詞，皆可入歌，歌皆合律。其偶有一二字隔礙不叶者，酌量改易。其全不入律者删之。彙成一代雅音，作爲後學程式。至於自製各詞，雖照依古人格調、句讀、四聲、陰陽而填，然字面既異，即工尺難同。亦令善謳者，逐字逐句以笛板合之。遇有拗嗓不順處，即時指出其字應換某聲字方協,隨手更正。縱使詞乏清新,而律無舛錯矣。

論四聲

平仄者,沈休文四聲也,平聲謂之平,上去入總謂之仄。平有陰陽,仄有上去入。倘用乖其法,則爲失調,俗稱拗嗓。蓋平聲尚含蓄,上聲促而未舒,去聲往而不反,入聲逼側而調難自轉。北曲入聲無正音,是以派入平上去三聲中。南曲不然,入聲自有入聲正音,不容含混。

論陰陽

天地自然之理,輕清上浮者爲陽,重濁下凝者爲陰。乃《中原音韻》反以清爲陰,濁爲陽。陰陽倒置者何歟?蓋周氏之韻,專爲北曲而設。北音重濁,凡唱重濁字皆揭起,唱輕清字皆抑下,正與南音相反。南音唱輕清字皆高唱,重濁字皆低。其仍以清聲名陰,濁聲名陽者,亦緣周氏之書,遵用已久,驟難更正。如沈約韻,後人雖明知其謬,而千餘年來遵爲功令,竟成不刊之典,因沿錯誤如此。其實南曲自有南方之音,若遵周氏北方音叶,而歌龍字爲驢東切,歌玉爲禦,綠爲慮,宅爲柴,落爲潦,責爲哉,不爲補,角爲教,鶴爲號,聽者有不掩耳而走哉。詞曲既播管弦,必高下抑揚,參差相錯,引如貫珠,而後可入律呂。倘宜揭也,而或用陽字,則聲必欺字,宜抑也;而或用陰字,則字必欺聲。陰陽一欺,則調必不和。欲詘調以就字,則聲非其聲。欲易字以就調,則字非其字,窘矣。故凡填詞者,先辨宮調南北,再遵南北音聲,斟酌下字,庶不爲知音齒冷。

《中原音韻》論陰陽

《中原音韻》論陰陽字,惟平聲有之,上去俱無。吳江沈君徵,議其尚欠精詳。乾隆中,昆山王履青著《音韻輯要》一書,於平聲陰陽之外,又增出去聲陰陽,較證反切,極爲允當。然每字皆具四聲,平去既分陰陽,上入何以獨闕?再四推尋,而後歎周氏之專論平聲陰陽,非無故也。蓋平聲字,陰陽清濁不同,出口便可定準。其上去入三聲字,則皆隨平聲而定者,雖亦可分陰陽,而其聲由接續而及,介在兩間者居多。即如東同韻中,風字,陰平也,其調四聲曰,風琫鳳拂。是琫鳳拂三字,隨風字牽連而屬陰聲矣。而馮字陽平也,其調四聲,亦曰馮琫鳳拂,是琫鳳拂三字,又隨馮字牽連而爲陽聲矣。將何從而定其陰陽乎!他如葱、蟲、通、同、烘、紅等字,皆陰陽同調。此外各韻,難以遍舉。前明會稽王伯良著《曲律》,謂平聲字亦有陰陽兼屬者。引元燕山卓從之所著《中原音韻類編》,每類於陰陽二聲之外,又有陰陽通用之一類。如東之類爲陰，戎之類爲陽。而通、同之類，則陰陽並屬。謂爲五音中有半清半濁之故，其説亦頗有理。愚謂四聲中，平聲字可高可低，故陰陽必分。其去聲字最高最長，故亦須分別陰陽，俾歌者有悠揚綿邈之致。若上聲字低而短，稍加高長，便非本聲。而入聲字則最低最短，出口急須唱斷，方肖入聲字眼。是以皆不必再分陰陽，並非上入二聲無陰陽也。

曲應用詞韻

詞韻與詩韻不同，曲韻又與詞韻有別。古詩用古韻，有通叶轉注等法。近體用今韻，不許稍有出入。詞韻則三聲互叶，上去並押，已較詩韻爲寬。曲爲詞餘，自應用詞韻。乃周氏《中原音韻》出，而作北曲者守之兢兢，奉爲金科玉律，其實罅漏甚多。即就其所取東鐘二字立作韻目而言，已欠妥協。夫詩韻之一東二冬，只取一字，今取二字，豈非以聲有陰陽之故耶？若然，自應取一於陰，取一於陽，方洽立韻之旨。乃東鐘、支思、先天、歌戈、車遮、庚青，皆兩陰字。齊微、魚模、尤侯，則兩陽字。寒山、桓歡、廉纖，則陰陽兩倒。僅江陽、皆來、真文、蕭豪、家麻、侵尋、監咸七韻不誤，要亦偶合，非真有定見也。昆山王氏《音韻輯要》，釐爲二十一韻，分東同、江陽以至監咸、纖廉爲二十一卷，陰陽各取一字爲韻目，得其要矣。

沈去矜《詞韻》切當

詞韻寬於曲，而曲韻反嚴於詩，殊爲失當。詩賦均以韻爲限，雖雒誦疾徐隨人，然至押韻處，必須頓斷，故不許出韻。取上下諸叶，令讀者聽者，咸有鏗鏘和洽之美。詞付歌喉，抑揚頓挫，其板眼不必定在押韻處，是以三聲通押。北曲本弦索調，字多聲促，與今之弋陽梆子二簧等腔，筋節略相類。故押韻處亦嚴，此《中原音韻》之所由作也。至若南曲聲調宛轉悠揚，一字有下數板者，讀之知其有韻歌之殊，不以韻爲斷也。乃李笠翁深訾出韻，王伯良於《琵琶》、《荆釵》、《還魂》等記，亦病其用韻太雜。至謂元明諸劇，無一合者，持論何苛也！夫《琵琶》等記，傾倒聲場，已數百年。幾於無日不歌，未聞有以用韻不類而斥之者。且其人皆在周德清之前，彼時尚無所謂曲韻者，焉能預料數十年後，有《中原音韻》一書，而先揣摩韻脚，以相符合耶？此論與今之奉沈韻爲宗，而妄議漢、魏古詩爲失韻者，又何以異？鄙意用韻謹嚴，乃詞曲中之一事。若僅於韻脚無舛，遂稱良工，而遇俊語佳辭，概以出韻見擯，豈公論哉！又嘗讀内典經偈，見有四、五、六、七字爲句者，與歌謡相類。連編累牘，全不用韻。順口誦去，毫不覺其格閡。即梵唄諷誦，亦有節奏可聽。於此悟曲韻之無甚緊要矣。填詞家遵用沈去矜《詞韻》，極爲切當，本不必旁及曲韻。惟既以笙簫度所著詞，即與歌時曲無異，故牽連書之。

詞調之始

　　詞有調名,始終漢之《朱鷺》、《艾如張》,梁、陳之《折楊柳》、《玉樹後庭花》等篇。唐、宋爲《花庵》、《草堂》諸調。大晟樂府所集,有六十家八十四調,後漸增至二百餘調。換羽移宮,代有新增。今載在《欽定詞譜》者,共八百二十六調,分二千三百二十六體。有一調數名,亦有一名數調者。自十四字起,至二百四十字止。其體有單調、雙調、三疊、四段之不同。其句讀自一字至九字,各有一定格法。如四字句,有上一下一,中兩字相連者。五字句,有上一下四者。六字句,有上三下三者。七字句,有上三下四者。八字句,有上一下七、或上五下三、上三下五者。九字句,有上四下五、或上六下三、上三下六者。難以悉數。大約以整句爲句,半句爲讀,直截者爲句,蟬聯不斷者爲讀。毛稚黃謂十六字至五十八字爲小令,五十九字至九十字爲中調,九十一字以外爲長調,未知何所據依。不若專以字數起算之爲簡淨也。

《圖譜》杜撰

　　一調數體者,自應取創始之詞及宋詞之最佳者作爲正體。其餘字數多寡不同,或字數雖同,而句韻各異者,概列爲又一體。《圖譜》於正體之外,類録各詞,强標第一、第二體等目,憑臆杜撰,牽强難從。字數句韻雖同,而一詞數闋,或一人數詞,平仄互有同異者,必須專指一詞爲定體,且指出其詞首句作準。如填《臨江仙》調,若從牛希濟五十八字詞,即於題下注明“從牛希濟‘柳帶搖風漢水濱詞’”。若從和凝五十四字詞,亦於題下注明“從和凝‘海棠香老春江晚詞’”。若從蘇子瞻六十字“細馬遠馱雙侍女”詞,或從“尊酒何人懷李白”詞,均於題下注出,以免含混。逐字逐句,照本填入,能四聲陰陽俱講爲妙,否則平仄二聲斷不容有錯誤。慎勿因圖譜有可平可仄之説,任意雜湊,轉致不成聲調也。

自度曲

　　自度新曲,必如姜堯章、周美成、張叔夏、柳耆卿輩,精於音律,吐辭即叶宮商者,方許製作。若偶習工尺,遽爾自度新腔,甘於自欺而欺人,真不足當大雅之一噱。古人格調已備,盡可隨意取填。自好之士,幸勿自獻其醜也

詞　禁

　　詞有聲調,歌有腔調,必填詞之聲調,字字精切,然後歌詞之腔調,聲聲輕圓。調

其清濁，協其高下，首當責之握管者。其用字法宜平不得用仄，宜仄不得用平，宜上不得用去，宜去不得用上。一調中有數句連用仄聲住脚者，宜一上一去間用。韻脚不得用入聲代平上去字。王伯良有《曲禁》四十條，今摘其與詞同禁者十一條列後：

平頭第二句第二字，不得與第一句第一字同音。

合脚第二句末一字，不得與第一句末字同音。

上去疊用上去字須間用，不得連用兩上兩去，兩上字連用，尤爲棘喉。

上去去上倒用宜上去不得用去上，宜去上不得用上去。

入聲三用不得疊用三入聲字。

一聲四用不論平上去入，不得疊用四字。

陰陽錯用宜陰不得用陽字，宜陽不得用陰字。

閉口疊用如用侵，不得又用尋，或又用監咸、纖廉等字。其現成雙字，如深深、鈙鈙、憸憸類不禁。

疊用雙聲字母相同，如玲瓏、皎潔類，止許用二字，不許連用至四字。

疊用疊韻二字同音，如逍遥、燦爛類，亦止許二字連用，不得連用至四字。

開口閉口字同押凡閉口字如侵尋、監咸、纖廉三韻類，不可與開口韻同押。

宮調（節錄）

宮調之辨，愈解愈紛，幾於無可捉摸。有一詞而數調兼收者。有詞之字數、句韻俱同，而分屬兩調者。古譜失傳，今名互異，其何以謂之宮調，何以有宮，又復有調，不得不追溯其源，爲初學先路。按王伯良《宮調論》曰：宮調之立，蓋本之十二律五聲，古極詳備，而今多散亡也。撮其要領，則律之自黃鐘以下凡十二也。聲之自宮商角徵羽而外，又有半宮半徵，共爲七也。古有旋相爲宮之法，以律爲經，復以律爲緯乘之。每律得十二調，以七聲合十二律，共得八十四調，此古法也。然不勝其繁，後世省爲四十八宮調。四十八宮調者，以律爲經，以聲爲緯。七聲之中，去徵聲及變宮、變徵，僅省爲四。以聲之四乘律之十二，於是每律得五調，合爲四十八調。四十八調者，凡以宮聲乘律皆呼曰宮，以商、角、羽三聲乘律皆呼曰調。列其目於左……以上所謂四十八調也。自宋以來，僅存六宮十一調，載在《中原音韻》。其所屬曲聲調，各自不同。其六宮仙呂宮，曰南呂宮，曰中呂宮，曰黃鐘宮，曰正宮，曰道宮。其十一調曰大石調，曰小石調，曰高平調，曰般涉調，曰歇指調，曰商角調，曰雙調，曰角調，曰越調，此即所謂十七宮調也。

十三調

自元以來，北亡其四，曰道宮，曰歇指調，曰角調，曰宮調。南又亡其一，曰商角調。自十七宮調而後，又變爲十三調。

宮聲不用

十三調者，蓋盡去宮聲不用。其中所列仙呂、黃鐘、正宮、中呂、南呂、道宮，但可呼之爲調，而不復呼之以宮，如曰仙呂調、正宮調之類。然惟南曲有之。變之最晚，調有出入，詞則略同，而不妨與十七宮調並用者也。

今樂不全應古法

其宮調之中，有從古所不能解者，宮聲於黃鐘起宮，不曰黃鐘宮，而曰正宮。於林鐘起宮，不曰林鐘宮，而曰南呂宮。於無射起宮，不曰無射宮，而曰黃鐘宮。其餘諸宮，又各立名色。蓋今正宮實黃鐘宮，而黃鐘宮實無射宮也。此沈括所謂今樂聲音出入，不全應古法，但略可配合，雖國工亦莫知其所因也。

引　子

引子即登場第一曲，北曰楔子，南曰引子，本於詩餘。原可加板作曲，向來唱引子者，皆於句盡處用一底板。今照《九宮譜》填出工尺，各宮調皆有引子。獨羽調無之，借用仙呂引子。

過曲集曲

引子下第一曲爲過曲，南曰正曲，北曰雙曲。南又有集曲，俗稱犯調，以各宮牌名彙集而成曲者。《九宮譜》以其名欠雅，改爲集曲。

尾　聲

引子曰慢詞，過曲曰近詞，中曲曰換頭，煞曲曰尾聲，或曰慶餘，或曰意不盡，或曰十二時，以凡尾聲皆十二板，故名，其實一也。古曲有豔有趨，豔在曲前，即今引子。趨在曲後，即今尾聲。

詞注四聲

詞字之左，詳注平仄四聲，遇平去陰聲字，則加○，以省筆墨。

《碎金詞譜》

以上諸論，因近日詞人，專求俊句，每置平仄宮調於不問。所謂佳者甚多，而是者絕少也。前刻《碎金詞譜》,皆有宫調可尋,即自作各詞,亦字斟句酌,務求復古,故不得不瑣屑推敲,覽者幸勿嗤爲膠柱也。其一切論説,詳載《碎金詞譜》凡例中。兹不復贅云。

《碎金詞譜・自序》

《詩》三百篇皆入弦歌,審音知政,治道備焉。漢立樂府,聲律最盛。自魏、晉以來,雅、鄭淆雜,隋始分雅、俗二部,雅爲郊廟詩歌,俗爲燕樂之曲。至唐更曰部當,凡所謂俗樂者二十有八調,即今正宫諸調是也。

夫韶濩之音歷千數百年,至季札觀樂時,猶能使人感嘆興起。當其時桑濮已作而古樂猶存,可知鄭、衛之音雖異而樂律不異也。觀《詩譜》,《鹿鳴》六篇皆用黄鐘清宫,注云"俗呼正宫";《關雎》六篇皆用無射清商,注云"俗呼越調"。朱子謂以一聲協一字,則古詩篇篇可歌,旨哉言乎!明嘉靖間祭酒吕柟率監生衛良相等,取《詩・周南・關雎》至於《商頌・元鳥》八十篇,被之八音,以爲圖譜,教習既成,乃慨然而嘆,謂古樂不難於復。嗚呼,今樂猶古樂,孟氏固已言之矣,古今豈真難及哉?且六義者,詩之本也;六律者,樂之源也。自《三百篇》一變而爲古詩、樂府,又遞變而爲近體詞曲,今之詞曲即古之樂府,若誦其辭而不能歌其聲,可乎?歌之而不能協於絲竹,則必考究宫商,展轉以求其協,非有一定之譜,何所從邪!

嘗讀《南北九宫曲譜》,見有唐、宋、元人詩餘一百七十餘闋,雜隸各宫調下,知詞可入曲,其來已尚。於是復遵《御定詞譜》《御定歷代詩餘》詳加參訂,又得舊注宫調可按者如千首,補成一十四卷。仍各分宫調,每一字之旁,左列四聲,右具工尺,俾覽者一目了然,雖平時不嫻音律,依譜填字,便可被之管弦,捫植適途,未可與捫籥謂日者辨也。

蓋唐人之詩以入唱爲佳,自宋以詞鳴而歌詩之法廢,金、元以北曲鳴而歌詞之法廢,明以南曲鳴而北曲之法又廢。其廢也,世風迭變,舍舊翻新,勢有不得不然。至於清濁相宣,諧會歌管,雖去古人於千百世之下,必將無有不同者。兹譜之作,即以歌曲之法歌詞,亦冀由今之聲以通於古樂之意焉耳。按宋人歌詞一音協一字,故姜夔、張炎輩所傳詞譜,四聲陰陽不容稍紊。今之歌曲則一字可協數音,曼衍抑揚,縈紆赴節,即使分刌節度,不能如宋詞之謹嚴,亦足以協諸竹肉矣。

夫樂之爲義樂也,其道雖微渺難知,至於奏之而使人悦豫和平,則不待知音而後能也。然則以歌曲之法歌詞既能協律和聲,由此進而歌唐詩,歌樂府,歌《三百篇》,當亦鮮不協和者。雖謂《咸池》、《英》、《莖》,不難復古可也,神而明之,俟後之君子。

道光二十七年仲冬月朔謝元淮默卿甫撰。

<h2 style="text-align:center">《碎金詞譜・凡例》</h2>

一、宋蔡元定爲《燕樂》一書，證俗失以存古義，以夾鐘收四聲，曰宮曰商曰羽曰閏。閏爲角，其正角聲變徵聲，徵聲皆不收，獨用夾鍾爲律。本宮聲七調曰正宮、高宮、中吕宮、道宮、南吕宮、仙吕宮、黃鐘宮皆生於黃鐘，商聲七調曰大石調、高大石調、雙調、小石調、歇指調、商調、越調皆生於太簇，羽聲七調曰般涉調、高波涉調、中吕調、平調、南吕調、仙吕調、黃鐘調皆生於南吕，角聲七調曰大石角、高大石角、雙角、小石角、歇指角、商角、越角皆生於應鐘，此四聲二十八調之略。今《九宮譜》北曲十六調、南曲十三調皆本諸此。

一、古聖本陰陽、別風聲、審清濁，製爲律吕十二以主十二月。我聖祖仁皇帝考定元聲，審度製器，黃鐘正而十二律皆正。合南北曲所存二十三宮調以配十有二月，正月用仙吕宮、仙吕調，二月用中吕宮、中吕調，三月用大石調、大石角，四月用越調、越角，五月用正宮、高宮，六月用小石調、小石角，七月用高大石調、高大石角，八月用南吕宮、南吕調，九月用商調、商角，十月用雙調、雙角，十一月用黃鐘宮、黃鐘調，十二月用羽調、平調，五音皆中聲，八風皆元氣矣。羽調即黃鐘調，蓋調闕其一，故兩用之。而子當夜半，介乎兩日之間，於義亦宜也。閏月則用仙吕入雙角，仙吕即正月所用，雙角即十月所用，合而一之，履端於始、歸餘於終之義。至於舊譜所傳六宮十一調，自元以來又止其四，自十七宮調而外又變爲十三調，則道宮、歇指久已失傳，般涉調雖隸於羽聲七調內，考各譜多附於正宮，般涉本係黃鐘爲宮，自當仍歸黃鐘，以存其實。

一、北曲六宮十三調共十七宮調，內缺道宮、高平調、歇指調、角調、商調，僅存十二宮調。南曲九宮十三調，蓋以仙吕爲一宮而羽調附之，正宮爲一宮而大石調附之，中吕爲一宮而般涉調附之，南吕爲一宮，黃鐘爲一宮，越調爲一宮，商調爲一宮小石調附之，雙調爲一宮，仙吕入雙調爲一宮，共爲九宮十三調也。

一、宮調雖分，互有出入，或各宮互犯，或本宮合犯，諸譜不無異同，且其句讀間有參差，難於定準。今每調各取一詞爲正體，餘則列爲又一體，學者欲從何體，只宜照譜填詞，不得因圖譜有可平可仄之說自爲牽就。蓋詞有一定之句讀，一定之平仄，稍加增損，便是換調移宮。故填詞之家不曰賦曰詠而曰填者，正謂必須照依譜式按格填字耳。學者勿以立法太嚴自甘草率也。

一、工尺字譜見《遼史・樂志》，度曲協音，其聲有十，曰合、四、一、上、勾、尺、工、凡、六、五，近十二雅律，於律吕各闕其一，猶雅音之不及商也，調絲則絲有其字，吹竹則竹有其音，《楚辭・大招》云：“四上競氣，極聲變只”，四上者，笛聲宮與商也，蓋其來遠矣。古制十二律吕，陰陽各六，其生聲之理，陽律六音而繼以半律，陰吕六音而繼以半吕，各得七聲，至八而原聲復起。是律吕雖有十二，而用之止於七聲也。五聲二變合而爲七音，近代皆用工尺等字以名聲調，工字調爲正，又從而翻出六調，共爲七調，曰乙字調、正宫調、六字調、凡字調、小工調、尺字調、上字調，而乙調最高、上調最低、工調適中。今之度曲者皆用工字調，以其便於高下也。惟遇曲音過抗則用尺字調或上字調，曲音過衰則用凡字調或六字調。今譜以仙吕爲首調，工尺調法七調具備，下不過上，上不過乙，旋宫轉調，自可相通，以下各調俱從工字調出也。

一、《白石道人歌曲》載有工尺譜，張叔夏《詞源》亦録之，其法以合爲黄鐘，下四爲大吕，四爲太簇，下一爲夾鍾，一爲姑洗，上爲仲吕，勾爲蕤賓，尺爲林鐘，下工爲夷則，工爲南吕，下凡爲無射，凡爲應鐘，六爲黄鐘清，下五爲大吕清，五爲太簇清，一五爲夾鍾清，仍是合、四、一、上、勾、尺、工、凡、六、五等十字，惟增下四、下一、下工、下凡、下五、一五等六聲，以配協十二律及黄、大、太、夾四清聲，共爲十六聲耳。其歌曲皆係一字一聲，與今之唱引子者略同。蓋崑腔創於前明，魏良輔始極悠揚頓挫之妙，有一字填寫六七工尺者，固不得泥古以非今，亦不可執今而疑古也。

一、曲之分別宫調全在板腔，先依宫調以定板腔，再因板腔以正宫調，腔之高下以按工尺，而腔之疾徐限以板眼，今悉照葉廣明《納書楹曲譜》點定，按板循腔，絲絲入扣矣。

一、曲之高下疾徐俱從板眼而出，板眼既定，斯節奏有成，板有三如"、"者曰正板，又曰頭板即紅板；"ㄨ"者曰贈板即黑板，乃方出音即下板，拍於音之始發者是也；如"ㄥ"者曰紅掣板，又曰腰板；"ㄥ"者曰黑掣板，乃字出已半，拍於音之中者是也；如"一"者曰底板，又曰截板，乃音字已完方下板，拍於音乍畢者是也。板之細節曰眼，一板原有七眼，連板爲八，數太覺繁瑣，今於正眼則用"○"，徹眼則用"△"，至贈板者亦曰虛眼，乃可用可不用者也。

一、腔從板而生，從字而變，即貴清圓，尤妙閃賺。腔裹字則肉多，字矯腔則骨勝，務期停匀適聽爲妙。

一、詞韻異於詩，曲韻又異於詞。填詞宜準沈去矜《詞譜》，北曲宜準《中原音韻》，南曲宜準《洪武正韻》。《九宫譜》於用《中原音韻》處則書"韻"，如中原韻所無而平水韻所通者則書"叶"，中原韻所無平水韻亦無者則書"押"。"叶"者古本有此音而"叶"也，"押"者强"押"之辭。言但取其格不可法其用韻夾雜也。填詞有平上去三聲通用之體，叶韻已寬，不必更用强押。

一、沈約《四聲譜》，當時只是一家創立，並未舉世遵用。及唐興，牽率百家文字總歸四聲，遂合沈韻之二百六部爲一百七部，名曰《唐韻》，至今守之如金科玉律。此無他，今之詩學唐人，唐人皆用沈韻，故相襲而不能變也。新安張潮曰凡字不能皆有四聲。今之調平仄者，於入聲之無其字者，亦以不相合之音隸於其下，如東、冬韻無入聲者也，今以東、董、凍、督調之。夫督之爲音，當附於都、賭、妒下。若屬之，於東、董、凍又何以處？夫都、賭、妒乎？三江無入聲者也，今以江、講、降、覺調之，殊不知覺之爲音，當附於交、絞、教之下。諸如此類，不勝其舉。愚按平上去入四聲，純乎自然，非可人力矯強。凡字皆有三聲，而不皆備四韻，如東、董、凍係一氣串下，只有平上去而無入聲者，今強以督字湊入，已係轉聲。聲即可轉，則不獨督字可作東字之入聲，即別換一入聲字亦何不可？又如月、厥、闕、謁、屑、葉、撮、闊、合等字皆無平上去三聲者，有之則係有其聲而無其字者。故等韻以〇代之，聽人隨口念去，自爲默會。故凡字只應各就本字本音所有而論，不必皆爲強湊，總要一氣串下毫無阻隔方爲妥協。其無入聲、上、去聲之平聲字，及並無平、上、去之入聲字，任其闕如，無須強爲配合也。

一、元人以填詞制科取士，科設十二命題，惟有韻腳及平仄譜式，又隱其牌名，俾舉子以意揣和，敷平配仄，填滿詞章如試牘然，合式則標甲榜。詞章既夥，演唱尤工，凡偷吹、待拍諸節奏，頂疊、躲換以及縈紆、牽繞諸調格，推敲備至。而優伶有戾家把戲，子弟有一家風月，歌風之勝極矣。明嘉隆間有豫章魏良輔者流寓婁東鹿城之間，生而審音，惜南曲之訛陋，乃盡洗乖聲，別開堂奧，調用水磨，拍捱冷板；聲則平上去入之婉協，字則頭腹尾音之畢勻；啟口輕圓，收音純細，名曰崑腔。二百年來聲場遵奉南詞音理始歸於正矣。

一、凡歌，去聲字當高唱，上聲字當低唱，平、入二聲字又當酌其高低，不可令混。然去聲高唱如翠字、再字、世字等屬陰聲者則可。若去聲陽字如被字、淚字、動字等初出不嫌稍平，轉腔乃始高唱，則平出去，收字方圓穩。不然出口便高，揭將"被"涉"貝"音，"動"涉"凍"音，陽去幾訛陰去矣。上聲固宜低出，第前文遇揭字高腔及緊板，曲情促急時，勢難過低，則初出稍高，轉腔低唱，而平出上收，亦有上聲字面，古人謂"去有送音，上有頓音"者是也。

一、凡敷衍一字，各有字頭、字腹、字尾，謂之聲音、韻聲者。出聲也，是字之頭音者，度音也，是字之腹韻者，收韻也，是字之尾。三者之中，韻居其殿而最爲要。計算磨腔時刻，尾音十居五六，腹音十有二三，若字頭之音則十且不能及一。蓋腔之悠揚，全用尾音，故爲候較多。顯出字面，僅用腹音，故爲時少促。至於字頭，一點鋒芒，爲時曾不容瞬。歌者字音始出，各有幾微之端，似有如無，俄呈忽隱，於"蕭"字則似"西"音，於"江"字則似"幾"音，於"尤"字則似"移"音，此一點鋒鋩，乃字頭也。由字頭輕輕吐出，漸轉字腹，徐歸字尾，其間從微達著，鶴膝蜂腰，顛落擺宕，真如明珠走盤，絕無頹濁偏歪之疵矣。且如蕭字之頭爲"西"音，腹爲"鏖"音，"鏖"本收"烏"，試以西、鏖、烏三字連誦口中，則聽者但聞徐吟一"蕭"字耳。此又與儒家翻切釋家等韻相通，不可不知也。

一、按譜填詞，上、去不宜相替，而北曲入聲可代平聲，間代上、去者，以上、去高低迥異。入聲長吟便肖平聲，如"一"字、"六"字，唱之稍長，"一"即爲"衣"，"六"即爲"羅"矣。善審音者必使入不肖平而還歸入。唱者凡遇入聲字面毋長吟毋連腔（連腔者，所出之字與所接之腔口中一氣唱下連而不斷也），出口即唱斷，至唱緊板之曲更如丟腔之一吐便放，略無絲毫粘帶，則婉肖入聲字眼而愈顯過度顛落之妙。否者唱長則似平，唱高則似去，唱低則似上矣。惟平出可以不犯上、去，短出可以不犯平聲。搜剔四聲，務要字清腔純，交付明白，方爲能事。

一、填詞只管得上半字面，下半字面全要唱家收拾乾淨。蓋詞人從嫻律呂不過譜釐平仄，調析宮商，俾徵歌者抑揚諧節，不至粘唇拗嗓，此上半字面詞家所得糾正者也。至於下半字面功夫全在收音，收音稍訛，便成別字。如"魚"字當收"於"音，倘以"噫"音收遂訛"夷"字。又如"庚"字，當收鼻音，若舐齶遂訛"巾"字矣。餘者類推。

一、毛先舒《聲音統論》六條，一曰穿鼻者，口中得字之後，其音必更穿鼻而出作收韻也，東、冬、江、陽、庚、青、蒸七韻是也；二曰展輔者，口之兩傍角爲輔，凡字出口後必展開兩輔如笑狀作收韻也，支、微、齊、佳、灰五韻是也；三曰斂唇者，口半啟半閉聚斂其唇作收韻也，魚、虞、蕭、肴、豪、尤六韻是也；四曰抵齶者，其字將終，以舌抵著上齶作收韻也，真、文、元、寒、刪、先六韻是也；五曰直喉者，收韻直如本音也，歌、麻二韻是也；六曰閉口者，却閉其口收韻也，侵、覃、鹽、鹹四韻是也。凡三十韻平聲已盡於此，上、去即可緣是推之。唯入聲有異別，有唐人四聲表以鈎稽之，斯理盡矣。

一、毛先舒《七聲略例》曰，陰平、陽平、上聲、陰去、陽去、陰入、陽入，凡七聲，其音易曉而鮮成譜。周德清但分平聲陰陽。范善溱《中州全韻》兼分去、入，而作者不甚承用。今略舉其例，每部以四字爲準，諧聲尋理，連類可通，初涉之士庶無迷謬。計七部，惟上聲無陰陽。云：陰平聲──種該篓腰；陽平聲──篷陪全潮；陰去聲──貢玠霼釣；陽去聲──鳳賣電廟；陰入聲──穀七妾鴨；陽入聲──孰亦蓺臘。

一、一詞數體者，只可專從一人之詞爲定體，逐字逐句照譜填入，縱不能四聲具講，而平仄斷不容舛，句讀、句法均宜遵守。至圖譜可平可仄之説，係以他詞互相參考而言。因一調十餘詞平仄各異，以見格非一體耳。然亦每詞各有一定之平仄，並非彼此逐句皆可通融互易。若一調十餘詞，此句平仄從甲，彼句平仄從乙，是通首無不可活動之字，必致通篇無一合格之句矣，烏容不審？

一、詞中四聲字有不能盡遵守字典《説文》讀本音者,蓋曲被管弦,必須聲韻和諧,歌者不至滯侯,聽者方能傾耳。如四紙之是、視、市、士、仕、恃、雉,三講之項,六語之序,七虞之户、柱、部、妒,十賄之在、待、怠、殆、倍,十一軫之盡、隕,十四旱之但、悍,十五潸之限,十六銑之辯、辨、伴,十七篠之紹,十九皓之道、抱、燥、鮑,二十二養之像、象、橡、丈、仗,二十三梗之靜、靖、幸、倖、杏,二十五有之舅、臼,二十六寢之甚、恁,二十八琰之簟、玷,二十九豏之犯、範,皆上聲字,而歌者多唱作去聲,所打工尺亦照去聲點定,是以詞中平仄亦間照歌聲填注,勿以不識字譏之。

一、各詞編隸本宮調下,各有先後。南詞先列引子,後列正曲,北詞亦楔子列前,隻曲列後,仍各按字數多寡以次編定。惟又一體詞則不拘字數,俱附於本調之後,以免淩雜。

一、《九宮譜》所載諸詞皆未載明題目,致令讀者茫然,不能醒暢心目。今皆檢查各集,一一注出,其無題可注者仍闕之。又遇有故實可徵,俱附見詞後,其止於評贊詞句者亦闕之。

一、引子只有底板工尺,歌之不能如正曲之悠揚縣邈。凡遇引子長調,均照正曲加板,以暢歌喉,兼盡詞意。

一、前刻詞譜,每詞後各列方圈爲譜,照本詞字句,每一字左注四聲,右填工尺,原爲初學程式,細思之,尚欠精當。蓋四聲隨字,平上去入,本有一定之聲;而工尺隨音,宮商角羽,初無一定之字。假如一調連填二詞,其調名同、字數同、句韻同,四聲、陰陽俱同,而以笛板配合工尺則迥不相同,蓋平仄一字一注,而工尺則須接連上下數字音聲而統按之也。僅此工、尺、上、四、合等十字參互交錯以譜南曲之九宮十三調、北曲之六宮十一調,無一不合無一而同者,人籟本乎天籟,聲無形而律有準也。今譜工尺皆注本詞字右,乃此一詞之工尺,非此一調之工尺。學者於照依四聲陰陽字面填成一闋之後,必須招集知音另譜工尺,方能協諧,勿鼓膠柱之瑟也。

一、古譜曲之法,一均七聲,均之爲言韻也。古無韻字猶言一韻聲也。其五正聲(除去半宮、半徵而言)皆可爲調,如葉之《樂章》則止以起調一聲爲首,尾其七聲(兼半宮、半徵而言),則考其篇中上下之和而以七律參錯用之,初無定位,非曰某句必用某律,某字必用某聲,但所用止於本均,而他宮不與焉耳。然古樂先有詩而後有律,而今樂則先有律而後有詞,故各曲句之長短、字之多寡、聲之平仄,又各準《中原音韻》所謂仙吕宮則清新綿邈,越調則陶寫冷笑者,以分叶之,各宮各調部署甚嚴,所謂聲止一均,他宮不與者也。録其宮調於左:

仙吕宮清新綿邈。南吕宮感歎傷悲。

中吕宮高下閃賺。黃鐘宮富貴纏綿。

正宮惆悵雄壯。道宮飄逸清幽。

以上六宮。

大石調風流蘊藉。小石調旖旎嫵媚。

高平調條拗滉漾。般涉調拾掇坑塹。

歇指調急並虛歇。商角調悲傷宛轉。

雙調健捷激嫋。商調悽愴怨慕。

角調嗚咽悠揚。宮調典雅沉重。

越調陶寫冷笑。

以上十一調。

一、唐宋樂譜如《鹿鳴》三章，皆以黃鐘清宮起音畢曲，而總謂之正宮；《關雎》三章，皆以無射清商起音畢曲，而總謂之越調。今譜曲者於北黃鐘《醉花陰》首一字亦以黃鐘清六譜之下却每字隨調以叶而即爲黃鐘宮曲。沈括所謂"凡曲止是一聲，清濁高下，如縈縷然"，正此意也。北曲和以弦索，曲不入律則與弦索相戾，故作北曲者，恪遵宮調不敢廢；南曲只於按拍，故作南曲者不問宮調，孟浪混填，幾於無可措手。此余《碎金詞譜》南北宮調之不容不分別清犁也。至於一詞而分屬數宮調，則又所謂一均七聲皆可爲調，第易其首一字之律而不必限之一隅者也。故南仙呂宮、北仙呂調皆有《聲聲慢》，南仙呂宮、北仙呂調皆有《望遠行》，南大石調、南正宮皆有《鶴冲天》，北仙呂調、南正宮皆有《洞仙歌》，而《引駕行》一調，北屬仙呂、中呂，南屬南呂，且三收焉。柳耆卿《樂章》一調數詞分屬數宮調者皆自爲註出，總以首字工尺所屬宮調爲準。今譜南曲雙調多於仙呂出入，亦其變也。此宮調之大概也。

一、此譜共南北二十四宮調，計四百四十九調，五百五十八闋。凡《九宮譜》原錄詞調俱有者，則於調首以"原"字識之；《九宮譜》有調無詞而各詞自注及有宮調可按者，以"增"字別之；其《九宮譜》所未載及並無宮調可查，現爲補度工尺者，以"補"字記之。

一、是譜之刊，專爲率爾操觚，不諳宮調、不遵律呂者導以軌則，若一一過於拘泥，誠恐學者視倚聲爲畏途，果有清詞麗句妙和天然，亦不妨略事通融。惟每調必從一人之詞爲定體，四聲縱難並講，而平仄不容遊移，此爲不易之格。

一、笛只六孔，要吹出工、尺、上、一、四、合、凡、六、五、乙等十字，分爲乙字、正宮、六字、凡字、小工、尺字、上字等七調，乙字最高，正宮次之，六字、凡字又次之，上字最低，尺字次之，惟小工調爲高低適中。今之詞曲皆以小工調爲準，而於工字所起之字即爲調名，如乙字調係在小工調乙字上起工即名乙字調，正宮調係在小工調五字上起工即名正宮調，六、凡、尺、上各調皆於小工調六、凡、尺、上各字上起工。北曲有乙、凡、一三字,南曲不用,以此分別。按《宋史·樂志》有勾字,最高爲蕤賓之聲。今譜無勾而有乙,亦最高。疑乙即勾字之訛也。附笛圖於後。(以上卷首)

陸　鎣

陸鎣(生卒年不詳),清道光年間在世,餘不詳。著有《問花樓詞話》、《問花樓詩話》。本書資料據中華書局1986年唐圭璋《詞話叢編》本《問花樓詞話》。

《問花樓詞話》(節録)

原　始

王阮亭云:唐無詞,所歌皆詩也。宋無曲,所歌皆詞也。余聞之先廣文曰:梁武帝《江南弄》云:"衆花雜色滿上林。舒芳耀采垂輕陰。連手蹀躞舞春心。舞春心。臨歲腴。中人望,獨踟躕。"此真絕妙好辭。又曰:陶隱居《寒夜怨》,後世填詞《梅花引》格調似之。簡文帝《春情曲》,唐詞《瑞鷓鴣》格調似之。李太白應制《清平樂》詞,吕鵬《遏雲集》載四首,或以爲贗作,非太白筆。愚見詞雖小道,濫觴樂府,具體齊、梁,歷三唐、五季,至宋乃集其大成。

命　題

詞家命題,多本古人詩句,非臆譔也。如《蝶戀花》則取梁元帝"翻階蛺蝶戀花情"。《點絳脣》則取江文通"明珠點絳脣"。《青玉案》則取張平子《四愁詩》"何以報之青玉案"。《西江月》則取衛萬詩"只今惟有西江月"。菩薩蠻,西域婦髻。蘇幕遮,西域婦帽。《踏莎行》則韓翃詩句。《粉蝶兒》則毛澤民詞句。《六州歌頭》,則唐之西邊伊州、梁州、甘州、石州、渭州、氐州也。本歌吹曲,宋代衍之爲詞,大祀大卹,皆用此調。其他不及更僕數也。兒時聞之先廣文,今者老漸遺忘,因備書之。

寄　調

調有定名,即有定格,如黃鐘仙吕諸宮,與越調過曲《小桃紅》、正宮過曲《小桃紅》之類是也。其間字數多少,音韻高下,亦皆有一定之規。古人曉暢聲律,因題成調,如李後主《搗練子》,即詠搗練。劉太保《乾荷葉》,即詠荷葉。後人依樣葫蘆,借調命題,如宋人《賀新郎》之詠石榴,《卜算子》之詠孤鴻,不一而足。且同一調,作者字數多寡,句注參差,各有不同。詞學之蕪甚矣,安得知音者起而正之。

換　頭

詞有換頭，換頭者，第二闋脱卸另起處也。唐人小令只一首，故無換頭。南唐人張泌《江城子》二首，其一："碧闌干外小中庭。雨初晴。曉鶯聲。飛絮落花時節近清明。睡起捲簾無一事，匀面了、没心情。"又一首起句云："浣花溪上見卿卿。眼波明。"結云："和笑道、莫多情。"黃叔暘云："唐詞多無換頭。"先廣文曰："黃氏誤矣。此詞自是兩首。兩情字、兩明字，不嫌重押。"古詞人無重韻者。換頭最吃緊，高手於此，殊費經營。

小　令

詩有絶句，詞有小令，二者視之若易，爲之甚難。

長　調

詞有長調，猶詩有歌行。昔人狀歌行之妙云：昂昂若千里之駒，泛泛若水中之鳧，是真善言歌行之妙者矣。余謂歌行以馳騁變化爲奇，若施之長調，終非正格。王元美云：歌行如駿馬驀坡，一往稱快。長調如嬌女弄花，百媚橫生。二語真詞家秘密藏。

南北曲

天有兩域，以判南北，而音韻殊焉。白太傅詩云："吳越聲邪無法曲，莫教聲入管弦中。"髯蘇亦云："好把鵝黃記宮樣，莫教弦管作蠻聲。"《南史》，五音本在中土，東南土氣偏陂，不能感動木石。余竊怪近世北曲，皆鄭、衛之遺，唐代梨園教坊之所傳習，烏足以爲正聲耶！善乎毛稚黃《與沈去矜論填詞書》曰：南曲將開，填詞先之。北曲將開，弦索調先之。聲律之原，關乎風氣。今南北九宮音多聱鐸。古人創製，初無定畫。善學者何抑彼南轅，同歸北轍哉！解此可以息南北之爭。

古今韻

韻書非古也，漢、魏以來，韻無專書，韻以通而甚寬。宋、元以下，韻有成例，韻以繁而易舛。楊升庵謂《沈韻》爲鴃舌之書，誠有激乎其言之也。《沈韻》未必盡合，以李、杜嘗用之，故至今沿襲不改，詞家自可變通，如朋字與蒸同押，打字與等同押，卦畫與怪壞同押，豈可爲法耶？東坡《一斛珠》、蔣捷《女冠子》、吕聖求《惜分釵》、高季迪《石州慢》諸詞，用韻酌古準今，以正《沈韻》之失，學者所當隅反。

録　要

段安節《琵琶録》，"綠腰"即録要也。樂工進曲，上令録其要者以進。一名《六
么》，香山《楊柳枝》詞"六么水調家家唱"，元微之"管兒還爲彈綠腰，綠腰依舊聲迢
迢"，是唐人又以腰作么也。或云此曲拍不過六字，故曰《六么》。今《六么》行於世者
四，曰黄鐘羽、曰夾鐘羽、曰林鐘羽、曰夷則羽。又此曲共二十二拍。中四花抑揚頓
挫，舞者亦隨之而舞，歐陽公所謂"貪看六么花十八"是也。

孫麟趾

孫麟趾（生卒年不詳）字清瑞，號月波，室名一魚庵、長嘯軒。清蘇州（今屬江蘇）
人。道光、咸豐年間人。諸生，以詞名當世。著有《秋露》、《零珠》、《詞逕》等。

本書資料據中華書局 1986 年唐圭璋《詞話叢編》本《詞逕》。

《詞逕》（節録）

詞韻向無定本，惟沈去矜韻最妥，然失之太拘。且於通用兼收之處，未經宣説明
白。余有《詞韻指南》，傳宋人不傳之秘，將梓行以公同好。

詞有名同，句之長短不同者，填者須注明從某人體。

近人作詞，尚端莊者如詩，尚流利者如曲。不知詞自有界限，越其界限，即非詞。

何日愈

何日愈（1793—1872），一作何愈，字德持，號雲畡，又號退庵。清香山（今廣東中
山）人。官四川會理知州。歸，適洪楊軍入川，爲當道陳機宜，不能用。乃退居灌縣，
養花種竹自娛。同治元年（1862），以子璟爲安徽廬鳳道，迎養入皖。著有《存誠齋文
集》、《余甘軒詩集》、《五帳狐腋》、《退庵詩話》等。

本書資料據廣東高等教育出版社 1996 年版《退庵詩話》。

《退庵詩話》（節録）

或謂絶句之法須一句一斷，此論大是紕繆。絶者，截也，謂截律而成詩也。有

924

截上律而爲詩者，有截下律而爲詩者，有截起、結而爲詩者，有截中二聯而爲詩者，總以一氣旋折爲高，如"松下問童子"，"打起黃鶯兒"之類是也。又須含蓄蘊藉，言短意長，如"思君如滿月，夜夜減清輝"，"此曲只應天上有，人間能得幾回聞"之類是也。（卷一）

四言詩，《三百篇》後可稱繼響者，束皙《南陔》而外，惟王仲宣《贈孫文始》、《贈文叔良》二作而已。陸士衡、嵇中散、潘安仁、潘正叔、劉越石、盧子諒諸子未能及也。（卷五）

蔣湘南

蔣湘南（1795—1854）字子瀟，回族。清固始縣（今屬河南）人。道光五年（1825）入京，結識阮元、顧蒓、黃爵滋、龔自珍、魏源等學者名人。其後在南京兩江總督蔣攸銛府作短期幕僚，同江南學者文人交流學問。八年底，爲陝甘學政周之禎幕僚一年，寫下許多詩篇，其中描寫蒙古族草原生活的《鄂爾多樂府》，具有民族史料價值。十五年中舉。二十四年，補虞城教諭，絕意仕進，拒絕任職，專事游幕、講學，潛心研究經學，他先後主講於關中書院、同州書院。著有《七經樓文鈔》、《七經樓詩鈔》，並修纂《藍田縣志》、《涇陽縣志》、《留壩廳志》、《同州府志》、《夏邑縣志》、《魯山縣志》等志書，最後完成《陝西通志》稿。

本書資料據續修四庫全書本《七經樓文鈔》。

與田叔子論古文第二書（節錄）

夫模擬者古人用功之法，非後世優孟衣冠之說也。頌揚之體開自長卿《封禪》，而揚子雲《劇秦美新》摹之，班孟堅《典引》摹之，張平子《東巡誥》摹之，邯鄲子《禮魏受命述》摹之，古人何嘗不重模擬乎？《客難》出，而《解嘲》、《賓戲》、《應閒》、《達旨》、《釋誨》、《釋勸》、《抵疑》繼起矣。《七發》出，而《七激》、《七辨》、《七依》、《七啟》、《七命》、《七召》、《七勵》繼起矣。《連珠》出，而《擬連珠》、《演連珠》、《暢連珠》、《範連珠》繼起矣。古人何嘗不重模擬乎？大概古人用功，最嚴文筆之分。叶聲韻者謂之文，頌、贊、箴、銘、序、論、奏、對、誄、讔、書、檄以及金石諸篇皆是也。不叶聲韻者謂之筆，即史家敘事之作，因人褒貶以立意法，無可用其模擬者。其模擬必自文始：音節取其鏗鏘，辭句貴乎華麗，事出沉思，義歸翰藻，雄才博學，神明于聲音成文之故，始能創新題而關奇格；豪傑之士，從而和之，似範其貌，實取其神；用心既久，由鈍入銳，然後浩乎沛然，

成其文而有餘，成其筆亦無不足。則摹擬非古人用功之法乎！（卷四）

殷壽彭

殷壽彭（1795—1862）。清吳江（今屬江蘇）人。道光二十年（1840）進士。曾官廣東學政，有《春雨樓詩文集》。

本書資料據清同治刻本《春雨樓詩文集》。

《四家賦抄》序

賦必原本漢、魏、六朝固已，若律賦乃賦中之一體，則尤以唐人爲宗主。唐賦凡三變，初以遒厚勝，繼以宏麗勝，至晚王起、王棨、黃滔、宋言諸公出，而格調愈細，音節益諧。其時主司命題限八韻者，率用四平四仄，聽作者參錯相間，故圓美流逸，無聱牙生澀之病。其立局整而不滯，其用筆輕而不佻，其運典新而不僻，令人諷詠鏗鏘，而常得其意外巧妙，事外遠致，真律賦之極軌也。宋人步趨唐賢，不失尺寸，王、田、文、范、歐陽諸賦，揣摩精到，如埴在埏，如金受範，第用筆稍平易，而骨韻亦漸卑弱。至説理等題，則刻露淺顯，實亦唐人所不及焉。本朝館閣賦不乏宏篇巨制，顧矜才氣者，泥沙雜下；炫博瞻者，美稗同登。又其下者，以肥膩爲暢美，以甜俗爲圓熟，連章累牘，一味顢頇，殆不可向邇矣。《有正味齋正集》《外集》諸賦，清而不浮，麗而不縟，其幽儁之思，雄邁之概，實爲律賦中獨辟之境。蘭修館視有正味氣象廣狹固不相侔，然一種冷秀遒爽之致，亦時出穀翁之右。二家皆深得力於六代、三唐者，故詞氣深穩，筆意跳脱，所謂看似尋常實奇崛，成如容易却艱辛者，在時賢中固當爲上乘禪也。（卷六）

梁廷枏

梁廷枏（1796—1861）字章冉，別號藤花主人。清順德（今屬廣東）人。戲曲家。留心時務，推許西方民主制。林則徐任兩廣總督時，應邀入幕，對禁煙抗英多所規劃。著有《江梅夢》、《圓香夢》、《曇花夢》、《斷緣夢》四種雜劇，合稱《小四夢》。傳奇有《了緣記》，未見流傳。精通史學，主要著作有考述當時中外關係的《粵海關志》、《夷氛聞記》等。其戲曲理論著作《曲話》五卷，卷一著錄雜劇與傳奇名目，不過就《錄鬼簿》和《曲海目》而另加排比，並沒有著錄方面的貢獻。第四卷多談格律、譜法，第五卷側重論音韻，二者雖稍具理論色彩，但由於作者多祖述而少創見，故並無新意可言。第二、三兩卷品評各家作品，多自出機杼，不流於凡語俗見，是全書最具價值的部分。其中對元雜劇的評價多見於卷二，涉及劇作繁多，評判角度各異，雖不乏文人論曲之通病，但往往能獨抒己見，別具一格，頗能體現作者的理論見解。

本書資料據中國戲劇出版社 1959 年版《中國古典戲曲論著集成》本《曲話》。

《曲話》（節録）

樂府興而古樂廢，唐絶興而樂府廢，宋人謳詞興而唐之謳詩又廢，元人曲調興而宋人謳詞之法又漸積於廢。詩詞空具聲音；元曲則描寫實事，其體例固別爲一種，然《毛詩·氓之蚩蚩》篇綜一事之始末而具言之，《木蘭詩》事跡首尾分明，皆已開曲伎之先聲矣。作曲之始，不過止被之管絃，後且飾以優孟。元人院本，至今傳者寥寥數種，其實雜劇爲多。明以後則傳奇盛行，下筆動至數十折，一人多至數本、十數本、數十本。其始大旨亦不過歸於勸善、懲惡而已，及其末流，淫佚競尚。蓋自明中葉以後，作者按譜填字，各逞新詞，此道遂變爲文章之事，不復知爲律呂之舊矣。推此以論，則雖謂"今曲盛而元曲之聲韻廢"，亦無不可也。

元人百種，佳處恒在第一、二折，奇情壯采，如人意所欲出。至第四折，則了無意味矣。世遂謂："元人以曲試士。百種雜劇，多出於場屋。第四折爲强弩之末，故有工拙之分。"然考之《元史·選舉志》，固無明文。或亦傳聞之誤也。按：明沈德符撰《顧曲雜言》，謂："元人未滅南宋以前，以雜劇試士。"吳梅村序《廣正譜》，亦謂："當時以此取士，皆傅粉墨而踐排場，一代之人文，皆從此描眉、畫頰、詼諧、調笑而出之，固宜其擅絶千古。"是二説者，固當有所本也。

雕蟲館《曲選》，亦謂："元取士有填詞科，主司所定題目外，止曲名及韻。其賓白出於演劇伶人一時所爲，故鄙俚蹈襲之語爲多。"予謂："此蓋論百種雜劇然耳。若《西廂》等本，其白爲曲人所自作，關目恰好，字句亦長短適中，迥不侔也。"

北曲有名同詞異者，如：黃鐘宮有《古水仙子》而商調及雙調皆有《水仙子》，有《古神仗兒》，而仙呂亦有《神仗兒》；有《古寨兒令》，而越調亦有《寨兒令》；有《柳葉兒》，而仙呂及商調皆有《柳葉兒》；有《侍香金童》，而商調亦有《侍香金童》；有《賀聖朝》，而中呂及商調皆有《賀聖朝》；有《女冠子》，而大石亦有《女冠子》；正宮有《端正好》，而仙呂亦有《端正好》；仙呂有《上京馬》，而商調亦有《上京馬》；有《袄神急》，而雙調亦有《袄神急》；中呂有《鬭鵪鶉》，而越調亦有《鬭鵪鶉》；有《紅芍藥》，而南呂亦有《紅芍藥》；有《思三臺》而越調亦有《思三臺》。

工、尺、四、上，樂之聲也，而不知其字已見於《楚詞》。《大招》云工尺字譜"四上競氣"，則來歷已久矣。

　　樂以詩爲本，詩以聲爲用。隋、唐以來，《三百篇》中僅傳《鹿鳴》、《關雎》十二章。宋趙彥肅將句子配協律呂，因垂作譜，於《鹿鳴》等六詩爲黃鍾清宮，注云："俗稱正宮"；《關雎》等六詩爲無射清商，注云："俗稱越調"。人但知南、北曲有正宮、越調，而不知實麗於《風》、《雅》也。説本虞山周祥鈺。

　　四聲二十八調者，宮聲七調，曰正宮、高宮、中呂宮、道宮、南呂宮、仙呂宮、黃鍾宮；商聲七調，曰大石調、高大石調、雙調、小石調、歇指調、商調、越調；羽聲七調，曰般涉調、高般涉調、中呂調、平調、南呂調、仙呂調、黃鍾調；角聲七調，曰大石角、高大石角、雙角、小石角、歇指角、商角、越角。此二十八調之分，統於四聲也。按《宋志》："以夾鍾收宮、商、角、閏四聲。閏爲角，其正角、變徵、正徵皆不收，而獨用夾鍾爲律本。"

　　曲譜長短句法，自一字至十餘字，其源皆起於古之歌詞，可取而證。《虞歌》"都"、"俞"，一字之始也；《風》之"祈父"、《雅》之"肇禋"，二字之始也；"江有沱"、"思無斁"，三字之始也；五、六、七字爲句，所在多有，姑不具論；"我不敢效我友自逸"爲八字之始；唐堯山垤之戒曰："人莫躓於山而躓於垤。"爲九字之始；《孔氏銘》曰："饘於是粥於是以餬予口。"爲十字之始。七字而外，句法雖長，皆可讀矣。

　　調有大石，大石本外國名；有般涉，般涉即般瞻，譯言般瞻，華言"曲"也。語見《續文獻通考》。按：《顧曲雜言》謂："《遼史·樂志》大食調，曲譜誤作大石，因有小石以配之。"不知小石之名，自宋已有，王珪詩號"至寶丹"，秦觀詩號"小石調"，不由曲譜之譌也。四時聲律，其分配各有所宜。如：春季屬木，其氣疏達，則聲宜嘽緩而駘宕，若仙呂之《醉扶歸》、《桂枝香》，中呂之《石榴花》、《漁家傲》，大石之《長壽仙》、《芙蓉花》、《人月圓》之類是也；夏季屬火，其氣恢台，則聲宜洪亮震動，若越調之《小桃紅》、《亭前柳》，正宮之《錦纏道》、《玉芙蓉》、《普天樂》之類是也；秋之氣颯爽而清越，若南呂之《一江風》、《浣溪紗》，商調之《山坡羊》、《集賢賓》之類爲宜；冬之氣嚴凝而靜止，若雙調之《朝元令》、《柳搖金》，黃鍾之《絳都春》、《畫眉序》，羽調之《四季花》、《勝如花》之類爲宜。

　　合南北曲所存燕樂二十三宮調諸牌名，審其聲音以配十二月。正月用仙呂宮、仙呂調，二月用中呂宮、中呂調，三月用大石調、大石角，四月用越調、越角，五月用正宮、高宮，六月用小石調、小石角，七月用高大石調、高大石角，八月用南呂宮、南呂調，九月用商調、商角，十月用雙調、雙角，十一月用黃鍾宮、黃鍾調，十二月用羽調、平調。按：羽調，即黃鍾調。蓋調缺其一，故兩用之。而十一月爲子，子當夜半，介兩日之間，於義亦宜。閏月則用仙呂入雙角。按：仙呂，即正月所用；雙角，十月所用。合而〔一〕之，履端於始，歸餘於終之義也。如此，則聲音、氣象，自與四序相合矣。

　　吳門李元玉有《一笠菴廣正九宮譜》，採元人各種傳奇散套及明初諸名人所著之北詞，依宮按調，彙爲全書。於牌名、體格同異處，辨證甚屬精詳。所收尤博，多今未見者。先是華亭徐于實輯有原稿，李氏取而參訂之。吳梅村爲之序，稱爲"騷壇鼓吹，堪與漢文、唐詩並傳不朽"，可謂知言。按：《雍熙樂府》列黄鍾、正宫、大石、小石、仙吕、中吕、南吕、雙調、越調、商調、商角、般涉十二調，其商角及般涉有目無詞。李氏書雖多道宫、高平、歇指、宫調、角調五類，而歇指及宫、角三調皆有目無詞，核其體例，實以《雍熙樂府》爲本，偶有增益，亦因彼而推廣之耳。

《九宫譜定》，不知誰氏所作，但署"東山釣史、夗湖逸者仝輯"，蓋隱其名矣。所論皆南曲。篇首諸論，多能切中。其論務頭云："凡曲遇揭起其音而宛轉其調，如俗之所謂做腔處，即是務頭。"其論甚創。按：《中原音韻》於北曲之務頭臚列甚詳，而南曲務頭絶無道及。又按：《嘯餘譜》載務頭一卷，然於務頭二字究未説明。李笠翁謂"二字既不得其解，當以不解解之，不得爲謎語欺人者所惑"。此説良當。如云："各調皆有引子，獨羽調無引子，當借仙吕引子用之。"又云："犯曲只宜犯本宫。或偶犯别宫，則音調必稍異。如《醉太師》、《猫兒出隊》之類，只宜直作本曲之名，不必分作犯體。"又云："大套必用尾，惟仙吕之《木丫牙》等調、大石之《一撮棹》等調、商吕之《鎖窗寒》等調、黄鍾之《刮地風》等調、商調之《啄木鸝》等調，或二或四，皆可不必用尾。"擇取亦清，洵稱善本，非深入其域者不能道也。

是書論平仄有過寬者，如引《幽閨》之黄鍾《絳都春》云："得到今朝"，謂"可用平平平去"。正宫《普天樂》云："割得斷兄妹腸肚"，謂"可用入平平平入平平"。仙吕《卜算子》云："病染身着地"，謂"可用仄仄仄平平"。《琵琶》之中吕《菊花新》云："封書遠寄到親闈，又見關河朔雁飛。"謂"二句可用仄仄平平仄仄平，平平平仄平仄平"。《荆釵》之南吕《臨江仙》云："渡水登山須子細"，謂"可用仄仄平平仄仄平"。《牧羊》之越調云："甚日信復中郎將"，謂"可用仄仄平平平仄仄"。《卧冰》之商調《逍遥樂》云："人阻陽臺煙霞瞑"，謂"後三字可用去平平"。雙調《真珠簾》云："停針久"，謂"可用上平平"。《綵樓》之仙吕入雙調《金水令》云："娘子志誠，兩意相投"二句，謂"可用仄仄平平，平仄平仄"。《幽閨》之羽調《排歌》云："不忍聽"，謂"可用平平仄"。如此類可以互易者，不可枚舉。須知曲有一定之平仄；中有數曲，并仄中之上去亦不可改。其平可以使仄、仄可以使平者，必古曲音律不諧，而後善謳者酌而改之，此雖有，而不多見，豈能任意互易，而云無礙耶！持論雖活，然或病其過活也。

莊親王博綜典籍，尤精通音律，能窮其變而會其通，所著《九宫大成南北宫譜》，多至數十卷，前此未有也。其持論有特識，精卓不刊，能闢數百年詞家末闢之秘。如南譜舊有仙吕入雙調一門，其音聲迴不相合；今譜中將仙吕歸仙吕，雙調歸雙調，而用南仙吕《步步嬌》、北雙角《新水令》等曲合成套敷，别爲閨卷。又詞家以各宫牌名彙而成曲，俗稱犯調；譜中以犯字意義無本，更其名曰"集曲"，其集曲有名義可取，而聲律失調者，有節奏克諧而名義欠雅者，悉爲釐正，不拘於古人成式。又《中原音韻》入聲分派三聲之内，但止於平聲分陰陽而上去不分，尚欠精晰；譜中每字定以工尺，而陰陽自分,可補周德清之所未備。又舊譜俱限七字爲句,無論文義如何,皆截爲襯字,幾不成文理;今譜中多留一二正字,全其文義,除去正文中間作讀,章句益覺完美。又譜中有一牌名同、字異者,以至先者爲正體,餘爲又一體,亦洗《嘯餘譜》第一體、第二體之陋,確爲有見。凡此皆創例也。

康熙五十四年,命詹事王奕清等撰《曲譜》十四卷,蓋與《詞譜》同時而成,北曲四卷,南曲八卷,附失宮犯調各曲一卷。曲文每句、注句字,韻、注韻字。每字旁注四聲。按:《九宮大成》每曲文注句,注讀;於用《中原韻》處注韻;沈韻所通,注叶;《中原韻》所無,沈韻不通者,注押。與此少異。於入聲字或宜作三聲者,皆一一詳注。舊譜譌句,亦一一爲之辨證,以附於後。

曲話以《涵虛曲論》爲最先,取詞客九十八人而品題之。如云:"馬東籬如朝陽鳴鳳,張小山如瑤天笙鶴,白仁甫如鵬搏九霄,李壽卿如洞天春曉……"等類。其題目雖佳,然未必人人切當不移也。王實甫之撰《西廂》,見《太和正音譜》。王弇州《曲藻》謂:"實甫原本,至碧雲、黃花而止矣,後所續爲關漢卿筆;世謂止於《草橋驚夢》者,非也。"今按:漢卿所撰曲,多至六十餘本,其目不載《西廂》,且續本多鄙陋不倫之句,尤可疑也。

陶宗儀《輟耕錄》謂:"董解元《西廂》作於金章宗時,世代未遠,尚罕傳者,何況今曲之冗。"按:董解元,《嘯餘譜》首引之,止稱"始作北曲",並未及《西廂》也。永嘉高則誠作《琵琶》,故《百川書志》稱:"永嘉先生作"。原本止於《書館相逢》。《賞月》、《掃松》,爲朱教諭所補。

近日高伯陽作《續琵琶記》,空虛結撰,出奇無窮,一雪中郎之冤。吳轂人先生爲之序云:"伯陽借一家之衣鉢,拓千古之心胸,娇飾勝緣,掞張廢事,如織女之酬郭令,如青洪之贈歐明,遂使銀鹿坐兒,金龜得婿,科名草長,旌節花開,但爭春夢之長,不厭夏雲之幻。"數語,曲中大致,包括無遺矣。

曲有句譜短促,又爲平仄所限,最難諧叶者。李笠翁謂:"遇此等處,當以成語了之。"是固一說。但强押亦難巧合。如《還魂記》之"煙波畫船",何嘗不是絕妙好詞,何嘗不平仄諧叶,較《春蕪》之"心愁意慵"等語,豈止上、下床,直是天淵之隔矣。國朝惟萬紅友長此。如仙呂之《長拍》中,有四上聲字爲句,最難自然,紅友則肆應不竭,愈出愈奇,如"睍睆好鳥"、"祇我與爾"、"我有斗酒"等句,皆異常巧合,能奪天工者。

紅友院本中有佛曲,甚佳。按:佛曲、佛舞,在隋、唐時已有之。李唐樂府有《普光佛曲》、《日光明佛曲》等八曲,入婆陀調;《釋迦文佛曲》、《妙花佛曲》等九曲,入乞食調;《大妙至極曲》、《解曲》入越調;《摩尼佛曲》入雙調;《蘇密七俱佛曲》、《日光騰佛曲》入商調;《邪勒佛曲》入徵調;《婆羅樹佛曲》等四曲入羽調;《遷星佛曲》入般涉調;

《提梵》入移風調。固不始於金、元也。

北人有所謂"打連廂"、"唱連廂"者。蓋連廂詞作於元曲未作之先。其例：專設司唱者一，雜設諸執器色者，笙、笛、琵琶各一人，排坐場端，吹彈數曲；而後敷白道唱，男名末尼，女名旦兒，并雜色人等，上場扮演，依唱詞而作舉止。毛西河有擬連廂詞，曰《賣嫁》，曰《放偷》，古法猶存。今人不復能也。古人歌者、舞者各自爲一，兩不照應；至唐人《柘枝詞》、《蓮花鏃歌》，則舞者所執與歌人所歌之詞稍有相應矣，猶羌無故實也；至宋趙令時作商調鼓子詞，譜《西廂》傳奇，始有事實矣，然尚無演白也；至董解元作《西廂》搊彈詞，曲中夾白，搊彈、念、唱統屬一人，然尚未以人扮演也；金人仿遼大樂之製而作清樂，中有連廂詞，則扮演有人矣，猶然司舞者不唱、司唱者不舞也；至元曲則歌舞合於一人，然一折自首至末皆以其人專唱，非正末則正旦，唱者爲主而白者爲賓，則連廂之法未盡變也；今之雜色上場，無不可唱，此實起於元末、明初，其由來亦已久矣。

元曲疊字多新異者，今摘錄之：响丁丁、冷清清、黑嘍嘍、虛飄飄、各刺刺雕輪碾落花、撲騰騰、寬綽綽、笑呷呷、香馥馥、鬧炒炒、輕絲絲黃柳帶栖鴉、碧茸茸、煖溶溶、靜嵽嵲的綠愁紅怨、氣昂昂、醉醺醺、呆鄧鄧把衣裳袒裸、亂蓬蓬、叫吖吖、白鄧鄧、黑突突、戰欽欽、慌張張、昏慘慘，疎刺刺的風雨篩、舞旋旋、叫喳喳、撲碌碌、惡狠狠、哭啼啼、淚紛紛、黑黯黯、戰兢兢、白茫茫、寒森森、滴溜溜絆我個合撲地、篤篠篠、密濛漾、亂紛紛、稀刺刺草戶扃、破殺殺磚窑靜、喜孜孜、明晃晃、眼睜睜、可撲撲膽驚心懼、亂慌慌、忙劫劫、慌速速、急煎煎、翻滾滾、悲切切、痛煞煞、急忙忙、苦孜孜、淚絲絲、磣可可停着老子、撲咚咚、窮滴滴、淚漣漣、亂烘烘、粗壑壑幾根柴、顫欽欽惹的我心兒渾、冷丁丁、羞答答、實丕丕與你情親、心恐恐、清耿耿、番滾滾、赤歷歷那電光掣、不明明在這門額上顯、分朗朗、雄赳赳、喜都都、瘦懨懨、乾剝剝、足律律、懠撤撇開聖旨、黃甘甘、惡眼眼、撲碌碌、篤速速眼跳、心切切、眼巴巴、困騰騰、惡噷噷、慢嬾嬾愁萬縷、信拖拖、另巍巍手中擎、曲躬躬、翻滾滾、可丕丕、甘剝剝、悶懨懨、沉默默、淚汪汪、青滲滲、黃穰穰、嗔忿忿、急攘攘、淚盈盈、夜迢迢、星耿耿、笑欣欣、暖溶溶、苦懨懨、悶沉沉、火匝匝把衣服緊摺着、鬧抄抄、凍欽欽、病懨懨、天澄澄、人紛紛、鬧火火、靜悄悄、困騰騰、步遲遲、恨縣縣、笑哈哈、酸溜溜、韻悠悠、笑哈哈、舞飄飄、撲篠篠、骨碌碌、合刺刺轆轆響、各琅琅的搗碓聲、淅零零、急騰騰、急旋旋、碧遥遥、喝嘍嘍、七林林過曲欄、沉默默、勢雄雄、威糾糾、齊臻臻、鬧垓垓、濕浸浸、磕擦擦登山驀嶺、緝林林、志昂昂、氣騰騰、興悠悠、嬌滴滴、樂陶陶、曲彎彎、高聳聳、明朗朗、響潺潺、香噴噴、鬱沉沉、碧油油、黑漫漫、焰騰騰、絮叨叨、假惺惺、不鄧鄧、撲鼕鼕、響瑞瑞、忽刺刺、不騰騰、磣磕磕、密匝匝、笑微微、立欽欽、醉醄醄、支楞楞、低矮矮、羞怯怯、風颯颯、怒忿忿、顫兢兢、黃登登、氣撲撲、淚籟籟、沸讓攘、直挺挺、閙嚷嚷、緑茸茸、吃登登催着玉驄、恨匆匆、廝踏踏、赤力力、骨都都、各支支、烟支支的撒滯斾、涎鄧鄧、情默默、望迢迢、青湛湛、細濛濛、忒楞楞、氣哈哈、冷清清、意懸懸、嘴巴巴、碧冷冷、玉鏗鏗、緑依依、碎紛紛、可擦擦、穩丕丕、粗刺刺、黑婁婁、鐵屑屑。(以上卷四)

毛西河作《韻學要指》,謂:“古今無二韻,自上古至今,經史載籍,以至矢口所誦,俱無有二;所翕然特出,別成一例者,祇元人北曲韻耳。若詩餘、南曲,即無一不與五部、三聲、兩界、兩合、四門相符。故宋人亦並無有造詞曲韻者。今人妄作詞韻以律宋、元人爲詩餘者,且有以南曲無韻,强將《中原音韻》北曲之韻責之南曲,如《西樓記》以《中原音韻》注每折下,《南詞新譜》反判古曲爲失韻之類。是欲冠夏人以幪頭、衣周嬪以窮袴也。”又云:“詩餘、南曲,亦俱有支、魚一界。嘗誦元人曲詞:‘迢迢路不知是那裏,前途去末審安身在何處。”此界韻也。後在白門聽伎,有歌‘何處’爲‘何地’者,此又近論韻家所改竄字。按:南曲固無專韻,然如西河言,則南曲韻究無定主,故《九宮大成》選古詞以補南曲所無。其《南詞凡例》謂:“詞韻與曲韻不同,度曲者仍用《中原韻》填之。夫南曲既可用《中原韻》,是仍以四聲通用爲正矣。《梅嶺記》之《傾杯序》云:‘霧鎖煙林映峭壁,岩壑峯巒翠。”散曲之《傾杯賺》云:‘紅裝素態擎清露,景堪録。繫百索,衫裁艾虎。’此皆南曲以入聲與三聲並押之證。”

順治末,武林陳次升作《南曲詞韻》,欲與周韻並行,緣事中輟。李笠翁謂:“南韻深渺,卒難成書。填詞家即將周韻就平、上、去三音中,抽出入聲字另爲一聲,備南曲之用。”是又一説。

南北曲聲調雖異,而過宮、下韻則一。自高則誠作《琵琶》,創爲“不尋宮數調”之説以掩己所短,後人遂藉口謂“北曲嚴而南曲踈”。臧晉叔譏之,是也。(以上卷五)

陸以湉

陸以湉(1801—1865)字定甫,號敬安。桐鄉(今屬浙江)人。清詩文家。道光十六年(1836)進士。咸豐十年(1860)太平軍攻佔杭州,辭官還鄉,以訓蒙糊口。以後挈家至上海,李鴻章聘他爲忠義局董事。太平軍退出杭州後,受浙江巡撫蔣益灃之聘,充杭州紫陽書院講席,半年而卒。著有《冷廬雜識》、《冷廬醫話》、《再續名醫類案》、《甦盧偶筆》、《杭州紀難詩》等。其《冷廬雜識》八卷,是作者根據自己讀書所得及平昔見聞隨筆漫録而成,記載了清代以及清以前文人學士的學行、經歷、交遊情況;對歷代史實和人物,也有評述。

本書資料據中華書局 2007 年《歷代史料筆記叢刊》本《冷廬雜識》。

932

文體相似

韓文公作《樊紹述墓誌銘》，即似樊之奇特；歐陽公作《尹師魯墓誌銘》，即似尹之文簡而意深；羅鄂州作《爾雅翼序》用韻，王伯厚、宋景濂序亦皆用韻。蓋惟才力足以相敵，故即能用其體也。（卷二）

七月詩

《七月詩》八章，章十一句，而四言、五言、六言、七言、八言之體皆備。

柏梁臺詩

聯句長篇始於《柏梁臺詩》，詩凡二十六句，句各叶韻：時、來、材、哉復二韻；治、之復三韻。自大司馬迄上林令，各就其職事言之，至末二句郭舍人云“齧妃女脣甘如飴”，語忽涉於褻；東方朔云“迫窘詰屈幾窮哉”，語又近於諧。視三代以前君臣賡和之作，相去遠矣。（以上卷四）

《文章流別論》

摯仲洽《文章流別論》以“交交黃鳥止于桑”爲七言，以“洞酌彼行潦挹彼注茲”爲九言，與《毛詩》異讀。其說當有所本，然玩其文義，自當斷讀爲宜。（卷五）

藥詩

晁公武《郡齋讀書志》云：“陳亞之喜賦藥名詩。藥詩者始於唐人張籍，有‘江皋歲暮相逢地，黃葉霜前半下枝’之詩。人謂起於亞之，實不然也。”余按：《梁簡文帝集》中有藥名詩，如“燭映合歡被，帷飄蘇合香”、“石墨聊書賦，鉛華試作妝”等句，是藥詩亦不始於張籍矣。（卷八）

王德暉　徐沅澂

王德暉，字曉山，山西太原人。清代道光、咸豐年間戲曲理論批評家。精通曲律，著有《曲律精華》一書。咸豐元年(1851)在北京與戲曲理論家徐沅澂相遇,見其所著《顧誤》書稿,兩人相互參校,合成《顧誤録》一書。其中綜合了《度曲須知》和《樂府傳聲》的一些論點,但對於發聲、出字、收韻等法,有自己的發明。全書共四十章,一至三章,講曲之四聲五音,四至十五章,撮録古樂書中之律呂、七調、十二月宫調、旋律圖等,多剿陳説,殊不足取,唯南北曲聲腔源流、辨四聲捷訣、毛先舒陰陽略、沈衣仲養氣論、除去聲摘録、北曲入聲字、南北曲不同韻字、俗唱正訛、南北方音等,闡述南北曲聲腔理論,又有《中原音韻》出字訣、工尺即反切、頭腹尾論等,專論唱腔中之出字收聲方法;紅黑板、襯字、尾聲、煞尾等,則專論節拍,其餘如度曲八法、學曲六戒、度曲得失、度曲十病、曲中厄難等章,亦頗有見地。

本書資料據中國戲劇出版社 1959 年《中國古典戲曲論著集成》本《顧誤録》。

四聲紀略

蓋聞四聲之分,始於齊周彦倫《四聲切韻》,沈約因之作《四聲類譜》,而四聲始判。梁武帝以之詢周捨,捨以天子聖哲對之。至隋陸法言著《切韻》一書,唐孫愐增損之而爲《唐韻》,其學始盛行。《元和韻譜》云:平聲哀而安,上聲厲而舉,去聲清而遠,入聲直而促。後人爲切韻而設,又分平聲爲陰陽,陰平聲低而悠,陽平聲高而揚。樊氏《五方母音》,以陰平爲上平,陽平爲下平,誤矣。昔詞隱先生論曲,謂去聲當高唱,上聲當低唱,平聲當酌其高低,不可令混。其説良然。凡唱平聲,第一須辨陰陽,陰平必須平唱、直唱,若字端低出而轉聲唱高,便肖陽平字面矣。陽平由低而轉高,陰出陽收,字面方準;所謂平有提音者是也。上聲字固宜低唱,第前文遇揭字高腔,及曲情促急時,勢難過低,則初出口不妨稍高,轉腔即可低唱,平出上收。亦有上聲字面,所落低腔,宜短不宜長,與丟腔相傍,一出即頓住,所謂上有頓音者是也。去聲宜高唱,尤須辨陰陽。如翠、再、世、殿、到等字,屬陰聲音,則宜高出,其發音清越之處,有似陰平,而出口即歸去聲,方是陰腔。如被、敗、地、動、義等字,屬陽聲者,其音重濁下抑,直送不返,取其一去不回,是以名去。然初出口不妨稍平,轉腔乃始高唱,則平出去收,字面方能圓穩,所謂去有送音者是也。若出口便高揭,必將被涉貝音,敗涉拜音,地涉帝音,動涉凍音,義涉意音,陽去幾訛陰去矣。俗云:逢去必滑;是送足必有餘音上挑,方是去聲口氣,然宜小不宜大,一有痕跡,失之穿鑿矣。入聲唱法,毋長吟,毋連腔,出口即斷;至緊板之曲,更宜一出便收,要無絲毫粘滯,方是入聲字面。否則,唱長則似平,唱高則似去,唱低則似上矣。惟平出可以不犯上去,短出可以不犯平聲。至於北曲無入聲,派叶平上去三聲中,此爲詞家廣其押韻而設,非爲歌者而言，然詞中既叶三聲，歌時已無入韻。神明於北曲者，尤宜於呼吸之間，別其爲北曲之入，斯爲上乘。凡此皆登歌者所宜亟講，苟能細加體會，四聲當無遺憾，稍不經意，或賣弄大過，必致扭上作平，混入爲去，雖具繞梁，終不足取，吾願質之同好者。

五音總論

按五行之在天地間，無往不具。音之有五，亦猶行之有五也。天以五行化生萬物，物各具一五行。人之五音，即合乎五行，並應乎四時，配乎五方，通乎性情，準乎政事，動乎五臟，故《宋史·樂志》云：盛德在木，角聲乃作；盛德在火，徵聲乃作；盛德在金，商聲乃作；盛德在水，羽聲乃作；盛德在土，宮聲乃作：此合乎五行也。《禮記·月令》云：春其音角，夏其音徵，中其音宮，秋其音商，冬其音羽；角在東，徵在南，宮在中，商在西，羽在北，此應乎四時，配乎五方也。劉向《五經通義》云：聞宮聲使人温良而寬大，聞商聲使人方廉而好義，聞角聲使人側隱而好仁，聞徵聲使人恭儉而好禮，聞羽聲使人樂養而好施。《白虎通》云：宮者容也，含也，商者張也，角者躍也，徵者止也，羽者舒也，此通乎性情也。《魏書·樂志》云：宮爲君，商爲臣，角爲民，徵爲事，羽爲物。《樂記》云：聲音之道，與政相通，必君、臣、民、物、事，五聲各得其理而不亂，則聲音和諧而無粘滯矣。此準乎政事也。《史記·樂書》云：宮動脾而正聖，商動肺而正義，角動肝而正仁，徵動心而正禮，羽動腎而正智：此動乎五臟也。可見聲音之道，感發性天，純乎天籟。昔者堯廷奏樂，百獸率舞，垓下聞歌，楚兵盡散，信有然也。

五音口訣

楊升菴曰：合口通音謂之宮，開口吒聲謂之商，張牙湧脣謂之角，齒合脣開謂之徵，齒開脣聚謂之羽。至於二變音，蓋因五音之中，宮與商，商與角，徵與羽，相去各一律，角與徵，羽與宮，相去二律；相去一律，則其音和，相去二律則其音遠，故角徵之間，近徵收一律，故謂之變徵，此徵稍殺，羽宮之間，近宮收一律故謂之變宮，比宮稍高，統謂七音。因以黃鐘爲宮，太簇爲商，姑洗爲角，林鐘爲徵，南呂爲羽，應鐘爲變宮，蕤賓爲變徵。後人謂：宮音舌居中，商音口開張，角音舌縮郤，徵音舌掛齒，羽音撮口聚，與升菴之論吻合。今摘録樊騰鳳《五方元音》一則，列於後，以便初學。

南北曲總説

曲源肇自三百篇，《國風》、《雅》、《頌》，變爲五言七言，詩詞樂章，化爲南歌北劇。自元以填詞制科，詞章既夥，演唱尤工，往代未之踰也。迨至世換聲移，風氣所變，北化爲南。蓋詞章既南，則凡腔調與字面皆南，韻則遵《洪武》，而兼祖《中州》。腔則有海鹽、義烏、弋陽、青陽、四平、樂平、太平之分派。嘉、隆間，有豫章魏良輔，憤南曲之陋，別開堂奧，謂之"水磨腔"，"冷板曲"，絕非戲場聲口；腔名"昆腔"，曲名"時曲"，歌者宗之，於今爲烈。至北曲之被弦索，始於金人完顏，勝於婁東，然巧於彈頭，未免疎於字面，而又弦繁調促，向來絕鮮名家。邇來詞人頗懲紕謬，釐聲析調，務本《中原》各韻，於是弦索之曲，始得于南曲並稱盛軌。於今爲初學淺言之：南曲務遵《洪武正韻》，北曲須遵《中原音韻》，字面庶無遺憾。唱法北曲以遒勁爲主，南曲以圓湛爲主。北曲字多而調促，促處見筋，詞情多而聲情少；南曲字少而調緩，緩處見眼，詞情少而聲情多，故有磨腔弦索之分焉。至於南曲用五音，北曲多變宮變徵。南曲多連，北曲多斷。南曲有定板，北曲多底板。南曲多於正字落板，而襯字亦少。北曲襯字甚多，皆可一望而知者也。

林昌彝

林昌彝(1803—1876)字惠常，又字薌溪，別號碔砆山人、茶叟、五虎山人等。清侯官(今福建福州)人。道光十九年(1839)中舉，此後八次參加科舉考試，均未考中。一生在科舉和仕途上都很不得意。晚年寓居廣州，曾在海門書院講學。林昌彝是林則徐族兄，與魏源等交好，所作詩文多記鴉片戰爭史實，表彰抗英愛國人物事跡，抨擊清政府腐敗無能。著有《三禮通釋》、《小石渠閣文集》、《海天琴思録》、《射鷹樓詩話》等。其《射鷹樓詩話》("鷹"與"英"諧音，用意十分深刻)收有大量愛國抗英的詩作，是中國近代文學史上第一部系統收録反對外國侵略的詩歌集。

本書資料據咸豐元年刻本《射鷹樓詩話》。

《射鷹樓詩話》(節録)

唐人《才調集》題云"古律雜歌詩"，案：《文選》王仲宣、劉公幹、魏文帝、陳思王、嵇叔夜、傅休奕、張茂先、棗道彦、左太冲、張季鷹、張景陽、陶淵明、王景玄皆有雜詩，李善云："雜者，不拘流例，遇物即言，故云雜也。"

五言長排，非才力雄大者不能作。元微之最服膺少陵長篇排律，元遺山論詩譏之云："排比鋪張特一途，藩籬如此亦區區。少陵自有連城璧，怎奈微之識碔砆。"余謂少陵長排獨步古今，盛唐以後，幾成逸響。前明薛君采亦喜爲之，雅鍊有餘，而雄浩不足。宋、元、明而後，惟本朝顧亭林、朱竹垞二家，可以直接少陵，他人不足多也。（以上卷七）

諸體詩以七律爲最難，次則爲七古，七古句過長不可，句過排亦不可；句過長則驅邁不疾，句過排則筋脉不遒。

排句最爲歌行所忌，爲此體者，當於騰驤變化求之，不可以舉鼎絕臏爲勇也。（以上卷一四）

凡詩可以被之管絃者，名曰"樂府"。自漢以後，其法已忘，後人率多擬作，以爲詩家門面，不知漢人樂府皆襲秦舊，又雜以曼聲，麗而不經，靡而非典，去古樂府之法律音節遠矣。少陵無擬古之什，而前、後《出塞》、三《別》、三《吏》等篇，得風人之旨。香山《新樂府》亦稱是，蓋其識卓越千古矣。（卷二四）

姚 燮

姚燮（1805—1864）字梅伯，自號復莊。清鎮海（今浙江寧波）人。咸豐時僑居上海。道光十四年（1834）舉人。生有異稟，讀書過人，涉獵廣雜，自經傳子史至傳奇小説，旁及道藏空門者言，靡不覽觀。極富情趣，多才多藝。其詩氣骨雄健，尤工填詞，泄世寄感，不事雕琢。所譜樂曲，優伶爭演。所作駢體文得漢魏氣勢、六朝情韻。善畫人物、花卉，尤精墨梅，巨幹繁枝，氣勢雄健，淋漓勁致。一生筆耕不輟，總達六百餘卷，以《大梅山館集》行世。對戲曲文獻整理考訂造詣精深，成績卓著，有理論著作《今樂考證》，劇作選集《今樂府選》。《今樂考證》從其著録的內容看，所謂"今樂"，主要是指元以後的戲劇，是對戲劇起源、流變、體製、音樂、脚色、搬演等方面的考證，是作者對宋、元以來戲劇創作成果的總録，書中引證的前人著述達一百三十餘種，其中有一些爲一般人所不經見。

本書資料中國戲劇出版社 1959 年《中國古典戲曲論著集成》本《今樂考證》。

雜劇院本傳奇之稱（節録）

豐山王棠云："唐有傳奇，宋有戲曲、諢、詞説。金有院本、雜劇，其實一也。元朝院本、雜劇始分爲二之。院本則五人，又謂之‘五花爨弄’。或曰：‘宋徽宗見爨國人來朝，衣裝、鞵履、巾裹、傅粉墨，舉動如此，使優人效之以爲戲。’又有焰段，亦院本之意，但差簡耳，取其如火焰，易明而易滅也。其間副淨有散説，有道念，有筋斗，有科泛。今世有‘爨段’二字，疑起於此。”本陶宗儀説。

部色（節錄）

柯九思云：“雜劇有正末、副末、狚、狐、靚、鴇、猱、捷譏、引戲九色之名。正末者，當場男子能指事者也，俗謂之‘末泥’。副末執磕瓜以撲靚，即古所謂‘蒼鶻’是也。當場之妓曰‘狚’，狚，狼之雌者也，其性姦淫，今俗訛爲‘旦’。狐，當場粧官者是也，今俗訛爲‘孤’。靚，傅粉墨獻笑供諂者也，粉白黛綠，古稱‘靚粧’，故謂之‘粧靚色’，今俗訛爲‘淨’。妓女之老者曰‘鴇’，鴇似雁而大，無後趾，虎文，喜淫而無厭，諸鳥求之即就，世呼‘獨豹’者是也。凡妓女總稱曰‘猱’，猱亦狼屬，喜食虎肝腦，虎見而愛之，輒負於背，猱乃取虱遺虎首，虎即死，取其肝腦食焉，以喻少年愛色者亦如虎遇猱然，不至喪生不止也。捷譏，古謂之‘滑稽’，雜劇中取其便捷譏謔，故云。引戲即院本中之狚。”

王棠云：“《懷鉛録》云：‘古梨園傅粉墨者，謂之“參軍”，亦謂之“靚”。靚，音“靜”。《廣韻》：靚，粧飾也。今傅粉墨謂之“淨”，蓋“靚”之訛也。扮婦人謂之“狚”，音“旦”，又音“達”，又與“獺”通。《南華經》云：“猨猵狚以爲妻。”束廣微云：“猨以獺爲婦。”蓋喻婦人意，遂省作“旦”也。蒼鶻謂之“末”者，末，北方國名。《周禮》“四夷之樂有朱”，《東都賦》云：“僸佅兜離，罔不畢集。”蓋優人作外國粧束者也。一曰“末泥”，蓋倡家隱語，如爆炭、崖公之類，省作末。’又云：‘末泥色主張，引戲分付，副末色打諢。’又《都城紀勝》：‘雜扮或名“雜旺”，又名“鈕元子”，又名“拔和”，乃雜劇之散段，多是借裝爲山東、河北村人，以資笑，今之“打和鼓”、“撬槽子”，“散耍”，皆是也。’今之丑脚，蓋鈕元子之省文。《古杭夢遊録》作‘雜班’、‘鈕元子’、‘拔和’。”又云：“白水潛夫《武林舊事》：宋雜劇三甲内，有戲頭，有引戲，有次淨，有副末，有裝旦。少不過五人，多不過八人。按：今世有生，有外，有丑。宋時末，則今日之丑也。”

今曲流派（節錄）

翟灝云：“南戲肇始，實在北戲之先，而《王魁》不傳。胡氏乃以王、關《西廂》爲戲文祖耳。今戲曲合用南北腔調，又始於杭人沈和甫，見鍾氏《録鬼簿》。”

938

越東人呼弋陽腔曰“調腔”，二字不見所出。及讀《陶庵夢憶》，云：“甲戌十月，攜楚生住不係園。集者八人：南京曾波臣、東川趙純卿、金壇彭天錫、諸暨陳章侯、杭州楊與民、陸九、羅三、女伶陳素芝。余留飲。章侯爲純卿畫古佛，波臣爲純卿寫照，楊與民彈三弦子，羅三唱曲，陸九吹簫。與民復出寸許界尺，據小梧用北調說《金瓶梅》一劇，使人絶倒。是夜，彭天錫與羅三、與民串本腔戲，與楚生、素芝串調腔戲。章侯唱村落小歌，余取琴和之，牙牙如話。純卿跳身起，取其竹節鞭（重三十斤）作胡旋舞數纏，大噱而去。”“調腔”二字始見此。安樂山樵《燕蘭譜》云：“山西‘勾腔’，似昆曲而音宏亮，介乎‘京腔’之間。”又云：“京班多‘高腔’。自魏三變‘梆子腔’，盡爲靡靡之音矣。”又云：“蜀伶新出‘秦腔’，即‘甘肅調’，名‘西秦腔’。其器不用笙、笛，以胡琴爲主，月琴副之，工尺呷唔如語。且色之無歌喉者，每藉以藏拙。”《金臺殘淚記》云：“蜀伶‘西秦腔’，始乾隆末歲，後徽伶盡習之。道光三年，御史奏禁。”又云：“亂彈，即‘弋陽腔’，南方又謂之‘下江調’。謂‘甘肅腔’曰‘西皮調’。”李斗云：“句容以‘梆子腔’，安慶以‘二簧調’，弋陽以‘高腔’，湖廣以‘羅羅腔’。京腔用湯鑼不用金鑼，秦腔用月琴不用琵琶。”又云：“揚州‘亂彈’以旦爲正色，丑爲間色。正色必聯間色爲侶，謂之‘搭夥’，跳蟲，又丑、淨之最貴者也。”

山歌（節録）

翟灝云：“《湘山野録》：‘吳越王大陳鄉飲，高揭呈喉，唱山歌以見意。’《水東日記》云：‘吳人耕作或舟行之勞苦，多作謳歌以自遣，皆名山歌。其中亦有可爲警勸者。’”按今又有秧歌，本饁婦所唱也，《武林舊事》元夕舞隊之《村田樂》即此。江、浙間雜扮諸色人跳舞，失其意，江北猶存舊風。

陶真（節録）

翟灝云：“《堯山堂外紀》：‘杭州瞽女唱古今小説、評話，謂之“陶真”。’”《七修類稿》作“淘真”，起處每曰“太祖、太宗、真宗帝，四祖仁宗有道君”，蓋始宋時也。姜南《洗硯雜録》：“翟存齋詩：‘陌頭盲女無窮恨，能撥琵琶唱趙家。’今瞽者彈琵琶演説小説以覓衣食，蓋自昔如是。”《夢粱録》有女荒鼓板，想亦其屬。

方外畸人《相思鏡彈詞序例》云：“彈詞始於北宋安定郡王趙德麟，按唐元微之《會真記》，撰商調《蝶戀花》十二章，號‘鼓子詞’，俾歌工彈唱，已倡其端；至金章宗朝，董解元變詞爲曲，亦按《會真》作《西廂記》，科白互施，厥體乃備；元王伯成有《開元天寶遺事》，皆搊彈本也。自後南北曲盛行，斯道遂廢。近世沈元英工此，遺詞命韻，能備取長短句體。玆詞惟取《鷓鴣天》爲式，取便歌口；韻，必以《中原》爲式。”

傀儡（節録）

王棠云：“魁儡本喪家樂，漢時嘉會用之。唐時窟儡子（一作窟櫑子），唐戲之首舞也，即傀儡是也。漢高困平城，陳平秘計造木偶人，用機關舞於陣間，樂家翻爲戲。《顔氏家訓》曰：‘古有秃人名郭，好詼諧戲謔，今云傀儡郭郎。’”

汪汲云：“傀儡，北齊後主高緯尤所好。”

翟灝云：“《顔氏家訓》云：‘俗名傀儡爲“郭秃”。《風俗通》謂諸郭皆諱秃，當是前代有姓郭而病秃者，滑稽調戲，故後人爲其像耳。’《西河詞話》云：‘宫戲本水傀儡，其制用偶人立板上，浮大池面，用屏障其下，而以機運之。杖頭傀儡，以人持其足，俗謂之“捏脚樞”。懸絲傀儡，俗謂之“提綫樞”。’”

鍾　秀

鍾秀（1808—?），清贛縣（今屬江西）人。生平不詳。其刊於光緒年間的《觀我生齋詩話》，論詩推重沈德潛、潘德輿，以復古求正的思想品評歷代詩歌，目的在於“力矯流弊”，即匡正袁枚《隨園詩話》造成的所謂“風雅掃地”的局面，仍是復古派老調。

本書資料據清光緒三年刻本《觀我生齋詩話》。

四言古

四言古爲之甚難，要以渾全堅樸爲主，《三百篇》尚矣。後如越臣《祝詞》、韋孟《諷諫》、傅毅《廸志》，雖變其體，而氣息實爲相近。至於陶潛《停雲》等作，照分章段，其氣寖漓，外此更無譏矣。學詩者當知此體太似《三百篇》不得，太不似《三百篇》又不得。苟力有未及，則不爲之亦可。

琴　操

琴操，古詩最多，或四言、或雜言、或短、或長，初無定式。上古聖賢無不達音，故自作而自奏之。後如韓昌黎所擬，其意旨自同，至於可奏與否，則未敢知也。

樂　府

古之《風》、《雅》、《頌》皆可入樂，故夫子正樂，而《雅》、《頌》各得其所。後世詩不盡可以入樂，故有古詩、樂府之分。漢代樂府名立，而古樂大變。昔傳杜夔惟習《鹿鳴》、《騶虞》、《伐檀》、《文王》四章，太和末復失其三，僅存《鹿鳴》。入晉則並此而失之矣。歷溯漢、魏以迄三唐，樂府愈變愈多，而其類有三種：依古題擬古作，一也，如歷代《戰城南》必言兵陣是矣。用古題寫時事，二也，如曹操之《薤露》乃述董卓是矣。不依古題自作樂府，如少陵之《無家別》等作及元、白新樂府是矣。至其中四言、五言、七言、雜言，紛然並出。《枯魚》等作，則五言絕句也；《挾瑟》等作，則七言絕句也；《梅花落》、《盧家少婦》，則五言律、七言律也。樂府既無定式，安必音調之悉合乎？歷代論詩家或以多叙事者爲樂府，不知古詩如《焦仲卿》何嘗不多叙事乎？又或以繁音促節爲樂府，及細按諸樂府，有沈有放、有疾有徐，繁音促節，固是一調，然不足以盡之也。張蔚宗曰：“樂府中‘妃呼豨’、‘伊那何’、‘收中吾’等字，皆有音無義，蓋其調亦不傳矣。”後之學者不能上稽古樂，惟漢、魏樂府雖未必盡合古樂，而猶與古音相近，其調不傳，其詩固在也。細心求之，須得其抑揚頓挫之音節，爲之自當於古詩有別。否則終不過古詩之流亞也。若逐句摹擬，如明李于鱗之所爲，又不免爲大雅所笑矣。

歌　行

歌行之來也舊矣，自上古春秋戰國以來，代皆有作。至漢而《大風》、《垓下》實開風氣之先。厥後其作愈多，大約皆渾浩條暢、牢籠萬象。迨入三唐，每多平衍而古意難復。故近日徐伯魯《詩體明辨》一書，遂列歌行爲近體。然細按三唐諸家歌行，終與近體不肖，若以爲與古作氣味懸殊，則世運之升降爲之，又不特歌行一體也。即如唐之五言古，其真同於漢、魏之五言古乎？乃不並列於近體，而獨列歌行，何也？且其中如李、杜二公縱橫變化，較之漢、魏雖去古稍遠，然究不失漢、魏遺意，顧可列之近體乎？夫樂府其音已不可知，至若歌行，則自漢、魏迄唐皆可得而求也。渾浩條暢，歌行是矣。曰吟、曰引，則取於悠長；曰怨、曰哀，則取於凄切；曰詞者文麗，曰謠者質俚；曰弄、曰操，則疾徐兼用，以肖樂音。名作如林，其體雖多，大約與數者相近。惟沈潛而三復之，以漸得其神味，勿徒襲其皮毛，斯得之矣。歌行末句有重呼者，如少陵之《東狩行》，末云：“朝廷雖無幽王禍，能不哀痛塵再蒙。嗚呼！能不哀痛塵再蒙！”元元裕之、明李毗陵皆效之。古詩亦二句一韻，李、杜、韓歌行中常雜出一句一韻，或三句一韻，氣之所至，自然而然，愈覺抑揚頓挫之妙。

古　風

五言古，語要真摯，氣要古宕，體要嚴謹，音響要沉著。短古神韻無窮，又開陶、韋一派。長篇之中必流連頓挫，顧盼非常，斯長而不至於蔓；短篇之中必蘊蓄包涵，從容自在，斯短而不至於促。學者於此求之，乃盡得五古妙秘。此體去古最近，要能直追風人，不可稍雜時蹊。

七言古，唐人歌行最多，然亦有不名歌行者。此體忌平衍、忌滯礙，須有風馳電掣、水立山行之觀。起處黃河天上，莫測其來；中間收縱排宕，奇態萬千。轉關、轉韻之處，兔起鶻落，如一波未平，一波復起；結處或如神龍掉尾，斗健淩空；或如水後餘波，微紋蕩漾；亦有竟結一七言絕句者。要必因其自然，不可勉强。

古人歌行古詩多雜以長短句，所謂緩脈急受、急脈緩受，以求合乎音節也。然必有浩氣鼓蕩其間，長乎其不得不長，短乎其不得不短，乃稱變化極致。

七言古有句句叶韻者，是漢時柏梁體。後如《燕歌行》之類，皆祖此。

古詩最忌裝點，如起處必用渾籠四句，名曰“裝頭”，唐人中已每每有之。至中間用排偶，六朝及初唐不可勝數，即少陵亦間爲之，此爲古中帶律，又別爲一格也。

一韻到底最易平衍，當縱橫盡致以活之，不但稍參律句不得，即稍涉鋪排亦不得。換韻則不必拘定幾句一換，要在自然而然，使人直忘其爲換韻乃佳。

短古八句爲一首，四句一換韻，王勃實開其體。後人多效之。五古四句一換韻，本之《西洲曲》，合之一古詩，分之數絕句也。

律　詩

律詩肇於梁、陳，而法備於唐：曰“律”者，一爲法律之律，言必極其嚴也；一爲音律之律，言必極其諧也。詭於律固不可，拘於律亦不得，惟忘乎律而合乎律，斯爲入化。趙雲崧論詩曰：“句中有意，句外有氣，句後有味。”可謂得其三昧矣。

五律以厚重安閒爲主，通篇結構嚴整，無一閑字弱句乃佳。蓋起二句或破空而來，則三、四二句必須堅卓鎮定；若起二句係堅卓鎮定，則三、四句必須用虛字叫應流動爲佳。至流水句寧用之三、四，勿輕用之五、六。蓋五、六之外，乃是落句，此二句若按得不住，則下半一直瀉去，便不成格局。七律亦然。五律有起二句對，而三、四不對者，謂之“偷春”體。或起四句皆不對，或末四句皆不對，或通首皆不對，古人亦偶一爲之。

七律太刻則纖，太圓則率，太板則滯，太靈則佻。要之，立格宜大，揚聲宜高，使事無痕，通篇悉稱，而血脉流貫、無一懈筆乃佳。

詩有起承轉合，然法皆無一定，如少陵《曲江》，二句起、二句承、二句轉、二句合是矣。如昌黎之“知爾遠來應有意”，則第七句乃轉也；曹鄴之“玉簪恩重獨生愁”，則第四句已轉也。要之，法以意成，意可通則法自立。

唐五、七律有骨氣沈雄、風裁靜穆二種，後人學焉，各得其性之所近。務必生中求熟，熟中求生，斯能神韻獨絶，沈雄而不失於粗，骨格堅蒼；靜穆而不失於薄，乃爲完善。

平頭、截腰，律詩所忌。四句皆用一類字超，謂之四平頭。如高適之“巫峽啼猿”、“衡陽歸雁”、“青楓江上”、“白帝城邊”，用四地名也。又四句皆用一字起，四句皆用二字起，亦謂之四平頭。如唐彦謙之“淚隨紅蠟”、“腸比朱絲”、“柳向好風”、“梅因微雨”，竇叔向之“遠書珍重”、“舊事凄涼”、“去日兒童”、“昔年親友”是也。五言第三字、七言第五字皆用一單字，謂之截腰。如王勃之“乘石磴”、“俯春泉”、“熏山酌”、“韻野弦”，沈佺期之“分黄道”、“入紫微”、“多氣色”、“有光輝”，均不可爲法。必如少陵之“詩無敵”、“思不羣”，“詩”字、“思”字各一字單用也。“庾開府”、“鮑參軍”各三字相連也。“春天樹”、“日暮雲”，“春天”、“日暮”又各二字相連。斯各善於變化，即不然，或如杜審言之“花徒發”、“葉漫新”、“應盡興”、“幾留賓”，虚、實字相間猶可。此法推之排律，似難禁其相犯，然亦必錯綜間用，乃爲合法之作。

爲律詩者皆並力於中四句而忽略起結，其有能留意起結者，又徒慎重於首句、末句，而忽略第二句、第七句。不知第二句乃全篇提綱，以下六句皆從此植根，包涵全題。不盡不得，太盡又不得。不盡，則下六句無根；太盡，則下六句苦無地步。故凡首句固不可以忽略，若到第二句亦不可湊便，一湊便則全篇皆劣矣。至第七句正末句之本命元神，此句必放不了語，俟末句足成之。此句放得妙，則末句足得妙；此句放得不妙，末句如何得妙？即絶句亦然。

唐人律絶，落句多以閑物點綴全意，如劉長卿之“飛鳥不知陵谷變”，王昌齡之“玉顔不及寒鴉色”，皆是此秘。唐人律詩有就本題收結者，如盧綸之《長安春望》落句云：“誰念爲儒逢世難，獨將衰鬢客秦關。”仍結到本題也。有宕出餘意者，如劉禹錫《西塞山懷古》落句云：“今逢四海爲家日，故壘蕭蕭蘆荻秋。”因懷古而撫今也。法各不同。

律詩二句寫情，二句寫景。四句寫情猶可，四句寫景則斷不可矣。至於絶妙法門，則有寄情於景、融景入情二種。如少陵之“永夜角聲悲自語，中天月色好誰看”，寄情於景也。“近淚無乾土，低空有斷雲”，融景入情也。即四句寫景，亦必先巨後細。

如少陵之"浮雲連海岱,平野入青徐。孤嶂秦碑在,荒城魯殿余",蘇頲之"宮中下見南山盡,城上平臨北斗懸。細草偏承回輦處,飛花故落舞筵前",皆是。至於二句寫景又嫌巨細不敵,或先遥後邇,或先邇後遥,隨便用之。

律詩對法不可太近,如常建之"山光悦鳥性,潭影空人心",便似合掌。又不可太遠,如譚用之之"鄉思不堪悲桔柚,旅遊誰肯憶王孫",殊爲不倫。

律詩流水,五言謂之十字格,七言謂之十四字格,極流動宜人。然用虛字之流水猶易,不用虛字之流水更難。如無可之"聽雨寒更盡,開門落葉深",言落葉之似雨聲也。少陵之"雲移雉尾開宮扇,日繞龍鱗識聖顔",言雉尾開而聖顔見也。

律詩有虛實強對者,如李商隱之"此日六軍同駐馬,當時七夕笑牽牛","駐馬"二字屬虛、"牽牛"二字屬實。有本句自爲封者,如少陵之"江流天地外,山色有無中","天、地"自對、"有、無"自對也。"小院回廊春寂寂,浴鳧飛鷺晚悠悠","小院、回廊"自對、"浴鳧、飛鷺"自對也。有二句交股對者,如王介甫之"春深葉密花枝少,睡起茶多酒盏疎",以"多"對"少"、以"密"對"疎"也。有兩扇對亦名隔句者,如鄭谷之"昔年共照松溪影,松折碑荒僧已無。今日還思錦城事,雪消花謝夢何如",以下二句對上二句也。有假借對者,如孟浩然之"故人具雞黍,稚子摘楊梅",借"楊"爲"羊",以對"雞"也。岑參之"雞鳴紫陌曙光寒,鶯囀皇州春色闌",借"皇"爲"黄",以對"紫"也。

律詩最忌五言可增爲七言,七言可删爲五言。如李嘉祐之"水田飛白鷺,夏木囀黄鸝",王維增二字,則爲七言。劉禹錫之"千尋鐵鎖沈江底,一片降幡出石頭",《圍爐詩話》以爲删去上二字則又成五言矣。此法推之古詩絶句,皆然。

句法,五言有上一下四者,如賈島之"鳥宿池邊樹,僧敲月下門";有上四下一者,如杜審言之"雲霞出海曙,梅柳渡江春";有上二下三者,如常建之"古木無人徑,深山何處鐘";有上三下二者,如鄭谷之"兩廊僧不厭,一個俗嫌多"。七言有上一下六者,如劉禹錫之"朝驅旌斾行時令,夜見星辰憶舊官";有上六下一者,如李嶠之"羽騎參差花外轉,霓旌摇曳日邊回";有上二下五者,如少陵之"不貪夜識金銀氣,遠害朝看麋鹿遊";有上五下二者,如少陵之"五更鼓角聲悲壯,三峽星河影動摇";有上三下四者,如柳宗元之"嶺樹重遮千里目,江流曲似九回腸";有上四下三者,如許渾之"楸梧遠近千官塚,禾黍高低六代宮"。凡此之類,皆可相間用之。又有顛倒、呼應句法,如鄭谷之"林下聽經秋苑鹿,溪邊掃葉夕陽僧",此顛倒句法也。古詩之"丈夫何在西擊胡",李義山之"君問歸期未有期",此呼應句法也。又有疊字連珠句法,如少陵之"野日荒荒白,江流泯泯清",疊字也。"落花遊絲白日靜,鳴鳩乳燕青春深",連珠也。又有一句兩字句法,如鄭谷之"那堪流落逢摇落,可得潸然是偶然",一句兩字也。又有上下申明句法,如少陵之"林花着雨胭脂濕,水荇牽風翠帶長",上申下也。"花妥鶯捎蝶,溪喧獺趁魚"，下申上也。又有句中子母法，如"竹疏煙補密，梅瘦雪添肥"，句中子母也。

　　煉字是詩中小乘禪，然近體詩不煉，多散漫不可觀。惟舊字煉之使新，呆字煉之使活。若用奇澀之字，反爲目中金屑矣。五言有煉第一字者，如王維之"有弟皆分散，無家問死生"；有煉第二字者，如孟浩然之"氣蒸雲夢澤，波撼岳陽城"；有煉第三字者，如"雲霞交暮色，草樹喜春容"；有煉第四字者，如少陵之"感時花濺淚，恨別鳥驚心"；有煉第五字者，如少陵之"飛星過水白，落月動簾虛"。七言有煉第一字者，如少陵之"苦遭白髮不相放，羞見黃花無數新"；有煉第二字者，如劉長卿之"帆帶夕陽千里没，天連秋水一人歸"；有煉第三字者，如許渾之"溪雲初起日沈閣，山雨欲來風滿樓"；有煉第四字者，如崔塗之"故園書動經年絕，華髮春惟兩鬢生"；有煉第五字者，如少陵之"返照入江翻石壁，歸雲擁樹失山村"；有煉第六字者，如杜荀鶴之"就船買得魚偏美，踏雪沽來酒倍香"；有煉第七字者，如錢起之"長樂鐘聲花外盡，龍池柳色雨中深"。大約每句祇可煉一字，或煉二字。若煉三字，則又失之太煉，未免傷氣矣。

絕　句

　　昔之論絕句者曰：絕者，截也。四句皆對，截律詩中也；上二句不對，下二句對，截律詩上也；上二句對，下二句不對，截律詩下也。其說人皆信之，然宋、齊已多五絕，隋代兼有七絕，當時無所謂律，何從截之？故知絕句同發源於六朝也。況二句爲一聯，四句爲一絕，王僧孺論之甚明，乃明人不得其旨而妄謂截律詩，殊可一笑也。故對可，不對亦可，然對反嫌太板，如少陵絕句是也。唐人絕句多不對。五絕，二十字中最難著力，有以韻促而妙者，有以神長而妙者，要之，即五古之支流餘裔也。惟照五古結處爲之，斯得之矣。故五絕有押仄韻者，唐人最多。亦有不論平仄黏承者。此體無味不得，太尖更不得。無味何以爲詩？太尖則又《採蓮曲》、《子夜歌》一派也。《采蓮》、《子夜》俱男女慕悅之詞，而體即五絕。七絕須有氣有神，而其入妙尤在於聲。觀夫伎人唱之當時，琴曲傳之後世，《樂府詩集》，宮調皆一一可考。要以平常語寫出深情，而音節鏗然，讀之有弦外之音，斯爲合作。《竹枝詞》泛詠風土人情，詞不嫌俚，語須留樸，類古歌謠，乃爲正式。《柳枝》詠柳，《橘枝》詠橘，便非其比。

排　律

　　排律不拘長短，總分作四層看：第一層，律詩之起二句也；第二層，律詩之三、四句也；第三層，律詩之五、六句也；第四層，律詩之七、八句也。因之以分別淺深次第，要以意不復、氣不衰、局不散爲妙。歷代以來,五言多而七言少,蓋七言更難於五言也。古人多以下二句承上二句,如張説之"鸞鳳調歌曲。虹霓動舞衣。合聲雲上住,連步月中歸"是也。太白、少陵,多用此法。排律,古人有爲五韻者,亦有爲七韻者,然終以雙韻爲正式。

雜　　體

以上皆正體也,外此皆爲雜體。雜體可不作,然亦不可不知。兼采而並存之,亦博覽者之一助與。

六言古起於漢谷永,魏、晉人多效之者。

六言律,王維有詩云:"清川永路何極,落日孤舟解攜。鳥向平蕪遠近,人隨流水東西。白雲千里萬里,明月前溪後溪。惆悵長沙謫去,江潭芳草萋萋。"

六言絕句,顧況有詩云:"心事數莖白髮,生涯一片青山。空林有客相待,古道無人獨還。"

三言詩,漢樂府多有之,後如蘇伯玉妻《盤中詩》亦是,但中間七言四句耳。此體須堅煉幽奧,頗不易作。

有一字至十字詩,起二句一字句,次二句二字句,通篇皆對,以直至十字也。此外又有一句七言,一句五言者;有二句三言,二句五言,二句七言者;有一三五七九者;有一至七、一至九者。惟一句七言、一句五言者不對,每二句一換韻。其餘則通篇皆對,通篇一韻,或平、或仄不等。

有三韻五言律詩,有三韻七言律詩,有三韻六言律詩,韓昌黎、白香山皆有之。有三句七言古,首一句用韻,第二句無韻,第三句用韻。亦有三句皆用韻者。然多用仄韻。有五句七言古,起三句用韻,第五句用韻,第四句不用韻。其韻平仄皆可。有七言古句句皆韻,三句一換韻者。亦平仄不等。

首尾吟體,元陳舜道七律詩起句云"春來非是愛吟詩",末句亦曰"春來非是愛吟詩"。然宋時邵堯夫已有之。

連珠體,白居易有詩云:"一山門作兩山門,兩寺原從一寺分。東澗水流西澗水,南山雲起北山雲。前臺花發後臺見,上界鐘聲下界聞。遥想吾師行道處,天香桂子落紛紛。"

回文詩,如竇滔妻一篇共八百餘言,縱橫讀之,得三千二百五十二首。後之作者不過一順一逆,皆成文協韻,便是回文。律絕不等。

有顛倒韻詩,如梁文帝之"鹽飛亂蝶舞,花落飄粉奩。奩粉飄落花,舞蝶亂飛鹽",

以二句順逆成四句。

有鈎連體，宋蘇妹詩云："野鳥啼時春已歸，春歸樓上梅花落。"以下皆如此疊接成篇，然韋莊先已有之。

有疊字詩，每句皆用一疊字。宋王十朋有五律詩。

有重字詩，每句皆用此字。如梁元帝《春日詩》每句有一"春"字，或二"春"字，其源發於淵明《止酒》詩。

有全平、全仄詩，全首皆平、皆仄也。

有平上、平去、平入詩。平上者，一句全平，一句全上也。平去、平入仿此。

有隔句叶韻詩，如李建勳詩云："不喜長亭柳，枝枝擬送君。惟憐北窗影，樹樹解留人。圓缺都如月，東西只似雲。愁眉離席散，歸蓋動行塵。"蓋"君"與"雲爲韻"，"人"與"塵"又爲韻也。

有雙聲詩，通首皆出一聲也。

有疊韻詩，通首皆出一韻也。

有葫蘆體，先二句一韻，後四句一韻。

有轆轤體，每隔二句用韻。

有平仄兩韻詩，章碣七言律四出句共叶仄韻，四對句共叶平韻。

有四時詩，五言四句，一句春，一句夏，一句秋，一句冬。推之四氣、四色皆同。

有十干詩，五言每干二句。如"甲坼開衆果，萬物俱敷榮"之類。然亦有一干一句者。推之六府、八音、建除、數目、地名、人名、卦名、宮殿名、將軍名、十二屬、二十八宿，及草木、鳥獸、藥材、曲調等名，或二句一用、或一句一用，或用在句首、或用在句中，各不同，皆借用其字以成文也。

有雜合體，或數句雜成一字，或數句合成一字，通首雜合成文。如坼字、燈謎，兩句一韻，四言、五言、七言俱可。有上句末一字與下句首一字合成一物者，如張籍之藥名雜合，上句末一字用"地"字，下句首一字用"黄"字，合爲"地黄"是也。

有諸意體，一句暗藏一意。亦有暗藏古人名及各種名目者，又與會意、燈謎相似。七言一句一韻。

有風人體。皮日休詩云："刻石書離恨，因成別後悲。莫言春璽薄，猶有萬重思。"蓋假"悲"爲"碑"，假"思"爲"絲"，此亦近於假借法也。

有禽言詩，如梅聖俞之"不如歸去春山暮，萬木兮參雲，蜀天兮何處。人言有翼可歸飛，安用空啼向高樹。"蓋"不如歸去"，子規聲也。推之凡禽言之略似文理者，皆可借之以寄意。

有兩頭纖纖。古詞曰："兩頭纖纖月初生，半黑半白眼中晴。臑膈膊膊雞初鳴，磊磊落落向曙星。"

有三婦豔。齊王融詩云："大婦織綺羅，中婦織流黃。小婦獨無事，挾瑟上高堂。丈人且安坐，調弦詎未央。"

有四愁詩。漢張衡詩曰："我所思兮在泰山，欲往從之梁父艱。側身東望涕沾翰。美人贈我金錯刀，何以報之英瓊瑤。路遠莫致倚逍遙，何為懷憂心煩勞。"以下西、北、南三章皆同。

有五雜俎。古詞曰："五雜俎，岡頭草。往復還，車馬道。不獲已，人裝老。"後有代五雜俎，直仿其調。

有《五噫詩》。漢梁鴻詩曰："步彼北邙兮，噫！顧瞻帝京兮，噫！宮闕崔巍兮，噫！民之劬勞兮，噫！遼遼未央兮，噫！"

有六憶詩。梁沈約詩曰："憶來時，灼灼上階墀。勤勤叙別離，慊慊道相思。相看嘗不足，相見乃忘機。"以下憶坐、憶食等，調同。

有十索詩。隋丁娘詩曰："裙裁孔雀羅，紅綠相參對。映以蛟龍錦，分明奇可愛。粗細君自知，從郎索衣帶。"以下索花燭、紅粉等，調同。

有十離詩，與近日之十可憎、十無用，每首皆舉一物為題。五、七律絶不論。宋武帝有《自君之出矣》，首句曰"自君之出矣"，下續三句為絶句，平仄韻皆可。晉詞有《休洗紅》，下續五言三句，首句第三句用仄韻，第二句不用韻，復續七言二句，皆叶平韻。

有問答體。皮日休問陸龜蒙曰："寒夜清。"答曰："簾外迢迢星斗明。況有蕭閑洞中客，吟為紫鳳呼鸞聲。"以下數首調同。

有賦物贈人體。高適《送劉評事賦得征馬嘶》是也。然梁元帝已有《賦得蘭澤多芳草》詩，後人用古人詩句為題者本此。

有禁體，或禁故實，或禁字面。如雨字頭、草字頭、木旁、水旁，及數目、顏色字之類。

有集句詩，或集古、或集唐，或集一人之句，皆可。

又有集字詩，如集右軍《蘭亭叙》字及淵明《歸去來辭》是也。（以上卷二《詩體》）

蔣敦復

蔣敦復（1808—1867）原名爾鍔，字克父，一字劍人。清寶山（今屬上海）人。諸生，屢試不第，久困場屋。自幼有神童之譽。生性曠達，落拓不羈。道光二十二年（1842）英軍入侵，上書兩江總督牛鑒，獻策抵禦，因直言觸犯官員，險被逮捕，遂避禍入月浦淨信寺為僧，法名妙塵，號鐵岸。鴉片戰爭結束，牛鑒被撤職查辦後，還俗，浪跡大江南北，晚年寓居上海，常與當代名士交往，先與王韜、李善蘭並稱"海天三友"，後又與王韜、馬建忠稱爲"海上三奇士"。蔣敦復爲清詞後七家之一。詩詞峻厲風發，頗受龔定庵影響。著有《嘯古堂詩文集》、《芬陀利室詞》、《芬陀利室詞話》。"芬陀利"，梵語之意爲白蓮花。

本書資料據中華書局 1986 年唐圭璋《詞話叢編》本《芬陀利室詞話》。

《芬陀利室詞話》（節錄）

《詞綜》、《詞律》有誤

余每恨竹垞翁問學淹博，而《詞綜》一書，不無疏漏。至萬氏《詞律》，自矜創獲，於宮調，全未夢見。"又一體"三字，最爲無理取鬧。今觀柳東所云：張子野《惜瓊花》下闋"汴河流如帶窄，任輕舟如葉"，《詞綜》脫"汴"字、"舟"字。《詞律》知"輕"下落一字，不知"河"上之有脫誤。蔡伸侍《香金童》"更柳下人家似相識"，《詞綜》脫"相"字。《詞律》另收趙長卿多一字爲別體。子野《于飛樂》"怎空教花解語，草解宜男"，《詞律》據何本脫"花解語"三字，而以毛滂多此三字，另立一體。周邦彥《荔枝香近》"香澤方薰"，脫"遍"字，是韻。《詞律》作四字句，遂誤認"卷"字是韻。柳永《鬪百花》"終日屇朱户"，應作換頭起句，《詞綜》誤屬上段，而以"遠恨綿綿"作起。《詞律》不知，收晁補之一調，亦同此誤，致疑參差無味。蔣捷《白苧》，"憶昨"下脫"聽鶯柳畔"四字，《詞律》以柳永多此四字，爲另格。趙以夫《角招》"溪橫略彴"，脫"橫"字。張先《山亭宴》"問還解相思否"，脫"還"字。陳允平《垂楊》"縱鵑啼不喚春歸"，脫"縱"字。此類不可縷舉，萬氏無由考正，沾沾以辨上去爲獨得，句調之未審，何暇更論音律耶！其訾議萬氏如此。吳門戈順卿亦有《詞律訂》、《詞律補》之作，惜未板行。恐學者輾轉承訛，余所以不得已於一言也。

《詞律》謬誤甚多

萬氏《詞律》謬誤甚多，有最無理可作笑柄者，《雨中花》一調，共列十八首，令、慢不辨，皆謂之又一體，曉曉於《夜行船》"明月棹孤舟"之即《雨中花》，不知諸首字句平仄小有異同者，不勞分體。末載淮海九十八字仄韻一首，注以爲舊刻"見天風"八字句，細玩之寒字下，應有一叶韻字，乃作□空一字，自矜創獲，刻作"見天風吹落滿空寒□，皇女明星迎笑"云云。余案："寒"字下非脫一字，乃誤並兩字作一字耳。"皇"字明係"白玉"二字，上句"寒白"，下句"玉女"，白字固韻。玉女峯在華山，試問皇女何解，萬氏恐亦不知也。（以上卷一）

戈詞有失律處

順翁持律雖嚴,集中亦不能自遵約束。《夾鍾羽》之"玉京秋",宜用入聲叶韻,不可叶上去,見所著《詞林正韻》凡例中。及自作《楊柳岸》一首,用"院"字上去韻。《憶舊遊》調結七字,當作平平去入平去平,第四字必宜用入,曆引各家詞證之。及自作《問東風》一首結云:"山花已盡紅杜鵑。"盡字非入,何恕於責己耶? 若作"山花淚濕紅杜鵑"則協矣。他首失律處亦多。(卷二)

《詞律》失收甚多

詞調萬氏《律》中失收者甚多,《愛月夜眠遲》一調,見《高麗史·樂志》,吾友張筱峯廣文填之。詞云:"捲雨拖雲,仗好風一片,捥碧還天。露痕流樹,煙痕貼水,涼開畫意鷗邊。鈎簾閑坐,湖亭萬菰蒲,逼燈寒。弄明珠、有仙人玉宇,呼下銀盤。前歲爾客燕臺,我蓬蒿掩户,此夕誰歡。便匆匆,莫更負了湖上,素影團欒。冰壺替濯肝脾,清鐘聽,轉心安。喜敲門唤吟伴,煮茗共話詩禪。"《高麗史》余所未見,意必更有《惜花春起早》一調,他日晤筱峯當問之。

南宋詠物皆有寄託

詞原於詩,即小小詠物,亦貴得風人比興之旨。唐、五代、北宋人詞,不甚詠物,南渡諸公有之,皆有寄託。白石、石湖詠梅,暗指南北議和事。及碧山、草窗、玉潛、仁近諸遺民,《樂府補遺》中,龍涎香、白蓮、蓴、蟹、蟬諸詠,皆寓其家國無窮之感,非區區賦物而已。知乎此,則《齊天樂》詠蟬,《摸魚兒》詠蓴,皆可不續貂。即間有詠物,未有無所寄託而可成名作者。余于近來諸君子詠物之作,縱極繪聲繪影之妙,多所不取。善乎保緒先生之言曰:"凡詞後段,須拓開説去。"此可爲詠物指南。(以上卷三)

曾國藩

曾國藩(1811—1872)字滌生,號伯涵,又號求闕齋主人。清湘鄉(今屬湖南)人。道光十四年(1834)舉人,十八年進士。晚清重臣,湘軍的創立者和統帥者。軍事家、理學家、政治家、書法家、文學家。官至兩江總督、直隸總督、武英殿大學士,封一等毅勇侯。頗得清廷信任。曾國藩繼承桐城派方苞、姚鼐而自立風格,創立晚清古文的"湘鄉派"。其論古文,講求聲調鏗鏘,以包蘊不盡爲能事;所爲古文,深宏駿邁,能運以漢賦氣象,意境雄奇瑰瑋,一振桐城派枯淡之弊,爲後世所稱。選編《經史百家雜鈔》二十六卷,以之爲作文典範,非桐城所可囿,世稱爲湘鄉派。清末及民初嚴復、林紓,以至譚嗣同、梁啓超等均受其文風影響。著有《求闕齋文集》、《詩集》、《讀書録》、《日記》、《奏議》、《家書》、《家調》、《爲學之道》、《五箴》及編《十八家詩鈔》等,不下百數十卷,名曰《曾文正公全集》,傳於世。

姚鼐編《古文辭類纂》,不收經、史之文;曾國藩編《經史百家雜鈔》,指使弟子黎庶昌編《續古文辭類纂》,加以糾正,收了不少經、史之文。姚鼐把他所選的古文分爲十三類。曾國藩在姚鼐的基礎上略有分合,分爲十一類,稱謂和編序也不盡相同。曾的分類,有些還不如姚合理(如又把序跋之序與贈序之序合併之類),但他對各類的説明往往比姚氏簡明精當。曾氏把十一類進一步歸納爲三門:論著(著作之無韻者)、詞賦(著作之有韻者)、序跋(他人的著作,序述其意者)三類爲著述門;詔令(上告下者)、奏議(下告上者)、書牘(同輩相告者)、哀祭(人告於鬼神者)四類爲告語門;傳志(記人者)、叙記(記事者)、典志(記政典者)、雜記(記雜事者)四類爲記載門。曾的分門別類未必完全科學,但它至少提醒我們,不可把數以百計的文體和數以十計的不同大類隨意編排,而應找出其中的某種聯繫,作爲分類、編序的依據。

本書資料據商務印書館藏版《經史百家雜鈔》。

《經史百家雜鈔》序例(節録)

姚姬傳氏之纂古文辭,分爲十三類,余稍更易爲十一類,曰論著,曰詞賦,曰序跋,曰詔令,曰奏議,曰書牘,曰哀祭,曰傳志,曰雜記。九者,余與姚氏同焉者也。曰贈序,姚氏所有而余無焉者也。曰叙記,曰典志,余所有而姚氏無焉者也。曰頌贊,曰箴銘,姚氏所有,余以附入詞賦之下編。曰碑誌,姚氏所有,余以附入傳志之下編。論次微有不同,大體不甚相遠。後之君子,以參觀焉。

村塾古文有選《左傳》者,識者或譏之。近世一二知文之士,纂録古文,不復上及六經,以云尊經也。然溯古文所以立名之始,乃由屏棄六朝騈驪之文而返之於三代、兩漢,今舍經而降以相求,是猶言學者敬其父祖而忘其高曾,言忠者曰我家臣耳,焉敢知國,將可乎哉? 余鈔纂此編,每類必以六經冠其端,涓涓之水,以海爲歸,無所於讓也。

姚姬傳氏撰次古文,不載史傳,其説以爲史多不可勝録也。然吾觀其奏議類中,録《漢書》至三十八首,詔令類中,録《漢書》二十四首,果能屏諸史而不録乎? 余今所論次,采輯史傳稍多,命之曰《經史百家雜鈔》云。

論著類,著作之無韻者。經如《洪範》、《大學》、《中庸》、《樂記》、《孟子》皆是,諸子曰篇、曰訓、曰覽,古文家曰論、曰辨、曰議、曰説、曰原皆是。

序跋類,他人之著作,序述其意者。經如《易》之《係辭》,《禮記》之《冠義》、《昏義》皆是。

哀祭類,人告於鬼神者,經如《詩》之《黃鳥》、《二子乘舟》、《書》之《武成》、《金縢》、《祝辭》,《左傳》荀偃、趙簡告辭皆是。後世曰祭文,曰吊文,曰哀辭,曰誄,曰告祭,曰祝文,曰願文,曰招魂皆是。

雜記類,所以記雜事者。經如《禮記》(之)《投壺》、《深衣》、《内則》、《少儀》、《周禮》之《考功記》皆是。後世古文家修造宫室有記,遊覽山水有記,以及記器物,記瑣事皆是。(以上卷首)

陳其元

陳其元(1812—1882)字子莊,晚年自號庸閑。清海寧(今屬浙江)人。先任直隸州知州,後發往江蘇補用,受江蘇巡撫丁日昌的青睞,先後代理南匯、青浦、上海幾個大縣的縣令。六十二歲辭官,僑居武林。歸來後泉石優游,娱情翰墨,遂成《庸閑齋筆記》,先得八卷,後補寫四卷,共十二卷,計十四萬餘言。本書內容相當豐富,上至先世軼事,次及游宦所聞,下逮詼諧游戲之事,紛綸叢叢,無所不登。

本書資料據中華書局《清代史料筆記叢刊》本《庸閑齋筆記》。

沈約詩韻

今人論詩韻,多極詆沈約,以爲約湖州人,江左偏音,不足爲據,殊不知約所撰《四聲》一卷,亡之久矣。約之後,隋陸法言撰《四聲切韻》,唐孫愐撰《唐韻》五卷,今並不存;存者宋之《廣韻》及《禮部韻略》。嗣有平水劉淵仍《禮韻》而通並其部分。至元黃公紹仍劉韻而廣其箋注。最後有陰氏兄弟著《韻府》,取各韻書大加刊削,頗多遺漏,當時並不推爲善本,然自明初到今,相沿用之,學者即指以爲沈韻,其知爲平水劉氏韻者已希矣,何論陰氏? 徒使沈隱侯於千數百年之後橫被詆諆,豈不異哉!(卷四)

變 頌

説《詩》者,多言變《風》、變《雅》,宋金華王氏柏,獨以《魯頌》、《商頌》爲變頌,其説蓋本之唐成伯璵《毛詩指説》。夫《風》、《雅》既有變,則《頌》之有變,亦理也,況出於先儒之説乎!

詩文二十四名

詩文有三十四格,又有二十四名,元微之《樂府古題序》所謂"賦、頌、銘、贊、文、誄、箴、詩、行、詠、吟、題、怨、歎、篇、章、操、引、謡、謳、歌、曲、辭、調"是也。(以上卷九)

劉熙載

劉熙載(1813—1881)字伯簡,號融齋,晚號寤崖子。清興化(今屬江蘇)人。道光二十四年(1844)進士。官至左春坊左中允、廣東學政。後主講上海龍門書院多年。文藝理論家、語言學家、書法家。其學術貢獻涉及經學、文藝學、文體學、文章學、語言學、教育學,甚至數學等方面。著有《藝概》、《昨非集》、《四音定切》、《説文雙聲》、《古桐書屋六種》、《古桐書屋續刻三種》。其中以《藝概》最爲著名,是一部充滿辯證思想的文藝、文體理論著作。《藝概》共六卷,是作者平時論文談藝的彙編,分爲《文概》、《詩概》、《賦概》、《詞曲概》、《書概》、《經義概》,分別論述文、詩、賦、詞曲、書法及八股文等的體製流變、性質特徵、表現技巧並評論重要作家作品等,是作者多年玩味品鑒傳統文化藝術的心得之談,博大精深,自成體係;也是繼《文心雕龍》之後,又一部通論各種文體的傑作。

本書資料據同治十二年原刊本《藝概》。

《藝概·文概》(節録)

西漢文無體不備,言大道則董仲舒,該百家則《淮南子》,叙事則司馬遷,論事則賈誼,辭章則司馬相如。人知數子之文,純粹、旁礴、窈眇、昭晰、雍容,各有所至,尤當於其原委窮之。

用辭賦之駢麗以爲文者,起于宋玉《對楚王問》,後此則鄒陽、枚乘、相如是也。惟此體施之必擇所宜,古人自主文譎諫外,鮮或取焉。

後世學子書者,不求諸本領,專尚難字棘句,此乃大誤。欲爲此體,須是神明過人，窮極精奧，斯能託寓萬物，因淺見深，非光不足而强照者所可與也。唐、宋以前，蓋難備論。《鬱離子》最爲晚出，雖體不盡純，意理頗有實用。

劉彥和謂“羣論立名，始於《論語》”，不引《周官》“論道經邦”一語，後世誚之，其實過矣。《周官》雖有論道之文，然其所論者未詳；《論語》之言，則原委具在。然則論非《論語》奚法乎？

文有“辭命”一體，“命”與“辭”非出於一人也。古行人奉使，受命不受辭。觀展喜犒師，公使受命于展禽，可見矣。若出於一人而亦曰“辭命”，則以主意爲“命”，以達其意者爲“辭”，義亦可通。

辭命之旨在忠告，其用却全在善道。奉使受命不受辭，蓋因時適變，自有許多衡量在也。辭命亦只叙事、議論二者而已。觀《左傳》中辭命可見。

辭命體，推之即可爲一切應用之文。應用文有上行，有平行，有下行。重其辭乃所以重其實也。

古人或名文曰筆。《梁書·庾肩吾傳》太子與湘東王書曰：“謝朓、沈約之詩，任昉、陸倕之筆。”筆對詩言者；蓋言志之謂詩，述事之謂筆也。其實筆本對口談而言。《晉書·樂廣傳》：“廣善清言，而不長於筆。將讓尹，請潘岳爲表，岳曰：‘當得君意。’廣乃作二百句語述己之志。岳因取次比，便成名筆。時人咸云：‘若廣不假岳之筆，岳不取廣之旨，無以成斯美也。’”昌黎亦云：“不惟舉之於其口，而又筆之於其書。”觀此而筆之所以命名者見矣。然昌黎於筆多稱文，如謂“漢朝人莫不能爲文，獨司馬相如、太史公、劉向、揚雄爲之最”是也。（以上卷一）

《藝概·詩概》（節録）

武帝《秋風辭》、《瓠子歌》，柏梁與羣臣賦詩，後世得其一體，皆足成一大宗，而帝之爲大宗不待言矣。

或問《安世房中歌》與孝武《郊祀》諸歌孰爲奇正？曰：《房中》，正之正也；《郊祀》，奇而正也。

左太冲《詠史》似論體，顏延年《五君詠》似傳體。

庚子山《燕歌行》開唐初七古，《烏夜啼》開唐七律，其他體爲唐五絶、五律、五排所本者，尤不可勝舉。

少陵以前律詩，枝枝節節爲之，氣斷意促，前後或不相管攝，實由於古體未深耳。少陵深於古體，運古於律，所以開闔變化，施無不宜。

詩文一源。昌黎詩有正有奇，正者，即所謂"約《六經》之旨而成文"；奇者，即所謂"時有感激怨懟奇怪之辭"。

宋王元之詩自謂樂天後進，楊大年、劉子儀學義山爲西崑體，格雖不高，五代以來，未能有其安雅。

詩以出於《騷》者爲正，以出於《莊》者爲變。少陵純乎《騷》，太白在《莊》、《騷》間，東坡則出於《莊》者十之八九。

西崑體貴富，實貴清，襞積非所尚也；西江體貴清，實貴富，寒寂非所尚也。

西崑體所以未入杜陵之室者，由文滅其質也。質、文不可偏勝。西江之矯西崑，浸而愈甚，宜乎復詒口實與！

西江名家好處，在鍛鍊而歸於自然。放翁本學西江者，其云："文章本天成，妙手偶得之。"平昔鍛鍊之功，可於言外想見。

嬰孩始言，唯"俞"而已，漸乃由一字以至多字。字少者含蓄，字多者發揚也。是則五言七言，消息自有別矣。

五言如《三百篇》，七言如《騷》。《騷》雖出於《三百篇》，而境界一新，蓋醇實瑰奇，分數較有多寡也。

五言質，七言文；五言親，七言尊。幾見田家詩而多作七言者乎？幾見骨肉間而多作七言者乎？

五言與七言因乎情境，如《孺子歌》"滄浪之水清兮"，平澹天真，於五言宜；寧戚歌"滄浪之水白石粲"，豪蕩感激，於七言宜。

五言尚安恬，七言尚揮霍。安恬者，前莫如陶靖節，後莫如韋左司；揮霍者，前莫如鮑明遠，後莫如李太白。

五言要如山立時行，七言要如鼛鼓軒舞。

五言無閑字易，有餘味難；七言有餘味易，無閑字難。

七言於五言，或較易，亦或較難。或較便，亦或較累。蓋善爲者如多兩人任事，不善爲者如多兩人坐食也。

或謂七言如挽强用長。余謂更當挽强如弱，用長如短，方見能事。

潘邠老謂七言詩第五字要響，如"返照入江翻石壁，歸雲擁樹失山村"，"翻"字、"失"字；五言詩第三字要響，如"圓荷浮小葉，細麥落輕花"，"浮"字、"落"字。余謂此例何可盡拘，但論句中自然之節奏，則七言可以上四字作一頓，五言可以上二字作一頓耳。

五言上二字下三字，足當四言兩句，如"終日不成章"之於"終日七襄，不成報章"是也。七言上四字下三字，足當五言兩句，如"明月皎皎照我床"之於"明月何皎皎，照我羅床幃"是也。是則五言乃四言之約，七言乃五言之約矣。太白嘗有"寄興深微，五言不如四言，七言又其靡也"之說。此特意在尊古耳，豈可不達其意而誤增閑字以爲五七哉！

詩有合兩句成七言者，如"君子有酒旨且多"，"夜如何其夜未央"是也；有合兩句成五言者，如"祈父亶不聰"是也。後世七言每四字作一頓，五言每兩字作一頓，而五言亦或第三字屬上，上下間皆可以"兮"字界之。

七言講音節者，出於漢《郊祀》諸樂府；羅事實者，出於《柏梁詩》。

七言爲五言之慢聲，而長短句互用者，則以長句爲慢聲，以短句爲急節。此固不當與句句七言者並論也。

五言第二字與第四字，第三字與第五字，七言第二字與第四字，第四字與第六字，第五字與第七字，平仄相同則音拗，異則音諧。講古詩聲調者，類多避諧而取拗。然其間蓋有天籟，不當止以能拗爲古。

凡詩不可以助長，五古尤甚。故詩不善於五古，他體雖工弗尚也。《書譜》云："思慮通審，志氣和平，不激不厲，而風規自遠。"爲五古者，宜亦有取於斯言。

七古可命爲古、近二體，近體曰駢、曰諧、曰麗、曰綿，古體曰單、曰拗、曰瘦、曰勁。一尚風容，一尚筋骨。此齊梁、漢魏之分，即初、盛唐之所以別也。

律與絶句，行間字裏，須有曖曖之致。古體較可發揮盡意，然亦須有不盡者存。

律詩取律呂之義，爲其和也；取律令之義，爲其嚴也。

律詩要處處打得通，又要處處跳得起。草蛇灰綫，生龍活虎，兩般能事，當以一手兼之。

律詩主意拿得定，則開闔變化，惟我所爲。少陵得力在此。

律詩主句或在起，或在結，或在中，而以在中爲較難。蓋限於對偶，非高手爲之，必至物而不化矣。

律詩聲諧語儷，故往往易工而難化。能求之章法，不惟於字句爭長，則體雖近而氣脉入古矣。

起有分合緩急，收有虛實順逆，對有反正平串，接有遠近曲直。欲窮律法之變，必先於是求之。

律詩既患旁生枝節，又患如琴瑟之專壹。融貫變化，兼之斯善。

律詩篇法，有上半篇開下半篇合，有上半篇合下半篇開。所謂半篇者，非但上四句與下四句之謂，即二句與六句，六句與二句，亦各爲半篇也。

律詩一聯中有以上下句論開合者，一句中有以上下半句論開合者，惟在相篇法而知所避焉。

律詩手寫此聯，眼注彼聯，自覺減少不得，增多不得。若可增可減，則於律字名義失之遠矣。

律詩之妙，全在無字處。每上句與下句轉關接縫，皆機竅所在也。

律有似乎無起無收者。要知無起者後必補起，無收者前必豫收。

律詩中二聯必分寬緊遠近，人皆知之。惟不省其來龍去脉，則寬緊遠近爲妄施矣。

律體中對句用開合、流水、倒挽三法，不如用遮表法爲最多。或前遮後表，或前表後遮。表謂如此，遮謂不如彼，二字本出禪家。昔人詩中有用"是""非"、"有""無"等字作對者，"是"、"有"即表，"非"、"無"即遮。惟有其法而無其名，故爲拈出。

律詩不難於凝重，亦不難於流動，難在又凝重又流動耳。

律體可喻以僧家之律：狂禪破律，所宜深戒；小禪縛律，亦無取焉。

絶句取徑貴深曲，蓋意不可盡，以不盡盡之。正面不寫寫反面，本面不寫寫對面、旁面，須如睹影知竿乃妙。

絶句於六義多取風、興，故視他體尤以委曲、含蓄、自然爲尚。

以鳥鳴春，以蟲鳴秋，此造物之藉端託寓也。絶句之小中見大似之。

絶句意法，無論先寬後緊，先緊後寬，總須首尾相衡，開闔盡變。至其妙用，惟在藉端託寓而已。

詩以律絶爲近體，此就聲音言之也。其實古體與律絶，俱有古近體之分，此當於氣質辨之。

古體勁而質，近體婉而妍，詩之常也。論其變，則古婉近勁，古妍近質，亦多有之。

論古近體詩，參用陸機《文賦》，曰：絶"博約而溫潤"，律"頓挫而清壯"，五古"平徹而閒雅"，七古"煒煜而譎誑"。

《九歌》，樂府之先聲也。《湘君》、《湘夫人》是南音，《河伯》是北音，即設色選聲處可以辨之。

《楚辭·大招》云："四上競氣，極聲變只。"此即古樂節之"升歌笙入，間歌合樂"也。屈子《九歌》全是此法。樂府家轉韻轉意轉調，無不以之。

樂府聲律居最要，而意境即次之，尤須意境與聲律相稱，乃爲當行。

《漢書·藝文志》云："自孝武立樂府而采歌謠，於是有代、趙之謳，秦、楚之風，皆感於哀樂，緣事而發。"由是觀之，後世樂府近《風》之體多於《雅》、《頌》，其由來亦已久矣。

樂府是代字訣，故須先得古人本意。然使不能自寓懷抱，又未免爲無病而呻吟。

樂府易不得，難不得。深於此事者，能使豪傑起舞，愚夫愚婦解頤，其神妙不可思議。

樂府調有疾徐，韻有疏數。大抵徐疏在前，疾數在後者，常也；若變者，又當心知其意焉。

古題樂府要超，新題樂府要穩。如太白可謂超，香山可謂穩。

雜言歌行，音節似乎無定，而實有不可易者存。蓋歌行皆樂府支流，樂不離乎本宮，本宮之中又有自然先後也。

賦不歌而誦，樂府歌而不誦，詩兼歌誦，而以時出之。

《詩》，一種是歌，"君子作歌"是也；一種是誦，"吉甫作誦"是也。《楚辭》有《九歌》與《惜誦》，其音節可辨而知。

《九歌》，歌也；《九章》，誦也。詩如少陵近《九章》，太白近《九歌》。

誦顯而歌微。故長篇誦，短篇歌；叙事誦，抒情歌。

詩以意法勝者宜誦，以聲情勝者宜歌。古人之詩，疑若千支萬派，然曾有出於歌誦外者乎？

文有文律，陸機《文賦》所謂"普辭條與文律"是也。杜詩云："晚節漸於詩律細。"使將詩律"律"字解作五律七律之律，則文律又何解乎？大抵只是以法爲律耳。

問韻之相通與不相通，以何爲憑？曰：憑古。古通者，吾亦通之。《毛詩》，《楚辭》，漢魏、六朝詩，杜、韓諸大家詩，以及他古書中有韻之文，皆其準驗也。

辨得平聲韻之相通與不相通，斯上聲去聲之通不通因之而定。東、冬、江通，則董、腫、講通矣，送、宋、絳亦通矣。推之：支、微、齊、佳、灰通，則紙、尾、薺、蟹、賄通，眞、未、霽、泰、卦、隊通。魚、虞通，則語、麌通，御、遇通。眞、文、元、寒、刪、先通，則軫、吻、阮、旱、潸、銑通，震、問、願、翰、諫、霰通。蕭、肴、豪通，則篠、巧、皓通，嘯、效、號通。歌、麻通，則哿、馬通，個、禡通。庚、青、蒸通，則梗、迥通，敬、徑通。侵、覃、鹽、咸通，則寢、感、儉、豏通，沁、勘、豔、陷通。陽無通，則養亦無通，漾亦無通。尤無通，則有亦無通，宥亦無通。

入聲韻之通不通，亦於平聲定之。東、冬、江通，則屋、沃、覺通。真、文、元、寒、刪、先通，則質、物、月、曷、黠、屑通。庚、青、蒸通，則陌、錫、職通。侵、覃、鹽、咸通，則緝、合、葉、洽通。陽無通，則藥亦無通。

詩格，一爲品格之格，如人之有智愚賢不肖也；一爲格式之格，如人之有貧富貴賤也。（以上卷二）

《藝概·賦概》（節録）

班固言"賦者古詩之流"，其作《漢書·藝文志》，論孫卿、屈原賦有惻隱古詩之義。劉勰《詮賦》謂賦爲"六義附庸"。可知六義不備，非詩即非賦也。

賦，古詩之流。古詩如《風》、《雅》、《頌》是也。即《離騷》出於《國風》、《小雅》可見。

言情之賦本於《風》，陳義之賦本於《雅》，述德之賦本於《頌》。

李仲蒙謂："叙物以言情謂之賦，索物以托情謂之比，觸物以起情謂之興。"此明賦、比、興之別也。然賦中未嘗不兼具比興之意。

詩爲賦心，賦爲詩體。詩言持，賦言鋪，持約而鋪博也。古詩人本合二義爲一，至西漢以來，詩賦始各有專家。

賦起於情事雜沓，詩不能馭，故爲賦以鋪陳之。斯於千態萬狀、層見迭出者，吐無不暢，暢無或竭。《楚辭·招魂》云："結撰至思，蘭芳假些。人有所極，同心賦些。"曰"至"曰"極"，此皇甫士安《三都賦序》所謂"欲人不能加"也。

樂章無非詩，詩不皆樂；賦無非詩，詩不皆賦。故樂章，詩之宮商者也；賦，詩之鋪張者也。

賦別於詩者，詩辭情少而聲情多，賦聲情少而辭情多。皇甫士安《三都賦序》云："昔之爲文者，非苟尚辭而已。"正見賦之尚辭，不待言也。

古者，辭與賦通稱。《史記·司馬相如傳》言"景帝不好辭賦"，《漢書·揚雄傳》："賦莫深於《離騷》，辭莫麗於相如。"則辭亦爲賦，賦亦爲辭，明甚。

騷爲賦之祖。太史公《報任安書》："屈原放逐，乃賦《離騷》。"《漢書·藝文志》："屈原賦二十五篇"，不別名"騷"。劉勰《辯騷》曰："名儒辭賦，莫不擬其儀表。"又曰：

"雅頌之博徒,而辭賦之英傑也。"

太史公《屈原傳》曰:"離騷,猶離憂也。"于"離"字初未明下注腳。應劭以"遭"訓"離",恐未必是。王逸《楚辭章句》:"離,別也;騷,愁也。言己放逐離別,中心愁思。"蓋爲得之。然不若屈子自云:"余既不難夫離別兮,傷靈修之數化。"尤見離而騷者,爲君非爲私也。

賦當以真僞論,不當以正變論。正而僞,不如變而真。屈子之賦,所由尚已。

變風、變雅,變之正也。《離騷》亦變之正也。"跪敷衽以陳辭兮,耿吾既得此中正"。屈子固不嫌自謂。

以賦視詩,較若紛至沓來,氣猛勢惡。故才弱者往往能爲詩,不能爲賦。積學以廣才,可不豫乎?賦從貝,欲其言有物也;從武,欲其言有序也。《書》:"具乃貝玉。"《曲禮》:"堂上接武,堂下布武。"意可思矣。

賦長於擬效,不如高在本色。屈子之《騷》,不沾沾求似《風》、《雅》,故能得《風》、《雅》之精。長卿《大人賦》于屈子《遠遊》,未免落擬效之跡。

詩,持也,此義通之於賦。如陶淵明之《感士不遇》,持己也;李習之之《幽懷》,持世也。

"升高能賦",升高雖指身之所處而言,然才識懷抱之當高,即此可見。如陶淵明言"登高賦新詩",亦有微旨。

皇甫士安《三都賦序》曰:"引而伸之,觸類而長之。"劉彥和《詮賦》曰:"擬諸形容,象其物宜。"余論賦則曰:"仁者見之謂之仁,智者見之謂之智。"

問《楚辭》、漢賦之別,曰:《楚辭》按之而逾深,漢賦恢之而彌廣。

《楚辭》尚神理,漢賦尚事實。然漢賦之最上者,機括必從《楚辭》得來。

《楚辭》,賦之樂;漢賦,賦之禮。歷代賦體,只須本此辨之。

賦與譜錄不同。譜錄惟取誌物,而無情可言,無采可發,則如數他家之寶,無關己事:以賦體視之,孰爲親切且尊異耶?

古賦意密體疏，俗賦體密意疏。

俗賦一開口，便有許多後世事跡來相困躓。古賦則越世高談，自開户牖，豈肯屋下蓋屋耶？

古人稱"不歌而誦謂之賦"。雖賦之卒，往往係之以歌，如《楚辭》"亂曰"、"重曰"、"少歌曰"、"倡曰"之類皆是也，然此乃古樂章之流，使早用於誦之中，則非體矣。大抵歌憑心，誦憑目。方憑目之際，欲歌焉，庸有暇乎？

建安名家之賦，氣格遒上，意緒綿邈；《騷》人清深，此種尚延一綫。後世不問意格若何，但於辭上爭辯，賦與騷始異道矣。

《風》詩中賦事，往往兼寓比興之意，鍾嶸《詩品》所由竟以寓言寫物爲賦也。賦兼比興，則以言内之實事，寫言外之重旨。故古之君子上不交際，不必有言也，以賦相示而已。不然，賦物必此物，其爲用也幾何！（以上卷三）

《藝概·詞曲概》（節録）

樂歌，古以詩，近代以詞。如《關雎》、《鹿鳴》，皆聲出於言也。詞則言出於聲矣，故詞，聲學也。

《説文》解"詞"字曰："意内而言外也。"徐鍇《通論》曰："音内而言外，在音之内，在言之外也。"故知詞也者，言有盡而音意無窮也。

詞有創調、倚聲，本諸倡和。倡和莫先於虞廷，觀"乃歌曰"以下三句調，即"乃賡載歌"及"又歌"之調所出也。《風》、《雅》篇必數章，後章亦多用前調，其或前後小異者，殆猶詞同調之又一體耳。

詞導源於古詩，故亦兼具六義。六義之取，各有所當，不得以一時一境盡之。

樂，中正爲雅，多哇爲鄭。詞樂章也，雅鄭不辨，更何論焉！

梁武帝《江南弄》、陶弘景《寒夜怨》、陸瓊《飲酒樂》、徐孝穆《長相思》，皆具詞體，而堂廡未大。至太白《菩薩蠻》之繁情促節，《憶秦娥》之長吟遠慕，遂使前此諸家，悉歸環内。

宋子京詞是宋初體。張子野始創瘦硬之體，雖以佳句互相稱美，其實趣尚不同。

柳耆卿詞，昔人比之杜詩，爲其實説無表德也。余謂此論其體則然，若論其旨，少陵恐不許之。

太白《憶秦娥》聲情悲壯，晚唐、五代惟趨婉麗，至東坡始能復古。後世論詞者，或轉以東坡爲變調，不知晚唐、五代乃變調也。

元陸輔之《詞旨》云："對句好可得，起句好難得，收拾全藉出場。"此蓋尤重起句也。余謂起收對三者，皆不可忽。大抵起句非漸引即頓入，其妙在筆未到，而氣已吞。收句非繞回即宕開，其妙在言雖止，而意無盡。對句非四字六字，即五字七字，其妙在不類於賦與詩。

詞有過變，隱本於詩。《宋書·謝靈運傳論》云："前有浮聲，則後須切響。"蓋言詩當前後變化也，而雙調換頭之消息，即此已寓。

玉田謂詞與詩不同，合用虛字呼喚。余謂用虛字正樂家歌詩之法也。朱子云："古樂府只是詩中間却添出許多泛聲，後人怕失了那泛聲，逐一聲添個實字，遂成長短句，今曲子便是。"案朱子所謂實字，謂實有個字，雖虛字亦是有也。

詞家用韻，在先觀其韻之通別，別者必不可通，通者仍須知別。如江之於陽，真之於庚，古韻既別，雖今吻相通，要不得而通也。東、冬於江，歌於麻，古韻雖通，然今吻既別，便不可以無別也。至一韻之中，如十三元韻，今吻讀之，其音約分三類，亦當擇而取之，餘韻準此。

詞中平仄體有一定。古人或有平作仄，仄作平者，必合句上、句下、句內之字，權其律之所宜，互爲更換斯得，如銅山靈鐘，東西相應。故效古者，當專效一體，不可挹彼注兹，致譏聲病。

平聲可爲上入，語本張玉田《詞源》，則平去之不可相代審矣。然平可代以上入，而上入或轉有不可互代者。玉田稱其父寄閑老人《瑞鶴仙》詞"粉蝶兒撲定花心不去，閑了尋香兩翅"，"撲"字不協，遂改爲"守"字，此於聲音之道，不其嚴乎？

上入雖可代平，然亦有必不可代之處。使以宛轉遷就之聲，亂一定不易之律，則代之一說，轉以不知爲愈矣。

"上去不宜相替"，宋沈伯時義甫之説也。"去聲當高唱，上聲當低唱"，明沈璟詞隱之説也。兩説爲後人論詞者所本，爰爲表而出之。

詞家既審平仄，當辨聲之陰陽，又當辨收音之口法，取聲取音，以能協爲尚。玉田稱其父《惜花春·起早》詞"瑣窗深"句，"深"字不協，改爲"幽"字，又不協，再改爲"明"字，始協。此非審於陰陽者乎？又"深"爲閉口音，"幽"爲斂脣音，"明"爲穿鼻音，消息亦別。

古人原詞用入聲韻，效其詞者，仍宜用入。

詞家辨句兼辨讀。讀在句中，如《楚辭·九歌》，每句中間皆有"兮"字，"兮"者無辭而有聲，即其讀也。更以古樂府觀之，篇終有聲，如《臨高臺》之"收中吾"是也。句下有聲，如《有所思》之"妃呼豨"是也。何獨於句中之聲而疑之？

詞句中用雙聲疊韻之字，自兩字之外，不可多用。惟犯疊韻者少，犯雙聲者多，蓋同一雙聲，而開口、齊齒、合口、撮口，呼法不同，便易忘其爲雙聲也。解人正須於不同而同者，去其隱疾。且不惟雙聲也，凡喉舌齒牙脣五音，俱忌單從一音連下多字。

十二律與後世各宮調異名而同實。如在黃鍾則正黃鍾爲宮，大石調爲商，以至般涉調爲羽。在大呂則高宮爲宮，高大石調爲商，高般涉調爲羽，《詞源》所列，既明且備矣。

詞固必期合律，然《雅》、《頌》合律，桑間、濮上亦未嘗不合律也。"律和聲"，本於"詩言志"，可爲專講律者進一格焉。

王敬美論詩云："河下輿隸須驅遣，另換正身。"胡明仲稱眉山蘇氏詞"一洗綺羅香澤之態，擺脫綢繆宛轉之度，使人登高望遠，舉首高歌，而逸懷浩氣，超乎塵埃之表"。此殆所謂正身者耶？

詩有西江、西崑兩派，惟詞亦然。戴石屏《望江南》云："誰解學西崑！"是學西江派人語，吳夢窗一流，當不喜聞。

詩放情曰歌，悲如蚩蚩曰吟，通乎俚俗曰謠，載始末曰引，委曲盡情曰曲，詞腔遇此等名，當於詩義溯之。又如腔名中有喜、怨、憶、惜等字，亦以還他本意爲合。

曲之名古矣。近世所謂曲者，乃金、元之北曲，及後復溢爲南曲者也。未有曲時，詞即是曲；既有曲時，曲可悟詞。苟曲理未明，詞亦恐難獨善矣。

詞如詩，曲如賦，賦可補詩之不足者也。昔人謂金、元所用之樂，嘈雜、凄緊、緩急之間，詞不能按，乃更爲新聲，是曲亦可補詞之不足也。

南北成套之曲，遠本古樂府，近本詞之過變。遠如漢《焦仲卿妻詩》，叙述備首尾，情事言狀，無一不肖。梁《木蘭辭》亦然。近如詞之三疊、四疊，有《戚氏》、《鶯啼序》之類。曲之套數，殆即本此意法而廣之；所別者，不過次第其牌名以爲記目耳。

樂曲一句爲一解，一章爲一解，並見《古今樂錄》。王僧虔啟云："古曰章，今曰解。"余案：以後世之曲言之，小令及套數中牌名，無非"章"、"解"遺意。

《魏書·胡叟傳》云:"既善爲典雅之詞,又工爲鄙俗之句。"余變換其義以論曲,以爲其妙在借俗寫雅,面子疑於放倒,骨子彌復認真。雖半莊半諧,不皆典要,何必非莊子所謂"直寄焉以爲不知己者詬厲"耶?

王元美云:"詞不快北耳而後有北曲,北曲不諧南耳而後有南曲。"何元朗云:"北字多而調促,促處見筋;南字少而調緩,緩處見眼。"二説其實一也,蓋促故快,緩故諧耳。

曲以破有、破空爲至上之品。中麓謂小山詞"瘦至骨立,血肉消化俱盡,乃鍊成萬轉金鐵軀",破有也;又嘗謂其"句高而情更款",破空也。

北曲名家,不可勝舉。如白仁甫、貫酸齋、馬東籬、王和卿、關漢卿、張小山、喬夢符、鄭德輝、宮大用,其尤著也。諸家雖未開南曲之體,然南曲正當得其神味。觀彼所製,圓溜瀟灑,纏綿蘊藉,於此事固若有別材也。

《太和正音譜》諸評,約之只"清深"、"豪曠"、"婉麗"三品。清深如吳仁卿之"山間明月"也,豪曠如貫酸齋之"天馬脱羈"也,婉麗如湯舜民之"錦屏春風"也。

北曲六宮十一調,各具聲情,元周德清氏已傳品藻。六宮曰:"仙呂清新綿邈,南呂感歎傷悲,中呂高下閃賺,黃鐘富貴纏綿,正宮惆悵雄壯,道宮飄逸清幽。"十一調曰:"大石風流蘊藉,小石旖旎嫵媚,高平條暢滉漾,般涉拾掇坑塹,歇指急並虛歇,商角悲傷宛轉,雙調健捷激嫋,商調悽愴怨慕,角調嗚咽悠揚,宮調典雅沈重,越調陶寫冷笑。"製曲者每用一宮一調,俱宜與其神理吻合。南曲之九宮十三調,可準是推矣。

曲有借宮,然但有例借而無意借。既須考得某宮調中可借某牌名,更須考得部位宜置何處,乃得節律有常,而無破裂之病。

曲套中牌名,有名同而體異者,有體同而名異者。名同體異,以其宮異也;體同名異,亦以其宮異也。輕重雄婉之宜,當各由其宮體貼出之。

牌名亦各具神理。昔人論歌曲之善,謂《玉芙蓉》、《玉交枝》、《玉山供》、《不是路》要馳騁,《鍼綫箱》、《黃鶯兒》、《江頭金桂》要規矩,《二郎神》、《集賢賓》、《月兒高》、《念奴嬌》、《本序》、《刷子序》要抑揚,蓋若已兼爲製曲言矣。

曲莫要於依格。同一宮調,而古來作者甚多,既選定一人之格,則牌名之先後,句之長短,韻之多寡、平仄,當盡用此人之格,未有可以張冠李戴、斷鶴續鳧者也。

曲所以最患失調者,一字失調,則一句失調矣,一牌、一宮俱失調矣。乃知王伯良之《曲律》,李元玉之《北詞廣正譜》,原非好爲苛論。

姜白石製詞,自記拍於字旁。張玉田《詞源》詳十二律諸記,足爲注腳,蓋即應律之工尺也。《遼史·樂志》云:"大樂其聲凡十:五、凡、工、尺、上、一、四、六、勾、合。"樂

964

家既視《遼志》爲故常，當不疑姜記爲奇秘矣。

曲辨平仄，兼辨仄之上、去。蓋曲家以去爲送音，以上爲頓音，送高而頓低也。辨上、去，尤以煞尾句爲重；煞尾句，尤以末一字爲重。

玉田《詞源》最重結聲，蓋十二宮所住之字不同者，必不容相犯也。此雖以六、凡、工、尺、上、一、四、勾、合、五言之，而平、上、去可推矣。

北曲楔子先於只曲，南曲引子先於正曲。語意既忌占實，又忌落空；既怕掛漏，又怕夾雜：此爲大要。

曲一宮之內，無論牌名幾何，其篇法不出始、中、終三停。始要含蓄有度，中要縱橫盡變，終要優游不竭。

曲句有當奇，有當偶。當奇而偶，當偶而奇，皆由昧於句讀、韻脚及襯字以致誤耳。

曲於句中多用襯字，固嫌喧客奪主，然亦有自昔相傳用襯字處，不用則反不靈活者。

曲止小令、雜劇、套數三種。小令、套數不用代字訣，雜劇全是代字訣。不代者品欲高，代者才欲富。此亦如“詩言志”、“賦體物”之別也。又套數視雜劇尤宜貫串，以雜劇可借白爲聯絡耳。

辨小令之當行與否，尤在辨其務頭。蓋腔之高低，節之遲速，此爲關鎖。故但看其務頭深穩瀏亮者，必作家也。俗手不問本調務頭在何句何字，只管平塌填去，關鎖之地既差，全闋爲之減色矣。

曲以六部收聲：東、冬、江、陽、庚、青、蒸七韻穿鼻收，支、微、齊、佳、灰五韻展輔收，魚、虞、蕭、肴、豪、尤六韻斂唇收，真、文、元、寒、删、先六韻舐齶收，歌、麻二韻直喉收，侵、覃、鹽、咸四韻閉口收。六部既明，又須審其高下疾徐，歡愉悲戚，某韻畢竟是何神理，庶度曲時情韻不相乖謬。

詩韻有入聲者，東、冬、江、真、文、元、寒、删、先、陽、庚、青、蒸、侵、覃、鹽、咸是也。北曲韻俱無入聲。詩韻無入聲者，支、微、魚、虞、齊、佳、灰、蕭、肴、豪、歌、麻、尤是也。北曲韻即以東、冬至鹽、咸各韻入聲，配隸支、微等韻之平、上、去三聲。如屋本東之入聲；沃本冬之入聲，曲俱隸魚模上聲。以及覺本江入，曲隸蕭豪上；質，真入，曲齊微上；物，文入，曲魚模去；月，元入，曲車遮去；曷，寒入，曲歌戈平；黠，删入，曲家麻平；宵，先入，曲車遮上；藥，陽入，曲蕭豪去；陌，庚入，曲皆來去；錫，青入，職，蒸入，緝，侵入，曲俱齊微上；合，覃入，曲歌戈平；葉，鹽入，曲車遮去；洽，咸入，曲家麻平。是其概已。

平仄互叶,詞先於曲,如《西江月》、《醜奴兒慢》、《少年心》、《換巢鸞鳳》、《戚氏》是也。又《鼓笛令》、《撥棹子》、《蝶戀花》、《漁家傲》、《惜奴嬌》、《大聖樂》,亦俱有互叶之一體。然詞止以上、去叶平,非若北曲以入與三聲互叶也。

入聲配隸三聲,《中原音韻》自一東鐘至十九廉纖皆是也。然曲中用入作平之字,可有而不可多,多則習氣太重,且難高唱矣。

昔人言正清、次清之入聲,北音俱作上聲;次濁作去,正濁作平。此特舉其大略而已。檢《中原》韻部,入作上者,雖皆清聲,要其清聲之作去者,不下十之三四,作平者亦十之二三,焉得不別而識之?

北曲用《中原音韻》,南曲用《洪武正韻》,明人有其說矣。然南曲只可從《正韻》分平、上、去之部,不可用其入聲爲韻腳。案《正韻》二十二韻,入聲凡十。自東之入屋,以至鹽之入葉,其入聲徑讀入聲,三聲皆不能與之相叶;即句中各字于《中原》之入作平者,並以勿用爲妥。蓋南曲本脫胎於北,亦須無使北人棘口也。

曲家之所謂陰聲,即等韻家之所謂清聲;曲家之所謂陽聲,即等韻家之所謂濁聲。自《切韻指掌》、《切韻指南》、《四聲等子》於三十六字母已標清濁,明陳藎謨獻可之《轉音經緯》,尤明白易曉,是以沈君徵《度曲須知》列入之。《轉音經緯》見、端、知、幫、非、精、影、照八母爲純清,溪、透、徹、滂、敷、曉、清、心、穿、審十母次清,羣、定、澄、並、奉、匣、從、邪、床、禪十母純濁,疑、泥、娘、明、微、喻、來、日八母次濁,總無所謂半清、半濁、不清、不濁者,故可尚也。曲韻自《中原音韻》始分陰陽平,明范善溱《中州全韻》始分陰陽去,後人又分陰陽上,且於入聲之作平、上、去者,均以陰陽分之,其實陰陽之說未興,清濁之名早立矣。

曲辨聲、音,音之難知過於聲。聲不過如平仄、頓送、陰陽而已。音則有出字、收音、圓音、尖音之別,其理頗微,未易悉言。故舉其概曰:蕭出西,江出幾,尤出移,魚收于,模收嗚,齊收噫,麻收哀巴切之音,圓如其、孝,尖如齊、笑。

《度曲須知》謂"字之頭、腹、尾音與切字之理相通,切法即唱法"。余以爲唱法所用,乃係合聲。合聲者,切法之尤精者也。切字上一字爲母,辨聲之清濁,不論口法開合,合聲則兼辨開合矣;切字下一字爲韻,辨口法開合,不論聲之清濁,合聲則兼辨清濁矣。且合聲法收聲不出影、喻二母,如哀、噫、嗚、于皆是。

事莫貴於真知。周挺齋不階古昔,撰《中原音韻》,永爲曲韻之祖;明嘉、隆間江西魏良輔創水磨調,始行於婁東,後遂號爲昆腔,真知故也。余謂曲可不度,而聲音之道不可不知。鄭漁仲《七音略序》云:"釋氏以參禪爲大悟,以通音爲小悟。"夫"小悟"亦豈易言哉?

張平子始言度曲,《西京賦》所謂"度曲未終,雲起雪飛"是也。製曲者體此二語,則于曲中揚抑之道思過半矣。

　　王元美評曲,謂"北筋在弦,南力在板"。可知元美時弦索之律,猶有存者。後此則知有板而已。然板存即是弦存,沈君徵論板之正贈,通於彈拍,近之。

　　《堯典》末鄭注云:"歌所以長言詩之意,聲之曲折,又長言而爲之,聲中律乃爲和。"《周禮·樂師》鄭注云:"所爲合聲,亦等其曲折,使應節奏。"余謂曲之名義,大抵即曲折之意。《漢書·藝文志》:"《河南周歌聲曲折》七篇,《周謠歌詩曲折》七十五篇。"殆此類耶?

　　詞曲本不相離,惟詞以文言,曲以聲言耳。"詞"、"辭"通。《左傳》襄二十九年杜注云:"此皆各依其本國歌所常用聲曲。"《正義》云:"其所作文辭,皆準其樂音,令宮商相和,使成歌曲。"是辭屬文,曲屬聲,明甚。古樂府有曰"辭"者,有曰"曲"者,其實辭即曲之辭,曲即辭之曲也。襄二十九年《正義》又云:"聲隨辭變,曲盡更歌。"此可爲詞、曲合一之證。(以上卷四)

徐時棟

　　徐時棟(1814—1873)字定宇,一字同叔,號柳泉。清鄞縣(今浙江寧波)人。道光二十六年(1846)舉人。後來兩次進京會試,均不得志,從此發憤讀書。一生校勘文獻甚多,尤致力地方文獻,曾校刻宋、元《四明六志》,考異訂訛,著《四明六志校勘記》,使六志得以流傳後世。又輯《四明舊志詩文鈔》。著作有《煙嶼樓文集》、《煙嶼樓詩集》、《煙嶼樓筆記》等三十餘種,是浙東著名的學者、方志學家和藏書家。

　　本書資料據續修四庫全書影印本《煙嶼樓筆記》。

《煙嶼樓筆記》(節録)

　　宋人往往一墓兩誌,既有墓誌,又有壙誌。壙誌多子孫所作,墓誌多出自名人。始吾疑之。以爲壙誌既在穴中,而復置墓誌。一穴寬廣曾有幾何? 可容此重疊耶? 一誌已足,兩之又安需耶? 豈壙誌固置穴中,而墓誌不過求名手撰著,爲傳世計,不置於墓耶? 後聞袁氏修正獻公墓,墓上得楊慈湖所作墓誌,而後知壙誌在穴中,墓誌則在槨上,又結磚如橋以覆之,而後封土者也。按此法甚善,蓋年久之墓,夷爲平地。誤掘者必自上而下,一見墓誌,即知古墓,可無開壙之患矣。

　　古例,誌墓但書卒年月日,而無生年月日。此古人重忌日之意。後惟大作家猶守此法耳。溫公《書儀》載誌石刻文式,但有某年月日終,某年月日葬。至《朱子家禮》始云某年月日生。然則，此法壞於南宋也。

《墓銘舉例》云："陳瓘有《侍郎鄒公埋銘》，同朱文公女已埋銘例。"按此語頗可笑。陳忠肅公，北宋人也。而能下同于南宋人朱文公之例也乎？況一有銘無序，一有序無銘。其同者何例也？《舉例》又一條云："朱子有女，已埋銘無序，同韓文胡君銘例，題書埋銘，又一例也。"云云。然則其所云陳、朱同例者，不過是埋銘二字同耳。而即論埋銘二字，實陳創朱同。今但知尊文公，遂並忘其時代矣。（以上卷三）

古樂不可作今之扮演。雜劇即古舞樂之流遺也。場上感慨激昂，能使場下人涕泣舞蹈，所謂觀感於不自知，今樂猶古樂，孟子信非欺人者。（卷四）

唐人試賦，韻腳多以四平、四仄。莊宗朝，翰林學士承旨，以"后從諫則聖"爲題，以堯、舜、禹、湯，傾心求過爲韻。五平、三仄，識者誚之。故唐試賦韻腳，往往以己意點竄經史，如"黃流在中"，改作"黃流於中"之類，不一而足。宋、元以來，尚有守此法者。《周南賦》以"言化之自北而南也"爲韻。《聞韶賦》以"不圖爲樂，至於斯也"爲韻。一時以爲切當，蓋不難於以成語爲韻腳，而難於成語中適是四平四仄耳。

古文固不易作，而四六尤不易。蓋古文可以氣勝，可以意勝。而四六則一句不典，非佳四六矣。古人敘事，或仿前人，或自己出。紀一事，名一物，或古所未有，即可隨意下筆。但不雅不俗，便爲敘事高手。至爲四六，則必須以古人往跡，敘近人新事。古人明明有某事可與今事比附，己不能知，而鑿空杜撰，不將爲博雅者所笑乎？故四六最易作，而實不易如此。

近世作駢體文者，專效六朝、初唐。自詡大家，而鄙夷宋四六，以爲卑薄不屑效也。吾謂非不屑也，不能效也。宋四六清空一氣，胸中無萬卷書，而性靈又不能運用之者，斷不能造其精微。若六朝、初唐，則但須費數月光陰，剝掠字句，作摘本，便可一生吃著不盡。改頭換面，施粉塗朱，不可斷之句，不可識之字，不可解之意，高古奧折，自欺欺人而已。

李呆堂先生，嘗取《史記》語入詩中，亦創格也。然不能全篇集句，不過偶用數語而已。余欲選摘全集之，如："壯士行何畏，遊子悲故鄉。涕泣交橫下，爲鼓一再行。""風從西北來，仙人好樓居。傍徨不能去，强爲我著書。""厄酒安足辭，飲可五六斗。此其家不貧，有田三十畮。""山居耕田苦，輟耕之壟上。與時轉貨貲，繼踵取卿相。"亦頗自然不俗。然不過以胸中所記憶者，偶爲之耳。若能翻閱全部，貫穿連綴之，必當有長篇傑構。而匆匆未暇也。

人心之巧，愈出愈奇。朱竹垞集唐人詩爲詞可謂巧而工矣。而揚州江硯農者，乃集宋人七言詞句爲詩，曰《晴綺軒集詞句》，中如"堤上毿毿柳色明，草香沙暖水雲晴。江南二月春深淺，初聽黃鸝第一聲。""樓倚江邊百尺高，垂楊慢舞綠絲條。柔腸一寸愁千縷，安得並州快剪刀。""簾幕輕回舞燕風，雲屏冷落畫堂空。最愁人是黄昏近，一樹梨花細雨中。""清簟疏簾一局棋，已涼天氣未寒時。玉鈎闌外香階畔，長笛誰教月下吹。""十年香夢老江湖，一斛明珠換緑珠。舊日愛花心未了，相逢還解有情無。""絲絲楊柳絲絲雨，一夜東風一夜深。寒食清明春欲破，重簾雙燕語沈沈。"皆絶不似從長短句中抄撮來者，與《蕃錦集》可謂異曲同工矣。每聞世間作手，斤斤區别，詞稍板重，輒曰是絶句；詩稍秀麗，輒曰是詞句。今儼然以詞作詩，而不失之纖；以詩作詞，而不傷於拙。神而明之，存乎其人。

余嘗戲語友人，毛詩中有回文體。友駭詰余，余謂今《三百篇》中未之細考，若《左傳》所引"翹翹車乘，招我以弓"，倒之則謂"弓以我招，乘車翹翹"，非回文乎？"乘"、"弓"古韻也。而"翹"、"招"亦韻。且傳所引逸詩是謂"招我也"，倒誦之則有赴招之意。一轉换而出兩意，非後世回文之所不能及者乎？友爲撫掌。

作回文詩者，或五絶一首，倒讀之又成一首而已。偶見《中州集》宇文叔通四序回文十二首，其第一、第三句首，皆諧韻是也，而第二、第四句首亦皆諧韻。如《春景》云："短草鋪茸緑，殘梅照雪稀。暖輕還錦褥，寒峭怯羅衣。"稀、衣，短、暖外，復韻殘、寒。蓋初回之"衣羅怯峭寒，褥錦還輕暖。稀雪照梅殘，緑茸鋪草短。"再回之則"緑茸鋪草短，稀雪照梅殘。褥錦還輕暖，衣羅怯峭寒。"又其第一、第三句末，緑褥亦諧韻。蓋回句不回字，讀之云："殘梅照雪稀，短草鋪茸緑。寒峭怯羅衣，暖輕還錦褥。"然則一首化爲四首矣！惟《夏景》第一首第一句"翠密圍窗竹"，第三句"睡多嫌晝永"，永字與竹字不諧，不知何故。餘十一首無不諧者，至同卷中選張德容回文五絶二首，惟一、三句首有韻，便是回文常法矣。（以上卷七）

紀文達公昀典春闈，作七律，其第三聯云："誓約齊心同所願，丁寧識曲聽其真。"自注云："戲集十九首兩句，所謂猶有童心也。"余謂原詩本五言，强加上二字，已不得謂之集句矣。且所加二字，又不工。如以"齊心同所願，識曲聽其真"十字作戲臺柱聯，則雅切也。

集句成聯，古今多矣。子舟又酷好此。如云："澹無爲而自得，獨好修以爲常。""結幽蘭而延佇，觀流水兮潺湲。""恐修名之不立，與太初而爲鄰。""惟此黨人其獨異，樂夫天命復奚疑？"皆硬語盤空，不落窠臼。此類甚多。

集《易林》者多矣。各出己意，戛戛生新。余集數聯云："飲福千鍾，日受其喜；當夏六月，風吹我鄉。""登高上山，雲過吾面；舉杯飲酒，客入其門。""小窗多明，爲我鼓瑟；芳花當齒，使君延年。""龍馬上山，升擢超等；鳳皇來舍，坐立歡門。""春桃萌生，時雨嘉降；秋蘭芬馥，飛風送迎。"（以上卷八）

方濬頤

方濬頤(1815—1889)字子箴,號夢園。清定遠(今屬安徽)人。道光二十四年
(1844)進士。同治八年(1869)授兩淮鹽運使。曾國藩督兩江時,學士袁保恒主張增
加鹽價,方濬頤堅決反對。歷任浙江、江西、河南、山東各道御史,兩廣鹽運使兼署廣
東布政使、四川按察史等職。後退出政界,到揚州開設淮南書局。廣攬四方賢士,校
刊羣籍,重修平山堂。著有《二知軒詩文集》、《忍齋詩文集》、《古香凹詞》、《夢園叢
説》等。

本書資料據續修四庫全書本《二知軒文存》。

《蘭苕館文品論詩合鈔》序

詩古文辭,皆文也。文以載道,而詩則有韻之文,要惟發乎性情,根乎學問,援
筆立就,燦然成章。格調既殊,門徑各別。於是有能文不能詩者,有能詩不能文者;
有能爲散體文,不能爲駢體文者;亦有能爲近體詩,不能爲古體詩者。而論文者,或
專學一派,遂以爲談經説理,判然兩途,不可强之使同也。論詩者,或專宗一家,遂
以爲漢、魏、唐、宋截然萬變,斷難容之使合也。吁!此特一偏之見耳,豈足爲定評
哉!(卷一五)

杜文瀾

杜文瀾(1815—1881)字小舫。清秀水(今屬浙江)人。道光三十年(1850)隨湖廣
總督裕泰部鎮壓李沅發起義,後任海州分司運判等職。清軍圍攻太平軍過程中,獻計
置雲梯於船尾攻城,因陸路誤期未果。同治初年,授布政使,後署江蘇布政使、江蘇按
察使兼松太道等職。後受曾國藩指令,集丁心齋、盛旭人、鄭譜香等人討論之,半年後
寫成《紀略》。有幹才,爲曾國藩所稱。工詞,爲浙西派後期詞人,詞風承浙西派之醇
雅,但能變清空爲沉鬱,變無聊呻吟爲有所感慨,與當時另一著名詞人蔣春霖詞風相
近而齊名,時人評價頗高。著有《採香詞》、《憩園詞話》、《曼陀羅閣瑣記》、《古謠諺》、
《平定粵寇紀略》及《詞律校勘記》等。

本書資料據中華書局 1986 年唐圭璋《詞話叢編》本《憩園詞話》。

論詞三十則（節録）

　　説詞之書，宋世至爲繁富，類皆散見於雜著中。惟明人楊升庵始以"詞話"名書。康熙四十六年，《御選歷代詩餘》，附《詞話》十卷，周詳剖晰，自唐迄明，罔不薈萃類列。並採録詞人姓氏里秩，別彙爲篇，可謂集詞話之大成，備騷壇之盛事矣。近人詞説，皆評白唐、宋舊詞，所輯近詞甚少。又皆詳於話而略於詞，載全闋者尤罕覯。余閒居無俚，就同人所譜新詞，或已刊行，或存稿本，均爲摘録數闋，自遣吟懷。其人之字籍宦途及平時交誼，亦備書之。更有同輩商榷之詞，及平生遊歷有涉於長短句者，附爲紀述。積有月日，彙集成編，暇時展觀，如親故人，如游舊地，誠閒中之樂事也。第近來詞學海内風行，即以江、浙二省計之，何慮數千百家，而所録止此，蓋既未實具鑒裁之識，何敢虚存采輯之心。其人苟非所知，其詞即無從欣賞。昔人選詩詞每懼望漏，今所録只萬中之一二，更無望漏之足云。結契多疏，持論更拙，管窺蠡測，知不免貽方家笑也。

　　詞學肇自隋、唐、盛於兩宋。崇寧間設大晟樂府，命周美成等諸詞人討論今古，撰集樂章，每一調成，即可播之弦管。於時有五聲八音十二律七均八十四調，後增至百餘，換羽移商，品目詳具。迨南度之末，張叔夏已有舊譜零落之歎。至元季盛行南北曲，競趨製曲之易，益憚填詞之艱，宮調遂從此失傳矣。有明一代，未尋廢墜，絶少專門名家。間或爲詞，輒率意自度曲，音律因之益棼。我朝振興詞學，國初諸老輩，能矯明詞委靡之失，鑄爲偉詞。如朱竹垞、陳迦陵、厲樊榭諸先生，均卓然大雅，自成一家。陽羨萬氏紅友，獨求聲律之原，廣取唐、宋十國之詞，折衷剖白，精撰《詞律》二十卷。雖不免尚有遺漏舛誤，而能於荆棘之内，力辟康莊，實爲詞家正軌。我聖祖既選《歷代詩餘》，復御製《詞譜》，標明體調，中分句韻，旁列平仄，俾承學之士有所遵循，詞書於是大備。倘能從此審定調律，討論宮商，庶幾可得樂章之遺，冀復大晟之舊。故今之爲詞者，必依譜律所定字句，辨其平仄；更於平聲中分爲入聲所代，上聲所代；於仄聲中分爲宜上、宜去、宜入，音聲允洽，始爲完詞。若謂既不能譜入管弦，何妨少有出入。藉宋、元、明人之誤聲誤韻，以自文其失律失譜，則且貽誤後人，不如勿作。今録友人近詞，專以協律爲主。稍一背馳，雖有佳詞，亦從割愛。

　　萬紅友作《詞律》，不收明人自度腔，極爲卓識。《詞譜》列調已多至八百二十有六，加以《東澤綺語》喜以舊調改立新名，更覺不可究詰。明人知音者少，率意命名，遂無底止。昔金冬心先生有自度曲一卷，序云："予之所作，自爲已律。家有明童數輩，皆擅歌喉。每曲成，付之宮商，哀絲脆竹，未嘗乖於五音而不合度也。"余謂既無宮調足據，又無工尺可循，恐不免英雄欺人，不敢引以爲據。頗思構求十二律八十四調旋相爲宮之法。惟近見寶山蔣劍人敦復所著《樂律指南》，能辟四清聲六變律之謬。惜其人已逝，不獲與之考求。竊謂世多好學沉思之士，如能一遇，當師事之。劍人此書初稿，余曾見之，名《宮調譜》，後乃改名。其書於十二律逐一分按，既而又更改錯換，自以初稿爲誤也。當時余頗疑劍人自歧其說，尚涉遊移，未曾細讀。迄今思之，意劍老必有所據，惜未與討論，殊悔疏忽矣。鐘瑞參

止庵先生論詞高下各有所見，不能從同。其論用字則有當恪守者，如云："韻上一字最要相發，或竟相貼，相其上下而調之，則鏗鏘諧暢矣。"又云："紅友極辨上去是已，上入亦宜辨。入可代去，上不可代去。入之作平者無論矣。其作上者可代平。平去是兩端，上由平而之去，入由去而之平。"又云："上聲韻，韻上應用仄字者，去爲妙。去入韻則上爲妙。平聲韻，韻上應用仄字者，去爲妙，入次之。疊則聱牙，鄰則無力。"詩韻以一平敵上去入三聲。詞韻以一去敵平上入三聲，此語前人已發之。余按古人之詞，凡於極緊要處，從無用代聲。其以入代平等字，多在不甚緊要處，偶一用之耳。此語似尚未經人道過。疊則聱牙，鄰則無力，二語至精至當。鐘瑞注余謂此數說均極懇摯。惟入可代去一語，則不宜從。又凡應用去上應用去平，各調皆有定格，似亦不能概論也。淺學者拈調填詞，但知此叶平韻，此叶仄韻，不知仄韻中上去與入正自有辨。仄聲之不辨，又何論陰平、陽平之分耶？鐘瑞注

宋張玉田撰《詞源》，審音釋律，深抉本原。所惜言之未詳，宮調未能顯播。今爲江都秦敦甫太史刊入《詞學叢書》矣。《詞源》中最妙者，爲楊守齋《作詞五要》。第一擇腔。如《塞翁吟》之衰颯，《帝臺春》之不順，《隔浦蓮》之寄煞，《鬭百花》之無味，是也。第二擇律。律不應月則不美，如十一月調須用正宮，元宵詞必用仙呂爲宜。第三填詞按譜。自古作詞能依句者已少，依譜用字者百無一二。若歌韻不協，奚取焉！或謂善歌者融化其字則無疵。殊不知不詳製作轉摺，用或不當，即失律。正旁偏側，淩犯他宮，非復本調矣。第四隨律押韻。如越調《水龍吟》、商調《二郎神》，皆合用平入聲韻。古詞俱協去聲，所以轉摺怪異，成不祥之音。第五要立新意。若用前人詩詞意爲之，則蹈襲無足奇。須自作不經人道語，或翻前人意，便覺出奇。或祇能煉字，誦繹數過，便無精神。更須忌三重四同，始爲具美……

詞調中宜平宜仄，及可仄可平，《詞譜》、《詞律》均已旁注詳明，自可遵守。惟仄聲中有分別，萬紅友《詞律》但於各調附注去聲之妙，尚未知用去上有定律也。今之歌曲工尺，於上聲字則由高而低，去聲字則由低而高，即是此理。詞用去上，取其一揚一抑，得頓挫之音。凡屬慢詞，必有用去上處，小令亦間有之，是須留意省察。第取宋人名詞同調數闋互觀之，如數詞同用去上，即是定律。間嘗體認，凡上下句有韻，而中一

句四字亦協韻者，必用去上，如《齊天樂》前後段皆有之。又後結用兩仄聲住，而非入聲韻者，亦必用去上。蓋詞之韻即曲之拍，三句連協，中爲短拍，非抑揚不能起調。末拍爲曲終，以去上作煞，則誦之自悠然有餘韻矣。雖宋詞未必全如是，而名詞則無不如是。作者宜從其同，勿沿其誤。

凡協韻原可任人擇揀，第勿用啞音，及庸俗生澀之字而已。然韻上一字，亦有定律。如調中有應用去上處，自須協上聲。而如《醉太平》、《戀繡衾》、《八六子》等平調，韻上之仄聲字，必須用去聲，方是此調聲響。即周止庵先生所謂"平聲韻上仄聲字，去爲妙"也。但取本調名詞多讀數過，自能體會，蓋有天籟存焉。仄聲調之韻，原可上去入三聲通用。亦有宜分別者，如《秋宵吟》、《清商怨》、《魚游春水》等調，宜用上聲韻。《玉樓春》、《菊花新》、《翠樓吟》等調，宜用去聲韻。《壺中天》、《琵琶仙》、《惜紅衣》、《淡黃柳》、《淒涼犯》、《暗香》、《疏影》、《蘭陵王》等調，宜用入聲韻。乃其宮調如是，入聲韻尤嚴不可紊也。又如《齊天樂》、《花犯》等調，用去上者多，不可協入聲韻。雖可以入代上，而音節究不諧叶。昔陳西麓好以仄韻改平韻，而所作入聲韻，蓋秘宮調相同，寓以入作平之意。大約仄調宜用入聲韻者，十居五六。白石自度曲十七闋，協入聲者過半，其故可知。以入作平者，入聲可以融化。上聲即不盡然，而去聲尤甚。作詞固最重去聲。最要留心。鐘瑞注

平上入三聲，間有可以互代。惟去聲則獨用。其聲激厲勁遠，轉折跌盪，全繫乎此，故領調亦必用之。又宋人所用去上聲，與現行官韻頗有異同。如酒、靜、水、杜、似等是上聲字，宋人可作去聲用，易致誤認。更有素嫻四聲，而各習方音，間有上去互誤者，是宜隨時考正也。

宋詞暗藏短韻，最易忽略。如《惜紅衣》換頭二字，《木蘭花慢》前後段第六七句平平二字，《霜葉飛》起句第四字，皆應藏暗韻。此外似此者尚不少，換頭二字尤多。雖宋詞未必盡同，然精律者所制，則必用暗韻。吳西林先生潁芳言："詞之興也，先有文字，從而宛轉其聲，以腔就辭者也。洎乎傳播通久，音律確然，繼起諸詞人不得不以辭就腔，必遵前詞字腳之多寡，字面之平仄，號曰填詞。或變易前詞，仄字而平，平字而仄。或前詞字少而多之，融洽其多字於腔中。或前詞字多而少之，引伸其少字於腔外，皆與音律無礙。蓋當時作者述者皆善歌，故制詞度腔，而字之多寡平仄參焉。今則歌法已失其傳，音律之故不明，變易融洽，引伸之技何由而施？操觚家按腔運詞，兢兢尺寸，不易之道也。"按此論專爲近之作詞者而發。從知宋詞中有同體而字數有多寡者，即融洽引伸之故。所爲兢兢尺寸，專就字之多寡言之。余更爲進一解，凡名詞之四聲，亦應極意摹仿。試觀方千里、楊澤民、陳西麓、王碧山等和清真詞，四聲相同者十居七八，此中即寓定律。宋人多明宮調，其謹慎尚如是。今去古益遠，安可不恪

遵之？

宋詞用韻有三病，一則通轉太寬，二則雜用方音，三則率意借協。故今之作詞者，不可以宋詞用韻爲據。現行詞韻，如《晚翠軒》、《學宋齋》，皆非善本，即秦氏所刻之《菉斐軒》，雖非僞造，實爲曲韻，亦難引用。惟戈順卿手定《詞林正韻》，考訂精詳，洵可傳世。余友劉辰孫，嘗言《詞林正韻》所注反切多誤，面叩之，知其於韻學實淺。然則其中可議者，正非一端，惟其正定各韻，實勝舊書。鍾瑞注然其中亦尚有可議者。余謂填詞非五七言、長排可比，用韻無多，即至長之《鶯啼序》，亦止用十八韻，盡可擇明顯者用之。何必涉疑似之間，供人指摘哉！

兩湖行銷淮南綱鹽，時由湖南委丞倅牧令一員，至漢鎮稽收水程，名曰南程委員。道光末，委者爲宋于庭司馬，長洲老名士也，名翔鳳，嘉慶庚申舉人。官湖南新寧縣，後擢寶慶丞。時余在楚督幕中，與爲忘年交。《丐題西泠讀書圖》五古一首，語甚卓雅，惜亂後失之。今見所作《樂府餘論》一卷，沿《漁隱叢話》、《能改齋漫錄》之舊，泛論宋詞，語皆精覈。内有《分別詞曲》一則，節錄之。論云：“宋、元之間，詞與曲一也，以文寫之則爲詞，以聲度之則爲曲。”又云：“北宋所作，多付箏琶，故嘽緩繁促而易流。南渡以後，半歸琴笛，故滌蕩沈渺而不雜。《白雪》之歌，自存雅音。《薤露》之唱，別增俗樂，則元人之曲，遂立一門。弦索蕩志，手口愔心，於是度曲者但尋其聲，制詞者獨求於意。古有遺音，今成絕響。在昔錢唐妙伎，改《畫閣斜陽》；饒州布衣，譜《橋邊紅葉》。文章通絲竹之微，歌曲會比興之旨。使茫昧於宮商，何言節奏。苟滅裂於文理，徒類啁啾。爰自分馳，所滋流弊。兹白石尚傳遺集，玉田更有成書。點畫方迷，指歸難見。惟先求於凡耳，籍通四上之原；還内度於寸心，庶有萬一之得。”

又有分別小令、中調、長調之説，極明晰。如云：“詩之餘先有小令。其後以小令微引而長之，於是有《陽關引》、《千秋歲引》、《江城梅花引》之類。又謂之近，如《訴衷情近》、《祝英臺近》之類，以音調相近，從而引之也。引而愈長者則爲慢。慢與曼通。曼之訓，引也，長也。如《木蘭花慢》、《長亭怨慢》、《拜新月慢》之類，其始皆令也。亦有以小令曲度無存，遂去慢字。亦有別製名目者。則曰令者，樂家所謂小令也。曰引、曰近者，樂家所謂中調也。曰慢者，樂家所謂長調也。不曰令、曰引、曰近、曰慢，而曰小令、中調、長調者，取流俗易解，又能包括衆題也。”

近人每以詩詞、詞曲連類而言，實則各有蹊逕。《古今詞話》載周永年曰：“詞與詩曲界限甚分明，惟上不摹香奩，下不落元曲，方稱作手。”又曹秋嶽司農云：“上不牽累唐詩，下不濫侵元曲，此詞之正位也。”二説詩、曲並論，皆以不可犯曲爲重。余謂詩、詞分際，在疾徐收縱輕重肥瘦之間，嫻於兩途，自能體認。至詞之與曲，則同源別派，清濁判然。自元以來，院本傳奇原有佳句可入詞林，但曲之逕太寬，易涉粗鄙油滑，何可混羼入詞。乃宋人有俳優一體，降格而甘比於伶官，誤人非淺。如《詞律》所列黃山谷《望遠行》、《少年心》各一闋，《鼓笛令》二闋，石孝友《惜奴嬌》二闋，庸惡陋劣，其猥褻幾似淫詞，怫心刺目。故於重刊時注明刪除，免誤後人，兼爲二公解穢。

詞之五字偶句有可入詩者，如徐昌圖《臨江仙》詞兩結句，前云：“澹雲孤雁遠，寒日暮天紅。”後云：“殘燈孤枕夢，輕浪五更風。”上句均可入詩，下句則斷非詩矣。詩之幽瘦者，宋人均以入詞，如“曲終人不見，江上數峯青”一聯，秦少游直録其語。若是者不少，是在填詞家善於引用，亦須融會其意，不宜全録其文。總之，詞以纖秀爲佳，凡使氣使才，矜奇矜僻，皆不可一犯筆端。

詞之《紇那曲》、《羅唝曲》，是五言絕句。《怨回紇》是五言律詩。《生查子》是仄韻五律。《小秦王》、《清平調》、《採蓮子》、《楊柳枝》、《八拍蠻》、《欸乃曲》，是七言絕句。《瑞鷓鴣》是七言律詩。《漁隱叢話》云：“唐初歌舞多是五七言詩，後漸變爲長短句。”蓋唐人熟於宮調，詩皆可歌，故旂亭以之賭唱。後人變體，詩詞判分。如填所列各調，須深味詞旨，勿使人誤以爲詩，方爲合格。

《四庫全書·克齋詞》提要云：“考《花間》諸集，往往調即是題。如《女冠子》則詠女道士，《河瀆神》則爲送迎神曲，《虞美人》則詠虞姬之類。唐末五代諸詞，例原如是。後人題詠漸繁，題與調始不相涉。”余按今人標題作本意者，即是就調爲題。此外多與題無涉，或竟相犯者。如以《春霽》詠秋情，以《秋霽》詠春景，皆非所宜。故凡即景言情，必先選定詞調。雖難盡合題旨，亦必與本題略有關合爲佳。又如《滿江紅》、《水調歌頭》之類，調本雄壯，而强納之於香奩。如《三姝媚》、《國香慢》之類，調本細膩，而故引之爲豪放，均爲不稱。故拈題猶貴擇調也。鐘瑞注

宮調須合月令，如黃鐘爲十一月之律，大吕爲十二月之律，正月則太簇，二月則夾鐘，以此類推，至十月應鐘爲止。其用法亦各有所宜。如《雍熙樂府》云：“十六調，黃鐘宮宜富貴纏綿，正宮宜惆悵雄壯，大石調宜風流蘊藉，小石調宜旖旎嫵媚，仙吕宮宜清新綿邈，中吕宮宜高下閃賺，南吕宮宜感歎傷惋，雙調宜健捷激裊，越調宜陶寫冷笑，商調宜悽愴怨慕，林鐘商宜悲傷宛轉，般涉羽宜拾掇坑塹，歇指調宜急並虛揭，高平調宜滌蕩滉漾，道宮宜飄逸清幽，角調宜典雅沈重。”此雖曲之元聲，亦可爲詞之取調。又按《古今詞譜》亦如樂府，依次分列，至第十六調，則名散水而無角調，疑散水或即角調之別名。譜增正平、平調、琴調，合爲十九調。此專爲雜劇言也。填詞者各就悲歡所感，相題用之。何調屬何宮，《詞譜》及《樂章集》、《白石道人歌曲》等，均有分注者。

張玉田云：“詞之語句若堆疊實字，讀且不通，況付雪兒乎，合用虛字呼喚。單字如正、但、甚、任、況、又之類，兩字如莫是、又還、那堪之類，三字如更能消、最無端、又

却是之類，即要用之得其所。"此數言，見於《詞源》。吳江沈偶僧《古今詞話》引之，另標題爲《襯字》。而萬氏紅友則又極論詞無襯字。余以爲皆是也。襯字即虛字，乃初度此調時用之。今依舊填詞，自不容再有增益。萬氏蓋恐襯字之名一立，則於舊調妄增，致礙定格耳。玉田所云虛字，今謂之領調，所列皆去聲。其二三字之首一字，亦須去聲。莫是之莫字雖入聲，宋人通作暮音也。

詞多平仄聲兼叶。惟長調内《哨遍》、《戚氏》等，有平上去三聲兼叶者。蓋本之葩經《蔓草》詩"零露溥"、"清揚婉"、"適我願"，《彤弓》詩"受言"、"中心貺"、"一朝饗"也。至元人《葉兒樂府》所載《乾荷葉》、《平湖樂》等小令，亦復統叶三聲。則詞之流入於曲，宋人所無。余校刊萬氏《詞律》脱誤一二字甚多，已逐字詳注。其脱三字以上者，雖曾注明，今復按目次彙列之，俾未見新刻者，藉資考訂。《長相思》，楊無咎詞後結，脱"莫負清秋"四字。《上林春》，楊無咎詞"正暖日如熏芳袖"句下，脱"流鶯恰恰嬌啼，爲勸百觴進酒"二句十二字。《伊川令》，范仲胤妻詞"人情音信難託"句下，脱"魚雁成狁擱"五字。《梁州令》疊韻，晁補之詞"過盡南歸雁"句下，脱"江雲渭樹"四字。《茶瓶兒》，石孝友詞"來無計"句下，脱"悶懨懨"三字。《歸田樂》，晏幾道詞前結，脱"飛花又春"四字。《傾杯樂》，柳永詞後結，脱"恨難銷、和夢也多時間隔"十字。又一闋"慘黛"二字下，脱"蛾盈盈無緒，共黯魂銷，重攜纖手語"三句十五字。《杏花天》，盧炳詞後結，脱"起看三白年豐瑞氣"八字。《于飛樂》，張先詞"怎恐教"三字下，脱"花解語"三字。《下水船》，晁無咎第二首詞後結尾，脱"情何寄"三字。《望雲涯引》，李甲詞"暮雲凝碧句"下，脱"危樓靜倚"四字。《長壽樂》，柳永詞"臨軒親試"句下，脱"對天顏咫尺"六句二十九字。《八六子》，李濱詞"小桃朱户"句下，脱"舊時芳陌"四字。《玉京秋》，周密詞"晚蜩凄切"句下，脱"畫角吹寒"四字。《宣清》柳永詞"命舞燕翻翻"句下，脱"歌珠貫串"五句二十四字。《珍珠簾》，吳文英詞第二句，脱"層簾卷"三字。《白苧》蔣捷詞換頭"憶昨"二字下，脱"聽鶯柳畔"四字。凡譜以上諸調者鑒之。嘗讀元吳文正草廬先生《答孫教諭書》云："《風》、《雅》、《頌》乃樂章之名，其音節各異，如今慢詞、小令之分，雖以彼爲此，以此爲彼而不可得。"此爲公説詩義之語，從可悟作詞界限。小令，風也，觸景言情，不宜間以質實。慢詞，雅、頌也，述懷詠物，慎勿徒取虛神。惟引與近，今所謂中調者，則可情景虛實兼用之耳。（以上卷一）

俞蔭甫太史詞又二則附吳子述茂才詞

詞家有福唐體，一名獨木橋體，始於黃山谷之《阮郎歸》，全用山字韻。辛稼軒之《柳梢青》，全用難字韻。蔭甫太史亦有《采桑子》四闋，録其一闋云："閑中檢點閑功課，死是禪心。活是仙心。一樣工夫兩樣心。　　閑中領略閑滋味，苦是詩心。辣是文心。兩樣精神一樣心。"一意轉折，確切不移，真絕世聰明語。近又見錢塘吳子述茂才承勳，有《鬢雲松令》，作堆絮體云："掩紋紗，開寶鼎。一樹梧桐，一樹梧桐影。絡緯啼煙秋欲暝。翠玉樓前，翠玉樓前井。　　鳳衾寒、鴛帳冷。好夢無端，好夢無端醒。離別團欒今夜並。愁倚闌干，愁倚闌干等。"詞頗修潔。堆絮體可與福唐體同備一格。櫽括古人之文而爲詞者，有蘇東坡之括《歸去來辭》，黃山谷之括《醉翁亭記》。後又有高疏寮《采屈子·東皇太一》之歌，成《鶯啼序》。今蔭甫太史讀歐陽子《秋聲賦》，亦掇其文，譜《戚氏》詞云："老歐陽。書齋宵讀，興方長。忽聽西南，有聲蕭瑟，惹愁腸。推窗，夜茫茫，呼童出戶更端詳。童言皎潔星月，在天橫亙有銀潢。四顧寥落，人聲都寂，忽聞樹內聲藏。竟奔騰驟至，風雨飄忽，金鐵錚鏦。　　公乃太息徬徨。余識此矣，此氣出金方。秋聲也，律調夷則，樂合清商。儼戎行。一夜萬騎，騰驤所至，凜冽非常。草兮綠縟，木也蔥蘢，到此都付彫傷。　　草木無情物，人非草木，不可思量。萬事勞形不已，若憑持智力，逞雄強。試思有動於中，豈能自主，精氣旋搖蕩。早鏡中、白髮三千丈。非復是、當日容光。念我生，誰賊誰強。笑童兒，未解此悲涼。只聞庭內，蟲吟唧唧，助我沾裳。"此於原賦櫽括無遺，校屯田所譜，平仄全合，雖屬游戲筆墨，而中寓感誨，却非鈍根人所能爲。（卷二）

曹艮甫廉訪詞又一則（節錄）

集詞調名作詩詞，難於融洽貫串，拙刻中亦有之。今見艮甫廉訪所作小令二闋甚工穩。《唐多令》云："繡帶解連環。風流憶少年。占春芳、如此江山。阿那柳腰輕簇水，深院月，小闌干。　　金盞惜餘歡。輕紅剪牡丹。望雲涯、引醉花間。十二時無愁可解，春去也，怨朱顏。"又《蝶戀花》云："揉碎花箋新念別。別怨陽關，一半羅衣濕。庭院深深春草碧。轆轤金井芙蓉月。　　河傳東風齊著力。綠意紅情，錦帳春消息。樓上玉人歌白雪。珍珠繡帶丁香結。"詞中各字，或借實作虛，或因難見巧，皆極靈妙。

馮柳東太史詞又三則（節錄）

《惜瓊花》調，《詞律》收張子野詞，下闋起句脫一"汴"字。今讀馮柳東《太史集》，有《越溪秋思詞》譜此闋，已證其誤。詞云："越溪碧，越女白。問苧蘿村裏，花隱仙宅。鷺鷥飛破青山色。收釣人來，蓑雨猶濕。畫船煙波六尺。轉前灘漸失。秋晚歸得。蘋花菱葉曾相識。欲采年年，愁思無力。"又於此詞下彙糾《詞律》之誤，注云："依張子野體，原詞下闋：'汴河流如帶窄。任輕舟如葉。'《詞綜》脫'汴'字。萬氏《詞律》知'輕'下落一字，不知'河'字上亦有脫誤，今據原本正之。《詞綜》脫誤甚多，如蔡伸侍《香金童》，'更柳下人家似相識'，脫'相'字。《詞律》另收趙長卿詞，多一字爲別體。張先《于飛樂》，'怎空教花解語，草解宜男'，脫'花解語'三字。《詞律》不知，而以毛滂多作三字，另立一體。周邦彥《荔枝香近》，'香澤方薰遍'句，脫'遍'字，是韻。《詞律》作四字句，而謂自'烏履'起二十八字直至'遠'字方叶，必無是理，遂誤認'卷'字是韻。柳永《鬭百花》，'終日扃朱户'，應作換頭起句，《詞綜》誤屬上闋，而以'遠恨綿綿'作起。《詞律》不知，收晁補之一調，亦同此誤。致疑參差無味。外如蔣捷《白苧》，'憶昨'下脫'聽鶯柳畔'四字，《詞律》以多此四字爲另格。趙以夫《角招》，'溪橫略彴'，脫'橫'字。張先山亭宴，'問還解相思否'，脫'還'字。陳允平垂楊，'縱鵑啼不喚春歸'，脫'縱'字……此類不可縷舉，萬氏無由考正，沾沾以辨上去爲獨得，句調之未審，何暇更論音律耶？近日專尚宮徵，而文不逮意，又未免有聲無辭之誚。仇山村所謂言順律舛，律協言繆，俱非本色者也。"按太史此注，所糾《詞律》諸誤，惟《荔枝香近》與余所校不符，餘均先已增入《詞律》。萬氏講求去上聲，歷考名詞，無不吻合。非矜獨得之秘，實有津逮之功。太史明於五音，獨不信去上之説，故集中合作較少。（以上卷三）

《玉抱肚》調重録應廉訪詞

　　《玉抱肚調》，《詞律》只收楊無咎一闋，一百四十字，作兩段。注云：前短後長，恐不確。應敏齋廉訪因考朱竹垞《江湖載酒集》，亦載一闋，作三段，長短可配齊。而首段結句三字，中段結句四字，句法不甚合，細諷之，聲調亦似未諧。乃以中段四字結句移作末段起句，則每段起句皆四字，首段、中段收句皆六字，合雙曳頭之體矣。又考《詞譜》亦收楊無咎詞，後三句云："把揚瀾蠡左。都卷盡，也殺不得者心頭火。"蓋《詞律》誤"揚"作"洋"，並落"蠡"、"也"二字，又多一"與"字，實則一百四十一字也。敏齋所作贈周小園詞，並爲訂正，足資楷模。詞云："風吹秋去。雨留秋住。有天涯壯士羈棲，忽然光景遲暮。聽聲聲畫角，吹起了、幾陣歸鴻向吳楚。隔江一望，儘是短樹。重回首、奈何許。　　我更無聊，相逢後、填胸悲憤，茫茫一齊吐。恨青梅、酒冷無人煮。恨青萍、劍冷無人舞。倦青雲、只見霜雕，依舊不換鎩羽。　　請思今古。幾人得、萬里功名立銅柱。但料吾輩，虎頭印、總須取。好假龍、爭腐鼠。看是非何據。拌一醉，且領受著者酩酊趣。"此作校訂穩愜，筆意籠罩今古，正黃菊人所謂填詞須試難調，以勵後學也。

《八六子》調重錄姚大令詞

《八六子》調始於杜樊川，宋人效之。其調後半至三十一字始協韻，初疑有誤，厯考宋詞，始知定格如是。此三十一字中，上十七字以一字領調，以十六字作四偶句。下十四字以二字領調，以十二字作偶聯。疑調名《八六子》，或即因此兩偶聯也。又此調協仄平者，仄字皆須去聲。近人填者甚少，亦易舛誤，惟姚稚香鞠壽庵二闋均能合格，錄一闋。《感舊寄春明諸友》云："七年前。招羣訂扆，幾人青鬢翩翩。記竝馬閒尋紫曲，呼鶯共上金臺，飛揚玉鞭。　飄然獨櫂吳船。藉葉一篷寒雨，蒓絲十畝秋煙。自賦別江淹，原注：謂蓉舫妹文。彩毫夢阻，登樓王粲，謂定甫民部。瑤華字蝕，無聊綠蟻，愁開酒榼，銀鴻懶託箏弦。恨誰傳。明蟾隔花又圓。"

《玉京秋》調重錄顧觀察詞

《玉京秋》調，《詞律》收周草窗之作，於第四句"碧砧度韻"上，落"畫角吹寒"四字。戈順卿所選《宋七家詞》未及校補。又"翠扇恩疏"句落"恩"字，戈選已補。而近人所刊詞集中循誤者十居七八。後余重刊《詞律》，始遵《詞譜》，照《詞緯》補注五字。蓋此調實九十五字，近人作九十字及九十一字皆誤也。今見顧子山觀察《眉綠樓詞集》，有和草窗之作，與訂正者句法全同，足徵考古之密矣。其詞云："秋宇闊。纖雲度河漢，雁聲清切。簾卷斑筠，簟疏碧藤，香銷銀葉。猶記遲眠倚柱，弄瑤笙、吹碎黃雪。玉尊別。斷歡零夢，病鸎慵說。翠扇重題還怯。蠹塵箋、相思字缺。浪跡浮萍，回腸束竹，愁無休歇。冷落春盟，慢寄語、珍重寒花霜節。怨蛩咽。淒和殘砧搗月。"

《更漏子》調重錄陳太史、潘明經詞

《更漏子》爲小令之易填者，而近詞輒有通病。凡詩中句法忌同頭並足，詞亦如之。此調前後三字八句，最易相犯，惟陳實庵太史《吹月詞》一闋云："鳳羅新，鸞錦舊。都是一絲情繡。今昨夢，去來心。去年愁到今。　幺弦切。偏弦接。難得聲雙韻疊。花供養，月扶持。畫樓春睡遲。"又，潘麟生明經和汪鑑齋《悼亡》云："眷綿情，牽舊恨。一樣絲絲秋鬢。形共影，我和卿。苦吟偓瘦稜。　當明月。頻年別。九十九番圓缺。心宛轉，話綢繆。愁人愁復愁。"此二詞四偶句，句法各異，與溫飛

卿、孫孟文諸作均同,可知按律之精。又此調前後結五字句,第三字須平聲,飛卿有"空階滴到明"之句,滴字乃以入作平,後人遂疑爲可仄。似此者皆宜愼考,庶不爲古人所誤。

<h3 align="center">《鶯啼序》調重錄曹廉訪詞</h3>

《鶯啼序》爲詞中第一長調,惟吳夢窗有三闋,趙文一闋。後《詞林萬選》收黃在軒一闋,句法已有參差。迨楊升庵所作,則字數更有多寡,人遂效之。凡倚聲稍多,必作《鶯啼序》,以光全集,舛誤更不可究詰。曹艮甫廉訪有此作,細爲衡比,與夢窗作無一不合,亟錄之,以爲譜長調之範。題曰:"丙寅夏日,自滇之黔之粤,今又之浙,將以來春歸吳下,不一年間,遊蹤幾出萬里,酒酣倚聲,聊志梗概。"詞云:"天涯倦遊廿載,對東風暗惱,釣磯穩、家傍鱸鄉,幾番歸夢尋到。送離緒、絲楊舞歇,鈎簾一任飛花攪。作長隄,芊碧年年,暮晴芳草。 檢點蠻裝,總染瘴雨,鎮轠轆遲遠徼。溯前事、孤枕愁邊,冷蛩曾訴淒抱。畫闌干、題詩倚遍,算棲燕、如今還曉。指山程,催上吟驤,夕陽紅繞。 洲縈拾翠,浦暖沉香,去時換一欐。那更識、綠陰滿樹,分少歡淺,又聽無情,子規啼了。新箋譜恨,零絲彈怨,分明留得冰綃淚,背寒楓、路隔鴛波杳。黃昏水驛,消他幾度涼蟾,暗中兩鬢催老。征塵暫洗,短檝西泠,趁鷺鷗最好。祇憶著、孤山斜畔,濕霧淒煙,剩却殘梅,凍枝開早。危亭斷蘇,雲廊何處,珠啼香笑渾不見,黯林陰、都入荒鴉吊。傷心休問江南,過得春深,亂紅待掃。"(以上卷六)

<h2 align="center">笠閣漁翁</h2>

笠閣漁翁,生平不詳。一説即吳震生,待考。所編《笠閣批評舊戲目》爲戲曲目錄,附刻於其所著《箋注牡丹亭》中。所列劇目,有明代及清初作品,亦有編者同時代作品。共計傳奇一百七十九種,很多係其他曲目所不載或雖載而作者姓名不同者,故頗有助於曲目考訂。至於對所著錄各劇品分爲上、中、下等九級,不足深據。本戲目所附跋文,堪稱爲一篇曲學專論。其中寫道:"若專以傳奇論,則曲者,歌之變,樂聲也;戲者,舞之變,樂容也。將夜爲年,混眞以假,使俊傑有所寄其思,雖欲廢之,可得乎?"此語概括了戲曲的本質特徵。對於戲曲創作,跋文主張曲應該"合白即戲,拆白即詞",即可演可讀;並主張劇作者在史實或生活原型面前,應具有自由和獨立性。

本書資料據中國戲劇出版社1959年《中國古典戲曲論著集成》本《笠閣批評舊

戲目》。

《笠閣批評舊戲目》(跋)(節錄)

此特據所見所有臚之耳。濫本橫行，何能盡見，不但傳奇也。惟書之識趣高超者少，是以存至數十年、百數十年，便作糊窗覆瓿之物。然無論筆鬼墨精，悉從敝篋躍出，既撰一書，即下下品，其中必有數句出前人外，可供採取者。是以肖孫刷以贈送，蓄家或棄或留，較之其他長物，終覺耐久許多。若專以傳奇論，則曲者，歌之變，樂聲也；戲者，舞之變，樂容也。將夜爲年，混真以假，使俊傑有所寄其思，雖欲廢之，可得乎？《拜月》、《荊釵》，元之南曲也。北音爲曲，南音爲歌。北人不歌，南人不曲。北力在弦，南力在板。南便獨奏，北便和歌。北氣易粗，南氣易弱。北字多而調促，促處見筋；南字少而調緩，緩處見眼。北舞情多而聲情少，南舞情少而聲情多。故造語忌硬、忌澀、忌嫩、忌粗、忌文，調聲則必辨去上，審音則必析陰陽。前人因曲謚名，後人按名造曲，以腔板既定，不敢創易也。如《河套》一折賓白宏詼，曲乃淺鄙；桓歡窄韻，實甫避之；《入破》一套，以《辭朝》爲高，而用韻龐雜；玉茗情禪，而曲調則多聱牙，吳中老伶師加以減裁垛疊之功，方可按拍；即《花判》之《混江龍》與原調全不相合，才雖茂美，音律徑庭；《邯鄲·打番》，亦名《混江》，尤風馬牛；時流竟以爲定格，依而填之，大可噴飯，覺地下亂音諸老，競爲魔國津梁矣。能文而毀裂宮調，與好音而束殺文章，皆誤也。然腔板不換，而其中或增字或減字，亦隨人詞意筆勢所到，聯絡成文。近時歌人，或數字略口，則謬爲裁補，甚至代爲删芟，文闕理荒，爲禍非細。不知曲聖板師，自有兩借之法，上作去唱尤易。且場上雜白混唱之俚詞膚曲，聊以代言，老餘姚雖有德色，固不足齒；吳人清唱，亦因其腔板熟落，窮力吟詠至奉爲終身首調；若抽絲獨繭，綺語神行，即疵爲太繁，不合時蹊。余謂：代話之曲，雜白唱或尚可曉；一入清唱，如啖木屑，即使龍陽、襄成歌之，亦濕鼓啞缶而已。須合白即戲，拆白即詞，縱使簫板閒綴，亦皆雅俗首肯方妙。又謂：他書不可借人名，惟傳奇家不嫌。或鉅公恐以輕狎損賢，不妨托無名子；或孤特恐無以動俗眼，不妨托老詞翁：以此等文章，重在售意，不重沽名也。他書不可易人面，惟曲與白無拘。或人名事境同，而更換串頭，頓袪庸雜；或人名事境異，而借用舊曲，順溜優喉。以此等事業，得失既小，人己何分也！況事本陋，而思路一新，曲白俱隨生色；曲本凡，而人境一妙，臭腐且化神奇，豈向《沈約集》中作賊者比！顧可爲解事道，不必與俗人言耳。如《盛德記》所演，文正公二歲而孤，隨其母育於長山朱氏，既第始歸范村，而待朱備極恩意，既貴，則用南郊恩贈；朱氏父及其異母兄、同母弟之喪，皆爲卜葬；朱氏以公癃爲官者，二人；歲時奉祀，則別作饗；雖載在遺事，世所共知，庸手寫之，恰似無理，經名手一换曲白，便覺合於天理人情，可謂得其厚矣。親愛惇篤，發於自然，表而出之，亦使鄙夫寬、薄夫敦也。良由先將朱氏寫得繼絶心誠，寶愛至極，徧訪真實名師，設措重禮附學，代修坟墓，虔備祭儀，更覺此劇實可救世。太夫人竟不出場，尤改得通。竟以“文正”二字代公原諱，亦合理。越得鬻薪之女二：曰施，曰旦，教以步容，習於土城，臨於都巷，三年而後獻吴。改《浣紗》者，以山郡非無骨佳、形姱、曼容、皓齒之人，不教不能麗都意作主，又添鄭旦陪襯，亦妙。《妒婦記》改本，采葛元直、房玄齡、桓範、王琰、柳惔、苗介子事歸於一人，尤其惹看。傳《紅綫》，以通經史、號“内記室”爲主，自妙。（卷末）

何　栻

何栻（1816—1872）字廉昉，號悔餘。清江陰（今屬江蘇）人。道光二十五年（1845）進士，官江西吉安府知府，後罷官去揚州做了鹽商。工書，能山水，以辭章聞名海内。曾國藩的得意門生。生性豪爽，好結交，故得到曾國藩、李鴻章等名人賞識。何栻詩才絶豔，書法亦佳，工於楹對，用典精當，對仗工穩，詞藻華麗，或喻情或狀物，無不妥當之極，至今仍爲聯句界所稱道。曾國藩評之“才人之筆，人人歎之”。著有《悔餘庵集》。

本書資料據清同治刻本《悔餘庵文稿》。

《江風集》自序（節録）

詩亡而後樂府作。古者閭巷之語登之朝廷，閨房之詞薦之郊廟，采以輶軒，被以弦管，《三百篇》其著也。自觀風之使廢，太師不復陳詩，太常無由合樂，於是漢、魏之朝，使文學之臣作爲詞章，創立題目，儗於雅、頌，肄於樂官，以之燕天神，格祖考，饗軍娱賓，莫不陳奏，若史所載樂章是也。至於閭右之民，非箴誦之職，章甫之士，無著作之權，耳目所觸，手口相應，乃舉可歌、可哭、可法、可戒之事，永以情文，諧以音韻，使聞者感焉，若世所傳樂府皆是也。惟自詩而騷、而五言、而七言皆詩之流也。自漢、魏以後，爲古詞豔詩，爲歌行，爲長短句，爲南北曲，皆樂府之流也。於是詩與樂府離而爲二，而其源則一也。第以屈原、宋玉、司馬相如、揚雄之儔，力追《三百篇》而不能至；且以鮑照、李白、杜甫、張籍之徒，力追漢、魏而亦不能至；則不獨詩亡，而樂府亦亡矣。然亡其辭而不能亡其聲也。夫天地之聲悉於人備，陰陽之聲亦以人分，八音大小之器因人而鳴，六律清濁之宫待人而析，是當以器物之聲從人聲而高下疾徐長短之，不當以人聲徇器物從而爲高下疾徐長短也。由唐以來，爲樂府者莫不求合於漢、魏。其才之高者,鄙新聲,製古調,聲牙詰曲,而不可以倚歌;其下者則且句之摹,字之仿,形似而神離。降而至於填詞按曲,以求合於樂府,而去漢、魏日遠矣。夫偃師之傀儡,肖其形不能肖其神;優孟之衣冠,傳其神不能傳其情。若樂府則固因其人其事之情而達之者也。古人之聲與今人同,其情亦無不同。詩可以歌,樂府可以合樂,作者不必皆伶倫也。即至旗亭之歌,沈香亭之合樂,不必先按伶人之譜而後爲詞也。聲極其和而情極其至,即起古人爲之,而亦不能爲異。然有自異而不能强同者,則時爲之也。今日之與漢、魏,日月猶是也,而歷數不同;山川猶是也,而形勢不同;鳥獸草木猶是也,而種産不同。同一衣服而制度不同,同一飲食而嗜好不同。蓋同者其真,而不同者其飾真者也。真者樂府之情與聲,而飾真者寄情於聲而衍之爲樂府也。必去飾以求真,將詞之不存,而聲情焉附? 漢、魏以還無樂府矣。漢、魏不能爲《三百篇》,晉、唐不能爲漢、魏,宋、元不能爲晉、唐,而各自成爲一代之聲,然聞其聲而如見其情,緣其情而如見其人,與其事則仍樂府之所同也。(卷四)

方宗誠

　　方宗誠(1818—1888)字存之,號柏堂。清桐城(今屬安徽)人。桐城派著名作家。始受學許玉峯,繼師族兄方東樹。著名理學家。曾任棗强縣知縣,反冤獄,創書院,政聲大著。又曾在曾國藩幕府中任職。清勤刻苦,讀書必求甚解。其學術思想主要表現在恪尊程朱理學,講究爲學之道;排斥漢學、心學;强調經世致用,主張實體力行三個方面。著有《柏堂全書》(日本哲學館和日本大學專設"柏堂學"課目,供學界學習研究)、《諸經説都》、《俟命錄》、《志學錄》、《柏堂讀書筆記》、《講義》等,另撰寫、編訂書籍數十種。

　　本書資料據光緒四年刊《柏堂讀書筆記》。

《尚書》總論(節錄)

　　文章體製,至昌黎始備,其實《書經》已具體矣。如《堯典》、《舜典》,本紀之體也;《禹謨》、《皋陶謨》,列傳之體也;《禹貢》、《武成》、《金縢》、《顧命》,紀事之體也。其餘詔令、奏疏、制誥、檄文、書説,無所不有,凡人世所必用之文之體,已靡不具。後人所加者,只是辭賦、贈序閒文字耳。然如《五子之歌》,即可通于辭賦;如《蔡仲之命》、《文侯之命》,即可通于贈序。若不求原于此,而徒讀後人之文,無怪其根柢不深厚,而閒文日多也。(卷一)

《孟子》總論（節録）

《孟子》之言，有辯論體，如：對梁惠、齊宣數章，辨許行、告子諸章之類是也；有論古之文，如與萬章論舜、禹、伊尹諸章之類是也；有奏疏體、書説體，如對梁惠、齊宣、鄒穆及告諸弟子所問之類是也；有列傳體，如"伯夷隘"、"伯夷聖之清"諸章之類是也；有傳記體，如"齊人章"是也；有記事體，如"見梁襄王"及"自范之齊"、"致爲臣而歸"諸章之類是也；有游記體，如"沼上章"、"雪宫章"、"自范之齊章"之類是也；有策論體，如"晉國天下莫强"、"齊人伐燕"、"鄒與魯閧"、"滕小國也"諸章之類是也；有經説體，如"小弁"、"盡信書"、"春秋無義戰"諸章之類是也；有考典文字，如"班爵禄"章是也；有贈序體，如"滕文公爲世子"、"宋牼將之楚"、"魯欲使慎子爲將軍"、"魯欲使樂正子爲政"諸章之類是也。後人謂文體自司馬遷、韓愈始備，不知皆原於《孟子》。又《孟子》"去齊尹士語人"章，情韻之美，獨有千古。後來歐公本此，人多不知也。（卷三）

王德馨

王德馨（1820—1888）字玉才，號仲蘭，晚年自號識字農。清永嘉縣（今浙江温州）人。自幼深受父親"讀書報國，守業保家"訓教的影響，十九歲時因詞賦出衆，拔爲縣學生，以讀書起家。工詩善畫，孝友儉樸，豪義曠達，爲清末永嘉名士之一。寓所稱雪蕉齋，著有《雪蕉齋詩鈔》、《雪蕉齋詩話》。

本書資料據温州圖書館印本《雪蕉齋詩話》。

《雪蕉齋詩話》（節録）

詠雪詩柳子厚"千山鳥飛絶"一首，東坡早推爲詩格清超（見《洪駒父詩話》）。而《漁洋詩話》轉以爲俗格。漁洋專取右丞"灑空深巷静"一聯及"門對寒流雪滿山"一絶。又，沈歸愚《國朝別裁》録張實居一絶云："斗室香添小篆煙，一燈静對似枯禪。忽驚夜半寒侵骨，流水無聲山浩然。"謂其不明點雪字，是神於賦雪。余謂諸作寫雪之神固佳，但賦雪似以寫景爲先，柳作上二句雖似俗，而恰是真景，並帶出下"獨"字；下二句寫景雅，堪入畫。故論雪詩還當以東坡爲確。（卷一）

《竹枝》之體，起于巴蜀，前人論之詳矣。效之者唐有劉禹錫，元有楊廉夫，其體與七絕相近，聲調却與七絕迥別，近人多誤以《竹枝》即爲七絕者，兹爲拈出數首以別其體，與深於詩者參之。伍瑞隆（鐵山）云：“蝴蝶花開蝴蝶飛，鷓鴣草長鷓鴣啼。庭前種得相思樹，落盡相思人未歸。”又彭羲門《廣州》云：“木棉花上鷓鴣啼，木棉花下牽郎衣。欲行不行不忍別，落紅没盡郎馬蹄。”又魏際《江頭別》用此體云：“白石山過紫石山，鷺鷥灘下鯉魚灘。山山相接灘灘續，遊子南還何日還。”三詩是逼真《竹枝》體。（卷二）

余按《漢書·禮樂志》，武帝定郊祀之祀，乃設樂府，立采詩之官，凡詩之有關勸誡可被管弦者，遂爲採入樂府。後人用其題，因以有古樂府，並非古樂府別爲詩體也。但用樂府題必氣味音節皆與之肞合斯可矣。今其題具在，試細參之。又或自製新題爲新樂府，如少陵、香山及諸名家所作皆是。大都其詩或寫民風而中含美刺，或論時事而默寓勸懲，題雖新，總以不失古意爲合作。（卷三）

昔人謂五律詩四十字如四十賢人，其中着一屠沽兒不得。其律法之嚴可知。乃蘅塘選《唐詩三百首》，其五律第一首是唐玄宗《過魯夫子廟》，起二句之“夫子何爲者，棲棲一代中”，就章法而論，下宜接以欺鳳傷麟等語，乃突出“地猶鄒氏邑，宅即魯王宮”，下轉接以鳳麟句，結又説兩楹奠，仍從廟宇着筆。章法凌亂極矣。

集句詩始於宋傅咸，咸作《七經詩》，其《毛詩》一篇，皆集經語，是即集句所由始。後如王荆公、石曼卿諸人皆有作，而却不多作。近惟台州太平戚學標（鶴皐）集句最多，著有《集李詩》二卷，又集杜詩多至七百餘首，可謂難矣。錄其《自題集杜》七古云：“腐儒衰晚謬通籍，自怪一日聲喧赫。老去新詩孰與傳，每語見許文章伯。世上兒子徒紛紛，名家莫出杜陵人。酒酣耳熱忘頭白，但覺高歌有鬼神。偶然擷秀非難取，開新合故置何許。意匠慘澹經營中，更覺良工心獨苦。裁縫滅盡針綫跡，滿堂賓客皆歎息。浣花溪里花饒笑，忍能對面爲盜賊。”

古詩音節，無定而有定，有定而無定。如李青蓮《蜀道難》，忽十餘字一句，忽五言，忽七言，忽三字四字一句。蘇東坡《臘日遊孤山》詩，忽三言，忽七言，忽連句韻，忽隔句韻。筆意如神龍變化，不可思議。而讀來音節又極和諧，更無一字螫口。余謂此等章法，直是凌空結撰，無古法可襲，無成跡可循，此其所以爲古今絕唱。彼矮巷小家子，必拘拘然依聲調譜、圈平點仄者，遇此等大才人，真不值一唾耳。

詠物必寄託者，不獨詩中有我，可自見身份，並爲題別開生面。如瞿宗吉《詠雪》云：“夜靜有舟來剡曲，時平無馬入淮西。”運典雖工，要不如劉改之云“功名有分平吴易，貧賤無交訪戴難”一二語，同用此二典，自覺日月嶄新。（以上卷四）

詩無論古風近體，總以抒寫自家性情，獨惟帖體不能。故詩之有貼體，猶文之有時文，均是爲人立言也，余每臨場即苦之，嘗有句云：“斟章酌句苦難安，制體爲詩嘔血

肝。比擬盤花太拘束,雕紅刻翠不禁看。"(卷五)

謝章鋌

謝章鋌(生卒年不詳)字枚如。清長樂(今屬福建)人,生於福州。同治三年(1864)中舉,光緒二年(1876)中進士。仕途失意,遂專心致志於學術與教育。曾先後主講漳州丹霞、芝山兩書院及同州豐登書院。光緒十年,受陳寶琛延請,出任江西白鹿洞書院山長,講授程朱理學。兩年後辭職回福州。十三年起,主講福州致用書院十六年,並建賭棋山莊,藏書萬卷。生平著作二十餘種,彙編爲《賭棋山莊全集》刊行。謝章鋌兼工詩、詞、古文、駢文,並在詞學理論、方言研究等方面有重要建樹,是晚清閩中著名詞學家。其《賭棋山莊詞話》考訂詞律、詞韻,對詞人、詞藉評述甚多,保存了許多罕見史料,是詞話要藉之一。

本書資料據中華書局 1986 年唐圭璋《詞話叢編》本《賭棋山莊詞話》。

王昶論兩宋詞(節録)

王述庵昶云:"南宋詞多黍離麥秀之悲,北宋詞多北風雨雪之感。世以填詞爲小道者,此扣槃捫籥之説。"誠哉是言也。詞雖與詩異體,其源則一,漫無寄託,誇多鬭靡,無當也。

詞話中警語(節録)

弇州謂蘇、黄、稼軒爲詞之變體,是也。謂溫、韋爲詞之變體,非也。謂之正始則可,謂之變體則不可。

填詞與騷賦異體,自當斷以近韻爲法。以上《詞衷》

詞律脱落

紅友《詞律》,倚聲家長明燈也。然體調時有脱略,平仄亦多未備。如《念奴嬌》,余據蘇軾、趙鼎臣、葛郯、呂渭老、沈瀛、張孝祥、程垓、杜旟、姜夔增出二十三字。《齊天樂》,予據高觀國、史達祖、方岳、洪瑹、吳文英、陳允平、周密、姚雲文、詹正、劉天迪、蕭東父、滕賓、王易簡、張伯淳增出三十三字。《水調歌頭》,予據蔡伸、劉之翰、辛棄疾、仲并、王以寧、袁華、于立、陸仁增出十五字。《摸魚兒》,予據歐陽修、晁補之、辛棄疾、程垓、杜旟、馮取洽、張炎、徐一初、李裕翁、張翥增出二十五字。《賀新郎》,余據蘇軾、張元幹、辛棄疾、劉克莊、劉過、高觀國、文及翁、蔣捷、李南金、葛長庚、王奕增出四十三字。雖其中不無誤筆,然有累家通用者,不載則疏矣。然其中亦有以入代平,以上代平之字,不得第據平仄而不細辨也。

和僻詞

遍和僻調,自是才人興致,究竟不足爲長技,體製既不圓潤,音節更多聱牙。古人傳作,正不以僻調見長,觀於柳屯田、万俟雅宮便見。

和韻疊韻

和韻疊韻,因難見巧,偶爲之便可,否則恐有未造詞先造韻之嫌,且恐失却佳興。國初詞人迦陵最健,疊韻諸作已不能縱橫妥帖。阮亭才極清妙,和韻亦不無湊砌句。新豐雞犬,總未能盡得故處也。

吳衡照語

吳子律衡照云:"詞患堆積,堆積近縟,縟則傷意。詞忌雕琢,雕琢近澀,澀則傷氣。"又云:"言情以雅爲宗,語豔則意尚巧,意褻則語貴曲。"又云:"詞八百二十餘調,二千三百餘體,紅友《詞律》録止六百六十餘調,千百八十餘體。"然余讀竹垞《詞綜·凡例》云:"葆酚舍人輯《詞顊》計一千調。"余所見未經採入者又百餘,然則不止八百餘調矣。(以上卷一)

調名宜從朔

古人調法始皆獨創,調有數名,宜從其朔。如《日湖漁唱》既曰《酹江月》,又曰《百字令》,前後異稱。至電發《菊莊詞》、《蝶戀花》與《鳳棲梧》分載,心餘《銅弦詞》、《賀新凉》與《金縷曲》雜書,又若調本先傳,而題開新號,如《納蘭詞》之改《憶王孫》爲《秋千索》,雖曰信筆,頗近炫奇。

詞宜典雅

或曰，詞者詩之餘，然自有詩即有長短句，特全體未備耳。後人不究其源，輒復易視，而道錄佛偈，巷說街談，開卷每有《如夢令》、《西江月》諸調，此誠風雅之蟊賊，聲律之狐鬼也。乃近日詞壇哲匠，亦復不嫌鄙倍，唱道情鼓子詞之類，張惶楮墨。夫古人樂府，專重典雅，竹垞操選，以此爲準。試觀小山、夢符二家小令，抑何宛轉多風。況詞又非曲比者，而必以釘鉸爲瓣香哉。此其罪過，當不止如秀師之呵魯直。

馮柳東詞（節錄）

柳東於詞雖非上乘，而較譜讐律，頗爲精審。如云：玉田以《疏影》、《暗香》爲紅情綠意，《圖譜》另分二調，堆絮園駁正之，然不知爲玉田作，沿《樂府雅詞》之誤也。按二調乃白石自度仙呂宮，用工字結聲，旁譜起結，皆用工五，江國國字換頭即用工五，是韻無疑。吳潛和作不叶，非也。《山中白雲》有七調，並叶入聲，無用上去者，他人即不盡然矣。陳日湖每改上爲平，蓋上入平皆可通，去不可通耳。又云：按張子野《惜瓊花》原詞下闋云："汴河流如帶窄，任輕舟如葉。"《詞綜》脫汴字、舟字，萬氏《詞律》知"輕"下落一字，不知"河"上之有脫誤，今據原本正之。考《詞綜》脫誤甚多，如蔡伸倚香金童"更柳下人家似相識"，脫"相"字，《詞律》另收趙長卿多一字，爲別體。張先填《于飛樂》"怎空教花解語，草解宜男"，脫"花解語"三字，《詞律》不知，而以毛滂多此三字另立一體。周邦彥《荔枝香近》"香澤方薰"，脫"遍"字，是韻，《詞律》作四字句，而謂"白鳥履起"二十八字，直至遠字方叶，必無是理，遂誤認"卷"字是韻。"柳永鬬百花，終日扃朱戶"，應作換頭起句，《詞綜》誤屬上闋，而以"遠恨綿綿"作起。《詞律》不知，收晁補之一調，亦同此誤，致疑參差無味，宜矣。外如蔣捷《白苧》，"憶昨"下脫"經鶯柳畔"四字，《詞律》以柳永多此四字爲另格。趙以夫《角招》"溪橫略約"脫"橫"字。張先《山亭宴》"問還解相思否"，脫"還"字。陳允平《垂楊》"縱鵑啼不喚春歸"，脫"縱"字。此類不可縷舉。萬氏無由考正，沾沾以辨上去爲獨得，句調之未審，何暇更論音律耶？近日專尚官徵，而文不逮意，又未免有聲無辭之誚。仇山村所謂言順律舛，律協言謬，懼非本色者也。又云：白石《念奴嬌》鬲指聲雙調，按雙調乃夾鐘商，戈氏順卿謂中呂商，非也。中呂商乃小石調也。《念奴嬌》係太簇商，夾鐘與太簇相連，太簇商用四字住，用一字結聲。夾鐘商用一上字住，用上字結聲。同是商音，宮位相聯。以太簇而兼夾鐘，故曰過腔。白石云：鬲指謂之過腔是也。此即十二宮相犯之意，惟相犯之調，所住字同，此則住字位相連，微有異耳。若萬氏謂《念奴嬌》即《湘月》，其說之謬，不足致辨。持論確有依據，亦足參倚聲者一解。柳東又有《金石綜例》，專采碑刻，較潘、黄之書，既詳且核，尤文章家不廢之作。其文集名《石經閣》。（以上卷二）

《雨村詞話》之誤

羅江李雨村調元著《詞話》四卷，其於詞用功頗淺，所論率非探源，沾沾以校讎自喜，且時有剿說，更多錯繆。如謂宋人未有著詞話者，惟《後山集》中所載吳越王來朝等七條。不知玉田《詞源》，輔之《詞旨》，業有專書。而吳曾《能改齋漫錄》十六、十七兩卷曰《樂府》，皆詞話也。如周公謹《浩然齋雅談》末卷，亦論詞。其餘散見於各家詩話雜記，如《漁隱叢話》、《老學叢談》等類，更指不勝僂引。毛稚黄《清平樂》訛作《憶秦娥》，又謂稚黄《填詞名解》，能發人所未發。顧此書多拾升庵、元瑞餘唾，牽強殊甚，雨村誤矣。惟以黄九不及秦七，痛辟其俚鄙諸作，則誠非隨聲附和者比。

雨村謂張輯《東澤綺語債》，皆取詞中字題以新名。如《桂枝香》名《疏簾淡月》，《齊天樂》名《如此江山》，《長相思》名《山漸青》，《憶秦娥》名《碧雲深》，《點絳唇》名《南浦月》，又名《沙頭雨》，《謁金門》名《花自落》，又名《垂楊碧》，《憶王孫》名《闌干萬里心》，《好事近》名《釣船笛》，雖於題下自注寓某調，已屬掩耳盜鈴。乃後世作譜，好一一改舊易新，極無意味，見之令人嘔惡。此與余前卷所論甚合。夫名之新舊，無關於詞之美醜，好奇之極，必墜荒唐，無怪"買陂塘"之訛爲"邁陂塘"，"大江東去"之訛爲"大江乘"也。蓋無白石製腔之手，正不必易《念奴嬌》爲《湘月》耳。

山谷罪過

詞之原出古樂府，樂府多雜俗諺，如豨妃淪浮之類，填詞者效之而每放愈下，稍近鄙褻。又以其道之通於曲也，因而則個、甚麼、呆坐、快活等字，無不闌入，而詞品壞矣。推波助瀾，山谷無乃罪過，此白石所以以雅字爲宗旨。

詞有句中韻（節錄）

詩有句中韻法，如籥舞笙鼓，舞與鼓韻；采荼薪樗，荼與樗韻；日居月諸，居與諸韻；有壬有林，壬與林韻。顧其法詩家頗不講，而時見於詞。如《河傳》、《醉太平》等調，句中多有用韻者。填之應節，極可吟諷。

姜夔傳（節錄）

論曰：自制氏去而古義亡，四始衰而雅音溺。樂勝則流，詩降爲曲。雖燥濕所感，生民大情。而政府相推，品物恒性。文辭繁詭，則靡而非典；才情異區，斯麗而有則。有唐中葉，創始倚聲。俎豆青蓮，宗祧囉嗊。溫飛卿助教之年，杜紫微制誥之日，易梵唄爲豔曲，雜紇那於鐃吹。雙聲單調，綱領之要可指；側犯換頭，情變之數易濫。迨至五代，風流彌劭。孟蜀《花間》，南唐《蘭畹》，或沿波於初造，或尋條於後時。小樓吹徹，水殿風來，君臣间作，互相嘈閱。以至深宮劃襪之辭，秘監敲梳之作，莫不流播旗亭，傳歌酒肆。然而綺縟爲多，柔靡不少。豐藻克贍，而風骨不飛；振采失鮮，則負聲無力，斯言諒矣。洎乎天水徵祥，斯學不墜。元祐、慶曆，代不乏人。晏元獻之辭致婉約，蘇長公之風情爽朗。豫章、淮海，掉鞅於詞壇；子野、美成，聯鑣於藝苑。幽索如屈、宋，悲壯如蘇、李，固已同祖風騷，力求正始。君子正其文，瞽師調其器，厥功所存，良可嘉歎。然而畛域猶存，涯度未遠。爭價一句之奇，儷采百字之偶，大成之集，遺以來喆。若夫學士微雲，郎中三影，尚書紅杏之篇，處士春草之什。柳屯田曉風殘月，文潔而體清；李易安落日暮雲，慮周而藻密。綜述性靈，敷寫器象，蓋駸駸乎大雅之林矣。南宋以還，元風益著，雖周、柳之纖麗，辛、劉之雄放，風氣所競，不可相強。而求紅牙之哲匠，問綺袖之專門，幾於家習偷聲，戶精協律，有房中之妙奏，非風雅之罪人。賀方回腸斷於東山，康伯可風柔於應制，花庵既光價於東南，東浦亦騰輝於河朔，詞流之變，於斯極焉。既而白石歸吳，移情絲竹，經正者緯成，理足者詞暢。清真濫觴於其前，夢窗推波於其後，學者宗尚，要非溢美。其後竹屋、玉田、梅溪、碧山之儔，遞相祖習，轉益多師，洗草堂之纖穠，演黃初之眇論，後有作者，可以止矣。夫搓酥滴粉，麗密居多。徵碧闇紅，佻巧不少。自三唐創雕瓊鏤玉之文，而五季沿月露風雲之舊，求其辭致蕭閑，情采標舉，則竹坡撟舌，審齋掣肘。何況志感絲簧，韻諧笙板，探王化之本原，昭歌永之符契也哉！良田學慎始習，功在初化，頓八紘之遐觀，搜千載之餘韻。游盛麗者，用登金張之堂；視妖冶者，必攬施嫱之祛。爰依沈約《宋書》詩人《謝靈運傳》贊之例，綜厥涇渭，略具條貫，俾言選聲者得以考焉。至於菊莊門下，猶靳清溪；楚女閨中，誓徇淮海，則刪詩者來訾泥其體，而聞聲者自足通乎情。必謂妙達此旨，妄加繩墨，又蠹生於木而還食其木，知音之俟，亦無取爾。

方仰松《詞塵》

推究音律，倚聲家之最上乘也。紅友一書，世稱精審，然譬之涉水，揭而未厲。宋王晦叔灼之《碧雞坊漫志》、國朝方仰松之《香研居詞麈》，有意爲耆卿、白石者，諒可作先路之導也夫。仰松，名成培，歙西人。大抵謂工尺即律呂，樂器無古今。程教諭瑶田，其友也，素精按拍，亦心折其言。書凡五卷，中有云："凡一詞用某韻，則句中勿多雜入本韻字，而每句首一字尤宜慎之。好押魚虞韻，而句中多用語麌無吾等字，則五音紊矣。"雖非深談，持論甚確。節録於此，餘則全書具在，嗜學者自探索之可也。（以上卷三）

詞調出入

東坡《念奴嬌》"大江東去"闋，《水龍吟》"似花又似非花"闋，稼軒《摸魚兒》"更能消幾番風雨"闋，《永遇樂》"如此江山"闋等篇，其句法連屬處，按之律譜，率多參差。即謹嚴雅飭如白石，亦時有出入。若《齊天樂》詠蟋蟀闋，末句可見，細校之不止一二數也。蓋詞人筆興所至，不能不變化。此如太白古風云："秦人相謂曰，吾屬可去矣。"於詩且合十字作一句也。升庵亦云填詞平仄及斷句皆定數，而語意所到，時有變換。如秦少游《水龍吟》前段歇拍句云："紅成陣，飛鴛甓。"換頭落句云："念多情但有，當時皎月，照人依舊。"以詞意言，"當時皎月"作一句，"照人依舊"作一句，以詞調拍眼，"但有當時"作一拍，"皎月照"作一拍，"人依舊"作一拍爲是也。維揚張世文云：陸放翁《水龍吟》首句本是六字，第二句本是七字，若"摩呵池上追遊客"則七字，下云"紅緑參差春晚"却是六字。又如後篇《瑞鶴仙》"冰輪桂花滿溢"爲句，以滿字住，而以溢字帶在下句。別如二句分作三句，三句合作二句者尤多。然句法雖不同，而字數不少，妙在歌者上下縱橫取協爾。古詩亦有此法，如王介甫"一讀亦使我，慨然想遺風"是也。鋌又按，亦有字數多少者，如《賀新郎》調，東坡少一字，李南金多一字等類。然單文隻證，率是錯誤，不足援爲依據，其平仄亦然。（卷四）

劉存仁詞（節録）

炯甫爲予序詞話後，余報以書曰："捧讀巨作，流連往復，不獨文字之妙，非心知其境者，不能道隻字。其中鐵板數語，尤見持論精湛。詩詞離合處，知者蓋鮮，能詞者或弱於詩，能詩者或粗於詞。至今日浙派盛行，專以詠物爲能事，臚列故實，鋪張鄙諺，詞之真種子，殆將湮没。不知詩詞異其體調，不異其性情，詩無性情，不可謂詩。豈詞獨可以配黄儷白，摹風捉月了之乎？然則崇奉姜、史，卑視蘇、辛者，非矣。第今之學蘇、辛者，亦不講其肝膽之輪囷，寄託之遥深，徒以浪煙漲墨爲豪，是不獨學姜、史不之許，即學蘇、辛，亦宜揮之門外也。鄙見如是，與賜作大旨頗合。閩中宋、元詞學最盛，近日殆欲絕響，而議者輒曰，閩人蠻音鴃舌，不能協律呂。試問曉風殘月，何以有井水處皆擅名乎？而張元幹長樂、趙以夫長樂、陳德武閩縣、葛長庚閩清諸家，皆府治以内之人，其詞莫不價重雞林，即林豈塵以鎖韻掃，此乃用古韻通轉，不得以《聞見録》之言而譏誚之也。且今之作詞者，將協古樂乎，將協俗樂乎？若協古樂，則吾誠不敢知；若協俗樂，則今日樂部所演習者，大抵老伶伎師隨口胡謅之言，何以抑揚頓挫皆可入聽乎？古人詞不盡皆可歌，然當其興至，敲案擊缶，未嘗不成天籟。東坡鐵板銅琶，即是此境。作者不與古人共性情，徒與伶工競工尺，遂令長短句一道，畏難若登天，不知皆自畫之爲病也。且夫既能詞又能知工尺，豈不更善？然與其精工尺，而少性情，不若得性情而未精工尺。故不獨姜、史輕蘇、辛，而蘇、辛亦不願爲姜、史也。鋌流覽近日詞家，頗怪其派別之訛，非但無蘇、辛，亦無周、柳，大抵姜、史之糟粕耳。姜、史之精，十不得一也。不揣狂妄，學填數十闋，於斷絕寂寞之中，爲吾閩永此一途。然願甚奢，而才識俱不逮，秋蚓號竅，誠不足當大疋一哂。惟進而教督之，匡正之，則真爲無窮之賜，且更望助我張目，於此道樹立一幟，亦吾閩一大生色也。”此書頗足備參詞學，故縷述於此。（卷五）

《榕園詞韻》

　　海鹽吳子安著《榕園詞韻》，修潔有條理，其凡例諸則，持論俱確。然云：“本書從《廣韻》録出，所取甚簡，如雖字、詎字、但字、或字及崆峒之崆，茱萸之茱，剖劂之剖，邂逅之邂之類，難施韻脚，悉從舍旃。隱僻生澀，亦一意屏却。作詩不妨叶險韻，然終非上乘，不爲識者所韙。至於填詞，尤貴平易，字面一乖，便非當行本色。且爲韻甚寬，叶字復有定數，非如詩家滔滔百韻，無所底止，以故不習見難叶者，概不復存。”是固然矣，但其中亦有太缺略者，即如否字、舀字，皆詞家常用，而麌韻、筱韻皆失入。否，方矩切，陳琳《大荒賦》“豈云行之藏否”，辛棄疾《永遇樂》“爲問廉頗尚能飯否”，俱與上文虎字叶，蓋古音也。不字有夫音，詩鄂不是也。故轉入甫音。舀，以沼切，《說文》：舀，抒臼也。《廣雅釋詁》：舀，抒也。今閩人猶謂抒水爲舀。又如齼字，齒傷酸也。高士奇曰：“今京師語，謂怯皆曰齼。”曾茶山《和曾宏父送柑》云：“莫向君家樊素口，瓠犀微齼遠山顰。”《天禄識餘》笛字讀邱玉切。陸游曰：“瀘卬閒謂笛爲曲。”故魯直《念奴嬌》詞“老子生平、江南江北，愛聽臨風笛。孫郎微笑，坐來聲噴霜竹”。笛與竹叶，今俗本竟改作曲，非是。《老學庵筆記》其字其音，雖不如否、舀之古，而此等在詞家則確有依據，所當補入，不得執《廣韻》之書，而諉其挂漏之咎也。

林子羽詞（節錄）

按《摸魚兒》閱，上片結拍，考之譜律，少二字。當是錯誤，非有此體也。第二句刻本作"雨情雲緒"，與下"千萬緒"重押。曾見林吉人佶樸學齋鈔本，作"雲情雨趣"，從之。或謂詞家重押甚多，即如近人納蘭容若《浣溪沙》，既曰"多情情寄阿誰邊"，又曰"紅綿粉冷枕函邊"，是亦一明證也。且葉少蘊填《賀新郎》云："誰采蘋花寄與，但悵望蘭舟容與。"連用二與字矣。然余按《蘆浦筆記》，謂石林詞下與字去聲，《漢·禮樂志》"練時日，淡容與"，顏注：與，閑舒。今歌者不辨，乃以其疊兩與字，妄改上與作寄取，可歟也。然則雖似重押，實非重押。大抵字同而音義則有異耳。蓋詞自《蒼梧謠》、《南歌子》至《戚氏》、《鶯啼序》，短者三四韻，長者亦不過二十餘韻，儻使一韻兩用，匪獨才儉，即審音之道亦疏。不得引《柏梁臺》之三治字、二哉字，《陌上桑》之三頭字、二隅字等文，謂古人不忌重韻，以爲文過也。又子羽集中，有這《望海潮》，刻者將後片起三句分入上片作結語，尤誤。

刻詞不合體例

自明以來，詞學道微，不獨倚聲無專家，即能分句讀者亦少。近刻子羽《鳴盛集》，目其詞爲詞話，此何説耶。丁雁水與竹垞、電發善，及刻《紫雲詞》，將二公評語刊入，蓋作者既以少而自珍，故見者亦過譽而失實，不知其貽笑於大方也。鄭荔鄉名坤刻《青衫詞》，小令與散曲夾厠其間，體例尤爲不合。許秋史刻《蘿月詞·摸魚兒》一調，竟脱去一拍，屢有良友審定，竟亦不覺。今日或作詩話，引朱子《水調歌頭》，誤以爲《滿庭芳》。而某鉅公著書講學於論文論詩之末，以爲填詞無關學問，可以不作。嗟乎，是又大言欺人，自掩其短者也。詞本古樂府，而句法長短，則又淵源《三百篇》。有宋一代，名公鉅卿，魁儒碩彥，無不講偷聲減字者，豈真曲手相公盡皆輕薄哉？不習其藝，置之不論可也，妄加雌黃，則有胡盧於其側者矣。然亦因究心於此道者，太屬寥寥也。（以上卷六）

黄甌論詞

康熙中，閩縣黄御卜名甌著《數馬堂問答》，自天文至數學二十卷，曾於親舊見其稿本。然惟五行之學頗精，方伯黄學圃淑琬稱其占驗無不奇中，中亦有一則論詞。略云：余與友人拈韻作詞，因論詞要務頭上，用韻嘹亮，學者苦不知務頭爲何物，亦從無有分明指出者。李笠翁乃以爲詞之有務頭，猶棋之有眼，有此則活，無此則死。信如此言，則務頭原無定位，惟佳句之所在便是務頭矣，非也。竊謂務頭乃詞中頓歇之處，千里來龍，聚於環抱之地。蓋於務頭上用字嘹亮，則餘韻悠揚，不致板煞，而有聯絡貫串之妙。余按此説尤非。務頭言聲，非言辭也。如李之説，是詞中之緊句。如黃之説，是詞中之主意。均於務頭名義不合。南海梁章冉廷相《曲話》云：《中原音韻》於北曲之務頭，臚列甚詳，而南曲絕無道及。《嘯餘譜》載務頭一卷，究未析明。笠翁謂既不得其解，當以不解解之，不得爲謎語欺人者所惑，此説良當。然余謂《九宮譜定》云：凡曲遇揭起其音，而宛轉其調，如俗之所謂做腔處，即是務頭。其論雖創而實確也。君徵《度曲須知》内有《字頭辨解》一篇，字頭即務頭。所謂字端一點鋒鋩，見乎隱、顯乎微也。又云：善唱則口角輕圓，而字頭爲功不少。不善唱則吐音龐雜，字疣著累偏多，此則務頭要嘹亮之説也。御卜又著《振梅集》、《癡奴集》、《龍山集》、《振梅雜紀》。其父名志輔，字翼素，著《四書增刪繹注》、《毛詩要旨》、《列國圖考》、《全閩藝文鏡》、《墨池試草》、《明詩選》、《翼齋文集》，不知世有傳本否。矮屋寒儒，埋頭故紙，不可謂非有志之士，然而殊可悲已，故略其姓氏於此。

御卜又謂，詞體如美人含嬌掩媚，秋波微轉，正視之一態，旁觀之又一態，近窺之一態，遠窺之又一態。數語頗俊，然此亦謂溫、李、晏、秦耳，若蘇、辛、劉、蔣，則如素娥之視處妃，尚嫌臨波作態。

四明近體樂府（節録）

《浪淘沙》二十八字絕句耳，李主衍之爲五十餘字。《陽關曲》亦二十八字絕句耳，元人歌之至一百餘字。詞轉於詩，歌詩有泛聲，有襯字，並而填之，則調有長短，字有多少，而成詞矣。故《竹枝》、《柳枝》諸體，無非詞，亦無非絕句也。然作譜者不録此體，則失詞源。選集者盡録此體，又紊詞界。若其人素不知按拍，而我於其詩卷中，强拈此等作，名之曰詞，列入詞選，不獨燕書郢説，頓失作者初心。而又詞又詩，反令二十八字並無一定歸宿。況沉香被詔，旗亭畫壁，《採蓮》、《欸乃》之篇，《江南》、《紅豆》之曲，無不登之弦管，盡應厠之减偷。今獨取《竹枝》、《柳枝》而入之，則抉擇更爲失平，然則選詞之不必選此體也明矣。近鄞人袁陶軒鈞撰《四明近體樂府》十四卷，自唐至國朝凡百六十人，然如唐之賀季真知章，元之袁伯長桷，葛邏禄乃賢易之，明之屠田叔本畯，國朝之陳玉兒撰，羌無他作，祇載《竹枝》、《柳枝》一二篇，遂得謂之倚聲家乎。又各家序履歷，而不序著述，令人無從考訂，亦是一失。至近體樂府之名，本周益公必大

詞，却非陶軒臆創也。（以上卷七）

毛先舒詞（節錄）

稚黄曰："填詞不得名詩餘，猶曲自名曲，不得名詞餘。又詩有近體，不得名古詩餘，楚騷不得名經餘也。蓋古歌皆作者隨意造之，歌者隨變入節，傳之以聲而歌，要，故樂有譜而歌無譜也。後世歌法漸密，故作定例而使作者按例以就之，平平仄仄照調製曲，預設聲節，填入辭華，蓋其法自填詞始。故填詞本按實得名，名實恰合，何必名詩餘哉。問：'若是，則古人隨意爲之，何以皆可歌。是歌工之工善傳喉吻耶，抑古人皆知音律耶。'曰：'歌工雖巧，不能使拗者之可歌。古作者才雖高，不能盡通音律。要之古人事不强作，亦不强成，通音律者乃作歌，不通者不作也。歌之而叶者乃歌，不叶者不歌也。'後世歌法愈昧，作者愈多，而歌法愈益密，不得不爲定譜以繩之。使賢者俯而就，不肖者跂而及，填詞之謂矣。故填詞既出，則詩亡，夫詩之亡也，詩餘也哉。"漢書余按此論最爲明通。惟謂詞出而詩亡，則又不然。夫所謂詩餘者，非謂凡詩之餘，謂唐人歌絕句之餘也。蓋《三百篇》轉而漢魏，古樂府是也。漢魏轉而六朝，《玉樹後庭》、《子夜》、《讀曲》等作是也。六朝轉而唐人，絕句之歌是也。唐人轉而宋人，長短句之詞是也。其後詞轉爲小令，小令轉爲北曲，北曲轉爲南曲，源流正變，歷歷相嬗。故餘者聲音之餘，非體製之餘。然則詞明雖與詩異體，陰實與詩同音矣，而曰詞出詩亡哉。雖然，樂府之歌法亡，後人未嘗不作樂府；絕句之歌法亡，後人未嘗不作絕句。且唐人絕句，宋人詞，亦不盡可歌，謂必姜、張而後許按拍，何其寬於詩而嚴於詞歟！

江藩論詞

江鄭堂藩曰："仇山村謂腐儒村叟，酒邊豪興，引紙揮筆，動以東坡、稼軒、龍洲自況。極其至四字《沁園春》，五字《水調歌頭》，七字《鷓鴣天》、《步蟾宫》，拊几擊缶，同聲附和，如梵唄，如步虛，不知宫調爲何物。令老伶俊倡面稱好而背竊笑，是豈足以言詞哉？近日大江南北，盲詞啞曲，塞破世界，人人以姜、張自命者，幸無老伶俊倡竊笑之耳。"《詞源跋》余謂鄭堂之言過矣。宋人歌詞，猶今人之歌曲，走腔落調，知者頗多。若論詞於今人，則猶宋人論絕句歌法，雖極考究，終鮮周郎，而謂老伶俊倡能竊笑哉？聲音既變，文字隨之，正不得軒輊太甚。至今日詞學所誤，在局于姜、史，斤斤字句氣體之間，不敢拈大題目，出大意義，一若詞之分量不得不如是者，其立意蓋已卑矣，而奚暇論及聲調哉？

萬紅友詞（節録）

紅友《詞律》，去矜《詞韻》，皆聲名極盛之作。而二君於詞，都非超乘，但紅友較强耳。其《登悠然樓》云：“曲尚屯田柳。獨予宗眉山蘇大，分寧黄九。”然其排蕩處，頗涉辛、蔣藩籬，一瀉千里，絶少瀠洄。詞論之譏，正恐不免。《蘇幕遮》云：“彩分鷺，絲絶藕。且盡今宵，且盡今宵酒。門外驪駒聲早驟。惱煞長亭，惱煞長亭柳。倚秦箏，扶楚袖。有個人兒，有個人兒瘦。相約相思須應口。春暮歸來，春暮歸來否？”《賀新涼》云：“汝到園中否？問葵花向來鋪緑，今全紅否？種柳塘邊應芽發，桃實牆東落否，青筠簬褪蒼龍否？手植盆荷錢葉小，已高擎、碧玉芳筒否？曾緑遍，桂叢否？書籛爲寄村翁否？乞文章、茅峯道士，返茅峯否？舍北人家樵蘇者，近斫南山松否？堤上路，尚營工否？是處秧青都是浪，我鄰家、布穀還同否？曾有雨，有風否？”論文有疏氣而無深情，論調是奇格而非雅令。作者見奇，讀者稱妙，而詞之古意亡矣。按此體本於山谷，山谷有隱括醉翁亭記《瑞鶴仙》，通闋皆用“也”字。又有《阮郎歸》，通闋皆用“山”字。其後竹山秋聲《聲聲慢》，亦通闋皆用“聲”字，都非美制，而竹山差勝耳。蓋填短調、押實字，或有佳者。若長調虛字，則必不能妥帖矣。張詠川曰：是蓋效福唐獨木橋體者，然余按《禮》載《湯盤銘》三韻“新”字，其後靈帝中平中，董逃歌十三韻“逃”字，則此體之濫觴也。曲亦有之，如元人揚州夢《那叱令》，疊押“頭”字，薦福碑《叨叨令》，疊押“道”字者是。

去矜、紅友，皆工院本，紅友所撰雜劇傳奇至十六種之多。黄文陽《曲海》蓋紅友爲吳石渠炳之甥，石渠以四種得名，淵源固有所自。其言曰：“曲者有音有情有理，不通乎音弗能歌，不通乎情弗能作，理則貫乎音與情之間，可以意領不可以言宣，悟此則如破竹建瓴，否則終隔一膜也。”予謂詞亦如是，高下疾徐，抗墜抑揚，音之理也；景地物事，悲歡去就，情之理也；按之譜而無礙，音理得矣；揆之心而大順，情理得矣。理何由見，於音之離合、情之是非見之，理具而後文成也。然而文則必求稱體，詩不可似詞，詞不可似曲，詞似曲則靡而易俚，似詩則矜而寡趣，均非當行之技。吾請於音、情、理之外益之曰有文。

《惜分飛》句中用韻

《惜分飛》兩結句第四字，有用韻者，有不用韻者。《詞律》收陳允平闋上結云：“相思葉底尋紅豆。"下結云:"翠腰羞對垂楊瘦。"此則不用韻也。然毛滂填此調則云:"更無言語空相覷。"又云:"斷魂分付潮歸去。""語"字、"付"字皆韻,紅友一時失檢,故不載耳。至《天籟軒詞譜》載此詞凡八韻,若是,實十韻也。蓋此等句法,起於《毛詩》"君子陽陽左執簧",至漢魏以來更盛,如"焦頭爛額爲上客",《前漢·霍光傳》仕宦不止車生耳,漢諺京都三明各有名,《晉·中興傳》草木萌芽殺長沙,《晉·長沙王乂傳》登車不落爲著作,體中何如作秘書,《南史》以時及澤爲上策。《齊民要術》至若五經紛綸井大春,關東觥觥郭子橫,五經復興魯叔陵,關東說詩陳君期,天下義府陳仲舉。海内所稱劉景升。其見於《後漢書》、《東觀漢紀》、《聖賢羣輔錄》者,覶縷不盡。余謂詞體源於《三百篇》及古樂府,觀此益信。(以上卷八)

竹垞論詞

竹垞曰:"世人言詞,必稱北宋,然詞至南宋始極其工,至宋季而始極其變。"此爲當時孟浪言詞者發,其實北宋如晏、柳、蘇、秦,可謂之不工乎?且竹垞之與李十九論詞也,亦曰"慢詞宜師南宋,而小令宜師北宋矣。"蓋明自劉誠意、高季迪數君而後,師傅既失,鄙風斯煽,誤以編曲爲填詞。故焦弱侯《經籍志》備采百家,下及二氏,而倚聲一道缺焉。蓋以鄙事視詞久矣,升庵、弇州力挽之,於是始知有李唐、五代、宋初諸作者。其後耳食之徒,又專奉《花間》爲準的,一若非《金荃集》、《陽春錄》,舉不得謂之詞,並不知尚有辛、劉、姜、史諸法門。於是竹垞大聲疾呼,力闢宗旨,而强作解事之譏,遂不禁集矢于楊、王矣。然二君復古之功,正不可没。至今日襲浙西之遺制,鼓秀水之餘波,既鮮深情,又乏高格,蓋自樊榭而外,率多自檜無譏,而竹垞又不免供人指摘矣。蓋嗣法不精,能累初祖者率如此。

《秦雲擷英小譜》

自《三百篇》不被管弦,而古樂府之法興。樂府亡而唐人歌絕句之法興。絕句亡而宋人歌詞之法興。詞亡而元人歌曲之法興。至明代曲分南北,檀板間各成宗派。沈德符《顧曲雜言》、沈寵綏《度曲須知》,多論出字收音之秘,於派別尚少分晰。近嚴長明、曹仁虎、錢坫諸君,撰《秦雲擷英小譜》,言之甚詳,又復精確。節錄於此,不獨備談塵也。演劇昉于唐教坊梨園子弟,金元間始有院本。一人場内坐唱,一人場上應節赴焉,今戲劇出場,必扮天官以引導之,其遺意也。院本之後,演而爲曼綽,俗稱高腔,在京師者爲京腔。爲弦索。曼綽流於南部,一變而爲弋陽腔,再變而爲海鹽腔。至明萬曆後，魏良輔、梁伯龍出，始變爲崑山腔。弦索流於北部，安徽人歌之爲樅陽腔，今名石牌腔，俗名吹腔。湖廣人歌之爲襄陽腔，今謂之湖廣腔。陝西人歌之爲秦腔。秦腔，自唐、宋、元、明以來，音皆如此，後復間以弦索。至於燕京及齊晉中州，音雖遞改，不過即本土所近者少變之，是秦聲與崑曲體固同也。至言其用四聲同也，二十八調同也。聲之中有音，喉齶舌齒唇是也。調之中有節，高下平側，緩急豔曼，停腔過板是也。板之中，有起、有腰、有底，眼之中，有正、有側，聲平緩則三眼一板，惟高腔七眼一板。聲急側則一眼一板，又無不同也。其中微有不同者，崑曲佐以竹，秦聲間以絲。然樂器中九調，自乙調、正宮、六字、凡字、小宮、尺字、上字諸調，絲與竹皆同也。秦聲所以去竹者，以秦多肉聲，竹不如肉，故去笙笛，但用弦索也。崑曲止用綽板，秦聲兼用竹木，俗稱梆子，竹用筭當，木用棗。所以用竹木者，以秦多商聲，《詩含神霧》。商主斷割，邯鄲綽《五經析疑》。故用以象桱檛，《禮記》鄭注：桱檛柷敔。聲柷柷然，取義於止也。《釋名》且也，商聲駃烈，元覽綽板聲沈細，僅堪用以定眼也。昔唐明皇與太真按樂清元小殿，所用樂器凡七，寧王玉笛、李龜年觱篥而外，上羯鼓，妃子枇杷，馬仙期方響，張野狐箜篌，賀懷智拍板，手操實居其五。可知秦中用以節聲者，唐時已若是，矧玉笛與觱篥崑曲亦在所不用哉。至於九調，昆曲止用七調，無四合也。七調中乙調最高，惟十番用之。上字調亦不常用，其實只五調耳。若正宮音屬黃鐘，爲曲之主。乃自有崑曲，二百餘年惟蘇崑生發口即中中聲，畢生所歌，皆正宮調。嗣響者，婁江顧子惠、施雲章二人耳。近日歌崑曲者，甫入正宮，即犯他調，犯入他調，亦非中聲。至秦中則人人發口，皆音中黃鐘，調入正宮，而所謂正官者，又非大聲疾呼，滿堂滿室之謂也。其擅長在直起直落，又復宛轉關生，犯入別調，仍蹈宮音，如歌商調則入商之宮，歌羽調則入羽之宮。樂經旋相爲宮之義，非此不足以發明之。所以然者，弦索勝笙笛，兼用四合，變宮變徵皆具。以故叩律傳聲，上如抗，下如墜，曲如折，止如槀木，倨中矩，句中鉤，累累乎端如貫珠，斯則秦聲之所有，而崑曲之所無也。昔周有韓娥，秦有薛談、秦清，漢有虞公、李延年，唐有方等女、郝三寶等，在昔相傳，樂王曲聖，莘莘蓁蓁，皆秦人，非吳人也。

善詞亦藉善歌，故宋詞亦不盡可歌，須歌者具融化之才。姜白石云：“《滿江紅》末句無心撲三字，歌者將心字融入去聲，方諧音律。”即此說也。蓋能聲中無字，字中有聲，沈括《夢溪筆談》載此二語。熔鑄貫通，無不入協。從來手口並擅者少，故無論雜劇傳奇，多半一人填詞，一人正譜，急節以赴之，遲聲以媚之，減偷之功，半資引刻。至今日巴人下里，尚少顧誤之周郎，而欲其與玉汝、美成輩爭衡乎。然偶爾一遭，此道終在，毛大可元夕填《錦纏道》等調，曲師競能入唱，其譜尚列詞話，此非詞之可歌一明證哉？況《一剪梅》、《點絳唇》諸體，爲南北曲引子者，無不可以發口，而其他調則否。然則非詞之不可歌，能歌詞者不常有耳。又按弋陽腔又曰亂彈，南方謂之下江調。甘肅腔即

998

琴腔，又名西秦腔，胡琴爲主，月琴爲副，工尺咿唔如語。道光三年御史奏禁，今所謂西皮調也。又有句調，則山西腔也。此《擷英小譜》所未詳，不揣固陋，衍而論之。余嘗謂稽之宋詞，秦、柳，其南曲崑山腔乎。蘇、辛，其北曲秦腔乎。此即教坊大使對東坡之説也。陸雲士次雲述曲工金叟之言曰：字有四聲，度曲者四聲各得其是，雖拙亦佳，非徒取媚聽者之耳也。如陽平拖韻稍長，即類於陰。陰平發音稍亮，即類於陽。去聲亢矣，過文宜抑而復揚。入聲促矣，出字貴斷而後續。雖有一定之腔，亦可短長以就韻。雖有不移之板，亦宜變換以成文。而其要領，在於養氣。如陽音以單氣送之則薄，陰音以雙氣送之則滯。將收鼻音，先以一絲之氣引入，而以音繼之，則悠然無跡，《湖壖雜記》此尤足證融化之説矣。大抵音樂一道，儒者解其義，而不習其器；樂工習其器，而不解其義。故樂工鮮能著書，而儒者之所張惶楮墨者，如話鈞天，如望神山，持論愈高，實用愈少耳。至今日則文人多啞曲，而樂部尤多盲工，雖有妙製，輒遭其荼毒，非齟刪其句，即句更其字。余嘗聞某工歌《長生殿》聞鈴折，誤荒埜爲一番人矣。某工歌《琵琶記》寄書折，易伯喈爲狀元公矣。而何者謂之犯，何者謂之帶，膚淺調名，開卷即已茫然。在彼法中，數典幾於忘祖，安能換頭鬲指，尋繹九宮八十四調之幽眇哉？鄉前輩陳東村烺先生，曾撰《紫霞巾》、《花月痕》二曲，質之歌者，輒云棘口，東村亦以此茫然自失。予謂此非文章之過也。夫曲至湯若士、吳石渠，亦可謂能事矣。乃李笠翁曰："《牡丹亭》、《邯鄲夢》得以盛傳於世，《綠牡丹》、《畫中人》得以偶登於場，皆才人僥倖之事，非文至必傳之理也。"及觀笠翁所著十種，市儈之氣，令人難耐。作者高自矜詡，習者轉相驚奇，始知陽春白雪，難索賞音，而笠翁之盛有時名，不足異矣。梁章冉曰：俗伎搬演，改節參差，雖有周郎，亦當掩耳。故得明人正譜，良工按拍，一遇佳詞，增色十倍。在昔嗚鴻度、海寧查氏《鈞天樂》，長洲尤氏諸院本，所以聲容並美者，大抵親授家伶，朝斑管而夕氍毹耳。彼場屋勾闌之内，安得常逢金叟其人哉？雖然，僕亦作啞曲者，則且論文字之美醜，東村二曲，不無可議。蓋撰曲亦有三長：詞也、白也、介也。一者未至，即非當家，嗟乎難矣。雖小道必有可觀，非身入其中者不知也。（以上卷九）

《詞律》失檢

《詞律》目録載《小重山》又一體，入聲韻，而卷中失登。兹采周公謹《浩然齋雅談》中一闋，以備參考。"鼓報黃昏禽影歇。單衣猶未試，覺寒怯。塵生錦瑟可曾閱。人去也，閑過好時節。　　對景復愁絶。東風吹不散，鬢邊雪。些兒心事對誰説。眠不得，一枕杏花月。"《雅談》又載四明周子寬容作"謝了梅花恨不禁。小樓羞獨倚，暮雲平。夕陽微放柳梢明。東風冷，眉岫翠寒生。　　無限遠山青。重重遮不斷、舊離情。傷春還上去年心。怎禁得，時節又燒燈。”據此則上片首句第五字，下片四句第一字，俱可用仄。子寬詞，竹垞不及選，蓋公謹所著書，竹垞時未出人間，絕妙好詞費却如許苦求而後得也。見何義門《讀書敏求記跋》又按王衍《甘州曲》“可惜許、淪落在風塵”，《詞律》脫“許”字，誤作七字句。溫庭筠《酒泉子》“玉釵斜篸雲鬟重”，《詞律》誤“重”作“鬢”。“裙上鏤金雙鳳”本六字句，與韋莊“曙色東方才動”同，《詞律》誤“鏤金”作“金縷”，又脫“雙”字，遂定爲四十字體。又顧夐“海燕蘭堂春又至”，“至”字與上“意”字下“淚”字韻，《詞律》誤作“去”，且注之曰，“去”字借叶。賀鑄《太平時》“樓角雲開風卷幕”，《詞律》誤“樓”作“桉”，且注其旁曰，可平。此類皆失檢者。紅友披榛斬棘，誠爲有功詞苑。而時亦主張太過，其脫誤失遺頗多。擬暇日輯諸家評語，並考核羣籍爲之補苴，庶不貽千慮之一失乎。又紅友論圖譜好收異名，曰孫行者，者行孫，何窮極乎如此。不典之言，著書竟混筆端，吾甚爲不取也。

　　詞有一闋兩叶者，如《何傳》、《酒泉子》、《上行杯》、《紗窗恨》等類是也。然大抵平仄各自爲韻，歸於同部者少。近讀賀方回詞，見其《水調》、《六州》兩歌頭，獨備此體。考之《詞律》，則《水調歌頭》失載。而《六州歌頭》又引韓元吉作逐段自相爲叶，凡五換韻，而未知尚有此不換韻者。按《毛詩》“妹”與“渭”協，“祥”與“梁”協，《大明》“雝”與“公”叶，“肅”與“穆”叶，《雝》“石”與“席”叶，“轉”與“卷”叶，《柏舟》此皆一章兩韻隔協者。至《大田》有湆之篇，韻雖不同，音實一部，則又詞曲家三聲互叶之源矣。更《釵頭鳳》有轉平韻者，紅友亦未采及，茲並爲校錄於左：

　　《水調歌頭》：“南國本瀟灑_韻，六代浸豪奢_韻。臺城遊冶_韻，襞箋能賦屬宮娃_韻。雲觀登臨清夏_韻，碧月流連長夜_韻，吟醉送年華_韻。回首飛鴛_韻，却羨井中蛙_韻。訪烏衣，成白社，不容車_韻。舊時王、謝_韻，堂前雙燕過誰家_韻。樓外河橫斗挂_韻，湖上潮平霜下_韻，檣影落寒沙_韻。商女篷窗罅_韻，猶唱《後庭花》_韻。”

　　《六州歌頭》：“少年俠氣，交結五都雄_韻。肝膽洞_韻，毛髮聳_韻，立談中_韻，死生同_韻，一諾千金重_韻。推翹勇_韻，矜豪縱_韻，輕蓋擁_韻，聯飛鞚_韻，斗城東_韻。轟飲酒壚，春色浮寒甕_韻，吸海垂虹_韻。閑呼鷹嗾犬，白羽摘雕弓。狡穴俄空_韻，樂恖恖_韻。似黃粱夢_韻，辭丹鳳_韻，明月共_韻，漾孤篷_韻。官冗從_韻，懷倥傯_韻，落塵籠_韻，簿書叢，鶡弁如雲衆_韻。供粗用_韻，忽奇功_韻，笳鼓動_韻，漁陽弄_韻，思悲翁_韻。不請長纓，係取天驕種_韻，劍吼西風_韻。悵登山臨水，手寄七弦桐_韻，目送歸鴻_韻。”

　　《釵頭鳳》：“世情薄。人情惡。雨送黃昏花易落。曉風乾。淚痕殘。欲箋心事，獨語斜闌。難、難、難。　　人成各，今非昨，病魂常似秋千索。角聲寒，夜闌珊。怕人尋問，咽淚裝歡。瞞、瞞、瞞。”紅友譏明人填《惜分釵》第三句用仄仄起爲失調，今檢此詞則已先之矣。

　　按《水調歌頭》第三句，或上四字下七字，或上六字下五字，或貫十三字爲一句。即如東坡"明月幾時有"闋，上片"不知天上宮闕"，下片"不應有恨"，筆興所至，句法參差。今讀方回作，乃知本四字句也。至天籟軒謂東坡所填去與宇叶，合與缺叶，爲間用四仄韻。然亦偶爾相符，未必著意，不應一闋中前後忽叶四句。吳子安嘗言《西江月》、《戚氏》諸體，三聲互叶，實曲學濫觴，非詞家標準。今以方回質之，乃知宋詞用韻自有此一例，不待元人小曲而後然矣。《釵頭鳳》闋，相傳放翁出妻唐氏所作，後人多辨其誣。然其詞見《癸辛雜識》，則亦是宋人手筆。其調與《惜分釵》同，但結句多一字。《惜分釵》後半亦轉平韻者，或兩調本一調乎。（以上卷十）

詞之回文體

　　詞之回文體，有一句者，有通闋者，有一調回作兩調者，雖極巧思，終鮮美制。魏善伯祥曰：詩之有回文，猶梅之有臘梅，種類不入品格。《伯子文集》詩猶然已，而況詞乎。（以上卷十一）

集句詞（節錄）

　　填詞有即集詞句者，且有通闋只集一人之句者。然他人寥寥數篇，至竹垞則專集詩句，既工且多。第考之《臨川集》，荆公已啟其端。詠梅《甘露歌》三首，草堂《菩薩蠻》一首，皆是集句。《甘露歌》云："天寒日暮山谷裏，的皪愁成水。地上漸多枝上稀，惟有故人知。"《菩薩蠻》云："花是去年紅，吹開一夜風。"又云："何物最關情，黃鵬三兩聲。"可謂滅盡針綫之跡。蘅圃《題蕃錦集》云："是誰能紉百家衣，只許半山人説。"當是指此，非泛言詩中集句也。然半山不標出處，未若竹垞歷注名姓，尤令人易於根據。汾陽客感《臨江仙》云："無限塞鴻飛不度李益，太行山礙幷州白居易。白雲一片去悠悠張若虚。鵝啼烏舊壘沈佺期，古木帶高秋劉長卿。　　永夜角聲悲自語杜甫，思鄉望月登樓魏扶。離腸百結解無由魚玄機，詩題青玉案高適，淚滿黑貂裘李白。"他如《滿庭芳》、《歸田歡》諸闋，神工鬼斧，前賢定畏後生，蓋集句長調比短調尤難也。此集，六家詞中未及載。

詞中一字韻

　　尤西堂侗曰：詩無一字，惟梁鴻《五噫歌》以"噫"字叶韻。故東坡《哨遍》亦以"噫"

字換頭。然周晴川《十六字令》云:"眠,月影穿窗白玉錢。無人弄,移過枕函邊。"已用"眠"字冠首矣。《良齋雜說》按此說本于孔沖遠,所謂詩以申志,一字則言塞而意不會。《毛詩正義》然顧亭林曰:《緇衣》三章,章四句,非也。敝字一句,還字一句,若曰敝予,還予,則言之不順矣。且何必一言之不爲詩也。《吳志》歷陽山石文,"楚,九州渚。吳,九州都。"楚字一句,吳字一句,亦是一言之詩。《日知錄》此論最確。若詞則《醉春風》中三疊字,《惜分釵》末二疊字,皆一字一句一韻。實與歷陽文"渚"與"楚"叶,"都"與"吳"叶同體,即《十六字令》,蔡伸、張孝祥所填皆一字韻,不始於周晴川。自明人作譜,方不知此字是韻,誤以爲三字句。

一句兩韻

無名氏《輕紅》云:"悄不管桃紅杏淺。""管"與"淺"叶。少游《夢揚州》云:"望翠樓簾卷金鉤。""樓"與"鉤"叶。此句法亦本《毛詩·秦風》"于嗟乎不承權輿","乎"與"輿"叶也。陶南村云:虞邵庵宴散散學士家,歌兒郭氏唱今樂府,其《折桂令》起句云:"博山銅,細嫋香風。"一句而兩韻,名曰短柱,極不易作,先生愛其新奇。《輟耕錄》而不知古人已有之。邵庵博學,一時未悟,南村亦失考也。《折桂令》乃元人小曲,字數多少不同,其起句亦有六字,若七字中用兩韻,則張小山"海棠嬌楊柳纖腰"、"綠窗紗銀燭梅花",當時已多此體。近日樊榭之"溯空行小艇風輕"亦效之。至《天籟軒詞譜》所載白无咎《百字》一首,乃補紅友之闕,係詞家雙疊格,與此名同而實異也。又按詞本有兩字即成一韻,如《河傳》之"湖上,閑望。"溫庭筠"錦里,蠶市。"韋莊者是,特未全篇耳。《輟耕錄》載邵庵《折桂令》詠蜀漢事,通體二字三聲互叶,趙雲松翼以爲前人所未有。且引《老子》"知足不辱、知止不殆",《史記》"甌窶滿篝、汙邪滿車",以爲此體之先聲。《陔餘叢考》然《毛詩》"于嗟乎騶虞","乎"與"虞"韻,則已二字郎韻矣。又雲松指邵庵所作爲詩,亦誤也。

汪晉賢森曰:自有詩,而長短句即寓焉。《南風之操》、《五子之歌》是已。周之《頌》三十一篇,長短句居十八;《漢郊祀歌》十九篇,長短句居其五;至《短簫鐃歌》十八篇,篇皆長短句,謂非詞之源乎?迄於六代,《江南》、《採蓮》諸曲,去倚聲不遠,其不即變爲詞者,四聲猶未諧暢也。自古詩變爲近體,而五七言絕句傳於伶官樂部,長短句無所依,則不得不更爲詞。當開元盛時,王之渙、王昌齡詩句流播旗亭,而李白《菩薩蠻》等詞亦被之歌曲。古詩之於樂府,近體之於詞,分鑣並騁,非有先後。謂詩降爲詞,以詞爲詩之餘,殆非通論矣。《詞綜序》晉賢與竹垞交好,故其持論相同,真得詞之源流,非膠爲附會以尊詞也。惟云五七言絕句傳於伶官樂部,長短句無所依,則不得不更爲詞，是殆不然。詩人自爲五七言絶句耳，樂部歌之，襯字泛聲，遂變成長短句。太白、飛卿即並其襯字泛聲塡之，非絶句之外，别有長短句也。至吴子安謂金、元以來，南北曲皆以詞名，或係南北，或竟稱詞，詞所同也，詩餘所獨也。顧世稱詩餘者寡，欲名不相混，要以詩餘爲安。《榕園詞韻・發凡》是則不講派别之過也。南北自名曲，長短句自名詞。且古之以詞名書者，莫先於《離騷》。而句法參差，十常七八，是亦可謂爲詩餘乎？況武帝有《秋風辭》，陶靖節有《歸去來辭》，若如子安之言，豈漢、晉作者乃爲關漢卿、白仁甫、高則誠輩作鼻祖哉？子安徒見論塡詞者謂其名多本於詩，不加諦審，遽作主持。然唐、宋人長短句數百家，以詞名者十之七八，以樂府名者十之二三，以詩餘名者不過廖省齋、許梅屋、吴履齋數人。此如後村之名《别調》，東澤之名《綺語債》，林正大之名《風雅遺音》同意，非必謂詞宜名詩餘也。且明人又謂曲爲詞餘矣，然則安得以詞稱曲哉？故詩餘指聲音則可，指體製則未可，予前已備論之。

詞繼古詩作

王述庵曰：汪氏晉賢叙竹垞太史《詞綜》，謂詞長短句本於《三百篇》並漢之樂府，其見卓矣，而猶未盡也。蓋詞實繼古詩而作，而詩本於樂，樂本於音，音有清濁高下輕重抑揚之别，乃以五音十二律以著之。非句有長短，無以宣其氣而達其音。故孔穎達《詩正義》謂風雅頌有一二字爲句及至八九字爲句者，所以和以人聲而無不協也。國朝《詞綜序》此於句法之所以長短，果能深知其故。惟以晉賢之言爲未盡，是又好爲議論。夫上古詩與樂合，虞廷典樂詩歌無不該。中古詩與樂漸分。尼山删定，便須弦歌以求其合。然文字與聲音猶未嘗顯判爲二也。其後文人不審音，不能别立樂府，於是有合樂之詩，有不合樂之詩。六代以還，樂府浸廢，而聲音之道，終古不亡，乃寄之絶句，乃寄之塡詞，然則塡詞，真樂府之嫡傳矣。今述庵曰：實繼古詩而作。吾不知述庵所指古詩是謂《南風之操》、《五子之歌》之類乎，則晉賢已言及之矣。是謂漢世所遺如《河梁贈答》及《十九首》之類乎，則詞實起於唐，實轉於五七言，歌法不能逃唐及六代而直祖漢人。且蘇、李、枚叔之篇，亦未聞其被之弦管。至《正義》明言詩之見句，少不減二，多至於八，其外更不見九字十字，徵引尤爲失實。梁章冉曰：長短句法自一字至十餘字，其源皆起於古歌詞。賡歌都俞，一字之始也。風雅之“祈父”、“肇禋”，二字之始也。“江有沱”、“思無繹”，三字之始也。四五六七爲句，所在多有。七字而外，句法雖長，皆可讀矣。《藤花亭曲話》是言與述庵相發明。然都俞非歌，不得謂爲一字之始。至詩句長短相參，蓋不勝舉。即如“山有榛”章，始三字，中四字，終五字。“昊天有成命”章，始五字，次四字，次六字，次三字，换節移聲，大致已與詞同。昔人謂梁武帝《江南弄》、沈隱侯《六憶》爲詞之漸,是未免數典忘祖歟。七字外如《金縷曲》之八字,《摸魚兒》之十字,《水調歌頭》之十三字,或竟作一句,或分作兩句,則視填者筆興之所至矣。近蔣子宣選詞,拘牽紅友之言,謂某字必讀,某字必句,是亦執一而未觀其通也。況紅友所分句讀,律以諸家之詞,齟齬却亦不少。

詞不必唱

文章有創體,即爲絶唱,斷不容後人學步者。司空表聖《詩品》,騷壇久奉爲金科玉律。國朝袁子才乃有續品之作,其語言工妙,興象深微,吾不知媲美前修否也。近日吳江郭祥伯、金匱楊伯夔又仿之,合撰爲《詞品》。夫詞之於詩,不過體製稍殊,宗旨亦復何異。而門逕之廣,家數之多,長短句實不及五七言。若其用,則以合樂,不得專論文字。引刻幽眇,頗難以言語形容,是固不必品,且亦不能品也。今試以二君所作示人,不預告之曰詞品,安知其不可以品詩哉? 況又拘牽爲二十四則,此如杜老《秋興》,偶得八詠,而和者必如數以取盈,不敢有所增減,膠柱鼓瑟,可笑孰甚! 至其所分名目,更多雷同。微婉詎別於委曲,閒雅無異於幽秀。孤瘦逋峭,所差幾何。穠豔奇麗,亦復相近。幽秀、高超、雄放、委曲、清脆、神韻、感慨、奇麗、含蓄、逋峭、穠豔、名雋十二則祥伯撰。輕逸、綿邈、獨造、淒緊、微婉、閒雅、高寒、澄澹、疏俊、孤瘦、精煉、靈活十二則伯夔撰。與表聖立名少異,蓋高古、疏野、實境、超詣等稱,與詞不相似也。而源流正變,都無發明,亦何貴此疊床架屋爲也。雖其中若芙蓉作花,秋水一半,欲往從之,細石凌亂。委曲雜花欲放,細柳初絲,上有好鳥,微風拂之。神韻送君長往,懷君思深,白日欲墮,池臺氣陰。淒緊幽弦再終,白雲愈稀,千里飄忽,鶴翅不肥。輕逸吐屬非不雅雋,然不切則爲陳言矣。吳子律乃以爲奄有衆妙,何也? (以上卷十二)

丁紹儀

丁紹儀(生卒年不詳)字杏舲。清無錫(今屬江蘇)人。著有《聽秋聲館詞話》二十卷,前有丁氏同治八年(1869)自序,後有婿胡鑒衡跋。書中采清代詞壇掌故、詞家詞作最富,尤重考訂輯佚。

本書資料據中華書局 1986 年唐圭璋《詞話叢編》本《聽秋聲館詞話》。

填詞最宜講究格調

自來詩家,或主性靈,或矜才學,或講格調,往往是丹非素。詞則三者缺一不可。

蓋不曰賦、曰吟，而曰填，則格調最宜講究。否則去上不分，平仄任意，可以娛俗目，不能欺識者。至性靈才學，設有所偏，非剪綵爲花，絕無生氣，即楊花滿紙，有類瞽詞。

萬樹詞

格調之舛，明詞爲甚，國初諸家，亦尚不免。蓋奉程、張二家《嘯餘圖譜》爲式，踵訛襲陋，如行雲霧中。康熙初，宜興萬紅友樹斷斷辨證，定爲《詞律》，廓清之功不小。惜所收各調，錯漏尚多。其所自著，亦鮮傑作。殆與考據家罕工古文相似。

查荎《透碧霄》

宋曹勳作《透碧霄》詞一百十七字，較柳永、查荎所填一百十二字體，句讀迥異。萬氏未見曹集，致未收入又一體。（以上卷一）

秦觀、李演《八六子》詞

秦少游《八六子》云："倚危亭。恨如芳草，萋萋剗盡還生。念柳外、青驄別後，水邊紅袂分時，愴然暗驚。無端天與娉婷。夜月一簾幽夢，春風十里柔情。奈回首、歡娛漸隨流水，素弦聲斷，翠綃香減，那堪片片飛花弄晚，濛濛殘雨籠晴。正銷凝。黃鸝又啼數聲。"與李演詞云："乍鷗邊，一番膩綠，流紅又怨蘋花。看晚吹、約晴歸路，夕陽分落漁家。輕雲半遮。縈情芳草無涯。還報舞香一曲，玉瓢幾許春華。正細柳青煙，舊時芳陌，小桃朱户，去年人面，誰知此日重來係馬，東風淡墨欹鴉。黯窗紗。人歸綠陰自斜。"字句平仄如一，惟李詞首句不起韻，第五句用韻，與秦稍異。《詞律》謂秦詞恐有訛處，未必然也。至秦詞"奈回首"作"怎奈向"，李詞"玉瓢"作"玉飄"，均係傳鈔之誤。又《詞律》因李詞脱"舊時芳陌"四字，遂列八十四字爲又一體，似尚未見《絕妙好詞》本，且誤李演爲李濱。考有宋詞家，無李濱其人，祇李演，號秋堂，有《盟鷗集》。（卷二）

蘇軾《念奴嬌》詞校

東坡赤壁懷古《念奴嬌》詞盛傳千古，而平仄句調都不合格。《詞綜》詳加辨正，從《容齋隨筆》所載山谷手書本云："大江東去，浪聲沉、千古風流人物。故壘西邊，人道是、三國孫吳赤壁。亂石崩雲，驚濤掠岸，捲起千堆雪。江山如畫，一時多少豪傑。遥想公瑾當年，小喬初嫁了，雄姿英發。羽扇綸巾，談笑處、檣櫓灰飛煙滅。故國神游，多情應是，笑我生華髮。人生如奇，一樽還酹江月。"較他本"浪聲沉"作"浪淘盡"，"崩雲"作"穿空"，"掠岸"作"拍岸"，雅俗迥殊，不僅"孫吳"作"周郎"，重下"公瑾"而已。惟"談笑處"作"談笑間"，"人生"作"人間"，尚誤。至"小喬初嫁"句，謂"了"字屬下乃合。考宋人詞後段第二三句，作上五下四者甚多，仄韻《念奴嬌》本不止一體，似不必比而同之。萬氏《詞律》仍從坊本，以此詞爲別格，殊謬。（卷十三）

《欽定詞譜》未采詞

萬氏《詞律》成於康熙二十六年，共六百五十九調，計一千一百七十三體。至五十四年，《欽定詞譜》成，共八百二十六調，計二千三百六體。較之萬《律》，增體一倍有奇。然校定爲譜者，僅居其半，餘皆列以備體而已。乃採取猶有未及。如李光《莊簡集》之《瓊臺》，王質《雪山集》之《紅窗怨》、《無月不登樓》，吳則禮《北湖集》之《江樓令》，《陽春白雪》所録潘元質之《盂家蟬》，譚宣子之《鳴梭》、《西窗燭》，曹邍之《惜餘妍》，劉壎《水雲村稿》之《湘靈瑟》，王寂《拙軒集》之《紅袖扶》，仇遠《無弦琴譜》之《睡花陰令》、《陽臺怨》。又《陽春白雪》所録李宏模之仄韻《慶清朝》，杜良臣之平韻《三姝媚》，杜龍沙之平韻《雨霖鈴》，劉學箕《方是閒居士集》之《憶王孫》，《清波雜誌》所録朱耆壽之《瑞鶴仙》，《碧雞漫志》所録宇文虛中之《迎春樂》，字數句讀均殊，亦未編入又一體，至《浙江通志》録文與可同《天香引》云："三月三、花霧吹晴。見麟鳳滄洲，駕鷺沙汀。華鼓清簫，紅雲蘭棹，青紵旗亭。細看來、春風世情。都分在、流水歌聲。弱燕嬌鶯，冷笑詩仙，擊檝揚舲。"當是《天香引》正體，爲北曲《折桂令》所自出。顧不收此詞，而收倪雲林、張小山之《折桂令》，以又名《天香引》，合而一之。所收《央山紅慢》，乃宋時元絳作，而訛爲元載，以是知鄧林滄海，雖奉敕搜討，尚多遺佚。且考核偶疏，即不免舛午。昔與伯夔丈談此，丈云：天下事大抵如此，世人每恃其一己之私，謂足以甄羅無失，其失彌甚，文字其一端耳。（卷十八）

平仄換叶

詞家以入聲作平，前人已詳言之，其實不始於詞。《穆天子傳》云："白雲在天，邱陵自出。道里悠遠，山川間之。"是出應讀如池。亦有以平聲作上去二音者，如滕子京《臨江仙》前起云："湖水連天天連水。"下連字應讀如斂。又如杜壽域《漁家傲》云："疏雨縠收淡淨天。微雲綻處月嬋娟。寒雁一聲人正遠。添幽怨。那堪往事思量遍。　　誰道綢繆兩意堅。水萍風絮不相緣。舞鑑鸞腸虛寸斷。芳容變。好將憔悴教伊見。"宋人《漁家傲》調均用仄叶，此詞上用淡兩月不，兩上聲兩入聲字以代平聲，則所叶四平聲俱應讀作仄聲方協。亦不自詞家始，蔡邕《郭有道碑》上云："幾行其招，下協保此清妙。"是招應讀如照。至杜、白二家詩中，拌讀如判，十讀如諶，琵讀如別，茫讀如奔，尤難悉數。故陳西麓《日湖漁唱》中往往平仄換叶，如《晝錦堂》，宋詞俱用平韻，而易以仄叶。《祝英臺近》、《永遇樂》、《絳都春》，宋詞俱用仄叶，而易以平韻。《渡江雲》均於換頭第四句叶一仄韻，而一闋全用平叶，一闋全用入聲。西麓深於詞者，應如何移宮換羽而後不相淩犯，其法惜已不傳，近人以意揣之，仿爲新聲，恐未必合耳。（卷二十）

萬青藜

萬青藜（1821—1883）字文甫，號照齋，亦號藕舲。清九江府德化縣（今屬江西）人。道光十九年（1839）舉於鄉，二十年聯捷成進士。初授翰林院編修，大考第一，升侍講侍讀學士，署國子監祭酒。仕途通達，曾任翰林院編修、內閣學士、兵部尚書、吏部尚書、武英殿總裁等職。從宣宗到德宗，入閣四朝。工詩文，善行草，有詩和書丹行於邑。

本書資料據清光緒刻本《選注六朝唐賦》。

《選注六朝唐賦》序（節錄）

賦爲六義之一，荀、宋特起，始立專名。劉彥和云"風歸麗則，詞翦美稗"。旨哉盡賦之能事矣。選樓所撰，高視百代，自是開府振起逸響，四傑發其高唱。李唐中葉，裴、白、王、黃，宛轉清切，爲律賦正宗。（卷首）

俞　樾

俞樾（1821—1907）字蔭甫，號曲園居士。清德清（今屬浙江）人。文學家、教育家、書法家，國學大師。俞平伯曾祖，國學大師章太炎的老師。道光三十年（1850），與李鴻章同登進士，授翰林院庶吉士。咸豐二年（1852）授編修。五年充國史館協修，八月出任河南學政。七年七月，御史曹澤彈劾他所出試題割裂經文，險遭殺身之禍，後經保奏，革職爲民。八年春，南歸，居蘇州飲馬橋十年，返德清後輾轉紹興、上虞、寧波、上海等地。同治四年（1865）秋，經兩江總督李鴻章推薦，任蘇州紫陽書院主講。

嗣後,又講學於上海求志書院,以及湖州菱湖龍湖書院、長興箬溪書院、德清清溪書院、杭州詁經精舍。俞樾一生布衣素食,勤於治學,在經、子、小學諸方面成就卓著,著有《羣經平議》、《諸子平議》、《古書疑義舉例》等。其中《古書疑義舉例》乃俞樾一生從事學術研究的結晶,主要論述古漢語語法和對古書校勘的方法,以及運用文字學、音韻學和校勘學的知識,總結出校勘古籍和音訓方面的若干規律,備受學者重視。此外,還寫下大量詩詞、筆記,保留了不少學術史、文學史方面的珍貴資料。所著各書總稱《春在堂全集》,凡五百餘卷。

本書資料據鳳凰出版社 2010 年版《春在堂全書》、光緒二十九年刊本《文章釋》。

徐誠庵《荔園詞》序(節錄)

古人之詩,無不可歌者。《三百篇》以至漢、魏,無論矣。至唐人而"永豐楊柳"之篇,禁中奏御;"黃河遠上"之章,旗亭傳唱,蓋詩與樂猶未分也。其後以五言、七言限於字句,不能暢達其意,乃爲長短之句,抑揚頓挫,以寄流連往復之思,而詞興焉。詞興而詩於是不盡可歌矣。

《賦學正鵠》序目

賦者,古詩之流。其體肇于荀卿、宋玉,自周、秦、漢、魏至六朝,皆古賦也。唐以詩賦取士,始有律賦之目。古賦變爲律賦,猶古文變爲時文也。今功令以詩賦試上,館閣尤重之。試賦除擬古外,率以清醒流利、輕靈典切爲宗,正合唐人律體,特唐律巧法未備,往往瑕瑜互見。宋、元亦然。今賦則斟酌益臻完善耳。譬諸八韻詩、唐賦,則唐人試律也。今館閣諸賦,則國朝試帖也。學者就時彥中擇其最精者以爲鵠,即不啻瓣香唐賢,不必復陳大輅之椎輪矣。蓋嘗論賦學有源有流,漢、魏六朝之古體,源也;唐、宋及今之律體,流也。將握源而治,則必先學漢、魏六朝,而後及於律體;將循流以溯源,則由今賦之步武唐人者,神而明之,以漸躋於六朝兩漢之韻味。二者其道一,而從入之途不同。然升高自下,陟遐自邇,固當以循流溯源爲得其序也。

余蓮村《勸善雜劇》序(節錄)

今之雜劇,古之優也。《左傳》有觀優魚里之事,《樂記》有優猱侏儒之語,其從來遠矣。弄參軍之戲,始於漢和帝;梨園子弟,始於唐明皇。他如《踏搖娘》、《蘇中郎》之

1008

類，無非今戲劇之權輿。而唐咸通以來，有范傳康、上官唐卿、吕敬遷等弄假婦人爲戲，見於段安節《樂府雜録》，則俳優而已，至於淫媟，亦勢使然乎？夫床第之言不逾閾，而今人每喜于賓朋高會，衣冠盛集，演諸淫褻之戲，是猶伯有之賦"鶉之賁賁"也。（以上《春在堂全書》卷一二七）

《文章釋》叙

　　昔劉歆奏《七略》，班固删其要入《藝文志》，有儒家者流、道家者流、阴陽家者流、法家者流、名家者流、墨家者流、縱横家者流、雜家者流、農家者流、小説家者流。謂之曰"流"，明其有所原也，故自"儒家者流出于司徒之官"至"小説家者流出于稗官"，皆因流而究其原，推其所自出，詳哉言之矣。後之學者又推其例于文章，于是晉摯虞有《文章流別》之作，史稱其類聚區分，辭理愜當，爲世所重，而書已亡失，後人纂輯，未覩其全。近世存者，則有梁任昉《文章緣起》一卷，《四庫》著録焉，《提要》譏其"表"與"讓表"分爲二類，"騷"與"反騷"别立兩體，則其書殆出依託，非其舊矣。于是乎王子漱馣又有《文章釋》之作，備列文章一百四十有二體，而一一推其所始，蓋亦摯虞、任昉之遺意也。然其書則甚精審，無如《提要》所譏者。剞劂既成，寄以示余，乞爲之序。余受而讀之，竊歎其用力之勤，與其考古之詳而且當也。君與余素不相識，而數百里诒書相屬，所望於鄙人者綦厚，則凡意有未合者，亦不能不爲君陳之，以效古人"盍各"之義。孔子《春秋》絶筆"獲麟"，自此以下至"孔某卒"，皆弟子所續，續之一體宜託始于是，不得謂源出晉司馬彪《續漢書》也；揚雄以經莫大于《易》，故作《太玄》，傳莫大于《論語》，故作《法言》，史篇莫善于《倉頡》，故作《訓纂》，箴莫善于《虞箴》，故作《州箴》，擬之一體宜託始于是，不得謂源出漢班固《擬連珠》也。至于七、九兩體，但云陽數，不鑿求其説，視明陳懋仁以爲源出《孟子》、《莊子》之七篇者，較爲有見。然竊嘗推其所出，以爲源于古之恒言。古人之詞，少則曰一，多則曰九，半則曰五，小半曰三，大半曰七。是以枚乘《七發》至七而止，屈原《九歌》至九而終，不然"七發"何以不六，"九歌"何以不八乎？若欲舉其實，則《管子》有《七臣七主》篇，可以釋"七"，而《大禹謨》"九歌"更可以釋"九"。率爾及之，以補尊説所未備，或亦喜鄙人之舉一而能反三乎？光緒二十有九年春三月曲園俞樾叙。（卷首）

李　佳

　　李佳（生卒年不詳）字繼昌，號蓮畦。晚清人。餘不詳。其《左庵詞話》上卷九十六則，下卷一〇二則，論詞主"意趣"，尚"雅正"，貴有"新意"，歷評北宋以來詞家，摘録、品評清代詞人詞作較多，論詞之體製特點及作法甚細。

本書資料據中華書局 1986 年唐圭璋《詞話叢編》本《左庵詞話》。

《左庵詞話》（節録）

詞貴曲

宋人詞體尚澀，國朝宗之，謂爲浙派，多以典麗幽澀爭勝。予不謂然。以爲詞貴曲而不直，而又不可失之晦，令人讀之悶悶，不知其意何在。

詞必通律

詞必通音律而後精，然宫商角徵羽，平上去入一字之判，微乎其微。能於音律之學確有所解者，百無二三，此境未易言也。

詩詞不同

詩詞之界，迥乎不同。意有詞所應有而不宜用之詩，字有詞所應用而亦不可用之詩。漁洋山人詩，用"雨絲風片"。爲人所疵，即是此義。故有能詩而不能詞者，且有能詞猶是詩人之詞，非詞人之詞，其間固自有辨。

《詞律》少發明

宋沈義父所著《樂府指迷》，元張炎所著《詞源》，陸輔之所著《詞旨》，法律講明特備，不可不讀。萬紅友《詞律》，不過備載各調，詞家妙處，却少所發明。

周濟論詞

周濟止庵作《宋四家詞選序》有云：東真韻寬平，支先韻細膩，魚歌韻纏綿，蕭尤韻感慨，各具聲響，莫草草亂用。陽聲字多則沈頓，陰聲字多則激昂。重陽間一陰，則柔而不靡。重陰間一陽，則高而不危。韻上一字最要相發，或竟相貼。紅友極辨上去，是已。上入亦宜辨，入可代去，上不可代去。入之作平者無論矣。其作上者可代平，作去者斷不可以代平。平去是兩端，上由平而之去，入由去而之平。上聲韻，韻上應用仄字者，去爲妙，去入韻則上爲妙。平聲韻，韻上應用仄字者去爲妙，入次之。迭則聱牙，鄰則無力。硬軟字宜相間，如《水龍吟》等俳句，尤重領句。單字一調數用，宜令變化渾成，勿相犯。一領四五六字句，上二下三上三下二句，上三下四上四下三句，四字平句，五七字渾成句，要合調無痕。重頭、迭脚、蜂腰、鶴膝、大小韻，詩中所忌，皆宜忌。積字成句，積句成段，最是見筋節處。吞吐之妙，全在換頭煞尾。古人名換頭爲過變，或藕斷絲連，或異軍突起，皆須令讀者耳目振動，方成佳制。換頭多偷聲，須和婉。和婉則句長節短，可容攢簇。煞尾多減字須悄勁，悄勁則字過音留，可供搖曳。

《詞林正韻》

吳縣戈載順卿，輯《詞林正韻》一書，列平上去爲十四部，入聲爲五部，共十九部。大要有二，一曰律，一曰韻。律不協，則聲音之道乖。韻不協，則宮商之理失。詞韻與詩韻有別，與曲韻亦不同耳。是書之出，近頗奉爲正宗。

反　切

反切者，牙舌唇齒喉之分，以上下兩字相合而成音。上字主起音，求之別韻，辨其呼音之清濁，而以入聲翻起。先類其字，繼歸其母，後合其組，所謂雙聲是也。下字主收音，求之本韻，清濁互用。如宮用角清，角用宮清。徵用變徵，變徵用徵清。商清、次清、次濁並用。次清次音。次清次用次濁音。正濁用清音，次商清濁並用變商。變商用次商清音。羽清濁並用本次濁音。次濁用清音，次羽清濁互用。凡有缺字，循序借補，或純用宮清亦可，所謂迭韻是也。

詞忌落腔

詞之爲道，最忌落腔，落腔即所謂落韻也。姜白石云：十二宮住字不同，不容相犯。沈存中《補筆談》，載燕樂二十八調煞聲。張玉田《詞源》，論結聲正訛，不可轉入別腔住字，煞聲結聲，名雖異而實不殊，全賴乎韻以歸之，然此第言收音也。而用韻之吃緊處則在乎起調畢曲。蓋一調有一調之起，有一調之畢，某調當用何字起，何字畢，起是始韻，畢是末韻，有一定不易之則。而住字煞聲結聲即由是以別焉。詞之諧不諧，恃乎韻之合不合。韻各有其類，亦各有其音，用之不紊，始能融入本調，收入本音耳。韻有四呼七音三十一等，呼分開合，音辨宮商，等叙清濁。而其要則有六條：一曰穿鼻，二曰展輔，三曰斂唇，四曰抵齶，五曰直喉，六曰開口。穿鼻之韻，東冬鐘江陽唐庚耕清青蒸登三部是也。其字必從喉間反入，穿鼻而出作收韻，謂之穿鼻。展輔之韻，支脂之微齊灰佳皆咍二部是也。其字出口之後，必展兩輔如笑狀，作收韻，謂之展輔。斂唇之韻，魚虞模蕭宵爻豪尤侯幽三部是也。其字在口半啟半閉，斂其唇以作收韻，謂之斂韻。抵齶之韻，真諄臻文欣魂痕元寒桓刪山先仙二部是也。其字將終之際，以舌抵著上齶作收韻，謂之抵齶。直喉之韻，歌戈佳麻二部是也。其字直出本音，以作收韻,謂之直喉。閉口之韻,侵覃談鹽沾嚴咸銜凡二部是也。其字閉其口以作收韻,謂之閉口。凡平聲十四部,已盡於此,上去即隨之,惟入聲有異耳。入聲之本體,後有論四聲表在,亦可類推。至其叶三聲者,則入某部,即從某音,總不外此六條也。明此六者,庶幾韻不假借而起畢住字,無不合矣,又何慮其落韻乎!

詞中五七言

詞中五言七言句,最易淆亂。七言有上四下三,如《鷓鴣天》"小窗愁黛淡秋山",《玉樓春》"棹沈雲去情千里"之類。有上三下四者,若《唐多令》"燕辭歸客尚淹留",《爪茉莉》"金風動冷清清地"之類。五言有上二下三,若《一路索》"暑氣昏池館",《錦堂春》"腸斷欲棲鴉"之類。有一字領句,下則四字者,若《桂華明》"遇廣寒宮女",《燕歸梁》"記一笑千金"之類。誤填便失調,不可不審。(以上卷上)

《側犯》

《側犯》調,《詞律》收千里和清真之作,謂煞尾"愁聽落葉輾轆轤金井"句,聽字是韻,而以清真詞爲傳誤。蓋因前段有"風定波靜",皆二句爲叶。後段當從同。今讀白石此詞,此句無韻。且玩清真詞,語意非訛,而"千里愁聽"二字,語氣未足。劉光珊謂詞有雙拽頭之格,前之二字句,連下八字,兩處吻合,正雙拽頭也。體應分作三段,因填一詞云:"夢飛欲去。片魂忽被風留住。疑雨。是鐵馬丁當、和愁句。天寒酒醒夜,縞袂人何處。私語。但暗祝東皇、好相顧。笙歌舊院,消受閑歌舞。今獨自。客天涯,誰與共尊俎,悶坐愁城,愁來無數。月底人孤,懶修簫譜。"此説可正紅友之訛。

詩詞不容少糅

人有欲爲古今體詩以爲名者,往往作七言律以爲庶異於試帖。實則法律毫無領會,不值識者一哂。不解倚聲者,強欲作詞,亦不過亂拈詩文中字,填作長短句,輒自負爲能詞。而詞家法律,亦毫無領會。然果屬通品,能文章,自必能詞賦,何致夏蟲語冰之誚。文有體裁,詩詞亦有體裁,不容少糅,而筆致固自不同。清奇濃淡,各視性情所近。爲學詣所造,正不必強不同以爲同,亦惟求其是而已。

詞須講音律

俗謂作詞爲填詞,此語便謬。填之云者,只視其句之長短,字之多寡,如數填足耳。音律之叶,平上去之調,懵然不講,安有好詞。

詞曲相近

詞曰詩餘，曲曰詞餘，詩與詞不同，詞與曲境界亦難强合。然工詩者未必工詞，工詞者自可工曲，詞曲之間，究相近也。

詞與詩無異

詞律中《紇那曲》、《羅嗊曲》、《生查子》，皆五言絕句。《塞姑》、《回波》、《舞馬》、《三臺》，皆六言絕句。《竹枝》、《小秦王》、《採蓮子》、《楊柳枝》、《阿那曲》、《欸乃曲》、《清平調》、《瑞鷓鴣》，皆七言絕句。與詩無異。乃古樂府可歌者，腔板與詩，要自不同。

詞常用調

詞譜長短不下六百餘調，同名異體者尚不與。而詞家常用，不過一二百調。《戚氏三疊》，《鶯啼序四疊》，乃最長之調。非層折多，波瀾闊，未易相稱。豈纖小家所敢弄筆。

自度腔

古詞人製腔造譜，各調多自由創，固非洞曉音律不能。今人倘自製一調，世罔不笑其妄者。雖解音理，亦不過依樣畫胡盧耳。故近日倚聲一事，僅以陶瀹靈性，寄興牢騷。風雅場中，尚遑云協於歌喉，播諸弦管，自度腔所由罕也。（以上卷下）

王　棻

王棻（1828—1899）字子莊，號耘軒。清黃巖（今屬浙江）人。同治六年（1867）舉人。後不復試，一意執教、著述。光緒二十四年（1898），以學行受賞內閣中書銜。深於經學，於文字學、訓詁學、音韻學治之尤力。爲文不事雕琢，而持論明通，援證詳確。究心於鄉邦文獻，晚年成《台學統》一百卷，集錄鄉先哲自晉迄於近代凡三百餘人事跡，分爲六類，而重於氣節、躬行。咸豐二年（1852）始，先後在各地書院任山長，造就人才頗衆。著有《台學統》、《柔橋文鈔》、《中外和戰議》、《經說偶存》、《六書古訓》、《史記補正》等。主持纂修《黃巖縣志》、《仙居縣志》、《太平縣續志》、《青田縣志》、《永嘉縣志》、《杭州府志》等志書，對方志理論有精深研究，爲清代後期方志理論集大成者之一。

本書資料據清刻本《柔橋文鈔》。

論文（節錄）

文章之道，莫備於《六經》；《六經》者，文章之源也。文章之體三：散文也，駢文也，有韻文也。散文本於《書》、《春秋》，駢文本於《周禮》、《國語》，有韻文本於《詩》，而《易》兼之。文章之用三：明道也，經世也，紀事也。明道之文本於《易》，經世之文本於三《禮》，紀事之文本於《春秋》，而《詩》、《書》兼之。故《易》、《書》、《詩》者，又《六經》之源也。是故《禮》之明天理，本於《易》者也；《左氏》、《國語》陳人事，本於《書》者也；《爾雅》辨萬物，本於《詩》者也，而《論語》、《孟子》兼之。三經爲諸經之源，信矣哉。《六經》之後，名能文者四家：《莊子》之恢奇源於《易》，《離騷》之幽怨源於《詩》，太史之簡潔原於《書》，而韓昌黎兼之。千年以來，莫不尊尚四家之文，而四家之文實源於三經。然則《易》、《書》、《詩》者，誠文章之鼻祖矣。昌黎有言："士不通經，果不足用。"烏虖！經之爲用大矣，爲學不本於經，豈徒文之不足觀哉！（卷九）

江順詒

江順詒（生卒年不詳）字秋珊，自署爲明鏡室主人。清旌德（今屬安徽）人。同治前後在世。浙江候補縣丞。杭州所居東平巷，有花塢、夕陽樓之勝。順詒工詩詞，同治十年（1871），他和梅振宗倡議成立西泠消寒會，社員輪流作東，飲宴酬唱，同人將所作詩輯成《西泠消寒集》。他還著有《願爲明鏡室詞》、《詞學集成》及《讀紅樓夢雜記》等書，並行於世。其《詞學集成》一反傳統詞話的舊例，構築詞學理論的邏輯結構，旁通曲證，探尋詞體的音律之源，反思過去詞論中的道德評判和類化審美觀念，形成了很有個性的詞品思想。

本書資料據中華書局 1986 年唐圭璋《詞話叢編》本《詞學集成》。

詞源於古樂府

汪晉賢森《詞綜序》云："自古詩變而爲近體，而五七絕句傳於伶官樂部，長短句無所依，不得不變爲詞。當開元盛時，王之渙等詩句，流播旗亭，而李白《菩薩蠻》等詞，亦被之歌曲。詩之與樂府，近體之於詞，齊鑣並騁，非有先後。謂詩降爲詞，以詞爲詩之餘，殆非要論矣。"詒案，溯詞於樂府，則詞爲大宗。而古近體詩，乃樂府之變調，不能叶律之樂府耳。詩自唐以後無歌者，詞自宋以後無歌者，元曲出而古樂亡。如黄河南徙，今且夺淮入海之路。古近體詩，黄奪淮也，謂之黄而不謂之淮。詞則碣石黄河之故道，其蹤跡，知之者鮮矣。

今詞不可入樂

王述庵先生《詞綜序》云："汪氏晉賢，序竹垞太史《詞綜》，謂長短句本於《三百篇》，並漢之樂府。其見卓矣，而猶未盡也。蓋詞實繼古詩而作，而本於樂。樂本乎音，有清、濁、高、下、輕、重、抑、揚之别，乃爲五音十二律以著之。非句有長短，無以宣其氣，而達其音。故孔氏穎達《詩正義》謂《風》、《雅》、《頌》有一二字爲句，及至八九字爲句者，所以和人聲而無不均也。《三百篇》後，《楚辭》亦以長短爲聲。至漢《郊祀歌》、《鐃吹曲》、《房中歌》，莫不皆然。蘇、李畫以五言，而唐時優伶所歌，則七言絶句，其餘皆不入樂府。李太白、張志和以詞續樂府，不知者謂詩之變，而其實詩之正也。由唐而宋，多取詞入於樂府，不知者謂樂之變，而其實所以合樂也。且夫太白之'西風殘照'，《黍離》行邁之意也。志和之'流水桃花'，《考槃》衡門之旨也。嗣是温歧、韓偓稍及閨襜，然樂而不淫，哀而不怨，亦猶是《蔓草》摽梅之意。至柳耆卿、黄山谷輩，然後多出於褻狎，是豈長短句之正哉！"話案，謂長短句發源於詩可也，謂今之長短句即古之詩不可也。今之詩尚非古之詩，何況於詞！引孔氏《正義》謂《詩》有一二字及八九字，即詞所本。究之《詩》中之一二字八九字甚少，而一代有一代之樂，正後人之善變，非墨守磨驢陳跡也。又云："國朝念詩樂失傳甚久，命儒臣取《三百篇》譜之，著以四上五六諸音，列以琴瑟簫管之器，於是《三百篇》皆可奏之樂部。今之詞，苟使伶人審其陰陽平仄，節其太過，而劑其不足，安有不可入樂之詞？ 可入樂，即與詩之入樂無異也。是詞乃詩之苗裔，且以補詩之窮，余故表而出之。以爲今之詞即古之詩，即孔氏之謂長短句。"話按，《三百篇》入樂，乃以音就字，以上四工尺之音，就平上去入之字，其節奏無考，其格調難尋，即所謂聽古樂而恐卧者。若唐、宋人之詞，則皆知律吕者爲之，所謂今樂也。有音節可考，又有律、有腔、有五音十二宫，由音生字，與以音就字者不同。若不知律者所作之詞，雖師曠復生，亦難入樂。調錯句訛，字脱音梗，改不勝改，勢必另作而後可，豈伶人之事乎？ 今人之詞，皆可入樂，似非通論。

萬樹未探詞皆可歌之源

朱竹垞先生《羣雅集序》云："用長短句製樂府歌詞，由漢迄南北朝皆然。唐初以詩被樂，填詞入調，則自開元、天寶始。逮五代十國，作者漸多，有《花間》、《尊前》、《家宴》等集。宋之太宗，洞曉音律，製大小曲及因舊曲造新聲，施之敎坊舞隊，曲凡三百九十，又琵琶一曲，有八十四調。仁宗於禁中度曲時，有若柳永，徽宗大晟名樂時，有若周邦彥、曹組、晁次膺、萬俟雅言，皆明於宮調，無相奪倫者也。洎乎南渡，家各有詞，雖道學如朱仲晦、真希元，亦能倚聲中律呂，而姜夔審音尤精。終宋之世，樂章大備，四聲二十八調，多至十餘曲，有引，有序，有令，有慢，有近，有犯，有賺，有歌頭，有促迫，有攤破，有摘遍，有大遍，有小遍，有轉踏，有轉調，有增減字，有偸聲。惟因劉昺所編《燕樂新書》失傳，而八十四調《圖譜》不見於世，雖有歌師板師，無從知當日之琴趣簫笛譜矣。樓上舍儼曰：‘詩變爲詞，詞變爲曲，歷世久遠。聲律之分合，均奏之高下，音節之緩急過渡，既不得盡知，至若作者才思之淺深，不係文字之多寡。顧世之作譜者，類從歸自謠銖累寸積，及於《鶯啼序》而止。以字之長短分調，安能各得其所。莫如論宮調之可知者叙于前，餘以時代先後爲次，斯世運升降，可以觀焉。’予曰：旨哉，當以段安節《樂府雜錄》、王灼《碧雞漫志》及宋、元高麗諸史所載調存詞佚者，具載之。並以張炎、沈伯時《樂府指迷》冠于首，學者睹此，若大水之涉津梁焉。”詒案：此序於詞之源流派別，最爲明晰。蓋自詩變爲樂府，詞與曲本不分，無不可入樂之詞。緣作者不明律呂，所作之詞不入調，而語則甚佳，讀者不能割愛，於是以不可度之腔謂之詞，即以可唱之詞別名爲曲，而詞、曲遂分。故宋人之知律呂者，詞皆可歌也。至後之人，則曲亦有不可歌者矣。而因曲語之妙，則亦流傳而不廢。萬紅友《詞律》雖校勘功深，實未探乎詞皆可歌之源。而於不可歌之詞，斤斤於上去之必不可誤，平仄之必不可移，增一字爲一體，減一字又爲一體，並不知何調爲宮爲商。毋亦自昧其途，而示人以前路乎！夫詞至於不可歌，則失調之曲，長短句之詩，杜陵、香山新樂府之變耳。增一字可，減一字亦可，上與去何所別，平與仄何所分，讀之順口即佳。似詩非詞，似曲亦非詞，作者神明之可也。

萬樹不明宮調

《蓮子居詞話》云：“萬紅友當轇轕榛楛之時，爲詞宗護法，可謂功臣。舊譜編類排體，以及調同名異，調異名同，乖舛蒙混，毋庸議矣。其餘段落、句讀、平仄間，猶多模糊，《詞律》一一訂正，辨駁極當。所論上去入之聲，上入可替平，去則獨異，而其聲激勵勁遠，轉折跌宕，全在乎此，本之伯時。煞尾字必用何音方爲入格，本之挺齋。皆造微之論。”詒案：紅友開闢榛莽，二百年來填詞家恪遵矩矱，一洗明人之荒謬。近時講求益密，乃有摘其疵纇，補其罅漏者，其草昧之功不可没也。惜不明宮調，僅從四聲斤斤比較，究非探源星宿耳。

詞不應舍五音而講四聲

《香研居詞麈》，歙方成培撰。深明音律之源，語多可采。《原詞之始》云："古者詩與樂合，而後世詩與樂分，古人緣詩而作樂，後人倚調以填詞。古今若是其不同，而鐘律宮商之理，未嘗有異也。自五言變爲近體，樂府之學幾絕。唐人所歌多五七言絕句，必雜以散聲，然後可被之管弦，如《陽關》必至三疊而後成音，此自然之理。後來遂譜其散聲以字句實之，而長短句興焉。故詞者，所以濟近體之窮，而上承樂府之變也。"又《宮調發揮》云："宋時知音者，或先製腔而後實之以詞，如楊元素先自製腔，張子野、蘇東坡填詞實之，名《勸金船》；范石湖製腔，而姜堯章填詞實之，名《玉梅令》之類是也。或先率意爲長短句，然後協之以律，定其宮調，命之以名，如姜堯章《長亭怨》自叙所云是也。又有所謂犯調者，或采本宮諸曲，合成新調，而聲不相犯，則不名曰犯，如曹勳《八音諧》之類是也。或采各宮之曲合成一調，而宮商相犯，則名之曰犯，如姜夔《凄凉犯》、仇遠《八犯玉交枝》之類是也。"諡案：合前二說，則一詞有一詞之腔，後之撰詞譜者當列五音，而不應列四聲；當分宮商之正變，而不當列字句之平仄；當列散聲增字之多寡，而不當列一調數體之參差。自宋以後，音律失傳，未始非詞譜誤之也。蓋五音四聲，皆屬天籟，近體平仄押韻有一定，故四聲人人皆知。詞曲雖有宮商，必待歌而始協律，故五音人人皆不知矣，其始則亦人人知之。今之填詞者，舍五音而講四聲，毋亦昧其源乎！

《詞概》論詞先得我心

《詞概》云："曲之名古矣，近世所謂曲者，乃金、元之北曲，及後復溢爲南曲者也。未有曲時，詞即是曲。既有曲時，曲可悟詞。苟曲理未明，恐詞亦難獨善矣。"諡案，此論亦先得我心，於詞之源流，了然豁然。

五季詞宏大穠厚

徐仰魯云："自樂府亡，而聲律乖。謫仙作《清平調》、《憶秦娥》諸詞，時因效之。厥後行衛尉少卿趙崇祚，輯爲《花間集》，凡五百闋，此填詞之祖也。放翁云：'詩至晚唐五季，氣格卑陋，千人一律。而長短句獨精巧奇麗，後世莫及，此事之不可曉者。'蓋傷之也。"諡案：詞在五季，正如詩在初唐，有陳、隋之綺靡，故變爲各體之宏大。有晚唐之纖薄，故變爲小令之穠厚。此亦時勢使然，與興亡之國勢不相涉。

詞壞於元明

六合徐鼐《水雲樓詞序》云："詩餘之作,蓋亦樂府之遺。孤臣孽子,勞人思婦,籲閶闔而不聽,繼以歌哭;懼正容之莫悟,矢以曼音。其體卑,其思苦,其寄託幽隱,其節奏嘽緩。故爲之者,必中句中矩,端如貫珠;宜宮宜商,較之累黍。太白、飛卿,實導先路;南唐、兩宋,蔚成巨觀。玉宇高寒,子瞻將其忠愛;斜陽煙柳,壽皇識爲怨誹。朝野不少賞音,元之雜以俳優,明人決裂阡陌,淫哇日起,正始胥亡,高論鄙之。弁髦小儒,鼓其瓦缶,臣質之死,匠石傷焉。"諭案:"元人雜以俳優,明人決裂阡陌"二語,詞之壞於明,而實壞於元。俳優竄而大雅之正音已失,阡陌開而井田之舊跡難尋。夫詞變爲曲,猶詩變爲詞,非製曲之過,乃填詞之過。然曲之粗鄙,制曲者取悅於俗耳,則元人不得辭其責矣。

詞從樂府變出

王元美云:"《花間》以小語致巧,世說靡也;《草堂》以麗字取研,六朝媮也。即詞號詩餘,然而詩人不爲也。何者?其婉孌而近情也,足以移情而奪嗜;其柔靡而近俗,嘽緩而就之,不知其下也。之詩而詞,非詞也。之詞而詩,非詩也。詞興而樂府亡,曲興而詞亡。非樂府與詞之亡,其調亡也。"諭案:樂府亡而詞作,詞亡而曲作。非亡也,蓋變也。本有所不足,變一格以求勝,而本遂亡。

詞可不變爲南曲

毛稚黄曰:"南曲將開,填詞先之,《花間》、《草堂》是也。北曲將開,弦索先之,董解元《西廂記》是也。《西廂》即北人填詞,然填詞盛於宋,至元末明初,始有南曲,其接續也甚遥。弦索調生於金,而入元即有北曲,其接續也相踵。斯又聲音氣運之微,殆有不可以臆測者。"諭案:填詞入律,苟無弦索之變北曲,詞至今亦可不變南曲。蓋詞即樂府,廟廷用之,又何曲之變哉!

樓儼自訂《羣雅集》

《蒲褐山房詩話》:"樓儼,號西浦,義烏人。居申江,與繆雪莊、張幻花以詞倡和。

康熙癸丑,詔修《詞譜》,被薦與杜紫綸同館纂修,辨析體制,考訂源流,駁正萬氏《詞律》百餘條,最中竅要。又以張綖之《詩余圖譜》、程明善之《嘯餘譜》,及毛先舒之《詞學全書》,率皆謬妄錯雜,倚聲家無所遵循。因自訂《羣雅集》一書,以四聲二十八調爲經,而以詞之有宮調者爲緯,並以詞之無宮調者,依世代爲先後,附於其下。朱竹垞先生爲之序。以卷帙繁重,未及開雕。今不可復得矣。"詒案:《羣雅集序》,前已詳論之矣。至以四聲二十八調爲經,以詞之有宮調者爲緯,即詒之以古之七音十二律爲經,以今之四上工尺爲緯,刪複正誤之意也。見二卷第二條。惜乎《羣雅集》不傳於世,而詞學之源流,遂成絕響。

<h3 style="text-align:center">《詞苑叢談》論斷少</h3>

《詞苑叢談》,吳江徐電發釚所輯,共十二卷,内分七條,一體製、二音韻、三品藻、四紀事、五辨證、六諧謔、七外編。前人詞話本少,此編比詩話而略變其例,然搜採多而論斷少。其體製一卷,泛而不當。音韻一卷,粗而不精。品藻以下十卷,則仍詩話之例矣。

<h3 style="text-align:center">詩詞同源</h3>

梁武帝《江南弄》云:"衆花雜色滿上林。舒芳曜采垂輕陰。連手蹀躞舞春心。舞春心,臨歲腴。中人望,獨踟躕。"此絕妙詞,在《清平調》之先。又沈約《六憶》云:"憶眠詩,人眠獨未眠。解羅不待勸,就枕不須牽。復恐旁人見,嬌羞在燭前。"亦詞之濫觴。詒案:此體製似詞,乃樂府之變格。非先有詞,而後有唐人之詩,亦不能祧詩而言詞。蓋詩與詞本同一源,詩盛於唐,詞盛於宋,亦物莫能兩大之理。

<h3 style="text-align:center">《詞律》不言襯字宮調</h3>

詞有定名,即有定格,其字數多寡,平仄韻脚較然。中有參差不同者,一曰襯字,文義偶不聯暢,用一二字襯之,密按其音節虛實,正文自在,如南北劇這字、那字、正字、個字、却字之類,從來詞本即無分別,不可不知。一曰宮調,所謂黄鐘宮、仙吕宮、無射宮、中吕宮、正宮、仙吕調、歇指調、高平調、大石調、小石調、正平調、越調、商調也。詞有同名而所入之宮調異,字數多寡亦因之異者,如北劇黄鐘《水仙子》,與雙調《水仙子》異。南劇越調過曲《小桃紅》,與正宮過曲《小桃紅》之類。一

曰體製，唐人長短句皆小令耳，後演爲中調，爲長調。一名而有小令，復有中調，有長調。或係之以犯、以近、以慢別之，如南北劇名犯、名賺、名破之類。又有字數多寡同，而所入之宮調異，名亦因之異者，如《玉樓春》與《木蘭花》同，而《木蘭花歌》即入大石調之類。又有名異而字數多寡則同，如《蝶戀花》一名《鳳棲梧》，《念奴嬌》一名《百字令》之類。詒案：《詞律》中，攻擊圖譜不遺餘力是已。而無一語及襯字宮調。徐氏《叢談》與萬氏不相後先，而襯字宮調屢言之。雖所引證爲南北劇，合而觀之，三者皆兼詞曲而言。後人填詞一遵《詞律》，故不知詞有襯字。宮調之説，古意云亡，不能不歸咎于萬氏矣。

詞上薄風騷

又梨莊云：徐巨源曰：“古詩者，風之遺。樂府者，雅之遺。蘇、李變而爲黃初，建安變而爲選體，流至齊、梁排律，及唐之近體，而古詩遂亡。樂府變爲吳趨越豔，雜以《捉搦》、《企喻》、《子夜》之屬，以下逮於詞，而樂府亦衰。然《子夜》、《懊憹》，善言情者也。唐人小令，尚得其意。則詩餘之作，不謂之直接古樂府不可。”余謂巨源之論詞之源於樂府是矣。獨所言《子夜》、《懊憹》善言情，唐人小令得其意，是詞貴於情矣。余意所謂情者，人之性情也。上自《三百篇》，以及漢、魏樂府詩歌，無非發自性情。故魯不同于衞。卿大夫之作，不同於閭巷歌謠。即陶、謝揚鑣，李、杜分軌，各隨其性情之所在。古無無性情之詩詞，亦無舍性情之外，別有可爲詩詞者。若舍己之性情，强而從人之性情，則今日餖飣之學，所謂優孟衣冠，何情之有？唐人小令善於言情，然亦不爲《子夜》、《懊憹》之情。余故謂凡詞無非言情，即輕豔悲壯，各成其是，總不離吾之性情所在耳。詒案：詩道性情，古人言之詳矣。今謂詞亦道性情，即上薄風騷之意，作者勿認爲閨幃兒女之情。

詞亦可以初盛中晚論

尤悔菴侗《詞苑叢談序》云：“詞之系宋，猶詩系唐也。唐詩有初盛中晚，宋詞亦有之。唐之詩由六朝樂府而變，宋之詞由五代長短句而變。約而次之，小山、安陸，其詞之初乎！淮海、清真，其詞之盛乎！石帚、夢窗，似得其中。碧山、玉田，風斯晚矣。唐詩以李、杜爲宗，而宋詞蘇、陸、辛、劉，有太白之氣。秦、黃、周、柳，得少陵之體。此又畫疆而理，聯騎而馳者也。唐詩之後，香奩、浣花稍微矣，至有明而起其衰。宋詞之後，遺山、蜕岩亦僅矣，及本朝而恢其盛。天地生才，若爲此對偶文字以待後人之側生挺出，角立代興，惡可存而不論哉！"又《詞繹》云："詞亦有初盛中晚，不以代也。牛嶠、和凝、張泌、歐陽炯、韓偓、鹿虔扆輩，不離唐絕句，如唐之初，不脱隋調也，然皆小令耳。至宋則極盛，周、張、康、柳，蔚然大家。至姜白石、史邦卿，則如唐之中，而明初比晚唐。蓋非不欲勝前人，而中實枵然，取給而已，於神味全未夢見。"謐案：比詞於詩，原可以初盛中晚論，而不可以時代後先分。如南唐二主似唐之初，秦、柳之瑣屑，周、張之纖靡，已近於晚。北宋惟李易安差强人意。至南宋白石、玉田，始稱極盛，而爲詞家之正軌。以辛擬太白，以蘇擬少陵，尚屬閏統。竹山、竹屋、梅溪、碧山、夢窗、草窗，則似中唐退之、香山、昌谷、玉溪之各臻其極。晚唐之詩，無可厚非，元明之詞不足道，本朝朱、厲步武姜、張，各有真氣，非明七子之貌襲。其能自樹一幟者，其惟《飲水》一編乎！"尤序固非探源之論，《詞繹》所云，亦未得其要領。

詞限格限字

《詞苑叢談》引《藥園閒話》云："屈子《離騷》名辭，漢武《秋風》亦名辭。詞者，詩之餘也，合於詩按其調而知之。詩曰'殷其雷，在南山之陽'，此三五言調也。'魚麗於罶鱨鯊'，此二四言調也。'遭我乎猺之間兮，並驅從兩肩兮'，此六七言調也。'不我以，不我以'，此疊句調也。'我來自東'四句，此換韻調也。'厭浥行露'三章，此換頭調也。"謐案：古人文字有二，一曰無韻之文，一曰有韻之文，俱不限字，不限格。然有韻以後即有格矣，有格而字之或長或短，即有不入格者矣。有韻而無格，則韻不叶；有格而字或長或短，則格不整，而韻亦不齊。古詩而變爲近體，皆因韻而生也。格限以五古、七古、五律、七律、五絕、七絕，字限以四言、五言、六言、七言，有韻之文，於是乎一變，遂與騷賦分途。而駢文且有格而無韻，與無格無韻之文爭長。至詞乃既限格、既限字，後之別制，非未限格、未限字前之先聲也。

趙函論音律精確

趙艮甫函《碎金詞叙》云："宋詞以清真、白石、草窗、玉田四家爲正宗。清真典掌大晟，白石自訂詞曲，草窗詞名《笛譜》，玉田《詞源》一書，所論律呂最精。凡此四家之詞，無不可歌。其餘則或可歌，或不可歌，不過按調填詞，於四聲不盡諧協，遑論九宫。今之填詞者，祇以萬紅友《詞律》平仄爲準，不究音律之源。無怪乎好拈熟調，一遇拗體，則步步如行荆棘中矣。"謐案：此論精確，末僅爲拈熟調遇拗體者説法，則似明而忽昧。（以上卷一《一曰源》）

古樂府非今之詞

毛西河《詞話》云："白樂天《花非花》、唐人《醉公子》詞、長孫無忌《新曲》、楊太真《阿那曲》，自是詞格。若《回鶻》、《石洲》、《阿鵲回》、《回波樂》、《烏鹽角》、《鸜浪堆》、《水調歌頭》，俱是樂府。然其辭有近詞者，亦可以詞名之。如隋帝《望江南》、徐陵《長相思》，初何嘗是詞，而句調可填，即謂填詞。由是推之，武帝《江南弄》諸樂，及鮑照《梅花落》、陶宏景《寒夜怨》、徐勉《迎客送客》、王筠《楚妃吟》、梁簡文《春情》、隋煬《夜飲朝眠曲》，皆謂之詞，何不可哉？"詒案：謂詞出於樂府則可，謂古之樂府即今之詞則不可。如以鮑照《梅花落》爲詞，則謂《國風》即今八韻試帖，烏乎可？同一詩名，體以代異，而況樂府與詞，已異名乎！

詞調應正誤刪復

《聽秋聲館詞話》云："萬氏《詞律》，共六百五十九調，計一千七百七十三體。《欽定詞譜》共八百二十六調，計二千三百六體，較之萬律增體一倍有奇。然較定爲譜者，僅居其半，餘皆列以備體而已。乃採取猶有未及。以是知鄧林滄海尚多遺佚。"詒案：詞體之多，蕪雜實甚，其始誤於傳寫，其繼誤於妄作。其一調，而同時或增減一二字，別爲一體者，大約皆增字。後人誤以旁行列正，因羣相仿效。如吳夢窗《唐多令》"縱芭蕉不雨也颼颼"，縱字非如曲之旁行增字乎？又或不知句讀，有字數同而句異者，皆後人之誤也。惟有刪之一法。余擬將各調之正者審定，以古之七音十二律之宮調爲經，以今之四上工尺爲緯，正其誤，刪其複，庶榛蕪之途一闢。此願其何日償也！

《碎金詞譜》妄作聰明

《聽秋聲館詞話》云："謝默卿《碎金詞譜》，每字讀以今之四上工尺，云自姜石帚詞旁注譜中尋究而出，得古來不傳之秘。詢之善歌者，則祇堪以協笙笛。"宜泉司馬云："近時之崑腔，與古歌迥殊。古歌多和聲，似今之高腔，然又有別。聲音之道，與世遞遷，執今樂以合古詞，終不免工陵羽替。"詒案：《碎金詞譜》妄作聰明，無足論。惟古歌無纏聲，故聽之欲臥。樂府有句尾之幫腔，如妃豨之類。無增字，亦無纏聲。唐人歌七言詩有疊腔，《陽關三疊》之類。然究嫌板滯。長短句出而古樂皆廢，此古今樂之關鍵。曲之增字更多於詞，故有曲而歌詞亦廢。緣纏聲多，則聲調並淫。雖聖人出，能正廟堂之樂，而不能禁世俗之興，淫哇豔語，古調浸亡，奈之何哉！

詞腔不能臆造

吳西林穎芳云："詞之興也，先有文字，從而宛轉其聲，以腔就詞者也。洎乎傳播久，音律確然，繼起諸人。不得不以辭就腔，於是必遵前詞字腳之多寡，字面之平仄，號曰填詞。或變易前詞，仄字而平，平字而仄，要於音律無礙。或前詞字少而今多之，則融洽其字於腔中，或前詞字多而今少，則引伸其字於腔外，亦於音律無礙。蓋當時作者述者，皆善歌，故制詞度腔，字之多寡平仄參焉。今則歌法已失傳，音律之故不明，變易融洽引伸之技，何由而施？操觚家按腔運辭，兢兢尺寸，不易之道也。"詒案：以詞就腔者，執柯以伐柯，此後人之善因，所謂其則不遠。若夫以腔就詞，則未有柯以前之柯，此古人之善創。後人自度腔，亦古人之創，特音律不明，不能臆造耳。

詞有增字襯字

《詞塵》論繁聲云："黃鐘《醉花陰》本五句，並換頭祇五十二字，又加襯八十餘字，繁聲太多，音節太密，去古益遠矣。蓋始作此曲者，或四言、或五言，必有襯字以贊助之，通爲五十二字。後人撰詞，並其襯字亦以詞填實。工師不知，於定腔五十二字之外，又加襯八十餘字之多，皆淫哇之聲也，必刪去始爲近古。案，繁聲，唐、宋人謂之纏聲。《太真傳》，明皇吹玉笛，遲其聲以媚之，即纏聲多也。今人譜工尺，多用贈板，音方旖旎悦耳，即淫哇之謂，古靡靡之音也。善乎《稗編》之言曰：今樂與古樂同者，器也、律也。其不同者，製詞有邪正散慢也，度曲之節有繁簡嚴媚濃淡也。用其所同，而去其所不同，使其詞一歸於正，其曲淡而不厭，其節稀而不密，則古樂豈外是哉！"詒案：在音則爲襯聲、纏聲，在樂則爲散聲、贈板，在詞曲則爲加襯字，爲旁行增字。曲之增字寫於旁行，故易知。詞之增字，則知之者鮮矣。前引夢窗《唐多令》以證之。凡詞之調一，而體二三至十餘者，皆增字之旁行，併入正行也。故一調而同時之人共填，體各小異，實增字任人增減，無戾於音，又何害於詞！流傳至今，迷如煙霧。萬氏作《詞律》，苦心孤詣，遠紹旁搜。苟知增字襯字，詞與曲同，則提綱挈領，得其制調之本詞。又何至列數體，曉曉置辯，而無所折衷哉！

《詞塵》得音律奧窔

詞體叢雜，各家詞譜皆少探源之論，自別名爲曲，而詞遂不歌。非不歌，實多不合律,不能歌耳。歌有纏聲,曲多增字,而詞本亦可歌,何以無纏聲、增字？始悟詞之字句,一調而多寡不同,且至數體者,皆增字不旁行之誤也。然宋至今無明言,一人之臆説,豈足憑乎？今閲《詞塵》所論,多與余合,喜前人之先得我心。方氏於音律得其奧窔,溯源於十二均八十四調,凡諸窒礙,無不迎刃而解。今之填詞者,不能悉知音律,而於四聲五音之理,亦可以稍留意焉,而不爲古人所欺,由是而考訂詞譜不難矣。故余采方氏之説最多。

詞須推求合律

楊守齋《作詞五要》:"第三,要填詞按譜。自古作詞能依句者少,依譜用字,百無一二,若歌韻不協,奚取哉？或謂善歌者,能融化其字,則無疵。殊不知製作轉折或不當,則失律。正旁偏側,凌犯他宮,非復本調矣。"宋人多先製腔而後填詞,觀其工尺當用何字協律方始填入,故謂之填詞。及其調盛傳,作者不過照前人詞句填之,故曰依句者少,依譜用字百無一二也。轉折乃節奏所關,故下字不當則失律,凌犯他宮。起韻、過變兩結,尤爲吃緊。詒案:調已盛傳,作者第照前人詞調填之,在宋時依譜者已百無一二,何怪今之填詞者乎！然其源則不可不知也。不知其源,而自詡其律之精嚴,吾不知其謂精嚴者,果何律也？"第四,要擖律。擖字當作推,謂推求此調屬某律某音,然後協某韻,方始合體,即段安節五音二十八調所説是也。《詞源》作隨律押韻,如越調《水龍吟》、商調《二郎神》,皆用平入聲韻,古調用俱押去聲,所以轉折乖異。"《水龍吟》越調即黃鐘商,《二郎神》商調即無射商,入聲商七調用之,平聲商角同用者也。若去聲韻當叶宮聲調,非南調所宜矣。然宋詞往往不拘,蓋文士揮毫,不暇推求合律故耳。詒案:今人不知推求,非宋人不暇推求誤之乎？然而欲正詞體,則不能不推求合律也。

詞有襯字

毛稚黃先舒《填詞圖譜·凡例》云:"詞中有襯字者,因此句限於字數,不能達意,偶增一字。後人竟可不用,如繫裙腰末句問字之類。"沈天羽曰:"調有定格,即有定字,其字數音韻較然。中有參差不同者,一曰襯字,因文義偶不聯屬,用一二字襯之,按其音節虛實,正文自在,如南北劇這、那、正、個、却字之類,亦非增實字,而藉口爲襯也。"詒案:因曲有襯字而知詞亦有襯字。萬氏增減一二字別爲一體,非定論也。不意有先我而言之者。

後人不知詞有襯字

毛稚黄曰：“夢窗詞‘縱芭蕉不雨也颼颼’，應上三下四，則也字當爲襯字，謂縱字爲襯字非。”諭案：詞中有襯字，可指證者甚少，故後人不知耳。

《詞律》謂詞無襯字

萬紅友《唐多令》注謂：“‘縱芭蕉不雨也颼颼’，誤刻多一字。《詞統注》，縱字爲襯字。襯之一說，不知從何而來，詞何得有襯字乎？”諭案：詞何以必不準有襯字，而謂誤刻多一字，真是牽强。又云：“此句上三下四，應注也字爲襯。然也字必是誤多，不可立襯字一說，以混詞格。”諭案：此詞誤多一字，多得如此好，即不誤矣。詞格不準襯字，是何人之格？何以同一調一人填之，忽多一字，忽少一字，有是格乎？總之，紅友一生之誤，誤在不明音律之源，遂謂樂府與詞異，詞與曲異。不能知一篇之音律，遂謂多一字爲誤，少一字亦爲誤，殊可笑也。

同調異名考

詞有同調異名，昔人分爲二體，概可從删。如《搗練子》，杜、晏二體，即《望江樓》。《荆州亭》，即《清平樂》。《眉峯碧》，即《卜算子》。《月中行》，即《月宫春》。《惜分飛》，即《惜雙雙》。《杜韋明》，即《四犯令》。《清川引》，即《涼州令》。《杏花天》，即《於中好》。《番搶子》、《轆轤金井》，即《四犯剪梅花》。《月下笛》，即《瑣窗寒》。《八犯玉交枝》，即《八寶妝》。又原書一體而後人誤分，如仇遠之《薦金蕉》，即《虞美人》之半。劉壎之《醉思仙》，即《醉太平》。王之道之《折丹桂》，即《一落索》。趙鼎之《醉桃源》，即《桃源憶故人》。米友仁之《醉春風》，即《醉花陰》。費原之《惜餘妍》，即《露華》。歐慶嗣之《慶千秋》，即《漢宫春》。奚滅之《雪月交輝》，即《醉蓬萊》。張虚靖之《雪夜漁舟》，即《繡停針》。晁端體之《戀春芳慢》，即《萬年歡》。趙孟頫《月中仙》，即《月中桂》。羅志仁之《菩薩蠻引》，即《解連環》。諭案：欲辨詞體，定詞律，必先自考同調異名始。

又《詞律》目已拈出者，録如左：

《十六字令》，即《蒼梧謠》。《南歌子》，即《南柯子》，又即《春宵曲》。《雙調》，即《望秦川》，又即《風蝶令》。《三臺》，即《翠華引》，又即《開元樂》。《憶江南》，即《夢江南》、《望江南》、《江南好》，又即《謝秋娘》。其《望江南》、《夢江口》、《歸塞北》、《春去也》等名，則人不甚知矣。《深院月》，即《搗練子》。《陽關曲》，即《小秦王》。《賣花聲》、《過龍門》、《曲入冥》，即《浪淘沙》。《憶君王》、《豆葉黃》、《欄干萬里心》，即《憶王孫》。《宮中調笑》、《轉應曲》、《三臺令》，即《調笑令》。《憶仙姿》、《宴桃源》，即《如夢令》。《一絲風》、《桃花水》，即《訴衷情》。《內家嬌》，即《風流子》。《紅娘子》、《灼灼花》，即《小桃紅》。《水晶簾》，即《江城子》。《烏夜啼》、《上西樓》、《西樓子》、《月上瓜洲》、《秋夜月》、《憶真妃》，即《相見歡》。《雙紅豆》、《憶多嬌》、《吳山青》，即《長相思》。《醉思凡》、《四字令》，即《醉太平》。《愁倚欄令》，即《春光好》。《一痕沙》、《宴西園》，即《昭君怨》。《涇羅衣》，即《中興樂》。《南浦月》、《沙頭月》、《點櫻桃》，即《點絳唇》。《月當窗》，即《霜天曉》。《百尺樓》，即《卜算子》。《羅敷媚》、《羅敷豔歌》、《采桑子》，即《醜奴兒》。《青杏兒》、《似娘兒》，即《促拍醜奴兒慢》。《子夜靜》、《重疊金》，即《菩薩蠻》。《釣船笛》，即《好事近》。《好女兒》，即《繡帶兒》。《玉連環》、《洛陽春》、《上林春》，即《一落索》。《花自落》、《垂楊碧》，即《謁金門》。《喜冲天》，即《喜遷鶯》。《秦樓月》、《碧雲深》、《玉交枝》，即《憶秦娥》。《江亭怨》，即《荊州亭》。《憶羅月》，即《清平樂》。《醉桃源》、《碧桃春》，即《阮郎歸》。《烏夜啼》，即《錦堂春》。《虞美人歌》、《胡搗練》，即《桃源憶故人》。《秋波媚》，即《眼兒媚》。《早春怨》，即《柳梢青》。《小闌干》，即《少年游》。《步虛詞》、《白蘋香》，即《西江月》。《明月棹孤舟》、《夜行船》，即《雨中花》。《春曉曲》、《玉樓春》、《惜春容》，即《木蘭花》。《玉瓏璁》、《折紅英》，即《釵頭鳳》。《思佳客》、《於中好》，即《鷓鴣天》。《舞春風》，即《瑞鷓鴣》。《醉落魄》，即《一斛珠》。《一蘿金》、《黃金縷》、《明月生南浦》、《鳳棲梧》、《鵲踏枝》、《捲珠簾》、《魚水同歡》，即《蝶戀花》。《南樓令》，即《唐多令》。《孤雁兒》，即《玉街行》。《月底修簫譜》，即《祝英臺近》。《上西平》、《西平曲》、《上南平》，即《金人捧露盤》。《上陽春》，即《驀山溪》。《瑞鶴仙影》，即《淒涼犯》。《鎖陽臺》、《滿庭霜》，即《滿庭芳》。《碧芙蓉》，即《尾犯》。《綠腰》，即《玉漏遲》。《花犯念奴》，即《水調歌頭》。《紅情》，即《暗香》。《綠意》，即《疏影》。《催雪》，即《無悶》。《瑤臺聚八仙》、《八寶妝》，即《秋雁過妝樓》。《百字令》、《百字謠》、《大江東去》、《酹江月》、《大江西上曲》、《壺中天》、《淮甸春》、《無俗念》、《湘月》，即《念奴嬌》。惟《湘月》另一調，萬氏誤。《疏簾淡月》，即《桂枝香》。《小樓連苑》、《莊椿歲》、《龍吟曲》、《海天闊處》，即《水龍吟》。《鳳樓吟》、《芳草》，即《鳳簫吟》。《台城路》、《五福降中天》、《如此江山》，即《齊天樂》。《柳色黃》，即《石州慢》。《四代好》，即《宴清都》。《菖蒲綠》，即《歸朝歡》。《西湖》，即《西河》。《春霽》，即《秋霽》。《望梅》、《杏梁燕》、《玉聯環》，即《解連環》。《扁舟尋舊約》，即《飛雪滿羣山》。《惜余春慢》、《蘇武慢》、《選冠子》，即《過秦樓》。《壽星明》，即《沁園春》。《金縷曲》、

《貂裘換酒》、《乳燕飛》、《風敲竹》，即《賀新郎》。《安慶摸》、《買陂塘》、《陂塘柳》，即《摸魚兒》。《畫屏秋色》，即《秋思耗》。《綠頭鴨》，即《多麗》。《個儂》，即《六醜》。

杜文瀾爲萬樹功臣

秀水杜小舫觀察文瀾《詞律校勘記序》云："詞學始於唐，盛於宋，有一定不移之律，亦有通行共習之書。南宋時修內司所刊《樂府混成集》，巨帙百餘，周草窗《齊東野語》，稱其古今歌詞之譜，靡不備具，而有譜無詞者，實居其中。故當日填詞家雖自製之腔，亦能協律，由於宮譜之備也。元、明以來，宮調失傳，作者腔每自度，音不求諧，於是詞之體漸卑，詞之學漸廢，而詞之律則更鮮有言之者。七百年古調元音，直欲與高築稽琴同成絕響。使非萬氏紅友一書起而振之，則後之人奉《嘯餘圖譜》爲準繩，日趨於錯矩倔規而不自覺，又焉知詞之有定律，律之必宜遵哉！其書爲卷二十，爲調六百四十，爲體一千一百八十有奇。凡格調之分合，句逗之長短，四聲之參差，一字之同異，莫不援名家之傳作，據以論定是非。俾學者按律譜聲，不背古人之成法，其有功於詞學也大矣。"詒案：萬氏有功於詞學，杜氏又爲萬氏之功臣。雖其書知聲而不知音，然舍此別無可遵之譜，則校勘記之不可少也明矣。然律之一字，究非音律之律，亦非律例之律，不過如詩之五七律之律耳，不如仍名爲譜之確也。

《詩餘圖譜》及《嘯餘圖譜》謬妄

鄒程村祗謨曰："今人作詩餘，多據張南湖《詩餘圖譜》及程明善《嘯餘圖譜》二書。南湖譜平仄差核，而黑白及半白半黑圈以分別，不無亥豕之訛。且載調太略，如《粉蝶兒》與《惜奴嬌》本兩體，而誤爲一。至《嘯餘譜》則舛誤並甚，如《念奴嬌》之與《無俗念》、《百字謠》、《大江東》，又《賀新郎》之與《金縷曲》，又《金人捧露盤》之與《上西平》，本一體也，而分數體。《燕臺春》即《燕春臺》，《大江乘》即《大江東》，《秋霽》即《春霽》，《棘影》即《疏影》，因訛字而列數體。甚至錯亂句讀，增減字數，而强綴標目，妄分韻脚者，不一而足。"詒案：二書之謬妄，《詞律》俱已駁正，姑錄一則以證之。

胡元瑞於詞理未精研涉

《詞苑叢談》云："胡元瑞《筆叢》，駁楊用修調名原起之説最多，其辨詞調尤極覼縷。"然元瑞考據精詳，而於詞理未精研涉。毛稚黃駁胡元瑞云："詞人以所長入詩，其七言律非平韻《玉樓春》,則襯字《鷓鴣天》。並不知《玉樓春》無平韻者,《鷓鴣天》無襯字者,《瑞鷓鴣》亦未見。"按《詞品序》云:"唐七言律即詞之《瑞鷓鴣》也,七言仄韻即詞之《玉樓春》也。"詒案:此亦詞有襯字之一證。

趙鼎詞襯字

宋詞有襯字,夢窗《唐多令》外,趙鼎《滿江紅》下闋云:"欲待忘憂除是酒,奈酒行欲盡情無極。"奈字亦是襯字。

萬氏"又一體"之非

宗小梧司馬云:"紅友開闢榛蕪,示人矩矱。然不究五音,不諧宮調,徒辨韻之平仄,字之增減,毋乃舍本求末,自昧其途。僕惜其孤詣苦心,不能盡如人意。"又,邊竹潭葆樞齔尹云:"詞有襯字之説,最確。萬氏於另體多一二字者,注曰誤,多遊移其辭,且戒人不宜從。如知為襯字,則無是説矣。"詒案:以宮調論詞,駁萬氏又一體之非,小梧、竹潭俱以為然。竊喜一知半解,天下後世,必有同心也。(以上卷二《二曰體》)

自度腔不能妄作

《西河詞話》:"古者以宮、商、角、徵、羽、變宮、變徵之七聲,乘十二律,得八十四調。後人以宮、商、羽、角之四聲,乘十二律,得四十八調。云徵聲與二變不用。四十八調,宋人詞猶分隸之,其調不拘長短,有屬黃鐘宮者,有屬黃鐘商者,皆不相出入。非若今之譜詩餘者,以小調、中調、長調分班部也。其詳載《樂府》一書。近人不解音律,動造新曲,曰自度腔。試問其所自度者,曲隸何律,律隸何聲,聲隸何宮、何調,乃茫然妄作如是耶?"詒案:此論甚允。夫宮調雖失傳,尚有門徑可尋。苟欲自度腔,何不一求其源,而必妄作乎!

韻與音異

萬氏《詞律·發凡》云:"自沈吳興分四聲以來,凡用韻樂府,無不調平仄者。至唐律以後,浸淫而為詞,猶以諸聲為主,儻平仄失調,則不可入詞。周、柳、万俟等之制腔造譜,皆按宮調,故協於歌喉,播諸弦管。以迫白石、夢窗輩,各有所創,未有不悉音理而可造格律者。雖今音理失傳，而詞具在，學者但宜仿舊作，字字恪遵，庶不失其矩矱”怡案：萬氏既知音理失傳，又云字字恪遵，而不知韻與音異。夫平上去入謂之韻，喉舌唇齒牙謂之音，由喉舌唇齒牙之音，可以配合宫商。由平上去入之韻，不能配合宫商。萬氏僅欲字字恪遵平仄，于音尚隔一層。今雖音理失傳，而喉舌唇齒牙之音未失也。一調之中，平上去入之韻，固宜恪遵。一字之中，喉舌唇齒牙之音，尤宜嚴辨。試取古人自度腔，先定夫平上去入之不易，再審夫喉舌唇齒牙之無訛，進而求之，其庶幾乎！

清代律吕之學少專門

《詞塵》云："本朝律吕之學，鮮有專門。曾見應嗣寅《古樂府》兩册，詳於體，而昧於用。江慎修先生《律吕闡微》，本諸鄭世子新發，皆無當於曲調。餘多經生家，勦襲陳言，資場屋之用而已。如馬宛斯《繹史》中《律吕通考》及柴紹炳《考古類編》中《律吕》一條，抄撮羣説，組織可觀，然到底不曾明白，不曉如何施用。方氏《通雅》、顧氏《日知録》，淵博罕有倫比，獨説律吕亦屬顢頇。此外可知。"論案：填詞本小技，而論及律吕，探源星宿，與月露風雲毫無干涉，鮮不以爲迂者。方氏謂律吕爲我朝之絶學，豈所語於詞章之士哉！

辨詞體須嚴詞律

又《製腔即自度腔之法》云："腔出於律，律不調者，其腔不能工。然必熟於音理，然後能製新腔。製腔之法，必吹竹以定之，或管、或笛、或簫，皆可。金石絲革無不可製腔造譜者，此獨以竹言，取其聲易調不走作也。故古人和絃，亦必取定於管色。惟吾意而吹焉，即以筆識其工尺於紙，然後酌其句讀，劃定板眼，聲之雅俗，在板之疏密，宋人詩餘贈板甚少，故其聲猶有雅淡之意。而後吹之。聽其腔調不美，音律不調之處，再三增改，務必使其抗墜抑揚，圓美如貫珠而後已。再看其起韻之處，前後兩節，是何字眼，而知其爲某宫某調也。假如是六字起調，六爲黄鐘清，而第一拍轉至起韻，用高五字爲太簇，黄鐘均乙太簇爲商，則此屬太簇清商也。在燕樂名爲大石調。餘仿此。若兩結不用高五字，則爲出調，凌犯他宫，非復大石調矣。至於犯調宫商，雖犯而律字相同，實有以類相從，聲應氣求之義，不可以凌犯例之，此古人製犯調之精義也。新腔既定，命名以實之，而後實之以詞。即不實之以詞，亦可被之管弦，但不能歌耳。"又《填腔之法》云："新腔雖無詞句可遵，第照其板眼填之，聲之悠揚相應處，即用韻處也。故宋人用韻少之詞，謂之急曲子，韻多者謂之慢曲子，義蓋如此，此非所難。難在審其起韻兩結之高低清濁，而以韻配之，使歌者便於融入某律某調耳。然腔調雖至多，韻腳雖至夥，而止以清濁陰陽高下配之，且所重正在起韻兩結，而其他不論，故其法又簡易不煩。古之知音者，即酒邊席上，任意揮毫，莫不可諧諸律呂，蓋識此理也。至於舊腔第照前人詞句填之，有宮調可考者，稍致謹於煞尾兩字，即無不合律矣。"詒案：元人變詞爲曲，而歌詞者鮮，故詞之律亡。其實可歌之曲有纏聲，可歌之詞亦有增字。詞體叢雜，律以弦管，而繁蕪皆删。膠以字句，而正變俱迷。既欲填詞，不能不辨詞體。欲辨詞體，不能不嚴詞律。古人習見之，而運妙用於一心。今人遂成絕學矣。

由工尺求旋宮之法

又云："世儒不習其器，徒知有律呂之名，而不識工尺之理。俗工雖粗習工尺之節，而又昧於律呂之源。此所以兩不能知，終身由之而弗悟也。夫損益忽微，律之體也。四上工尺，律之用也。究其體不明其用，則律呂爲虛器；循其用不知其體，則宮調爲空名矣。"詒案：近世俗傳度曲七調，一字調最低，上字調次之。五字調最高，六字調次之。惟工字調便於高下。遇曲音過抗，則用尺字或上字調。曲音過衰，則凡字調。今之俗工皆知之。苟由俗傳之工尺而求古人旋宮之法，得十二均八十四調之源，則自製新腔，又何難哉！

擇腔與擇律

楊誠齋《作詞五要》：培案，當是守齋。張炎得音律之學于楊守齋，陸輔之又學詞於張，故撰《詞旨》而載守齋之説，訛爲楊誠齋耳。守齋即紫霞翁。"第一，要擇腔。腔不韻則勿作，如《塞翁吟》之衰颯，《帝臺春》、《隔浦蓮》之寄煞，《半百花》之無味是也。不韻即不美。"詒案：此擇腔係指自度曲者，若填前人已傳之詞，則腔自韻矣。"第二，要擇律。律不應則不美，如十一月必用正宮，元宵詞必用仙吕爲宜也。"仙吕當作南吕。

《詞律》不知宮調之誤

萬氏《詞律自叙》云："詩餘乃劇本之先聲，昔日入伶工之歌板，如耆卿標明於分調，誠齋垂法於擇腔，堯章自注焄指之聲，君特久辨煞尾之字。當時或隨宮造格，創製於前。或遵調填音，因仍於後。其腔之疾徐長短，字之平仄陰陽，守一定而不移，證諸家而皆合。"詒案：此條簡析明暢，於宫調之理未嘗不知之。又《發凡》云："《紅情》、《緑意》，其名甚佳，再四玩味，即《暗香》、《疏影》，二調之外，不另收《紅情》、《緑意》。"詒案：此實紅友之精覈也，删之誠是。又《發凡》云："石帚賦《湘月》自注云：即《念奴嬌》之鬲指聲，體同名異，或有故。但宫調失傳，作者依腔填句，不必另收《湘月》。蓋人欲填《湘月》，即是《念奴嬌》，無庸立此名也。"詒案：此實紅友不知宫調之誤也。蓋《湘月》與《念奴嬌》字句雖同，業已移宫换羽，別爲一調。非如《紅情》、《緑意》，僅取牌名新異也。後人不知鬲指之理，則填《念奴嬌》，不填《湘月》可耳。而《湘月》之調，則不可删。按鬲指之義，方氏《詞塵》有云："姜堯章《湘月》詞，自注即《念奴嬌》鬲指聲，於雙調中吹之。鬲指亦謂過腔，見《晁無咎集》，凡能吹竹者便能過腔也。後人多不解鬲指過腔之義，培思索久之，而悟其説。蓋《念奴嬌》本大石調，即太簇商，雙調爲仲吕雙，律雖異而同是商音，故其腔可過。太簇當用四字，仲吕當用上字。今姜詞不用四字住，而用上字住。簫管四上字中間，祇鬲一孔，笛四上字兩孔相聯，只在鬲指之間。又此兩調畢曲當用一字尺字，亦鬲指之間，故曰鬲指聲也。吹竹便能過腔，正此之謂。"詒案：《念奴嬌》、《湘月》，填詞者雖不知過腔爲何事，而欲並爲一詞，歌者能不問太簇之用四字，大吕之用上字，而並爲一曲乎？吾恐《念奴嬌》詞之字，吹之四字而協者，吹之上字而未必協也。

萬氏專以四聲論詞

《詞綜》《湘月》注云："宜興萬氏專以四聲論詞，畏其嚴者，多詆之。滄州先著尤甚。以爲宋詞宫調，別有秘傳，不在乎四聲。按白石集《滿江紅》云：末句'無心撲'，歌者將'心'字融入去聲方諧。《徵招》云：正宫《齊天樂慢》，前兩拍是徵調，故足成之。及考《徵招》起二句，平仄與《齊天樂》脗合。然則宋人未嘗不以四聲定宫調，而萬氏之説初不與古戾。"詒案：前謂萬氏僅知四聲而不知五音，非謂無四聲也。今注云：專以四聲論詞。曰專云，則無五音可知。僕正病其疏，非謂其嚴也。

字有喉舌之別

劉氏熙載《詞概》云："詞家既審平仄，當辨聲之陰陽，又當辨收音之口法，取聲取音，以能協爲尚。玉田稱惜花詞'鎖窗深'，而深字不協，改幽字，又不協，改明字。此非審於陰陽者乎！又深爲閉口音，幽爲斂唇音，明爲穿鼻音，消息亦別。"詒案：劉氏既知閉口唇舌之別，閉唇舌，本之戈氏順卿。而不知喉舌唇齒牙之五音何也？其謂既審平仄,又當辨字之陰陽,當云詞有平仄之分,字尤有喉舌之別。然其論實先得我心,特不知同母異母之源,故言之不暢耳。又案,深幽明三字皆平聲,足徵四聲與五音毫不相涉。萬氏以平上去入爲叶律,然乎?否乎?

戈載首以音律論詞

戈順卿云:"詞以協音爲先,音者譜也,古人按律製譜,以詞定聲。故玉田生平好爲詞章,用功逾四十年,錘煆字句,必求協乎音律。觀《詞源》一書,可知用功之所在。今世之往往視詞爲易事,酒邊興豪,引紙揮筆,不知宮調爲何物。即有知玉田爲正軌者,而所論五音之數,六律之理,則又茫乎在雲霧中。"詒案:近世以音律論詞者,惟戈氏。

起調畢曲須同用一韻

又云:"詞之爲道,最忌落腔,即所謂落韻也。姜白石云:'十二宮住字不同,不容相犯。'沈存中《補筆談》載燕樂二十八調殺聲,張玉田《詞源》論結聲正訛,不可轉入別腔,住字、殺聲、結聲,名異而實同,全賴乎韻以歸之。然此第言收音也。而用韻之吃緊處,則在乎起調畢曲。蓋一調有一調之起,有一調之畢,某調當用何字起,何字畢,起是始韻,畢是末韻,有一定不易之則。而住字、殺聲、結聲,即由是以別焉。詞之諧不諧,視乎韻之合不合。有其類亦各有其音,用之不紊,始能融入本音耳。"詒案:詞定何調,以始韻之字何音,即謂何調。畢韻仍用始起之音則協,如用他音則過腔矣,與轉韻不相涉。

戈載言韻不出萬氏窠臼

又云:"韻有四呼,七音、三十一等,呼分開合,音辨宮商,等叙清濁。而其要則有六條:一曰穿鼻,二曰展輔,三曰斂脣,四曰抵齶,五曰直喉,六曰閉口。穿鼻之韻,東冬鐘江陽唐庚耕清青蒸三部是也。其字必從喉間反入,穿鼻而出,作收韻,謂之穿鼻。展輔之韻,支詣微齊灰佳半皆咍二部是也。其字出口之後,必展兩輔如笑狀,作收韻,謂之展輔。斂脣之韻,魚虞模蕭宵爻豪尤侯幽三部是也。其字在口半啟半閉,斂其脣以作收韻,謂之斂脣。抵齶之韻,真諄臻文欣魂痕元寒桓刪山先仙二部。其字將終之際,以舌抵上齶作收韻,謂之抵齶。直喉之韻,歌戈佳半麻二部是也。其字直出本音,以作收韻，謂之直喉。閉口之韻，侵覃談鹽沾嚴咸銜凡二部是也。其字閉其口以作收韻，謂之閉口。凡平聲十四部，已盡於此，上去即隨之，惟入聲有異耳。明是六者，庶幾起畢住字無不合。"論案：韻之與音，一經一緯，不可強而合。如所云穿鼻之類，即三十六字母，分喉舌之理，而變其名。以六者分轄宮商，而必使某類轄某韻，將以全一韻之字皆隸宮，全一韻之字皆隸商乎？一韻之字不一母，此明反切者，皆知之。即云穿鼻之類與喉舌唇齒異，第以轄韻不以轄音，則欲求字之宮商於何求乎？總之，宋以後合音與韻而一之，不能歧音與韻而二之。由韻以求音，毋怪其扞格也。又案，穿鼻等六條見毛氏《聲音韻統論》，戈氏亦抄襲耳。又云："上去自來通用，惟上與去其音迥殊。《元和韻譜》云：'上聲厲而舉，去聲清而遠，相配用之，方能抑揚有致。'故詞中之宜用上，宜用去，宜用上去，宜用去上，有不可假借之處，關係非輕。"論案：曲之關係在可歌，詞之關係亦在可歌，詞至於可歌，則斷無不入調矣。夫可歌之曲，且上去通押，獨可歌之詞不能上去通用乎？抑詞於可歌之外，別有妙巧乎？但當審其字之爲宮爲商，不當問其字之爲上爲去。蓋上聲中之字，兼有宮商五音；去聲中之字，亦兼有宮商五音。戈氏言韻而不言音，仍未出萬氏窠臼。戈氏何不以穿鼻展輔者分隸宮商乎？吾知其未必協也。

古人未言以喉舌唇齒配宮商

張氏玉田《詞源》二卷，其上卷曰《五音相生》，曰《陽律陰呂合聲圖》，曰《律呂隔八相生圖》，曰《律生八十四調》，曰《古今譜字》，曰《四宮清聲》，曰《五音宮調配屬圖》，曰《十二律呂》，曰《管色應指字譜》，曰《宮調應指譜》，曰《律呂四犯》，曰《結字正訛》，曰《謳曲要指》。其於音律之學，至詳且悉，按譜求之，自無不得。何以自宋至今，俱云音律失傳也。蓋《詞源》所列者，成詞後之音律也。作者當未成調之時，必先以字求音，何字爲宮，何字爲商，此無定也。工字應宮，尺字應商，此有定也。由工尺而配宮商，諸譜具在；由宮商而求何字爲宮，何字爲商，則古人未之言也。即宋之深明音律也，亦不過宮調熟悉，以天籟得之耳。必成詞後，先歌以審之，復管笛以參之，不合者改字以協之。如玉田云：瑣窗深，深字不協，改爲幽字；又不協，再改爲明字，歌之始協。此三字皆平聲，胡爲如是？蓋五音有喉舌唇齒牙，所以有輕清重濁之分。張氏苟知何字爲宮，何字爲商，即深字誤用，一改而得明字，即不用明字，亦必用唇音之字矣。何以改幽字不協，而始改明字，足見以喉舌唇齒分清濁，古人知之；以喉舌唇齒配宮商，古人未言也。余初以喉舌唇齒爲字之音，平上去入爲字之韻，自以爲創，讀張氏之論，實非創也。張氏所謂鼻音，即牙音。

周邦彥詞間有未諧

《詞源》下卷第一條云："古人之樂章、樂府、樂歌、樂曲，皆出於雅正。自隋、唐以來，聲詩間爲長短句。至唐人則有《尊前》、《花間》集。迄於崇寧之大晟樂府，命周美成諸人，討論古音，審定古調，淪落之後，少得存者，由此八十四調之聲稍傳。而美成諸人又復增演慢、引、近，或移宮換羽，爲三犯、四犯之曲，按月律爲之，其曲遂繁。美成負一代詞名，所作之詞，渾厚和雅，善於融化詩句。而於音譜且間未諧，可見其難矣。"詒案：樂以和爲貴，樂府之聲，安有不諧者？美成製作才，而間有未諧，此則余之所不解也。張氏亦第言其難，而不言所以未諧與所以難之故。其所謂未諧者，以余揣之，非選聲之不克入律，實用字之未能審音也。至後之人，於字之不協者，欲易一字，於音雖協，或於語句未妥，更無可易之字，不得已用原字，歌時讀作某音，此亦變通之一法也。

古人按律制譜

又云："詞以協音爲先，音者何，譜是也。古人按律製譜，以詞定聲，此正聲依永、律和聲之遺意。有法曲，有五十四大曲，有慢曲。"詒案：古人所謂譜者，先有聲而後有詞。聲則判宮商，一調有一調之律。詞則分清濁，一字有一字之音。按律而製名之曰譜，歌者即案律以歌。後人易詞而不能易譜，易字而不能易音。凡後世詞譜，有能求制譜之始，而定其字之清濁乎，判其詞之宮商乎？至萬氏紅友以"律"名，所謂"律"者安在？

今人填詞以訛傳訛

又云："聽者不知宛轉遷就之聲，以爲合律，不詳一定不易之譜，則曰失律。矧歌者豈特忘其律，抑且忘其聲字矣。述詞之人，若只依舊本之不可教者，一字填一字，以訛傳訛，徒費思索。當以可歌者爲工，雖有小疵，亦庶幾耳。"詒案：今之填詞，正以訛傳訛，徒費思索耳。即講求聲律者，究不聞別有真傳，而求用字之宮商。其所謂必用去必用上，必不可用平，不可用入之句，同一歌之不協而已。

注意起結防其犯他調

又云："作慢詞看是甚題目。先擇曲名，然後命意。意既了然，思量頭如何起，尾聲如何結，方始選韻，而後述曲。最是過片，不要斷了曲意，須要承上接下。詞既成，試思前後之意不相應，或有重疊句意，又恐字面粗疎，即爲修改。改畢一本，展之几案，或貼之壁。少頃再觀，必有未穩處，又須修改。至來日再觀，恐有未盡善者，如此改之又改，方成無瑕之玉。倘急於脫稿，倦事修擇，豈能無病，不惟不能全美，抑且未協音聲。"論案：思量頭如何起，尾如何結，防其犯他調也。一言宮調，詞與曲無二理。協律家以起字結字並論，詞中論字，第論其協與不協而已。應平應仄固不言，應宮應商，亦未及之。

歌詞須合律

竹西詞客《詞源跋》云："玉田生與白石齊名，詞之有姜、張，猶詩之有李、杜也。二君皆能案譜製曲，是以《詞源》論五音均拍，最爲詳贍。謂樂府一變而爲詞，詞一變而爲令，令一變而爲北曲，北曲一變而爲南曲。今以北曲之宮譜，考詞之聲律，十得八九焉。《詞源》所論樂色管色，即今笛色之六五上四合一凡也。管色應指字譜。七調之外，若勾失一小大上小大凡大住小住制折大凡打，乃吹頭管者換調之指法也。宮調應指譜者，七宮指法起字，即指法十二調之起字也。論拍眼云：以指尖節候拍，即今之三眼一板也。花十六前衮中衮打前拍打後拍者，乃今之起板、收板、正板、贈板之類也。樂色拍眼，雖樂工之事，然填詞家亦當究心，若舍不論，豈能合律哉！細繹是書，律之最嚴者結聲字，如商調結聲是凡字，若用六字，則犯越調。學者以此類推，可免走腔落調之病矣。蓋聲律之學，在南宋已鮮矣。"論案：音律之所以失傳者，不在八十四調之繁多，而在字之音不知分隸何宮。夫古人之詞具在，擇其無錯誤者，先辨其清濁，次別其爲喉音、舌音、唇音、齒音、牙音、半齒、半舌音，而立一格。填詞時喉格用喉，舌格用舌，苟歌之而合律，則復古不難矣。

宮商從天籟出

亡友汪稚松大令根蘭云："吳門戈順卿爲近時作者，其所作必協宮商，於律韻則誠精矣，但少生趣耳。陶鳧薌太常爲余言，戈詞如塑像一般，非有神氣骨血者。並云：詞者，天籟也。詩所不得而達，詞得而達之。好詞自合宮商，若刻意求之，恐所合者僅宮商耳。"論案：戈詞如塑像固然，必謂合宮商者，皆無神氣骨血，則非。須知宮商亦從天籟出，不知者刻意求之而不得，知者固毋庸刻意求也。

先審音後論韻

此卷專就喉舌唇齒牙而論音,似平上去入全置不問矣。非不問也,審音既定,工尺無訛,然後就一音之中,審其宜上宜去,而抑揚以判。若未審音,而先論韻,是分眇者之黑白,聽啞者之雌黄矣。

萬氏論字不論音之誤

宗小梧司馬云:"太白《清平調》,是詩非詞。當時伶人以清平調譜出,故以爲名。《詞律》收之,乃紅友之陋。旗亭畫壁所歌皆詩,何以'黄河遠上',《詞律》獨不收乎?"詒案:詞無定體,作者之填詞,與歌者之按調各不同,非以字之多寡限之,尤非以字之上去限之。彼"雲想衣裳"乃七言絶,而歌者以《清平調》譜之。"渭城朝雨"亦七言絶,而歌者以《陽關三疊》譜之。至旗亭畫壁所歌亦皆七言絶,而調名不傳。決其非一調,並決其非《清平》等調矣。夫此數詩之平上去入,皆無稍異。何以調各異名,唱者異腔,從可知歌者之增減字句以成調,不能以體限也。今之《九宮大成》及《納書楹曲譜》,同一調名之詞,而旁注之工尺板眼無同者。其起句與收句尚不甚懸遠,其餘或增或減,或疾或徐,皆無一定。並有字無增減而板眼各別者,亦足徵萬氏論字不論音之誤。(以上卷三《三曰音》)

失韻並非無韻

《西河詞話》云:"詞本無韻,故宋人不製韻。任意取押,雖與詩韻不遠,然要是無限度者。予友沈子去矜,與家稚黄取刻之,雖有功於詞,反失古意。"詒案:此條《昭代叢書》楊氏已駁之,謂前人疵漏未檢,若據以爲徵,又何異尸祝子桑原壤,而遂訾經曲爲不必設也。毛氏歷引舊詞之失韻者爲無韻之證,故楊氏糾之。而紀氏以爲精核,貽誤後學不淺,故不可以不辨。

宋詞皆可入樂

毛氏《詞話》載軼事,爲他書所未見,後人引用者亦少。紀曉嵐先生昀云:"《西河詞話》'無韻'一條最爲精核,謂辛、蔣爲别調,深明源委。"先生於詞不屑爲,故所論未允。夫宋人之詞，皆可入樂。韻爲天籟，未有四聲以前，《三百篇》未有無韻者。豈唐、宋以後入樂之文而不用韻乎？況宋人自度腔皆可歌，後人不得其傳。至辛、蔣以豪邁之語，爲變徵之音。如今弦笛，腔愈低則調愈促，聲高則調高，何礙吟歎之有！

《榕園韻》最確

《蓮子居詞話》云："錢塘沈謙去矜取劉淵、陰時夫，而參之周德清韻，並其所分，分其所並，甚至割裂數字，並失《廣韻》二百六部，所屬誠多可議。萊陽趙鑰、宜興曹亮武次第之，均之失也。全椒吳焜學宋齋本其面目，終亦沿沈氏之誤。近日海鹽吳應和《榕園韻》，部目斟酌分並，聲從沈氏，上去以平爲準，入以平上去爲準，最確。其中有增益删汰而無割裂，亦屬至是。"詒案：學宋齋本，爲世所重。《榕園韻》近有刻本。又有《碎金詞韻》，填詞家亦尚之。

《菉斐軒》非宋韻

又云："《菉斐軒韻》，不著撰者姓氏。平聲三十九韻，次以上去聲，其入聲即配隸三聲，不另立韻。屬樊樹詩，所謂'欲呼南渡諸公起，韻本重雕菉斐軒'是也。顧其書無入聲，究似北曲。且既爲南宋所刊，不應有一百六部。"詒案：《菉斐軒》乃元人填詞度曲通用之韻，非宋韻也。近有以上去韻分列平韻後，而入聲別自爲部，乃入聲分部者五，平聲分部者十四，則並而又並爲太簡矣。

用韻須觀通別

劉氏熙載《詞概》云："詞家用韻在先，觀其韻之通別，別者必不可通，通者仍須知別。如江之於陽，真之於庚，古韻既別，雖今吻相通，要不得而通也。東冬於江，歌於麻，古韻雖通，然今吻既別，便不可以無別也。至一韻之中，如十三元，今吻讀之，韻分三類，亦當擇而取之，餘韻準此。又上入雖可代平，然亦有不可代之處。使以宛轉遷就之聲，亂一定不易之律，則代之一說，轉以不知爲愈也。"詒案：此淺近言之，使學者有門徑可尋。

《詞律》本二沈之說

又云："上去不宜相替，宋沈伯時義甫之說也。去聲當高唱，上聲當低唱，沈璟《詞隱》之説也。兩説爲後人論詞者所本，故表而出之。"詒案：後人似指萬氏《詞律》而言。

戈氏韻有功後學

戈順卿云："詞始於唐，别無詞韻之書。宋朱希真擬應制詞韻十六條外，列入聲韻四部。其後張輯釋之，馮取洽增之，元陶宗儀譏其混淆，欲爲改定，今其書久佚，目亦無考矣。厲鶚詩云：'欲呼南渡諸公起，韻本重雕菉斐軒。'注云：曾見紹興二年，刊《菉斐軒詞韻》一册，分東紅邦陽十九韻，亦有上去入三聲作平聲者，於是人皆知有《菉斐軒詞韻》，而又未之見。近秦敦夫先生取阮氏家藏《詞林韻釋》，一名《詞林要韻》，重爲開雕，題曰'宋菉斐軒刊本'。而跋中疑爲元、明之季謬託，此書爲北曲而設，誠哉是言也。觀其所分十九韻，且無入聲，則斷爲曲韻，樊榭偶未深究耳。是欲輯詞韻，前無可考，而此書又不可據以爲本。沈謙著《詞韻略》一編，毛先舒爲之括略，並注以東董江講支紙等標目，平領上去，而止列平上，似未該括。入聲則連兩字曰屋沃，曰覺藥，又似紛雜。且用陰氏韻目，删並既失其當，則分合之界模糊不清。字復亂次以濟，不歸一類，其音更不明晰，舛錯之譏，實所難免。同時有趙鑰、曹亮武均撰《詞韻》，與去矜大同小異。若李漁《詞韻》，列二十七部，以支微部分爲三，曰支紙真，曰圍委未，曰奇起氣。魚虞部分爲二，曰魚雨御，曰夫甫父。家麻部分爲二，曰甘感紺，曰兼檢劍。入聲則以屑葉爲一部，厥曷月缺爲一部，物北爲一部，撻伐爲一部。以郷音妄自分析，尤爲不經。胡文焕之《文會堂詞韻》，平上去三聲用曲韻。入聲分九部，曰古通古轉，曰今通今轉，曰借叶，自云本樓敬思《洗硯集》中之論。大旨以平聲貴嚴，宜從古；上去較寬，可參用古今；入聲更寬，不妨從今。但不知所謂古今者，何古何今，而又何所謂借叶。癡人説夢，不足道。今填詞家所奉爲圭臬者，則莫如吳烺、程名世之《學宋齋詞韻》。其書以學宋爲名，乃所學者皆宋人誤處。真、諄、臻、文、欣、痕、魂、庚、耕、清、音、蒸、登、侵皆同用，元、寒、桓、删、山、先、仙、覃、談、鹽、沾、嚴、咸、銜、凡又皆並部，入聲則物迄入質陌韻，合盍業洽押乏八月屑韻。濫通取便，踳駁不堪，取宋人名作讀之，果若是之寬乎？且字數太略，音切又無分合；半通之韻，則臆斷之；去上兩見之字，則偏收之。種種疏謬，其病百出，不知而作，貽誤來兹。復有鄭春波《緑漪亭詞韻》以附會之，羽翼之，而詞韻遂因之大紊矣。是古人之詞具在，無韻而有韻；今人之韻書成，有韻而無韻，豈不大可笑哉！因作《詞林正韻》一書，列平上去爲十四部，入聲爲五部，共十九部，皆取古人之名詞，參酌而審定之。盡去諸弊，非謂前人皆非，而予獨是，不過求合於古知音者，自能鑒諒爾。"詒案：應試詩賦悉遵一百六部，無敢踰越。游戲之作，似可不必遵功令。然韻與律相表裏，填詞家既精於求律，自不能疏於押韻。前人詞韻甚夥，而戈氏均不以爲然，所著誠有功後學。至以入作平，平作上，雖見之古人詞中，據以爲韻，取而押之，究於心未安也。蓋一代有一代之方言，一隅有一隅之方音，生同時而隔數十里，音即不同。雖同文之世，亦不能强。況南北分裂，以入作平上去用，未始非南北曲之濫觴。或一詞之中，一二字偶有未協，歌者不能不改音以就律，而因以改其本字之音，爲法於後世不可也。又近時有晚翠軒袖珍本《詞韻》，亦分十九部，與正韻同。

詞韻不妨從嚴

又云："詞韻與詩韻有別，然其源即出於詩韻分合之耳。沈約《四聲譜》久失，隋仁壽初，陸法言等撰《切韻》五卷，唐郭知元等附益之。天寶中，孫愐加增補，曰《唐韻》。宋祥符初，陳彭年等重修，易名《廣韻》。景德四年，戚綸承詔詳定考試聲韻，則名曰《禮部韻略》。景德初，宋祁、鄭戩建言，以《廣韻》爲繁略失當，乞別刊定，命祁、戩與賈昌朝同修，而丁度、李淑典領之，書成，名曰《集韻》。自《切韻》，而《唐韻》，而《廣韻》，而《韻略》，而《集韻》，名易而體例未易。總分爲二百六部，獨用同用，所注了然。非特可用之於詩，即用於詞，亦無不可也。至平水劉淵師心變古，一切改並，省至一百七部。而元黃公紹《古今韻會》因之。又有陰氏時夫作《韻府羣玉》，並爲一百六部，字删剩八千八百餘字，較《集韻》僅十之二。今雖通行，考之古，鮮有合焉。即以詞論，灰咍本爲二韻，灰可以入支微，咍可以入皆來；元魂痕本三韻，元可以入寒删，魂痕可以入真文。即佳泰卦於詞有半通之例，其字皆以切音分類，各有經界，分合自明。乃妄爲删並，紛紜淆亂，而填詞者亦不知所宗矣。《正韻》一書，俱從舊目，以詞盛於宋，用宋代之書。《廣韻》、《集韻》稍有異，而《集韻》纂輯在後，字最該廣。"論案：《切韻》以下數部，皆由官定。今一百六部《佩文韻府》亦遵之，從寬也。填詞家何妨從嚴，而因以復古乎！

詞曲俱可四聲並押

又云："詞韻與曲韻不同，製曲用韻，可以平上去通押，且無入聲。如《中原音韻》則東鍾江陽等十九部，入聲則以配隸三聲。例曰：廣其押韻，爲作韻而設。以予推之，入爲瘂音，欲調曼聲，必諧三聲。故凡入聲之正次清音轉上聲，正濁作平，次濁作去，隨協始有所歸耳。高安雖未明言其理，而予測其大略如此。實則宋時已有中州韻之書，載《嘯餘譜》中。而《凡例》謂宋太祖時所編，毛稚黃亦從其說。明范善溱又撰《中州全韻》,李書雲有《音韻須知》,王鶵有《音韻輯要》,此又本高安而廣之者。至《詞林韻釋》,與《中原音韻》亦同,而標目大異,如東鍾則曰東紅,魚模則曰車夫之類。其爲十九部以入聲配三聲則一也,此皆曲韻也。蓋《中原音韻》諸書,支思齊微分二部,寒山桓歡先天分三部,家麻車遮分二部,於曲則然,於詞則不然。況四聲缺入聲,而詞則明明有必須用入聲之調,斷不能缺,故曲韻不可爲詞韻。惟入聲作三聲,詞家亦多承用。"詒案:戈氏謂曲韻非詞韻,詞有必須用入聲之調,不能缺。夫以入聲配三聲,猶之上去隸平聲後,上自爲上,去自爲去,通押獨押皆可,非缺也。至以入聲作三聲,則改作入聲之音,爲平上去之音矣。又歷引宋人詞數十句,爲入作三聲之證。竊以爲不然。夫平上去入,韻也,非音也。歌者但求叶乎宮商,不必合乎平仄。平上去入中,皆有喉舌唇齒牙之音,如歌者詞中一字,必喉音始叶工尺,平聲中之喉音可,即上去入中之喉音,皆可也。元人之曲,長套多四聲兼押,短調數韻則鮮,詞亦不過十數韻而止。總之,四聲並押,曲可,詞亦可,期於叶律而已,不必以少證多也。又聞北人無入聲,皆讀作平,或作上去者,此字隨音變謂之方音,不得謂之作某聲,以開後人通押四聲之漸。

詞韻與曲韻可不分

又云:"四聲之中,入聲最難分別。中原音聲,以入作三聲,惟支微、魚虞、皆來、蕭豪、歌戈、家麻、尤侯七部,其音即隨部轉協,此入聲而非入聲也。若四聲表之以入分配,則有無相反,其說亦微有不同。就詞韻而論,莫如以沃屋燭爲東鍾之入聲,覺鐸藥爲江陽之入聲,質術櫛爲真文之入聲,勿迄月没曷末點牽宵薛葉帖爲寒删之入聲,陌麥昔職德爲庚清之入聲,緝爲侵尋之入聲,盍業洽押乏爲覃鹽之入聲。其餘七部皆無,則至當不易。毛先舒所撰《七韻》,似有與詞合者。如一屋單用,二質七陌八緝通用,五屑十葉通用,亦可單用。此爲南曲而設,南曲即本乎詞,其於宋詞之用韻,信乎殊流而同源。至三曷六葉通用,四轄九合通用,則又於詞不合矣。"詒案:戈氏謂南曲即本乎詞,夫今之詞與曲異者,詞不能歌耳。而以求詞之源,則詞皆可歌,詞韻與曲韻何必分,詞之用平上去入,何必與曲異。所異者,詞祇一闋,分上下段,多至三段、四段而止,祇一調名。曲則合數闋而爲一套,有引子,有尾聲,而以宮商合簫管,以喉舌五音合宮商無二致。詞變爲曲,殆所謂言之不足,而長言之乎?

句中不宜用同韻字

《詞塵記夢》云:"凡一詞用某韻,則句中勿多雜入本韻字,而每句首一字尤宜慎之。如押魚虞韻，而句中多語虞字，無吾字，則五音紊。"又云："精於律呂者，未嘗有書，而其詞具存。試奏一曲，其中不言之意，在善悟者自領略之耳。"詒案：既押某韻，而句中不用同韻字，嫌其拗口也。五音四聲，其理實一。反切合五聲，五聲隸五音，謂反切爲不傳之秘，然乎，否乎？

協律在宮商不在平仄

毛稚黄云："填詞家大約平聲獨押，上去通押，間有三聲通押者。故沈去矜韻，每部總統三聲，而中分平仄，凡十四部。至於入聲，無與平上去通押之法，故爲五部。"詒案：詞變爲曲，詞入聲專押，至曲復四聲統押，足見協律在宮商，而不在平仄。非詞律之精嚴，皆填詞之不知律耳。

宋詞重在協律

《詞塵》録李易安《論詞》云："易安居士言詩文分平仄，而歌詞分五音，又分五聲，又分音律，又分清濁。且如近世所謂《聲聲慢》、《雨中花》、《喜遷鶯》，既押平聲韻，又押入聲韻。《玉樓春》本押平聲，又押上去聲，又押入聲，本押仄聲韻，如押上聲則協，如押入聲，則不可歌矣。培案：段安節言商角同用，是押上聲者，入聲亦可押也，與易安説不同。余嘗取柳永《樂章集》按之，其用韻與段説合者半，不合者半，乃知宋詞協韻，比唐人較寬。宋大樂以平入配重濁，以上去配清輕，亦與段説不同。大抵宋詞工者，惟取韻之抑揚高下，與協律者押之而不拘拘於四聲。其不知律者，則惟求工於詞句，並置此而不論矣。"詒案：後之填詞，韻有上去通押者，而無平仄同押者，雖與曲有別，究與律無關也。

詞韻半通之例師《唐韻》

毛稚黄《詞韻説》云："詩韻惟唐孫愐《唐韻》，稽載詳明，考韻者當據爲正。如灰韻一部亦自別，而孫臚分最清楚。如回枚之類，自以灰字領韻爲一段。開哀之類，自以哈字領韻爲一段。又先韻中亦自別，如袁煩之類，以元字領韻爲一段。昆門之類，以魂字領韻爲一段。又陰韻中亦自別，如佩妹之類，以隊字領韻爲一段。穢吠之類，以廢字領韻爲一段。今詞韻有某韻半通之例，覽者案孫氏本而考之，亦庶幾矣。"詒案：《唐韻》分段之説，言詞韻者未論及之，半通之例，即師其意也。

宋以後不分音與韻

毛氏《聲音韻統論》曰："夫人欲明韻理者，先須曉識聲、音、韻三説。蓋一字之成，必有首、有腹、有尾。聲者，出聲也，是字之首。孟子云，金聲而玉振之，聲之爲名，蓋始事也。音者，度音也，是字之腹。字至成音，而其字始正矣。韻者，收韻也，是字之尾，故曰餘韻。然三者韻居其殿，而最爲要。凡字之有韻，如山之趨海，其勢始定。如畫之點睛，其神始完。故古來律學之士，於聲於音，固未嘗置於弗講，而惟審韻尤兢兢焉。所以沈約、孫愐而下，所著之書，即聲音之理，未嘗弗貫，而專以韻名書也。然韻理精微，而法煩苛，又古今詩騷詞曲體製不同，因造損益，相沿亦異，擬爲指示，並增眩惑。今姑以唐人詩韻爲準，而約以六條，簡之有以統韻之繁，精之有以悉韻之變，標位明目，庶便通曉。一曰穿鼻，二曰展輔，三曰斂唇，四曰抵齶，五曰直喉，六曰閉口。穿鼻者口中得字之後，其音必穿鼻而出，作收韻，東、冬、江、陽、庚、青、蒸七韻是也。展輔者，口之兩旁角爲輔，凡字出口之後，必展開兩輔如笑狀，作收韻，支、微、齊、佳、灰五韻是也。斂唇者，半啟半閉，聚斂其唇，作收韻，魚、虞、蕭、肴、豪、尤六韻是也。抵齶者，其字將終時，以舌抵著上齶作收韻，真、文、元、寒、删、先六韻是也。直喉者，收韻直如本音者也，歌、麻二韻是也。閉口者，却閉其口，作收韻，侵、覃、鹽、咸四韻是也。凡三十平韻，盡於此，上去即可緣是推之，惟入聲有異。"詒案：音之與韻，一經一緯，不可强而合。如所云穿鼻之類，即三十六字母喉舌唇齒牙之理，而變其名。全韻之字，苟同一母，則反切二字上母下韻，反無所依據矣。即云穿鼻之類，與字母異，第以轄韻，不以轄音，韻之淺顯易知，何必求之深微幽渺也！總之，宋以後合音與韻而一之，不能歧音與韻而二之。由韻以求宮商，豈可得乎？戈氏順卿亦宗其説。

陰平陽平同一母

毛氏《七聲略例》云："陰平、陽平、上聲、陰去、陽去、陰入、陽入之七聲，其音易曉，而鮮成譜。周德清但分平聲陰陽，范善溱《中州全韻》兼分去入，而作者不甚承用，故鮮見之。余略舉其例，每部以四字爲準，諸聲循理，連類可通，計凡七部。惟上聲無陰陽。叙次先陰而後陽，姑襲周氏之舊。

陰平聲：种、該、箋、腰

陽平聲：蓬、陪、全、潮

上聲無。

陰去聲：貢、玠、霰、釣

陽去聲：鳳、賣、電、廟

陰入聲：穀、七、妾、鴨

陽入聲：孰、亦、爇、鑞"

　　論案：拍音者，第三次平上去入，原用四拍，因平聲有陰陽，故如一拍，作五拍。至就字論字，陰平陽平，固判然矣。若論字之音，則陰平陽平同一母，即同一宮商，固無俟辨析毫芒也。

北曲韻無入聲

　　《詞苑叢談》，鄒祗謨《詞韻衷》云："阮亭嘗與余論韻，謂周挺齋《中原音韻》爲曲韻，則范善溱《中州全韻》爲詞韻。至《洪武正韻》斟酌諸書而成，其於詩韻，有獨用並爲通用者，東冬青清之類。有一韻拆爲二韻者。虞模麻遮之類。又如冬鍾併入東韻，江併入陽韻，挑出元字等入先韻，翻字殘字等入删韻，俱與宋詞暗合，填詞所當援據，議極簡核。但愚案《中州》之比《中原》，止省陰陽之別，及所收字微寬耳。其減入聲作三聲及半遮等韻，則一本《中原》，尚與詞韻有別。"論案：詞韻與曲韻不同者，以詞韻平仄不通押，而曲韻則四聲通押也。曲韻惟北曲押入聲，非韻之可通，實北人無入聲。凡入聲字皆讀作平上去聲，此音之變，非韻之通也。南曲之平上去通押，皆無礙于宮商，押平者不押仄、押仄者不押平，若上去尚有通融之處。填者自嚴其律可耳。平仄通押，或亦於宮商無礙。

詞曲押入聲韻最宜斟酌

　　又云："入聲最難分別，即宋人亦錯綜不齊。沈氏《詞韻》當已。近時柴虎臣《古韻》，則一屋二沃通，而三覺半通。三覺半通，如嶽濁角數之類。四質五物通，而九屑半通。九屑半通，如鼙拙譎結之類。六月七曷八點九屑通，十藥十一陌通，而三覺半通。三覺半通，如嚳濯邈朔之類。十二錫十三職通，而十一陌半通。十一陌半通，如辟革易麥之類。十四緝獨用，十五合十六葉十七洽通。毛馳黃《曲韻》則準《洪武正韻》，而一屋單用，二質七陌八緝通用，三曷六藥通用，四轄九合通用，五屑十葉通用。又屑葉可單用，因南曲入聲單押而設也。與詞韻俱可能者。"論案：平韻如庚侵之不通，人皆知之。至入聲南人方音亦有各別者，最易混淆。詞曲家押入聲，最宜斟酌。

沈韻去古未遠

又云:"沈休文四聲中,如朋與蒸,靴與戈,車與麻,打與等,卦畫與怪壞,挺齋與升庵俱駁爲鴃舌。而宋詞中呼否爲府,以叶去,林外呼瑣爲掃以叶老,俞克成呼我爲襖以叶好,《詞品》皆指爲閩音。而毛馳黄謂沈韻本屬同文,非江淮偏音,挺齋詆之,謬已。自《三百篇》、《楚辭》,以迄南曲,一係相承,俱屬爲韻統。而北曲偏音,四聲不備,爲偏統。故金、元人作詩亦用沈韻,作詞亦不專用周韻。從無以入聲分叶平上去者,又安得以曲韻廢詞韻,且上格詩韻乎?"詒案:《説文》無韻字,古人但言音而不言韻,蓋韻生於音,非音生於韻也。沈氏去古未遠,其編字入韻,多與《三百篇》、《楚辭》及秦、漢人文合。安得以今人土音之不合,而疑沈氏之鴃舌,並非古人哉!(以上卷四《四曰韻》)

香奩本非詞格

許宗彦《蓮子居詞話序》云:"文章體製,惟詞溯至李唐而止,似爲不古。然自周樂亡,一易而爲漢之樂章,再易而爲魏、晉之歌行,三易而爲唐之長短句,要皆隨音律遞變。而作者本旨,無不濫觴楚騷,導源風雅一也。故覽一篇之詞,而品之純駁,學之淺深,如或貢之。命意幽遠,用情温厚,上也。詞旨儇薄,冶蕩而忘返,漓其性命之理,則君子弗爲也。述庵司寇,謂北宋多《北風》雨雪之感,南宋多《黍離》麥秀之悲,所以爲高。張皋文編修《詞選》亦深明此意。"詒案:山谷艷詞,已有法秀泥犁之呵。香奩本非詞格,後生小子,矜其一得,競爲穢褻之語,豈大雅所屑道者哉!

詞有詩文不能造之境

郭頻伽云:"詞家者流,源出於《國風》,其本濫於齊、梁。自太白以至五季,非兒女之情不道也。宋之樂用於慶賞飲宴,於是周、秦以綺靡爲宗,史、柳以華縟相尚,而體一變。蘇、辛以高世之才,横絶一時,而憤末廣屬之音作。姜、張祖騷人之遺,盡洗穢豔,而清空婉約之旨深。自是以後,雖有作者,欲别見其道而無由。然寫其心之所欲出,而取其性所近,千曲萬折,以赴聲律,則體雖異,而其所以爲詞者無不同也。"詒案:有韻之文,以詞爲極。作詞者着一毫粗率不得,讀詞者着一毫浮躁不得。夫至千曲萬折以赴,固詩與文所不能造之境,亦詩與文所不能變之體,則仍一騷人之遺而已矣。(以上卷五《五曰派》)

小令要節短韻長

張玉田云："詞之難於小令,如詩之難於絶句。蓋十數句均要無閒字句。要有閒意趣,末又要有餘不盡之意。"詒案:此所謂節短韻長也。《詞源》中此條《小令曲》,宋人以長調爲慢,短調爲令,曰小令足徵後人之訛。

仇山村謂詞難於詩

仇山村曰:"世謂詞爲詩之餘,然詞尤難於詩。詞失腔,猶詩落韻,詩不過四五七言而止,詞乃有四聲五音均拍輕重清濁之别。若言順律舛,律協言謬,俱非本色。或一字未合,一句皆廢;一句未妥,一闋皆不光彩。信戛戛乎難之。"詒案:此猶兼四聲五音而言。

《詞源》論虛字

又云:"詞與詩不同,詞之句語有二字、三字、四字,至六字、七、八字者,若堆垛實字,讀且不通,況付之雪兒乎! 合用虛字呼唤。單字如正、但、甚、任之類,兩字如莫是、還又、那堪之類,三字如更能消、最無端、又却是之類。此等虛字,却要用之得其所。若能盡用虛字,句語自活,必不質實。"詒案:"更能消"字未全虛。

就詞字之意論詞

包慎伯大令世臣《月底修簫譜序》云:"意内而言外,詞之爲教也。然意内不可强致,言外非學不成。是詞説者,言外而已,言成則有聲,聲成則有色,色成而味出焉。三者具,則足以盡言外之才矣。若夫成人之速者,莫如聲,故詞名倚聲。聲之得者,又有三,曰清、曰脆、曰澀。不脆則聲不成,脆矣而不清,則膩。清矣而不澀,則浮。屯田、夢窗以不清傷氣,淮海、玉田以不澀傷格,清真、白石則能兼之矣。六家於言外之旨得矣,以云意内,惟白石、玉田耳。淮海時時近之,清真、屯田、夢窗皆去之彌遠,而俱不害爲可傳者,則以其聲之幺眇鏗磐,惻惻動人,無色而豔,無味而甘故也。"怡案:就詞字之意以論詞,本《説文》以解經,而意内言外兩層,説得確切不移,實發前人所未發。至聲字獨取清脆澀三聲,而證以各名家之詞,學者循之,亦不入歧途矣。

《詞繹》論襯字不可少

《詞繹》云:"中調、長調轉換處不欲全脱,不欲明粘,如畫家開合之法,須一氣而成,則神味自足,以有意求之不得。"又曰:"長調最難工,蕪累與癡重同,襯字不可少,又忌淺熟。"又曰:"詞中對句,正是難處,莫認作襯句。至五言對句,七言對句,使觀者不作對句尤妙。"詒案:《詞繹》係劉氏公戲體仁著,亦國初人,而中有"襯字不可少"之語,萬氏何以不知詞有襯字也!(以上卷六《六曰法》)

詩詞曲意境各不同

王阮亭云:"或問詩詞分界,余曰:'無可奈何花落去,似曾相識燕歸來',定非香奩詩。'良辰美景奈何天,賞心樂事誰家院',定非草堂詞。"詒案:《會真記》之"碧雲天,黃花地",非即范文正之"碧雲天,紅葉地"乎? 詩詞曲三者之意境各不同,豈在字句之末。(卷七《七曰境》)

郭頻伽《詞品》十二則

幽　秀

千崖巉巉,一壑深美。路轉峯回,忽見流水。幽鳥不鳴,白雲時起。此去人間,不知幾里。時逢疏花,媚若處子。嫣然一笑,目成而已。

高　超

行雲在空,明月在中。瀟瀟秋雨,泠泠好風。即之愈遠,尋之無蹤。孤鶴獨唳,其聲清雄。衆首俯視,莫窮其通。回顧藪澤,翩哉飛鴻。

雄　放

海潮東來,氣吞江湖。快馬斫陣,登高一呼。如波軒然,蛟龍牙鬚。如怒鶻起,下盤浮圖。千里萬里,山奔電驅。元氣不死,乃與之俱。

委　曲

芙蓉初花,秋水一半。欲往從之,細石淩亂。美人有言,玉齒將粲。徐拂寶瑟,一唱三歎。非無寸心，繾綣自獻。若往若還，豈曰能見。

清 脆

美人滿堂，金石絲簧。忽擊玉磬，遠聞清揚。韻不在短，亦不在長。哀家一梨，口爲芳香。芭蕉灑雨，芙蓉拒霜。如氣之秋，如冰之光。

神 韻

雜花欲放，細柳初絲。上有好鳥，微風拂之。明月未上，美人來遲。却扇一顧，羣妍皆媸。其秀在骨，非鉛非脂。渺渺若愁，依依相思。

感 慨

人生一世，能無感焉。哀來樂往，雲浮鳥仙。銅駝巷陌，金人歲年。鉛華迸淚，鼯雞裂弦。如有萬石，入以肺肝。夫子何歎，唯唯不然。

奇 麗

鮫人織綃，海水不波。珊瑚觸網，蛟龍騰梭。明月欲墮，羣星皆趍。凄然掩泣，散爲明珠。織女下示，雲霞交鋪。如將卷舒，貢之太虛。此則下半換韻。

含 蓄

好風東來，幽鳥始呀。陽春在中，萬象皆動。一花未開，衆綠入夢。口多微詞，如怨如諷。如聞玉笛，快作數弄。望之邈然，鶴背雲重。

遒 峭

清霜警秋，微月白夜。其上孤峯，流水在下。幽鳥欲窮，乃見圖畫。惬心動目，喜極而怕。跌宕容與，以觀其罅。翩然將飛，尚復可跨。

穠 豔

雜組成錦，萬花爲春。五醞酒釀，九華帳新。異彩初結，名香始薰。莊嚴七寶，其中有人。飲芳食菲，摘星扶雲。偶然咳唾，名珠如塵。

名 儁

名士揮麈，羽人禮壇。微聞一語，氣如幽蘭。荷雨初歇，松風夏寒。之子何處，秋山槃槃。萬籟俱寂,惟聞幽湍。千噭萬嚇,奉君一丸。

楊伯夔《續詞品》十二則

輕 逸

悠悠長林,濛濛曉暉。天風徐來,一葉獨飛。望之彌遠,識之自微。疑蝶入夢,如花墮衣。幽弦再終,白雲逾希。千里飄忽,鶴翅不肥。

獨 造

萬山巉巉,回風蕩寒。決眥千仞,飲雲聞湍。龍之不馴,虹之無端。畸士羽衣,露言雷喧。洞庭隱鱗,蒼梧逸猿。元氣分變,創此奇觀。

淒 緊

送君長往,懷君思深。白日欲墮,池臺氣陰。百年寸暉,徘徊短吟。松篁幽語,獨客泛琴。聆彼七弦,瀟湘雨音。落花醉枝,淒入燕心。

微 婉

之子曉行,細客香送。時聞春聲,百鳥含哢。林花初開,蠶鬢欲動。美人何許,短琴潛弄。明明無言,冷冷如諷。捲簾綠陰,微雨思夢。

閒 雅

疏雨未歇,輕寒獨知。茶煙化青,煮藤一枝。秋老茅屋,檐挂蟲絲。葉丹苔碧,酒眠悟詩。飲真抱和,仙人與期。其曰偶然,薄言可思。

高 寒

俯視苔石,行歌長松。千葉萬吹,憬然噓東。返風乘虛,餐煙太蒙。矯矯獨往,落落希蹤。夜開元關,蕩聞天鐘。光滿眉宇,與半相逢。

澄 澹

空波凌天,鳴篸叩舷。鷺鷥立雨,浪花一肩。采采白蘋,江南曉煙。覓鏡照春,逢潭寫蓮。漁舟往還,相忘千年。佳語無心,得之自然。

疏　俊

卓卓野鶴，超超出羣。田家敗籬，幽蘭愈芬。意必求遠，酒不在醇。玉山上行，疏花角巾。短笛快弄，長嘯入雲。軒軒霞舉，顰眉勝人。

孤　瘦

悵焉獨邁，憀予隱憂。司出繫表，天地可求。亭亭危峯，倒影碧流。空山沍寒，老梅古愁。味之無腴，揖之寡儔。遥指木末，一僧一樓。

精　煉

如莫邪劍，如百煉鋼。金石在中，匪曰永藏。鈇心掐胃，韜神斂光。水爲沉流，星無散芒。離離九疑，鬱然深蒼。萬棄一取，駏虛錦囊。

靈　活

天孫弄梭，腕無暫停。麻姑擲米，走珠跳星。荷露入握，菊香到瓶。如泉過山，如屋建瓴。虛籟集響，流影幻形。四無人語，佛閣一鈴。

江順詒《續詞品》二十則

昔隨園補《詩品》三十二首，謂前人衹標妙境，未寫苦心，特爲續之。詒於詞品，亦同此論，因仿其意得二十首。

崇　意

詩尚諷諭，詞貴含蓄。綺麗單辭，支離全局。七寶樓臺，炫人耳目。叩厥本原，毫無歸宿。其貌如花，其味如木。一覽無餘，奚庸三復。

用　筆

無波不回，無露不垂。得縮字訣，是謂之詞。弩張劍拔，雨驟風馳。雄而且健，竊恐非宜。用我五色，組彼千絲。但求羚角，莫畫燕支。

佈　局

名園之樹，國手之棋。起復相應，疏密得宜。峯腰雲斷，水面風移。千巖萬壑，尺幅見之。求方必矩，刓圓必規。刻舟無劍，趁韻非詩。

劍　氣

遊絲初起，微風縈絆。輕煙嫋空，浮雲潋灩。吹之蘭芳，凝之露泫。雲龍盤旋，倏隱倏見。若決江河，如制雷電。一往無前，神豈能煉。

考　譜

宮商莫辨，喉齒不分。競競上去，是韻非音。天籟人籟，長吟短吟。自在流出，杳不可尋。勿以箏琵，而廢瑟琴。樂府之遺，窺古人心。

尚　識

《風》《雅》、之調，《離騷》之篇。美人香草，十九寓言。塗抹脂粉，綴拾釵鈿。深情往復，密意纖綿。誤爲綺語，已落言筌。刻劃微物，均無取焉。

押　韻

千鈞之重，一發繫之。萬人之衆，一將馭之。句有長短，韻無參差。一字未穩，全篇皆疵。曲之有板，師之有旗。位置自然，雖巧何爲。

言　情

是桓子野，是王伯輿。不知所起，人孰能無。如飲篤耨，如醉醍醐。樓頭柳遠，海上琴初。綿綿有恨，渺渺維余。蠶絲難割，春水何如。

戒　藝

郎居城北，妾在牆東。眉語通翠，心曲傳紅。是爲淫哇，見屏宗工。裝來翡翠，薰透芙蓉。秦七黃九，情之所鍾。泥犁未墮，亦可憐蟲。

辨　微

是清非矯，是新非巧。是淡非枯，是空非佻。辨之幾希，得之窈渺。一息紛縕，一絲嫋嫋。體判才華，句矜豐調。吹影鏤塵，是爲恰好。

取　徑

小舟沿溪，岸夾桃花。石梁飛渡，飯飽胡麻。別有天地，是耶非耶。峯之九曲，路之三叉。可以獨往，可以移家。津如許問，請泛仙槎。

振　采

珊瑚鏡檻，翡翠釵梁。中有仙人，霞佩雲裳。剝膚存液，刮垢磨光。千狐之腋，百和之香。明珠的皪，寶玉輝煌。餘霞成黛，寒星射芒。

結　響

觀廬山瀑，聽廣陵濤。可以駭俗，未足含毫。春之嬌鳥，秋之寒蜩。碎玉清脆，葵葉刁騷。曲終笛裂，風過瓊敲。孤猿三峽，一鶴九皋。

善　改

機忌其滯，筆貴乎靈。已安一字，仍撚數莖。金樽滿滿，檀板輕輕。漫抛紅豆，淺畫銀屏。九轉丹成，百煉金精。鸚鵡作賦，未免餛飩。

著　我

玉田公子，白石神仙。已有千古，豈無後賢。空谷之蘭，淥水之蓮。各占其候，各擅其妍。冰魂濯月，瘦影含煙。寒香冷翠，跂腳高眠。

聚　材

羣芳之英，釀而爲密。郵亭之椽，截而爲笛。白璧十雙，黃金萬鎰。儲之貴多，棄之不惜。一軍皆驚，萬花無色。落實已秋，製錦成匹。

去　瑕

維鐵可點，維玷可磨。伐毛洗髓，玉律金科。淄澠必辨，銖兩無訛。體著其潔，不法嫌苛。千金不易，珍重吟哦。著一屠沽，奈賢人何。

行　空

芙蓉之城，忽爾淩虛。白雲橫腰，遠峯欲無。吹笙跨鶴，躡履飛鳧。不著跡象，豈有步趨。仙人五夜，金闕傳呼。騎白鳳皇，態何紆徐。

妙　悟

對鏡忘言，拈花微笑。色本是空，影無遺照。畫理自深，仙心獨抱。參之以禪，常觀其妙。忽然而通,必由深造。一轉秋波,十分春到。

宗小梧司馬云:"續《詞品》二十則,化工之筆,讀之如游夏,不能贊一辭。他日擬請善書者,以靈飛經小楷書之,泐之貞珉,拓出以詒同好。"亦詞壇佳話也。(以上卷八《八曰品》)

鄧 繹

鄧繹(生卒年不詳)字保之。清武岡(今屬湖南)人。諸生,候選知府。有《藻川堂全集》。《藻川堂譚藝》即見於《藻川堂全集》,分四編,依次爲《比興篇》、《唐虞篇》、《日月篇》、《三代篇》,以隨筆形式談詩論文。

本書資料據光緒十四年刊本《藻川堂全集》。

比興篇(節録)

揚雄曰:"能觀千賦則曉賦。"賦者,古詩之流也。雖然,誦《詩三百》,孔子猶以爲多,此義非漢唐文人之所知矣。風、雅、頌、賦、比、興爲六義,興、觀、羣、怨、忠、孝爲六情,達政、專對爲二事,鳥獸草木之名爲四物。爲格致知言之學而先求乎是,雖《三百篇》固爲多矣,況又有一言蔽之者乎!"詩人之辭正而葩,詩人之賦麗以則。"夫辭賦何獨不然哉?

《嘉魚》"樛木"之句本諸《周南》,《出車》"春日"之辭本諸《豳什》。風者,雅之源也。《小雅》諸詩,情韻不匱,與《國風》同。漢魏六朝諸詩,佳者譬如朱弦疏越,一唱三歎,窈然有風雅之遺音焉,正不獨《離騷》之嗣音未遠也。

《大雅》諸詩,昌皇雄博,與《商頌》略同,而其文采亦比於《商頌》。《小雅》諸詩,悱惻纏綿,與《國風》略同,而其辭章亦比於《國風》。《左》、《國》之文,流而爲《戰策》,仲連、無忌之雄直,上薄丘明;戰國之文,旁衍爲《莊》、《騷》,莊辛、宋玉之逸羣,導源《風》、《雅》。方以類聚,物以羣分,智者知其貌異而心同也,可以鼓吹百家,金聲而玉振之也已。

雅有小大,不以事名,不以樂名,乃論文章之體要耳。《小雅》之體甚類乎《風》,其文辭亦多取於《風》,觀於《杕杜》、《出車》、《采薇》、《嘉魚》諸詩略可見也。《大雅》之源出於《尚書》,樸茂沉毅尤類《商頌》,觀於《大明》、《長發》諸什而可知矣。《風》小《頌》大,近《風》爲《小雅》,近《頌》爲《大雅》,則各從其類也。

章學誠謂後世文章之體備於戰國,而不知六藝爲文章之淵府也,可謂闇矣。戰國之文,六藝之肆餘耳。史學幾亡於戰國,文辭之麗不逮於春秋遠矣,惟屈宋騷賦之辭尚留《風》、《雅》緒餘,荀卿能賦,又楚人之墜緒也。舍本而方言末,陋乎哉!

唐虞篇（节录）

以詩爲文者始於《文言》之釋《易》，而六朝之駢儷繼之。以文爲詩者始於屈原之《離騷》，而杜、韓之詩歌繼之。辭章之變化隨世代因，而古今不能限隔，惟睿智而希聖者能觀其通，衆人則束縛於繩墨之不暇耳。

隋唐駢儷整練之文，其源出於六朝。六朝駢文已具體矣，其藻麗矜鍊則西漢鄒、枚、王、馬之委流也。鄒、枚之文導源戰國荀卿。諸子能爲賦言，鋪張陸離，本乎楚《騷》。楚《騷》之原則《國風》、《小雅》也。《詩》有六藝，而賦體敷陳至多，比興差少，《大小雅》之所以異於《風》也。其源則出於《尚書》而同掌於太史，有韻無韻，異流同源，而皆與《禮》、《樂》相表裏。《禮》、《樂》之始，與天地俱生，而導源於《易象》。《易象》者，經史之緣起，斯文之苞幹也。西京賈、董奇正之文多出於《禮記》、《孟》、《荀》、《傳》、《語》、《國策》，其始亦導源於《尚書》惇史，而司馬遷繼之以恢史，體大而能精。劉向而後，嗣響寥寥。歐陽繼起，風骨俊邁，往往過於六朝駢組之文，而與伯玉、少陵諸詩人爭勝於唐宋之際。此天地之文章始於奇耦，寄於聲音文字，成於自然，而與世道爲升降，與人材爲盛衰者。有明以來，時藝朋興，斯道不墜僅如絲縷，於劉、高、何、李、歸、王、侯、魏輩皆當擷而取之，以續廣陵之餘響，存正始之遺音，蓋難能而可貴，至矣。

《詩三百篇》之用"兮"，猶調琴之有泛音，輕清上浮而圓轉無已。然正《風》之"兮"少而變《風》之"兮"多，至於《離騷》則尤多矣。世降風微，無往不復，漢京之盛，所由必變爲五言歟？

日月篇（節録）

馬遷通史公百代以立言，故其爲本紀、世家、傳贊皆稱"太史公"，以明世掌史官之義，非歸美於其父談也。其書既成，而《自序》於後，然後推本先世以明繼述其親之本志，而淵源付授、平生遺訓無不記焉，文章之有體要如此。蓋其體製恢嚴，創自胸臆，與編年之《春秋》、類記之《國語》、《國策》分道絶塵，而其起訖袤延，包呑富有，疑有大海風迴、紫瀾萬重之興象。世人不知深意，輒謂紀傳諸贊皆推於其父談之所爲，則自序之言爲贅矣。

《古詩十九首》，枚乘十居其八，是乘獨爲漢詩大宗，過於相如遠矣，不徒《七發》賦潮辭鋒颺舉而已。江淹、謝莊之爲賦清麗，言情有變《風》詩人之意。賦爲古詩之流，信矣。梁、陳諸賦邊幅狹隘，辭意新纖，爲隋、唐進士設科濫觴之始，而三代之學術文章遂爲之大變矣。古人登高能賦，豈此之謂也耶？俯仰身世，排比時事，悼述國家廢興之由，遠爲詩史先導，僅有庾信《哀江南》篇可爲《離騷》後勁，而隋、唐以降，亦無聞嗣響焉。貢諛導奢始自司馬相如，觀其所爲詞賦，大率《封禪頌》之類耳，而言詞賦者推爲大宗，故揚雄又效之而愈趨浮侈。然其體製宏茂，步趨先秦，非六朝以來諸詞賦之可比也。班固《兩京》頗矯相如、揚雄之失，非僅曲終奏雅而已，取以爲漢賦弁冕焉。左思視之，如畫虎矣。李白、杜甫之爲詩也，混涵光芒，雄視六代，而皆不得與於進士之科。唐賦之所以不競也，與劉賁之對策而下第者同矣。北宋以來，制策大科如賁絕鮮，況敢望晁、董、公孫也！而詞賦之靡靡浮華有過隋、唐之世。進士決科之變而爲經義也，亦理勢之互相推移而有莫爲莫致者耶。

譚　獻

譚獻（1832—1901）初名廷獻，字仲修，號復堂。清仁和（今浙江杭州）人。同治六年（1867）舉人。屢赴進士試不第。曾入福建學使徐樹藩幕。後署秀水縣教諭。又歷任安徽歙縣、全椒、合肥、宿松等縣知縣。後去官歸隱，銳意著述。晚年受張之洞邀請，主講經心書院，年餘辭歸。譚獻治學勤苦，是一位有多方面成就的學者，尤以詞與詞論的成就最突出。所作詞內容多抒寫士大夫文人的情趣，由於強調"寄託"，風格過於含蓄隱曲。但文詞儁秀，琅琅可誦，尤以小令爲長。其論詞主張，本於常州詞派張惠言、周濟，極力推尊詞體，認爲不當視詞爲"小道"；強調詞要有"寄託"，提出"作者之用心未必然，而讀者之用心何必不然"（《復堂詞錄序》）。他選清人詞爲《篋中詞》六卷，續集四卷，並詳著其流別；又曾評點周濟《詞辨》，意在闡發自己的論詞主張，影響甚大。著有《復堂類集》，包括文、詩、詞、日記等。另有《復堂詩續》、《復堂文續》、《復堂日記補錄》。詞集《復堂詞》，錄詞一〇四闋，今人陳乃乾編《清名家詞》，全部輯錄。其詞論散見於文集、日記、《篋中詞》及所評周濟《詞辨》中，由門人徐珂輯爲《復堂詞話》。

本書資料據中華書局 1986 年唐圭璋《詞話叢編》本《復堂詞話》。

《復堂詞話》（節錄）

《復堂詞錄》序（節錄）

詞爲詩餘，非徒詩之餘，而樂府之餘也。律呂廢墜，則聲音衰息。聲音衰息，則風俗遷改。樂經亡而六藝不完，樂府之官廢，而四始六義之遺，蕩焉泯焉。夫音有抗隊，故句有長短。聲有抑揚，故韻有緩促。生今日而求樂之似，不得不有取於詞矣。唐人樂府，多采五七言絶句。自李太白創詞調，比至宋初，慢詞尚少。至大晟之署，《應天長》、《瑞鶴仙》之屬，上薦郊廊，拓大厥宇，正變日備。愚謂詞不必無頌，而大旨近雅。於雅不能大，然亦非小，殆雅之變者歟。其感人也尤捷，無有遠近幽深，風之使來。是故比興之義，升降之故，視詩較著，夫亦在於爲之者矣。上之言志，永言次之。志絜行芳，而後洋洋乎會于風雅。琱琢曼辭，蕩而不反，文焉而不物者，過矣靡矣，又豈詞之本然也哉……靡曼熒眩，變本加厲，日出而不窮，因是以鄙夷焉，揮斥焉。又其爲體，固不必與莊語也，而後側出其言，旁通其情，觸類以感，充類以盡。甚且作者之用心未必然，而讀者之用心何必不然。言思擬議之窮，而喜怒哀樂之相發，向之未有得於詩者，今遂有得於詞。如是者年至五十，其見始定。先是寫本朝人詞五卷，以相證明。復就二十二歲以來，審定由唐至明之詞，始多所棄，中多所取，終則旋取旋棄，旋棄旋取，乃寫定此千篇，爲復堂詞録。前集一卷，正集七卷，後集二卷。其間字句不同，名氏互異，皆有據依，殊於流俗。其大意則折衷古今名人之論，而非敢逞一人之私言，故以論詞一卷附焉。大雅之才三十六，小雅之才七十二，世有其人，則終以詞爲小道也，亦奚不可之有。

《篋中詞》序

國朝二百餘年，問學之業絶盛，固陋之習蓋寡。自六書、九數、經訓、文辭、篆隸之字，開方之圖，推究於漢以後、唐以前者備矣。至於填詞，僕少學焉，得本輒尋其所師，好其所未言，二十餘年而後寫定。就所睹記，題曰《篋中》。其事爲大雅所笑，其旨與凡人或殊。容若、竹垞而後，且數變矣。論具卷中，不見靦縷也。李白、溫岐，文士爲之。昇元、靖康，君王爲之。將相大臣范仲淹、辛棄疾爲之。文學侍從蘇軾、周邦彥爲之。志士遺民王沂孫、唐珏之徒，皆作者也。昔人之論賦曰："懲一而勸百。"又曰："曲終而奏雅"，麗淫麗則，辨於用心。無小非大，皆曰立言。惟詞亦有然矣。《篋中詞序》

評韋莊詞

亦填詞中《古詩十九首》，即以讀十九首心眼讀之。　强顏作愉快語，怕斷腸，腸亦斷矣。　項莊舞劍，怨而不怒之義。評韋莊《菩薩蠻》四闋。首闋起句"紅樓別夜堪惆悵"

評馮延巳詞

金碧山水，一片空濛，此正周氏所謂有寄託入、無寄託出也。　此闋叙事。　行雲、百草、千花、香車、雙燕，必有所托。　宋刻玉甑，雙層浮起，筆墨至此，能事幾盡。（評馮延巳《蝶戀花》四闋。首闋起句“六曲闌干偎碧樹”）開北宋疏宕之派。評馮延巳《浣溪沙》。起句“馬上凝情憶舊游”

評周邦彥詞

已是磨杵成針手段，用筆欲落不落。　此類噴醒，非玉田所知。　“斜陽”七字，微吟千百遍，當入三昧，出三昧。（評周邦彥《蘭陵王·柳》起句“柳陰直”）但以七言詩長篇法求之，自悟。（評周邦彥《六醜·薔薇謝後作》。起句“正單衣試酒”）麗極而清，清極而婉，然不可忽過“馬滑霜濃”四字。（評周邦彥《少年游》。起句“并刀如水”）“凝望久”以下，筋搖脈動。（評周邦彥《花犯·梅花》。起句“粉牆低”）所謂以無厚入有間，“斷”字“殘”字皆不輕下。　本是人去不與春期，翻説是無憀之思。評周邦彥《浪淘沙慢》，起句“曉陰重”

潘德輿詞

四農大令珂謹按：即潘德輿。與葉生書略曰“張氏《詞選》，抗志希古，標高揭己。宏音雅調，多被排擯。五代、北宋有自昔傳誦，非徒隻句之警者，張氏亦多恝然置之。竊謂詞濫觴於唐，暢於五代，而意格之閎深曲摯，則莫盛於北宋。詞之有北宋，猶詩之有盛唐，至南宋則稍衰矣”云云。張氏之後，首發難端，亦可謂言之有故。然不求立言宗旨，而以跡論，則亦何異明中葉詩人之侈口盛唐耶！宜養一齋詞平鈍淺狹，不足登大雅之堂也。然其針砭張氏，亦是暌友。《篋中詞》

平步青

平步青（1832—1896）字景孫，別號棟山樵、霞偶、常庸等。清山陰（今浙江紹興）人。同治元年（1862）進士，歷任翰林院庶吉士授編修、侍讀、江西糧道並署布政使等職。同治十一年，棄官歸里，遂專心致志，博覽羣書，手抄無間，研治學術。長於目錄之學，其所纂《南雷大全集叙錄》、《樓山堂全書叙》、《考定南雷》，記述至爲詳盡。校書八十餘種，如《陶庵夢憶》、《兩般秋雨軒隨筆》等。一生著述宏富，晚年自訂所著爲《香雪崦叢書》。《香雪崦叢書》丙集，名《霞外攟屑》。《霞外攟屑》的第九卷，名爲《小棲霞説稗》。名曰“説稗”，但大部分是考證戲曲故事的來源出處，體例同於李調元《劇話》的下卷，而徵引詳博，在李著之上。

本書資料據中國戲劇出版社 1959 年《中國古典戲曲論著集成》本《小棲霞説稗》。

樊噲排君難戲

戲劇扮演古事，唐時已有。《南部新書》辛云：“光化四年正月，宴於保寧殿。上自製曲，名曰《贊成功》。時鹽州雄毅軍使孫德昭等，殺劉季述，帝反正，乃製曲以褒之，仍作《樊噲排君難》戲以樂焉。”庸按：此即《千金記鴻門宴》一齣之濫觴。若《蜀志・許慈傳》云：“先主愍其若斯，羣僚大會，使倡家假爲二子之容，仿其訟鬭之狀，酒酣樂作，以爲嬉戲。”則仍《左傳》魚里觀優，《史記》夾谷侏儒之舊，非扮演故事，並不得以“倡家”二字，謂今女戲之緣起也。《東坡志林》卷一：“蠟，三代之戲禮也。貓虎之尸，誰當爲之？ 置鹿與女，誰當爲之？ 非倡優而誰？”《茶香室叢鈔》卷十八引《述異記》“蚩尤戲”，又引《渌水亭雜識》云：“梁時《大雲》之樂，作一老翁演述西域神仙變化之事。”謂優戲之始。

姚鵬圖

姚鵬圖（1832—1921）字柳屏，一字柳坪，號古風。清鎮江（今屬江蘇）人。光緒十七年（1891）舉人。曾遊歷日本，歸後任山東鄒縣等縣令。民國後，仍在山東任職。工書法，擅鑒賞。傳世善本碑帖中多見其題跋。著有《扶桑百八吟》、《柳坪詞》等。

本書資料據清末《廣益叢報》。

論白話小説（節録）

《四庫》著録各書，説部所載甚夥，從來遺聞逸事，正史所不載者，往往賴小説而存。蓋體非嚴整，則著書者易於爲功；言雜莊諧，則讀書者樂於終卷。此即今通俗史之權輿也。《唐代叢書》，皆唐人小説；《説郛》，多宋、元人小説；《昭代叢書》、別集，多國朝人小説。文人學士，茶畔酒餘，手執一編，憑几披閱，既徵故事，復資談噱，流被甚廣，家有一編，由來久矣。至如《三國演義》，則意在尊王；《東周列國志》，則隱括史事；其餘作者如《儒林外史》之描寫文人，《鏡花緣》則頗傳經術，皆各有所長，藝林久重。然則小説一門，除誨盜誨淫諸書，必宜禁絶，餘固人世間大有益之文字，上君子之所當研究者也。今者變易其體而爲報，長篇短簡，隨著隨刊，既省筆墨之勞，又節刊印之資，而閱者又無不易終篇之憾，其法最善，其效易著。蓋小説至今日，雖不能與西國頡頏，然就中國而論，果已漸放光明，爲前人所不及料也。今日之白話報，即所謂通俗

文,而小説家之流也,其爲啟迪之關鍵,果已爲國人所公認。(第六十五號)

王闓運

王闓運(1833—1916)初名開運,字壬甫,一字壬秋,又字壬父,號湘綺,世稱湘綺先生。清湘潭(今屬湖南)人。咸豐中舉人,先後結交曾國藩、肅順、丁寶楨。不久辭職返歸湖南,隱居衡陽西鄉石門,潛心學術研究,並在石門觀設私塾授徒,夏時濟、曾熙、馬宗霍等皆出其門下。後相繼受聘爲成都尊經書院主講、長沙思賢講舍主講、衡州船山書院山長、江西大學堂總教習。其中尤以在衡州船山書院的時間最長,力倡船山之學,培育了一大批英才,如楊度、夏壽田、蔣嘯青、陳兆奎、程崇信等。清朝末年,官翰林院檢討,加侍講銜。民國初年,出任中華民國國史館館長兼參政之職。逝世後,當時總統黎元洪親作神道碑文,湖南、四川等省均致公祭之文,可見當年享譽之盛。王闓運之學兼包九流而歸於經學,崇奉"春秋公羊"之説,被譽爲"經學大師"、"湘學泰斗"。詩文亦稱天下第一,門生弟子遍佈天下。著作豐富,有《湘軍志》、《桂陽州志》、《東安縣志》、《衡陽縣志》、《湘潭縣志》、《春秋公羊何氏箋》、《古今文尚書箋》、《湘綺樓日記》、《湘綺樓詩文集》、《湘綺樓聯語》等數十種。門人輯其詩文爲《湘綺樓全集》。

本書資料據上海廣益書局 1923 年本《湘綺樓全集》。

論文體

賦以荀子爲正體,宋玉《大小言》猶近之,《高唐》、《好色》,則學《楚詞》,漢人遂純乎詞矣。《騷》之正宗,後無作者,東方、劉向,皆擬《九章》耳。

《京都》諸作,自言是頌,非賦正宗。賦似銘贊,《丹書》諸作,是其先聲。《風》之用神,《頌》是一體耳。《雅》出於《風》,而意必正。《雅》、《頌》可無,《風》不可無。漢後諸詩,雖是興,亦有風之用也。

四言詩秾,陶爲妙,詩之別派;陸平實,本不宜四言;潘亦似諫。

《天問》是贊,《九章》是賦,《大招》是誄,《卜居》、《漁父》是詞説。故自來以屈爲詞賦祖,以司馬爲文章祖。唐、宋八家,專學司馬,才不足也。文必先渾厚,而後可馳騁。

爲陳完夫論七言歌行

古之詩,今之會典奏議之類;今之詩歌,古之樂也。四言如琴,五言如笙簫;歌行七言如羌笛琵琶，繁弦雜管，故太白以爲靡。然人不能無哀樂，哀樂不能無偏激感宕，故五言興而即有七言，而樂府琴曲，希以贈答；至唐而大盛，凡四言、五言所施，皆有以七言代之者，而體製殊焉。初唐猶沿六朝，多宮觀閨情之作，未久而用以贈答。送別分題，或拈一物一事爲興，篇末乃致其意，高、岑、王維諸篇其式也。李白始爲叙情長篇，杜甫亟稱之，而更擴之，然猶不入議論。韓愈入議論矣，若無才思，不足運動，又往往湊韻，取妍鉤奇，其品益卑，駸駸乎蘇、黃矣。元、白歌行，全是彈詞；微之頗能開合，樂天不如也。今有一壯夫，擊缶喧呼，口言忠孝，有一盲女，調弦曼聲，搬演傳奇，人將喜喧叫而屏弦索耶？抑姑退壯夫而進盲女也？韓、白之分，亦猶此矣。張籍、王建，因元、白之諷諫之意，而述民風。盧仝、李賀，去韓之粗獷，而加恢詭。鄭嵎、陸龜蒙等爲之，而木訥纖俗。李商隱之流，又嫌晦澀，其中如叙事攄情諸篇，不免辭費，猶不及元、白自然也。李東川歌行十數篇，實兼諸家之長，而無其短，參之以高、岑、王、李之澤，通之以杜、元之意，則幾之矣。元次山亦自一派，亦小而雅。（以上卷十四）

施補華

　　施補華（1835—1890）字均甫，別號峴傭，室名澤雅堂。清烏程（今屬浙江）人。同治九年（1870）舉人。官至山東候補道員。性沉默，人疑其驕，多毁之。初入左宗棠幕，後受彈劾出嘉峪關，至阿克蘇入張曜幕。文詞簡潔，而氣象雄闊，遠非桐城諸家所及；詩亦深秀。著有《澤雅堂文集》、《峴傭説詩》等。其《峴傭説詩》爲光緒七年（1881）作者從張曜駐防喀什葛爾時所述，皆論説詩藝，以温柔敦厚爲旨，婉曲含蓄爲宗；言體式、格調，論作法、修辭，評論歷代詩家，均要言不煩，是晚清詩話中的上乘之作。

　　本書資料據上海古籍出版社 1963 年《清詩話》本《峴傭説詩》。

《峴傭説詩》（節録）

　　學詩須從五律起，進之可爲五古，充之可爲七律，截之可爲五絕，充而截之可爲七絕。

　　今人作律詩，往往先作中二聯，然後裝成首尾。故即有名句可摘，而首尾平弱草率，劣不成章。必須一氣渾成，神完力足，方爲合作。五律尤要，所謂“四十賢人”也。

　　起處須有峻嶒之勢，收處須有完固之力，則中二聯愈形警策。如摩詰“風勁角弓鳴，將軍獵渭城”，倒戟而入，筆勢軒昂。“草枯”一聯，正寫獵字，愈有精神。“忽過”二句，寫獵後光景，題分已足。收處作回顧之筆，兜裏全篇，恰與起筆倒入者相照應，最爲整密可法。又如"萬壑樹參天，千山響杜鵑"、"天官動將星，漢地柳條青"，皆起勢之峻嶒者，舉此可以類推。

五律須講煉字法，荆公所謂詩眼也。"泉聲咽危石，日色冷青松"、"遠水兼天淨，孤城隱霧深"，此煉實字。"古牆猶竹色，虛閣自松聲"、"蟻浮仍蠟味，鷗泛已春聲"、"江山有巴蜀，棟宇自齊梁"、"入天猶石色，穿水忽雲根"，此煉虛字。煉實字有力易，煉虛字有力難。

"感時花濺淚，恨別鳥驚心"、"無風雲出塞，不夜月臨關"，是律句中加一倍寫法。

五言律有中二語不對者，如"倚杖柴門外，臨風聽暮蟬"是也；有全首不對者，如"掛席幾千里"、"牛渚西江夜"是也。須一氣揮灑，妙極自然。初學人當講究對仗，不能臻此化境。

詩不廢言男女，然是言情，不是導淫。五言體尊，尤宜愼重。唐人詩："小膽空房怯，長眉滿鏡愁"、"寒盡鴛鴦被，春生玳瑁牀"，如是即止，最爲得體。

詠物詩必須有寄託，無寄託而詠物，試帖體也。少陵《促織》諸篇，可以爲法。

五言律亦可施議論斷制，如少陵"胡馬大宛名"一首，前四句寫馬之形狀，是敘事也；"所向"二句，寫出性情，是議論也；"驍騰"一句勒，"萬里"一句斷。此真大手筆，雖不易學，然須知有此境界。明人《鐵馬》詩得此意。

拗體不可輕作，此是已成功夫，初學時須律協聲穩，不惟五律爲然也。

兩字同解，有用此字而聲亮，用彼字而聲啞者，既云律詩，當講聲韻，擇其亮者用之。

五言古詩，厥體甚尊，《三百篇》後，此其繼起，以簡質渾厚爲正宗。蘇、李贈答，《古詩十九首》後，唯陳思諸作及阮公《詠懷》、子昂《感遇》等篇，不踰分寸。餘皆或出或入，不能一致也。

五言古詩，不廢排比對偶。然如陸士衡則傷氣，如顏延之則窒機，蓋整密中不可無疏宕也。

少陵五言古千變萬化，盡有漢魏以來之長而改其面目。敘述身世，眷念友朋，議論古今，刻劃山水，深心寄託，真氣坌涌。《頌》之典則，《雅》之正大，《小雅》之哀傷，《國風》之情深文明長於諷喻，息息相通，未嘗不簡質渾厚，而此例不足以盡之。故於唐以前爲變體，於唐以後爲大宗，於《三百篇》爲嫡支正派。

七言古雖肇自《柏梁》，在唐以前，具體而已。魏文《燕歌行》已見音節，鮑明遠諸篇已見魄力。然開合變化，波瀾壯闊，必至盛唐而後大昌。

唐初七律有平仄一順者。至摩詰、少陵猶未改。如摩詰"酌酒與君"一首，第三聯"草色全經"平仄一順；少陵"天門日射"一首，第三聯"雲近蓬萊"平仄一順，此類甚多，要是當時初創此體，格調未嚴，今人不必學也。

七律有全首拗調如古詩者，少陵"主家陰洞"一首、"城尖徑仄"一首之類是也，初學不可輕效。

七律至中唐而極秀，亦至中唐而漸薄。盛唐之渾厚，至中唐日散；晚唐之纖小，自中唐日開。故大曆十子七律，在盛衰關頭，氣運使然也。

五言絕句，截五言律詩之半也。有截前四句者，如"移舟泊煙渚，日暮客愁新。野曠天低樹，江清月近人"是也；有截後四句者，如"功蓋三分國，名成八陣圖。江流石不轉，遺恨失吞吳"是也；有截中四句者，如"白日依山盡，黃河入海流。欲窮千里目，更上一層樓"是也；有截前後四句者，如"山中相送罷，日暮掩柴扉。春草年年綠，王孫歸不歸"是也。七絕亦然。

謝朓以來即有五言四句一體，然是小樂府，不是絕句。絕句斷自唐始。五絕只二十字，最爲難工，必語短意長而聲不促，方爲佳唱。若意盡言中，景盡句中，皆不善也。

七絕固可將七律隨意截，然截後半首一二對、三四散易出風韻；截前半首一二散、三四對易致板滯；截中二聯更板；截前後通首不對易虛。此在學者會心耳。

唐人七絕每借樂府題，其實不皆可入樂，故只作絕句論。

五言長排必以少陵爲大宗，岑參、王維篇幅尚窘，後來元、白滔滔不絕，失之平滑，不足仿效也。

楊恩壽

楊恩壽（1835—1891）字鶴儔，號蓬海。清長沙（今屬湖南）人。三十五歲中舉人，曾任湖北鹽運使，湖北候補知縣，以候補知府充湖北護貢使。仕途不順，在戲曲創作和戲曲理論方面卻達到了相當的高度。著有《坦園六種曲》、《詞餘叢話》、《續詞餘叢話》各三卷。另有《坦園日記》，涉及當時社會生活的方方面面，文筆簡約，文采斐然，讀來極有興味。其中有關其戲劇活動的記載是研究地方戲的寶貴資料，具有開創性價值。《詞餘叢話》分《原律》、《原文》、《原事》三卷。《原律》論述戲曲的宮調、聲韻、曲韻等曲律問題；《原文》論述戲曲的語言，選錄一些劇作的曲文，並加以評述；《原事》考述一些劇作的本事來源以及故事情節的演變，其中記載了清代中葉以來的一些戲曲史料。

本書資料據中國戲劇出版社 1959 年《中國古典戲曲論著集成》本《詞餘叢話》、《續詞餘叢話》。

原　律

　　乾隆六年開律吕正義館，莊親王董其事。王撰《分配十二月令宫調論》，最爲精核。因備録之："《宋史·燕樂志》：'以夾鐘收四聲；曰宫，曰商，曰羽，曰閏。閏爲角，其正角聲、變徵聲、徵聲皆不收，而獨用夾鐘爲律本。宫聲七調，曰正宫、高宫、中吕宫、道宫、南吕宫、仙吕宫、黄鐘宫。商聲七調，曰大石調、高大石調、雙調、小石調、歇指調、商調、越調。羽聲七調，曰般涉調、高般涉調、中吕調、平調、南吕調、仙吕調、黄鐘調。角聲七調，曰大石角、高大石角、雙角、小石角、歇指角、商角、越角。'此其四聲二十八調之略也。顧世傳曲譜，北曲宫調凡十有七，南曲宫調凡十有三，其名大抵祖二十八調之舊，而其義多不可考。又其所謂宫調者，非如雅樂之某律起宫，某聲起調，往往一曲可以數宫，一宫可以數調。其宫調名義既不可泥，且燕樂以夾鐘爲黄鐘，變徵爲宫，變宫爲閏，其宫調聲字亦未可據。按騷隱居士曰：'宫調當首黄鐘，而今譜乃首仙吕。且既曰黄鐘爲宫矣，何以又有正宫？既曰夾鐘、姑洗、無射、應鐘爲羽矣，何以又有羽調？既曰夷則爲商矣，何以又有商調？且宫、商、羽各有調矣，而角、徵獨無之。此皆不可曉者。或疑仙吕之"仙"，乃"仲"字之譌；大石之"石"，乃"吕"字之譌，亦尋聲揣影之論耳。'《續通考》謂：'大石本外國名。般涉即般瞻，譯言般瞻，華言曲也。'夫南北風氣固殊，曲律亦異，然宫調則皆以五聲旋轉於十二律之中。廖道南曰：'五音者，天地自然之聲也。在天爲五星之精，在地爲五行之氣，在人爲五藏之聲。'由是言之，南北之音節雖有不同，而其本之天地之自然者，不可易也。且如春月盛德在木，其氣疏達，故其聲宜嘽緩而駘宕，始足以象發舒之理，若仙吕之《醉扶歸》、《桂枝香》，中吕之《石榴花》、《漁家傲》，大石之《長壽仙》、《芙蓉花》、《人月圓》等曲是也。夏月盛德在火，其氣恢台，其聲宜洪亮震動，始足以肖茂對之懷，若越調之《小桃紅》、《亭前柳》，正宫之《錦纏道》、《玉芙蓉》、《普天樂》等曲是也。秋之氣颯爽而清越，若南吕之《一江風》、《浣溪沙》，商調之《山坡羊》、《集賢賓》等曲是也。冬之氣嚴凝而靜正，若雙調之《朝元令》、《柳搖金》，黄鐘之《絳都春》、《畫眉序》，羽調之《四季花》、《勝如花》等曲是也。以蓋聲氣之自然，本於血氣心知之性而適當於喜怒哀樂之節，有非人之智力所能與者。我聖祖仁皇帝考定元音，審度製器，黄鐘正而十二律皆正，則五音皆中聲，八風皆元氣也。今合南北曲所存燕樂二十三宫調諸牌名，審其聲音，以配十有二月：正月用仙吕宫、仙吕調，二月用中吕宫、中吕調，三月用大石調、大石角，四月用越調、越角，五月用正宫、高宫，六月用小石調、小石角，七月用高大石調、高大石角，八月用南吕宫、南吕調，九月用商調、商角，十月用雙調、雙角，十一月用黄鐘宫、黄鐘調，十二月用羽調、平調。如此，則不必拘拘於宮調之名，而聲音意象，自與四序相合。羽調即黃鐘調，蓋調闕其一，故兩用之；而子當夜半，介乎兩日之間，於義亦宜也。閏月，則用仙呂入雙角；仙呂即正月所用，雙角即十月所用，合而用之，‘履端於始，歸餘於終’之義也。”

曲中重句爲疊，始於《江沱》之“不我與也”。其稱爲格者，《三百篇》中或用“之”，或用“兮”，或用“止”，或用“只”，《楚辭》則用“些”，其鼻祖也。如《水紅花》“也囉”二字，韻在其上，“也囉”爲語助，皆此類耳。至若一字既不叶韻，又無其義，如《駐雲飛》之“嗏”字，則古詩“妃呼豨”之屬也。

句字長短，古無定限。如二字爲句，則“祁父”、“肇禋”之類是也；三字爲句，則“思無邪”、“於繹思”之類是也；四、五、六、七字，六代以來所常用，不具論；若八字，則“我不敢效我友自逸”之類是也；九字“人莫躓於山而躓於垤”，十字“饘於是粥於是以糊余口”，皆其類也。十一字以上，荀卿《成相》辭備有之。至少至一字，則雖“都”、“俞”、“吁”、“咨”載在二《典》，而於歌辭，不少概見，惟宋詞《十六字令》第一句，乃一字一韻也。《漢》曲“故春非我春、夏非我夏、秋非我秋、冬非我冬”，以十七字爲句，千古罕偶。

元人周德清評《西廂》云：“六字中三用韻，如‘玉宇無塵’内‘忽聽一聲猛驚’、‘玉驄嬌馬’内‘自古相女配夫’，此皆三韻。”沈景倩謂：“‘女’、‘古’仄聲，‘夫’字平聲，不若‘雲斂晴空’内‘本宮始終不同’俱平聲，乃佳耳。究之此類，元人多能之，不獨《西廂》爲然。如春景時曲云‘柳綿滿天舞旋’，冬景云‘臂中緊封守宮’，又云‘醉烘玉容微紅’，重會時曲云‘女郎兩相對當’，私情時曲云‘玉娘粉粧生香’，《㑳梅香》雜劇云‘不妨莫慌我當’，《兩世姻緣》云‘怎麽性大偏殺’，《歌舞麗春堂》云‘四方八荒萬邦’，俱六字三韻，穩貼圓美。他尚未易枚舉。詞曲佳處自有，在此特剩技耳。”

今按樂者必先學笛。如五、凡、工、尺、上、一之屬，世以爲俗工俚習，不知其來舊矣。宋《樂書》云：“黃鐘用合字，大呂、太簇用四字，夾鐘、姑洗用一字，夷則、南呂用工字，無射、應鐘用凡字，中呂用上字，蕤賓用鉤字，林鐘用尺字，黃鐘清用六字，大呂、夾鐘清用五字。又有陰、陽及半陰、半陽之分。”而遼世大樂，各調之中，度曲協律，其聲凡十，曰五、凡、工、尺、上、一、四、六、鉤、合；近十二雅律，第於律呂各闕其一，猶之雅音之不及商也。可見宋、遼以來，此調已爲之祖，宜後之習樂者不能越其範圍。

昔人謂：“詩變爲詞，詞變爲曲，體愈變則愈卑。”是說謬甚。不知詩、詞、曲，固三而一也，何高卑之有？風琴雅管，《三百篇》爲正樂之宗，固已芝房寶鼎，奏響明堂；唐賢律、絶，多入樂府，不獨宋、元諸詞，喝唱則用關西大漢，低唱則用二八女郎也。後人不溯源流，强分支派。《大雅》不作，古樂云亡。自度成腔，固不合拍；即古人遺制，循塗守轍，亦多聱牙。人援“知其當然、不知其所以然”之説以解嘲，今並當然者亦不知矣。詩、詞、曲界限愈嚴,本真愈失。

古人製曲,神明規矩,無定而有定,有定仍無定也。樂譜:《鹿鳴》之詩,首章“我”爲蕤、“有”爲林、“嘉”爲應、“賓”爲南,次章“我”爲林、“有”爲南、“嘉”爲應、“賓”爲黄。同一“我有嘉賓”,初無高下輕重之别,何以互異若是? 可見諸律原可通,不必拘拘工尺也。旨哉沈贇漁之言曰:“遷字就調,可以恕古而不可以恕今。”

《舊唐書·音樂志》,《享龍池》樂章十首,姚崇、蔡孚等十人之作,皆七律也。沈佺期之“盧家少婦”一章,即樂府之“獨不見”也。陳標《飲馬長城窟》一篇,亦是七律。楊升菴《草堂詞選序》曰:“唐七言律,即填詞之《瑞鷓鴣》;七言仄韻,即填詞之《玉樓春》也。至於醉草《清平》、旗亭畫壁,絶句入樂府者,尤指不勝屈。”此曲與詩、詞異流同源也。

元曲音韻,講求最細。膾炙人口者莫若《琵琶》,猶不免借用太雜之譏。昔歐陽永叔謂:“退之古詩,工於用韻,得寬韻則波瀾横溢,泛入旁韻;得窄韻則不復旁人,因難見巧。”填詞者何獨不然。

漢《禮樂志》:“武帝定郊祀之禮,乃立樂府,采詩夜誦,有趙、代、秦、楚之謳。”劉舍人所謂“武帝崇禮,始立樂府也”。案:孝惠二年,夏侯寬已爲樂府令,則樂府之立,未必始於武帝也。

張度西先生嘗謂:“詞曲之源,出自樂府。雖世代升降,體格趨下,亦是天地間一種文字。曲譜中大石調之《念奴嬌》‘長空萬里’,般涉調之《哨徧》‘睡起草堂’,皆宋詞,可見是時已開元曲先聲,如青蓮《憶秦娥》爲詞祖,妍麗流美,而聲之變隨之,有莫知其然而然者。然如實甫、東籬、漢卿,猶存宋人體格;自院本、雜劇出,多至百餘種,歌紅拍緑,變爲牛鬼蛇神、淫哇俚俗,遂爲大雅所憎。前明邱文莊《十孝記》何嘗不以宫商譜演,寓垂世立教之意? 在文人學士,勿爲男女媟褻之辭,埽其蕪雜,歸於正音,庶見綺語真面目耳。”先生此論,與藏園《題忠愍記》“安肯輕提南、董筆,替人兒女寫相思”之句,相脗合云。

自北劇興,名男曰“末”、女曰“旦”。南劇雖稍有更易,而“旦”之名不改,不解何義。按《遼史·樂志》:“大樂有七聲,謂之七旦。”凡一旦,司一調,如正宫、越調、大石、中吕之屬。此外又有四旦二十八調,不用黍律,以琵琶叶之,即今九宫譜之始。所謂旦者,乃司樂之總名。金、元相沿,遂命歌伎領之。後改爲雜劇,不皆以倡伎充旦,則以優之少者假扮爲女,漸失其真。

元人云:“雜劇中用四人:曰末泥色,主引戲,分付;曰副淨色,主發喬;曰副末色,主打諢;又一人裝孤老。”獨無旦之色目,益知旦爲司調,如教坊部頭、色長類也。

梁茝鄰中丞《浪跡續談》:“生、旦、淨、末之名,自宋有之。然《武林舊事》亦多不可

1064

解者。惟《莊嶽委談》云：'傳奇以戲爲稱，謂其顛倒而無實耳。故曲欲熟而命以生也，婦宜夜而命以旦也，開場始事而命以末也，塗污不潔而命以淨也。'枝山《猥談》則云："生、旦、淨、末等名，有謂反稱，又或託之唐莊宗者，皆謬也。此本金、元闌閫談吐，所謂"鶻伶聲嗽"，今云市語者也。生即男子，旦曰"裝旦色"，淨曰"淨兒"，末乃"末泥"，孤乃官人。即其土音，何義理之有！'《堅瓠集》：'《樂記》注："俳優雜戲，如獼猴之狀。"生，"狌"也。旦，"狙"也——《莊子》："援狷狙以爲雌。"淨，"猙"也。《廣韻》："似豹，一角，五尾。"丑，"狃"也。《廣韻》："犬性驕。"俳優如獸，所謂"獿雜子女"也。'此近穿鑿，恐非事實。"

　　院本乃宋徽宗時五花爨弄之遺，有散説，有道念，有筋斗，有科泛。初與雜劇本一種，至元世始分爲兩，明則院本不傳久矣。今尚稱院本，猶沿宋、金之舊。

　　毛西河先生於音律有神悟。《丹陛樂》者，黃門鼓吹曲也，設筍簴於午門旁，太常典之。而其曲多誤。聖祖命更定之。陳文貞公以《列代樂章配音樂議》，屬先生條上，多所采用。康熙二十三年，聖祖諭羣臣以徑三圍一、隔八相生之法，先生遂極意搜討，作《聖諭樂本解説》、《皇言定聲録》及《竟山樂録》。三十八年，聖祖南巡，先生進《樂本解説》刻本，詔傳至行在獎勞，並敕改刻本訛字，宣付專行。李剛主走三千里，受業凡三日，盡得舊所傳五聲、二變、四清、七調、九歌、十二管並器色旋宮之法，且能正先生樂書訛謬二十餘字。先生大驚，盡出所著，俾論定。

　　惠紅豆先生生時，其父夢楊文貞公來謁，即以"士奇"名之。學問宏通，尤工詞曲。撰《琴箋理數考》四卷，其略云："十二律，黃鐘至小吕爲陽，蕤賓至應鐘爲陰。陽用正而陰用倍，蕤賓長、小吕短、黃鐘中，自古相傳之舊法也。晉永嘉之亂，有司失傳。梁武帝始改舊法，黃鐘長、應鐘短、小吕中，由是陽正陰倍之法絶。漢、魏律箋，小吕一均之下徵調，黃鐘爲宮，有小吕，無蕤賓，故假用小吕爲變徵。黃鐘箋之黃鐘宮爲正宮。小吕箋之黃鐘爲下宮。徵最小，而以爲宮，故爲下宮。隋鄭譯遂以黃鐘正宮當之，擅去小吕，用蕤賓，以坿會先儒'宮濁、羽清'之説。夫宮濁、羽清者，指下徵調而言。譯改爲正宮，是以歷代之樂皆患聲高。隋、唐以來，惟奏黃鐘一均，而旋宮之法廢矣。古法盡亡，獨存於琴、箋。箋孔疏密，取則琴暉。琴之十二律，起於中暉；箋之七音，生於宮孔。黃鐘箋從宮孔黃鐘始，一上一下，終於蕤賓；琴自中暉黃鐘始，一左一右，終於十暉小吕。"書成，嘉定王進士恪見而喜之。餘或莫之解也。

　　江慎修先生博通古今，尤專心《十三經注疏》。自少迄老，丹黃不去手。方侍郎苞，吳編修紱，皆深於三《禮》者，見先生乃大嘆服。高宗詔舉經明行修之儒，有荐先生者，力辭免。以著書自娱，旁及詞曲。其論黃鐘之宮曰："《吕氏春秋》稱：'伶倫作律，先爲黃鐘之宮，次製十二筒以別十二律。'黃鐘之宮者，黃鐘半律，後世所謂黃鐘清聲也。唐時《風雅十二詩譜》以清黃起調、畢曲,琴家正宮調黃鐘不在大絃而在第三絃,合於古者'黃鐘宮爲律本'之意;聲律自然,古今不異也。伶州鳩論七律而及武王之四樂,夷則、無射曰上宮,黃鐘、太簇曰下宮,蓋律長者用其清聲,律短者用其濁聲,古樂用均之法雖亡,而因端可推。《韓子·外儲篇》曰:'琴以小絃爲大聲,大絃爲小聲。'雖詭辭以諷,然因是知古者調瑟之法,黃鐘、大呂、太簇、夾鐘、姑洗、仲呂、蕤賓,用半而居小絃,林鐘、夷則、南呂、無射、應鐘用全而居大絃也。《管子》書五聲徵、羽、宮、商、角之序,亦如此。"入聲派入三聲,即《中原韻》務頭也。上聲亦可作平,如《西廂》之《清江引》"下場頭那答兒分付我","我"字上聲;"香美娘處分破花木瓜","瓜"字平聲;《天下樂》"汎浮槎到日月邊","邊"字平聲;"安排著憔悴死","死"字上聲,此類甚多。用上皆可代平,但不可用去聲字耳。《爾雅》:"徒歌曰謠。"《說文》"謠"作"䚻",注云:"䚻從肉言。"今按:"徒歌",謂不用絲竹相和也。"肉言",歌者人聲也。出自胸臆,故曰"肉言"。童子歌曰"童䚻",以其言出自胸臆,不由人教也。唐人謂徒歌曰"肉聲",即《說文》"肉言"之意也。(以上《詞餘叢話》卷一)

原文(節錄)

劉念臺先生《人譜類記》曰:"梨園唱劇,至今日而濫觴極矣。然而敬神宴客,世俗必不能廢。但其中所演傳奇,有邪正之不同。主持世道者,正宜從此設法立教。雖無益之事,未必非轉移風俗之一端也。先輩陶石梁曰:'今之院本,即古之樂章也。每演戲時,見有孝子、悌弟、忠臣、義士,激烈悲苦,流離患難,雖婦人、牧豎,往往涕泗橫流,不能自已。旁觀左右,莫不皆然。此其動人最懇切、最神速,較之老生擁皋比講經義,老衲登上座說佛法,功效百倍。至於《渡蟻》、《還帶》等劇,更能使人知因果報應,秋毫不爽。盜、殺、淫、妄,不覺自化;而好生樂善之念,油然生矣。此則雖戲而有益者也。'"

各本傳奇,每一長齣例用十曲,短齣例用八曲。優人刪繁就簡,只用五六曲。去留弗當,孤負作者苦心。《牡丹亭》初出,被人刪削。湯若士題刪本詩云:"醉漢瓊筵風味殊,通仙鐵笛海雲孤。總饒割就時人景,却媿王維舊雪圖。"俗人慕雅,强作解人,固應醜詆也。自《桃花扇》、《長生殿》出,長折不過八支。不令再刪,庶存真面。

今人稱曲之高者曰"郢曲",此誤也。宋玉曰:"客有歌於郢中者。"則歌者非郢人也。又曰:"下里巴人,國中屬和者數千人;陽春白雪,和者不過數十人;引商刻羽,雜以流徵,則和者不過數人。"是郢人能和下曲,不能和妙曲也。以其所不能者名其俗,不亦傎乎!(以上《詞餘叢話》卷二)

原事（節録）

小説起於宋仁宗時，承平已久，國家閒暇，日進一奇怪之事以娱之，名曰"小説"；今之小説，則記載矣。裴鉶著小説，多奇異可以傳示，故號傳奇；今之傳奇，則曲本矣。元人科目最多，試録中一條云："軍、民、僧、尼、道、客、官、儒、回回、醫、匠、陰陽、寫、算、門、廚、典、催、未完等户願試者，以本户籍貫赴試。"僧、道應試，已屬可笑；尼亦赴考，更怪誕矣。相傳元以詞曲取士，考《選舉志》及《典章》皆無之。或另設一門以備梨園供奉，乃特試，非制科也。（《詞餘叢話》卷三）

原律續

朱子曰："古樂之亡久矣。吾友建陽蔡君元定季通，著書兩卷，凡若干言，雖多出於近世之所未講，而實無一字不本於古人已試之成法。"其於蔡氏《律呂新書》，可謂推許之至矣。其《六十調圖説》，尤爲"因聲起調"探源之論。審音者稍識古人正變本旨，實於此開其基，因備録之："十二律旋相爲宫，各有七聲，合八十四聲。宫聲十二，商聲十二，角聲十二，徵聲十二，羽聲十二；凡六十聲，爲六十調。其變宫十二，在羽聲之後，宫聲之前；變徵十二，在角聲之後，徵聲之前；宫不成宫，徵不成徵，凡二十四聲，不可爲調。黄鐘宫至夾鐘羽，並用黄鍾起調，黄鍾畢曲。大吕宫至姑洗羽，並用大吕起調，大吕畢曲。太簇宫至仲吕羽，並用太簇起調，太簇畢曲。夾鐘宫至蕤賓羽，並用夾鐘起調，夾鐘畢曲。姑洗宫至林鍾羽，並用姑洗起調，姑洗畢曲。仲吕宫至夷則羽，並用仲吕起調，仲吕畢曲。蕤賓宫至南宫羽，並用蕤賓起調，蕤賓畢曲。林鍾宫至無射羽，並用林鍾起調，林鐘畢曲。夷則宫至應鍾羽，並用夷則起調，夷則畢曲。南吕宫至黄鍾羽，並用南吕起調，南吕畢曲。無射宫至大吕羽，並用無射起調，無射畢曲。應鍾宫至太簇羽，並用應鍾起調，應鍾畢曲：是爲六十調。六十調，即十二律也。十二律，即一黄鍾也。黄鍾生十二律，十二律生五聲、二變，五聲各爲綱紀以成六十調，六十調皆黄鍾損益之變也。"按：此圖雖全列七聲，然取以名調者，止一聲耳。如首行黄鍾居宫位，故以黄鍾宫名調；次行黄鍾居商位，故以無射商名調；餘可類推。所謂起調者，曲之起聲一字也；所謂畢曲者，曲之收聲一字也。

《經世聲音圖》以平、上、去、入定聲，以開、發、收、閉定音。鍾氏遇曰："天之體數四十，地之體數四十八。天數以日、月、星、辰相因爲一百六十，地數以水、火、土、石相因爲一百九十二。於天數内去地之體數四十八，得一百一十二，是謂天之用聲；於地數内去天之體數四十，得一百五十二，是謂地之用音。凡日、月、星、辰四象爲聲，水、火、土、石四象爲音。聲有清、濁，音有闢、翕。遇奇數則聲爲清，音爲闢；遇偶數則聲爲濁，音爲翕。聲皆爲律，音皆爲吕。以律倡吕，以吕和律。天之用聲，别以平、上、去、入者一百一十二，皆以開、發、收、閉之音和之；地之用音，别以開、發、收、閉者一百五十二，皆以平、上、去、入之聲倡之。"謹案《御纂性理精義》：以經世四音分開、發、收、閉，意亦《等韻》開口、齊齒、合口、撮齒之呼。然以類求之，多不合者，當以《等韻》爲正。

張子曰："古樂不可見，蓋爲今人求古樂太深，始以古樂爲不可知。只以《虞書》'詩言志，歌永言，聲依永，律和聲'求之，得樂之意，蓋盡於是。詩只是言志，歌只是永其言而已，只要轉其聲令人可聽。今日歌者亦以轉聲而不變字爲善歌。長言後却要入於律。律則知音者知之，知此聲入得何律。古樂所以養人德性中和之氣；後之言樂者，只以求哀。故晉平公曰：'音無哀於此乎？'哀則止以感人不善之心。歌亦不可以太高，亦不可以太下；太高則入於嘄殺，太下則入於嘽緩。蓋窮本知變，樂之情也。"朱子曰："古樂亦難遽復。且如今樂中，去其嘄殺促數之音，並考其律吕，令得其正，更令掌辭命之官，製撰樂章，其間略述教化訓戒，及賓主相得之情，人主待臣下恩意之類，令人歌之，亦足以養人心之和平。"

詞曲韻書，止有《中原音韻》可從；然此係北韻，非南韻也。南曲《洪武韻》後，國初武林陳次升嘗輯《南詞音韻》以補其缺。功垂成而復輟，殊爲可惜。李笠翁欲就《中原音韻》平、上、去三聲之中，抽出入聲字另爲一聲，亦可備南詞之用，未爲無見。至於辨魚、模二韻宜分不宜合，其論甚精。蓋魚、模二音，相去甚遠，不知周德清何故合而爲一，豈亦仿沈休文詩韻之例，以元、繁、孫三韻合爲十三元，必欲於純中示雜耶？無論一曲數音，聽到歇脚處散漫無歸，即我輩置之案頭，自作文字讀，亦覺字句聱牙，聲韻逆耳也。填詞用此韻，縱不能全套皆分，亦宜曲各一韻，如此曲用魚，則用魚韻到底；彼曲用模，則用模韻到底：雖合實分，亦簡便之一法。

侵尋、監咸、廉纖，同是閉口之音，其實各異。侵尋一韻，每至收音處，雖閉口而音猶清亮。若監咸、廉纖，則沈鬱而澀；作急板小曲則可，若填悠揚大套之詞，甚不相宜。《西廂》"不念《法華經》，不禮《梁王懺》"一折用之者，以出自淨脚口中，聲口相合耳。曲中之"撘"字、"攙"字、"燂"字、"臕"字、"餡"字、"蘸"字、"颭"字，惟淨脚可用，亦惟才大如海之王實甫可用。使生、旦口中用此等字，驅鶯燕與鷹隼齊飛，强桃李與松柏競秀，不倫甚矣。韓昌黎之詩，蘇東坡之詞，王實甫之曲，俱善用險韻，要皆相題行文，偶一爲之，不可無一，不能有二也。

萬紅友論詞"慎用去聲"，以其聲獨脆於上、入也。李笠翁論曲"慎用上聲"，以其聲獨低於去、入也。上聲之字，宜於幽靜之詞，不宜於發揚之曲。即幽靜之詞，只可偶用、間用，不可連用、多用，蓋上聲字不求低而自低也，低則此字唱不出。如十數字高，而忽有一字之低，亦覺抑揚有致；若連用數字皆低，不獨無音，亦無曲矣。至於發揚之曲，每到吃緊之處，即當用陰字以傾吐之；倘用陽字，尚且不能發調，況極低之上聲字乎？

　　"務頭"二字，千古難明，《嘯餘譜》辨論萬言，都爲一卷，非不詳晰，究竟莫定指歸。尾卷援引舊曲，言某曲中第幾句、第幾字是務頭，其間陰、陽不可混用，上去、去上不可亂施，似乎是一定之體矣；而或同此曲也，亦有不必盡然者。豈施於此套中則此句第幾字爲務頭，施於彼套中則此句第幾字即非務頭耶？誠然，則有定，仍無定也。笠翁謂："曲中有務頭，猶棋中有眼。"此論最確。有眼則活，無眼則死，稍知布子者，無不知之；然必拘拘何著是眼，當下子之初，雖國手不知也；必待數著數十著，不必有心作眼，而自然有眼矣。填詞者非不知"看不動情，唱不發調。無務頭之死曲，亦猶無眼之死棋"。使必欲於某句安務頭，其去甫下子即定何著是眼者幾希。須知一曲有一曲之務頭，一句有一句之務頭。一曲中，得此一句使全曲皆活者，即一曲之務頭也；一句中，得此數字使一句皆活者，即一句之務頭也。由是推之，不獨曲有務頭，凡詩、詞、歌、賦以及時文、古文，莫不有務頭，可意會不可言傳也。余嘗謂：曲之定格，人籟也；曲之務頭，天籟也。陶令不求甚解，神於解矣。

　　曲譜無新，曲牌名有新。狡獪文人，好奇鬪巧，以二曲三曲串爲一曲，別立新名，以炫耳目。然其名非無文義可尋也，如《金絡索》、《梧桐樹》，本兩名也，串而爲一，名曰"金索掛梧桐"，以金索掛樹，亦事之所或有；《傾杯序》、《玉芙蓉》本兩曲也，串而爲一，名曰"傾杯賞芙蓉"，傾杯酒而賞芙蓉，固是韻事；《駐馬聽》、《一江風》、《駐雲飛》本三曲也，串而爲一，名曰"倚馬待風雲"，倚馬而待風雲之會，功名中人語也。此皆巧思綺合，非强爲之解者，要不若前人並不列名，僅加"犯"字，最爲簡便，如本曲《江兒水》，串入二別曲，則曰"二犯江兒水"；本曲《集賢賓》，串入三別曲，則曰"三犯集賢賓"。又有以"攤破"二字概之者，如本曲《簇御林》、本曲《錦地花》而串入別曲，則曰"攤破簇御林"、"攤破錦地花"之類，較更渾脱。至於以十數曲串爲一曲，如《六犯清音》、《七賢過關》、《九回腸》、《十二峯》，則視串合之曲，計數立名，尤指不勝僂矣。

　　貴筑傅青餘先生，咸豐癸丑庶常，上書言兵事，稱旨，發往河南差遣，迭以軍功奏，留館授檢討，異數也。由知府擢河南按察使，解組後，僑寓長沙，搆止園，極亭館之盛。善遵引之術，年七十，猶健飯。性喜客，春秋佳日，選勝遨頭，望之若陸地神仙云。箸述甚富，著有《古音類表》，以天、地、人三統定聲，其說甚微。余尤愛其《韻分五聲說》，深得要眇。因備錄之："太極元氣備於五六，天地之中數也。相倡相和，聲生焉。其爲物也，氣禦以行，空虛處也，渾實處也，觸即發。萬有一千五百二十不能備，於是乎紀之於九千三百五十有三之文。文賾也，於是乎齊之以二百有六之韻。韻賾也，於是乎歸之以一十有五之部。部也，韻也，猶賾也，於是乎貫之以宮、商、角、徵、羽之五聲。班固曰：'宮，中也，居中央，暢四方。唱始施，爲四聲綱也。'其於字也，爲反喉入鼻之音；其於韻也，爲東、冬、鍾、江，爲陽、唐、庚，爲耕、清、青三部。'商之爲言，章也。物成孰可章度也。'其於字也，爲舌抵上顎之音；其於韻也，爲真、臻、先，爲諄、文、欣、魂、痕，爲元、寒、桓、删、山、仙三部。'角，觸也。觸地而出，戴芒角也。'其於字也，爲懸舌向顎之音；其於韻也，爲歌、戈、麻，爲魚、模，爲虞三部。'徵，祉也。物盛大而繁祉也。'其於字也，爲衝唇接齒之音；其於韻也，爲脂、微、齊、皆、灰，爲之、咍，爲支、佳三部。'羽，宇也。物繁聚，宇覆之也。'其於字也，爲闔唇之音；其於韻也，爲侯，爲尤、幽，爲宵、蕭、肴、豪三部。"

"音律之難，不難於鏗鏘剩口之句，而難於倔强聱牙之句。鏗鏘順口者，如此字聲韻不合，隨取一字換之，縱橫順逆，皆可成文；至於倔强聱牙之句，即不拘音律，任意揮寫，尚難妥貼，况有清濁、陰陽及明用韻、暗用韻又斷不可用韻之成格，一定而不可移乎？詞牌之最易填者，如《皂羅袍》、《醉扶歸》、《解三酲》、《步步嬌》、《園林好》、《江兒水》等曲，韻脚雖多，字句雖有長短，然讀之順口，作者自能隨筆而成；即有一二句作拗體，亦如詩之古風，無才者亦可勉强成章，稍有才思即動目矣。如《小桃紅》、《下山虎》等曲，則有最難下筆之句。《幽閨記·小桃紅》之中段云："輕輕將袖兒掀，露春纖，盞兒拈，低嬌面也。"每句只三字，末句叶韻，而每句之第二字又應用平，不可用仄。此等處似難，猶未甚難也。至《下山虎》云："大人家體面，委實多般。有眼何曾見？嬾能向前。弄盞傳杯，怎般腼腆。這裏新人忒煞虔，待推怎地展？主婚人不見憐。配合夫妻，事事非偶然。好惡姻緣總在天！"只須"嬾能向前"、"待推怎地展"、"事非偶然"之三句，平仄拗口，撚斷吟髭，方能成句。若"嬾能向前"雖勉諸平仄，而文義甚不可解。南曲中若此類者，指不勝僂。避難就易，惟有引用成語，便覺順口。即如此折"嬾能向前"與"事非偶然"，同一仄平仄平之句，"事非偶然"成語也，試與"嬾能向前"相較，孰順孰拗，一啟口便知矣。設或所引成語，平仄未能相協，即顛倒更換數字，仍較自造之句，大不相同。笠翁嘗教人引用成語之法："拈一口頭語試之，如'柴米油鹽醬醋茶'，因平仄不協，或改用'油鹽柴米醬醋茶'，或改爲'油鹽柴米茶醬醋'，未有不解其文義者，不辨其聲音者。"此說雖淺，實此中三折肱語也。余嘗製曲，偶未翻覽韻書，有句云："不知是愛烏，不知是愛屋。"平仄兩協，又引用經書，甚爲得意。亡友黄幼吾選拔工於倚聲，抹以出韻，悚然改去。後見顧亭林氏論近代入聲之語，屋、烏實可並協，悔改此妙句之速。其論甚爲精確，因備錄之："韻書之序，平聲一東、二冬，入聲一屋、二沃,若將以屋承東,以沃承冬者,久仍其誤而莫察也。'屋'之平聲爲'烏',故《小戎》以韻'驅'、'霹',不協於東、董、送,可知也;'沃'之平聲爲'夭',故《揚之水》以韻'鑿'、'襮'、'樂',不協於冬、腫、宋,可知也。'術'轉去而音'遂',故《月令》有'審端徑術'之文;'曷'轉去而音'害',故《孟子》有'時日害喪'之引。'質'爲'傳質爲臣'之'質','覺'爲'尚寐無覺'之'覺'。'沒'音'妹'也,見於子產之書;'燭'音'主'也,著於孝武之紀。此皆載之經傳,章章著明者。至其韻中之字,隨部而誤者,十之八;以古人兩韻混併爲一而誤者,十之二,是以審音之士,談及入聲,便茫然不解,而以意爲之,遂不勝其舛互矣。茲既本之五經,參之傳說,而亦略取說文形聲之指,不惟通其本音,而又可轉之於平、上、去。三代之音久絕而復存,其必自今日始乎?"

顧氏之學,貫徹天人,豈屑爲詞章末技,等而下之至於詞曲乎?然其論四聲一貫也,實足補《中原音韻》之闕,含商嚼徵者,不可不知。逐章錄之,以代針指。"四聲之論,雖起於江左,然古人之詩,已自有遲疾輕重之分,故平多韻平,仄多韻仄。亦有不盡然者,而上或轉爲平,去或轉爲平、上,入或轉爲平、上、去,則在歌者之抑揚高下而已。故四聲可以並用。'騏騮是中,騧驪是驂。龍盾之合,鋈以觼軜。言念君子,溫其在邑。方何爲期?胡然我念?'之'合'、'軜'、'邑'、'念'四字,皆平而韻'驂'。'一之日觱發,二之日栗烈。無衣無褐,何以卒歲?''發'、'烈'、'褐'三字皆去而韻'歲'。今之學者,必曰此字原有三音,有兩音,故可通用。(原注:'吳才老《韻補》實始此說。')不知古人何嘗屑屑於此哉。一字之中,自有平、上、去、入,今一一取而注之,字愈多,音愈雜,而學者愈迷不識其本,此所謂'大道以多歧亡羊'者也。陳氏之書,蓋多此病。至其末卷,乃曰:'四聲之辨,古人未有《中原音韻》,此類實多。舊說必以平叶平、仄叶仄也,無亦以今而泥古乎?'斯言切中肯綮。(原注:'季立《毛詩古音考》,《邶·谷風》"怒"字下注曰:"四聲之說,起於後世。古人之詩,取其可歌可詠,豈屑屑毫釐,著輕生爲耶?且上、去二音,亦輕、重之間耳。"《綢繆》"隅"字下注曰:"或問:'二平而接以去聲,可乎?'《中原音韻》聲多此類,其音節未嘗不和暢也。"二條所論至當。但全書之中,隔閡四聲,多爲注釋,瑣碎殊甚。')不知季立既發此論,而何以猶扞格於四聲,一一爲之引證,亦所謂勞脣吻而費簡册者也。方子謙(原注:'名曰升。')之《小補》,抑又甚焉。今之爲書,取前人一字而叶兩三聲者,盡並之,使學者之視聽,一而不亂,其庶乎約之旨也夫?五方之音,有遲疾、輕重之不同。《淮南子》云:'輕土多利,重土多遲。清水音小,濁水音大。'陸法言《切韻序》曰:'吳、楚則時傷輕淺,燕、趙則多傷重濁,秦、隴則去聲爲入,益、梁則平聲爲去。'約而言之,即一人之身,而出辭、吐氣、先後之間,已有不能齊者。其重、其疾,則爲去、爲入、爲上;其輕、其遲,則爲平;遲之又久,則一字而爲二字:'茨'爲'蒺藜','椎'爲'終葵'是也。(原注:'亦有二字並爲一字者。《舊唐書》云：“吐谷渾，俗多謂之‘退渾’。”蓋語急而然。’恩壽按：‘吐’本有去聲，‘谷’音‘肉’，‘肉好’之‘肉’亦去聲，皆與‘退’近，故並之）故注家多有疾言、徐言之解。而劉勰《文心雕龍》謂：‘疾呼中宮，徐呼中徵。（原注：《韓非子》外《儲說·右上篇》有此語。’）夫一字而可以疾呼、徐呼，此一字二音三音之所由昉已。平、上、去、入之名，漢時未有。然《公羊》莊二十八年傳曰：‘春秋，伐人者爲客，伐者爲主。’何休注於‘伐人者爲客’下曰：“‘伐人者爲客’，讀‘法’，長言之，齊人語也。’於‘伐者爲主’下曰：“‘見伐者爲主’，讀‘伐’，短言之，齊人語也。’長言，則今之平、上、去聲也；短言，則今之入聲也。（恩壽按：長言則今之南曲也，短言則今之北曲也。此條尤與曲相近）平、上、去三聲，因多通貫，惟入聲似覺差殊。然而‘祝’之爲‘州’，見於《穀梁》；‘蒲’之爲‘亳’，見於《公羊》；‘趨’之爲‘促’，見於《周禮》；‘提（是支反）’之爲‘折（常列反）’，見於《檀弓》：若此之類，不可悉數。迨至六朝，詩律漸工，韻分已密，而唐人功令，猶許通用，故《廣韻》中有一字而收之三聲、四聲者，非謂一字而有此多音，乃以示天下作詩之人，使隨其遲疾、輕重而用之也。後之陋儒，未究厥旨，乃謂四聲之設，考諸五行、四序，如東西之易向，晝夜之異位，而不相合也，豈不謬哉！且夫古之爲詩，主乎音者也；江左諸公之爲詩，主乎文者也。文者，一定而難移；音者，無方而易轉。夫不過喉、舌之間，疾、徐之頃，而已諧於音，順於耳矣，故或平、或仄，時措之宜，而無所窒礙。《角弓》之‘反’上，《賓筵》之‘反’平；《桃夭》之‘室’入，《東山》之‘室’去：惟其時也。《大東》一篇兩言‘來’，而前韻‘疚’，後韻‘服’；《離騷》一篇兩言‘索’，而前韻‘妬’，後韻‘迫’：惟其當也。有定之四聲，以同天下之文；無定之四聲，以協天下之律。聖人之所以和順於道德而理於義，非達天德者，其孰能知之？”

余嘗謂：“入聲無音，以平、上、去之音爲音。北曲多用入韻，反之，即平韻也。”頗與顧氏入爲閏聲之論相合。顧氏之言曰：“平聲音長，入聲音短。（恩壽按：惟其音短，故宜北曲）平聲字多，入聲字少。長者多，短者少，此天地自然之理也，故入聲之部，合之三聲，但有其四。（原注：‘見《古音表》。’）而五方之音，或有或無，尚不能齊，必欲以配三聲，或以其無是聲也而削之，（原注：‘元周德清《中原音韻》並作三聲。’）則均之不遠矣。《詩》三百篇中，亦往往用入聲之字。其入與入爲韻者，什之七八；入與平、上、去爲韻者，什之三。（恩壽按：曲之四聲並協者，實權輿是）以其什之七，而知古人未嘗無入聲也；以其什之三，而知入聲可轉爲三聲也。（恩壽按：詞中入可作平，已成定例，曲則可作三聲，此詞、曲分寬、嚴處）故入聲，聲之閏也，猶五音之有變宮、變徵而爲七也。”

李笠翁發明北曲宜用入韻，其說甚辨，蓋爲初學而言，若久於此道而得三昧者，則左之右之皆宜矣。然稍不經心，亦不無聱牙結舌之弊。試以《西廂》、《琵琶》兩記較之：作《西廂》者，工於北曲，則入韻是其所長，如《鬧齋》曲中"二月春雷響殿角"，"早成就幽期密約"，"内性兒聰明，冠世才學"，"扭捏著身子百般做作"，"角"字、"約"字、"學"字、"作"字，何等雅馴，何等自然！《琵琶》工於南曲，用入韻是其所短，如《描容》曲中"兩處堪悲，萬愁怎摸"，愁是何物，而可摸乎？（以上《續詞餘叢話》卷一）

原文續（節録）

朱子曰："古人作詩，只是説他心下所存事。説出來，人便將他詩來歌。其聲之清濁、長短，各依他詩之語言，却將律來調和其聲。今人却先安排下腔調了，然後作語言去合腔子，豈不是倒了？却是永依聲也！古人是以樂去就他詩，後世是以詩去就他樂，如何解興起得人！"余謂：按曲者照譜填詞，不敢意爲增損，以詩就樂是也；興之所至，犯一曲、兩曲，至十余曲而成一曲者，以樂就詩是也。

填詞一道，雖爲大方家所竊笑，殊不知此中自有樂也，惟好事者始能得之。大凡功名富貴中人，大而致君澤民，小而趨炎附勢，惟日不足，何暇作此不急之需？必也漂泊江湖、沉淪泉石之輩，稍負才學而又不遇於時，既苦宋學之拘，又覺漢學之鑿，始於詩、古文辭之外，别成此一派文章，非但鬱爲之舒，愠爲之解，而且風霆在手，造化隨心：我欲作官，則頃刻之間便臻榮貴；我欲致仕，則轉盼之際又入山林；我欲作人間才子，即爲杜甫、李白之後身；我欲娶絶代佳人，即諧西子、王嬙之佳偶；我欲成仙、作佛，則西天、蓬島，即在筆牀硯匣之旁；我欲盡忠、致孝，則君治、親年，可駕堯、舜、彭籛之上。非若他種文字，欲作寓言，必須醖藉；倘或略施縱送，稍欠和平，便犯佻達之嫌，失風人之旨矣。填詞者用意、用筆，則惟恐其蓄而不宣，言之不盡。代何等人説話，即代何等人居心。無論立心端正者我當設身處地代生端正之想；即遇立心邪僻者，亦當舍經從權，暫爲邪僻之思。務使心曲隱微，隨口唾出，認一人肖一人，勿使雷同，勿使浮泛，若《水滸傳》之叙事，吴道子之寫生，斯道得矣。東坡以行文爲樂事。夫文之樂，吾則不知；雕蟲小技之樂，未有過於填詞家矣。

填詞誠足樂矣，而其搜索枯腸，撚斷吟髭，其苦其萬倍於詩文者。曲詞一道，句之長短，字之多寡，聲之平、上、去、入，韻之清濁、陰陽，皆有一定不移之格，長者短一句不能，少者增一字不可。又復忽長忽短，時少時多，當平者用仄則不諧，當陰者換陽則不協。盡有新奇之句，因一字不合，便當毅然去之；非無捏凑之詞，爲格律所拘，亦必隱忍留之。調得平仄成文，又慮陰陽反覆；分得陰陽清楚，又與聲韻乖張。作者處此，但能布置得宜，安頓極妥，已是萬幸之事，尚能計詞品之低昂，文情之工拙乎？能於此種艱難文字，顯出奇能，字字在聲音律法之中，言言無資格拘攣之苦，如蓮花生在火

上,仙叟奕於橘中,始爲盤根鑿節之才,八面玲瓏之筆,壽名千古,夫復何慚。(以上
《續詞餘叢話》卷二)

原事續(節録)

湘中歲首有所謂"燈戲"者,初出兩伶,各執骨牌燈二面,對立而舞,各盡其態。以
次遞增,至十六人,牌亦增至三十二面。迨齊上時,始擺成字,如"天子萬年"、"太平天
下"之類。每擺成一字,則唱時令小曲一折,誠美觀也。(《續詞餘叢話》卷三)

附:《詞餘叢話》序(裴文禩)(節録)

古者入學習樂,弟子職也。少者可學,必非難事。自高視闊論者執孔子"樂云樂
云,鐘鼓乎哉"之説,窮極精微,屢牘連篇,究莫得善美之藴。不知孔子所論,乃指作樂
而云然,謂必有盛德大業方可作一代之樂,非謂舍鐘鼓而別有所謂樂也。孟子曰:"今
之樂猶古之樂。"古有樂,今亦有樂。古樂云亡,舍今奚從? 而今日之樂,大而清廟、明
堂、燕享、祭祀,小而樵歌、牧笛,婦孺謳吟,凡有聲者,皆可謂樂。以此爲樂,則弟子可
學矣。文禩奉使入觀大朝,得遇湖北護貢官楊都轉,晨夕晤對,一月有餘,無日不有倡
和。湖光山色,助我詩情。既讀其詩集、詞集矣,漢陽旅次,又以院本數種見贈。文禩
受而讀之,第覺其詞旨圓美,齒頰生香,而于製曲之源流瞢如也。一再叩其底藴,都轉
略示梗概,並出是卷讀之。卷分三類:一曰《原律》,辯論宮商,審明清濁;一曰《原文》,
凡曲之高下優劣,經都轉論定者,悉著於篇;一曰《原事》,詼諧雜出,耳目一新;製曲之
道,思過半矣。較之《隨園詩話》、《制藝叢談》、《楹聯叢話》,更足啓發心思,昭示來學,
不得以曲子相公爲名臣累也……越南國貢部正使珠江裴文禩殷年甫拜序於漢陽鸚鵡
洲舟次。(《詞餘叢話》卷首)

沈祥龍

沈祥龍(1835—?)字約齋,號樂志翁。清婁縣松江(今屬上海)人。優貢生。善隸
書,精於詩詞。劉熙載弟子。著有《樂志簃集》、《論詞隨筆》、《約齋詞話》、《吟海集》、
《樂志簃詩録》等。尤以其《論詞隨筆》影響廣泛,後人如陳散原等人將此書譽爲"有清
一代詞論第一"。

本書資料據中華書局1986年唐圭璋《詞話叢編》本《論詞隨筆》。

《論詞隨筆》（節錄）

詞導源於詩

詞導源於詩，詩言志，詞亦貴乎言志。淫蕩之志可言乎哉？"瓊樓玉宇"，識其忠愛；"缺月疏桐"，歎其高妙，由於志之正也。若綺羅香澤之態，所在多有，則其志可知矣。

詞出於古樂府

詞出於古樂府，得樂府遺意，則抑揚高下，自中乎節，纏綿沉鬱，胥洽乎情。徒襲《花間》、《草堂》之膚貌，縱極富麗，古意微矣。

詞祖屈、宋

屈、宋之作亦曰詞，香草美人，驚采絕豔，後世倚聲家所由祖也。故詞不得楚騷之意，非淫靡即粗淺。

詞之體格如詩

詞之體格如詩。小令，詩之五言也；長調，詩之七言也。小令貴工整，貴超脱；長調貴動宕，貴沉鬱。然亦貴相通相濟。

唐詞分二派

唐人詞，風氣初開，已分二派。太白一派，傳爲東坡，諸家以氣格勝，於詩近西江。飛卿一派，傳爲屯田，諸家以才華勝，於詩近西崑。後雖迭變，總不越此二者。

詞體各有所宜

詞之體，各有所宜，如吊古宜悲慨蒼凉，紀事宜條暢滉漾，言愁宜嗚咽悠揚，述樂宜淋漓和暢，賦閨房宜旖旎嫵媚，詠關河宜豪放雄壯。得其宜則聲情合矣，若琴瑟專一，便非作家。

詞有婉約有豪放

詞有婉約，有豪放，二者不可偏廢，在施之各當耳。房中之奏，出以豪放，則情致絕少纏綿。塞下之曲，行以婉約，則氣象何能恢拓。蘇、辛與秦、柳，貴集其長也。

詞貴協律與審韻

詞貴協律與審韻。律欲細，依其平仄，守其上去，毋强改也。韻欲純，限以古通，諧以今吻，毋混叶也。律不協則聲音乖，韻不審則宮商亂，雖有佳詞，奚取哉？

詞本古樂府

詞有託於閨情者，本諸古樂府，須實有寄託，言外自含高妙，始合古意。否則，綺羅香澤之態，適以掩風骨，汩心性耳。

詞貴兼通古文詩賦

詞於古文詩賦，體製各異。然不明古文法度，體格不大；不具詩人旨趣，吐屬不雅；不備賦家才華，文采不富。王元美《藝苑卮言》云："填詞雖小技，尤爲謹嚴。"賀黃公《詞筌》云："填詞亦兼辭令、議論、叙事之妙。"然則詞家於古文詩賦，亦貴兼通矣。

詞貴相題選調

詞調不下數百，有豪放，有婉約，相題選調，貴得其宜。調合，則詞之聲情始合。又有一調數體者，擇古人通用之體填之，或字句參差，不必從也。

《詞林韻釋》最古

詞韻以宋菉斐軒《詞林韻釋》爲最古，其韻以入聲分隸三聲，與周德清《中原音韻》同。詞當用入韻，即以分隸之入聲叶之，如屋、木等字隸魚、模，上去一韻可叶者也。斛、濮等字隸魚、模，平韻則不可當灰叶矣。詞調若《憶秦娥》、《暗香》、《疏影》等，必用入韻，須其字作上去，且同隸一部者始可用。或入作平，或非一部而誤叶之，即爲失韻。

詞韻不通叶

詞韻，凡古韻不通者，本不可叶。古韻通者，亦有可叶不可叶之別。即一韻亦然，如元韻中袁、煩、暄、鴛，阮韻中遠、蹇、晚、反之類，音既不諧，萬難通叶，餘可類推。

入聲可代平聲

張玉田《詞源》，謂平聲可代以上入。沈伯時謂入聲可代平聲。案《詞林韻釋》入聲有作平聲者，有作上去者。知入作平者可代平，作上去者不可代平也。上代平，亦必就音審擇。

上去須辨

沈伯時謂上、去不宜相替，故萬氏《詞律》於仄聲辨上去最嚴。其曰上聲舒徐和軟，其腔低。去聲激厲勁遠，其腔高。此説本諸明沈璟去聲當高唱，上聲當低唱也。詞必用上、去者，如白石"哀音似訴"句之"似訴"字。必用去、上者，如西窗"又吹暗雨"句之"暗雨"字。

吴汝綸

吴汝綸（1840—1903）字摯甫。清桐城（今屬安徽）人。同治三年（1864）舉人，次年中進士。先後入曾國藩、李鴻章幕府。歷官直隸深州、冀州（今均屬河北）知州。光緒十五年（1889）起，主講保定蓮池書院，執教多年，弟子甚衆。二十八年，吏部尚書張百熙薦舉爲京師大學堂教習，自請赴日本考察學政。在日本，因留學生事與駐日公使蔡鈞發生齟齬，歸國後不赴京師就任，還鄉謀辦桐城小學校。吴汝綸與張裕釗、黎庶昌、薛福成號稱"曾門四弟子"。其論文宗法桐城派，而又主張"有所變而後大"，認爲"桐城諸老，氣清體潔，海内所宗，獨雄奇瑰瑋之境尚少"（《與姚仲實》）。所以他的文章，既得桐城派整飭雅潔之長，又不全落桐城窠臼，風格矜煉典雅，意厚氣雄，得於《史記》者尤深。不過因求文者衆，應酬之作稍多。其詩則以杜、韓爲宗，筆力矯健，具陽剛之氣，雖應酬贈答之作較多，但也有一些具有真情實感的作品。吴汝綸論學，也師事曾國藩，由訓詁以通文辭。晚年尤著力於解經，然而説經實非其所長，但其點勘、注釋古籍多種，務在暢通大義，頗便於初學。吴汝綸的思想比較開通，主張研習西學。他主講蓮池書院時，曾特聘英文、日文教師。又曾爲嚴復譯《天演論》，宣導啟蒙。其《天演論序》傳誦尤廣，在清末思想界發生很大影響。吴汝綸生前曾刊刻《深州風土記》、《東遊叢錄》等著作。殁後一年，其子吴凱生編次《桐城吴先生全書》付刊，内含文集、詩集、尺牘及説經著作等六種。另有編定未刻及未編定者多種，後來陸續有《桐城吴先生日記》、《尺牘續編》及點勘古籍多種行世。

本書資料據臺灣商務印書館1973年版《吴摯甫全集》。

詩樂論

古者學樂而後誦詩，樂以詩爲本，詩以樂爲用，詩與樂相爲表裏者也。《三百篇》詩皆播於樂，故凡領在樂官者皆可歌。季札觀樂，遍歌《風》、《雅》、《頌》；漢初瞽史，例能歌《三百篇》是也。而不皆入樂之用,其入樂之用者,燕饗祀之樂章耳。蓋凡詩雖皆播於樂,而燕饗祀之樂章獨爲雅音。雅者,常也,正也。燕饗祀常用之正樂,故謂之雅。非是不名。古樂不可復考。荀子云:"詩者中聲之所止。"又《史記》云:"孔子弦歌三百五篇,以求合於韶武雅頌之音。"朱子皆深不然其説,蓋止於中聲者,雅樂耳,餘詩則貞淫美惡,各從其類,安得一以中聲律之?且如《雅》、《頌》之詩,自是雅頌之音;鄭、衛之詩,自是鄭、衛之音。又安能歌鄭以合雅乎?説者又謂詩與聲有辨,聲淫非詩淫,詩則《三百篇》皆雅音也。不知詩者樂之章,而聲則歌其詩而被於樂之名也。惟其詩淫,故被之於樂而聲亦淫。《記》曰:"詩言其志也,歌詠其聲也。"又《詩大序》曰:"情發於聲,聲成文謂之音。"由此觀之,聲非即詩之聲乎?朱子謂深絶其聲於樂以爲法,而嚴立其詞於詩以爲戒,聲與詩之辨,如是而已。若必別聲於詩,則所謂聲者,何聲也?然則鄭聲之放,特謂不以其詩被之於樂耳。放其聲者,聖人惡亂雅樂之意;存其詩者,太師陳詩觀風之舊也。而謂《三百篇》皆中聲皆雅音,誤矣。至《大戴禮》投壺雅歌及杜夔雅樂四曲,皆有《白駒》、《伐檀》。二詩不用於燕饗祀,而亦謂之雅。《白駒》猶《小雅》篇,《伐檀》則變風矣。蓋不用於燕饗祀,而用於投壺之禮,是亦入樂之用者。所謂止於中聲合於雅音者,或是類歟?然不可考矣。(文集卷四)

朱庭珍

朱庭珍(1841—1903)字小園,一作筱園、曉園,號詩隱。清石屏(今屬雲南)人。光緒十四年(1888)舉人,主講經正精舍。曾結蓮湖詩社於昆明,被推爲社長,是當時滇南詩壇執牛耳的人物。其詩作質樸、平淡,飽含真情,是其詩學理論的實踐之作。著有《穆清堂集》、《筱園詩話》。輯刊滇中詩文,有《天船遺詩》、《雲峯剩稿》、《雲帆續集》。其《筱園詩話》四卷,卷一以闡述詩學基本觀點爲主,卷二評論歷代詩家、詩作、詩論,卷三、卷四摘句論詩。全書持論通達平正,文字詳密,於是非分寸之辨,剖析極細。《筱園詩話》從辯證的角度批評了中國古代詩法理論的"有定法"與"無定法"的對立觀點,提出了"蓋本無定以馭有定,又化有定以歸無定也"的詩法辯證觀,形成了自己詩法理論的特色,具有很高的學術價值和理論價值,幾可與葉燮的《原詩》並列。

本書資料據上海古籍出版社1983年《清詩話續編》本《筱園詩話》。

《筱園詩話》(節録)

沈歸愚先生云:"作古詩不可入律,作律詩却須得古詩意。正如作書者,寫隸篆八分,不可入行草楷書法;作行草楷書,却須得篆隸八分法,同此意也。"人以爲妙喻妙論,予獨不以爲然。夫古詩律詩,體格不同,氣象亦異,各有法度,各有境界分寸。即以便事選材,用意運筆而論,有宜於古者,有宜於律者,有古律皆宜,古律皆不宜者。是所宜之中,且爭毫釐,分寸略差,失等千里。作者相題行事,各還其本來,各成其當然之詣,不亦善乎! 何必以五古平淡之味,施之五律,以求高瘦;以七古蒼莽之氣,行之七律,以破謹嚴,致犯枯槁頽唐之病耶! 蓋離則兩美,合則兩傷。近代名家,五律慣作帶對不對流水之格,七律動作拗體吳體,以求高求峭,皆此種見解議論誤之也。(卷一)

五言長篇,始於樂府《孔雀東南飛》一章,而蔡文姬《悲憤詩》繼之。唐代則工部之《北征》、《奉先述懷》二篇,玉溪《行次西郊》一篇,足以抗衡。退之《南山》,稍次一格,然古香古色,並峙詞壇,皆文章家冠冕也。香山《悟真寺詩》,多至百三十韻,在集中亦是巨制。然雅秀清圓而乏渾厚高古之詣,用筆用法又鮮變化,所以不能與杜、韓、李諸詩並立。宋人五古,薄於有唐,古格古意,浸以淪喪,又好以文爲詩,品逾趨下。終宋之世,短章五古,各大家尚有可與唐賢抗衡者,而長篇則無一出色大文可配前哲矣。元人好作長篇,而才力薄弱,詞旨敷衍淺率,竟難求一完璧。其品格較宋尤劣,不堪爲古人役,況敢望肩隨耶! 前明如鄧遠遊《哀武定》,楊文襄公《聞人道漢中事》諸作,篇幅雖長,而不免牽強,且率句稚句笨句,時見敗筆,皆未完善,亦不足道。惟王元美《袁江流》一篇,篇幅大而才力沛然,差足爲一代巨擘。而歸愚議其仿古痕跡未化,有心苛求,論殊過當。《將軍行》亦有古致,均爲傳作。若本朝,則吳梅村之《臨江參軍》、《吳門遇劉雪舫》、《南園曳》三篇,陳元孝之《王將軍挽歌》一篇,胡稚威之《烈女李三行》一篇,皆淋漓沈鬱,神骨色澤,氣味意旨,皆逼近古人。而《王將軍歌》,神骨尤古健絕倫,足爲《孔雀東南飛》及《北征》、《西郊》嗣音,較王元美《袁江流》,有過之無不及也。古今大篇,佳者舉列於此。各詩皆長,不能録入詩話,學者當於選本及各專集中細心玩之。(卷三)

王先謙

王先謙(1842—1918)字益吾,號葵園,室名虛受堂。清長沙(今屬湖南)人。幼習經史,同治四年(1865)中進士,授國史館編修、翰林院侍讀、國子監祭酒等職。先後典試雲南、江西、浙江,任江蘇學政。光緒十五年(1889)辭官歸里,主講長沙思賢講舍、城南書院、岳麓書院,還任過師範館長、學務公所議長、省諮議局會辦等。光緒三十四年,湖南巡撫岑春蓂將他所著的《尚書孔傳參正》等四部書奏上,朝廷賞以內閣學士衡。終其一生，王先謙很少擔任實際的政務官職，主要以學術名世，尤其在湖南聲望極高，是著名的湘紳領袖、學界泰斗。他博覽古今圖籍，研究各朝典章制度，治學重考據、校勘，薈集羣言。除校刻《皇清經解續編》外，還編有清《十朝東華録》、《續古文辭類纂》等。著有《漢書補注》、《水經注合箋》、《後漢書集解》、《荀子集解》、《莊子集解》、《詩三家義集疏》等。爲文遠追韓愈，其詩被稱爲"得杜之神，運蘇之氣"，"置之清代集中，挺然秀拔"。有《虛受堂詩文集》。

王先謙所編《駢文類纂》包括論説類、序跋類、表奏類、書啟類、贈序類、詔令類、檄移類、碑誌類、傳狀類、雜記類等，共四十六卷。在《駢文類纂序例》中，王先謙對每種文體都有論説，可以稱之爲文體論。王先謙的文體論繼承了劉勰《文心雕龍》對於文體的論説，重視文體的歷史演變；但對同一種文體，他有更爲詳細的區分；並根據後世文章寫作的實際情況，對劉勰的文體論有所補正；同時總結了清代文體特徵及其使用情況，頗有價值。

本書資料據光緒二十八年思賢書局刊刻本《駢文類纂》。

《駢文類纂》序例

一曰文論：斯文肇興，體隨時變，趣尚偏異，流失遂生，達識雅材，掎摭利病，彦和、子元，冠絶倫輩。山谷之論，河間之評，二家並重，學者攸資。彦和書宜全讀，子元頗有芟取。文饒文章，論爲隱侯而發，而沈傳靈運，舉斯立言。子元以爲全説文體，備言音律，可爲翰林補亡。流別總説，次諸史傳，實爲乖越。以既爲體限，仍居史論之次，凡若此類，所宜旁通。一曰史論：終篇論事，發端馬遷。後來各家沿襲成體，既趨偶儷，彌益煩蕪。故《史通》擬之"高士綺紈，壯夫粉黛"。但文之爲體，有舉莫廢，其有聯詞切理，比事愜心，未嘗不競賞巧工，傾目浮藻。又鴻儒考古，激想抽毫，辨難既紛，溢爲繁縟。才力所極，自呈炳蔚，雖波瀾莫二，而塗軌已別。此則循載筆之往式，導史評之先聲者矣。趙皮書後諸篇，或紬紳它作，更端引申；或留連前史，因事寄意。名同跋尾，義主衡論，今棄名取義，使以類從。一曰雜論：如稱舉時美，推覈物情，鍼砭俗流，抽尋往籍，萃兹衆理，歸於一編，亦文林之柯則也。稚川《尚博》諸篇，與《解嘲》、《賓戲》同科，蕭樓設論之目也。博喻廣譬，儷式連珠，以體不純壹，總列於兹焉。

史家類傳，洒有序文，所以領厥宏綱，陳其命意。休文恩倖，昭明選之於前；唐宗后妃，志堅採之於後。並目序以論，亮爲舛矣。若私家撰述，條別實繁，觀華亭之弁言，亦龍門之遺意也。士衡標目豪士，指刺齊囘，賦酌雅文，序兼史筆，去賦存序，亦其類也。梁元志傳，因襲史裁，雖體殊識大，而例歸一貫。它若金石之刻，訂其舛譌，傳記之書，證其得失，並文人所有事，史籍所取資。案法海録序，以詩文宴集，區爲二門。余謂應奉之製，唯主頌颺，陪從之篇，尤重肅穆，爰就其中合采前美，昭示後儀。若尋常詩文序跋，亦分兩事：一曰酬應之作。挹清黄憲之坐，問奇揚雄之亭，誼重淵源，感深投分。迨叢蘭有已敗之色，而卷蒩餘不死之心，期以片言，偕之千古。它如紀榮遇於畢生，述明德於既往，貞烈之曜，履苦而説甘，述作之工，推微以致顯，皆義主表章，而事緣請屬。此以情爲根，而文周其用也。一曰掞張之作。必植柢忠孝，通鑰經史，藝林萃藪，洪纖皆適用之資；國士遺編，顯晦歸後賢之責。此以文爲本，而情暢其流也。至於觸感無聊，伸紙寫臆，屏居生悟，緣虚入實，泛長風而不息，則回戀故巢；望晨星之漸稀，則感傷知己。亦有朋好往還，襟情契結，登降巖壑，興寄園亭，歎逝者之如斯，撫今懼而易墜。相與招繪事，賦新詩，更揮發以詞章，庶昭宣其情緒。一卷之内，陳迹如新，百年之間，古懷若接，皆無假故實，自達胸懷。由耳目以造性靈，驅煙墨以籠宇宙，文之爲道，斯其最勝者與。

敷奏始於《尚書》，上書沿於戰國，秦并區宇，列爲四品：表以陳事，章用謝恩，劾驗政事曰奏，推覆平論曰駁。漢云封事，起自宣帝，不關尚書，亦曰上疏，用之王侯，達於天子。總駁於議而典午古今，尺議尚以駁名，陳謝用章，而齊陳賀慶表文，亦有章號。魏國奏事，始或云啟。唐世奏謝，兼稱爲狀。六代白簡，謂之彈事。蓋按劾之變名。宋朝上書或云劄子，是書札之譌字，並奏之流也。進言搞文，戰國爲盛。漢初沿其波，制策發問，炎靈肇端，歷代循其體。又有奏對、策對之異焉。本朝革華崇實，凡有進御，統謂之奏，平論大政，亦或用議。成書賀捷，皆上表文。殿試朝考，分題策疏，觀乎人文，取存古式而已。夫元首居尊，羣材效職，聖澤帀寓，則思極頌聲，飛龍在天，則恭陳符命。斯國家之鴻美，颺言之上式也。興利革弊，論政兩塗，薦賢劾奸，事君大道。上進之篇，其鉅者國華朝典，亦不遺祥異之微。慶賀之詞，其尤者愷樂上儀，且兼及起居之末。亦有榮被泉壤，義激朝端，器物寵頒，文事相接，並魚水生歡，鳬藻貢悃，位禄與共。辭受揣分，而讓謝興，上膏猶屯，不情待抒，而求請起王廷，有揚詞筆，兼需而對，問重流觀，天澤義云備矣。竹彈紃謝詞詭，體正通天之奏。故土有懷，比士衡之弔魏帝；尚蓄餘思，似稚圭之禱漢宗。申衷冥漠，今各以類附焉。

書啟者，通上下之辭也。皇儲貴胄，降禮達誠，體性明睿，文詞雅潤，飛翰染楮，咸可覽誦。親貴酬獻，才雋歡陪，光生顧眄，情申慕戀，或勝詭入讒，吳繁競進，榮辱倚伏，機穽俄生，蠖屈求信，雉離增歎，斯則皇軌不一，恒必有之。至於折衝之事，經畫之宜，倚馬援毫，捉刀入幕，亦有請命鄰封，薦賢當路，推功閫帥，致美大府，並表裏史乘，神助參稽。若文史爲用，理體滋繁，課實談虚，悉資考鏡，自餘雜述，總爲一編。謝惠儷言盛於六代,體不可闕,略備前式。唐世溫段之徒,時復間作,並從斷棄。又其時風會波頹,文盛干請,望門投謁,呈身貢函。昌黎不遇,三趨宰相之庭;薛逢乞恩,死作埽除之鬼。此類悉予刪除,無俾害道。

以言贈人,荀子比之金珠;擇言而進,魯侯以侑觴酒。洎乎唐世,乃有序文。發攄今情,敦勉古義,斯朋友之達道也。獻壽有文,沿於明代,貴在不溢美,不虛稱,反是則濫矣。王氏《法海》贈別序自爲編,姚氏《類纂》因之,增入壽序,茲仍其例云。

《文心雕龍》云:"昔軒轅唐虞,同稱爲命,降及七國,並稱曰令。秦并天不,改命曰制。漢初定儀,則命有四品:一曰策書,二曰制書,三曰詔書,四曰戒敕。敕戒州部,詔誥百官,制施赦命,策封王侯,體至晰也。"案蔡邕《獨斷》云:"策書,策者簡也,以命諸侯王三公。"制書,帝者制度之命也,其文曰制詔,三公赦令、贖令之屬是也。詔書有三品,其文曰"告某官"、"官如故事",是爲詔書。戒書戒敕刺史太守及三邊營官,被敕文曰有詔。敕某官是爲戒敕也。其義頗異,考西漢賜書輒稱制詔,是詔兼制矣。武策三子,誼主申戒,是策亦敕矣。劉勰云:"戒敕爲文,實詔之切者。"則敕即詔矣。漢高手敕太子,知此又不僅施州部也。逮及六朝世異,封建禪代,九錫依倣策文。唐宋敕書,或施之一人,或專賜州郡,詔則徧諭天下,制以黜陟封贈,其大較也。然舉例覈文,隋高祖報李穆應目以敕,唐太宗賜李靖陪葬應稱曰制,而皆以詔名,知散文通矣。遷除用制,實病文繁。劉子元謂褒貶之言,哲王所慎,諒哉!其義兼戒勉者取之,餘屏不錄。制策以咨多士,勗其書思對命,合於釋名驅策諸下之義,教令亦上臨下之辭,並以附焉。蔡邕《獨斷》云:"諸侯言曰教。"劉彥和云:"契敷五教,故王侯稱教。"自教以不,則又有命,詔重而命輕者,古今之變也。考六朝文例,有令無命,《雕龍》所稱,殆謂令耳。

劉彥和云:"移檄爲用事兼文武,意用小異而體義大同。"又云:"檄者,皦也,宣露於外,皦然明白也。或稱露布,播諸視聽也。"考《文章緣起》,馬超伐曹操,賈宏爲作露布,《雕龍》以爲檄之別稱,信有徵驗。魏晉以降,代有檄文,不名露布,彥和身居梁世,尚無殊解。然則露布爲獻捷專號,必在李唐之初乎!茲從其後起,分爲二流,以同在金革,仍總諸一例。本國伐叛,但云下符其小,征伐則用移牒,皆檄之流也。稚圭《北山》,意嚴詞正,節壯高隱,義激頑夫,筆陣助其驅除,山靈增其颯爽,雖斯體之附庸,實文人之魁桀矣。甘亭移牒城隍,助驅貓鬼,幽明一也。故並附焉。

行狀者,生而顯貴,沒申史官,具畢生之事實,備後乘之甄錄。沈約《齊司空柳世隆》、任昉《齊司空曲江公》兩狀，李氏《駢體文鈔》采之，鈔自類書，故非完本，不堪垂式，所宜割捨。傳之爲體，義通存没。蘇子瞻《方山子》、歸熙甫《筠溪翁》皆在生存，便爲紀述，蘭成丘崇，亦其例也。

山川寺墓刻石勒文，所以揮發冥靈，導揚徽烈。隋唐以往，釋老競鳴，宏闡教宗，罕談儒碩，曹頌王銘，信遺編之雙秀也。至於紀功述德，意主掞張，刊樹墓門，標題神道，皆以傳名，業於靡湮貫榮哀而同致表之言。表碣之言，揭其義一而已矣。埋隧鐫詞，體幽用顯，但欲洛陽購紙，爭讀太冲之文，豈待元武辨銘，共識甄邯之塚。

齊梁文苑，始創記體，樹寺造像，休文有作；孝標山棲，亦名曰志，志記一也。雜記之流，蓋於茲託始。唐代亭堂石瀑，咸被文章，斯則記例宏開，不僅山川能説矣。又或追存曩迹，暢寫今情。逮乎國朝，其流益夥，但遊集之記，恒與序相出入。董子谼《泛月艤舟亭序》、李炁伯《遊龍樹寺記》，即其證也。大抵專紀述者，乃登記目；綴吟詠者，方以序稱。此雖流別之至微，所當部居而不雜。

《雕龍》之論，銘，箴也，曰："箴全禦過，故文資确切。銘兼褒讚，故體貴弘潤。"又言："戰代已來，棄德務功，銘詞代興，箴文委絶。"余謂語其體，則箴峻而銘紆；言其用，則銘廣而箴狹。六朝作者競趨辭賦，彦和當日，已歎箴銘罕施。今之爲銘者時亦有焉，禦過之文，宜乎鮮矣。

頌體權輿，並出周世，魯祀文公，奚斯有作。臣下褒揚，於茲託始，仲山出祖，吉甫贈言。《詩·大雅》"吉甫作誦"，《潛夫論》引作"頌"，蓋三家異朋友歸美，亦其肇端。考父述商，首闡前代之懿；三閭甄橘，爰及品物之微。俊來作者雲興，約歸四例。士龍頌漢，奏章通情，斯屬文之別調也。贊之於頌，名異實同……彦和有云："結言於四字之句，盤桓乎數韻之辭。其頌家之細條乎。"余謂自來贊文先以論序，前勇宣以罄緒，不害爲煩，後約舉以縢詞，故不傷其促，末世儷之頌文，施用彌廣。子山諸贊，猶存古質。《雕龍》文贊，洋洋乎詞林之盛美，非凡品所庶幾焉。

誄與哀辭，彦和區分二事。其論誄也，曰"傳體而頌文，榮始而哀終"。論哀辭也，曰"以辭遣哀，蓋不淚之悼。故不在黃髮，必施夭昏"。余謂誄與哀辭並哀逝之作，誄以累德，施之尊長而不嫌僭；辭以叙悲，加之卑幼而覺其安。許竹篔《高夫人哀辭》，炳焉述德之文，亦非不淚之悼，務盡今悲，稍變前式矣。蘭成思舊，雖以銘稱，亦誄之流也。故以次焉。《雕龍》云："弔者,至也。"《詩》云"神之弔矣",言神至也。故弔祭爲類,君道之弔莊,容甫之弔黃、馬,因文寄意,並弔之別體。

彦和論雜文曰:宋玉始造對問,東方廣爲《客難》,揚、班之徒迭相祖述。枚乘首製《七發》,子雲肇爲連珠。凡此三者,文章之枝派也。(以上卷首)

胡念修

胡念修(生卒年不詳)字靈和,號右階、幼嘉,有刻鵠齋、靈仙館、倦秋亭、向湘樓等室名。明建德(今屬浙江)人。著有《向湘樓駢文初稿》、《靈芝仙館詩鈔》、《倦秋亭詞鈔》,輯有《四家纂文叙錄彙編》、《刻鵠齋叢書》等書。爲建德縣清末重要的刻書家。《四家纂文叙錄彙編》四卷、附錄一卷,彙集四種文章選集之叙錄,又加附錄三種,專尊駢體。

本書資料據光緒《刻鵠齋叢書》本《四家纂文叙錄彙編》。

李申耆《骈体文钞·叙录》(節錄)

六經之文,班班具存,自秦迄隋,其體遞變,而"文"無異名。自唐以來,始有"古文"之目,而目六朝之文爲駢儷,而爲其學者,亦自以爲與古文殊路。既歧奇與偶爲二,而於偶之中,又歧六朝與唐與宋爲三。夫苟第較其字句,獵其影響而已,則豈徒二焉、三焉而已?以爲萬有不同可也。夫氣有厚薄,天爲之也;學有純駁,人爲之也;體格有遷變,人與天參焉者也;義理無殊途,天與人合焉者也。得其厚薄、純雜之故,則於其體格之變,可以知世焉;於其義理之無殊,可以知文焉。文之體,至六代而其變盡矣。沿其流,極而泝之,以至乎其源,則其所出者一也。吾甚惜夫歧奇偶而二之者之毗於陰陽也,毗陽則躁剽,毗陰則沈脃,理所必至也,於相雜迭用之旨,均無當也。(卷三)

姚梅伯《駢文類苑·叙錄》(節錄)

其曰"古文喪真,反遜駢體;駢體脫俗,即是古文"者,曾燠氏之言也;其曰"以多爲貴,雙辭非駢拇,沿飾得奇,偶語非重臺"者,吳鼒氏之言也;其曰"人受天地之中,資五气之和,一言之中,莫不律呂和,宮徵宜,而不自知,或右韓、柳而左徐、庾,殆非通論",

則又吳育氏之言也。三君之爲文，椎輪太素，鑴鞢上哲，其所論如此，非執偏臆爲支辨者。然余又有説焉。袪袂之整，變於襞積之衺，羹酒之淳，壞於曲醨之雜，尚獺祭者昧真，工狐飾者靡氣，與之矩不知規，與之繩直不知弦股，致斥於有道也亦宜。秦、漢以還，其淑佹見表於記府，以之暉兩儀、藻六籍者，庸有是乎？是以李兆洛氏作，慨然於斯體不講，取自秦迄隋，勒爲《駢體文鈔》一書，去其蕪冗，裁其靡曼，於是沈朒之弊與躁剽並揭，而南車之指得準。逮自唐、宋，江河勢下，軌轍四歧，太古虞縣，廣陵同慨，幾幾乎有崖粉索絶之懼焉。懿我聖朝，景喬綿祥，人文荟起，揚葩振秀，辭理相宜，妍澹各當，有不止靡（摩）卯金之壘，闚典午之障者。吁，何瑰盛哉！於是《八家四六》、《駢體正宗》諸選，抗衡千祀，鼓吹一時，鵠立逵通，藉存騷雅。然舉偏而操約，游演者或未饜於心。抑璪火之綺，未與山龍並章，璿碧之碎，不偕珉瑴同藉，亦憾事也。變謬不自揣，博遴而類隸之，始國初，及近代，得百數十家，復承李氏之例，略變通之，爲類者一十有五，而彭兆蓀氏所云"矯俳俗，式浮靡，攬翩剔毛，具存微恉"者，非敢恃能，尚不暌其誼焉。夫井室之目，安能覽辰緯之大？磨蟻之行，安能窮亥步之廓？有阻於聞、閡於見者，尤望游學博揚之君子援綴而益之，以匡鄙之不逮云。

《書·説命》曰："其代予言。"詞臣奉令撰文之權輿也。厥後六辭、八柄，《周官》備詳；漢嚴選任，別體惟四；晉重專掌，統之省郎；唐、宋之制，弘文有館，視草有臺。牘削蘇、李，鉛守嚴、陸，所貴簡質不略，鋪張不華，深厚其辭，凝謐其度，風采騰於天下，懇信昭於後世，居職能稱，唯其艱哉。我朝至治右文，淵、雲輩出，鏗鏘金石，遠邁古聲，舉風生輝，宣達綸綍，何美茂而薦吉與。爰釐體製，用示程式，揚榷之士庶無懵焉。恭録典册制誥文類第一。

上肇匡、劉，下逮燕、許，體純懿而槼宏大，揚鉅典而潤史宬，淵淵乎典謨雅頌之遺則也。我朝治一軌倫，禮典樂核，列聖文武，遠駕漢唐。一時金閨、玉堂珥彤執素之髦儁，相與鋪宏藻，信景鑠，蒐字岐陽之鼓，選格琅玡之碑，氣彎龍虎，芒燭霄漢，光敷聖善，罔有輊軒。其或衍濫於文，籃戾於響，詎所以爼豆乎清廟，鐘簴乎明堂？若夫被褗伏隅，闚測天雛，振喁哳之蒲蛞，效絳偕之歸昌，又可已而不已者乎？録頌颺奏進文類第二。

劉彥和之言曰："陳政言事，奏之異條，讓爵謝恩，表之別體，啓之大略也。"而舒布其言謂之書，布之簡牘，取象乎史，貴在明決而已。上之函告乎堂陛，其次訏陳乎公府，其次資畫於友朋。肆而膚，詳而冗，激而憤，紆而鈍，謙而惡縮，傲而倨陵，明達而勒，辨博而遁，斷制而歧，是之謂九蔽。然而內酌所施，外權所受，持箸以相鵠，縣筵以審椸，浴暘在池，始揭其障。否則踰分以爲僭，越謀以爲妄，伺短以爲挾，獻可以爲矜，往復商榷以爲瀆，是之爲五難。袪九蔽，懲五難，然後有愜乎斯體。或復曲致隱悱，幽導中欤），別以類從，兹無屬述。錄書啓類第三。

言有序曰序，叙而抒其緒也。紆徐不迫，次第有經，隱括而中乎言旨也。例肇於
《易》，義擴於《詩》，子政《戰國》綜其纂述，逸少《蘭亭》泛及游覽，叔重、善長之賅洽，子
長、孟堅之疏通，抑其著焉。後之學人，綴屬既成，就問通才，藉以品藻，或誦古有獲，
排決凱敝之辭，俾如鑑離垢，如鈎刮芒，故著錄所播，端必有序。流變既濫，嫉者寓詬，
阿者罄諛，未可爲訓。至其踐勝領契，因時哀娛，祖帳在衢，貽以金錯，亦假斯體，宣結
而達深，導竅持綱，迺云卓佹。傾芰浮曼，繹其緒餘，遂衍爲題辭、書後及跋與引之目，
然其揆一也，故附隸之。錄序類第四。

隋唐以前，文罕以記名，曲臺名篇，非遍制也。自昌黎、子厚拓其迶，永叔、子瞻擴
其宇，荃衡競佩，流馨始繁，往遒昔從，亦賴存繫。姚鼐氏之言曰：“雜記亦碑文之屬，
碑主頌功德，記則所紀大小事殊，取義各異。河東紀事，或謂之序，然實記之類。”厥論
韙矣。蒙以爲，今之記皆序之餘，立名雖殊，辭義鮮別，例以河東，名序亦允，標簡既
分，姑從其類。飲澹於穆，斲峭於幽，擷澤於清，取邃於遠，韵不弦滯，泠然空山之琴，
旨以咀出，泊然太羹之鼎，斯爲制之善已。錄記類第五。

“優游彬鬱”，陸機言頌也；“辭簡誼正”，李充言贊也；“昭德紀功”，蔡邕言銘也。
闡潛輝，垂明鑒，罔有廢於作者。必其長言永歎，颯乎得三百篇之音，然後善。次焉
者，於《嶧山》、《之罘》鑿其奥，於景純、彦伯飫其醇，於參軍、開府摩其峻，謝瑑於攕瑣，
屏繢於侈華，達旨於明通，鍊息於渾厚，亦其選也。然操瓠之子，以語約而易成，出之
多流易，胹臑盈俎，皆官廚之饌餘，升降在堂，惟衣冠之優孟，荼而不振，弛而不遒，衍
而不精，抑又下焉。勢之爲體，著於子玉《草書勢》，及伯喈、巨山之作，亦銘贊類也，近
鮮繼之者，張氏之辭，猶碩果乎？錄雜頌贊銘類第六。

扶風《人表》，列序九等，知幾《史通》，綜緯古今，論史之軌也。不越理而橫斷，反
義而取通，若賈生、叔皮、元晳、令升、孝標之儔，其庶幾焉。龍門三長，筆牘斯善，於論
亦爾，難語小儒。志切尚友，旴衡千古，潛光煬之鼎，幽慝燭之犀，讞鞫平反，沈枉爲
白，質鈇寸銛，肺肝可誅。至於闚覽墮編，摩挲故物，其人之品概以貢，彼世之儀憲具
存，等昭辨於檄傳，詎無補於龜鑑？或復礧砢在胸，巫咸莫招，大王之廟憤而雪涕，通
天之臺激而進辭，筑音蒼凉，籇音繁悽，循其節而誦之，亦足以滌宿醒，銷積懣，則又文
之通而參變，正而寓譎者。錄論古文類第七。

在昔骨鯁訓典表楊賜之文，瓌麗金寶壯慈恩之製，褒美備則崇飾莫加。夫惟體明
巂彝，誼通史乘，柢之以《句嶁》、《宛委》、《金匱》、《石室》之玄闥，潤之以《大室》、《少
室》、《峿臺》、《鬱林》、《禪國山》之昭章，肸蠁鈎鈐，演衍藐古，而又樹筆若枋卓，匡心以
矩衡，斯觀可揭於通衢，色無媿於受者，故雞卵瓦屑，譙國美其譚，捆帛輦金，秘書昂其

直。僅若懷鉛守几，解弄柔翰，蒙昧於例，曶滅於體裁，而欲刊石圖徽，使芳烈令聞垂之永永，譬諸持尺寸之梗栝，勉爲桀臺穹閣之構，吾知其未可也。錄碑記類第八。

封墓之文，自中郎以上罕著於簡策，魯闉里之《石椁》、陳都門之《佳城》，辭近讖謠，未足徵信。逮乎齊、梁、周、魏之世，王、沈、溫、庾鑣轡並馳，或病枝離，或傷華縟，猶難語於該而要、雅而澤之旨，矧其下也。唐賢既興，首推昌黎，朱弦更張，古韻未泯，厥若《清河郡公》、《殿中少監》、《庫部郎中》諸作，氣範而矩，度脩而飭，嚌袁滿來之藏，掇范史雲之苤，具體而微，源可導已。否或宗李華之整肅，師桓彝之辨裁，庶有當於尺碣埋幽、穹石表衢之製。錄墓碑誌銘文類第九。

昔者魯莊墜車，不罪御臣，柳下之妻，能知夫子，累其行迹爲之謚，其誄之始與？然而辭瑰如揚雄，猶譏其穢，才儁如曹植，或病其輕，則作之之難也。蓋述哀之作，摧惻非難，婉愨爲難，取徑益工，迺益乖於正。則信乎選言以錄行，榮始而哀終，得其旨，然後稱其制。哀辭又誄之餘也，施於童殤夭折者爲宜。臨淄侯之子，致痛於劉楨，任子咸之女，受惜於潘岳，其前軌焉。祭文者，古弔文之一體也，水火兵荒，並以弔言，傷亡悼逝，始專言祭。束晳摹巨卿之旌，李充窺中散之室，意理鬱而宣，情思迫而邕，則又其先導焉。錄哀誄祭文類第十。

旨哉劉勰之言，曰"受命於《詩》人而拓宇於楚《騷》者"謂之賦，言乎鋪張揚文，體物寫意也。賈誼升堂，相如入室，辭誼並茂，華實兼修，蔑可訾已。若太冲致歎於士衡，退叔見賞於穎士，希逸讓美於南平，旨有寓其勸規，情或深其寄託。陳、隋以降，佻靡浮麗，漸開側塗。唐律繼作，厥防遂潰，而賦迺亡矣。然吳興《文粹》之所錄，如李白、盧肇、蘇頌、杜甫、歐陽詹之徒，其猶棘林之蕙茝，苕穎而翹秀者乎？茲承厥例，以繫古音。故凡窺貌紳裳，胡盧館閣之體，乞靈脂粉，絮昵房闈之辭，汰焉而不存，寧受譏於里漏也。錄賦類第十一。

寓言八九，肇祖《莊》、《列》。緣其膚，達其湊，實性命之鍼石，學問之鞭箠。故能荒遠而經，微而曲中，沈鑿而不誣。自滑稽好辯之士意爲師承，於是有《客難》、《解嘲》、《賓戲》、《達旨》、《釋誨》、《抵疑》之作。流覽泛及，亦可以代發聾之鐸、警寤之鐘，指喻以爲言，其又風人遺則乎？蹊徑既辟，作之者多，鄙而瑣，費而支，儳巧而黠刻，入諸史則可，烏乎登大雅之林也？故體之淳于、東方、班、揚之心，而運以蘇、張、鄒衍、公孫龍之舌，雖非典則，亦子家之緒餘，別而存焉，奚爲無補於才識。錄釋難文類第十二。

函尺素，抒遠懷，擬諸專陳事理之作，體差別焉。張奐與陰氏書曰："篤念既密，文章粲爛，奉讀周旋，紙弊墨渝，愈不離於手。"允若茲，奚其非文之至也？湛之、彥倫之作，多佚而不傳。其傳者，明遠《寄妹》之箋、宏讓《報友》之簡、文通《論隱》之作、休文

《陳情》之辭，紆宕以爲忽，綢密以爲致，拚抑以爲情。山川秋高，如聞雁聲，風雨夢迴，淒其雞唱，其言愁也如訴，其引感也易深。用是楷模，未改塗轍，迺精采擷，嗣彼雅音。流芬在楮，若佩湘蘭之騷，盟水未寒，彌竺岑苔之誼。錄箋牘類第十三。

慨自薄俗好諛，騢辭通作，《兔園》之冊，互相鈔胥，達官皆謝、韋，俗儒皆劉、闕，市儈皆黃、綺，邨婦皆郝、陶，抑復孝友皆萊、姜，仁厚皆郭、邴，世習虛誕，文字夸浮，莫斯甚焉。通人才士，耰粟石田，其誰能免於斯役？積軸日富，亦自喜噓蜃成閣，居然七寶之觀，以錦薦飾駑駘，可以充天廐之駿，肋不忍棄，備登於集。斯體既盛，必欲埽如穢，薙如猶，又吁乎過矣。造格瑰卓，不囿恒範，或宗法史傳，文與人符，亦非無善構也。遴附數篇，以供羣嚥。錄壽文類第十四。

蕭統之選詩，以"雜擬"隸其末，姚鉉所錄文，以"古文"括其餘，不類而類，亦一例已。葺述既竟，采掇其零璅，類之曰"雜體文"，即以宗法二家之例。或波瀾訇磕而豪偉，或鄂跗蜷結而妍茱，肆而有閑，達莊辨命之旨，諷而近雅，責璧彈蕉之遺。吸其秀采，可以澤枯，酌其雋液，亦足以悅性。遞若七、辭、連珠、露布、擬騷、傳、疏、引之屬，篇什寥寥，均歸其例。合之云雜，分之則純。譬諸胖鱐既嘗，佐之以葱薤，鐘鼓載攷，奏之以絲管，雖非上饌與至聲，而不登腥腐之庖，不引《巴里》之曲，取爲繩尺，誰曰未宜？錄雜體文類第十五。（卷四）

劉孟塗《論駢體書》（節錄）

雖然，猶未足以盡探本之功也。夫文辭一術，體雖百變，道本同源，經緯錯以成文，玄黃合而爲采，故駢之與散，並派而爭流，殊塗而合轍。千枝競秀，乃獨木之榮；九子異形，本一龍之産。故駢中無散，則氣壅而難疏；散中無駢，則辭孤而易瘠。兩者但可相成，不能偏廢。且夫烏生於東，兔没於西者，兩曜各用其光照也；狐不得南，豹無以北者，一水獨限其方域也。物之然否因乎地，言之等量判乎人。世儒執墟曲之見，騰埳井之波，宗散者鄙儷詞爲俳優；宗駢者以單行爲薄弱，是猶恩甲而仇乙，是夏而非冬也。夫駢散之分，非理有參差，實言殊濃淡，或爲繪繡之飾，或爲布帛之温，究其要歸，終無異致，推厥所自，俱出聖經。夫經語皆樸，惟《詩》、《易》獨華。《詩》之比物也雜，故辭婉而妍，《易》之造象也幽，故辭驚而矯，駢語之采色於是乎出。《尚書》嚴重而體勢本方，《周官》整齊而文法多比，《戴記》工累疊之語，《繫辭》開屬對之門，《爾雅》"釋天"以下，句皆珠連，《左氏》叙事之中，言多綺合，駢語之體製於是乎生。是則文有駢散，如樹之有枝幹，草之有花萼，初無彼此之別所可言者，一以理爲宗，一以辭爲主耳。夫理非不藉辭，辭亦未能外理，而偏勝之弊，遂至兩岐。始則土石同生，終乃冰炭

1088

相格，求其合而一之者，其唯通方之識，絶特之才乎？今欲問道康莊，伐材衡岱，鑽研乎三極，涵泳乎百氏，窮源而入天，逐流而至海，非深於羣經，括囊先典，則詞術亦不能造其至矣。

《國朝駢體文家小傳》叙胡念修　右階

《易》曰："窮則變，變則通。"其文章之道乎？夫文章視世運爲轉移，無奇耦之分也。溯自庖犧之世，下逮東周以前，《易》《詩》《尚書》《周禮》《爾雅》諸經尚存，古本《靈樞》《握奇》《山海》《坤乾》等籍多屬僞書，外則歌謠斷章、謨訓殘句，以耳食之流傳，爲百家所援引，因辭辨代，恒有可徵。嗣是而春秋，而秦，而楚、漢之際，而兩漢，而魏，而晉，而宋，而齊，而梁、陳，而隋，而四唐，而梁、唐、晉、漢、周，而兩宋，而元，而明，而明季，略爲限其時代，凡二十有二變，其中大變凡三，小變凡十有九。大變者，秦也，魏也，唐也；小變者，其餘所限諸代是也。小變之中又存三例，有易代一變者，有一代數變者，有數代一變者。魏至晉，晉至宋，易代一變也；漢曰兩漢，唐曰四唐，一代數變也；梁、陳同歸，五代一轍，數代一變也。自奇而耦，自耦而奇，文體之變正未有極。何以見之？曰：於國朝見之。蓋國朝文學大昌，無體不具。學奇之文，其名有四，曰周秦，曰兩漢，曰唐，曰宋；學耦之文，其名亦四，曰漢魏，曰齊梁，曰唐，曰宋。由是觀之，前代之盛衰相因，殆所謂"窮則變"乎？國朝之各體咸備，殆所謂"變則通"乎？

奇耦兩家，以涉古知名者，指不勝屈。顧年湮世遠，運典之用既歧，著想之境亦異，獵皮毛者氣息早乖，得神髓者局勢已易，雖有取法之名，實爲自成之學。至於桐城、陽湖之宗派，布帛於一時，定盦、實齋之遺書，俎豆於今世，觀作者別開之面目，識文苑再變之樞機。且夫齊梁擅六朝之勝，文求新而體以卑，韓柳起八代之衰，體襲舊而文益弱，從未有壞文亂體，不奇不耦，著書則摹仿周秦，建策則附會姬、孔，搜雙聲疊韻之譜，竊類書以爲博聞，逞淫詞邪説之心，尊僞體以爲名論。實則未識子雲奇字之篇，已稱宣城驚人之句，未學鄭國美錦之製，已擬敬仲乘馬之書，作俑象人，抑何斯酷？變本加厲，咎有由歸。嗟乎！古之爲文者二，今之爲文者三，此非變之爲害，乃通之所誤也。

居今之世，而思化今之弊，非駢體，其誰與歸？蓋散行之文，筆貴奔放，立異矜奇，勢必至於橫議。夫言爲心聲，其言既詭，其心術必不可問。若駢體，則繩以詞句，誘以研鍊，既取樸茂淵懿爲本，難作飛揚跋扈之言。不善學者，雖有繁冗之議，卑靡之累，於心術固無恙也。即甚而決防踰閾，亦不過如"烟霞萬古樓"而已。故曰：正人心，釐文體，必自崇尚駢儷始。

　　蒙從事此道,寒暑十餘易矣,訪求國朝駢體遺集,不下數十百種。精華所在,雖碎金亦可名家,滓渣難融,雖充棟亦多割愛,著録頻年,不覺逾尺。卷帙繁重,棃棗艱難,姑置巾箱,待諸好事。惟前賢嘔心鏤肝,卓然孤詣,任彼沈浮,是誰之過? 今將順治以來作者,各係一傳,計得六卷,間抒管見,附論傳後。固知小兒學語,必嗤大方,然由前而言,有摩滅之憂,由後而言,有誣惑之懼,則區區愚妄之咎,或尚可以苟免也。(以上卷五)

顧　雲

　　顧雲(1845—1906)字子鵬,號石公。清江寧(今江蘇南京)人。諸生。官訓導。與鄭孝胥最善。善畫墨菊,古淡可愛,能散文及詩。與馮煦肄業南京鍾山、惜陰兩書院,爲薛時雨、林壽圖二人高足弟子。少好遊俠,既而折節讀書。晚歸里,日與文士吟詩飲酒。鄭孝胥謂之"江東顧五",與之交甚契。一時名士如袁調、張春、江雲龍、張士位,皆爲其吟侶。江國垣《光宣詩壇點將録》謂其"詩筆健舉,醉中命筆,頗多偉觀"。有《盋山文録》、《盋山詩録》、《盋山談藝録》傳於世。

　　本書資料據宣統二年兩江法政學堂刊本《盋山談藝録》。

《盋山談藝録》(節録)

　　文雖百變,亦曰序曰議而已。大都從子入者,長於議;從史入者,長於序,而序爲尤難。議主乎識,苟讀書明義理,人人可爲;序非老於文事者莫辦。一人一事,惟妙惟肖,又動合文章體製,率爾操觚能乎? 此傳誌之文難於論説,而世率弗知。

陳廷焯

　　陳廷焯(1853—1892)字亦峯。清丹徒(今屬江蘇)人,後流寓泰州。光緒十四年(1888)舉人。天資聰穎,刻苦好學,博覽羣籍。中年潛心醫道,頗能濟人。尤邃於詞。早年編選詞本《雲韶集》,後附有《詞壇叢話》,頗能看出其早期的詞學思想;後期編選詞本《詞則》,同時撰有《白雨齋詞話》,詞學思想與早期相較,出現了一些變化。其《白雨齋詞話》,是後期常州詞派的重要論著。這部書"歷數十寒暑","稿凡五易",他仍不肯刊布。直到他死後兩年才由他的父親陳銑峯審定付梓。《白雨齋詞話》提出"沉鬱"説,發展了張惠言的詞學理論;反對"吟賞風月以自蔽惑",認爲"感慨時事,發爲詩歌,便已力據上游”；而表現手法又必須含蓄，“若隱若現，反復纏綿，終不許一語道破”。另著有《大雅》、《放歌》、《聞情》、《別調》詞集四卷，《希聲詩集》八卷。

本書資料據中華書局 1986 年唐圭璋《詞話叢編》本《詞壇叢話》、《白雨齋詞話》。

《詞壇叢話》（節錄）

詞肇於賡歌

唐以前無詞名，然詞之源，肇於《賡歌》，成於樂府。漢郊祀歌、短簫饒歌諸篇，長短句不一，是詞之祖也。迄於六代，江南《採蓮》諸曲，去倚聲不遠。其不即變爲詞者，律體未興，古風猶未遠也。自古詩變爲近體，五七言各分古、律、絕，傳於伶官樂部。長短句無所依，而詞於是作焉。兹將漢、晉、六朝諸歌曲，擇其類於詞者若干首，錄入《雜體》一卷，亦數典不忘祖之義云。

不能以繩尺律東坡

東坡詞獨樹一幟，妙絕古今，雖非正聲，然自是曲子内縛不住者。不獨耆卿、少游不及，即求之美成、白石，亦難以繩尺律之也。後人以繩尺律之，吾不知海上三山，彼亦能以丈尺計之否耶？

詞至明亡

詞至於明，而詞亡矣。明初如楊孟載、高季迪、劉伯温輩，温麗芊綿，去兩宋不遠。至李昌祺、王達善、楊升庵之流，風格稍低，猶堪接武。自馬浩瀾出，淫詞穢語，風雅掃地。明末陳人中，爲一時傑出。但氣數近小，國運使然。

詞録先短後長

古人歌詞，長者曰慢，短者曰令，初無中調、長調、小令之目。自顧從敬《草堂詞》，以臆見分之，遂相沿襲，殊屬牽強。是集選各家詞，短者在先，長者在後，亦有顛倒錯亂者。或以年代先後不同，不復區別。

是集間采元曲

詞止一韻，或轉韻，皆是古體。宋詞如《戚氏》、《西江月》、《換巢鸞鳳》、《少年心》、《惜分釵》、《漁家傲》諸闋，元人小曲，如《乾荷葉》、《天淨沙》、《凭欄人》、《平湖樂》諸闋，平上去三聲並用，是宋詞已爲曲韻濫觴。至元則全入於曲矣。是集間有採錄，蓋不欲没古人之美，詞曲混一之譏，固所不免。

詞題照古本録入

唐五代詞，皆無題，調即題也。宋人間有命題者，自增入閨情、閨思、四時景等題。自《花庵》、《草堂》始。後遂相沿，殊屬可厭，失古人無端寄慨之旨矣。今照古本有者録入，無者删去。

詞調本《詞綜》例

四聲二十八調，各有其倫。柳屯田《樂章集》，有同一曲名，字數長短不齊，分入各調者。姜白石《湘月》詞，注云：此《念奴嬌》之鬲指聲也。則曲同字數同，而《湘月》、《念奴嬌》，調實不同，合之爲一非矣。詞因有一曲而各異其名者。是集悉本竹垞《詞綜》之例，不敢更易。審音者度無勿知，似不必比而同之也。

不可不辨字音

詞全以調爲主，調全以字之音爲主，有平仄可以通融者，有必不可以通融者。一字偶乖，便不合拍。讀者不可不辨。

詞加圈點

詞與詩不同，詩有五言，有七言，讀者易知。詞則句調參差，短長不一，初覽者難於辨識。故妄加圈點，而空首一字，使閱者觸目洞然。

《白雨齋詞話》自叙

倚聲之學，千有餘年，作者代出。顧能上溯風騷，與爲表裏，自唐迄今，合者無幾。竊以聲音之道，關乎性情，通乎造化。小其文者，不能達其義；竟其委者，未獲泝其源。揆厥所由，其失有六：飄風驟雨，不可終朝，促管繁弦，絶無餘蘊，失之一也。美人香草，貌託靈修，蝶雨梨雲，指陳瑣屑，失之二也。雕鏤物類，探討蟲魚，穿鑿愈工，風雅愈遠，失之三也。慘戚憔凄，寂寥蕭索，感寓不當，慮歎徒勞，失之四也。交際未深，謬稱契合，頌揚失實，違怵譏評，失之五也。情非蘇、竇，亦感回文，慧拾孟、韓，轉相鬭韻，失之六也。作者愈漓，議者益左，竹垞《詞綜》，可備覽觀，未嘗爲探本之論。紅友《詞律》，僅求諧適，不足語正始之源。下此則務取穠麗，矜言該博。大雅日非，繁聲競作，性情散失，莫可究極。夫人心不能無所感，有感不能無所寄，寄託不厚，感人不深，厚而不鬱，感其所感，不能感其所不感。伊古詞章，不外比興。谷風陰雨，猶自期以同心；攘垢忍尤，卒不改乎此度。爲一室之悲歌，下千年之血淚，所感者深且遠也。後人之感，感於文不若感於詩，感於詩不若感於詞。詩有韻，文無韻。詞可按節尋聲，詩不能盡被弦管。飛卿、端己，首發其端；周、秦、姜、史、張、王，曲竟其緒。而要皆發源于風雅，推本於騷辯。故其情長，其味永，其爲言也哀以思，其感人也深以婉。嗣是六百餘年，沿其波流，喪厥宗旨。張氏《詞選》，不得已爲矯枉過正之舉，規模雖隘，門牆自高。循是以尋，墜緒未遠。而當世知之者鮮，好之者尤鮮矣。蕭齋岑寂，撰《詞話》八卷，本諸風騷，正其情性。溫厚以爲體，沉鬱以爲用。引以千端，衷諸一是。非好與古人爲難，獨成一家言，亦有所大不得已於中，爲斯詣綿延一綫。暇日寄意之作，附録一二，非敢抗美昔賢，存以自鏡而已。光緒十七年除夕，丹徒陳廷焯。

《白雨齋詞話》（節録）

引　言

詞興於唐，盛於宋，衰於元，亡於明，而再振於我國初，大暢厥旨於乾、嘉以還也。國初諸老，多究心於倚聲。取材宏富，則朱氏彝尊《詞綜》。持法精嚴，則萬氏樹《詞律》。他如彭氏孫遹《詞藻》、《金粟詞話》及《西河詞話》毛奇齡、《詞苑叢談》徐釚等類，或講聲律，或極豔雅，或肆辯難，各有可觀。顧於此中真消息，皆未能洞悉本原，直揭三昧。余竊不自量，撰爲此編，盡掃陳言，獨標真諦。古人有知，尚其諒我。

詩詞不盡同

詩詞一理，然亦有不盡同者。詩之高境，亦在沉鬱，然或以古樸勝，或以冲淡勝，或以鉅麗勝，或以雄蒼勝。納沉鬱於四者之中，固是化境，即不盡沉鬱，如五七言大篇，暢所欲言者，亦別有可觀。若詞則舍沉鬱之外，更無以爲詞。蓋篇幅狹小，倘一直説去，不留餘地，雖極工巧之致，識者終笑其淺矣。

北宋詞古意漸遠

北宋詞，沿五代之舊，才力較工，古意漸遠。晏、歐著名一時，然並無甚强人意處。即以豔體論，亦非高境。（以上卷一）

元代尚曲

元代尚曲，曲愈工而詞愈晦。周、秦、姜、史之風，不可復見矣。

詞亡於明

詞至於明,而詞亡矣。伯温、季迪,已失古意。降至升庵輩,句琢字煉,枝枝葉葉爲之,益難語於大雅。自馬浩瀾、施閬仙輩出,淫詞穢語,無足置喙。明末陳人中能以穠豔之筆,傳淒婉之神,在明代便算高手。然視國初諸老,已難同日而語,更何論唐、宋哉。(以上卷三)

《詞則》二十四卷

余舊選《詞則》四集二十四卷,計詞二千三百六十首,七易稿而後成。余自序云:"風騷既息,樂府代興。自五七言盛行於唐,長短句無所依,詞於是作焉。詞也者,樂府之變調,風騷之流派也。温、韋發其端,兩宋名賢暢其緒。風雅正宗,於斯不墜。金、元而後,競尚新聲。衆喙爭鳴,古調絶響。操選政者,率昧正始之義,媸妍不分,雅鄭並奏。後之爲詞者,茫乎不知其所從。卓哉皋文,《詞選》一編,宗風賴以不滅,可謂獨具隻眼矣。惜篇幅狹隘,不足以見諸賢之面目。而去取未當者,十亦有二三。夫風會既衰,不必無一篇之偶合。而求諸古作者,又不少靡曼之詞。衡鑒不精,貽誤匪淺。余竊不自揣,自唐迄今,擇其尤雅者五百餘闋,匯爲一集,名曰《大雅》。長吟短諷,覺南國雅化,湘漢騷音,至今猶在人間也。顧境以地遷,才有偏至。執是以尋源,不能執是以窮變。《大雅》而外,爰取縱横排奡、感激豪宕之作四百餘闋爲一集,名曰《放歌》。取盡態極妍哀感頑豔之作六百餘闋爲一集,名曰《閒情》。其一切清圓柔脆急奇闢巧之作,別録一集,得六百餘闋,名曰《別調》。《大雅》爲正,三集副之,而總名之曰《詞則》。求諸《大雅》固有餘師,即遁而之他,亦即可於《放歌》、《閒情》、《別調》中求《大雅》,不至入於歧趨。古樂雖亡,流風未閟,好古之士,庶幾得所宗焉。"

回文、集句、疊韻皆詞中下乘

回文、集句、疊韻之類,皆是詞中下乘。有志於古者,斷不可以此眩奇。一染其習,終身不可語於大雅矣。若友朋唱和,各言性情,各出機杼可也,亦不必以疊韻爲能事。就中疊韻尚可偶一爲之。次則集句。最下莫如回文,斷不可效尤也。古人爲詞,興奇無端。行止開合,實有自然而然。一經做作,便失古意。世人好爲疊韻,强己就人,必競出工巧以求勝,爭奇闢巧,乃詞中下品,余所深惡者也。作詩亦然。

擇録回文、集句、疊韻、變調

回文、集句、疊韻、變調各體,余於《別調集》中求其措語無害大雅者,擇録一二。

非賞其工也，聊備一格而已。

金聖歎論詩詞全是魔道

金聖歎論詩詞，全是魔道，又出鍾、譚之下。其評歐陽公詞一卷，穿鑿附會，殊乖大雅。且兩宋詞家甚多，獨推歐公爲絶調，蓋猶是評《水滸》、《西廂》之伎倆耳。以論詞之例論曲，尚不能盡合。況以論曲論傳奇之例論詩詞，烏有是處。

太白《菩薩蠻》、《憶秦娥》爲詞中鼻祖

太白《菩薩蠻》、《憶秦娥》兩闋，神在個中，音流弦外，可以是爲詞中鼻祖。尋詞之祖，斷自太白可也，不必高語六朝。

以詞較詩

以詞較詩，唐猶漢、魏，五代猶兩晉、六朝，兩宋猶三唐，元、明猶兩宋，國朝詞亦猶國朝之詩也。（以上卷五）

作詞應究心詞律

詞有平仄可以通融者，有必不可以通融者。一字偶乖，便不合拍。究心於詞律，自無不協之弊。

詞律先在分別去聲

詞之音律，先在分別去聲。不知去聲之爲重，雖觀詞律，亦知其然而不知其所以然。知猶不知也。斯編之作，專在直揭本原。聲調之學，有《詞律》在，余弗贅論。偶拈一條示人，以究《詞律》之捷徑耳。（以上卷七）

唐宋名家流派不同

唐宋名家，流派不同，本原則一。論其派別，大約溫飛卿爲一體，皇甫子奇、南唐二主附之。韋端己爲一體，牛松卿附之。馮正中爲一體，唐五代諸詞人以暨北宋晏、歐、小山等附之。張子野爲一體，秦淮海爲一體，柳詞高者附之。蘇東坡爲一體，賀方回爲一體，毛澤民、晁具茨高者附之。周美成爲一體，竹屋、草窗附之。辛稼軒爲一體，張、陸、劉、蔣、陳、杜合者附之。姜白石爲一體，史梅溪爲一體，吳夢窗爲一體，王碧山爲一體，黃公度、陳西麓附之。張玉田爲一體。其間惟飛卿、端己、正中、淮海、美成、梅溪、碧山七家，殊塗同歸。餘則各樹一幟，而皆不失其正。東坡、白石尤爲矯矯。

詞以溫厚和平爲本

温厚和平,詩詞一本也。然爲詩者,既得其本,而措語則以平遠雍穆爲正,沈鬱頓挫爲變。特變而不失其正,即於平遠雍穆中,亦不可無沈鬱頓挫也。詞則以溫厚和平爲本,而措語即以沈鬱頓挫爲正,更不必以平遠雍穆爲貴。詩與詞同體異用者在此。

詩詞體裁易混

《詩詞源流》曰:"詞之《紇那曲》、《長相思》,五言絕句也。《柳枝》、《竹枝》、《清平調引》、《小秦王》、《陽關曲》、《八拍蠻》、《浪淘沙》,七言絕句也。《阿那曲》、《雞叫子》,仄韻七言絕句也。《瑞鷓鴣》,七言律詩也。《欸殘紅》,五言古詩也。體裁易混,徵選實繁。故當稍別之,以存詩詞之辨。"余於《大雅集》中,近五七言絕句者,概不入選。惟《別調集》,登皇甫子奇《採蓮子》一首,《浪淘沙》一首,劉采春《羅嗊曲》兩首而已。

集句詞

石孝友《浣溪沙》集句云:"宿醉離愁慢髻鬟。韓偓綠殘紅豆憶前歡。晏幾道錦江春水寄書難。晏幾道紅袖時籠金鴨煖,秦觀小樓吹徹玉笙寒。李璟爲誰和淚倚闌干。李煜集成語尚能自寫其意。"然如竹垞之《浣溪》同柯寓匏春望集句云:"煙柳風絲拂岸斜。雍陶遠山終日送餘霞。陸龜蒙碧池新漲浴嬌鴉。杜牧閬苑有書多附鶴,春城無處不飛花。馬啼今去入誰家。李商隱、韓翃、張籍。"又,前調惜別集句云:"惜別愁窺玉女窗。李白遥知不語淚雙雙。權德輿綺羅分處下秋江。許渾暮雨自歸山悄悄,李商隱殘燈無焰影幢幢。元稹仍斟昨夜未開缸。李商隱"又,前調春閨集句云:"十二層樓敞畫簷。杜牧偶然樓上卷珠簾。司空圖金爐檀炷冷慵添。劉兼小院回郎春寂寂,杜甫朱欄芳草綠纖纖。劉兼年年三月病懨懨。韓偓"又,《采桑子》秋日度穆陵關集句云:"穆陵關上秋雲起,郎士元習習涼風。蕭穎士於彼疏桐。宋華摵摵凄凄葉葉同。吳融平沙渺渺行人度,劉長卿垂雨濛濛。元結此去何從。宋之問一路寒山萬木中。韓翃"又,《鷓鴣天》鏡湖舟中集句云:"南國佳人字莫愁。韋莊步摇金翠玉搔頭。武元衡平鋪風簟尋琴譜,皮日休醉折花枝作酒籌。白居易日已暮,郎大家水平流。白居易亭亭新月照行舟。張祜桃花臉薄難藏淚,韓偓桐樹心孤易感秋。曹鄴"又,《玉樓春》畫圖集句云:"劉郎已恨蓬山遠。李商隱金穀佳期重遊衍。駱賓王傾城消息隔重簾,李商隱自恨身輕不如燕。孟遲畫圖省識東風面。杜甫比目鴛鴦真可羡。盧照鄰一生一代一雙人,駱賓王相望相思不相見。王勃"又,《瑞鷓鴣》閨思集句云:"春橋南望水溶溶。韋莊半壁天台已萬重。許渾心寄碧沉空婉孌,劉滄語來青鳥許從容。曹唐更爲後會知何地,杜甫難道今生不再逢。韓偓最憶當時留咽處,呂溫桐花暗澹柳惺松。元稹"又,《臨江仙》汾陽客感集句云:"無限塞鴻飛不度,李益太行山礙並州。白居易白雲一片去悠悠。張若虛饑鳥啼舊壘,沈佺期古木帶高秋。劉長卿永夜角聲悲自語,杜甫思鄉望月登樓。魏扶離腸百結解無由。魚玄機詩題青玉案,高適淚滿黑貂裘。李白"又,《漁家傲》贈別集句云:"花面鴉頭十三四。劉禹錫調箏夜坐燈光裏。王諲行到階前知未睡。無名氏揮玉指。閻朝隱弦弦掩抑聲聲思。白居易會得離人無限意。鄭穀杯傾別岸應須醉。羅隱曾向五湖期范蠡。韋莊幾千里。盧仝如何遂得心中事。劉言史"諸篇皆脫口而出,運用自如,無湊泊之痕,有生動之趣,出古人之右矣。

唐五代詞以婉約爲宗

唐五代小詞,皆以婉約爲宗。長調不多見,亦少佳篇。至宋乃規模大備矣。詩至於唐亦然。

詞曲體異

詩詞同體而異用。曲與詞則用不同,而體亦漸異。此不可不辨。

詩衰於宋,詞衰於元

詩衰於宋,詞衰於元。然自乾嘉以還,追蹤正始者,時復有人。是衰者可以復振,亡者猶有存焉者也。(以上卷八)

附:《白雨齋詞話》叙(王耕心)(節錄)

詩莫盛於唐,而詞莫盛於宋。宋以後詞律復變,則南北曲出焉。故詞之爲體,詩以爲禰,曲以爲子。識者爲之,莫不沿溯漢、魏,游衍屈、宋,以蘄上闚《三百篇》之恉。意謂不如是,不足以澂其源,涉其奧。其說亦既美矣。然予嘗以爲此文辭之源,非文心之源也。文心之源,亦存乎學者性情之際而已。爲文苟不以性情爲質,貌雖工,人猶得以抉其柢,不工者可知。所謂詞者,意内而言外,格淺而韻深,其發攄性情之微,尤不可掩。而世乃欲以鏤薄求之,藻繪揉之,抑末已。(卷首)

張祥齡

張祥齡(1853—1903)字子苾,號芝馥。清漢州(今四川廣漢)人。光緒十八年(1892)中三甲進士,授翰林庶吉士。二十一年出任陝西懷遠知縣,後任長安、襃城、大荔等知縣。病逝於大荔任署。張祥齡爲清末著名詞人兼詞論家。《半篋秋詞》爲其著名的自度詞集。其詞兼學吳文英、周邦彥、姜夔、向子埋、蔣捷諸家,而又能去其弊病,有所創造,自成一格。其《詞論》從詞體體格、詞體發展、詞學風格等方面闡述了他尚雅的詞學理念,而將"主文譎諫"、"發展變通"的觀念引入詞學,這與他的經學背景密不可分,從中可以管窺儒學思想對晚清詞學的影響滲透。亦善書法,成都文殊院珍藏有他寫的對聯。著有《經支》、《黃金篇》、《六箴》、《受經堂文集》、《子苾詩鈔》、《鬼林漫錄》、《前後蜀雜事詩》、《半篋秋詞》、《吳波鷗語》、《受經堂詞》等。

本書資料據中華書局 1986 年唐圭璋《詞話叢編》本《詞論》。

詞變體格

周清真,詩家之李東川也。姜堯章,杜少陵也。吳夢窗,李玉溪也。張玉田,白香山也。詩至唐末,風氣盡矣,詞家起而爭之,如文至齊、梁,風氣盡矣,古文家起而爭之。爭之者何也,非謂文至六朝,詩至五代,無文與詩也,豪傑於茲,踵而爲之,不過仍六朝、五代,故變其體格,獨絕千古,此文人狡獪也。詞至白石,疏宕極矣。夢窗輩起,以密麗爭之。至夢窗而密麗又盡矣,白雲以疏宕爭之。三王之道若循環,皆圖自樹之方,非有優劣。況人之才質限於天,能疏宕者不能密麗,能密麗者不能疏宕。片玉善言羈旅,白雲善言隱逸,終身由之而不知其道者,天也。

詩詞體格不同

詞,詩家之賊,差以毫釐,失之千里。作詩,則詞意詞字不容出入。片玉人稱善融唐詩,稼軒或用《楚辭》,此亦偶然,長處固不在是。如謂詩佳,何不誦唐詩。非謂詩之道大,詞之道小,體格然也。

文章風氣不同

文章風氣,如四序遷移,莫知爲而爲,故謂之運。左春右秋,冰蟲之見,生今反古,是冬簟夏爐,烏乎能。安序順天,愚者一得。昌黎起八代之衰,亦運使然。南唐二主,馮延巳之屬,固爲詞家宗主,然是勾萌,枝葉未備。小山、耆卿,而春矣。清真、白石,而夏矣。夢窗、碧山,已秋矣。至白雲,萬寶告成,無可推徙,元故以曲繼之。此天運之終也。

詞應守律

詞有定律，不能緬越，宋賢莫不確守成法。祥齡不解音律，然於上去字，未嘗不謹。

沈祖燕

沈祖燕（生卒年不詳），清光緒年間編纂出版家，自署廬江太守、鴻寶齋主人。餘不詳。所著《策學備纂·賦學》收入《賦話廣聚》。所編《賦海大觀》爲大型辭賦彙編，成書於光緒二十年（1894），收先秦至清代的賦作一萬二千餘篇，分三十二類（卷），五百餘子目，大部分是清代人的作品，蓋爲博雅之士及學子而編，以收錄宏富見長，爲賦體文學作品的兩大總集之一，也是收錄“舊賦”作品最多的特大型文集。

本書資料據光緒十三年點石齋校印本《策學備纂》。

賦學（節錄）

《退庵隨筆》：賦者古詩之流。然自屈、宋以來，即與詩別體。揚雄有言：能讀千賦則能賦。蓋源流正變之不講，則操筆茫如。鄭夾際《經籍志》所載范傳正《賦訣》、紇干俞《賦格》、張仲素《賦樞》、浩虛舟《賦門》，今皆不傳。元祝堯作《古賦辨體》，言之頗詳，而於歷代鴻篇，未能備載。惟近時所定《歷代賦匯》，上起周末，不訖明季，以有關經濟學問者爲正集，其勞人思婦哀怨窮愁、畸士幽人放言任達者爲《外集》，而以佚句補遺附焉。學者沿流溯源，因變求正，蓋悉具於是書矣。

賦者古詩之流也，起於《離騷》而未嘗以賦名。及宋玉作《神女》、《登徒子》等賦，賦之名始著，其詞輕清婉逸。至相如《子虛》、《上林》諸賦出，而揚雄、班固之徒，率以俳組爲勝焉。然自《離騷》而外，兩漢爲古，蓋其鋪張股落，創起一法，實爲魏、晉所宗。後有作者，如《文賦》及《阿房宮賦》、宋廣平《梅花賦》、東坡《赤壁賦》，不組詞而銜意，清新流動，又成一體。

古今賦分五體，曰古賦，如《長門》、《思玄》、《鸚鵡》、《登樓》諸賦是也。曰俳賦，如陸機《文賦》、鮑照《蕪城賦》、惠連《雪賦》、謝莊《月賦》是也。曰文賦，如《甘泉》、《阿房》、《赤壁》諸賦是也。曰律賦，如韓退之《明水賦》、王曾《萬物渾成賦》，皆以某語爲韻是也。曰小賦，蓋恢諧游戲之作，本于宋玉《大言》、《小言》賦，設爲問答，如揚雄《逐貧賦》。

歷代賦體優劣：古之傳人賦物，情深，其於詞直寄焉而已。後世賦物，詞工，其於情直外焉而已。蓋西漢詞工于楚騷，東漢又工於西漢，以至三國、六朝，一代工於一代。詞愈工，情愈短，味愈淺，體愈下矣。建安七子，獨王仲宣詞賦有古風，至晉陸士衡輩《文賦》等作，已用排體。流至潘岳，首尾絕排，迨沈休文"四聲八韻"起，而排體已入於律矣。徐、庾繼出，又復隔句對聯，以爲駢四儷六；簇事對偶，以爲博物洽聞。有詞無情，本體亡失，此六朝之賦所以益遠于古。然其中有安仁《秋興》、明遠《舞鶴》等賦，猶得古詩之餘也。唐賦律多古少，學古賦者率以徐、庾爲宗，第少異於律耳。其或以五七言之詩，四六句之聯爲古賦者。中唐李太白所作古賦，差強人意，猶是六朝賦耳。惟韓、柳詩古賦，以騷爲宗，超出排律之外。唐賦之古，莫古於此。至宋賦有排體、文體，其時歐陽、南豐、眉山迭起，皆蔚然爲一代之文。

图书在版编目（CIP）数据

中国古代文体学.附卷3,清代文体资料集成.1/
曾枣庄著.—上海：上海人民出版社：上海书店出版社,
2012
ISBN 978－7－208－11116－5

Ⅰ.①中… Ⅱ.①曾… Ⅲ.①古典文学－文体论－资
料－汇编－中国－清代 Ⅳ.①I206.2

中国版本图书馆 CIP 数据核字（2012）第 266054 号

出版策划　王为松　许仲毅
责任编辑　孙　莺　田芳园　邹　烨
特约编审　钱玉林　罗　湘
封面设计　王小阳
技术编辑　伍贻晴

中国古代文体学

——附卷3,清代文体资料集成.1

曾枣庄 著

世 纪 出 版 集 团
上海人民出版社
上海书店出版社 出版
（200001　上海福建中路 193 号　www.ewen.cc）
世纪出版集团发行中心发行
浙江新华数码印务有限公司印刷
开本 720×1000　1/16　印张 399　插页 42　字数 6,042,000
2012 年 12 月第 1 版　2012 年 12 月第 1 次印刷
ISBN 978－7－208－11116－5/I·1074

定价 1500.00 元

（全七册）